国家社科基金重大项目《巴蜀全书》（10@ zh005）
四川省重大文化工程《巴蜀全书》（川宣〔2012〕110 号）

蜀学丛刊

周航　舒大刚　喻剑南　编

喻朝刚文集

YUCHAOGANG WEN JI

一

宋词经典选粹

GUANGXI NORMAL UNIVERSITY PRESS
广西师范大学出版社
·桂林·

图书在版编目（CIP）数据

喻朝刚文集：全四卷 / 喻朝刚著；周航，舒大刚，喻剑南编．—桂林：广西师范大学出版社，2016.8
（巴蜀全书 / 舒大刚主编. 蜀学丛刊）
ISBN 978-7-5495-8721-6

Ⅰ．①喻… Ⅱ．①喻…②周…③舒…④喻… Ⅲ．①中国文学－古典文学－文学研究－宋代－文集 Ⅳ．①I206.2-53

中国版本图书馆 CIP 数据核字（2016）第 205909 号

广西师范大学出版社出版发行
（广西桂林市中华路 22 号　邮政编码：541001
网址：http://www.bbtpress.com）
出版人：张艺兵
全国新华书店经销
四川和乐印务有限责任公司印刷
（成都市青羊区苏坡乡万家村 2 组　邮政编码：610074）
开本：787 mm × 1 092 mm　1/16
印张：76.75　　字数：1500 千字
2016 年 8 月第 1 版　　2016 年 8 月第 1 次印刷
定价：368.00 元（全四卷）

《巴蜀全书》出版说明

《巴蜀全书》是收录和整理巴蜀历史文献的大型丛书。该项工作 2010 年 1 月经由中共四川省委常委会议批准为四川省重大文化工程；同年 4 月又获国家哲学社会科学规划办公室批准，列为国家社科基金重大委托项目。该计划将对现今四川省、重庆市及其周边亦属传统“巴蜀文化”区域内的各类古典文献进行系统调查、整理和研究，实现对巴蜀文献有史以来规模最大、体例最善、编纂最科学、使用最方便的著录和出版。

《巴蜀全书》编纂工程，将收集和整理自周秦以下乃至民国初年历代巴蜀学人撰著的重要典籍以及其他作者撰著的反映巴蜀历史文化的作品，编纂汇集成巴蜀文献的大型丛书。主体工作将分“巴蜀文献联合目录”“巴蜀文献精品集萃”“巴蜀文献珍本善本”三大类型，计划对两千余种巴蜀文献编制联合目录和内容提要，对五百余部、二十余万篇巴蜀文献进行精心校点或注释、评析，对一百余种巴蜀善本、珍本文献进行考察和重版。

通过编纂《巴蜀全书》，希望打造出巴蜀文化的“四库全书”，为保存和传播巴蜀历代的学术文化成果，促进当代“蜀学”振兴与巴蜀文化建设，奠定坚实的文献基础；为提升中华民族的文化自觉和文化自信、建设文化强国贡献力量。

《巴蜀全书》编纂领导小组

整理巴蜀文献　传承优秀文化

——《巴蜀全书》前言

舒大刚　万本根

中华民族，多元一体；中国文化，群星璀璨。在祖国大西南，自古就传承着一脉具有深厚历史底蕴和鲜明个性的文化，即巴蜀文化。巴蜀地区山川秀丽，物产丰富，自古号称“陆海”“天府”；巴蜀文化源远流长，内涵丰富，是古代长江文明的源头，与“齐鲁文化”“荆楚文化”“吴越文化”等同为中华文化之瑰宝。整理和研究巴蜀文化的载体——巴蜀文献，因而成为研究中国历史和中华文化不可或缺的内容。

一、综览巴蜀文化　增强自信热力

巴蜀地区气候宜人，资源丰富，是人类早期的发祥地之一。考古发现，这里有距今二百零四万年的“巫山人”，有距今三万五千年的“资阳人”。这里不仅有大禹治水、巴族廪君、蜀国五主（即蚕丛、柏濩、鱼凫、杜宇、开明五个王朝）等优美动人的历史传说，也有宝墩文化诸古城遗址、三峡考古遗址、三星堆遗址、金沙遗址、小田溪遗址、李家坝遗址等重大考古发现。商末周初，庸、蜀、羌、髳、微、卢、彭、濮，以及勇锐的巴师，曾参与武王伐纣。春秋战国，巴濮楚邓、秦蜀苴羌，虽互有战伐，亦相互交流。秦汉以降，巴蜀的地利和物产，更是抵御强侮、周济天下、维护祖国统一、实现持久繁荣的战略屏障和天然府库。

在祖国“多元一统”的文化格局中，巴蜀以其丰富的自然和人文资源，哺育出一批又一批杰出人物和文化精英，既有司马相如、王褒、严遵、扬雄、陈寿、常璩、陈子昂、赵蕤、李白、苏轼、张栻、李心传、魏了翁、虞集、杨慎、唐甄、李调元、杨锐、刘光第、廖平、宋育仁、谢无量、郭沫若、巴金等文化巨擘，也有朱之洪、张澜、谢持、张培爵、吴玉章、杨庶堪、黄复生、尹昌衡、邹容、熊克武、朱德、刘伯承、聂荣臻、陈毅、赵世炎、邓小平等革命英杰，他们超拔伦辈，卓然振起，敢为天下先，乐为苍生谋，创造了辉煌灿烂的思想文化，也推动了中国社会的历史巨变，演绎了一幕幕惊心动魄的历史大剧。

历代巴蜀学人在祖国文化的缔造中，成就良多，表现突出，许多文化人物和文明成果往往具有先导价值。巴蜀儿女锐意进取的创新精神，使这种创造发明常常居于全国领先地位，成为祖国文化宝库中耀眼的明珠。

在传统思想、文化和宗教领域，中国素号“三教互补”，“儒”“释”“道”交互构成中华思想文化的主要内容，而儒学是其主干。从汉代开始，巴蜀地区的儒学就十分发达，西汉蜀守文翁在成都创建当时全国首个郡国学校——石室学宫，推行“七经”教育，实行儒家教化，遂使蜀地民风丕变，并化及巴、汉，促成中国儒学重要流派——“蜀学”的形成，史有“蜀学比于齐鲁”之称。巴蜀地区是“仙道”派发源地，东汉张道陵在蜀中创立“天师道”，中国道教正式诞生。东汉佛教传入中国后，四川也是其重要传播区域。

巴蜀“易学”源远流长，大师辈出。自汉胡安（居邛崃白鹤山，以《易》传司马相如）、赵宾（治《易》持论巧慧，以授孟喜）、严遵（隐居成都，治《易》《老》）、扬雄（著《太玄》）而下，巴蜀治《易》之家辈出。晋有范长生（著《周易蜀才注》），唐有李鼎祚（著《周易集解》），宋有苏东坡（著《东坡易传》）、房审权（撰《周易义海》）、魏了翁（撰《周易集义》《周易要义》）、张栻（著《南轩易说》）、李石（著《方舟易说》）、李心传（著《丙子学易编》），元有赵采（著《周易程朱传义折衷》）、黄泽（著《易学滥觞》）、王申子（著《周易辑说》），明有来知德（撰《周易集注》）、熊过（著《周易象旨决录》），清有李调元（著《易古文》）、刘沅（撰《周易恒解》），皆各撰易著，发明“四圣”（伏羲、文王、周公、孔子）之心。巴蜀易学，普及面广，自文人雅士、方术道流，以至引车卖浆之徒、箍桶织履之辈，皆有精于易理、善于测算者。理学大师程颐两度入蜀，得遇奇人，遂有感悟，因生“易学在蜀”之叹。

巴蜀“史学”名著迭出、斐然成章。陈寿《三国志》雅洁典要，名列“前四史”；常璩《华阳国志》体大思精，肇开方志体。谯周《古史考》，开古史考证之先声；苏辙《古史》，成旧史重修之名著。至于范祖禹（撰《唐鉴》，助司马光修《通鉴》）、李焘（撰《续资治通鉴长编》）、王偁（撰《东都事略》）、李心传（撰《建炎以来系年要录》及《朝野杂记》《宋会要》），更是宋代史学之巨擘，故刘咸炘有“史学莫隆于蜀”之说。

蜀人“好文”，巴蜀自古就是歌赋诗词的沃壤。禹娶涂山（今重庆南岸真武山，常璩《华阳国志·巴志》、郦道元《水经注·江水一》），而有“候人兮猗”的“南音”，周公、召公取之“以为《周南》《召南》”（《吕氏春秋·音初》）。西周江阳（今泸州）人尹吉甫亦善作诗，《诗经》传其四篇（曹学佺《蜀中广记》卷九一）。“文宗自古出巴蜀”，“汉赋四家”，司马相如、扬雄、王褒居其三。陈子昂、李太白首开大唐雄健浪漫诗风，五代后蜀《花间集》与北宋东坡词，开创宋词婉约、豪放二派。“三苏”（苏洵、苏轼、苏辙）父子，同时辉耀于“唐宋八大家”之林；杨慎著作之富，位列明代儒林之首。“自古诗人例到蜀”，汉晋唐宋以及明清，历代之迁客骚人，多以巴蜀为理想的避难乐土，而巴蜀的山水风物又丰富其艺情藻思，促成创作高峰的到来。杜甫、陆游均以巴蜀为第二故乡，范成大、王士禛亦写下千古流芳的《吴船录》和《驿程记》。洎乎近世，沫若、巴金，蔚为文坛宗匠；蜀讴川剧，技压梨园群芳。

“三苏”父子既是文学大家，也是“蜀学”领袖；绵竹张栻，不仅传衍南宋“蜀学”之道脉，而且创立“湖湘学派”之新范。明末唐甄撰《潜书》，斥责专制君主，提倡民本思想，被章太炎誉为“上继孟、荀、阳明，下启戴震”的一代名著。晚清廖平撰书数百种，区分今学古学，倡言托古改制。钱基博、范文澜俱誉其为近代思想解放之先驱。新都吴虞，批判传统道德，笔锋犀利，被胡适誉为“思想界的清道夫”。

在科技领域，秦蜀守李冰开建的都江堰，是至今还在使用的人类最古老的水利工程；汉代临邛人民，开创了人类历史上最早使用天然气煮盐的记录。汉武帝征阆中洛下闳修《太初历》，精确计算回归年与朔望月，是世界上首部“阴阳合历”的范本。杨子建《十产论》异胎转位术领先欧洲五百年。北宋唐慎微《证类本草》，将本草学与方剂学相结合，是世界上第一部大型药典和植物志。王灼《糖霜谱》详录蔗糖制作工艺，是世界上有关制糖技术的首部专书。南宋秦九韶《数学九章》，将中国数学推向古代科学顶峰，其“大衍求一术”领先西方世界同类算法五百年。

至于巴蜀地区的乡村建设和家族文化，也是硕果累累，佳话多多。他们或夫妇齐名、比翼双飞（司马相如与卓文君，杨慎与黄娥）；或兄弟连袂，花萼齐芳（苏轼、苏辙，苏舜钦、苏舜元，李心传、李道传、李性传等）。更有父子祖孙，世代书香，奕世载美，五世其昌：阆中陈省华及其子尧佐、尧叟、尧咨等，“一门二相，四世六公，昆季双魁多士，仲伯继率百僚”（霍松林语）；眉山苏洵、苏轼、苏辙及子孙辈过、籀，并善撰文，号称“五苏”；梓州苏易简及其孙舜钦、舜元，俱善诗文，号称“铜山三苏”；井研李舜臣及其子心传、道传、性传，俱善史法、道学，号称“四李”；丹棱李焘与其子壁、𡌴，俱善史学、文学，时人赞“前有三苏，后有三李”。降及近世，双流刘沅及其孙咸荥、咸炘、咸焌，长于经学、道学与史学，号称“槐轩学派”。如此等等，不一而足。

综观巴蜀学术文化，真可谓文章大雅，无奇不有！其先于天下而创者，则有导夫先路之功；其后于天下而作者，则有超迈古今之效！先天后天，不失其序；或创或继，各得其宜。

二、整理巴蜀文献　促进文化兴邦

历史上的四川，既是文化大省，也是文献富省。巴蜀上古历史文化，在甲骨文、金文和《尚书》《春秋》等华夏文献中都有记录，同时巴蜀大地还孕育形成了别具特色的“巴蜀文字”。秦汉统一后，历代巴蜀学人又为我们留下了汗牛充栋、丰富多彩的古典文献。唐代中后期（约8世纪初），成都诞生了“西川印子”，北宋初期（10世纪后期）又出现了“交子双色印刷术”，标志着雕版印刷的产生、成熟和创新，大大推动了包括巴蜀文献在内的古典文献的保存与传播。据不完全统计，历史上产生的巴蜀古文献不下万余种，现在依然存世的也在五千种以上。

巴蜀文献悠久绵长，影响深远，上自先秦的陶字、金文，下迄汉晋的竹简、石刻，以及唐刻、宋椠，明刊、清校，经史子集，三教九流，历历相续不绝，熠熠彪炳史册。巴蜀文献体裁多样，内容丰富，举凡政治之兴替、经济之发展、文化之繁荣、兵谋之奇正、社会之变革，以及思想学术之精微、高人韵士之风雅、地理民族之风貌、风俗习惯之奇特，都应有尽有，多彩多姿。它们是巴蜀文化的载体，也是中华文明的重要表征。

对巴蜀文献进行调查整理研究，一直是历代巴蜀学人的梦想。在历史上，许多学人曾对巴蜀文献的整理和出版付出过热情和心血，编纂有各类巴蜀总集、全集和丛书。《汉书·艺文志》载“‘扬雄所序’三十八篇：《太玄》十九、《法言》十三、《乐》四、《箴》二”。或许是巴蜀学人著述的首次汇集。五代的《花间集》和《蜀国文英》，无疑是辑录成都乃至巴蜀作品的最早总集。宋代逐渐形成了“东坡七集”（苏轼）、“栾城四集”（苏辙）、“鹤山大全集”（魏了翁）等个人全集，以及《三苏文粹》《成都文类》等文章总集。明代出现杨慎的个人全集《升庵全集》和四川文章总集《全蜀艺文志》。入蜀为官的曹学佺还纂有类集巴蜀历史文化掌故而成的资料大全——《蜀中广记》。清代，李调元辑刻以珍稀巴蜀文献为主的《函海》，可视为第一部具体而微的“巴蜀文献丛书”。近代编有各类“蜀诗”“蜀词”“蜀文”和“川戏”等选集。这些都为巴蜀文献的系统编纂、出版做出了有益尝试。

20世纪初，谢无量曾提出编纂《蜀藏》的设想，因社会动荡而未果。胡淦亦拟编《四川丛书》，然仅草成“拟收书目”一卷。1983年中共中央《关于整理我国古籍的指示》下达，国家成立“全国古籍整理出版规划领导小组”和“全国高等院校古籍整理工作委员会”，四川也成立了“四川省古籍整理出版规划小组”，制定出《四川省古籍整理出版规划》（1984—1990）。可惜这个规划并未完全实施，巴蜀文献仍然处于分散收藏甚至流失毁损的状态。

2007年初，国务院下发《关于进一步加强古籍保护工作的意见》，全国各省纷纷编纂地方文献丛书。四川大学和四川省社科院的学人再度燃起整理乡邦文献的热情，向四川省委、省政府提交“编纂《巴蜀全书》，振兴巴蜀文化”的建议，四川省委、省政府再度将整理巴蜀文献提到议事日程。经过多方论证研究，2010年1月四川省委常委会议批准“将四川大学申请的《巴蜀全书》纳入全省古籍文献整理规划项目”；4月又获得国家哲学社会科学规划办公室批准，将《巴蜀全书》列为“国家社科基金重大委托项目”。千百年来巴蜀学人希望全面整理乡邦文献的梦想终于付诸实施。

《巴蜀全书》作为四川建省以来最大的文献整理工程，将对自先秦至民国初年历代巴蜀学人的著作或内容为巴蜀文化的文献进行全面的调查收集和整理研究，并予以出版。本工程将采取以下三种方式进行：

一是编制《巴蜀文献联合目录》。古今巴蜀学人曾经撰有大量著作，这些文献在历经了历史的风风雨雨后，生灭聚散，或存或亡，若隐若现，已经面目不清了。该计划根据“辨章学术，考镜源流”的旨趣，拟对巴蜀文献的历史和现状进行全面普查和系统考证，探明巴蜀文献的总量、存佚、传承和收藏情况，以目录的方式揭示巴蜀文献的历史和现状。

二是编纂《巴蜀文献精品集萃》。巴蜀文献，汗牛充栋，它们是研究和考述巴蜀历史文化的重要资料。对这些文献，我们将采取三种方式处理：首先，建立“巴蜀全书网”，利用计算机和网络技术对现存巴蜀文献进行扫描和初步加工，建立“巴蜀文献全文资料库”，向读者和研究者提供尽可能集中的巴蜀文化资料。其次，本着“去粗取精，古为今用”的宗旨，按照历史价值、学术价值、文化价值“三结合”的原则，遵循时间性、代表性、地域性、独特性“四统一”的标准，从浩繁的巴蜀古籍文献中认真遴选五百余种精品文献，特别是要将那些在中华传统文化体系中具有首创性和独特性的巴蜀古籍文献汇集起来，进行校勘、标点或注释、疏证，挖掘其中的思想内涵和治蜀经验，为当代社会、经济、政治、文化建设服务。第三，根据巴蜀文化的历史实际，收集各类著述和散见文献，编成儒学、佛学、道教、民族、地理、文学、艺术、科技、碑刻等专集。

三是重版《巴蜀文献珍本善本》。成都是印刷术发祥地，巴蜀地区自古以来的刻书、藏书事业都很发达，曾产生和收藏过数量众多的珍本、善本，“蜀版”书历来是文献家收藏的珍品。这些文献既是见证古代出版业、图书馆业发展的实物，也是进行文献校雠的珍贵版本，亟待开发，也需要保护。本计划将结合传统修复技艺和现代印刷技术，对百余种巴蜀文献珍稀版本进行修复、考证和整理，以古色古香的方式予以重印。

通过以上三个系列的研究，庶几使巴蜀文献的历史得到彰显，内涵得到探究，精华得到凸显，善本得到流通，从多个角度实现对巴蜀文献的当代整理与再版。

盛世修书，传承文明；蜀学复兴，文献先行。“《巴蜀全书》作为川版的‘四库全书’，蕴含着历代巴蜀先民共同的情感体验和智慧结晶，昭示着今天四川各族人民共有的文化源流和精神家园。”（《巴蜀全书》编纂领导小组会议文件。下同）《巴蜀全书》领导小组要求，“我们一定要从建设中华民族共有精神家园、打牢四川人民团结奋斗共同思想基础的高度，来深刻认识《巴蜀全书》编纂出版工作的重大意义。特别要看到，这不是一件简单的古籍整理出版工作，而是一件几百年来巴蜀学人一直想做而没有条件做成的文化盛事，是四川文化传承史上的重要里程碑”。无论是中国古代的文化发展，还是世界近世的文明演进，都一再证明：任何一次大的文化复兴活动，都是以历史文献的系统收集整理为基础和先导的。我们希望通过对巴蜀文献的整理出版，给巴蜀文化的全面研究和当代复兴带来契机，为“发掘和保护我国丰厚的历史文化遗产，提升我国文化软实力，推动中华优秀传统文化走向世界”做一些基础性工作。

有鉴于此，《巴蜀全书》领导小组明确要求，要广泛邀请省内外专家学者参与编纂，共襄盛举。这一决策，实乃提高《巴蜀全书》学术水准和编纂质量的根本保障。领导小组还希望从事此项工作的学人，立足编纂，志在创新，从文献整理拾级而上，自编纂而研究，自研究而弘扬，自弘扬而创新，“利用编纂出版《巴蜀全书》这个载体，进一步健全研究巴蜀传统文化的学术体系，以编促学、以纂代训，大力培养一批精通蜀学的科研带头人和学术新人”。可谓期望殷切，任务艰巨，躬逢其盛，能不振起？非曰能之，唯愿学焉。《巴蜀全书》的编纂希望为巴蜀的文化建设和“蜀学”的现代复苏拥彗前趋，至于搭建桥梁，开辟荆榛，上继前贤，下启来学，固非区区之所能，在此仅树其高标，以俟高明云尔！

2014 年 5 月

喻朝刚

中学生　喻朝刚

1953 年涪陵中学

高中毕业前部分师生合影，后排左一为喻朝刚

中学毕业

大学时代

大学同窗

左起一排：王　我　杨国祥　二排：刘光平　魏克信　喻朝刚

后排：孟国善

1959年

前排左起：陶　然　喻朝刚　王庆菽　王万庄　杨照廷

后排左起：赵西陆　刘禹昌　李昭恂　郭石山　宋荫谷

1960 年喻朝刚在越南

1971年建党50周年征文时

左起：刘景路　曲有源　喻朝刚　吴开晋

刘中树、喻朝刚在长白山上

上世纪 80 年代喻朝刚在家中

1985 年，在义和路家中写作。

喻朝刚在吉林大学中文系资料室查资料

喻朝刚在中文系办公室

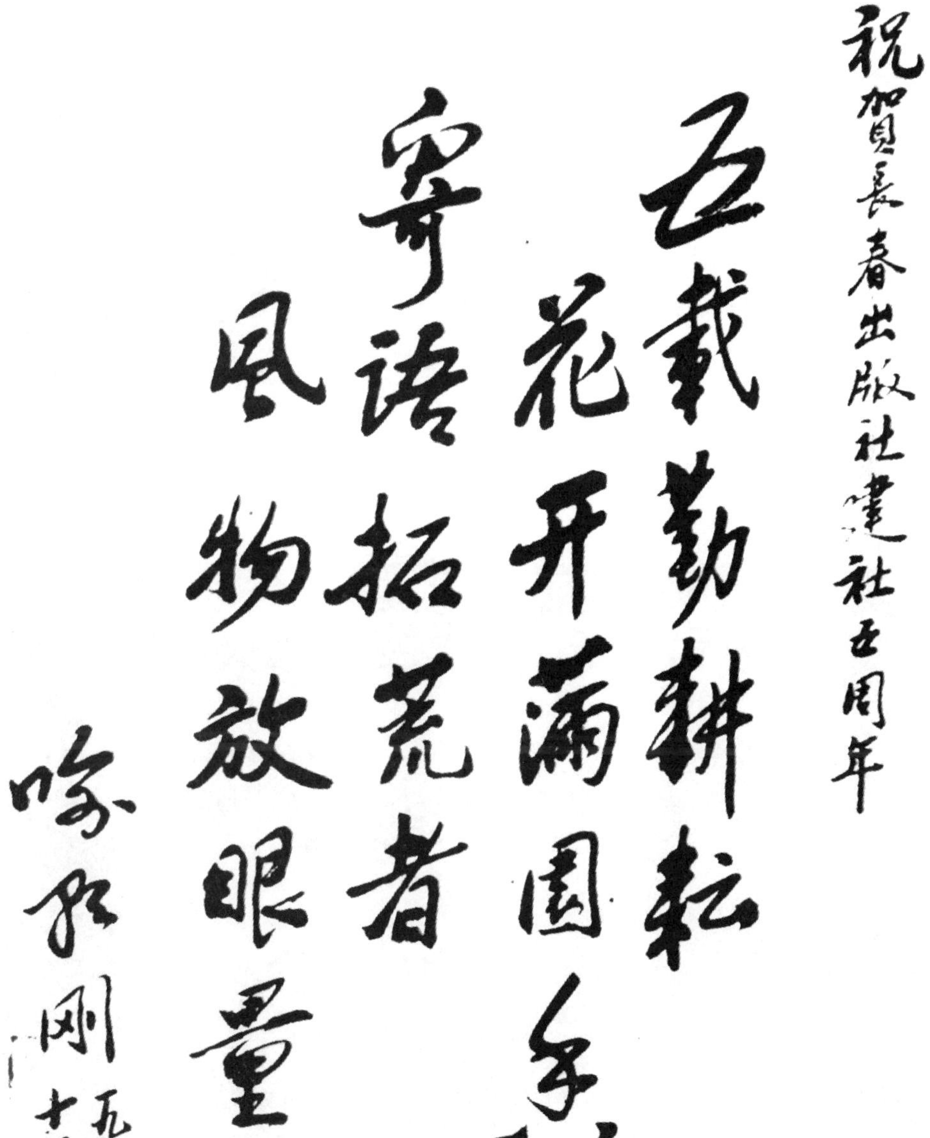

喻朝刚墨迹

60年代的母亲

1986年夏喻朝刚和母亲在老家

喻朝刚扬州留影

部分著作

导师与研究生

前排左起：喻朝刚　郭石山　公　木　王士博

后排左起：韩经太　李从军　王步高　张　晶　霍　然　肖瑞峰

松花湖学术会议上

前排左右：公　木　喻朝刚

后排左起：肖天岳　霍　然　韩经太　赵洪林　王　昊　张　晶

1997 年冬，喻言与父亲。

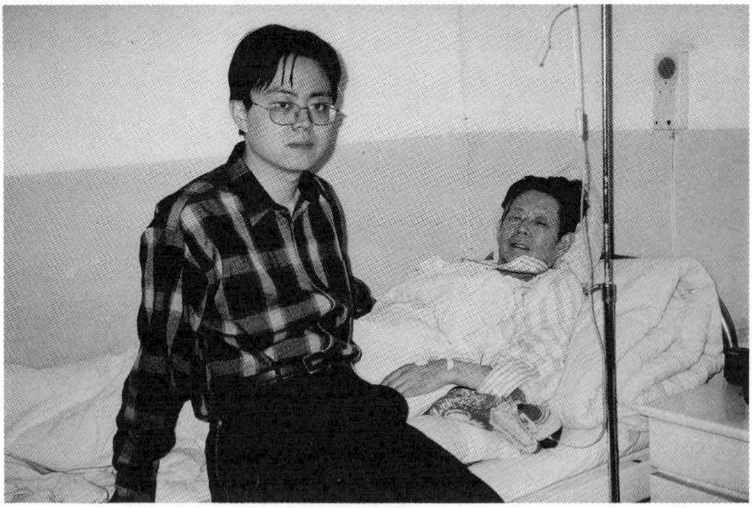

1998 年，喻剑南在父亲病榻前。

解放思想　开拓创新（代序）

——我的学术思想

1933 年 8 月 7 日，我出生在四川省秀山县一个偏僻山村的贫苦农民家庭里。父母没有文化，都是勤劳朴实的农民。童年时代，虽然已经过去了五十多年，但回忆起来，至今记忆犹新。

1939 年，当抗日烽火燃遍全国的时候，我进了乡村小学。1945 年，打败日本帝国主义以后，我考上了县立初级中学。当解放军百万雄师下江南时，我进入了高中。1949 年，家乡解放后，我上学的一切费用均由人民政府负担，一直享受着甲等人民助学金。我做梦也没想到，深山沟里的穷孩子，会成为新中国的一名大学生。

1951 年，我在秀山中学加入了新民主主义青年团，曾担任过校团委书记、学生会主席、县学联主席、西南区首届学生代表大会代表。在重庆参加“学代会”期间，我曾见到过当时西南军区的首长邓小平、刘伯承、贺龙等领导同志。还见到了解放前曾在秀山中学任教，教过我们地理课的中共地下党员罗退之（即《红岩》作者之一的罗广斌）老师。他在学代会上，讲述了江竹筠等革命烈士在白公馆和渣滓洞与国民党反动派进行殊死斗争的英雄事迹。烈士们坚贞不屈、视死如归的精神深深地感动了我，使我受到了一次生动的革命传统教育，并决心向烈士们学习，永远跟着共产党走。

1953 年 7 月，我在长江边上的万县参加全国高校统一招生考试，结果被东北人民大学中文系录取。这年 10 月，我离开家乡，乘船驶出三峡，千里迢迢，来到了已经大雪纷飞的东北。

1956 年 12 月，我举手宣誓，加入了中国共产党。从此确立了自己的人生观、世界观和价值观，决心做一个永不变色的共产党员，为实现共产主义的伟大事业奋斗终生。

1957 年 8 月，大学毕业后留校任教，从助教、讲师、副教授到教授，四十多年一直学习、生活、工作在母校，并愉快地安家落户在北国的春城——长春市。

1959—1960 年，我被派往越南工作，在河内大学、河内外国学院任教。在此期间曾多次见到过胡志明主席和来越南进行国事访问的周恩来总理与陈毅副总理，在大使馆里聆听过他们的教诲。1964年，我在杭州大学进修，师从当代词学大师夏承焘教授，为我从事词学研究打下了基础。

1987—1993年，我曾任吉林大学中文系主任兼中国文化研究所所长。社会兼职有：中国古代文学学会理事、中国山水旅游文学学会副会长、中国韵文学会理事、中国词学研究会理事、中国《水浒》学会理事、吉林省文学学会副会长、开封市宋代文化研究中心顾问、东南大学词学研究所《中华词学》主编、湖北省《水浒争鸣》特约编委、青岛大学兼职教授、山东大学威海分校兼职教授等。

发表的主要论著有：专著八部，担任主编、编委、领衔撰稿人的合著二十四部，论文三十余篇。总计在五百万字以上（详见附录）。

一、弘扬传统文化，以爱国主义精神教育后代

我从事的是中国古代文学的教学和研究工作，我十分热爱这一专业。四十多年来，不管是刮寒风或是下冷雨，外界气候和氛围的变化，从未影响和动摇过我对这一专业的热爱。

我们伟大的祖国有五千年的悠久历史，我们的先辈创造了光辉灿烂的古代文化，为人类的进步做出了不可估量的伟大贡献。列宁和毛泽东关于继承古代文化遗产的论述，为我们的研究工作指明了方向。列宁认为："只有用人类创造的全部知识财富来丰富自己的头脑，才能成为共产主义者。"（《青年团的任务》）他还指出：马克思主义"吸收和改造了两千多年来人类思想和文化发展中一切有价值的东西"。（《论无产阶级文化》）毛泽东曾说："今天的中国是历史的中国的一个发展……从孔夫子到孙中山，我们应当给以总结，继承这一份珍贵的遗产。"（《中国共产党在民族战争中的地位》）又说："我们必须尊重自己的历史，决不能割断历史。"（《新民主主义论》）这些论述曾经深入人心，为广大社会科学工作者所接受。现在虽然时代不同了，但这些论述并未过时，对我们仍然具有指导意义。忽视研究历史问题和忽视研究现实问题，同样都是不明智的，对我们的事业都是无益而有害的。

我研究中国古代文学，选择以研究宋代爱国主义文学为突破口和始发站。宋代三百多年，我国境内的民族矛盾异常尖锐。长期的国内民族战争，给广大人民造成了深重的灾难。这一时期也是我国各民族从对立、分裂，走向大一统、大融合的一个重要阶段。当时我国人民发扬光荣的爱国主义传统，为反对民族压迫、反对分裂主义和投降主义，为争取祖国的统一，进行了不屈不挠的斗争。出现了从杨家将（据考证，除杨宗保为虚构人物外，杨业、杨延昭、杨文广祖孙三人均为历史人物）到岳飞、文天祥等一系列伟大的英雄人物，流传着无数可歌可泣的动人事迹。他们的高风亮节为广

大人民所敬仰，他们勇赴国难、视死如归、不惜流血牺牲的精神，鼓舞和激励着一代又一代中华儿女。与此同时，我国的爱国主义文学也在这块丰饶而肥沃的社会土壤里茁壮地成长、蓬勃地发展起来。

当我把视线投向宋代文学的时候，立即被两位伟大的爱国作家所吸引。他们就是“位卑未敢忘忧国”“死去犹能作鬼雄”，被后人誉为“亘古男儿一放翁”的爱国诗人陆游和“要挽银河仙浪，西北洗胡沙”，“气吞万里如虎”的爱国词人辛弃疾。他们是南宋文坛的双子星座，宛若双峰并峙，互相辉映，彪炳千秋，为我国古代文学增添了光耀夺目的异彩奇辉。

从50年代后期开始，我集中精力研究这两位宋代作家，通读了《陆放翁全集》和《稼轩长短句》。陆游存诗九千三百多首，辛弃疾存词六百三十多首，他们的作品每读一遍都要用几个月甚至半年以上的时间。我横下一条心，将自己关在斗室之中，一卷卷、一篇篇、一首首、一句句地认真阅读。每有所得，便记录下来。这样日积月累，掌握了较为丰富的资料，于是着手撰写研究论文。从1959年开始，我先后在国内学术刊物上，发表了九篇关于陆游研究的论文和四篇关于辛弃疾研究的论文。其中《论陆游的爱国诗篇》《放翁词论》《陆游论创作》《略论辛弃疾的词》《稼轩词三首浅议》等，都受到了学术界的重视，产生了一定的影响，并被国内一些书刊所转载和收录。

在此基础上，我开始为这两位作家写评传，对他们的生平、思想及其创作进行全面的、深入的研究，力求对这两位伟大的爱国作家做出公正的、符合历史实际的评价。1983年，作为黑龙江人民出版社“中国古典作家丛书”之一的《陆游》出版了。该书十一万字，分为：“陆游的爱国诗篇”“陆游诗歌的艺术成就”“陆游的词”“陆游论创作”等七章。责编者在“出版说明”中评价说：“《陆游》一书的作者运用广泛搜集的资料，结合自己多年来从事教学和科研的实践，对陆游的生平、创作道路作了中肯的评介，着重全面地介绍了他所写诗篇的爱国主义内容和他所创作的古体诗、律诗、绝句各体的卓越艺术成就；又专章评述了陆游所写词的‘激昂感慨，飘逸高妙’的特色；阐述了陆游在总结自己创作经验的同时所表现的对诗文创作和文学批评方面的深刻而独到的见解。”

1989年3月，我的另一部专著《辛弃疾及其作品》，作为时代文艺出版社“古典文学丛书”之一，与读者见面了。该书共18.9万字，由“辛弃疾评传”和“稼轩词选注”两部分组成。《唐宋词百科大辞典》在收录本书的条目中，作了如下的评介：“评传部分对辛弃疾的时代、生平、思想、性格、创作道路及其作品的风格和艺术成就，进行了较为全面中肯的论述，既吸取了前人研究的成果，也有作者自己的一些新见解。文笔生动、语言流畅，雅俗共赏。词选部分共选录一百多首稼轩词，每篇作品均附有简明的注释和介绍创作背景、评论其思想艺术特色的‘说明’。该书对爱国主义词人辛弃疾在中国文学史上的地位、贡献和影响，给予了实事求是的评价。”

我之所以对陆游和辛弃疾的研究产生了强烈的兴趣，主要是由于他们坚贞不渝、始终如一的爱国主义精神感动了我。我认为作为一位古典文学研究工作者有责任向广大群众、特别是青年学生介绍他们的事迹和作品，使他们的精神得以发扬光大。我对这两位作家研究的成果，都应用到了教学实践之中，先后为本科生和研究生开了“陆游研究”和“辛弃疾研究”两门专题课。我深感从事中国古代文学的教学和研究是大有可为的，弘扬传统文化，以爱国主义思想教育后代，是我们义不容辞的责任。

二、在广博的基础上，才能创新

我从事词学研究虽然已近四十年，阅读了不少有关的资料，但仍常常感觉基础不够广博，掌握的知识太少。许多词学方面的问题，都联系到历史学、社会学、民俗学、语言学、宗教学、文艺学、哲学以及植物学、动物学等方面的问题。只有掌握了有关的知识，才能比较准确地理解和把握作品的内容和艺术特征。否则就只能人云亦云，很难有所突破和创新。

例如我在编写《两宋绝妙好词》时，选了葛胜仲咏“天穿节”的一首《蓦山溪》。这首词从来没有人选过，我也从未见过“天穿节”这个词。查了许多资料，都未觅得踪迹。我几次想将这首词删去，但又觉得它写得很好，很有特色，实在舍不得。于是又继续查阅古书，终于在明人杨慎的《词品》中发现了它。原来“天穿节”是宋以前的民俗节日，即农历正月二十三日，是为了纪念女娲补天而设立的。《词品》解释说：“相传云：女娲氏以是日补天。俗以煎饼置屋上，名曰补天穿。今其俗废久矣。”可见知识面不广，做学问是寸步难行的。

又如《两宋绝妙好词》中有一类题为“群芳竞艳”，实际就是百花的赞歌。这些作品虽然歌咏的是争奇斗艳的百花，但要将它们的特质、形状、栽培历史、实用价值等都准确地介绍给读者却并非易事，仅靠平时的印象和掌握的知识是远远不够的。于是我就去查阅《全芳备祖》《群芳谱》《广群芳谱》等一些卷帙浩繁、以前从未读过的巨著。虽然耗去了不少时间，但从中受益匪浅。

从 80 年代后期开始，为了进一步深入进行宋词研究，我又再次从头至尾认真地阅读了《宋史》《三朝北盟会编》《宋人轶事汇编》《续资治通鉴》《建炎以来系年要录》等。这些书每部都在百万甚至千万字以上。当自己觉得心中有了谱，便开始了对宋词研究的新阶段。从 1988 年到 1995 年，我先后出版了《宋词精华新解》（1988 年，

33.5万字）、《分类新编两宋绝妙好词》（1992年，85.5万字）、《全宋词精华》（1995年，140万字）这三部书，既吸取了前人研究的成果，同时在选词、体例、解说等方面都有所创新。如《分类新编两宋绝妙好词》，将所选之词按主题和题材分为“大好河山”“名胜古迹”“爱国情怀”“边塞烽烟”“承平岁月”“乱世悲歌”“节物风情”等四十二类，展示出宋词广阔的思想内容和艺术天地，破除了认为宋词题材狭窄、纯属“艳科”的传统观念，使读者对宋词有了新的认识和体验。这部书的选词标准、分类方法和编写体例，都是独创一格、没有先例的。因此出版以后，已经印过3次，总数累积25620册，被吉林文史出版社列为保留书目之一。几年来，《社会科学战线》《中国文化报》《中华词学》曾相继发表书评，给予了充分的肯定。

《全宋词精华》（全套共五册，140万字），是我从事宋词研究的一部具有代表性的著作。该书原计划1996年完成，由于辽宁古籍出版社同志的热情支持和鼓励，促使我夜以继日、废寝忘食地工作，提前于1995年3月完稿。三个月后即与读者见面。出版周期之短，在当前国内学术著作出版中是很少见的。1995年7月，我应邀到沈阳参加首发式和签名售书，并与一部分读者见面，回答了他们提出的有关问题。该书以作者为经，以时代先后为序排列，共收录宋代词人五百余家的近两千首作品。可以说宋词的精华绝大部分都包括在其中了。该书突破了前人的审美观念和选词标准，不受婉约、豪放两大派观念的局限，选录了不少被前人打入冷宫的遗珠弃璧，使许多优秀的作品在沉埋了数百年后重新与读者见面。该书除原文和作者小传外，还有“注释”“解说”和“集评”三方面的内容。“注释”力求简明准确，主要解释典故、史实和比较难懂的词语，一般不作句意的串讲。“解说”是本人对原作的基本理解，或介绍写作背景，或揭示主题思想，或探索艺术特色，不求面面俱到，仅述一得之见。“集评”除选录了宋、金、元、明、清历代词学家的评语外，还选录了当代词学大师夏承焘、唐圭璋和一部分著名学者对有关词作的精辟评析，这在词选集评中是没有先例的。特别应当指出的是，“集评”中摘引了毛泽东评论范仲淹的两首名作《苏幕遮》和《渔家傲》的一段话：

> 词有婉约、豪放两派，各有兴会，应当兼读。读婉约派久了，厌倦了，要改读豪放派。豪放派读久了，又厌倦了，应当改读婉约派。我的兴趣偏于豪放，不废婉约。婉约派中有许多意境苍凉而又优美的词。范仲淹的上两首，介于婉约与豪放两派之间，可算中间派吧；但基本上仍属婉约，既苍凉又优美，使人不厌读。
>
> ——中央文献出版社《毛泽东读文史古籍批语集》

这段话谈的不仅是他读词的体会，而且提出了一个具有理论意义的问题：在婉约、豪放两派之外，还有一个介于二者之间的中间派。这说明毛泽东的词学造诣很深，他的看法符合宋词的实际，不愧是行家的真知灼见，具有独创性，对研究宋词的流派也是有指导意义的。

为了编著《全宋词精华》和《分类新编两宋绝妙好词》这两部书，我除了反复精读《全宋词》外，还广泛地阅读了历代词的总集、别集、选本、词话、词评、诗话，以及多种正史、野史、笔记、杂录等文史古籍，总计一千三百多种。我深深地体会到，研究学问不博览群书绝对不行，只有在广博的基础上才能有所创新。

三、解放思想，实事求是

研究古典文学和研究其他问题、做任何工作一样，都必须解放思想，坚持实事求是的原则，才能有所发现、有所创新。迷信权威，不从实际出发，就只能跟在他人后面，亦步亦趋，拾人牙慧，是很难有所成就的。

从60年代初开始，我在集中主要精力从事宋词研究的同时，断断续续地对中国古代长篇小说中的几部名著进行了一些研究。先后发表了《封建道德与宋江的悲剧》《评价〈水浒〉的几个问题》《〈水浒〉究竟是一部什么样的书》《评价〈三国演义〉的几个问题》《〈红楼梦〉：形象的封建社会阶级斗争史》等五篇论文。其中以对《水浒》的研究较为深入，有一些新见，影响较大。

《水浒》是古典文学研究中的一个热点，新中国成立后学术界曾多次展开过热烈的讨论。但由于研究者思想不够解放，不能从实际出发，因而对一些重要问题众说纷纭，长期悬而未决。例如关于《水浒》的性质问题，即《水浒》究竟是一部什么样的书？这个问题就存在着种种不同的说法。其中流行的说法就有所谓农民起义说、市民说、地主阶级改良派说、忠奸矛盾说、反面教材说等，这些观点中最流行的农民起义说曾被写入了文学史的教科书中。但其是否正确，是否符合《水浒》的实际，却值得怀疑。

我认为评价一部作品，应当从它所反映的客观生活实际出发，而不应拘于现存的结论。《水浒》的实际是什么，就是这部小说产生的历史背景、作品所反映的社会矛盾的性质、主要人物的思想倾向和典型意义以及故事流传和演变的社会历史条件等。如果解放思想，以实事求是的态度来探讨这些问题，就会得出与上述种种说法不同甚至相反的结论。

我在《评价〈水浒〉的几个问题》一文中，着重论述了下列四个方面，即历史上的宋江起义，不能说是农民起义；《水浒》歌颂了人民群众反对封建暴政的武装斗争；《水浒》是如何对待和描绘皇帝的；招安、征辽和《水浒》的民族意识。我对这些方面的观点，与学术界很多人对《水浒》的看法不一样。文章发表后曾引起广泛的反响，同意我的观点的人愈来愈多。

我认为历史上的宋江起义，不能说是农民起义。这个问题，乍看起来使人颇感惊奇。因为毛泽东同志在《中国革命与中国共产党》的第一章第二节中有一段话曾经论及宋江起义。文章说："从秦朝的陈胜、吴广、项羽、刘邦起，中经汉朝的新市、平林、赤眉、铜马和黄巾，隋朝的李密、窦建德，唐朝的王仙芝、黄巢，宋朝的宋江、方腊，元朝的朱元璋，明朝的李自成，直至清朝的太平天国，总计大小数百次的起义都是农民的反抗运动，都是农民的革命战争。"《毛泽东选集》在这篇文章的注释中说："《中国革命与中国共产党》，是1939年冬季，由毛泽东和其他几个在延安的同志合作写的一个课本。第一章《中国社会》，是其他几个同志起草，经过毛泽东同志修改的。第二章《中国革命》是毛泽东同志写的。第三章《党的建设》没有完稿。"可见认为宋江起义是农民起义，并非毛泽东同志首先提出来的。其实是谁提出来的，并不重要，关键在于是否有根据。我为了研究《水浒》，曾翻遍了有关宋江的史料。如《宋史》《三朝北盟会编》《东都事略》《十朝纲要》《续资治通鉴长编》《文定集》等古籍，发现这些史料所记述的都只有关于这次起义的时间、地点、规模和结局等方面的内容，没有找到任何一条史料涉及起义的原因和性质。在讲史话本《大宋宣和遗事》中，也没有提供宋江起义是农民起义的任何根据。

我曾就此问题请教过历史系一位研究宋史的同志。他听了我的说明后，表示很难同意我的观点。我对他说，你出版过一本关于宋代农民起义资料的汇编，其中的李顺、王小波起义，方腊起义，钟相、杨幺起义，都有许多史料谈到他们是为了反对地主和官府的残酷压迫和剥削而揭竿起义的，唯独宋江起义却没有这方面的材料。你能举出一条史料来说明宋江等三十六人横行河朔、京东是为了反对地主阶级的剥削和压迫吗？（这里指的是历史上的宋江起义，而不是指小说《水浒》）他摇了摇头回答说：我暂时还举不出来。

既然没有史料作根据，那么这个问题就应当存疑，而不应断然就下结论。因此我认为历史上的宋江起义，不能说是农民起义。

这本来是史学界的问题，但它对研究《水浒》十分重要。因为持农民起义说的同志有一个基本出发点，那就是毫无疑问地首先肯定宋江起义是农民起义，然后据此推论描写宋江起义的《水浒》是一部歌颂农民起义的史诗。

为什么几十年来在有关论著和文章中，都毫无例外地认为宋江起义是农民起义呢？除了史料问题外，还有一个认识问题：封建社会的群众起义是否都是农民起义，是否只有农民起义？反对封建统治的武装斗争是否都是农民战争？正确地回答这些问题，对研究中国封建社会的矛盾和斗争，对评价《水浒》都是十分重要的。

封建社会的主要矛盾，是农民阶级和地主阶级的矛盾。除了这一贯穿始终的主要矛盾外，在不同阶级的不同发展时期还存在着各种各样的非主要矛盾，如残余的奴隶主阶级和地主阶级的矛盾，手工业工人、城市工商业者和其他被压迫群众与封建统治者的矛盾，国内的民族矛盾，地主阶级内部不同利益集团之间的矛盾，处于萌芽状态的资本主义因素和封建生产关系的矛盾，等等。这些矛盾一旦激化，也可能发展成大规模的武装斗争。研究封建社会的历史，既要承认主要矛盾，重视农民战争的作用，又不应否定次要矛盾，将主要矛盾绝对化。否则，就会将一切群众起义都说成是农民起义，将一切反对封建统治的武装斗争都说成是农民战争。

宋代319年，阶级矛盾和民族矛盾始终都很尖锐。农民和其他被压迫者、被剥削者反对封建暴政的斗争彼伏此起，连绵不断。其中一些规模较大的起义，如李顺、王小波起义，方腊起义，钟相、杨幺起义，范汝为起义等，根据现存史料完全可以断定是农民起义。但是在宋代也发生过多次士兵哗变、矿工暴动、市民造反、武装走私等形形色色的事件，至于各民族、各阶层联合起来，共同反对民族压迫的斗争，在南北宋之际更是层出不穷，如火如荼。这些武装斗争虽然都是针对封建统治者或异族入侵者，而且都有农民群众参加，但就其性质而论，却不能笼统地说都是农民起义，都是农民战争。

在论述了历史上的宋江起义不能说是农民起义以后，我在文章中接着就对《水浒》所描写的主要英雄人物进行了分析。由于《水浒》所描写的梁山起义是由一些小股武装和个别人物的抗暴斗争汇合成大规模群众起义运动的，在《水浒》成书以前，这些个别的英雄人物故事已在民间流传数百年，后经明代作家施耐庵的加工整理，才成为一部完整的巨著。因此要弄清《水浒》究竟是一部什么性质的书，就必须考察这些小股反抗活动和个别人物的抗暴斗争是在什么样的社会背景下发生的。

文章首先分析了《水浒》中最早出现的几位英雄人物，即史进、鲁达、林冲和武松。史进是地主保正史太公的儿子，他从小不务正业，只爱弄枪使棒。由于结交少华山的“强人”，被人告发，不得已弃家出逃。他参加起义并非由于自身受到剥削和压迫，而是由于江湖义气，不愿出卖朋友，才和官府发生对抗的。鲁达无私无畏，见义勇为，体现了劳动人民的优秀品德。然而他既非农民，对农民被剥削被压迫的苦难生活又缺乏具体的了解和感受。在他的抗暴活动中，也没有接触到农民和农民问题。他所看到和憎恨的黑暗现象，都发生在城市之中，因此他同情和保护的对象也都不是苦难深重的农民兄弟。他反对的是城市中的恶霸和赃官，如郑屠、高俅之流，而不是农村中的地主，更不是封建土地所有制。林冲，原为东京八十万禁军教头，他和高俅的矛盾虽然有是非善恶之分，但毕竟是统治阶级的内部矛盾。林冲是受害者，但并不代表农民阶级的利益，因此也不能说他是农民阶级的英雄。武松是施耐庵重点描绘的英雄形象。小说用了整整十回的篇幅来叙述他的故事。金圣叹称赞武松为“天神”，把他列为“上上人物”的首位。这个典型刻画得栩栩如生，光彩照人。但从其身世、经历和行状看，武松也不是农民阶级的英雄。景阳冈打虎以前，武松漂泊江湖，没有职业。他哥哥武大以卖烧饼为生，是一个从事饮食业的小贩。他一生从未拿过锄，扶过犁，种过地，对农村和农民毫不了解。后来他为兄复仇，手刃奸夫淫妇，惩罚邪恶势力，为被侮辱、被损害的小民百姓报仇雪恨，大快人心，理应受到人们的称赞。至于醉打蒋门神，大闹飞云浦，血溅鸳鸯楼，都表现了武松疾恶如仇、扶危济困、勇武刚强、敢作敢为的英雄性格。可是也应看到，施恩与蒋忠为争夺快活林酒店主权而进行的斗争，虽有是非曲直之分，但毕竟不是农民阶级与地主阶级的矛盾。武松助施打蒋，是扶弱抗强、除暴安良的行为。人们尽可以用一切美好的言辞去赞扬武松，就是不应该给他戴上农民英雄的桂冠。因为矛盾的性质，决定人物的阶级属性。

文章在分析了上述几位英雄人物后，又考察了在少华山、桃花山、清风山、对影山、黄门山、饮马川、二龙山、白虎山、芒砀山、枯树山、浔阳江、揭阳岭等地占山为王、起义造反的众家好汉。其中有手工业工人、小商小贩、江湖浪人、落第举子、下级官吏、屠户店家、被俘军官以及贵族地主等，成分十分复杂。在 108 个头领中，只有李逵和陶宗旺是农民出身，加上渔民阮小二、阮小五、阮小七和猎户解珍、解宝等，来自农村的劳动人民也不到十分之一。这说明梁山起义军不是一个阶级的革命武装，而是由被压迫阶级和阶层的广大群众共同组织和领导的一支人民造反大军。这支军队是在北宋末年各种社会矛盾总爆发的特定历史条件下产生和形成的。领导成员出身成分的广泛性，也造成了思想观点的复杂性。在梁山起义军的队伍里，既有市民思想、农民意识、地主阶级改良派的观点，甚至也有不少封建主义的东西。农民阶级反对地主阶级的残酷剥削和压迫，反对封建土地所有制的革命要求和愿望，并未得到充分的体现和反映，因此没有根据说它是一支农民起义军。我不同意“农民起义说”，因为《水浒》着重描写的不是农民的起义，而是各阶层被压迫群众共同发起和领导的武装斗争。用“人民起义”来概括这场武装斗争的性质，要比“农民起义”更准确，更符合作品的实际。

关于《水浒》反不反皇帝的问题，曾经引起过热烈的讨论。一种意见认为：《水浒》只反贪官，不反皇帝，因而它是一部反面教材。我对这个问题的看法是：判断《水浒》反不反皇帝，归根结底还要看作品究竟刻画了一个什么样的皇帝。是像《三国演义》中的刘备那样，实施仁政、爱民如子、处处以苍生为念的好皇帝，还是一个纵情声色、昏庸无道、祸国殃民的坏皇帝呢？很明显，《水浒》中的赵佶和《三国演义》中的刘备相反，不是一个好皇帝而是一个坏皇帝。在这个问题上，作者是用形象来说话，来表达他的爱憎倾向的。小说中所描绘的道君皇帝，登基前就是个典型的纨绔王子，正经的事儿不干，专门追欢寻乐，学会一切“浮浪子弟门风帮闲之事”。即位后天下大事不闻不问，迫不及待地抬举一个流氓无赖高俅做了殿帅府太尉。高俅上任以后，贪赃枉法，挟隙报复，假公济私，作威作福，民不堪命，祸乱迭起，这就是所谓的“乱自上作”。蔡京、王黼、童贯、高俅等一伙贼臣有恃无恐地败坏纲纪，陷害忠良，胡作非为，根子究竟在哪里？不正是这位“至圣至明”的天子吗？《水浒》中的赵佶，和历史上那个荒淫腐败的亡国之君一模一样，在为尊者讳的封建时代，小说基本如实地描绘出一位至高无上的统治者的本来面貌，这应当说是现实主义的胜利，怎么能说它不反皇帝呢？

对于《水浒》后四十回描写的招安、征辽和宋江悲剧的根源，我也提出了一些新的看法。在论述宋江悲剧的社会根源和历史根源时，我在文章中指出：在《水浒》这部小说中，宋江是作为出身草泽的“忠臣良将”被奸贼们害死的。这类事在封建社会屡见不鲜，在宋代更是层出不穷，时有所闻。人们从宋江的悲剧结局，自然会联想到千古奇冤的风波亭惨案。宋江与岳飞，一个是艺术形象，一个是历史人物，本来没有什么关系，但若将二者加以比较研究，就会发现他们有不少相似之处：他们都是来自民间的英雄人物，都在反侵略的战争中建立过功勋，都曾镇压过农民起义，最后都被奸臣害死，如此等等。这难道完全是历史的偶合吗？任何文艺作品都要反映一定的现实，任何艺术典型都不能脱离当时的社会生活。既然《水浒》中的宋江与历史上的岳飞有那么多相似之处，人们由此而产生一些联想和推测，也不能说是望风捕影。宋人怀念岳飞，但是这种思想感情在当时的历史条件下，不能直接表达出来。于是说话人根据岳飞的事迹和遭遇来改编传统中的水浒故事，借以表达对南宋卖国集团的愤恨，寄托对民族英雄的哀思，这也是情理中的事。近年曾有人撰文对这一问题进行过深入的论述，认为《水浒》中的宋江是影射岳飞的，与我的看法可谓不谋而合。

我对《水浒》的研究，认真说来是“业余”性质的，谈不上深入系统。虽然发表了一些个人的看法，但未必完全正确。主要是本着解放思想，实事求是的原则，将自己阅读《水浒》的一点体会和心得写下来，以求教于方家。如今我已年过花甲，但学无止境，对中国古代文学的兴趣方浓，研究工作还要继续下去，但愿能在学术上多做一点贡献。这正是：夕阳无限好，何惧近黄昏！

（原载《我的学术思想》，吉林大学社会科学研究处编，吉林大学出版社 1996 年版）

目　录 | CONTENTS

宋词经典选粹

评　传

学术论文　序跋书评　怀思录

宋词经典选粹

《分类新编两宋绝妙好词》选粹

一、大好河山

尾　　犯

庐　　山

晁补之

庐山小隐[1]。渐年来疏懒，浸浓归兴[2]。彩桥飞过，深溪地底，奔雷余韵。香炉照日[3]，望处与、青霄近[4]。想群仙、呼我应还，怪来须丝垂镜。　　海上云车回轫[5]。少姑传、金母信[6]。森翠裾琼佩[7]，落日初霞，纷纭相映。谁见壶中景[8]？花洞里、杳然渔艇[9]。别是个、潇洒乾坤，世情尘土休问[10]。

【说明】

庐山一名匡山，又称匡庐，在江西省北部，自东北向西南，长约二十五公里，宽约十公里，耸立于鄱阳湖畔、长江之滨。山多悬岩、峭壁、清泉、飞瀑，林木葱茏，景色秀丽，气候宜人。著名景观和胜迹有汉阳峰、香炉峰、五老峰以及白鹿洞、仙人洞、三叠泉、含鄱口等。历代文人学士多曾来此游赏，写下了不少脍炙人口的作品，如李白的《望庐山瀑布》、苏轼的《题西林壁》等。庐山为祖国大地增辉添彩，歌颂庐山的作品是中华传统文化的重要组成部分，具有永不磨灭的审美价值。

晁补之于哲宗绍圣末，因坐党籍，曾谪监信州（今江西上饶）酒税，本篇大约是作者被贬官江西时写的。词人在此逗留的时间虽然不长，但却深深地被这里的山川草木所吸引，使他宠辱皆忘，流连忘返，于是以挥洒自如之笔，糅合神话传说，对匡庐优美的风光景物进行了细致的描绘和热情的咏赞，用长短句的形式谱写了这首歌颂大好河山的佳作。

【注释】

①小隐：指隐居山林的人。晋王康琚《反招隐诗》："小隐隐陵薮，大隐隐朝市。" ②浸：更加。以上两句谓因性情渐趋疏懒，而归思更加浓厚。 ③香炉：庐山北部名峰，水汽郁结峰顶，云雾弥漫如香烟缭绕，故名。李白《望庐山瀑布》（其二）："日照香炉生紫烟。" ④青霄：青云。霄，云气。这句说遥望香炉峰高入云天。 ⑤云车：传说中仙人所乘之车。 回轫：掉转车头。轫（rèn 认），阻碍车轮转动的木头。 ⑥少姑：少女，这里是指年轻的仙女。 金母：古代神话中的女神，即西王母。 ⑦森：森严。 翠裾：青绿色的裙子。 琼佩：玉佩。 ⑧壶中景：《后汉书·费长房传》："费长房者，汝南人也，曾为市掾。市中有老翁卖药，悬一壶于肆头，及市罢，辄跳入壶中。市人莫之见，唯长房于楼上睹之，异焉，因往再拜奉酒脯。翁知长房之意其神也，谓之曰：'子明日可更来。'长房旦日复诣翁，翁乃与俱入壶中。唯见玉堂严丽，旨酒甘肴，盈衍其中，共饮毕而出。" ⑨杳然：幽暗深然貌。 ⑩世情：世俗之情，指人世间的荣辱恩怨等种种感情。

满 江 红

咏 武 夷

葛长庚

忆昔秦时①，中秋日、武夷九曲。烟寂寂，斜阳数尺，寒鸦枯木。三十六峰凝晓翠，一溪流水生秋绿。正满林、桂子散天香，飞金粟②。　神仙客，金丹熟；玉诏下③，云生足。岩头新换骨，尚黏红肉。夜半月华明似昼，玉皇降辇铺殽馔④。笑曾孙、回首幔亭前⑤，空松竹。

【说明】

葛长庚，号白玉蟾，曾在武夷山修道。后奉诏入临安，馆太乙宫，封紫清明道真人。工诗词，方外习气不浓。此阕大约作于宁宗嘉定年间（1208—1224），作者应召入朝之前。词中咏赞武夷风光，兼及修道炼丹生活，表现了词人崇尚自然、眷恋林泉的情趣。

【注释】

①秦时：秦朝末年天下大乱之时。陶渊明《桃花源记》谓："自云先世避秦时乱。"作者曾因获罪亡命海上，后入武夷山修道。这里是以"秦时"指当年避难逃亡之时。 ②金粟：桂花的别名。因其色黄似金，花小如粟，故名。 ③玉诏：玉皇大帝（道教中地位最高、职权最大的神）的命令文告。 ④殽馔（sù 速）：肉菜食品。馔，鼎中的食品。 ⑤幔亭：用帐幔做成的亭子。武夷山有幔亭峰，《云笈七签》引陆鸿渐《武夷山记》："武夷君，地官也，相传每于八月十五日大会村人于武夷山，上置幔亭，化虹桥通山下。"幔亭峰即因此得名。

好 事 近

登梅仙山绝顶望海

陆 游

挥袖上西峰，孤绝去天无尺①。拄杖下临鲸海②，数烟帆历历③。　　贪看云气舞青鸾④，归路已将夕。多谢半山松吹，解殷勤留客。

【说明】

这首词是作者晚年在故乡山阴时写的。梅仙山，又称梅山，在绍兴城东北七里处，与陆游故居相距不到二十里。词写梅仙山一日之游。作者挥袖健步攀登西峰绝顶，纵目遥观沧海，只见烟波浩渺，云兴霞蔚，帆影点点，不觉流连忘返。归途晚风习习，松枝轻轻地摇摆，仿佛在招手劝客人留下。词中寓情于景，表达了词人对祖国壮美河山的深深热爱。

【注释】

①无尺：不到一尺。　②鲸海：鲸鱼出没的大海，这里是指东海。　③历历：分明可数。④青鸾：传说中凤凰一类的神鸟。赤色多者为凤，青色多者为鸾。

念 奴 娇

过小孤山

秦 观

长江滚滚，东流去，激浪飞珠溅雪。独见一峰青崒嵂①，当住中流万折。应是天公，恐他澜倒，特向江心设。屹然今古②，舟郎指点争说③。　　岸边无数青山，萦回紫翠④，掩映云千叠。都让洪涛恣汹涌⑤，却把此峰孤绝⑥。薄暮烟扉⑦，高空日焕⑧，谙历阴晴彻⑨。行人过此，为君几度击楫⑩。

【说明】

小孤山，在安徽宿松县东南，屹立于长江之中，形势险要，古有“海门天柱”之称。因山形似妇女发髻，故又名髻山，俗称小姑山。江边有石矶，曰彭浪矶，又转为彭郎矶。姑、郎隔水相望，于是在民间引出了一段风流佳话。苏轼《李思训画长江绝岛图》诗谓：“舟中贾客莫漫狂，小姑前年嫁彭郎。”山上有龙耳洞、弥陀阁、启秀寺、梳妆楼等名胜古迹，是富有魅力的游览之处。

作者江行经过小孤山，独立船头，迎着惊涛骇浪，一边欣赏这奇险壮伟的江山胜景，一边听船家指点谈论关于“小姑”的种种传说，不觉心旷神怡，文兴勃发，于是挥笔写成了这首赞美长江绝岛的词篇。

【注释】

①崒嵂（zú lǜ 族律）：亦作嵂崒。形容山势高峻。 ②屹然：高耸貌。 ③舟郎：指船工。 ④萦回：盘旋，回绕。 ⑤恣：听任。 ⑥孤绝：孤独奇绝。 ⑦薄暮：傍晚，太阳快落山的时候。 ⑧焕：明亮。 ⑨谙：熟悉。 ⑩楫：划船的短桨。

水调歌头

金山观月

张孝祥

江山自雄丽，风露与高寒。寄声月姊①，借我玉鉴此中看②。幽壑鱼龙悲啸③，倒影星辰摇动，海气夜漫漫④。涌起白银阙⑤，危驻紫金山⑥。　表独立⑦，飞霞珮⑧，切云冠⑨。漱冰濯雪⑩，眇视万里一毫端⑪。回首三山何处⑫？闻道群仙笑我，要我欲俱还。挥手从此去，翳凤更骖鸾⑬。

【说明】

金山，在江苏镇江市西北，宋代犹在长江之中，清末由于江沙淤积，始与南岸相连。古有氐父、获符、伏牛、浮玉等名，唐时裴头陀获金于江边，因改名。南渡初韩世忠败金兀术于此，更加名闻遐迩。山上有金山寺、楞伽台、慈寿塔、法海洞、白龙洞、中泠泉等名胜。

夜登金山观月，只见江天一色，明河共影，上下辉映，使词人心旷神怡，享受到大自然的无穷美感。作者满怀激情，以浪漫主义的笔调，描绘出一幅富有诗意的壮阔画面。词的笔力潇洒，气象恢宏，想象丰富，与作者另一首《念奴娇·过洞庭》有异曲同工之妙。

【注释】

①月姊：指月中仙子嫦娥。 ②玉鉴：玉镜、明镜，指月亮。 ③幽壑：深沟。 ④海气：指水上的雾气。 漫漫：无边无际。 ⑤白银阙：银白色的宫阙，谓月宫，代指月亮。 ⑥紫金山：在南京市，这里指金山。 ⑦表独立：高出尘表，独立山巅。 ⑧飞霞珮：状似云霞的玉珮。 ⑨切云冠：高冠名，见屈原《涉江》。 ⑩漱冰濯雪：谓徜徉于如冰似雪、洁白澄澈的月光里。漱、濯，都是洗涤的意思。 ⑪眇视：小视。 毫端：形容极其细微。 ⑫三山：指古代传说中的海上三座神山，即蓬莱、方丈、瀛洲。 ⑬翳（yì 缢）凤：以凤羽做华盖。翳，用羽毛做的华盖。 骖

鸾：用鸾鸟来驾车。骖，一车驾三马。

水调歌头

焦　山

吴　潜

铁瓮古形势[①]，相对立金焦[②]。长江万里东注，晓吹卷惊涛[③]。天际孤云来去，水际孤帆上下，天共水相邀。远岫忽明晦[④]，好景画难描。　　混隋陈[⑤]，分宋魏[⑥]，战孙曹[⑦]。回头千载陈迹，痴绝倚亭皋[⑧]。惟有汀边鸥鹭[⑨]，不管人间兴废，一抹度青霄[⑩]。安得身飞去，举手谢尘嚣[⑪]。

【说明】

焦山，在江苏省镇江市东北，屹立于长江之中，形势险要，向为江防重地。相传东汉末年焦光隐居于此，因而得名。南宋初，韩世忠曾在此抗击金兵。山上有定慧寺、华严祠、三诏洞等名胜。

宋理宗时作者吴潜曾任淮东总领兼知镇江府，本篇或作于此时。词的上阕以赞美之情描绘焦山一带的地理形势和无限美好壮阔的景色，下阕写作者凭高眺望沉思，抒发怀古之情，流露出幻想飞度“青霄”的出世思想。全篇由写景、怀古、抒情三部分组成，融会贯通，自然浑成，意境高远，颇见艺术功力。

【注释】

①铁瓮：镇江古城十分坚固，号称铁瓮城。　②金焦：金山和焦山。　③晓吹：晨风。　④远岫：远方的峰峦。谢朓《郡内高斋闲望答吕法曹》诗：“窗中列远岫。”　⑤混：统一。这句是说隋朝灭亡陈朝，统一南北。　⑥宋魏：南北朝时的两个朝代名。宋，指南朝的刘宋。魏，指北朝的北魏。当时南北对峙，以长江为界。　⑦孙曹：指三国时的孙权和曹操。　⑧痴绝：谓沉思出神。亭皋：水边的平地。亭，平；皋，水边地。　⑨汀：水中或水边的平地。　⑩一抹：一片，一丝，形容轻微的痕迹。　青霄：指天空。　⑪谢：告别。　尘嚣：扰攘的尘世。

念奴娇

过洞庭

张孝祥

洞庭青草，近中秋，更无一点风色。玉界琼田三万顷[①]，著我扁舟一叶。素月分辉[②]，明河共影[③]，表里俱澄澈[④]。悠然心会[⑤]，妙处难与君说。　　应念岭表经年[⑥]，孤光自照[⑦]，肝胆皆冰雪。短发萧骚襟袖冷[⑧]，稳泛沧溟空阔[⑨]。尽挹西江[⑩]，细斟北斗[⑪]，万象为宾客[⑫]。扣舷独啸[⑬]，不知今夕何夕[⑭]！

【说明】

洞庭湖，在湖南省北部，长江南岸，是我国第二大淡水湖。西南纳湘、资、沅、澧四水，东北经岳阳城陵矶汇入长江。昔日号称“八百里洞庭”，如今因泥沙淤积，已被分割为许多较小的湖泊。洞庭湖不但是著名的鱼米之乡，同时也是风光秀丽的旅游胜地，湖区有不少名胜古迹，如岳阳楼、君山、二妃墓、柳毅井等。青草湖，又名巴丘湖，即今洞庭湖东南部，为湘水所汇。北有沙洲与洞庭湖相隔，水涨时则两湖相通。

张孝祥于乾道二年（1166），在桂林被罢官离任，中秋节前夕途经洞庭湖，在船上写了这首词。词中以浪漫主义笔调，描绘湖光水色，抒写豪情逸兴，表露坦荡襟怀，毫无迁客逐臣寥落消沉之感。词的意境宏阔，想象奇特，情景交融，自然高妙，富于艺术魅力。《蓼园词选》评论说：“写景不能绘情，必少佳致。此题咏洞庭，若只就洞庭落想，纵写得壮观，亦觉寡味。此词开首从‘洞庭’说至‘玉界琼田三万顷’，题已说完，即引入‘扁舟一叶’。以下从舟中人心迹与湖光映带写，隐现离合，不可端倪；镜花水月，是二是一。自尔神采高骞，兴会洋溢。”

【注释】

①玉界琼田：形容月光下洁白如玉的湖水。界，一作“鉴”。琼，美玉。　②素月：白色的月亮。　③明河：指银河。　④表里：里外，上下。　⑤心会：心领神会。　⑥岭表：岭外，指五岭以南，即今广东、广西一带。表，一作“海”。　⑦孤光：指月光。沈约《咏湖中雁》诗：“群浮动轻浪，单泛逐孤光。”　⑧萧骚：萧条稀少的样子。骚，一作“疏”。　⑨沧溟：大海。梁简文帝《昭明太子集序》：“沧溟之深，不能比其大。”溟，一作“浪”。　⑩尽挹（yì 义）：舀尽。　⑪北斗：北斗七星，排列形似长勺。屈原《九歌·东君》：“援北斗兮酌桂浆。”　⑫万象：天地间万物。　⑬扣舷独啸：敲击船边，独自长啸。　⑭今夕何夕：赞叹良夜的常用语。《诗经·绸缪》：“今夕何夕，见此良人。”苏轼《念奴娇·中秋》：“起舞徘徊风露下，今夕不知何夕。”

天　门　谣[①]

贺　铸

牛渚天门险[②]，限南北七雄豪占。清雾敛[③]，与闲人登览。　　待月上潮平波滟滟[④]，塞管轻吹新阿滥[⑤]。风满槛[⑥]。历历数、西州更点[⑦]。

【说明】

在安徽当涂县城西南有一座东梁山，与和县西梁山夹江对峙，犹如大江之门，因而合称天门山。其势陡峭险峻，极为壮观，既是江防重地，也是著名的风景区。贺铸于徽宗崇宁、大观年间曾任太平州（治所在今当涂县）通判，本篇大约作于此时。词人登临眺望，纵览山川，即景生情，于是欣然命笔，写成此阕。词的语言简练，笔力豪健，生动地描绘出牛渚、天门一带雄奇险要的形势，同时寄寓着怀古之意，给读者留下联想和回味的余地。

【注释】

①天门谣：原名《朝天子》，作者用此调歌咏天门山，因而改题新名。 ②牛渚：牛渚矶，又名采石矶，在今安徽省马鞍山市长江东岸，为牛渚山突出长江而成。江面较狭，形势险要，自古为江防重地。南宋绍兴三十一年（1161），虞允文曾大败金兵于此。 ③敛：收缩，消散。 ④滟滟：水满貌。 ⑤塞管：指笛。 阿滥：《阿滥堆》，曲名。据《中朝故事》："骊山有鸟，名阿滥堆，唐玄宗以其声翻为曲，人竞效吹。" ⑥槛：窗户下或长廊旁的栏杆。 ⑦西州：古城名，东晋时称凉州为西州。故址在今江苏南京朝天宫西望仙桥一带，且为扬州刺史治所，故为西州城。这里是指建康（今江苏南京）。

蓦山溪

鉴 湖

曹 冠

鉴湖千顷，四序风光好①。拨棹皱涟漪②，极目处、青山缭绕。微茫烟霭③，鸥鹭点菰蒲④，云帆过，钓舟横，俱被劳生扰。 知章请赐⑤，独占心何小。风月本无私，同众乐、宁论多少！浮家泛宅⑥，它日效陶朱⑦，烹鲈鳜⑧，酌松醪⑨，吟笔千篇扫。

【说明】

鉴湖亦名镜湖、庆湖、长湖，在浙江省绍兴市南。东接曹娥江，西通钱塘江，环湖筑塘蓄水，灌溉农田，百姓深得其利。湖面辽阔，堤桥相连，渔舟隐现，风光秀丽，附近有不少古迹，为江南著名的鱼米之乡。

此阕上片赞美鉴湖的风光景物，笔调轻快，情趣高雅，生动地展现出一幅令人神往的水乡风情画。下片即兴抒感，对贺知章意欲独占鉴湖不以为然。作者认为天地无私，应当与众同乐，分享美好的湖山风光。本篇不但具有一定的审美价值，而且在思想上也给读者以启迪。

【注释】

①四序：指春夏秋冬四季。 ②棹（zhào 兆）：船桨。 涟漪：水面上的波纹。 ③霭：云气。 ④菰蒲：两种浅水植物。菰，夏初或秋季抽生花茎，嫩茎可食，俗称“茭白”，果名“菰米”，亦可煮食。蒲，水生植物，可以制席，嫩蒲可食。 ⑤知章请赐：唐诗人贺知章，越州永兴（今浙江萧山）人，曾任礼部侍郎，累迁秘书监。晚年退休，上章请求皇帝将鉴湖赐给他，作为隐居游息之所。 ⑥浮家泛宅：《新唐书·张志和传》：“颜真卿为湖州刺史，志和来谒，真卿以舟敝漏，请更之。志和曰：‘愿为浮家泛宅，往来苕、霅间。’”后因谓以船为家，浪迹江湖为“浮家泛宅”。 ⑦陶朱：范蠡协助越王勾践灭吴后，隐居江湖，改名陶朱公。 ⑧鲈鳜：两种味极鲜美的鱼。 ⑨松醪：酒名。唐戎昱诗：“松醪能醉客。”苏轼曾作《松醪赋》。

琐窗寒

重游东湖

苏茂一

云浦苍寒[①]，烟堤幂翠[②]，旧痕新涨。春愁十里，冉冉碧丝摇荡。记登临、少年思豪，唾壶击玉歌清壮[③]。到如今梦里，秋风鸿阵，晚波渔唱。　惆怅。重来处，望画舫天边[④]，辔丝原上[⑤]。山阴秀句[⑥]，付与一声云响[⑦]。正东湖、谁家柳下，午阴漠漠人荡桨。最堪怜、白发周郎[⑧]，为江山自赏。

【说明】

东湖，在浙江绍兴市东。这里原来是一座青石山，相传秦始皇东巡至此，停车饲马，因名箬篑山。山多坚石，用途甚广，自汉代开始采凿，日久积水成湖。周围峭壁奇岩，突兀峥嵘，绿水逶迤数百米，形成一风景绝佳的人工湖。湖畔有石桥九座，横卧其间，将湖水分成三片；有陶公、仙桃两洞，皆可通舟。山水相融，洞窍盘错，天然成趣。

作者早年曾到过东湖，那时候满怀豪情，慷慨悲歌，企图有所作为。如今时移世变，山河破碎，故地重游，感慨自然良多。此阕大约作于宋亡前后，词中既表现了作者对东湖美好风光的留恋，也流露出一种悲愁哀伤的心情，抒发了大好河山沦于敌手的亡国之痛。

【注释】

①云浦：烟雾迷蒙的水滨。 ②幂（mì 密）：罩，覆盖。 ③唾壶：承唾之器。《世说新语·豪爽》：“王处仲每酒后辄咏‘老骥伏枥，志在千里；烈士暮年，壮心不已’，以如意打唾壶，壶口尽缺。”后人因以“击碎唾壶”作为激赏诗文之词。这里也含有慷慨悲歌之意。 ④画舫：装饰华丽的游船。 ⑤辔丝：马缰绳。 ⑥秀句：优美的词句。 ⑦云响：响遏行云的意思。 ⑧周郎：指

宋末词人周密。

采　桑　子

欧阳修

轻舟短棹西湖好[①]，绿水逶迤[②]。芳草长堤，隐隐笙歌处处随。　　无风水面琉璃滑，不觉船移。微动涟漪[③]，惊起沙禽掠岸飞[④]。

【说明】

欧阳修曾被贬知颍州（今安徽阜阳），晚年又退隐于此，对这里的山山水水怀有深情。颍州城西北，在颍河与泉河汇流处，有一天然湖泊，人称西湖，又名汝阴西湖，风景十分优美，唐宋以来即与杭州西湖和扬州瘦西湖并称。欧阳修由扬州移知颍州后，曾赋诗赞曰："菡萏香清画舸浮，使君不复忆扬州；都将二十四桥月，换得西湖十顷秋。"后来又写了十首《采桑子》加以咏赞。首句末三字均以"西湖好"领起，但取景的角度却不同。笔调轻快活泼，色彩浓淡相宜，多层次、多侧面地再现了颍州西湖的秀丽风光。

此阕写春日泛舟游湖。上片首句点明题意，直抒赞美之情。二、三、四句分别从视觉和听觉两方面描述舟中见闻和观感。虽然着墨不多，却有声有色地描绘出"擅东颍之佳名"的西湖无限美好的春光。下片写曲水临流，徜徉舟中的情景。静中有动，意境幽美，富有神韵。全篇立足舟中刻画湖上风光，镜头随着小船移动而不断转换，给读者以心旷神怡的自然美感。

【注释】

①短棹（zhào 兆）：小桨。　②逶迤（wēi yí 威移）：弯曲细长的样子。　③涟漪（lián yī 连衣）：水面的波纹。　④沙禽：水鸟。

采　桑　子

欧阳修

群芳过后西湖好[①]，狼藉残红[②]。飞絮蒙蒙[③]，垂柳阑干尽日风。　　笙歌散尽游人去，始觉春空。垂下帘栊[④]，双燕归来细雨中。

【说明】

此阕写暮春凭栏观湖。词人登楼眺望，只见春归花落，颍州西湖却别有一番迷人风韵。上片刻画百花凋零，柳絮飞舞，渲染春末夏初湖上的宁静气氛。下片描写歌终人散，帘垂燕归，抒发傍晚时刻的空寂之感。咏残春往往流于伤感，本篇虽然也流露出一缕悼春的情绪，但词人是从赞美的角度来写的。作者认为即使“狼藉残红”“笙歌散尽”以后，西湖也“好”，令人无限向往留恋。这里不仅表达了他对颍州西湖深深的热爱之情，而且也体现出别具慧眼的审美观点。

【注释】

① 群芳：百花。 ②狼藉：零落散乱的样子。 残红：落花。 ③飞絮蒙蒙：柳絮纷飞，犹如蒙蒙细雨。 ④帘栊：窗帘。栊，窗户。

望 海 潮

柳 永

东南形胜[①]，三吴都会[②]，钱塘自古繁华[③]。烟柳画桥，风帘翠幕，参差十万人家。云树绕堤沙[④]，怒涛卷霜雪，天堑无涯[⑤]。市列珠玑[⑥]，户盈罗绮[⑦]，竞豪奢。 重湖叠巘清嘉[⑧]。有三秋桂子，十里荷花。羌管弄晴，菱歌泛夜，嬉嬉钓叟莲娃。千骑拥高牙[⑨]，乘醉听箫鼓，吟赏烟霞。异日图将好景，归去凤池夸[⑩]。

【说明】

本篇为柳永流寓杭州时所作。词以多彩的画笔，从不同角度、不同侧面生动地描绘了钱塘的地理形势、山川风物和繁华景象，热情地讴歌了西湖的倩姿丽影，既是一曲壮丽湖山的颂歌，也是一幅有声有色、引人入胜的名都画卷。词的结构严谨，层次分明，脉络清晰。上片先总写，后铺叙，换头后集中刻画西湖的千姿百态。文字优美，色调鲜明，读后能引起人们游览西湖的浓厚兴趣，激发读者的爱国之情。宋人罗大经《鹤林玉露》说：“此词流播，金主亮闻歌，欣然有慕于‘三秋桂子，十里荷花’，遂起投鞭渡江之志。”将完颜亮南侵归因于这首赞美杭州的歌词，显然是不全面、不正确的，不过也说明了这阕词在当时为人们所喜爱，曾经得到广泛的传诵。

【注释】

①形胜：地理形势险要之处。 ②三吴：历代说法不一。《水经注》以吴兴、吴郡、会稽一带为三吴。这里是泛指江浙而言。 ③钱塘：今浙江杭州市。 ④云树：高入云霄的参天大树。 ⑤天堑：天然的壕沟。堑，是指古代绕城的水沟。天堑，一般指长江而言，这里是指钱塘江。 ⑥珠玑：指珠宝之类的珍贵物品。玑，不圆的珠子。 ⑦罗绮：绫罗绸缎。 ⑧重湖：杭州西湖以白堤为界，分为里湖和外湖，故曰重湖。 叠巘（yǎn 衍）：重叠的山峰。 清嘉：清秀嘉丽。 ⑨千骑（jì 寄）：形容人马很多。骑，作名词用，指一人一马而言。 高牙：以象牙做装饰的高大军旗。 ⑩凤

池：即凤凰池。为中书省所在地，中书省是宋代最高行政机构。这里代指朝廷。

安阳好

韩　琦

安阳好，形势魏西州。曼衍山川环故国①，升平歌吹沸高楼。和气镇飞浮②。　笼画陌③，乔木几春秋④？花外轩窗排远岫⑤，竹间门巷带长流⑥。风物更清幽⑦。

【说明】

河南安阳是一座历史悠久的名城，公元前 14 世纪，盘庚曾迁都于此，成为商朝的政治中心。周灭殷后，渐趋衰落荒芜。北周以后又成为魏郡、相州、彰德府的治所驻地。这里不但交通便利，风物优美，而且有许多历史古迹，如举世闻名的殷墟、小南海原始洞穴遗址遗物等。作者韩琦是北宋名将，安阳人。本篇对安阳的地理形势、山川风物进行了热情洋溢的讴歌，展现了历史名城的风貌，读来爽心悦目，引人入胜。或谓此词为北宋末年王安中所作。

【注释】

①曼衍：连绵不断。　②和气：和睦，和谐。这里是指承平气象。　镇：整日，长久。　③画陌：五彩缤纷的街道。　④乔木：高大的树木。　⑤远岫：远山。谢朓诗："窗中列远岫。"　⑥带长流：如衣带似的长长流水。　⑦清幽：优雅寂静。

望江南

谢　逸

临川好，山影碧波摇。鱼跃冰池飞玉尺①，云横石廪拂鲛绡②。高树竹萧萧③。　寒食近④，湖水绿平桥。繁杏梢头张锦旆⑤，垂杨阴里系兰桡⑥。游客解金貂⑦。

【说明】

谢逸，临川（今江西抚州）人，屡举不第，以诗词自娱。临川地处抚河中游，山清水秀，历史悠久，培育了不少著名的文人，如北宋时期的晏殊、晏几道、王安石等。本篇是一曲家乡的赞歌，原为两首，今选其一。词中满怀深情地歌颂临川的风光景物，描写寒食节前，游人泛舟赏花、领略大好春光的情景，展示出一幅具有浓郁地方色彩的民俗风情画。

【注释】

①玉尺：玉制的尺，比喻选拔人才及评价诗文的标准。这里是用来形容银光闪闪的鱼儿。②廪：粮仓。　鲛绡：传说中鲛人所织的绢，亦泛指薄纱。这里是用来形容淡淡的云彩。这句说石头修砌的粮仓很高，淡淡的白云飘拂其间。　③萧萧：风声。　④寒食：节令名。清明前一天（一说清明前两天）。　⑤旆：泛指旌旗。　⑥兰桡：华丽的船。桡，船桨，代指船。　⑦金貂：汉以后皇帝左右侍臣的冠饰，泛指贵重的装饰品。

南　徐　好[①]

瓮　城[②]

张　挥

南徐好，鼓角乱云中。金地浮山星两点[③]，铁城横锁瓮三重。开国旧夸雄。　春过后，佳气荡晴空[④]。渌水画桥沽酒市[⑤]，清江晚渡落花风。千古夕阳红。

【说明】

张挥（僧仲殊）用《望江南》词调写了十首咏赞南徐的山川景物和名胜古迹。首句均为“南徐好”，并以此另标新名。这里选了其中的一首。此阕上片赞美京口险要的地理形势和坚固的城防，下片描写春末夏初的迷人风光。两相辉映，为这座著名的江南古城摄下了一幅壮美的剪影。

【注释】

①南徐：古地名。东晋南渡，置侨州郡，迁徐州治所于京口（今江苏镇江），称南徐州。从此京口也被称为南徐。　②瓮城：是为了增强防御而在大城门外修筑的月城，其形或圆或方，视地势而定。京口古城十分坚固，被赞为铁瓮城，相传系三国东吴孙权时所建。　③星两点：指京口附近、屹立于长江中的金山和焦山。登高眺望，如两颗耀眼的星星。　④佳气：佳丽之气，美好的气象。　⑤渌水：桥名。　沽酒：卖酒。

二、名胜古迹

水调歌头

雨花台

韩元吉

泽国又晚秋①，天际有飞鸿②。中原何在？极目千里暮云重③。今古长干桥下④，遗恨都随流水，西去几时东？斜日动歌管，萸菊舞西风⑤。　　江南岸，淮南渡，草连空。石城潮落⑥，寂寞烟树锁离宫⑦。且斗尊前酒美⑧，莫问楼头佳丽⑨，往事有无中。却笑东山老⑩，拥鼻与谁同⑪？

【说明】

雨花台，在江苏南京市中华门外，是一座高约一百米、长三千多米的山岗。岗上盛产五彩鹅卵石（玛瑙石），故又称石子岗、玛瑙岗、聚宝山。传说六朝云光法师在此讲经，感动天神，落花如雨，因称雨花台。据地质资料，这种石子来自长江上游，因其艳丽奇特，美其名曰“雨花石”。该地亦因此称为雨花台。

本篇写晚秋日暮登临眺望。词用情景交融的表现手法，描绘了在雨花台上所见到的金陵风光，同时也抒发了作者感叹今昔、系念中原的爱国情怀。

【注释】

①泽国：多水的地方，这里是指江南地区。　②飞鸿：大雁。　③极目：放眼远望。　④长干桥：在南京中华门外长干里，雨花台以北。　⑤萸：茱萸，植物名，有浓烈香味。古代风俗，重阳节佩茱萸囊以祛邪辟恶。　⑥石城：石头城，在南京汉中门外清凉山后。三国东吴孙权时所建，用以储藏军粮和其他战备物资。　⑦离宫：皇帝正宫以外临时居住的宫室。这里是指金陵历代故宫。　⑧尊：酒杯。　⑨佳丽：佳丽地的略语，形容金陵的美好风光。谢朓《入朝曲》：“江南佳丽地，金陵帝王州。”　⑩东山老：指东晋宰相谢安，因其早年曾隐居浙江上虞之东山，故称。　⑪拥鼻：拥鼻吟的略语。《晋书·谢安传》：“安本能为洛下书生咏，有鼻疾，故其音浊，名流爱其咏而弗能及，或手掩鼻以效之。”后以“拥鼻吟”指以重浊鼻音曼声吟咏。这两句以谢安自比，谓无人相与一同吟咏。

沁 园 春

登凤凰台

吴景伯

再上高台，访谪仙兮①，仙何所之？但石城西踞②，潮平白鹭③；浮图南峙④，云淡乌衣⑤。凤鸟不来⑥，长安何处⑦？惟有碧梧三数枝⑧。兴亡事，对江山休说，谁是谁非。　　庭花飘尽胭脂，算结绮、繁华能几时⑨！问何人重向，新亭挥泪⑩；何人更到，别墅围棋⑪？笑拍阑干，功名未了，宁肯绿蓑寻钓矶？深深饮，任玉山醉倒⑫，明月扶归。

【说明】

凤凰台在金陵（今江苏南京）。相传南朝刘宋元嘉年间，有三只五色大鸟翔集山上，时人以为是凤凰，于是筑台于山上，称山曰凤台山，名台曰凤凰台。唐李白赋诗《登金陵凤凰台》，传诵一时，从此名声益大，成为风景名胜之地。

本篇通过再上凤凰台，抒发作者怀古伤今之情。上片化用李白诗意，表达山河依旧、人事全非的兴亡之感。下片以陈后主荒淫误国的教训，告诫世人应当以国事为重，不可萌生隐遁的念头。全词将写景、怀古、抒情和议论融于一体，流走自然，疏快豪健，富有意趣。

【注释】

①谪仙：谓如谪降人世的神仙。《新唐书·李白传》："往见贺知章，知章见其文，叹曰：'子，谪仙人也。'"后遂用以专指李白。　②石城：石头城，又名石首城，故址在今江苏南京清凉山。　③白鹭：指白鹭洲。原在金陵城西三里江中，因洲上常聚许多白鹭，故名。后因泥沙淤积，水道外移，洲和陆地相连而湮没。　④浮图：亦作浮屠，即佛塔。这里可能是指南京中华门外牛首山上的宏觉寺塔。　⑤乌衣：乌衣巷，在今南京市东南。自东晋以来，王、谢两大世家都住在这里。　⑥凤鸟不来：化用李白"凤去台空江自流"句诗意。　⑦长安何处：化用李白"长安不见使人愁"句诗意。　⑧碧梧：梧桐树。传说凤凰栖于梧桐之上。　⑨结绮：阁名，为陈后主宠妃张丽华所居之处，装饰豪华奢侈。这句是说像陈后主那样一味追求豪华奢侈生活，是不会长久的。　⑩新亭：传称劳劳亭，故址在今南京市南。东晋初王导、周顗等士大夫常在新亭赏花饮酒，感叹山河变异，相对挥泪悲泣。见《世说新语·言语》。　⑪别墅围棋：据《晋书·谢安传》，淝水之战时，宰相谢安沉着冷静，指挥若定。当前方捷报传来时，他仍不动声色，与客人在别墅里下棋。⑫玉山：形容仪容美好。后常用"玉山自倒"形容喝醉了酒。

满 江 红

金陵乌衣园

吴 潜

柳带榆钱[①]，又还过、清明寒食。天一笑、满园罗绮[②]，满城箫笛。花树得晴红欲染，远山过雨青如滴。问江南、池馆有谁来？江南客。　　乌衣巷，今犹昔；乌衣事，今难觅。但年年燕子，晚烟斜日。抖擞一春尘土债[③]，悲凉万古英雄迹。且芳尊、随分趁芳时[④]，休虚掷。

【说明】

此词写于宋理宗端平元年（1234），作者在建康任淮西财赋总领时。乌衣园在乌衣巷之东，为宋代金陵的游乐场所之一。乌衣巷在今南京市内夫子庙文德桥南，因三国时吴国曾驻兵于此，吴兵皆穿乌衣，故有此称。或谓乌衣巷在朱雀桥畔，六朝时王、谢等豪门贵族聚居于此，从而闻名于世。刘禹锡《金陵五题》之二云："朱雀桥边野草花，乌衣巷口夕阳斜。旧时王谢堂前燕，飞入寻常百姓家。"从此，乌衣巷成了文人咏史怀古的重要话题。本篇上片写景，描绘游园时的见闻；下片通过怀古，抒发胸中的郁闷之情。作者本为有志之士，却难以尽展其才，追感往事，心中倍感凄凉，但不愿虚度岁月，希望能为国家做出一番贡献。这种复杂的思想感情在此阕中得到了曲折的表现。

【注释】

①柳带：嫩柔的柳条。　榆钱：榆荚。《本草纲目・木部二》："榆未生叶时，枝条间先生榆荚，形状似钱而小，色白成串，俗呼榆钱。"　②天一笑：谓天晴。杜甫《能画》诗："每蒙天一笑，复似物皆春。"　罗绮：有花纹的丝绸。这里是指穿着艳丽服装的女子。　③抖擞：抖动，振动。辛弃疾《沁园春・和吴子似县尉》："直须抖擞尘埃。"　④随分：依旧，照例。

水 调 歌 头

多 景 楼

陆 游

江左占形胜[①]，最数古徐州[②]。连山如画佳处，缥缈著危楼[③]。鼓角临风悲壮[④]，烽火连空明灭[⑤]，往事忆孙刘[⑥]。千里曜戈甲，万灶宿貔貅[⑦]。　　露沾草，风落木，岁方秋。使君宏放谈笑[⑧]，洗尽古今愁。不见襄阳登览[⑨]，磨灭游人无数，遗恨黯难收。叔子独千载，名与汉江流⑩。

【说明】

多景楼，在镇江东北北固山上甘露寺内，北临大江，形势险要，风景佳丽，北宋书法家米芾曾赞为“天下江山第一楼”。历经兵火，屡毁屡建，是著名的游览胜地。

宋孝宗隆兴二年（1164），陆游来到镇江任京口通判。同年秋天，镇江知府方滋邀陆游、张孝祥等上北固山，游甘露寺，登多景楼，眺望山河，观察形势，陆游为此写了这首词。全篇即兴感怀，情景交融，境界宏阔，笔力遒劲悲壮，表达了抗金报国的理想，是作者较早的一首豪放词。爱国词人张孝祥曾为此词专门写了一篇题记，并亲自“书而刻之崖石”，流传很广。本篇与辛弃疾四十年后登京口北固亭怀古所作《永遇乐》（千古江山）和《南乡子》（何处望神州）二词，有异曲同工之妙，都是寄慨遥深的登临佳作。

【注释】

①江左：古地区名。古人以东为左，以西为右，故江左又称江东。魏禧《日录·杂说》：“‘江东称江左，江西称江右。何也?’曰：‘自江北视之，江东在左，江西在右耳。’”此指长江下游一带。 形胜：地理形势优越。《荀子·强国》：“其固塞险，形势便，山林川谷美，天材之利多，是形胜也。” ②古徐州：指镇江。徐州为古代九州之一。东晋置侨州郡，曾以镇江为徐州治所，称南徐州。 ③缥缈：若有若无的样子。 危楼：高楼。 ④鼓角：战鼓和号角。 ⑤烽火：古时边防在高台上烧柴或狼粪以报警，称为烽火。此指战火而言。 ⑥孙刘：指三国时的孙权和刘备。⑦貔貅（pí xiū 皮休）：猛兽名。这里指勇猛的士兵。 ⑧使君：汉以后对州郡长官的尊称。这里指方滋。方滋，字务德，桐庐人，当时任镇江知府。 ⑨襄阳登览：晋大将羊祜镇守襄阳十年，颇有政绩，常登岘山，饮酒赋诗，终日不倦。 ⑩叔子：羊祜，字叔子。 汉江：即汉水，长江支流之一，流经襄阳。

月上瓜洲

南徐多景楼作①

张　辑

江头又见新秋，几多愁。塞草连天何处是神州？　英雄恨，古今泪，水东流。惟有渔竿明月上瓜洲②。

【说明】

此词写初秋登多景楼，北望中原，感伤国事，抒发英雄无用武之地的惆怅和悲愤。词中寓情于景，境界苍茫，寄慨遥深。结拍余音不绝，耐人寻味。《月上瓜洲》系作者用《乌夜啼》词调，取末句另标新题。

【注释】

①南徐：即京口，今江苏镇江市。东晋时置侨州郡，以镇江为徐州治所，称南徐州。 ②瓜洲：镇名。又称瓜埠洲，一作瓜州。在江苏邗江县南部、大运河入长江处。与京口隔江相对，为长江南北水运要冲。

洞 仙 歌

黄 载

姑苏旧台在三十里外，今台在胥门上，次潘紫岩韵。

吴宫故墅，是天开图画。缥缈层云出飞榭①。隐隐楼空翠巘②，水绕芜城，平畴迥③，点染霜林凋谢。 越来溪上雁，声切阑干，似觅胥门怨吴霸④。属镂沉⑤，香溪断⑥，梦散云空，千年外、等是渔樵闲话。但极目荒台郁苍烟，衰草里、又还夕阳西下。

【说明】

姑苏台，又名胥台，在苏州市西南姑苏山上。据传为春秋时吴王阖闾所筑，夫差于台上建春宵宫，为长夜之饮。越国攻吴，吴太子友战败，遂焚其台。后人在胥门上重筑此台，并建楼榭，供人凭吊游览。宋理宗淳祐年间，作者与潘牥（字庭坚，号紫岩）同游姑苏台，潘赋《洞仙歌》以记其事，黄载也即兴写了这首次韵之作。词的上片状景，描绘登台所见，渲染出一派残秋衰飒的景象。下片由长空过雁，引出吊古伤今之情，表现了词人对国事的忧患意识。

【注释】

①缥缈：隐约貌。 层云：低沉而弥漫的灰白色云幕。 榭：建在高台的敞屋，如水榭、舞榭。 ②巘（yǎn 演）：小山。 ③平畴：平坦的田野。 迥：远。 ④胥门：又名姑胥门，苏州古城八门之一，位于城西，因姑胥山而得名。宋初将胥门原址改建为姑苏台。 吴霸：指吴王夫差。 ⑤属镂：剑名。伍子胥因反对吴国与越国讲和，被吴王夫差赐属镂剑自杀。 ⑥香溪：在湖北秭归、兴山两县间，汇入长江，传为王昭君的故里所在之处。这里是借指西施家乡浙江诸暨的浣纱溪。

莺啼序

吴江长桥

黄公绍

银云卷晴缥缈[①]，卧长龙一带。柳丝蘸、几簇柔烟[②]，两市帘栋如画[③]。芳草岸、弯环半玉，鳞鳞曲港双流会[④]。看碧天连水，翻成箭样风快。　白露横江[⑤]，一苇万顷[⑥]，问灵槎何在[⑦]？空翠湿衣不胜寒，日华金掌沆瀣[⑧]。甃花平、绿文衬步[⑨]，琼田涌出神仙界[⑩]。黛眉修[⑪]，依约雾鬟[⑫]，在秋波外[⑬]。　阁嘘青蜃[⑭]，楼啄彩虹[⑮]，飞盖蹴鳌背[⑯]。灯火暮，相轮倒影，偷睇别浦[⑰]，片片归帆，远自天际。舞蛟幽壑[⑱]，栖鸦古木，有人剪取松江水[⑲]，忆细鳞巨口鱼堪脍[⑳]。波涵笠泽[㉑]，时见静影浮光，霏阴万貌千态。　蒹葭深处[㉒]，应有闲鸥，寄语休见怪。倩洗却、香红尘面，买个扁舟，身世飘萍，名利微芥[㉓]。阑干拍遍，除东曹掾[㉔]，与天随子是我辈[㉕]，尽胸中、著得乾坤大。亭前无限惊涛，总把遥吟，月明满载。

【说明】

长桥，又名宝带桥，在江苏吴江县，距苏州市葑门约三公里，跨运河和澹台湖口。为联拱五十三孔石桥，全长三百一十六米。始建于唐元和年间，相传为刺史王仲舒捐宝带助资所建，又因形似长带，故名。曾重建多次，今存者为清同治十一年（1872）所建，是国内著名的石拱长桥。

《莺啼序》共分四叠，是慢词中字数最多的长调。本篇以舒徐的笔法，层层铺叙，对宝带桥及其附近的风光景物进行了淋漓尽致的形容刻画，浓墨重彩地展现了吴中山水的千姿百态，为这条“长龙”留下了一幅生动的写照。

【注释】

①缥缈：隐隐约约、若有若无的样子。　②蘸（zhàn 湛）：以物浸水。这里是形容柳枝轻拂水面。　几簇：几缕。　③两市：指长桥两岸。　④鳞鳞：形容水波像层层鱼鳞一样。　双流会：指年河与其桥河会合之处。宝带桥跨年河、其桥河汇入运河的港口之上，故云。　⑤白露：指湖面上白茫茫的水气。这句出自苏轼《前赤壁赋》。　⑥一苇：指小船，因其小如一片苇叶，故称“一苇”。　万顷：辽阔无际的水面。苏轼《前赤壁赋》：“纵一苇之所如，凌万顷之茫然。”　⑦灵槎：即星槎，古代神话中往来于天上的木筏。　⑧沆瀣：夜间的水气，露水。　⑨甃（zhòu 绉）：井壁。甃花，井壁上的花纹。　绿文：绿色的波纹。　⑩琼田：玉田，形容水面澄澈透明，如玉田一般。⑪黛眉：女子的眉毛。黛，青黑色的颜料，古代女子用以画眉，故云。　修：长。这句用女子细长的眉毛形容长桥。　⑫雾鬟：形容女子美丽的发髻。　⑬秋波：比喻美女的眼睛，谓其像秋水一样

清澈明亮。⑭蜃（shèn 慎）：大蛤，蛟类动物，传说能吐气为楼台，即所谓海市蜃楼。⑮彩虹：本指阳光射入水滴经折射、反射在雨幕或雾幕上形成的圆弧。也用作桥的代称。⑯鳌：传说中的海中大龟，一说为大鳖。⑰睇：斜视。浦：水滨。⑱幽壑：深沟，这里是指深水。苏轼《前赤壁赋》："舞幽壑之潜蛟。"⑲松江：又名吴淞江，太湖的最大河流，在江苏省境内。杜甫诗："焉得并州快剪刀，剪取吴淞半江水。"⑳细鳞巨口：指松江所产的鲈鱼。苏轼《后赤壁赋》："今者薄暮，举网得鱼，巨口细鳞，状如松江之鲈。"㉑笠泽：太湖的别名，一说即指松江。㉒蒹葭：芦苇。㉓微芥：小草。这句是说争名逐利乃是不足挂齿的小事。㉔东曹掾：官名，这里是指晋人张翰。翰字季鹰，吴郡人，曾为大司马东曹掾。在洛阳见秋风起，因思吴中莼菜羹、鲈鱼脍，叹曰："人生贵得适意尔，何能羁宦数千里以要名爵。"遂辞官归乡。㉕天随子：唐陆龟蒙，吴郡人，隐居松江甫里，自号天随子、江湖散人、甫里先生。

南柯子

六和塔

张挥

金甃蟠龙尾①，莲开舞凤头②。凉生宫殿不因秋。门外莫寻尘世，卷地江流③。　　霁色澄千里，潮声带两洲。月华清泛浪花浮。今夜蓬莱归梦④，十二琼楼⑤。

【说明】

六和塔，又名六合塔。在杭州城南钱塘江边月轮山上。北宋开宝三年（970）吴越王钱俶为镇江潮而建。塔身九层，高五十余丈。宣和三年（1121）毁于兵火。现存砖构塔身系南宋绍兴二十三年（1153）重建，塔刹系明代遗物，外部木构檐廊为清光绪二十五年（1899）重建。登高临槛，江上景色，尽收眼底，有"人立青冥最上层"之感。本篇描写作者月夜登塔眺望江山胜景，笔调潇洒，意境优美，读之使人犹可想见北宋年间六和塔的壮观景象和迷人风采。

【注释】

①金甃：涂金的砖壁。这句说砖砌的塔壁上雕刻着用金色涂饰的蟠龙图案。②这句说塔檐上装饰着凤凰的模型。③卷地江流：指钱塘江潮。④蓬莱：古代传说中的三神山之一。⑤十二琼楼：传说中神仙所居之地，在昆仑山上。

高阳台

丰乐楼分韵得如字[①]

吴文英

修竹凝妆[②]，垂杨驻马，凭栏浅画成图。山色谁题[③]？楼前有雁斜书[④]。东风紧送斜阳下，弄旧寒、晚酒醒余。自销凝[⑤]，能几花前，顿老相如[⑥]。　伤春不在高楼上，在灯前攲枕，雨外熏炉。怕舣游船[⑦]，临流可奈清臞[⑧]？飞红若到西湖底[⑨]，搅翠澜、总是愁鱼。莫重来，吹尽香绵，泪满平芜[⑩]。

【说明】

丰乐楼，在临安（今浙江杭州）丰豫门外，原名众乐亭，后改为耸翠楼，宋徽宗政和年间改为此名，是杭州著名的酒楼之一。据周密《武林旧事》等书载，宋理宗淳祐九年（1249），临安府尹赵与簒重建，规模宏丽，为西湖诸楼之冠。附近广植花木，增修亭阁，游人更盛。词人吴文英曾作《莺啼序》，大书于壁，一时广为传诵。这首词是作者晚年旧地重游之作。上片写景，从楼前驻马到登楼凭栏眺望，细致而有层次地展现了春寒料峭、夕阳返照下的湖山风光。下片抒发伤春感怀之情。身在楼上，却偏说“伤春不在高楼上”，巧妙地将词境推开，转到“灯前”“雨外”，使画面虚实相映，更富于艺术魅力。“飞红”两句，寓情于景，想象湖底游鱼也在为花落春归而生愁，进一步渲染出哀伤的气氛。时值南宋末年，国势垂危，词中表露了作者对时事深深的忧虑。麦孺博云：“秾丽极矣，仍自清空。如此等词，安能以‘七宝楼台’诮之。”（引自《艺蘅馆词选》）

【注释】

①分韵：数人相约赋诗填词，规定用某些字为韵，各人分拈韵字，依韵而赋，谓之分韵。②修竹：高竹。修，长。　凝妆：盛妆。这里是形容竹叶茂盛。　③山色谁题：谁人来题诗赋词赞美这如画的湖光山色？　④雁斜书：雁群斜飞，排成字形，像书写在天空一样。　⑤销凝：销魂凝思。　⑥相如：司马相如，作者自谓。　⑦舣：附船着岸。　⑧清臞：清瘦。　⑨飞红：落花。⑩平芜：平旷的草地。

柳梢青

袁去华

钓台。绍兴甲子赴试南宫登此，今三十三年矣[①]。

一水萦回，参天古木，夹岸苍崖。三十三年，客星堂上，几度曾来。　　眼看变化云雷。分白首[②]，烟波放怀。细细平章[③]，钓台毕竟，高似云台[④]。

【说明】

钓台，即严子陵钓台，又名双台垂钓。在浙江桐庐县城西十五公里富春山上。传为东汉名士严光（字子陵）隐居垂钓之处。有东西二台，两相对峙，离水面约六十米。台上光洁平整，可容百余人。俯视台下，碧波荡漾，富春江水蜿蜒向东流去。渔舟点点，白帆片片，风景迷人，历代多有题咏。南宋初，女词人李清照逃难过此，曾在舟中吟成七绝一首："巨舰只缘因利往，扁舟亦是为名来。往来有愧先生德，特意通宵过钓台。"（《钓台》）表达了对严光轻视名利、自甘淡泊的仰慕之情。

袁去华，江西奉新人。宋高宗绍兴十四年（1144）赴临安应试，途经桐庐，曾登钓台观览。三十三年后重登钓台，为赋此词抒感。开篇先写钓台风光，然后转入回忆旧游。换头由风云变化，引出对严光的赞佩，表达了对功名利禄的否定。词语平实，景起情结，简约可诵。

【注释】

①南宫：宋代皇室子弟的学府。　②分（fèn 份）：甘愿。　③平章：品评。　④云台：汉代台名。《后汉书·马武传论》："永平中，显宗追感前世功臣，乃图画二十八将于南宫云台。"这里是指功名富贵。

满 江 红

九日登凌歊台

沈　瀛

姑孰名邦[①]，黄山畔、古台巍立。秋渐老、重阳天气，郊原澄碧。隐隐西州增远望，长江一带平如席。怅英雄、千古到如今，空遗迹。　　吴太守，文章伯[②]；寻胜事，酬佳节。拥笙歌千骑，遍游南陌。襟带江城当一面，折冲千里无强敌[③]。更行看、击楫溯中流，妖氛息[④]。

【说明】

凌歊（xiāo 霄）台，遗址在今安徽当涂县西。南朝宋孝武帝刘裕曾建避暑离宫于此。乾道六年（1170）七月，陆游入蜀途中曾登此台。他在《入蜀记》中写道："凌歊台，正如凤凰、雨花之类，特因山巅名之。宋高祖（当指刘裕）所营，面势虚旷，高出氛埃之表。南望青山、龙山、九井诸峰，如在几席……北户临和州新城，楼橹历历可辨。"台后有一塔，塔后又有一亭名曰"怀古"，为当时登临眺望的名胜之地。这首词是作者重阳登高抒感之作。上片描写登台眺望所见景色，抒发对千古英雄业绩的怀念；下片叙述与和州太守（其人未详）欢度佳节的盛况，表达北伐抗金、扫清妖氛的决心。全篇意境壮阔，语言疏快，风格豪放，是一首登临题咏的佳作。

【注释】

①姑孰：一作姑熟，古城名。因城南临姑孰溪得名。故址在今安徽当涂。 ②文章伯：文坛领袖。 ③折冲：折还敌方的战车，意谓抵御敌人。 ④击楫湖中流：用祖逖渡江中流击楫而誓的典故。 妖氛：妖气，指凶灾，祸乱。李白《塞下曲》："横行负勇气，一战净妖氛。"这里是指金兵。

唐　多　令

登淮安倚天楼

王　奕

直上倚天楼，怀哉古楚州[①]。黄河水、依旧东流。千古兴亡多少事，分付与、白头鸥。　　祖逖与留侯[②]，二公今在不？眉尖上、莫带星愁。笑拍危栏歌短阕[③]，翁醉矣，且归休。

【说明】

倚天楼，在江苏淮安县城中心。始建于北宋，南宋时为都统司的酒楼，后因淮河经常泛滥，改称镇淮楼。坐北朝南，底座筑砖台，台正中是拱形门洞，宛若城门。台上四周围以栏杆，中央为二层木结构高楼，屋顶重檐九脊式，是一座宏伟古朴的建筑。

作者王奕，南宋末年人，与谢枋得相友善。本篇写登楼抒感，慨叹兴亡，缅怀前贤，寄托了山河破碎，难挽狂澜的无可奈何之情。所谓"眉尖上、莫带星愁"，实则愁深似海，非语言所可形容，故作洒脱姿态，唯有以酒浇之，一醉方休而已。

【注释】

①楚州：东魏武定七年（549）置，辖境相当今安徽淮河以南、瓦埠湖以东、女山湖以西和池河以北。南宋绍定元年（1228）改楚州置淮安军，治所在今淮安县。 ②祖逖：东晋名将，率部渡江北伐时曾经过淮安。 留侯：即张良，汉初功臣，助刘邦平定天下，封为留侯。 ③危栏：高楼上的栏杆。 短阕：小令，此指《唐多令》。

六 州 歌 头

渊 明 祠

袁去华

柴桑高隐①，丘壑岁寒姿。北窗下，羲皇上②，古人期，俗人疑。束带真难事③，赋归去，吾庐好，斜川路④，携筇杖⑤，看云飞。六翮冥冥高举，青霄外、矰缴何施⑥！且流行坎止⑦，人世任相违。采菊东篱。　　正悠然、见南山处，无穷景，与心会⑧，有谁知？琴中趣，杯中物，醉中诗。可忘机。一笑骑鲸去⑨，向千载，赏音稀⑩。嗟倦翼，瞻遗像，是吾师。门外空余衰柳，摇疏翠，斜日辉辉。遣行人到此，感叹不胜悲。物是人非。

【说明】

渊明祠，即陶渊明祠，又名陶靖节祠，在江西九江县回马岭。坐北朝南，为一进两幢砖木结构古祠建筑，面积约246平方米。祠距陶渊明墓百余米，大门上直书匾额“陶靖节祠”，上堂檐首及中堂原有匾两块，分别书写“隐士佳风”“清风高节”四个大字。祠外绿柳成荫，风景优美。

本篇是作者参观“渊明祠”有感而写的一首怀古词。全词以议论为主，通过对陶潜生平行事及其作品的咏赞，表扬了他的高风亮节和美好情操。结末抒写观感，表示愿意以陶渊明为师，在混浊之世做一个清白正直的人。可叹时移世换，物是人非，不为五斗米折腰的精神未能发扬，因而不胜悲怆之至。词的语言简洁凝练，多用陶诗，而意脉贯穿，形象性强，读来饶有余韵。

【注释】

①柴桑：古县名。西汉置，因柴桑山得名。治所在今江西九江市西南。是陶渊明的家乡和隐居之处。　②羲皇：伏羲氏，传说中的古代帝王。陶渊明《与子俨等疏》：“尝言五六月中，北窗下卧，遇凉风暂至，自谓羲皇上人。”羲皇上人，指上古时代的人。　③束带：穿着整肃，指公服。据《晋书·陶渊明传》，陶渊明为彭泽县令，郡遣督邮至，县吏告诉他，要穿礼服去见督邮。渊明叹曰：“我岂能为五斗米，折腰向乡里小儿！”于是即日解绶去职，并赋《归去来辞》。　④斜川：古地名，在今江西鄱阳湖北星子、都昌两县之间的沙洲上，风景优美。陶渊明常来此游览。　⑤筇（qióng穷）：竹名。筇杖，筇竹做的手杖。　⑥矰缴：猎取飞鸟的射具。缴，系在箭上的丝绳。《汉书·张良传》：“虽有矰缴，尚安所施？”以上三句说，鸟已展翅高飞于青天之外，猎人虽有射具，亦无以施其计。比喻归隐之后，统治者再也无从施展其迫害的手段。　⑦坎：八卦之一，象征水。坎止，谓遇险而止。《汉书·贾谊传》：“乘流则逝，得坎则止。”　⑧心会：心领神会。　⑨骑鲸：扬雄《羽猎赋》：“乘巨鳞，骑京（鲸）鱼。”后用以指文人隐遁或游仙。这里是指陶渊明死后。　⑩赏音

稀：谓赞赏钦佩的知音稀少。

满 江 红

豫章滕王阁

吴 潜

万里西风，吹我上、滕王高阁。正槛外、楚山云涨，楚江涛作。何处征帆木末去[1]，有时野鸟沙边落。近帘钩、暮雨掩空来，今犹昨。 秋渐紧，添离索[2]；天正远，伤飘泊。叹十年心事，休休莫莫[3]。岁月无多人易老，乾坤虽大愁难著。向黄昏、断送客魂消，城头角。

【说明】

滕王阁在江西南昌市（豫章）赣江之滨。唐永徽四年（653），高祖之子、太宗之弟滕王李元婴都督洪州时所建。阁高九丈，共三层，规模宏伟，被称为江南三大楼阁之一。上元二年（675），诗人王勃经过这里，即席作《滕王阁序》，形容尽致，文采灿然，成为千古传诵的名篇。此阁历经一千三百多年，屡毁屡建，如今已经修复，正以崭新的姿态迎接四面八方的游客。

吴潜于宋理宗端平年间（1234—1236）因直言进谏，被贬为江西转运副使兼知隆兴府。本篇大约作于此时。词的上片描叙作者迎着秋风秋雨登上高阁眺望，下片抒发去国离乡、壮志蹉跎的愁苦之情。全篇的格调和意境，与辛弃疾的登临抒感之作都很相似。

【注释】

①征帆：远行的船。 木末：树梢。这句说，遥望天边，远行的船儿仿佛从树梢驶过。 ②离索：“离群索居”的略语，孤独寂寞的意思。 ③休休莫莫：算了，罢了，对仕途表示失望的意思。

贺 新 郎

题雪堂

宋自逊

唤起东坡老。问雪堂、几番兴废，斜阳衰草？一月有钱三十块，何苦抽身不早！又底用、北门摛藻[1]。儋雨蛮烟添老色[2]，和陶诗、翻被渊明恼[3]。到底是，忘言好[4]。 周郎英发人间少。谩依然、乌鹊南飞，山高月小[5]。岁月堂堂留不住，此世何时是了？算不满、英雄一笑。我有丰淮千斗酒，把新愁、旧恨都倾倒。三弄笛⑥，楚天晓⑦。

【说明】

湖北黄冈县长江之滨，有一处著名的古迹“东坡赤壁”，是北宋大文豪苏轼被贬黄州时撰写千古绝唱《念奴娇·赤壁怀古》的地方。雪堂又名两赋堂，为苏轼所建，是他当年在贬谪流放生活中饮酒、读书、赋诗之处。赤壁的建筑历经兴废，屡毁屡建，至今犹存。除雪堂外，尚有挹爽楼、留仙阁、碑阁、坡仙亭、酹江亭、睡仙亭、放龟亭、问鹤亭等，古朴典雅，富有诗情画意。本篇是南宋词人宋自逊（大约与戴复古同时）游览赤壁，为怀念苏轼而写的。词从雪堂的兴废写起，用谈心的方式，对东坡的生平遭遇表示同情和理解，同时也提出了一些疑问。作者对苏轼历经坎坷仍积极用世的人生态度持有异议，问他“何苦抽身不早”，不能急流勇退？从表面上看是对苏轼的微词，实际上是以委婉曲折的方式对现实表示不满。词意含蓄，耐人寻味。

【注释】

①北门：唐代禁卫军分南北衙，“北门”即指北衙。这里是用来代指朝廷、官府。 摛藻：铺张词藻。这句是说，在朝做官，弄墨舞文又有什么用呢！ ②儋（dān 单）：儋县，在海南岛西北部、北门江流域，苏轼曾贬官于此。 蛮烟：指南方的瘴疠之气。蛮，我国古代对南方各族的泛称，这里是指海南岛。 ③和陶诗：苏轼曾写过大量和陶渊明的诗作。这句意为：东坡虽然写了不少和陶诗，但未能辞官隐居，没能理解陶诗的真意，所以如果渊明有知的话，一定会生你的气。 ④忘言：“得意忘言”的省略语，意为对某种事物或理论懂得了其中的道理，而忘记了它的语言词句。《庄子·外物篇》：“言者所以在意，得意而忘言；吾安得夫忘言之人而与之言哉。”这里是少说为佳的意思。 ⑤乌鹊南飞：苏轼《前赤壁赋》中所引曹操诗句。 山高月小：苏轼《后赤壁赋》中词句。 ⑥三弄笛：谓吹笛。琴曲有《梅花三弄》，这里是泛指乐曲。 ⑦楚天：南方的天空。湖北古为楚国之地，故云。

水调歌头

过岳阳楼作

张孝祥

湖海倦游客①，江汉有归舟。西风千里，送我今夜岳阳楼。日落君山云气②，春到沅湘草木③，远思渺难收。徙倚阑干久，缺月挂帘钩。　　雄三楚④，吞七泽⑤，隘九州⑥。人间好处，何处更似此楼头。欲吊沉累无所⑦，但有渔儿樵子，哀此写离忧。回首叫虞舜⑧，杜若满芳洲⑨。

【说明】

岳阳楼，湖南岳阳西门城楼，高三层，雄伟壮观，下瞰洞庭湖，碧波千里，遥望君山，气象万千。相传原为三国吴将鲁肃训练水师的阅兵台，唐时改建，宋滕子京重修，范仲淹为作《岳阳楼记》，名声益大，是我国江南三大著名楼阁之一。张孝祥于乾道五年（1169）结束宦游生活，请祠东归。同年春天，作者离开荆州（今湖北江陵）任所，沿江而下。一日黄昏，舟过岳阳，乘兴登楼而赋此词。上片写倚栏所见，下片抒怀古之情。全篇寓情于景，境界壮阔，寄托了很深的感慨，读来饶有韵致。

【注释】

①倦游客：倦于宦游之人。 ②君山：又名湘山，亦称洞庭山，在湖南岳阳市西南洞庭湖中。传说舜帝二妃娥皇、女英曾居此，一说秦始皇南巡泊此，故名君山。四面环水，风景优美，由七十二个大小山峰组成，山上有二妃墓、柳毅井、龙涎井、秦始皇封山印等名胜古迹。山中异竹丛生，有斑竹、罗汉竹、实竹、方竹、紫竹等，各具特色。君山茶叶，名闻天下。 ③沅湘：沅江和湘江，湖南境内的两条大河。这里是泛指宋代行政区域荆湖南路。 ④三楚：古地区名。秦汉时分战国楚地为东、西、南三楚，包括今长江中下游一带。这里是指今湖南地区而言。 ⑤七泽：泛指湖南地区的湖泊沼泽。 ⑥九州：中国上古行政区划，分中原地区为冀、兖、青、徐、扬、荆、豫、梁、雍等九州，说法或不尽相同。后来以九州泛指中国。 ⑦沉累：亦作湘累，指屈原忧愤国事，自沉汨罗江而死。累，无罪被迫而死。 ⑧虞舜：我国古代传说中的部落联盟领袖。姚姓，有虞氏，名重华，史称虞舜。 ⑨杜若：多年生草本植物，别称竹叶莲，夏季开白花。

柳 梢 青

岳 阳 楼

戴复古

袖剑飞吟①。洞庭青草②，秋水深深。万顷波光，岳阳楼上，一快披襟③。　不须携酒登临。问有酒、何人共斟？变尽人间，君山一点④，自古如今。

【说明】

本篇为登楼抒感之作。上片写纵目远眺，意气豪迈，境界壮阔，描绘出一派碧波万顷的洞庭秋色。下片慨叹江山依旧，人事全非，抒发深感寂寞孤独的苦闷心情。两片感情形成强烈反差，但都是围绕着登岳阳楼而发，因而意脉贯穿，首尾照应，使读者感到自然浑成，表现出流畅奔放、豪健轻快的艺术风格。

【注释】

①袖剑：袖中藏着短剑。 ②青草：湖名，在湖南岳阳市西南，与洞庭湖相通。 ③披襟：敞开衣襟。 ④君山：在洞庭湖中。

减字木兰花

夏 倪

宣和庚子登浯台作。山水奇秀，殆非中州所有。

江涵晓日，荡漾波光摇桨入。笑指浯溪，漫叟雄文锁翠微①。 休嗟不偶②，归到中州何处有？独立风烟，湘水浯台总接天。

【说明】

浯台原作峿台，在湖南祁阳县城西南浯溪之滨。浯溪源出松山，东北流入湘江，山清水秀，天地生成，一木一石，别饶雅趣。唐诗人元结爱其胜景，寓居溪畔，命其溪曰浯溪，并建峿台、㾁庼，各撰铭文、篆书，刻于山石之上，后人称为"三吾"。元结又将上元二年（761）所撰《大唐中兴颂》请当时著名书法家颜真卿写成楷书大字，镌刻于江边崖石上。因文、书、岩均奇，故有"三绝"之称。宋徽宗宣和二年（1120），夏倪在湖南任祁阳监酒时，游浯溪，登浯台，并写了这首词。上片写迎着晨光，泛舟浯溪的情景。下片赞美浯溪风光，认为回到中原难得见到这样的奇山异水。小词言简意明，流露了作者随缘自适，善于领略自然风光的情怀。

【注释】

①漫叟：唐诗人元结，字次山，号漫叟。 雄文：指元结的《大唐中兴颂》。 翠微：青翠的山气，代指青山。 ②不偶：不遇。

水调歌头

定王台

袁去华

雄跨洞庭野，楚望古湘州①。何王台殿，危基百尺自西刘②。尚想霓旌千骑③，依约入云歌吹，屈指几经秋！叹息繁华地，兴废两悠悠。 登临处，乔木老，大江流。书生报国无地，空白九分头。一夜寒生关塞，万里云埋陵阙④，耿耿恨难休。徙倚霜风里，落日伴人愁。

【说明】

定王台，传为西汉定王刘发所筑，遗址在湖南长沙市浏城桥附近。刘发，景帝子，公元前155年封于长沙，因封地距长安遥远，故筑台以望其母。传说筑台之土是从长安运载而来。岁久台废，改称定王冈。冈前建庙，称定王庙。后庙亦废，清代经重建增修，改作湖南图书馆。附近有蓼园，亭台楼阁，修竹葱郁，风景甚佳。其遗址今为长沙市图书馆。本篇约作于袁去华在善化（治所在今长沙）任县令期间。深秋傍晚，词人登台观览，即兴命笔，写下了这首辞情并茂的佳作。上片先写定王台所处的地理形势，接着用设问作答点题，自然引出怀古之情。下片移情入景，抒发报国无路、壮志难酬的悲慨。全篇画面壮阔，意境雄浑，音调苍凉，表达了作者深挚的爱国情怀。

【注释】

①楚望：指湖南一带。望，唐宋时州、县的等级名。一般按其地位的轻重、辖境大小和经济情况划分，有赤、畿、望、紧、上、中、下七等之差。　湘州：古州名，西晋永嘉元年（307）置，治所在临湘（今长沙）。　②西刘：谓西汉。　③霓旌：绘有云霓的彩旗，古代帝王出行时所用的一种仪仗。　④陵阙：皇帝的陵墓及其门楼。这里是指北宋历代皇帝的陵墓。古人常以陵阙代指国家的命脉所在。以上两句暗寓金兵入侵，中原沦陷，北宋覆亡。一夜之间，寒流滚滚，敌兵大举进攻，万里中原，黑云遮天，黯然无光。

水调歌头

临桂水月洞①

曾宏正

风月无尽藏②，泉石有膏肓③。古今桂岭奇胜，骚客费平章④。不假鬼谋神运⑤，自是地藏天作⑥，月魄镇相望⑦。举首吸空翠，赤脚踏沧浪⑧。　　惊龙卧⑨，攀栖鹘⑩，翳鸾凰⑪。秋爽一天凉露，桂子更飘香。坐我水精宫阙，呼彼神仙伴侣，大杓挹琼浆⑫。主醉客起舞，今夕是何乡！

【说明】

“桂林山水甲天下”，象鼻山是桂林著名的风景之一。山在阳江和漓江汇流处，状如巨象伸鼻吸水，故名。山下有一水月洞，是由象鼻和象身形成的圆洞，江水贯流其间，小船可由此通过。宋人蓟北处士曾赋诗咏赞说：“水底有明月，水上明月浮；水流月不去，月去水还流。”洞旁原有唐代修建的云崖轩、宋代修建的朝阳亭，今已不存。洞内外崖壁上有不少石刻，如张孝祥的《朝阳亭诗并序》、范成大的《复水月洞铭》等，都是极为珍贵的文物古迹。曾宏正于宋理宗时出任广西判官，后升任转运使。此阕是淳祐三年（1243）九月，作者在桂林与吴湜、李可道等游水月洞时所写。词中盛赞桂林山水，称它是“地藏天作”，大自然的赐予，历代骚人墨客为之流连忘返，题咏不绝。词人亲临其境，纵情放歌，“举首吸空翠，赤脚踏沧浪”，陶醉于如诗如画的奇异风光之中。词的笔势飘逸，意境优美，富于感情色彩，是桂林山水的一曲颂歌。

【注释】

①临桂：县名，今属广西桂林市。 ②无尽藏（zàng 葬）：佛家语，意为无尽的宝藏。苏轼《前赤壁赋》：“是造物者之无尽藏也。” ③膏肓：本为中医学名词，谓人体部位药物不至之处。这里是比喻人迹罕至之处。 ④骚客：文人。 平章：品评。 ⑤不假：无须凭借。 ⑥地藏天作：意谓天造地设，自然生成。 ⑦月魄：月初生或圆而始缺时不明亮的部分，亦泛称月。 镇：长久。 ⑧沧浪：青苍色，水色。这里是代指江水。 ⑨惊龙卧：桂林市东七星山有龙隐洞，传为老龙隐居之处。 ⑩鹘（hú 胡）：隼科飞鸟。 ⑪翳：遮蔽。 ⑫杓：俗称勺子。 挹：舀，汲取。 琼浆：美酒。

减字木兰花

登巫山县楼作

黄庭坚

襄王梦里[①]，草绿烟深何处是？宋玉台头[②]，暮雨朝云几许愁[③]？ 飞花漫漫，不管羁人肠欲断[④]。春水茫茫，欲度南陵更断肠[⑤]。

【说明】

本篇是作者出蜀途经四川巫山时所作。在巫山县城西北半里许的高都山上，有楚阳台的遗址。相传为楚襄王与巫山神女幽会之处。宋玉在其《神女赋》和《高唐赋》中记述了这段传说故事，此后有“巫山云雨”之说。后人在遗址上建神女庙和高唐观，供游客凭吊观览。词人登上巫山城楼，眺望阳台故址，即景生情，写了这首怀古抒感之作。

【注释】

①襄王梦里：指楚襄王与神女梦中幽会之事。宋玉《高唐赋》：“昔者先王尝游高唐，怠而昼寝，梦见一妇人曰：‘妾巫山之女也，为高唐之客，闻君游高唐，愿荐枕席。’” ②宋玉台：指巫山县城西北之楚阳台。 ③暮雨朝云：指巫山神女。宋玉《高唐赋》：“妾在巫山之阳，高丘之阻，旦为朝云，暮为行雨，朝朝暮暮，阳台之下。” ④羁（jī 基）人：离家在外之人。当时作者被贬谪蜀中。 ⑤南陵：古县名，在今安徽省东南部。这里是泛指江南一带。

忆秦娥

邯郸道上望丛台有感

曾　觌

风萧瑟，邯郸古道伤行客①。伤行客，繁华一瞬，不堪思忆。　　丛台歌舞无消息，金尊玉管空尘迹。空尘迹，连天草树，暮云凝碧②。

【说明】

丛台在河北邯郸市内。相传是战国时赵武灵王为观看军事操演和歌舞而建。台名最早见于《汉书·高后纪》，历代文人题咏甚多。台前翠柏夹道，沿石阶而上，进门壁上嵌有“滏流东渐，紫气西来”八个大字。登台东望滏阳河，西为紫山。台东有如意轩，汉高祖九年（前198）为纪念赵王如意而建。北有赵王宫，又名武灵馆，西有回澜亭，东有门楼，进门沿阶往南盘旋而上，可到台顶。登临眺望邯郸古城，楼阁园林，湖光山色，尽收眼底。丛台现已扩建为公园，为冀南著名的游览胜地。曾觌于孝宗乾道年间，以贺金正旦副使和贺金国尊号副使两次出使金国。这首词是他使金途中，路过邯郸，望丛台有感而作。词写邯郸道上的见闻，色彩凄迷，声情悲凉，表达了怀古伤时的情怀，受李白《忆秦娥》（箫声咽）的影响很明显。

【注释】

①行客：远行之人，作者自指。　②暮云凝碧：形容日落时晚霞消散，暮云像碧玉一样凝聚成一块。江淹杂体诗《休上人怨别》：“日暮碧云合，佳人殊未来。”

三、爱国情怀

江　城　子

密州出猎

苏　轼

老夫聊发少年狂。左牵黄①，右擎苍②。锦帽貂裘③，千骑卷平冈④。为报倾城随太守，亲射虎，看孙郎⑤。　酒酣胸胆尚开张。鬓微霜，又何妨！持节云中⑥，何日遣冯唐⑦？会挽雕弓如满月⑧，西北望，射天狼⑨。

【说明】

本篇作于神宗熙宁八年（1075），当时作者在密州（今山东诸城）任知州。这是宋人较早抒发爱国情怀的一首豪放词，在题材和意境方面都具有开拓意义。前阕叙事，后阕抒情，气势雄豪，淋漓酣畅，一洗绮罗香泽之态，读之令人耳目一新。首三句直出会猎题意，次写围猎时的装束和盛况，然后转写自己的感想：决心亲自射杀猛虎，答谢全城军民的深情厚谊。过片以后，叙述猎后开怀畅饮，并以魏尚自比，希望能够承担起卫国守边的重任。结拍直抒胸臆，抒发杀敌报国的豪情：总有一天，我要把弓弦拉得像满月一样，射掉那贪残成性的“天狼星”，将西北边境上的敌人统统一扫而光。

这首词在偎红倚翠、浅斟低唱之风盛行的北宋词坛可谓别具一格，自成一体，对南宋爱国词有直接影响。作者对此阕也颇感自豪，在《与鲜于子骏书》中，他曾说：“近却颇作小词，虽无柳七郎风味，亦自是一家。呵呵！数日前猎于郊外，所获颇多。作得一阕，令东州壮士抵掌顿足而歌之，吹笛击鼓以为节，颇壮观也。”

【注释】

①牵黄：牵着黄毛猎犬。　②擎苍：臂托猎鹰。犬和鹰为猎人用来追捕猎物的“助手”。《梁书·张充传》谓：张充少时出猎，“左手臂鹰，右手牵狗。”　③锦帽：锦蒙帽，指鲜艳华美的帽子。　貂裘：貂鼠裘，名贵的衣裘。　④千骑（jì计）：形容骑马的随从很多。骑，指一人一马。平冈：地势平缓的山冈。　⑤孙郎：指孙权。据《三国志·吴书·孙权传》载：“（建安）二十三年十月，权将如吴，亲乘马射虎于庱亭（在今江苏丹阳东）。马为虎所伤，权投以双戟，虎却废。”⑥持节：拿着符节。　云中：秦汉郡名，治所在今内蒙古托克托县东北。　⑦冯唐：汉文帝时为中

郎署长。当时云中太守魏尚与匈奴作战，因上报杀敌数字与实际不符而获罪被削职。冯唐向文帝进谏，认为魏尚有功，不应为一点小错而治罪。于是文帝便派冯唐持节到云中去赦免魏尚的罪，仍旧让他担任云中太守，驻守边防，并将冯唐升为车骑都尉。（见《史记·冯唐列传》） ⑧会：将要。 雕弓：饰有彩绘的弓。 如满月：形容弓弦拉开时形如圆月一样。 ⑨天狼：星名，即狼星，古人以其象征贪残、侵掠，认为狼星出现将有外敌入侵。这里是指当时的西夏和辽国。

六州歌头

贺铸

少年侠气，交结五都雄①。肝胆洞②，毛发耸③，立谈中，死生同，一诺千金重④。推翘勇⑤，矜豪纵⑥，轻盖拥⑦，联飞鞚⑧，斗城东⑨。轰饮酒垆⑩，春色浮寒瓮⑪，吸海垂虹⑫。闲呼鹰嗾犬⑬，白羽摘雕弓⑭，狡穴俄空⑮，乐匆匆。 似黄粱梦⑯，辞丹凤⑰，明月共，漾孤篷⑱。官冗从⑲，怀倥偬⑳，落尘笼，簿书丛㉑。鹖弁如云众㉒，供粗用，忽奇功。笳鼓动，渔阳弄㉓，思悲翁㉔。不请长缨㉕，系取天骄种㉖，剑吼西风。恨登山临水，手寄七弦桐㉗，目送归鸿㉘。

【说明】

贺铸仕途坎坷，怀才不遇，虽有报国之心，却不能见用于世，一生屈沉下僚，晚境尤为凄凉。本篇自叙平生经历，以苍劲的笔调为词人的自我形象描绘了一幅生动的写照。上片追忆青年时期豪纵不羁的游侠生活，换头以后抚今思昔，感慨万千。结尾用深沉的音调，唱出了壮志难酬的悲歌。词中所抒发的请缨无路的愤懑之情，在北宋末年强敌窥视，民族矛盾日趋尖锐的时代具有振聋发聩的积极意义。词的风格悲壮慷慨，句短韵密，声情并茂，“雄姿壮采，不可一世”（夏敬观《手批东山词》），与南宋爱国词人张孝祥的同调之作可以比美，为宋人《六州歌头》中的两首绝唱。

【注释】

①五都：五座大都市。历代所指不同，汉以洛阳、邯郸、临淄、宛、成都，唐以长安、洛阳、凤翔、江陵、太原为五都。这里是泛指宋代国内的各大都市。 ②肝胆洞：肝胆相照，意气相通。洞，洞察，通晓。 ③毛发耸：毛发高耸，形容侠士的豪迈气概。 ④一诺千金重：形容言而有信。《史记·季布栾布列传》：“楚人谚曰：‘得黄金百斤，不如得季布一诺。’” ⑤推翘勇：被推举为最勇敢、杰出的人物。翘，特出的意思。 ⑥矜豪纵：对豪放不羁的生活感到很自负。 ⑦轻盖拥：拥轻盖的意思。盖，车盖，这里指车子。 ⑧联飞鞚：并辔而驰。鞚，有嚼口的马络头，这里指马。 ⑨斗城：汉代长安城南形似南斗，城北形似北斗，故称为斗城。这里是指北宋都城开封。 ⑩轰饮：狂饮。 ⑪春色浮寒瓮：酒坛子里散发出扑鼻的香气。春色，指酒而言，唐宋多以“春”

字名酒，如“瓮头春”等。 ⑫吸海垂虹：形容酒量极大，像长虹在大海里吸水一样。 ⑬嗾(sǒu 叟)：使犬声。 ⑭白羽：箭名。 ⑮狡穴：狡兔的巢穴，泛指野兽藏身之处。 ⑯黄粱梦：唐沈既济传奇小说《枕中记》载，卢生在邯郸客店遇道士吕翁给他一枕，睡后入梦享尽荣华富贵，一觉醒来店主人蒸的小米饭还没熟。 ⑰丹凤：唐长安宫阙有丹凤门，故称丹凤城。这里是指北宋都城汴京。 ⑱漾孤篷：驾着一叶孤舟，漂荡于江湖。 ⑲官冗从：担任闲散的随从小官。 ⑳倥偬（kǒng zǒng 孔总）：情怀苦闷。倥偬，困苦貌。 ㉑簿书丛：忙于簿录文书工作。簿书，官署中的文书。 ㉒鹖弁（hé biàn 禾变）：鹖冠，插有鹖毛的武士之冠。鹖鸟好斗，至死不却，武士冠插鹖毛，以示英勇。这里是指下级武官而言。 ㉓渔阳弄：鼓曲名，即《渔阳参挝》。《后汉书·祢衡传》：“衡方为《渔阳参挝》，蹀躞而前。”参挝，击鼓之法。 ㉔思悲翁：汉《铙歌十八曲》之一。 ㉕长缨：长绳。《汉书·终军传》：“军自请，愿受长缨，必羁南越王而致之阙下。” ㉖天骄种：天之骄子。《汉书·匈奴传》载，匈奴单于自称为“天之骄子”。 ㉗七弦桐：七弦琴。琴以桐木制成，故称。 ㉘目送归鸿：眼望南归的大雁。嵇康《赠秀才入军》诗：“目送归鸿，手挥五弦。”

贺新郎

寄李伯纪丞相[①]

张元幹

曳杖危楼去[②]。斗垂天[③]，沧波万顷，月流烟渚[④]。扫尽浮云风不定，未放扁舟夜渡[⑤]。宿雁落、寒芦深处。怅望关河空吊影[⑥]，正人间、鼻息鸣鼍鼓[⑦]。谁伴我，醉中舞[⑧]？ 十年一梦扬州路[⑨]。倚高寒、愁生故国，气吞骄虏[⑩]。要斩楼兰三尺剑[⑪]，遗恨琵琶旧语[⑫]。谩暗涩、铜华尘土[⑬]。唤取谪仙平章看[⑭]，过苕溪、尚许垂纶否[⑮]？风浩荡，欲飞举[⑯]。

【说明】

此词约作于绍兴八年（1138）前后。当时在投降派秦桧等人的策划下，宋金和议已成定局，朝廷中主张抗战、反对投降的人纷纷上书对秦桧及其同伙加以揭露和谴责。枢密副使王庶、监察御史张戒、礼部侍郎曾开等交章陈辞，要求罢免秦桧，将抗金斗争进行到底。于是在南宋政权内部展开了一场主张投降和反对投降的激烈斗争。此时李纲虽已被排挤出朝廷，但当他了解到这一严重的事态后，也毅然上书，表明了自己反对议和的态度。结果当权者不但没有听取他的意见，反而将他罢归福建长乐。张元幹闻知此事后，满怀义愤，写了这首词对李纲表示敬仰和支持，鼓励他继续为反对“骄虏”、光复“故国”而斗争。词的上片写景，描绘月夜登楼所见，境界壮阔，情调悲凉，暗喻局势艰难动荡，当权者醉生梦死，爱国志士孤立无援，国家已经处于危急存亡之秋。下片融情入景，对朝廷执行妥协投降政策，排斥抗战派，英雄无用武之地，表示无比悲愤。结尾处振悲起兴，希望李纲不要消极隐退，应当满怀豪情壮志，气冲霄汉，去夺取反侵略、反投降斗争的最后胜利。此词意境阔大，慷慨悲壮，大义凛然，标志着词从酒筵歌席、啼香怨粉的樊篱中挣脱出来，开始进入政治斗争的舞台，这是时代生活的巨变在文学创作领域所引起的必然反响。

【注释】

①李伯纪：李纲字伯纪，南宋初年抗战派的代表，建炎元年（1127）曾出任宰相，后被投降派排斥，长期受到贬谪。 ②曳（yè叶）杖：拖着手杖。 危楼：高楼。 ③斗垂天：北斗星悬挂在天空。 ④月流烟渚（zhǔ主）：月光洒在烟水迷茫的沙洲上。 ⑤未放句：是说风急浪大，不能乘船来和你会面。 ⑥吊影：形影相吊，表示孤独无依。 ⑦鼻息鸣鼍（tuó陀）鼓：鼻息如雷的意思。鼍，即扬子鳄。鼍皮可以做鼓。这句隐含投降派醉生梦死之意。 ⑧这两句说无人陪我夜半闻鸡起舞。这是用东晋祖逖和刘琨中夜闻鸡起舞的典故。 ⑨十年句：十年前，即建炎元年（1127）。这年宋高宗在南京（今河南商丘）称帝，用李纲为相，后被投降派排斥罢职。金兵大举南侵，扬州被焚，宋高宗匆匆南逃。 ⑩倚高寒：在高楼上凭栏眺望，感到寒气侵入。 故国：指中原地区。 骄虏：指骄横的金兵。 ⑪要斩：腰斩。 楼兰：汉西域国名。汉傅介子出使西域，设计刺死为匈奴做间谍的楼兰王。傅介子因功封侯。这里是以楼兰指金，以傅介子喻李纲等主战派。 ⑫遗恨句：用王昭君出塞事。汉元帝时以王昭君出嫁匈奴单于，表示汉朝与匈奴和好。相传昭君在途中弹着琵琶，匈奴使者唱胡语歌曲安慰她。这里借昭君和亲事谴责南宋当局对金屈膝投降。 ⑬谩：徒然。 暗涩：形容铜上生锈，黯然无光。涩，一作“拭”。 华，同“花”。剑上的锈痕像花一样。这句是以宝剑不用生锈，比喻英雄无用武之地。 ⑭谪仙：唐人称李白为天上谪仙人。李纲有“李白乃吾祖”的诗句。这里是以李白借指李纲。 平章：评论。 ⑮苕溪：在浙江省境内，是南宋文人学士隐居、游赏的风景区。 纶：钓鱼用的丝线。这句说，在国家危亡之际，难道能去过隐居垂钓的生活吗？ ⑯欲飞举：想乘风高飞。这两句说，正是风云激荡的时候，应当乘风高举，奋发有为，为国立功效命。

贺新郎

送胡邦衡谪新州①

张元幹

梦绕神州路②。怅秋风、连营画角③，故宫离黍④。底事昆仑倾砥柱⑤，九地黄流乱注⑥，聚万落千村狐兔⑦？天意从来高难问⑧，况人情老易悲难诉⑨。更南浦⑩，送君去。　凉生岸柳催残暑，耿斜河⑪，疏星淡月，断云微度⑫。万里江山知何处？回首对床夜语⑬。雁不到，书成谁与⑭？目尽青天怀今古，肯儿曹恩怨相尔汝⑮！举大白⑯，听金缕⑰。

【说明】

宋高宗绍兴八年（1138），枢密院编修官胡铨上书反对朝廷议和投降，要求将秦桧等投降派斩首示众，以表示抗金的决心。结果反而被贬昭州，后因舆论反对，改监广州盐仓。绍兴十二年（1142）胡铨再次被贬新州。这时作者正寓居福州，当他听到这一消息后，满怀义愤，特意备酒为胡铨送别，并赋此词进行鼓励，以壮行色。

这是一首送别词，但不是表现男女之间的离愁别恨，也不是抒写一般的朋友情谊。全篇关合时事，表达了作者对国事的关切和对投降派的愤恨，可以说是一首慷慨悲壮的政治抒情诗。词的上片，通过梦游中原，反映金兵入侵给祖国大地所带来的深重灾难。下片集中抒写临别时的依依难舍之情，勉励友人振作精神，继续和投降派进行斗争。词的时代气息很浓，反映了南宋初年小朝廷内部爱国和投降两种势力的激烈斗争，爱憎十分鲜明。在秦桧专权误国的时代，张元幹敢于开风气之先，用长短句来抒发爱国激情，揭露和谴责投降派，这对促进南宋词风的变化无疑起了促进作用。刘熙载《艺概·词概》评论说："张元幹仲宗因胡邦衡谪新州，作《贺新郎》送之，坐是除名；然身虽黜，而义不可没也。"

【注释】

①胡邦衡：胡铨，字邦衡，号澹庵，庐陵（今江西吉安）人。　新州：今广东新兴县。　②神州：古代称中国为赤县神州，这里指中原沦陷区。　③画角：古代军中的号角，因饰有彩绘，故称"画角"。　④故宫：指北宋都城汴京（今河南开封）的皇宫。　离黍：《诗经·王风·黍离》首句曰："彼黍离离。"黍，小米；离离，繁茂貌。旧说周室东迁后，周大夫行役经过故都，见宫廷废墟上长满离离的禾黍，于是写此诗哀悼周王朝的衰落。后人常以"黍离"或"离黍"比喻乱世。　⑤底事：何事，为什么。　昆仑倾砥柱：据《神异经》载，古代传说昆仑山上有一根铜柱，高入云天，称为天柱。《淮南子·天文训》说，共公与颛顼争帝位，怒触不周山，使天柱折断，造成天倾地陷的大难。又据《水经注·河水》载，黄河中流有山名砥柱。这里是合用昆仑天柱与黄河砥柱的倾折，比喻北宋王朝的覆亡。　⑥九地：九州之地，遍地的意思。　黄流乱注：黄河之水到处乱流，泛滥成灾，比喻金兵入侵给国家和人民造成的灾祸。　⑦狐兔：比喻金兵。　⑧天意：上天的旨意，暗指皇帝的意图。　难问：难测，不可理解。　⑨人情老易悲难诉：谓人到老年，容易产生悲凉之感，难以向人倾诉。以上两句用杜甫《暮春江陵送马大卿公恩命追赴阙下》诗："天意高难问，人情老易悲。"　⑩南浦：泛指送别的地方。浦，水边。屈原《九歌·河伯》："送美人兮南浦。"江淹《别赋》："送君南浦，伤如之何！"　⑪耿：明亮。　斜河：银河斜转，表示夜深。　⑫断云：片云。　微度：慢慢地飘过。　⑬对床夜语：同宿夜话。白居易《雨中招张司业宿》："能来同宿否？听雨对床眠。"　⑭雁不到：大雁不到的地方。相传雁能传书，但到衡阳回雁峰便不再往南飞了。胡铨被贬广东新州，在衡阳以南，所以说是雁飞不到的地方。　谁与：托谁寄给你呢？这句说别后关山阻隔，书信难通。　⑮儿曹：儿

辈。 相尔汝：形容彼此你我相称，非常亲昵的样子。韩愈《听颖师弹琴》诗："昵昵儿女语，恩怨相尔汝。" ⑯大白：酒杯名。 ⑰金缕：《金缕曲》，《贺新郎》的别名。

石州慢

已酉秋吴兴舟中作①

张元幹

雨急云飞，惊散暮鸦，微弄凉月。谁家疏柳低迷②，几点流萤明灭。夜帆风使，满湖烟水苍茫，菰蒲零乱秋声咽③。梦断酒醒时，倚危樯清绝④。 心折⑤。长庚光怒⑥，群盗纵横，逆胡猖獗。欲挽天河⑦，一洗中原膏血。两宫何处⑧？塞垣只隔长江⑨，唾壶空击悲歌缺⑩。万里想龙沙⑪，泣孤臣吴越⑫。

【说明】

建炎三年（1129），金兵不断进犯南宋，相继攻陷青州、沧州、鄜州、磁州及南京（今河南商丘）等地。宋高宗赵构仓皇渡江南逃，形势十分危急。同年秋天，作者避难途中经过吴兴，月夜舟中有感国事而赋此词。上片描绘舟中所见，展现出一幅凄迷衰败的秋夜景色，黑云翻滚，骤雨初歇，惊鸦飞散，残月在天，疏柳低迷，流萤明灭，烟水苍茫，菰蒲零乱，一切都显得十分黯淡凄凉，从而暗示出险恶动乱的政局形势。下片抒写作者的忧国之情，表达驱逐敌寇、迎回两宫、收复中原的强烈愿望。全篇情景交融，语言自然，意境浑成，风格悲壮，流露出深沉的爱国激情。

【注释】

①已酉：指宋高宗建炎三年（1129）。 吴兴：今浙江湖州市。 ②低迷：模糊的样子。 ③菰（gū 姑）蒲：均为浅水植物。菰，嫩茎可食，俗称茭白。蒲，即水杨，嫩蒲亦可食。 ④危樯：很高的桅杆。 ⑤心折：心碎，内心极为悲痛。 ⑥长庚：金星。我国古代把早晨出现于东方天空的金星叫做启明星，黄昏出现于西方天空的金星叫做长庚星。《史记·天官书》："长庚，如一匹布著天。此星见，兵起。" ⑦天河：银河。杜甫《洗兵马》："安得壮士挽天河，净洗甲兵长不用。" ⑧两宫：指宋徽宗赵佶和宋钦宗赵桓，二人均被金兵掳至北方。 ⑨塞垣：边界。 ⑩唾壶：承唾液的器具。刘义庆《世说新语》："王处仲（敦）每酒后，辄咏'老骥伏枥，志在千里。烈士暮年，壮心不已'，以如意打唾壶，壶口尽缺。"这里是借以表达作者的悲愤之情。 ⑪龙沙：白龙堆沙漠，在今甘肃和新疆之间。这里借指徽、钦二帝被囚禁的塞外之地。 ⑫孤臣：孤立无助的臣子，作者自谓。 吴越：古代的吴国和越国，今江苏、浙江一带。

苏 武 令

李 纲

塞上风高[①]，渔阳秋早[②]，惆怅翠华音杳[③]。驿使空驰，征鸿归尽，不寄双龙消耗[④]。念白衣、金殿除恩[⑤]，归黄阁、未成图报[⑥]。　谁信我、致主丹衷[⑦]，伤时多故，未作救民方召。调鼎为霖[⑧]，登坛作将，燕然即须平扫[⑨]。拥精兵十万，横行沙漠，奉迎天表[⑩]。

【说明】

本篇作于南宋初年，时值金兵大举进犯，徽、钦二帝被掳，中原沦陷，民生涂炭，国势处于风雨飘摇之中。作者面对严酷的现实，直抒胸臆，表达了爱国忠君的情怀和济世救民的抱负。他强烈希望能“拥精兵十万，横行沙漠，奉迎天表”，承担起拯危亡、挽狂澜，重整宋室山河的历史责任。据说这首词南渡以后曾广为流传，在爱国军民中引起了强烈的反响。

【注释】

①塞上：边境线上。　②渔阳：古郡名，战国燕置。隋唐时曾先后改玄州、蓟州为渔阳郡，治所在今天津蓟县。这里是泛指北方。　③翠华：皇帝仪仗中用翠鸟羽毛做装饰的一种旗子。　④双龙：指徽、钦二帝。　⑤白衣：或谓白身，旧指无功名、无官职的人。　除恩：指授官。　⑥黄阁：汉代丞相、太尉和汉以后的三公官署避用朱门，厅门涂黄色，以区别于天子，称为黄阁。建炎初，李纲曾短期官至宰相。　⑦丹衷：丹心、衷情。　⑧调鼎：以鼎之调味，比喻宰相治理天下。　霖：指干旱时的大雨。　⑨燕然：杭爱山，在今蒙古国境内。　⑩天表：天子的仪表，这里是指宋徽宗赵佶和宋钦宗赵桓。

满 江 红

韩世忠

万里长江，淘不尽、壮怀秋色。漫说道、秦宫汉帐，瑶台银阙[①]。长剑倚天氛雾外[②]，宝弓挂日烟尘侧。向星辰、拍袖整乾坤，难消歇。　龙虎啸，风云泣；千古恨，凭谁说？对山河耿耿，泪沾襟血。汴水夜吹羌笛管[③]，鸾舆步老辽阳月[④]。把唾壶敲碎问蟾蜍[⑤]，圆何缺？

【说明】

韩世忠为南宋四大名将之一，久经沙场，战功卓著。本篇表达了作者痛愤山河破碎、决心重整乾坤的豪情壮志。词的语言朴质，境界雄阔，感情深挚，与民族英雄岳飞的两首《满江红》情调相同，反映了建炎、绍兴年间还我河山、收复中原的时代要求，具有鼓舞士气民心的积极意义。

【注释】

①瑶台：雕饰华丽、结构精巧的楼台。　银阙：玉石建筑的宫阙。这里是指故都汴京的楼台宫殿。　②长剑倚天：或作倚天长剑，传说中靠在天边的长剑。语出宋玉《大言赋》："方地为车，圆天为盖，长剑耿耿倚天外。"　③汴水：古水名，指今河南荥阳西南索河。隋开通济渠，因中间自今荥阳至开封一段就是原来的汴水，故唐宋人遂将通济渠东段称为汴水、汴河或汴渠。北宋亡后，不久湮废。　④鸾舆：有鸾铃的车子，指皇帝的车驾。　⑤唾壶：承唾液的器具。据《世说新语·豪爽》，东晋时王敦酒后常诵曹操《龟虽寿》诗，并用铁如意敲打唾壶，以致壶口全都破碎了。　蟾蜍：俗称癞蛤蟆。传说月中有蟾蜍，故用为月的代称。

满 江 红

写　怀

岳　飞

怒发冲冠[①]，凭栏处、潇潇雨歇[②]。抬望眼，仰天长啸，壮怀激烈。三十功名尘与土，八千里路云和月。莫等闲，白了少年头，空悲切。　靖康耻[③]，犹未雪；臣子恨，何时灭？驾长车、踏破贺兰山缺[④]。壮志饥餐胡虏肉，笑谈渴饮匈奴血[⑤]。待从头、收拾旧山河、朝天阙[⑥]。

【说明】

岳飞的《满江红·写怀》是一首气壮山河、传诵千古的名篇。词中体现了作者大无畏的英雄气概，洋溢着爱国主义的激情。上片通过雨后凭栏眺望，抒写作者为国杀敌立功的豪情壮怀，下片表达词人雪耻复仇、重整乾坤的伟大抱负。全篇情辞慷慨，激昂悲壮，既是战斗的誓言，又如进军的号角，振奋士气，催人奋进，在当时具有巨大的鼓舞作用，对后世产生了深远的影响。陈廷焯《云韶集》称赞说："何等气概！何等志向！千载下读之，凛凛有生气焉。"其中名句"莫等闲，白了少年头，空悲切"，至今仍可作为中华儿女的座右铭。

【注释】

①怒发冲冠：愤怒时头发直竖，上冲帽子。《史记·廉颇蔺相如列传》："相如因持璧却立倚柱，

怒发上冲冠。” ②潇潇：风雨之声。 歇：停止。 ③靖康耻：指靖康二年（1127），金兵攻陷汴京，掳走徽、钦二帝，中原沦丧，北宋亡国的奇耻大辱。靖康，宋钦宗赵桓的年号。 ④贺兰山：亦名阿拉善山，在今宁夏和内蒙古交界处。这里是泛指边塞关山。 ⑤胡虏、匈奴：均泛指敌人。 ⑥天阙：天子宫殿前的楼观。朝天阙，朝见皇帝。

满 江 红

登黄鹤楼有感①

岳 飞

遥望中原，荒烟外、许多城郭。想当年、花遮柳护，凤楼龙阁。万岁山前珠翠绕②，蓬壶殿里笙歌作③。到而今、铁骑满郊畿④，风尘恶⑤。 兵安在？膏锋锷⑥；民安在？填沟壑⑦。叹江山如故，千村寥落⑧。何日请缨提锐旅⑨？一鞭直渡清河洛⑩！却归来、再续汉阳游，骑黄鹤。

【说明】

本篇存有岳飞手书墨迹，收于近人徐用仪所编《五千年来中华民族爱国魂》卷端照片。据《宋史·岳飞传》，绍兴三年（1133）秋，叛将李成进犯襄阳一带。次年岳飞奉命率兵进讨，收复襄阳等六郡。岳飞认为北伐时机已到，于是上书朝廷，奏请“以精兵二十万，直捣中原，恢复旧疆”。这首词可能是作者驻军鄂州，登黄鹤楼时的抒怀之作。

词的上片从登楼眺望中展开画面，展现出中原大好河山在金兵铁骑蹂躏下，一片凄凉的景象。下片前六句紧承上片结拍，进一步说明国家正处于危急存亡之秋，广大军民付出了惨重的牺牲。最后呼吁朝廷下诏北伐，实现光复中原、统一祖国的愿望。全词充分体现出岳飞忧国忧民的思想和对抗金斗争满怀必胜的信心。可惜“一鞭直渡清河洛”的理想未能实现，英雄却蒙受不白之冤，含恨九泉，令人愤惋泣下。

【注释】

①黄鹤楼：故址在今湖北省武汉市蛇山的黄鹤矶头。相传始建于三国吴黄武二年（223），历代屡毁屡建。《元和郡县志》：“因矶为楼，名黄鹤楼。”《太平寰宇记》：“费祎登仙，每乘黄鹤于此憩驾，故号为黄鹤楼。”唐宋时为游览胜地，崔颢、李白及陆游等均有题诗。 ②万岁山：艮岳，宋徽宗宣和四年（1122）五月建成的一座假山，在汴京城东北，消耗了大量的民力财力。周围十余里，最高处九十尺，楼阁亭台不计其数，奇花异石应有尽有。 ③蓬壶殿：疑指北宋汴京皇宫内的蓬莱殿。 ④郊畿（jī 机）：指汴京附近地区。 ⑤风尘：比喻战乱。杜甫《赠别贺兰铦》诗：“国步初返正，乾坤尚风尘。” ⑥膏（gào 告）：滋润。作动词用。 锷（è 鄂）：剑刃。 ⑦沟壑：溪谷。《淮南子·说山

训》："大蔡神龟，出于沟壑。"引申指野死之处。 ⑧寥落：稀疏荒凉。 ⑨请缨：请求出兵杀敌报国。缨，绳子。《汉书·终军传》："（汉武帝）乃遣军使南越，说其王，欲令入朝，比内诸侯。军自请，愿受长缨，必羁南越王而致之阙下。" 锐旅：精锐的部队。 ⑩河洛：黄河和洛水。

满 江 红

和岳元帅述怀

祝允哲

仗尔雄威，鼓劲气、震惊胡羯①。披金甲、鹰扬虎奋②，耿忠炳节。五国城中迎二帝③，雁门关外捉金兀④。恨我生、手无缚鸡力，徒劳说。　伤往事，心难歇；念异日，情应竭。握神矛、闯入贺兰山窟⑤。万世功名归河汉，半生心志付云月。望将军、扫荡登金銮⑥，朝天阙。

【说明】

这首词见于近年在浙江江山发现的《须江郎峰祝氏族谱》。须江为江山的古名，郎峰祝氏是唐宋时期当地的世家大族。祝允哲是北宋绍圣年间兵部尚书、太子少保、都督征讨大元帅、上柱国宣国公祝臣之子。祝允哲曾随徽宗御驾亲征，靖康元年（1126）钦宗敕授大制参，督理江广粮饷，提督荆襄军务。岳飞被捕后，祝允哲曾上疏高宗，以全家七十余口生命乞保岳飞（见《南开学报》1986年第6期《岳飞〈满江红·写怀〉新证》引《祝氏族谱》）。《族谱》中还载有岳飞的《满江红》原作，题为"与祝允哲述怀"，全文为："怒发冲冠，想当日、身亲行列。实能是、南征北战，军声激烈。百里山河归掌握，一统士卒捣巢穴。莫等闲、白了少年头，励臣节。　靖康耻，犹未雪；臣子恨，何时灭？驾长车、踏破金城门阙。本欲饥餐胡虏肉，常怀渴饮匈奴血。偕君行、依旧奠家邦，解郁结。"据《族谱》载，此词作于绍兴三年（1133）。明代以后广为流传的《满江红·写怀》，可能是岳飞在参考了祝允哲的和词以后重新加以修改写成的。这一材料的发现对解决《满江红·写怀》一词的作者问题，提供了有力的证据。

词中对岳飞给予崇高的评价和热情的鼓励，希望他振雄威，秉忠节，披金甲，握神矛，以大无畏的英雄气概，"闯入贺兰山窟"，扫荡敌寇，迎还二圣，为国家民族建立万世不朽的功业。辞情慷慨，语言豪壮，不假雕饰，直抒胸臆，洋溢着爱国激情，表达了作者对民族英雄岳飞的敬佩，并对他寄予殷切的期望，读来鼓舞人心。

【注释】

①胡羯：古代对西北各族的泛称，这里是指金人。羯，古族名，曾附属于匈奴，魏晋时散居上党郡（今山西潞城一带）。 ②鹰扬虎奋：形容威武勇猛。 ③五国城：古城名。今黑龙江省依兰以

东至乌苏里江口的松花江，辽时两岸有剖阿里、盆奴里、奥里米、越里笃、越里吉等五国部落归附，设节度使领之，称为五国城。其中越里吉即在今依兰，称为五国头城。宋徽宗被金人所俘，囚死于此。　二帝：指宋徽宗赵佶和宋钦宗赵桓。　④雁门关：在山西省代县北部，为长城重要关口之一。　金兀：兀术，一作乌珠，即完颜宗弼，金大将。　⑤贺兰山：亦名阿拉善山，在今宁夏与内蒙古交界处。这里是泛指。　⑥金銮：殿名，唐代大明宫内有金銮殿，宋代皇宫内亦有金銮殿。这里是代指朝廷宫殿。

满　庭　芳

邵　缉

落日旌旗，清霜剑戟，塞角声唤严更①。论兵慷慨，齿颊带风生②。坐拥貔貅十万③，衔枚勇④，雪槊交横⑤。笑谈顷⑥，匈奴授首⑦，千里静欃枪⑧。　荆襄，人按堵⑨，提壶劝酒，布谷催耕。芝夫荛子⑩，歌舞威名。好是轻裘缓带，驱营阵、绝漠横行⑪。功谁纪，风神宛转⑫，麟阁画丹青⑬。

【说明】

邵缉，字公序，号荆溪，生活在南北宋交替之际。明陈霆《渚山堂词话》谓：“岳武穆驻师鄂州，纪律严明，路不拾遗，秋毫无犯，军民胥乐，古名将莫能加也。有邵公序者，薄游江湘，道其管内，因作《满庭芳》赠之。”其时，作者已经年过古稀，出于对抗金名将的敬仰，他满怀激情，写了这首歌颂民族英雄的词篇。词中不仅赞扬了岳飞熟谙兵机、从严治军、英勇无敌的军事才能，而且肯定了他爱护百姓的高尚品德。荆襄地区的人民在战乱中得以安居乐业，纷纷“提壶劝酒”，来慰劳威名远扬的岳家军。这些描写在《宋史・岳飞传》中都有记载，诚如《鄂王遗事》所云：“此词句句缘实，非寻常谀词也。”

【注释】

①塞角：边塞的角声，这里指军营中的号角。　②齿颊带风生：形容谈话时激昂慷慨，见解深刻。以上两句是说岳飞议论军事，谈锋犀利，见解精辟，听了使人感到痛快。苏轼《浣溪沙》：“论兵齿颊带风霜。”　③貔貅：猛兽名。这里是指勇猛的士兵。　④衔枚：枚，形如箸，两端有带，可系于颈上，古代进军袭击敌人时，常令士兵衔在口中，以防喧哗。欧阳修《秋声赋》：“又如赴敌之兵，衔枚疾走，不闻号令，但闻人马之行声。”　⑤雪槊：雪亮的长矛。　⑥顷：顷刻，时间很短。　⑦授首：被杀。　⑧欃枪：彗星的别称。古人以这种星为妖星，出现即有兵乱。　⑨按堵：同“安堵”，安居的意思。　⑩芝夫荛子：野老樵夫。　⑪绝漠：极远的沙漠。　⑫风神：风采神韵。　宛转：委婉曲折。这里是形容神态自若，从容不迫。　⑬麟阁：麒麟阁。汉代阁名，在未央

宫中。汉宣帝时曾画霍光等十一位功臣像于阁上，以表扬其功绩。后多以“麒麟阁”或“麟阁”表示卓越的功勋和最高的荣誉。 丹青：中国古代绘画中常用的两种颜色。这里是指画像。

念 奴 娇

黄中辅

炎精中否[1]，叹人材委靡，都无英物[2]。胡马长驱三犯阙[3]，谁作长城坚壁？万国奔腾[4]，两宫幽陷[5]，此恨何时雪？草庐三顾[6]，岂无高卧贤杰！ 天意眷我中兴[7]，吾皇神武[8]，踵曾孙周发[9]。河海封疆俱效顺，狂虏何劳灰灭？翠羽南巡[10]，叩阍无路[11]，徒有冲冠发。孤忠耿耿，剑铓冷浸秋月[12]。

【说明】

此词作于南宋初年，原未署名，题于邮亭壁间（或谓题于吴江桥上）。作者黄中辅，号槐卿，浙江义乌人，是一位孤忠耿耿的爱国志士。当时金兵大举进犯，中原沦丧，徽、钦二帝被掳，高宗即位后便仓皇南逃，形势十分危急。词中对敌军犯境深表愤慨，希望朝廷广开贤路，起用豪杰志士，振我国威，扫灭狂虏，洗雪国耻，光复宋室基业。同时也抒发了有心报国、无路请缨的悲愤心情，表达了当时广大军民对南宋朝廷的强烈不满。

【注释】

①炎精：太阳的别称。引申为国运。 中否：是否处于正中。 ②英物：英雄人物。 ③胡马：指金兵。 阙：皇宫前面两边的门楼，代指京城。 ④万国：天下、四面八方。 ⑤两宫：指宋徽宗和宋钦宗，当时都被俘虏囚禁在北方。 ⑥草庐三顾：用刘备三顾茅庐请诸葛亮出山的事。 ⑦眷：顾念，爱护。 ⑧吾皇：指宋高宗赵构。 ⑨踵：追随。 曾孙周发：指周武王姬发，继承文王未竟之业，灭商兴周。 ⑩翠羽：翠鸟羽毛装饰的旗帜，指皇帝的仪仗。 ⑪阍：宫门。 ⑫铓：锋尖。

江 城 子

上 张 帅[1]

赵彦端

春风旗鼓石头城。急麾兵[2]，斩长鲸[3]。缓带轻裘[4]，乘胜讨蛮荆[5]。蚁聚蜂屯三十万[6]，争面缚[7]，向行营。 舳舻千里大江横[8]。凯歌声，犬羊惊[9]。尊俎风流[10]，谈笑酒徐倾。北望旄头今已灭[11]，河汉淡，两台星[12]。

【说明】

本篇大约作于孝宗隆兴元年（1163）前后。词题中的“张帅”，指抗战派老将张浚。当时正值金主完颜亮南侵失败不久，张浚“起废复用”，“除枢密使，都督建康、镇江府、江州、池州、江阴军军马”（《宋史·张浚传》），积极筹划北伐，一时军威大振，出现了有利于抗金斗争的形势。后因符离兵败，投降派卷土重来，南宋统治者又回到了妥协投降、苟且偷安的老路上去了。此词当作于符离兵败以前，张浚亲临建康督师北伐之时。作者满怀豪情，称赞张帅指挥若定，希望迅速进兵，一鼓作气，将金兵赶出中原；祝愿他旗开得胜，面缚敌酋，班师庆功，使南北同胞早日团聚。词的语言明快，气势豪迈，充满了胜利的信心，洋溢着爱国主义的激情，是一篇鼓舞人心的佳作。

【注释】

①张帅：指张浚。 ②麾兵：指挥军队。麾，古代用以指挥军队的旗帜。 ③长鲸：比喻强大的敌人。 ④缓带轻裘：儒将的装束。 ⑤蛮荆：本指湖广一带未开化的地区，这里是借指金国。 ⑥蚁聚蜂屯：形容敌兵为乌合之众，如蚂蚁聚成一堆，像蜂子挤在一起。 ⑦面缚：当着我军之面，自缚请降。 ⑧舳舻千里：形容战船很多。舳，船后持舵处。舻，船前头刺棹处。《汉书·武帝纪》：“舳舻千里，薄枞阳而出。” ⑨犬羊：对敌人的蔑称。 ⑩尊俎：盛酒食的餐具，这里是指酒宴。 ⑪旄头：星名，即昴宿。古人以为旄头特别亮的时候，预兆有战事发生。这句说敌人被消灭，战争已停止。 ⑫两台星：指参商二星。这两句说，天河澄清了，参商二星同时出现在天空。比喻南北同胞的团聚。

汉 宫 春

初自南郑来成都作

陆 游

羽箭雕弓，忆呼鹰古垒①，截虎平川。吹笳暮归野帐，雪压青毡。淋漓醉墨，看龙蛇、飞落蛮笺②。人误许、诗情将略，一时才气超然。 何事又作南来？看重阳药市③，元夕灯山④。花时万人乐处，欹帽垂鞭⑤。闻歌感旧，尚时时、流涕尊前。君记取、封侯事在，功名不信由天。

【说明】

本篇作于乾道九年（1173），此时陆游刚刚从南郑前线来到成都。作者不愿安居后方，流连光景，希望重返边防，为国杀敌立功。词中通过今昔对比，抒发了志在抗金救国的理想和抱负。上片由“忆”字领起，追叙从戎南郑时期刺虎行猎、雪夜野营、酒后草书的豪迈生活，流露出对那段峥嵘岁月的无限怀念之情。下片描写当前闲散、落寞的处境，换头处用设问句过渡，意脉不断，衔接十分自然。结拍两句“君记取、封侯事在，功名不信由天”，笔锋振起，以高昂的声调收住，表现了对建功立业的高度自信。全词意境壮阔，形象生动，语言凝练，风格豪放，感情跌宕起伏，是一曲充满爱国激情的战歌。

【注释】

①古垒：古代战地的营垒。　②龙蛇：这里是指草书。唐孙过庭《书谱》：“复有龙蛇云露之流，龟鹤花英之类。”　蛮笺：指四川出产的彩色笺纸。　③药市：贩卖药材的集市。《老学庵笔记》卷六：“成都药市以玉局化为最盛，用九月九曰。”　④元夕：旧历正月十五，即元宵节，又称灯节。　⑤攲（qī 欺）帽：歪戴着帽子。

桃源忆故人

题华山图[①]

陆　游

中原当日三川震[②]，关辅回头煨烬[③]。泪尽两河征镇[④]，日望中兴运。　秋风霜满青青鬓；老却新丰英俊[⑤]。云外华山千仞[⑥]，依旧无人问。

【说明】

这首词是陆游晚年的作品。诗人看到画中那壁立千仞、高耸入云的华山雄姿，又激起了他怀念中原大好河山的深情。他要为西岳唱一支赞歌，为巍峨的华山题一首词。可是写些什么呢？提笔在手，不觉心潮澎湃、热血沸腾。当年金兵入侵，占我河山、荼毒生灵的惨剧突然涌现在眼前。如今中原沦陷已经数十年，故土仍在敌寇铁蹄蹂躏之下，有志之士能不为之悲愤填膺？于是他奋笔疾书，写成此阕。词中没有对画上的图景进行详细描述渲染，只用结拍两句点题，全篇是写由观画而引起的联想和感叹。词的篇幅不长，容量却很大。其中既有对历史的回顾，也有对现实的透视；既写了入侵者和投降派，又写了中原义士和人民，展示出广阔的社会生活画面。词的风格悲壮，意象飞动，大开大阖，运笔自如，字里行间洋溢着深厚的爱国激情。在古代题画诗词中别具一格，堪称佳作。

【注释】

①华山：一名太华山，古称西岳，在陕西省华阴市南，为中国名山之一。　②三川：指泾水、渭水、洛水，均源出于岐山，故称三川。　震：谓地震。《国语·周语上》：“幽王二年，西周三川皆震。”　③关辅：京城附近地区，这里泛指中原沦陷区。关，谓关中；辅，指三辅。汉代于长安及其附近置京兆、左冯翊、右扶风三郡，称为三辅。　煨烬：化成灰烬。　④两河：指黄河南北。

征镇：汉魏以来，设东、西、南、北四个征将军和四个镇将军，合称征镇。这里指中原地区的抗金义士和人民武装。 ⑤新丰英俊：唐马周未遇时，在新丰旅舍为人所轻，后太宗用为监察御史，官至中书令。新丰，古镇名，在今陕西临潼东北。 ⑥仞：古代以八尺为一仞。千仞，极言其高。

水调歌头

闻采石战胜①

张孝祥

雪洗虏尘静②，风约楚云留③。何人为写悲壮，吹角古城楼？湖海平生豪气④，关塞如今风景，剪烛看吴钩⑤。剩喜燃犀处⑥，骇浪与天浮。 忆当年，周与谢⑦，富春秋⑧。小乔初嫁，香囊未解⑨，勋业故优游。赤壁矶头落照，肥水桥边衰草⑩，渺渺唤人愁。我欲乘风去，击楫誓中流⑪。

【说明】

宋高宗绍兴三十一年（1161）九月，金主完颜亮大举南侵，宋军仓皇溃退。十一月，中书舍人参谋军事虞允文在采石矶指挥宋军，背水一战，大败金兵，取得了巨大的胜利。此时作者正在安徽宣城一带，当他听到采石之战胜利的消息后，不禁欢欣鼓舞，挥笔写下了这首气概豪迈的爱国之作。词中将采石之战与赤壁之战和淝水之战相比，充分肯定了这次战役的历史意义，同时指出中原河山尚待恢复，自己决心“击楫誓中流”，奔赴前线，为统一祖国而战。全篇格调高昂，音节振拔，意境壮阔，洋溢着爱国激情，读之令人鼓舞。

【注释】

①采石：采石矶，原名牛渚矶，在今安徽省马鞍山市长江东岸，为牛渚山突出长江而成，江面较狭，形势险要，自古为江防重地。本篇别本题作“和庞佑父”。 ②虏尘：指金人的兵马。 ③约：约束。 留：羁留。这句谓词人当时正羁留于宣城一带。 ④湖海平生豪气：意谓平生志在江湖沧海，豪纵不羁的气概。《三国志·陈登传》：“许汜与刘备并在荆州牧刘表坐，表与备共论天下人，汜曰：‘陈元龙湖海之士，豪气不除。’” ⑤吴钩：弯头宝刀。 ⑥剩喜：更喜。 燃犀处：指牛渚矶。《晋书·温峤传》：“（峤）至牛渚矶，水深不可测。世云其下多怪物，峤遂毁犀角而照之。须臾，见水族覆火，奇形异状，或乘马车著赤衣者。” ⑦周与谢：指周瑜和谢玄。 ⑧富春秋：谓春秋正富，即年富力强的意思。 ⑨香囊：指谢玄少年时事。《晋书·谢玄传》：“玄少好佩紫罗香囊，安患之，而不欲伤其意，因戏赌取，即焚之，于此，遂止。” ⑩肥水：淝水，为淮河支流，流经安徽寿县一带。东晋时谢安指挥谢玄等曾在此击溃前秦苻坚数十万大军。 ⑪击楫誓中流：据《晋书·祖逖传》，祖逖北伐，“渡江，中流击楫而誓曰：‘祖逖不能清中原而复济者，有如大

江！’”楫，划船的短桨。

六州歌头

张孝祥

长淮望断①，关塞莽然平②。征尘暗③，霜风劲，悄边声④，黯销凝⑤。追想当年事⑥，殆天数⑦，非人力。洙泗上⑧，弦歌地⑨，亦膻腥⑩。隔水毡乡⑪，落日牛羊下⑫，区脱纵横⑬。看名王宵猎⑭，骑火一川明⑮。笳鼓悲鸣⑯，遣人惊⑰。　念腰间箭，匣中剑，空埃蠹⑱，竟何成？时易失，心徒壮，岁将零⑲。渺神京⑳，干羽方怀远㉑，静烽燧㉒，且休兵。冠盖使㉓，纷驰骛㉔，若为情㉕！闻道中原遗老，常南望、翠葆霓旌㉖。使行人到此，忠愤气填膺㉗，有泪如倾！

【说明】

宋孝宗隆兴元年（1163），张浚奉命督师北伐。由于投降派的反对、阻挠和宋军将领间的不和，结果兵溃符离，北伐受挫。当权者下令撤毁两淮边备，决定与金人“议和”投降。这时张孝祥在建康（今江苏南京）任留守。相传这首词是在一次宴席上写的，张浚听后感动得为之“罢席而入”（《朝野遗记》）。词的上片写登高眺望，描绘淮河南北边防线上的惨淡景象，揭示出金兵的猖狂活动。下片抒发报国无门、壮志难酬的悲愤，谴责当权者恃和苟安、误国误民的罪行。全篇将写景、叙事、抒情和议论有机结合在一起，从时间上看写的是从白天到夜晚一天之内所发生的事情；就形象而论，既写了敌人、投降派，也写了中原遗民和爱国志士，画面有实有虚，笔势纵横开阖，较为深刻全面地反映了当时的社会历史面貌。词的感情沉挚，音调苍凉，且多用短句，艺术感染力很强。陈廷焯《白雨斋词话》评论说：“张孝祥《六州歌头》一阕，淋漓痛快，笔饱墨酣，读之令人起舞。”在宋人长调中是一首豪放悲壮的杰作。

【注释】

①长淮：指淮河，当时为宋金东部的南北分界线。　望断：望到看不见，即远望的意思。②关塞：边防上的险关要塞。　莽然：草木茂盛貌。　③征尘：路上的尘土。　④边声：指边塞上的风声、草木声、军号声、笳鼓声、马嘶声等。　⑤黯销凝：黯然销魂凝思，形容因感伤而陷入沉思的样子。　⑥当年事：指靖康年间金兵南侵，中原沦陷，北宋灭亡的事件。　⑦殆：或者，也许。　天数：天意。　⑧洙泗：古代鲁国的两条河，流经曲阜，孔子曾在这里聚徒讲学。这里是泛指中原地区。　⑨弦歌：弹琴唱歌，古代礼乐相结合，孔子讲学时常弹琴和乐歌唱。　⑩膻腥：牛羊的腥臭味。当时金人以游牧为主，故以此相讥。这里是指中原沦陷于金。　⑪毡乡：古代北方少数民族多住在毡帐里，故称其所居之地为毡乡。这里是说淮河以北都变成了金人聚居之地。　⑫落

日牛羊下：太阳落山，牛羊下坡回栏。《诗经·君子于役》："日之夕矣，牛羊下来。" ⑬区（ōu 欧）脱：古代少数民族在边防上构筑的土屋，作为侦察防守的据点。这里是指金人的哨所。 ⑭名王：古代北方少数民族对贵族头领的称呼。《汉书·宣帝纪》："匈奴单于遣名王奉献。"颜师古注："名王者，谓有大名，以别诸小王也。"这里是指金兵将帅而言。 宵猎：晚上打猎，这里指夜巡。 ⑮骑（jì 记）火：骑兵打着火把。 ⑯笳：军中乐器，即胡笳。 ⑰遣：使。 ⑱空埃蠹：白白地积满尘埃，被虫子蛀蚀。 ⑲岁将零：一年将尽。 ⑳神京：此指南宋都城临安（今浙江杭州）。 ㉑干羽：盾牌和雉羽，古代两种舞具。《尚书·大禹谟》："舞干羽于两阶，七旬有苗格。" 怀远：怀柔远人，以礼乐使边远的少数民族归顺。这句讽刺南宋统治者对金妥协求和。 ㉒烽燧：古代边防有警，在高台上点燃烟火作为警报。白天燃烟称燧，夜晚举火谓烽。 ㉓冠盖使：穿着官服、乘坐车马的使臣。这里指与金议和的使臣。 ㉔纷驰骛：纷纷奔驰忙碌。 ㉕若为情：何以为情。 ㉖翠葆霓旌：指皇帝的车驾。翠葆，用翠羽装饰的车盖；霓旌，绘有云霓的彩旗。 ㉗填膺：塞满胸怀。

浣 溪 沙

张孝祥

霜日明霄水蘸空[①]，鸣鞘声里绣旗红[②]。淡烟衰草有无中。 万里中原烽火北，一尊浊酒戍楼东[③]。酒阑挥泪向悲风[④]。

【说明】

本篇别本题为"荆州约马奉先登城楼观塞"，是作者任职荆州时写的。上片状景，描绘登楼所见。起句"霜日明霄水蘸空"从远处着笔，境界阔大、恢宏，将秋高气爽、丽日晴空、水天一色的景象刻画得极为壮丽。二、三两句，由远及近，有声有色地展现出一幅边塞秋日练兵图。下片感怀，抒发忧国之情。过片两句对偶工稳，意蕴深沉，表达了词人痛心国土沦陷、中原不复的悲愤心情。结句以变徵之声收束全篇，读来令人心碎。这首词短小精练，意象生动，脉络清晰，转换自然，有较强的艺术感染力。

【注释】

①霜日：秋天。 明霄：晴朗的天空。 ②鞘（qiào 俏）：藏刀、剑的套子。鸣鞘声，指从鞘里取刀、剑所发出的声音。 绣旗：锦绣的军旗。 ③尊：酒杯。 戍楼：边境上的城楼。 ④酒阑：酒尽。 悲风：凄厉的风。

水 龙 吟

阎苍舒

少年闻说京华[①]，上元景色烘晴昼。朱轮画毂[②]，雕鞍玉勒[③]，九衢争骤[④]。春满鳌山[⑤]，夜沉陆海，一天星斗。正红球过了，鸣鞘声断，回鸾驭、钧天奏[⑥]。　　谁料此生亲到，十五年、都城如旧[⑦]。而今但有，伤心烟雾，萦愁杨柳。宝箓宫前[⑧]，绛霄楼下[⑨]，不堪回首。愿皇图早复，端门灯火[⑩]，照人还又。

【说明】

据《金史·交聘表》，阎苍舒于孝宗淳熙年间，以试吏部尚书使金，贺正旦。此词为其回程路过汴京时所作。上片回忆当年汴京欢度元宵佳节的盛况。作者虽未亲临其境，只是少年时代从前辈们的述说中了解到一些情况，却写得十分具体生动，仿佛目睹过一样，字里行间流露出对故国故都的无限怀念之情。下片叙述今日亲到“京华”，只见“都城如旧”，而人事已经全非。昔日“金翠耀目，罗绮飘香”的繁华景象早已荡然无存，如今展现在眼前的唯有那令人伤心的烟雾和使人发愁的杨柳。最后祝愿“皇图早复”，天下重归一统，宣德楼前的灯火依旧像从前那样灿烂辉煌，照着人们度过欢乐的节日。本篇触景感怀，情深意挚，抒发了作者的故国之恋以及对和平幸福生活的向往，是一首富有艺术感染力的爱国词作。

【注释】

①京华：京城，指北宋都城汴梁。　②朱轮：古代王侯贵族所乘的红色车子。　画毂：装饰华丽的车子。毂（gǔ 谷），车轮中心的圆木，代指车子。　③雕鞍：雕花饰彩的马鞍。　玉勒：镶玉的马笼头。　④九衢：指都城中的大路。　争骤：竞相奔驰。《东京梦华录序》：“雕车竞驻于天街，宝马争驰于御路。”　⑤鳌山：把灯彩堆叠成山，像传说中的巨鳌形状。　⑥鸣鞘：鞭梢的响声。鞘，通“梢”。　鸾驭：皇帝的车驾。　钧天：钧天广乐的简称，指天上的音乐。这里是指皇家的音乐。这三句写皇帝元宵观灯回宫。据《东京梦华录》载：“至三鼓，楼上以小红纱灯球缘索而至半空，都人皆知车驾还内矣。须臾闻楼外击鞭之声，则山楼上下，灯烛数十万盏，一时灭矣。”　⑦十五年：作者于淳熙年间使金，在汴京沦陷后五十余年，疑“十五年”为“五十年”之误。　⑧宝箓宫：在汴京皇宫东南角，前为景龙门。　⑨绛霄楼：在汴京皇宫内。　⑩端门：汴京皇宫正门宣德楼的中门。

水调歌头

送赵帅镇成都

蔡 戡

拥节出闽峤①，易镇上岷山②。东西崄岨③，分陕初不在荣观④。痛念两河未复⑤，独作中流砥柱⑥，屹若障狂澜。极目神京远⑦，百万虎貔闲⑧。 趁良时，摅豹略⑨，勇声欢。风飞雷厉，威行逆虏胆生寒⑩。汉寝周原如旧⑪，一扫腥膻丑类，谈笑定三关⑫。识取投机会⑬，莫作等闲看。

【说明】

蔡戡，字定夫，福建莆田人，孝宗乾道二年（1166）进士。淳熙十二年（1185）冬，知福州赵汝愚被任命为四川制置使，作者赋此阕为之送别。词中对赵寄予重望，希望他做力挽狂澜的中流砥柱，到了川陕以后，“趁良时，摅豹略”，整军经武，扫灭敌寇，平定三关，光复两河故地。全篇气势磅礴，豪迈雄壮，对抗金事业满怀胜利信心，洋溢着爱国主义激情。

【注释】

①闽：福建的简称，因秦时设闽中郡而得名。 峤：尖而高的山。 ②岷山：在四川北部，绵延川、甘两省边境。这里用以代指四川。 ③崄岨（xiǎn jū 险居）：艰险崎岖。 ④荣观：荣名、荣誉的意思。 ⑤两河：本指河北、河东地区，这里是泛指中原。 ⑥中流砥柱：砥柱原为河南三门峡东的一个石岛，屹立于黄河急流之中。比喻能担当重任、支撑危局的人。 ⑦极目：放眼远望。 神京：这里是指南宋都城临安（今浙江杭州）。 ⑧虎貔：虎豹貔貅，均为猛兽，这里代指勇猛的士兵。 ⑨摅（shū 书）：抒发、舒展。 豹略：《六韬》中有《豹韬》，因称善于用兵为豹略。 ⑩逆虏：指金朝统治者。 ⑪汉寝：汉朝皇帝的陵墓。 周原：周朝的平原土地。均代指中原故地。 ⑫三关：古代三个关口的总称，所指其说不一。这里是指益津关、瓦桥关、草桥关，均在今河北地区。 ⑬识取投机会：意谓要珍视这次出任蜀帅的大好时机，为振兴宋室、北伐抗金做出贡献。

水调歌头

送章德茂大卿使虏①

陈 亮

不见南师久②，谩说北群空③。当场只手④，毕竟还我万夫雄。自笑堂堂汉使⑤，得似洋洋河水[⑥]，依旧只流东[⑦]？且复穹庐拜[⑧]，会向藁街逢[⑨]。　　尧之都，舜之壤，禹之封[⑩]。于中应有，一个半个耻臣戎[⑪]。万里腥膻如许[⑫]，千古英灵安在[⑬]，磅礴几时通[⑭]？胡运何须问[⑮]，赫日自当中[⑯]。

【说明】

淳熙十二年（1185）冬，章德茂奉命使金，祝贺金主完颜雍生辰（万春节），临行时陈亮写了这首词来鼓舞和勉励他。开篇两句起势不凡，高屋建瓴，为全词定下了豪迈雄壮的基调。接着激励对方入金之后临危不惧，与敌人周旋，完成使命，胜利归来，为宋朝争回荣誉。并且相信总有一天金人会派使臣来向宋朝皇帝请罪。换头以后，遥承上片结拍，认为悠久的历史文化传统定将发扬光大，抗金斗争必然取得最后胜利。作者深信在唐尧、虞舜、夏禹的故土之上，炎黄子孙之中，一定会有许多不甘屈膝投降的英雄志士。结拍两个短句"胡运何须问，赫日自当中"，一扫悲观失败的阴霾，在当时具有振聋发聩、鼓舞士气民心的积极作用。

本篇即事感怀，立意高远，气豪语壮，是一曲慷慨激昂，充满胜利信心的爱国主义战歌。词中议论和抒情相结合，语言劲直而不粗率，痛快淋漓，挥洒自如，深得阳刚之美。陈廷焯《白雨斋词话》评论说："同甫《水调歌头》云：'尧之都，舜之壤，禹之封。于中应有，一个半个耻臣戎。'精警奇肆，几于握拳透爪，可作中兴露布读。"

【注释】

①章德茂：章森，字德茂，四川绵竹人。淳熙十二年（1185）冬，以大理少卿"试户部尚书"使金，贺万春节（金世宗完颜雍生辰）。　②南师：指南宋的军队。　③谩说：胡说，随便说。　北群空：相传伯乐善于相马，过冀北而马群空（谓良马都被他挑选光了）。这里是以良马比喻良才。　④当场只手：当场大事，只手可了。谓章森能随机应变，独当重任，完成使命。　⑤堂堂：形容强大。《史记·滑稽列传》："以楚国堂堂之大，何求不得？"　⑥得似：岂能像。　洋洋：水大的样子。　⑦流东：向东流去。古代以河水东流归海，比喻诸侯朝见天子。　⑧且复：姑且再次。　穹（qióng 穷）庐：北方少数民族居住的圆形毡帐。这里指金廷。　⑨藁（gǎo 稿）街：汉代长安城内的一条街名，是当时各国使节居住的地方。　⑩尧、舜、禹：传说中的古代贤君。　都：都城。　壤：土地。　封：疆域。　⑪耻臣戎：以向敌人称臣为可耻。戎，古代对西部少数民族的称呼，这里是指女真族而言。　⑫腥膻（shān 山）：腥臊的气味。这里指金人占领的疆土。　⑬千古英灵：指古代英雄人物的灵魂和精神。　⑭磅礴：广大无边貌，亦作混同解。　⑮胡运：指金朝的命运。　何须问：何必再问，有不问可知的意思。　⑯赫日：光辉的太阳。　自当中：自当照耀于中天。

念 奴 娇

登多景楼[①]

陈 亮

危楼还望[②]，叹此意、今古几人曾会[③]？鬼设神施[④]，浑认作、天限南疆北界[⑤]。一水横陈[⑥]，连冈三面[⑦]，做出争雄势。六朝何事[⑧]，只成门户私计[⑨]。　因笑王谢诸人[⑩]，登高怀远，也学英雄涕。凭却长江管不到[⑪]，河洛腥膻无际[⑫]。正好长驱，不须反顾，寻取中流誓[⑬]。小儿破贼[⑭]，势成宁问强对[⑮]。

【说明】

淳熙十五年（1188）二月，陈亮到建康、京口一带考察江防，准备向朝廷提出北伐建议。不久写成《戊申再上孝宗皇帝书》，其中说："臣请为陛下论天下之形势，而后知江南之不必忧，和议之不必守，虏人之不足畏，而书生之论不足凭也。"又谓："臣尝疑书册不足凭，故尝一到京口、建业，登高四望，深识天地设险之意，而古今之论为未尽也。京口连冈三面，而大江横陈，江旁极目千里，其势大略如虎之出穴，而非若穴之藏虎也。"这首词就是他在京口登北固山多景楼，观察山川形势时写的。

本篇是一首以议论为主的抒情词。词中通过描绘京口的地理形势，总结六朝的历史教训，强烈而鲜明地陈述了作者反对偏安、坚持北伐的主张，深刻批判了南宋统治集团"只成门户私计"、不顾国家民族利益的可耻行径，同时以赞扬祖逖中流击楫、义无反顾的精神和淝水之战的胜利，鼓励人们为统一祖国而战斗。词的笔力雄健，议论风发，重在意理，不务求于文采辞句之工丽，读来令人振奋。

【注释】

①多景楼：在京口（今江苏镇江）北固山上甘露寺内，北临长江，为当时登览胜地。　②危楼：高楼。　还望：四面眺望。还，通"环"。　③会：理解，领会。　④鬼设神施：谓江山形势险要，好像是鬼斧神工特意安排设置的。　⑤浑：全，都。　⑥一水：指长江。　⑦连冈三面：京口北临长江，东、南、西三面环山。　⑧六朝：指三国吴、东晋、宋、齐、梁、陈六个封建王朝，均定都建康（今江苏南京），为偏安政权。　⑨门户私计：指封建统治者只为家族、小集团私利打算，不图北伐进取。　⑩王谢诸人：指东晋初年以王导、谢安为代表的上层士大夫。据《世说新语·言语》："过江诸人，每至美日，辄相邀新亭，藉卉饮宴。周侯（顗）中坐而叹曰：'风景不殊，正自有山河之异。'皆相视流泪。唯王丞相（导）愀然变色曰：'当共戮力王室，克复神州，何至作楚囚相对！'"　⑪凭却：凭仗，依靠。　⑫河洛：黄河、洛水。泛指中原地区。　腥膻：牛羊的腥臊气。

这里是指被金人占据的地区。 ⑬中流誓：据《晋书·祖逖传》，东晋时祖逖率兵北伐，“渡江，中流击楫而誓曰：‘祖逖不能清中原而复济者，有如大江！’” ⑭小儿破贼：据《晋书·谢安传》，东晋孝武帝太元八年（383），淝水之战，晋军大败前秦苻坚军。晋朝宰相谢安得到前方捷报，不动声色，照旧下棋，客人问他淮上战况如何，他慢吞吞地回答说：“小儿辈遂已破贼。”当时指挥晋军的是谢安的弟弟谢石、侄儿谢玄和儿子谢琰等，故称“小儿辈”。 ⑮势成：大势已成。 宁问：何必问。 强对：强敌，强大的对手。

水调歌头

登多景楼

杨炎正

寒眼乱空阔①，客意不胜秋。强呼斗酒，发兴特上最高楼②。舒卷江山图画③，应答龙鱼悲啸④，不暇顾诗愁。风露巧欺客，分冷入衣裘。 忽醒然，成感慨，望神州。可怜报国无路，空白一分头。都把平生意气，只做如今憔悴，岁晚若为谋⑤？此意仗江月，分付与沙鸥⑥。

【说明】

这首词是淳熙五年（1178）秋，作者与辛弃疾等在镇江登多景楼时的唱和之作。上片写景，叙述登上高楼后饮酒赋诗，纵目远眺，眼前展现出一幅空旷辽阔、寒风凛冽、鱼龙悲啸的秋日江山图。下片抒情，描写北望中原，感慨神州沉陆，自己有心报国，却无路请缨，因而憔悴失意，只得归隐江湖，去陪伴明月和沙鸥。此阕气象阔大，悲壮激越，表达了作者报国无门、壮志难酬的愤懑之情。

【注释】

①寒眼：寒风中放眼眺望。 ②发兴：引发兴致。 ③舒：伸展。 卷：卷起。这句说壮丽的江山如画卷似地展现在眼前。 ④这句说江上的波涛声，仿佛是水中的鱼龙在悲鸣长啸、唱和应答。 ⑤岁晚：晚年，暮年。 若为谋：如何安排呢？ ⑥分付：交付。这句说晚年将和沙鸥一起度过，表示归隐江湖之意。

六州歌头

吊武穆鄂王忠烈庙①

刘 过

中兴诸将，谁是万人英？身草莽，人虽死，气填膺，尚如生。年少起河朔②，弓两石[3]，剑三尺，定襄汉[4]，开虢洛[5]，洗洞庭[6]。北望帝京，狡兔依然在，良犬先烹[7]。过旧时营垒，荆鄂有遗民，忆故将军，泪如倾。　　说当年事，知恨苦，不奉诏[8]，伪耶真？臣有罪，陛下圣，可鉴临，一片心。万古分茅土[9]，终不到，旧奸臣。人世夜，白日照，忽开明。衮佩冕圭[10]，百拜九泉下，荣感君恩。看年年三月，满地野花春，卤簿迎神[11]。

【说明】

宋孝宗时朝廷下诏为民族英雄岳飞平反昭雪，并在鄂州（今湖北武昌）立庙塑像，供民众瞻仰悼念，宁宗嘉泰四年（1204），追封为鄂王。此阕作于开禧北伐前夕，表达了作者对抗金名将的沉痛哀悼和对卖国奸臣的无比痛恨，爱憎分明，感人至深。

词的上片概述岳飞生前的英雄业绩，抒写广大民众对威震敌胆的“故将军”的深切怀念。下片描叙岳飞蒙冤被害以及平反昭雪的情形，最后写暮春三月，遍地野花开放之时，百姓纷纷来到鄂王庙前，迎神赛会，以隆重的仪式来祭奠英灵，寄托无限的哀思。全词将叙事、议论和抒情融于一体，感情浓烈，语言凝练，字里行间饱含着对英雄烈士的崇敬和对秦桧之流卖国贼的痛恨之情，在开禧北伐前夕起到了鼓舞士气民心的作用。

【注释】

①武穆鄂王忠烈庙：宋孝宗时为岳飞所建的祠庙，在鄂州（今武昌）。据《宋史·岳飞传》：绍兴末，太学生程宏图上书讼飞冤，“孝宗诏复飞官，以礼改葬，赐钱百万，求其后悉官之。建庙于鄂，号忠烈。淳熙六年（1179），谥武穆。嘉定四年（1211），追封鄂王。”据《宋史·宁宗纪》，追封鄂王事在嘉泰四年（1204），《岳飞传》误为嘉定四年。　②河朔：指黄河以北。　③弓两石（dàn 旦）：岳飞膂力过人，能开两石之弓。据《宋史·岳飞传》：“生有神力，未冠，挽弓三百斤，弩八石。”旧说三十斤为一钧，四钧为一石，或谓百斤为一石。　④定襄汉：平定襄阳等六郡。《宋史·岳飞传》：绍兴四年（1134），“飞奏：‘襄阳等六郡为恢复中原基本，今当先取六郡，以除心膂之病。’”于是授飞黄州、汉阳军、德安府制置使。岳飞挥师渡江先后收复郢州、随州、襄阳、邓州、信阳军等地。　⑤开虢（guó 帼）洛：绍兴六年（1136）岳飞宣抚河东，节制河北路，派部将王贵等攻下虢州，降其众数万；又派杨再兴进兵长水县，连战皆捷，中原义军纷起响应。　⑥洗洞庭：绍兴五年（1135），岳飞奉命讨平湖南洞庭湖杨幺等人所领导的农民起义。　⑦狡兔：指金统治者。《史记·淮阴侯列传》：“狡兔死，良狗烹。”　⑧诏：皇帝的命令文告。　⑨分茅土：古代分封诸侯的仪式。天子以一种颜色的泥土用茅草包好授给被封的人，作为分得土地的象征。　⑩衮（gǔn 滚）：帝王公卿的礼服。　佩：王公贵族佩带的玉器。　冕：皇冠。　圭：公卿上朝手中所执的玉器。　⑪卤簿：古代帝王的仪仗。《春明梦余录》：“卤簿之制，兆于秦，而其名则始于汉。或曰：‘卤者，大盾也，以大盾领一部之人，故亦曰卤部。’或曰：‘凡兵卫以甲盾居外为导从捍蔽，其先后皆著之簿籍，故曰卤簿。’”《独断》：“天子出，车驾次第，谓之卤簿。”自汉以后，后妃、

太子、王公、大臣皆有卤簿，各有定制，非为天子所专用。

水调歌头

题李季允侍郎鄂州吞云楼[①]

戴复古

轮奂半天上[②]，胜概压南楼[③]。筹边独坐[④]，岂欲登览快双眸。浪说胸吞云梦[⑤]，直把气吞残虏，西北望神州。百载一机会，人事恨悠悠。　　骑黄鹤[⑥]，赋鹦鹉[⑦]，谩风流[⑧]。岳王祠畔[⑨]，杨柳烟锁古今愁。整顿乾坤手段，指授英雄方略[⑩]，雅志若为酬[⑪]？杯酒不在手，双鬓恐惊秋。

【说明】

这是一首登临题咏之作。吞云楼在鄂州（今湖北武昌），是宁宗嘉定年间李埴（字季允）任沿江制置副使兼知鄂州府时所建。词的上片写登楼眺望，顿觉胸怀开阔，激起气吞残虏、光复神州的豪情壮志。作者认为当前正是北伐的大好时机，然而朝廷习于苟安，犹豫不决，南渡百年以来多少机会都被人事所误，因而深感抑郁惆怅，遗恨悠悠。下片缅怀古人，追念民族英雄岳飞，寄希望于李季允，勉励他抓住时机，整军经武，一展宏图，实现“整顿乾坤”的素志。全词意境壮阔，风格豪放，表达了作者坚持抗战，主张北伐，统一山河的爱国激情。

【注释】

①李季允：名埴，曾任礼部侍郎，嘉定十四年（1221）出任沿江制置副使兼知鄂州府。　②轮奂：亦作“轮焕”。形容房屋高大众多。《礼记·檀弓下》：“晋献文子成室，晋大夫发焉。张老曰：‘美哉轮焉！美哉奂焉！’”郑玄注：“轮，轮囷，言高大；奂，言众多。”　③南楼：在武昌黄鹤山上。　④筹边：筹划边防军事。　⑤胸吞云梦：司马相如《子虚赋》叙述齐国乌有先生对楚国使者子虚夸说齐国土地辽阔，“吞若云梦者八九于其胸中，曾不蒂芥。”云梦，古大泽名，在今湖北省境内。　⑥黄鹤：指黄鹤楼，故址在今湖北武汉蛇山黄鹤矶头，是著名的游览胜地。岳飞《满江红·登黄鹤楼有感》：“却归来、再续汉阳游，骑黄鹤。”　⑦鹦鹉：指鹦鹉洲，在今湖北武汉市西南长江中。相传东汉末江夏太守黄祖长子黄射在此大会宾客，有人献鹦鹉，祢衡为之作赋，故名。历代文人多有题咏，唐崔颢《黄鹤楼》诗有“芳草萋萋鹦鹉洲”句，最为有名。　⑧谩风流：这句是说此地尚有当年的流风余韵。　⑨岳王祠：武穆鄂王忠烈庙。据《宋史·岳飞传》：“孝宗诏复飞官，以礼改葬，赐钱百万，求其后悉官之。建庙于鄂，号忠烈。”　⑩方略：计谋。　⑪雅志：平素的大志。　若为酬：如何才能实现呢？

满　江　红

九月二十一日出京怀古

史达祖

缓辔西风，叹三宿、迟迟行客。桑梓外、锄耰渐入，柳坊花陌[1]。双阙远腾龙凤影[2]，九门空锁鸳鸾翼[3]。更无人、擫笛傍宫墙[4]，苔花碧。　天相汉[5]，民怀国；天厌虏[6]，臣离德。趁建瓴一举[7]，并收鳌极[8]。老子岂无经世术，诗人不预平戎策。办一襟、风月看升平，吟春色。

【说明】

本篇是开禧元年（1205）作者陪同贺生辰使李壁出使金国，归途经过北宋都城汴京时所作。史达祖原籍汴京，这是他有生以来第一次，也是唯一的一次回到沦陷多年的故乡。词的上片描写离开故都时的依依难舍之情，通过一幅幅画面，表达了深沉的乡关之思和故国之恋。下片直抒胸臆，表现出对抗金事业满怀胜利信心。希望朝廷挥师北伐，一举收复中原，重整山河社稷。结拍两句，展望未来，深信祖国一定会恢复和平，实现统一。到那时再穿上一套新衣，来歌唱这无限美好的“春色”。这首词表明，史达祖对中原和故乡怀有深厚的感情。他支持韩侂胄北伐，是为了实现报国理想，因此指责他“依附权奸”“品格不高”是不公允的。

【注释】

①桑梓：桑和梓是古代宅旁常栽的树木，后用以代指家乡。　耰（yōu 优）：古代农具名，形如锄头，用来击碎土块，平整土地。这两句说，昔日“柳坊花陌”如今已变成了耕种之地。　②阙：宫殿或城门上的楼观。据孟元老《东京梦华录》，北宋汴京皇宫正门宣德楼上，“镌镂龙凤飞云之状”，“下列两阙亭相对”。　③九门：古代天子所居有九门，这里是指皇宫。　④擫笛：按笛，吹笛。这句用元稹《连昌宫词》“李謩擫笛傍宫墙”，表示故宫之冷落。　⑤相：辅助。　汉：这里是指宋朝。　⑥虏：指金人。　⑦建瓴：高屋建瓴的略语。　⑧鳌极：代指天下。传说中国九州之地均负于鳌鱼背上。

雨　中　花

高观国

旆拂西风[1]，客应星汉[2]，行参玉节征鞍[3]。缓带轻裘，争看盛世衣冠。吟倦西湖风月，去看北塞关山。过离宫禾黍④，故垒烟尘，有泪应弹。　　文章俊伟，颖露囊锥⑤，名动万里呼韩⑥。知素有、平戎手段，小试何难！情寄吴梅香冷⑦，梦随陇雁霜寒⑧。立勋未晚，归来依旧，酒社诗坛。

【说明】

开禧元年（1205）七月，史达祖随李壁使金前夕，吟社词友为之置酒送行，席上曾赋《龙吟曲·陪节欲行留别社友》。高观国是他的亲密词友，也在送别宴会上写了这首《雨中花》，预祝友人完成使命，早日归来。词的上片设想出使途中的见闻，寄托了故国之思和黍离之叹；下片称赞梅溪“文章俊伟”，且有“平戎手段”，现在正是一显身手，为国立功效命的时候，相信他不难完成出使的任务。当时韩侂胄当权，力主北伐，李壁使金表面上是去祝贺金主完颜璟的生辰“天寿节”，实际上则是去窥察敌情，为北伐战争做准备。史达祖是韩侂胄的亲信，是坚决支持北伐的，因此派他陪李壁同行，是负有特殊使命的，这些情况想必高观国也是知道的。词中既表达了对友人的深挚情谊，也抒发了作者抗金平戎的爱国情怀。

【注释】

①旆（pèi 配）：古代旗末状如燕尾的垂旒，也泛指旌旗。　②星汉：银河、天河。这句用“星槎”的典故。据张华《博物志》载，传说天河与海相通，近世有位住在海边的人，年年八月乘浮槎前往天河，并遇一牵牛之人。后至蜀中问严君平，君平曰：“某年月日有客星犯牵牛宿。”这里是以乘浮槎比喻出使。　③玉节：玉做的符节，古代用作重要的信物。这句说即将参加使节行列启行。　④离宫禾黍：指战乱后的中原故国故都。《诗·王风·黍离》序云：“周大夫行役至于宗周，过故宗庙宫室，尽为禾黍，闵周室之颠覆，彷徨不忍去，而作是诗也。”　⑤颖露囊锥：比喻有才能的人脱颖而出。据《史记·平原君列传》载，战国时，赵国平原君门客毛遂请求随平原君出使楚国，自以囊中之锥相比，称其如处囊中，已经脱颖而出。颖，锥尖。　⑥呼韩：呼韩耶，汉代匈奴单于。这里是借指金主。　⑦吴梅：吴地（江南）的梅花。这句用陆凯自江南寄梅花给范晔的典故，表示对友人的思念。　⑧梦随陇雁：用梁简文帝《赋得陇坻雁初飞》诗“相思不得反，且寄别书归”句意，盼望梅溪早日寄书信归来。

水调歌头

登甘露寺多景楼望淮有感①

程　珌

天地本无际②，南北竟谁分？楼前多景，中原一恨杳难论③。却似长江万里，忽有孤山两点④，点破水晶盆。为借鞭霆力，驱去附昆仑⑤。　　望淮阴，兵冶处⑥，俨然存。看来天意，止欠士雅与刘琨[7]。三拊当时顽石[8]，唤醒隆中一老[9]，细与酌芳尊。孟夏正须雨[10]，一洗北尘昏。

【说明】

宁宗嘉泰四年（1204）夏，刚刚出任镇江知府的爱国词人辛弃疾在京口会见了作者，并给他分析论述了当时宋、金双方的形势以及宋军所需解决的一些迫切问题。十年之后，作者在《丙子论对札子》中指出：开禧北伐的失败，“无一而非弃疾预言于二年之先者”。细味此阕结拍，很可能是作者在京口会见辛弃疾期间，游北固山登多景楼时写的。

词的上片写登楼北望。作者痛感山河破碎，国土分裂，希望借助雷霆之力，扫除障碍，使本来没有边界的南方和北方重新归于统一。下片从怀念古人，说到当前时事。北伐是天意所归，人心所向，只可惜朝廷缺乏像祖逖和刘琨那样的人才。言外之意是说，爱国志士不被重用，难以尽展其才。应当将高卧隆中的诸葛亮式的人物请出来，共论国是，献计献策，齐心协力，中原才能恢复，祖国才能统一。最后两句，即景抒怀：希望在干旱的孟夏之季，普降倾盆大雨，将北方漫天的尘沙冲刷干净，使草木复苏，苦难深重的北方同胞得以重见天日。全篇气概豪迈，境界壮阔，忧国忧民之情溢于言表，对北伐充满胜利信心，是一曲格调高昂的爱国主义战歌。

【注释】

①多景楼：在京口北固山上甘露寺内，北临长江，为当时游览胜地，南宋作家多有在此登临抒感之作。 ②际：交界，边界。 ③中原一恨：指金亡北宋，中原沦亡之大恨。 ④孤山两点：指京口附近的金山和焦山。 ⑤鞭霆力：鞭挞雷霆的神力。 昆仑：山名，在我国西部，绵延千里，高耸入云。这两句意谓，要借助雷霆之力，将两座孤山驱赶到昆仑山脉，使美如水晶盆的祖国山河白璧无瑕，完整无缺。 ⑥淮阴：县名，今属江苏省淮阴市。 兵冶处：冶炼、锻铸兵器之处。《晋书·祖逖传》载，祖逖北伐时，曾屯兵淮阴，并在此冶铸兵器。 ⑦士雅：祖逖，字士雅，东晋名将。 刘琨：字越石，东晋名将。二人都力主北伐，收复中原。 ⑧拊：击，拍。 顽石：指甘露寺内的狠石。苏轼《甘露寺》诗自注：“寺有石如羊，相传谓之狠石，云诸葛孔明坐其上与孙仲谋论曹公也。” ⑨隆中一老：指诸葛亮。在他出山前曾隐居湖北襄阳县西的隆中。 ⑩孟夏：指农历四月，即夏季的第一个月。

贺 新 郎

刘克庄

实之三和[1]，有忧边之语[2]，走笔答之。

国脉微如缕[3]。问长缨何时入手[4]，缚将戎主[5]？未必人间无好汉，谁与宽些尺度[6]？试看取、当年韩五[7]。岂有谷城公付授[8]，也不干、曾遇骊山母[9]。谈笑起，两河路[10]。　少时棋柝曾联句[11]。叹而今、登楼揽镜[12]，事机频误。闻说北风吹面急，边上冲梯屡舞[13]。君莫道、投鞭虚语[14]。自古一贤能制难[15]，有金汤[16]、便可无张许[17]？快投笔[18]，莫题柱[19]！

【说明】

13世纪初，蒙古族崛起于塞北，数十年间相继灭亡西夏和金，接着又征服了西南方面的大理，从而形成了对南宋王朝大包围的局面。许多爱国志士对国家民族的前途和命运深感忧虑，而南宋统治集团却醉生梦死，沉酣于湖山之乐，未采取任何积极措施，加强防御，终于坐以待毙，遭致灭亡。

这首词深刻揭露了敌寇猖獗，当权者昏庸无能，爱国志士报国无门的黑暗现实，表达了作者迫切希望为国杀敌立功，挽救危亡的积极态度。词中围绕着南宋末年的形势和任务，纵横议论，挥洒自如，洋溢着深沉而强烈的爱国激情。论形势，鞭辟入里，切中时弊，开篇就用“国脉微如缕”一句加以概括，形象地反映了大敌当前、国势衰微的险恶环境。谈任务，集中在用人问题上，并以抗金名将韩世忠为例，希望朝廷“宽些尺度”，擢拔英才，使英雄有用武之地。最后呼吁有志之士积极行动起来，“快投笔，莫题柱”，拯危亡，挽狂澜，义不容辞地肩负起抗敌卫国的历史任务。全篇语言精练，议论风发，用典虽多均能运化无迹，艺术感染力很强。

【注释】

①实之：王迈（1184—1248），字实之，福建仙游人。嘉定十年（1217）进士。有爱国思想，与作者多有交往。　三和：用原韵第三次作词唱和。　②忧边之语：忧虑边境被敌人（指蒙古军）侵犯的话。　③国脉：国家的命脉。　④长缨：长带子。《汉书·终军传》：“军自请，愿受长缨，必羁南越王而致之阙下。”　⑤戎主：敌人的首领。　⑥尺度：标准。　⑦韩五：南宋抗金名将韩世忠，排行第五，人称韩五。《三朝北盟会编》引《遗史》：“世忠字良臣，绥德军人，年十八，始隶延安府兵籍。慓悍绝人，不用鞭辔，能骑生马驹，挽强驰射，勇冠军中。家贫无生产业。嗜酒豪纵，不治绳检，人呼为泼韩五。”　⑧谷城公：亦称黄石公。传说汉代张良曾于谷城山下遇仙人传授兵书。　⑨骊山母：一作黎山老母，道教传说中的女仙。传说唐朝李筌曾在骊山下遇一老母为他讲解《阴符》秘文。　⑩两河路：指宋代行政区划河北东路和河北西路，即今河北、山西、河南部分地区。　⑪联句：两人或多人各作一句或两句，组合成一首诗，谓联句。　⑫登楼揽镜：上楼照镜，慨叹功业未建，人已衰老。用杜甫《江上》诗：“勋业频看镜，行藏独倚楼。”　⑬冲梯：冲车和云梯，古代攻城的工具。　⑭投鞭：苻坚进攻东晋时曾说：“以吾之众旅，投鞭于江，足断其流。”（见《晋书·苻坚载记》）　⑮制难：挽回危难的局势。　⑯金汤：“金城汤池”的省语，比喻坚固的防御工事。　⑰张许：张巡和许远，唐代“安史之乱”时死守睢阳的名将。　⑱投笔：投笔从戎，用汉代班超投笔从戎，立功边疆的典故。　⑲题柱：汉代司马相如过成都升仙桥，曾在桥柱上题字

说：不乘高车驷马，不过此桥。

沁 园 春

丁酉岁感事[①]

陈人杰

谁使神州[②]，百年陆沉[③]，青毡未还[④]？怅晨星残月，北州豪杰[⑤]，西风斜日，东帝江山[⑥]。刘表坐谈[⑦]，深源轻进[⑧]，机会失之弹指间[⑨]。伤心事，是年年冰合，在在风寒[⑩]。　　说和说战都难，算未必江沱堪宴安[⑪]。叹封侯心在，鳣鲸失水[⑫]，平戎策就[⑬]，虎豹当关[⑭]。渠自无谋[⑮]，事犹可做，更剔残灯抽剑看。麒麟阁[⑯]，岂中兴人物，不画儒冠[⑰]？

【说明】

宋理宗绍定六年（1233），蒙古军攻陷汴京，金哀宗逃至蔡州（今河南汝南）。同年蒙古约宋出兵共同灭金，答应金亡后以河南之地归宋。端平元年（1234），宋蒙联军攻下蔡州，金哀宗自杀，金亡。宋军依约进复三京（开封、洛阳、商丘），蒙古败盟毁约，发兵南下侵宋。嘉熙元年（1237），蒙军破光州，攻寿春，形势岌岌可危。本篇是作者针对当前局势而写的一首抚时感事之作。一起三句，用诘问语表述中原沦陷、国土未复的悲痛之情，谴责当权者误国误民的罪行。接着用一“怅”字领起四个短句，揭示目前所面临的危急形势。“刘表”三句，以古喻今，揭露统治集团昏聩无能，贻误战机，葬送了恢复大业。“伤心事”三句，寓情于景，抒写对国事的忧虑。换头两句，陈述自己对“和”“战”的看法，反对继续苟且偷安。然后又用一“叹”字领起四个短句，抒发壮志难酬的悲愤。“渠自无谋”三句，一反一正，表达作者力挽狂澜的决心。最后三句，慷慨激昂，强烈希望能为国家杀敌立功，名扬青史。全词从慨叹中原长期沦陷开始，针对南宋统治者宴乐苟安、坐失良机的种种罪行，予以深刻的揭露和抨击，歇拍以高昂的语气收束，表示要为宋朝的中兴而奋斗，体现了作者强烈的爱国精神。词中用典虽多，但都切合时事，取譬恰当，运化无迹。首尾两个问句精警有力，爱憎之情跃然纸上。两片内容前呼后应，议论开合，笔势纵横，流转自如。歇拍虽自抒怀抱，亦兼号召抗战之意，给人以激励和鼓舞。

【注释】

①丁酉岁：宋理宗嘉熙元年（1237）。　②神州：古代对中国的别称。战国齐人邹衍创“大九州”说，谓“中国名曰赤县神州，赤县神州内自有九州”。（见《史记·孟子荀卿列传》）　③陆沉：亦作“陆沈”。谓陆地无水而沉，比喻国土沉沦，非因洪水，而是由于祸乱。　④青毡未还：指中原故土尚未恢复。《晋书·王献之传》：“夜卧斋中，而有偷人入其室，盗物都尽。献之徐曰：‘偷

儿，青毡我家旧物，可特置之。’群偷惊走。” ⑤北州豪杰：指中原抗金义士。 ⑥东帝江山：指偏安一隅的南宋王朝。战国时齐湣王称东帝，后被燕将乐毅攻破。 ⑦刘表坐谈：刘表，字景升，汉献帝时任荆州刺史。据《三国志》裴松之注引《汉晋春秋》，曹操进攻柳城，刘备建议刘表袭击许昌，刘表不从，坐失良机。又据《三国志·魏书·郭嘉传》载，郭嘉曾说：“（刘）表坐谈客耳。” ⑧深源轻进：东晋殷浩字渊源，因唐人修《晋书》，避李渊讳，改作“深源”。据《晋书·殷浩传》，永和九年（353），殷浩见前秦苻健死，想趁机北伐，收复中原，用羌人姚襄为先锋，后姚襄叛变倒戈，终因轻敌冒进而遭致失败。 ⑨弹指：比喻时间极短暂。佛经谓二十念为一瞬，二十瞬为一弹指。 ⑩在在：处处。 ⑪江沱：指江南地区。沱，江河的支流。 ⑫鳣（zhān 沾）鲸：均为大鱼。鳣鲸失水，比喻豪杰志士处于困境。贾谊《吊屈原赋》：“横江湖之鳣鲸兮，固将制于蝼蚁。”李善注引《庄子》：“吞舟之鱼，砀而失水，则蚁能苦之。” ⑬平戎策：指抗战计划。 ⑭虎豹当关：比喻奸佞当道，贤士不能被朝廷所用。 ⑮渠：他或他们，指南宋当权者。 ⑯麒麟阁：汉代阁名，在未央宫中，传为萧何造，以藏秘书。汉宣帝时曾画霍光等十一人功臣像于阁上。 ⑰儒冠：指书生。

沁 园 春

陈人杰

南金又赋无愁。予曰：丈夫涉世，非心木石，安得无愁时？顾所愁何如尔。杜子美平生困踬不偶①，而叹老羞卑之言少，爱君忧国之意多，可谓知所愁矣。若于着衣吃饭，一一未能忘情，此为不知命者②。故用韵以反骚③。

我自无忧，何用攒眉④，今忧古忧？叹风寒楚蜀，百年受病⑤；江分南北，千载归尤。洛下铜驼⑥，昭陵石马⑦，物不自愁人替愁。兴亡事，向西风把剑，清泪双流。 边头⑧，依旧防秋⑨，问诸将君恩酬未酬？怅书生浪说⑩，皇王帝霸；功名已属，韩岳张刘⑪。不许请缨⑫，犹堪草檄⑬，谁肯种瓜归故丘⑭！江中蜃，识平生许事，吐气成楼⑮。

【说明】

本篇抒发作者忧虑国事、壮志难酬的悲愤之情。词前小序交待了写作此词的背景。作者的朋友林南金写了一首赋愁的《沁园春》词，他曾和过一首，题为“次韵林南金赋愁”。接着南金又用原调“赋无愁”，作者不同意这种看法，于是便写了这首词予以反驳。全词以议论为主，感情充沛，气势磅礴，借人生有愁无愁的话题，对当时黑暗的现实和昏聩的南宋统治者进行了深刻的揭露和有力的鞭挞，表达了词人以天下为己任、决心献身抗战事业的爱国情怀。词中融议论、叙事和抒情于一体，语言痛快淋漓，风格深沉悲壮，具有较强的艺术感染力。

【注释】

①困踬（zhì 至）：困顿潦倒。 不偶：不遇。 ②不知命者：不懂得天命的人。 ③反骚：谓其意与原作相反。 ④攒眉：紧蹙双眉。 ⑤受病：受害。 ⑥铜驼：铜铸的骆驼，古代置于宫门外。据《晋书·索靖传》："靖有先识远量，知天下将乱，指洛阳宫门铜驼，叹曰：'会见汝在荆棘中耳！'"后因以"铜驼荆棘"形容亡国后的残破景象。 ⑦昭陵：唐太宗的陵墓，在陕西醴泉东北五十里处。陵前有六块浮雕石刻，刻的是李世民在建立唐王朝的战争中所骑的六匹骏马的雕像。 ⑧边头：边塞。 ⑨防秋：谓秋天应加强战备，防备敌人入侵。 ⑩浪说：随便说。 ⑪韩岳张刘：指南宋初年四位抗金名将，即韩世忠、岳飞、张俊、刘锜。 ⑫请缨：用汉武帝时终军"愿受长缨，必羁南越王而致之阙下"（《汉书·终军传》）的典故，表示希望走上杀敌报国的战场。⑬草檄：草写檄文。 ⑭种瓜归故丘：用秦东陵侯召平事。据《史记·萧相国世家》，秦亡，召平隐居长安城东，以种瓜为生。 ⑮蜃：海中大蛤。古人认为海上的幻景是蜃吐气而形成的，故称"海市蜃楼"。这三句说，如果江中之蜃知道人间这些不平之事，了解我的生平遭遇，一定会将满腹的怨气、怒气吐出来，化为楼台亭阁，使人们为之惊异。

酹 江 月

淮城感兴

张绍文

举杯呼月，问神京何在①？淮山隐隐。抚剑频看勋业事，惟有孤忠挺挺②。宫阙腥膻，衣冠沦没③，天地凭谁整？一枰棋坏④，救时著数宜紧⑤。 虽是幕府文书⑥，玉关烽火⑦，暂送平安信。满地干戈犹未戢⑧，毕竟中原谁定？便欲凌空，飘然直上，拂拭山河影。倚风长啸，夜深霜露凄冷。

【说明】

张绍文，字庶成，润州（今江苏镇江）人，词人张榘之子。约生活于宋亡前后。作者来到当时边防线上淮河岸边的一座小城，登高北望，痛感国都沦没，中原未复，不禁悲愤满怀。他认为目前虽然边关平静无事，但战争并未结束，失地尚待收复，国人绝不能苟且偷安，坐以待毙。词人以下棋为喻，希望当权者赶快采取对策，寻求出奇制胜的"著数"，只有这样才能化险为夷，转危为安。词语朴实，直抒胸臆，表达了作者深沉的爱国情怀。

【注释】

①神京：指北宋故都汴京。 ②挺挺：正直出众的意思。 ③衣冠：古代士以上的人戴冠，衣

冠连称，谓士以上的服装。后引申指世族、士绅，也用来象征文明传统。 ④枰：棋盘。 ⑤著数：下棋落子的路数。 ⑥幕府文书：指前方军事参谋机构发出的公文、报告。 ⑦玉关：玉门关，这里是指边关。 ⑧戢：收藏。这句说战争还没结束。

兰陵王

丙子送春

刘辰翁

送春去，春去人间无路。秋千外、芳草连天，谁遣风沙暗南浦①？依依甚意绪？漫忆海门飞絮②。乱鸦过，斗转城荒③，不见来时试灯处。 春去，最谁苦？但箭雁沉边④，梁燕无主⑤，杜鹃声里长门暮⑥。想玉树凋土⑦，泪盘如露⑧。咸阳送客屡回顾⑨，斜日未能度。 春去，尚来否？正江令恨别⑩，庾信愁赋⑪。苏堤尽日风和雨⑫。叹神游故国⑬，花记前度⑭。人生流落，顾孺子⑮，共夜语。

【说明】

本篇题为“送春”，实际是哀叹时事，抒发作者的亡国之痛。“丙子”，即宋恭帝德祐二年(1276)。这年二月，元军攻陷临安，三月掳恭帝太后妃嫔及臣僚等数千人北去。宰相陈宜中等逃至福建，并在福州拥立端宗赵昰在南方沿海一带继续进行抗元活动。其时，作者正在临安，目睹了这一幕都城沦陷、山河变色、人民涂炭的亡国惨剧。他悲恸欲绝，饱含血泪，写下了这首感人至深的爱国词作。全篇采用象征和托物寄意的表现手法，“题是送春，词是悲宋，曲折说来，有多少眼泪”(《白雨斋词话》)。三片均以“春去”开头，暗寓时移世变，南宋王朝大势已去，不可挽回，表达了词人无限悲凉凄怆的故国之恋。词语朴实自然，寄慨遥深，具有很强的艺术感染力。

【注释】

①风沙：比喻敌军。 南浦：泛指送别之地。 ②海门飞絮：比喻逃至海上的南宋君臣。 ③斗转城荒：北斗星转移，春天来到，临安城中却是一片荒芜破败的景象。斗转，指北斗星转移了位置，表示春回大地。 ④箭雁沉边：中箭的大雁流落在边远之地。暗指被俘北去的南宋君臣。 ⑤梁雁无主：梁上的燕子，失去了主人。比喻散落在各地的南宋臣民。 ⑥长门：汉代宫殿名。这里是代指宋亡后的临安宫殿。 ⑦玉树凋土：《晋书·庾亮传》：“亮将葬，何充会之，叹曰：‘埋玉树于土中，使人情何能已！’”这里是指那些为国牺牲的人。 ⑧泪盘如露：汉武帝在建章宫前造神明台，上有铜人，手托承露盘。魏明帝派人把铜人拆迁至洛阳，传说拆卸时铜人眼中流下泪来。 ⑨咸阳送客：李贺《金铜仙人辞汉歌》：“衰兰送客咸阳道，天若有情天亦老。”这里是借以表达被俘北行之人的悲痛心情。 ⑩江令恨别：江淹曾被黜为建安吴兴令，著有《别赋》。 ⑪庾信愁赋：梁朝庾信出使北周，被羁留未回，著有《愁赋》。以上两句有原注云：“二人皆北去。” ⑫苏堤：

在杭州西湖，苏轼知杭州时所筑。 ⑬神游故国：言被俘北去的人，只能在想象中游览故国河山了。 ⑭花记前度：唐刘禹锡从贬所回到长安，曾游玄都观赏桃花赋诗，又因此再度被贬。十四年重返长安，作《再游玄都观》诗："百亩庭中半是苔，桃花净尽菜花开。种桃道士归何处，前度刘郎今又来。"这句是说流落在外的人，如果重回临安，一定会感慨悲伤不已。 ⑮孺子：指作者的儿子刘将孙。

酹 江 月

驿中言别

邓 剡

水天空阔，恨东风、不惜世间英物①。蜀鸟吴花残照里②，忍见荒城颓壁。铜雀春情③，金人秋泪④，此恨凭谁雪？堂堂剑气，斗牛空认奇杰⑤。 那信江海余生，南行万里，属扁舟齐发。正为鸥盟留醉眼⑥，细看涛生云灭⑦。睨柱吞嬴⑧，回旗走懿⑨，千古冲冠发。伴人无寐，秦淮应是孤月⑩。

【说明】

邓剡，字光荐，号中斋，庐陵（今江西吉安）人，与文天祥既是同乡，又是志同道合的战友。南宋末年，他积极参与和协助文天祥进行抗元斗争。祥兴二年（1279），厓山兵败，他和文天祥相继被俘。次年又一起被押往元大都（今北京）。行至金陵（今江苏南京），邓剡因病获准留下就医，文天祥则随元军继续北上。临行前夕，作者在金陵驿馆中与文天祥挥泪话别，并写了这首饱含血泪的悲壮之歌，为友人送行。

词的上片，即景生情，通过眼前所见荒凉残破的景象，抒发深沉的亡国之痛。下片追忆文天祥在危难之中起兵抗元的经过，赞扬他不畏强敌，坚持斗争的英雄本色，同时表达了对战友的无限惜别之情。本篇用苏轼《念奴娇·赤壁怀古》原韵，情景相融，引古喻今，风格慷慨悲壮，富有艺术感染力，在宋末词坛堪称杰作。

【注释】

①英物：英雄人物。 ②蜀鸟：指杜鹃。相传古代蜀王杜宇，号望帝，死后魂化为鸟，名杜鹃，鸣声哀切。 吴花：吴宫花草。金陵曾为三国吴都，故有此称。 ③铜雀：台名，三国时曹操所建，因楼顶铸有铜雀得名，故址在今河南临漳县西南。杜牧《赤壁》诗："东风不与周郎便，铜雀春深锁二乔。"这句暗喻元军灭宋后，后妃宫女被掳北去之事。 ④金人秋泪：汉武帝时以铜铸仙人，手捧露盘，置于建章宫前。魏明帝时，将铜人迁往洛阳，传说拆运时铜人潸然泪下。这句指南宋文物宝器被掠劫一空。 ⑤堂堂：威严貌。 剑气：宝剑放射的光芒。 斗牛：指斗宿和牛宿，即北斗星和牵牛星。据《晋书·张华传》载：斗牛之间，常有紫气。张华便去问善观天文的雷焕，雷焕告

诉他，这是宝剑的精气上冲天宇，按其方位，当在丰城境内。后来他们果然在丰城县的监狱下面，掘出两把宝剑，一名太阿，一名龙泉。这两句是慨叹未能实现杀敌报国的理想。　⑥鸥盟：与白鸥结为盟友，比喻作者和文天祥的深挚情谊。　⑦涛生云灭：比喻形势变化莫测。　⑧睨柱吞嬴：据《史记·廉颇蔺相如列传》，蔺相如使秦，不畏强暴，“持其璧睨柱，欲以击柱。秦王恐其破璧，乃辞谢”。终于完璧归赵。这句称赞文天祥在敌人面前的大无畏精神。　⑨回旗走懿：据《三国志·诸葛亮传》注，诸葛亮死后，司马懿带兵追赶蜀军，姜维等遵照诸葛亮的遗言，设计吓退了司马懿的军队。　⑩秦淮：秦淮河，流经金陵。

酹江月

和

文天祥

乾坤能大，算蛟龙、元不是池中物①。风雨牢愁无着处，那更寒虫四壁②。横槊题诗③，登楼作赋④，万事空中雪⑤。江流如此，方来还有英杰⑥。　　堪笑一叶漂零，重来淮水，正凉风新发。镜里朱颜都变尽，只有丹心难灭。去去龙沙⑦，江山回首，一线青如发⑧。故人应念⑨，杜鹃枝上残月⑩。

【说明】

这首和词是作者被俘北上，在金陵告别友人邓光荐时所作。词的上片，抒写自己虽然战败被俘，身陷囹圄，但英雄本色不变，坚信必有豪杰志士继承先烈遗志，把抗元斗争进行到底。下片表达对故国江山的深深眷恋，表明自己到了北国之后，丹心不变，坚持民族气节，决心以身殉国。全篇直抒胸臆，大义凛然，慷慨悲壮，体现了文天祥这位民族英雄的浩然正气，闪耀着爱国主义精神的光辉。

【注释】

①乾坤能大：天地如此之大。　蛟龙：比喻英雄豪杰。　池中物：指蛰处一隅，无远大抱负的人。《三国志·周瑜传》：“恐蛟龙得云雨，终非池中物也。”　②牢愁：忧愁。这两句说凄风苦雨使人愁苦不堪，无处诉说，再加上四面秋虫哀鸣，更难排解。　③横槊题诗：苏轼《前赤壁赋》说曹操“方其破荆州，下江陵，顺流而东也，舳舻千里，旌旗蔽空，酾酒临江，横槊赋诗，固一世之雄也，而今安在哉?”槊，长矛。　④登楼作赋：指王粲在荆州作《登楼赋》。　⑤以上三句说古代英雄文士们的事业犹如空中的飞雪，转眼之间便消逝得无影无踪了。　⑥方来：将来。　⑦龙沙：泛指塞外沙漠之地。　⑧一线青如发：苏轼《澄迈驿通潮阁》：“杳杳天低鹘没处，青山一发是中原。”　⑨故人：老朋友，指邓剡。　⑩杜鹃：传说杜鹃鸟为古代蜀国君主杜宇死后魂魄所化，啼声悲切。这句表达了作者的亡国之痛。

沁园春

题潮阳张许二公庙

文天祥

为子死孝，为臣死忠，死又何妨！自光岳气分[①]，士无全节；君臣义缺，谁负刚肠。骂贼张巡，爱君许远，留取声名万古香。后来者，无二公之操，百炼之钢。　人生翕欻云亡[②]。好烈烈轰轰做一场。使当时卖国，甘心降虏，受人唾骂，安得流芳。古庙幽沉[③]，仪容俨雅[④]，枯木寒鸦几夕阳。邮亭下[⑤]，有奸雄过此，仔细思量！

【说明】

张巡和许远是唐代两位著名的以身殉国的死难烈士。当“安史之乱”时，他们同心同德，协力坚守睢阳（今属河南商丘），屏障江淮，终因粮尽援绝，城陷被俘，双双从容就义。南宋帝昺祥兴元年（1278），文天祥以少保右丞相兼枢密使驻兵潮阳（今属广东省），特意前往县城东郊晋谒后人为纪念张、许二公而修建的双忠庙，并赋此词抒发其为国献身的决心。词中通过咏史，表达了作者在南宋亡国前夕力挽狂澜、视死如归的决心。全篇采用议论和抒情相结合的表现手法，以儒家的伦理道德为旨归，盛赞张巡和许远的忠贞气节和高尚品德，爱憎分明，大义凛然，洋溢着强烈的爱国主义精神。

【注释】

①光岳：指日月星辰、天地山河。光，谓三光，即日、月、星。岳，谓五岳，即东岳、西岳、南岳、北岳、中岳，中国五大名山之别称。这句是说安史乱起，天崩地陷，很少守节不屈的志士。　②翕欻（xī xū 西虚）：倏忽，如火光之一现，转瞬即逝。　③古庙：潮阳的张巡、许远庙。据《隆庆潮阳县志》，此庙初建于北宋熙宁（1068—1077）年间，当时已经历了两百多年。　④俨雅：端整、庄重。　⑤邮亭：古代设在沿途、供传送文书的人和旅客歇宿的馆舍。

四、壮志难酬

酹江月

胡世将

秋夕兴元使院作[①]，用东坡赤壁韵[②]。

神州沉陆[③]，问谁是、一范一韩人物[④]？北望长安应不见，抛却关西半壁[⑤]。塞马晨嘶，胡笳夕引[⑥]，赢得头如雪。三秦往事[⑦]，只数汉家三杰[⑧]。　试看百二山河[⑨]，奈君门万里，六师不发[⑩]。阃外何人回首处[⑪]，铁骑千群都灭[⑫]。拜将台攲[⑬]，怀贤阁杳[⑭]，空指冲冠发[⑮]。阑干拍遍，独对中天明月。

【说明】

这首词约作于绍兴十年（1140）秋，作者在汉中任川陕宣抚使时。绍兴八年（1138），秦桧拜右仆射，同中书门下平章事兼枢密使，极力推行卖国投降政策，反对北伐，阻挠和破坏抗金救国事业。爱国志士深感报国无门，壮志难酬，英雄无用武之地。词中通过边关怀古，思昔抚今，感叹国事，对朝廷主和表示极大的愤慨。感情激烈，风格悲壮，语言明快，对南宋爱国词人有影响。

【注释】

①兴元：府名，治所在今陕西汉中市。　使院：指川陕宣抚使衙署。　②赤壁韵：苏轼《念奴娇·赤壁怀古》词韵。《酹江月》为词调《念奴娇》的别名。　③神州沉陆：指中原沦陷。　④一范一韩：指北宋范仲淹和韩琦。他们曾驻守西北边防，抗击西夏侵扰，战功卓著。当时边境谚语说："军中有一韩，西贼闻之心胆寒；军中有一范，西贼闻之惊破胆。"　⑤关西半壁：指函谷关以西的大片土地。　⑥夕引：晚上吹奏。　⑦三秦：指关中地区。秦亡后，项羽将关中分为三部分，封给秦朝降将章邯、司马欣、董翳三人，称为三秦。　⑧汉家三杰：指汉初三位杰出的功臣张良、萧何与韩信。　⑨百二山河：指关中地区形势险要，秦兵二万可以抵挡诸侯的百万大军。见《史记·高祖本纪》引田肯语。　⑩六师不发：谓南宋朝廷不出师北伐。六师，即六军，泛指南宋军队。这句原注"朝议主和"。　⑪阃外：古代将帅领兵在外，称为阃外。　⑫铁骑：本指骑兵，这里是泛指南宋军队。这句原注"富平之败。"富平，在今陕西省。建炎四年（1130），张浚率四十万大军在富平

被金兵击败。⑬拜将台：指刘邦拜韩信为大将时所筑之台，遗址在今陕西汉中市。⑭怀贤阁：宋人为怀念诸葛亮所建，遗址在今陕西凤翔县。⑮冲冠发：形容愤怒时头发直竖，将帽子顶起。

陇 头 泉

张元幹

少年时，壮怀谁与重论①。视文章、真成小技，要知吾道称尊。奏公车、治安秘计②，乐油幕、谈笑从军③。百镒黄金④，一双白璧⑤，坐看同辈上青云⑥。事大谬，转头流落，徒走出修门⑦。三十载，黄粱未熟⑧，沧海扬尘。　念向来、浩歌独往，故园松菊犹存。送飞鸿、五弦寓目⑨，望爽气、西山忘言。整顿乾坤，廓清宇宙⑩，男儿此志会须伸。更有几、渭川垂钓⑪，投老策奇勋。天难问，何妨袖手，且作闲人。

【说明】

这首词是作者晚年退闲以后所作。高宗绍兴年间，秦桧当权，执行投降卖国政策，排斥打击爱国志士。张元幹因胡铨上书被贬，曾赋词为之送行，也遭到了秦桧的迫害。眼看奸臣弄权，国事日非，词人满怀悲愤，痛感报国无路，只得袖手去做“闲人”。但他并不悲观消沉，相信总有一天“整顿乾坤，廓清宇宙”的豪情壮志一定会得到伸展。全篇将个人的身世经历和国家大事结合在一起，寓悲于壮，读来真切感人。

【注释】

①谁与重论：与谁重论。②奏公车：公车上书。汉制，吏民得上书言事，由公车令（属卫尉）接待，称为“至公车上书”。治安秘计：治国安邦的大计。治安，谓使政治修明。《汉书·贾谊传》：“因陈治安之策。”③油幕：涂油的帐幕，指军帐。④镒：古代重量单位，二十两或二十四两。⑤璧：古玉器名，平圆形，正中有孔。⑥青云：高空，比喻高官显爵。⑦修门：战国时楚国郢都之门。这里是指北宋都城汴京的城门。⑧黄粱未熟：用唐传奇《枕中记》所叙黄粱梦的故事，比喻往事如梦。⑨五弦：五弦琴。嵇康《赠秀才入军》诗：“目送归鸿，手挥五弦。”⑩廓清：肃清，澄清。⑪渭川垂钓：指姜子牙垂钓于渭水之滨。

小 重 山

岳 飞

昨夜寒蛩不住鸣①。惊回千里梦，已三更。起来独自绕阶行。人悄悄，帘外月胧明[②]。　　白首为功名。旧山松竹老[③]，阻归程。欲将心事付瑶琴[④]。知音少，弦断有谁听！

【说明】

岳飞坚决反对秦桧的卖国投降政策。绍兴八年（1138），当宋金双方遣使谈判议和条件时，他曾公开指责秦桧说："金人不可信，和好不可恃，相臣谋国不臧，恐贻后世讥。"（《宋史·岳飞传》）同年他在写给枢密副使王庶的信中又说："今岁若不举兵，当纳节请闲。"（同上）由此可见，自秦桧当权以来，岳飞和许多爱国志士一样，受到投降派的压制和阻挠，深感壮志难酬，杀敌报国的理想不能实现，内心充满了忧愤和抑郁。这首词从情调看，当是绍兴八年秦桧复出任宰相以后写的。词的上片寓情于景，写作者思念中原、忧虑国事、坐卧不宁的心情，下片抒写怀念故乡、北伐受阻、心事无人理解的苦闷。此阕以平静的语气叙述不平静的思想活动，风格含蓄委婉，表达了作者壮志难酬的苦闷以及对投降派的强烈不满。

【注释】

①蛩（qióng穷）：蟋蟀。　②月胧明：月色朦胧，若明若暗。　③旧山：旧日的家山，指故乡。　④瑶琴：琴的美称。

蝶　恋　花

陆　游

桐叶晨飘蛩夜语。旅思秋光，黯黯长安路[①]。忽记横戈盘马处，散关清渭应如故[②]。　　江海轻舟今已具。一卷兵书[③]，叹息无人付。早信此生终不遇，当年悔草《长杨赋》[④]。

【说明】

这首词大约是作者离蜀东归之前写的。上片回忆从戎南郑，"横戈盘马"于大散关一带的军旅生活。下片抒发生不逢时，壮志未酬的愤懑之情。结拍两句，情见乎词，与辛弃疾"却将万字平戎策，换得东家种树书"之意相同，婉转曲折地表达了对朝廷偏安投降的不满。

【注释】

①黯黯：心情沮丧貌。　长安：这里是指南宋都城临安。这句设想回到临安后，也不会受到重用，心情仍然是十分沮丧的。　②散关：大散关，在今陕西宝鸡县西南的大散岭上，为当时宋金双方西部的分界处。陆游从戎南郑时曾到大散关上视察敌情："散关摩云俯贼垒，清渭如带陈军容。"

(《夜观秦蜀地图》) ③一卷兵书：汉张良曾得一老父传授《太公兵法》一编。这里是代指作者北伐抗金的计划。 ④《长杨赋》：西汉扬雄所作，内容为劝谏汉成帝不要耽于游猎享乐。陆游早年曾通过张焘劝谏孝宗不要沉于酒色、燕狎嬉戏，结果被贬谪外放。

鹧 鸪 天

陆 游

家住苍烟落照间，丝毫尘事不相关。斟残玉瀣行穿竹[①]，卷罢黄庭卧看山[②]。 贪啸傲[③]，任衰残，不妨随处一开颜。元知造物心肠别[④]，老却英雄似等闲！

【说明】

此阕为作者闲居山阴故居时所作。词中通过放浪自适、与世无争生活的描写，抒发了壮志未酬、英雄无用武之地的苦闷情绪。前七句叙述闲适生活，后两句点明题旨，表达了词人对南宋统治者排斥爱国志士、坐失北伐良机的强烈不满。

【注释】

①玉瀣：酒名。 ②黄庭：《黄庭经》，道家的一种经书。 ③啸傲：谓言行自在，无所检束。 ④造物：古时以为万物是天造的，故称天为“造物”。这里是借指当时的最高统治者。

诉 衷 情

陆 游

当年万里觅封侯[①]，匹马戍梁州[②]。关河梦断何处[③]？尘暗旧貂裘[④]。 胡未灭，鬓先秋，泪空流。此生谁料，心在天山[⑤]，身老沧洲[⑥]！

【说明】

陆游四十八岁时，应四川宣抚使王炎的邀请，曾到西北前线南郑军中任职，度过了八个多月的戎马生活。那是诗人一生中最值得怀念的一段岁月。晚年被弹劾罢官、退隐山阴故居以后，他还常常在风雪之夜，孤灯之下，回忆往事，梦游梁州，写下了一系列爱国诗词。此阕苍凉悲壮，通过今昔对比，抒发了壮志未酬、岁月虚度、英雄无用武之地的愤慨和不平。词的语言明白晓畅，用典自然，不着痕迹，感情深沉，如叹如诉，有很强的艺术感染力。

【注释】

①万里觅封侯：在边疆寻找机会，杀敌立功，以取封侯。《后汉书·班超传》载，班超少有大志，曾投笔叹曰："大丈夫无它志略，犹当效傅介子、张骞立功异域，以取封侯，安能久事笔砚间乎?" ②梁州：中国古代九州之一，辖地包括今陕西和四川部分地区。这里指南郑而言。 ③关河：关塞、河防，泛指边疆。梦断：梦醒。 ④尘暗旧貂裘：当年从军时所穿的貂皮衣服已经积满尘土，陈旧不堪。《战国策·秦策》载，苏秦游说秦王，"书十上，而说不行。黑貂之裘敝，黄金百斤尽，资用乏绝，去秦而归"。 ⑤天山：在今新疆境内，这里泛指前线。 ⑥沧洲：水滨之处，古时隐士多居山中或水边。这里指山阴镜湖之滨的诗人故居。

谢春池

陆游

壮岁从戎，曾是气吞残虏。阵云高、狼烽夜举①。朱颜青鬓，拥雕戈西戍②。笑儒冠自来多误③。　　功名梦断，却泛扁舟吴楚。漫悲歌、伤怀吊古。烟波无际，望秦关何处④？叹流年又成虚度！

【说明】

此词系陆游晚年闲居故乡山阴时所作。上片回忆壮年从戎南郑的军旅生活。那时"朱颜青鬓""气吞残虏"，对光复中原满怀信心。结句一转，用儒冠误身表示无限的感慨。下片写罢官归来以后的闲散生活。叹息流年虚度，岁月蹉跎，壮志未酬，内心充满了悲愤和忧伤。本篇抚今思昔，通过强烈的对比，表达了作者有心报国、无路请缨的沉痛心情。

【注释】

①狼烽：古代边防有警，燃狼粪以报军情。段成式《酉阳杂俎》："狼粪烟直上，烽火用之。" ②雕戈：雕有花纹的戈矛，泛指兵器。 ③儒冠：指读书人。杜甫《奉赠韦左丞丈二十二韵》诗："纨绔不饿死，儒冠多误身。" ④秦关：泛指边关。

满江红

杨炎正

典尽春衣，也应是、京华倦客①。都不记、曲尘香雾②，西湖南陌。儿女别时和泪拜，牵衣曾问归时节。到归来、稚子已成阴，空头白。　　功名事，云霄隔；英雄伴，东南拆[3]。对鸡豚社酒，依然乡国。三径不成陶令隐[4]，一区未有扬雄宅[5]。问渔樵、学作老生涯，从今日。

【说明】

杨炎正是辛派词人，也是一位爱国志士。他追随稼轩多年，希望能为抗金复国做出自己的贡献。然而，事与愿违，他怀才不遇，未能施展平生的抱负。这首词是他晚年回到江西吉安故园以后写的。词中抚今追昔，从倦游京华、落魄而归写起，追忆当年离家之时，儿女含泪相送，牵衣询问归期；如今终于归来，鬓发已经花白，却一事无成，不禁令人黯然伤情。功名之事已成泡影，英雄豪杰又都风流云散，自己“典尽春衣”依然是“京华倦客”，还有什么值得留恋的呢？只好回乡与渔樵为伍，从今以后隐居山林，度此余生。此阕自诉衷曲，抒发壮志难酬的忧愤，语气比较平缓，委婉说来，愈觉动人。

【注释】

①倦客：倦于宦游之人，形容仕途极不得意。 ②曲尘：酒曲所生的细菌，色微黄如尘，因称淡黄色为曲尘。 ③拆：分开，分离。 ④三径：指隐士所居之处。 陶令：指晋朝隐士陶渊明，因其曾任彭泽县令，故称。 ⑤扬雄宅：西汉文学家扬雄，家贫，少田产，门前冷落。后因以“扬雄宅”喻指文士的贫居。

南　乡　子

赵　葵

束发领西藩[1]，百万雄兵掌握间。召到庙堂无一事[2]，遭弹。昨日公卿今日闲。　拂晓出长安[3]，莫待西风割面寒。羞见钱塘江上柳，何颜？瘦仆牵驴过远山。

【说明】

此词作者赵葵为南宋后期名将，自幼生长军中，与其父赵方、兄赵范驻守荆襄一带，“遇敌则深入死战”，屡立军功，后官至右丞相兼枢密使。在史弥远当政期间，曾多次受到弹劾降职。这首词写他入朝遭弹，赋闲离京时的苦闷抑郁，抒发了一位爱国将领被解除兵权后的悲愤心情。

【注释】

①束发：古代男孩成童时束发为髻，因以为童年的代称。 ②庙堂：指朝廷。 ③长安：今陕西西安市，这里是指南宋都城杭州。

满江红

刘克庄

夜雨凉甚，忽动从戎之兴。

金甲雕戈[①]，记当日、辕门初立[②]。磨盾鼻、一挥千纸[③]，龙蛇犹湿[④]。铁马晓嘶营壁冷[⑤]，楼船夜渡风涛急[⑥]。有谁怜、猿臂故将军[⑦]，无功级。　　平戎策，从军什[⑧]；零落尽，慵收拾。把茶经香传[⑨]，时时温习。生怕客谈榆塞事[⑩]，且教儿诵《花间集》[⑪]。叹臣之壮也不如人，今何及[⑫]！

【说明】

宁宗嘉定十年（1217）金兵南侵，次年作者投笔从戎，赴建康入江淮制置使李珏军幕任职，参加抗金战争。后因“江湖诗案”，被废置乡里十余年，但仍关心国事，希望能奔赴前线，实现杀敌报国的理想。此词上片回忆当年军中生活，写得雄奇壮阔，豪情满怀；下片抒发贬黜闲居、报国无门、壮志难酬的悲愤之情。前后对比鲜明，波澜起伏，正话反说，一腔忠愤，溢于言表，读之令人扼腕浩叹。

【注释】

①雕戈：刻有花纹的戈矛。　②辕门：古代将帅的营门及督抚等官署的外门。　③磨盾鼻：在盾纽上磨墨，指军中作檄。据《北史·荀济传》，南北朝时，荀济得知萧衍将受禅为王，曾对人说：“会于盾鼻上磨墨檄之。”　④龙蛇：指草书。陆游《汉宫春》：“淋漓醉墨，看龙蛇飞落蛮笺。”　⑤铁马：披有铁甲的战马。　⑥楼船：高大的战舰。　⑦故将军：指西汉名将李广，贬官后被称为“故李将军”。李广臂长如猿，故谓“猿臂”。　⑧从军什：从军时写的诗篇。　⑨茶经：唐陆羽有《茶经》，叙述有关茶叶的品种、制茶的器具以及烹饮的方法等。　香传：宋丁谓有《天香传》，谈香料的品种、焚香的器具和方法等。　⑩榆塞：泛指边塞。古代北方边塞植榆树，故称为“榆塞”。　⑪《花间集》：五代蜀人赵崇祚所编的一部词集，多为流连歌酒、吟风赏月之作。　⑫这两句感叹自己年老，难以有所作为。《左传》僖公三十年，烛之武对郑文公说：“臣之壮也，犹不如人；今老矣，无能为也已。”

沁园春

梦孚若

刘克庄

何处相逢？登宝钗楼[①]，访铜雀台[②]。唤厨人斫就，东溟鲸脍[③]，圉人呈罢[④]，西极龙媒[5]。天下英雄，使君与操[6]，余子谁堪共酒杯[7]？车千乘，载燕南赵北[8]，剑客奇材。　　饮酣鼻息如雷[9]，谁信被晨鸡轻唤回。叹年光过尽，功名未立，书生老去，机会方来。使李将军，遇高皇帝，万户侯何足道哉[10]！披衣起，但凄凉感旧，慷慨生哀。

【说明】

本篇通过怀念亡友方信孺，抒发词人报国无门、壮志未酬的悲愤之情。方信孺，字孚若，福建莆田人，与作者是同乡，又是志同道合的亲密朋友。韩侂胄北伐失败后，方信孺曾奉命使金，以不屈闻名于时，后屡遭黜降，未能尽展其才。词的上片描写梦境，用浪漫主义和夸张的手法，叙述梦中与故人畅游中原名胜古迹，结交天下英雄豪杰，表现出有我无敌的豪迈气概。下片转写梦醒后的悲凉心情，慨叹生不逢时，岁月虚度，功业未建，抚今思昔，不觉慷慨生哀。前后对比鲜明，虚实相映，感情深沉强烈。化用典故，警策有力，出语自然，在艺术上也颇有特色。

【注释】

①宝钗楼：故址在今陕西咸阳市，汉武帝时所建，宋代为著名的酒楼。　②铜雀台：故址在今河北磁县东南，三国时曹操所建。　③东溟：东海。　鲸脍：细切的鲸鱼肉片。　④圉（yǔ 羽）人：古代官名，掌管养马之事。　⑤西极：遥远的西方，指西域。　龙媒：天马，骏马。汉代《郊祀歌》："天马徕，从西极。""天马徕，龙之媒。"　⑥使君：古代对州郡长官的称呼，这里是指刘备。　操：曹操。据《三国志·蜀书·先主传》，曹操一次在酒席上曾对刘备说："今天下英雄，唯使君与操耳。"　⑦余子：其余的人。　⑧燕南赵北：泛指今河北、山西一带。　⑨鼻息：鼻中的呼吸，睡觉时的鼾声。　⑩李将军：指西汉名将李广。　高皇帝：指汉高祖刘邦。据《史记·李将军列传》，汉文帝一次曾对李广说："惜乎！子不遇时。如令子当高帝时，万户侯岂足道哉！"

沁　园　春

答九华叶贤良[1]

刘克庄

一卷阴符[2]，二石硬弓[3]，百斤宝刀。更玉花骢喷[4]，鸣鞭电抹[5]；乌丝阑展[6]，醉墨龙跳[7]。牛角书生[8]，虬髯豪客[9]，谈笑皆堪折简招[10]。依稀记，曾请缨系粤[11]，草檄征辽[12]。　　当年目视云霄[13]，谁信道、凄凉今折腰[14]。怅燕然未勒[15]，南归草草；长安不见[16]，北望迢迢。老去胸中，有些磊块[17]，歌罢犹须著酒浇。休休也，但帽边鬓改[18]，镜里颜凋[19]。

【说明】

此词抒写壮志难酬的悲愤，形象地反映了一位爱国志士晚年凄凉寂寞的处境。上片回忆壮年时期的豪情胜概，笔饱墨酣，慷慨激昂，生动地刻画出一位文武双全、志在杀敌报国的英雄形象。下片叙述今日的遭遇，情调悲凉，郁闷在胸，唱出了请缨无路、报国无门的不平之鸣。两片对比强烈，过渡自然，语言精练，用典较多，表现出豪放与悲壮相结合的艺术风格，继承了陆游和辛弃疾的爱国传统。冯煦《宋六十一家词选例言》云："后村词与放翁、稼轩犹鼎三足，其生丁南渡，拳拳君国，似放翁；志在有为，不欲以词人自域，似稼轩。"试读此词，可谓知言。

【注释】

①九华：山名，在安徽青阳西南。旧名九子山，因有九峰，形似莲花，故名。为我国佛教四大名山之一。又福建莆田亦有九华山。 贤良：宋代制科之一种，全称为"贤良方正能直言极谏科"。叶贤良，其人未详。 ②阴符：《阴符经》，古代兵书，传为黄帝或姜太公所作。 ③二石硬弓：谓需能提二石重的臂力才能拉开的硬弓。古以一百二十斤为一石。 ④玉花骢：一种良马，又名菊花青。 喷：吐气。 ⑤电抹：形容宝马飞奔，迅如闪电。 ⑥乌丝阑：在纸或绢上所画的界格，叫阑。用墨画的称乌丝阑，用朱红色画的称朱丝阑。唐李肇《国史补》卷下："宋、亳间有织成界道绢素，谓之乌丝阑。" ⑦醉墨龙跳：谓酒后挥毫草书，笔势如龙蛇飞舞。陆游《汉宫春》："淋漓醉墨，看龙蛇飞落蛮笺。" ⑧牛角书生：《新唐书·李密传》载，李密少时"以蒲鞯乘牛，挂《汉书》一帙角上，行且读"。 ⑨虬髯豪客：据唐人传奇《虬髯客传》，隋末张仲坚，号虬髯客，欲争天下，路遇李靖，同至太原，见李世民，以为英主，不可与争，遂遁去。虬髯，蜷曲的胡须。 ⑩折简：亦作"折柬"，即写信。 ⑪请缨系粤：用汉终军请缨出征南越事。粤，同越。 ⑫草檄征辽：用李靖事。唐太宗时征讨高丽，李靖慷慨请行。陆游《鹅湖夜坐书怀》诗："李靖闻征辽，病惫更激昂。"草檄，起草檄文。 ⑬目视云霄：谓眼光远大，自视很高。 ⑭这句反用陶渊明不肯为五斗米折腰事，说明自己受到压抑。 ⑮燕然未勒：用汉车骑将军窦宪追击匈奴勒石燕然山的典故。 ⑯长安：借指北宋都城汴京。 ⑰磊块：亦作"垒块"，比喻胸中不平之气。 ⑱鬓改：鬓发改变颜色。谓鬓发斑白，年纪老大。 ⑲颜凋：容颜衰老。

江城子

李好古

平沙浅草接天长，路茫茫，几兴亡！昨夜波声，洗岸骨如霜①。千古英雄成底事？徒感慨，谩悲凉。　　少年有意伏中行②，馘名王③，扫沙场。击楫中流④，曾记泪沾裳。欲上治安双阙远⑤，空怅望，过维扬⑥。

【说明】

这首词是作者路过扬州时所作。前阕寓情于景，抒发兴亡之感慨；换头追忆少年时期击楫中流、扫平敌寇的豪情壮志，结拍抒写报国无门的悲愤之情。全篇意境宏阔，音调苍凉，读来感人至深。

【注释】

①骨如霜：形容岸边崖石被江水冲洗发白，色似秋霜。 ②伏中行：谓从军。伏，佩服，向往。中行，犹中军。 ③馘（guó 国）：古代战时割取所杀敌人的左耳，用以计功。这里是杀戮的意思。名王：古代北方少数民族对贵族头领的称呼，这里是指金朝统治者。 ④击楫中流：用晋祖逖北伐渡江中流击楫而誓的典故，表示抗金的决心。 ⑤治安：谓治国安邦之计。 双阙：皇宫门前的两座楼观，代指朝廷。 ⑥维扬：扬州的别称。

五、边塞烽烟

渔 家 傲

范仲淹

塞下秋来风景异①，衡阳雁去无留意②。四面边声连角起③。千嶂里④，长烟落日孤城闭。　　浊酒一杯家万里⑤，燕然未勒归无计⑥。羌管悠悠霜满地⑦。人不寐，将军白发征夫泪。

【说明】

仁宗宝元元年（1038），西夏元昊称帝，入侵边境。宋遣诸路进讨，屡遭挫败，形势十分危急。康定元年（1040），范仲淹任陕西经略安抚副使兼知延州（治所在今陕西延安），出镇边塞。他到任后整顿州兵，分军教习，大兴营田，招还流亡，使西北前线的形势很快稳定下来。相传这首《渔家傲》是作者在延州视察清凉山时所作。词的上片写景。首句概叙边关秋色，“异”字是词眼，渲染塞上风光与内地的不同。接着从诸方面展示所见景物之“异”，用“雁去”“边声”“千嶂”“长烟”“落日”“孤城”等富于特征的意象，构制成一幅色彩鲜明的“边关之秋图”。词的下片抒情，着重刻画征人的活动与思想感情。从日落城闭到夜饮闻笛，以至彻夜不眠，层次清晰地揭示出“将军”和“征夫”复杂而又矛盾的心理活动。本篇是宋人最早也是为数不多的一首边塞词。语言精练，画面生动，意境苍凉，声情悲壮，完全洗净了浓艳的脂粉气，与唐人的边塞诗有异曲同工之妙。先著《词洁》称赞说：“一幅绝塞图，已包括于‘长烟落日’十字中。唐人塞下诗最工、最多，不意词中复有此奇境。”

【注释】

①塞下：边塞。　②衡阳雁去：雁向衡阳飞去。衡阳，今属湖南省，旧城南衡山有回雁峰，传说秋天雁飞至此不再南进。　③边声：边塞之声，如马嘶声、号角声、风沙声等。　角：指军中号角。　④嶂（zhàng丈）：像屏障一样的山峰。　⑤浊酒：粗制的酒，其色混浊，故称。　⑥燕然：山名，即杭爱山，在今蒙古国境内。　勒：刻。据《后汉书·窦宪传》，车骑将军窦宪追击匈奴北单于，“登燕然山，去塞三千余里，刻石勒功”而还。燕然未勒，意谓尚未建立破敌的功勋。　⑦羌管：羌笛，即笛子。汉代由西羌传入内地的管乐器。

水调歌头

刘　潜

落日塞垣路①，风劲戛貂裘。翩翩数骑闲猎，深入黑山头②。极目平沙千里，惟见雕弓白羽，铁面骇骅骝③。隐隐望青冢④，特地起闲愁。　　汉天子，方鼎盛，四百州。玉颜皓齿，深锁三十六宫秋。堂有经纶贤相⑤，边有纵横谋将，不作翠蛾羞？戎虏和乐也，圣主永无忧。

【说明】

本篇见于《唐宋诸贤绝妙词选》，署名刘潜，又见于黄庭坚《山谷琴趣外篇》。从词中所写内容看，当以前者为是。作者刘潜，字仲方，曹州定陶（今属山东省）人。少卓逸有大志，好为古文，进士出身，为淄州军事推官，又知蓬莱县，与石延年为友，大约生活在真宗、仁宗时期。此词写作者塞外行猎，驱马“深入黑山头”，遥望昭君之墓，不禁感慨万端。就结拍两句“戎虏和乐也，圣主永无忧”推断，当作于“澶渊之盟”以后，宋辽之间的战争已经停止，边境地区暂时相安无事。作者或许是随使节赴辽执行公务，但事迹已无可考。

【注释】

①塞垣：塞外城池。垣，墙，也用为城池的代称。　②黑山：在今辽宁西南部，大凌河上游东岸。　③骅骝：周穆王八骏之一，泛指骏马。　④青冢：昭君墓，在今内蒙古呼和浩特附近。　⑤经纶：整理丝缕，引申为处理国家大事，也指政治才能。

喜迁莺

蔡　挺

霜天清晓。望紫塞古垒，寒云衰草。汗马嘶风①，边鸿翻月，垄上铁衣寒早。剑歌骑曲悲壮②，尽道君恩难报。塞垣乐，尽双鞬锦带③，山西年少。　　谈笑。刁斗静，烽火一把，常送平安耗④。圣主忧边⑤，威灵遐布，骄虏且宽天讨。岁华向晚愁思，谁念玉关人老！太平也，且欢娱，不惜金尊频倒。

【说明】

此词作者蔡挺，字子政，宋城（今河南商丘）人。仁宗时曾为范仲淹部下，与西夏作战多年。

神宗时出知渭州，屡出奇兵，击退西夏的入侵。据《挥麈录·后录余话》载，本篇系熙宁年间，作者任平凉（今属甘肃省）帅守时所作。词的上片从边塞风光，写到戍边战士，境界壮阔，洋溢着乐观精神。下片说目前边境虽然平安无事，但敌寇未灭，“玉关人老”，希望朝廷体恤边防将士。结拍谓且喜今年太平无事，大家开怀畅饮，欢欢喜喜地庆祝一番。

【注释】

①汗马：汗血马，传说产自大宛的一种良马，能日行千里，流的汗颜色如血。 ②剑歌骑曲：泛指军中之乐。 ③鞬：马上盛弓器。 ④平安耗：报告平安的消息。古代边境情况紧急时，连举三火，前线无事时只燃一把火，称“平安火”。 ⑤圣主：这里是指宋神宗。

浪淘沙

裴湘

雁塞说并门①，郡枕西汾②。山形高下远相吞。古寺楼台依碧嶂，烟景遥分。　　晋庙锁溪云③，箫鼓仍存。牛羊斜日自归村。惟有故城禾黍地，前事消魂。

【说明】

“并门”古称并州，五代末为北汉都城，仁宗嘉祐时复为太原府，即今山西太原市，为当时宋辽边境上的军事重镇。此词上片描绘太原的山川形势，下片咏赞“故城”的文物古迹。作者面对边塞风烟，遥望禾黍之地，联想到这一带不断发生战争，不禁令人销魂凝思，百感交集。

【注释】

①雁塞：指雁门关，在山西代县北。 ②西汾：指汾河，为黄河第二大支流，流经太原市。③晋庙：晋祠，在太原市西南悬瓮山下，原为纪念晋国开国君主唐叔虞而建的祠，一名晋王祠。有圣母殿、唐叔祠、关帝庙、水母楼等建筑，以及周柏、唐槐和“难老泉”等名胜古迹。

望海潮

晁端礼

高阳方面①，河间都会②，三关地最称雄③。粉堞万层，金城百雉④，楼横一带长虹。烟素敛晴空。正望迷平野，目断飞鸿。易水风烟⑤，范阳山色有无中⑥。　　安边暂倚元戎。看纶巾对酒，羽扇摇风。金勒少年⑦，吴钩壮士⑧，宁论卫霍前功⑨！乃眷在清吏。恐凤池虚久[10]，归去匆匆。幸有佳人锦瑟，玉笋且轻拢。

【说明】

此词作者晁端礼，字次膺，其先澶州清丰（今属河南省）人，后徙居彭城（今江苏徐州）。生于庆历六年（1046），卒于政和三年（1113），举熙宁六年（1073）进士，曾两为县令，因忤上官而罢职。本篇作于河北边镇帅守席上。据《宋史》卷三一五《诸韩列传》，神宗、哲宗两朝，韩绛、韩维、韩缜、韩宗彦等相继出守河北。这首词中所提到的高阳、河间、三关、易水等地均在瀛州境内，大观二年（1108）又升瀛州为府，治所在河间（今河北市名）。韩缜和韩宗彦都曾出知瀛州，疑此词系作于韩府席上。前半阕描绘边关雄奇险峻的地理形势和苍茫辽阔的山光水色；后半阕赞扬主帅安边有策，战士年少英俊，勉励他们为国建立功勋。词的气概豪迈，境界壮阔，洋溢着积极进取的乐观精神。

【注释】

①高阳：县名，在今河北保定东南。 ②河间：府、路名。北宋大观二年（1108）升瀛州置府，治所在河间（今河北市名）。 ③三关：古代三个关口的总称。有几种不同说法，这里是指河北境内的淤口关（或说为草桥关）、益津关、瓦桥关。五代后周显德六年（959）世宗北取瀛、莫等州，以三关与契丹分界。 ④金城：坚固的城墙。金城汤池的略语。 雉：古代计算城墙面积的单位，长三丈、高一丈为一雉。 ⑤易水：在河北省西部，大清河上源支流。 ⑥范阳：古县名。唐以后治所在今河北涿州。 ⑦金勒：代指宝马。勒，套在马头上带嚼口的笼头。 ⑧吴钩：相传产于吴地的一种弯头宝刀。 ⑨卫霍：指西汉名将卫青、霍去病。 ⑩凤池：凤凰池，为宋代中书省所在地，代指朝廷。

菩 萨 蛮

王安中

六军阅罢[1]，犒饮兵将官。

中军玉帐旌旗绕[2]，吴钩锦带明霜晓。铁马去追风[3]，弓声惊塞鸿。 分兵闲细柳[4]，金字回飞奏。犒饮上恩浓，燕然思勒功。

【说明】

徽宗宣和五年（1123），金人攻下燕京，根据宋金联合攻辽协议，燕京收复后应当交还给宋朝。此时王安中被任命为庆远军节度使、河北河东燕山府路宣抚使兼知燕山府。本篇是作者接管燕京之后，为犒赏六军、鼓舞士气之作。词的上片描写检阅入城军队的场面，下片抒发为朝廷建功的豪情，画面生动，境界壮阔，有生活实感。由于北宋统治集团的腐败无能和金人的贪得无厌以及郭药师的叛变，燕京不久又被金兵侵占，并导致了北宋政权的灭亡，其罪责应由赵佶、童贯等极少数昏庸的统治者承担。

【注释】

①六军：《周礼·夏官司马》："凡制军，万有二千五百人为军。王六军，大国三军，次国二军，小国一军。"后以六军泛称朝廷的军队。 ②中军：春秋时大国军队分上、中、下三军，其中以中军的地位较高。晋代置中军将军，以位置有权的大臣。这里是指军队的统帅。 ③追风：骏马名，秦始皇有马名追风。也用以形容马跑得很快。 ④细柳：古地名，在今陕西咸阳市西南渭河北岸。汉文帝时周亚夫为将军，屯军细柳，戒备森严，纪律严明，后人因称军纪严明者为"细柳营"。

喜迁莺

塞上词

李纲

边城寒早。对漠漠暮秋，霜风烟草。战（马）长闲[1]，刁斗无声，空使荷戈人老。陇头立马极目，万里长城古道。感怀处，问仲宣云乐[2]，从军多少？ 缥缈。云岭外，夕烽一点，塞上传光小。玉帐尊罍[3]，青油谈笑，肯把壮怀销了？画楼数声残角，吹彻梅花霜晓。愿岁岁静烟尘，羌虏常修邻好[4]。

【说明】

宣和七年（1125）冬，金兵分两路大举南下侵宋。十二月二十三日，赵佶匆匆传位给赵桓（钦宗），自己则带着一批佞臣南下逃命去了。靖康元年（1126）一月，宗望率领的东路金兵渡过黄河，直逼开封城下。赵桓不得已任命李纲为"亲征行营使"，负责主持京师防务。首都军民在李纲的组织指挥下，同仇敌忾，万众一心，浴血奋战。这时西北名将种师道率领的援军也兼程赶到开封，金兵多次攻城不下，只得在勒索掳掠了大量金银财物后被迫撤退。金兵一走，宋朝内部的投降派又死灰复燃。他们解除了种师道的兵权，接着又以解太原之围为名，任命李纲为河东河北宣抚使，将他逐出朝廷。行至怀州（今河南沁阳），李纲突然接到朝廷诏令，要他减少所率领的一万二千人的援军。李纲上书坚决反对，认为"太原之围未解，河东之势甚危，秋高马肥，敌必深入"，希望朝廷做好充分准备。但赵桓听信投降派耿南仲等人之言，继续与金人"议和"，并下令李纲停止进兵。不久又罢免了主战派徐处仁、吴敏等人，李纲听到这些消息，慨然叹曰："事无可为者矣！"这首词是他率军驰援太原北上途中所作。前半阕描写作者立马长城古道，眺望边城暮秋，慨叹荷戈人老，流露出一种怅惘茫然的心情。后半阕叙述夜观烽火，饮酒帐中，灯下谈笑论兵，虽然形势危急，但作者仍满怀豪情，希望边境无事，能与金人和平相处，“常修邻好”。词语朴实，不假雕饰，表达了作者扶危济困、勇赴国难的爱国情怀。

【注释】

①此处原缺一字，据词意拟补。 ②仲宣：汉末诗人王粲，字仲宣，先依刘表，未被重用，作《登楼赋》抒感，后为曹操幕僚。 ③尊罍：盛酒器。 ④羌虏：这里是指金人。

饮　马　歌

曹　勋

此腔自虏中传至边，饮牛马即横笛吹之，不鼓不拍，声甚凄断。闻兀术每遇对阵之际，吹此则鏖战无还期也。

边头春未到，雪满交河道[①]。暮沙明残照，塞烽云间小[②]。断鸿悲，陇月低，泪湿征衣悄。岁华老[③]。

【说明】

靖康末，作者随徽、钦二帝北迁，行至燕山遁归，绍兴中又奉命使金，对北方的情况比较了解。据小序称，这首词的曲子原在金占区流传，作者据以填词并题名为《饮马歌》，虽非自撰腔，但配以歌词则属首创。词中描绘塞外风光，语言简朴，画面生动，声情凄清悲壮，颇有北方草原特色。

【注释】

①交河：古县名，治所在今新疆吐鲁番西北交河城故址。这里是泛指塞外。 ②塞烽：塞上烽火。 ③岁华：年华。

秋　波　媚

陆　游

七月十六日晚，登高兴亭，望长安南山[①]。

秋到边城角声哀，烽火照高台[②]。悲歌击筑[③]，凭高酹酒[④]，此兴悠哉。　　多情谁似南山月，特地暮云开。灞桥烟柳[⑤]，曲江池馆[⑥]，应待人来。

【说明】

乾道八年（1172），陆游应四川宣抚使王炎之邀，从夔州来到当时西北边境前线重镇南郑，任“左承议郎权四川宣抚使司干办公事兼检法官”，协助王炎制订北伐计划，准备进军中原。七月十六日夜，陆游与几个同僚幕友登上南郑内城西北角的高兴亭上，一边等待平安烽火，一边饮酒赏月。他们在茫茫的夜幕下，指点江山，遥望沦陷区的故都长安和终南山，想到国土未复，国耻未雪，不禁慷慨悲歌，感慨万千。陆游乘着酒兴，写了这首洋溢着爱国激情的边塞词。本篇从月夜登高望远展开画面，融写景、叙事和抒情于一体，艺术构思很有特色。就写景而言，既突出了边塞风光的特点，又做到了虚实相映，层次分明。“边城”“角声”“烽火”“高台”是实景，而“灞桥烟柳”“曲江池馆”则是虚景。两种画面交替出现，使图像若明若暗，显得更加深邃，引人入胜。词的意脉清晰，节奏轻快，情深意切，表达了作者收复失地、重整山河的爱国激情，是一首优秀的边塞词。

【注释】

①高兴亭：《剑南诗稿》卷五四《重九无菊有感》诗自注：“高兴亭在南郑子城西北，正对南山。” 南山：终南山，主峰在今陕西省西安市南。 ②烽火：古代边境在高台上烧柴草或燃狼粪，作为报警的信号，称烽火。情况紧急时，连举三火；前线无事时，只举一火，称为“平安火”。这里指平安火而言。 ③筑：古代弦乐器，其形似筝，有五弦、十三弦、二十一弦等数种。演奏时，左手按弦一端，右手以竹尺击弦发音。 ④酹（lèi 类）酒：以酒浇地，表示祭奠。 ⑤灞桥：霸桥，在长安城东，灞水之上，汉唐时人多在此折柳送别。 ⑥曲江：池名，故址在今陕西省西安市东南，唐以来为游览胜地。

水调歌头

题剑阁

崔与之

万里云间戍，立马剑门关。乱山极目无际，直北是长安①。人苦百年涂炭，鬼哭三边锋镝，天道久应还②。手写留屯奏，炯炯寸心丹。　对青灯，搔白发，漏声残。老来勋业未就，妨却一身闲。梅岭绿阴青子③，蒲涧清泉白石④，怪我旧盟寒。烽火平安夜，归梦到家山。

【说明】

崔与之为南宋后期名臣，宁宗嘉定年间以焕章阁待制出任成都知府兼本路安抚使，对稳定蜀中局势、巩固边防颇有贡献。剑门关，在四川剑阁县东北，地势险要，为古代兵家必争之地，有“一夫当关，万夫莫开”之称。这首词是作者任职成都、视察川北防务时所作。此阕上片写作者立马剑门关上，北望中原，慨叹国土沦丧，人民涂炭，决心为改变目前的局势、收复失地、统一祖国而贡献自己的力量。下片说老来功业未就，虽欲退闲，但重任在身，当以国事为重，所以只能在梦中回到家乡去看看。词的意境壮阔，气势豪迈，沉郁苍凉，寄慨遥深，表达了作者诚挚的爱国情怀。

【注释】

①长安：代指北宋都城汴京。这两句用杜甫《小寒食舟中作》“云白山青万余里，愁看直北是长安”诗意。 ②天道：古代哲学术语。原指自然界和人类社会发展的规律，其中含有封建迷信成份。这句是说，形势早应发生变化，敌人必将衰败，宋朝定会振兴。 ③梅岭：大庾岭，在江西、广东交界处。因岭上多梅，故称。作者为广州人，故云。 ④蒲涧：在广州白云山上，涧中生有九节菖蒲，其水清甜。作者曾隐居于此。

六、承平岁月

多　丽

李良定公席上赋

聂冠卿

想人生，美景良辰堪惜。问其间、赏心乐事，就中难是并得。况东城、凤台沙苑①，泛晴波、浅照金碧。露洗华桐，烟霏丝柳，绿阴摇曳，荡春一色。画堂迥、玉簪琼佩②，高会尽词客③。清欢久、重燃绛蜡，别就瑶席④。　有翩若轻鸿体态⑤，暮为行雨标格⑥。逞朱唇、缓歌妖丽，似听流莺乱花隔。慢舞萦回，娇鬟低亸⑦，腰肢纤细困无力。忍分散、彩云归后，何处更寻觅？休辞醉，明月好花，莫谩轻掷⑧。

【说明】

这首词叙述承平岁月士大夫文人的宴游生活。作者聂冠卿为真宗大中祥符五年（1012）进士，官至翰林学士。词的上片从春日泛舟出游写到华堂夜宴；下片叙述“词客”们听歌按舞，尽情欢度良辰美景。词中流露出浓厚的及时行乐思想，反映了北宋上层人物沉迷酒色、追求物质享受的人生观，具有一定的认识价值。

【注释】

①东城：指汴京城的东郊。这一带风景优美，园林池苑极多，为当时游览胜地。　②画堂：本为汉代宫中的殿堂，后用以泛指华丽的堂舍。　玉簪琼佩：形容服饰华丽。　③高会：盛会，盛宴。　④瑶席：华美的宴席。　⑤翩若轻鸿：形容歌女轻盈的身影。　⑥标格：风度。　⑦亸（duǒ朵）：下垂貌。　⑧谩：徒然。

滴 滴 金

李遵勖

帝城五夜宴游歇①。残灯外，看残月。都人犹在醉乡中，听更漏初彻②。　行乐已成闲话说。如春梦、觉时节。大家同约探春行，问甚花先发？

【说明】

宋初元宵节京城规定放灯三夜，真宗时因吴越王钱俶纳土请降，遂延长两夜，即从正月十四日起至十八日止，连续五夜张灯庆祝。此词作者李遵勖娶太宗（赵光义）荆国大长公主，授左龙武将军、驸马都尉，地位十分显赫。词中描写承平岁月帝王之都欢度元宵佳节的情景。整整五个晚上，都人狂欢游乐，如醉如痴，直到十九日凌晨，“行乐”才算告一段落。然而王公贵族、骚人墨客兴犹未尽，于是“大家同约探春行”，纷纷出城到郊外名园中赏花去了。

【注释】

①帝城五夜：《能改斋漫录》：“李驸马正月十九所撰《滴滴金》词也。京师上元，国初放灯止三夕，时钱氏纳土，进钱买两夜。其后十七、十八两夜灯，因钱氏而添，故词云‘五夜’。” ②更漏初彻：谓漏壶滴水已尽，表示夜尽天明。

迎新春

柳永

嶰管变青律①，帝里阳和新布②。晴景回轻煦③。庆嘉节、当三五④。列华灯、千门万户，遍九陌、罗绮香风微度。十里然绛树⑤，鳌山耸、喧天箫鼓⑥。 渐天如水，素月当午。香径里、绝缨掷果无数⑦。更阑烛影花阴下，少年人、往往奇遇。太平时、朝野多欢民康阜。随分良聚，堪对此景，争忍独醒归去⑧。

【说明】

本篇通过描写京城开封欢度元宵佳节的盛况，歌颂了仁宗时期朝野多欢、民康物阜的“太平景象”。据祝穆《方舆胜览》引范镇之语云：“仁宗四十二年太平，镇在翰苑十余载，不能出一语咏歌，乃于耆卿词见之。”柳永确是一位善写都市生活、歌咏承平气象的能手，仁宗惩罚他，只看一面，不及其余，乃是一场历史的误会。此词以铺叙见长，刻画景物，渲染气氛，可谓淋漓尽致，惟妙惟肖。

【注释】

①嶰管：长笛。这句以律令的变化代指节序的变换。 ②阳和：阳春和暖之气。 ③煦（xù序）：温暖。这句说大地回春。 ④三五：指正月十五，即元宵节。 ⑤然：同燃。 绛树：张灯结彩的花树。 ⑥鳌山：将灯彩堆成一座山，像传说中的巨鳌形状，称为鳌山。 ⑦绝缨：楚庄王一

次夜宴群臣，忽然烛灭，武将唐狡暗中牵王妃许姬之衣，许姬扯下了唐狡冠上的缨，要求查办。庄王不听，却命令大家都扯下冠缨尽情欢乐。后来唐狡为庄王立了大功。　掷果：亦作“投果”。《晋书·潘岳传》：“岳美姿仪……少时常挟弹出洛阳道。妇人遇之者，皆连手萦绕，投之以果，遂满车而归。”后因以比喻妇女对美男子的爱慕。这句谓元宵之夜男女游人之盛。　⑧争忍：怎忍，不忍。

玉 楼 春

柳　永

皇都今夕知何夕①，特地风光盈绮陌。金丝玉管咽春空，蜡炬兰灯烧晓色。　　凤楼十二神仙宅②，珠履三千鹓鹭客③。金吾不禁六街游④，狂杀云踪并雨迹。

【说明】

此词亦写皇都元夕狂欢盛况。华灯宝炬，金翠耀目，月色花光，歌吹沸天，好一派节日风光。其夕“金吾不禁”，任都民仕女尽情游赏玩乐，自称“才子词人”的柳三变欣喜若狂，情不自禁地写了这首歌咏太平气象的《玉楼春》。

【注释】

①皇都：指北宋都城汴京。　②凤楼：指宫内的楼阁。　③珠履：缀有明珠的鞋子，代指豪门贵族。　鹓鹭客：指朝中百官。鹓和鹭飞行有序，排列整齐，因用以比喻百官朝见时井然有序。④金吾不禁：谓元宵节开放夜禁，可以在大街上自由往来。金吾，官名，掌管京城的戒备防务。韦述《西都杂记》：“西都京城街衢，有金吾晓暝传呼，以禁夜行；惟正月十五日夜敕许金吾弛禁。”

拂 霓 裳

晏　殊

乐秋天，晚荷花缀露珠圆。风日好，数行新雁贴寒烟。银簧调脆管①，琼柱拨清弦②。捧觥船③。一声声、齐唱太平年。　　人生百岁，离别易，会逢难。无事日，剩呼宾友启芳筵④。星霜催绿鬓⑤，风露损朱颜。惜清欢。又何妨、沉醉玉尊前⑥。

【说明】

本篇描写作者秋日宴饮宾客，临风赏荷，按管调弦，同声歌唱太平年月。词中反映了北宋官僚士大夫奢侈享乐的生活，同时也说明当时天下无事，统治集团沉醉于红灯绿酒、轻歌曼舞之中，从而也暴露出潜藏的社会危机。正如李商隐《咏史》诗所说："历览前贤国与家，成由勤俭破由奢。"读晏殊等人此类词，亦当作如是观。

【注释】

①银簧：银制的簧片。簧为乐器中用以发声的片状振动体，由苇、木、竹、金属等制成。 脆管：声音清脆的管乐器，如箫、笛之类。 ②琼柱：弦柱的美称。柱为瑟、筝等拨弦乐器架弦的码子。木制，桥形，立在瑟、筝等的面板上，一柱架一弦，定弦时可左右移动，以调节音高，弹奏时则将弦的振动传导至音箱，使琴音得到美化和增强。 ③觥（gōng 肱）船：古代一种船形的酒杯。 ④芳筵：华美筵席。 ⑤星霜：星辰运转，一年循环一次；霜则每年至秋始降，因用以指年岁。 ⑥玉尊：玉制的酒杯，这里指饮酒。

玉　堂　春

晏　殊

帝城春暖[1]，御柳暗遮空苑。海燕双双，拂扬帘栊[2]。女伴相携、共绕林间路，折得樱桃插髻红。　　昨夜临明微雨，新英遍旧丛[3]。宝马香车、欲傍西池看，触处杨花满袖风[4]。

【说明】

这首词描写春回大地，京都仕女相约结伴出门踏青探花。她们坐着"宝马"拉的"香车"，行驶在林间小路上，折下一朵朵红艳艳的樱桃花，争相插在自己的发髻上；她们又沿着"西池"缓缓前进，只见"旧丛"百花盛开，阵阵微风卷起纷纷扬扬的柳絮，沾得满身满袖都是。春暖花开，海燕双双，其乐融融，一派和乐温馨的气氛。词中生动地展现了承平岁月仕女游春的景象。

【注释】

①帝城：指北宋京城开封。 ②帘栊：指窗帘。栊，窗上棂木。这两句说，燕子成双成对在窗帘间飞来飞去。 ③新英：新开的花。 ④触处：触目所见之处，处处。

鹧　鸪　天

宋　祁

画毂雕鞍狭路逢[1]，一声肠断绣帘中。身无彩凤双飞翼，心有灵犀一点通[2]。　　金作屋[3]，玉为笼，车如流水马游龙。刘郎已恨蓬山远，更隔蓬山几万重[4]。

【说明】

关于这首词有一段传闻，从中可以看到在承平岁月里，北宋君臣之间较为宽松、和谐而又带有几分浪漫色彩的生活。据黄昇《唐宋诸贤绝妙词选》卷三载：“（宋）子京过繁台街，逢内家车子，中有褰帘者曰：‘小宋也。’子京归，遂作此词，都下传唱，达于禁中。仁宗知之，问内人第几车子，何人呼小宋？有内人自陈：‘顷侍御宴，见宣翰林学士，左右内臣曰：“小宋也。”时在车子中偶见之，呼一声尔。’上召子京，从容语及，子京皇惧无地。上笑曰：‘蓬山不远。’因以内人赐之。”宋祁企图与嫔妃“调情”，本来会遭到杀身灭门之祸，可是他却遇到了一个“留意儒雅”的“开明”之君，不但不加责怪，反而笑赐“内人”，从而引出了一段“繁台艳遇”的佳话，这在封建社会也可以算是一桩奇闻逸事了。不过这段传闻的可靠性究竟有多大，谁也说不清楚，后人也只能姑妄言之，姑妄听之罢了。

【注释】

①画毂（gǔ谷）：华美的车子。毂，车轮中心的圆木，周围与车辐的一端相接，中有圆孔，用以插轴。 ②这两句出自李商隐的《无题》（昨夜星辰昨夜风）诗。 ③金作屋：用“金屋藏娇”的典故。 ④刘郎：指刘晨。传说东汉时刘晨和阮肇入天台山采药，遇二仙女，留居半年，归来人间已过七世。李商隐《无题》诗：“刘郎已恨蓬山远，更隔蓬山一万重。”

渔家傲

欧阳修

一派潺湲流碧涨，新亭四面山相向[1]。翠竹岭头明月上，迷俯仰。月轮正在泉中漾[2]。　　更待高秋天气爽，菊花香里开新酿。酒美宾嘉真胜赏，红粉唱[3]。山深分外歌声响。

【说明】

本篇为作者任滁州知州时所作。词写秋夜在醉翁亭上与嘉宾饮酒赏月。翠竹森森，溪水潺潺，一轮明月升上山头，多么令人陶醉的景色！美酒宴嘉宾，红粉声声唱，那悠扬婉转的歌声在深山中飘荡回响。作者虽然被贬外放，但当时社会表面上仍是一派升平景象，士大夫尚乏忧患意识，往往寄情山水之乐。这首词从一个侧面反映了北宋中叶文人学士们流连歌酒、吟风赏月的生活情趣。

【注释】

①新亭：指醉翁亭，在今安徽滁州西南琅琊山的两峰之间。本为山僧智仙所造，因作者常来此处宴饮，故名之曰“醉翁亭”。 ②泉中漾：在泉水中荡漾。泉，指酿泉。《醉翁亭记》谓：“山行六七里，渐闻水声潺潺而泻出于两峰之间者，酿泉也。” ③红粉：指歌女。

木兰花令

贾昌朝

都城水绿嬉游处，仙棹往来人笑语①。红随远浪泛桃花，雪散平堤飞柳絮。 东君欲共春归去，一阵狂风和骤雨。碧油红旆锦障泥②，斜日画桥芳草路。

【说明】

此阕写汴京都民士女春日泛舟游园的情景。词中虽未正面刻画人物活动，但通过景物描绘，渲染出一派欢乐的气氛和繁华的景象，展现出一幅承平岁月的行乐图。作者一生仅赋此词，黄昇《唐宋诸贤绝妙词选》谓其“极有风味”。

【注释】

①仙棹：形容妆饰华丽的画船。 ②碧油：谓油壁车，古代妇女所乘的车子。

鹧鸪天

晁端礼

阆苑瑶台路暗通①，皇州佳气正葱葱。半天楼殿朦胧月，午夜笙歌淡荡风②。 车流水，马游龙，万家行乐醉醒中。何须更待元宵到，夜夜莲灯十里红。

【说明】

此词作于徽宗崇宁、大观年间，即12世纪初。据原序称：“晏叔原近作《鹧鸪天》曲，歌咏太平，辄拟之为十篇。野人久去辇毂，不得目睹盛事，姑诵所闻万一而已。”词乃追叙旧事之作，共十首，本篇为其中的第三首。词中描写元宵前夕，皇都喜迎佳节的景象。亭台楼阁，车水马龙，家家户户都沉浸在欢乐歌舞之中。尽管元宵尚未来到，但人们急不可耐，早已张灯结彩，将十里长街映得一片通红。

【注释】

①阆苑：传说中的神仙居处，常用指宫苑。 瑶台：华美的楼台。 ②淡荡风：微风，和风。

上林春慢

晁冲之

帽落宫花，衣惹御香，凤辇晚来初过①。鹤降诏飞，龙擎烛戏，端门万枝灯火②。满城车马，对明月、有谁闲坐？任狂游、更许傍禁街③，不扃金锁④。 玉楼人、暗中掷果。珍帘下、笑著春衫袅娜。素蛾绕钗，轻蝉扑鬓，垂垂柳丝梅朵⑤。夜阑饮散，但赢得、翠翘双亸⑥。醉归来，又重向、晓窗梳裹。

【说明】

此词描写北宋时期王公贵族欢度元宵佳节的情景。由于社会表面安定，经济相对繁荣，统治阶级极端奢侈豪华，他们一连数夜车水马龙，狂欢醉舞，沉浸在灯红酒绿、纸醉金迷的享乐生活之中。据《续骫骳说》载："都下元宵观游之盛，前人或于歌词中道之，而故族大家，宗藩戚里，宴赏往来，车马骈阗，五昼夜不止。每出，必穷日尽夜漏，乃始还家，往往不及小憩，虽含酲溢疲思，亦不暇寐，皆相呼理残妆，而速客者已在门矣。又妇女首饰至此一新，髻鬓篸插，如娥、蝉、蜂、蝶、雪柳、玉梅、灯球，袅袅满头。其名件甚多，不知起何时，而词客未有及之者。晁叔用作《上林春慢》云：（词如上略。）此词虽非绝唱，然句句皆是实事，亦前人所未尝道者，良可喜也。"

【注释】

①凤辇：皇帝所乘的车子。 ②端门：指汴京皇宫正门宣德楼门。 ③禁街：皇宫周围的大街，平时禁止行人往来，故称禁街。 ④扃（jiōng）：门窗箱柜上的插关。这里做动词用。 ⑤素蛾、轻蝉、柳丝、梅朵：均为元宵节妇女的头饰。 ⑥翠翘：古代女子的一种首饰，形状像翠鸟尾上的长羽。亸（duǒ 朵）：下垂貌。

鹧鸪天

无名氏

忆得当年全盛时，人情物态自熙熙①。家家帘幕人归晚，处处楼台月上迟。 花市里，使人迷，州东无暇看州西。都人只到收灯夜②，已向樽前约上池。

【说明】

本篇是“靖康之难”以后，作者回忆当年汴京的繁华景象。上片概叙全盛之时的“人情物态”，家家帘幕，处处楼台，所谓“垂髫之童，但习鼓舞；斑白之老，不识干戈”，人们都沉浸在“天下太平”的欢乐气氛中。下片专写欢度元宵佳节的盛况，东京城里，华灯宝炬，金碧相射，锦绣交辉，令人目不暇接，真是“州东无暇看州西”。刚到收灯之夜，人们又在谈论要准备出城探春去了。据《东京梦华录》载：“收灯毕，都人争先出城探春……大抵都城左近，皆是园圃，百里之内，并无闲地。次第春容满野，暖律暄晴，万花争出，粉墙细柳，斜笼绮陌，香轮暖辗，芳草如茵，骏骑骄嘶，杏花如绣，莺啼芳树，燕舞晴空，红妆按乐于宝榭层楼，白面行歌近画桥流水，举目则秋千巧笑，触处则蹴踘疏狂，寻芳选胜，花絮时坠，金樽折翠簪红，蜂蝶暗随归骑，于是相继清明节矣。”词人以怀旧的心情，叙写当年的亲身见闻，表达了对承平岁月的无限向往。

【注释】

①熙熙：和乐貌。　②收灯夜：据《东京梦华录》，汴京灯节从正月十四至十八日放灯，十九日收灯，“收灯夜”当指正月十八日夜。

瑞　鹤　仙

上元应制

康与之

瑞烟浮禁苑①。正绛阙春回，新正方半②。冰轮桂华满③。溢花衢歌市，芙蓉开遍④。龙楼两观⑤，见银烛、星球有烂。卷珠帘、尽日笙歌，盛集宝钗金钏⑥。　堪羡。绮罗丛里，兰麝香中，正宜游玩。风柔夜暖。花影乱，笑声喧。闹蛾儿满路⑦，成团打块，簇着冠儿斗转。喜皇都、旧日风光⑧，太平再见。

【说明】

金兵入侵，宋室南渡，高宗赵构和奸相秦桧执行妥协投降政策，甘心俯首称臣，偏安一隅，置中原大好河山于不顾。投降派在以“莫须有”的罪名杀害抗金英雄岳飞之后，与金人订立了屈辱可耻的“绍兴和议”。从此当权者恃和苟安，残酷压榨剥削劳动人民，沉溺在花天酒地、纸醉金迷的腐朽生活中。西子湖畔又重演宣政年间挥霍民脂民膏的故技。一年四季，由春到冬，节日一个连着一个，酒宴歌舞永无休止之日。行在临安和昔日的皇都汴京一样，成为了达官贵人的游乐场所。尤其是从除夕到灯节，杭州城里火树银花，金碧交辉，华灯宝炬，斗艳争奇。“终夕天街鼓吹不绝，都民士女，罗绮如云，盖无夕不然也。”诚如《武林旧事》所说：“大率效宣和盛际，愈加精妙。”本篇作于高宗绍兴年间。作者用铺叙手法，极力渲染豪华的场面和热烈的气氛，再现了当年杭州城里欢度元宵佳节的情景。由于是应制之作，目的在于为南宋小朝廷粉饰太平，所以受到了赵构的称赏，“赐金甚厚”。将此词与诗人林升的《题临安邸》对照来读，可见当时作家对南宋的所谓“中兴”和偏安局面下的“太平岁月”持两种完全不同的态度。

【注释】

①禁苑：帝王的园囿。　②新正：指旧历正月。　③冰轮、桂华：代指月亮。　④芙蓉开遍：谓莲灯处处可见。　⑤观：宫门前的双阙。　⑥宝钗金钏：指服饰华丽的女子。　⑦闹蛾：当时女子头上的装饰品。《武林旧事·元夕》：“元夕节物，妇人皆戴珠翠、闹蛾、玉梅、雪柳、菩提叶……”　⑧皇都：指北宋都城开封。

七、乱世悲歌

眼 儿 媚

赵 佶

玉京曾忆昔繁华[①]，万里帝王家。琼林玉殿[②]，朝喧弦管，暮列笙琶[③]。　　花城人去今萧索[④]，春梦绕胡沙。家山何处？忍听羌管[⑤]，吹彻梅花[⑥]。

【说明】

本篇系北宋覆亡，赵佶父子被俘北去以后所作。金兵入侵，中原沦陷，给全国人民带来了深重的灾难，荒淫昏聩的宋徽宗赵佶、钦宗赵桓以及大批后妃公主、王公大臣也未能幸免，纷纷成为阶下之囚，被金人押往塞外，落得悲惨的下场。这首词通过一位亡国之君的亲身经历和感受，反映了那个特定历史时期的一个侧面，是一曲出自封建帝王笔下的乱世悲歌。上片回忆“靖康之难”以前，作者身居至高无上的帝王宝座，荒淫无度，恣意寻欢作乐的豪华奢侈生活。下片转写如今国亡家破，被掳北上，囚居沙漠，悲凉萧索的处境。词中通过对比，表达了作者的怀旧之情和故国之思，与李煜降宋后的一部分作品情调颇为相似。

【注释】

①玉京：帝都，指北宋京城汴京。　②琼林：宋代御苑名，在汴京城西，徽宗政和二年（1112）以前，于此宴新科进士。这里是泛指皇宫御苑。　③笙：簧管乐器，管为竹制，长短不一，有十三至十九根不等。　琶：指琵琶。　④花城：宋代汴京园林极多，名花荟萃，故称花城。　⑤羌管：笛，又名羌笛，传说出于边地羌中，故称。　⑥梅花：指笛曲《梅花落》。

燕 山 亭

北行见杏花

赵 佶

裁剪冰绡[①]，打叠数重，冷淡胭脂匀注。新样靓妆[②]，艳溢香融，羞杀蕊珠宫女[③]。易得凋零，更多少、无情风雨。愁苦。闲院落凄凉，几番春暮。　　凭寄离恨重重。这双燕，何曾会人言语④。天遥地远，万水千山，知他故宫何处⑤？怎不思量，除梦里、有时曾去。无据。和梦也、有时不做⑥。

【说明】

此阕是作者被俘后，幽禁于北方时所作。上片通过杏花的开放和零落，描写亡国后的悲惨遭遇和凄凉心情。下片见燕生感，抒发对“故宫”的怀念和深沉的离愁别恨。全词感情真挚，音调哀伤，体现了“亡国之音哀以思”的特点。

【注释】

①冰绡：形容洁白、透明的丝绸。 ②靓（jìng 静）妆：美丽的妆饰。 ③蕊珠宫：道家所说的天上宫阙。 ④会：理解，懂得。 ⑤故宫：这里是指北宋都城汴京的宫廷。 ⑥和：连。这句说近来连回到故宫的梦也很少再做了。

忆君王

谢克家

依依宫柳拂宫墙①，楼殿无人春昼长。燕子归来依旧忙。忆君王，月破黄昏人断肠。

【说明】

靖康元年（1126）十二月，金兵攻陷汴京，次年正月赵佶和赵桓父子赴城外金营求和被拘。汴京军民得知徽、钦二帝被扣留的消息后，成群结队自发地聚集在南薰门外和御路两旁，冒着风雪，忍着饥寒，引领翘望，等待“车驾归来”。正月二十八日，谢克家含泪写了这首哀伤悲凄的小词，表达了他深深的“爱君忧国”之情。本篇语短情长，含蓄凝练，读来感人肺腑。或谓此词为谢元及所作。

【注释】

①依依：轻柔貌。

减字木兰花

题雄州驿①

蒋兴祖女

朝云横度，辘辘车声如水去②。白草黄沙③，月照孤村三两家。　飞鸿过也，万结愁肠无昼夜。渐近燕山[4]，回首乡关归路难。

【说明】

蒋兴祖女，名不详，常州宜兴（今属江苏省）人。其父蒋兴祖曾为阳武（今河南原阳县）县令。靖康初金兵入侵，兴祖奋起抗战，为国捐躯，其妻及长子也相继死难。当时作者还是一个十七八岁的少女，不幸被金兵俘虏，押往北方。路过雄州驿时，含着血泪写了这首发自一名普通弱女子内心深处的乱世悲歌。上片寓情于景，抒写被俘北行途中的见闻和感受。下片对景感怀，嗟叹归乡无望的愁苦之情。全篇如泣如诉，低回悲咽，读来感人至深。况周颐《蕙风词话》谓此词“寥寥数十字，写出步步留恋、步步凄恻”，可见其具有较强的艺术感染力。

【注释】

①雄州：今河北雄县。 ②辘辘：车轮转动的声音。 ③白草：北方地区的一种牧草。 ④燕山：在今河北省境内。亦用以代指燕京。

满　江　红

丁未九月南渡，泊舟仪真江口作

赵　鼎

惨结秋阴，西风送、霏霏雨湿[1]。凄望眼、征鸿几字[2]，暮投沙碛[3]。试问乡关何处是[4]？水云浩荡迷南北。但一抹、寒青有无中，遥山色[5]。　天涯路，江上客；肠欲断，头应白。空搔首兴叹，暮年离拆[6]。须信道、消忧除是酒，奈酒行有尽、情无极[7]。便挽取、长江入尊罍[8]，浇胸臆。

【说明】

丁未，即靖康二年（1127）。此年四月，金人在攻陷汴京，搜括大量金银财物后，掳徽、钦二帝北去，从此北宋灭亡。同年五月，赵构即位于南京（河南商丘），改元建炎，史称南宋。赵鼎被任命为权户部员外郎，不久又因张浚的推荐，除司勋郎官。金兵继续进犯，赵构准备南逃。其年九月，赵鼎辗转来到长江北岸的仪真（今江苏仪征），打算渡江南下避难。作者泊舟江口，面对变幻莫测的时代风云，怀着凄迷惨淡的心情，写了这首抚时感事、忧国怀乡的词作。上片即景生情，通过惨雾愁云、凄风苦雨、归雁寒山，烘托出兵荒马乱、国难临头的时代气氛，表达了词人去国怀乡的愁苦之情。下片直抒胸臆，哀叹“暮年离拆”，心忧肠断，欲以长江之水当作浇愁之酒，来洗尽胸中的痛苦和悲愤。词意悲壮劲直，表现手法却较为含蓄委婉，在南渡之初的词作中有一定的代表性。

【注释】

①霏霏：形容雨雪细密。 ②征鸿：远飞的大雁。 几字：大雁结队飞行，在空中排成“一”字或“人”字形。 ③沙碛：沙滩。 ④乡关：家乡。作者为山西闻喜人，此时已被金兵占领，故有“何处是”之叹。 ⑤一抹：形容微云缭绕山间。这两句用王维《汉江临泛》“山色有无中”和秦观《泗州东城晚望》“林梢一抹青如画，应是淮流转处山”诗意。 ⑥离拆：离别分散。 ⑦酒行：饮酒。 ⑧尊罍：古代的盛酒器。

采 桑 子

彭 浪 矶①

朱敦儒

扁舟去作江南客，旅雁孤云。万里烟尘②，回首中原泪满巾。　　碧山对晚汀洲冷，枫叶芦根。日落波平，愁损辞乡去国人③。

【说明】

本篇作于建炎年间。中原沦陷后，朱敦儒离开故乡洛阳，逃往江南避难。途经江西彭泽县的彭浪矶时，在长江舟中写了这首小令，抒发自己“辞乡去国”的悲愁之情。词的上下两片，格律、结构和艺术表现手法相同，前三句着重写景，第四句直抒胸臆，情景相融，意境沉郁苍凉。说明南宋初年兵连祸结、战乱不已的现实，使作者的生活、思想感情和词风都发生了明显的变化。

【注释】

①彭浪矶：又作彭郎矶。在江西彭泽县西北，临长江。欧阳修《归田录》：“有大、小孤山，在江水中，巍然独立，而世俗转‘孤’为‘姑’。江侧有一石矶，谓之澎浪矶，遂转为彭郎矶，云彭郎者小姑婿也。”苏轼《李思训画长江绝岛图》诗：“小姑前年嫁彭郎。” ②烟尘：风烟尘土，代指战争。 ③愁损：愁煞，愁坏。

相 见 欢

朱敦儒

金陵城上西楼①，倚清秋。万里夕阳垂地、大江流。　　中原乱，簪缨散②，几时收？试倩悲风吹泪、过扬州③。

【说明】

此词作于南宋初年。金兵入侵、中原沦陷，使包括朱敦儒在内的许多作家和广大人民一样，饱尝家破国亡、战乱流离的痛苦。他们的心灵受到血海泪涛的激荡，思想感情发生了明显的变化。不少诗人、词人遭此浩劫后，都痛切地感到再也不能像承平时期那样闭门苦吟，雕章琢句了。他们面对刀光剑影，迎着血雨腥风，悲愤难禁，百感交集，要求直抒胸臆，放声唱出内心深处的痛苦，表达恢复和平安定生活的愿望。一个秋日的傍晚，作者登上金陵西门城楼，放眼眺望，愁肠百结，写下了这首伤时忧国、寄慨遥深的词作。上片状景，下片抒感，言简意深，语短情长。换头三个短句，声泪俱下，表达了收复中原的殷切期望。结拍托悲风将忧国之泪洒向抗金前线的扬州，读来感人至深，是一曲士大夫知识分子的乱世悲歌。

【注释】

①金陵：今江苏南京市。 ②簪缨：簪子和帽带，古代贵族的帽饰。代指士大夫官僚。 ③倩：请求。

水 龙 吟

朱敦儒

放船千里凌波去①，略为吴山留顾②。云屯水府③，涛随神女④，九江东注⑤。北客翩然⑥，壮心偏感，年华将暮。念伊嵩旧隐⑦，巢由故友⑧，南柯梦⑨，遽如许⑩！ 回首妖氛未扫⑪，问人间、英雄何处？奇谋报国，可怜无用，尘昏白羽⑫。铁锁横江，锦帆冲浪，孙郎良苦⑬。但愁敲桂棹⑭，悲吟梁父⑮，泪流如雨。

【说明】

这首长调也是建炎年间，作者避难江南，舟行长江时所写。上片从船上所见，引出对承平时期即“靖康之难”以前隐居生活的回忆，暗寓时移世变、身世飘零之感。下片直陈时事，痛心“妖氛未扫”，敌寇猖獗，英雄无觅，报国无路，只能“愁敲桂棹，悲吟梁父”，泪洒江天。全词即景抒情，间以叙事和议论，声情悲壮，忧时伤乱，表达了词人对国事的关切和壮志难酬的悲愤之情。推动了南宋前期词风的变化。

【注释】

①凌波去：乘风破浪而去。凌，渡，逾越。 ②略为：稍微，形容时间短暂。 吴山：泛指江南之山。 留顾：停留瞻望。 ③水府：星官名。《晋书·天文志》：“东井西南四星曰水府，主水之官也。”这句说乌云聚集在水府星附近。谓天将下雨。 ④神女：指传说中朝为行云、暮为行雨的

巫山神女。 ⑤九江：诸水汇流而成的大江。九，极言其多。长江由众多支流汇聚而成，故曰。 ⑥北客：北方南来之人，作者自称，因其家在洛阳，故曰。 翩然：指舟行迅疾如飞。 ⑦伊嵩：伊水与嵩山，均在河南境内。 ⑧巢由：巢父、许由，都是古代的隐士。 ⑨南柯梦：唐李公佐传奇小说《南柯太守传》谓：淳于棼梦至槐安国，国王以女妻之，任南柯太守，荣华富贵，显赫一时。后与敌战败，公主亦死，被遣回。醒后见槐树南枝下有一蚁穴，即梦中所历。后人因称为“南柯梦”。 ⑩遽：就。 如许：如此。 ⑪妖氛：凶气。指金兵。 ⑫白羽：白羽扇，古代儒将常挥白羽扇，指挥作战。这句是说战火不断，天昏地暗。 ⑬孙郎：指三国东吴末帝孙皓。晋武帝司马炎派王濬造大船东下伐吴，吴军以铁锁（铁链）横截长江，企图阻挡晋军前进。晋军用火烧毁铁锁，长驱东下，攻破金陵，孙皓被迫出降。唐刘禹锡《西塞山怀古》诗即咏此事：“王濬楼船下益州，金陵王气黯然收。千寻铁锁沉江底，一片降幡出石头。”这三句以晋灭东吴比喻金兵侵宋，暗喻目前形势危急，不能再蹈“孙郎”的覆辙。 ⑭桂棹：船桨的美称，这里代指船。 ⑮梁父：《梁父吟》，一作《梁甫吟》，乐府《楚调曲》名。今存古辞，传为诸葛亮所作。

临　江　仙

朱敦儒

直自凤凰城破后①，擘钗破镜分飞②。天涯海角信音稀。梦回辽海北③，魂断玉关西④。　　月解重圆星解聚，如何不见人归？今春还听杜鹃啼。年年看塞雁⑤，一十四番回⑥。

【说明】

金兵入侵，中原沦陷，使广大人民饱尝离乱之苦。宋人话本《冯玉梅团圆》说：“只为宣和失政，奸佞专权，延至靖康，金虏凌城，掳了徽、钦二帝北去。康王泥马渡江，弃了汴京，偏安一隅，改元建炎。其时东京一路百姓，惧怕鞑虏，都跟随车驾南渡，又被虏骑追赶；兵火之际，东逃西躲，不知拆散了几多骨肉！往往父子夫妻，终身不复相见。”这段叙述可以作为本篇的背景材料来读。词中描写一对夫妻，自从汴京城破后，便离散“分飞”，天各一方，音信全无。十四年过去了，主人公魂牵梦绕，无时无刻不在盼望着亲人的消息，幻想能够破镜重圆。然而，事与愿违，希望一次又一次变成了失望。她悲恸欲绝，泣血摧心，不禁仰首问天：“月解重圆星解聚，如何不见人归？”词的情调哀伤，风格凄婉，通过一个家庭的悲剧，从一个侧面反映了那个苦难深重的时代生活，也是一曲催人泪下的乱世悲歌。

【注释】

①凤凰城：亦作“凤城”，指京都。 ②擘钗：分钗。古代情人、夫妻离别时往往分钗作为纪

念。白居易《长恨歌》："钗留一股合一扇，钗擘黄金合分钿。" 破镜：用陈太子舍人徐德言与乐昌公主破镜重圆的故事。见《本事诗》。 ③辽海北：指东北地区。据此句，主人公所怀念的亲人可能被金兵俘虏北去。 ④玉关西：泛指边塞遥远的地方。 ⑤塞雁：从塞外飞回来的大雁。 ⑥番：次。

沙 塞 子

朱敦儒

万里飘零南越[1]，山引泪，酒添愁。不见凤楼龙阙、又惊秋[2]。 九日江亭闲望，蛮树绕，瘴云浮。肠断红蕉花晚、水西流。

【说明】

南渡初年，作者避难两广，时值国亡家破，兵荒马乱，重九登江亭北望，"不见凤楼龙阙"，感时伤世，慷慨生哀，从而写下了这首"山引泪，酒添愁"的乱世悲歌。词以岭南风物为背景，情调凄婉，意境深沉，吴曾谓其"不减唐人语"。(《能改斋漫录》)

【注释】

①南越：也作"南粤"，指今广东、广西一带。 ②凤楼龙阙：皇宫的楼阁，代指北宋都城汴京。

武 陵 春

李清照

风住尘香花已尽[1]，日晚倦梳头。物是人非事事休，欲语泪先流。 闻说双溪春尚好[2]，也拟泛轻舟。只恐双溪舴艋舟[3]，载不动，许多愁。

【说明】

绍兴四年（1134）秋，金兵与伪齐刘豫政权联合进犯南宋。江浙一带，人心惶惶，纷纷离家出逃。"易安居士亦自临安溯流，涉严滩之险，抵金华，卜居陈氏第。"(《打马图经序》) 次年春，词人在金华避难所，怀着愁苦悲凉的心情吟成此阕，倾诉了自"靖康之难"以来，自己所遭遇的种种不幸和心灵深处的沉哀巨痛，反映了她横遭时代风雨摧残的悲惨命运。全词自抒胸臆，侧重刻画抒情主人公的心理活动。词中虽然也写到了风、花、溪、舟等景物，其实这一天她哪儿也没有去，一直呆呆地坐在屋子里，睹物伤情，泪流不止。上片极言眼前景物不堪，心情凄凉，前两句含蓄蕴藉，后两句真率自然。一个心事重重、双颊常常挂着泪珠的愁妇形象，活灵活现地展现在读者面前。下片宕开一笔，从远处说起。过片两句暂时撇开愁苦，写有意泛舟出游，然而这仅是词人心中的一闪念，意在逼出下文，为结拍做铺垫。最后两句，紧承前文，说明不去双溪的理由。想去而终未去，是由于担心双溪上的舴艋小舟，载不动自己的全部哀愁。这里连用“闻说”“也拟”“只恐”三个虚词，将复杂矛盾的心理变化过程描写得十分曲折深婉，真切生动。本篇构思新颖，语浅意深，风格凄婉劲直，艺术感染力很强。其中以舟载愁、舟轻愁重的比喻，在继承前人写愁意象的基础上又有所创新。王士禛《花草蒙拾》说：“‘载不动许多愁’与‘载取暮愁归去’‘只载一船离恨向西州’，正可互观。”

【注释】

①尘香：花落在地，尘土带香。 ②双溪：水名，在浙江金华境内。本为两条小溪：一曰东港，一曰南港，至金华城东南合流，注入婺江，两水交汇处称“双溪”。 ③舴艋舟：小船，形似蚱蜢，故名。

清平乐

李清照

年年雪里，常插梅花醉。挼尽梅花无好意①，赢得满衣清泪。　　今年海角天涯，萧萧两鬓生华②。看取晚来风势，故应难看梅花。

【说明】

这首小词也是南渡以后写的。词以赏梅为契机，通过回忆对比，反映了作者早年和晚年两个时期生活境遇和思想感情的巨大变化。南渡之前，天下太平，生活美满，因此年年踏雪出游，“常插梅花醉”；有时因丈夫外出，见梅怀人，也曾滴下点点“清泪”。如今国亡家破，丈夫不幸逝世，自己独自背井离乡，逃难来到天涯海角，时移世变，物是人非，两鬓如霜，虽然又到了梅花开放的季节，可我哪里还有闲情逸致去观赏梅花呢？词语朴直，音调凄怆，寄寓着深沉的今昔之感和家国之痛，是一曲哀婉动人的乱世悲歌。

【注释】

①挼：揉搓。 无好意：心情不好。 ②萧萧：头发花白稀疏貌。

声声慢

李清照

寻寻觅觅，冷冷清清，凄凄惨惨戚戚①。乍暖还寒时候②，最难将息③。三杯两盏淡酒，怎敌他、晓来风急。雁过也，正伤心，却是旧时相识。　　满地黄花堆积。憔悴损④，如今有谁堪摘？守着窗儿，独自怎生得黑⑤！梧桐更兼细雨，到黄昏、点点滴滴。这次第⑥，怎一个愁字了得！

【说明】

金兵入侵，中原沦丧，使国家陷入了苦难的深渊，广大人民流离失所，转死沟壑，处于水深火热之中。女词人李清照在这个动乱的时代，也历尽劫波，遭遇了国亡、家破、夫死的巨大灾难和不幸。这首词写她晚年流落江南后的一天从早到晚的生活感受。全篇以抒情主人公为中心，通过萧瑟的秋风、南飞的大雁、憔悴的残菊、飘零的梧桐、淅沥的细雨等客观景物，展现出一幅衰飒凄清的画面。满纸呜咽，字字含泪，如泣如诉地倾吐了作者内心深处难以言状的寂寞愁苦之情。词一开始，便连用十四个叠字，使积压在心头的哀怨悲愁，好像自肺腑中突然喷薄而出，顿时将读者引向一种令人凄怆心碎的意境之中。这十四个字，极有层次，由表及里，层层深入，将主人公的心理情态，表现得淋漓尽致。换头以后，写傍晚前后独守寒窗的所见所闻和所感所思。结拍两句是全篇的主旨，作者用“愁”字画龙点睛，总摄全局，可谓一字千钧。词以抒写凄惨开始，以唱叹愁情结束，中间或融情入景，或借景抒情，首尾照应，绾合甚密。词的语言平易自然，以俗为雅，不用典故，纯系白描，意境却极顿挫凄绝，曲折深婉。双声叠字的运用是此词的一大特点，起处连用十四个叠字，句法创意出奇，既刻画了主人公的凄切之感，又使词具有一种流转如珠的声韵之美，前人赞为“真如大珠小珠落玉盘也”。后阕“点点滴滴”，再用叠字，照映得法，俱无斧凿痕迹，超然笔墨蹊径之外，堪称绝唱，显示了词人高超的艺术造诣。

【注释】

①戚戚：忧愁悲伤的样子。　②乍暖还寒：刚刚暖和又寒冷了。指深秋变化无常的天气。③将息：调养、保重的意思。　④憔悴损：甚为憔悴。损，煞，甚为、极为。　⑤怎生：怎样。生，语尾助词。　⑥这次第：这情形、这光景。

金人捧露盘

庚寅岁春，奉使过京师感怀作

曾　觌

记神京，繁华地，旧游踪。正御沟、春水溶溶①。平康巷陌②，绣鞍金勒跃青骢③。解衣沽酒醉弦管，柳绿花红。　　到如今、余霜鬓④，嗟前事、梦魂中。但寒烟、满目飞蓬⑤。雕阑玉砌⑥，空锁三十六离宫⑦。塞笳惊起暮天雁⑧，寂寞东风。

【说明】

据《宋史·佞幸·曾觌传》，孝宗乾道五年（1169）冬，以汪大猷为贺金正旦使，曾觌为副，前往金国。他们在回国途中，于次年（庚寅，1170）春，经过北宋都城汴京。作者是汴京人，四十多年后故地重游，感慨今昔，家国之恨一齐涌上心头，于是写了这首《金人捧露盘》。词的上片，用“记神京”开篇，化实为虚，回忆当年故都“柳绿花红”的繁华景象和自己裘马清狂、“解衣沽酒”的浪漫生活。下片以“到如今”过渡，由虚入实，描绘汴京沦陷以后“满目飞蓬”的衰败现实和词人凄凉悲怆的心情。词中通过鲜明的今昔对比，充分表达了作者的盛衰之感和黍离之叹。

【注释】

①御沟：指汴京御路（亦称御街）两旁的水沟。据《东京梦华录》载，御街两边“有砖石甃砌御沟水两道，宣和间尽植莲荷，近岸植桃李梨杏，杂花相间，春夏之间，望之如绣”。②平康：唐代长安里名，亦称平康坊，为妓女聚居之所。这里是指汴京倡楼酒馆林立的繁华之处。③骢：青白色的马，今名菊花青马，也泛指马。④霜鬓：鬓发色如白霜，形容年迈。⑤飞蓬：蓬，指蓬草，枯后根断，遇风飞旋，故称飞蓬。常用来比喻行踪漂泊不定。⑥雕阑玉砌：雕花的栏杆和玉石砌成的台阶，泛指宫殿。⑦离宫：本指皇帝正宫以外临时居住的宫室，这里是泛指汴京的皇宫。⑧塞笳：胡笳，古管乐器。汉时流行于塞北和西域一带，故又称塞笳。

好事近

汴京赐宴闻教坊乐有感

韩元吉

凝碧旧池头①，一听管弦凄切。多少梨园声在②，总不堪华发。　　杏花无处避春愁，也傍野烟发。惟有御沟声断③，似知人呜咽。

【说明】

据《宋史·孝宗纪》和《金史·交聘表》载，乾道八年（1172）十二月，宋遣试礼部尚书韩元吉、利州观察使郑兴裔为正副使臣，赴燕京祝贺金主完颜雍生辰万春节（三月一日）。次年初春，他们行至汴京，金人设宴奏乐款待。词人对酒闻乐，触景生情，感慨不已，于是写了这首《好事近》。上片即席抒感，用唐代“安史之乱”时发生在长安的一段悲剧故事，表达“汉使作客胡作主”（陆游《得韩无咎书寄使虏时宴东都驿中所作小阕》）的沉痛心情。下片借景言情，以杏花生愁和御沟呜咽，反衬词人的极度悲哀。全篇感情深沉，意象隐约，用笔空灵，富有艺术感染力。

【注释】

①凝碧旧池头：凝碧池在唐东都洛阳神都苑内。据《明皇杂录》等载，天宝末，安禄山攻陷洛阳，大宴于凝碧池，令梨园子弟奏乐，他们痛哭泪下，乐工雷海青掷乐器于地，放声大哭，被肢解于试马殿。诗人王维听说后，写了一首七言绝句："万户伤心生野烟，百官何日再朝天？秋槐叶落空宫里，凝碧池头奏管弦。" ②梨园：唐玄宗时教练宫廷歌舞艺人的地方。这里是指北宋宫廷乐队。 ③御沟：汴京御路两旁的水沟。

扬 州 慢

姜 夔

淳熙丙申至日[1]，予过维扬[2]，夜雪初霁[3]，荠麦弥望[4]。入其城则四顾萧条，寒水自碧，暮色渐起，戍角悲吟。予怀怆然，感慨今昔，因自度此曲[5]。千岩老人以为有黍离之悲也[6]。

淮左名都，竹西佳处[7]，解鞍少驻初程[8]。过春风十里[9]，尽荠麦青青。自胡马窥江去后[10]，废池乔木[11]，犹厌言兵。渐黄昏，清角吹寒[12]，都在空城。 杜郎俊赏[13]，算而今、重到须惊。纵豆蔻词工[14]，青楼梦好[15]，难赋深情。二十四桥仍在[16]，波心荡、冷月无声。念桥边红药[17]，年年知为谁生？

【说明】

自金兵南侵以来，扬州屡经兵燹，遭到了惨重的破坏。昔日"春风十里""歌吹沸天"的"淮左名都"，数十年间变成了一座"荠麦弥望""四顾萧条"的空城。淳熙三年（1176），二十多岁的青年词人姜夔第一次来到扬州。那断井残垣、惨淡荒凉的景象，引起了作者无限的感慨，于是怀着凄怆的心情，自度此曲，谱写了这首哀吊扬州的慢词。上片写初到扬州的见闻和观感，通过荠麦、废池、乔木、清角等景物描绘，展现出昔日"名都"如今已成为一片荒芜的废墟。"自胡马"三句，揭示掠夺战争的罪行，表达了饱受战火蹂躏的无辜人民对侵略者的痛恨。含蓄深永，耐人寻味。《白雨斋词话》说："'犹厌言兵'四字，包括无限伤乱语，他人累千百言，亦无此韵味。"下片借唐代诗人杜牧对扬州的咏赞，抒发自己的"黍离"之悲。最后两句，以"红药"无情，年年依旧应时而开，反衬词人内心的无限伤感。全词结构严密，意脉清晰，从解鞍入城、黄昏听角到月夜问花，将眼中所见、耳中所闻、心中所思，逐层写来，画面生动，色彩冷峻，在对比渲染中，刻画出"空城"荒凉萧条的景象，从而深化了主题。

【注释】

①淳熙丙申：宋孝宗淳熙三年（1176）。 至日：指冬至日。 ②维扬：今江苏扬州市。 ③初霁：刚晴。雨雪停止谓霁。 ④弥望：满眼。 ⑤自度此曲：自己创制了这个曲调。 ⑥千岩老人：南宋诗人肖德藻，字东夫，号千岩老人，福建闽清人。 ⑦竹西：扬州城北门有竹西亭。杜牧《题扬州禅智寺》诗："谁知竹西路，歌吹是扬州。" ⑧少驻：稍作停留。 初程：旅途的第一段路程。 ⑨春风十里：形容当年扬州的繁华。杜牧《赠别》诗："娉娉袅袅十三余，豆蔻梢头二月初。春风十里扬州路，卷上珠帘总不如。" ⑩胡马窥江：指绍兴三十一年（1161），金主完颜亮的南侵。 ⑪废池：被毁坏的城池。 乔木：高大的树木。 ⑫清角吹寒：寒风中响起了清亮的号角声。 ⑬杜郎：指唐代诗人杜牧。 俊赏：指对风景有很高的欣赏能力。 ⑭豆蔻词：杜牧《赠别》诗有"豆蔻梢头二月初"句，是赠别妓女的。谓其年纪很轻，有如二月之豆蔻嫩芽。 ⑮青楼梦好：杜牧《遣怀》诗："落魄江南载酒行，楚腰纤细掌中轻。十年一觉扬州梦，赢得青楼薄幸名。"青楼，指妓女所居之处。 ⑯二十四桥：相传唐代扬州城内有桥二十四座，至宋代尚存七座。（见沈括《梦溪笔谈》）或谓二十四桥即吴家砖桥，一名红药桥。（见清李斗《扬州画舫录》）杜牧《寄扬州韩绰判官》诗："二十四桥明月夜，玉人何处教吹箫？" ⑰红药：红色的芍药花。宋代扬州以盛产芍药闻名。

减字木兰花

淮上女

淮山隐隐①，千里云峰千里恨。淮水悠悠②，万顷烟波万顷愁。 山长水远，遮住行人东望眼。恨旧愁新，有泪无言对晚春。

【说明】

据《续夷坚志》卷四"泗州题壁词"载："兴定末（1221），四都尉南征，军士掠淮上良家女北归。有题《木兰花》词逆旅间云：（词如上略）。"淮河是宋金东部地区的分界线，两岸人民深受金兵侵扰之害，无数百姓家破人亡，妻离子散，被迫流亡他乡。那些被掳掠的妇女命运最为悲惨，此词作者就是其中的一位。在她诀别故乡之际，含着血泪，写了这首哀婉凄楚的《减字木兰花》。词的上片寓情于景，抒写被掳北行，离开家乡山河时的悲痛心情。下片即景抒情，写她一步一回头，对故乡和亲人无限眷恋，依依难舍。全词明白如话，语短情深，愁恨交织，一唱三叹，读来令人心碎。

【注释】

①淮山：泛指淮河两岸的山峰。 ②淮水：淮河。源出河南桐柏山，向东流经河南、安徽等省，至江苏入洪泽湖。 悠悠：遥远，绵长。

满 庭 芳

徐君宝妻

汉上繁华①，江南人物，尚遗宣政风流②。绿窗朱户，十里烂银钩③。一旦刀兵齐举，旌旗拥、百万貔貅④。长驱入，歌楼舞榭，风卷落花愁。　清平三百载⑤，典章文物⑥，扫地俱休。幸此身未北，犹客南州。破鉴徐郎何在⑦？空惆怅、相见无由。从今后，断魂千里，夜夜岳阳楼⑧。

【说明】

据陶宗仪《南村辍耕录》卷三载："岳州徐君宝妻某氏，亦同时被虏来杭，居韩蕲王府。自岳至杭，相从数千里，其主者数欲犯之，而终以巧计脱，盖某氏有令姿，主者弗忍杀之也。一日主者怒甚，将即强焉，因告曰：'俟妾祭谢先夫，然后乃为君妇不迟也，君奚用怒哉！'主者喜诺。即严妆焚香，再拜默祝，南向饮泣，题《满庭芳》词一阕于壁上已，投大池中以死。"这首词通过作者的亲身遭遇，反映了南宋亡国前后浸透着斑斑血泪的悲惨历史，表达了一位弱女子不甘忍受凌辱、誓死不屈的高尚精神及其对故国、家乡和亲人无限热爱的情怀。词的感情深挚悲凉，笔调凄楚，字字血泪，从国家民族的灾难写到个人的不幸命运，在广阔的历史背景下，通过自身的遭遇，反映了宋元交替之际广大人民所受的巨大苦难，很有典型意义。

【注释】

①汉上：汉水之滨。这里是泛指两湖地区。　②宣政：宣和（1119—1125）、政和（1111—1117），都是北宋末年宋徽宗的年号。　风流：流风余韵。　③烂：灿烂，鲜明、光亮的样子。　银钩：银制的帘钩。　④貔貅（pí xiū 皮休）：猛兽名，这里指强悍凶猛的蒙古军。　⑤三百载：宋朝从 960 年建国至 1279 年灭亡，共三百多年。　⑥典章：制度、法令等的总称。　文物：一作"人物"。　⑦破鉴徐郎：唐孟棨《本事诗》载：陈太子舍人徐德言娶后主叔宝妹乐昌公主为妻，当时天下大乱，德言担心妻子会被人掠去，特破一铜镜，各执其半，作为他日重见时凭证，并约她正月十五日卖镜于市。陈亡，其妻为杨素所得。徐德言到京城，于正月十五日遇一人卖镜，与自己的半块铜镜正好相合，于是赋诗曰："镜与人俱去，镜归人未归。无复姮娥影，空留明月辉。"乐昌见镜，悲泣不已，杨素闻之，召德言还其妻。此即破镜重圆的故事。徐郎，这里是指作者的丈夫徐君宝。　⑧岳阳楼：在湖南岳阳市西门城上，这里是指作者的家乡。

沁 园 春

刘　氏

我生不辰，逢此百罹①，况乎乱离。奈恶因缘到②，不夫不主，被擒捉去，为妾为妻。父母公姑，弟兄姊妹，流落不知东与西。心中事，把家书写下，分付伊谁[3]？　越人北向燕支，回首望、雁峰天一涯[4]。奈翠鬟云软[5]，笠儿怎戴？柳腰春细，马性难骑[6]。缺月疏桐，淡烟衰草，对此如何不泪垂！君知否，我生于何处，死亦魂归。

【说明】

据《梅磵诗话》卷下载："近丁丑岁，有过军挟一妇人，经从长兴和平酒库前，题一词……词名《沁园春》，后书雁峰刘氏题。语意凄惋，见者为之伤心，可与蒋氏词并传。"丁丑岁，即宋端宗景炎二年（1277）。这是元军攻陷临安的第二年，恭帝及谢太后等已被掳北去。陆秀夫、张世杰等拥立恭帝幼弟赵昰，在福建、广东、江西一带，与文天祥一起继续坚持抗元斗争。此词作者刘氏，在战乱中被元军所掳，也被押往北方。她的丈夫和父母公婆、兄弟姊妹都不知下落，骨肉离散，而自己又身陷缧绁，思前想后，唯有一死而已。刘氏的遭遇与蒋兴祖女、淮上女、徐君宝妻多么相似，她们都是掠夺战争的受害者，是我们苦难深重的民族历史的见证人。这首词语言朴实，明白如话，完全不假雕饰。结拍两句"我生于何处，死亦魂归"，是发自作者肺腑的誓言，具有动人心魄的艺术感染力。

【注释】

①罹（lí离）：苦难。　②因缘：机缘。这里是命运的意思。　③伊谁：谁人，何人。伊，他。　④雁峰：指回雁峰，在湖南衡阳市南，为衡山七十二峰之首，峰下有雁峰寺，相传雁飞至此，不再向南，遇春而回。　⑤翠鬟云软：谓发髻散乱。　⑥马性难骑：谓南人不识马性，不会骑马。

满江红

王清惠

太液芙蓉[1]，浑不似、旧时颜色[2]。曾记得、春风雨露[3]，玉楼金阙。名播兰馨妃后里，晕潮莲脸君王侧[4]。忽一声鼙鼓揭天来，繁华歇[5]。　龙虎散[6]，风云灭；千古恨，凭谁说？对山河百二[7]，泪盈襟血。客馆夜惊尘土梦，宫车晓碾关山月[8]。问嫦娥、于我肯从容，同圆缺？

【说明】

此词作者王清惠系宋宫中昭仪，一位才貌出众的妃嫔。元军攻占临安后，也随幼主恭帝、谢太后等一同被掳北去。行至汴京夷山驿，深夜在客馆中含着血泪，写了这首抒发亡国之恨的乱世悲歌。

词的上片以芙蓉花残开篇，鼙鼓动地收束，中间用“曾记得”三字领起，追忆宋亡前春风得意的宫闱生活。通过亲身经历，反映了一个宫女对社会动乱的感受和体验。换头以后六句，哀叹宋室覆灭，君臣离散，抒发千古难消的亡国之恨。最后四句，由客馆惊梦，想到被驱赶北行的苦难历程，前途一定凶多吉少，于是幻想能追随嫦娥，飞入广寒宫中，远离尘世，去过寂寞清苦的生活。据说，到达大都以后，她便自请为女道士，遁入了空门。这首词感情真挚，音调悲凉，曲折深婉，富于艺术感染力，不久即广为流传，文天祥、汪元量、邓剡等均有和作。

【注释】

①太液：汉唐时皇宫中水池名。这里是指南宋宫廷中的园林池塘。　芙蓉：荷花。此句以宫中荷花自比。白居易《长恨歌》：“太液芙蓉未央柳，芙蓉如面柳如眉。”　②浑不似：全不像。③春风雨露：比喻君恩。　④晕潮：形容脸上泛起红光。　⑤繁华歇：繁华的景象化为乌有。⑥龙虎散：比喻君臣离散。　⑦山河百二：《史记·高祖本纪》：“秦，形胜之国，带河山之险，悬隔千里，持戟百万，秦得百二焉。”意思是说秦地形势险固，二万人足以抵挡百万敌军。　⑧这句说宫女们坐的车子清晨出发，车轮碾轧在洒满月光的道路上。

柳　梢　青

春　感

刘辰翁

铁马蒙毡①，银花洒泪②，春入愁城。笛里番腔③，街头戏鼓，不是歌声。　那堪独坐青灯④，想故国、高台月明。辇下风光，山中岁月⑤，海上心情⑥。

【说明】

此词作于元军攻占临安以后。题为“春感”，实际是元宵节抒感。上片描写京城沦陷以后，发生了令人触目惊心的变化。下片抒发作者寂寞凄苦的心情，对在海上继续坚持抗元斗争的南宋君臣深表关怀。词中通过富有特征的画面，表达了宋元易代之际一部分遗民诗人的故国之思和亡国之恨。

【注释】

①铁马蒙毡：战马背上披着防寒的毡子，此指侵占临安的蒙古骑兵。　②银花洒泪：元宵的灯火好像在流泪似的。　③番腔：少数民族的曲调，这里是指蒙古人的腔调。　④那堪：不堪，哪里受得了。　青灯：指油灯。其光青莹，故名。　⑤山中岁月：指隐居生活。　⑥海上心情：怀念逃亡海上的南宋君臣的悲痛心情。临安沦陷后，文天祥、陆秀夫、张世杰等拥立赵昺为帝，逃亡广东、南海一带，继续抗击元兵。

忆秦娥

刘辰翁

中斋上元客散感旧，赋《忆秦娥》见属，一读凄然，随韵寄情，不觉悲甚。

烧灯节①，朝京道上风和雪②。风和雪，江山如旧，朝京人绝。　百年短短兴亡别，与君犹对当时月。当时月，照人烛泪，照人梅发③。

【说明】

此词作于宋亡以后。友人邓剡（号中斋）元宵感旧，为赋《忆秦娥》寄之。作者读之凄然，于是先后写了四首和词，唯此阕声情悲苦，感慨最深。上片触景生悲，叙述今年“烧灯节”风雪交加，游人踪影全无的凄凉景象。下片直抒胸臆，慨叹时移世变，人事沧桑，表达了深沉的兴亡之感。全词情辞哀苦，音调凄怆，体现了宋亡后遗民作家的惨痛心情。

【注释】

①烧灯节：元宵节。　②朝京道上：这里是指前往南宋都城临安观灯朝拜的路上。　③梅发：发如雪白的梅花。

永遇乐

刘辰翁

余自乙亥上元诵李易安《永遇乐》①，为之涕下。今三年矣，每闻此词，辄不自堪。遂依其声，又托之易安自喻。虽辞情不及，而悲苦过之。

璧月初晴②，黛云远淡③，春事谁主？禁苑娇寒④，湖堤倦暖⑤，前度遽如许⑥！香尘暗陌⑦，华灯明昼，长是懒携手去。谁知道，断烟禁夜⑧，满城似愁风雨。　宣和旧日⑨，临安南渡，芳景犹自如故。缃帙流离⑩，风鬟三五⑪，能赋词最苦。江南无路，鄜州今夜⑫，此苦又谁知否？空相对，残釭无寐⑬，满村社鼓⑭。

【说明】

此词作于临安沦陷以后，南宋灭亡前夕的端宗景炎三年（1278），亦即帝昺祥兴元年。三年前，正是元军大举南侵，国势岌岌可危的时候，作者于元宵节诵读李清照抒写盛衰之感和家国之恨的《永遇乐》（落日熔金）一词，深受感动，为之涕下。三年后，形势又发生了巨大的变化，如今山河破碎，身世浮沉，苦不堪言，易安居士的悲叹时时撞击着自己的心扉，于是在这“断烟禁夜”“残釭无寐”的上元之夜写了这首沉哀茹痛的《永遇乐》。词中以女词人李清照自喻，依其声，揣其情，抒写自己的亡国之痛。词的感情真挚，语言率直，与李清照原作相比，确如作者自己所说“虽辞情不及，而悲苦过之”，都是富于艺术感染力的乱世悲歌。

【注释】

①乙亥：宋恭帝德祐元年（1275）。 ②璧月：圆月。璧，圆形的玉。何偃《月赋》：“满月如璧。” ③黛云：青色的云。 ④禁苑：皇家园林，禁止百姓入内，故称禁苑。 ⑤湖堤：指杭州西湖的堤岸。 ⑥遽：突然，忽然。这句说，从前的临安突然发生了如此巨大的变化。 ⑦香尘暗陌：香车扬起的尘土遮暗了街道。 ⑧禁夜：禁止夜行。 ⑨宣和：宋徽宗年号（1119—1125）。 ⑩缃帙（zhì 志）：浅黄色的书套，代指书籍。李清照与赵明诚南渡时曾携带图书文物十五车，后来大多散佚。 ⑪风鬟三五：李清照《永遇乐》词云：“中州盛日，闺门多暇，记得偏重三五……如今憔悴，风鬟霜鬓，怕见夜间出去。”风鬟，形容发髻散乱。三五，指旧历正月十五，即元宵节。 ⑫鄜州今夜：杜甫《月夜》：“今夜鄜州月，闺中只独看。” ⑬釭（gōng 工）：灯。 ⑭社鼓：祭神的鼓声。

一 萼 红

登蓬莱阁有感[①]

周 密

步深幽，正云黄天淡，雪意未全休。鉴曲寒沙[②]，茂林烟草，俯仰千古悠悠[③]。岁华晚、漂零渐远，谁念我、同载五湖舟[④]。磴古松斜[⑤]，厓阴苔老[⑥]，一片清愁。 回首天涯归梦，几魂飞西浦，泪洒东州[⑦]。故国山川，故园心眼，还似王粲登楼[⑧]。最怜他、秦鬟妆镜[⑨]，好江山、何事此时游？为唤狂吟老监[⑩]，共赋消忧。

【说明】

此词作于宋亡前后。一个“云黄天淡”、雨雪霏霏的隆冬之日，词人登上会稽蓬莱阁，俯仰河山，悼古伤今，挥泪写下了这首抚时感事，寄慨遥深的《一萼红》。词的上片寓情于景，通过登楼所见，寄托自己的身世之感和愁苦情怀。下片直抒胸臆，慨叹山河破碎，有家难归，往事不堪回首。全篇情辞哀伤，音调低沉，意象幽冷，表达了作者深沉的故国之思和山河之恋。陈廷焯《白雨斋词话》评此词说：“苍茫感慨，情见乎词，当为《草窗集》中压卷。”

【注释】

①蓬莱阁：故址在今浙江绍兴市卧龙山下。 ②鉴曲：鉴湖岸边。鉴湖，又名镜湖，在绍兴市南。 ③俯仰千古：纵观古今的意思。 ④同载五湖舟：谓像范蠡那样泛舟远游，浪迹江湖。《国语·越语》载，范蠡辅佐越王勾践灭吴后，“遂乘轻舟，以浮于五湖，莫知其所终极”。 ⑤磴：石级。 ⑥厓（yá 牙）：山边。 ⑦西浦、东州：作者自注：“（蓬莱）阁在绍兴，西浦、东州皆其地。” ⑧王粲登楼：王粲，东汉末作家，避乱荆州时曾写《登楼赋》，抒发对故国、家乡的怀念。 ⑨秦鬟：形容绍兴秦望山如妇女的发髻。 妆镜：形容鉴湖之水清莹如镜。 ⑩狂吟老监：指唐诗人贺知章。贺是绍兴人，曾为秘书监，晚年归隐鉴湖，自号四明狂客，故称“狂吟老监”。

望江南

幽州九日①

汪元量

官舍悄②，坐到月西斜。永夜角声悲自语③，客心愁破正思家。南北各天涯。 肠断裂，搔首一长嗟。绮席象床寒玉枕④，美人何处醉黄花⑤？和泪撚琵琶⑥。

【说明】

本篇是作者被掳北上，到达元大都燕京以后写的。上片即景生情，叙写囚禁客馆，长夜不眠，含悲忍泪，思念遥远的家乡和亲人。下片搔首长叹，将家国之恨融入身世之感。时逢重九，更加使人肠断肝裂，无可奈何，只得“和泪撚琵琶”，聊以一曲表达佳节思亲之情。此词朴实自然，语极沉痛，表达了阶下之囚的心声，读来凄恻动人。

【注释】

①幽州：古九州之一，辖境在今河北、辽宁一带。这里是指元大都燕京（今北京）。 ②官舍：官方的馆舍。作者初到燕京时，被拘留于会同馆内。 ③永夜：长夜。 ④绮席：华丽的卧具。象床：镶有象牙的床，床的美称。 寒玉枕：用碧玉做的枕头。这句说官舍的陈设很华丽。 ⑤黄花：指菊花。 ⑥撚：弹奏琵琶的一种指法。

莺啼序

重过金陵

汪元量

金陵故都最好，有朱楼迢递①。嗟倦客、又此凭高，槛外已少佳致②。更落尽梨花，飞尽杨花，春也成憔悴。问青山，三国英雄，六朝奇伟？　　麦甸葵丘[3]，荒台败垒，鹿豕衔枯荠[4]。正潮打孤城，寂寞斜阳影里[5]。听楼头哀笳怨角，未把酒、愁心先醉。渐夜深，月满秦淮，烟笼寒水[6]。　　凄凄惨惨，冷冷清清，灯火渡头市。慨商女不知兴废，隔江犹唱庭花[7]，余音亹亹[8]。伤心千古，泪痕如洗。乌衣巷口青芜路，认依稀、王谢旧邻里。临春结绮[9]，可怜红粉成灰，萧索白杨风起[10]。　　因思畴昔，铁索千寻，漫沉江底[11]。挥羽扇、障西尘，便好角巾私第[12]。清谈到底成何事[13]？回首新亭，风景今如此[14]。楚囚对泣何时已[15]？叹人间、今古真儿戏。东风岁岁还来，吹入钟山[16]，几重苍翠。

【说明】

汪元量羁留燕京凡十二年，后因自请为道士，始被放还，抱琴南归，隐居于杭州西湖之滨。这首词是他回到南方以后写的。《莺啼序》是词中字数最多的长调，共二百四十字，分为四片，每片各四仄韵，宜于铺叙，表现曲折复杂的思想感情。词中通过“重过金陵”，凭吊山河，怀古伤今，表达了作者难以泯灭的亡国之恨。

首片总写。起处点题，赞美昔日故都的壮丽。接着叙述劫后余生的“倦客”，即作者自己，今日重过金陵，凭高眺望，由此而引出盛衰兴亡之叹。次片泛叙战后金陵荒凉残破的景象：杂草丛生，台荒垒败，鹿游豕逐，潮打孤城，哀笳怨角，秦淮寒水……这一幅幅触目惊心的画面，说明六朝古都的变化实在太大了，所以词人“未把酒、愁心先醉”，深感悲痛惆怅。第三片怀古伤今。从六朝的覆灭，联想到南宋的败亡，一个重要的原因就是统治者沉溺声色，不图自振，所以才演出了一幕又一幕千古伤心的悲剧。第四片以东吴和东晋的史实，暗喻南宋小朝廷的失策，当权者视国家大事如同儿戏，谴责他们误国误民的罪行。最后三句以青山不老对比人世沧桑，在永恒的自然面前，一朝一代的兴亡也不过只是短暂的一瞬。苍翠的钟山，年年岁岁，将永远巍然挺立在金陵故都的大地上。

全篇风格苍凉，意境深沉，层次清晰。词中用典较多，化用前人成句能融会贯通，不着痕迹，是一首感时伤乱、凭吊古都的鸿篇巨制。

【注释】

①迢递：高峻貌。谢朓《隋王鼓吹曲》：“逶迤带绿水，迢递起朱楼。”　②槛外：栏杆外面。槛，窗户或长廊旁的栏杆。　佳致：美好的景致。　③麦甸：长满荞麦的野地。甸，古时郭外称郊，郊外称甸。　葵丘：长着葵菜的山丘。　④鹿豕：麋鹿和野猪。　衔枯荠：叼着枯萎的荠菜。《史记·淮南衡山列传》载伍被言：“臣闻子胥谏吴王，吴王不用，乃曰：‘臣今见麋鹿游姑苏之台也。’”　⑤潮打孤城两句：刘禹锡《金陵五题·石头城》：“山围故国周遭在，潮打空城寂寞回。”又《乌衣巷》：“乌衣巷口夕阳斜。”　⑥烟笼寒水：杜牧《泊秦淮》：“烟笼寒水月笼沙，夜泊秦淮近酒家。”　⑦商女二句：杜牧《泊秦淮》：“商女不知亡国恨，隔江犹唱后庭花。”　⑧亹亹（wěi伟）：形容余音袅袅不绝。　⑨临春结绮：临春阁、结绮阁，陈后主和张丽华所居的楼阁。　⑩红

粉：指女子、佳人。白居易《燕子楼》：“见说白杨堪作柱，争教红粉不成灰。” ⑪铁索千寻：刘禹锡《西塞山怀古》：“千寻铁锁沉江底，一片降幡出石头。” ⑫挥羽扇二句：《世说新语·轻诋》：“庾公（亮）权重，足倾王公（导），庾在石头，王在冶城坐。大风扬尘，王以扇拂尘曰：‘元规尘污人。’”又《雅量》篇载庾有东下意，王曰：“若其欲来，吾角巾径还乌衣，何所稍严。”这两句用王导事，谓对敌无所防备。 ⑬清谈：亦称“清言”或“玄言”，指魏晋时期崇尚虚无，空谈名理的一种风气。西晋王衍为宰相，以清谈误国，遭致西晋覆亡。 ⑭新亭：故址在今南京市南。据《世说新语·言语》载，东晋初，南渡士大夫常在新亭宴饮赏花，相对流涕，一次周顗曾感叹道：“风景不殊，正自有山河之异。” ⑮楚囚：据《左传·成公九年》，楚钟仪曾被囚禁于晋国，因称楚囚。这句是写自己被俘后的悲痛心情。 ⑯钟山：一名蒋山，又名紫金山，在南京市东北。

贺新郎

兵后寓吴

蒋 捷

深阁帘垂绣。记家人、软语灯边①，笑涡红透②。万叠城头哀怨角③，吹落霜花满袖。影厮伴、东奔西走④。望断乡关知何处？羡寒鸦、到著黄昏后。一点点，归杨柳。　　相看只有山如旧。叹浮云、本是无心，也成苍狗⑤。明日枯荷包冷饭，又过前头小阜⑥。趁未发、且尝村酒。醉探枵囊毛锥在⑦，问邻翁、要写牛经否⑧？翁不应，但摇手。

【说明】

本篇作于宋亡以后。“兵后”即战后。此时战争虽然已经停止了，可是山河变色，田园荒芜，满目疮痍，民不聊生，百姓处于苦难的深渊之中。作者无心仕元，背井离乡，隐居吴中，苦度岁月，抱节而终。此词写他流浪生活中的一个片断。笔触细腻，画面生动，字里行间流露出无穷的感慨。词中既有对战前美好生活的回忆，更多的则是描绘当前孤苦伶仃的处境，是一曲流浪书生的乱世悲歌。

【注释】

①软语：亲切温柔的悄声细语。 ②笑涡：笑时的酒窝。 ③万叠：一遍又一遍。 ④影厮伴：影儿相伴。 ⑤这两句感叹世事变幻无常。陶渊明《归去来兮辞》：“云无心以出岫。”杜甫《可叹》诗：“天上浮云如白衣，斯须改变如苍狗。” ⑥小阜：小土山。 ⑦枵（xiāo 消）囊：空口袋。毛锥：毛笔。 ⑧牛经：关于牛的知识的书。《唐书·艺文志》载宁戚有《相牛经》一卷。

甘　州

张　炎

辛卯岁[①]，沈尧道同余北归[②]，各处杭、越。逾岁，尧道来问寂寞，语笑数日，又复别去。赋此曲，并寄赵学舟[③]。

记玉关踏雪事清游[④]，寒气脆貂裘。傍枯林古道，长河饮马[⑤]，此意悠悠。短梦依然江表[⑥]，老泪洒西州[⑦]。一字无题处，落叶都愁。　载取白云归去，问谁留楚佩[⑧]，弄影中洲？折芦花赠远，零落一身秋。向寻常、野桥流水，待招来，不是旧沙鸥[⑨]。空怀感，有斜阳处，却怕登楼[⑩]。

【说明】

此词写于宋亡之后。元世祖至元二十七年（1290）九月，张炎与友人沈钦、曾遇等同以“写经”北游上都（今北京）。次年南返，沈钦回到杭州，张炎回到绍兴。至元二十九年（1292），沈钦自杭来越看望张炎，叙谈数日，然后别去。别后张炎为赋此曲，并将它抄寄给另一位友人赵学舟。词中通过忆旧怀人，抒发了作者的亡国之恸和身世之感。情辞哀伤，意象暗淡，凄怆缠绵，曲折深婉，如寒蛩之悲鸣，正是所谓“亡国之音哀以思”的表现。

【注释】

①辛卯岁：指元世祖至元二十八年（1291）。　②沈尧道：沈钦，字尧道，号秋江，张炎的词友。　③赵学舟：赵与仁，字元父，号学舟，宋朝的宗室，燕王德昭十世孙，张炎的词友。别本赵学舟作“曾心传”。曾名遇，字子敬。　④玉关：玉门关，这里是代指北地边关。　⑤长河：指黄河。　⑥江表：江南。　⑦西州：古城名，在今南京市西。《晋书·谢安传》载：羊昙为谢安所重，安死后，行不由西州路。后因酒醉，不觉至西州门，恸哭而去。　⑧楚佩：楚人的玉佩。《楚辞·湘君》：“捐余玦兮江中，遗余佩兮澧浦。”　⑨旧沙鸥：指旧日的友人。　⑩却怕登楼：害怕登高临远而引起怀念故国之情。东汉末年王粲避乱荆州，曾写过一篇《登楼赋》，抒发思国怀乡之情。

月　下　笛

张　炎

孤游万竹山中[①]，闲门落叶，愁思黯然，因动黍离之感。时寓甬东积翠山舍[②]。

万里孤云，清游渐远，故人何处？寒窗梦里，犹记经行旧时路。连昌约略无多柳[3]，第一是、难听夜雨。谩惊回凄悄，相看烛影，拥衾谁语？　　张绪[4]，归何暮？半零落依依，断桥鸥鹭。天涯倦旅，此时心事良苦。只愁重洒西州泪[5]，问杜曲、人家在否[6]？恐翠袖、正天寒[7]，犹倚梅花那树。

【说明】

宋亡后，张炎怀着家破国亡的悲痛心情漫游各地。元大德二年（1298），他漂泊到了浙江东北海中的舟山岛上，寄居在甬东积翠山间的茅舍里。一次他独自来到天台万竹山中闲游，触景生情，愁思黯然，于是写了这首寄托“黍离之感”的乱世悲歌。词中以“孤云”自比，用曲折含蓄的语言，抒写个人的身世之感和家国之恨，情调凄楚，风格苍凉，用典虽多但能“融化不涩”，在艺术上也颇有特色。

【注释】

①万竹山：《赤城志》云：“万竹山在（天台）县西南四十五里。绝顶曰新罗，九峰回环，道极险隘。岭上见丛薄敷秀，平旷幽窈，自成一村。薛左丞昂诗所谓‘万竹源中数百家，重重流水绕桑麻’是也。”　②甬东：古地名，一作甬句东，在舟山岛上，今属浙江舟山。　③连昌：唐行宫名，在今河南宜阳县西。这里借指南宋故宫。　④张绪：字思曼，南齐时吴郡人，官至国子祭酒，风姿清雅。武帝植蜀柳于灵和殿前，曾叹曰：“此柳风流可爱，似张绪当年。”这里因柳及人，以张绪自比。　⑤西州泪：指晋羊昙因谢安死后洒泪不过西州路。　⑥杜曲：古地名，在唐长安城南，因杜氏世居于此，故名。　⑦翠袖：美人，借指隐居之人。杜甫《佳人》诗：“天寒翠袖薄，日暮倚修竹。”

沁 园 春

刘将孙

大桥名清江桥，在樟镇十里许[1]。有无闻翁赋《沁园春》《满庭芳》二阕，书避乱所见女子，末有“埋冤姐姐，衔恨婆婆”，语极俚。后有螺川杨氏和二首，又自序生杨嫁罗，丙子暮春[2]，自涪翁亭下舟行，追骑迫，间逃入山，卒不免于驱掠。行三日，经此桥，睹无闻二词，以为特未见其苦，乃和于壁。复云“观者毋谓弄笔墨非好人家儿女”。此词虽俚，谅当近情，而首及权奸误国。又云“便归去，懒东涂西抹，学少年婆”，又云“错应谁铸”，皆追记往日之事，甚可哀也。因念南北之交，若此何限？心常痛之。适触于目，因其调为赋一词，悉叙其意，辞不足而情有余悲矣。

流水断桥，坏壁春风，一曲韦娘[3]。记宰相开元，弄权疮痏[4]；全家骆谷[5]，追骑仓皇。彩凤随鸦[6]，琼奴失意，可似人间白面郎。知他是、燕南牧马，塞北驱羊[7]？　　啼痕自诉衷肠。尚把笔低徊愧下堂[8]。叹国手无棋[9]，危途何策；书窗如梦，世路方长。青冢琵琶[10]，穹庐笳拍[11]，未比渠侬泪万行。二十载，竟何时委玉[12]，何地埋香[13]？

【说明】

此词作于元成宗元贞二年（1296）。二十年前，元军攻破临安，大肆烧杀掳掠，江南人民遭到了空前的浩劫。一名自称“无闻翁”的人，在江西清江樟镇的大桥上题写了《沁园春》《满庭芳》两首词，记述战乱中女子的不幸遭遇。其后，有位螺川杨氏女子被元军掳掠，行经此桥，也和了两首词，叙述她逃难的经历和被“驱掠”的悲惨遭遇。二十年后，作者每念及此，“心常痛之”，于是隐括其事，为赋此词，抒发了永难磨灭的亡国之恨。词中通过杨氏的遭遇，反映了宋元交替之际广大人民特别是妇女的悲惨命运，揭露了元军的野蛮和残暴，同时也谴责了南宋当权者误国误民的罪行。词的语言洗练，概括力强，善于用典，感情深挚，是一首饱含血泪的乱世悲歌。

【注释】

①樟镇：又名樟树镇，在江西清江县。　②丙子：指宋恭帝德祐二年（1276）。　③一曲韦娘：指唐教坊曲《杜韦娘》，后用为词牌，这里借指《沁园春》。杜韦娘本为唐代歌妓，后教坊遂以其名制为曲调。刘禹锡《赠李司空妓》诗，有“春风一曲《杜韦娘》”句。　④宰相开元：指唐开元、天宝年间的宰相李林甫和杨国忠。　疮痏（wěi 委）：创伤。元稹《连昌宫词》：“弄权宰相不记名，依稀忆得杨与李。庙谟颠倒四海摇，五十年来作疮痏。”这里是以李林甫和杨国忠暗喻宋末误国宰相贾似道。　⑤骆谷：在陕西周至县西南，谷长四百余里，为关中与汉中间的交通要道。杜甫《三绝句》：“二十一家同入蜀，唯残一人出骆谷。”这句说元军入侵，人民纷纷离家逃难。　⑥彩凤随鸦：比喻被元军掳掠。　⑦塞北驱羊：比喻被元军驱赶到北方。　⑧下堂：指妻子被丈夫休弃。这句谓被元军掳掠凌辱，遭遇比被丈夫休弃更为悲惨。　⑨国手：本指国内无敌的棋手，这里是借指掌握国柄的权臣。　⑩青冢：汉王昭君墓。这句以王昭君比喻杨氏。　⑪穹庐笳拍：用蔡文姬被掳入匈奴作《胡笳十八拍》的典故，比喻杨氏被元军驱掠赋《沁园春》词。　⑫委玉：谓死。　⑬埋香：谓埋葬。

金人捧露盘

丙午钱塘

罗志仁

湿苔青，妖血碧，坏垣红。怕精灵、来往相逢[1]。荒烟瓦砾，宝钗零乱隐鸾龙。

吴峰越巘[2]，翠鞶锁、苦为谁容？　　浮屠换[3]，昭阳殿[4]；僧磬改，景阳钟[5]。兴亡事，泪老金铜[6]。骊山废尽[7]，更无宫女说玄宗[8]。角声起，海涛落，满眼秋风。

【说明】

丙午为元成宗大德十年（1306），此时杭州沦陷已经三十一年，南宋灭亡也已二十七年。作者怀着悲凉的心情来到故都，呈现在他眼前的是一片断垣残壁，荒烟瓦砾。钱塘的变化实在是太大了，最令人伤心的是昔日的昭阳殿变成了佛教的寺庙，当年的景阳钟换上了僧侣敲击的石磬。诗人谢翱在《过杭州故宫》诗中写道："紫云楼阁宴流霞，今日凄凉佛子家。残照下山花雾散，万年枝上挂袈裟。"与这首词中所描绘的景象何其相似！南宋遗民作家的亡国之恸深如大海，真是千秋万古恨难消啊！

【注释】

①精灵：鬼神。这里是指死于国难的亡魂。　②巘（yǎn 演）：小山。　③浮屠：梵文音译。指佛教徒、佛经、佛塔或佛寺等。　④昭阳殿：汉武帝时宫殿名。这里是指南宋都城临安的宫殿。⑤景阳钟：南朝齐武帝时，在景阳楼置一大钟，宫人闻钟声即起床梳妆。见《南史》卷一一《后妃上·武穆裴皇后传》。　⑥金铜：指金铜仙人。　⑦骊山：在陕西临潼区城东南，有唐华清宫故址。这里是指南宋的行宫、御苑。　⑧这句反用元稹《行宫》"寥落古行宫，宫花寂寞红。白头宫女在，闲坐说玄宗"诗意。前朝旧事已被人们遗忘，沉哀剧痛较原作显得更深。

八、节物风情

蓦山溪

葛胜仲

春风野外，卵色天如水[①]。鱼戏舞绡纹，似出听、新声北里。追风骏足[②]，千骑卷高冈，一箭过，万人呼，雁落寒空里。　　天穿过了，此日名穿地。横石俯清波，竞追随、新年乐事。谁怜老子，使得暂遨游，争捧手，乍凭肩[③]，夹道游人醉。

【说明】

天穿节为宋以前的民俗节日，即正月二十三日。杨慎《词品》谓："相传云：女娲氏以是日补天，俗以煎饼置屋上，名曰补天穿。今其俗废久矣。"本篇写天穿节郊外射雁，从中可以窥见今人罕知的我国古代又一民情风俗，有一定的史料价值。

【注释】

①卵色天：形容天空晴朗。唐诗："残霞蹙水鱼鳞浪，薄日烘云卵色天。"苏轼亦云："笑把鸱夷一杯酒，相逢卵色五湖天。"　②追风：骏马名，相传秦始皇有马名追风。这里是形容马跑得很快。　③凭肩：肩靠着肩，形容游人之盛。

木兰花

乙卯吴兴寒食

张　先

龙头舴艋吴儿竞[①]，笋柱秋千游女并[②]。芳洲拾翠暮忘归[③]，秀野踏青来不定[④]。　　行云去后遥山暝[⑤]，已放笙歌池院静[⑥]。中庭月色已清明，无数杨花过无影。

【说明】

寒食，节令名，清明前一天或两天。相传起于晋文公悼念介之推事，以介之推抱木焚死，遂定于是日禁火寒食。本篇作于宋神宗熙宁八年（1075）寒食节，其时词人已是八十六岁高龄，居住在故乡吴兴（今浙江湖州）。词的上片描写青年男女寒食节白天赛龙舟、打秋千以及游春踏青的欢乐场面；下片刻画歌终人散后月夜中庭的景色，结句写杨花在朦胧月色中，轻轻飘扬，无声无影，静谧清幽，意境富于诗情画意。

【注释】

①龙头舴艋：一种装有龙头，形似蚱蜢的小船。　吴儿：吴地的青少年。　②笋柱：指秋千架用竹竿搭成。　并：成双成对。　③拾翠：捡拾翠鸟的羽毛，也泛指女子游春。　④秀野：草色青青的原野。　来不定：指游春的人熙来攘往。　⑤暝：日暮，夜晚。　⑥放：停止。

越　溪　春

欧阳修

三月十三寒食日，春色遍天涯。越溪阆苑繁华地①，傍禁垣②，珠翠烟霞。红粉墙头③，秋千影里，临水人家。　　归来晚驻香车④，银箭透窗纱⑤。有时三点两点雨霁⑥，朱门柳细风斜。沉麝不烧金鸭⑦，玲珑月照梨花。

【说明】

这首词描写寒食节候风物。上片叙述出游所见：是日春光烂漫，芳草遍地，一片繁华景象。结拍三句刻画乡村少女欢度节日的情景，富于诗情画意。下片写傍晚归来，微雨初霁，柳细风斜，月照梨花，景色朦胧，意境优美，令人陶醉。本篇笔调轻柔，语言倩丽，给读者以自然美感。

【注释】

①阆苑：传说中的神仙住处，这里是指京城宫苑。　②禁垣：宫墙。　③红粉：胭脂和铅粉，女子的化妆品，代指女子。　④香车：华美的车子。　⑤银箭：指月光。　⑥霁：雨止。　⑦沉麝：沉香与麝香，两种名贵的香料。　金鸭：涂有金粉的鸭形香炉。

浣　溪　沙

李清照

淡荡春光寒食天①，玉炉沉水袅残烟②。梦回山枕隐花钿③。　　海燕未来人斗草④，江梅已过柳生绵⑤。黄昏疏雨湿秋千。

【说明】

本篇为描写寒食节的即景之作。首句点题直起，总摄全篇。上片写室内，下片写室外。从时间上看从白昼到黄昏，而以“梦回”贯穿前后。词中所写景物如“燕未来”“人斗草”“梅已过”“柳生绵”等都关合寒食的节令和人事，末句以“疏雨湿秋千”作结，亦为寒食之景。此词当为南渡以前的作品，词中流露出一种淡淡的闲愁，似亦兼寓节日怀人之意。

【注释】

①淡荡：舒缓恬静，形容春天的景色。 ②沉水：沉香。 ③山枕：檀枕，因其形如“凹”，故称“山枕”。 花钿：用金翠珠宝等制成花朵形的首饰。 ④斗草：“斗百草”，以草相赛的一种游戏。或斗花草名，或斗草的多寡、韧性等。 ⑤江梅：一种野生的梅花，也泛指梅花。

木兰花慢

清　明

柳　永

拆桐花烂漫①，乍疏雨、洗清明。正艳杏烧林，缃桃绣野，芳景如屏②。倾城。尽寻胜去，骤雕鞍绀幰出郊垧③。风暖繁弦脆管，万家竞奏新声④。　盈盈。斗草踏青。人艳冶、递逢迎⑤。向路傍往往，遗簪堕珥⑥，珠翠纵横。欢情。对佳丽地，信金罍罄竭玉山倾⑦。拚却明朝永日，画堂一枕春酲⑧。

【说明】

柳永的这首清明词，通过描绘节日风光景物，从一个侧面反映了北宋前期社会较为安定，市民生活富庶的现实。上片描绘京城开封郊外桐花烂漫、桃李争艳、芳草如茵以及车马如流、新声竞奏、倾城出游的繁华景象。下片叙述都民士女盛装艳服、斗草踏青、纵情欢乐的场面。据孟元老《东京梦华录》载：“清明节……莫非金装绀幰，锦额珠帘，绣扇双遮，纱笼前导。士庶阗塞诸门，纸马铺皆于当街，用纸衮叠成楼阁之状。四野如市，往往就芳树之下，或园囿之间，罗列杯盘，互相劝酬。都城之歌儿舞女，遍满园亭，抵暮而归。”这与柳词所描写的景象是相吻合的。

【注释】

①拆桐花：紫桐花开放。 ②芳景如屏：美好艳丽的景物犹如画屏。 ③绀：天青色。 幰

(xiǎn显)：车幔。绀幰，代指车子。 坰（jiōng）：遥远的郊野。 ④新声：新的歌曲。 ⑤递逢迎：一个接着一个地在路上相逢，互相问候迎接。 ⑥珥：妇女的珠玉耳饰。 ⑦金罍（léi雷）：古代青铜盛酒器。 罄竭：这里是说坛中酒已干净。 玉山倾：玉山自倒，形容喝醉了酒。《世说新语·容止》："嵇叔夜之为人也，岩岩若孤松之独立，其醉也，傀俄若玉山之将崩。" ⑧酲：酒后所感觉的困惫如病状态。

浣溪沙

清明

朱淑真

春巷夭桃吐绛英①，春衣初试薄罗轻。风和烟暖燕巢成。 小院湘帘闲不卷②，曲房朱户闷长扃③。恼人光景又清明。

【说明】

同是清明节，有人乐融融，有人愁凄凄。眼看春光明媚，桃红柳绿，却毫无兴致出门踏青，竟日里独自闭户闲坐，无穷的烦恼一齐涌上心头。本篇通过对清明节的感受，抒写了女词人寂寞悲凉的心情。结句在"恼人光景"后着一"又"字，表明作者如此苦度"清明"已非首次，其身世之不幸由此可以想见。

【注释】

①夭桃：形容桃花繁茂而艳丽。《诗·周南·桃夭》："桃之夭夭，灼灼其华。" 绛英：红花。 ②湘帘：用湘妃竹（斑竹）做的帘子。 ③曲房：内室，密室。 扃（jiōng）：门窗上的插关。这里作动词用，是关闭的意思。

浣溪沙

端午

苏轼

轻汗微微透碧纨①，明朝端午浴芳兰②。流香涨腻满晴川③。 彩线轻缠红玉臂，小符斜挂绿云鬟④。佳人相见一千年。

【说明】

端午即农历五月初五日，我国民间节日之一。本名“端五”。《太平御览》卷三一引《风土记》：“仲夏端五，端，初也。”亦名“端阳”“重五”“重午”。民间有端午吃粽子、赛龙舟、吊屈原等风俗。本篇描写妇女欢度端午佳节的情景。上片叙述她们节日前夕进行各种准备，下片刻画她们按照民间风俗，彩线缠玉臂，小符挂云鬟，互致节日的祝贺。

【注释】

①碧纨：绿色薄绸。 ②芳兰：芳香的兰花，代指妇女。 ③流香涨腻：谓女子梳洗时用剩的香粉胭脂流入河中。杜牧《阿房宫赋》：“渭流涨腻，弃脂水也。” ④这句说妇女们的发髻上挂着祛邪驱鬼、保佑平安的符箓。

消　息

端　午

晁补之

红日葵开，映墙遮牖①，小斋端午。杯展荷金，簪抽笋玉，幽事还数②。绿窗纤手，朱奁轻缕③。争斗彩丝艾虎④。想沉江怨魄归来⑤，空惆怅、对菰黍⑥。　朱颜老去，清风好在，未减佳辰欢聚。趣蜡酒深斟⑦，菖菹细糁⑧，围坐从儿女。还同子美，江村长夏，闲对燕飞鸥舞⑨。算何须、楚王雄风⑩，方消畏暑。

【说明】

本篇写词人在小斋与家人围坐在一起，共度端午佳节。上片先略叙景物，然后引出对沉江殉国的爱国诗人屈原的深情怀念。下片写作者与儿女饮酒消夏，同享天伦之乐。词中虽未渲染节日气氛，但款款而谈，如话家常，别有一番情趣。

【注释】

①牖：窗户。 ②幽事：幽居之事，闲事。 ③朱奁：红色的梳妆镜匣。 ④艾虎：用艾叶做成的虎。旧俗端午节佩戴艾虎，认为可以辟邪除秽。 ⑤沉江怨魄：指屈原的亡灵。 ⑥菰黍：用菰叶包的角黍，即粽子。 ⑦趣（cù 促）：赶快。 ⑧菖菹：将菖蒲切碎泡酒，端午节习饮此酒。 ⑨子美：唐诗人杜甫，字子美。杜诗《江村》曰：“清江一曲抱村流，长夏江村事事幽。自去自来堂上燕，相亲相近水中鸥。”这里是化用其意。 ⑩雄风：宋玉《风赋》：“清清泠泠，愈病析酲，发明耳目，宁体便人，此所谓大王之雄风也。”

喜迁莺

端午泛湖

黄 裳

梅霖初歇[①]。乍绛蕊海榴[②]，争开时节。角黍包金[③]，香蒲切玉[④]，是处玳筵罗列[⑤]。斗巧尽输年少，玉腕彩丝双结。舣彩舫[⑥]，看龙舟两两，波心齐发。　奇绝。难画处，激起浪花，飞作湖间雪。画鼓喧雷，红旗闪电，夺罢锦标方彻[⑦]。望中水天日暮，犹见朱帘高揭。归棹晚，载荷花十里，一钩新月。

【说明】

此阕描写端午泛舟湖上所见。上片先写节序风物，然后叙述人们欢度节日的盛况，末尾落到湖上景物。下片着重刻画赛龙舟、夺锦标的热烈场面，最后写日暮驾船载月夜归。词中通过一幅幅生动画面，将端午节的民情风俗活灵活现地展示在读者面前。

【注释】

①梅霖：梅雨，又称黄梅雨。初夏时节出现在江淮一带的较长的阴雨天气，因时值梅子黄熟，故称。霖，久雨。　初歇：刚刚停下来。　②绛蕊：红色的花蕊。此指石榴花蕊。　③角黍：粽子。《本草纲目·谷部四》："俗作粽。古人以菰芦叶裹黍米煮成，尖角，如棕榈叶心之形，故曰粽，曰角黍，近世多用糯米矣。今俗五月五日以为节物，相馈送。或言为祭屈原，作此投江，以饲蛟龙也。"　包金：黍米色黄，故曰"包金"。　④香蒲：俗称蒲草，嫩芽称蒲菜，可供食用。　⑤玳筵：精美的筵席。　⑥舣（yǐ 蚁）：附船着岸。　⑦锦标：锦制的旗帜，古时用以赠给竞渡的得胜者。

减字木兰花

竞 渡

黄 裳

红旗高举，飞出深深杨柳渚[①]。鼓击春雷，直破烟波远远回。　欢声震地，惊退万人争战气[②]。金碧楼西，衔得锦标第一归[③]。

【说明】

此阕写水上龙舟竞赛。北宋时期除端午节要赛龙舟之外，三月一日在东京金明池也要举行各种水上表演和划船比赛。其日皇帝亲自到临水殿观看，并赐宴群臣，场面十分盛大。《东京梦华录》载："诸船皆列五殿之东面，对水殿排成行列，则有小舟一军校执一竿，上挂以锦彩银碗之类，谓之'标竿'，插在近殿水中。又见旗招之，则两行舟鸣鼓并进，捷者得标，则山呼拜舞。并虎头船之类，各三次争标而止。"这首词开篇直写"竞渡"，从小舟"飞出深深杨柳渚"到"衔得锦标第一归"，文字简洁，节奏轻快，气氛热烈，生动地再现了龙舟竞赛的精彩场面。

【注释】

①渚（zhǔ 主）：水中的小块陆地。《尔雅·释水》："水中可居者曰洲，小洲曰渚。" ②争战气：指竞赛时观众擂鼓助威的热烈气氛。 ③衔：接受。

六幺令

重阳

周邦彦

快风收雨，亭馆清残燠①。池光静横秋影，岸柳如新沐②。闻道宜城酒美，昨日新醅熟③。轻镳相逐④，冲泥策马，来折东篱半开菊。　华堂花艳对列，一一惊郎目。歌韵巧共泉声，间杂琮琤玉⑤。惆怅周郎已老，莫唱当时曲。幽欢难卜，明年谁健？更把茱萸再三嘱⑥。

【说明】

周邦彦三十多岁时曾客居荆州，宜城在湖北省中部偏北，距荆州不远。揣词意，本篇当作于此时。词写客中适逢重阳佳节，作者雨后"冲泥策马"，去参加节日宴会。篱下黄菊半开，席间轻歌曼舞，室外泉水淙淙，但词人羁旅他乡，难免有惆怅之感，因而发出了"莫唱当时曲"的慨叹，寄托了对亲友的怀念。

【注释】

①燠（yù 育）：热。 ②沐：洗。这句说，岸上的柳树雨后如刚刚用水洗过一样。 ③醅（pēi 胚）：未滤过的酒。 ④轻镳（biāo 标）：轻骑。镳，马具，与衔合用，衔在口内，镳在口旁。⑤琮琤（cóng chēng）：玉石声，常用来形容水石相击之声。 琮，古玉器名，形方，中有圆孔。⑥茱萸：植物名，有浓烈香味，可入药。古俗，重阳节佩茱萸囊以祛邪辟恶。王维《九月九日忆山东兄弟》诗："遥知兄弟登高处，遍插茱萸少一人。"

醉花阴

李清照

薄雾浓云愁永昼[①]，瑞脑销金兽[②]。佳节又重阳，玉枕纱厨[③]，半夜凉初透。 东篱把酒黄昏后，有暗香盈袖。莫道不消魂[④]，帘卷西风[⑤]，人比黄花瘦。

【说明】

本篇写重阳抒感。词中通过独守闺房、深感寂寞以及黄昏把酒、东篱赏菊等生活画面，表达了“每逢佳节倍思亲”的思想感情。上片从白天写到深夜，记述了词人九月九日这天的见闻和感想。下片用逆叙法，追记黄昏时分独自在东篱下饮酒赏菊的情景。结拍三句“莫道不消魂，帘卷西风，人比黄花瘦”，以花拟人，比喻生动，创意出奇，意象优美，主体与客体浑然一体，历来受到人们称赞。据《琅嬛记》载：“易安以重阳《醉花阴》词函致明诚，明诚叹赏，自愧弗逮，务欲胜之。一切谢客，忘食忘寝者三日夜，得五十阕，杂易安作，以示友人陆德夫。德夫玩之再三，曰：‘只三句绝佳。’明诚诘之，答曰：‘莫道不消魂，帘卷西风，人似黄花瘦。’正易安作也。”

【注释】

①永昼：漫长的白天。 ②瑞脑：亦称龙脑，香料名。 金兽：指兽形铜香炉。 ③玉枕：瓷枕的美称。 纱厨：纱帐。 ④消魂：形容极度愁苦。江淹《别赋》：“黯然销魂者，惟别而已矣。” ⑤帘卷西风：西风卷帘的倒文。

行香子

腊八日与洪仲简溪行，其夜雪作

汪 莘

野店残冬，绿酒春浓[①]。念如今、此意谁同？溪光不尽，山翠无穷。有几枝梅，几竿竹，几株松。 篮舆乘兴[②]，薄暮疏钟[③]。望孤村、斜日匆匆。夜窗雪阵，晓枕云峰。便拥渔蓑，顶渔笠，作渔翁。

【说明】

腊八，本为佛教节日，传说农历十二月初八日是释迦牟尼成道日，佛寺常于该日举行诵经，取香谷及果实等造粥供佛，名腊八粥。后演变为一种民间习俗。据《东京梦华录》载："初八日，街巷中有僧尼三五人，作队念佛，以银铜沙罗或好盆器，坐一金铜或木佛像，浸以香水，杨枝洒浴，排门教化。诸大寺作浴佛会，并送七宝五味粥与门徒，谓之'腊八粥'。都人是日各家亦以果子杂料煮粥而食也。"此阕写作者腊八日与友人山行。路遇小店，暂歇浅酌，然后沿着山涧而行，路旁几枝蜡梅含苞待放，几竿翠竹傲雪迎风，几株苍松凌寒挺立，一幅富有诗情画意的岁寒三友图，历历在目。薄暮投宿孤村，钟声悠扬，夜雪打窗，雪中忽起垂钓之兴，天明后一定要戴笠披蓑，去做一个悠然自得的渔翁。此时词人隐居黄山，故词的意境清幽，与都市人家过腊八节的景象迥然不同。

【注释】

①绿酒：绿蚁酒，因酒上浮有绿色泡沫，故称。 ②篮舆：竹轿。 ③薄暮：傍晚，太阳快落山的时候。

东风齐着力

除　夕

胡浩然

残腊收寒，三阳初转①，已换年华。东君律管②，迤逦到山家③。处处笙簧鼎沸④，会佳宴、坐列仙娃。花丛里，金炉满爇，龙麝烟斜⑤。　此景转堪夸。深意祝、寿山福海增加。玉觥满泛⑥，且莫厌流霞⑦。幸有迎春寿酒，银瓶浸、几朵梅花。休辞醉，园林秀色，百草萌芽。

【说明】

除夕，又称除夜，一年最后一天的晚上，也指一年的最后一天。是夜爆竹不绝，鼓吹之声，喧阗彻夜。士庶之家小儿女围炉团坐，终夕博戏，达旦不寐，谓之"守岁"。此词歌咏除夕之夜，洋溢着喜庆的气氛。只听处处笙歌，家家盛宴，觥筹交错，互相祝福，尽醉而欢。结拍以"园林秀色，百草萌芽"收住，暗示年华已换，新春已经到来。

【注释】

①三阳：《汉书·翼奉传》晋灼注："木数三，寅在东方，木位之始，故曰三阳也。"这里是说阳气上升，天气转暖。 ②东君：日神。 ③迤逦：曲折而行。 ④笙簧：管乐器。簧，乐器中用以发声的片状振动体，用苇、木、竹、金属等制成。 鼎沸：形容声音嘈杂。 ⑤龙麝：龙脑香和麝香，两种名贵的香料。 ⑥玉觥（gōng 肱）：玉制的酒杯。觥，古代青铜酒器。 ⑦流霞：酒的美称。

双 雁 儿

除 夕

杨无咎

穷阴急景暗推迁，减绿鬓①，损朱颜。利名牵役几时闲？又还惊，一岁圆。　劝君今夕不须眠，且满满，泛觥船②。大家沉醉对芳筵③。愿新年，胜旧年。

【说明】

本篇为除夕抒感。上片谓年华似水，岁月如流，名缰利锁，风尘劳碌，倏忽之间一年又过。下片言今宵应当开怀畅饮，沉醉芳筵，但愿新年胜过旧年。小词轻圆活泼，饶有情致。

【注释】

①绿鬓：乌黑而光亮的鬓发，引申为青春年少的容颜。　②觥船：船形大酒杯。　③芳筵：精美的筵席。

南 乡 子

除夕又作

李处全

和气作春妍①，已作寒归塞地天。岁月翩翩人老矣②，华颠③。胆冷更长自不眠。　节物映椒盘④，柏酒香浮白玉船⑤。捧劝大家相祝愿，何言？但愿今年胜去年。

【说明】

白发老翁，除夕守岁，天寒夜长，难以入眠。不如与儿孙们畅饮通宵，劝大家再喝一杯，交上好运，争取今年胜过去年。老人的祝愿，语短意长，词意浅近而富于生活情趣。

【注释】

①和气：阳气，和暖的空气。　②翩翩：飞驰貌。　③华颠：犹白头，谓年老。颠，头顶。④椒盘：正月初一，以盘进椒，号椒盘。　⑤白玉船：酒杯的美称。

喜迁莺

守　岁

史　浩

雪消春浅。听爆竹送穷①，椒花待旦②，系马合簪，鸣鸦列炬，几处玳筵开宴③。介我百千眉寿④，齐捧玉壶金盏。最奇绝，是小桃新坼⑤，争妍粉面。　　女伴，频告语，守岁通宵，莫放笙歌散。酒晕朝霞，寒欺重翠，却忆凤屏香暖⑥。笑拂满身花影，遥指珠帘深院。待到了，道一声稳睡，明年相见。

【说明】

作者史浩孝宗时曾任右丞相，封魏国公，进太师，地位相当显赫。此阕写王公之家除夕守岁的情景。词中华灯宝炬、玉壶金盏、珠帘深院，一派富贵人家的景象。下片写女伴相约守岁通宵，玩个痛快。无奈不胜酒力，只得“笑拂满身花影”，独自退席回到深闺后院。临末还不忘嘱咐姐妹们：好好睡上一觉，明年再来相见。声口毕肖，绘声绘影，读后如身临其境。

【注释】

①送穷：谓送走穷神。　②椒花：这里是指椒酒，即用椒花浸制的酒。梁宗懔《荆楚岁时记》：“俗有岁首用椒酒。椒花芬香，故采花以贡樽。”　③玳筵：精美华贵的宴席。　④介：助，多用为祝寿之词。《诗经·豳风·七月》：“为此春酒，以介眉寿。”　⑤小桃：指小桃红，即凤仙花，又名指甲花。本为夏季开花，如今除夕开放，故称“最奇绝”。　坼：分裂，开放。　⑥凤屏：绘有凤凰的屏风，这里是指屏风后的内室。

九、元宵之夜

倾 杯 乐

柳 永

禁漏花深[①]，绣工日永，蕙风布暖[②]。变韶景、都门十二[③]，元宵三五，银蟾光满[④]。连云复道凌飞观[⑤]。耸皇居丽[⑥]，嘉气瑞烟葱蒨[⑦]。翠华宵幸[⑧]，是处层城阆苑[⑨]。　　龙凤烛、交光星汉[⑩]。对咫尺鳌山开羽扇[⑪]。会乐府、两籍神仙，梨园四部弦管[⑫]。向晓色、都人未散。盈万井、山呼鳌抃[⑬]。愿岁岁，天仗里、常瞻凤辇[⑭]。

【说明】

本篇为宋人最早的元宵词之一。农历正月十五日为上元节，这天晚上叫“元宵”，也称“元夕”“元夜”。唐以来有观灯的风俗，所以又叫“灯节”。孟元老《东京梦华录》：“正月十五日元宵，大内前自岁前冬至后，开封府绞缚山棚，立木正对宣德楼，游人已集御街两廊下。奇术异能，歌舞百戏，鳞鳞相切，乐声嘈杂十余里，击丸蹴踘，踏索上竿……更有猴呈百戏，鱼跳刀门，使唤蜂蝶，追呼蝼蚁。其余卖药、卖卦，沙书地谜，奇巧百端，日新耳目。”这里记述的是宋徽宗宣和年间的情况，柳永生活的真宗、仁宗时期欢度元宵的盛况也大致相同。此阕写汴京元夕的繁华景象。词中浓墨重彩，极力铺张渲染，富丽堂皇，金碧交辉，尽情歌咏太平盛世，从一个侧面反映了北宋前期社会安定、经济富足、统治阶级极其奢华的现实。柳永不但善写羁旅行役、离愁别恨，而且也是歌功颂德的行家。当代人范镇读了柳词后，曾深有感慨地说：“仁庙四十二年太平，吾身为史官二十年，不能赞述，而耆卿能尽形容之。”试观此词，可知范言非虚语也。

【注释】

①禁漏：宫中的漏壶。漏壶，古代滴水计时的仪器。　②蕙风：香风，春风。　③韶景：美景。都门十二：据《东京梦华录》载，汴京外城（新城）除水门外，共有城门十二座，即南薰门、陈州门、戴楼门、新宋门、新曹门、新郑门、万胜门、固子门、陈桥门、封丘门、新酸枣门、卫州门。旧城城门亦为十二座，即朱雀门、保康门、新门、南角门子、旧宋门、旧曹门、旧郑门、北角门子、梁门、旧封丘门、景龙门、金水门。　④银蟾：月亮。　⑤复道：高楼之间或山岩险要处架空的通道。这里是指宫中楼阁间的空中通道。　⑥耸皇居丽：谓皇宫高耸壮丽。　⑦葱蒨：形容草木苍翠

茂盛。 ⑧翠华：皇帝仪仗中一种用翠鸟羽毛做装饰的旗帜，代指皇帝。 宵幸：夜间皇帝驾临。 ⑨层城：一道又一道城楼。 阆苑：传说中的神仙住处，常用指宫苑。 ⑩龙凤烛：饰有龙凤的蜡烛。 星汉：银河。这句说，烛光与星光辉映。 ⑪鳌山：旧时元宵灯景的一种，把灯彩堆叠成一座山，像传说中的巨鳌形状。 ⑫梨园：唐玄宗时教练宫廷歌舞艺人的地方。这里是指宫廷乐队。 ⑬万井：千家万户。 鳌抃（biàn 弁）：欢呼鼓掌。 ⑭天仗：天子的仪仗。 凤辇：皇帝的车驾，指皇帝。

生 查 子

欧阳修

去年元夜时[①]，花市灯如昼。月到柳梢头，人约黄昏后。　　今年元夜时，月与灯依旧。不见去年人，泪满春衫袖。

【说明】

此阕托为女子元夜感旧怀人之作。上片回忆去年灯节与情人的幽会。灯火辉煌，月光如水，花娇柳媚，一对情人沉浸在甜蜜的爱河之中。下片抒写今年孤独寂寞的难堪之情。风景依旧，物是人非，去年相约之人，不见踪影，不禁黯然销魂，泪满衫袖。这首小词明白如话，清新自然，构思巧妙，运用重叠句式，通过对比反复咏叹，颇具民歌风味。

【注释】

①元夜：元宵，又称“灯节”。

绛 都 春

上　元

丁仙现

融和又报。乍瑞霭霁色[①]，皇州春早[②]。翠幰竞飞[③]，玉勒争驰都门道[④]。鳌山彩结蓬莱岛[⑤]。向晚色、双龙衔照[⑥]。绛绡楼上[⑦]，彤芝盖底，仰瞻天表[⑧]。　　缥缈。风传帝乐[⑨]，庆三殿共赏[⑩]，群仙同到[⑪]。迤逦御香[⑫]，飘满人间闻嬉笑。须臾一点星球小[⑬]。渐隐隐、鸣鞘声杳[⑭]。游人月下归来，洞天未晓[⑮]。

【说明】

本篇描叙北宋都城汴京欢庆元宵的情景。从词中所写节物和场景看，与孟元老《东京梦华录》所叙无异，当为徽宗在位时期所作。丁仙现曾任教坊使，谙悉宫廷礼仪，此阕实写皇家赏灯。鳌山彩棚，翠幰玉勒，帝乐御香，好一派富丽堂皇气象，北宋统治者的奢侈豪华，于此可见一斑。

【注释】

①瑞霭：祥云。 ②皇州：指京城汴京。 ③翠幰：绿色车幔，指华丽的车子。 ④玉勒：镶玉的马笼头，指宝马。 ⑤蓬莱岛：传说中的海上仙岛，这里是用来比喻宣德楼前的鳌山。 ⑥双龙衔照：《东京梦华录》："又于左右门上，各以草把缚成戏龙之状，用青幕遮笼，草上密置灯烛数万盏，望之蜿蜒如双龙飞走。" ⑦绛绡楼：此指汴京皇宫正门宣德楼。《东京梦华录》："宣德楼上，皆垂黄缘，帘中一位，乃御座。用黄罗设一彩棚，御龙直执黄盖掌扇，列于帘外。"这是皇帝观灯的地方。 ⑧天表：帝王的仪容。 ⑨帝乐：宫中之乐。 ⑩三殿：大庆殿、文德殿、紫宸殿，泛指皇宫各殿。 ⑪群仙：指宫中嫔妃。 ⑫御香：指宫中所用名贵香料。 ⑬一点星球小：《东京梦华录》："两朵楼各挂灯球一枚，约方圆丈余，内燃椽烛。" ⑭鸣鞘（shāo 梢）：马鞭的响声。 ⑮洞天：道家用以称神仙所居的洞府。这里是形容汴京如仙境一样。

解语花

元　宵

周邦彦

风销绛蜡[①]，露浥红莲[②]，花市光相射。桂华流瓦[③]，纤云散、耿耿素娥欲下[④]。衣裳淡雅，看楚女、纤腰一把[⑤]。箫鼓喧，人影参差，满路飘香麝。　因念都城放夜[⑥]，望千门如昼，嬉笑游冶。钿车罗帕[⑦]。相逢处，自有暗尘随马[⑧]。年光是也，唯只见、旧情衰谢。清漏移，飞盖归来[⑨]，从舞休歌罢[⑩]。

【说明】

本篇大约是作者晚年，在外地任职时所写。词中既描绘了当地（一说为明州，一说为荆南，但均无确证）欢度元宵的情景，也回忆了昔日汴京上元节的盛况。词的设想新奇，构思巧妙，意境优美，过渡自然，"不独措辞精粹，又且见时序风物之盛，人家宴乐之同"（张炎《词源·节序》），在宋人元宵词中应属佳作。词的上片为今日元宵之景，换头用"因念"转折，下片叙当年都城旧事。一实一虚，笔触细腻，画面生动，情景交融，流露出作者的身世之慨和今昔之感。

【注释】

①绛蜡：红烛。 ②红莲：指莲花灯。 ③桂华：代指月亮，因传说月中有桂树，故曰。 流瓦：谓月光洒在屋顶瓦上。 ④素娥：谓嫦娥，代指观灯仕女。 ⑤楚女纤腰：形容女子身姿娉婷优美。楚女，泛指南方女子。杜牧《遣怀》诗："落魄江南载酒行，楚腰纤细掌中轻。" ⑥放夜：谓元宵期间，皇宫附近的灯彩许都人士女纵观，谓之"放夜"。 ⑦钿车：用金宝装饰的车子，古时贵族妇女所乘坐。 ⑧暗尘随马：谓贵族妇女乘坐豪华车子出门观灯，车后常有人暗中追随观看。苏味道《上元》诗："暗尘随马去，明月逐人来。" ⑨飞盖：走得很快的车子。盖，车篷，代指车子。 ⑩从舞休歌罢：任他舞停歌止。

鹧 鸪 天

窃杯女子

月满蓬壶灿烂灯①，与郎携手至端门②。贪看鹤阵笙歌举，不觉鸳鸯失却群。　　天渐晓，感皇恩，传宣赐酒饮杯巡③。归家恐被翁姑责④，窃取金杯作照凭⑤。

【说明】

宋徽宗宣和年间，灯节更为盛大豪华。汴京元宵之夜，火树银花，五彩缤纷，简直就像一片灯的海洋。在皇宫正门宣德楼前，还竖着一块大木牌，上写"宣和与民同乐"。是夜都民士女，纷纷结伴出门观灯。据《大宋宣和遗事》载，一对青年夫妇，在观灯途中被人群挤散，女的来到皇宫门前，正赶上宣赐御酒。她喝完酒，偷偷把金杯揣在怀里，不料被卫士发现，押到徽宗面前。女子不慌不忙朗诵了她填的这首《鹧鸪天》词，说明她窃杯的原因，是为了拿回家去，作为凭证，表明自己今天晚上并没有做什么亏心事。徽宗听后大喜，立即下令把那只金杯赐给这位女子，并派人送她回家。这件事说明，当时填词已成为普遍风气，即使像这位社会地位不高的"窃杯女子"，也能出口成诵，押韵合律，可见宋词的繁荣是有广泛群众基础的。

【注释】

①蓬壶：汴京皇宫内殿。岳飞《满江红》："万岁山前珠翠绕，蓬壶殿里笙歌作。" ②端门：宫殿的正门，这里是指宣德门。 ③巡：遍，即饮过一杯的意思。 ④翁姑：公婆。 ⑤照凭：凭证，证据。

女冠子

上元

李邴

帝城三五[①]，灯光花市盈路。天街游处[②]。此时方信，凤阙都民[③]，奢华豪富。纱笼才过处，喝道转身[④]，一壁小来且住。见许多、才子艳质，携手并肩低语。　　东来西往谁家女？买玉梅争戴，缓步香风度。北观南顾，见画烛影里，神仙无数。引人魂似醉，不如趁早，步月归去[⑤]。这一双情眼，怎生禁得，许多胡觑[⑥]！

【说明】

《女冠子》原为唐教坊曲名，后用为词牌，多用来吟咏女道士。本篇内容与调名相符，以第一人称口气，写女道士元宵观灯。出家之人在高墙深院中，听到锣鼓阵阵，爆竹喧天，也禁不住尘世繁华的引诱，背着师太独自偷偷来到十里长街。只见一片灯山火树，令人眼花缭乱。耳听为虚，眼见为实，今日方信帝都士民如此“奢华豪富”。迤逦行来，又见许多才子佳人，携手并肩，低声细语，不觉神魂荡漾，六神无主。她害怕产生思凡之念，极力克制自己，“不如趁早，步月归去”。天哪！那一双双挑逗的“情眼”，胡觑着自己，实在教人受不了啊！此阕通过观灯，刻画女道士的心理矛盾，细腻入微，惟妙惟肖，令人叹为观止。

【注释】

①帝城：京城，指北宋都城开封。　②天街：又称御街、御路，皇帝车驾进出之道。北宋京城天街，自宣德门往南至南薰门，宽约二百步，两边为御廊，中间为御道，平日禁止人马往来，行人皆在廊下朱杈子之外。杈子里有御沟水两道，宣和间尽植莲荷，近岸植桃李梨杏，杂花相间，春夏之间，望之如绣。（见《东京梦华录》卷二）　③凤阙：汉代宫阙名，后用作皇宫的通称。这里是指京城。　④纱笼：红纱珠络灯笼。　喝道：古时皇帝大臣出行，前导吏役呼喝，使行人闻声让路。这两句写皇帝出宫观灯。《东京梦华录》：“每常驾出有红纱帖金烛笼二百对，元宵加以琉璃玉柱掌扇灯。快行家各执红纱珠络灯笼。驾将至，则围子数重，外有一人捧月样兀子锦，覆于马上。天武官十余人，簇拥扶策，喝曰：‘看驾头。’”　⑤步月：踏着月光。　⑥觑（qù去）：斜看、偷看。

永遇乐

李清照

落日熔金[①]，暮云合璧[②]，人在何处？染柳烟浓[③]，吹梅笛怨[④]，春意知几许？元宵佳节，融和天气，次第岂无风雨[5]？来相召，香车宝马，谢他酒朋诗侣。　　中州盛日[6]，闺门多暇，记得偏重三五[7]。铺翠冠儿[8]，捻金雪柳[9]，簇带争济楚[10]。如今憔悴，风鬟霜鬓[11]，怕见夜间出去[12]。不如向、帘儿底下，听人笑语。

【说明】

此词写中原沦陷后，作者流亡江南，在临安苦度元宵之夜的境况。词中通过今昔对比，抒写盛衰之感和苦乐之别，表达了词人忧时伤世、怀念故国的情感。上片描绘元宵节傍晚时分的景物和自己的感受；下片写闭门谢客，独居斗室，抚今思昔，悲不自胜。词的情调哀伤，语言平易自然，对比鲜明。往日的繁华与今日的孤苦，他人的欢笑与自身的哀愁，形成强烈的对照，从而深化了主题。在结构布局上，由今至昔，从昔至今，时空交错，形成反差，虚实并举，跌宕有致。上片连用三个问句，层层递进，波澜起伏，表达了作者难以平静的心情。张端义《贵耳集》评论说：“（李易安）南渡以来，常怀京洛旧事。晚年赋《元宵·永遇乐》词云‘落日熔金，暮云合璧’，已自工致。至于‘染柳烟浓，吹梅笛怨，春意知几许？’气象更好。后叠云：‘于今憔悴，风鬟霜鬓，怕见夜间出去。’皆以寻常语度入音律。炼句精巧则易，平淡入调者难。”这首词在艺术上确实具有上述特点。

【注释】

①落日熔金：形容夕阳西下，红光万道，像熔金化铁一样。廖世美《好事近·夕景》：“落日水熔金，天淡暮烟凝碧。”　②暮云合璧：形容日落之后，红霞消散，暮云像碧玉一样合成了一片。江淹杂体诗《休上人怨别》：“日暮碧云合，佳人殊未来。”　③染柳烟浓：浓烟染柳。形容柳色迷离，好像笼罩着一层烟雾似的。　④吹梅笛怨：笛吹怨梅。笛声里吹奏出凄凉哀怨的《梅花落》曲子。　⑤次第：接着、转眼。　⑥中州盛日：指北宋亡国前的繁盛日子。中州，指汴京，即今河南开封市。河南地处古代九州的中心，故称中州。　⑦偏重三五：特别看重元宵节。三五，本指望日，即旧历每月十五，这里是指正月十五元宵节。　⑧铺翠冠儿：装饰着翡翠羽毛的帽子。　⑨捻金雪柳：用金线捻丝制成的雪柳，宋代元宵节妇女喜用的装饰物。雪柳，用绢缯或楮纸制成的柳枝、花朵。周密《武林旧事》：“元夕节物，妇人皆戴珠翠、闹蛾、玉梅、雪柳……而衣多尚白，盖月下所宜也。”　⑩簇带：宋代俗语，满头插戴的意思。　济楚：整齐、漂亮。　⑪风鬟霜鬓：形容头发斑白、散乱蓬松的样子。霜，一作“雾”。　⑫怕见：懒得。

喜迁莺

闰元宵

吴礼之

银蟾光彩。喜稔岁闰正[1]，元宵还再。乐事难并，佳时罕遇，依旧试灯何碍？花市又移星汉，莲炬重芳人海。尽勾引，遍嬉游宝马，香车喧隘。　　晴快。天意教、人月更圆，偿足风流债。媚柳烟浓，夭桃红小，景物迥然堪爱。巷陌笑声不断，襟袖余香仍在。待归也，便相期明日，踏青挑菜[②]。

【说明】

此词描写南宋都城临安一年两次欢度元宵的情景。“闰元宵”确是“乐事难并，佳时罕遇”，人们自然要欢天喜地庆祝一番。此词大约作于南宋中叶，宋金矛盾相对缓和，小朝廷习于苟安，士气萎靡。人们沉浸于灯红酒绿的享乐生活之中。本篇通过描写闹元宵，反映了当时的民情风俗，对了解南宋都城市民的生活有一定参考价值。词的画面生动，状物写景十分生动，读来使人有亲临其境之感。

【注释】

①闰正：闰正月。　②挑菜：唐宋风俗，二月二日为挑菜节。《武林旧事》：“二月一日，谓之‘中和节’，唐人最重，今惟作假，及进单罗御服，百官服单罗公裳而已。二日，宫中排办挑菜御宴。先是，内苑预备朱绿花斛，下以罗帛作小卷，书品目于上，系以红丝，上植生菜、荠花诸品。俟宴酬乐作，自中殿以次，各以金篦挑之。”

木兰花慢

漳州元夕

赵以夫

玉梅吹霁雪[①]，觉和气、满南州[②]。更连夕晴光，一番小雨，朝霭全收[③]。人情不知底事，但黄童白叟总追游。驾海千寻彩岫[④]，涨空万点星球。　　风流，秀色明眸[⑤]。金莲步、度轻柔。任往来燕席，香风引舞，清管随讴。何曾见痴太守[⑥]，已登车、去也又迟留。人似多情皓月[⑦]，十分照我当楼。

【说明】

作者在宋理宗朝曾出知漳州（今属福建省），此阕当作于这一时期。词写南国海滨城市欢度元宵的情况。千丈鳌山驾在海上，万点星球挂在碧空，这样的景象犹如海市蜃楼，内地人是看不到的。所以“痴太守”才流连忘返，本已登车离去，却又驻马停留。赵以夫在漳州颇有治绩，本篇表达了他与民同乐的欣喜之情。

【注释】

①霁雪：雪霁，雪止。 ②和气：和风。 ③朝霭：晨雾。 ④彩岫：指鳌山，即灯山。 ⑤明眸：明亮的眼珠。 ⑥太守：本为战国时郡守的尊称，后为刺史和知府的别称。作者当时任漳州知州，故谓。 ⑦皓月：明亮的月亮。

六州歌头

元夕和宜可

刘将孙

天涯倦客，如梦说今宵。承平事，车尘涨，马鸣萧。火城朝。狂歌闲嬉笑，平康客①，五陵侠②，闲相待，沙河路，灞陵桥③。万眼琉璃，目眩去闲买，一剪梅烧④。数金蛾彩蝶，簇带那人娇⑤。说著魂销，掩鲛绡⑥。 波翻海，尘换世，铜仙泪⑦，铁心娆⑧。渺何地，跢朱履⑨，解金貂⑩。步宫腰。瑶池惊燕罢，瓶落井，箭离弨。灯楼倒，吴儿老，绛都迢⑪。点点梅梢残雪，似东风、吹恨难消。悄山村渔火，风鬓立春宵。绕寒潮。

【说明】

本篇作于宋亡以后。元宵又来到了人间，然而今非昔比，时移世换，山河变色，令人悲痛不已。忆当年，承平岁月，三五之夜，火树银花，狂歌嬉笑。叹如今，地覆天翻，灯灭楼倒，风鬓衰颜，独立春宵，看点点山村渔火，积恨实难消。词中通过元宵的今昔对比，表达了深沉的亡国之痛，音调凄怆，情辞悲苦，读来令人泪下。

【注释】

①平康：唐代长安里名，亦称平康坊，为妓女聚居之所。这里是指南宋都城临安的烟花巷陌。 ②五陵：汉代五个皇帝的陵墓，即高祖长陵、惠帝安陵、景帝阳陵、武帝茂陵、昭帝平陵，这一带聚居着许多富豪，风俗奢纵，杜甫《秋兴》诗有“五陵裘马自轻肥”句。这句是指临安一带富豪之家的子弟。 ③灞陵：汉文帝的陵墓，在今陕西西安市东北。灞，一作霸。灞陵桥，即灞桥，在陕西西安市东灞水上。这里是指临安附近的桥梁。 ④一剪梅：一枝梅花，此指用绢纸之类做的玉梅。宋人谓一枝为一剪。词牌中有用《一剪梅》为名者。 ⑤簇带：宋人俗语，满头插戴的意思。 ⑥鲛绡：神话传说中鲛人（美人鱼）所织的丝绢，这里是指手帕。 ⑦铜仙：金铜仙人。李贺《金铜仙人辞汉歌》序谓：“魏明帝青龙元年八月，诏宫官牵车西取汉孝武捧露盘仙人，欲立置前殿。宫官既拆盘，仙人临载乃潸然泪下。”这句写南宋亡国时蒙古军的掳掠行为。 ⑧娆：烦乱。铁心娆，谓铁石心肠也为之悲伤。 ⑨跢（chí 驰）：踟蹰。 朱履：珠履，缀有明珠的鞋子，多指豪门食客。 ⑩金貂：汉以后皇帝左右侍臣的冠饰，泛指贵重饰物。 ⑪绛都：皇都，指南宋都城临安。

十、七夕佳话

二 郎 神

七 夕

柳 永

炎光谢[①]。过暮雨、芳尘轻洒。乍露冷风清庭户，爽天如水，玉钩遥挂[②]。应是星娥嗟久阻[③]，叙旧约、飙轮欲驾[④]。极目处、微云暗度，耿耿银河高泻。　闲雅。须知此景，古今无价。运巧思、穿针楼上女，抬粉面、云鬟相亚[⑤]。钿合金钗私语处[⑥]，算谁在、回廊影下。愿天上人间，占得欢娱，年年今夜。

【说明】

七夕，即农历七月初七的晚上，为我国古代民间节日之一。《荆楚岁时记》云："七月七日为牵牛织女聚会之夜。是夕，人家妇女结彩缕，穿七孔针，或以金银鍮石为针，陈瓜果于庭中乞巧。"宋人欢度七夕，气氛十分热烈活跃，"儿童辈特地新妆，竞夸鲜丽。至初六日七日晚，贵家多结彩楼于庭，谓之'乞巧楼'。铺陈磨喝乐、花瓜（以瓜雕刻成花样）、酒炙、笔砚、针线，或儿童裁诗，女郎呈巧，焚香列拜，谓之'乞巧'。妇女望月穿针。或以小蜘蛛安合子内，次日看之，若网圆正，谓之'得巧'"。（《东京梦华录·七夕》）历代不少作家以牛郎织女的神话故事为题材，写了许多歌颂男女爱情的七夕诗词，受到广大读者的欢迎。

柳永的这首《二郎神》，通过描写欢度七夕，表达了对爱情和美好幸福生活的向往。开篇先点节令，描绘初秋清爽宜人的气候和环境。接着铺叙天上牛郎织女二星"嗟久阻，叙旧约"，渡桥相会的情景。换头以后，转写人间，刻画女子"运巧思""抬粉面"，望月穿针、楼上乞巧的场面。结拍"愿天上人间，占得欢娱，年年今夜"，绾合上下两片，祝愿人们永远生活在欢乐幸福之中。词意浅俗易懂，表达了作者的美好愿望，因此曾经广为流传。

【注释】

①炎光谢：骄阳下山，暑气消散。　②玉钩：指上弦之月，如玉制帘钩。　③星娥：指织女星。　④飙轮：御风而行的车。这句说织女星好像即将登车出发一样。　⑤云鬟：卷曲如云的环形发髻。　亚：同"压"。　⑥钿（diàn）：以金、银、贝壳之类镶嵌的器物，如金钿、螺钿等。　钗：妇女的首饰，由两股合成。白居易《长恨歌》："钗留一股合一扇，钗擘黄金合分钿"，"七月七日长生殿，夜半无人私语时。"这句化用其意，写男女月下盟誓定情。

渔 家 傲

欧阳修

乞巧楼头云幔卷[1]，浮花催洗严妆面。花上蛛丝寻得遍[2]。颦笑浅，双眸望月牵红线。　　奕奕天河光不断[3]，有人正在长生殿[4]。暗付金钗清夜半。千秋愿，年年此会长相见。

【说明】

欧阳修的这首七夕词，没有正面描绘牛郎织女二星天河相会的故事。开篇即写楼上女子望月穿针乞巧，严妆盛服，双眸炯炯，浅颦微笑，既严肃又活泼，神态天真可爱。下片从遥望天河，联想到“七月七日长生殿”的传说，希望真诚的爱情能有完满的结局，人人都能实现千秋的夙愿。

【注释】

①云幔：指青色的窗帘，或指绘有云彩图案的窗帘亦可。　②花上蛛丝：宋代风俗，七夕妇女以小蜘蛛放在小盒子里，次日看之，如果结的网又圆又正，则谓之“得巧”。这句是写女子晚间寻找蜘蛛以便放入小盒之中。　③奕奕：光彩闪动貌。　④长生殿：唐华清宫殿名。天宝元年（742）建，名为集灵台，用以祀神。白居易《长恨歌》中有关于唐玄宗与杨贵妃在长生殿定情的描写。

菩 萨 蛮

七　夕

苏　轼

风回仙驭云开扇[1]，更阑月堕星河转[2]。枕上梦魂惊，晓檐疏雨零。　　相逢虽草草[3]，长共天难老。终不羡人间，人间日似年。

【说明】

本篇写一女子七夕枕上怨别。乞巧归来，更阑夜深，月落星移，风起云涌，屋檐下滴滴答答的雨声使她从梦中惊醒。她想到牛郎织女相会的时间虽然短暂，可是一年总有一次见面的机会，天长地久，佳期无穷无尽。而人间的离别却是遥遥无期，不知何日才能欢聚，真是度日如年啊，双星如知此情，也不会羡慕人间的。词意含蓄委婉，以天上反衬人间，更见出女子离别相思之苦，读来饶有情味。

【注释】

①仙驭：指风伯、云师驾车而来，意即风起云涌，天气发生了变化。 ②星河转：谓银河斜转，表示夜深。 ③草草：匆忙。

鹊桥仙

秦观

纤云弄巧，飞星传恨，银汉迢迢暗度[①]。金风玉露一相逢[②]，便胜却、人间无数。　柔情似水，佳期如梦，忍顾鹊桥归路[③]！两情若是久长时，又岂在、朝朝暮暮！

【说明】

秦观的这首《鹊桥仙》，写七夕仰观星象、神驰太空的所见和所感。上片描绘牛郎、织女二星在天河渡桥相会的动人情景。过片三句叙述双星临别时难舍难分的沉痛心情，结拍两句用议论语作结，词人认为：男女爱情贵在持久，只要彼此心心相印，即使不能朝夕相处，也是最美好、最值得歌颂的。词中以简洁的文字描述了一个古老而富于魅力的神话故事，揭示出牛郎、织女的心灵美。既有写景状物，又有抒情议论，意境优美，形象生动，在宋人“七夕词”中是一首“情韵兼胜”的佳作。

【注释】

①银汉：银河，又称天河，是一个总数在一千亿颗以上恒星的旋涡星系。 迢迢（tiáo 条）：遥远貌。传说农历七月七日晚上，牛郎星和织女星渡过银河相会。 ②金风：秋风。古代以阴阳五行解释季节演变，秋天属金，故称秋风为金风。 玉露：白露。李商隐《辛未七夕》诗：“由来碧落银河畔，可要金风玉露时。” ③忍顾：怎忍回顾。 鹊桥：传说喜鹊为牛郎织女相会在天河上搭成的桥。韩鄂《岁华纪丽》卷三引《风俗通》：“织女七夕当渡河，使鹊为桥。”

鹧鸪天

七夕

周紫芝

乌鹊桥边河汉流，洗车微雨湿清秋[①]。相逢不似长相忆，一度相逢一度愁。　云却静，月垂钩，金针穿得喜回头。只应人倚阑干处，便似天孙梳洗楼[②]。

【说明】

周紫芝的这首七夕词，上阕写天上，下阕写人间。七月七日，天空下了一阵微雨，气候特别凉爽。晚上银河耿耿，星星闪烁，犹如水面波光晃动，牛郎织女相逢在乌鹊桥上，既有欢乐又有忧愁。夜深人静，一弯新月挂在天边，楼上女儿望月穿针，得心应手，不觉喜形于色。她倚栏遐思，乞得“天孙”之巧，一定会得到朝思暮想的幸福。两幅画面，互相辉映，清新俊逸，极富情韵。

【注释】

①洗车微雨：《荆楚岁时记》：“七月六日有雨谓之洒泪雨，七日雨则云洗车雨。” ②天孙：织女星。织女为民间神话中巧于织造的仙女，为天帝之孙，故名。

行 香 子

七 夕

李清照

草际鸣蛩①，惊落梧桐。正人间天上愁浓。云阶月地②，关锁千重。纵浮槎来③，浮槎去，不相逢。　星桥鹊驾④，经年才见，想离情别恨难穷。牵牛织女，莫是离中。甚霎儿晴⑤，霎儿雨，霎儿风。

【说明】

本篇为七夕抒感，应是李清照和她丈夫赵明诚分居两地时写的。词以描叙节令开篇，蛩鸣叶落，略点初秋景物。接着引出牛郎织女的神话传说，中间用“正人间天上愁浓”暗示出词人孤独寂寞的处境。下片借鹊桥相会的故事，抒写作者的离别相思之苦，表达了对亲人的深深怀念。词意含蓄哀婉，凄恻动人，体现了漱玉词的风格。

【注释】

①蛩（qióng 穷）：蟋蟀。 ②云阶月地：谓天宫以云为阶，以月为地，神秘遥远，高不可攀。杜牧《七夕》诗：“云阶月地一相过，未抵经年别恨多。” ③浮槎：传说中来往于海上和天河之间的木筏。《博物志》：“旧说云：天河与海通，近世有人居海渚者，年年八月，有浮槎去来，不失期。” ④星桥：鹊桥。传说七夕乌鹊架桥，使织女渡河与牛郎相会。 驾，同“架”。 ⑤甚：同“正”。

西 江 月

七 夕

陈 东

我笑牛郎织女，一年一度相逢。欢情尽逐晓云空，愁损舞鸾歌凤①。　牛女而今笑我，七年独卧西风。西风还解过江东②，为报佳期入梦。

【说明】

此阕为七夕怀内之作，大约是陈东在汴京太学时写的。从前夫妻相守，每逢七夕，对牛郎织女一年一度的鹊桥相会很不理解，甚至觉得可笑，何必要那样卿卿我我、伤离怨别呢？如今离家七年，尝够了离别相思的滋味。仰望星空，似乎觉得牛郎织女在嘲笑自己也害了相思病。西风啊，如果你吹到江东，请把相逢的佳期告诉我那梦中的亲人。词意委曲婉转，抒相思之情并无伤感气氛，却带有几分谐趣，可谓柔中含刚。

【注释】

①舞鸾歌凤：指牛郎织女。这两句意为，天将破晓，鹊桥欢会结束，牛郎织女愁苦伤痛不已。②江东：指江南。陈东为江苏丹阳人，故云。

鹊　桥　仙

杨无咎

云容掩帐，星辉排烛，待得鹊成桥后。匆匆相见夜将阑，更应副、家家乞巧①。　经年怨别，霎时欢会，心事如何可了！朝朝暮暮是佳期，乍可在、人间先老②。

【说明】

本篇写天上织女欢度七夕的感受和心理活动。上片描绘她等待乌鹊搭桥，匆匆渡河与牛郎相会。时间是如此的短暂和宝贵，转瞬之间，夜阑天明，但织女并未忘记人间还有千千万万姐妹望眼欲穿地在向她“乞巧”，她一定要完成自己的使命才能渡桥归去。下片抒写织女感叹一年一度的佳期太短，难以消除“经年怨别”的相思之苦。她宁愿回到人间，即使不能长生不老，只要能与心爱的人儿朝夕相处，也比在天上做神仙要幸福得多。词中将神话人物当作普通人来描写，赋予织女以美好的心灵，对她的心理活动刻画得十分细腻真切，使这个古老的神话故事更富于生活气息和浓郁的人情味。

【注释】

①副：这里是“助”的意思。全句意为，应当协助乞巧妇女，把手艺传给她们。　②乍可：宁可，宁愿。

十一、中秋浩歌

水调歌头

苏　轼

丙辰中秋①，欢饮达旦，大醉，作此篇，兼怀子由。

明月几时有？把酒问青天。不知天上宫阙②，今夕是何年？我欲乘风归去，又恐琼楼玉宇③，高处不胜寒。起舞弄清影，何似在人间。　转朱阁④，低绮户⑤，照无眠。不应有恨，何事长向别时圆？人有悲欢离合，月有阴晴圆缺，此事古难全。但愿人长久，千里共婵娟⑥。

【说明】

本篇作于宋神宗熙宁九年（1076）八月十六日清晨，作者当时在密州（今山东诸城）任知州。前夕为中秋佳节，词人赏月饮酒，通宵达旦。当晨曦微露之时，挥毫为赋此阕，自抒胸臆，同时也表达了对其胞弟苏辙（子由）的无限怀念。词的立意高远，构思新颖，在艺术上很有特色。全篇以明月为线索，或隐或显，或明或暗，处处咏月，同时处处也是在抒发赏月人的主观感受。开篇望月兴叹，由向往“天上宫阙”而引起“乘风归去”之念，接着又否定了自己不切实际的幻想。“琼楼玉宇”高不可攀，天上未必胜过人间，寒热冷暖，何处能免？权衡利弊的结果，最后还是决定留在人间。过变之后，从月亮的移转变化、盈亏圆缺，联想到人生的悲欢离合，从而得出了不应事事求全的结论。词中贯穿着情感与理智的矛盾，波澜起伏，跌宕有致。词的结构严密，层次分明，意脉清晰。上下两片各分两层，咏物、写景和抒情、议论水乳交融，互为表里，展现出富有诗情画意的境界。通篇虽然都是咏月，但笔端富于变化，缠绵之情，愈转愈曲，愈曲愈深，令人玩味不尽。起处与结处意象新颖，两片之间的过渡也很自然。全词情韵兼胜，境界壮美，基调乐观，富于哲理，具有较高的审美价值。宋人胡仔《苕溪渔隐丛话》说：“中秋词，自东坡《水调歌头》一出，余词尽废。”可见其影响是非常深远的，后之中秋咏月者多仿此调此体。

【注释】

①丙辰：指宋神宗熙宁九年（1076）。　②天上宫阙：指神话传说中的月宫。阙，古代宫殿、祠庙和陵墓前的楼观。　③琼楼玉宇：形容精美瑰丽的建筑物，这里是指月宫。　④朱阁：朱红色的楼阁。　⑤绮（qǐ起）户：彩饰、雕花的门窗。　⑥婵娟：美好貌，也指美女。这里是以月中仙子

嫦娥代指月亮。谢庄《月赋》："美人迈兮音尘阙，隔千里兮共明月。"

念 奴 娇

中 秋

苏 轼

凭高眺远，见长空万里，云无留迹。桂魄飞来光射处①，冷浸一天秋碧②。玉宇琼楼③，乘鸾来去④，人在清凉国。江山如画，望中烟树历历⑤。　　我醉拍手狂歌，举杯邀月，对影成三客⑥。起舞徘徊风露下，今夕不知何夕⑦？便欲乘风，翻然归去，何用骑鹏翼⑧！水晶宫里⑨，一声吹断横笛⑩。

【说明】

本篇是宋神宗元丰五年（1082）中秋，苏轼贬居黄州时所作。词的上片写月夜登高远眺，从天上到人间，描绘出一幅富于浪漫主义色彩的壮美画面。下片写月下独酌，狂歌起舞，幻想飞入月宫，吹奏一曲，响彻云霄，让寰宇都听到这不同凡响的笛声。作者当时政治上虽然极不得意，但他性格旷达乐观，能够随遇而安，从困境和惶惑之中求得自我解脱。这首词虽然也有孤独之感，但情调是开朗的，表现了他不甘寂寞消沉的人生态度。全篇神思飘逸，笔调空灵，意境优美，想象丰富，具有较强的艺术魅力。

【注释】

①桂魄：月亮的别称。相传月中有桂树，故称。　②这句说碧蓝的秋空都沉浸在清冷的月光之中。　③玉宇琼楼：指月中宫殿。　④乘鸾：据柳宗元《龙城录》，唐玄宗游月宫，见"有素娥十余人，皆皓衣乘白鸾往来，舞笑于广陵大桂树之下"。　⑤历历：分明貌。　⑥三客：指作者、月亮和他的影子。这两句用李白《月下独酌》诗："举杯邀明月，对影成三人。"　⑦今夕句：用《诗经·绸缪》诗意："今夕何夕，见此良人。"　⑧鹏翼：大鹏鸟的翅膀。《庄子·逍遥游》："鹏之背，不知其几千里也。怒而飞，其翼若垂天之云。"　⑨水晶宫：指月宫。　⑩吹断：吹彻。谓其声高亢，声裂金石。

绿 头 鸭

咏 月

晁端礼

晚云收，淡天一片琉璃。烂银盘、来从海底①，皓色千里澄辉。莹无尘、素娥淡伫②；静可数、丹桂参差。玉露初零③，金风未凛④，一年无似此佳时。露坐久，疏萤时度，乌鹊正南飞。瑶台冷，栏干凭暖⑤，欲下迟迟。　　念佳人、音尘别后，对此应解相思。最关情、漏声正永；暗断肠、花影偷移。料得来宵⑥，清光未减，阴晴天气又争知？共凝恋、如今别后，还是隔年期。人强健，清尊素影，长愿相随。

【说明】

本篇题为“咏月”，并非单纯的咏物之作，而是通过中秋赏月，抒写怀人之情。词中的“佳人”，既可以理解为是指恋人，也可以理解为是指友人。辛弃疾在《贺新郎》（把酒长亭说）中，就曾以“佳人”来指称陈亮。所谓“佳人”，即品德高尚之人。此阕上片着重写景，用铺叙手法，描绘出一幅皓月当空，流萤点点、乌鹊南飞的优美图景；下片着重抒情，表达了作者对远方之人的深情怀念。这首词篇幅较长，但词语和婉，意境幽雅，情景俱佳，是一首很有特色的中秋词。胡仔《苕溪渔隐丛话》说：“中秋词自东坡《水调歌头》一出，余词尽废。然其后亦岂无佳词？如晁次膺《绿头鸭》一词，殊清婉。但樽俎间歌喉，以其篇长惮唱，故湮没无闻焉。”

【注释】

①银盘：形容中秋圆月。　②淡伫：淡雅素净，形容月光皎洁。　③玉露：白露，露水。④金风：秋风。秋天属金，故称秋风为金风。　⑤这句说凭栏的时间很长。　⑥来宵：明夜。

水调歌头

桂林中秋

张孝祥

今夕复何夕？此地过中秋。赏心亭上唤客①，追忆去年游。千里江山如画，万井笙歌不夜②，扶路看遨头③。玉界拥银阙④，珠箔卷琼钩⑤。　　驭风去，忽吹到，岭边州⑥。去年明月依旧，还照我登楼。楼下水明沙静，楼外参横斗转⑦，搔首思悠悠。老子兴不浅，聊复此淹留⑧。

【说明】

宋孝宗乾道元年（1165），张孝祥出任静江（今广西桂林）知府兼广南西路经略安抚使。这首词是他在桂林欢度中秋佳节时写的。上片回忆去年在金陵过中秋，登赏心亭，与友人一同赏月的情景。下片叙写来到岭南以后，又逢中秋，明月依旧，登楼眺望，不禁思绪万千。作者调任桂林，是在罢官起复之后，因此词中含蓄地流露出仕途坎坷、人生飘忽不定的感慨。

【注释】

①赏心亭：在金陵（今江苏南京）下水门城上。 ②万井：形容人口稠密，市井繁华。③遨头：陆游《老学庵笔记》："四月十九日，成都谓之浣花，遨头宴于杜子美草堂沧浪亭，倾城皆出，锦绣夹道。"按《成都记》云："太守出游，士女则于木床观之，谓之遨床，故太守为遨头；自正月出游，至四月浣花乃止。"这里是说倾城出门赏月。 ④玉界：洁白如玉的世界。 银阙：银白色的宫殿。 ⑤珠箔：珠帘，用珍珠缀成或饰有珍珠的帘子。 琼钩：玉制的帘钩。 ⑥岭边州：指桂林，因地处五岭以南，故称。 ⑦参（shēn 申）：星名，二十八宿之一。 斗：指北斗星。⑧淹留：停留，滞留。

水调歌头

汪 莘

东坡云："明月几时有？把酒问青天。"本于太白《问月》云："青天有月来几时？"太白云："今人不见古时月。"本于《抱朴子》云[①]："今月不及古月之朗。"抱朴子所言，非绮语也。深思而得之，诚有此理。嘉定元年中秋日[②]，因赋《水调》，其夜无月。

听说古时月，皎洁胜今时。今人但见今月，也道似琉璃。君看少年眸子[③]，那比婴儿神彩，投老又堪悲[④]。明月不再盛，玉斧亦何为[⑤]！ 约东坡，招太白，试寻思。凭谁斫却，里面桂影数千枝。忆在无怀天上[⑥]，仍向有虞宫殿[⑦]，看月到陈隋[⑧]。别有一轮月，万古没成亏。

【说明】

中秋之夜，阴云密布，无月可赏，这本来是一件大煞风景的事，而作者却不甘寂寞，拈出古人数首咏月诗词，加以考索评论，并赋《水调歌头》，略抒己见，既弥补了"其夜无月"的遗憾，同时也给读者以思想启迪。词人认为宇宙间的一切事物都是在变化的，明月也有它的幼年、少年和老年时期，正如人的眼珠一样，各个时期其神采是大不一样的。所以葛洪说"今月不及古月之朗"，是有道理的。他还认为只有心中的一轮明月才是万古不变的。这首词富有哲理趣味，在宋人的中秋词中别开生面，独具一格。

【注释】

①《抱朴子》：东晋葛洪著。分内外篇。内篇谈神仙方药、鬼怪变化之类事；外篇论人间得失、世事臧否等。 ②嘉定元年：1208年。嘉定，南宋宁宗年号。 ③眸子：瞳仁。 ④投老：到老，垂老。⑤玉斧：神话传说中修理月亮的仙人之斧。 ⑥无怀天：指远古时期。无怀，即无怀氏，传说中我国远古时期部落名。相传其民安居乐业，鸡犬之声相闻，老死不相往来。 ⑦有虞：有虞氏。传说中我国远古部落名。居于蒲坂（今山西永济西蒲州镇），舜为其领袖。 ⑧陈隋：南朝时期的陈朝和隋朝。

十二、人生咏叹

木　兰　花

钱惟演

城上风光莺语乱，城下烟波春拍岸。绿杨芳草几时休？泪眼愁肠先已断。　情怀渐变成衰晚，鸾鉴朱颜惊暗换[①]。昔年多病厌芳尊[②]，今日芳尊惟恐浅。

【说明】

此词作者为吴越王钱俶之子，幼年从俶归宋，初为右屯卫将军。真宗朝任翰林学士，仁宗朝拜枢密使，加同中书门下平章事，“官兼将相”，又与后家联姻，权重一时。后因牵涉宫廷矛盾，被贬为崇信军节度使，郁郁而终。本篇为其晚年失势后所作。词中即景抒怀，结拍两句以对待“芳尊”态度的前后变化，形成反差，表达了沉浮宦海的迟暮之感，真率自然，词情凄婉，是发自内心的人生无常的喟叹。

【注释】

①鸾鉴：一作“鸾镜”，即妆镜。　②芳尊：酒杯的美称，代指美酒。

浣　溪　沙

晏　殊

一曲新词酒一杯，去年天气旧亭台。夕阳西下几时回？　无可奈何花落去，似曾相识燕归来。小园香径独徘徊[①]。

【说明】

本篇写的是游园感旧。首二句回忆往事。记得去年今日，曾在这里邀集嘉宾，设下盛宴，喝一杯美酒，听一支新曲；宾主觥筹交错，歌声美妙动人，生活多么悠闲自得啊！那时候天气也是这么晴和，亭台楼阁一概依然如旧，令人惋惜的是这一切都如过眼云烟，变成了忆念中的旧事。“夕阳”句用疑问语抒发感慨。当词人徘徊于“小园香径”中时，想起去年今日歌酒乐事，忽见一轮红日西沉，心中怅然若失，于是便发出了“夕阳西下几时回”的喟叹。此句即景生情，由实入虚，意蕴似浅实深。词人从“夕阳西下”联想到人生百年，好景难长，青春不能永驻，从而产生了一种迟暮之感。换头两句紧承上片结句，借眼前景物，抒发伤春悼时情绪。根据《浣溪沙》词牌的要求，下片前两句例用对偶。此联属对精巧工丽，写出了一种韵味深长的意境，晏殊自己也颇为得意，后来在另一首七言律诗中又重复加以使用。末句“小园香径独徘徊”，叙述人物的现实活动，也是抒情主人公出现在画面中的唯一动作。至此，全词的意境、画面、构思都十分清楚了。原来一个暮春的傍晚，作者踏着落日余晖，独自徘徊于“小园香径”之中，不由得想起了去年之事，从而发出了对人生的喟叹。词中的新词、杯酒、天气、亭台、夕阳、落花、归燕等景物都是游园时的所见、所忆和所感，虚虚实实，互相映衬，形成了一个缤纷多彩的境界。其实此时此刻，小园中只有一人，那就是踯躅不定、内心深感孤单寂寞的作者自己。

【注释】

①香径：散发着花香的小路。

浣　溪　沙

苏　轼

游蕲水清泉寺①，寺临兰溪，溪水西流。

山下兰芽短浸溪②，松间沙路净无泥。萧萧暮雨子规啼。　谁道人生无再少？门前流水尚能西。休将白发唱黄鸡③！

【说明】

本篇作于神宗元丰五年（1082）三月，作者被贬黄州时。据《东坡志林》卷一：“黄州东南三十里为沙湖，亦曰螺师店，予买田其间。因往相田得疾，闻麻桥人庞安常善医而聋，遂往求疗。……疾愈，与之同游清泉寺，寺在蕲水郭门外二里许，有王逸少洗笔泉，水极甘，下临兰溪，溪水西流，予作歌云：（词略。）是日剧饮而归。”词的上片纪游，描绘清泉寺附近幽美而具有特色的风光景物。下片即景抒感，用富有哲理的语言，表达了对青春的向往和对人生的乐观思想：谁说青春不能回复，你看门前的流水不是也可以向西奔流吗？用不着去哀叹人生短促、岁月如流、自寻烦恼啊！这是一曲生命和青春的赞歌，反映了苏轼旷达的胸怀和积极乐观的人生态度。联系到他当时身为“犯官”的境遇，这种向前看的精神，在士大夫知识分子中就更加难能可贵了。

【注释】

①蕲水：今湖北浠水县，在黄冈东。 ②兰芽：兰草的嫩芽。 ③白发唱黄鸡：谓岁月如流，人生易老，生命短促。白居易《醉歌示妓人商玲珑》诗：“谁道使君不解歌，听唱黄鸡与白日。黄鸡催晓丑时鸣，白日催年酉前没。腰间红绶系未稳，镜里朱颜看已失。”

西江月

苏轼

世事一场大梦，人生几度新凉？夜来风叶已鸣廊①，看取眉头鬓上。 酒贱常愁客少，月明多被云妨。中秋谁与共孤光，把盏凄然北望②。

【说明】

被贬黄州时，苏轼的思想充满了矛盾，有时他显得很旷达，有时也难免消极悲观，对人生和自己的未来感到迷惘。此阕作于中秋之夜，词人月下独酌，翘首北望，回首往事，恍如大梦一场，于是怀着凄凉的心情写下了这首一个政治上失意者的人生咏叹调。词中寓情于景，言近旨远，反映了作者在贬逐生活中深感世路险恶，人生短促的虚无思想和寂寞惆怅之情。

【注释】

①这句说夜间回廊上传来风吹树叶的飒飒之声。 ②《苕溪渔隐丛话》后集第三十九卷引《古今词话》云：“东坡在黄州，中秋夜对月独酌作《西江月》词。坡以谗言谪居黄州，郁郁不得志，凡赋诗缀词必写其所怀，然一日不负朝廷，其怀君之心，末句可见矣。”胡仔不同意杨湜的说法，认为这两句是苏轼怀念他的兄弟苏辙的，他说：“《聚兰集》载此词，注曰‘寄子由’，故后句云‘中秋谁与共孤光，把酒凄然北望’，则兄弟之情见于句意之间矣。疑是在钱塘作，时子由为睢阳幕客，若《词话》所云，则非也。”

如梦令

向滈

谁伴明窗独坐？和我影儿两个。灯烬欲眠时，影也把人抛躲。无那①，无那，好个恓惶的我②！

【说明】

此阕曾误为李清照作，题为“闺怨”，实乃作者感叹世态炎凉、人生寂寞之作。得意之时高朋满座，宾客如云；失意之时，门前冷落车马稀，就好像油干灯草尽一样，连影子也匆匆忙忙地把主人抛躲。杨慎《词品》谓其“词似俚而意深，亦佳作也”。

【注释】

①无那：无奈。无可奈何。 ②恓惶：心神不安的样子。

望江南

戴复古

石屏老①，长忆少年游。自谓虎头须食肉②，谁知猿臂不封侯③。身世一虚舟！ 平生事，说着也堪羞。四海九州双脚底，千愁万恨两眉头。白发早归休。

【说明】

戴复古为江湖诗人之一，长期浪迹天涯，有志未伸，心中常怀不平。此阕为其回顾生平、直抒胸臆之作。他自视很高，谁知命运偃蹇，未能如愿，在人生的旅途上历尽艰辛、坎坷，悔愧不已，千愁万恨凝结于眉头，因而决心“白发早归休”。词中通过对自身遭遇的咏叹，表达了南宋后期中下层知识分子在黑暗的岁月里，对仕途的失意和人生的迷惘之情。

【注释】

①石屏老：作者自称。戴复古，字式之，黄岩（今属浙江省）人，晚年隐居故乡南塘石屏山下，因自号石屏。 ②虎头：《南史》卷一〇《陈本纪下·宣帝纪》：“高宗孝宣皇帝讳顼，字绍世……帝貌若不慧，魏将杨忠门客张子煦见而奇之，曰：‘此人虎头，当大贵也。’”旧时认为，人的头形如虎乃大贵之相。 食肉：指做大官。古代称在高位食厚禄的官员为肉食者，或食肉。 ③猿臂：谓臂长如猿，形容身手矫健，武艺高强。《史记·李将军列传》：“广为人长，猿臂，其善射亦天性也。”

十三、乡村田园

浣　溪　沙

苏　轼

徐门石潭谢雨[①]，道上作五首。潭在城东二十里，常与泗水增减[②]，清浊相应。

麻叶层层苘叶光[③]，谁家煮茧一村香？隔篱娇语络丝娘[④]。　　垂白杖藜抬醉眼[⑤]，捋青捣麨软饥肠[⑥]。问言豆叶几时黄[⑦]？

【说明】

宋神宗元丰元年（1078），苏轼在徐州任知州。这年春天徐州出现旱灾，作者曾前往东郊石潭求雨，雨后又去主持谢神仪式。一路上，他看到如画的农村风光和当地群众劳动、生活的情景，于是写了五首《浣溪沙》记述此事。这里选的是其中的第三和第五两首。

此首写路过山村的见闻。上片刻画景物，从村外写到村内，描绘了雨后农村的喜人气象；下片叙述老翁捋麦充饥，反映出农村灾年百姓的困苦生活。词用白描，语言质朴，风格清新自然。一喜一忧，表达了作者关怀民众的思想感情。

【注释】

①徐门：指徐州，在今江苏省。　②泗水：发源于山东，经徐州流入淮河，后改道入运河。　③苘（qǐng 顷）：俗称“青麻”，可用来织布搓绳。　④络丝娘：虫名，俗称纺织娘，这里是指缫丝的妇女。　⑤垂白杖藜：指鬓发花白、拄着拐杖的老翁。藜，一种草本植物，其茎坚韧，可做手杖。　⑥捋（luō 啰）青：以手脱取青麦。　捣麨（chǎo 炒）：将麦子炒熟，捣成粉面。麨，干粮。　⑦问言：问道的意思。

浣　溪　沙

苏　轼

软草平莎过雨新[①]，轻沙走马路无尘。何时收拾耦耕身[②]？　　日暖桑麻光似泼，风来蒿艾气如熏[③]。使君元是此中人[④]！

【说明】

此首通过描绘田野风光，抒发作者向往农村、希望回乡务农的思想感情。两片表现手法基本相同，一、二句写景，第三句抒情。感情真率，语言通俗，不事雕饰，呈现出朴素、自然的美感。

【注释】

①莎（suō梭）：莎草，一种多年生草本植物。 ②耦耕：两人并耜而耕。 ③熏：熏香。 ④使君：古代州郡长官的称呼，这里是作者自谓。 此中人：指农村中人。

鹧 鸪 天

苏 轼

林断山明竹隐墙，乱蝉衰草小池塘。翻空白鸟时时见[①]，照水红蕖细细香[②]。 村舍外，古城旁，杖藜徐步转斜阳。殷勤昨夜三更雨，又得浮生一日凉[③]。

【说明】

此阕为神宗元丰六年（1083），作者贬居黄州时所作。词写夏末秋初雨后傍晚城郊农村景色。上片通过林、山、墙、竹、乱蝉、衰草、池塘、白鸟、红蕖等物象，有色有声，层次分明地展现出一幅衰飒而富有诗意的山村风情画。下片写词人拄杖漫步于夕阳之下，抒发了寂寞闲居，只能在无可奈何中消磨岁月的矛盾心情。

【注释】

①白鸟：指鸥鹭一类白色水鸟。 ②红蕖：红色的荷花。蕖，即“芙蕖”“扶蕖”，荷花的别名。细细香：淡淡的幽香。 ③浮生：谓世事无定，生命短促。是对人生的一种消极看法。

行 香 子

秦 观

树绕村庄，水满坡塘[①]。倚东风、豪兴徜徉[②]。小园几许，收尽春光。有桃花红，李花白，菜花黄。 远远围墙，隐隐茅堂。扬青旗、流水桥旁[③]。偶然乘兴，步过东冈。正莺儿啼，燕儿舞，蝶儿忙。

【说明】

春到人间，万紫千红，词人偶然乘兴出游。只见桃李争艳，莺歌燕舞，不觉心旷神怡，于是以多彩的画笔描绘出一幅春意盎然的田园风光画。词的笔调轻快，色彩鲜明，风格自然清新。两片句式、格律、节奏相同，结拍均用一虚字领起三个三字短句，连贯而下，将春事渲染得淋漓尽致，给读者以赏心悦目的美感享受。

【注释】

①坡塘：山坡下的小池塘。坡，一作“陂”。 ②徜徉：一作“尚羊”“倘佯”“相羊”，徘徊，信步而行。 ③青旗：又称“青帘”，古时酒店门前挂的青布招子。

蝶 恋 花

范成大

春涨一篙添水面[①]。芳草鹅儿，绿满微风岸。画舫夷犹湾百转[②]，横塘塔近依前远[③]。 江国多寒农事晚。村北村南，谷雨才耕遍[④]。秀麦连冈桑叶贱，看看尝面收新茧。

【说明】

本篇当为作者退居苏州石湖时所作，大约与《四时田园杂兴》写于同时。词的上片描写春日泛舟出游。水满陂塘，芳草如茵，雏鹅戏水，微风吹绿了两岸原野的草木，江南春色一一收入诗人用彩笔绘就的这幅画图之中。下片吟咏农事。水乡天寒，耕种稍晚，一直过了谷雨才把稻田犁完。可是冈地上的农作物却长得很茂盛，眼看麦桑又将获得丰收，诗人也抑制不住内心的喜悦之情。这是一首优秀的田园词，笔触细腻，语言清新，风格明快，农村生活气息也较为浓厚，可以和作者的田园诗相比美。

【注释】

①春涨一篙：谓春水涨了一篙之深。篙，撑船用的竹竿。 ②画舫：装饰华丽的游船。 夷犹：亦作“夷由”，从容貌。张耒《泊长平晚望》诗：“川稳夷犹棹，春归杳霭天。” ③横塘：水塘名，在苏州西南十里许。 ④谷雨：二十四节气之一，在阳历4月20日前后。谷雨前后，天气较暖，雨量增加，是播种的最佳季节。

南柯子

王 炎

山冥云阴重[①]，天寒雨意浓。数枝幽艳湿啼红[②]。莫为惜花惆怅、对东风。 蓑笠朝朝出，沟塍处处通[③]。人间辛苦是三农[④]。要得一犁水足、望年丰。

【说明】

这是一幅春雨中的农村小景。上片即景抒感，词人有意改变士大夫的情趣和习气，从另一角度来看待自然界的现象。阴云密布，山色昏暗，寒雨欲来，几株娇花仿佛在雨中悲啼哀诉。对此，文人学士往往产生惜花伤春之情，而作者却认为不应当为了“惜花”而去埋怨春风。这是一种不同流俗的见解，读来使人耳目一新。下片咏叹农民的辛勤劳动，从而给自己的生活体验做了形象化的解释。看吧，风雨之中，老农披上蓑衣，戴着斗笠，天天早出晚归，不辞辛劳，开沟引水，灌溉农田，希望迎来一个丰收之年。春风春雨，在他们看来是多么宝贵啊！这就是作者要奉劝人们“莫为惜花惆怅、对东风”的原因。此阕语言质朴，形象生动，感情真切，富有启迪，在宋人农村词中不失为一篇佳作。

【注释】

①冥：昏暗。 ②幽艳：僻静处的艳丽之花。 ③塍（chéng 成）：田畦，田间的界路。 ④三农：指平地、山地、洼地。《周礼》：“三农生九谷。”郑玄注云：“三农，平地、山、泽。”这里是引申代指农民。

风入松

赋稼村

张 炎

老来学圃乐年华，茅屋短篱遮。儿孙戏逐田翁去，小桥横、路转三叉[①]。细雨一犁春意，西风万宝生涯。 携筇犹记度晴沙[②]，流水带寒鸦。门前少得宽闲地，绕平畴、尽是桑麻[③]。却笑牧童遥指，杏花深处人家[④]。

【说明】

此阕当作于宋亡、词人北游归来以后。作者退居林下，老来学稼，开圃灌园，自得其乐。茅屋短篱，儿孙满膝，安享天伦之乐。有时携杖出游，只见小桥流水，西风落日，天边数点寒鸦。路旁牧童牛背归来，遥指杏花深处，那边还有人家。这是一首士大夫牧歌式的田园词。语言典雅，意境优美，农家生活与时代气息却很淡薄。大约此时张炎的心境已渐趋于平静，只得寻觅一块“世外桃源”，去安度自己的晚年了。

【注释】

①三叉：指三岔路口。 ②筇（qióng 穷）：竹杖。 ③平畴：平坦的田地。 ④这两句化用杜牧《清明》诗句意：“借问酒家何处有？牧童遥指杏花村。”

十四、渔歌菱唱

阮郎归

俞紫芝

钓鱼船上谢三郎[①]，双鬓已苍苍。蓑衣未必清贵，不肯换金章[②]。　　汀草畔[③]，浦花旁[④]，静鸣榔[⑤]。自来好个，渔父家风，一片潇湘。

【说明】

渔翁白发苍苍，安于清贫，不屑于仕进，表现出隐士的风度。词中那位不愿用蓑衣去换金章的谢三郎，可以说是作者自我形象的写照。据《苕溪渔隐丛话》引山谷语云："金华俞秀老作此篇，道人多传之，非道意岑寂，其语不能如是。"

【注释】

①谢三郎：《苕溪渔隐丛话》引《传灯录》云："元沙，福州闽县人，姓谢氏，幼好垂钓，泛小船于南台江，狎诸渔者。年甫三十，忽慕出尘，乃弃钓艇，投芙蓉山训禅师落发。秀老用其事也。"　②金章：金印。　③汀：水中或水边的平地。　④浦：水滨。　⑤榔：捕鱼时用以敲船的长木棍。

渔家傲

谢逸

秋水无痕清见底，蓼花汀上西风起[①]。一叶小舟烟雾里。兰棹舣[②]，柳条带雨穿双鲤。　　自叹直钩无处使，笛声吹彻云山翠。脍落霜刀红缕细。新酒美，醉来独枕莎衣睡。

【说明】

这位渔翁虽然独来独往，自由自在，但由于他不趋时尚，朴直厚重，仍旧用"直钩"去钓鱼，难免会感到无所施其计了。即使如此，也用不着耿耿于怀，自寻烦恼，有酒有鱼，不如畅饮一番，醉后独自头枕莎衣蒙头而睡，生活得也颇为快乐。

【注释】

①蓼（liǎo 了）：一年生草本植物，花淡红色或白色。 ②舣（yǐ 蚁）：附船着岸。

渔 家 傲

曹 组

水上落红时片片，江头雪絮飞缭乱①。渺渺碧波天漾远。平沙暖，花风一阵蘋香满。 晚来醉著无人唤，残阳已在青山半。睡觉只疑花改岸。抬头看，元来弱缆风吹断②。

【说明】

花絮飘零，碧波荡漾，环境如此优美迷人。渔翁迎着残阳，系缆岸边，畅饮舟中，不知不觉进入梦乡。醒来只见岸上的景物完全变了，仔细一看，原来“弱缆”早已被风吹断，船儿不知漂到了什么地方。放浪自适，无拘无碍，这渔翁大概也是属于隐者之流吧！

【注释】

①雪絮：白色的柳絮。 ②弱缆：纤细的缆绳。

好 事 近

渔 父 词

朱敦儒

摇首出红尘①，醒醉更无时节。活计绿蓑青笠，惯披霜冲雪。 晚来风定钓丝闲，上下是新月。千里水天一色，看孤鸿明灭。

【说明】

朱敦儒用《好事近》调，写了十四首“渔父词”，这里选了其中的一首。此阕上片泛叙“绿蓑青笠”“披霜冲雪”的渔家生活。下片描绘月下垂钓的情景：风平浪静，钓丝一动不动，月光水色，孤鸿明灭，多么优美的画图，意境淡远而富于诗意。

【注释】

①红尘：闹市的灰尘，形容繁华热闹的地方。

长　相　思

陆　游

桥如虹，水如空，一叶飘然烟雨中。天教称放翁[①]。　　侧船篷，使江风，蟹舍参差渔市东[②]。到时闻暮钟。

【说明】

桥如垂虹，水似苍穹，水天一色，多美的画图。一叶扁舟，飘然而逝，独来独往，自由自在地出没于烟雨之中。这是天公有意，要让我自号陆放翁。掉过船头，乘着江风，转瞬间来到了房舍参差不齐的小镇东头渔市，耳边忽然传来佛寺傍晚的钟声。小词空灵，如诗如画，形象地再现了放翁晚年生活的一个侧面。

【注释】

①称放翁：《宋史·陆游传》："人讥其颓放，因自号放翁。"　②蟹舍：如蟹壳似的小屋。

长　相　思

渔　父

王　质

山青青，水青青，两岸萧萧芦荻林[①]。水深村又深。　　风冷冷[②]，露冷冷[③]，一叶扁舟深处横。垂杨鸥不惊。

【说明】

这首渔父词着重刻画景物，描绘水乡渔村风光。垂杨深处横着一叶扁舟，鸥鹭悠然自得，觅食于水草之中，环境多么幽静。此时渔父大概正在午间小憩吧！

【注释】

①芦荻：芦苇和荻草，两种多年生草本植物，多长于水边。　②风冷冷：形容风声清越。③露冷冷：形容露水清凉。

渔 父 词

薛师石

夜来采石渡头眠[①]，月下相逢李谪仙[②]。歌一曲，别无言。白鹤飞来雪满船。

【说明】

渔父夜泊采石渡口，月下与诗仙李白在梦中相逢。恍惚听见谪仙引吭高歌，歌罢默默无言，飘然而逝。醒后只见一群白鹤飞来，船上好像积满了一层皑皑的白雪。李白死于当涂，初葬于采石矶，渔父来到诗魂安息之地，浮想联翩，故有此梦。小词空灵蕴藉，韵味深长，耐人咀嚼。

【注释】

①采石：采石矶，原名牛渚矶，在今安徽马鞍山市长江东岸。 ②李谪仙：唐代诗人李白，被称为天上谪仙人。

兰 陵 王

渔 父

杨泽民

翠竿直。一叶扁舟漾碧[①]。澄江上、几度啸日迎风[②]，怡怡钓秋色[③]。渔乡共水国，都属沧浪傲客[④]。烟波外，风笠雨蓑，才掷丝纶便千尺。 飘然去无迹。恣脚扣双船[⑤]，帆挂轻席。盈钩香饵鱼争食。更拨棹葭岸[⑥]，放篙菱浦[⑦]，才过新栅又旧驿。占江南江北。 堪恻[⑧]。利名积。算纵有豪华，难比清寂。须知此乐天无极。有一斗芳酒，数声横笛。芦花深夜，半醉里、任露滴。

【说明】

此阕系和周邦彦同调咏柳词韵之作。和词因受原韵限制，很难写好。但这首咏渔父的词，结构严密，层层铺叙，格高调雅，对渔父的生活、环境、感情和心态刻画得十分细腻真切，在艺术上颇有特色，不失为《和清真词》中的一首佳作。

【注释】

①漾碧：荡漾于碧波之上。 ②澄江：清澈平静的江水。 ③怡怡：和悦貌。 钓秋色：垂钓于秋色之中。 ④沧浪：形容水色青苍。沧浪傲客，隐居水滨的狂傲之士，指渔父。 ⑤恣：听任，

任凭。 ⑥葭岸：长着蒹葭（芦苇）的岸边。 ⑦菱浦：种有菱角的水滨。 ⑧恻：凄怆。

渔 家 傲

晏 殊

越女采莲江北岸，轻桡短棹随风便[①]。人貌与花相斗艳。流水慢，时时照影看妆面。　　莲叶层层张绿伞，莲房个个垂金盏。一把藕丝牵不断。红日晚，回头欲去心撩乱。

【说明】

采莲少女如花似玉，无比娇艳，时时低头俯视水中倩姿，不觉顾影自怜。荷叶层层，好像一把把张开的绿伞；莲房饱满，恰似一个个倒垂的金盏。用手掰开一节嫩藕，只见藕儿虽断，却有一根根银丝相连。少女为之春情荡漾，心绪缭乱。此阕写越女怀春，笔触细腻，含而不露。

【注释】

①轻桡：小桨。 短棹：小船。

蝶 恋 花

欧阳修

越女采莲秋水畔，窄袖轻罗，暗露双金钏[①]。照影摘花花似面，芳心只共丝争乱。　　鸂鶒滩头风浪晚[②]，雾重烟轻，不见来时伴。隐隐歌声归棹远，离愁引著江南岸。

【说明】

本篇写越女采莲，与前首晏殊的《渔家傲》有异曲同工之妙。词的语言通俗，意境优美，节奏明快，采莲女子的形象及其心理活动刻画得十分生动。结处写越女在风浪中失去同伴，独自棹歌夜归，画面极富诗意，余音袅袅，韵味无穷。

【注释】

①钏（chuàn 串）：手镯。 ②鸂鶒（xī chì 西翅）：水鸟名。或以此鸟形大于鸳鸯而色多紫，故亦称“紫鸳鸯”。

折新荷引

赵　抃

雨过回廊，圆荷嫩绿新抽。越女轻盈，画桡稳泛兰舟[①]。芳容艳粉，红香透、脉脉娇羞。菱歌隐隐渐遥，依约回眸[②]。　　堤上郎心，波间妆影迟留。不觉归时，淡天碧衬蟾钩[③]。风蝉噪晚，余霞际、几点沙鸥。渔笛、不道有人，独倚危楼。

【说明】

此阕写的是游湖艳遇。雨后初晴，荷花竞放，采莲姑娘泛舟入湖。她们红装艳抹，体态轻盈，含情脉脉，娇中带羞。一阵香风过后，船儿载着歌声渐渐远去，隐隐约约船上有人不断回头。岸上青年神魂飘荡，舟中佳人迟疑流连，怎奈鸿鱼不至，无人为通情愫。青年恹恹而归，只见天上新月如钩，耳边蝉声不绝，晚霞落处，水上飞起几只沙鸥。回到家里，独自登楼眺望，不见伊人倩影，唯有湖上的笛声又勾起一段清愁。词语清丽，风格含婉，艺术上颇有特色。

【注释】

①画桡：美丽的船桨。　②回眸：回视。　③蟾钩：像弯钩似的新月。蟾，即蟾蜍，代指月亮。

鹧　鸪　天

采　莲　曲

丘　崈

两两维舟近柳堤[①]，菱歌迤逦过前溪[②]。曲中自诉衷肠事，岸上行人那得知！　　金齿屐[③]，翠云篦[④]，女萝为带蕙为衣[⑤]。惜花贪折归时晚，急桨相呼入翠微[⑥]。

【说明】

这首词是一幅生动的村姑采莲图。一行小船沿着柳堤，迤逦而行，转眼间驶过村前的小溪，船上传来了阵阵清脆悦耳的菱歌之声。岸上过路的行人都被那销魂摄魄的歌声吸引，但有谁能理解姑娘们曲中所寄托的“衷肠事”呢？采莲姑娘足着“金齿屐”，腰系女萝带，身披蕙兰衣，她们就像一群从天而降的仙女。为了多采摘一些荷花，又怕回去得太晚，于是便急急忙忙划着小桨，互相招呼着消失于绿荫丛中。词的意象优美，情景逼真，清新秀丽，富有艺术魅力。

【注释】

①维舟：船相联结。 ②迤逦：曲折而行。 ③屐（jī机）：鞋子的一种。通常指木底的，或有齿，或无齿；也有草制的或帛制的。 ④篦：篦子，一种比梳子密的梳头用具。 ⑤女萝：植物名，或以为即菟丝草。 蕙：香草名，俗称“佩兰”，古人认为佩之可以避疫。 ⑥翠微：本指青翠掩映的山腰幽深处，这里是指碧荷丛生的幽深之处。

长相思

杨韶父

溪水清，溪水浑，溪上人家数亩园。垂杨深闭门。 青罗裙，白罗裙，采尽青蘩到白蘋[1]。江南三月春。

【说明】

这首小词是一幅江南水乡风情画。上片写溪上人家，暮春三月，垂柳依依，数亩山园，柴门紧闭，人们都下湖干活去了。下片镜头摇向湖塘之中。村姑们穿着素淡的青罗裙或白罗裙，三三两两，正忙于在水中采摘青蘩和白蘋。词语通俗，风格朴实，近似民歌。

【注释】

①蘩：植物名，即白蒿。《诗经·豳风·七月》：“春日迟迟，采蘩祁祁。” 蘋：多年生浅水草本植物，亦称“四叶菜”“田字草”。

十五、寻幽探胜

水调歌头

黄庭坚

瑶草一何碧[①]，春入武陵溪[②]。溪上桃花无数，枝上有黄鹂。我欲穿花寻路，直入白云深处，浩气展虹霓[③]。只恐花深里，红露湿人衣。　　坐玉石，倚玉枕，拂金徽[④]。谪仙何处[⑤]？无人伴我白螺杯[⑥]。我为灵芝仙草，不为朱唇丹脸[⑦]，长啸亦何为？醉舞下山去，明月逐人归[⑧]。

【说明】

山谷此篇写春日入山寻芳探胜。词人独自行来，仿佛走进了一个神话般的世界。只见山上白云缭绕，溪畔芳草茵茵，两岸桃花盛开，枝上黄鹂声声，这不是陶渊明笔下的“桃花源”吗？他既为之神往陶醉，也感到孤独寂寞，于是小憩石上，抚琴长啸，高歌一曲，可惜李白不在，无人伴我开怀畅饮，千载知音难求啊！入夜，醉意蒙眬，独自迈着蹒跚的舞步，踏着明月而归。这首词将咏物、写景和抒情融为一体，富于浪漫主义色彩。结拍化用李白诗句“暮从碧山下，山月随人归”，意境深远，饶有余味。

【注释】

①瑶草：古人想象中的仙草，也泛指芳草。　②武陵：今湖南常德市。陶渊明《桃花源记》：“晋太元中，武陵人捕鱼为业，缘溪行，忘路之远近，忽逢桃花林。夹岸数百步，中无杂树，芳草鲜美，落英缤纷，渔人甚异之。”　③这句说满腔浩然之气，化为天上的虹霓。　④金徽：琴的美称。徽，系弦之绳。　⑤谪仙：指唐诗人李白。　⑥白螺杯：白色螺形的酒杯。这里是指饮酒。　⑦朱唇丹脸：指红色的桃花，亦暗喻长生不老。　⑧逐：追随。

点　绛　唇

桃　源

秦　观

醉漾轻舟，信流引到花深处。尘缘相误[①]，无计花间住。　　烟水茫茫，千里斜阳暮。山无数。乱红如雨②，不记来时路。

【说明】

这首词可能是作者被贬郴州时所作。郴州地处湘南，距陶渊明笔下所描绘的武陵桃花源不远，或许词人曾经到那里去游览过也未可知。本篇为纪游之作，叙述他酒后荡着一叶扁舟，信流而行，进入了传说的“桃源”之中。只见两岸桃花盛开，烂漫如锦，烟水迷蒙，青山叠翠，夕阳返照，如同神话中的仙境一般。他多么希望能永远住在这里，可是由于“尘缘相误”，摆脱不了“名缰利锁”，因而感到十分遗憾。小词以写景为主，语言简练，色彩鲜明，意境优美，是一幅诗意盎然的桃源泛舟图。

【注释】

①尘缘：佛教名词。佛经中把色、声、香、味、触、法称作“六尘”。以心攀缘六尘，遂被六尘牵累，故名。 ②乱红：落花。李贺《将进酒》：“况是青春日将暮，桃花乱落如红雨。”

如梦令

李清照

常记溪亭日暮①，沉醉不知归路。兴尽晚回舟，误入藕花深处。争渡，争渡。惊起一滩鸥鹭②。

【说明】

这是一首追忆旧游之作。描叙词人早年一次泛舟出游、寻幽探胜的经历。开篇用“常记”二字点出所叙乃是往事，但因其印象深刻，所以历久不忘。“沉醉”是说风光优美，令人流连忘返，未必真是喝得酩酊大醉，有的本子题为“酒兴”，纯属画蛇添足。词中通过对小溪、亭台、藕花、鸥鹭等的描写，展现出一幅生动而富有诗意的画面。“误入”“争渡”“惊起”几个动词的运用使词意更加妙趣横生，摇曳多姿。词的语言浅俗，纯用白描，风格清新自然，有较高的审美价值。

【注释】

①常记：经常出现在记忆之中。亦作“尝记”。 ②鸥鹭：沙鸥、白鹭，两种水鸟。

长相思令

邓　肃

一重溪，两重溪，溪转山回路欲迷。朱阑出翠微①。　梅花飞，雪花飞，醉卧幽亭不掩扉。冷香寻梦归②。

【说明】

这首小令写作者残冬冒雪出游。他涉过一道又一道小溪，眼看“山重水复疑无路”，忽然发现山腰林木掩映之中隐隐约约地露出一道朱红色的栏杆，于是便翻山越岭来到这座幽静的小亭之中。亭外梅花凌寒而开，天空雪花纷纷扬扬，词人心旷神怡，于是小酌数盏，不觉醉意蒙眬。干脆在这里睡它一觉，让梅花的幽香伴随着飘飘欲仙的梦魂缓缓而归。小词清新明快，意境幽深而富有诗情画意，读来韵味极浓。

【注释】

①翠微：指青翠掩映的山腰幽深处。　②冷香：指梅花的幽香。

满　江　红

风泉峡观泉

刘子寰

云壑飞泉①，蒲根下、悬流陆续。堪爱处、石池湛湛②，一方寒玉③。暑际直当磐石坐，渴来自引悬瓢掬④。听泠泠、清响泻琮琤⑤，胜丝竹⑥。　寒照胆，消炎燠⑦；清彻骨，无尘俗。笑幽人忻玩⑧，滞留空谷，静坐时看松鼠饮，醉眠不碍山禽浴。唤仙人、伴我酌琼瑶⑨，餐秋菊。

【说明】

这首词写作者游览风泉峡中的一泓泉水。不知峡在何处，泉为何名，或许峡以泉名，则此泉即风泉也。开篇入题，描写一道“悬流”从天而降，飞奔直下“云壑”，注入一个小小的石池之中，从而形成了“一方寒玉”。寥寥数语，将风泉的来龙去脉和迷人的风采描绘得栩栩如生。接着叙述词人流连于泉水之旁。“暑际”句联想奇妙，因上文将此泉比为一块透明的玉石，故炎夏之际才会把它当作磐石来坐。饮罢泉水之后，又听到风吹飞泉的琮琤之声，清脆悦耳，简直比弹奏丝竹还要美妙动听。下片写观泉饮泉听泉以后的感受，词人为之心旷神怡，一切尘俗杂念也一洗而空，因而“滞留空谷”，久久不忍离去。“静坐”“醉眠”两句出神入化，描绘景物的幽静达到了神妙的境界，《古今词话》称其“是真得山泉之兴趣者”。结拍邀仙人同酌清泉，共餐秋菊，使全篇意境更加幽眇，更富于浪漫主义色彩。此阕写风泉峡中寻幽探胜，文字优美，画面生动，能给读者以大自然的美感享受。

【注释】

①云壑：深谷、深沟。 ②湛湛：水深貌。 ③一方寒玉：形容泉水像一块碧绿透明的玉石。④自引：自挽，自取。 掬：双手捧取。 ⑤泠泠：形容声音清越。 琮琤：玉声，常用来形容水石相击之声。 ⑥丝竹：弦乐器（如琵琶、二胡等）和竹制管乐器（如箫、笛等）的总称。亦泛指音乐。 ⑦炎燠（yù郁）：炎热。 ⑧幽人：幽居之人，多指隐士。 忻：同“欣”，喜悦。 ⑨琼瑶：美玉。这里是指泉水。

清平乐

周密

小桥萦绿①，密翠藏吟屋。千顷风烟森万玉，依约辋川韦曲②。 临流照影何人？悠然倚杖看云。柳色翠迷山色，泉声清和蝉声。

【说明】

读此词如观一幅山水人物画。不是吗？请看小桥流水，密密的翠绿丛中掩映着一座小小的读书吟诗的茅屋。门前千顷碧波，风烟迷漫，犹如万亩玉田，仿佛就像“辋川”“韦曲”一样。换头以后写屋中主人临流照影，仰观蓝天白云，悠然自得，俯视流连。岸边柳色与山色融成一片，林下泉声和蝉声相唱和，你不觉得心旷神怡，幽兴绵邈吗？

【注释】

①萦绿：绿水萦绕。 ②辋川：水名，即辋谷水。在陕西蓝田南，源出秦岭北麓，汇入灞水。唐诗人王维曾置别业于此。 韦曲：镇名。因唐诸韦居此得名，即今陕西长安区。前有潏水，风景清丽。

甘州

张炎

题赵药牖山居。见天地心、怡颜、小柴桑皆其亭名。

倚危楼、一笛翠屏空[①]，万里见天心。度野光清峭，晴峰涌日，冷石生云。帘卷小亭虚院[②]，无地不花阴。径曲知何处，春水泠泠[③]。　　啸傲柴桑影里[④]，且怡颜莫问，谁古谁今。任燕留鸥住，聊复慰幽情。爱吾庐、点尘难到，好林泉、都付与闲人。还知否？元来卜隐[⑤]，不在山深。

【说明】

词人应邀到隐士赵某家里做客，参观游览了他的山间别墅，并为其题写了这首词。上片描绘“山居”的风光景物，下片抒写啸傲林泉的隐士情怀。词中将别墅内的几座亭名，组织入句，而不露痕迹，亦颇费匠心。结拍谓隐居不在乎山深与否，而在于能不能做到忘情于世，此亦陶渊明“心远地自偏”之义。

【注释】

①翠屏：形容绵延群山好像一座绿色的屏风。辛弃疾《沁园春》词：“一水西来，千丈晴虹，十里翠屏。”　②虚院：空旷寂静的庭院。　③泠泠：形容声音清越。　④啸傲：谓自由自在，无拘无束。　柴桑：古县名，因柴桑山得名，为晋代诗人陶渊明的家乡。亦为赵氏别墅的亭名。　⑤卜隐：择地隐居。

十六、群芳竞艳

汉宫春

汪 莘

春色平分，甚偏他杨柳，分外风流①。夭桃自适其适②，一笑还休。可怜仙李③，对东风、却少温柔。争奈得、海棠妆点，向人浑不知羞。 谁觉韶华如梦④，到酴醾开后⑤，莺语供愁。天教姚黄晚出⑥，贵与王侔⑦。花中隐者，有春兰、秋菊俱优。须是到、溪山清冻，江梅香喷枝头。

【说明】

这是一曲百花的赞歌。词中按时序，从“春色平分”的二月，写到“溪山清冻”的严冬，对夭桃、仙李、海棠、荼蘼、牡丹、春兰、秋菊和梅花一一加以咏赞，犹如一部色彩缤纷的“群芳谱”。

【注释】

①分外：特别，格外。 ②夭桃：形容桃花茂盛而艳丽。《诗经·周南·桃夭》：“桃之夭夭，灼灼其华。” ③仙李：唐诗人李白被称为诗仙，后人因以仙李称李花。 ④韶华：这里是指春光。 ⑤酴醾：荼蘼，蔷薇科，初夏开白花。 ⑥姚黄：宋代洛阳名贵的牡丹花品种，与魏紫齐名。 ⑦侔：相等。牡丹被称为花中之王，故曰其贵与王侯相等。

清平乐

迎春花，一名金腰带

赵师侠

纤秾娇小，也解争春早。占得中央颜色好，装点枝枝新巧。 东皇初到江城①，殷勤先去迎春。乞与黄金腰带，压持红紫纷纷②。

【说明】

迎春花，落叶灌木，早春开黄花，颜色鲜艳，故名“迎春”。枝条细长成拱形，故美其名曰“金腰带”。这首小词语言活泼，富有感情，寥寥数语将迎春花的特点描绘得栩栩如生。它预示着春到人间，一枝先放，百花盛开的季节已经到来。

【注释】

①东皇：指东君，古人以其为春神。 ②压持：压倒。

尉迟杯慢

万俟咏

碎云薄，向碧玉枝缀万萼①。如将汞粉匀开②，疑使柏麝熏却。雪魄未应若③。况天赋标艳仍绰约④。当暄风暖日佳处⑤，戏蝶游蜂看著。 重重绣帟珠箔⑥。障秾艳霏霏⑦，异香漠漠⑧。见说徐妃⑨，当年嫁了，信任玉钿零落。无言自啼露萧索。夜深待、月上阑干角。广寒宫、要与姮娥⑩，素妆一夜相学。

【说明】

此阕为咏李花之作。桃李同时而开，齐名并艳，故有“夭桃秾李”“桃李争春”之说。“枝干如桃，叶绿而多，花小而繁，色白。”（《群芳谱》）前人赞之曰：“清馥胜秋菊，芳姿比腊梅。”这首词浓墨重彩，精雕细琢，将李花的色、香和绰约芳姿刻画得淋漓尽致，形象生动，富有诗情画意。

【注释】

①萼：花萼的简称。由若干萼片组成，位于花的外轮，在花芽期起保护作用。这里指花而言。②汞：水银，色白。 ③未应若：未必如此。 ④绰约：姿态柔美貌。 ⑤暄：暖和。 ⑥帟（yì亦）：小帐幕。 珠箔：珍珠缀成的或饰有珍珠的帘子。 ⑦霏霏：形容云雾之盛。 ⑧漠漠：浓密的意思。 ⑨徐妃：《南史·后妃传》：“徐娘虽老，犹尚多情。”后因称风韵犹存的中年妇女为“徐娘”。这里是以徐妃比喻李花，赞其风韵犹存。 ⑩广寒宫：传说唐玄宗于八月望日游月中，见一大宫府，榜曰：“广寒清虚之府。”后人因称月宫为“广寒宫”。 姮娥：嫦娥。

浪 淘 沙

杏 花

赵师侠

绛萼衬轻红，缀簇玲珑①。夭桃繁李一时同。独向枝头春意闹②，娇倚东风。 飞片入帘栊，粉淡香浓。凤箫声断月明中[3]。只恐明朝风雨恶，燕嘴泥融[4]。

【说明】

杏树农历二月开花，花瓣圆而有尖，未开时色纯红，开后为淡红色，花落时则变为纯白色。杨万里诗“道白非真白，言红不若红，请君红白外，别眼看天工”，可谓深得杏花的特点。此阕咏赞杏花，从开时写到落后，工笔描摹，刻画细腻。结拍抒写惜花之情，颇有韵味。

【注释】

①缀簇：联结聚集，形容花朵繁盛。 ②这句化用宋祁《玉楼春》“红杏枝头春意闹”句意。③凤箫：排箫，也用作箫的美称。 ④这两句说，风雨一来，落花变成了燕子衔去作巢的泥土。

水 龙 吟

杏 花

晁端礼

小桃零落春将半，双燕却来池馆。名园相倚，初开繁杏，一枝遥见。竹外斜穿，柳间深映，粉愁香怨。任红欹宋玉，墙头十里，曾牵惹人肠断。 常记山城斜路，喷清香日迟风暖。春阴挫后[1]，马前惆怅，满枝红浅。深院帘垂，雨愁人处，碎红千片[2]。料明年更发，多应更好，约邻翁看。

【说明】

此阕上片写独倚名园赏杏，换头回忆马上观花，结处祝愿明年花儿更好，那时再约邻居老翁一同前来观看。“深院帘垂”三句，《全宋词》断为“深院帘垂雨，愁人处、碎红千片”两句，恐未合词律，今据《词综》订正。

【注释】

①这句说春阴天气使人感到压抑。 ②碎红：残花。

扬 州 慢

赵以夫

琼花唯扬州后土殿前一本，比聚八仙大率相类，而不同者有三：琼花大而瓣厚，其色淡黄，聚八仙花小而瓣薄，其色微青，不同者一也。琼花叶柔而莹泽，聚八仙叶粗而有芒，不同者二也。琼花蕊与花平，不结子而香，聚八仙蕊低于花，结子而不香，不同者三也。友人折赠数枝，云移根自鄱阳之洪氏。赋而感之，其调曰《扬州慢》。

十里春风，二分明月，蕊仙飞下琼楼①。看冰花翦翦，拥碎玉成球。想长日、云阶伫立，太真肌骨②，飞燕风流③。敛群芳、清丽精神，都付扬州。　雨窗数朵，梦惊回、天际香浮。似阆苑花神④，怜人冷落，骑鹤来游。为问竹西风景⑤，长空淡、烟水悠悠。又黄昏羌管，孤城吹起新愁。

【说明】

琼花，今已绝灭的一种珍稀花木。郑兴裔《琼花辨》谓其形态与“聚八仙”相类，唯琼花之叶柔而莹泽，花瓣厚，色淡黄，花蕊与花平，不结子而香。周密《齐东野语》云：“扬州后土祠琼花，天下无二本，绝类‘聚八仙’，色微黄而有香。仁宗庆历中，尝分植禁苑，明年辄枯，遂复载还祠中，敷荣如故。淳熙中，寿皇亦尝移植南内，逾年，憔悴无花，仍送还之。其后宦者陈源，命园丁取孙枝移接‘聚八仙’根上，遂活；然其香色则大减矣……今后土之花已薪，而人间所有者，特当时接本，仿佛似之耳。”此词序言与郑、周二氏所述基本相同，为了解琼花提供了珍贵的资料。上片盛赞琼花非凡的姿色。那冰清玉洁的花蕊，恍如天仙飞下琼楼，美若杨妃，娇似飞燕，压过群芳，独占人间风流。下片幻想花神骑鹤来游扬州，探赏名花，烟水迷蒙，如醉如梦。笔势飘逸，想象奇特，富于浪漫主义色彩。

【注释】

①琼楼：美玉砌成的楼台，指天宫中的楼阁。　②太真：唐明皇贵妃杨玉环。　③飞燕：汉成帝皇后赵飞燕。　④阆苑：传说中的神仙住处。　⑤竹西：竹西亭，在扬州城北门外。这里是指扬州而言。

昭　君　怨

琼　花

刘克庄

后土宫中标韵①，天上人间一本。道号玉真妃，字琼姬。　我与花曾半面，流落天涯重见。莫把玉箫吹②，怕惊飞。

【说明】

此词咏赞扬州琼花。上片称其高标风韵，天上人间唯此一株，确属珍稀之物。下片借物抒感，同为流落天涯之客，彼此情意相通，因而生怕箫声吹落玉蕊，流露出一片深深的惜花之情。

【注释】

①后土宫：扬州后土祠。 ②玉箫：箫的美称。

卜　算　子

兰

曹　组

松竹翠萝寒[1]，迟日江山暮。幽径无人独自芳[2]，此恨凭谁诉？　　似共梅花语，尚有寻芳侣。著意闻时不肯香[3]，香在无心处。

【说明】

兰，多年生草本植物。品种甚多。早春开花的又名“春兰”“草兰”“山兰”“朵朵香”，叶丛生，窄而短，弯曲下垂，婀娜多姿，一茎一花，多为淡黄绿色，芳香袭人。四五月间开花的叫“蕙兰”，又名“九节兰”，叶窄而长，花茎直立，一茎多花，色淡黄，有清香。还有原产福建的“建兰”，俗名“秋兰”，叶阔大，劲直挺秀，一般秋季开花，一茎着花七八朵，花色淡黄而带绿晕，芳香浓烈。此外尚有“墨兰”“寒兰”“瓯兰”“台兰”“杭兰”等。兰原生于林泉山涧之处，清艳含娇，幽香馥郁，号称“香祖”，又被誉为“花中君子”“空谷佳人”。宋人咏兰诗如“松椿自有千年寿，兰蕙争传十里香”（晏殊）；“雪径偷开浅碧花，冰根乱吐小红芽。生无桃李春风面，名在山林处士家”（杨万里）。曹组此词将兰比为幽居山林的佳人，它寂寞冷落，孤芳自赏，有恨而无人理解，无处可以倾诉。词中通过咏物，寄托了作者的情操和怀抱。

【注释】

①翠萝：翠色的女萝。女萝，植物名，或谓即松萝。 ②幽径：僻静的小路。 ③著意：有心。

国　　香

赋　兰

张　炎

空谷幽人[1]，曳冰簪雾带，古色生春。结根未同萧艾[2]，独抱孤贞。自分生涯淡薄[3]，隐蓬蒿、甘老山林。风烟伴憔悴，冷落吴宫，草暗花深。　　霁痕消蕙雪，向崖阴饮露，应是知心。所思何处？愁满楚水湘云。肯信遗芳千古，尚依依、泽畔行吟。香痕已成梦，短操谁弹[4]？月冷瑶琴[5]。

【说明】

此词赋兰，托物言志，抒写作者“独抱孤贞”“甘老山林”的情怀。前半阕言兰生空谷，如隐居蓬蒿之“幽人”，环境虽然冷落荒凉，但不愿随俗浮沉，耻与萧艾为伍。后半阕因兰而念及泽畔行吟的屈子，缅怀其高风亮节，称赞他留芳千古。结处感叹“香痕已成梦”，聊以一曲月夜琴声寄托自己的哀思。本篇虽为咏物之作，但情调低沉，意象幽冷，当作于宋亡之后。

【注释】

①幽人：隐士。　②萧艾：两种有怪味的恶草。　③自分（fèn 份）：料想，甘愿。　④短操：短小的琴曲。　⑤瑶琴：琴的美称。

蝶恋花

王　寀

镂雪成花檀作蕊[1]。爱伴秋千，摇曳东风里。翠袖年年寒食泪，为伊牵惹愁无际。　　幽艳偏宜春雨细。红粉阑干[2]，有个人相似。钿合金钗谁与寄[3]？丹青传得凄凉意[4]。

【说明】

此阕为咏梨花之作。梨，落叶乔木，农历二月开花，色白如雪，果实清甜，其中白梨、沙梨、秋子梨等，均为我国原产。古人诗中咏梨花的名句颇多，如“梨花院落溶溶月，柳絮池塘淡淡风”，“最似孀闺少年妇，白妆素袖碧纱裙”，“玉作精神雪作肤，雨中娇韵越清癯”，“粉淡香清自一家，未容桃李占年华”，“冷艳未饶梅共色，靓妆长与月为邻”，等等，都是脍炙人口的佳作。本篇咏赞春雨之中的梨花，以带泪的红粉佳人相比，意象生动，情意绵绵，显然受到白居易《长恨歌》中描写杨贵妃名句“玉容寂寞泪阑干，梨花一枝春带雨”的启示和影响。不过白诗系以花拟人，而王词则是以人比花，均能各尽其妙。

【注释】

①檀：常绿小乔木，木材极香。　②红粉：代指女子。　③钿合金钗：白居易《长恨歌》：“唯

将旧物表深情，钿合金钗寄将去。”钿合，镶嵌金花的盒子。 ④丹青：丹砂和青雘，两种可做颜料的矿物，为我国古代绘画中常用之色。亦代指绘画。

醉落魄

范成大

马蹄尘扑，春风得意笙歌逐[①]。款门不问谁家竹[②]。只拣红妆，高处烧银烛[③]。　碧鸡坊里花如屋[④]，燕王宫下花成谷[⑤]。不须悔唱关山曲，只为海棠，也合来西蜀。

【说明】

此阕为咏海棠之作。海棠，落叶乔木，春季开花，未开时深红色，开后淡红色。主要品种有西府海棠、贴梗海棠、木瓜海棠、垂丝海棠等。另有秋海棠，一名八月春，为草本植物。本篇为范成大任四川制置使，在成都时所作。《群芳谱》谓：“海棠盛于蜀，而秦中次之。其株翛然出尘，俯视众芳，有超群绝类之势，而其花甚丰，其叶甚茂，其枝甚柔，望之绰约如处女，非若他花冶容不正者比。”这首词写作者迎着春风，骑马到碧鸡坊里观赏海棠。结拍三句说，能在天府之国看到闻名于世的海棠，真乃人生一大快事，仅仅为了这个目的，也应该前来西蜀一游。笔调轻快，字里行间洋溢着喜悦和赞美之情。

【注释】

①笙歌逐：处处笙歌可闻。逐，追随。 ②款门：敲门。款，通“叩”，敲。 ③红妆：指海棠花。苏轼诗：“东风袅袅泛崇光，香雾空蒙月转廊。只恐夜深花睡去，高烧银烛照红妆。” ④碧鸡坊：在成都，以盛产海棠闻名。陆游诗：“我初入蜀鬓未霜，南充樊亭看海棠。当时已谓目未睹，岂知更有碧鸡坊。碧鸡海棠天下绝，枝枝似染猩猩血……” ⑤燕王宫：在成都，五代时后蜀孟贻邺，封燕王，见《太平广记》卷二七九引《野人闲话》。燕王宫内海棠最盛。陆游《驿舍见故屏风画海棠有感》诗：“成都二月海棠开，锦绣裹城迷巷陌。燕宫最盛号花海，霸国雄豪有遗迹。”

南乡子

十月海棠

李石

十月小春天[①]，红叶红花半雨烟。点滴红酥真耐冷，争先。夺取梅魂斗雪妍。　　坐待晓莺迁，织女机头蜀锦川。枝上绿毛幺凤子[②]，飞仙。乞与双双作被眠。

【说明】

十月海棠，即秋海棠，为多年生草本植物，与西府海棠、垂丝海棠等不属同类。秋季开花，淡红色，甚娇艳。“此花有二种，叶下红筋者为常品，绿筋者开花更有雅趣。”（《群芳谱》）此阕上片写秋海棠在十月小春时节开放，仿佛有意要与梅花斗雪争妍。下片因见枝上一对绿毛幺凤，幻想用它们那美丽的羽毛织成锦缎，做一条被子。词人由花及鸟，想入非非，给作品涂上了一层浪漫主义色彩。

【注释】

①小春：指农历十月。陈元靓《岁时广记》卷三七引《初学记》：“冬月之阳，万物归之。以其温暖如春，故谓之小春，亦云小阳春。”　②幺凤：鸟名。即“桐花凤”。苏轼《次韵李公择梅花》：“故山亦何有，桐花集幺凤。”

映山红慢

元　绛

谷雨风前[①]，占淑景、名花独秀[②]。露国色仙姿，品流第一，春工成就。罗帏护日金泥皱。映霞腮动檀郎溜[③]。长记得天上，瑶池阆苑曾有[④]。　　千匝绕、红玉阑干，愁只恐、朝云难久。须款折、绣囊剩戴[⑤]，细把蜂须频嗅。佳人再拜抬娇面，敛红巾、捧金杯酒[⑥]。献千千寿。愿长恁、天香满袖。

【说明】

此阕为咏杜鹃花之作。杜鹃花，又名“映山红”“红踯躅”，半常绿或落叶灌木。春季开花，花冠呈阔漏斗形，2—6 朵簇生枝端。多为红色，也有紫、黄、白和杂色等，绚丽多彩，为著名的观赏植物。原产北温带，全世界共有八百多种，我国即有六百五十余种，尤以四川、云南为盛，仅峨眉山一带就有六十多种。本篇咏赞的是园林中精心培植的红杜鹃。上片写谷雨前夕，风和日丽，杜鹃花独占“淑景”，展露“国色仙姿”。它那火红的花瓣，映着朝霞，犹如美人的香腮，堪称“品流第一”。人间未曾见过，记得“瑶池阆苑曾有”。词中通过形容夸张，将杜鹃花的绚丽、高雅渲染得淋漓尽致。下片写佳人赏花、采花、献花。捧上金杯，斟上美酒，祝愿花儿长好，人儿长寿，永远都像今日一样“天香满袖”。词由赞美杜鹃花，归结到对美好人生的憧憬，既给人以美感，也给人以鼓舞。

【注释】

①谷雨：二十四节气之一，在阳历4月20日前后。 ②淑景：美景。 ③檀郎：晋潘岳为美男子，小名檀奴，故以“檀郎”或“檀奴”为夫婿或所爱的男子的美称。这句以美人比杜鹃花，谓其娇容引起男子的注目。一作“檀痕”。 ④瑶池：古代传说昆仑山上的仙池，西王母所居之地。 阆苑：传说中神仙所居之处。 ⑤款折：慢慢地折，细心地折。 ⑥敛：整理。

菩萨蛮

赋玉蕊花

史达祖

唐昌观里东风软[①]，齐王宫外芳名远。桂子典型边，梅花伯仲间[②]。 笼茸锼暖雪[③]，琐细雕晴月。谁驾七香车[④]？绿云飞玉沙。

【说明】

玉蕊，落叶灌木。《广群芳谱》：“玉蕊枝条仿佛葡萄，叶类柘叶之尖圆，梅叶之厚薄，花类梅而萼瓣缩小，心微黄，类小净瓶，暮春初夏盛开，叶独后凋。其花白玉色，其香殊异，高丈余。”前人赋诗赞曰：“晴空素艳照霞新，香洒天风不到尘。持赠昔闻将白雪，蕊珠宫上玉花春。”此花为珍稀名品，相传长安唐昌观和京口招隐寺曾种植过。因其极为罕见，故有人将它与扬州后土祠中的琼花混为一谈，宋末郑斗焕（号松窗）曾赋诗辨之：“维扬后土庙琼花，安业唐昌宫玉蕊，判然二物本不同，唤作一般良未是。”如今，此花是否还有遗种留传人间，已不得而知矣。梅溪此词，上片以桂子和梅花相比，赞美玉蕊之高雅和幽香，换头以“锼暖雪”“雕晴月”形容其洁白如玉之色，结处引传说故事渲染此花之名贵，为玉蕊留下了一幅弥足珍贵的写照。

【注释】

①唐昌观：《群芳谱》引《山堂四考》：“长安安业坊唐昌观旧有此花，乃唐昌公主所植。” ②伯仲间：形容两种事物不相上下，可以互相比美。伯仲，指兄弟的次第。 ③锼（sōu 搜）：刻镂。 ④七香车：散发着多种香气的宝车，唐卢照邻诗：“青牛白马七香车。”据康骈《剧谈录》，唐元和中，长安唐昌观中玉蕊花盛开，游人不绝，忽见一十七八女郎前来赏花，“伫立良久，令小仆取花数枝而出，将乘马回谓黄冠者曰：‘曩者玉峰之约，自此可以行矣。’时观者如堵，咸觉烟霏鹤唳，景物辉焕，举辔百步有轻风拥尘随之而去，须臾尘灭，望之已在半天，方悟神仙之游，余香不散者经月。”唐刘禹锡诗：“玉女来看玉树花，异香先引七香车。攀枝弄雪频回首，惊怪人间日易斜。”

浪淘沙

芍　药

韩元吉

鹍鸠怨花残[1]。谁道春阑[2]？多情红药待君看。浓淡晓妆新意态，独占西园。　风叶万枝繁。犹记平山[3]，五云楼映玉成盘。二十四桥明月下[4]，谁凭朱阑？

【说明】

芍药，又名余容、犁食、将离、婪尾春等。多年生宿根草本植物，春末夏初开花，与牡丹相似，花大色艳，绰约多姿。有红、黄、白、紫以及双色、三色等近二百个品种，较名贵的为御袍黄、金带围、冠群芳、尽天工、醉西施、合欢芳、会三英、晓妆新、杨妃出浴、青山卧雪等。芍药为我国最古老的花卉之一，据说已有数千年历史，《诗经》中即有“维士与女，伊其相谑，赠之以芍药”的记载。历代诗人题咏芍药的作品很多，如苏轼就曾写道：“一声啼鴂画楼东，魏紫姚黄扫地空。多谢化工怜寂寞，尚留芍药殿春风。”当桃、李、牡丹相继凋谢之后，芍药从容不迫地出现在花事寂寥的暮春时节，的确别有一番情趣。

此阕上片写多情芍药应时而开，延长了宝贵的春光，看到它人们仿佛觉得春天还没有过去。下片赞美扬州芍药，回忆当年在“二十四桥”边，月下倚栏赏花的情景。小词轻快活泼，芍药的风采宛然如画。

【注释】

①鹍鸠（tí jué 题觉）：鸟名，或以为即杜鹃鸟，或以为指杜鹃科的“鹰鹃”，二者并非一物。②春阑：春尽。　③平山：指平山堂，在扬州瘦西湖畔蜀冈中峰上，大明寺西侧。宋仁宗庆历八年（1048），欧阳修任扬州太守时所建，由此南望江南远山，正与堂栏相平，故名平山堂。　④二十四桥：在扬州，即吴家砖桥，一名红药桥，因盛产红芍药闻名。杜牧《寄扬州韩绰判官》诗：“二十四桥明月夜，玉人何处教吹箫？”

庆清朝慢

李清照

禁幄低张[1]，彤阑巧护[2]，就中独占残春[3]。容华淡伫[4]，绰约俱见天真[5]。待得群花过后，一番风雨晚妆新。妖娆艳态[6]，妒风笑月[7]，长殢东君[8]。　　东城边，南陌上，正日烘池馆[9]，竞走香轮[10]。绮筵散日[11]，谁人可继芳尘[12]？更好明光宫殿[13]，几枝先近日边匀[14]。金尊倒[15]，拚了尽烛[16]，不管黄昏。

【说明】

这首词是李清照南渡前在汴京的游园赏花之作。词中虽未点明所咏之物，但从“就中独占残春”“绰约俱见天真”等句看，显然是咏赞春末时节开放的芍药花。上片赞美名园芍药千姿百态，妩媚动人。下片通过游人和宫廷赏花，从侧面渲染芍药的艳丽，深受人们的怜爱和珍惜。此阕虽为咏物之作，同时也具有浓厚的抒情气氛。词中对芍药花的描绘惟妙惟肖，生动传神，而且赋予它以丰富的感情和美好的品德。展现在读者眼前的，既是珍贵的名花，仿佛又是一位端庄秀丽的贵族少女。在构思方面，本篇层次井然，脉胳清晰。全词虽未出现“芍药”二字，但无论正面描绘还是侧面烘托，处处都是围绕着“独占残春”的芍药花而展开的，含婉蕴藉，余味无穷。

【注释】

①禁幄：宫禁中的帷幕。低张：低低地垂挂着。　②彤阑：朱红色的栏杆。　巧护：巧妙地加以保护。　③就中：其中。　④容华：容貌。　伫（zhù注）：久久地站立着。或疑“淡伫”为“淡泞”之误。“淡泞”，素淡的意思。　⑤绰约：形容女子姿态柔美。这里是指芍药花。　天真：天然纯真。　⑥妖娆：娇媚。　⑦妒风笑月：风妒月笑。形容芍药花十分娇美，被春风嫉妒，使得明月为之笑逐颜开。　⑧殢（tì替）：滞留。　东君：春神。　⑨日烘：太阳照暖。　⑩香轮：香车，华美的车子。　⑪绮筵：豪华的酒席。　⑫芳尘：落花委地，变为芳香的尘土。　⑬明光宫殿：汉代有明光宫和明光殿。明光宫在长乐宫后，武帝时建。明光殿在未央宫渐台西桂宫中，宫内“皆金玉珠玑为帘箔，处处明月珠，金陛玉阶，昼夜光明”。（《三辅黄图》卷二）这里是指北宋都城汴京的宫殿。　⑭日边：天边，指皇帝近旁。　匀：匀称，整齐。　⑮尊：同“樽”，酒杯。金尊倒，形容酒尽人醉。　⑯拚：舍弃不顾。　尽烛：蜡烛燃尽，表示夜深。

朝中措

双头芍药

侯寘

翻阶红药竞芬芳，著意巧成双。须信扬州国艳[1]，旧时曾在昭阳[2]。　　盈盈背立，同心对绾，联萼飞香。牢贮深沉金屋[3]，任教蝶困蜂忙。

【说明】

芍药于茎端发蕾，一般独生枝头，也有个别稀有品种，为二花或三花并放的。双头芍药即一蒂双花，相背而开，如二色黄、合欢芳、骈枝红等。此阕写阶下一株芍药双花并放，竞吐芬芳，十分惹人注目。观其“同心对绾，联萼飞香”，犹如天下有情之人“著意巧成双”。如此珍贵的名花，真该用“金屋”贮藏起来，千万不要被游蜂浪蝶给损害了。花极珍贵，词亦妩媚动人。

【注释】

①扬州国艳：芍药以扬州为最盛，与洛阳的牡丹齐名。故前人曾说“天下名花，洛阳牡丹，广陵芍药”，“扬之芍药甲天下”。 ②昭阳：汉宫殿名。《三辅黄图·未央宫》：“武帝时，后宫八区，有昭阳、飞翔、增成、合欢、兰林、披香、凤皇、鸳鸯等殿。”这里是指皇家宫苑。 ③金屋：金屋藏娇的略语，见《汉武故事》。这句以名花比美人，意谓应当倍加珍惜爱护。

六　丑

蔷薇谢后作

周邦彦

正单衣试酒，恨客里、光阴虚掷。愿春暂留，春归如过翼①，一去无迹。为问花何在？夜来风雨，葬楚宫倾国②。钗钿堕处遗香泽。乱点桃蹊③，轻翻柳陌④，多情为谁追惜？但蜂媒蝶使，时叩窗隔⑤。　　东园岑寂，渐蒙笼暗碧⑥。静绕珍丛底⑦，成叹息。长条故惹行客⑧。似牵衣待话，别情无极。残英小，强簪巾帻。终不似一朵，钗头颤袅⑨，向人欹侧⑩。漂流处、莫趁潮汐⑪。恐断红、尚有相思字，何由见得⑫？

【说明】

蔷薇，落叶灌木，茎青有刺，春末夏初开花。主要品种有黄蔷薇、白蔷薇、荷花蔷薇、五色蔷薇、香水蔷薇、粉团蔷薇、十姊妹等。本篇虽为咏物之作，但重点不在摹写物态，而是通过“蔷薇谢后”，抒发伤春惜花之情，且亦兼寓身世之感。上片写春归花落，一去无迹，难以追寻；感叹滞留他乡，光阴易逝，不胜寂寞惆怅之情。下片叙述东园悼花，词人独自踯躅于蔷薇丛下，一片荒芜，唯见一朵残英憔悴枝头，于是摘来插在头巾之上，从而勾起了对往事别情的回忆。此阕含蓄委婉，精深华妙，层层转折，余音不绝。《蓼园词选》评曰：“自叹年老远宦，意境落漠；借花起兴，以下是花、是自己，比兴无端，指与物化，奇情四溢，不可方物，人巧极而天工生矣！结处意致尤缠绵无已。”

【注释】

①过翼：飞鸟。 ②楚宫倾国：楚国宫中的美人，比喻蔷薇花。 ③桃蹊：桃树下面的小路。《史记·李将军列传》引民谚曰："桃李不言，下自成蹊。" ④柳陌：柳林中的小路。 ⑤窗隔：窗棂。隔，一作"槅"。 ⑥蒙笼：草木茂密貌。 ⑦珍丛：指蔷薇花丛。 ⑧长条：指蔷薇的枝条。因其有刺，常勾住攀花人的衣服，好像有意牵住行人，有话要说似的。 ⑨颤袅：摇动。⑩欹侧：倾斜。 ⑪潮汐：早潮称潮，晚潮称汐。 ⑫断红：落花。这两句用唐人红叶题诗的故事，见范摅《云溪友议》卷下。

行香子

茉莉花

姚述尧

天赋仙姿，玉骨冰肌。向炎威、独逞芬菲。轻盈雅淡，初出香闺。是水宫仙，月宫子，汉宫妃①。　　清夸薝卜，韵胜酴醾。笑江梅、雪里开迟②。香风轻度，翠叶柔枝。与玉郎摘③，美人戴，总相宜。

【说明】

这首词赋茉莉花，上片赞其轻盈淡雅、洁白如玉的姿色，将它比为香闺少女、天仙美人。下片夸它胜过薝蔔、荼蘼和江梅，最宜于青年男女玩赏插戴。小词笔调活泼，意境优美，将茉莉花的特色和神韵写得十分真切而富有魅力。

【注释】

①汉宫妃：指王昭君，汉代著名的美人。明帝时被选入宫，后自请嫁于匈奴。 ②薝蔔、荼蘼、江梅：均为花名。 ③玉郎：古代女子对丈夫或情人的爱称。

虞美人

咏水荭花

张镃

妆浓未试芙蓉脸，却扇凉犹浅①。粉轻红袅一生娇，风外细香时伴、湿云飘。　　双飞属玉来还去②，谁识幽闲趣？莫教疏雨暗黄昏，已是不禁秋色、怕销魂。

【说明】

水荭，亦作“水荭”，或称“红草”“荭草”，又名“游龙”“石龙”。蓼科，一年生草本植物，茎高五六尺，长有密毛。叶大，尖长卵形，带红色，有长柄。夏秋开花，白色或粉红色，穗状花序长而下垂。原产亚洲，我国广泛栽培，可供观赏，果实入药。此阕上片写初秋水荭花开，袅袅娉娉，宛如一位娇艳的红粉佳人。换头写水鸟飞来花下，幽闲自得，乐趣无穷。末尾两句即景生感，抒发惜花之情。

【注释】

①却：还，仍。 ②属玉：同“鸀鳿”，水鸟名，鹭鸶。似鸭而大，长颈赤目，紫绀色。

菩 萨 蛮

苏 堤 芙 蓉

高观国

红云半压秋波碧①，艳妆泣露娇啼色。佳梦入仙城，风流石曼卿②。 宫袍呼醉醒，休卷西风锦③。明日粉香残，六朝烟水寒。

【说明】

此阕为咏西湖荷花之作，荷花处处皆有，西湖尤其是苏堤附近的荷花，荡漾于千顷碧波之中，与秀丽的湖光山色相映成趣，更加娇艳无比，令人神往。西湖十景之一的“曲院风荷”，就在苏堤跨虹桥西北，花开之时，香风四起，恍如人间仙境，是名闻遐迩的游览胜地。这首词将荷花比为艳妆美人，赞其绰约仙姿，惜其不耐风寒，引用石曼卿死后为芙蓉之主的传说，使全篇更富有神韵。

【注释】

①这句说荷花盛开如朵朵红云，低压于秋水碧波之上。 ②石曼卿：石延年，字曼卿，北宋文学家。《古今仙鉴》云：“石曼卿，真宗朝学士，生平遗落世事。死后有见之者，曰：我今为仙，主芙蓉城。” ③锦：锦缎，形容荷叶。

满 江 红

咏 白 莲

葛长庚

昨夜姮娥①，游洞府、醉归天阙。缘底事、玉簪坠地，水神不说。持向水晶宫里去，晓来捧出将饶舌[②]。被薰风、吹作满天香，谁分别？　　芳而润，清且洁；白似玉，寒于雪。想玉皇后苑[③]，应无此物。只得赋诗空赏叹，教人不敢轻攀折。笑李粗、梅瘦不如他，真奇绝。

【说明】

咏物之作，最难摆脱俗套。此词构思新颖，别具匠心，咏白莲不从正面入手，而是先编造一个神话故事讲给读者听。说是昨天晚上，嫦娥下凡来游洞府，可能是喝醉了酒，不慎将玉簪遗失在地上。水神明明看见了，也不吱声，他想持向水晶宫里去，等到天亮后再拿出来夸耀一番。谁知这玉簪被和风一吹，竟然化作一朵白莲，散发出满天的香气，有谁知道它是月宫宝物变化而来的呢？上片交待了白莲的“来历”，换头以后才加以尽情的咏赞。“芳而润，清且洁；白似玉，寒于雪”，四个三字短句，将白莲的特质概括无遗。接着进一步称赞它胜过阆苑仙葩，连玉皇大帝的后花园里也找不出这样的名花来。如此珍贵之物，怎敢轻易去攀折呢？只能赋诗加以赞叹。结处又以粗俗的李花和清瘦的梅花做对比，将白莲的“奇绝”推向了更高的境界。读到这里，不禁令人拍案叫绝，白莲在词人笔下简直变成了超凡出尘的神物！真是妙笔生花，给人以无穷无尽的美感。

【注释】

①姮（héng恒）娥：嫦娥。传说中的月宫女神。　②饶舌：多嘴，唠叨。　③玉皇：玉皇大帝，又称玉帝，道教中地位最高、职权最大的神。

鹧鸪天

李清照

暗淡轻黄体性柔[①]，情疏迹远只香留。何须浅碧深红色，自是花中第一流。　　梅定妒，菊应羞，画阑开处冠中秋[②]。骚人可煞无情思[③]，何事当年不见收？

【说明】

此词为咏桂花之作。桂花，又名“木犀”，常绿灌木或小乔木。叶对生，椭圆形，厚而硬。多秋季开花，亦有四季或逐月开花者，极芳香，是著名的观赏植物。色黄者名金桂，红者为丹桂，白者为银桂。原产我国，变种较多，前人咏赞桂花的诗词难以枚举。本篇以议论为主，在宋人咏物词中实属少见。开篇两句，先用叙述语描绘桂花的形态、色泽和芳香，给读者以感性体验，然后从三方面进行品评。“何须”二句，谓桂花虽无“浅碧深红”的娇艳之色，然而它雅洁淡泊，情疏意远，体性温柔，香飘四野，所以“自是花中第一流”。换头三句通过对比和反衬，进一步突出桂花的高雅品格。在中秋佳节来临之际，桂花盛开，悦人耳目，沁人心脾，压倒群芳，夺得花魁，自然要使梅妒、菊羞了。结拍两句将议论引向古人，为桂花鸣不平。屈原在《离骚》中咏赞过许多香草名花，却唯独没有提到桂花。难道是由于他缺乏才思和情意吗？当然不是。女词人的大胆质问，其意并非为了责怪屈原，而是翻腾作势，抒写她十分珍惜和热爱桂花的情怀。此阕咏物而不滞于物，议论而富于形象性，生动活泼，妙趣横生。

【注释】

①暗淡：不甚鲜明的意思。 ②画阑：涂有彩色的栏杆。李贺：《金铜仙人辞汉歌》："画栏桂树悬秋香，三十六宫土花碧。" ③骚人：这里是指屈原。

洞　仙　歌

菊

晁补之

今春闰好，怪重阳菊早。满槛煌煌看霜晓。唤金钱翠雨，不称标容，潇洒意、陶潜诗中能道。　　不应夸绝艳，曾妒春华，因甚东君意不到[①]？又似锁、三千汉女，偏教明妃、怨西风边草[②]。也何必、牛山苦沾衣[③]，算只好龙山，醉狂吹帽[④]。

【说明】

此阕为重阳赏菊之作。菊，通称"菊花"，多年生草本。叶卵圆形至披针形，边缘有粗大锯齿或深裂。秋季开花，花序的大小、颜色和形状因品种而异。原产我国，久经栽培，品种极多，如胜金黄、报君知、鸳鸯锦、剪金球、秋金铃、御袍黄、九华菊、玉牡丹、劈破玉、朝天紫、海云红、醉杨妃、粉西施、满天星等，是深受人们喜爱的观赏植物。本篇上片叙述秋日所见：时值闰年，季节提前，菊花早开，栏杆外堆金叠玉，光彩鲜明，璀璨夺目，这景象陶渊明诗中曾有过生动的描述。一个"好"字，表达了作者良时对花的喜悦心情。下片以昭君比喻菊花，深锁汉宫，未占春光，秋日开放，似含怨恨之情。结处谓何必哀叹人生短暂，自寻烦恼，不如登高痛饮，"醉狂吹帽"，以酬佳节。

【注释】

①东君：指春神。 ②明妃：王昭君。汉元帝时被选入宫，后自请远嫁匈奴。 ③牛山苦沾衣：据《晏子春秋》，春秋时，齐景公游牛山，泣下沾衣，产生恋国畏死的悲感。杜牧《九日齐山登高》诗："古往今来只如此，牛山何必泪沾衣！" ④龙山：在今湖北江陵县西北。《晋书·孟嘉传》："（孟嘉）后为征西桓温参军，温甚重之。九月九日，温燕龙山，僚佐毕集。时佐吏并著戎服。有风至，吹嘉帽堕落，嘉不之觉。温使左右勿言，欲观其举止。嘉良久如厕，温令取还之。命孙盛作文嘲嘉，著嘉坐处。嘉还见，即答之，其文甚美。"后因成为重九登高的典故。

蝶　恋　花

山　　茶

张　炎

花占枝头忺日焙[①]。金汞初抽，火鼎铅华退[②]。还似瘢痕涂獭髓，胭脂淡抹微酣醉。　　数朵折来春槛外。欲染清香，只许梅相对。不是临风珠蓓蕾，山童隔竹休敲碎。

【说明】

山茶，一名曼陀罗树。山茶科，常绿灌木或小乔木。叶似木犀，卵形或椭圆形，两头较尖，深绿色，边缘有细齿。农历十月至二月开花，花大色艳，有红、白、黄等色。原产我国和东北亚部分地区，久经栽培，品种较多，其中“鹤顶”“宝珠”“杨妃”“玛瑙”“珍珠”等最为有名。宋人咏山茶的诗不少，如“山茶相对本谁栽？细雨无人我独来，说似与君君不见，烂红如火雪中开”（苏轼）；“玉洁冰寒自一家，地偏惊对此山茶，归来不负西游眼，曾识人间未见花”（俞国宝）。此阕似咏宝珠山茶。据说宝珠山茶含苞历数月而放，姿态妩媚，最为可爱。词的上片从枝头蓓蕾写到迎风开放，“胭脂淡抹微酣醉”，将其迷人风韵形容尽致。下片叙述折花品赏，赞美它的色香只有梅花可以与之相比，结拍流露出深深的惜花之情。

【注释】

①忺日焙：温暖适意的春天。忺（xiān 掀）：高兴，适意。　②汞：水银，银白色液态金属。这两句用炼丹比喻宝珠山茶的开放。

减字木兰花

水　仙　花

韦　骧

雕阑香砌，红紫妖韶何足计[①]！争似幽芳，几朵先春蘸碧塘。　　玉盘金盏，谁谓花神情有限？绰约仙姿，仿佛江皋解佩时[②]。

【说明】

水仙，石蒜科多年生草本球茎类花卉，在我国已有一千多年的栽培历史。冬季抽茎开花，一苞数朵，花色洁白，秀雅芬芳，盆栽可作室内观赏植物。因其茎、叶似蒜，故又称“雅蒜”；花如春兰幽香淡雅，所以又叫“丽兰”。有单瓣和重瓣两种。单瓣白色，中承黄心，宛如酒盏，美称“金盏银台”；重瓣者叫千叶水仙，皱卷成簇，玲珑喜人，又名“玉玲珑”。另据《南阳诗注》载：水仙花“外白中黄，茎干虚通如葱，本生武当山谷间，土人谓之天葱”。宋人咏水仙花的诗词较多，黄庭坚、辛弃疾、杨万里、高观国等均有所作。此阕咏赞池塘中的水仙花。在岁暮天寒之际，几朵先春而开，那绰约的风姿，淡淡的幽香，宛如“江皋解佩”的湘水女神。万紫千红、艳丽妖冶的百花，如何能与她相比！小词玲珑剔透，深得水仙情趣，同时也表现了作者的审美观点。

【注释】

①妖韶：艳丽美好。 ②江皋：水滨。皋，沼泽。 佩：玉佩，古代妇女的饰物。《列仙传》：江妃二女游于江滨，逢郑交甫，“遂手解佩与交甫。交甫悦，受而怀之，中当心，趋去数十步，视佩，空怀无佩，顾二女，忽然不见。”这里是以江妃比喻水仙花。

金人捧露盘

水 仙 花

高观国

梦湘云，吟湘月，吊湘灵①。有谁见，罗袜生尘？凌波步弱，背人羞整六铢轻②。娉娉袅袅③，晕娇黄、玉色轻明。 香心静，波心冷，琴心怨，客心惊。怕佩解、却返瑶京④。杯擎清露，醉春兰友与梅兄⑤。苍烟万顷，断肠是、雪冷江清。

【说明】

此阕以湘水女神比喻水仙花。全篇未出题字，而处处紧扣所咏之物，形神俱现，栩栩如生。上片写形，通过优美的体态、轻盈的步履和娇羞的神情，活画出一位“娉娉袅袅”的凌波仙子，为水仙花留下一幅惟妙惟肖的艺术写照。下片传神，探索“水仙”的精神境界。伊人独居水滨，心静意冷，时时寄怨琴声。怜花之“客”闻之不觉魂荡心惊，深恐其“解佩”而去，重返瑶京。全篇用笔工细，花与神融为一体。词中通过刻画环境，渲染气氛，构制出一个清冷幽静的意境，将水仙花描绘得风姿绰约、情意绵绵，富有艺术魅力。

【注释】

①湘灵：湘水女神。《楚辞·远游》：“使湘灵鼓瑟兮，令海若舞冯夷。”或以为湘灵为虞舜之妃，即湘夫人。 ②六铢：指六铢衣。佛经中谓忉利天衣重六铢，极言其轻薄。铢，我国古代衡制中的重量单位，或以为二十四铢为一两，十六两为一斤。 ③娉娉袅袅：形容女子体态美好轻盈。杜牧《赠别》诗：“娉娉袅袅十三余，豆蔻梢头二月初。” ④佩解：解佩，用刘向《列仙传》关于郑交甫遇江妃二神女解佩的故事。详见前首注。 瑶京：仙都，天宫。 ⑤这句说水仙与春兰和蜡梅为同类。黄庭坚咏水仙诗有句云：“凌波仙子生尘袜，波上盈盈步微月。是谁招此断肠魂，种作寒花寄愁绝。含香体素欲倾城，山矾是弟梅是兄。”

丑 奴 儿

王仲甫

牡丹不好长春好，有个因依[1]。一两枝儿，但是风光总属伊。　　当初只为嫦娥种，月正明时。教恁芳菲[2]，伴著团圆十二回。

【说明】

此阕为咏月季花之作。月季花中有一变种，叶小而薄，带紫色，称“紫月季”，又名“月月红”。一年四季，常年开花，因而极有观赏价值。词中说月季花比花中之王牡丹更好，因为它一年开花“十二回”，能使春光长留人间。且因其种来自月宫，当初曾为嫦娥仙子所种，故而弥足珍贵。

【注释】

①因依：原由。　②芳菲：花草美盛芬芳。

十七、梅苑撷英

汉 宫 春

蜡 梅

张 先

红粉苔墙。透新春消息，梅粉先芳。奇葩异卉，汉家宫额涂黄[①]。何人斗巧，运紫檀、剪出蜂房。应为是、中央正色，东君别与清香[②]。　　仙姿自称霓裳。更孤标俊格，非雪凌霜。黄昏院落，为谁密解罗囊？银瓶注水，浸数枝、小阁幽窗。春睡起，纤条在手，厌厌宿酒残妆[③]。

【说明】

蜡梅，是产于我国的著名观赏植物。花片外部为黄色，故又称黄梅花。此阕所咏为香气最浓的“檀香蜡梅”。词中用铺叙手法，层层描绘，盛赞蜡梅绰约的风姿、诱人的清香及其凌霜傲雪的“孤标俊格”。最后写美人睡起赏花，花枝人影，交相辉映，给读者以赏心悦目的美感。

【注释】

①宫额涂黄：宫女额上涂以黄色，或谓此种习俗起于六朝。这里是用来形容蜡梅的花色。②东君：指春神。　③宿酒：犹宿醉，谓隔夜饮酒的余醉。

江城梅花引

王 观

年年江上见寒梅。暗香来，为谁开？疑是月宫、仙子下瑶台[①]。冷艳一枝春在手[②]，故人远，相思寄与谁？　　怨极恨极嗅香蕊。念此情，家万里。暮霞散绮[③]。楚天碧、片片轻飞。为我多情，特地点征衣。花易飘零人易老，正心碎，那堪塞管吹[④]。

【说明】

此阕通过咏梅，抒发对家乡和故人的深切怀念。词的意境优美，情韵深长，缠绵婉转，一唱三叹。南宋初年，洪皓使金被拘留，听人歌唱此词，慨然叹曰："殆为我作也。"可见其富有艺术感染力。

【注释】

①瑶台：传说中的神仙所居之处，这里是指月宫。 ②一枝春：指梅花。陆凯赠范晔诗："江南无所有，聊赠一枝春。" ③暮霞：晚霞。绮（qǐ启）：锦缎。谢朓《晚登三山还望京邑》："余霞散成绮，澄江静如练。" ④塞管：指笛，因其传自塞北，故称。笛曲中有《梅花落》。

南乡子

梅花词和杨元素[①]

苏轼

寒雀满疏篱，争抱寒柯看玉蕤[②]。忽见客来花下坐，惊飞。踏散芳英落酒卮[③]。 痛饮又能诗。坐客无毡醉不知[④]。花谢酒阑春到也，离离。一点微酸已着枝[⑤]。

【说明】

本篇作于神宗熙宁七年（1074）春，苏轼任杭州通判时。词中没有从正面描绘和赞美梅花，而是通过烘托、渲染，从侧面来表现梅花报春的特点及其令人陶醉的姿态和风韵。起处两句写寒雀闹枝、争看"玉蕤"，不但生动传神，而且富于诗情画意，将梅花盛开、春回大地的欢乐热烈气氛渲染得淋漓尽致。结拍三句通过花谢酒阑、梅子着枝，暗示日日痛饮吟诗以表现对梅花无限爱赏和眷恋之情。全篇若即若离，妙合无间，在咏梅词中别具一格。

【注释】

①杨元素：杨绘，字元素，四川绵竹人，仁宗皇祐进士。曾出知杭州，著有《时贤本事曲子集》，为我国最早的词话。 ②玉蕤：形容洁白如玉的梅花。蕤，草木花下垂貌。 ③卮（zhī支）：古代的一种盛酒器。 ④坐客：席上的客人。这句用杜甫赠郑虔"才名四十年，坐客寒无毡"诗意。 ⑤一点微酸：形容梅子。

西江月

苏轼

玉骨那愁瘴雾[①]，冰肌自有仙风[②]。海仙时遣探芳丛[③]，倒挂绿毛幺凤[④]。 素面常嫌粉涴⑤，洗妆不褪唇红⑥。高情已逐晓云空，不与梨花同梦⑦。

【说明】

这首咏梅词是苏轼被贬惠州时所作。上片歌颂岭南梅花不畏蛮烟瘴雨的高风亮节，海上仙人也为之神往，特意派遣珍禽幺凤前来探寻。下片赞美梅花艳丽多姿，不须敷粉施朱，自然光彩动人。梅花按花型、花色，可分为江梅型、宫粉型、大红型、玉蝶型、朱砂型、绿萼型和洒金型等类。其中洒金型为白色花瓣上带有红色条纹斑点，或是红色花瓣上带有白色条纹斑点，红白相衬，显得分外娇艳。此词所咏当为洒金型梅花。结拍两句借用王昌龄咏梅诗，表达自己高尚的感情已随“晓云”的消失而归于幻灭，再也难做“梨花云”一类的美梦了。据《冷斋夜话》和《野客丛书》等载，这首词是苏轼为悼念侍妾朝云而作的。朝云，姓王，字子霞，钱塘人。少归苏轼，随其贬徙岭南，绍圣三年（1096）七月死于惠州。苏轼曾作《朝云墓志铭》《悼朝云》诗和这首词悼念她。本篇将咏梅和悼亡合写，以花喻人，含蓄空灵，感情真挚，寄慨遥深，有较强的艺术感染力。

【注释】

①瘴雾：指南方山林间湿热蒸郁致人疾病的瘴疠之气。 ②仙风：神仙的风度。 ③海仙：海上仙人。古代传说海上有三神山，即蓬莱、方壶、瀛洲，为神人所居之处。 ④幺凤：鸟名，又叫“桐花凤”。苏轼《次韵李公择梅花》诗：“故山亦何有？桐花集幺凤。”又《再和松风亭上梅花盛开》诗自注云：“岭南珍禽有倒挂子，绿毛，红喙，如鹦鹉而小，自东海来，非尘埃中物。” ⑤涴（wò卧）：沾污。 ⑥唇红：《冷斋夜话》：“岭外梅花与中国异，其花几类桃花之色，而‘唇红’香著。” ⑦不与梨花同梦：作者自注：“诗人王昌龄梦中作梅花诗。”《高斋诗话》引王昌龄《梅》诗：“落落寞寞路不分，梦中唤作梨花云。”

花　　犯

梅　　花

周邦彦

粉墙低，梅花照眼①，依然旧风味。露痕轻缀。疑净洗铅华②，无限佳丽。去年胜赏曾孤倚，冰盘同燕喜③。更可惜、雪中高树，香篝熏素被④。　　今年对花最匆匆，相逢似有恨，依依愁悴。吟望久，青苔上、旋看飞坠。相将见、脆丸荐酒⑤，人正在、空江烟浪里。但梦想、一枝潇洒，黄昏斜照水⑥。

【说明】

这首咏梅词，托物寓意，纡徐反复，或实或虚，将梅花和赏梅人结合在一起写，使主体与客体完全交融，达到了出神入化、妙合无间的境界。上片前六句写眼前所见“净洗铅华，无限佳丽”的梅花；后五句回忆去年独自雪中赏梅的情景。下片前五句又回到"今年"，匆匆相逢，只见梅花愁悴不堪，正在纷纷飘坠；最后四句跳到未来，想象江上以梅子荐酒和梦中寻梅的情景。全篇跨越时空界限，将现在、过去和未来巧妙地组合在一起，处处写梅，处处又都有作者的身影，可谓圆美流转，运化无迹，疏宕有致，使读者回味无穷。黄蓼园云："总是见宦迹无常，情怀落漠耳。忽借梅花以写，意超而思永。言梅犹是旧风情，而人则离合无常；去年与梅共安冷淡，今年梅正开而人欲远别，梅似含愁悴之意而飞坠；梅子将圆，而人在空江中，时梦想梅影而已。"（《蓼园词选》）

【注释】

①照眼：映入眼帘。梁武帝《子夜四时歌·春歌四首》之一："庭中花照眼。" ②净洗铅华：形容梅花淡雅素净，不同于秾艳的桃李。王安石梅诗："不御铅华知国色。" ③冰盘同燕喜：指以梅子荐酒。韩愈诗："冰盘夏荐碧实脆。" ④香篝：熏笼。 ⑤脆丸：指梅子。 ⑥黄昏斜照水：用林逋《山园小梅》诗"疏影横斜水清浅，暗香浮动月黄昏"句意。

汉 宫 春

梅

晁冲之

潇洒江梅，向竹梢稀处，横两三枝。东君也不爱惜①，雪压风欺。无情燕子，怕春寒，轻失花期。惟是有、南来归雁，年年长见开时。　　清浅小溪如练，问玉堂何似②，茅舍疏篱？伤心故人去后，零落清诗③。微云淡月，对孤芳、分付他谁？空自倚、清香未减④，风流不在人知。

【说明】

这首词的作者，《玉照新志》《乐府雅词》《梅苑》《左庵词话》等都以为是李邴，而《苕溪渔隐丛话》《耆旧续闻》则认定为晁冲之所作。细寻词意，《耆旧续闻》卷九所引陆游的一段话较为符合原作内容，兹摘录如下："梅词《汉宫春》，人皆以为李汉老作，非也。乃晁叔用赠王逐客之作。王仲甫为翰林，权直内宿，有宫娥新得幸，仲甫应制赋词云'黄金殿里，烛影双龙戏。劝得官家真个醉，进酒犹呼万岁。 锦茵舞彻《凉州》，君恩与整搔头。一夜御前宣唤，六宫多少人愁。'翌旦，宣仁太后闻之，语宰相曰：'岂有馆阁儒臣，应制作狎词耶？'既而弹章罢，然馆中同僚相约祖饯，及期，无一至者，独叔用一人而已。因作梅词赠别……王仲甫，字明之，自号为"逐客"，有《冠卿集》行于世。"王词调寄《清平乐》，是一首描写和暴露宫廷生活的"艳词"，对标榜"儒雅"的最高封建统治者不利，作者因此被弹劾罢斥，离开京城，并自号为"逐客"。晁冲之有感于此，于送别仲甫时为赋《汉宫春·梅》词赠之。词中托物寄意。赞美梅花的孤高品格，同情它受到不公平的待遇，显然是有针对性的。所谓"东君也不爱惜，雪压风欺"，"问玉堂何似，茅舍疏篱"，"空自倚、清香未减，风流不在人知”云云，既深得梅之神理，又与王仲甫的事迹相合，可见这是一首有寄托的咏物佳作。

【注释】

①东君：春神。　②玉堂：宋代称翰林院为玉堂。《耆旧续闻》引陆游云：“‘问玉堂何似，茅舍疏篱？’指翰苑之玉堂。《苕溪渔隐丛话》却引唐人诗‘白玉堂前一树梅，今朝忽见数枝开’，谓人间之玉堂，盖未知此作也。”　③零落：或作“冷落”。　清诗：或作“新诗”。《耆旧续闻》引陆游云：“又‘伤心故人去后，零落清诗’，今之歌者类云‘泠落’，不知用杜子美酬高适诗：‘自从蜀中人日作，不意清诗久零落。’盖‘零’字与‘泠’字同音，人但见‘泠’字去一点为‘冷’字，遂云‘冷落’，不知出此耳。”　④空自倚句：用杜甫《佳人》诗：“天寒翠袖薄，日暮倚修竹。”因起处有“向竹梢稀处”，前后绾合甚密。

江　梅　引

忆　江　梅

洪　皓

顷留金国，四经除馆①。十有四年，复馆于燕。岁在壬戌②，甫临长至③，张总侍御邀饮④。众宾皆退，独留少款。侍婢歌《江梅引》⑤，有“念此情，家万里”之句。仆曰：“此词殆为我作也。”又闻本朝使命将至⑥，感慨久之。既归，不寝，追和四章，多用古人诗赋，各有一“笑”字，聊以自宽。如“暗香”“疏影”“相思”等语，虽甚奇，经前人用者众，嫌其一律，故辄略之。卒押“吹”字，非风即笛，不可易也。此方无梅花，士人罕有知梅事者，故皆注所出⑦。

天涯除馆忆江梅。几枝开？使南来，还带余杭春信到燕台⑧。准拟寒英聊慰远⑨，隔山水，应销落，赴诉谁？⑩　　空恁遐想笑摘蕊⑪。断回肠，思故里。漫弹绿绮⑫，引《三弄》⑬，不觉魂飞。更听胡笳⑭，哀怨泪沾衣。乱插繁花须异日，待孤讽⑮，怕东风，一夜吹⑯。

【说明】

这首词是宋高宗绍兴十二年（1142），洪皓使金（建炎三年，1129）被拘留于燕京后所作。原为四首，调寄《江梅引》，每首又以首句末三字另标新题，即《忆江梅》《访寒梅》《怜落梅》，第四首原阙题名，按其体例当作《雪欺梅》。作者去国辞乡，守节不屈，在荒凉的塞外度过了十四个春秋。乡关之思、故国之恋，时时萦绕心头。一个偶然的机会，听到有人演唱王观的《江城梅花引》，其中“念此情，家万里”之句，更是撞击着他的心扉，引起了强烈的共鸣。于是归来以后，连夜

“追和四章”，抒发他心向南宋，怀念故国和家乡的深挚感情。词中化用前人咏梅诗句，赋予新意，一唱三叹，音调谐婉，意境幽远，跌宕多姿，富有艺术感染力。

【注释】

①除馆：古代使臣居住的馆舍。语出《左传·昭公十三年》：“除馆于西河。” ②壬戌：指宋高宗绍兴十二年（1142）。 ③长至：夏至。 ④侍御：官名，侍御史的简称。 ⑤《江梅引》：指北宋王观《江城梅花引》（年年江上见寒梅）。 ⑥本朝使命：指南宋派往金朝的使节。绍兴十二年（1142）四月，宋派孟忠厚、王次翁等赴金迎还徽宗和郑皇后的棺木以及高宗之母韦后。 ⑦皆注所出：都注明了引用典故的出处。洪皓《江梅引》第一首至第三首的原注，保存在其子洪迈《容斋随笔》五集卷三“先公诗词”条中。 ⑧余杭：指南宋都城临安（今浙江杭州）。 燕台：战国时燕昭王筑黄金台，延揽天下贤士。故址在今河北易县南。这里是指燕京。 ⑨准拟：料定。 寒英：指梅花。 ⑩赴诉谁：向谁去倾诉呢？ ⑪恁：如此。 遐想：遥远的思念。 ⑫绿绮（qǐ起）：相传汉司马相如有琴名“绿绮”。后用为琴的代称。 ⑬引：琴曲。 《三弄》：琴曲《梅花三弄》的简称。 ⑭胡笳：古代北方少数民族所用的一种管乐器。 ⑮孤讽：独吟。 ⑯这两句说，恐怕梅花一夜之间就被东风吹落。

卜算子

咏　梅

陆　游

驿外断桥边①，寂寞开无主。已是黄昏独自愁，更著风和雨②。　无意苦争春，一任群芳妒③。零落成泥碾作尘④，只有香如故。

【说明】

陆游很喜欢梅花，常以它那凌霜傲雪、不惧风吹雨打的高尚品格来激励自己。在《剑南诗稿》中，有许多描写和赞美梅花的佳作，大都是托物言志，含有深刻的寓意。此词上片，描绘梅花生长的严酷环境及其悲惨的遭遇。下片就梅花开放和谢落后的情景，来赞美它的高风亮节。词中通过对梅花的礼赞，表达了作者决心与邪恶势力和艰难环境进行不屈的斗争，绝不改变坚持抗金救国的一贯立场。咏物而不滞于物，主体与客体完全融合，既刻画了梅花的风格神韵，同时也是爱国诗人自我形象的艺术写照。正如作者在一首《梅花绝句》中所说：“何方可化身千亿，一树梅花一放翁。”在奇妙的艺术天地里，梅花与放翁已经“合二而一”了。

【注释】

①驿：驿站。古代供传递公文的人或来往官员歇宿、换马的处所。 ②更著：又加上。 ③一

任：任凭。 ④碾：轧碎。

江　城　子

盆　中　梅

吕胜己

年年腊后见冰姑[①]。玉肌肤，点琼酥[②]。不老花容，经岁转敷腴[③]。向背稀稠如画里，明月下，影疏疏。　　江南有客问征途。寄音书，定来无？且傍盆池，巧石倚浮图[④]。静对北山林处士[⑤]，装点就，小西湖。

【说明】

这首词写的是梅花盆景。盆景是用草、木、水、石等，经过艺术加工，种植或布置在盆中，使之成为自然景物缩影的一种陈设品。它能以小见大，给人以“尺幅千里”、妙趣横生的自然美感，因而深受人们的欢迎。词人制作的盆景，以梅花为主体，背景是西湖的孤山，山上还有一座小小的佛塔，可谓山水花木相映成趣，富有诗情画意。盆中之梅，长青不老，一年更比一年繁茂。花容月色，玉洁冰清，疏影横斜，暗香浮动，简直就是一幅天然生成的美妙画图。此词状物绘景，笔触细腻，人工天巧，各尽其妙，在咏梅词中别具一格。

【注释】

①冰姑：冰雕美人，指梅花。 ②琼酥：形容梅花像美玉酥油那样洁白润腻。 ③敷腴：丰满繁茂。 ④浮图：一作“浮屠”，指佛塔。 ⑤北山：这里是指孤山。 林处士：指北宋诗人林逋。

浪　淘　沙

蜡　　梅

马子严

娇额尚涂黄。不入时妆。十分轻脆奈风霜。几度细腰寻得蜜[①]，错认蜂房。　　东阁久凄凉[②]。江路悠长，休将颜色较芬芳。无奈世间真若伪，赖有幽香。

【说明】

蜡梅花为黄色，淡雅朴素，不如桃李之娇艳。但它不畏风霜，香气浓郁，品格高尚，堪称花中君子。可惜如今世风日下，真伪莫辨，名花无人问津。它深感身世寂寞，心情凄凉，所以发出了“不入时妆”“江路悠长”的慨叹。此词以梅喻人，托物寄意，抒发了作者怀才不遇的怨愤之情。

【注释】

①细腰：指蜂。 ②东阁：泛指客馆。这里是指梅花生长的地方。杜甫《和裴迪登蜀州东亭送客逢早梅相忆见寄》诗："东阁官梅动诗兴，还如何逊在扬州。"

暗　香

姜　夔

辛亥之冬①，予载雪诣石湖②。止既月③，授简索句④，且征新声⑤，作此两阕。石湖把玩不已，使工妓隶习之⑥，音节谐婉，乃名曰《暗香》《疏影》。

旧时月色，算几番照我，梅边吹笛。唤起玉人⑦，不管清寒与攀摘。何逊而今渐老⑧，都忘却春风词笔。但怪得、竹外疏花⑨，香冷入瑶席⑩。　江国，正寂寂。叹寄与路遥⑪，夜雪初积。翠尊易泣⑫，红萼无言耿相忆⑬。长记曾携手处，千树压、西湖寒碧。又片片吹尽也，几时见得？

【说明】

元祐六年（1191）冬，三十七岁的词人姜夔冒雪乘船来到苏州石湖，拜访退隐于此的老诗人范成大。一次，作者应主人的要求，自创曲调，谱写了两首咏梅之作。范成大很欣赏这两首词，姜夔也自觉其"音节谐婉"，于是遂用林逋《山园小梅》诗中"疏影横斜水清浅，暗香浮动月黄昏"，取名《暗香》《疏影》。前人对此二词盛赞不已，如张炎曰："诗之赋梅，惟和靖一联而已。世非无诗，不能与之齐驱耳。词之赋梅，惟姜白石《暗香》《疏影》二曲，前无古人，后无来者，自立新意，真为绝唱。"（《词源》）本篇将咏梅与怀旧糅合在一起写，虽句句不离梅花，然其意不专在摹写物态，有寄托而无痕迹。作者所忆念之"玉人"，是情人？是友人？抑或别有所指，众说纷纭，难以认定。它的艺术魅力正在于意象朦胧，感慨全在虚处，给读者留下思考和联想的广阔余地。词的意境优美，笔调空灵，从石湖之梅写到西湖之梅，从梅之盛开写到梅之衰落，超越时空，寄意题外，读之令人回味无穷，余韵不尽，不愧为咏梅之绝唱。

【注释】

①辛亥：宋光宗绍熙二年（1191）。 ②诣（yì 亿）：到达。 石湖：在苏州西南，诗人范成大晚年退居于此，自号石湖居士。 ③止既月：停留了一个多月。 ④授简：给纸。 索句：索取诗词。 ⑤征新声：征求新的词调。 ⑥工妓：乐工、歌妓。 隶习：练习。 ⑦玉人：美人。 ⑧何逊：南朝梁代诗人，曾任扬州法曹，有《咏早梅》诗，广为传诵。 ⑨竹外疏花：竹林外面几株稀疏的梅花。苏轼《和秦太虚梅花》："江头千树春欲暗，竹外一枝斜更好。" ⑩瑶席：华美的宴席。 ⑪叹寄与路遥：感叹路程太远，音书不通。这里暗用陆凯寄范晔诗："折梅逢驿使，寄与陇

头人。” ⑫翠尊：翠绿色的酒杯。 ⑬红萼：指红梅。

疏 影

姜 夔

苔枝缀玉[1]，有翠禽小小[2]，枝上同宿。客里相逢，篱角黄昏，无言自倚修竹[3]。昭君不惯胡沙远[4]，但暗忆、江南江北。想佩环、月夜归来[5]，化作此花幽独。 犹记深宫旧事[6]，那人正睡里，飞近蛾绿[7]。莫似春风，不管盈盈[8]，早与安排金屋[9]。还教一片随波去，又却怨、玉龙哀曲[10]。等恁时、重觅幽香[11]，已入小窗横幅[12]。

【说明】

本篇写黄昏赏梅以及由此而引起的种种联想和感慨。上片以梅喻昭君，赞其美丽，怜其幽独，言其魂归故国，化作此花。下片因见落梅而生惜花之情，并由此而引出有关梅花的典故。结拍由篱角之梅说到画中之梅，表现出无可奈何的悲伤情调。《疏影》为《暗香》的姊妹篇，既写于一时，且同属咏梅之作，笔调空灵，运化无迹，均能用事而不为事所使。仔细寻味，似有寄托，或以为此阕表达了作者的家国之恨和兴亡之感，唯词意隐微，含蓄朦胧，读者尽可见仁见智，做不同的理解。

【注释】

①苔枝：长有苔藓的梅枝。 ②翠禽：翠色羽毛的小鸟。据《龙城录》载，传说隋代赵师雄在罗浮松林中遇一女子，同到酒店对饮，又有一绿衣童子来歌舞助兴，终于醉卧林间。及至次日起视，则身在大梅花树下。原来那一女子为梅花所化，绿衣童子即枝上翠鸟。 ③修竹：长竹。杜甫《佳人》诗：“天寒翠袖薄，日暮倚修竹。” ④昭君：王嫱，西汉南郡秭归（今属湖北省）人。元帝时被选入宫。竟宁元年（前33年），匈奴呼韩邪单于入朝求和亲，她自请远嫁匈奴，称为宁胡阏氏。 ⑤佩环：环佩，衣上的玉饰。这里借指王昭君。杜甫《咏怀古迹》五首之三：“画图省识春风面，环佩空归月夜魂。” ⑥深宫旧事：据《太平御览》：“宋武帝女寿阳公主人日卧于含章殿檐下。梅花落公主额上，成五出花，拂之不去……宫女奇其异，竞效之。今梅花妆是也。” ⑦娥绿：指女子的眉毛。娥，形容眉毛细长；绿，指用青黛色涂眉。 ⑧盈盈：形容仪态美好的样子。 ⑨金屋：据《汉武故事》，汉武帝幼时，曾对他的姑母说：“若得阿娇作妇，当以金屋贮之。” ⑩玉龙：笛名。哀曲：哀怨的曲调，指笛曲《梅花落》。 ⑪恁（nèn）时：那时 ⑫横幅：横挂的画幅。

暗 香

汪元量

西湖社友有千叶红梅[1]，照水可爱。问之自来，乃旧内有此种[2]。枝如柳梢，开花繁艳，兵后流落人间。对花泫然承脸而赋[3]。

馆娃艳骨[4]。见数枝雪里，争开时节。底事化工[5]，著意阳和暗偷泄。偏把红膏染质，都点缀、枝头如血。最好是、院落黄昏，压栏照水清绝。　　风韵自迥别。谩记省故家，玉手曾折。翠条袅娜，犹学宫妆舞残月。肠断江南倦客[6]，歌未了、琼壶敲缺[7]。更忍见，吹万点、满庭绛雪[8]！

【说明】

宋亡后，汪元量被俘北行，羁留燕京十余年。后因自请为道士始得南归，隐居于杭州西湖，与一些遗民诗人结社唱和，度过寂寞凄苦的余年。本篇为南归以后之作。一次作者在“西湖社友”家中，看到一株千叶红梅，十分艳丽可爱。询问主人，原来此花乃当年皇宫内的品种，由于战乱才流传到了民间。词人不禁“对花泫然”，感叹唏嘘，为赋此阕。词中通过咏赞红梅，表达了作者的故国之恋和亡国之恨。馆娃宫中的“艳骨”，当年曾经“玉手”攀折，如今流落人间，独立黄昏，枝头繁花点点，也好像染着斑斑血迹。一阵风起，片片吹落，庭院中积满了堆堆红雪。词情哀苦，音调凄怆，饱含血泪，与姜夔的《暗香》可以媲美，都是感慨很深的咏梅佳作。

【注释】

①千叶红梅：梅花的名品。据传出自湖南和福建，故又有潭州红、福州红、邵武红等名称。②旧内：指南宋皇宫内院。　③泫然承脸：泪流满面。　④馆娃：古代宫名。吴王夫差为西施所建，故址在今江苏吴县灵岩寺。这里是指南宋皇宫。　艳骨：指千叶红梅。　⑤化工：自然创造或生长万物的功能，亦指造物主。　⑥江南倦客：作者自谓。　⑦琼壶敲缺：《世说新语·豪爽》：“王处仲（敦）每酒后辄咏‘老骥伏枥，志在千里。烈士暮年，壮心不已’。以如意打唾壶，壶口尽缺。”后因以敲击唾壶表示壮志难酬的悲愤之情。琼壶，玉壶。　⑧绛雪：红雪。

十八、草木果蔬

点 绛 唇

林 逋

金谷年年[①]，乱生春色谁为主？余花落处，满地和烟雨。　　又是离歌，一阕长亭暮。王孙去[②]，萋萋无数[③]，南北东西路。

【说明】

此阕为咏春草之词，通篇虽不著一草字，而草色处处可见。前段写荒园无主，杂草丛生，落花满地，烟雨凄迷，伤春之情寓于景中。后段言长亭日暮，芳草萋萋，离歌一曲，行人远去，不胜依依惜别之情。词意含蓄委婉，境界浑成，乃开宋词咏物之风的佳作。

【注释】

①金谷：古地名，在今河南洛阳市东北。晋石崇筑园于此，世称金谷园。这里是泛指名园。　②王孙：古代贵族公子的通称。《楚辞·招隐士》："王孙游兮不归，春草生兮萋萋。"后用以泛指远游之人。　③萋萋：草茂盛貌。

苏 幕 遮

草

梅尧臣

露堤平，烟墅杳。乱碧萋萋，雨后江天晓。独有庾郎年最少[①]，窣地春袍[②]，嫩色宜相照。　　接长亭，迷远道，堪怨王孙，不记归期早。落尽梨花春又了，满地残阳，翠色和烟老。

【说明】

据吴曾《能改斋漫录》卷一七载，一次梅尧臣在欧阳修家，听到有人称赞林逋的咏草词《点绛唇》（金谷年年），便写了这首《苏幕遮》，欧阳修"击节赏之"，自己也即兴写了一首《少年游》。

此三阕同题之作，异曲同工，王国维《人间词话》誉之为“咏春草绝调”。本篇上片先绘景，次及人，刻画一位风度翩翩的少年，面对芳草如茵、江天初晓的美好景色，自觉春风得意、前程似锦。下片寓情于景，感叹春归花落，梦想成空，倦于宦游，不如及早归去。两片对比鲜明，通过咏草，抒发了作者早年和晚年在仕途上的不同处境和感受。

【注释】

①庾郎：指庾信，早有文名，年十五即为梁东宫讲读。 ②窣地：拂地。窣，窣窸的略语，本为象声词，形容轻微的摩擦声，这里作动词用，即擦地的意思。 春袍：青袍，古代读书人和初入仕途者所穿之袍。《能改斋漫录》卷七《事实·春草随青袍》：“杜子美诗‘江草乱青袍’‘春草随青袍’，盖用古诗‘青袍似春草，长条随风舒’。”

少 年 游

草

欧阳修

阑干十二独凭春，晴碧远连云①。千里万里，二月三月，行色苦愁人。 谢家池上②，江淹浦畔③，吟魄与离魂④。那堪疏雨滴黄昏，更特地、忆王孙。

【说明】

此阕借咏草以抒离情。主人公由结句“更特地、忆王孙”暗示其为闺中少妇。上片写伊人春日独自凭栏，遥望晴空，草色连云，行人远在千里万里之外，真是愁煞人！换头连用两个与春草和离别有关的典故，进一步渲染女主人公的伤春怀远之情。结拍化用《楚辞·招隐士》“王孙游兮不归，春草生兮萋萋”，融情入景，点明题意。本篇含蓄委婉，咏物与抒情融为一体，读来亦颇有韵致。

【注释】

①这句说晴空之下，绿草如茵，远接云天。 ②谢家池上：谢灵运《登池上楼》诗：“池塘生春草，园柳变鸣禽。” ③江淹浦畔：江淹《别赋》：“春草碧色，春水渌波。送君南浦，伤如之何？” ④吟魄：指谢灵运诗。 离魂：指江淹《别赋》。

临 江 仙

柳

许 庭

不见隋河堤上柳①，绿阴流水依依。龙舟东下疾于飞②。千条万叶，浓翠染旌旗。　　记得当年春去也，锦帆不见西归③。故抛轻絮点人衣。如将亡国恨，说与路人知。

【说明】

许庭词仅存五首，均为《临江仙》，分别咏叹“昭阳宫内柳”“隋河堤上柳”“陶家门外柳”“都门亭畔柳”和“灞陵原上柳”，这里选录了其中的第二首。词中将咏物、怀古和抒情融于一体，通过隋炀帝穷奢极欲、巡幸江都、遭致亡国惨祸的史实，告诫人们应当吸取教训，不要让历史的悲剧重演。柳的意象含蓄深沉，富有情韵，它仿佛深解人意，要将亡国之恨告诉每一个路过这里的人。

【注释】

①隋河堤：隋堤。隋炀帝时开通济渠，连接南北河道，后称运河。沿岸筑堤，称为隋堤。隋唐以来隋堤多植柳树，白居易《新乐府·隋堤柳》云：“西自黄河东至淮，绿影一千三百里。”　②龙舟：龙形的船。《隋书·炀帝纪》：“御龙舟，幸江都。”　③锦帆：隋炀帝幸江都的龙舟以锦为帆，称为锦帆。

兰陵王

柳

周邦彦

柳阴直，烟里丝丝弄碧。隋堤上①，曾见几番，拂水飘绵送行色。登临望故国②，谁识京华倦客③？长亭路，年去岁来，应折柔条过千尺。　　闲寻旧踪迹，又酒趁哀弦④，灯照离席⑤。梨花榆火催寒食⑥。愁一箭风快，半篙波暖，回头迢递便数驿⑦。望人在天北。　　凄恻，恨堆积。渐别浦萦回⑧，津堠岑寂⑨，斜阳冉冉春无极。念月榭携手，露桥闻笛。沉思前事，似梦里，泪暗滴。

【说明】

此阕咏“柳”，实为托柳起兴，抒写离别之情。周济《宋四家词选》以为是“客中送客”。全词分为三片，每片各成一自然段落。从词中的景物看，送别的地点在京城的汴河堤上，时间是春天的中午至傍晚。词中还穿插着一些回忆往事的场面，寄寓着自己的寥落失意之感。全篇章法井然，结构谨严，三片分别描写别前、别时和别后，情景交融，虚实相映，层次分明，艺术上很有特色。陈廷焯《白雨斋词话》评论说：“美成词极其感慨，而无处不郁，令人不能遽窥其旨。如《兰陵王》云：‘登临望故国，谁识京华倦客？’二语是一篇之主，上有‘隋堤上，曾见几番，拂水飘绵送行色'之句，暗伏倦客之根，是其法密处。故下文接云：'长亭路，年去岁来，应折柔条过千尺。'久客淹留之感，和盘托出。他手至此，以下便直抒愤懑矣。美成则不然，'闲寻旧踪迹'二叠，无一语不吞吐，只就眼前景物，约略点缀，更不写淹留之故，却无处非淹留之苦。直至收笔云：'沉思前事，似梦里，泪暗滴。'遥遥挽合，妙在才欲说破，便自咽住，其味正自无穷。"

【注释】

①隋堤：隋代开通济渠，自荥阳至开封一段为古汴水，沿岸筑堤，称为隋堤。 ②故国：这里是指故乡。 ③京华：这里是指北宋都城汴京。 倦客：倦于宦游之人。 ④哀弦：哀怨的琴瑟之声。 ⑤离席：离别时的筵席。 ⑥寒食：节令名，清明前一天（一说清明前两天）。相传起于晋文公悼念介之推事，因介之推抱木焚死，便定于是日禁火寒食。唐宋时清明日朝廷取榆柳之火赐百官，谓之换新火。 ⑦迢递：遥远。 驿：驿站。 ⑧别浦：江河支流入水口或汊口。 ⑨津：渡口。 堠：古代探望敌情的土堡。

西江月

汪 莘

张文潜诗有东海大松①，序云：土人相传，三代时物②。徐仲车先生和之③。余意古松之散在天地间，其拄青天而蔽厚地者，可以数计周知。欲合而处之，不可得也。作问松。

天下老松有数，人间不记何年。海心岳顶寺门前④，我欲收成一片。 为向此公传语，却教老子随缘。龙盘虎踞负青天，岂若吾身亲见。

【说明】

作者长期屏居黄山，黄山以奇松怪石闻名，作者对松树特别是古松也产生了浓厚的兴趣。一次他读到张耒的一首诗，诗中说东海岛上有一株大松，相传是三代时候的产物。于是他异想天开，希望能把分散在天地之间的古松都集中在一起"合而处之"，大概是想把它们保护起来，不致受到糟践和破坏吧！然而他冷静一想，这根本不可能，于是写了这首"问松"的《西江月》词。词中表达了作者热爱古松、保护古松的美好愿望，这对我们今天的读者来说，不是也可以从中受到启发吗？

【注释】

①张文潜：北宋诗人，名耒，字文潜，号柯山，江苏淮阴人。 ②三代：指夏、商、周三个朝代。 ③徐仲车：北宋诗人，名积，字仲车，江苏淮安人。 ④岳顶：山巅。

沁园春

题吴明仲竹坡

严　参

竹焉美哉！爱竹者谁？曰君子欤！向佳山水处，筑宫一亩；好风烟里，种玉千余。朝引轻霏①，夕延凉月，此外尘埃一点无。须知道，有乐其乐者，吾爱吾庐。　　竹之清也何如？应料得诗人清矣乎。况满庭秀色，对拈彩笔，半窗凉影，伴读残书。休说龙吟，莫言凤啸，且道高标谁胜渠？君试看，正绕坡云气，似渭川图②。

【说明】

友人在屋旁小山坡上种了一片翠竹，作者为赋此词赞之。开篇直明本意，将竹和种竹之人合写，描绘出一幅幽雅清静的竹坡山居图。换头以后写友人竹下赋诗吟咏，作画读书，高标旷怀，自得其乐，一派隐逸之风。词的文字雅洁，意境优美，富于诗情画意。

【注释】

①轻霏：薄薄的云雾。　②渭川图：指田园山水图。渭川，即渭河，在陕西省中部。唐王维有《渭川田家》诗，写田园风光，流露出归隐田园之情。

浣　溪　沙

樱　桃

晁补之

雨过园亭绿暗时，樱桃红颗压枝低。绿兼红好眼中迷。　　荔子天教生处远①，风流一种阿谁知②？最红深处有黄鹂。

【说明】

樱桃，又名“莺桃”。果实小，呈球形，鲜红色，味稍甜而带酸，初夏成熟。这首咏樱桃的小词，先描状其形与色，然后说它不像荔子那样生长在遥远的南方，轻易难得见到。结处以黄鹂做映衬，使画面更显生动，色彩尤为鲜明。

【注释】

①荔子：荔枝。 ②阿谁：犹言谁，何人。古乐府《十五从军征》：“家中有阿谁?”

浣 溪 沙

橄 榄

吴礼之

南国风流是故乡，红盐落子不因霜。于中小底最珍藏。 荐酒荐茶些子涩[①]，透心透顶十分香。可人回味越思量[②]。

【说明】

橄榄，又名青果、白榄。常绿乔木，春夏开白花，果实呈椭圆、卵圆、纺锤形，初为绿色，成熟后变为淡黄色。我国南方人喜食用、回味无穷。这首词言简意明，将橄榄的特点写得十分具体，富有诱惑力。谁不想尝一尝这“透心透顶”、回味无穷的佳味呢?

【注释】

①荐：献，进。 些子：一点儿。 ②可人：使人满意。黄庭坚诗：“风味极可人。”

浣 溪 沙

咏 桔

苏 轼

菊暗荷枯一夜霜，新苞绿叶照林光。竹篱茅舍出青黄。 香雾噀人惊半破[①]，清泉流齿怯初尝。吴姬三日手犹香[②]。

【说明】

深秋时节，菊暗荷枯，一片萧瑟景象，唯独竹篱茅舍之间，或青或黄的柑橘缀满枝头，惹人喜爱。掰开一个来尝一尝吧，顿时香气袭人，犹如一股甘洌的清泉流入舌齿之间，美人手上的香味三日后还洗不掉哩！橘子几乎人人都尝过，但咏橘之作却不多见。蜀中柑橘古已闻名，作为家乡的特产，苏轼写来得心应手，毫不费力，寥寥数语便将橘的色、香、味描绘得十分生动而形象。

【注释】

①噀（xùn 迅）：喷。 ②吴姬：吴地的女子。李白《金陵酒肆留别》诗："风吹柳花满店香，吴姬压酒劝客尝。"这里是泛指女子。

齐天乐

赋 橙

史达祖

犀纹隐隐莺黄嫩[①]，篱落翠深偷见。细雨重移，新霜试摘，佳处一年秋晚。荆江未远[②]，想橘友荒凉，木奴嗟怨[③]。就说风流，草泥来趁蟹螯健。 并刀寒映素手[④]，醉魂沉夜饮，曾倩排遣。沆瀣含酸[⑤]，金罂裹玉[⑥]，蔌蔌吴盐轻点[⑦]。瑶姬齿软[⑧]。待惜取团圆，莫教分散。入手温存，帕罗香自满。

【说明】

周邦彦《少年游》开篇三句"并刀如水，吴盐胜雪，纤手破新橙"，写美人破橙待客，一时传为佳话，但全篇并非咏橙之作。史达祖的这首《齐天乐》堪称一篇《橙赋》。词人以细腻的笔触、优美的文字，将橙的形态、皮肉及其甜中含酸的清香美味形容得淋漓尽致，确系咏物高手。

【注释】

①犀纹：犀牛角上的花纹。 莺黄：形容橙皮如黄鹂之羽色。 ②荆江：长江自湖北枝江至湖南岳阳城陵矶一段的别称。 ③木奴：《水经注·沅水》："又东历龙阳县之氾洲，洲长二十里，吴丹阳太守李衡植柑于其上，临死，敕其子曰：'吾州里有木奴千头，不责衣食，岁绢千匹。'"后因称柑橘树为木奴。 ④并刀：并州剪刀，以锋利著称。并，并州，古代九州之一，今山西一带。⑤沆瀣：露水。 ⑥金罂：金色的酒坛，形容橙之外形。 ⑦蔌蔌：花落貌。 吴盐：吴地所产之盐。 ⑧瑶姬：仙女，指美人。

西 江 月

张 抡

味过华林芳蒂[①]，色兼阳井沉朱。轻匀绛蜡裹团酥，不比人间甘露[②]？ 神鼎十分火枣，龙盘三寸红珠。清含冰蜜洗云腴，只恐身轻飞去。

【说明】

此阕咏柿，开篇即以赞叹出之，言其味美色佳，犹如一层红蜡裹着一团酥糖，真可以与人间甘露比美。下片以仙家之物“火枣”“红珠”相比，谓食此佳果，顿觉心旷神怡，飘飘欲仙，“只恐身轻飞去”。读了这首词，谁不想去尝一尝柿子的滋味呢！

【注释】

①蒂：花或瓜果跟枝茎相连的部分。这里是指花果。 ②甘露：甜美的露水。古人迷信，以为天下太平，则天降甘露。

醉落魄

韩元吉

霓裳弄月，冰肌不受人间热。分明蜜露枝枝结。碧树珊瑚，容易与君折。 玉环旧事谁能说[①]，迢迢驿路香风彻[②]。故人莫恨东南别。不寄梅花，千里寄红雪。

【说明】

此阕为咏荔枝之作。荔枝原产我国南方，是一种甘美的名果。果实呈心脏形或圆形，果皮有鳞斑状突起，鲜红、紫红、青绿或青白色。果肉新鲜时为半透明凝脂状，多汁，味甜美，有芳香。词的上片赞美枝上名果。树如珊瑚，果似蜜露，自是无比珍贵之物。换头用杨贵妃事略加点染，结拍安慰友人，无须伤离怨别，即使到了千里之外，也忘不了会给你寄来一束“红雪”——荔枝。

【注释】

①玉环旧事：指杨贵妃吃荔枝事。《新唐书·杨贵妃传》：“妃嗜荔枝，必欲生致之，乃置骑传送，走数千里，味未变，已至京师。”杜牧《过华清宫绝句》：“一骑红尘妃子笑，无人知是荔枝来。”苏轼《荔枝叹》：“颠坑仆谷相枕藉，知是荔枝龙眼来。”皆咏此事。 ②迢迢：遥远貌。 驿路：驿道，我国古代的交通大道。

西江月

康与之

名与牡丹联谱[①]，南珍独比江瑶[②]。闽山入贡冠前朝，露叶风枝袅袅[③]。 香玉满苞仙液，绉红圆戚鲛绡[④]。华清宫殿蜀山遥，一骑红尘失笑[⑤]。

【说明】

本篇《全芳备祖》列入“龙眼门”。龙眼俗称“桂圆”，果实球形，壳淡黄或褐色，质薄而光滑。果肉白色，透明，汁多，味甜。《群芳谱》：“龙眼，闽、广、蜀道出荔枝处皆有之，树似荔枝……叶似林檎，凌冬不凋，春末夏初开细白花，七月实熟……实极繁，作穗，如葡萄，每穗五六十颗。”又有圆眼、益智、荔枝奴等名。此阕上片咏福建所产龙眼，谓其可与南方的海味珍品干贝比美，下片赞蜀中所产龙眼，形容它好像用芳香的玉衣包着一团“仙液”。比喻生动而有特色，即使没有吃过龙眼的人，也可以通过联想去领略龙眼的美妙滋味。

【注释】

①这句说龙眼和名花牡丹都被列入《群芳谱》中。 ②江瑶：亦作“江珧”，软体动物。多群栖于海岸泥沙中，壳薄而大，肉柱可供食用，称“江珧柱”，也称“干贝”，为海味珍品。 ③袅袅：摇曳貌。这句说从福建进贡来的龙眼，枝叶上还带着露水，在风中轻轻地摇曳，好像是刚摘下来的一样。 ④鲛绡：神话传说中鲛人（美人鱼）所织的丝绢，这里是泛指丝织物。这句形容龙眼的外壳好像用红色起绉的丝绢包裹的一样。 ⑤这两句用杜牧《过华清宫绝句》“一骑红尘妃子笑，无人知是荔枝来”诗意。作者将龙眼与荔枝视为同物。

南 歌 子

山 药

张 镃

种玉能延命①，居山易学仙。青青一亩自锄烟②。雾孕云蒸、肌骨更凝坚③。 熟染蜂房蜜④，清添石鼎泉。雪香酥腻老来便。煨芋炉深、却笑祖师禅⑤。

【说明】

山药，即薯蓣，自生于山野者称野山药，栽培者称家山药。多年生缠绕藤本，地下具圆柱形肉质块茎，可供食用，亦可入药。与后来引入我国的红薯、土豆均属薯类作物，但非同种。作者在山中自己亲手种了一亩山药，眼看丰收在望，不禁喜形于色，于是赋词咏之。山药无论用鼎煮或炉煨，都香甜酥软，是老年人最方便可口的食物，吃了它可以延年益寿，可笑有些人却偏要去学禅求仙！

【注释】

①种玉：原指杨伯雍种石得玉事。这里是借指种山药。 ②锄烟：指铲除杂草。 ③这句说经过云雾浸润和雨露滋润，山药地下的块茎长得结实粗壮。 ④这句说山药甘甜，熟后如涂上蜂蜜一样。 ⑤祖师禅：佛家的祖师爷。这里泛指佛门僧侣。

摸鱼儿

莼

李彭老

过垂虹、四桥飞雨[①]，沙痕初涨春水。腥波十里吴歈远[②]，绿蔓半萦船尾[③]。连复碎。爱滑卷青绡[④]，香袅冰丝细[⑤]。山人隽味[⑥]。笑杜老无情[⑦]，香羹碧涧，空只赋芹美。　归期早，谁似季鹰高致[⑧]？鲈鱼相伴菰米。红尘如海丘园梦，一叶又秋风起。湘湖外，看采撷、芳条际晓随鱼市[⑨]。旧游漫记。但望里江南，秦鬟贺镜，渺渺隔烟翠。

【说明】

莼，即莼菜，又名“水葵”。水生宿根草本。叶片椭圆形，深绿色，浮于水面。江南地区多野生，也有少量栽培。春、夏季采嫩叶作蔬菜。莼羹滑腻爽口，别具风味，久负盛名。此阕通过咏“莼”，以抒发作者的思乡之情。上片回忆旧游。记得当年，船过“垂虹”，春水初涨，烟波渺渺，吴歌声声，水面上到处漂浮着莼菜的绿蔓和嫩叶，有的还缠绕在船尾上，被小桨划破搅碎。多么可爱的“滑卷”“冰丝”哟，实在是我们这些山野之人难得的佳肴美味。可叹杜老只赞美“芹”，而对“莼”却如此无情，不曾为之赋过一首诗。下片由怀古，引出“莼鲈之思”，感叹秋风又起，而自己却仍流寓湖湘，不能像张季鹰那样命驾东归。看见人们采摘莼菜和鱼儿一起在早市上叫卖，从而引起了对往事的回忆。如今远离故乡，遥望江南，千山万水，归思难收。本篇将咏物和抒情融为一体，含蓄蕴藉，意脉清晰，余味无穷。

【注释】

①垂虹：桥名。在江苏吴江县松陵镇，横跨塘河之上。始建于北宋，原为木桥，元代改建成石桥。　②吴歈（yú 于）：吴歌，用吴音演唱的歌曲。　③绿蔓：指漂浮在水面的莼茎莼叶。　④滑卷青绡：形容莼叶如光滑卷曲的绿绸。　⑤冰丝：形容莼菜的嫩茎嫩叶。　⑥山人：隐士。　隽味：佳味，美味。　⑦杜老：指唐诗人杜甫。　⑧季鹰：晋张翰字季鹰。《晋书·张翰传》：“翰因见秋风起，乃思吴中菰菜、莼羹、鲈鱼脍，曰：‘人生贵得适志，何能羁宦数千里以要名爵乎？’遂命驾而归。”后称思乡之情为“莼鲈之思”。　⑨撷（xié）：采摘。　芳条：指莼菜的嫩茎。

国家社科基金重大项目《巴蜀全书》（10@ zh005）
四川省重大文化工程《巴蜀全书》（川宣〔2012〕110号）

蜀学丛刊

周航　舒大刚　喻剑南　编

喻朝刚文集

YUCHAOGANG WEN JI

二

宋词经典选粹

GUANGXI NORMAL UNIVERSITY PRESS
广西师范大学出版社
·桂林·

十九、鸟兽虫鱼

水 龙 吟

莺 词

赵长卿

天教占得如簧[1]，巧声乍啭千娇媚。金衣衬着[2]，风流模样，于中可是。红杏香中，绿杨阴处，多应饶你[3]。向黄昏、苦苦娇啼怨别，那堪更、东风起。　别有诗肠鼓吹，未关他、等闲俗耳。双柑斗酒，当时曾是，高人留意。南国春归，上阳花落[4]，止添憔悴。念啼声欲碎，何人解作留春计。

【说明】

此阕写的是黄鹂。黄鹂又称黄莺、黄鸟、鸧鹒，羽色金黄而有光泽，外形美丽，鸣声婉转，惹人喜爱。上片赞美黄莺那如簧的歌喉、美丽的羽毛和千娇百媚的“风流模样”。暮春三月，红杏枝头，绿杨阴下，处处可以听到它那婉转悠扬的歌声。然而当黄昏之际，离人枕上听来却又易引起伤离怨别之情，下片写作者谛听莺声，饮酒赋诗，尽情领略大自然的无限风光。而时人只会感叹春归花落，却不懂得留春之计，岂不令人惋惜。词写春日闻莺感怀，诗情荡漾，别有一番情趣。

【注释】

①这句说黄莺天生一副如簧的歌喉。　②金衣：指黄莺身上金黄色的羽毛。　③饶你：尽管由你，任凭你。　④上阳：唐宫名。在洛阳皇城西南禁苑内。玄宗时，宫人被谪常置此宫。白居易《上阳白发人》：“宫莺百啭愁厌闻，梁燕双栖老休妒。”

满 江 红

杜 鹃

康与之

恼杀行人，东风里、为谁啼血？正青春未老，流莺方歇[1]。蝴蝶枕前颠倒梦[2]，杏花枝上朦胧月。问天涯、何事苦关情？思离别。　声一唤，肠千结；闽岭外，江南陌。正长堤杨柳，翠条堪折。镇日叮咛千百遍[3]，只将一句频频说。道不如归去、不如归[4]，伤情切。

【说明】

本篇当为作者被贬岭南后所作。流徙途中，杜鹃声声，引得行人无限烦恼。杜鹃愈是催归，愈加愁肠百结，伤感不已。词意深婉哀切，曲折地表达了流离之苦。

【注释】

①流莺：指黄莺，因其鸣声婉转流利，故云。 ②颠倒梦：谓梦魂错乱无绪。崔涂《春夕》诗："蝴蝶梦中家万里，子规枝上月三更。" ③镇日：整日。 ④不如归去：古人认为杜鹃的叫声好像"不如归去"。

浣溪沙

杜安世

描画工夫想未全，双双文彩羽仪鲜[1]。和鸣偕老是天然。 暮雨并深流细草，暖风交颈傍清涟[2]。羡他真个好因缘。

【说明】

这是一首咏鸳鸯的小词。鸳鸯不但羽毛颜色绚丽，且雌雄偶居不离，终生相伴，故又称"匹鸟"，并以之比喻夫妇。作者抓住鸳鸯的这些特点，加以形容刻画，活灵活现地展现出一幅"暖风交颈傍清涟"的鸳鸯夜宿水面图。如此动人的画面谁见谁爱，无怪词人要"羡他真个好因缘"了。词的意境淡雅朴素，富于诗情画意。

【注释】

①羽仪：羽毛仪表。 ②涟：水上波纹。

双鸂鶒

朱敦儒

拂破秋江烟碧，一对双飞鸂鶒。应是远来无力，梢下相偎沙碛[1]。 小艇谁吹横笛？惊起不知消息。悔不当时描得，如今何处寻觅？

【说明】

鸂鶒，本作谿鶒，水鸟名，比鸳鸯稍大，羽毛为紫色，故又称紫鸳鸯。烟波浩渺的秋江之上，一对紫鸳鸯在水中嬉戏，一会儿游到沙滩边，互相依偎着歇息于树下。这时不知谁人在小舟上吹笛，惊起这对情侣飞得无影无踪。词人后悔当时未把这幅富有诗意的图画描绘下来，如今到哪里还能看到如此引人入胜的景象呢？小词清新淡雅，意趣盎然，无异一幅秋日野外素描写生画。

【注释】

①沙碛（qì 器）：沙滩。碛，浅水中的沙石。

沁 园 春

二　鹿

刘克庄

驯于蹇驴[①]，清于赐驹，我行尔从。幸柴车堪驾，何惭韩众[②]；药苗可采，长伴庞公[③]。野涧泉甘，阳坡草暖，有柏叶松枝充短供。休梦想，去游灵囿沼，入望夷宫[④]。　与夸夺子争雄[⑤]，生与死未知谁手中[⑥]？况嗾獒者众[⑦]，放麑人少[⑧]；大将触网，小亦伤弓。风月和柔，山林深密，折角何如且养茸。二虫喜，各衔花拜跪，来寿樗翁[⑨]。

【说明】

作者养了两只小鹿，时常带在身边。经过长期的驯化，这两只可爱的野生动物，似乎已初通人性，能够听懂主人所说的话了。此阕上片叙述词人退隐林下的闲适生活。开篇三句夸赞“二鹿”，点出所咏之物。看他驾着柴车，入山采药，后面跟着两只美丽活泼的梅花鹿，确是别有一番情趣。“休梦想”至“折角何如且养茸”是作者对“二鹿”的训话。他告诫“二虫”，劝它们不要心生幻想，仙境既无路可寻，荣华富贵也切不要去追求，如今世上处处是危机，凶残者多，仁慈者少，一不小心，就会遭殃，重则触网身亡，轻亦中箭受伤，不如安心跟我在密林深处无忧无虑地去养你们的鹿茸。“二鹿”听后，顿开茅塞，欣喜万分，各自衔着一株野花，跪拜在主人膝下，并祝老先生健康长寿。此阕虽为咏物之作，但寓意颇深，词中通过“训鹿”，反映了世路险恶、人心叵测的黑暗现实，具有警世的作用。

【注释】

①蹇（jiǎn 简）驴：跛驴。　②韩众：传说战国时齐国的仙人，曾乘白鹿车游于华阳山。③庞公：庞德公，东汉襄阳人，隐居岘山，诸葛亮曾往拜谒，荆州刺史刘表礼聘不出，后登鹿门山

采药不返。 ④望夷宫：秦时宫名，故址在今陕西泾阳东南。王安石《桃源行》：“望夷宫中鹿为马。” ⑤子：指鹿。这句用逐鹿的典故。旧时以逐鹿比喻群雄并起，争夺天下。 ⑥这句用鹿死谁手的典故。《晋书·石勒载记下》：“朕若逢高皇（汉高祖刘邦），当北面而事之，与韩、彭竞鞭而争先耳；脱遇光武（汉光武帝刘秀），当并驱于中原，未知鹿死谁手。” ⑦嗾（sǒu 叟）：使狗声。獒（áo 熬）：大犬，猛犬。《左传·宣公二年》：“公（晋灵公）嗾夫獒焉，明（提弥明）搏而杀之。” ⑧麑（ní 尼）：幼鹿。 ⑨樗（chū 初）：木名。即“臭椿”。

清平乐

平原放马

张炎

辔摇衔铁[①]，蹴踏平原雪。勇趁军声曾汗血[②]，闲过升平时节。 茸茸春草天涯，涓涓野水晴沙。多少骅骝老去[③]，至今犹困盐车[④]。

【说明】

本篇描写一匹当年曾经驰骋沙场、勇冠三军的老马，在和平时期被闲置不用，过着寂寞凄凉的生活。眼看自己的许多同伴被用来拉运盐的车子，困顿不堪，心里感到无限悲哀。词中托物寄意，表达了作者生不逢时、怀才不遇的抑郁心情。

【注释】

①衔铁：横在马口中的马嚼子。 ②汗血：汗血马，一种能日行千里的良马，流汗颜色如血。这句说当年曾在沙场冲杀，流过血汗。 ③骅骝：骏马名。 ④盐车：运盐的车子。《战国策·楚策》：“骥之齿至矣，服盐车而上太行，蹄申膝折，尾湛胕溃，漉汁洒地，白汗交流，中阪迁延，负辕而不能上。”这里是以良马拉盐车比喻人才被埋没。

孟家蝉

蝶

潘汾

向卖花担上，落絮桥边，春思难禁。正暖日温风里，斗采遍香心[①]。夜夜稳栖芳草，还处处、先亸春禽[2]。满园林，梦觉南华[3]，直到如今。　　情深。记那人小扇，扑得归来，绣在罗襟。芳意赠谁？应费万线千针。谩道滕王画得，枉谢客、多少清吟。影沉沉，舞入梨花，何处相寻？

【说明】

这首咏蝶词，极尽勾勒铺叙、刻画形容之能事，虚虚实实，真幻难分。上片先叙春景、春思，继用“稳栖芳草”“梦觉南华”暗示咏蝶题意。下片写佳人小扇扑归，“绣在罗襟”，构思新颖，意境奇妙。结拍用“舞入梨花”，绾合前后，再现彩蝶倩影，仿佛是从“罗襟”之上飞下来的一样，扑朔迷离，确是咏物妙手。

【注释】

①斗采：斗草采花的意思。　②亸（duǒ 朵）：本义为下垂貌，这里是“躲”的同音借用字，避开、隐藏的意思。这句说蝴蝶害怕被鸟儿捕食，处处小心谨慎，躲躲藏藏。　③南华：《南华经》的简称，即《庄子》。庄子曾在梦中化为蝴蝶。（见《庄子·齐物论》）

恋　绣　衾

赋　蝶

周　密

粉黄衣薄沾麝尘，作南华、春梦乍醒[1]。活计一生花里，恨晓房、香露正深。　　芳蹊有恨时时见，趁游丝、高下弄晴[2]。生怕被春归了，赶飞红、穿度柳阴。

【说明】

此阕描绘的是一只黄色粉蝶。言其穿梭花丛，弄晴游丝，追逐飞红，生怕春归，真可谓“一生”忙于“活计”。寥寥数语，将蝶之形神刻画得活灵活现，跃然纸上。

【注释】

①南华：《南华经》，即《庄子》。这句说蝶为庄周梦后的化身。　②游丝：蜘蛛等所吐的丝，因其飘荡于空中，故称游丝。

清平乐

咏促织

陈德武

啾啾唧唧[①]，夜夜鸣东壁。如诉如歌如涕泣，乱我离怀似织。　　画堂帘幕沉深，美人睡稳香衾[②]。懒妇知眠到晓，尔虫枉自劳心。

【说明】

促织，又名蛩，即蟋蟀，活动于地下的昆虫。种类很多，触角较长，雄性善鸣好斗。古人谓其声似在催促妇女勤织，及早准备过冬寒衣。陆机《毛诗疏义》谓："趣（同促）织鸣，懒妇惊。"我国咏促织的作品，以《诗经·豳风·七月》为最早。此阕上片写夜闻蟋蟀之声，啾啾唧唧，如泣如诉，触发了词人伤离怨别的情怀。下片谓堂上女子酣睡不醒，直到天明。促织的良苦用心白费，懒妇并未闻声早起勤织。词意轻松幽默，信笔而就，不乏韵致。

【注释】

①啾啾唧唧：象声词。形容细碎的虫鸣声。　②香衾：香暖的被子。

齐天乐

姜　夔

丙辰岁与张功父会饮张达可之堂[①]，闻屋壁间蟋蟀有声，功父约予同赋，以授歌者。功父先成，辞甚美。予裴回茉莉花间[②]，仰见秋月，顿起幽思，寻亦得此[③]。蟋蟀，中都呼为促织[④]，善斗。好事者或以三二十万钱致一枚，镂象齿为楼观以贮之[⑤]。

庾郎先自吟愁赋[⑥]，凄凄更闻私语。露湿铜铺[⑦]，苔侵石井，都是曾听伊处[⑧]。哀音似诉。正思妇无眠，起寻机杼[⑨]。曲曲屏山[⑩]，夜凉独自甚情绪？　　西窗又吹暗雨。为谁频断续，相和砧杵[⑪]？候馆迎秋[⑫]，离宫吊月[⑬]，别有伤心无数。豳诗漫与[⑭]。笑篱落呼灯，世间儿女。写入琴丝[⑮]，一声声更苦。

【说明】

此阕为白石咏物名篇之一。词中通过描写各类人物对蟋蟀声的感受，抒发了作者寂寞凄凉的愁苦之情。出现在画面上的除了抒情主人公而外，还有思妇、捣衣女、旅客、宫女、儿童等，这些形象都与蟋蟀悲鸣有关。想象丰富，构思巧妙，虚虚实实，而又意脉不断。“笑篱落”两句，“以无知儿女之乐，反衬出有心人之苦，最为入妙”（陈廷焯《白雨斋词话》）。本篇将蟋蟀与听蟋蟀之人层层夹写，意境幽深，且善于运用虚字，如“先自”“更闻”，前呼后应，自然妥帖，使词境不至板实，表现出清空骚雅的词风。

【注释】

①丙辰岁：指宁宗庆元二年。 张功父：张镃，字功父。 ②裴回：徘徊。 ③寻：一会儿。 ④中都：指北宋都城汴京。 ⑤镂：雕刻。 象齿：象牙。 ⑥庾郎：指庾信，曾著《愁赋》以抒怀。 ⑦铜铺：铜制的铺首。铺首，指装在门上用以衔住门环的铜器，多为兽面之形，称为铺首。 ⑧伊：指蟋蟀。 ⑨杼（zhù 柱）：织布的梭子。 ⑩屏山：绘有山水的屏风。 ⑪砧杵（zhēn chǔ 针楚）：捣衣石和捶衣棒。 ⑫候馆：旅舍。 ⑬离宫：帝王的行宫。 ⑭豳诗：这里是指《诗经·豳风·七月》，其中有写蟋蟀之句：“七月在野，八月在宇，九月在户，十月蟋蟀入我床下。”漫与：即景赋诗。 ⑮琴丝：琴弦。这句说将蟋蟀谱写成词曲。

齐 天 乐

蝉

王沂孙

一襟余恨宫魂断①，年年翠阴庭树。乍咽凉柯②，还移暗叶，重把离愁深诉。西窗过雨，怪瑶佩流空③，玉筝调柱④。镜暗妆残⑤，为谁娇鬓尚如许⑥？ 铜仙铅泪似洗，叹携盘去远，难贮零露⑦。病翼惊秋⑧，枯形阅世⑨，消得斜阳几度？余音更苦。甚独抱清高⑩，顿成凄楚。谩想熏风⑪，柳丝千万缕。

【说明】

此阕咏蝉，托物寓意，音调凄怆，形象幽眇，跌宕起伏，是一曲乱世悲歌。词中数用宫廷遗事，曲折隐晦地寄托了作者的黍离之悲和家国之恨，当为宋亡前后所作。就咏物言，写形写声，环境烘托，使事用典，均能运化无迹，切合残秋寒蝉哀鸣之特征。结拍两句，回首往事，叹息盛时难再，只能徒然增添内心的愁苦，表达了宋末遗民的悲痛心情。

【注释】

①宫魂断：据马缟《中华古今注》：“昔齐后忿而死，尸变为蝉，登庭树嘒唳而鸣，王悔恨，故世名蝉为齐女焉。”蝉为宫中后妃魂魄所化，故称宫魂。 ②凉柯：秋天的树枝。 ③瑶佩流空：形

容蝉声如仙人服饰玉佩之声，在空中飘荡回响。 ④玉筝调柱：形容蝉鸣如弹筝之声。调柱，调弄乐器的弦柱。 ⑤镜暗妆残：指女子容颜衰老，借喻寒蝉之枯槁。 ⑥娇鬓：指女子鬓发薄如蝉翼。崔豹《古今注》载，魏文帝宫女莫琼树曾制“蝉鬓”，缥缈如蝉翼。 ⑦铜仙铅泪：李贺《金铜仙人辞汉歌》序谓，魏明帝派人拆迁汉武帝时所制捧露盘仙人，临行时金铜仙人潸然泪下。这三句说，蝉以饮露为生，承露盘已被折走，则蝉也无以为生了。 ⑧病翼：残病的蝉翼。 ⑨枯形：枯槁的形骸。 ⑩甚：正。 ⑪熏风：南风。这两句说徒然追忆柳丝万缕的盛夏时节，感叹美好的时光已经去而不返。

贺新郎

萤

赵闻礼

池馆收新雨。耿幽丛[1]、流光几点，半侵疏户。入夜凉风吹不灭，冷焰微茫暗度[2]。碎影落、仙盘秋露[3]。漏断长门空照泪[4]，袖纱寒、映竹无心顾。孤枕掩，残灯炷[5]。　练囊不照诗人苦[6]。夜沉沉、拍手相亲，呆儿痴女[7]。栏外扑来罗扇小，谁在风廊笑语？竞戏踏、金钗双股。故苑荒凉悲旧赏，怅寒芜、衰草隋宫路。同磷火，遍秋圃。

【说明】

古代诗词中咏萤之作并不多见，此阕为其名篇之一。上片分为两层。前五句先写萤火出现的时间、地点和气候，描绘出一幅清冷幽静的秋夜流萤图。后五句叙述词人由观“流光”而引起的联想，从而深化了咏物的主题。下片也分为两层。“练囊”六句，以诗人夜读苦吟和“呆儿痴女”扑萤取乐相对照，抒写作者寂寞凄苦的心境。“故苑”四句，通过怀古，融情入景，寄托兴亡之感。本篇笔触细腻，深婉有致，可与王沂孙《齐天乐》咏蝉、咏萤二作比美。

【注释】

①耿：明亮，照亮。 幽丛：阴暗的丛林。 ②冷焰：指幽冷的萤光。 ③仙盘秋露：指汉武帝时在建章宫里建造的仙人承露盘。 ④长门：汉宫名。汉武帝皇后陈阿娇失宠后曾幽禁于此。⑤炷：灯芯。 ⑥练囊：以丝绢做的萤囊。据《晋书·车胤传》，车胤家贫曾以萤囊照亮读书。⑦呆儿痴女：天真无知的少男少女。

二十、饮食器物

阮　郎　归

茶　　词

黄庭坚

摘山初制小龙团①，色和香味全。碾声初断夜将阑，烹时鹤避烟。　　消滞思②，解尘烦③，金瓯雪浪翻④。只愁啜罢水流天，余清搅夜眠⑤。

【说明】

茶为中国的特产，是一种著名的饮料，它可使人清心明目，有兴奋大脑和心脏的作用。中国的茶文化历史悠久，自唐陆羽著《茶经》以来，宋元明清的茶书多达百余种。黄庭坚不但喜欢饮茶，而且对茶的性状、品质、功用、采制烹煮方法以及饮茶用具都有研究。此阕为宋人咏茶词中较早的一首，从采制、烹煮写到饮罢之后的感受，读来颇有情趣。

【注释】

①摘山：入山采茶。　小龙团：茶名。　②滞思：思想凝滞，精神困倦。　③尘烦：人世间的烦恼。　④瓯：盆盂一类的瓦器，这里指茶杯。　⑤这句说精神清爽，深夜无眠。

满　庭　芳

茶　　词

秦　观

雅燕飞觞，清谈挥麈，使君高会群贤①。密云双凤②，初破缕金团。窗外炉烟似动，开瓶试、一品香泉。轻淘起，香生玉乳③，雪溅紫瓯圆④。　　娇鬟⑤，宜美盼，双擎翠袖，稳步红莲。坐中客翻愁，酒醒歌阑。点上纱笼画烛，花骢弄、月影当轩。频相顾，余欢未尽，欲去且留连。

【说明】

此阕上片写作者在友人（使君——也许为其同僚或上司）座中与“群贤”深夜品茗清谈。下片插入“娇鬟”献茶，词人为之情思荡漾，流连忘返。茶与美人映衬，读来余味无穷。

【注释】

①使君：汉以后对州郡长官的尊称。　②密云双凤：密云龙、双凤团，宋代茶中之精品。宋时制茶为圆饼形，上印龙凤形图纹，岁贡皇家饮用。张舜民《画墁录》卷一：“先丁晋公（丁谓）为福建转运使，始制为凤团，后又为龙团，贡不过四十饼，专拟上供，虽近臣之家，徒闻之而未尝见也。”　③玉乳：茶面上的白沫。　④紫瓯圆：谓紫色圆形的茶杯。　⑤娇鬟：娇艳的美女。鬟，古代妇女的环形发髻，常用以代指女子。

粉　蝶　儿

咏　圆　子

史　浩

玉屑轻盈①，鲛绡霎时铺遍②。看仙娥、骋些神变。咄嗟间③，如撒下、真珠一串。火方燃，汤初滚，尽浮锅面。　歌楼酒垆，今宵任伊索唤④。那佳人怎生得见？更添糖，拚折本，供他几碗。浪儿们，得我这些方便。

【说明】

圆子，亦作元子，又称汤圆、团子，是一种民间风味小吃。宋时汤元的品种很多，著名的如麻团、豆团、澄沙团子、冰雪冷元子等，就像今日成都的赖汤圆一样，当时颇受美食家的欢迎。本篇描写夜市中的一座汤圆店，从做汤圆，煮汤圆，写到殷勤待客，周到服务，店主为了招揽生意，使顾客满意，“今宵任伊索唤”，而且把白糖添了又添，端上一碗又一碗，甚至不惜做折本生意，让公子哥儿们“得我这些方便”，吃个痛快。这家店主很善于经营，眼下虽然折些本，只要有了信誉，生意一定会兴隆，何愁不会赢利呢！词语朴实，写市井小民富于生活气息，在宋人词作中亦可谓别开生面。

【注释】

①玉屑：这里是指糯米粉。　②鲛绡（jiāo xiāo 交宵）：神话传说中鲛人所织的丝绢。这里是指放圆子的白布。　③咄嗟：惊叹的意思。　④索唤：索取呼唤。

南　歌　子

谢送菊花糕

王　迈

家里逢重九，新刍熟浊醪[①]。弟兄乘兴共登高。右手茱杯、左手笑持螯[②]。　　官里逢重九，归心切大刀。美人痛饮读《离骚》。因感秋英、饷我菊花糕[③]。

【说明】

作者游宦在外，适逢重九，不能像在家里那样，与弟兄们团聚，一同携手登高。所幸的是，一位知音从《离骚》中受到启示，特意送来一盒菊花糕，作为节日的礼物，慰我寂寥，故而赋词谢之。

【注释】

①刍（chōu 抽）：酒笼。　浊醪：浊酒。　②螯：指螃蟹前面的一对大夹。　③饷：赠送。

思　佳　客

秋　　扇

高观国

入手西风意已羞，不须玉斧为重修[①]。扑萤凉夜沉沉月，障面清歌淡淡秋。　　休弃置，且迟留，可怜又向箧中收。莫教暗损乘鸾女，汉殿凄凉万古愁[②]。

【说明】

扇子是夏日避暑的用具，可是一到秋天，扇子也就没有用了，于是便被人们弃置于箧中。此阕借咏秋扇，托宫女自怨，抒发作者政治上的失意之情。词意含婉，咏物与抒怀妙合无间。

【注释】

①玉斧：神话传说中古代仙人用以修理月亮的斧子。　②汉殿句：用汉成帝时宫女班婕妤的典故。班失宠后居于长信宫，赋《怨诗》（亦称《团扇歌》）一首以自伤。其诗云："新裂齐纨素，皎洁如霜雪。裁为合欢扇，团团似明月。出入君怀袖，动摇微风发。常恐秋节至，凉风夺炎热。弃捐箧笥中，恩情中道绝。"

生 查 子

咏折叠扇

朱 翌

宫纱蜂趁梅，宝扇鸾开翅。数折聚清风，一捻生秋意①。 摇摇云母轻②，袅袅琼枝细③。莫解玉连环，怕作飞花坠。

【说明】

折叠扇因其小巧轻便，易于携带收藏，所以备受人们青睐。加之文人学士喜于其上题诗作画，从而成为了夏日引凉驱暑的宝贵用具，并且也是中国传统文化的组成部分。此阕将折叠扇的特点、功用，加以艺术的描绘，结处两句告诫人们不要解开拴扇的“玉连环”，否则扇子将像飞花一样飘散坠落，这也是有心人的经验之谈。

【注释】

①捻（niǎn 碾）：用手指搓转。这句说用手搓开折叠扇，凉风便迎面而生，使人仿佛感到秋天已经来临。 ②云母：矿物名，又称“千层纸”，晶体透明，多成板状，柔软有弹性，常用作屏扉之装饰品。 ③袅袅：纤长柔美貌。

御 街 行

赋 轿

高观国

藤筠巧织花纹细①。称稳步、如流水。踏青陌上雨初晴，嫌怕湿、文鸳双履②。要人送上，逢花须住，才过处、香风起。 裙儿挂在帘儿底。更不把、窗儿闭。红红白白簇花枝，恰称得、寻春芳意。归来时晚，纱笼引道③，扶下人微醉。

【说明】

这首赋轿词，对轿子的形状、特点着墨并不多，而是通过对美人踏青、赏花途中的描写，揭示出轿子作为古代交通工具的特殊功用。如果没有轿子代步，词中那位女子在雨后初晴、道路泥泞之时，恐怕很难实现整日尽兴的春游。

【注释】

①筠（yún 匀）：竹子的青皮，也用作竹子的别称。 ②文鸳双履：绣着鸳鸯的花鞋。 ③纱笼：用丝织物制作的灯笼。

二十一、春夏秋冬

满 江 红

初 春

张 先

飘尽寒梅，笑粉蝶游蜂未觉。渐迤逦、水明山秀①，暖生帘幕。过雨小桃红未透，舞烟新柳青犹弱。记画桥深处水边亭，曾偷约②。　　多少恨，今犹昨；愁和闷，都忘却。拚从前烂醉，被花迷著。晴鸽试铃风力软，雏莺弄舌春寒薄。但只愁、锦绣闹装时③，东风恶。

【说明】

这首词描绘初春景物，笔触极细腻，富有诗情画意。开篇两句，写梅花飘零，透露出春到人间的信息。“渐迤逦”五句，叙述随着时序的推移，自然界逐渐发生了可喜的变化，展现出一幅生机勃勃的早春图景。“记画桥”两句，即景生情，回忆当年与恋人的约会。换头四句，感叹旧游成空，往事不堪回首。“拚从前”两句，谓忘却昔日的“愁和闷”，仍须像当年一样尽情地饮酒赏花，不要辜负了美好的春光。“晴鸽”“雏莺”两句，用对偶形式刻画出初春时节的两幅生动画面，是一组形象鲜明的特写镜头。歇拍两句，从眼前想到将来，担心好景不长，流露出一缕伤春之情。张先的慢词不多，小令占其全集百分之八十五以上。夏敬观《手批张子野词》云：“子野词，凝重古拙，有唐、五代之遗音。慢词亦多用小令作法。在北宋诸家中，可云独树一帜。”本篇描写初春景物，中间穿插着对往日情事的回忆，使词意更加含蓄深永，结构上亦富于变化，很有艺术特色。

【注释】

①迤逦：曲折连绵，亦指一路曲折行去。这里作时间副词用，是“慢慢地”“渐渐地”的意思。②偷约：暗中相约。　③闹装：用金银珠宝之类杂缀为鞍、辔等的饰物。白居易《渭村退居寄礼部崔侍郎翰林钱舍人》诗：“贵主冠浮动，亲王辔闹装。”

破 阵 子

春 景

晏 殊

燕子来时新社[①]，梨花落后清明[②]。池上碧苔三四点[③]，叶底黄鹂一两声[④]。日长飞絮轻[⑤]。　　巧笑东邻女伴[⑥]，采桑径里逢迎。疑怪昨宵春梦好，原是今朝斗草赢[⑦]。笑从双脸生。

【说明】

本篇《花庵词选》题作“春景”。它以轻快的笔调，描绘了清明前后迷人的风光景物和一群乡村姑娘踏青斗草时的欢乐心情。词的上片写景，通过“燕子”“黄鹂”“梨花”“碧苔”“飞絮”等色彩鲜明的景物，描绘出一幅仲春园林花鸟图。下片写人，叙述东村姑娘和她的女伴们在田间小路上相逢，尽情嬉戏玩乐的场面，也可以说是一幅仕女踏青斗草图。不过两片之间有着内在的联系，两幅画是叠印在一起的。如果说上片状春景是泛写，那么下片绘人物就是专叙。状春景由虚入实，花鸟相间，有色有声；写人物从中景、近景到特写，层次分明。下片的“春梦”“斗草”与上片的“新社”“清明”紧紧照应。词中刻画了一群少女走出深闺，沐浴在大自然中的欢乐情态，淋漓尽致地描绘出她们天真活泼的性格，使读者仿佛身临其境。全篇纯用白描，不借典故，语言清新自然，风格明朗活泼，形象生动鲜明，富于生活气息，确是《珠玉词》中的一首佳作。

【注释】

①新社：社日新到。古时春、秋两季祭祀土地神的日子，叫做社日，一般在立春、立秋后的第五个戊日。《岁时广记·二社日》：“《统天万年历》曰：立春后五戊为春社，立秋后五戊为秋社。”这里指春社而言。　②清明：二十四节气之一，在阳历四月五日前后。《淮南子·天文》：“春分后十五日，斗指乙，为清明。”清明节有踏青扫墓的习俗。　③碧苔：绿色的水衣。苔，隐花植物的一种，根、茎、叶的区别不明显。生在水中的叫水衣，长在地上的叫地衣。　④黄鹂：鸟名，亦称黄莺、黄鸟、鸧鹒，鸣声婉转。　⑤飞絮：飘扬的柳絮。柳树种子所带的白毛叫柳絮，又称“柳绵”。　⑥巧笑：美好的笑。《诗·卫风·硕人》：“巧笑倩兮，美目盼兮。”　⑦斗草：斗百草，以草相赛的一种游戏。或对花草名，如狗尾草对鸡冠花；或斗草的多寡、韧性等。梁宗懔《荆楚岁时记》：“五月五日，四民并踏百草，又有斗百草之戏。”苏辙诗：“寻芳空茂木，斗草得幽兰。”

踏 莎 行

晏 殊

小径红稀[①]，芳郊绿遍。高台树色阴阴见[②]。春风不解禁杨花，蒙蒙乱扑行人面。　　翠叶藏莺，珠帘隔燕。炉香静逐游丝转③。一场愁梦酒醒时，斜阳却照深深院。

【说明】

本篇《花庵词选》题作“春思”。词中通过描绘春末夏初的景物，表现伤时感序的愁情。上片写郊外所见。一起三句自下而上、由近及远，勾画出一幅色彩鲜明而富有特征的芳郊暮春图。四、五两句埋怨春风不懂得抑制杨花，任其漫天飞舞，乱扑行人之面，含蓄地流露出一缕悼春之情。下片写庭院和室内的环境与人物：翠绿的树叶已经十分茂密，可以掩藏婉转啼鸣的黄莺鸟；门上帘幕低垂，小燕子被隔在了屋外。寂静的书斋里，缕缕香烟，袅袅上升，与房梁下的游丝缠绕在一起，轻轻地旋转飘荡。时近傍晚，主人公才从醉梦中醒来，睁眼一看，夕阳正照进深深的庭院。全词笔调空灵，意境清幽，通过刻画景物，自然而然地表现了春愁的主题。

【注释】

①红稀：花少。暗示春天即将消逝。　②阴阴见（xiàn 现）：隐隐约约地显露出来。阴阴，幽暗不明貌。　③游丝：蜘蛛等所吐的丝，因其飘荡于空中，故称游丝。

玉　楼　春

春　景

宋　祁

东城渐觉风光好，縠皱波纹迎客棹①。绿杨烟外晓寒轻，红杏枝头春意闹。　　浮生长恨欢娱少②，肯爱千金轻一笑③。为君持酒劝斜阳，且向花间留晚照④。

【说明】

本篇写春日泛舟游湖。上片状景。首句泛叙，赞美春光明媚。“东城”是指汴京城的东郊，这一带风景幽美，园林很多，著名的如快活林、勃脐陂、独乐冈、东御苑等。每年灯节过后，游人纷纷出城探春。据《东京梦华录》载，当时的情景十分繁华热闹：“次第春容满野，暖律暄晴，万花争出，粉墙细柳，斜笼绮陌，香轮暖辗，芳草如茵，骏骑骄嘶，杏花如绣，莺啼芳树，燕舞晴空，红妆按乐于宝榭层楼，白面行歌近画桥流水，举目则秋千巧笑，触处则蹴鞠疏狂，寻芳选胜，花絮时坠，金樽折翠簪红，蜂蝶暗随归骑，于是相近清明矣。”此阕因系小令，不可能展开铺叙描画，仅用“渐觉风光好”五个字加以概括，而作者当时的见闻和感受一定是很丰富的。次句描绘湖上风光，一个“迎”字将湖水拟人化，仿佛它正绽开笑脸在殷勤地欢迎客人的到来。三、四两句用对偶形式刻画岸边景物，色彩鲜明，层次井然，将生意盎然的春光描绘得淋漓尽致，尤其是一个“闹”字用得很新奇警策，受到不少评论家的称赞。如王国维在《人间词话》中曾说："着一'闹'字，而境界全出。"下片抒情，感叹世事多变，人生短暂，欢乐愉快的时间太少，流露出不如及时行乐的消极思想，反映了北宋承平时期士大夫的普遍心态。这首词之所以广为流传，主要是由于有了"红杏枝头春意闹"这一写景名句，作者也因此而获得了"红杏枝头春意闹尚书"的雅号。

【注释】

①縠（hú 胡）：皱纱一类的丝织品。縠皱波纹：水波的皱纹像皱纱似的。　客棹：游客的船。棹，船桨，这里指船。　②浮生：谓世事无定，生命短促。是对人生的一种消极看法。　③肯爱：岂肯爱惜。　④晚照：夕阳。李商隐《写意》："日向花间留返照。"

蝶　恋　花

春　景

苏　轼

花褪残红青杏小。燕子飞时，绿水人家绕。枝上柳绵吹又少①，天涯何处无芳草！　墙里秋千墙外道。墙外行人，墙里佳人笑。笑渐不闻声渐悄，多情却被无情恼②。

【说明】

这是一首惜春感怀之作。词的意境优美，含蓄朦胧，仔细吟味，似乎有所寄托。上片描绘暮春景色：残红褪尽，青杏初结，春去夏来，自然界在不知不觉地发生着变化；燕子在空中飞舞，碧绿的溪水环绕着村舍人家而流；枝上的柳絮被暖风吹得越来越少，天涯处处都长满了生机勃勃的芳草。词中虽然流露出惜春之情，但并不显得哀伤，显然这与东坡的乐观性格和旷达的人生态度有关。下片叙述春游途中的见闻和感想：墙里红粉佳人正荡着秋千，欢乐的笑声飘出了墙外，道上的行人不觉心醉神往，多么希望能看到这一无比美妙的场面。可惜一道高高的围墙把多情的行人和无心的佳人隔离开了，不觉怅然若失，四顾茫然，这真是"多情却被无情恼"。作者一生执着地追求自己的理想，到头来无不落空，这不也是"多情却被无情恼"吗？据传苏轼被贬惠州时，侍妾朝云歌此词为之泪下沾襟，并对作者说："吾所不能歌，是'枝上柳绵吹又少，天涯何处无芳草'也。"（《冷斋夜话》）可见此词寄慨遥深，并非一般的伤春之作。

【注释】

①柳绵：柳絮。　②恼：烦恼。

清　平　乐

黄庭坚

春归何处？寂寞无行路。若有人知春去处，唤取归来同住[①]。　春无踪迹谁知，除非问取黄鹂。百啭无人能解[②]，因风飞过蔷薇[③]。

【说明】

此词抒写惜春之情，曲折婉转，跌宕起伏，读来饶有韵味。春归花落，使人无限留恋，如果有人知道春天的去处，将她呼唤回来，永远和她住在一起，那该多好啊！可惜春去无踪，谁也不知道她究竟归向何处，实在无法寻觅，真教人寂寞惆怅啊！上片以问句开篇，将春拟人化，“若有”“唤取”两句，奇思异想，妙语如珠，新颖而别致。下片承上再转，将词意又推进一层。既然谁也不知道“春归何处”，那么何不去问一问与春天一起来到人间的黄鹂呢？词人加上“除非”二字，表示在失望中还抱有一线希望，相信从黄鹂那里一定能得到满意的回答。然而事情又出乎意料之外，寻春之人不懂得鸟语，黄鹂在枝头百啭千鸣，也不知道它究竟在说些什么？听的人着急，黄鹂也感到不耐烦了，只见它展翅乘风飞过蔷薇花那边去了。蔷薇，春末夏初开花。蔷薇花开，说明春天确实已经离开人间而去了。本篇构思新颖，设想巧妙，语言清丽，意境空灵，在山谷词中别具一格。

【注释】

①唤取：唤来，唤回。　②啭：形容鸟鸣婉转。庾信《春赋》：“新年鸟声千种啭。”　③因风：随风，顺风。

鹧　鸪　天

春　暮

张　震

横素桥边景最佳[①]，绿波清浅见琼沙。衔泥燕子迎风絮，得食鱼儿趁浪花[②]。　春已暮，日初斜，画船箫鼓是谁家？兰桡欲去空留恋，醉倚阑干看晚霞。

【说明】

这首词描绘江南暮春三月的风光景物，笔触细腻，意境优美。三、四两句体物入微，末句“醉倚阑干看晚霞”亦颇富有诗情画意。

【注释】

①横素桥：未详。 ②趁浪花：追逐浪花。

忆秦娥

暮　春

刘克庄

游人绝，绿阴满野芳菲歇①。芳菲歇。养蚕天气，采茶时节。　枝头杜宇啼成血②，陌头杨柳吹成雪。吹成雪。淡烟微雨，江南三月。

【说明】

此词题为“暮春”，写的是江南三月农村的风光景物。短短数句将春末夏初节序风物的特点刻画得十分鲜明生动，“养蚕”“采茶”两句使画面更富于农村生活气息，不同于一般的伤春、惜春之作。

【注释】

①芳菲：春天美丽繁盛的花草。 ②杜宇：指杜鹃鸟。

雨中花令

夏　词

王　观

百尺清泉声陆续。映潇洒、碧梧翠竹。面千步回廊，重重帘幕，小枕攲寒玉①。　试展鲛绡看画轴②。见一片、潇湘凝绿。待玉漏穿花③，银河垂地，月上栏干曲。

【说明】

此阕描写夏日庭院景色。上片叙述面向回廊，闲躺枕簟乘凉，听泉水淙淙，碧梧笼盖，翠竹掩映，景物潇洒。下片写书斋观画，花间待月，环境清幽。咏夏之词不用浮瓜沉李，但觉“清气满纸，夏日展读，如饮一服清凉散也”（见《蓼园词选》评语）。

【注释】

①寒玉：指竹床。 ②鲛绡：神话传说中鲛人所织的丝绢。这里是泛指丝织品。 ③玉漏：漏壶的美称。

贺　新　郎

夏　景

苏　轼

乳燕飞华屋①。悄无人、槐阴转午②，晚凉新浴。手弄生绡白团扇③，扇手一时似玉。渐困倚、孤眠清熟。帘外谁来推绣户④，枉教人梦断瑶台曲⑤。又却是，风敲竹。　　石榴半吐红巾蹙⑥。待浮花浪蕊都尽⑦，伴君幽独。秾艳一枝细看取，芳心千重似束。又恐被、秋风惊绿。若待得君来向此，花前对酒不忍触。共粉泪，两簌簌⑧。

【说明】

本篇各家选本均无“夏景”二字，今据《全宋词》补上。其实这个二字标题并非多余，恰恰相反，它对理解这首词是十分必要的。综观全词，所写均为夏日景物，虽然并非单纯的写景之作，其中还有人物故事，因此如果用“夏天的故事”作为此词的标题，可能更符合原词的内容。词的上半阕，描写初夏午后，一位如花似玉的美人，沐浴之后，手执团扇，困倚孤眠，渐入梦乡，来到阆苑仙境，忽听有人掀帘推门，醒后睁眼一看，原来是庭院中风吹竹林的萧萧声。下半阕咏赞石榴花，并借以映衬“晚凉新浴”的美人。石榴初夏开花，它不屑于与群芳争春，等到“浮花浪蕊”都凋谢以后，才“半吐红巾”，秾艳无比地点缀在枝头。它仿佛是特意为了陪伴那位“幽独”的美人度过寂寞的时光，才在此时开放。因此希望她不要坐失良机，否则秋风一起，花瓣纷纷坠落，枝头便只剩下浓密的绿叶了。末尾四句花人合写，“婉曲缠绵，耐人寻味不尽”（《蓼园词选》）。对于这首词，前人众说纷纭。杨湜《古今词话》说，这首词是苏轼任杭州知州时，官妓秀兰受召赴宴，因浴后倦睡迟到，被府僚责问，秀兰顺手折下一枝榴花请罪，作者即席为赋此词，并令秀兰歌之以侑觞。曾季狸《艇斋诗话》则云，本篇系苏轼在杭州万顷寺所作，寺中有榴花树，且是日有歌者昼寝，故词中言及榴花和美人。陈鹄《耆旧续闻》又谓，有人在晁以道家见东坡此词真迹，问知乃为侍妾榴花所作。这些说法，均系传闻，不足凭信。今人多以为此词用比兴手法，寄托了作者的政治失意之感。细读原词，此说似乎也在可否之间，我们还是把它看成是一则“夏天的故事”吧！

【注释】

①乳燕：雏燕、小燕。　华屋：精美的房屋。　②槐：一作“桐”。　③绡：生丝织成的薄绸。　团扇：圆形有柄的扇子，我国古代宫中常用，又叫“宫扇”。　④绣户：雕绘华美的门户，指女子的居处。　⑤瑶台：传说中神仙的居处。李白《清平调》：“若非群玉山头见，会向瑶台月下逢。”　⑥红巾蹙：形容石榴花盛开，像是一块有皱纹的红色绸巾。白居易《题孤山寺山石榴花，示诸僧

众》诗："山榴花似结红巾。" ⑦浮花浪蕊：指桃杏等颜色艳冶，但花期短暂，很快凋谢，便随流水漂浮而去。韩愈《杏花》诗："浮花浪蕊镇长有，才开还落瘴雾中。" ⑧簌簌：纷纷下落的样子。

夏初临

夏景

刘泾

泛水新荷①，舞风轻燕②，园林夏日初长。庭树阴浓，雏莺学弄新簧③。小桥飞入横塘，跨青苹、绿藻幽香。朱阑斜倚，霜纨未摇④，衣袂先凉。　歌欢稀遇，怨别多同，路遥水远，烟淡梅黄。轻衫短帽，相携洞府流觞⑤。况有红妆，醉归来、宝蜡成行。拂牙床⑥。纱厨半开，月在回廊。

【说明】

这首词描绘江南初夏景色。前半阕写凭阑观湖，细致入微地刻画出水乡夏日的迷人风光。后半阕记述与友人携手出游，洞府流觞，尽醉夜归的情景。全篇笔调轻快，画面生动，意境优美，是一曲富有诗情画意的"夏之歌"。

【注释】

①泛水新荷：新荷泛水的倒装，意谓新开的荷花漂浮于水面上。 ②舞风轻燕：轻燕舞风的倒装，意谓轻捷的燕子在风中飞舞。 ③这句说幼莺开始学习婉转的啼唱。 ④霜纨：指素绢制的团扇。 ⑤洞府：本指神仙居住的地方，这里是指风景优美之处。 流觞：古人每逢三月上旬的巳日集会于环曲的水渠旁。在上流放置酒杯，任其顺流而下，停在谁的面前，谁即取饮，叫做"流觞"。这里是指在野外会饮。 ⑥牙床：饰有象牙的床，床的美称。

鹧鸪天

叶梦得

一曲青山映小池，绿荷阴尽雨离披①。何人解识秋堪美，莫为悲秋浪赋诗。　携浊酒②，绕东篱，菊残犹有傲霜枝。一年好景君须记，正是橙黄橘绿时。

【说明】

这是一曲“秋天的赞歌”。词的语言明快，韵律优美，形象生动，充满了诗情画意。据《乐府雅词》，此首原有题为：“东坡尝有诗曰：‘荷尽已无擎雨盖，菊残犹有傲霜枝。一年好景君须记，正是橙黄橘绿时。’此非吴人无以知其为佳也。予居有小池种荷，移菊十本于池侧。每秋晚，常喜诵此句，因少增损，以《鹧鸪天》歌之。”虽系改写前人之作，但诗词毕竟不是一家，且此阕在苏诗的基础上内容有所丰富，意境亦有创新，故仍不失为一篇咏秋的佳作。

【注释】

①离披：分散貌。这句形容荷叶在秋雨中枯萎零落散乱的样子。 ②浊酒：未过滤的酒。

怨王孙

李清照

湖上风来波浩渺，秋已暮、红稀香少①。水光山色与人亲，说不尽、无穷好。 莲子已成荷叶老，清露洗、蘋花汀草②。眠沙鸥鹭不回头，似也恨、人归早。

【说明】

本篇写深秋游湖，当作于南渡以前。上片描绘远景。词人放眼望去，只见广阔的湖面，秋风徐来，水波万顷，浩渺无边。虽然时近晚秋，红稀香少，但那潋滟的水光和空蒙的山色却显得十分妩媚可爱，仿佛与人们都很亲近，正在等待着游人的到来。此情此景确实令人神往，于是作者发出了由衷的赞叹：“说不尽、无穷好。”下片描绘近景。湖上莲房结实，荷叶衰残，水面漂浮着蘋花汀草。沙滩上鸥鹭一动不动地呆立着，对匆匆离去的游人连头也不回，似乎在埋怨他们归去得太早。此阕摹写深秋湖山风光，由远及近，画面生动，层次感极强，语言通俗，运用拟人化手法，赋予客观景物以丰富的感情，读来韵味极浓。

【注释】

①红稀香少：谓荷花已经凋零。 ②蘋花：蘋草的花。蘋，又称“四叶菜”“田字草”，多年生浅水草本植物。 汀草：泛指水草。

浣溪沙

有 感

王 质

细雨潇潇变作秋，晚风杨柳冷飕飕①。无言有泪洒西楼。 眼共云山昏惨惨，心随烟水去悠悠。一蓑一笠任孤舟。

【说明】

此阕题为“有感”，实际是写秋日雨中登楼对景抒感。写景为宾，抒情为主，情景交融，含而不露，表达了作者忧虑国事，不能有所作为，只好归隐江湖的失意之情。

【注释】

①飕飕：风雨之声，也用以形容寒气袭人。

天　香

王　观

霜瓦鸳鸯[①]，风帘翡翠[②]，今年早是寒少。矮钉明窗，侧开朱户[③]，断莫乱教人到。重阴未解，云共雪、商量不了。青帐垂毡要密，红炉收围宜小。　呵梅弄妆试巧[④]，绣罗衣、瑞云芝草[⑤]。伴我语时同语，笑时同笑。已被金尊劝倒，又唱个新词故相恼。尽道穷冬[⑥]，元来恁好[⑦]。

【说明】

这首词写的是冬景。上片描绘环境和节物；下片叙述与家人围炉取暖，饮酒听曲，在笑语声中度过严冬。词中从室外写到室内，层层铺叙，从容不迫，生动地刻画出冬天的特点。据传黄庭坚对这首词曾大加称赏说：“此曲一处所，一物色，无一不是严冬萧索之境，但仔细详味之，略无半点酸寒憔悴之意。亦善于造语者矣。”（《历代词话》卷六引《古今词话》）

【注释】

①霜瓦鸳鸯：鸳鸯瓦上积满白霜。　②风帘翡翠：翡翠色的挡风门帘。　③侧开朱户：谓正门封闭，只开旁门。　④这句说女子呵手试画梅妆。　⑤这句说在罗衣上绣出瑞云芝草的图案。⑥穷冬：残冬。　⑦恁好：这样好，如此好。

菩　萨　蛮

霜天旅思

赵长卿

霜风飒飒溪山碧[①]，寒波一望伤行色[②]。落日淡荒村，人家半掩门。　孤舟移野渡，古木栖鸦聚。著雨晚风酸，貂裘不奈寒。

【说明】

此阕写冬日旅途的见闻和感受。词中通过景物刻画和渲染气氛，将冷落萧条的寒冬季节描绘得生动而逼真。读者面对飒飒的霜风，看到“落日淡荒村，人家半掩门”的景象，不禁也会打一个冷颤，发出“貂裘不奈寒”的感叹之声。

【注释】

①飒飒：形容风声。 ②行色：本为行旅出发前的迹象，这里是指旅行途中的感受。

南 乡 子

冬 夜

黄 昇

万籁寂无声，衾铁稜稜近五更[1]。香断灯昏吟未稳[2]，凄清。只有霜华伴月明。 应是夜寒凝，恼得梅花睡不成。我念梅花花念我，关情[3]。起看清冰满玉瓶。

【说明】

此阕写冬夜不眠。寒凝大地，万籁无声，作者躺在枕上吟诗未稳，只见窗外一轮明月映着霜花，环境多么凄清。于是起床步至中庭，只见梅花凌寒而开，不禁想入非非。看那“无言自倚修竹”的“佳人”，大概和我一样，也是被冻得睡不着觉吧！彼此境遇相同，一种同情怜爱之心油然而生。词的意境清幽，景物如画，生动地描绘出一位冷落寂寞而又多愁善感的诗人形象。

【注释】

①衾铁：形容被子像铁一样冰冷。杜甫《茅屋为秋风所破歌》：“布衾多年冷似铁。” 稜稜：严寒貌。 ②吟未稳：诗句尚未斟酌妥当。陆游诗：“转枕重思未稳诗。” ③关情：动情，同情。

二十二、雨雪风月

望　江　南

王　琪

江南雨，风送满长川。碧瓦烟昏沉柳岸，红绡香润入梅天[①]。飘洒正潇然。　　朝与暮，长在楚峰前[②]。寒夜愁欹金带枕，暮江深闭木兰船。烟浪远相连。

【说明】

此词写的是黄梅时节的江南雨景。开篇点题。初夏之际，细雨绵绵，风满长川，碧瓦朱阁、绿柳红花都笼罩在茫茫无边的烟雨之中——景色迷人的江南，又进入了梅雨季节。过片暗用“巫山云雨”的典故，引出为离愁所苦的闺中佳人。面对“飘洒正潇然”的绵绵细雨，想到江上烟雾迷离，风急浪高，船不通航，远行之人难以回到自己的身边，不禁愁眉紧锁，独自斜靠在枕上，听着滴滴答答的雨声，度过这寂寞愁苦的漫漫长夜。本篇以状物写景为主，离情因景而生，为写景做铺垫，笔调轻灵，意境淡远，犹如一幅江南初夏烟雨图。

【注释】

①梅天：梅雨时节的天气。　②楚峰：指巫山神女峰。宋玉《高唐赋序》：“妾在巫山之阳，高丘之阻，旦为朝云，暮为行雨，朝朝暮暮，阳台之下。”

阮　郎　归

春　雨

蒋元龙

小池芳草绿初匀，柳寒眉尚颦。东风吹雨细于尘。一庭花脸皴[①]。　　莺共蝶，怨还嗔。眼前无好春。这般天气煞愁人，人愁旋旋新[②]。

【说明】

本篇咏春雨。上片写景：芳草初绿，柳芽微绽，百花含苞待放，“东风吹雨”给万物带来了勃勃生机。下片抒情：春雨绵绵，莺怨蝶嗔，只能闷坐家中，因而感到“这般天气煞愁人”。两片从不同角度描写对春雨的感受，一喜一忧，都很真切。

【注释】

①皴（cūn 村）：坼裂。 ②旋旋：不断、频频之义。杨万里《暮热游荷池上》诗：“空中斗起朵云头，旋旋开来旋旋收。”

昭　君　怨

咏荷上雨

杨万里

午梦扁舟花底，香满西湖烟水。急雨打篷声，梦初惊。　　却是池荷跳雨，散了真珠还聚[①]。聚作水银窝，泻清波[②]。

【说明】

这首小词写荷叶上的水珠。作者泛舟西湖之上，梦中忽听“急雨打篷声”，醒后一看，原来是荷叶上的水珠滴在船篷之上。寥寥数语，将“荷上雨”来回滚动，散而复聚，变作一窝水银，终于流入清波之中的情景描绘得惟妙惟肖、栩栩如生，犹如一幅写生画。

【注释】

①真珠：珍珠。 ②泻：水往下直注。

绮　罗　香

咏　春　雨

史达祖

做冷欺花，将烟困柳，千里偷催春暮。尽日冥迷，愁里欲飞还住。惊粉重、蝶宿西园[①]，喜泥润、燕归南浦[②]。最妨它、佳约风流，钿车不到杜陵路[③]。　　沉沉江上望极，还被春潮晚急，难寻官渡[④]。隐约遥峰，和泪谢娘眉妩[⑤]。临断岸、新绿生时，是落红、带愁流处。记当日、门掩梨花[⑥]，剪灯深夜语[⑦]。

【说明】

此词为咏春雨之作，通篇未出题字，而春雨的意象贯穿始终，处处可感。上片先用拟人手法，写春雨带来阵阵寒冷、潮湿的空气，摧残百花，困住嫩柳，大好的春光也随着暗暗地消逝了。接着从正面描叙春雨欲下还停，尽日绵绵不断。然后写物与人对冥迷春雨的感受：蝴蝶惊讶翅粉被雨淋湿，只好待在西园的花枝上歇宿；燕子却高兴地衔着湿润的泥土飞回巢中；想要出外探春赴约的才子佳人们也只能闭门不出，他们的宝马香车再也开不到杜陵路。下片写作者傍晚眺望雨中江上景色：渡口烟雨迷离，春潮急涨，舟楫无影无踪；远处的山峰笼罩在蒙蒙的细雨之中，像美女被泪水湿润的眉毛那样妩媚动人；岸边芳草如茵、生机勃勃，水中落花片片，含愁漂流。词人由此而联想到当年与意中人"门掩梨花""剪灯夜语"的情景，流露出无限惋惜与怀念之情。本篇摹写景物，工巧精细，尤善形容刻画，引用前人诗句运化无迹，语言优美，富有情韵，是一幅摹写入神的春雨图。先著《词洁》评此词云："无一字不与题相依，而结尾始出'雨'字，中边皆有。前后两段七字句，于正面尤着到。如意宝珠，玩弄难于释手。"

【注释】

①西园：泛指园林。 ②南浦：泛指水滨。 ③钿车：用金宝装饰的车子，古时贵族妇女所乘坐。 杜陵：汉宣帝陵墓所在地，在今西安东南。这里泛指游乐之处。 ④官渡：官家备船以渡行人之处。韦应物《滁州西涧》诗："春潮带雨晚来急，野渡无人舟自横。" ⑤谢娘：唐代歌妓名，后泛指歌妓。 ⑥门掩梨花：李重元《忆王孙》词："雨打梨花深闭门。" ⑦剪灯深夜语：李商隐《夜雨寄北》诗："何当共剪西窗烛，却话巴山夜雨时。"

清平乐

咏雨

陈德武

丝丝线线，惹起云根燕。万里江山春欲遍，多在梨花庭院。　　经旬一见通宵，恍如身在蓝桥①。记与巫山神女，不禁暮暮朝朝②。

【说明】

此阕咏雨，虽无华丽辞藻，亦颇轻快活泼。两片首句形容春雨绵绵不断，既有具象，又能引起读者的联想，富有生活实感。结拍用"巫山神女"的典故，也能切合题意。

【注释】

①蓝桥：在陕西蓝田县东南蓝溪之上。相传其地有仙窟，为唐裴航遇仙女云英处。 ②这两句用巫山云雨的典故。

虞美人

听　雨

蒋　捷

少年听雨歌楼上，红烛昏罗帐。壮年听雨客舟中，江阔云低、断雁叫西风[①]。　　而今听雨僧庐下[②]，鬓已星星也[③]。悲欢离合总无情，一任阶前、点滴到天明。

【说明】

此词题为“听雨”，虽非咏物之作，但“雨”是“触媒”，在词人的灵感思维活动中起着关键作用。全篇都是围绕着“听雨”这一中心线索而展开的。词中通过少年、壮年和老年三个时期听雨的不同感受，概括了自己一生身世经历和思想感情的巨大变化。少年时无忧无虑，歌楼听雨，神魂颠倒；壮年时漂泊四方，客舟听雨，黯然伤情，到老来时难年荒，僧庐听雨，心若死灰，尝尽人间悲欢离合，感情似乎已经变得麻木不仁了。作者通过三幅画面反映了那个风云变幻莫测的时代及其对人们的生活和思想感情所产生的巨大影响，具有很强的概括性。

【注释】

①断雁：失群的孤雁。　②僧庐：佛舍。　③星星：形容鬓发花白。左思《白发赋》：“星星白发，生于鬓垂。”

解连环

春　水

高观国

浪摇新绿。漫芳洲翠渚，雨痕初足。荡霁色、流入横塘[①]，看风外漪漪[②]，皱纹如縠[③]。藻荇萦回[④]，似留恋、鸳飞鸥浴。爱娇云蘸色，媚日挪蓝[⑤]，远迷心目。　　仙源漾舟岸曲。照芳容几树，香浮红玉。记那回、西洛桥边，裙翠传情，玉纤轻掬[⑥]。三十六陂，锦鳞渺、芳音难续[⑦]。隔垂杨，故人望断，浸愁万斛[⑧]。

【说明】

此阕咏赞江南春天水乡的风光。上片描摹雨后水满陂塘、浪摇新绿、波光荡漾、鸳飞鸥浴的迷人景色。下片叙述泛舟出游，触景生感，抒发忆旧怀人之情。词的笔触细腻，文辞精美，意象幽眇，富于诗情画意，与乐笑翁之《南浦·春水》异曲而同工。

【注释】

①霁色：晴朗的天色。 横塘：古堤塘名，三国吴时所筑，在建业（今南京）秦淮河南岸。苏州亦有横塘，为词人贺铸的故居所在地。 ②漪漪（yī 衣）：水波动荡貌。 ③縠（hú 胡）：皱纱一类的丝织品。这句说，水波的皱纹如皱纱一样。 ④藻荇：泛指水草植物。藻，即藻类，低等绿色植物，多浮游于水面。荇，即荇菜，水生植物，浮在水上。 ⑤挪：揉搓。这句说明媚的阳光照在碧蓝的水面上，泛起阵阵波光，仿佛用手在揉搓一样。 ⑥掬：双手捧取。 ⑦这句说，鱼沉水底，音信渺茫。 ⑧斛：量器名。古代以十斗为一斛，南宋末年改为五斗。

南　浦

春　水

张　炎

波暖绿粼粼[①]，燕飞来、好是苏堤才晓[②]。鱼没浪痕圆，流红去，翻笑东风难扫[③]。荒桥断浦，柳阴撑出扁舟小。回首池塘青欲遍，绝似梦中芳草[④]。　和云流出空山，甚年年净洗，花香不了[⑤]？新绿乍生时，孤村路，犹忆那回曾到。余情渺渺，茂林觞咏如今悄[⑥]。前度刘郎归去后，溪上碧桃多少[⑦]！

【说明】

这首咏春水之作，描写南宋都城杭州一带泽国水乡春天的风光景物，是一幅富有情韵、引人入胜的山水画。词分四层，先咏西湖之水，次咏池塘之水，继咏山溪之水，末以追忆水滨之游抒发感旧怀人之情。全篇脉络清晰，层次分明，文辞优美，意境淡雅，被誉为咏春水词中的绝唱，作者也因此获得了"张春水"的雅号。

【注释】

①粼粼：流水清澈貌。 ②苏堤：在杭州西湖。北宋元祐年间苏轼知杭州时，疏浚西湖，堆泥筑堤，故名。"苏堤春晓"为西湖十景之一。 ③这两句说，流水带走了落花，反而嘲笑东风难以把落花扫尽。 ④梦中芳草：谢灵运《登池上楼》诗有"池塘生春草"句，据说为梦中所得。 ⑤这三句说，水和云一同流出空旷的深山，为什么年年冲洗落花，而花香依然常在？ ⑥茂林觞咏：晋王羲之曾与谢安、孙绰等游于山阴兰亭，其《兰亭集序》说："此地有崇山峻岭，茂林修竹……一觞一咏，亦足以畅叙幽情。" ⑦前度刘郎：指唐诗人刘禹锡。其《元和十年自朗州召至京戏赠看花诸君子》诗云："玄都观里桃千树，尽是刘郎去后栽。"又《再游玄都观》诗云："种桃道士归何处？

前度刘郎今又来。”

临　江　仙

晁冲之

万里彤云密布①，长空琼色交加②。飞如柳絮落泥沙。前村归去路，舞袖拂梨花。　　此际堪描何处景？江湖小艇渔家。旋斟香醖过年华③，披蓑乘远兴，顶笠过溪沙。

【说明】

这是一首咏雪之作。上片描写彤云密布，片片飞雪落入泥沙，乡村小路上犹如梨花随风飘舞一样。下片叙述作者披蓑顶笠冒雪乘兴出游，欣赏难以描画的山川美景。词语通俗，纯用白描，景物生动如画。

【注释】

①彤云：阴云。　②琼色：指洁白如玉的雪花。　③香醖：美酒。

念　奴　娇

淮　上　雪

王以宁

天工何意，碎琼珰玉佩，书空千尺。箬笠蓑衫扁舟下，淮口烟林如织。飞观嶙峋，子亭突兀，影浸澄淮碧。纶巾鹤氅①，是谁独笑携策。　　遥想易水燕山②，有人方醉赏，六花如席③。云重天低酣歌罢，胆壮乾坤犹窄。射雉归来，铁鳞十万，踏碎千山白。紫箫声断④，唤回春满南陌。

【说明】

本篇写淮水舟中遇雪。上片描绘茫茫大雪中淮河岸边的景物；下片遥想北国行猎，抒发“胆壮乾坤”的豪情。词的境界宏阔，气势豪迈，画面生动，富于浪漫主义色彩。

【注释】

①鹤氅：鸟羽所制的裘，后来也专称道服。　②易水：在河北省西部，大清河上源支流，源于易县境内。　燕山：在河北省境内。宣和五年（1123）置燕山府，治所在今北京市西南。　③六花：

雪花。雪花为六角，故称。 如席：像席子那样大。李白《北风行》诗："燕山雪花大如席，片片吹落轩辕台。" ④紫箫：紫竹所制的箫。

清平乐

雪

孙道绚

悠悠扬扬，做尽轻模样。半夜萧萧窗外响，多在梅边竹上。 朱楼向晓帘开，六花片片飞来[1]。无奈熏炉烟雾，腾腾扶上金钗。

【说明】

本篇写闺中对雪。上片叙述漫天雪花飞舞，一直下到半夜，窗外梅枝竹梢风雪之声不绝于耳。下片写次日清晨，打开窗帘，片片飞雪飘入朱楼画阁之中。无奈熏炉炭火正旺，可惜那六出之花顿时化作一团水气，萦绕于金钗之上。小词虽无深意，却不乏韵味，一看便知出自闺阁之手。

【注释】

①六花：雪花。雪花为六角，故称。

念奴娇

朱淑真

鹅毛细剪，是琼珠密洒，一时堆积。斜倚东风浑漫漫，顷刻也须盈尺。玉作楼台，铅熔天地，不见遥岑碧。佳人作戏，碎揉些子抛掷。 争奈好景难留，风僝雨僽[1]，打碎光凝色。总有十分轻妙态，谁似旧时怜惜？担阁梁吟[2]，寂寥楚舞，笑捏狮儿只。梅花依旧，岁寒松竹三益。

【说明】

这首咏雪词轻快活泼，别具风趣。上片写大雪纷飞，顷刻间便下了一尺多厚，景象逼真，极为壮观。结处两句描叙"佳人"抛掷雪球取乐，尤富于生活气息。下片感叹好景难留，风雨一来就要消融，趁早先堆个雪狮子玩玩吧！词语通俗自然，虽然用的是白描，却颇有韵味。

【注释】

①风僝雨僽：遭受风雨摧残折磨。 ②担阁：亦作"耽搁"，拖延、延误。 梁吟：指《梁甫

吟》，这里是泛指吟咏。

东风第一枝

咏　春　雪

史达祖

巧沁兰心，偷粘草甲①，东风欲障新暖。谩凝碧瓦难留，信知暮寒轻浅②。行天入镜③，做弄出、轻松纤软。料故园、不卷重帘，误了乍来双燕。　　青未了、柳回白眼，红欲断、杏开素面。旧游忆着山阴④，后盟遂妨上苑⑤。熏炉重熨，便放慢、春衫针线⑥。恐凤鞋挑菜归来，万一灞桥相见⑦。

【说明】

这首咏春雪的词，张炎称其“全章精粹，所咏了然在目，且不留滞于物”（《词源》）。作者以细腻的笔触，形容刻画，将春雪的特点以及雪中花草的千姿百态描绘得栩栩如生，宛然在目。词中用典，妥帖轻圆，联想巧妙而自然，语言奇秀清逸，确为咏物词中的佳作。

【注释】

①草甲：草的外皮。甲，草木萌芽时的外皮。　②信知：确知。　③行天入镜：韩愈《春雪》诗：“入镜鸾窥沼，行天马渡桥。”谓雪后大地一片洁白，水面更加清澈，鸾窥沼恰似入镜，马渡桥犹如行天。　④这句用王子猷雪夜乘兴访戴安道事。见《世说新语·任诞》。　⑤这句用司马相如雪天赴梁王兔园之宴而迟到的故事。　⑥这句说雪后天又变冷，缝制春衫的事可以放慢进度。　⑦挑菜：唐宋风俗以二月二日为挑菜节，士民多往游观。　灞桥：在陕西西安市东灞水上，汉唐时至此送客多折柳为赠。又“灞桥风雪”为当时风景名胜之一。这两句说，女子挑菜归来又遇到了风雪。

清　平　乐

咏　　风

陈德武

呼来吸去，毕竟为谁主？软力慢扶花柳舞，禁不住颠狂处。　　等闲天易凉炎①，每教人爱人嫌。最是相思病起，呼儿紧下珠帘②。

【说明】

这首咏风的小词，通过花、柳与人们的不同感受，说明风有徐有疾，有时讨人喜爱，有时令人憎恶。特别是有病之人，最怕受风，一见风起，急忙叫侍儿放下窗帘，将它拒之门外。词虽浅显，但借助拟人手法，生动地展现出这种无形的自然现象，也可算作别具一格。

【注释】

①等闲：寻常。这句说天气凉热多变。 ②紧下：赶快放下。

二十三、对景感怀

点　绛　唇

感　兴

王禹偁

雨恨云愁，江南依旧称佳丽[①]。水村渔市，一缕孤烟细。　　天际征鸿，遥认行如缀[②]。平生事，此时凝睇[③]，谁会凭栏意[④]？

【说明】

这是一首即景抒感之作，大约是王禹偁任长洲（今江苏苏州）县令时写的。上片寓情于景，用清丽的笔触描绘江南水乡雨中的景物；下片由凭栏遥望长空过雁，而引起一生事业未成、抱负不得施展的感慨，表达了作者用世之志无人理解的孤独愁闷之情。词语清丽，风格淡雅，与花间秾艳词风迥然异趣，在宋初词坛是一首别具一格的佳作。

【注释】

①佳丽：景色秀美。谢朓《入朝曲》诗："江南佳丽地，金陵帝王州。"　②行（háng 杭）如缀：形容雁群在空中飞行，排列成行，连续不断。　③凝睇（dì 地）：凝视。睇，斜视貌。　④谁会：有谁理解。

浣　溪　沙

晏　殊

一向年光有限身[①]，等闲离别易销魂[②]。酒筵歌席莫辞频。　　满目山河空念远[③]，落花风雨更伤春，不如怜取眼前人[④]。

【说明】

此阕为对景感怀之作，但所写并非一时一事，而是多种感情的复合，其中既有离情别绪，也有伤春怀远，更为突出的则是感叹人生短促、年光有限，唯有及时行乐才能从烦恼和苦闷中得到解脱。

它一方面反映了北宋“巨公大僚”们的生活现实，同时也体现了士大夫阶级的人生价值观。词的情调虽非“向上一路”，但气象宏阔，并不显得哀伤低沉，内涵较丰富，亦颇值得玩味。

【注释】

①一向：一饷。一霎时、一会儿。 ②等闲：寻常，普通。 ③满目山河句：化用李峤《汾阴行》“山川满目泪沾衣”诗意。 ④怜取眼前人：大意是为伤春怀远而烦恼，不如去追求现实的享乐生活。元稹《会真记》载崔莺莺诗：“还将旧来意，怜取眼前人。”

眼儿媚

王雱

杨柳丝丝弄轻柔，烟缕织成愁。海棠未雨[①]，梨花先雪，一半春休。　　而今往事难重省，归梦绕秦楼。相思只在，丁香枝上[②]，豆蔻梢头[③]。

【说明】

本篇亦为对景感怀之作。表面是抒写伤春怀人之情，但词意含蓄委婉，可能有所寄托。《蓼园词选》谓“此词亦为日月易逝，而事多不偶，托闺情以写意耳。语语清新婉倩，后人争鲜斗艳，终不能及。数百年来，脱口如新”。《草堂诗余前集》卷上以为无名氏作，《类编草堂诗余》卷二作王雱词，未知孰是。

【注释】

①未雨：未落、未凋谢。古代诗词中多以“红雨”比喻落花，故云。 ②丁香：一名“丁子香”，花淡紫色，其子有雌雄，雌者击破有顺理而解为两向。 ③豆蔻：花淡黄色，一穗数十蕊，每蕊心有两瓣相并。常用以比喻少女。杜牧《赠别》诗：“娉娉袅袅十三余，豆蔻梢头二月初。”

浣溪沙

秦观

漠漠轻寒上小楼[①]，晓阴无赖似穷秋[②]。淡烟流水画屏幽[③]。　　自在飞花轻似梦[④]，无边丝雨细如愁。宝帘闲挂小银钩。

【说明】

此阕写一“女子”在春雨绵绵、阴冷寂寥的清晨，独自登楼凭栏，触景感怀。词中没有正面刻画人物，主要通过环境和气氛的渲染，揭示其愁闷凄苦的心态。笔调空灵，意境清幽。过片两个对句谓飞花似梦、丝雨如愁，联想巧妙，比喻新奇，常被人们称赏。

【注释】

①漠漠：弥漫。 ②穷秋：晚秋。 ③淡烟流水：指画屏上的图景。 ④自在：安闲舒适的样子。

小 重 山

赵令畤

雨霁风高天气清。玉盘浮出海①，转空明。小窗帘影冷如冰。愁不寐，独自傍阶行。 情似浪头轻。一番销欲尽，一番生。无言惆怅到参横。人欲起，鹎鵊几声鸣②。

【说明】

此阕写月夜不寐，独自绕阶而行，万千心事尽在不言之中。从“玉盘浮出海”到“鹎鵊几声鸣”，环境是那么幽静，而词人的情怀却像海浪一样，一波未平一波又起。但他所感何事，为什么惆怅、为什么发愁，却不露一点痕迹。一切都留给读者去揣摩，去猜想，去体会。

【注释】

①玉盘：指月亮。②鹎鵊：亦作“批颊”，即催明鸟。欧阳修词：“绿窗鹎鵊催天明。”

青 玉 案

贺 铸

凌波不过横塘路①，但目送、芳尘去②。锦瑟年华谁与度③？月桥花院，琐窗朱户④，只有春知处。 飞云冉冉蘅皋暮⑤，彩笔新题断肠句⑥。试问闲愁都几许⑦？一川烟草⑧，满城风絮⑨，梅子黄时雨⑩。

【说明】

此阕为对景感怀之作，是贺铸的名篇之一。词题原作《横塘路》，盖取首句末三字另标新名，词牌实即《青玉案》。周紫芝《竹坡诗话》谓："贺方回尝作《青玉案》词，有'梅子黄时雨'之句，人皆服其工，士大夫谓之'贺梅子'。"都说这首词好，究竟好在什么地方呢？语言工妙，词藻华赡，比兴新奇，固然是它的特点，但最引人之处还是意境幽隐，形象朦胧，含蓄蕴藉，无迹可寻，与李商隐的《无题》诗相似。有人认为本篇是写怀念一个女子，或者说是写路遇一名女子，从而引起了作者对生活的感慨；也有人说是写"望美人兮不来"，表面似写相思之情，实则是发抒其悒悒不得志的"闲愁"。这些说法都有一定道理，但感到又都说得不够透彻，未能解开读者心中的疑团。读者急于想知道的是，词中那位凌波仙子似的美人是虚构还是有所指？由于没有可靠的根据，很难做出肯定的回答。我们不妨根据词中的意象，提出一种假想和揣测。词的开头两句就描绘出一幅内涵丰富而又恍惚迷离的画面：春末夏初的一个傍晚，阴云密布，细雨绵绵，天空灰蒙蒙的一片，令人感到十分压抑。这时词人贺铸正在苏州横塘附近的一座小屋里，倚门凝望，陷入了痛苦的沉思之中。忽然眼前人影晃动，他仿佛看见那烟波浩渺的水面上有一位女子正慢慢地向这边走来。那婀娜的身姿，轻盈的步态，多么熟悉啊！他喜出望外，禁不住向那位女子频频地招手，希望她赶快来到自己的身旁。可是希望变成了失望，伊人竟然"凌波不过横塘路"。她走了，犹如路人一样，踏着水波，头也不回地消失得无影无踪。词人惆怅不已，但也只能眼睁睁地看着那倩姿丽影姗姗而去。以下叙写伊人去后，作者如醉如痴，望着那迷失的幻影，陷入了痛苦的怀念和回忆之中。上片描绘的环境和人物，似幻似真，若隐若现，犹如水中之月，镜中之花。作者为什么要那样深情地倾慕于她，追念着她呢？一种可能就是那位凌波仙子不是别人，正是词人在《鹧鸪天》中所悼念的赵氏夫人的亡灵。此词作于苏州横塘，当在"重过阊门""鸳鸯失伴"之后。也许是由于"悠悠生死别经年，魂魄不曾来入梦"，于是便借助浪漫主义手法，将日夜思念的心上人加以幻化，以寄托自己的哀思。过片以后，全从自身着笔，抒写幽居之中的寂寞愁苦之状。结尾数句，用提问呼起，然后叠写三句，渲染"闲愁"，将不可捉摸的思想感情具象化，比喻新奇而生动，给读者以强烈的艺术感染。本篇可以理解为《鹧鸪天》（半死桐）的续篇，情调虽不如前者那样沉痛，但对亡妻的思念之情却是十分深沉绵长的。那风姿绰约的凌波仙子绝非偶然路遇之佳人，看她飘然而去，过家门而不入，生死之恨实在令人可哀。《蓼园词选》评论说："所居横塘断无宓妃到，然波光清幽，亦常目送芳尘；第孤寂自守，无与为欢，惟有春风相慰藉而已。次阕言幽居肠断，不尽穷愁，惟见烟草风絮，梅雨如雾，共此旦晚耳，无非写其景之郁勃岑寂也。"就词的艺术造境而论，确如黄氏所言，如果把那位断不可到横塘的宓妃，理解为作者朝思暮想的亡妻，则词意便豁然明朗了。

【注释】

①凌波：形容女子步态轻盈。曹植《洛神赋》："凌波微步，罗袜生尘。" 横塘：在苏州西南十里许。贺铸故居在吴中升平桥，横塘有其别墅，常扁舟往来其间。 ②芳尘：指美人的踪迹。③锦瑟华年：美好的青春时代。锦瑟，装饰华美的瑟。李商隐《锦瑟》诗："锦瑟无端五十弦，一弦一柱思华年。" ④琐窗：雕刻或绘有连环形花纹的窗子。 ⑤冉冉：慢慢地流动。 蘅皋：长着

香草的水边。蘅，蘅芜，香草名。皋，沼泽。 ⑥彩笔：传说南朝作家江淹因有一支五色彩笔，故诗文多有佳句。后来梦见郭璞向他索还彩笔，于是文思枯竭，人谓“江郎才尽”。 ⑦都：统统，总共。 几许：若干，多少。 ⑧一川：遍地。川，平野。 ⑨风絮：随风飘舞的柳絮。 ⑩梅子黄时雨：四五月间，梅子黄熟，阴雨连绵，俗称“黄梅雨”或“梅雨”。

如 梦 令

李清照

昨夜雨疏风骤①，浓睡不消残酒②。试问卷帘人，却道海棠依旧。知否？知否？应是绿肥红瘦③。

【说明】

此阕对景感怀，抒发伤春惜花之情。全篇仅七句、三十三字，但含蓄委婉，用语精妙，极有韵味，故“当时文士莫不击节称赏”（蒋一葵《尧山堂外纪》）。词中采用对话体，一问一答，自然浑成，声口毕现，主仆二人情态各异。黄了翁《蓼园词选》评曰：“按一问极有情，答以‘依旧’，答得极淡，跌出‘知否’二句来，而‘绿肥红瘦’无限凄婉，却又妙在含蓄。短幅中藏无数曲折，自是圣于词者。”

【注释】

①雨疏风骤：雨小风急。 ②浓睡：酣睡，沉睡。 ③绿肥红瘦：形容叶子茂盛肥大，花儿枯萎消瘦。

南 歌 子

李清照

天上星河转①，人间帘幕垂。凉生枕簟泪痕滋②，起解罗衣，聊问夜何其③？ 翠贴莲蓬小，金销藕叶稀④。旧时天气旧时衣，只有情怀，不似旧家时⑤！

【说明】

这是一首秋夜不眠、对景感怀之作。从词意和情调看，当是南渡以后写的。金兵入侵，中原沦陷，李清照历经国亡、家破、夫死之难，其心情之悲惨凄凉，不言可知。上片叙述秋夜不眠，和衣含泪而卧，见天上星河斜转，家家闭户垂帘，人间一片静悄悄，于是独自起床，准备解衣入睡，触景伤情，不禁自言自语地问道：夜有多深了？是不是快天亮了？这一问表明抒情主人公神思恍惚，悲愁太甚，这孤苦的日子是怎么度过的，自己也不记得了。下片睹物兴悲，因“解罗衣”而发现衣上那熟悉的花纹和图案，从而联想到当年幸福美好的生活。如今物在人亡，天气似乎也还和从前一样，可是谁能理解我的心情和过去完全不同了啊！当年是名门闺秀、旷代才女，夫妻情投意合，谁不羡慕？如今成了流落异乡、孤苦伶仃的嫠妇，情怀怎能再似旧家时？小词笔触细腻，含蓄婉转，读来凄恻动人。

【注释】

①星河：银河。银河斜转，表示夜深。 ②枕簟：枕头和竹席。 ③夜何其：夜有多深了？《诗经·小雅·庭燎》：“夜如何其？夜未央。” ④翠贴、金销：贴翠、销金，均为服饰工艺。花饰在衣服上用细线缝连，不见针脚叫“贴”；以金饰物叫“销金”。 ⑤旧家：从前。

水调歌头

杨炎正

把酒对斜日，无语问西风。胭脂何事，都做颜色染芙蓉？放眼暮江千顷，中有离愁万斛①，无处落征鸿。天在阑干角，人倚醉醒中。　　千万里，江南北，浙西东。吾生如寄，尚想三径菊花丛②。谁是中州豪杰，借我五湖舟楫③，去作钓鱼翁。故国且回首，此意莫匆匆！

【说明】

此阕写秋日傍晚江边凭栏对景感怀。词的上片即景生情。词人把酒临风，但见红日西沉，芙蓉盛开，秋意正浓；回想自己浮沉宦海，一事无成，萍踪不定，愁绪满怀，只得“无语问西风”。下片感叹身世飘零，怀才不遇，壮志难酬，因而产生了归隐田园的念头。但遥望故国，回首往事，中原未复，又觉得现在不是退隐的时候，于是暗暗告诫自己“此意莫匆匆”，还是应当三思而后行。作者是爱国词人辛弃疾的知交，他们志趣相同，都是有心报国、无路请缨的志士。这首词生动而真切地反映了作者由于不能尽展其才，从而在思想上产生了出处进退的矛盾，在当时具有一定的代表性。

【注释】

①斛：古代量器名，十斗为一斛。辛弃疾《念奴娇》词：“我来吊古，上危楼，赢得闲愁千斛。” ②三径：《三辅决录》卷一：“蒋诩归乡里，荆棘塞门，舍中有三径，不出，惟求仲、羊仲从之游。”旧时用以指归隐后所住的田园。陶渊明《归去来兮辞》：“三径就荒，松菊犹存。” ③五湖：指彭蠡、洞庭、巢湖、太湖、鉴湖，或单指太湖。传说范蠡助越灭吴后，弃官泛舟游于五湖。

二十四、疏狂闲适

鹤　冲　天

柳　永

黄金榜上[①]，偶失龙头望[②]。明代暂遗贤，如何向[③]？未遂风云便[④]，争不恣狂荡[⑤]？何须论得丧[⑥]。才子词人，自是白衣卿相[⑦]。　　烟花巷陌[⑧]，依约丹青屏障。幸有意中人，堪寻访。且恁偎红倚翠，风流事，平生畅。青春都一饷[⑨]。忍把浮名，换了浅斟低唱[⑩]！

【说明】

据吴曾《能改斋漫录》载："仁宗留意儒雅，务本理道，深斥浮艳虚薄之文。初，进士柳三变好为淫冶讴歌之曲，传播四方，尝有《鹤冲天》词云：'忍把浮名，换了浅斟低唱。'及临轩放榜，特落之，曰：'且去浅斟低唱，何要浮名！'"柳永就这样再次落榜了。后来又有人在皇帝面前推荐他有才，应该录用，仁宗问道：是不是那个填词的柳三变？推荐的人回答说：正是他。仁宗很不高兴地说：还是让他填词去吧！柳永听说后，满腹牢骚，但又不想改弦易辙，反而变本加厉，更加放荡，"日与儇子纵游倡馆酒楼间，无复检率"，并自称"奉旨填词柳三变"。（《苕溪渔隐丛话》引《艺苑雌黄》）从上述记载看来，柳永倒是有点傲骨，敢于顶撞皇帝，不因最高封建统治者的好恶而改变自己的生活道路。但可惜他并没有什么远大的理想和抱负，因而他的行为只是一种消极的反抗。这首《鹤冲天》，就是他科考落第后抒发牢骚感慨之作。词中充分地表现了柳永的狂放性格，对现实的不满也是很明显的。但反映出来的人生观和他所追求的生活理想却并不高明。他把"金榜题名"视为"浮名"，想摆脱世俗"名利"思想的束缚，这是值得肯定的。然而他是以什么来和这种名缰利锁相对抗呢？既不是封建知识分子的隐逸出世思想，也不是洁身自好、不合作的孤傲态度，而是及时行乐，恣意狂荡，偎红倚翠，浅斟低唱。柳永敢于蔑视功名富贵，是难能可贵的；但他缺乏进步的政治理想和高尚的生活情操，却又令人惋惜。柳永的生活经历和创作道路给后人以有益的启示：一个作家没有远大理想，他的才能必然会受到限制，很难写出经得起历史检验的杰出作品来。

【注释】

①黄金榜：金榜。科举时代称殿试揭晓的榜为金榜。　②龙头："状元"的别称。王禹偁《寄状元孙学士何》诗："惟爱君家棣华榜，登科记上并龙头。"　③如何向：如之何、怎么办。　④风

云使：谓风云际会，比喻仕途顺利，有施展才能的机会。 ⑤争不：怎不、何不。 ⑥得丧：得失。 ⑦白衣卿相：谓有卿相之才，而无功名之人。白衣，古代平民着白衣，因以称无功名的人。 ⑧烟花巷陌：指娼楼妓馆。烟花，旧时妓女的代称。 ⑨一饷：一会儿，不多时，很短暂。 ⑩浅斟低唱：缓缓喝酒，听人曼声歌唱。形容悠闲享乐的情态。斟，筛酒。

鹧 鸪 天

西 都 作①

朱敦儒

我是清都山水郎②，天教分付与疏狂。曾批给雨支风券③，累上留云借月章④。 诗万首，酒千觞⑤，几曾著眼看侯王⑥。玉楼金阙慵归去⑦。且插梅花醉洛阳。

【说明】

靖康之难以前，朱敦儒寄情山水，放浪林泉，过着悠闲自得的隐逸生活。《宋史·文苑传》说他，"志行高洁，虽为布衣而有朝野之望。靖康中，召至京师，将处以学官，敦儒辞曰：'麋鹿之性，自乐闲旷，爵禄非所愿也。'固辞还山。"此阕写于南渡前，作者隐居洛阳时。词中淋漓尽致地表现了他早年乐于游山玩水、性喜饮酒吟诗的闲散生活以及傲视王侯、不肯摧眉折腰的疏狂性格。词的语言疏快，形象鲜明，很有艺术个性。

【注释】

①西都：洛阳为宋朝的西京，故称西都。 ②清都：神话传说中天帝居住的地方。《列子·周穆王》："王实以为清都紫微，钧天广乐，帝之所居。" 山水郎：为天帝管理山水的侍从官。 ③券：契据、凭证。这句说天帝曾批给我可以呼风唤雨的凭证。 ④这句说我曾多次向天帝上过可以留住白云、借来月亮的奏章。 ⑤觞：古代的盛酒器。 ⑥著眼：用眼。著，同"着"。 ⑦玉楼金阙：皇宫，代指京都。 慵：懒。

蓦 山 溪

朱敦儒

邻家相唤，酒熟闲相过。竹径引篮舆①，会乡老、吾曹几个。沈家姊妹，也是可怜人②，回巧笑③，发清歌，相间花间坐。 高谈阔论，无可无不可。幸遇太平年，好时节、清明初破。浮生春梦[4]，难得是欢娱，休要劝，不须辞，醉便花间卧。

【说明】

此阕亦为南渡前所作。词中活脱脱地刻画出一个疏狂放浪、潇洒闲适的“名士”形象。虽说是“邻家唤”“会乡老”，但观其歌妓侑觞、高谈阔论、醉卧花间的作风和气派，知非“性本爱丘山”的陶潜一类的隐士，而是一批风流倜傥、以才子自居的狂傲之徒。这也是政、宣以来那个表面“太平”实则极不太平的时代的产物。“靖康之难”以后，作者流离失所、逃亡江南，生活发生了巨大的变化，思想感情和词风也相应地发生了明显的变化。前后两个时期形成了鲜明的对比。

【注释】

①篮舆：竹轿。 ②可怜：可爱。 ③巧笑：美好的笑。《诗经·卫风·硕人》：“巧笑倩兮，美目盼兮。” ④浮生：谓世事无定，生命短促。

鹧 鸪 天

杨无咎

休倩傍人为正冠，披襟散发最宜闲[1]。水云况得平生趣，富贵何曾著眼看。 低拍棹[2]，称鸣銮[3]，一尊长向枕边安。夜深贪钓波间月，睡起知他日几竿？

【说明】

这是一首渔父词，但刻画的却是一位放浪不羁的隐士。看他歪戴头巾，散发披襟，蔑视功名富贵，已知绝非出入风波之中的“江上渔者”。又将“拍棹”当成“鸣銮”，以帝王出行相比，终日醉卧舟中，一心要钓烟波之中的明月，可见他是一位自视清高的狂徒。词意潇洒，将封建时代不得志的知识分子放浪形骸及其孤傲心态描绘得淋漓尽致。

【注释】

①披襟散发：敞开衣襟，抛弃冠簪，表示隐居不仕。《后汉书·袁闳传》：“延熹末，党事将作，闳遂散发绝世，欲投迹深林。” ②低拍棹：低声拍着船板。 ③鸣銮：谓皇帝或贵族出行。銮，系在马勒上的銮铃。

一剪梅

刘克庄

余赴广东，实之夜饯于风亭[①]。

束缊宵行十里强[②]。挑得诗囊，抛了衣囊。天寒路滑马蹄僵。元是王郎[③]，来送刘郎。　　酒酣耳热说文章。惊倒邻墙，推倒胡床[④]。旁观拍手笑疏狂。疏又何妨，狂又何妨！

【说明】

本篇是理宗嘉熙三年（1239）冬，作者赴任广东，挚友王迈（字实之）前来为他饯别时所写。上片叙述连夜准备起程，“王郎”赶到风亭驿来为“刘郎”送行。他的行李虽少，但因天寒地冻，道路难行，不能多带，只好“挑得诗囊，抛了衣囊”。这两句生动地展现出读书人远行，宁可少带衣物，不可不带诗书的特点。下片描写两位知交一边饮酒话别，一边高谈阔论。酒酣耳热，旁若无人，把邻家的墙壁也震塌了，干脆连椅子也推倒它吧！这与辛弃疾《贺新郎》（老大那堪说）中描绘的情景“我病君来高歌饮，惊散楼头飞雪”何其相似！然而南宋爱国志士们这种慷慨豪迈的言行和思想感情无人理解，所以旁观者都拍手哈哈大笑，把他们看成是两个“疏狂”的书呆子。对这些旁观者的嘲笑，作者不屑一顾，并响亮地回答他们说：“疏又何妨，狂又何妨！”这首词通过友人饯别的场面，抒发了作者郁结在心中的愤懑和不平。词的风格豪放不羁，雄奇中带有谐趣，在艺术上颇有特色。

【注释】

①风亭：驿亭名，在福建莆田县。　②束缊：将乱麻捆起来作为照明的火把。缊，乱麻。《汉书·蒯通传》：“即束缊请火于亡肉家。”　③王郎：指王迈。作者《满江红·送王实之》词中曾说：“天壤王郎，数人物、方今第一。　④胡床：一种可以折叠的轻便坐具。又称“交床”“交椅”“绳床”。

清平乐

周晋

图书一室，香暖垂帘密。花满翠壶熏研席[①]，睡觉满窗晴日[②]。　　手寒不了残棋，篝香细勘唐碑[3]。无酒无诗情绪，欲梅欲雪天时。

【说明】

这首词写的是学者闲适自得的书斋生活。时令是残冬，地点为室内，几案上堆满各种各样的书籍，窗台上放着一瓶芳香四溢的鲜花，帘幕低垂，屋子里遮得密密实实，温暖如春，环境优雅得很。主人公起得很晚，拉开窗帘一看，原来太阳已经老高了。不是他贪睡懒觉，只因为昨夜下棋睡得太晚，请看桌子上那盘残棋还没有来得及收拾哩！稍事漱洗，便燃上炉香，伏案校勘起唐人碑帖来了。作者为宋末著名词人周密之父，是一位知识渊博的学者，藏书四万二千余卷及三代以来金石之刻一千五百余种，日事校雠，乐此不倦。本篇笔调淡雅，意境幽静，生动地反映了一位热爱中国传统文化的学者的日常生活，读来别有一番情趣。

【注释】

①研席：亦作“砚席”，砚台和坐席。 ②睡觉：睡醒。 ③篝：熏笼。

水调歌头

荣樵仲

既难求富贵，何处没溪山？不成天也、不容我去乐清闲。短褐宽裁疏葛[1]，柱杖横拖瘦玉[2]，着个竹皮冠[3]。弄影碧霞里，长啸翠微间[4]。　醉时歌，狂时舞，困时眠。翛然自得[5]，了无一点俗相干。拟把清风明月，剪作长篇短阕，留与世人看。待倩月边女[6]，归去借青鸾[7]。

【说明】

由于仕途坎坷，功名富贵难求，于是转而退隐溪山，这是封建时代一部分知识分子的“必由之路”。作者看破了“红尘”，说得也很坦率。既然当权者嫉贤妒能，排斥异己，朝廷没有我们的立足之地，难道老天也容不得我们，不让我们回到林泉，乐得清闲清闲？你看，归来之后，生活多么自由自在：身着粗服，手携竹杖，头上还戴着个“竹皮冠”。醉了高歌一曲，狂时起舞一阵，困了睡他一觉，真是无拘无束，一点不受尘世间争名逐利的庸俗之风的干扰。不但如此，我还要把这美妙的自然风光描绘下来，剪裁成“长篇短阕”，留给后人去欣赏哩！此阕描写闲适生活，语言疏快，笔调潇洒，如江上之清风明月，读之爽然。

【注释】

①疏葛：指粗布。葛，植物名，茎皮纤维可织葛布。 ②瘦玉：竹的美称。 ③竹皮冠：用竹

蔑编的斗笠。 ④翠微：山色青翠貌。 ⑤翛（xiāo 消）然：无拘无束、自由自在的样子。 ⑥月边女：指月中仙子。 ⑦青鸾：传说中凤凰一类的神鸟。范传正《谢真人还旧山》诗："白鹿行为卫，青鸾舞自闲。"

沁园春

张　辑

予顷游庐山，爱之，归结屋马蹄山中，以庐山书堂为扁。包日庵作记，见称庐山道人，盖援涪翁山谷例。黄叔豹谓予居鄱，不应舍近取远，为更东泽。黄鲁庵诗帖往来[①]，于东泽下加以诗仙二字。近与冯可迁遇于京师[②]，又能节文，号予东仙，自是诗盟遂以为定号。十年之间，习隐事业，略无可记，而江湖之号凡四迁。视人间朝除夕缴者[③]，真可付一笑。对酒而为之歌曰：

东泽先生，谁说能诗？兴到偶然。但平生心事，落花啼鸟；多年盟好，白石清泉。家近宫亭，眼中庐阜[④]，九叠屏开云锦边[⑤]。出门去，且掀髯大笑，有钓鱼船。　一丝风里婵娟[⑥]，爱月在沧波上下天。更从书观遍，笔床静昼；篷窗睡起，茶灶疏烟。黄鹤来迟，丹砂成未，何日风流葛稚川[⑦]？人间世，听江湖诗友，号我东仙。

【说明】

这首词抒写作者隐居山中的闲适情怀。序言用优美的文字叙述了十年的"习隐事业"以及流连诗酒、悠闲自得的生活。又以四易其号比喻朝廷用人"朝除夕缴"的可笑做法，说明他并非忘情于世之人，大概也是由于仕途不得意才被迫退隐江湖的。词的笔调疏快，风格飘逸，将隐士的风度和情怀描绘得十分生动真切。

【注释】

①黄鲁庵：黄师参，字子鲁，号鲁庵。 ②冯可迁：冯去非，字可迁，号深居，南康都昌（今属江西省）人。淳祐元年（1241）进士。 ③朝除夕缴：早上任命，晚上就收回。即朝令夕改之意。除，拜官授职。缴，交回（成命）。 ④庐阜：庐山。 ⑤九叠屏：又名屏风叠。在庐山三叠泉之东北，屏下即九叠谷。层峰叠翠，鄱湖黛光，山川秀丽，景色宜人。 ⑥婵娟：指月亮。 ⑦葛稚川：东晋道教理论家、医学家、炼丹术家，葛洪，字稚川，自号抱朴子，丹阳句容（今属江苏省）人。

二十五、贬谪流徙

临 江 仙

夜归临皋[①]

苏 轼

夜饮东坡醒复醉[②]，归来仿佛三更。家童鼻息已雷鸣。敲门都不应，倚杖听江声。　　长恨此身非我有[③]，何时忘却营营[④]！夜阑风静縠纹平[⑤]。小舟从此逝，江海寄余生。

【说明】

此词作于元丰五年（1082）秋，苏轼被贬黄州时。据叶梦得《避暑录话》载：“子瞻在黄州……复与数客饮江上，夜归，江面际天，风露浩然，有当其意，乃作歌辞，所谓‘夜阑风静縠纹平。小舟从此逝，江海寄余生’者，与客大歌数过而散。翌日，喧传子瞻夜作此辞，挂冠服江边，拏舟长啸去矣。郡守徐君猷闻之，惊且惧，以为州失罪人，急命驾往谒，则子瞻鼻鼾如雷，犹未兴也。然此语卒传至京师，虽裕陵（神宗）亦闻而疑之。”上片叙事，写夜饮东坡，醉归临皋，敲门不应，依杖谛听江涛之声。下片抒感，慨叹身不由己，幻想逃出名利是非之地，独自驾着一叶扁舟，弃官归隐江湖。词中既流露出作者贬谪生活中的苦闷心情，也反映了他旷达的胸襟怀抱，笔势飘逸，意境幽远，很能体现东坡词的艺术风格。

【注释】

①临皋：地名，在黄冈县南长江边，作者被贬黄州时曾寓居于此。　②东坡：本来是黄州的营地，原为一块荒地，苏轼谪居黄州时于此开垦种植，并取名曰“东坡”，同时还筑了一所“雪堂”，常在这里饮酒赋诗。后来作者更以“东坡”为自己的别号。　③此身非我有：这句用道家思想来说明自己当时行动不得自由的处境。《庄子·知北游》：“舜问乎丞曰：‘道可得而有乎？’曰：‘汝身非汝有也，汝何得有夫道？’舜曰：‘吾身非吾有也，孰有之哉？’曰：‘是天地之委形也。’”　④营营：往来不绝貌。引申为为名利而奔忙。《庄子·庚桑楚》：“无使汝思虑营营。”　⑤縠（hú 胡）纹：形容水面微波。縠，有皱纹的纱。

满庭芳

苏轼

元丰七年四月一日，余将去黄移汝①，留别雪堂邻里二三君子，会李仲览自江东来别②，遂书以遗之。

归去来兮，吾归何处？万里家在岷峨③。百年强半，来日苦无多④。坐见黄州再闰⑤。儿童尽楚语吴歌⑥。山中友，鸡豚社酒，相劝老东坡⑦。　　云何？当此去，人生底事⑧，来往如梭。待闲看，秋风洛水清波⑨。好在堂前细柳，应念我、莫剪柔柯⑩。仍传语，江南父老⑪，时与晒渔蓑。

【说明】

苏轼被贬黄州四年有余，一旦奉命即将离开此地前往汝州，殊觉怅然，千头万绪一时涌上心头。想到年近半百，有家难归，至今仍以戴罪之身流转异乡，不禁发出了“归去来兮，吾归何处”的深沉慨叹。又想到在黄州与邻里相处融洽，结识了许多山野里的朋友，孩子们对这里的生活环境也习惯了，满口方言土语，真是舍不得离开啊！说不定什么时候我还会重返黄州，甚至终老于此，因此临别时频频嘱咐父老乡亲们：看在朋友的情分上，替我照料照料东坡故居，我在门前种的那几棵小柳树不要让人给砍了，天晴的时候请把我的渔蓑拿出来晒一晒。全词即兴抒感，情真意切，如话家常，虽有去国怀乡之感，读来却使人觉得哀而不伤。

【注释】

①去黄移汝：离开黄州，调往汝州（今河南临州）。神宗元丰七年（1084）三月，苏轼接到由黄州团练副使改调汝州团练副使的诏命。　②李仲览：名翔。此时他奉杨元素之命前来看望苏轼。　③岷峨：指四川的岷山和峨眉山。　④来日苦无多：未来的日子实在不太多了。韩愈《除官赴阙至江州寄鄂岳李大夫》诗：“年皆过半百，来日苦无多。”　⑤再闰：两次逢闰年。旧历三年一闰，苏轼在黄州四年多，从元丰三年（闰九月）至元丰六年（闰六月）两次遇到闰年。　⑥楚语吴歌：指黄州一带的土语方音。　⑦老东坡：终老于东坡。　⑧底事：何事。　⑨洛水：又称洛河，源出陕西，流经河南。　⑩柔柯：柔嫩的枝条。　⑪江南：这里是指黄州地区的长江南岸一带。苏轼在黄州时常到南岸游览，与当地父老有交往。

踏 莎 行

秦 观

雾失楼台，月迷津渡①。桃源望断无寻处②。可堪孤馆闭春寒，杜鹃声里斜阳暮。　　驿寄梅花③，鱼传尺素④。砌成此恨无重数⑤。郴江幸自绕郴山⑥，为谁流下潇湘去⑦？

【说明】

秦观被贬是由于他和苏轼关系密切而受到株连，加给他的罪名如“增损实录”“写佛书”等，都是望风捕影、诬枉不实之词。本篇大约是哲宗绍圣四年（1097）春，作者由处州“削秩徙郴州”后所作。词以凄婉的笔调，抒写迁客贬徙生活中的愁苦之情，意境苍凉，含思深永，表达了词人身陷囹圄、有苦难言的隐衷。上片寓情于景，从入目所见和入耳所闻两方面着笔，抒发作者谪居边荒、流落他乡的惆怅和怨悱。下片直抒胸臆，表达对亲友的思念，结拍两句借山怨水，以江水之无情，反衬自己离乡背井的孤独寂寞之感。词人将无知的江水拟人化，幸其回绕，惜其北流，寓至情于不合理的发问中，曲折深婉，含蕴无穷。全篇层次分明，两片起处平叙，第三句一顿，结拍融情入景，妙在欲言不言之间。虽为小令，写法却与慢词相似。

【注释】

①津渡：渡口。　②桃源：指桃花源。东晋陶潜作《桃花源记》，谓有渔人从桃花源入一山洞，见秦时避乱者的后裔聚居其间，生活安适，出来后便再也找不到了。后来称避世隐居的地方为“世外桃源”。　③驿寄梅花：古代有折梅相赠的习俗，以表示对远方友人的怀念。据《荆州记》：“陆凯与范晔相善，自江南寄梅花一枝诣长安与晔。赠诗曰：‘折梅逢驿使，寄与陇头人。江南无所有，聊赠一枝春。’”　④鱼传尺素：古乐府诗《饮马长城窟行》：“客从远方来，遗我双鲤鱼。呼儿烹鲤鱼，中有尺素书。”尺素，长短约一尺的素绢，古人用来写信。后世便称书信为“尺素”。⑤砌：堆积。　无重数：数不尽。　⑥郴（chēn 嗔）江：亦名郴水，源出湖南郴县东黄岑山，北流至郴口入耒水。　幸自：本自。　⑦为谁：为何，为什么。　潇湘：潇水和湘水，湖南境内的两条河名。潇水在零陵萍州与湘江合流。

如 梦 令

秦 观

遥夜沉沉如水①，风紧驿亭深闭②。梦破鼠窥灯③，霜送晓寒侵被。无寐，无寐，门外马嘶人起。

【说明】

本篇系词人贬徙途中，夜宿寒荒驿舍所作。长夜漫漫，霜风凄紧，饥鼠窥灯，难以安眠。天刚破晓，门外驿马长嘶，人声嘈杂，艰苦的长途跋涉又将开始。全词寓情于景，通过环境的描写和景物的烘托，将旅人的苦况和牢落失意之情表达得十分真切感人。

【注释】

①遥夜：长夜。 沉沉：深沉、寂静。 ②驿亭：古代旅途歇宿之处。 ③梦破：梦醒。

阮郎归

秦观

湘天风雨破寒初，深沉庭院虚。丽谯吹罢小单于①，迢迢清夜徂②。 乡梦断，旅魂孤。峥嵘岁又除③。衡阳犹有雁传书，郴阳和雁无④。

【说明】

这首词是秦观被贬徙郴州时所作。时值岁暮，久贬在外，音书全无，词人深感孤独寂寞。此阕上片叙述除夕之夜长夜难眠的苦况，下片抒发思亲怀乡之情。语浅意深，曲折含蓄，情调凄恻，表达了作者谪居生活中难以排遣的愁怀和哀伤。

【注释】

①丽谯：华丽的城楼。 小单于：唐代乐曲名。 ②迢迢：长久貌。 徂：消逝。 ③峥嵘：不寻常。 ④和雁无：连传书的大雁也没有。

临江仙

信州作

晁补之

谪宦江城无屋买①，残僧野寺相依②。松间药臼竹间衣。水穷行到处，云起坐看时③。 一个幽禽缘底事④，苦来醉耳边啼？月斜西院愈声悲。青山无限好，犹道不如归⑤。

【说明】

作者为“苏门四学士”之一，哲宗绍圣末因受新旧党争牵连，以“修神宗实录失实”的罪名，曾被贬监处、信二州酒税。此阕即为谪宦信州（今江西上饶）时所作。词的上片描写贬居江城，环境荒僻，生活困窘，无所事事，只好游山玩水，与野寺残僧相往来。字里行间流露出孤独寂寞之感。下片通过“幽禽”悲啼，抒发宦途失意，不如归隐故园的苦闷心情。词中借景写意，托物抒情，音调凄清，善于化用前人成句，如实地表达了作者“谪宦江城”时的悲苦心境。

【注释】

①江城：指信州，因在信江之滨，故云。 ②残僧野寺：形容山寺地处荒野，僧人很少。杜甫《山寺》诗：“野寺残僧少。” ③这两句用王维《终南别业》诗句：“行到水穷处，坐看云起时。” ④幽禽：深山中的鸟，这里是指杜鹃鸟。 ⑤这两句用范仲淹《越上闻子规》诗原句。

行 香 子

赵 鼎

草色芊绵①，雨点阑斑②。糁飞花、还是春残③。天涯万里，海上三年④。试倚危楼，将远恨、卷帘看。 举头见日，不见长安⑤。谩凝眸、老泪凄然。山禽飞去，榕叶生寒⑥。到黄昏也，独自个，尚凭阑。

【说明】

赵鼎在高宗绍兴年间曾两度入相，因力主抗金、反对议和而遭秦桧迫害，被贬谪到漳州、潮州和吉阳等地。后因忧愤国事，绝食而死。本篇为他被贬后所作。词中寓情于景，抒发了作者流落天涯的凄凉心情。暮春倚楼，黄昏凭栏，举头北望，浮云蔽日，不见长安，老泪横流，愁思满怀，流露出深深眷恋君国、愤恨权奸的思想感情。

【注释】

①芊绵：草木蔓衍丛生貌。 ②阑斑：斓斑。形容颜色错杂灿烂。 ③糁：饭粒，引申为散粒。糁飞花，即飞花点点的意思。 ④海上：作者被贬广东、福建一带，地处南海之滨，故曰“海上”。⑤长安：指南宋行都临安。李白《登金陵凤凰台》诗：“总为浮云能蔽日，长安不见使人愁。”⑥榕：常绿乔木，盛产于福建、广东一带。

沁园春

江西道中

吴潜

落雁横空，乱鸦投树，孤村暮烟。有渔翁拖网，牧儿戴笠，行从水畔，唱过山前。雨阁还垂[①]，云低欲堕，何处行人唤渡船。萧萧处，更柴门草店，竹外松边。

凄然，倚马停鞭。叹客袂征衫岁月迁。既不缘富贵[②]，功名系绊[③]；非因妻子，田宅萦牵。只有寸心，难忘斯世，磊块轮囷知者天[④]。愁无奈，且三杯浊酒，一枕酣眠。

【说明】

作者是南宋后期一位有抱负的爱国志士，曾任枢密使兼右丞相等，后被论劾贬谪，死于循州（今广东惠阳）。此词可能是他流徙途中所作。上片写景，从行人眼中描绘出一幅生动的农村风物图。下片抒感，表达“难忘斯世”、忧国忧民的情怀。自己不为名、不为利，一片忠心不被理解，因而感到抑郁凄然，只好以酒浇愁，在梦中去寻求暂时的解脱。

【注释】

①雨阁：雨停。 ②不缘：不是为了。 ③系绊：拘系、约束。 ④磊块：亦作“块磊”“垒块”，比喻郁积在心胸中的不平之气。 轮囷（qūn）：高大貌。

二十六、怀古咏史

双 声 子

柳 永

晚天萧索，断蓬踪迹，乘兴兰棹东游。三吴风景①，姑苏台榭②，牢落暮霭初收③。夫差旧国④，香径没、徒有荒丘。繁华处，悄无睹，惟闻麋鹿呦呦⑤。　想当年，空运筹决战，图王取霸无休。江山如画，云涛烟浪，翻输范蠡扁舟⑥。验前经旧史，嗟漫载、当日风流。斜日暮草茫茫，尽成万古遗愁⑦。

【说明】

此阕为作者乘兴东游，途经姑苏时的怀古之作。上片写景，叙述词人迎着萧瑟的秋风，在“暮霭初收”之时，乘船来到“夫差旧国”，三吴风光名不虚传，楼台亭阁依稀可辨，然而当年吴宫的繁华景象早已渺无踪迹，眼前所见唯有一片麋鹿哀鸣的荒凉山丘。下片抒发怀古之情，追忆吴越争霸，慨叹夫差不听忠言，沉湎声色，荒淫无度，中了范蠡的美人计，终于招致灭亡，断送了如画的江山。这段历史给后人留下了无穷的感慨和深刻的教训。全篇意境深沉，格调苍凉，语言精练，结构严密，过渡自然，且多用双声叠韵，是《乐章集》中别具一格的佳作。

【注释】

①三吴：古以吴兴、吴郡、会稽为三吴，这里是泛指江南地区。　②姑苏：苏州的别称。因西南有姑苏山得名，古姑苏台在其上。　③牢落：稀疏零落貌。　暮霭：傍晚的云雾。　④夫差：春秋末年吴国君主，吴王阖闾之子。后被越王勾践打败，亡国自杀。　⑤麋鹿：四不像。过去认为它角似鹿非鹿，头似马非马，身似驴非驴，蹄似牛非牛，故名“四不像”。　呦呦（yōu 优）：鹿鸣声。据《史记·淮南衡山列传》载，伍子胥曾愤然对吴王夫差说：“臣今见麋鹿游姑苏之台也。”由于夫差不听忠言，后来果然被越王勾践打败，吴国也灭亡了。后人以麋鹿游于姑苏台比喻亡国。　⑥范蠡：春秋末越国大夫。越为吴所败，曾赴吴为质二年。回越后助越王勾践发愤图强，灭亡吴国。后化名陶朱公泛舟游于江湖。　⑦遗愁：遗恨。

桂枝香

金陵怀古①

王安石

登临送目，正故国晚秋②，天气初肃③。千里澄江似练④，翠峰如簇⑤。归帆去棹残阳里⑥，背西风、酒旗斜矗⑦。彩舟云淡，星河鹭起⑧，画图难足。　念往昔、繁华竞逐，叹门外楼头⑨，悲恨相续。千古凭高，对此谩嗟荣辱⑩。六朝旧事随流水⑪，但寒烟、衰草凝绿⑫。至今商女⑬，时时犹唱，后庭遗曲⑭。

【说明】

本篇是王安石词作中传诵最广、备受称赞的一首。据说当时用同一词调抒写“金陵怀古”的人，共有三十余家，唯独此阕沉雄悲壮，感慨最深，因此被杨湜《古今词话》称为“绝唱”。词的上片写景状物，下片怀古抒感，结构层次极为分明。全篇围绕“金陵怀古”的命题，俯仰山河，纵论古今，寄托了作者深沉的忧国之情。词中融写景、叙事、抒情和议论于一体，立意高远，见解深刻，意脉清晰，层次井然，富于现实意义。开篇用“故国”代指金陵，为怀古张本，过变十分自然。化用前人诗句稳妥帖切，无凝滞吞剥之感。风格雄健峭拔，一洗五代和宋初的软媚之风，所以受到苏轼的高度评价。南宋格律派词人张炎也认为这首词“清空中有意趣，无笔力者未易到”（《词源》）。在宋人怀古词中确实堪称佳作。

【注释】

①金陵：古邑名。战国楚威王七年（前333）灭越后置。故址在今江苏南京清凉山。后人因作为今南京市的别称。南京古代又称秣陵、建业、建康、江宁等，曾为三国吴、东晋、宋、齐、梁、陈及五代南唐的都城。　②故国：旧都，此指金陵。　③肃：肃杀，形容秋季草木摇落，景物萧瑟。④练：白绸。　⑤簇（cù促）：聚集，簇拥。引申为簇聚之物。　⑥棹：船桨，代指船。　⑦酒旗：酒店门前挂的布帘，又称酒帘。　斜矗：歪斜地竖着。　⑧星河：银河、天河，这里借指长江。⑨门外楼头：唐杜牧《台城曲》：“门外韩擒虎，楼头张丽华。”大意是，当隋朝大将韩擒虎带兵攻入金陵朱雀门时，陈后主（叔宝）还在宫中的结绮阁上与其宠妃张丽华寻欢作乐。以上两句，慨叹六朝统治者奢侈淫逸，因而相继亡国，演出了一幕又一幕历史悲剧。　⑩谩嗟：徒然感叹。　⑪六朝：东吴、东晋、宋、齐、梁、陈六个朝代。　⑫凝绿：凝聚成暗绿色。　⑬商女：卖唱的歌女。⑭后庭遗曲：指陈后主所作的艳曲《玉树后庭花》。后人视为亡国之音。

浪淘沙令

王安石

伊吕两衰翁[1]，历遍穷通[2]。一为钓叟一耕佣[3]。若使当时身不遇，老了英雄。　　汤武偶相逢[4]，风虎云龙[5]。兴王只在笑谈中[6]。直至如今千载后，谁与争功[7]？

【说明】

伊尹和吕尚是古代两位著名的贤相，他们能兴邦立业，扬名青史，除了本身具有出类拔萃的才智而外，另一个重要原因是他们虽然历尽坎坷，但终于遇到了像成汤和周武这样善于识拔人才的明君。在封建社会，更多的有志之士则是“磻溪未遇，傅岩未起”（文及翁《贺新郎·游西湖有感》），埋没山林，“老了英雄”。词中通过对这两位古人生平遭遇的咏叹，表达了作者希望得到明君的赏识和重用，以便一展宏图，为国家建立千秋不朽的功业。

【注释】

①伊吕：伊，即伊尹，商初大臣。名伊，尹是官名。传说是奴隶出身，曾佣耕于莘（在今河南开封附近）。商汤娶有莘氏之女，他作为陪嫁而归商，后来受到汤王重用，助商攻灭夏桀，成为开国功臣。吕，即吕尚，姜姓，吕氏，名尚，字子牙，号“太公望”，又称姜太公。曾隐居垂钓于磻溪（在今宝鸡县东南），后遇周文王，并协助武王灭商兴周。　②穷通：穷，困窘。通，通达，顺利。③耕佣：受人雇佣，从事耕作，指伊尹曾为奴隶。　④汤武：汤，即成汤，商朝的建立者。武，即周武王姬发，周朝的建立者。　⑤风虎云龙：《易·乾·文言》：“云从龙，风从虎，圣人作而万物睹。”意为云从龙生，风从虎起，比喻明君得到贤臣，贤臣遇到明君。　⑥兴王：指辅佐帝王，兴邦立业。　⑦谁与争功：有谁能和他们的功业相比呢？

念　奴　娇

赤壁怀古[1]

苏　轼

大江东去[2]，浪淘尽、千古风流人物[3]。故垒西边[4]，人道是、三国周郎赤壁。乱石崩云[5]，惊涛裂岸[6]，卷起千堆雪。江山如画，一时多少豪杰。　　遥想公瑾当年[7]，小乔初嫁了[8]，雄姿英发[9]。羽扇纶巾[10]，谈笑间，樯橹灰飞烟灭[11]。故国神游⑫，多情应笑我⑬，早生华发⑭。人间如梦⑮，一樽还酹江月⑯。

【说明】

这首词是宋神宗元丰五年（1082），苏轼被贬黄州，游览赤壁时写的。全篇将写景、怀古和抒情结合在一起，大开大合，纵横古今，意境宏阔，气势不凡，是豪放词风的代表作。词的内涵丰富，容量很大，但作者善于剪裁，无论是摹写江山或赞咏历史人物，都能抓住对象的特征，略加点染，便描绘得栩栩如生，如在目前，使读者恍如身临其境。词的起结至关重要，此阕开篇两句高屋建瓴，气势磅礴，笼盖全篇，蕴涵怀古之意。煞拍以“一樽还酹江月”作结，首尾照应，言虽止而意未尽。两片之间用化入法过渡，由“一时多少豪杰”引出“公瑾当年”，转换自然，意脉不断，艺术造诣很高。据俞文豹《吹剑续录》载：“东坡在玉堂，有幕士善讴，因问：‘我词比柳词何如？’对曰：‘柳郎中词，只好十七八女孩儿，执红牙拍板，唱“杨柳外晓风残月”；学士词须关西大汉，执铁板，唱“大江东去”。’公为之绝倒（大笑）。”可见它是苏轼生平的得意之作，堪称“千古绝唱”，对宋词的发展演变具有重大意义。

【注释】

①赤壁：山名，共有五处，皆在湖北省境内。其中著名的两处，一在今蒲圻县赤壁乡，是三国时东吴大将周瑜打败曹操百万雄兵的地方；另一处在黄冈县城西北，亦名赤鼻矶。苏轼所游赤壁为后者，而非前者。《韵语阳秋》：“黄州亦有赤壁，但非周瑜所战之地……东坡……故作长短句云：‘人道是、三国周郎赤壁’，谓之‘人道是’，则心知其非矣。” ②大江：此指长江。 ③浪淘尽：大浪淘沙，一洗而空。 风流人物：潇洒、倜傥的杰出人物。 ④故垒：古代的营垒。 ⑤乱石崩云：陡峭的石壁，直插蓝天，好像利刃一样将云霞割裂得支离破碎。别本作“乱石穿空”。 ⑥惊涛裂岸：汹涌咆哮的洪波巨浪，仿佛要把堤岸冲裂似的。别本作“惊涛拍岸”或“惊涛掠岸”。 ⑦公瑾：周瑜字公瑾。 ⑧小乔：三国时乔玄有二女，人称大乔、小乔。大乔嫁给孙策，小乔嫁给周瑜。乔，陈寿《三国志》作“桥”。 ⑨英发：英气奋发，卓越不凡。 ⑩羽扇：用羽毛做的扇子。 纶（guān 关）巾：青丝做的头巾。这句形容儒将的风度。 ⑪樯橹：指战船。樯，桅杆。橹，船桨。樯橹，一作“强虏”。 ⑫故国神游：神游故国。故国，故地，指赤壁古战场。 ⑬多情应笑我：“应笑我多情”的倒装。 ⑭华发：花白的头发。 ⑮人间：亦作“人生”。 如梦：亦作“如寄”。 ⑯樽：酒杯。 酹（lèi 类）：以酒浇地，表示祭奠。

望海潮

广陵怀古

秦观

星分牛斗①，疆连淮海，扬州万井提封②。花发路香，莺啼人起，珠帘十里东风③。

豪俊气如虹[4]，曳照春金紫[5]，飞盖相从[6]。巷入垂杨，画桥南北翠烟中[7]。　追思故国繁雄。有迷楼挂斗[8]，月观横空[9]。纹锦制帆[10]，明珠溅雨[11]，宁论爵马鱼龙[12]！往事逐孤鸿，但乱云流水，萦带离宫[13]。最好挥毫万字，一饮拚千钟[14]。

【说明】

广陵，古县名，秦置，治所在今江苏扬州市，后便成为扬州的别称。扬州北临淮水，东濒大海，故有“淮海惟扬州”之说。从隋朝开通运河以来，扬州迅速发展成为我国东南地区交通便利，经济和文化繁荣的大都市。这首词作于宋神宗元丰三年（1080），秦观“如越省亲”归来之翌年。上片描绘扬州的地理形势和繁华景象，为北宋承平时期的名都留下了一幅艺术剪影，与南宋词人姜夔笔下遭受战火焚毁的扬州，形成鲜明的对照。下片抒发怀古之情，对隋炀帝巡幸江都的奢侈生活含有微词，同时也寄寓着词人的迷惘心绪和身世之感。全篇用典较多，而情感却不甚浓烈。

【注释】

①星分牛斗：古人认为地上各州郡邦国与天上星座代表的一定区域相对应，就天文说称分星，就地上说谓分野。牛斗：指二十八宿中的牛宿和斗宿。这句说扬州地处天上牛斗二宿星分之处。　②万井：犹言村落、人口很多。古制八家为井，引申为乡里、家宅。　提封：亦作“堤封”。大凡、总共的意思。　③珠帘：珍珠缀成或饰有珍珠的帘子。这句化用杜牧《赠别》“春风十里扬州路，卷上珠帘总不如”诗意。　④豪俊：才智出众的人。　气如虹：谓其气概不凡。　⑤曳照春金紫：谓达官显贵佩戴着光耀夺目的金章紫绶。　⑥飞盖相从：带有车盖的车子飞驰相随。　⑦翠烟中：烟雾迷离的绿荫丛中。　⑧迷楼：隋炀帝所建的楼名。韩偓《迷楼记》：“凡役夫数万，经岁而成……人误入者，虽终日不能出。帝幸之，大喜，顾左右曰：‘使真仙游其中，亦当自迷也。可目之曰迷楼。”　挂斗：谓北斗星仿佛挂在其上，形容迷楼之高。　⑨月观：观名。故址在扬州市。传刘宋徐湛之曾建风亭、月观。《大业拾遗记》：“帝幸月观，烟景清朗。”　⑩纹锦：有花纹的丝织品。隋炀帝幸江都时所乘龙舟，以锦缎做帆。　⑪明珠溅雨：谓珍珠像雨点似地抛洒。杨慎《词品》引《隋遗录》：“炀帝命宫女洒明珠于龙舟上，以拟雨雹之声。”　⑫爵马鱼龙：指杂技一类的表演。爵，通“雀”。《汉书·西域传赞》：“漫衍鱼龙角抵之戏以观视之。”　⑬萦带：缠绕。　离宫：皇帝正宫以外临时居住的宫室。　⑭拚：不顾惜。　千钟：千杯。这两句意谓，最好能开怀畅饮，挥笔奋力疾书。欧阳修《朝中措》：“文章太守，挥毫万字，一饮千钟。”

西　　河

金陵怀古

周邦彦

佳丽地[1]，南朝盛事谁记[2]？山围故国绕清江[3]，髻鬟对起[4]。怒涛寂寞打孤城[5]，风樯遥度天际[⑥]。　　断崖树，犹倒倚，莫愁艇子曾系[⑦]。空余旧迹郁苍苍[⑧]，雾沉半垒[⑨]。夜深月过女墙来[⑩]，伤心东望淮水[⑪]。　　酒旗戏鼓甚处市？想依稀、王谢邻里[⑫]。燕子不知何世，向寻常巷陌人家[⑬]，相对如说兴亡，斜阳里。

【说明】

此阕围绕金陵故都和六朝旧事，抒发怀古之情。前段赞山河之壮丽，中段叙历史之遗迹，后段就眼前所见抒兴亡之感。三叠非以时间为序，而是多重感受的组合。全篇意象浑成，疏密相间，尤善融化前人诗句，如自己出。梁启超谓“读此词，可见此中三昧”（《艺蘅馆词选》）。

【注释】

①佳丽地：指金陵。谢朓《入朝曲》：“江南佳丽地，金陵帝王州。”　②南朝：指建都于金陵的六个朝代，即三国东吴、东晋、宋、齐、梁、陈。　③故国：故都，指金陵。　清江：指长江。　④髻鬟：古代妇女的发髻。鬟，环形发髻。　⑤孤城：指金陵。以上数句化用刘禹锡《金陵五题·石头城》诗意：“山围故国周遭在，潮打空城寂寞回。”　⑥风樯：指帆船。樯，桅杆。　⑦莫愁：传说南朝时的女子。古乐府《莫愁乐》：“艇子打两桨，催送莫愁来。”今南京水西门外有莫愁湖。或谓莫愁乃石城（今湖北钟祥）人或洛阳人，后误为金陵人。以上三句说，莫愁系艇的古树，如今还横倒在陡峭的山崖上。　⑧郁苍苍：形容树木青葱茂盛。　⑨雾沉半垒：雾气笼罩着旧时的营垒，只能看到其中的一部分。　⑩女墙：城墙上的矮墙。刘禹锡《金陵五题·石头城》：“淮水东边旧时月，夜深还过女墙来。”　⑪淮水：这里指秦淮河。　⑫王谢：指东晋时的两个世家大族，都住在金陵乌衣巷一带。　⑬巷陌：街巷。刘禹锡《金陵五题·乌衣巷》：“朱雀桥边野草花，乌衣巷口夕阳斜。旧时王谢堂前燕，飞入寻常百姓家。”

喜迁莺

晋师胜淝上[①]

李纲

长江千里，限南北、雪浪云涛无际[②]。天险难逾[③]，人谋克敌[④]，索虏岂能吞噬[⑤]！阿坚百万南牧[⑥]，倏忽长驱吾地[⑦]。破强敌，在谢公处画[⑧]，从容颐指[⑨]。　　奇伟。淝水上，八千戈甲[⑩]，结阵当蛇豕[⑪]。鞭弭周旋[⑫]，旌旗麾动[⑬]，坐却北军风靡[⑭]。夜闻数声鸣鹤[⑮]，尽道王师将至。延晋祚[⑯]，庇烝民[⑰]，周雅何曾专美[⑱]。

【说明】

李纲以历代重大事件，特别是著名的战争为题材，创作了一组（共八首，其一为残句）咏史词，借以表达他的历史观和对待现实斗争的态度。这首反映秦晋淝水之战的《喜迁莺》，便是其中的一篇。东晋孝武帝太元八年（383），前秦苻坚亲率九十万军队，大举南下，企图一举灭晋。晋相谢安派谢玄等率兵迎战，结果在淝水大败秦军，取得了以弱敌强、以少胜多的巨大胜利。作者歌颂淝水之战的胜利，目的在于以古喻今，激励南宋君臣不畏强敌，坚持抗金，为光复失地、统一国土而战。词中叙事简明，语言精练，章法严谨，层次井然，风格雄健，是咏史词中的一篇力作。

【注释】

①淝上：淝水之滨。淝水，淮河支流，在安徽境内。 ②限：阻隔，界限。这句说长江白浪滔滔、波涛滚滚，将南方和北方分割开来。 ③逾：越过。 ④人谋克敌：谓人的谋略可以克敌致胜。克敌，一作“克壮”。 ⑤索虏：南北朝时南朝对北朝的辱称。《宋书》有《索虏传》。 ⑥阿坚：指十六国时前秦皇帝苻坚。坚字永固，一名文玉，略阳临渭（今甘肃秦安东南）人，氐族，357—385年在位。 南牧：南侵。 ⑦倏（shū 梳）忽：转眼之间，突然。 ⑧谢公：指谢安。 处画：处理筹划。 ⑨颐指：以下巴的动向示意，进行指挥。这里是形容谢安指挥若定。 ⑩八千戈甲：指谢玄率领八千精兵渡淝作战，大破秦军。 ⑪蛇豕：毒蛇和野猪，比喻凶残的敌人。 ⑫鞭弭：挥鞭驾车前进。弭（mǐ 米），弓末的弯曲处，以象骨为之，可作解辔之用。 周旋：追随驰逐，指应战而言。 ⑬麾：古代用以指挥军队的旗帜。 ⑭风靡：望风披靡。 ⑮鸣鹤：风声鹤唳之意。苻坚败退，见八公山的草木，以为都是晋军，听到风声鹤叫也以为是晋兵追来。 ⑯祚：皇位，国统。 ⑰烝民：众多的百姓。 ⑱周雅：指《诗经》“大雅”和“小雅”中赞颂周宣王派兵征伐西戎、猃狁的诗篇。这句说周宣王抵御外侮、使周室中兴的美事，并非专有，谢安指挥淝水之战，打败强敌进攻，使晋朝转危为安，也是值得赞美的。

诉衷情令

长安怀古

康与之

阿房废址汉荒丘①，狐兔又群游。豪华尽成春梦，留下古今愁。　　君莫上，古原头②，泪难收。夕阳西下，塞雁南飞③，渭水东流④。

【说明】

此阕当作于南渡之前。词人来到古都长安，昔日豪华的秦宫汉苑早已荡然无存，眼前只见一片废址荒丘，狐兔成群而游，不禁慷慨生哀，写了这首悼古伤今之词。全篇语言明白晓畅，情景交融，在艺术上有一定特色。

【注释】

①阿房：秦宫名，遗址在今西安市西阿房村（俗名郿邬岭）。规模宏大，东西五里，南北千步。秦亡后，毁于兵火。 ②古原头：指乐游原，古地名。在今陕西西安城南、大雁塔东北。本秦宜春苑，西汉宣帝建乐游苑于此，故名。唐时在长安城内，为士女节日游赏胜地。唐李商隐有《乐游原》诗："向晚意不适，驱车登古原。夕阳无限好，只是近黄昏。" ③塞雁：塞北飞来的大雁。 ④渭水：渭河，黄河最大的支流，流经长安附近。

八声甘州

读诸葛武侯传[①]

王　质

过隆中、桑柘倚斜阳[②]，禾黍战悲风[③]。世若无徐庶[④]，更无庞统[⑤]，沉了英雄。本计东荆西益[⑥]，观变取奇功[⑦]。转尽青天粟，无路能通[⑧]。　　他日杂耕渭上[⑨]，忽一星飞堕[⑩]，万事成空。使一曹三马[⑪]，云雨动蛟龙[⑫]。看璀璨、出师一表[⑬]，照乾坤牛斗气常冲[⑭]。千年后，锦城相吊[⑮]，遇草堂翁[⑯]。

【说明】

本篇由读史而引发创作灵感。词中深情地缅怀诸葛亮，高度评价他的《出师表》，在当时是具有现实意义的。南宋作家敬佩诸葛亮，一再赋诗作词咏赞他的事迹，主要是肯定他坚持北伐、统一中原的理想，这对于当时的抗金斗争是有鼓舞作用的。这首词以叙事为主，间杂议论，只有开篇两句是景语，但读来流转自然，情寓理中，因而不觉空泛。

【注释】

①诸葛武侯传：《三国志·蜀书·诸葛亮传》。 ②隆中：地名，因隆中山得名，在今湖北襄阳市西。东汉末年，诸葛亮曾隐居于此。 桑柘：均属桑科植物，叶可饲蚕。 ③战：通"颤"，发抖。悲风：凄厉的风。 ④徐庶：三国时颍川（今河南禹州）人，字元直。初与诸葛亮为友，后归刘备，乃推荐诸葛亮。 ⑤庞统：三国时襄阳（今湖北襄阳）人，字士元。初与诸葛亮齐名，号称凤雏。刘备得荆州，以为谋士，与诸葛亮同任军师中郎将。 ⑥荆：荆州，古代九州之一。汉代辖境约相当于今湖北、湖南两省及河南、贵州、广东、广西的一部分，治所在汉寿（今湖南常德东北）。 益：益州，汉武帝所置十三刺史部之一。辖境约相当于今四川折多山、云南怒山、哀牢山以东，甘肃武都两当、陕西秦岭以南，湖北郧县、保康西北，贵州除东边以外地区。诸葛亮在《隆中

对》中，曾向刘备建议东据荆州，西取益州，联合孙权，对抗曹操，争取统一全国。 ⑦观变：观察形势的变化。诸葛亮在《隆中对》中对刘备说："天下有变，则命一上将将荆州之军以向宛洛，将军身率益州之众以出秦川……诚如是，则霸业可成，汉室可兴矣。" ⑧转：转运。 粟：谷子，泛指粮食。这句说，蜀道艰险，军粮运输极其困难。 ⑨渭上：渭水之滨。诸葛亮北伐时，鉴于粮草运输困难，曾分兵屯田于渭水之滨，与当地居民杂处而耕，为久驻之计。 ⑩一星飞堕：指诸葛亮病死于五丈原军中，相传诸葛亮临死之夜，有"赤而芒角"的大星落在渭南。 ⑪一曹三马："曹"应作"槽"，据传曹操曾梦三马同食一槽。三马，指司马懿、司马师、司马昭父子。 ⑫云雨动蛟龙：蛟龙比喻帝王。云雨兴，蛟龙乘时而动。这句说，诸葛亮一死，司马氏乘机而动，终于篡魏自立，建立了晋朝。 ⑬璀璨：光辉璨烂。 出师一表：诸葛亮北伐前上给后主刘禅的表文。有前后两篇，前表作于蜀建兴五年（227），后表作于次年十一月。 ⑭乾坤：指天地。 牛斗：指牵牛星和北斗星。这两句说，《出师表》光照日月，浩气冲天。 ⑮锦城：锦官城的简称，即今四川成都市。 ⑯草堂翁：指唐诗人杜甫。杜甫避难成都时，曾在浣花溪畔盖草堂寓居。其间，在游成都武侯祠时曾赋七律《蜀相》，悼念诸葛亮，其中有句云："丞相祠堂何处寻？锦官城外柏森森。……出师未捷身先死，长使英雄泪满襟。"

水调歌头

朱 熹

不见严夫子[①]，寂寞富春山[②]。空余千丈危石[③]，高插暮云端。想象羊裘披了，一笑两忘身世，来把钓鱼竿。不似林间翮[④]，飞倦始知还。 中兴主[⑤]，功业就，鬓毛斑。驰驱一世豪杰，相与济时艰[⑥]。独委狂奴心事，不羡痴儿鼎足[⑦]，放去任疏顽[⑧]。爽气动心斗[⑨]，千古照林峦[⑩]。

【说明】

这是一首怀古词。调名下虽未标题，实则是过富春江钓台，为缅怀东汉隐士严光而作。开篇点题，接着三句写景，描绘钓台的环境和形势。"想象"以下，追念严光的生平事迹和精神风貌。结拍抒写作者对严光高风亮节的仰慕之情。此阕或以为系胡明仲所作。

【注释】

①严夫子：谓严光。光字子陵，东汉初会稽余姚（今属浙江省）人。曾与刘秀同学。刘秀即位后，他改名隐居。后被召到京师洛阳，任谏议大夫，辞而不受，归隐于富春山。夫子，古代对男子的敬称。 ②富春山：在浙江桐庐县城西、富春江畔。 ③危石：高崖，指富春山上的钓台，即严光垂钓之处。 ④翮（hé 核）：羽茎，代指鸟。 ⑤中兴主：指东汉光武帝刘秀。 ⑥济时艰：谓

挽回艰难的时事。济，救助，拯救。 ⑦狂奴：指商代贵族、纣王的叔父箕子。《史记·宋微子世家》："（箕子）乃被发佯狂而为奴，遂隐而鼓琴以自悲。" 鼎足：比喻三方并峙，犹如鼎之三足。后以鼎足代指三公。周以司马、司徒、司空为三公，东汉时以太尉、司徒、司空合称三公，为共同负责军政的最高长官。这里是代指高官。以上两句意为，严光不愿为官，甘心隐遁。 ⑧疏顽：疏放愚顽。 ⑨心斗：犹心田。 ⑩林峦：森林和山峦。峦，小而尖的山。

满 江 红

赤壁怀古

戴复古

赤壁矶头，一番过、一番怀古。想当时，周郎年少，气吞区宇①。万骑临江貔虎噪②，千艘列炬鱼龙怒。卷长波、一鼓困曹瞒③，今如许④？ 江上渡，江边路；形胜地，兴亡处。览遗踪、胜读史书言语。几度东风吹世换，千年往事随潮去。问道旁、杨柳为谁春，摇金缕？⑤

【说明】

宁宗嘉定年间，作者五十多岁时曾两次游览黄州赤壁。在一首《满庭芳》词中，他写道："赤壁矶头，临皋亭下，扁舟两度经过。"此阕当作于第二次舟过赤壁矶头之时。词的上片缅怀三国赤壁之战，盛赞周瑜"气吞区宇"、火烧曹兵的雄才大略。下片寻访遗踪，感叹兴亡，抒发忧时伤世之情，表达了作者对时局的深深忧虑。词的风格豪健，语言朴素、自然，是怀古词中的一篇佳作。据《中兴词话》载："戴石屏《赤壁怀古》词……沧洲陈公尝大书于庐山寺。王潜斋复为赋诗云：'千古登临赤壁矶，百年脍炙雪堂词。沧洲醉墨石屏句，又作江山一段奇。'坡仙一词，古今绝唱，今二公为石屏拈出，其当与之并行于世耶！"说明这首词在当时也是颇有影响的。

【注释】

①区宇：疆域，区域，寰宇。 ②貔虎：猛兽，代指军队。貔（pí 皮），古籍中的一种猛兽，或曰似虎，或曰似熊，一名执夷，又名白狐。 ③曹瞒：指曹操。 ④今如许：如今又怎么样呢？⑤金缕：指嫩黄色的柳条。

酹 江 月

武昌怀古

葛长庚

汉江北泻①，下长淮、洗尽胸中今古。楼橹横波征雁远②，谁见鱼龙夜舞？鹦鹉洲云[③]，凤凰池月[④]，付与沙头鹭。功名何处？年年惟见春絮[⑤]。　　非不豪似周瑜[⑥]，壮如黄祖[⑦]，亦随秋风度。野草闲花无限数，渺在西山南浦。黄鹤楼人[⑧]，赤乌年事[⑨]，江汉亭前路。浮萍无据，水天几度朝暮！

【说明】

武昌地处汉水和长江汇合之处，具有悠久的历史、重要的战略地位和许多名胜古迹。这首词是宋宁宗嘉定年间，作者奉召赴阙，路过武昌时所作。开篇由描绘江山引出怀古之情，与东坡《念奴娇·赤壁怀古》的艺术构思相似。词中既列举了周瑜、黄祖，也写到了鹦鹉洲、黄鹤楼等与武昌有关的人物、事件和古迹，这就紧紧扣住了词题。在写景和叙事的基础上，同时也抒发了作者功名不成、云游四方的生活感慨。葛长庚虽然入道修行，却不是一个万事不关心的槛外人，他也有喜怒哀乐，也有烦恼和苦闷，从这首词就可窥见一斑。

【注释】

①汉江：一名汉水，长江最大的支流。源出陕西省宁强县，在湖北武汉市汇入长江。泻，水往下注。　②楼橹：古时军中用以侦察、防御或攻城的高台。这里是指江边的高台。　③鹦鹉洲：在今湖北武汉市西南长江中。相传东汉末江夏太守黄祖之子黄射在此大会宾客，有人献鹦鹉，祢衡作赋，故名。由于江水冲刷，屡被浸没，今鹦鹉洲已非宋以前故地。　④凤凰池：魏晋时中书省，掌管一切机要，因接近皇帝，故称“凤凰池”。　⑤春絮：春天的柳絮。　⑥周瑜：三国吴国名将。字公瑾，庐江舒县（今安徽舒城）人。少与孙策为友，后为建威中郎将。策死，与张昭同辅孙权，任前部大都督。曹操率兵南下，他和鲁肃坚决主战，并亲率吴军大破曹兵于赤壁。　⑦黄祖：东汉末年人，曾为江夏太守。因射杀孙坚，结怨于东吴，孙权以复仇屡攻之。后兵败城陷，为其部下所杀。⑧黄鹤楼：相传始建于三国吴黄武二年（223），历代屡毁屡建，故址在湖北武汉市蛇山的黄鹤矶头。《元和郡县志》：“因矶为楼，名黄鹤楼。”《太平寰宇记》：“昔费祎登仙，每乘黄鹤于此楼憩驾，故号为黄鹤楼。”近年已重建，宏伟壮丽，为武汉名胜之一。　⑨赤乌：三国吴大帝孙权年号（238—251）。

二十七、斥责嘲讽

南乡子

太学生

洪迈被拘留①，稽首垂哀告彼酋②。一日忍饥犹不耐，堪羞。苏武争禁十九秋③！　　厥父既无谋④，厥子安能解国忧？万里归来夸舌辩⑤，村牛⑥。好摆头时便摆头⑦。

【说明】

绍兴三十二年（1162）夏，洪迈假翰林学士，充贺登位使出使金国。行前，高宗亲赐书札，希望他力争说服金朝统治者归还河南陵寝地。入金以后，洪迈曾要求以“敌国”使节的身份晋见金主，金人不许，便将他锁禁在使馆里，“自旦及暮水浆不通”，且出语不逊，进行威胁恐吓。洪迈害怕被拘留，只得卑躬屈节，一切按照对方要求行事，更不敢再提归还陵寝地之事了。回到南宋之后，便被御史张震以“使金辱命”论罢。当时有人作诗讽刺说：“一日之饥禁不得，苏武当时十九秋。传语天朝供奉使，好掉头时不掉头。”另有一位不愿透露姓名的太学生，也写了这首《南乡子》来嘲笑他。词中通过洪迈使金辱命这一具体事件，淋漓尽致地刻画出南宋当权者在与金人的交往中，贪生怕死，含垢忍耻，卑躬屈膝，丧失民族气节的种种丑态，表达了广大群众对投降政策的强烈不满。作者以通俗简练的语言，运用对比手法，描绘人物形象，极尽冷嘲热讽之能事，在宋词中可谓别具一格。

【注释】

①洪迈：字景卢，饶州鄱阳（今江西鄱阳县）人，洪皓第三子。绍兴十五年（1145）中博学宏词科。历任中书舍人兼侍读，又知赣州、婺州、绍兴府，以端明殿学士致仕。　②彼酋：指金朝统治者。　③苏武：汉武帝时以中郎将出使匈奴，坚持民族气节，不肯低头屈服，被单于放逐北海（贝加尔湖）牧羊十九年，始得返回汉朝。　④厥父：指洪迈之父洪皓。洪皓（1088—1155）字光弼，饶州鄱阳人。高宗建炎三年（1129），假礼部尚书使金，被拘留北国十五年。绍兴十二年（1142），宋金议和，始得南归。因与秦桧政见不合，被贬谪至死。　⑤夸舌辩：自夸善于言词，能说会道。　⑥村牛：蠢货。　⑦这句说洪迈在金国不敢摆头表示反抗，回来后便摇头晃脑，自夸善辩。罗大经《鹤林玉露》说洪迈“素有风疾，头常微掉”。这里既表现了他生理上的缺憾，也批评

了他使金时畏敌如虎。

一　剪　梅

醴陵士人

宰相巍巍坐庙堂[①]。说着经量，便要经量。那个臣僚上一章[②]？头说经量，尾说经量。　　轻狂太守在吾邦[③]。闻说经量，星夜经量。山东河北久抛荒[④]。好去经量，胡不经量？

【说明】

此词见于《花草粹编》卷七，题作“咸淳甲子又复经量湖南”。咸淳甲子，即理宗景定五年（1264）。据《续资治通鉴》载，这年九月，宰相“贾似道请行经界推排法于诸路，由是江南之地，尺寸皆有税，而民力益竭”。所谓经界推排法，就是丈量土地，重新确定田亩赋税，加重对百姓的剥削。作者是湖南醴陵一位了解民生疾苦的下层知识分子。词中通过“经量”这一事件，揭露了以宰相贾似道为首的各级地方官吏，挖空心思、巧立名目、残酷剥削劳动人民的罪行。结尾三句用诘问语气，谴责南宋统治者置中原大好河山于不顾，却加紧对南方人民敲骨吸髓地盘剥，义正词严，深刻有力，表达了作者对投降派官僚的无比愤恨。此阕语言通俗警策，用重叠词语，强调“经量”乃扰民害民之举，使主题更为鲜明突出。作者笔下的宰相、臣僚和太守，都是不恤民情，只会压榨百姓的贪官，虽然着墨不多，却具有强烈的讽刺意味。

【注释】

①巍巍：高大貌。　庙堂：朝廷。　②这句说没有一个臣下敢于上章反对劝阻实行经量。③太守：对州郡长官的称呼。　④山东河北：泛指中原沦陷地区。　抛荒：荒芜。

一　剪　梅

杨佥判

襄樊四载弄干戈[①]。不见渔歌，不见樵歌。试问如今事若何？金也消磨，谷也消磨[②]。　　柘枝不用舞婆娑[③]。丑也能多[④]，恶也能多。朱门日日买朱娥[⑤]。军事如何？民事如何？

【说明】

度宗咸淳四年（1268）九月，元兵筑白河城，始围襄、樊。九年（1273）正月，樊城破；二月，襄阳守将吕文焕降元。此词首句谓“襄樊四载弄干戈”，当作于咸淳八年（1272）。据陈世崇《随隐漫录》卷二载：“襄樊之围，食子爨骸，权奸方怙权妒贤，沉溺酒色，论功周、召，粉饰太平，杨佥判有《一剪梅》词云。”佥判，即签判，官名，“签书判官厅公事”的简称。襄樊当时为南宋中路的军事重镇，元兵围困数年，守军浴血奋战，而作为宰相的贾似道却坐视不救，谎称天下太平无事，最后终于沦陷。襄樊失守，大势已去，当时广大军民对此痛心疾首。宋亡后汪元量曾在诗中写道：“青天淡淡月荒荒，两岸淮田尽战场。宫女不眠开眼坐，更听人唱《哭襄阳》。”（《湖州歌》）“吕将军在守襄阳，十载襄阳铁脊梁。望断援兵无信息，声声骂杀贾平章。”（《醉歌》）此词虽然并未指名道姓，实际上也是谴责贾似道误国误民的罪行。前方将士在奋勇杀敌，困守孤城，人民在受苦受难，再也听不到和平时期的渔樵之歌；而当权者却在后方酣歌醉舞，沉溺声色，搞得民穷财尽，国势岌岌可危，他们的行为多么可耻，多么丑恶。本篇质朴厚重，义形于色，表现了作者鲜明的爱憎之情，是一首富于现实意义的政治批判词。

【注释】

①弄干戈：动干戈，指发生战事。 ②这三句说，徒然耗费了那么多钱粮，而国事如今究竟如何呢？ ③柘（zhè 浙）枝：唐教坊曲名，后作为舞曲流行于唐宋时期。 婆娑：形容舞姿美妙。④能多：真多。 ⑤朱门：权豪势要之家。这里是指贾似道而言。 朱娥：美女。

六州歌头

刘辰翁

乙亥二月①，贾平章似道督师至太平州鲁港②，未见敌，鸣锣而溃。后半月闻报，赋此。

向来人道，真个胜周公③。燕然眇，浯溪小，万世功，再建隆④。十五年宇宙，宫中赝，堂中伴，翻虎鼠，搏鹊雀，覆蛇龙⑤。鹤发庞眉，憔悴空山久，来上东封⑥。便一朝符瑞，四十万人同⑦。说甚东风，怕西风⑧。 甚边尘起，渔阳惨，霓裳断，广寒宫⑨。青楼杳，朱门悄，镜湖空，里湖通⑩。大纛高牙去，人不见，港重重。斜阳外，芳草碧，落花红⑪。抛尽黄金无计，方知道、前此和戎⑫。但千年传说，夜半一声铜⑬。何面江东⑭？

【说明】

此阕可以说是一篇用长短句形式写成的时事评论。词中通过半月前发生的兵溃鲁港的事件，揭露和谴责了南宋末年贾似道专权误国的种种罪行，表达了作者关心国事，痛恨权奸，敢于向腐朽势力做斗争的高尚情怀。宋恭帝德祐元年（1275）正月，元军在攻下鄂州、黄州后，乘势顺江南下，临安岌岌可危。二月，贾似道不得已率师至太平州鲁港督战。两军刚刚接触，胜负未分，宋军主将孙虎臣即连夜乘舟逃跑。贾似道闻报，惊惶失措，尚未见到敌军，便下令鸣锣收兵，结果不战自溃，死伤惨重。从此，宋军完全失去了抵抗力，不久南宋王朝也随着灭亡了。词的上片分为三层，揭露鲁港兵败前贾似道妄自尊大、飞扬跋扈、作威作福的丑恶嘴脸。下片谴责贾似道在国势危急之时仍然醉生梦死，沉迷于声色歌舞；讽刺他在鲁港兵溃中扮演了一个可耻的角色，有何面目再见江东父老？全词笔锋犀利，爱憎分明，寓激愤于痛斥怒骂之中，给这个历史上臭名昭著的误国奸相留下了一幅令人憎恶的画像。

【注释】

①乙亥：德祐元年（1275）。 ②太平州：宋太平兴国二年（977）升南平军置州，取年号首二字为名。治所在今安徽当涂县。 ③周公：西周初年政治家。姓姬，名旦，周武王之弟。因采邑在周（今陕西岐山北），称为周公。曾助武王灭商，成王时为摄政。相传他曾制礼作乐，建立典章制度，政绩卓著。贾似道专权，笼络文士，“朝臣皆称为周公”。（见《宋史》本传） ④燕然：山名，即杭爱山，在今蒙古国境内。东汉车骑将军窦宪追击匈奴北单于，曾登燕然山，刻石勒功而还。 浯溪：源出湖南祁阳西南松山，东北流入湘江。唐肃宗平定“安史之乱”，中兴唐室，诗人元结撰《大唐中兴颂》，刻石于浯溪石崖上。以上四句说贾似道夸耀自己功高盖世，超过古人，为复兴宋室建立了万世不朽的业绩。 ⑤十五年：景定元年（1260）贾似道以少傅、右丞相奉召入朝，独揽大权，至德祐元年（1275）鲁港兵败，历时十五年。 赝：假的，伪造的。 堂中伴：政事堂中的官员都成为“伴食宰相”，形同虚设。《旧唐书·卢怀慎传》：“怀慎与紫微令姚崇对掌枢密，怀慎自以为吏道不及崇，每事皆推让之，时人谓之‘伴食宰相’。” 翻虎鼠：老鼠变成了老虎。李白《远别离》：“君失臣兮龙为鱼，权归臣兮鼠变虎。” 搏鹯雀：搏击鹯雀，比喻迫害同朝官员。鹯，鸟名，即“晨风”，鹰类。 覆蛇龙：龙蛇混杂不清。以上六句揭露贾似道当权十五年来胡作非为，欺上压下，迫害同僚，罪行累累。 ⑥鹤发庞眉：亦作“龙眉皓发”。形容眉发花白、德高望重的老人形象。陈惟善写给贾似道的祝寿词《宝鼎现》有云：“尽庞眉鹤发，天上千秋难老。” 憔悴空山久：贾似道曾久居葛岭以要君。 来上东封：密奏皇帝。封，指封事。古代臣下向皇帝上书奏事，为防泄密，以袋封缄，称为“封事”。 ⑦符瑞：古时以所谓天降祥瑞的征兆附会人事，自称是按照天命行事。王莽曾假称符瑞，使吏民四十余万称颂其德。景定二年（1261），贾似道率众上玉牒、会要等，以显示其政绩。 ⑧这两句下原注：“都人窃议者称西头。”因贾字是西字头。东风怕西风，意为皇帝也害怕贾似道。 ⑨这四句用白居易《长恨歌》中“渔阳鼙鼓动地来，惊破霓裳羽衣曲”诗意，写元军大举入侵。 ⑩青楼：本指妓馆，这里指歌妓。这句下原有注：“都城籍妓皆隶歌舞，无

敢犯。”据《宋史》本传：“时襄阳围已急，似道日坐葛岭，起楼阁亭榭，取宫人娼尼有美色者为妾，日淫乐其中。惟故博徒日至纵博，人无敢窥其第者。” 朱门：指贾似道的府第。 镜湖：鉴湖，在浙江绍兴。这里是代指西湖。 里湖：指白堤以内的西湖，又称“里西湖”。这句下原有注：“葛岭瞰里湖，无敢过。”以上四句写贾似道在边防危急之时仍在西湖葛岭寻欢作乐。 ⑪大纛：古时军队或仪仗队的大旗。 高牙：以象牙做装饰的大旗。这六句写鲁港兵败后，贾似道狼狈逃跑后的情景。 ⑫这三句谴责贾似道以金钱贿赂敌方，企图换取苟安，如今事情败露，才知道他过去夸耀的战功原来都是卖国投降活动。 ⑬一声铜：一声锣。 ⑭何面江东：有何颜面再见江东父老。

二十八、俳谐戏谑

渔　家　傲

黄庭坚

踏破草鞋参到了[①]，等闲拾得衣中宝。遇酒逢花须一笑。长年少，俗人不用瞋贫道[②]。　　何处青旗夸酒好[③]？醉乡路上多芳草。提著葫芦行未到。风落帽，葫芦却缠葫芦倒。

【说明】

据自序称，本篇是根据作者的两首游戏小诗檃括而成的。词以僧侣浪迹天涯、随缘自适相比，写他遇酒辄醉、逢花即笑、放浪形骸、落拓不羁的生活。于俳谐戏谑中流露出作者在人生旅途上的失意之情。

【注释】

①参：参禅，悟道。　②贫道：和尚自称的谦词。　③青旗：古时酒店门前挂的青布招子。

望　江　南

王齐叟

居下位，常恐被人谗。只是曾填《青玉案》，何曾敢作《望江南》！请问马都监[①]。

【说明】

王齐叟字彦龄，北宋元祐年间人，善为戏谑之词。据王灼《碧鸡漫志》载，他在太原任职时，曾作《望江南》数十曲，嘲笑府县同僚，并及上司。一次主帅为此大发雷霆，当面责问作者。彦龄执手板顿首帅前，不慌不忙，脱口而出，吟成此阕。这是一首俳谐滑稽之作，读来令人忍俊不禁。

【注释】

①都监：官名。宋代兵马都监的简称。路分都监掌本路禁军的屯戍、训练和边防事，州府都监

掌本城军队的屯戍、训练、器甲、差使等事。

相思会

曹组

人无百年人，刚作千年调[①]。待把门关铁铸，鬼见失笑。多愁早老，惹尽闲烦恼。我醒也，枉劳心，谩计较[②]。　　粗衣淡饭，赢取暖和饱。住个宅儿，只要不大不小。常教洁净，不种闲花草。据定见、乐平生，便是神仙了。

【说明】

此词以幽默诙谐的笔调，抒写作者对人生的喟叹。由于宦途失意，“惹尽闲烦恼”，因而产生了归隐田园的念头。只要有粗衣淡饭，能够吃饱穿暖，加上一套不大不小的住宅，也就和神仙一样无忧无虑，心满意足了。词中表现了儒家知识分子知足常乐、与世无争的人生态度，也含有自嘲的意味。

【注释】

①千年调：词牌名。　②谩计较：徒然计较。

忆帝京

朱敦儒

元来老子曾垂教：挫锐和光为妙[①]。因甚不听他，强要争工巧。只为忒惺惺[②]，惹尽闲烦恼。　　你但莫、多愁早老，你但且、不分不晓[③]。第一随风便倒拖，第二君言亦大好。管取没人嫌，便总道、先生俏。

【说明】

这首词可以看成是一篇讽刺小品，目的在于暴露当时恶劣的社会风气。“挫锐和光”被奉为最妙的人生处世哲学，如果你能看风转舵，随声附和，管保没有人讨嫌，而且还会受到称赞：这位先生真可爱。否则，你如发表一点不同意见，那就要惹是生非，引来许多“闲烦恼”。正话反说，入木三分，从一个侧面暴露出封建社会官场的丑态。

【注释】

①挫锐：挫折锐气，磨掉棱角。　和光：和气、光滑。这句说为人不要锋芒毕露，而应一团和气，尽量光滑一点。　②忒：太。　惺惺：聪明。　③不分不晓：不明不白，糊里糊涂。

红 窗 迥

曹 豳

春闱期近也[①]，望帝京迢迢[②]，犹在天际。懊恨这一双脚底，一日厮赶上五六十里[③]。　　争气。扶持我去，转得官归，恁时赏你[④]。穿对朝靴[⑤]，安排你在轿儿里。更选个、宫样鞋，夜间伴你。

【说明】

曹豳词仅存二首，一首为《西河》，感叹国事，深沉悲壮；另一首即此阕《红窗迥》，谐趣调侃，近于戏谑。这是作者自家乡瑞安赴京应试途中所作。考期临近，匆忙赶路，一日要走五六十里，两只脚打起了许多血泡。"望帝京迢迢，犹在天际"，路还远着哩！怎么办？想来想去还得靠自己的一双脚板，于是为赋此阕自慰其足。希望它们要为主人争气，"扶持我去"，等到考中做官以后，再好好赏赐报答你们。词颇幽默诙谐，读之令人发笑。

【注释】

①春闱：春试。唐宋礼部试士，在春季进行，称"春闱"。闱，考场的意思。　②帝京：这里是指南宋都城临安（今浙江杭州）。　③厮赶：互相追赶。　④恁时：那时。　⑤朝靴：上朝时所穿的靴子。

念 奴 娇

陈 郁

没巴没鼻[①]，霎时间、做出漫天漫地。不论高低并上下，平白都教一例[②]。鼓动滕六[③]，招邀巽二[④]，一任张威势。识他不破，只今道是祥瑞[⑤]。　　却恨鹅鸭池边，三更半夜，误了吴元济[⑥]。东郭先生都不管[⑦]，关上门儿稳睡。一夜东风，三竿暖日，万事随流水。东皇笑道[⑧]，山河原是我底。

【说明】

这是一首咏雪词。据《钱塘遗事》载："贾相当国，陈藏一作雪词讥之。""贾相"指宋理宗时的奸相贾似道，"藏一"系作者陈郁之号。词中通过对严冬风雪肆虐、山河变色的描写，讽刺和揭露了贾似道专权误国、滥施淫威、贻误军机的种种丑态和罪行。结处谓东风送暖，冰消雪化，大地回春，邪恶势力终归是要失败的。词语虽粗，然不平之鸣溢于言表，寓怒骂于嬉笑戏谑之中，爱憎是很鲜明的。

【注释】

①没巴没鼻：没来由。 ②平白：凭空，无缘无故。 一例：一样。 ③滕六：雪神。 ④巽二：风神。 ⑤祥瑞：吉祥的征兆。指瑞雪兆丰年。 ⑥吴元济：唐宪宗时蔡州节度使。元和十二年（817），李愬奉命攻蔡州（今河南汝南），夜半大雪，愬命士兵惊动城边鹅鸭池中鹅鸭，掩盖进军之声，从而攻下蔡州，活捉了吴元济。 ⑦东郭先生：据《初学记》，传说东郭先生家境贫寒，不畏冰雪，常衣履不完，行于雪地之中。 ⑧东皇：春神。

青玉案

无名氏

钉鞋踏破祥符路[①]。似白鹭、纷纷去[②]。试盝幞头谁与度[③]？八厢儿事[④]，两员直殿[⑤]，怀挟无藏处[⑥]。　　时辰报尽天将暮，把笔胡填备员句[⑦]。试问闲愁知几许？两条脂烛[⑧]，半盂馊饭，一阵黄昏雨。

【说明】

这是一首打油词，描写举子入京应试。词中通过漫画式的手法，对封建时代那些才疏学浅，热衷功名，一心想通过科举步入仕途的下层知识分子进行了生动的刻画和辛辣的嘲讽。上片叙述举子们纷纷离家赶考以及进入试院时的狼狈行状；下片描绘举子们在考场中的窘态以及回到邸店后愁苦寒酸的境况。此词借用贺铸名作《青玉案》（凌波不过横塘路）的原韵，笔调诙谐，富有幽默感，极尽冷嘲热讽之能事，读来令人"掀髯捧腹"。

【注释】

①钉鞋：旧时一种布面油漆、底有铁钉的雨鞋。 祥符：旧县名。宋大中祥符三年（1010）改浚仪县置，以年号为名。在今河南开封市。这里是指北宋都城汴京。 ②白鹭：这里是指身着白衣，没有功名的举子。古代平民穿的是白衣。 ③试盝：指装文具的小匣。盝（lù录），小匣。 幞头：一种头巾。 ④八厢儿事：指把守考场的武士。 ⑤直殿：朝廷的侍卫武官。 ⑥这句说举子们无法挟带舞弊。 ⑦备员：充数，凑数。这句说胡乱写上几句凑数。 ⑧脂烛：蜡烛。

二十九、夫妻之间

南 歌 子

欧阳修

凤髻泥金带①，龙纹玉掌梳②。去来窗下笑相扶，爱道画眉深浅入时无③？　弄笔偎人久，描花试手初。等闲妨了绣工夫④。笑问双鸳鸯字怎生书⑤？

【说明】

此阕刻画一位新妇沉醉于柔情蜜意的爱情生活之中。丈夫并未出场，而是隐藏在词境的画面以外。开篇先用两个对句描绘女子的发型和首饰，以显示其装扮入时、光彩动人的容貌。接着通过一系列精彩表演，揭示新妇娇柔天真，活泼可爱，渴望得到丈夫爱抚的心理情态。笔触细腻，绘声绘影，形象生动，为新婚夫妇留下了一幅富有情趣的生活写照。

【注释】

①凤髻：凤头式的发髻。　泥金带：饰金的发带。泥金，颜料名，用金箔和胶水制成的金色颜料。　②龙纹玉掌梳：雕有龙纹、形如手掌的玉梳。　③入时无：是否时髦的意思。唐朱庆余《近试上张水部》诗：“洞房昨夜停红烛，待晓堂前拜舅姑。妆罢低声问夫婿，画眉深浅入时无?”　④等闲：寻常，随便。　⑤怎生：怎么，如何。

玉 楼 春

欧阳修

夜来枕上争闲事，推倒屏山褰绣被①。尽人求守不应人，走向碧纱窗下睡。　直到起来由自殢②，向道夜来真个醉。大家恶发大家休③，毕竟到头谁不是？

【说明】

小夫妻俩，躺在枕上为了一些闲事而争吵起来。丈夫火冒三丈，推倒屏风，掀翻被子；妻子好言相劝，仍不答理，只得“走向碧纱窗下睡”。等到一觉醒来，只听妻子还在抽抽搭搭，说个没完没了。于是丈夫走过来赔个不是：昨天晚上我真的是喝醉了。妻子这才转悲为喜：算了，算了，俗话说小两口夫妻吵架不记仇嘛，何必一定要计较谁是谁非呢？一场家庭纠纷就这样在互谅互让之中化解了。这是一首俚词，语言通俗，写一对市民夫妻的家庭生活，形象生动，绘声绘影，惟妙惟肖。

【注释】

①屏山：屏风。 褰（qiān 牵）：揭起。 ②殢（tì 替）：纠缠不清，喋喋不休。 ③恶发：发怒，生气。

江　城　子

乙卯正月二十日记梦[①]

苏　轼

十年生死两茫茫。不思量[②]，自难忘。千里孤坟，无处话凄凉。纵使相逢应不识，尘满面，鬓如霜。　　夜来幽梦忽还乡。小轩窗[③]，正梳妆。相顾无言，惟有泪千行。料得年年肠断处，明月夜，短松冈[④]。

【说明】

苏轼的妻子王弗于英宗治平二年（1065），病逝于京城开封，次年归葬于四川彭山县安镇乡可龙里。他们夫妻琴瑟谐和，伉俪情深，王氏的早丧使作者深感悲痛。十年以后，词人在密州（今山东诸城）任知州时，写了这首怀念妻子的悼亡词。全篇分为梦前、梦中和梦后三层。上片写梦前，抒发作者对亡妻的一片深情。过片以后五句，叙述梦回故乡，与爱妻相会的情景。彼此默默无语，凝神互望，心中似有千言万语，一时又不知从何说起，眼泪不禁滚滚而下。恍惚迷离，似真实幻，哀婉凄绝。煞拍三句，写梦醒后的悲凉心情，表达了生者对死者的无限怀念。此阕感情沉挚深厚，语言质朴自然，笔调婉转委曲，风格哀切缠绵，是一首富有艺术感染力的悼亡之作。

【注释】

①乙卯：指宋神宗熙宁八年（1075）。 ②思量：想念。 ③轩：有窗槛的长廊或小室。 ④短松冈：种着小松树的山冈，指亡妻的坟地。

鹧　鸪　天

贺　铸

重过阊门万事非[①]，同来何事不同归？梧桐半死清霜后[②]，头白鸳鸯失伴飞。　　原上草，露初晞[③]。旧栖新垄两依依[④]。空床卧听南窗雨，谁复挑灯夜补衣？

【说明】

贺铸与他的妻子赵氏夫人伉俪情深，贫贱相守，互相关怀体贴。不幸的是赵氏在贺铸不到五十岁时即病逝于苏州。若干年后，作者再到苏州，重过阊门，睹物伤情，老泪横流地写了这首悼亡之作。上片通过重游故地，触景生悲，抒发中年丧偶之痛。下片抚今思昔，表达了对死者的无限怀念。全篇由“重过阊门”到“空床卧听”，实际写的是作者再到苏州后一天之内的悲感。词中突破时空界限，将梧桐、鸳鸯、草露、旧栖、新垄、听雨、补衣等意象组合在一起，构成画面，奏出了一曲生死之恨的哀乐。在这曲哀乐声中，若隐若现地展示出他们夫妻之间往日的种种情事和赵氏夫人的形象，从而深化了悼亡的主题。词的首联和煞拍两个问句，呼唤亡灵，恨不能让爱妻起死回生，听一听后死者发自肺腑的声音，读来令人心碎，具有很强的艺术感染力。

【注释】

①阊门：苏州古城西门。 ②梧桐半死：枚乘《七发》：“龙门之桐，高百尺而无枝……其根半死半生。”这里是用以比喻丧妻之痛。 ③露初晞：露水刚干。比喻妻子才死。汉乐府挽歌《薤露》：“薤上露，何易晞！露晞明朝更复落，人死一去何时归？” ④旧栖：从前的寓所。 新垄：死者的新坟。

满　江　红

寄　内

晁补之

月上西窗，书帏静[①]，灯明又灭。水漏涩、铜壶香烬[②]，夜霜如雪。睡眼不曾通夕闭，梦魂争得连宵接？念碧云、川路古来长，无由越。　　鸾钗重，青丝滑[③]；罗带缓，小腰怯。伊多感那更，恨离伤别。正是少年佳意气，渐当故里春时节。归去来，莫教子规啼，芳菲歇[④]。

【说明】

此阕是作者早年游学在外，怀念妻子之作。题为“寄内”，是以词代柬，向伊人剖诉离别相思之情。上片叙述词人独自在书房中面对半明半灭的孤灯，通宵不眠，由于“睡眼不曾通夕闭”，所以连梦回家乡的希望也落了空，只能眼睁睁地等到天明。换头以后六句，从对方着笔，想象多情的妻子今夜也和我一样，正在“恨离伤别”。最后四句安慰妻子，当春天来到的时候，我就可以回到家中与你团聚，共度美好的时光，以消除彼此的相思之苦。这首词情真意切，说的都是实实在在的心里话，毫无矫揉造作之感，表达了一对青年夫妻之间的恩爱之情。

【注释】

①书帏：书房中的帐子。 ②水漏涩：谓漏壶中的水快滴尽了，表示夜已很深。 ③青丝滑：头发散乱。 ④芳菲歇：花草凋残。

减字木兰花

李清照

卖花担上，买得一枝春欲放。泪染轻匀，犹带彤霞晓露痕[①]。　　怕郎猜道，奴面不如花面好[②]。云鬓斜簪[③]，徒要教郎比并看[④]。

【说明】

这是李清照早年的作品，写她新婚蜜月生活中的一个片段。词中通过春日买花、观花、簪花以及与花比美等情节，表现了词人对爱情的大胆追求，她希望丈夫无限钟情于自己，把她看成是世间无与伦比的阆苑仙葩。全篇语言通俗活泼，形象生动鲜明，风格尖新轻巧。在道学家看来确乎有些肆意落笔，无所顾忌，然而向新婚夫婿吐露真情，希望得到他的专宠，绝不能说是“儇薄”。因此怀疑这首词非李清照所作是没有根据的。

【注释】

①彤霞：红霞，形容花的颜色鲜丽，犹如早霞一样。 ②这两句化用无名氏《菩萨蛮》词意：“牡丹含露真珠颗，美人折向庭前过。含笑问檀郎，花强妾貌强？” ③云鬓：秀发。鬓，面颊两旁近耳的头发。 ④徒要：但要，偏要。

凤凰台上忆吹箫

李清照

香冷金猊[①]，被翻红浪[②]，起来慵自梳头[③]。任宝奁尘满[④]，日上帘钩。生怕离怀别苦，多少事、欲说还休。新来瘦，非干病酒[⑤]，不是悲秋。　　休休[⑥]！这回去也，千万遍阳关[⑦]，也则难留。念武陵人远[⑧]，烟锁秦楼[⑨]。惟有楼前流水，应念我、终日凝眸[⑩]。凝眸处，从今又添，一段新愁。

【说明】

本篇为李清照送别其夫赵明诚离家外出所作。由于他们夫妇志趣相投、感情很深，因而女词人不忍离别，即使是短暂的离别，也会使她感到十分忧伤痛苦。词的上片写临别时的感受。通过刻画室内景物和抒情主人公娇慵憔悴的神态，极力渲染不堪离别的愁苦情状。下片设想别后境况。唱遍阳关，终须一别；从今以后，人去楼空。唯有终日倚楼凝望，纵使流水念我，也只能徒然增添一段新愁。词意婉转曲折，缠绵悱恻，欲说还休，含蓄蕴藉，深得吞吐腾挪之妙。

【注释】

①金猊：形似狻猊的铜香炉。猊，狻猊（suān ní 酸倪），即狮子。 ②被翻红浪：红缎被子乱糟糟地堆在床上。 ③慵：懒。 ④宝奁（lián 连）：珍贵的镜匣。 ⑤病酒：饮酒过量引起身体不适。 ⑥休休：罢了，罢了。 ⑦阳关：《阳关三叠》，古人送别时所唱的曲子，指王维的《渭城曲》。 ⑧武陵：郡名，即今湖南常德市。陶渊明《桃花源记》说有一武陵渔人曾到人迹罕至的桃花源。这句谓赵明诚去处遥远。 ⑨秦楼：传说秦穆公女弄玉和萧史成婚，曾住在秦楼（又称凤台）。这句说自己独自留在烟柳迷离的闺楼。 ⑩凝眸：凝神注视。

伊 川 令

寄 外

花仲胤妻

西风昨夜穿帘幕，闺院添消索①。最是梧桐零落，迤逦秋光过却②。　　人情音信难托，鱼雁成耽阁③。教奴独自守空房，泪珠与、灯花共落。

【说明】

据《花草粹编》载，花仲胤在相州作录事（掌管文书的小官，相当于今日的秘书），久而不归，他的妻子十分想念，便写了这首词寄去。仲胤展开一看，只见“伊川”的“伊”字写成了“尹”字，以为是他的妻子粗心大意，写了错别字，于是也写了一首《南乡子》回赠其妻。词中说：“顿首起情人，即日恭维问好音。接得彩笺词一首，堪惊。题起词名恨转生。　展转意多情，寄与音书不志诚。不写伊川题尹字，无心。料想伊家不要人。”他的妻子读后又回信寄去了一首词（失调名）：“奴启情人勿见罪，闲将小书作尹字。情人不解其中意，问伊间别几多时？身边少个人！”仲胤看罢，哈哈大笑，称赏不已。这首《伊川令》虽非绝唱，却也写得质朴真切，表达了一位妻子对丈夫的深深怀念。后两阕妙趣横生，读来令人忍俊不禁。从中可以看出他们夫妻相知甚深，感情弥笃，可谓“妇唱夫随”。

【注释】

①消索：当作萧索，冷落的意思。 ②迤逦：曲折连绵。这里是逐渐地、慢慢地的意思。③耽阁：耽搁，延误。

渔家傲

十月二日老妻生辰

杨无咎

昨日小春才得信[①]，明宵新月初生晕[②]。又对寿觞斟九酝[③]。香成阵，欢声点破梅梢粉。　　琪树长青资玉润[④]，鸳鸯不老眠沙稳。此去期程知远近？君休问，山河有尽情无尽。

【说明】

数十年风风雨雨，同甘共苦，今日欣逢老妻生辰，除了斟酒庆寿之外，自然还要写首小词来祝贺一番。如今鸳鸯未老，夫人依旧容光焕发，就像那仙境里的玉树琪花一样，可是来日毕竟无多，在人生的旅程上谁知我们还能走多远呢？亲爱的老伴啊，您用不着为此担心："君休问，山河有尽情无尽。"海可枯，石可烂，我们的爱情是生死不渝、万古长存的。本篇语言朴实，如话家常，表现了一对老年夫妻之间的真挚感情。

【注释】

①小春：指农历十月，因其温暖如春，故谓之小春，亦云小阳春。欧阳修《渔家傲》："十月小春梅蕊绽，红炉画阁新装遍。" ②晕：环绕日、月四周的彩色云气。 ③觞：古代盛酒器。 酝：酒。 ④琪树：古人想象中仙境里的花木。这句形容老妻青春常在，容光焕发，犹如仙境里的琪花瑶草一样。

醉思仙

寓居妙湛悼亡作此

孙道绚

晚霞红。看山迷暮霭，烟暗孤松。动翩翩风袂[①]，轻若惊鸿[②]。心似鉴，鬓如云，弄清影，月明中。谩悲凉，岁冉冉，蕣华潜改衰容[③]。　　前事销凝久，十年光景匆匆。念云轩一梦[④]，回首春空。彩凤远，玉箫寒，夜悄悄，恨无穷。叹黄尘久埋玉，断肠挥泪东风。

【说明】

孙道绚，号冲虚居士，其子黄铢福建崇安人，与朱熹俱为刘子翚门生。道绚年三十夫死，即抱贞节以自终。聪明颖异，“平生作为文章诗辞甚富”，仅有数首词传世。此阕为悼念亡夫所作。上片叙写山中孤寂悲凉的生活，感叹岁月冉冉，时光匆匆，朝花夕落，如今已是残年衰容。下片追思前事，夫死十年，黄尘埋玉，回首春空，长夜漫漫，幽恨无穷，心碎肠断，唯有挥泪向东风。词意深沉凄婉，风格苍凉，抒发了作者对亡夫的无限怀念之情。

【注释】

①翩翩：飞举貌。　袂（mèi 妹）：衣袖。　②惊鸿：比喻美人体态轻盈。曹植《洛神赋》：“翩若惊鸿，婉若游龙。”　③蕣华：木槿花。此花朝开暮落，为时短暂。这里是形容青春早逝。④云轩：云房，古代僧道所居之处。

一　剪　梅

易祓妻

染泪修书寄彦祥。贪做前廊，忘却回廊①。功名成就不还乡。铁做心肠，石做心肠。　　红日三竿懒画妆。虚度韶光②，瘦损容光③。不知何日得成双？羞对鸳鸯，懒对鸳鸯。

【说明】

易祓字彦祥，一作彦章，湖南长沙人。宋宁宗时曾任左司谏，入都做官后喜新厌旧，贪恋荣华富贵，久不归家。其妻某氏赋此词寄之。上片怨夫，下片自伤，情真意切，以寻常语言度入音律，自然谐婉，明白如话。其中八个四字短句均用叠韵，将作者的怨抑心情表达得淋漓尽致。上下两片，对比鲜明，通过词人的遭遇反映了封建社会妇女的不幸命运，读来凄婉动人。

【注释】

①前廊：指易祓在朝任著作郎，因“郎”“廊”谐音，故云。　回廊：指回到家乡。据《古杭杂记》载：“易彦祥，宁宗朝状元，初以优校为前廊，久不归，其妻作《一剪梅》词寄之。”　②韶光：美好的时光，这里是指美好的青春时期。　③容光：仪容风采。

三十、兄弟姐妹

满 江 红

怀子由作

苏 轼

清颍东流①，愁目断、孤帆明灭。宦游处、青山白浪，万重千叠。孤负当年林下意，对床夜语听萧瑟②。恨此生、长向别离中，添华发。 一尊酒，黄河侧；无限事，从头说。相看恍如昨，许多年月。衣上旧痕余苦泪，眉间喜气添黄色③。便与君、池上觅残春，花如雪。

【说明】

本篇作于哲宗元祐七年（1092），苏轼任颍州知州时。苏轼和苏辙不但是当时文坛两位著名的人物，而且也是政治见解相同、感情十分深厚的同胞兄弟。作者因“乌台诗案”被捕入狱时，曾托狱卒梁成带给子由两首诀别诗（当时他以为自己必死狱中，不得一别子由）。其中一首说：“与君世世为兄弟，又结来生未了因。”他的著名词作《水调歌头》（明月几时有），也是为怀念自己的弟弟苏辙而写的。由此可见，在中国古代作家中，大苏和小苏是一对情深似海的模范兄弟。此阕上片即景生情，抒发了“恨此生、长向别离中”的深深感慨。下片追忆从前多次的相会和离别，希望能有机会回到京城与弟弟见一见面。词语苍劲淳厚，寄慨遥深，感情全自胸臆自然流出，读来颇为动人。

【注释】

①清颍：指颍水，亦称颍河，在河南东部与安徽西北部，是淮河最大的支流。 ②这两句回忆当年的往事：仁宗嘉祐六年（1061），苏轼兄弟为应举制策而寓居怀远驿。一个秋雨之夜，他们共读韦应物的诗句：“那知风雨夜，复此对床眠”，于是相约一起早日退隐山林。大意是说，辜负了当年对床夜语、及早隐退的约言。 ③眉间喜气添黄色：意谓不久即可喜上眉梢，兄弟相逢了。古代相书认为黄色是喜事的征兆。韩愈《郾城晚饮奉赠副使马侍郎及冯李二员外》诗：“城上赤云呈胜气，眉间黄色见归期。”

水调歌头

徐州中秋

苏　辙

离别一何久？七度过中秋。去年东武今夕[1]，明月不胜愁。岂意彭城山下[2]，同泛清河古汴[3]，船上载《凉州》[4]。鼓吹助清赏，鸿雁起汀洲。　　坐中客，翠羽帔[5]，紫绮裘。素娥无赖[6]，西去曾不为人留。今夜清尊对客，明夜孤帆水驿，依旧照离忧。但恐同王粲[7]，相对永登楼。

【说明】

神宗熙宁十年（1077），苏轼出知徐州，四月离京赴任，作者与之偕行，并在徐州停留百余日，然后转道赴南都（今河南淮阳）留守签判任。临别前夕，适逢中秋佳节，他们一同泛舟赏月，苏辙为赋此词告别其兄。苏轼读后也即席写了一首同调和韵之作。序中云："余去岁在东武，作《水调歌头》以寄子由。今年子由相从彭门百余日，过中秋而去，作此曲以别。余以其语过悲，乃为和之，其意不以早退为戒，以退而相从之乐为慰云。"词中抒写作者和他的胞兄久别重逢接着又将分别的依依难舍之情。全篇音调凄凉，笼罩着浓厚的"愁"和"忧"的气氛，这与他们当时在政治上的艰危处境也是有关的。本篇语言通畅自然，直抒胸臆，如话家常，娓娓而谈，生动地表现出苏氏兄弟亲密无间的同胞手足之情。

【注释】

①东武：密州（今山东诸城）。②彭城：徐州（今属江苏省）。③清河：古河名，在黄河下游。古汴：汴河、汴水。④《凉州》：《凉州曲》，唐开元中自凉州传入内地。⑤帔：披肩。⑥素娥：月亮。无赖：犹无奈，无可如何。⑦王粲：汉末文学家，流寓荆州，依附刘表，不受重用，曾作《登楼赋》。

青　玉　案

和贺方回韵，送山谷弟贬宜州

黄大临

千峰百嶂宜州路，天黯淡、知人去。晓别吾家黄叔度[1]。弟兄华发，远山修水，异日同归处。　　樽罍饮散长亭暮[2]，别语缠绵不成句。已断离肠能几许？水村山馆，夜阑无寐，听尽空阶雨。

【说明】

黄大临，字元明，号寅庵，为诗人黄庭坚的胞兄。徽宗即位后，山谷曾一度复职，后因作《荆南承天院记》，被人指为“幸灾”，又被除名羁管宜州（今广西宜州）。本篇是山谷被贬宜州时，作者为其饯别而写的。北宋末年，党争不已，政局动荡，苏轼、黄庭坚、秦观等著名作家都是统治集团争权夺利的受害者。此时山谷兄弟均已年过半百，兄长来为仕途多蹇的弟弟送别，但觉天昏地暗，日暮途远，离肠已断，泣不成声，千言万语也难以表达心中的悲痛之情。词的感情深沉，音调凄怆，缠绵缱绻，读来令人泪下。

【注释】

①黄叔度：黄宪，字叔度，东汉慎阳人。以学行见重于时，被人称为颜子。 ②樽：酒杯。罍（léi 雷）：盛酒器。

谒 金 门

戏赠知命

黄庭坚

山又水，行尽吴头楚尾①。兄弟灯前家万里，相看如梦寐②。　　君似成蹊桃李③，入我草堂松桂。莫厌岁寒无气味④，余生今已矣。

【说明】

本篇是哲宗绍圣三年（1096），作者被贬居黔州（今四川彭水县）时写的。知命是庭坚之弟叔达的字。据任渊《山谷诗集注》附《年谱》，山谷于绍圣元年（1094）十二月谪涪州别驾，黔州安置，次年四月抵达黔州，寓居开元寺。同年秋，叔达携庭坚子桐及其生母从芜湖入蜀前来看望山谷，于绍圣三年五月六日到达黔州。这首词是他们兄弟别后初次见面时所作。词的上片叙述知命不远万里前来贬所看望词人，兄弟秉烛相对，恍若梦境，流露出抑制不住的惊喜之情。下片触景生情，向兄弟敞开心扉，对未来的生活表现出悲观失望的情绪。此阕质朴浑厚，语短情深，生动地展现出两位患难与共的同胞兄弟在灯下促膝谈心的动人场面。

【注释】

①吴头楚尾：今江西北部、安徽南部一带，春秋时为吴、楚两国交界之地，因称“吴头楚尾”。②相看如梦寐：杜甫《羌村》诗：“夜阑更秉烛，相对如梦寐。” ③成蹊桃李：《史记·李将军列

传》引民间谚语赞颂李广说："桃李不言，下自成蹊。"这里是借用来称赞其弟黄叔达。 ④气味：比喻意趣或情调。

蝶恋花

晚止昌乐馆寄姊妹①

李清照

泪湿罗衣脂粉满，四叠阳关②，唱到千千遍。人道山长山又断，萧萧微雨闻孤馆。　　惜别伤离方寸乱③，忘了临行，酒盏深和浅。好把音书凭过雁，东莱不似蓬莱远④。

【说明】

本篇作于徽宗宣和三年（1121），其时赵明诚正出守莱州。是年八月，李清照由青州赴莱州，途经昌乐，宿于驿馆，为赋此词以寄诸姊妹，表达惜别伤离之情。词的上片和下片前三句都是回忆临行时姊妹们置酒饯行的场面以及作者不堪离别的悲痛心情，后两句则是分别描述孤馆闻雨的凄凉境况以及盼望众姊妹常寄音书以慰远方亲人的寂寞。词语浅近，纯用白描，感情真挚，有较强的艺术感染力。

【注释】

①昌乐：县名，在今山东省中部。宋属青州府，为青州赴莱州的必经之地。 ②阳关：《阳关曲》，唐宋流行的送别曲，据唐王维《送元二使安西》诗谱成。 ③方寸：指心，亦作"方寸地"。 ④东莱：莱州，治所在今山东掖县。 蓬莱：传说中的海上仙山。

渔家傲

寄仲高

陆游

东望山阴何处是？往来一万三千里。写得家书空满纸。流清泪，书回已是明年事。　　寄语红桥桥下水①，扁舟何日寻兄弟？行遍天涯真老矣。愁无寐，鬓丝几缕茶烟里②。

【说明】

这首词是孝宗淳熙二年（1175）以前，陆游在蜀中时期所作。仲高，名升之，山阴人，陆游的从兄，当时亦有文名，王明清《玉照新志》称其“词翰俱妙”。陆游十六七岁时曾与陈公实、陆伯山、陆仲高、叶晦叔、范元卿等同游场屋，并为莫逆之交。陆游入蜀后，曾于乾道八年（1172）接到仲高从山阴寄来的书信，淳熙二年（1175）有《闻仲高从兄讣》诗，由此可知，本篇当作于淳熙二年仲高逝世的消息传来以前。作者以词代柬，语短情长，抒发了对家乡和亲人的深深怀念，同时也流露出他漂泊蜀中、虚度岁月、壮志未酬的抑郁苦闷心情。词的感情深沉，语言平易而自然，将怀人、思乡和身世飘零之感融合在一起写，风格凄婉，读来十分感人。

【注释】

①红桥：山阴近郊地名，在县西七里迎恩门外。 ②鬓丝：鬓发花白。这句感叹岁月蹉跎，老大无成。杜牧《题禅院》诗：“今日鬓丝禅榻畔，茶烟轻扬落花风。”

贺新郎

戴复古

兄弟争涂田而讼①，歌此词主和议。

蜗角争多少②！是英雄、割据乾坤③，到头休了。一片泥涂荒草地，尽是鱼龙故道④。新堤上、风涛难保。沧海桑田何时变，怕桑田、未变人先老。休为此，生烦恼。　讼庭不许频频到。这官坊、翻来覆去⑤，有何分晓⑥！无诤人中为第一⑦，长讼元非吉兆。但有恨、平章不早⑧。尊酒唤回和气在，看从来、兄弟依然好。把前事，付一笑。

【说明】

两兄弟为了争夺一块小小的滩涂荒地而发生纠纷，并因此告到衙门，打起官司来。作者认为这太不应该，又不是什么大不了的事，何必伤了兄弟之间的手足之情呢！于是写了这首词来相劝。他还告诉这兄弟俩，如今官府不分是非，贪赃枉法，“有何分晓”？到头来吃亏的还不是平民百姓！因此从今以后“讼庭不许频频到”。不如回到家中，喝杯酒，谈谈心，把过去不愉快的事情都忘掉。兄弟们依然像从前那样，互相关心，彼此照顾，和和气气地过日子，那该多好！词人在劝解的同时，旁敲侧击，向官府放了一支冷箭，虽非本篇主题，却能切中时弊，可谓一石双鸟。从这首词看来，长短句并非只能浅斟低唱、娱宾遣兴，它还可以起到调解家庭矛盾的作用。可惜当时认识到这一点，并且付之实践的作家实在是太少太少了。

【注释】

①涂田：指海滨涨沙经改良开垦后的田土。 ②蜗角：蜗牛角。比喻微小之地。《庄子·则阳》："有国于蜗之左角者，曰触氏；有国于蜗之右角者，曰蛮氏。时相与争地而战。" ③乾坤：《周易》中的两个卦名。引申为天地、世界等。 ④鱼龙故道：意为原系水泽之乡，鱼龙出没之地。 ⑤官坊：官府、衙门。 ⑥分晓：明白，事情的底细或结果。 ⑦诤：通"争"。 ⑧平章：评论，辨别。

三十一、友情深长

临江仙

欧阳修

记得金銮同唱第①，春风上国繁华②。如今薄宦老天涯。十年歧路，空负曲江花③。　　闻说阆山通阆苑④，楼高不见君家。孤城寒日等闲斜。离愁难尽，红树远连霞。

【说明】

这首词是为一位“同年”友人送别而作的。科举时代称同科考中进士的人为“同年”，读书人都很珍视“同年”之间的友谊，许多人因此而成为终身的莫逆之交。据《湘山野录》卷上载：“欧阳公顷谪滁州，一同年将赴阆倅，因访之。即席为一曲歌以送……其飘逸清远，皆白之品流也。”此阕言短意长，既抒发了作者“薄宦老天涯”，被贬谪在外的今昔之感，也表达了两位故人不堪暮年离别的愁苦之情。

【注释】

①唱第：科举考试发榜时按考中的名次宣读名单，称为“唱第”。　②上国：指北宋都城汴京。③曲江：曲江池，故址在今陕西西安市东南。本天然池沼，汉武帝造宜春苑于此，以池水曲折，故名曲江。唐玄宗时在此宴集新科进士。曲江花，谓新科进士戴花宴游曲江。　④阆山：阆中之山。阆中，县名，在四川北部，嘉陵江中游。　阆苑：唐代苑名，故址在今四川阆中县西。

卜算子

送鲍浩然之浙东

王　观

水是眼波横①，山是眉峰聚②。欲问行人去那边？眉眼盈盈处③。　　才始送春归，又送君归去。若到江南赶上春，千万和春住。

【说明】

这是一首送别友人之作。词中并未直接抒发离情别绪，而是通过描写别时的景物和离人的行踪，祝愿友人善自珍摄，永葆青春，从而表达出两人之间深长的友情。词的构思新颖，比喻巧妙，含而不露，耐人寻味。

【注释】

①眼波横：形容眼神如横流的水波。李白《长相思》诗："昔时横波目，今作流泪泉。" ②眉峰聚：形容眉尖如山峰一样聚蹙。《西京杂记》卷二："文君姣好，眉色如望远山。" ③盈盈：脉脉含情貌。

采 桑 子

席上送少游之金陵

李之仪

相逢未几还相别，此恨难同。细雨蒙蒙，一片离愁醉眼中。　明朝去路云霄外，欲见无从。满袂仙风，空托双凫作信鸿①。

【说明】

两位词友相逢不久，尚未能畅叙渴慕之情，又将分手告别。作者在一个细雨蒙蒙的日子里设酒为友人饯行，席上为赋此词相赠。这首小词朴实无华，语短情长，表达了端叔对少游的一片真挚情谊。

【注释】

①凫（fú扶）：野鸭。　信鸿：传书的大雁。

千 秋 岁

黄庭坚

少游得谪，尝梦中作词云："醉卧古藤阴下，了不知南北。"竟以元符庚辰①，死于藤州光华亭上。崇宁甲申②，庭坚窜宜州，道过衡阳，览其遗墨，始追和其《千秋岁》词。

苑边花外，记得同朝退③。飞骑轧，鸣珂碎④。齐歌云绕扇⑤，赵舞风回带⑥。严鼓断⑦，杯盘狼藉犹相对。　酒泪谁能会？醉卧藤阴盖⑧。人已去，词空在。兔园高宴悄⑨，虎观英游改⑩。重感慨，波涛万顷珠沉海。

【说明】

这首追和词，也是一首悼念故人之作。黄庭坚和秦观均为东坡的学生，是“苏门四学士”中两位著名的作家，当时词坛曾有“秦七、黄九”之称。他们交谊很深，互相尊重，但在当时反复无常的党争中却都是不幸的受害者。元符三年（1100），秦观在贬谪途中死于藤州（今广西藤县）。崇宁三年（1104）黄庭坚再贬宜州（今广西宜山），路过衡阳，在衡州知州孔毅甫处看到秦观的遗作《千秋岁》，不禁感慨唏嘘，洒泪写下了这首追和、哀悼亡友之作。词的上片回忆当年同朝为官、并辔出游、酣歌醉舞的美好岁月；词的下片感叹人去词在、明珠沉海，对少游表示沉痛的悼念。全词语言朴质，感情真挚，反映了北宋两位杰出作家之间的深长友谊。

【注释】

①元符：宋哲宗年号。　庚辰：指元符三年（1100）。　②崇宁：宋徽宗年号。　甲申：指崇宁三年（1104）。　③同朝退：一同上朝，一同退朝。哲宗元祐年间，黄庭坚任《神宗实录》检讨官，又迁著作佐郎，加集贤校理；同时秦观为秘书省正字兼国史院编修官。二人都在朝为官。　④鸣珂碎：马勒上的装饰品发出细碎的声响。珂，马勒上的玉制装饰品。　⑤齐歌：传说古代齐人善歌，这里是泛指歌声。　⑥赵舞：传说古代赵国女子善舞，这里是泛指歌舞。　⑦严鼓：宋代都城汴京有宵禁，以击鼓为号。　⑧醉卧句：秦观《好事近》词：“醉卧古藤阴下，了不知南北。”　⑨兔园：园名，汉梁孝王所筑。后称“梁苑”，亦称“梁园”。故址在今河南商丘东。　⑩虎观：指白虎观。汉代宫观名。汉章帝建初四年（79），会集学者于此，讲论五经异同。这里是代指国史馆和秘书省一类的学术机构。

木兰花

暮秋饯别

周邦彦

郊原雨过金英秀①，风扫霜威寒入袖。感君一曲断肠歌，劝我十分和泪酒。　古道尘清榆柳瘦，系马邮亭人散后②。今宵灯尽酒醒时，可惜朱颜成皓首③。

【说明】

这首词写深秋友人在郊外为作者置酒饯别。席间主人演唱了一首感人肺腑的离别曲，并劝他喝下这杯和着泪水的苦酒。词人告别送行者，独自踏上枯木成行的古道，系马邮亭下，投宿驿馆中，待到灯尽酒醒之时，忽然发现风华正茂的壮年转眼之间竟然变成了满头白发的老翁。词中通过别后的感受，表达了作者对友人的深挚之情。

【注释】

①金英：这里是指黄色的野菊花。 ②邮亭：古时设在沿途、供送文书的人和旅客歇宿的馆舍。 ③朱颜：指青春壮健的颜色。 皓首：白头。

浣溪沙

和无咎韵

陆游

懒向沙头醉玉瓶①，唤君同赏小窗明②。夕阳吹角最关情③。 忙日苦多闲日少，新愁常续旧愁生。客中无伴怕君行。

【说明】

孝宗隆兴元年（1163），陆游在临安任枢密院编修官兼编类圣政所检讨官，因斥责主和派曾觌、龙大渊“招权植党”，被贬为京口通判。次年春，他从山阴来到镇江任上。不久，韩元吉（字无咎）也来到京口省亲。两位爱国志士虽是初次相会，却一见如故，结下了深厚的友情。他们踏雪出游，指点江山，纵论国事，并以诗词互相唱和。后来韩元吉把他们在京口所写的作品编为《京口唱和集》，并由陆游作序。序言中说：“凡与无咎相从者六十日，而歌诗合三十篇。然此特其略也，或至于酒酣耳热，落笔如风雨，好事者从旁掣去，他日或流传乐府，或见于僧窗驿壁，恍然不复省识者，盖又不可计也。”（《渭南文集·京口唱和集序》）这首《浣溪沙》，就是《京口唱和集》中保存下来的少数作品之一。词中记述了作者与友人韩元吉在京口饮酒赋诗，倚窗眺望江山胜景，表现了他们之间的亲密关系和诚挚友谊。

【注释】

①沙头：江边。 玉瓶：酒壶。杜甫《醉歌行》诗：“酒尽沙头双玉瓶。” ②唤君句：唐方棫《失题》诗：“午醉醒来晚，无人梦自惊。夕阳如有意，长傍小窗明。” ③关情：动情。

眼儿媚

送别

王质

雨润梨花雪未干，犹自有春寒。不如且住，清明寒食，数日之间。　　想君行尽嘉陵水①，我已下江南。相看万里，时须片纸②，各报平安。

【说明】

孝宗乾道年间，虞允文宣抚川陕，王质被辟为幕僚并与之偕行入川。这首词是他离蜀东归，告别友人时所作。在一个春寒料峭、雨雪纷飞、梨花正开的日子里，两位友人即将分别，一个要到川北嘉陵江畔去，一个正准备回到江南。共事多年，他们结下了深厚的友情。作者衷心希望今后时常联系，互通音信，以免彼此悬念。词语质朴，感情真挚，如话家常，表达了同事之间的深情厚谊。

【注释】

①嘉陵水：嘉陵江，长江上游支流。在四川东部，源出陕西凤县东北嘉陵谷。　②片纸：指书信。

八声甘州

怀张安国

王质

海茫茫、天北与天南，吾友定安归？闻濡须江上①，皖公山下②，驾白云飞。莽苍空郊虚野，古路立斜晖。颜跖皆尘土③，苦泪休挥！　　一代锦肠绣肺，想英魂皎皎④，健口霏霏。望寒空明月，无路寄相思。叹千古、兴亡成败，满乾坤、遗恨有谁知？今何在？一川烟惨，万壑风悲。

【说明】

王质早年“深见器重”于张安国父子，后又受到孝祥的推荐，他们都是当时著名的爱国知识分子，彼此心心相印，友情很深。孝祥不幸英年病逝，作者深为悲痛惋惜。这首词是为怀念张孝祥而写的。词后原有一段附言，谓“安国死后，在淮南屡降，凭箕作诗词偈颂及结字，比生前愈奇伟。淮宁宰陆同得遗墨尤多”。这显然是民间的迷信传说，不足凭信，不过从中也可看到当时人们对这位爱国词人的深深怀念。本篇感情真挚，语言沉痛，音调悲凉，寄托了对亡友的无尽哀思，读来催人泪下。

【注释】

①濡须：古水名。源出今安徽巢县西巢湖，经无为东南流入长江，即今运漕河前身。与张孝祥的家乡历阳乌江（今安徽和县）相距不远。 ②皖公山：皖山，亦名天柱山，又称潜山。在安徽潜山县西北，为皖北、皖南的分水岭。相传周大夫皖伯曾封国于此，故名。李白有诗云："奇峰出奇云，秀木含秀气。清宴皖公山，巉绝称人意。" ③颜跖：颜，指颜渊，春秋末鲁国人。名回，字子渊，孔子的学生，在封建社会被尊为德行超群的"复圣"。跖，春秋战国之际人民起义的领袖。名跖，一作"蹠"，旧时被诬称为"盗跖"。 ④皎皎：洁白貌。

贺 新 郎

怀辛幼安用前韵

陈 亮

话杀浑闲说[①]。不成教、齐民也解，为伊为葛[②]？尊酒相逢成二老，却忆去年风雪。新着了几茎华发。百世寻人犹接踵[③]，叹只今两地三人月[④]。写旧恨，向谁瑟[⑤]？ 男儿何用伤离别？况古来、几番际会，风从云合[⑥]。千里情亲长晤对[⑦]，妙体本心次骨[⑧]。卧百尺高楼斗绝[⑨]。天下适安耕且老[⑩]，看买犁卖剑平家铁[⑪]。壮士泪，肺肝裂！

【说明】

此词是鹅湖会后，陈亮和辛弃疾之间互相唱和之作中的一首，当作于淳熙十六年（1189）。上片回忆去年作者与辛弃疾的会晤，抒发别后的相思之情。下片以豪壮悲慨的语言，表达对辛弃疾的敬佩，谴责南宋当权者苟且偷安的可耻行为。本篇慷慨沉痛，寓悲于壮，化用典故，杂之以俚语方言，气势雄健，充分体现了作者忧时伤世的爱国激情，具有较强的艺术感染力。

【注释】

①话杀：话都说尽了。 浑闲说：全等于白说。 ②不成：难道。 齐民：平民。 伊：指伊尹。 葛：指诸葛亮。这两句大意是：平民百姓不可能做出像伊尹和诸葛亮他们那样的大事业来。因当时辛弃疾已被罢官，而作者仍为一介布衣，故有此语。 ③百世句：《战国策·齐策三》："千里而一士，是比肩而立；百世而一圣，若随踵而至也。"这句是称赞辛弃疾为千载难遇人才。 ④三人月：李白《月下独酌》诗："举杯邀明月，对影成三人。" ⑤向谁瑟：向谁倾诉呢？"瑟"，作动

词用。⑥际会：遇合，机会。风从云合：《易经》：“云从龙，风从虎。”比喻英雄人物会合在一起必能做出一番大事业。⑦晤对：晤面、对话。⑧妙体：微妙地体会出。本心：《孟子·告子上》：“此之谓失其本心。”指天赋的善性。次骨：入骨。这两句说：两人虽然远隔千里，但感情亲密，犹如时常会面晤谈，且能互相体会出对方的真实意图。⑨斗绝：陡绝，高耸的意思。这句用《三国志·陈登传》中，刘备责备许汜的话。说他要睡在百尺楼上，叫许汜睡在地下，因为许汜在天下大乱的时候，不为百姓着想，一心只为个人打算，所以看不起他。⑩适安：舒适安逸。这里是苟且偷安的意思。⑪买犁卖剑：汉宣帝时，龚遂任渤海太守，当时农民因饥荒打刀剑起义，龚遂劝农民“卖剑买牛，卖刀买犊”，去从事农业生产。这里是指南宋统治集团不图北伐，解除武装，放弃抗金斗争。

蝶 恋 花

别范南伯

杨炎正

离恨做成春夜雨。添得春江，划地东流去[①]。弱柳系船都不住，为君愁绝听鸣橹[②]。　　君到南徐芳草渡[③]。想得寻春，依旧当年路。后夜独怜回首处，乱山遮隔无重数。

【说明】

范南伯，名如山，字南伯，河北邢台人，绍兴三十一年（1161）随其父自中原起义南归，为辛弃疾的妻兄。杨炎正是辛弃疾的崇拜者和知交，他们常在一起议论国事，唱和赠答，结下了深厚的友情。此阕为作者送别范氏赴京口之作。词的上片从夜雨话别写到春江水涨，登舟启程，表达了临别时的依依难舍之情。下片设想别后，彼此天各一方，被无重数的乱山遮隔，相见无由，抒发了对友人的深深怀念。全篇情景交融，“婉曲而近沉著，新颖而不穿凿，于词为正宗中之上乘”（《蕙风词话》），评价虽不免过高，但确实是一首抒写友情的佳作。

【注释】

①划地：亦作“刬的”，依旧，还是。②鸣橹：摇橹之声。橹，外形略似桨，但较大，支在船尾或船旁的橹担上。③南徐：东晋时置侨州郡，以京口（今江苏镇江）为徐州治所，称南徐州，简称南徐。

沁园春

寄辛稼轩

刘过

古岂无人，可以似吾，稼轩者谁？拥七州都督，虽然陶侃，机明神鉴，未必能诗[①]。常衮何如[②]，羊公聊尔，千骑东方侯会稽[③]。中原事，纵匈奴未灭，毕竟男儿。　　平生出处天知，算整顿乾坤终有时。问湖南宾客，侵寻老矣[④]；江西户口，流落何之[⑤]？尽日楼台，四边屏幛，目断江山魂欲飞。长安道，奈世无刘表，王粲畴依[⑥]！

【说明】

刘过为辛派词人之一，他与稼轩的交往虽然不多，但因政治见解相同，都是力主北伐抗金的爱国志士，所以彼此情投意合，一见如故。本篇是宁宗嘉泰年间，辛弃疾出任绍兴知府兼浙东安抚使时，刘过为怀念他而写的。词中盛赞辛弃疾的文才武略和杀敌报国的英雄气概，对他寄予殷切的期望，同时也向这位值得敬佩的知心朋友倾诉了自己怀才不遇的苦闷心情。词语雄健明快，风格豪迈；说古论今，自然浑成。赞友人议论风生，说自己低回抑郁，都是肺腑之言。

【注释】

①陶侃：东晋著名的将领，官至侍中太尉，封长沙郡公，加都督交、广、宁七州军事，拜大将军。　机明神鉴：形容头脑清醒，洞察秋毫。这四句说，陶侃虽然身为七州都督，长于指挥军事，却缺乏文才，不会写诗。　②常衮（gǔn 滚）：唐代宗时曾官门下侍郎、同平章事，封河内郡公，重视教育，起用文人，在文化建设方面做出过贡献。　③羊公：指羊祜，西晋人，曾出镇襄阳，颇有治绩。　侯会稽：指辛弃疾出任绍兴知府兼浙东安抚使。侯，古代称州郡地方长官为侯。会稽，即今浙江绍兴市。　④湖南宾客：辛弃疾曾任湖南安抚使，并创建湖南飞虎军，属下有许多宾客幕僚。侵寻：逐渐。　⑤江西户口两句：辛弃疾曾任隆兴知府兼江西安抚使，时值荒年，采取许多措施赈灾济民，使流离失所的百姓得以度过饥荒。　⑥王粲：汉末人，为建安七子之一。早年避难荆州，依附于刘表，未获重用，曾作《登楼赋》，抒发思乡和怀才不遇之情。　畴依：依谁的意思。

齐天乐

中秋夜怀梅溪

高观国

晚云知有关山念，澄霄卷开清霁[①]。素景分中，冰盘正溢[②]，何啻婵娟千里！危阑静倚，正玉管吹凉，翠觞留醉[3]。记约清吟，锦袍初唤醉魂起。　　孤光天地共影，浩歌谁与舞，凄凉风味。古驿烟寒，幽垣梦冷，应念秦楼十二[4]。归心对此。想斗插天南，雁横辽水[5]。试问姮娥，有谁能为寄？

【说明】

高观国为南宋后期作家，其词与史达祖齐名，且同为吟社词友，交谊颇深。本篇作于宁宗开禧元年（1205）中秋之夜。一个多月前，史达祖（梅溪）奉命陪使臣李壁出使金国。作者翘首企望，等待着词友完成使命，顺利归来，于是写了这首对月怀友之作。上片写景，情寓景中，首句以“晚云知有关山念”暗示出对远方友人的深深怀念。下片叙述自己独自赏月，想象梅溪此时正在“古驿烟寒”的塞外，虽然远隔千里，但孤光共影，我们的心永远是连在一起的。词意渺远，情深意挚，姜白石谓其“徘徊宛转，交情如见”，确如其言。

【注释】

①澄霄：澄澈明净的夜空。　②冰盘：形容中秋圆月。　③翠觞：绿杯。　④秦楼：凤楼，本指萧史、弄玉所居之凤台，这里是代指宫中楼阁。　十二：十二楼的略语。十二楼为传说中神仙所居之地，在昆仑山上。这里是代指宫中楼阁。　⑤辽水：辽河，在今东北地区南部。

玉　楼　春

戏　林　推[1]

刘克庄

年年跃马长安市[2]，客舍似家家似寄。青钱换酒日无何[3]，红烛呼卢宵不寐[4]。　　易挑锦妇机中字[5]，难得玉人心下事[6]。男儿西北有神州，莫滴水西桥畔泪[7]。

【说明】

一位姓林的推官来到杭州后，被纸醉金迷的生活所引诱，终日寻花问柳，逐渐开始沉沦。作者不愿看到自己的同乡继续堕落下去，于是写了这首委婉含讽、语重心长的词相劝告。首二句概述林某的冶游生活，为了使对方能够接受自己的善意批评，及早醒悟，因此不宜过于严肃，把问题说得太尖锐了。于是开篇用诙谐幽默的语气，指出他近年来颠倒“客舍”和“家”的关系，说明其生活不正常，以期引起对方的反思。“青钱”两句，进一步叙述林某放荡、荒唐的生活，只摆事实，没讲道理，但褒贬之意甚明。“易挑”两句，用苏蕙织锦为回文诗寄给其夫窦滔的故事，劝诫林某不要在外面放浪狎妓，而应珍视妻子对自己的爱情。以上六句分为三层，从游手好闲、酗酒赌博、放浪狎妓等方面，对林推官进行嘲讽和批评，为歇拍两句做了有力的铺垫。末二句说男子汉大丈夫应当志在四方，时刻不忘西边和北边还有神圣的国土尚未恢复，千万不要醉生梦死，把眼泪洒在水西桥下，去和那些妓女们鬼混。这两句声宏气豪，立意高远，体现了作者恢廓的襟怀和深沉的爱国激情，提高了全篇的思想境界。杨慎《词品》谓后村词“壮语亦可起懦”，此二句即是一例。本篇不仅表现了真正的朋友之间的友情，而且在艺术上也很有特点。前六句为一层，后二句为一层，打破了词律分片的常规。双调词一般都是上下两片分别写景、叙事或抒情、议论，此词转换处不在过片，而在六、七句之间，也就是所谓的“过变不变”。六句一气贯注，从不同侧面描述林某的种种荒唐生活，结拍两句始另起新意，点出题旨，勉励友人以国事为重，使人耳目为之一新，在结构布局上富有创造性。

【注释】

①林推：姓林的推官，其人不详。推官为唐宋时地方长官的助理，负责刑事诉讼之类的事务。“戏林推”，一作“戏呈林节推乡兄”。 ②长安：今陕西省西安市，是汉朝和唐朝的京城，此处借指南宋京城临安（今浙江杭州）。 ③青钱：铜钱的一种。古时钱币因成色不同，分为青钱和黄钱两种，颜色发青的称为青钱。 无何：更无何事。 ④呼卢：赌博的一种。古时掷骰子，五子全黑为卢，得卢的人获胜，所以赌徒都争相叫喊“卢”，于是“呼卢”便成为了赌博的代称。 ⑤锦妇机中字：据《晋书·窦滔妻苏氏传》载：“滔，苻坚时为秦州刺史，被徙流沙，苏氏思之，织锦为回文旋图诗以赠滔。宛转循环以读之，词甚凄婉。” ⑥玉人：美人，指妓女。 ⑦水西桥：指妓女居住的地方。

沁　园　春

送翁宾旸游鄂渚

吴文英

情如之何？暮途为客，忍堪送君？便江湖天远，中宵同月，关河秋近，何日清尘？玉麈生风①，貂裘明雪，幕府英雄今几人？行须早，料刚肠肯殢，泪眼离颦。　平生秀句清尊，到帐动风开自有神。听夜鸣黄鹤，楼高百尺②；朝驰白马，笔扫千军。贾傅才高，岳家军在，好勒燕然石上文③。松江上，念故人老矣，甘卧闲云。

【说明】

翁宾旸，名孟寅，字宾旸，号五峰，杭州人。这首词是他赴鄂州幕府任职时，友人吴文英为其送别而写的。此时正值蒙古大军压境，南宋政权岌岌可危，作者在词中既抒发了不忍离别之情，更希望翁氏到前方后，继承和发扬岳家军的光荣传统，为巩固边防、捍卫宋朝江山，做出自己的贡献。

由于写作此词时正是贾似道当权，而吴、翁二人在贾招揽天下名士的幌子下，都曾先后出入其门，故词中有“贾傅才高”的颂扬之语，不能不说是其缺憾。但就全篇来看，此阕仍不失为《梦窗词》中的一首佳作。

【注释】

①玉麈：以玉为柄的拂尘。 ②黄鹤：指黄鹤楼，故址在今湖北武汉蛇山的黄鹤矶头。 ③燕然：山名，即杭爱山，在今蒙古国境内。据《后汉书·窦宪传》载，车骑将军窦宪追击匈奴北单于，曾登燕然山，刻石纪功。后遂以勒石燕然，代指为国杀敌立功。

洞仙歌

对雨思友

蒋捷

世间何处，最难忘杯酒？惟是《停云》想亲友[①]。此时无一盏，千种离愁；西风外，长伴枯荷衰柳。　　去年深夜语，倾倒书窗，窗烛心悬小红豆[②]。记得到门时，雨正萧萧，嗟今雨、此情非旧。待与子、相期采黄花[③]，又未卜重阳，果能晴否？

【说明】

这首词抒写作者在绵绵不断的秋雨中对挚友的深情怀念。上片由目前寂寞凄凉的处境，而引起思念亲友的“千种离愁”。下片回忆去年灯下促膝相谈，盼望友人能如约前来一起赏菊。但风云莫测，不知重阳节时天气能否转晴。词语清峭，意象冷峻，音调低沉凄怆，心中似有许多难言之隐。细味词意，当系南宋亡国之后所作。

【注释】

①《停云》：陶渊明诗篇名。序言中说：“停云，思亲友也。” ②小红豆：指烛芯燃烧时结出的灯花，亦暗寓相思之意。 ③黄花：指菊花。

琐窗寒

张炎

王碧山又号中仙，越人也。能文工词，琢语峭拔，有白石意度，今绝响矣。余悼之玉笥山[1]，所谓长歌之哀，过于痛哭。

断碧分山[2]，空帘剩月，故人天外。香留酒殢，蝴蝶一生花里[3]。想如今，醉魂未醒，夜台梦语秋声碎。自中仙去后，词笺赋笔，便无清致。　都是，凄凉意。怅玉笥埋云，锦袍归水，形容憔悴。料应也、孤吟山鬼。那知人、弹折素弦，黄金铸出相思泪。但柳枝、门掩枯阴，候蛩愁暗苇[4]。

【说明】

宋末词人王沂孙，字圣与，号碧山，又号中仙、玉笥山人，会稽（今浙江绍兴）人。宋亡后与张炎、周密等同结词社，互相唱和，以隐晦曲折的语言抒写遗民的亡国之痛。著有《碧山乐府》，又名《花外集》。这首词是碧山逝世后，张炎为悼念这位词友而写的。作者站在故人的坟前，遥望天外，缅怀往事，深感悲哀凄凉，不觉潸潸泪下。自从中仙归天之后，词友风流云散，自己身如寒蛩，形容憔悴，再也没有当年那种吟咏唱和的闲情雅致了。词的感情沉痛，音调凄清，表达了对词友的深深怀念，反映了宋亡后遗民作家孤苦寂寞的心境。

【注释】

①玉笥山：又称天柱山，在浙江绍兴市。王沂孙家居玉笥山下，故又号玉笥山人。　②这句状玉笥山景，暗含中仙之号。　③这句说中仙一生如蝴蝶一样，穿行于百花丛中。因其词名《花外集》，故有此联想。　④蛩：蟋蟀。

望　江　南

金德淑

春睡起，积雪满燕山[1]。万里长城横玉带，六街灯火已阑珊[2]。人立蓟楼间[3]。　空懊恼，独客此时还。辔压马头金错落，鞍笼驼背锦斓斑[4]。肠断唱阳关。

【说明】

此词作者金德淑，原为宋朝宫女，宋亡后被俘北行，羁留于元大都燕京。其时，宫廷琴师汪元量亦随三宫北行，与诸宫人同为南冠之囚。国亡家破的苦难经历，使他们成了风雨同舟、患难与共的知心朋友。十余年后，元量自请为道士，抱琴南归。众宫人为他饯行，并赋词相赠。这些作品后来被编为《宋旧宫人赠汪水云南还词》（又名《宋宫人赠水云词集》）。

词的上片寓情于景，通过描绘北国风光，表达了作者对江南故国的深深怀念。下片直抒离别之情。南归者即将上马独自启程，送行的人含悲忍泪一遍又一遍地唱着令人伤心断肠的《阳关曲》。须知，这并非一般的离别，他们身为亡国奴，又同是天涯沦落人，如今在异乡的土地上生离死别，后会无期。其情之惨，其音之哀，皆寄意于言外，读来令人泣血摧心，具有强烈的艺术感染力。本篇又见于《宋旧宫人诗词》，为单调，仅有上片，而无下片，文字亦略有异。

【注释】

①燕山：在河北北部，东西走向，由潮白河河谷直到山海关。 ②六街：原指唐代长安城中的六条大街。这里是泛指燕京城中的街道。 阑珊：将残、将尽之意。 ③蓟：古地名，秦置为县，治所在今北京城西南。这里是代指燕京。 ④斓斑：亦作“斑斓”，颜色错杂灿烂。

望 江 南

吴昭淑

今夜永，说剑引杯长。坐拥地炉生石炭[①]，灯前细雨好烧香。呵手理丝簧[②]。 君且住，烂醉又何妨？别后相思天万里，江南江北永相忘。真个断人肠。

【说明】

此阕亦为赠汪元量南归之作。作者也是被俘北去的宋朝宫女。词写临行前夕，众宫女与汪氏围炉话别的情景。上片叙事，下片抒情，画面生动，言短意浓，表达了已经沦为奴婢的宫女们对不肯屈节仕元的当年宫廷琴师的无限敬仰和怀念之情。

【注释】

①石炭：煤，亦称煤炭。 ②呵手：哈气暖手。 丝簧：弦乐器和管乐器。

三十二、忆昔怀旧

酒　泉　子

潘　阆

长忆吴山，山上森森吴相庙[①]。庙前江水怒为涛。千古恨犹高。　　寒鸦日暮鸣还聚，时有阴云笼殿宇。别来有负谒灵祠，遥奠酒盈卮[②]。

【说明】

此阕回忆当年在杭州登吴山，拜谒伍子胥庙的情景。吴山在西湖东南，由紫阳、云居、七宝、峨嵋等山连成。春秋时为吴国南界，故称吴山。又因吴国大夫伍子胥以忠谏死，浮尸江中，吴人怜之，修庙纪念，遂称胥山。山上有城隍庙、茗香楼、极目阁等建筑。登高眺望，左为西湖，右为钱塘江，杭州全城，尽收眼底。词中通过回忆当年登临眺览，既表达了对吴山胜景的怀念，也抒发了对以身许国的“吴相”的敬仰之情。

【注释】

①森森：形容树木繁密。　吴相庙：指吴国大夫伍子胥的祠庙。　②卮（zhī 支）：古代的一种盛酒器。

满　庭　芳

秦　观

晓色云开，春随人意，骤雨才过还晴。古台芳榭[①]，飞燕蹴红英[②]。舞困榆钱自落[③]，秋千外、绿水桥平。东风里，朱门映柳，低按小秦筝[④]。　　多情，行乐处，珠钿翠盖[⑤]，玉辔红缨[⑥]。渐酒空金榼[⑦]，花困蓬瀛[⑧]。豆蔻梢头旧恨[⑨]，十年梦、屈指堪惊。凭阑久，疏烟淡日，寂寞下芜城。

【说明】

这是一首追念旧游之作。从结句“寂寞下芜城”看，当写于扬州。因为从鲍照作《芜城赋》

后，人们便以“芜城”代指扬州。全篇自“晓色云开”到“花困蓬瀛”，写的都是当年的冶游生活，亦即另一首同调词中所谓的“蓬莱旧事”。后五句转写如今，以“豆蔻梢头旧恨，十年梦、屈指堪惊”点明以上所叙均为前尘旧梦，回想起来实在令人魂销意尽，触目惊心。作者此时身在“芜城”，正独自凭阑凝望，从而引起了对往事的痛苦回忆。据《苕溪渔隐丛话》引《艺苑雌黄》曰：“程公辟守会稽，少游客焉，馆之蓬莱阁；一日，席上有所悦，自尔眷眷不能忘情，因赋长短句。所谓‘多少蓬莱旧事，空回首、烟霭纷纷’也。”《满庭芳》（山抹微云）写的是词人在会稽告别情侣，此阕则是在扬州追念伊人，两词参阅读之，更觉少游确系千古多情的才子词人。词分两层，过变不变，前十六句一气贯注，以虚为实，叙述作者昔年在一个花开似锦、绿水平桥的春日，与一多情女子车马相从，踏青出游，饮酒行乐的情景。后五句触景伤感，叹息旧游如梦，抒发对伊人的无限怀念和自己深感寂寞惆怅的心情。本篇词语清丽，感情真挚，意象朦胧，写景尤为精细生动。词中用倒叙法，但层次分明，意脉清晰，在艺术结构上也颇有特色，确是一首“情辞相称”的佳作。

【注释】

①古台芳榭：古代遗留下来的华美台榭。指会稽蓬莱阁一类的古代楼台亭阁。 ②这句说燕子踢落片片红花。 ③榆钱：榆荚。这句说榆树随风飘舞，榆荚纷纷坠地。 ④秦筝：古代弦乐器的一种。相传为秦人蒙恬改制，故名。 ⑤珠钿翠盖：装饰华丽的车子，多为贵族或有钱人家女子所乘。珠钿，谓车上装嵌着珠宝。翠盖，以翠鸟羽毛装饰的车盖。 ⑥玉辔：饰玉的缰绳。 红缨：指鞭梢上系的红色丝带。 ⑦金榼（kē 科）：饰金的酒器。 ⑧蓬瀛：蓬莱、瀛洲，传说中的海上仙山。 ⑨豆蔻梢头：比喻青年女子。杜牧《赠别》诗：“娉娉袅袅十三余，豆蔻梢头二月初。春风十里扬州路，卷上珠帘总不如。”后因谓女子十三四岁为“豆蔻年华”。

鹧 鸪 天

无名氏

真个亲曾见太平，元宵且说景龙灯①。四方同奏升平曲，天下都无叹息声。 长月好，定天晴。人人五夜到天明②。如今一把伤心泪，犹恨江南过此生。

【说明】

本篇作于金兵入侵、汴京沦陷，作者避难流亡到江南之后。词中用大量篇幅描写北宋亡国前京城欢度元宵佳节的盛况，流露出对往昔太平繁华生活的无限眷恋和向往。结拍两句落到现实，通过对比形成反差，以乐景写哀思，表达了作者忆昔感旧、伤时悼世的沉痛心情。

【注释】

①景龙：汴京旧城北门之一，在皇宫附近。宣和年间宋徽宗每年正月十五于此赏灯，是当时元宵节最繁华的地方。 ②五夜：五更。沈佺期诗：“千庐宵驾合，五夜晓钟稀。”另据《能改斋漫录》，“五夜”系指从正月十四至正月十八五个晚上。

临 江 仙

夜登小阁，忆洛中旧游

陈与义

忆昔午桥桥上饮[①]，坐中多是豪英[②]。长沟流月去无声[③]。杏花疏影里，吹笛到天明。 二十余年如一梦，此身虽在堪惊。闲登小阁看新晴。古今多少事，渔唱起三更[④]。

【说明】

此词作于南渡之后，大约在绍兴五年（1135）前后。上片回忆二十年前的洛中旧游，那时天下太平，自己风华正茂，常与朋友们在洛阳城南的午桥上对月饮酒，赏花吹笛，生活多么潇洒自在。下片感慨世事巨变，如今战乱流离，历尽劫波，虽然保全了性命，但国亡家破，故人星散，往日的一切幸福和欢乐都随着熊熊燃烧的战火而烟消云散了。今夜独自登阁眺望，抚今思昔，兴亡之感不禁油然而生。本篇词意超绝，疏快明畅，韵味深长而无雕琢痕迹。“杏花疏影里，吹笛到天明”两句，清婉奇丽，意境悠远，自然而然，被誉为词中“爽语”。《古今词话》引彭孙遹谓：“词以自然为宗，但自然不从追琢中来，则亦率易无味。如所云绚烂极致，仍归平淡。若使语意淡远者稍加刻划，缕金错彩者渐近天然，则骎骎乎绝唱矣。若《无住词》之‘杏花疏影里，吹笛到天明’，《石林词》之‘美人不用敛蛾眉，我亦多情无奈酒阑时’，自然而然者也。”

【注释】

①午桥：在洛阳之南。 ②豪英：豪放英俊之士。 ③这句说，河沟之水带着水中月影悄悄地流逝。 ④渔唱：渔歌。

风 入 松

吴文英

听风听雨过清明，愁草瘗花铭[①]。楼前绿暗分携路[②]，一丝柳、一寸柔情。料峭春寒中酒[3]，交加晓梦啼莺[4]。　　西园日日扫林亭，依旧赏新晴。黄蜂频扑秋千索，有当时、纤手香凝。惆怅双鸳不到[5]，幽阶一夜苔生。

【说明】

本篇为暮春忆旧怀人之作。词中的抒情主人公即作者自己，至于他和那位女子的关系以及分别的原因等情事则未明言。陈洵《海绡说词》云："思去妾也，此意集中屡见。《渡江云》题曰：'西湖清明'，是邂逅之始，此则别后第一个清明也。'楼前绿暗分携路'，此时觉翁当仍寓西湖。"上片寓情于景，抒发伤春怀远之情。首二句描写环境，渲染伤离气氛，为揭示主题作铺垫。因风雨而惜花，因惜花而草铭，因草铭而生愁，由景入情，逐层深化，意脉清晰而自然。"楼前"两句，由伤春转到伤别，睹物怀人，写得极为缠绵悱恻。歇拍两句，用对偶形式进一步抒写内心的无穷惆怅：春意阑珊，乍暖还寒，只得以酒御寒，聊且消愁解忧；无奈醉梦中又被黄莺的啼声惊醒，醒后更加感到寂寞烦恼。过变承前半阕，写作者对伊人刻骨铭心的相思之情。"西园"为词人在杭州的寓所。清明已过，风停雨歇，落花满地，日日都到林下亭间去清扫环境，盼望伊人归来，仍和从前一样携手并肩，共赏这雨后初晴的良辰美景。"黄蜂"两句，忽生奇想：词人见一群蜜蜂围绕着秋千绳索飞来飞去，认为那是心爱的人儿当年在西园打秋千时，手上的香泽留在了绳子上，所以才惹得蜂儿不肯离去。《海绡说词》谓："见秋千而思纤手，因蜂扑而念香凝，纯是痴望神理。"煞拍两句，从幻想又回到了现实。"双鸳不到"遥承上文"分携路"，谓女子一去杳无踪迹。"一夜苔生"从"全由履迹少，并欲上阶生"（庾肩吾《咏长信宫中草》）脱化而来。其实"苔生"绝非"一夜"可致，作者以此说明时光易逝，伊人离去恍如昨日之事，令人惆怅不已。此词语言朴素淡雅，风格深曲委婉，不堆砌典故，没有晦涩的流弊。词中通过景物的描绘、奇特巧妙的联想和虚实映衬的表现手法，淋漓尽致地抒发了难以排遣的伤春怀旧之情。其中"黄蜂"二句，前人评为"痴语""深语"，借助想象表达词人对女子的一片痴情，可谓"无理而妙"。就全篇的构思、意象和境界而论，确有独到之处，故陈廷焯《白雨斋词话》称其"情深而语极纯雅，词中高境也。"

【注释】

①草：草写。　瘗（yì 忆）花铭：葬花词。瘗，埋葬。铭，文体的一种。　②分携：分手。③料峭：形容春天的微寒。　中酒：醉酒。　④交加：兼施齐下的意思。　⑤双鸳：代指女子的鞋，因鞋上绣有鸳鸯。这里是指女子的行踪。

浪淘沙

吴文英

灯火雨中船，客思绵绵。离亭春草又秋烟。似与轻鸥盟未了，来去年年[1]。　　往事一潸然[2]，莫过西园。凌波香断绿苔钱。燕子不知春事改，时立秋千。

【说明】

此阕亦为忆旧怀人之作，可与前首《风入松》对照来读。后者写于暮春，本篇作于秋后。或为词人重过“西园”，见绿苔点点、燕立秋千，想到凌波人去，梦断香消，痛感往事茫茫，不觉潸然泪下，从而为赋此词。上片叙事写景，下片怀旧抒情，词意隐幽，情调凄苦，盖因其伤心事难以向人明言之故也。

【注释】

①这两句说，隐居不成，尘缘未了，因而年年依旧奔波在外。 鸥盟，古人以与鸥鹭为盟表示隐居。 ②潸然：泪流貌。

木兰花慢

怀　旧

黄　昇

问春春不语，谩新绿、满芳洲。记历历前游，看花南陌，命酒西楼。东风翠红围绕，把功名、一笑付糟丘[①]。醉里了忘身世[②]，吟边自负风流。　风流。莫莫复休休[③]。白发渐盈头。怅十载重来，略无欢意，惟有闲愁。多情向人似旧，但小桃、婀娜柳纤柔。望断残霞落日，水天拍拍飞鸥[④]。

【说明】

此阕题为“怀旧”，从词意推测，可能是作者重过都门的感怀之作。十年前为了求取功名，初次来京，那时风华正茂，与同伴们“看花南陌，命酒西楼”，生活多么潇洒得意。谁料科举不成，只好“把功名、一笑付糟丘”，回到山中吟咏自适，去过“自负风流”的隐居生活。如今“白发渐盈头”，重游故地，往事历历在目，小桃依然那么妩媚，柳条仍旧如此轻柔，但情怀却迥异当年，心中“略无欢意，惟有闲愁”。独立湖畔，遥望红日西沉，残霞映天，湖面传来一阵噗噗的击水之声，一群沙鸥展翅向远方飞去。词意幽眇，风格雅淡，感慨极深而又不露痕迹，如以“晴空冰柱”称之，也是当之无愧的。

【注释】

①糟丘：酒糟堆成的小丘。《新序·节士》：“桀为酒池，足以运舟；糟丘足以望七里。”这句意为抛开功名，沉入醉乡。 ②了忘：全忘。 ③莫莫：清静貌。 休休：安闲自得貌。这句表示安于退隐生活。 ④拍拍：拍击声。

三十三、羁旅乡愁

苏幕遮

范仲淹

碧云天，黄叶地。秋色连波，波上寒烟翠。山映斜阳天接水。芳草无情，更在斜阳外。　　黯乡魂[①]，追旅思[②]。夜夜除非，好梦留人睡。明月楼高休独倚。酒入愁肠，化作相思泪。

【说明】

此词写的是羁旅乡愁，采用上景下情的传统抒情模式。前阕多用丽语，碧云、黄叶、翠烟、斜阳，山光水色，交相辉映，构成了一幅意境壮阔、色彩斑斓的秋景图。一望无际的芳草，伸向遥远的天边，从而触发起游子的思乡之情。后阕直抒"乡魂""旅思"，叙写夜不能寐、月下登楼，借酒浇愁，但酒入愁肠，却化作了点点滴滴的相思之泪。词的感情深挚，风格柔婉，许昂霄《词综偶评》谓："铁石心肠人，亦作此销魂语。"说明作为北宋著名政治家、军事家的范仲淹不但思想感情复杂，而且审美情趣也是多方面的。

【注释】

①黯乡魂：心情因怀念家乡而忧伤。　②追旅思：羁旅愁思萦绕于心怀。

八声甘州

柳　永

对潇潇、暮雨洒江天，一番洗清秋。渐霜风凄紧，关河冷落[①]，残照当楼。是处红衰绿减[②]，苒苒物华休[③]。惟有长江水，无语东流。　　不忍登高临远，望故乡渺邈[④]，归思难收。叹年来踪迹，何事苦淹留[⑤]？想佳人妆楼颙望[⑥]，误几回、天际识归舟。争知我、倚阑干处[⑦]，正恁凝愁[⑧]。

【说明】

柳永“工于羁旅行役”，这首词就是他抒写离情别绪的代表作之一。前阕写景，后阕抒情，然景中寓情，情中含景，虚实照映，动静相间，起伏跌宕，委婉缠绵，壮美与柔美结合，达到了较高的艺术境界。词虽采用白描，但用字遣词却很讲究，如其中的领字“对”“渐”和动词“洒”“洗”等都颇见功力。虚词“不忍”“何事”“争知”“正恁”既浅显通俗，又富于艺术表现力。主题是抒写离别相思，而声调却较为高亢，所用八个韵脚（秋、楼、休、流、收、留、舟、愁）都是响亮的平声字，且各韵位间又具有抑扬顿挫、舒缓回荡的音律之美，与《雨霖铃》那种低回凄咽的调子又有所不同。

【注释】

①关河：关山江河。 ②是处：处处。 红衰绿减：花残叶枯。 ③苒苒：草盛貌。 物华：美好的景物。 ④渺邈：遥远。 ⑤淹留：滞留，久留。 ⑥颙（yóng）望：抬头凝望。 ⑦争知：怎知。 ⑧恁（nèn 嫩）：这样。 凝愁：愁思凝结。

阳 台 路

柳 永

楚天晚。坠冷枫败叶，疏红零乱①。冒征尘、匹马驱驱，愁见水遥山远。追念少年时，正恁凤帏②，倚香偎暖。嬉游惯。又岂知、前欢云雨分散。　此际空劳回首，望帝里、难收泪眼③。暮烟衰草，算暗锁、路歧无限。今宵又、依前寄宿，甚处苇村山馆？寒灯畔，夜厌厌④，凭何消遣？

【说明】

这首词写的是旅途感怀。作者离开京城后，单身匹马，风尘仆仆，奔驰于偏僻遥远的南方，投宿在荒凉的“苇村山馆”。困顿劳碌，前程茫茫，不禁回想起当年在都城“倚香偎暖”的“嬉游”生活。抚今思昔，“难收泪眼”，独自在寒灯下发出了寂寞无聊的慨叹。本篇叙事明晰，情景宛然如现，生动地表现了宦游之人失意寥落的羁旅乡愁。

【注释】

①疏红：残花。 ②凤帏：绣有凤凰的帐子。 ③帝里：京城。 ④厌厌：寂静貌。

苏 幕 遮

周邦彦

燎沉香[①]，消溽暑[②]。鸟雀呼晴，侵晓窥檐语[③]。叶上初阳干宿雨[④]，水面清圆，一一风荷举。　　故乡遥，何日去？家住吴门[⑤]，久作长安旅[⑥]。五月渔郎相忆否？小楫轻舟[⑦]，梦入芙蓉浦[⑧]。

【说明】

本篇前阕写夏日景物，后阕抒思乡之情。由眼前亭亭玉立的风荷，联想到梦入故乡的荷塘，意脉清晰，过渡自然，风格疏朗明快。首二句倒叙昨夜焚香消暑，三、四句写今日清晨枕上闻雀呼晴。“叶上”三句，描摹荷叶出水的风姿，生动如画，“此真能得荷之神理者”（《人间词话》）。过变直抒胸臆，表达深深的怀乡之情。最后三句写梦中划船重游故地，化实为虚，以宾为主，反问忆念中的“渔郎”是否还在思念自己？词意曲折深厚，运笔空灵，文理细密，令人有变幻莫测之感。

【注释】

①沉香：常绿乔木，心材为著名的熏香之料，又名沉水香。　②溽（rù入）暑：盛夏潮湿闷热的天气。　③侵晓：天快亮时。侵，渐近。　④宿雨：昨夜的雨水。　⑤吴门：苏州的别称。这里是指作者的故乡钱塘。　⑥长安：今陕西西安市，这里是指北宋都城汴京。　⑦楫：划船的短桨。　⑧芙蓉浦：荷花塘。

点 绛 唇

汪　藻

新月娟娟[①]，夜寒江静山衔斗[②]。起来搔首[③]，梅影横窗瘦。　　好个霜天，闲却传杯手[④]。君知否？乱鸦啼后，归兴浓如酒。

【说明】

此词抒写宦游人的思乡之情。前阕至换头描绘景色，渲染气氛，结拍点明词意。一弯新月挂在天边，寒夜中江水静静地奔流，北斗横斜，仿佛正被那高高的山峰衔住。如此良宵，作者独自披衣起床，又只见窗前梅花开放，疏影横斜，暗香浮动，实在令人陶醉。多么美妙的景色啊，却无心举杯独酌，原来即将回到故乡，盼望已久的事情即将实现，因此“归兴浓如酒”。词人不直说羁旅离愁，而从另一面抒写怀乡思归之情，在艺术表现上别具一格。

【注释】

①娟娟：美好貌。 ②山衔斗：北斗星横斜低转与高山相接，好像山峰衔着星斗一样。 ③搔首：挠头，心绪烦乱或有所思考时的动作。 ④传杯：指饮酒。

南 乡 子

陆 游

归梦寄吴樯①，水驿江程去路长。想见芳洲初系缆②，斜阳。烟树参差认武昌。 愁鬓点新霜，曾是朝衣染御香③。重到故乡交旧少，凄凉。却恐他乡胜故乡④。

【说明】

这首词是淳熙五年（1178）秋，陆游离蜀东归舟过武昌时所作。上片描写归途行程和江上景色，下片抒发即将回到故乡时的感想。川陕九载，作者杀敌报国的理想未能实现，当年主张北伐的战友多已不在人世，如今独自归来，抚今思昔，不禁发出了“却恐他乡胜故乡”的慨叹。此词将羁旅乡愁和忧虑国事融合在一起写，情景交至，意蕴较深，耐人寻味。

【注释】

①吴樯：开往东吴去的船。 ②芳洲：指鹦鹉洲，在武昌东北长江中。 ③朝衣染御香：入蜀前陆游曾在朝中任敕令所删定官和枢密院编修官兼编类圣政所检讨官，得以上殿奏事。唐贾至《早朝大明宫呈两省僚友》诗：“剑珮声随玉墀步，衣冠身惹御炉香。” ④却恐句：谓回到家乡由于交旧多已去世或离散，恐怕会感到更加寂寞、凄凉。杜甫《得舍弟消息》诗：“乱后谁归得，他乡胜故乡。”

水调歌头

吴 潜

若说故园景，何止可消忧。买邻谁欲来住①，须把万金酬②。屋外泓澄是水③，水外阴森是竹④，风月尽兜收⑤。柳径荷漪畔⑥，灯火系渔舟。 且东皋，田二顷，稻粱谋⑦。竹篱茅舍，窗户不用玉为钩。新擘黄鸡肉嫩⑧，新斫紫螯膏美⑨，一醉自悠悠。巴得春来到[10]，芦笋长沙洲。

【说明】

这首词通过咏赞故园的美景和风物，表达作者对家乡的深情怀念。通篇没用“离愁”“思归”“怀乡”一类字眼，全从正面着笔，只说家乡如何如何好，而乡关之思、故园之恋，却从一幅幅美景中自然流出，读来使人感到亲切而富有魅力。如此美好的地方谁能不向往呢？在宋人的羁旅乡愁词中，可谓神韵绵邈，独具一格。

【注释】

①买邻：本指为求得好邻居而买宅移居，这里是指为寻求一块好地方而买宅移居。 ②酬：报偿。这句说，谁想搬到这里来住，须要付出万两黄金的高价。 ③泓澄：形容潭水深而清澈。④阴森：幽暗貌。 ⑤兜收：尽揽全收。 ⑥荷漪：荷塘。漪，水波动荡貌。 ⑦稻粱谋：本指禽鸟寻觅食物，引申为指人类谋求衣食。 ⑧擘：剖开。 ⑨螯：螃蟹前面的两只大夹，代指螃蟹。⑩巴得：盼望。

一 剪 梅

舟过吴江[1]

蒋 捷

一片春愁待酒浇。江上舟摇，楼上帘招。秋娘渡与泰娘桥[2]。风又飘飘，雨又萧萧。　　何日归家洗客袍？银字笙调[3]，心字香烧[4]。流光容易把人抛。红了樱桃，绿了芭蕉。

【说明】

此词写春日舟过吴江的见闻以及由此而引起的羁旅乡愁。上片状景，景中含情。客船经过一座小镇，楼上酒旗迎风招展，有心上岸小酌，借酒浇愁，无奈风雨交加，船不停靠，只得继续前进，匆匆地驶向那秋娘渡口和泰娘古桥。下片抒情，情中有景。年复一年，漂流在外，不知何日才能归去，与家人团聚，共享天伦之乐。春去夏来，樱桃又红了，芭蕉又绿了，时光过得真快啊！小词含思深婉，余韵不绝。

【注释】

①吴江：今江苏区名，在苏州南、太湖东。 ②秋娘渡与泰娘桥：均在吴江境内。秋娘和泰娘为唐代两位著名歌妓。 ③银字笙：笙上用银字表示音色的高低。 ④心字香：形如心字形的熏香。

青 玉 案

无名氏

年年社日停针线[①]，怎忍见，双飞燕！今日江城春已半。一身犹在，乱山深处，寂寞溪桥畔。　　春衫著破谁针线[②]？点点行行泪痕满。落日解鞍芳草岸。花无人戴，酒无人劝，醉也无人管！

【说明】

这是一首游子吟，抒写流落他乡、思念亲人的寂寞愁苦之情。上片叙述春社来临，想到闺阁之中此日年年都要“停针线”，从而暗示出对妻子的怀念。接着以燕子双飞反衬自己的孤单，点出至今仍然飘零四方，身在乱山丛中、荒凉寂寞的小溪旁边。下片顾影自怜，春衫早已穿破，而无人为之缝补，不觉潸然泪下。抬头一看，夕阳已经西下，于是解鞍下马，停留于芳草萋萋的小河岸边。可是孑然一身，春光虽好，却没有人为自己戴一朵花，劝一杯酒，即使喝醉了也不会有人来照管。多么孤独寂寞啊！此阕语淡情浓，言浅意深，如话家常，毫无雕饰之感，可谓深得词家三昧。两片首句均以“针线”起兴，前呼后应，意脉不断。歇拍连用三个“无人”，反复吟叹，将游子羁旅乡愁的苦况表露得淋漓尽致，读来极有韵味。

【注释】

①社日：立春或立秋后的第五个戊日，称为社日，是祭祀土地神的日子。这里指春社日而言。停针线：《墨庄漫录》：“唐、宋妇人社日不用针线，谓之忌作。”唐张籍《吴楚歌词》：“今朝社日停针线。”　②谁针线：谁人用针线来缝补（春衫）。

三十四、离别相思

长相思

林逋

吴山青①，越山青②，两岸青山相送迎。谁知离别情？　君泪盈，妾泪盈，罗带同心结未成③。江头潮已平④。

【说明】

这是一首语短情长、缠绵悱恻的小令，词中描写一位女子在江边送别恋人的情景。由于受小令的篇幅所限，不可能像慢词那样层层渲染铺叙，所以情节比较简单，但语言含蓄凝练，女主人公的形象十分鲜明。词的构思，上片着重写景，下片主要抒情。前结“谁知离别情”，移情入景，引出下片，过渡极为自然；后结“江头潮已平”以景结情，照应上片，含不尽之意于言外。两片起处皆用叠韵，回环复沓，唱叹出之，增强了作品的艺术感染力。彭孙遹《金粟词话》曰：“林处士梅妻鹤子，可称千古高风矣。乃其惜别词，如‘吴山青，越山青’一阕，何等风致，闲情一赋，讵必玉瑕珠颣耶！”

【注释】

①吴山：指杭州钱塘江北岸的山。因古代钱塘江为吴越两国的分界线，江北为吴国，江南为越国。　②越山：指钱塘江南岸的山。　③罗带：丝织的带子。　同心结：用丝带打成的连环回文式的结子，用作男女真心相爱的象征。刘禹锡《杨柳枝》词：“如今绾作同心结，将赠行人知不知？”　④潮已平：潮来水涨，与堤岸相平，表示即将开船。

凤栖梧

柳永

伫倚危楼风细细①。望极春愁，黯黯生天际②。草色烟光残照里，无言谁会凭栏意③？　拟把疏狂图一醉。对酒当歌，强乐还无味④。衣带渐宽终不悔⑤，为伊消得人憔悴⑥。

【说明】

《凤栖梧》即《蝶恋花》。此词抒发离别相思之情。上片叙述春日傍晚凭栏远望，因见残阳映照之下的“草色烟光”，而引起无穷无际的愁思。换头说饮酒高歌难遣愁怀、苦中寻乐毕竟毫无兴味。结拍直抒怀人之情：身体虽然一天天消瘦下去，但为了伊人即使落得形容枯槁、身心憔悴也是值得的。末尾二句以“决绝语”表达执着的恋情，可谓出神入化，堪称妙境。王国维《人间词话》谓此乃“古今之成大事业、大学问者”必经之第二种境界，则是借题发挥，与原词意蕴无关。

【注释】

①伫倚：久久地靠着。　危楼：高楼。　②黯黯：神情沮丧貌。　③谁会：谁能懂得，谁会理解。　④强乐：勉强取乐。　⑤衣带渐宽：形容身体逐渐消瘦，衣服也显得肥大了。　⑥消得：值得。

相　思　令

张　先

蘋满溪，柳绕堤，相送行人溪水西。回时陇月低①。　烟霏霏②，风凄凄，重倚朱门听马嘶。寒鸦相对啼。

【说明】

这首小令写女子月下在溪边为行人送别。词中并未描绘离别时难舍难分的场面，而是通过送行归来以后，女主人公倚门聆听远处的马嘶之声和树上寒鸦的悲啼，揭示其恋恋不舍的惜别心情和寂寞凄凉的哀愁感。语短情深，意境淡远，读来使人回味无穷。

【注释】

①陇月低：谓月亮低沉，表示夜深。陇月：高坡上的月亮。　②霏霏：迷蒙貌。

菩　萨　蛮

张　先

簟纹衫色娇黄浅①，钗头秋叶玲珑剪②。轻怯瘦腰身，纱窗病起人。　相思魂欲绝，莫话新秋别。何处断离肠，西风昨夜凉。

【说明】

此阕抒写女子的离别相思之情。上片绘形，下片写神，从服饰、梳妆、形体入手，由表及里，然后刻画心理活动，展现出闺中思妇的形象。从题材、内容、结构、语言到表现手法，都明显地反映出花间词风的影响。

【注释】

①簟纹：竹席的花纹。这句说女子的衣服是用娇艳的浅黄色的花格布制成的。 ②钗头：头钗，女子的首饰。这句说玉制的头钗好像用剪刀剪成的一片秋叶。

浣溪沙

晏殊

淡淡梳妆薄薄衣，天仙模样好容仪①。旧欢前事入颦眉②。　　闲役梦魂孤烛暗，恨无消息画帘垂。且留双泪说相思。

【说明】

此阕写一女子独守幽闺的相思之情。上片描摹女主人公的仪表容态。用“淡淡”形容“梳妆”，“薄薄”修饰衣裙，虽不着色，却自有风韵。接着又以“天仙模样”加以赞叹，活画出一位洗尽铅华、身着轻罗衣衫的美女图。下片集中刻画人物的心理活动。在暗淡的烛光下，她深感寂寞无聊，于是闭目进入梦乡，去寻求往日的欢乐。可是梦中醒来，烛光暗淡，睁眼一望，只见“画帘”仍旧低垂，重门紧锁，远方的消息一点也没有。着一“恨”字，表达了女子深深的怨怅之情。本篇写人物不用浓墨重彩，更无金玉黛碧之类的色泽，仅用“淡淡梳妆薄薄衣”一句，勾画其外表轮廓，运笔简练，细腻入微。两片结句含而不露，尤为传神，可以当作一幅少女肖像画来看。

【注释】

①容仪：容态仪表。 ②颦眉：皱眉，闷闷不乐的样子。

撼庭秋

晏殊

别来音信千里，恨此情难寄。碧纱秋月①，梧桐夜雨，几回无寐。　　楼高目断，天遥云暗，只堪憔悴。念兰堂红烛②，心长焰短，向人垂泪。

【说明】

此阕表现的是男女之间的离别相思，全篇均从女子方面着笔。上片说自从与情郎分别以来，彼此远隔千里，音信不通，想念他的一片深情无从寄去，实在令人怅恨。碧纱帐内仰望晴空秋月，绿窗之下夜听雨打梧桐之声，度过了多少个寂寞愁苦的不眠之夜！过片写女子白日登上高楼眺望，天空辽阔，阴云密布，离人踪影全无，使人更加忧伤憔悴。结拍三句，以烛拟人，形象地描绘出女主人公因相思而陷入无可奈何的愁苦情状。“心长焰短，向人垂泪”两句，脱化于杜牧《赠别》诗：“蜡烛有心还惜别，替人垂泪到天明。”可谓形神俱现，比喻巧妙，给读者以丰富的联想和美感。

【注释】

①碧纱：绿色的丝帐。 ②兰堂：华美的厅堂，此指女子所居之处。

踏 莎 行

欧阳修

候馆梅残①，溪桥柳细，草薰风暖摇征辔②。离愁渐远渐无穷，迢迢不断如春水③。　寸寸柔肠，盈盈粉泪，楼高莫近危阑倚④。平芜尽处是春山⑤，行人更在春山外。

【说明】

本篇写的是离别想思。两片分别从男女双方着笔，含思深婉，情景交融，是欧词同类题材中的代表作品之一。上片写行人在旅途中的见闻和感受，描绘出一幅早春羁旅行役图。下片写女子在闺楼中的伤春怀远之情，展现出一幅红粉佳人思夫图。词中的两幅画，描绘的空间不同，但却发生在同一时间。上片的“春水”和下片的“春山”，使二者融合叠印在一起，从而构成了一幅男女离别相思图。这种表现手法，如同古典小说中的“话分两头”一样，层次结构是非常清晰的。如果把下片理解为行者设想家人对自己的思念，则全篇均从男方着笔，过片以后纯系虚拟，这样解释也是可以的。《蓼园词选》评论此词说：“首阕言时物暄妍，征辔之去，自是得意，其如我之离愁不断何？次阕言不敢远望，愈望愈远也。语语倩丽，韶光情文斐亹。”在北宋婉约词中，本篇的确很有特色。

【注释】

①候馆：古代接待宾客的馆舍。《周礼·地官·遗人》：“五十里有市，市有候馆。” ②薰：香草，也指花草的芳香。 辔（pèi 佩）：驾驭牲口的缰绳。 ③迢迢：遥远貌。这里是绵长的意思。④危阑：高楼上的栏杆。 ⑤平芜：平坦的草原。

思 远 人

晏几道

红叶黄花秋意晚①，千里念行客。飞云过尽，归鸿无信②，何处寄书得？　　泪弹不尽临窗滴，就砚旋研墨③。渐写到别来，此情深处，红笺为无色。

【说明】

此阕抒写闺中人怀念千里行客的离别相思之情。开篇两句，即景起兴，因见“红叶黄花”而感秋意已深，由此引出对远方亲人的思念。“飞云”三句谓雁过长空，杳无音信，虽欲寄书，却又不知伊人今在何处？极写其内心之寂寞愁苦。下片叙述女主人公从凭栏眺望，回到室内，临窗凝思，泪流不止。泪水滴进砚台，顺手研墨提笔修书。也许“行客”见不到这封书信，但她还是不能不写，因为心中有许多话要向伊人倾诉。写着写着，想到别后的凄凉境况，眼泪禁不住又簌簌而下，点点斑斑，浸湿信纸，使红笺也为黯然失色。本篇词语直朴，不事涂饰，而含思深婉，缠绵曲折，纯为真情的自然流露。

【注释】

①黄花：菊花。　②归鸿：南归大雁。　③旋：随即。

减字木兰花

晏几道

长亭晚送，都似绿窗前日梦。小字还家①，恰应红灯昨夜花。　　良时易过，半镜流年春欲破②。往事难忘，一枕高楼到夕阳。

【说明】

此阕抒写男女离别相思之情，全篇从女子方面着笔。首二句回忆长亭送别，犹如梦境一般；三、四句说昨夜灯花放，今日家书到；五、六句谓别后岁月如流，青春年华即将消逝；末二句追念往事，形之梦寐，表达对伊人的深深怀念。本篇含蓄蕴藉，情韵悠长，“轻而不浮，浅而不露；美而不艳，动而不流；字外盘旋，句中含吐。小词能事备矣。”（先著《词洁》）

【注释】

①小字：指书信。 ②半镜：用陈太子舍人徐德言与乐昌公主破镜重圆事。这里是以“半镜”代指分别。

菩 萨 蛮

魏夫人

溪山掩映斜阳里，楼台影动鸳鸯起①。隔岸两三家，出墙红杏花。　绿杨堤下路，早晚溪边去。三见柳绵飞②，离人犹未归。

【说明】

这首词的作者为北宋曾布之妻，魏泰之姊，因被封为鲁国夫人，故以魏夫人相称。在当时词坛亦颇负盛名，是仅次于李清照、朱淑真的女词人，今存词十四首。此阕抒发春日怀人的离别相思之情。上片描绘景物，有静有动，色彩斑斓，层次分明，笔调清新自然。词人立足于乡间别墅的小楼之上。凭栏眺望，只见夕阳西下，霞光万道，溪山掩映，楼台影摇，鸳鸯戏水，红杏出墙，展现出一幅艳丽而又富有诗情画意的乡村晚春图。下片抒写怀念三年未曾归家的“离人”。“早晚”，当时俗语，即“随时”“日日”之意。词人天天都要到小溪边去走一趟，看看“离人”是否归来。结拍两句点明题旨，相思之情从“三见柳绵飞”中自然流出，含蓄深永，婉曲缠绵，“深得《国风·卷耳》之遗。”（《词林纪事》卷一九引《雅编》）

【注释】

①楼台影动：楼台的倒影在溪水中轻轻地晃动。 ②柳绵：柳絮。

减字木兰花

魏夫人

西楼明月，掩映梨花千树雪。楼上人归，愁听孤城一雁飞。　玉人何处①？又见江南春色暮。芳信难寻②，去后桃花流水深。

【说明】

此词写暮春月夜怀人，亦为思念丈夫之作。上片写景，景中含情；下片言情，情中有景。情景交融，意境疏秀淡远。结拍化用李白《赠汪伦》：“桃花潭水深千尺，不及汪伦送我情”诗意，表达夫妻间的惜别之情，亲切自然，不着痕迹。

【注释】

①玉人：容貌美丽的人，这里是对丈夫的爱称。 ②芳信：犹花信。这里是代指丈夫的书信。

八 六 子

秦 观

倚危亭，恨如芳草，萋萋刬尽还生①。念柳外青骢别后②，水边红袂分时③，怆然暗惊。 无端天与娉婷④，夜月一帘幽梦，春风十里柔情。怎奈向、欢娱渐随流水⑤，素弦声断⑥，翠绡香减⑦，那堪片片飞花弄晚，蒙蒙残雨笼晴。正销凝⑧，黄鹂又啼数声。

【说明】

此词抒写离别相思之情。上片由登亭眺望，见芳草"刬尽还生"，而引起对当年轻别伊人的绵绵遗恨。换头三句，追忆往日的欢乐生活。"怎奈向"三句，感叹梦断香消，好景不长。结处融情入景，表达对忆中人的无限怀念。张炎对这首词评价很高，认为"离情当如此作，全在情景交炼，得言外意"。(《词源》) 词意缠绵，音调凄怆，含蓄深邃，耐人咀嚼。

【注释】

①刬尽：全部芟除掉。刬（chǎn 产），光着。 ②骢（cōng 匆）：青白色的马。今名菊花青马。③红袂：红色衣袖，代指女子。 ④无端：无缘无故，不知何故。 娉婷：美好貌，也指美人。这句说不知何故，老天赐给她如此美好的身姿。 ⑤怎奈向：无可奈何之意。 ⑥素弦：指琴、瑟一类弦乐器。 ⑦绡：薄纱。 ⑧销凝：销魂凝思。

风 流 子

张 耒

木叶亭皋下①，重阳近，又是捣衣秋。奈愁入庾肠②，老侵潘鬓③，谩簪黄菊，花也应羞。楚天晚，白蘋烟尽处④，红蓼水边头⑤。芳草有情，夕阳无语，雁横南浦，人倚西楼。 玉容⑥，知安否？香笺共锦字，两处悠悠。空恨碧云离合⑦，青鸟沉浮⑧。向风前懊恼，芳心一点，寸眉两叶，禁甚闲愁。情到不堪言处，分付东流。

【说明】

本篇系重阳节前，作者旅居在外为怀念他的妻子而写的。开篇先点出时序，描绘节物，然后移情入景，引出乡关之思。换头直抒想念闺中之人的深情，恨暮云已合，佳人未来；叹青鸟无踪，音书全无。然后设想妻子也在思念自己，无奈山高路远，也只能“两处悠悠”。结拍说相思之情用语言难以表达，不如不去想它，将其付之东流。此词情景交融，含婉深永，在艺术表现上颇有特色。《餐樱庑词话》评曰：“张文潜《风流子》：‘芳草有情，夕阳无语，雁横南浦，人倚西楼。’景语亦复寻常，惟用在过拍，即此顿住，便觉老当浑成。换头‘玉容知安否’，融景入情，力量甚大。此等句有力量，非深于词，不能知也。‘香笺’至‘沉浮’，微嫌近滑，幸‘风前’四句，深婉入情，为之补救，而‘芳心’‘寸眉’，又稍稍刷色。下云‘情到不堪言处，分付东流’，甚至是不能不用质语为结束矣。”

【注释】

①亭皋：水边的平地。亭，平；皋，水旁地。 ②庾肠：庾信初仕梁，后被羁留北国，常常怀念故国和家乡。这里是指作者滞留外地的乡关之思。 ③潘鬓：晋人潘岳在《秋兴赋·序》中自谓三十二岁鬓生白发，后因用“潘鬓”喻指鬓发初白。 ④白蘋：多年生浅水草本植物，亦称“四叶菜”“田字草”。 ⑤红蓼：草本植物，多长于水边，花为淡红色。 ⑥玉容：女子的容貌。这里是指作者的妻子。 ⑦碧云句：江淹《休上人怨别》诗：“日暮碧云合，佳人殊未来。”这里借指对妻子的怀想。 ⑧青鸟：神话传说西王母有三青鸟，能传递信息，后因以“青鸟”喻指信使。

蝶恋花

早行

周邦彦

月皎惊乌栖不定①，更漏将残②，轳辘牵金井③。唤起两眸清炯炯④，泪花落枕红绵冷。　执手霜风吹鬓影，去意徊徨⑤，别语愁难听。楼上阑干横斗柄⑥，露寒人远鸡相应。

【说明】

本篇写一对恋人秋日清晨离别时难舍难分的情景。词中通过时间的推移、景物的变化和生动的细节描写，揭示人物的心理活动，表现了男女之间缠绵悱恻、依依惜别的心情。上片从室外写到室内，言未行前闻乌惊漏残，轳辘声响而惊醒落泪；下片从室内写到室外，言别时悲苦难堪，别后寂寞孤独。全篇首尾呼应，意脉清晰，层次井然，通过听觉形象和视觉形象，生动地展现出一幅清秋早行送别图。其中“唤起”两句，笔触细腻，神态宛然，王世贞评论说：“其形容睡起之妙，真能动人。”（《艺苑卮言》）

【注释】

①月皎：月色洁白光明。《诗经·陈风·月出》：“月出皎兮。” ②更漏：古代以铜壶滴水报时，一夜为五更，故称更漏。 ③辘辘：井上汲水辘轳转动的声音。 金井：井栏上有雕饰的井，用作井的美称。 ④眸：眼珠。 炯炯：明亮的样子。 ⑤徊徨：徘徊、彷徨的意思。 ⑥阑干：横斜貌。斗柄：北斗七星一至四颗称为斗魁，五至七颗称为斗柄。

一 剪 梅

李清照

红藕香残玉簟秋[①]。轻解罗裳，独上兰舟。云中谁寄锦书来[②]？雁字回时[③]，月满西楼。　　花自飘零水自流。一种相思，两处闲愁[④]。此情无计可消除。才下眉头，却上心头。

【说明】

本篇抒写秋日别情，是南渡前词人为怀念其夫赵明诚所作。上阕从秋日独自泛舟出游写到明月高照闺楼，无论是白天或晚上，出外或者归家，无时无刻不在挂念着心上之人，盼望他从远方寄来“锦书”。下阕以花落水流比拟丈夫离开自己以后的寂寞寥落之感，说明彼此伉俪情深，两地相思难以消除，柳眉刚刚舒展，心里又翻腾起来了。词语浅近，感情深挚，自然清新，体现了漱玉词的艺术风格。

【注释】

①玉簟（diàn电）：洁白光滑的竹席。 ②锦书：夫妻间的情书。 ③雁字：雁群飞行时排成“一”字或“人”字形，称为“雁字”。 ④闲愁：此指离愁。

小 重 山

别　情

赵善扛

汲水添瓶恰换花，蜂儿争要采，打窗纱。青春谁与度年华？弦索暗[①]，无绪几曾拏？　　春思正交加。马蹄声错认，客还家。花笺欲写寄天涯[2]。羞人见，罗袖急忙遮。

【说明】

本篇写闺中少妇的离别相思之情。词中状物绘景、刻画人物神态的几个片段写得十分精彩、生动。蜂儿扑打窗纱，企图飞入室内来采瓶中之花；少妇偷偷地在写情书，害怕被人看见，急忙用罗袖来遮掩。这两个镜头都很传神，而未经前人所道，给全词增色不少。

【注释】

①弦索：指琴弦。　②花笺：彩色信纸。

鹧　鸪　天

惜　　别

严　仁

一曲危弦断客肠，津桥捩柂转牙樯[1]。江心云带蒲帆重[2]，楼上风吹粉泪香。　　瑶草碧，柳芽黄，载将离恨过潇湘[3]。请君看取东流水，方识人间别意长。

【说明】

此词抒写惜别之情。送行的乐曲已经奏过，行客为之肠断心碎，伤感不已。船儿转舵离开大桥，张开风帆，驶向远方。楼上玉人粉泪盈盈，还在注目凝望，微风吹来了阵阵余香。岸上芳草萋萋，柳芽儿绽开点点嫩黄。我载着一船离愁别恨经过潇湘。请看那向东奔流的江水，就知道惜别的情意有多么深长。本篇虽是泛叙别情，但也有生活实感，读来自有韵味。

【注释】

①津：渡口。　柂：同“舵”。　樯：桅杆。　②蒲帆：用薄草叶编织的风帆。　③潇湘：潇水和湘水，湖南境内的两条河名。

湘春夜月

黄孝迈

近清明，翠禽枝上消魂[1]。可惜一片清歌，都付与黄昏。欲共柳花低诉，怕柳花轻薄，不解伤春。念楚乡旅宿②，柔情别绪，谁与温存？　空樽夜泣，青山不语，残月当门。翠玉楼前③，惟是有、一波湘水④，摇荡湘云。天长梦短，问甚时、重见桃根⑤？这次第、算人间没个并刀⑥，剪断心上愁痕。

【说明】

此阕词调为作者首创，调名与作品内容相合，当为自度之曲。词写旅宿楚乡，春夜月下怀念佳人的离情别绪。上片描绘景物，渲染气氛，抒发客居他乡无人与之温存的寂寞孤独之感。下片融情入景，叙写词人月夜楼上独酌，企图以酒浇愁，无奈“天长梦短”，不见伊人倩影。叹息人间没有“并刀”，能够剪断思念“桃根”的离愁别恨。词中用拟人化的手法，托物寓情，意境清幽，色彩暗淡，深曲委婉地表达了作者的离别相思之情，在艺术上很有特色。或以为此词有所寄托，梁令娴在《艺蘅馆词选》中引麦孺博评此词云：“时事日非，无可与语，感喟遥深。”亦可备一说。

【注释】

①翠禽：绿毛小鸟。姜夔《疏影》词：“苔枝缀玉，有翠禽小小，枝上同宿。”　②楚乡：这里指湖南一带。　③翠玉楼：指装饰着绿色玉石的楼阁。　④湘水：湘江，在今湖南境内。　⑤桃根：传为晋王献之妾桃叶之妹。其《桃叶歌》云：“桃叶复桃叶，桃树连桃根。相怜两乐事，独使我殷勤。”　⑥并刀：古代并州所产的剪刀，锋利无比。

唐多令

惜别

吴文英

何处合成愁？离人心上秋①。纵芭蕉、不雨也飕飕②。都道晚凉天气好，有明月，怕登楼。　年事梦中休③，花空烟水流。燕辞归、客尚淹留④。垂柳不萦裙带住⑤，漫长是，系行舟。

【说明】

此为秋日惜别之作。张炎讥梦窗词为“七宝楼台”，但认为“此词疏快，却不质实”。（《词源》）词中即兴抒感，情景相生，在结构上不拘于分片，前八句泛写离愁，后四句专叙秋别。其中“燕辞归、客尚淹留”句为全词关键所在。曹丕《燕歌行》：“群燕辞归雁南翔，念君客游思断肠。慊慊思归恋故乡，何为淹留寄他方？”本篇化用其意，谓燕子辞别主人，向南方飞去，而我却还滞留在他乡。这里所说的燕子可能是指作者的恋人，惜别之情自此而生。燕归客留，上承“离人”，下应“行舟”，绾合前后，意脉贯通。这首词缠绵悱恻，低回往复，文字轻巧，含思婉转，风格与民间小调相近。

【注释】

①心上秋：心上加秋，合成愁字。 ②飕飕：形容风雨之声。 ③年事：年华与往事。 ④客：旅居他乡之人，作者自称。 ⑤萦：缠绕。 裙带：借指女子。

南 乡 子

蒋 捷

泊雁小汀洲[1]，冷淡湔裙水漫秋[2]。裙上唾花无觅处，重游。隔柳惟存月半钩。 准拟架层楼[3]，望得伊家见始休。还怕粉云天末起，悠悠。化作相思一片愁。

【说明】

本篇亦为抒写离别相思之作。上片叙述女子秋夜河边洗裙，从而联想起当年“唾花”溅裙的欢乐生活。如今人去楼空，只有昔日的半钩残月依然挂在柳树枝头。下片写她为了看到“伊家”的踪影，幻想盖起一座能够眺望远方的高楼。小词构思亦颇新巧，值得玩味。

【注释】

①泊：停留。 ②湔：洗。 ③准拟：一定要。拟，打算。

御 街 行

无名氏

霜风渐紧寒侵被，听孤雁，声嘹唳[1]。一声声送一声悲，云淡碧天如水。披衣起。告雁儿略住，听我些儿事。 塔儿南畔城儿里，第三个，桥儿外。濒河西岸小红楼，门外梧桐雕砌。请教且与，低声飞过，那里有、人人无寐。

【说明】

这首词写游子对家乡和亲人的深切思念。上片通过秋夜枕上闻孤雁悲鸣，而引起孤独寂寞的愁思，于是披衣起床，向雁儿剖诉心曲。下片概述游子对孤雁所说的话：（我家住在）塔南的小城里，第三座桥外临河西岸，有一栋小红楼，门外有几株梧桐和石砌的台阶，请你飞过那里的时候，千万放低声音，以免触动楼上不眠之人的离愁别绪。此阕构思新颖，表现手法也很独特，全篇均用口语，通俗易懂，妙趣横生。词中没有使用“离别”“相思”一类的词语，而离别相思之情却表达得十分真挚深切，读来别有一番风味。

【注释】

①嘹唳：形容响亮而漫长的声音。

三十五、闺情绮怨

定风波

柳　永

自春来、惨绿愁红，芳心是事可可[①]。日上花梢，莺穿柳带，犹压香衾卧。暖酥消[②]，腻云亸[③]，终日厌厌倦梳裹[④]。无那[⑤]！恨薄情一去，音书无个。　　早知恁么[⑥]，悔当初、不把雕鞍锁。向鸡窗、只与蛮笺象管[⑦]，拘束教吟课[⑧]。镇相随[⑨]，莫抛躲，针线闲拈伴伊坐。和我。免使年少，光阴虚过。

【说明】

这首闺怨词刻画一位少妇对远行郎君的无限思念。词用第一人称口吻，淋漓畅快、毫不掩饰地抒发了女主人公对爱情生活的热烈追求。词语通俗，风格明快，怨妇形象活灵活现，跃然纸上，带有浓厚的市民色彩，是柳永俚词的代表作品之一。

【注释】

①是事可可：犹言凡事均不在意，一切都含含糊糊地让它过去。　②暖酥消：肌肤消瘦。③腻云亸（duǒ 朵）：头发散乱。亸，下垂貌。　④厌厌：精神不振貌。　⑤无那：无可奈何。⑥恁么：这样。　⑦鸡窗：书房的代称。　蛮笺：古代蜀地所产的彩色笺纸。　象管：象牙做的笔管。　⑧吟课：读书吟咏，温习功课。　⑨镇相随：整日陪伴着。

锦堂春

柳　永

坠髻慵梳[①]，愁蛾懒画[②]，心绪是事阑珊。觉新来憔悴，金缕衣宽[③]。认得这疏狂意下，向人诮譬如闲[④]。把芳容整顿，恁地轻孤，争忍心安？　　依前过了旧约，甚当初赚我，偷剪云鬟[⑤]。几时得归来，香阁深关。待伊要、尤云殢雨[⑥]，缠绣衾、不与同欢。尽更深、款款问伊[⑦]，今后敢更无端？

【说明】

此阕亦为闺怨之作。女主人公是一位性格泼辣的市井少妇。伊人去后，背盟失约，归期渺茫，使得她神情憔悴，心绪烦乱，懒画蛾眉，无心梳妆，终日不得安宁。一朝归来，一定要好好地教训教训他："香阁深关""不与同欢"，深更半夜再慢慢地"审问"他一番，看你今后还敢不敢一去不归，无缘无故地骗人？词用代言体，摹写女子的心理活动，合情合理，声口毕肖，结构严密，层次分明，语言浅俗，怨妇的形象栩栩如生。

【注释】

①坠髻慵梳：发髻下坠，懒于梳理。 ②愁蛾：愁容不展的蛾眉。 ③金缕衣：用金线缝制的华丽衣服。 衣宽：形容身体消瘦，衣服显得宽大了。 ④诮譬如闲：简直把我视若等闲。 ⑤云鬟：如乌云似的头发。古代男女离别时，有剪发为赠，以表达永不相忘的习俗。 ⑥尤云殢雨：指男女合欢。 ⑦款款：徐缓貌。

一丛花令

张　先

伤春怀远几时穷[①]？无物似情浓。离愁正引千丝乱[②]，更南陌、飞絮蒙蒙[③]。嘶骑渐遥，征尘不断，何处认郎踪？　双鸳池沼水溶溶[④]，南北小桥通。梯横画阁黄昏后，又还是、斜月帘栊[⑤]。沉恨细思，不如桃杏，犹解嫁东风！

【说明】

此词写的是闺怨。上片抒发情郎别后的愁怀，下片感伤今日的孤独寂寞。结拍三句以花喻人，悔恨自己当初未能追随郎踪而去，不如桃花和杏花还懂得嫁给东风，从一而终，有所归宿。构思新颖，意浓语俊，一时传为佳句，作者也因此而被称为"桃杏嫁东风"郎中。

【注释】

①伤春：一作"伤高"。 几时穷：何时才能穷尽。 ②千丝：指游丝，即蜘蛛和小虫所吐的丝。 ③飞絮蒙蒙：形容杨花乱飞，如蒙蒙细雨一样。 ④溶溶：水流动貌。 ⑤帘栊：帘子和窗棂。

蝶恋花

晏　殊

槛菊愁烟兰泣露[①]，罗幕轻寒，燕子双飞去。明月不谙离恨苦[②]，斜光到晓穿朱户。　昨夜西风凋碧树，独上高楼，望尽天涯路。欲寄彩笺兼尺素③，山长水阔知何处？

【说明】

此阕亦为抒写闺情之作。女主人公秋夜无眠，清晨触景伤怀，愁苦不堪。在她看来，菊花笼罩着一层轻烟薄雾，仿佛正在发愁似的；兰草沾上滴滴露珠，也像在哭泣一样。她登楼远眺，望尽天涯，不见离人的踪影，想要写封书信寄去，又不知道他究竟在什么地方，真是有苦难言啊！词的风格凄婉，而境界却较阔大，含蓄深永，耐人咀嚼。

【注释】

①槛：窗户下或长廊旁的栏杆。　②谙（ān 安）：熟悉，理解。　③彩笺：彩色的纸，这里代指题咏之作。　尺素：古代书写所用的一尺来长的白色生绢，后用作书信的代称。古乐府《饮马长城窟行》："呼儿烹鲤鱼，中有尺素书。"

玉　楼　春

春　恨

晏　殊

绿杨芳草长亭路，年少抛人容易去①。楼头残梦五更钟，花底离愁三月雨。　无情不似多情苦，一寸还成千万缕。天涯地角有穷时，只有相思无尽处。

【说明】

这是一首闺怨词，写怨妇被年少之人抛弃以后的离别相思之情。起首两句追忆在绿柳依依、芳草萋萋的长亭路上送别"年少"的情景。三、四两句言别后经常魂牵梦绕，辗转反侧，深夜刚刚入睡，又被五更的钟声惊醒，听到檐前花底滴滴答答的雨声，更加感到凄苦寂寞，愁情满怀。过片两句以杨柳作比，埋怨自己太多情，才使一寸芳心到了春天便化成了千条万缕、绵绵不尽的杨柳。结拍两句谓"天涯地角"终有尽头，而自己的相思之情却永无穷尽之时。此阕语言工致，不事雕饰，"婉转缠绵，情深一往，丽而有则，耐人玩味。"（陈廷焯《白雨斋词话》）

【注释】

①年少：指青年人。据传晏殊的儿子晏几道曾为其父辩解说，这首词中的"年少"并非指女子的"所欢"，而是指青春年华，因而不是所谓"妇人语"。这一辩解与全词的意象不符，很难说服人。

蝶 恋 花

欧阳修

庭院深深深几许？杨柳堆烟，帘幕无重数。玉勒雕鞍游冶处①，楼高不见章台路②。　雨横风狂三月暮，门掩黄昏，无计留春住。泪眼问花花不语，乱红飞过秋千去③。

【说明】

这是一首怨妇词。丈夫走马章台，冶游不归，抛下伊人独守空闺，寂寞难耐。暮春三月，女主人公登楼怅望，遥想薄幸之人此时正在花街柳巷寻欢作乐，早已把自己忘记得干干净净，不觉黯然伤悲。黄昏时刻，她下楼步入庭院之中，只见繁花遭到风雨摧残，纷纷凋谢，遍地狼藉，一种凄凉的身世之感油然而生。她含泪问花，希望能得到一点点慰藉，不料落红也是无情之物，竟然默默无语地飞过秋千而去，留下了有苦难言、无人理会的女主人公。本篇含蓄深沉，生动地展示出一位被遗弃的女子的不幸遭遇。或以为此词有所寄托，是借男女情事以写朝中政事，但不宜句句坐实，否则难免失于穿凿。《蓼园词选》评曰："首阕因杨柳烟多，若帘幕之重重者，庭院之深以此，即下句章台不见，亦以此。总以见柳絮之迷人，加之雨横风狂，即拟闭门，而春已去矣，不见乱红之尽飞乎？语意如此，通首诋斥，看来必有所指。第词旨浓丽，即不明所指，自是一首好词。"

【注释】

①玉勒：镶玉的马笼头。　雕鞍：雕花饰彩的马鞍。　游冶处：寻欢作乐的地方，指歌楼妓馆。②章台路：原为汉代长安章台下的一条街，妓女多聚居于此，后遂以指妓女所居之处。　③乱红：散乱飘零的落花。

江 城 子

春　恨

魏夫人

别郎容易见郎难，几何般，懒临鸾①。憔悴容仪，陡觉缕衣宽②。门外红梅将谢也，谁信道，不曾看。　晓妆楼上望长安③，怯轻寒，莫凭阑。嫌怕东风，吹恨上眉端。为报归期须及早，休误妾，一春闲。

【说明】

这首词题为“春恨”，抒写作者对游宦京城的丈夫的离别相思之情。开篇直抒胸臆，写她时刻怀念着远方的亲人，然而“别郎容易见郎难”，于是引起了无数的烦恼和怨怅：无心梳妆，容颜憔悴，身体消瘦，连门外的红梅花都快谢了，也没有出去看一看。下阕叙述清晨登楼远望，顿觉春寒料峭，又怕东风把愁和恨吹上眉端。结拍遥向“长安”的亲人剖诉心曲，希望他早日把归期告诉我，免得虚度韶光，白白地浪费了美好的青春年华。这是一首缠绵悱恻的相思曲，表达了一位青年女子对爱情和幸福家庭生活的热烈追求。语言浅近，风格柔婉，形象生动，心理刻画细腻而真切，有较强的艺术感染力。

【注释】

①临鸾：照镜。鸾，指鸾镜，即妆镜。 ②缕衣：金缕衣，用金线缝的衣服，泛指华美的衣服。 ③长安：这里是借指北宋都城汴京。

系　裙　腰

魏夫人

灯花耿耿漏迟迟①。人别后、夜凉时，西风潇洒梦初回。谁念我，就单枕，皱双眉。　锦屏绣幌与秋期。肠欲断、泪偷垂。月明还到小窗西。我恨你，我忆你，你争知②？

【说明】

此阕抒写闺妇秋夜怨别，当为作者思念其夫之作。全篇纯用白描，自诉衷情，将主人公怀远恨别的心理情态刻画得十分生动真切。

【注释】

①耿耿：微明貌。 迟迟：迟缓的意思。 ②争知：怎知。

减字木兰花

秦　观

天涯旧恨，独自凄凉人不问。欲见回肠，断尽金炉小篆香①。　黛蛾长敛②，任是春风吹不展。困倚危楼③，过尽飞鸿字字愁。

【说明】

这首词写闺中女子的离愁别恨。上片前两句直抒怨悱之情，后两句托物寓意，揭示女主人公凄凉寂寞的心理活动。过片从内心转到外表的描写：尽日愁眉紧锁，任凭春风吹拂，也难以使它舒展，可见其愁恨之深重。结拍两句写女子高楼骋望，一群群大雁从空中飞过，却未能盼到来自天涯的音书，旧恨新愁一齐涌上心头。小词感情浓烈，体制淡雅，犹如一幅写生画。

【注释】

①篆香：盘香，因其形状回环如篆，故称。 ②黛蛾：指女子的眉毛。 ③危楼：高楼。

浣溪沙

贺铸

闲把琵琶旧谱寻①，四弦声怨却沉吟②。燕飞人静画堂深。 敧枕有时成雨梦③，隔帘无处说春心。一从灯夜到如今④。

【说明】

此阕写一闺中少女的幽怨。元宵之夜，她在观灯时遇见了一位意中人，然而从此以后却无由再见，朝思暮想，终日闷闷不乐。百无聊赖中，闲抱琵琶，弹奏旧曲，以寄托她的相思之情。有时梦中欢会，醒来更添惆怅，独居深闺，燕飞人静，无处诉说自己的怀春之心。读此词当从结句入手，往上寻绎，意脉自现矣。

【注释】

①闲把：闲抱。 旧谱：旧曲，指相思之曲。 ②却：正。 沉吟：沉思吟味。 ③敧枕：斜靠枕头。 雨梦：云雨梦的略语。宋玉《高唐赋序》言楚王梦与神女相会高唐，神女自谓“旦为行云，暮为行雨”，后遂称男女合欢为“云雨”。 ④灯夜：元宵之夜。

点绛唇

李清照

寂寞深闺，柔肠一寸愁千缕。惜春春去，几点催花雨①。 倚遍阑干，只是无情绪。人何处？连天芳草，望断归来路。

【说明】

这首小令是李清照为怀念离家外出的丈夫，盼望他早日归来而作的。上片抒写独处深闺的寂寞心情，下片表达对亲人的深切思念。词人倚栏远眺，只见芳草连天，望不到丈夫的行踪，因而愁情满怀，伤感不已。全篇情景交融，语浅情深，不假藻饰，直抒胸臆，可谓“情词并胜，神韵悠然”（《云韶集》卷一〇）。

【注释】

①催花雨：指催促花开花落的春雨。

念　奴　娇

春　　情

李清照

萧条庭院[①]，又斜风细雨，重门须闭。宠柳娇花寒食近[②]，种种恼人天气。险韵诗成[③]，扶头酒醒[④]，别是闲滋味。征鸿过尽[⑤]，万千心事难寄。　　楼上几日春寒，帘垂四面，玉阑干慵倚。被冷香消新梦觉，不许愁人不起。清露晨流。新桐初引[⑥]，多少游春意。日高烟敛，更看今日晴未？

【说明】

本篇或题为“春日闺情”，当写于南渡之前作者的丈夫赵明诚离家在外之时。全词着重描绘景物和词人的主观感受，而以“征鸿过尽，万千心事难寄”两句点明题意，表达深沉的离愁别恨。上片写寒食节前的一个阴雨天，自己独居“萧条庭院”，百无聊赖中不得已闭门以诗酒消遣。下片说春寒料峭，无心凭栏，被冷梦觉，醒后天气转晴，红日高照，从而引起游春之意。词中虽然没有从正面渲染离愁，但离愁处处可感，词的章法严谨，波澜起伏，意脉清晰，堪称闺情词中的佳作。《蓼园词选》评曰：“只写心绪落漠，遇寒食更难遣耳。陡然而起，便尔深邃。至前阕云‘重门须闭’，次阕云‘不许’‘不起’，一开一合，情各戛戛生新。起处雨，结句晴，局法浑成。”

【注释】

①萧条：寂寞冷落。　②宠柳娇花：春天受到人们宠爱的杨柳和百花。　③险韵：用冷僻难押的字做韵脚。　④扶头酒：易醉的酒，又古人于卯时饮酒，称“卯酒”，又称“扶头酒”。　⑤征鸿：远飞的鸿雁。　⑥初引：初长。《世说新语·赏誉》：“于时清露晨流，新桐初引。”

蝶 恋 花

李清照

暖日晴风初破冻①。柳眼梅腮②，已觉春心动。酒意诗情谁与共？泪融残粉花钿重③。　　乍试夹衫金缕缝④。山枕斜攲⑤，枕损钗头凤⑥。独抱浓愁无好梦，夜阑犹剪灯花弄⑦。

【说明】

本篇也是一首闺情词，抒写作者对丈夫的深深怀念。上片以初春景物为背景，表达词人独处闺阁的寂寞心情。下片刻画抒情主人公日夜盼望亲人早归的心理活动。词中用“酒意诗情谁与共”一句，点明题旨，向读者打开了伤春怀远的心扉。试夹衫、攲山枕、抱浓愁、剪灯花，从白天到黑夜，一连串动作生动地反映了女词人孤独寂寞的心境。此时李清照和她丈夫的分别是暂时的，虽然也给她带来了烦恼和忧愁，但不久即可见面，这种烦恼和忧愁也将随着烟消云散。所以词的结拍处自然地流露出一种喜悦和希望之情。这与她后期在国亡家破夫死以后所抒发的哀愁，在情调和意境方面都是不同的。

【注释】

①初破冻：刚刚解冻。　②柳眼：初生柳叶，细长如眼，故谓“柳眼”。　梅腮：梅花瓣儿，似美女香腮，故称“梅腮”。　③花钿（diàn 电）：用金翠珠宝等制成花朵的首饰。　④乍：起初，刚刚开始。　金缕缝：用金线缝成的衣服。　⑤山枕：檀枕。因其形如“凹”，故称“山枕”。　攲（qī 期）：靠着。　⑥钗头凤：头钗，古代妇女的首饰。因其形如凤，故名。　⑦夜阑：夜深。　灯花：灯芯燃烧时结成的花形。

生 查 子

朱淑真

年年玉镜台①，梅蕊宫妆困②。今岁未还家，怕见江南信。　　酒从别后疏，泪向愁中尽。遥想楚云深，人远天涯近。

【说明】

本篇为“宋金十大曲”之一，当时流传很广。词写闺中女子思念江南游子，情深意切，委曲缠绵，将思妇的离愁表现得淋漓尽致。无时无刻不在盼望着远方的消息，却偏说怕见江南来信，真切而细腻地刻画出女主人公因恋生疑的心理活动。

【注释】

①玉镜台：玉制的镜台。晋温峤曾以玉镜台作为聘礼，后遂用作男女定情之物。 ②梅蕊宫妆：梅花妆。

水 龙 吟

春　恨

陈　亮

闹花深处层楼①，画帘半卷东风软。春归翠陌，平莎茸嫩②，垂杨金浅③。迟日催花④，淡云阁雨⑤，轻寒轻暖。恨芳菲世界，游人未赏，都付与、莺和燕。　寂寞凭高念远，向南楼一声归雁。金钗斗草，青丝勒马，风流云散。罗绶分香⑥，翠绡封泪⑦，几多幽怨。正销魂，又是疏烟淡月，子规声断⑧。

【说明】

本篇题为“春恨”，托为女子倾诉伤春怀远之情。上片描绘春景，叹息芳菲世界无人游赏，美好春光都被无知的莺燕所共享。下片抒发幽怨，惋惜当年金钗斗草、青丝勒马的盛游都已风流云散，徒然令人感伤不已。风格缠绵凄婉，在《龙川词》中别具一格。或以为此阕系借男女之离愁别恨，以抒写作者对中原故国的深深怀念。细寻词意，言近旨远，可能有所寄托。

【注释】

①闹花：繁花竞放。 ②平莎：平地上的莎草。 ③金浅：浅黄色。 ④迟日：春天白昼较长，太阳迟迟不落。《诗经·豳风·七月》：“春日迟迟，采蘩祁祁。” ⑤阁雨：阁，同“搁”，谓雨止。 ⑥罗绶：罗带。 ⑦翠绡：绿色的丝巾。 ⑧子规：杜鹃鸟的别称。

江 城 子

代　作

高观国

绿丛篱菊点娇黄。过重阳，转愁伤。风急天高，归雁不成行。此去郎边知近远，秋水阔，碧天长。　　郎心如妾妾如郎。两离肠，一思量。春到春愁，秋色亦凄凉。近得新词知怨妾，无处诉，泣兰房①。

【说明】

此阕为代一女子重阳寄远之作。不久前女子收到了她丈夫寄来的一首新词，可能是他在外面听到了一些流言，对妻子产生了误解和埋怨，于是她请词人为赋此篇，以表明自己的一片真挚情意。词的上片描绘重阳景物，为伤离怨别渲染气氛。下片自诉衷曲，表达女子对情郎的无限相思以及被误解的委屈心情。这首词音调凄凉，缠绵婉转，情真意切，她的丈夫读到之后一定会深为感动，更加信任和热爱自己的妻子。仔细吟味，似亦有所寄托。

【注释】

①兰房：香闺，女子居室的美称。

月照梨花

闺　怨

黄　昇

昼景，方永，重帘花影。好梦犹酣，莺声唤醒。门外风絮交飞，送春归。　　修蛾画了无人问①。几多别恨，泪洗残妆粉。不知郎马何处嘶？烟草萋迷②，鹧鸪啼。

【说明】

此阕抒写闺妇伤春怀远之情。上片叙述女主人公昼寝入梦，被莺声唤醒，见门外柳絮纷飞，从而引起一片惜春之情。下片刻画闺妇的心理活动，哀叹独守空房，无人怜爱，终日以泪洗面；情郎一去渺无音信，望断天涯不见行踪，看到的唯有凄迷的烟草，听到的只是哀怨的鹧鸪之声。词意缠绵悱恻，情景交融，杨慎谓其“有花间遗意”（《词品》），确如其言。

【注释】

①修蛾：形容女子细长的眉毛。　②萋迷：同“凄迷”，景物模糊貌。

三十六、豆蔻年华

武　陵　春

张　先

秋染青溪天外水，风棹①采菱还。波上逢郎密意传，语近隔丛莲。　　相看忘却归来路，家在柳城前②。菱蔓虽多不上船，心眼在郎边。

【说明】

此阕写一位采菱少女“波上逢郎”，隔着莲丛低声细语，表达彼此相爱的浓情蜜意。由于少女沉浸在幸福的初恋之中，注意力全部倾注在情郎身上，因此不仅忘却了“归来路”，而且船上也没有采回多少菱角。这首小词着重刻画人物的心理神态，寥寥数语，轻描淡写，少女的形象宛然如在目前。

【注释】

①风棹：顺风驶船。棹，船桨，代指船。　②此句一作“遮日小荷圆”。

渔　家　傲

晏　殊

脸傅朝霞衣剪翠①，重重占断秋江水。一曲采莲风细细。人未醉，鸳鸯不合惊飞起②。　　欲摘嫩条嫌绿刺，闲敲画扇偷金蕊③。半夜月明珠露坠。多少意，红腮点点相思泪。

【说明】

本篇写一位采莲姑娘在荷塘中看见一对鸳鸯惊飞，从而触发了自己的相思之情。她深感青春寂寞，不觉黯然伤悲，红腮上淌下了点点珠泪。此阕将少女怀春的形象刻画得十分生动真切，犹如一幅素描肖像画。

【注释】

①脸傅朝霞：形容面色红润，好像抹上了一层朝霞。 ②不合：不应、不该。 ③金蕊：指荷花。

浣溪沙

晏殊

玉碗冰寒滴露华，粉融香雪透轻纱。晚来妆面胜荷花。 鬓亸欲迎眉际月[1]，酒红初上脸边霞。一场春梦日西斜。

【说明】

这是一幅美人午睡初起图。首句写室内陈设：玉碗中盛着防暑降温用的冰块，冰块融化后淌着像晨露一样的水珠。这里既交待了时令——炎热的夏季，同时也暗示出这是一个贵族之家。二、三两句从正面描绘美人：她身上的香粉被汗水融化，透过薄薄的轻纱，呈露出芬芳雪白的肌体；傍晚经过梳妆的面容，胜过那池塘中娇艳的荷花。过片两句是特写镜头：美人的鬓发下垂，紧靠着眉间额上的月形妆饰；红润的脸庞就像抹上了一层朝霞。结句点出时间，交待词中描绘的美人乃是午睡梦醒之后的情景。这是一首艳词，明显地表现了“花间”余风，但艳而不俗，如果当作一幅画来看，仍具有一定的审美价值。

【注释】

①鬓亸：鬓发下垂。 眉际月：古代女子以黄粉涂额，成圆月形，因其在两眉之间，故谓“眉际月”。

醉蓬莱

欧阳修

见羞容敛翠[1]，嫩脸匀红，素腰袅娜[2]。红药阑边[3]，恼不教伊过。半掩娇羞，语声低颤，问道有人知么？强整罗裙，偷回波眼，佯行佯坐[4]。 更问假如，事还成后，乱了云鬟，被娘猜破。我且归家，你而今休呵。更为娘行，有些针线，诮未曾收啰[5]。却待更阑，庭花影下，重来则个。

【说明】

此阕写一少女与情郎在“红药阑边”幽会的情景。由于“怕娘猜破”，不敢任情贪欢，只得约伊待到更深夜尽之时，重来“庭花影下”相会。词虽俚俗，却颇委曲婉转，将封建礼教束缚下爱情不能自由的少女心态刻画得十分细腻真切。

【注释】

①敛翠：翠眉紧锁。 ②袅娜：柔细貌。 ③红药：红色的芍药花。 ④佯：假装。 ⑤诮：完全。这三句说母亲交给的针线活，还没有做完。

南 乡 子

晏几道

渌水带青潮①，水上朱阑小渡桥。桥上女儿双笑靥②，妖娆③。倚着阑干弄柳条。 月夜落花朝，减字偷声按玉箫④。柳外行人回首处，迢迢。若比银河路更遥。

【说明】

这首词写一位在桥上倚栏而立的妙龄女郎。她长得十分美丽，脸上还有两个迷人的酒窝。这位“女儿”始则揉弄柳条，继又吹奏玉箫，过路的行人都不断地回头凝视着她。然而伊人恍若天仙，近在眼前，远在天边，若想与她相见，恐怕比渡过万里迢迢的银河还要遥远。词中的“行人”可以看成是作者自己，叙述他生活中一次偶然的艳遇，不过伊人可望而不可即，于是便写了这首小词，留作存照。词的意境优美，“女儿”的形象犹如水中之月，镜中之花，读之令人浮想联翩。

【注释】

①渌水：清澈的水。 ②靥（yè 夜）：面颊上的微窝。 ③妖娆：娇媚。 ④减字偷声：词的字句、声韵、节拍均有定格，一般须按谱填写，依曲歌唱。但有的词调在音节韵度方面，也可略作增减，或因旧曲另为新声。从唱腔角度说，增者称为添声，减者称偷声。从歌词角度说，增者叫作添字，减者叫做减字。这里是指唱腔而言。 玉箫：箫的美称。

浣 溪 沙

晏几道

闲弄筝弦懒系裙，铅华消尽见天真①。眼波低处事还新。 怅恨不逢如意酒，寻思难值有情人。可怜虚度琐窗春②。

【说明】

此阕抒写少女伤春，叹惜红颜薄命，知音难觅。词中的女主人公既可说是青楼歌姬，也可说是幽闺佳人，身份可以略而不论，总之是一位春心萌动的妙龄女郎。上片说她闲居无聊，懒系罗裙，不施铅华，而天生丽质，妩媚动人。下片谓其烦恼惆怅，事不遂心，未遇有情之人，只能独自饮酒，在窗下虚度美好的青春。本篇犹如一幅肖像画，篇幅虽短而神态宛然，心理刻画尤为细腻真切。

【注释】

①铅华：擦脸的粉。　天真：指心地单纯，没有做作和虚伪。　②琐窗：雕刻或绘有连环形花纹的窗户。

菩　萨　蛮

魏夫人

红楼斜倚连溪曲，楼前溪水凝寒玉①。荡漾木兰船②，船中人少年。　荷花娇欲语，笑入鸳鸯浦。波上暝烟低③，菱歌月下归④。

【说明】

本篇写夏日傍晚一群青年男女泛舟小溪，驶入鸳鸯浦中。荷花是那么娇艳，主人公们又是风华正茂的少年，他们谈笑取乐，流连忘返，不知不觉夜幕已经降临，这才唱着菱歌，乘着月色，尽兴而归。不言而喻，作者也是“木兰船”中的一员，同行者大概都是她的兄弟姊妹们吧。词的意境优美，风格淡雅而又富有诗情画意，语言清新自然，形象鲜明生动，与李清照的《如梦令》（常记溪亭日暮）有异曲同工之妙。

【注释】

①寒玉：形容溪水明净清澈。　②木兰船：船的美称。　③暝烟：傍晚水面上的雾气。　④菱歌：采菱人唱的歌曲。

南　歌　子

秦　观

香墨弯弯画，燕脂淡淡匀①。揉蓝衫子杏黄裙②。独倚玉阑无语、点檀唇③。　人去空流水，花飞半掩门。乱山何处觅行云[④]？又是一钩新月、照黄昏。

【说明】

此阕是一幅佳人梳妆凝望图。上片绘形，通过画眉、涂脂、着装、点唇，描摹出一位眉目娟秀、薄施脂粉、身穿“揉蓝衫子杏黄裙”的女子，独自倚栏，默默无语地在等待着自己的意中人。下片寓情于景，写女子一直等到黄昏月出之时，仍然未见踪影，深感愁苦寂寞，因而发出了“乱山何处觅行云”的哀叹。本篇上片色彩艳丽，下片意境淡远，前后映衬，揭示了女主人公从满怀希望到完全失望的情感发展变化过程。词意含蓄婉转，得温、韦之遗韵，而能取其神、不袭其貌，在艺术表现上颇有特色。

【注释】

①燕脂：胭脂。 ②揉蓝：原为古代的一种染色方法，后用以指蓝色。 ③点檀唇：用檀色涂唇。檀呈浅绛色，故以“檀口”形容红艳的嘴唇。 ④行云：比喻行踪不定的薄情之人。

蝶恋花

秦观

紫燕双飞深院静。簟枕纱厨[①]，睡起娇如病。一线碧烟萦藻井[②]，小鬟茶进龙香饼[③]。 拂拭菱花看宝镜[④]。玉指纤纤，撚唾撩云鬓。闲折海榴过翠径，雪猫戏扑风花影。

【说明】

这是一幅美人雪猫图。前八句写女子睡起，饮茶，照镜，撩鬓，活画出一位疏慵困倦、心绪不宁的闺阁佳人的形象。结拍两句为画龙点睛的特写镜头：这位美人百无聊赖中，来到后园散心，她顺手折下一株火红的石榴花，穿过绿草如茵的小径。只见一只雪白的小猫，紧紧跟随在她身后，东蹿西跳，在捕捉地上随风晃动的花影。这两句生动传神，未经前人所道，为全篇生色不少。

【注释】

①簟：竹席。 纱厨：纱帐。 ②藻井：天花板。 ③小鬟：小丫头。 龙香饼：龙团茶。④菱花：镜子。

浣　溪　沙

贺　铸

鹜外红绡一缕霞①，淡黄杨柳带栖鸦②。玉人和月折梅花。　　笑撚粉香归绣户③，半垂罗幕护窗纱④。东风寒似夜来些⑤。

【说明】

这是一幅美人月下摘梅图。首二句描绘初春傍晚景物，化用王勃《滕王阁序》中“落霞与孤鹜齐飞”句意，鲜明生动，富有诗情画意。第三句时间已暗转到夜间，写美人踏着月光，步下闺楼，到庭院中摘取浮动着暗香的梅花。四、五两句写美人手撚花枝回到闺房，放下帘幕，遮住纱窗，人物隐去，画面结束。末句补叙环境气候，照应“淡黄杨柳”，表明正是乍暖还寒的早春时节。小词意境清幽淡雅，以梅花映衬月下美人，虽着笔不多，却具有很高的审美价值。《宋词举》谓：“方回此作，纯是唐、五代遗音，通首不见一情语，而深厚之味，绵邈之情，必几经讽咏始能领会。”

【注释】

①鹜外红绡：一作“楼角初销”。鹜（wù误）：野鸭。　②带：一作“暗”。　③绣户：绣房，闺房。绣，一作“洞”。　④半垂：一作“更垂”。　⑤些（sā撒）：句末语气助词。

点　绛　唇

李清照

蹴罢秋千①，起来慵整纤纤手②。露浓花瘦，薄汗轻衣透。　　见有人来，袜刬金钗溜③。和羞走，倚门回首，却把青梅嗅。

【说明】

这首小令，是李清照早年的作品。从环境、氛围和情态看，女主人公是一位活泼可爱的大家闺秀。前半阕描写少女在后花园打罢秋千以后的神态，笔触十分细腻、生动。“慵整纤纤手”“薄汗轻衣透”活灵活现地刻画出一位娇美好动的千金小姐的形象。“露浓花瘦”既是写景，点明时间、环境，也有以花喻人之意。后半阕写少女看见生人来到之后的反应和行动。正当她“蹴罢秋千”、满身是汗的时候，忽然发现有个人影溜进了花园，由于不知来者是谁，又加上衣衫不整，心里有些慌张，只得含羞而走；匆忙间连鞋子也来不及穿，干脆穿着袜子逃吧；真不凑巧，头上的金钗又滑脱掉了下来。可是当她快到门口的时候，却又回过头来，瞅了瞅那位不速之客，故作从容之态，并且顺手折下一枝青梅来闻一闻。这五句通过一连串动作，将女主人公乍见生人时复杂的心理活动描绘得十分传神逼真，惟妙惟肖。

有人认为此首词意浅薄，淫靡庸俗，因而否定其为清照所作。细读原词虽不能说有何深意，但也绝非浅薄，更不是什么庸俗淫靡之作。“倚门回首”一句，不过写少女害怕被人发现其衣装不整，同时也有几分好奇的心理，绝不能视为“情挑”。何况贸然闯入花园的那个“人”，根本没有出现在画面上，是男是女、是老是少，皆不可知，女主人公虽然回头瞅了瞅，也未必看清楚了，怎么能说是淫靡庸俗呢？

【注释】

①蹴（cù 促）：踢、踩。 ②慵：懒。 ③袜刬（chǎn 产）：仅穿着袜子。 金钗溜：金钗滑脱。

浣 溪 沙

李清照

绣幕芙蓉一笑开，斜偎宝鸭衬香腮。眼波才动被人猜[①]。 一面风情深有韵，半笺娇恨寄幽怀[②]。月移花影约重来。

【说明】

这首小词描绘了一位美丽活泼、性格鲜明、敢于追求爱情的少女形象。首起两句，写她清晨起床后笑容可掬地打开绣着荷花的帏幕，一手搂着凫鸭形状的香炉，一手托着香腮，陷入了沉思。“眼波才动被人猜”一句，生动而传神地刻画出少女沉浸于爱情之中的心理和神态。她怕别人猜出自己的心事，因此一言一行，特别是对那双会说话的眼睛要多加小心，不要露出了破绽。可是她总觉得好像有人在盯着她，在监视她，也许她是害怕“梅香”把自己近来的举止言行去向老夫人“告密”吧！在封建社会处于青春期的少女，尤其是那些大家闺秀产生疑惧心理，大概并非不正常的现象。前人对此句倍加称赞，说它是“词中本色语”，“矜持得妙”，“摹写娇态，曲尽如画”，这些评论者是很有艺术鉴赏力的。遗憾的是近代却有人说此首“词意儇薄”，并因此而否定其为易安所作。用心是好的，但结论则很难说是正确的。词的下片写这位少女含情脉脉，修书寄柬，向意中人吐露自己的衷情，并约他等到“月移花影”、夜深人静之后再到后园来幽会。这与莺莺和张生私下约会的场面极为相似，反映了在封建礼教的束缚下，青年男女对爱情和幸福生活的大胆追求。说它“无所顾藉”则可，若谓其“淫靡儇薄”则非。此阕语言通俗活泼，格调轻快，形象鲜明，在宋人描写女性和爱情生活的词作中是一篇很有特色的佳作。

【注释】

①眼波：眼光、眼神。　②幽怀：内心深处的情怀。

清　平　乐

夏日游湖

朱淑真

恼烟撩露，留我须臾住。携手藕花湖上路[1]，一霎黄梅细雨。　　娇痴不怕人猜[2]，随群暂遣愁怀。最是分携时候，归来懒傍妆台。

【说明】

此词写一少女夏日与情人携手游湖的情景。上片说在一个烟柳迷离、朝露未干的清晨，少女与情人携手漫步于湖边的小路上，天空忽然又下起绵绵不断的黄梅细雨来，他们大概要找个地方去避避雨吧。下片叙述女子不管旁人如何说三道四，尽情地向心上人倾诉自己的烦恼和苦闷。分别的时候终于到了，真教人难过啊，归来之后心中怅然若失，哪还有心思靠近妆台去梳洗打扮呢！词中的主人公是一位敢于违背封建礼法，大胆地去追求爱情和幸福的女子。作者的婚烟是不幸的，在这首词的女主人公身上显然寄托了她的理想。

【注释】

①藕花：荷花。　②娇痴：天真可爱而不解事。元稹《六年春遣怀》诗："娇痴稚女绕床行。"

鹧　鸪　天

陆　游

梳发金盘剩一窝，画眉鸾镜晕双蛾[1]。人间何处无春到，只有伊家独占多。　　微步处[2]，奈娇何，春衫初换曲尘罗[3]。东邻斗草归来晚，忘却新传《子夜歌》[4]。

【说明】

这首词描写和赞美一位打扮入时、春风满面的少女。前六句描绘她的梳妆、衣着和步态，活画出一位风韵迷人的千金小姐的形象。结拍二句写她踏青斗草归来，既得意又疲惫，连刚刚从邻家姐妹们那里学来的情歌也忘记了。小词语言雅丽，浓而不艳，是一幅生动传神的人物肖像画。

【注释】

①鸾镜：妆镜。温庭筠《菩萨蛮》词："鸾镜与花枝，此情谁得知!" 双蛾：双眉。 ②微步：曹植《洛神赋》："凌波微步，罗袜生尘。" ③曲尘罗：淡黄色丝绸做的衣服。曲通"鞠"。《周礼·天官·内司服》郑玄注："鞠衣，黄桑服也，色如鞠尘，象桑叶始生。" ④《子夜歌》：乐府《吴声歌曲》名。《宋书·乐志一》："子夜歌者，有女子名子夜，造此声。"现存作品多写爱情生活中的悲欢离合。

三十七、魂断青楼

雨 霖 铃

柳 永

寒蝉凄切④，对长亭晚②，骤雨初歇。都门帐饮无绪，留恋处，兰舟催发③。执手相看泪眼，竟无语凝噎④。念去去、千里烟波，暮霭沉沉楚天阔⑤。　　多情自古伤离别，更那堪、冷落清秋节。今宵酒醒何处？杨柳岸、晓风残月。此去经年⑥，应是良辰好景虚设。便纵有千种风情⑦，更与何人说？

【说明】

此词是作者离开汴京南下时与一名青楼女子的惜别之作。上阕着重描绘临别的时间、地点、环境、气氛和双方的种种情态；下阕主要刻画人物的心理活动，设想别后孤独寂寞的处境，表现彼此无限留恋、依依难舍的离愁别恨。全篇情景交融，凄恻哀婉，意致缠绵，很能代表柳词的风格。词中有泛叙，有特写，有动作，有细节，有感叹，有议论，有景物描绘，有心理刻画，如果把它搬上舞台，可以成为一折绝妙好戏，一出情文并茂的“长亭送别”。

【注释】

①寒蝉：蝉的一种，亦称寒螀、寒蜩，似蝉而小，青赤色。秋天的蝉，亦称寒蝉。　②长亭：古时设在路旁的亭舍，常用作饯别之处。《白孔六帖》：“十里一长亭，五里一短亭。”　③兰舟：兰木做的舟，船的美称。　④凝噎：言语哽塞，泣不成声。　⑤暮霭：傍晚的云雾。　楚天：南方的天空。　⑥经年：经过一年，泛言时间漫长。　⑦风情：风流情意。

鹧 鸪 天

晏几道

彩袖殷勤捧玉钟①，当年拚却醉颜红②。舞低杨柳楼心月，歌尽桃花扇底风。　　从别后，忆相逢。几回魂梦与君同。今宵剩把银釭照③，犹恐相逢是梦中。

【说明】

这首词写作者与一名歌女久别后的重逢。上片追忆初次会见时的情景，换头三句写别后相思，结拍两句写意外的重逢。全篇依时间顺序，写了情事发展的全过程：初欢—久别—重逢；从感情的起伏变化看，则是：欢乐—愁苦—欢乐。结构严谨，层次分明，语言工丽，色彩鲜明，场面生动，曲折深婉，有较强的艺术感染力，曾被列为“宋金十大曲”之一。

【注释】

①彩袖：指穿着彩衣的歌女。　玉钟：玉杯，珍贵的酒杯。　②拚（pàn 判）却：甘愿、不顾惜。　③剩把：尽把。　银釭（gāng 刚）：银灯。

临　江　仙

晏几道

梦后楼台高锁，酒醒帘幕低垂。去年春恨却来时[①]。落花人独立，微雨燕双飞[②]。　　记得小蘋初见[③]，两重心字罗衣[④]。琵琶弦上说相思。当时明月在，曾照彩云归[⑤]。

【说明】

此词为怀念歌女小蘋之作。据《小山词》自序称：“始时，沈十二廉叔、陈十君龙家有莲、鸿、蘋、云，品清讴娱客，每得一解，即以草授诸儿。吾三人持酒听之，为一笑乐。已而君龙疾废卧家，廉叔下世，昔之狂篇醉句，遂与两家歌儿酒使俱流转于人间。”《小山词》中写到这四位歌女的作品有十余首，其中尤以涉及蘋、莲二人者居多。她们被遣散后，命运是很可悲的。多年之后，作者还时常怀念着这四位天真活泼、可爱可亲的女孩子，对她们表示深切的同情。此阕上片触景生情，下片忆旧怀人。词的风格曲折深婉，意境朦胧含蓄，若明若暗，欲言不言，深得吞吐腾挪之妙，是广为传诵的名篇。

【注释】

①却来时：正来时。　②落花两句：用五代翁宏《春残》诗：“落花人独立，微雨燕双飞。”③小蘋：亦作小颦，歌女名。　④心字罗衣：衣领屈曲如心字。　⑤彩云：指小蘋。这两句化用李白《宫中行乐词》：“只愁歌舞散，化作彩云飞。”

鹧　鸪　天

晏几道

守得莲开结伴游，约开萍叶上兰舟。来时浦口云随棹[①]，采罢江边月满楼。　　花不语，水空流，年年拚得为花愁。明朝万一西风动，争奈朱颜不耐秋[②]。

【说明】

此词表面上似写少女采莲，实则不然，系作者在陈君龙、沈廉叔家酒席之上，“品清讴娱客”时，题赠给小莲和小蘋两位歌女之作。开篇两句通过叙事，即巧寓两位歌女之名，使词意显得含蓄迷离，粗心的读者会以为这是一首“采莲曲”哩！下片以惜花比喻怜人，抒写作者对“莲”“蘋”的深情眷恋。词的语言清丽，意象朦胧，虽有一缕淡淡的哀愁，但那只是预想之词。其时君龙犹未“疾废卧家”，廉叔亦未“下世”，“两家歌儿酒使”也还没有“流转人间”。“明朝万一西风动，争奈朱颜不耐秋”，不幸而被作者言中，但那是后来的事情了。

【注释】

①浦口：泛指水滨。 ②朱颜：女子美好的容颜。

破　阵　子

晏几道

柳下笙歌庭院，花间姊妹秋千。记得青楼当日事，写向红窗夜月前。凭谁寄小莲？　　绛蜡等闲陪泪[①]，吴蚕到了缠绵。绿鬓能供多少恨[②]？未肯无情比断弦。今年老去年。

【说明】

此词为怀念歌女小莲而作。上片怀旧，追忆当年“笙歌庭院”的生活；下片感今，嗟叹如今人老春空、弦断音绝，留下的只有绵绵无尽的遗恨和深情眷恋。作者在另一首《鹧鸪天》中也曾写道：“手拈香笺忆小莲，欲将遗恨倩谁传？”同样表达了对这位女子的无限相思。

【注释】

①绛蜡：红烛。 ②绿鬓：乌黑而光亮的鬓发。引申为青春年少的容颜。

蝶　恋　花

晏几道

醉别西楼醒不记。春梦秋云[①]，聚散真容易。斜月半窗还少睡，画屏闲展吴山翠。　　衣上酒痕诗里字，点点行行，总是凄凉意。红烛自怜无好计，夜寒空替人垂泪[2]。

【说明】

此词为忆旧怀人之作，所怀之人当系青楼女子。醉别伊人，往事如梦，寒窗烛泪，斜月无寐，凄凉之感油然而生。词意恍惚迷离，“如幻，如电，如昨梦、前尘”，抚今追昔，一概付之“不记”。虚实相映，含而不露，读来深婉曲折，引人遐想。

【注释】

①春梦秋云：形容时间短暂，去后毫无痕迹。　②这两句说，蜡烛虽有同情之心，却没有什么好办法来安慰伤别之人，只能在寒夜中流下同情的眼泪。杜牧《赠别》诗：“蜡烛有心还惜别，替人垂泪到天明。”

清　平　乐

晏几道

留人不住，醉解兰舟去。一棹碧涛春水路[1]，过尽晓莺啼处。　　渡头杨柳青青，枝枝叶叶离情。此后锦书休寄[2]，画楼云雨无凭。

【说明】

此阕写歌妓送别所恋之人。地点是在渡头，时间正值春暮。女子千言万语，苦苦相劝，毕竟“留人不住”。他就这样醉醺醺地、毫无留恋之意，登舟而去了。往日青楼的云情雨意，却原来都是靠不住的。走就走罢，从此恩断情绝，再也不要寄什么骗人的“锦书”来了。词中表达了被欺骗、被伤害的青楼女子对薄幸之人的怨恨，反映了她们受人玩弄的不幸命运。

【注释】

①棹：船桨，代指船。　②锦书：前秦窦滔妻苏蕙织锦为回文诗以寄其夫，后遂以锦书代指情书。

鹧　鸪　天

晏几道

小令尊前见玉箫[1]，银灯一曲太妖娆[2]。歌中醉倒谁能恨，唱罢归来酒未消。　　春悄悄，夜迢迢。碧云天共楚宫遥。梦魂惯得无拘检[3]，又踏杨花过谢桥[4]。

【说明】

此阕写词人在一次夜宴中与一名“妖娆”的歌女相遇，顿时被她那动人的姿容和美妙的歌声所陶醉。曲终筵散归来，伊人的倩影仍萦绕在脑际，他坠入了深深的情网之中。然而“玉箫”乃贵家之歌姬，可恋而不可即，莫奈何只得“又踏杨花过谢桥”，任梦魂去追寻那水中之月、镜中之花。

【注释】

①玉箫：唐人姜辅家的歌姬。据传与韦皋有情，后绝食而死，再世为韦之侍妾。（见《云溪友议》）这里是代指宴席上所遇之歌女。 ②妖娆：娇媚。 ③惯得：惯常。 拘检：拘束。 ④谢桥：谢娘家的桥。唐代有歌妓名谢秋娘。

浣溪沙

晏几道

日日双眉斗画长，行云飞絮共轻狂。不将心嫁冶游郎[1]。　　溅酒滴残歌扇字[2]，弄花熏得舞衣香。一春弹泪说凄凉。

【说明】

此阕写的是一名青楼歌女。她日日描眉施粉，斗巧争新，与浮浪子弟周旋，过着“轻狂”的生活，然而那是被迫的，是表面现象，其实她心里有数，那些“行云飞絮”似的“冶游郎”不过是为了寻求一时之欢，都是一些虚情假意的伪君子，怎么能将真心交给他们呢？别看酒溅歌扇，香飘舞衣，这纸醉金迷、灯红酒绿生活的背后，掩藏着诉说不尽的悲哀和痛苦。整个春季，哪有一天她不在为自己凄凉悲惨的身世而暗暗地流泪，伤心地痛哭呢？其实何止春季，一年三百六十五日，她都是掩泪装欢，背着人后将苦水一滴一滴地咽下。小词着重刻画歌女的内心世界，曲折真切，为被侮辱、被损害者代言，是一曲魂断青楼的悲歌。本词在艺术上也颇具特色，上下两片的前两句用浓墨重彩，极力刻画女子的美丽、歌舞之乐，而末两句却突作转折，写出女子内心的痛苦与凄凉。两相对比，将女子的心境与个性露于笔端。

【注释】

①冶游郎：寻花问柳的浮浪子弟。 ②歌扇：歌舞艺妓演唱时所用的扇子，上记所能演唱的歌曲名。

满 庭 芳

秦 观

山抹微云，天连衰草，画角声断谯门①。暂停征棹②，聊共引离尊③。多少蓬莱旧事④，空回首，烟霭纷纷。斜阳外，寒鸦数点，流水绕孤村⑤。　　销魂⑥，当此际，香囊暗解⑦，罗带轻分⑧。谩赢得、青楼薄幸名存⑨。此去何时见也？襟袖上空惹啼痕。伤情处，高城望断，灯火已黄昏。

【说明】

本篇为告别情侣之作。据《苕溪渔隐丛话》引《艺苑雌黄》曰："程公辟守会稽，少游客焉，馆之蓬莱阁。一日，席上有所悦，自尔眷眷不能忘情，因赋长短句。所谓'多少蓬莱旧事，空回首，烟霭纷纷'也。"上片写临行饯别时的景物和场面；下片写彼此互赠礼物以表相思之情。词中将写景、叙事和抒情融为一体，缠绵悱恻，情韵深长。正面描绘离别的场面虽然着墨不多，却十分细腻地刻画出男女双方复杂的心理活动。词的层次分明，意脉清晰，开篇从微云抹山写起，接着出以斜阳归鸦，结拍以灯火黄昏收住，景物随时间的推移而变换，生动地展示出一幅残冬傍晚江边送行图，与柳永的《雨霖铃》有异曲同工之妙。

【注释】

①谯门：城上望远的高楼。下为门，上为楼。　②征棹（zhào 兆）：行船。棹，摇船的用具，代指船。　③引：举。　尊：同"樽"，盛酒的器具。　④蓬莱旧事：指作者客游会稽时的一段爱情故事。蓬莱，即蓬莱阁，在今浙江绍兴卧龙山下，吴越王钱镠所建。　⑤寒鸦两句：用隋炀帝诗："寒鸦千万点，流水绕孤村。"　⑥销魂：神思茫然，仿佛魂将离体，形容过度悲伤、愁苦不堪的情状。江淹《别赋》："黯然销魂者，惟别而已矣。"　⑦香囊：盛香料的口袋。古人有佩带香囊的风习。繁钦《定情诗》："何以致叩叩，香囊系肘后。"　⑧罗带：丝带，古人用丝带打成同心结，以表示男女之间真心相爱。　⑨谩：空，徒然。　青楼：妓院。杜牧《遣怀》诗："十年一觉扬州梦，赢得青楼薄幸名。"

虞 美 人

秦 观

高城望断尘如雾，不见连骖处①。夕阳村外小湾头，只有柳花无数送归舟。　　琼枝玉树频相见，只恨离人远。欲将幽恨寄青楼，争奈无情江水不西流②。

【说明】

此词为告别青楼恋人之后所作。人在归舟之上，回望与伊人并辔游赏之“高城”已不可见。今日船泊“小湾头”，本想将满腹“幽恨”向“她”倾诉，怎奈江水无情，不向西流，再也不能回到那令人销魂的青楼。细味词意，或系继《满庭芳》（山抹微云）之后的续作。

【注释】

①骖：一车驾三马。 ②争：怎。

南歌子

赠陶心儿

秦观

玉漏迢迢尽①，银潢淡淡横②。梦回宿酒未全醒③，已被邻鸡催起，怕天明。　　臂上妆犹在，襟间泪尚盈。水边灯火渐人行，天外一钩残月，带三星。

【说明】

据《苕溪渔隐丛话》引《高斋诗话》云：“少游在蔡州，与营妓娄婉字东玉者甚密，赠之词云‘小楼连苑横空’，又云‘玉佩丁东别后’者是也。又赠陶心儿词云‘天外一钩横（残）月，带三星’，谓‘心’字也。”所谓的营妓，就是古时军中的官妓，她们实际上与青楼之女一样，也是被侮辱、被损害，供人寻欢作乐的对象。此阕为赠别陶心儿所作。词中既表达了彼此不忍离别的眷恋之情，结拍又用一钩残月带三星，暗寓心儿的名字，显得尤为亲切，而非泛泛之笔。

【注释】

①玉漏：滴水计时的漏壶的美称。 ②银潢：银河。 ③宿酒：隔夜饮酒。

瑞龙吟

周邦彦

章台路①，还见褪粉梅梢，试花桃树。愔愔坊曲人家②，定巢燕子，归来旧处。　　黯凝伫③，因记个人痴小④，乍窥门户⑤。侵晨浅约宫黄⑥，障风映袖，盈盈笑语。　　前度刘郎重到⑦，访邻寻里，同时歌舞。惟有旧家秋娘⑧，声价如故。吟笺赋笔，犹记燕台句⑨。知谁伴名园露饮，东城闲步？事与孤鸿去⑩，探春尽是，伤离意绪，官柳低金缕。归骑晚，纤纤池塘飞雨。断肠院落，一帘风絮。

【说明】

本篇写作者对一位歌妓的怀念。首段叙春日重游章台之路，次段追忆当年初见时的情景，末段言昔日邻里尚在，而伊人踪影全无，不胜感慨之至。周济《宋四家词选》谓此阕："不过桃花人面，旧曲翻新耳。"就内容而言，确是一首追念旧游的艳词，在艺术表现上却颇有特色。词的章法谨严，布局周密，层次分明而又错落有致。全篇景起景结，中间今昔交迭，虚实并举，融写景、叙事、怀人、抒感为一体，将梦断青楼的滋味表现得淋漓尽致。

【注释】

①章台路：原为汉代长安章台下的一条街，妓女多聚居于此，后遂作为妓女所居之处的代称。②愔愔（yīn 因）：寂静的样子。　坊曲：杨慎《词品》："唐制：妓女所居曰坊曲。《北里志》有南曲、北曲，如今之南院、北院也。宋陈敬叟词：'窈窕青门紫曲。'周美成词：'小曲幽坊月暗'，又'愔愔坊曲人家'。近刻《草堂诗余》改作'坊陌'，非也。"　③凝伫：有所思虑、期待而立着不动。　④个人：那人。　⑤乍：初。　窥门户：在门内窥视。　⑥浅约宫黄：薄施脂粉。宫黄，宫人用以涂眉的黄粉。　⑦刘郎：唐代诗人刘禹锡《再游玄都观》诗有"种桃道士知何处？前度刘郎今又来"之句。这里是作者自指。　⑧秋娘：杜秋娘，唐代金陵歌妓。杜牧有《赠杜秋娘》诗并序。　⑨燕台句：唐李商隐《梓州罢吟寄同舍》诗："长吟远下燕台去，惟有衣香染未销。"　⑩事与孤鸿去：谓往事如孤鸿一样，去而无踪。杜牧《题安州浮云寺楼寄湖州张郎中》诗："恨如春草多，事与孤鸿去。"

少　年　游

周邦彦

并刀如水①，吴盐胜雪②，纤指破新橙。锦幄初温，兽香不断③，相对坐调笙。　低声问、向谁行宿④？城上已三更。马滑霜浓，不如休去⑤，直是少人行。

【说明】

这首词写一对恋人的青楼幽会。或题作"感旧"，则是追忆往事。它生动地描绘出幽会的场面，人物的动作、神态、口吻和曲折的心理活动都刻画得惟妙惟肖，大有呼之欲出之感。上片写室内情景，破新橙、焚兽烟、坐调笙，表现女子对男方的深情蜜意，气氛融洽、轻松、温暖。下片由夜深而想象室外"马滑霜浓"，委婉地表达出劝留之意。可谓一语一试探，一句一转折，仿佛看见她在凝视着对方，等待着他的回答，希望能共度此一良宵。词中着意刻画的是女主人公的形象。她温柔，多情，又善于为对方着想，虽然误入烟花巷陌，但对爱情和知音的追求却是那么执着，无怪乎词人要为她留下一幅剪影了。或谓此词为檃栝宋徽宗和李师师之事，传闻之言不足为信。

【注释】

①并刀：并州（今山西太原）出产的剪刀，以锋利闻名。杜甫《戏题王宰画山水图歌》：“焉得并州快剪刀，剪取吴淞半江水。” ②吴盐：吴地所产的盐，以洁白著称。李白《梁园吟》：“吴盐如花皎如雪。” ③兽香：兽形香炉中升起的轻烟。 ④谁行（háng 杭）：谁那里。 ⑤休去：别走。

卜算子

严蕊

不是爱风尘，似被前缘误。花落花开自有时，总赖东君主①。　　去也终须去，住也如何住？若得山花插满头，莫问奴归处。

【说明】

严蕊，字幼芳，为宋孝宗时台州（今浙江天台）的官妓。善琴棋书画，歌舞弹唱，色艺冠绝一时，也会写诗作词，备受时人青睐。传说她与知州唐仲友关系暧昧，被提举两浙东路常平茶盐公事朱熹拘捕入狱。虽一再受杖，委顿几死，仍拒不招认“与太守有滥”。后朱熹改官，岳霖（岳飞之子）任浙东提点刑狱公事，怜其病瘁，命其作词自陈。蕊略不构思，即口占这首《卜算子》，岳霖遂即日判令从良。（见周密《齐东野语》）此词通过作者自身的经历和遭遇，反映了封建社会妓女的不幸命运。她们中的不少人并不喜欢仰脸事人的烟花生活，而是由于种种原因被迫坠入火坑的。她们不可能认识到自己被侮辱、被损害的原因，常以宿命论思想来解释自己的悲惨遭遇：“似被前缘误。”一个“似”字，反映了妓女们听天由命、迷惘怀疑的复杂感情。下片委婉曲折地表达了作者脱离苦海的愿望：“若得山花插满头，莫问奴归处。”只要能离开这个鬼地方，即使到僻远的农村，头上插满山花，去做一个普通的农妇，我也会很开心，奴家的命运就用不着长官们来过问了。语简言深，表现了这位女子身处卑贱、心地纯朴的可贵性格。

【注释】

①东君：春神。这里是指官家。

踏莎行

姜夔

自沔东来①，丁未元日至金陵②，江上感梦而作。

燕燕轻盈，莺莺娇软[3]。分明又向华胥[4]见。夜长争得薄情知，春初早被相思染。　　别后书辞，别时针线。离魂暗逐郎行远。淮南皓月冷千山，冥冥归去无人管。

【说明】

据小序称，此阕系淳熙十四年（1187）元旦，姜夔自湖北汉阳前往湖州，途经金陵，“江上感梦而作”。词中叙述梦中与旧日恋人相见的情景。首二句以“燕燕”“莺莺”比喻伊人体态轻盈，声音娇软。第三句点明所叙乃为梦境。四、五两句托为梦中恋人之言，以表现其对自己的无限相思之情。过片写别后睹物怀人，情深似海，伊人魂离躯体，竟然追随我来到了这遥远的地方。结拍两句写梦醒后看见一轮皓月冷冷清清地向山下沉去，恍如恋人的离魂独自归去，无人照管一样。词的意境清幽，意象朦胧，既表达了作者对往日旧情恋恋不忘，同时也流露出一种梦断青楼的负疚之感。

【注释】

①沔东：唐宋时州名，今属湖北武汉市。　②丁未：宋孝宗淳熙十四年（1187）。　③燕燕、莺莺：代指作者在合肥所恋之女子。苏轼赠张先诗句：“诗人老去莺莺在，公子归来燕燕忙。”　④华胥：传说中的古国名。《列子·黄帝》：“昼寝，而梦游于华胥之国。”后遂以华胥代指梦境。

长亭怨慢

姜　夔

予颇喜自制曲[1]，初率意为长短句，然后协以律，故前后阕多不同。桓大司马云：“昔年种柳，依依汉南。今看摇落，凄怆江潭。树犹如此，人何以堪！”[2]此语予深爱之。

渐吹尽、枝头香絮[3]，是处人家，绿深门户。远浦萦回[4]，暮帆零乱向何许[5]？阅人多矣，谁得似长亭树。树若有情时，不会得青青如此！　　日暮，望高城不见[6]，只见乱山无数。韦郎去也，怎忘得玉环分付[7]。第一是早早归来，怕红萼无人为主[8]。算空有并刀[9]，难剪离愁千缕。

【说明】

据夏承焘《姜白石词编年笺校》考证，姜夔青年时期在合肥曾有一段恋爱故事。此词大约是光宗绍熙二年（1191），作者离开合肥后怀念青楼情侣之作。上阕托物起兴，借长亭垂柳抒写离情别绪。下阕追忆临别时伊人频嘱早日归来，无奈事与愿违，有负旧约，因而离愁难消，怅恨不已。本篇为作者的自度曲，音律谐婉，意象幽隐，曲折跌宕，引人入胜。词中用庾信《枯树赋》所引桓温咏柳之句和韦皋与玉箫女的爱情故事，暗寓自己的身世经历，含而不露，感慨极深。

【注释】

①自制曲：又称自度曲、自度腔、自制腔、自撰腔等。指不依旧谱作者自己创制的乐曲和歌词。②桓大司马：指东晋大司马桓温。这六句见庾信《枯树赋》所引，前有“桓大司马闻而叹曰”，故原文当为桓温之语。③香絮：指柳絮。④远浦：远处的水滨。萦回：这里是形容水波回旋。⑤何许：何处。⑥高城句：用唐欧阳詹《赠太原妓》“高城已不见，况复城中人”诗意。⑦韦郎：韦皋。据《云溪友议》载，韦皋与玉箫女相恋，分别时玉箫赠以玉指环，约七年后再会，八年不至，玉箫绝食而死。⑧红萼：红梅。这里是以梅花喻人。⑨并刀：并州（今山西太原）出产的剪刀，以锋利著称。

江梅引

姜夔

丙辰之冬[①]，予留梁溪[②]，将诣淮而不得[③]，因梦思以述志。

人间离别易多时。见梅枝，忽相思。几度小窗幽梦手同携。今夜梦中无觅处，漫徘徊[④]，寒侵被，尚未知。　湿红恨墨浅封题[⑤]。宝筝空[⑥]，无雁飞。俊游巷陌[⑦]，算空有、古木斜晖。旧约扁舟，心事已成非。歌罢淮南春草赋[⑧]，又萋萋。漂零客，泪满衣。

【说明】

此词为宋宁宗庆元二年（1196），作者在无锡为怀念合肥恋人所作。上片写因见梅花而引起相思之情。别后几度梦中携手欢会，无奈今夜伊人不来入梦，徘徊寻觅，踪影全无，以致寒气侵被也毫无感觉。下片写梦醒后和泪修书，可叹又无人传递。本欲泛舟渡淮，前往探视，以了却自己的心愿，终于事与愿违，未能成行。如今形单影只，四处飘零，只有空想“俊游巷陌”“古木斜晖”，令人伤心落泪，怅恨不已。本篇情真意挚，缠绵悱恻，抒发了作者魂断青楼的刻骨相思之情。

【注释】

①丙辰：宋宁宗庆元二年（1196）。②梁溪：在今无锡市，相传因东汉梁鸿曾居此而得名。③诣淮：到淮南去。④漫：徒然。⑤封题：封缄书信。⑥宝筝：筝的美称。⑦俊游：胜游，

亦指良伴。 ⑧春草赋：指《楚辞》中淮南小山所作《招隐士》，其中有云："王孙游兮不归，春草生兮萋萋。"

贺 新 郎

赠建康郑玉脱籍①

刘仙伦

郑玉非娼女。叹尘缘未了②，飘零被春留住。肠断胭脂坡下路，成甚心情意绪。生怕人、梨园歌舞③。寂寞阳台云雨散④，算人间、谁是吹箫侣⑤？空买断，两眉聚⑥。 新来镜里惊如许。暗伤怀，莺老花残，几番春暮。事逐孤鸿都已往，月落千山杜宇⑦。念修竹、天寒何处⑧？不念琐窗并绣户⑨，妾从前，命薄甘荆布⑩。谁为作，解绦主？

【说明】

郑玉本为良家之女，不幸误入风尘，被迫入籍为妓，饱尝人间酸辛。如今"莺老花残"，不恋绿窗朱户，经过一再申请，终于被批准脱籍从良，跳出了火坑。作者特意写了这首词赠给她，表示衷心的祝贺。

【注释】

①建康：今江苏南京市。 脱籍：古时妓女，列名乐籍，从良嫁人或不再为妓，均须取得主管官员批准，把乐籍中的名字除掉，称为"脱籍"。 ②尘缘：佛教名词。这里是指尘世间的种种牵累。 ③梨园：唐玄宗时教练宫廷歌舞艺人的地方。这里是指入籍为妓。 ④阳台：指男女合欢的处所。 ⑤吹箫侣：指知心的伴侣。典出《列仙传》中箫史和弄玉的故事。 ⑥两眉聚：两眉紧锁，形容愁容。 ⑦杜宇：指杜鹃鸟。 ⑧修竹：长竹。杜甫《佳人》诗："天寒翠袖薄，日暮倚修竹。" ⑨琐窗：雕花的窗户。 ⑩荆布：荆钗布衣，指贫贱自守的生活。

三十八、琴棋书画

诉衷情

张　抡

闲中一弄七弦琴①，此曲少知音。多因淡然无味，不比郑声淫②。　松院静，竹林深，夜沉沉。清风拂轸③，明月当轩，谁会幽心！

【说明】

此阕为“咏闲十首”之一。叙述作者深夜月下弹琴，但因曲调高雅，不投时好，被人认为淡而无味，比不上那些风行一时的淫靡之音。词人借弹琴抒发缺少知音的抑郁和苦闷。

【注释】

①七弦琴：琴，俗称“古琴”。一种拨弦乐器，因琴面张弦七根，故名。　②郑声：郑卫之声，指春秋战国时郑、卫两国的地方音乐。孔子认为郑卫之音是淫靡之音。　③轸（zhěn 诊）：同“畛”，指田间小路。

玉楼春

闻　笛

王武子

红楼十二春寒恻，楼角何人吹玉笛？天津桥上旧曾听，三十六宫秋草碧①。　昭华人去无消息②，江上青山空晚色。一声落尽短亭花，无数行人归未得。

【说明】

此词借闻笛抒发忆旧怀人之情。杨慎《词品》以为系无名氏南渡后题于京城杭州之作，“其词悲感凄恻，在陈去非‘忆昔午桥’之上”。

【注释】

①三十六宫：班固《西都赋》称长安有离宫别馆三十六所，后因用作帝王宫苑的代称。 ②昭华：古代皇宫内女官名。

浣 溪 沙

和仲闻对棋

舒 亶

黑白纷纷小战争，几人心手斗纵横。谁知胜处本无情。 谢傅老来思别墅①，杜郎闲去忆鏖兵②。何妨谈笑下辽城。

【说明】

此阕记述作者与友人对奕。寥寥数语将棋盘上的一场小小“战争”写得十分生动而有气势。谈笑之间，重兵压境，很快便攻下了对方一城。

【注释】

①谢傅：指东晋宰相谢安，晚年退居东山别墅，以下棋消遣自娱。 ②杜郎：指唐诗人杜牧，著有《赤壁》诗，回忆赤壁鏖兵事。

望 江 南

观 棋 作

张继先

楸枰静①，黑白两奁均②。山水最宜情共乐，琴书赢得道相亲。一局一番新。 松影里，经度几回春。随分也曾施手段③，争先还恐费精神。长是暗饶人④。

【说明】

作者为第三十代天师，徽宗崇宁四年（1105）赐号虚靖先生。能词，多涉道家修炼之术，偶有清旷超逸之作。此词由观围棋而联想到自己平时下棋，既想“争先”，又不愿太费精神，所以常常暗暗地让人一着，结果下个平局，彼此都感到心满意足。词中隐约地流露出道家思想。

【注释】

①楸枰：古代多用楸木制棋盘，因称棋盘为“楸枰”。温庭筠《观棋》诗：“闲对楸枰倾一壶。” ②奁：泛指一种精致而轻巧的小匣子。这句说两个匣子一个装黑子，一个装白子，数目都是一样的。 ③随分：随便。 ④饶人：让人。

减字木兰花

赠草书颠

赵福元

吮媒弄笔[①]，草圣寰中君第一。电脚摇光，骤雨旋风声满堂[②]。 毫厘巧辨，唤起羲之当北面[③]。醉眼摩娑，错认书颠作酒颠。

【说明】

本篇颂扬一位擅长草书的书法家。对他的精湛技艺给予了高度的评价，甚至说王羲之在他面前也要俯首称臣，这未免有些夸张。词以满腔热情，为这位不知名的“草书颠”留下了一幅生动的剪影。

【注释】

①吮媒：蘸墨。媒，通“墨”。 ②这句形容下笔有力，如骤雨旋风，飒飒有声。 ③北面：古代君主面南而坐，臣子朝见君主则面北，因谓称臣于人为“北面”。

减字木兰花

展书卷

米芾

平生真赏，纸上龙蛇三五行[①]。富贵功名，老境谁堪宠辱惊。 寸心谁语，只有当年袁与许。归到寥阳，玉简霞衣侍帝旁[②]。

【说明】

作者为北宋四大书法家之一。工山水画，能诗词，所行多违世异俗，时人称为“米颠”。徽宗时召为书画博士。此词当系奉召入京后所作。词中写他观赏自己创作的书法作品后的感想。对于一个艺术家来说，“富贵功名”并非所求，能看到纸上龙蛇飞舞的笔迹，也就心满意足了。虽然从地方上调到了京城，但不会因此而感到受宠若惊，还是要在艺术上精益求精，以实现自己平生的志愿。这首小词以朴实的语言，表达了一位艺术家的心声。

【注释】

①龙蛇：形容草书笔势遒劲、飞动。 ②玉简："朝笏"。古代大臣朝见时手中所执的狭长板子，用玉、象牙或竹片制成，以为指画及记事之用。

柳 梢 青

曹溪英墨梅

白君瑞

玉骨冰姿，天然清楚，雪里曾看。物外幽人①，细窥天巧，收入毫端②。 一枝影落云笺，便似觉、清风夜寒。试向松窗，等闲一展，俗虑都捐③。

【说明】

《松斋梅谱》后序谓："以墨写梅，自宋华光仲仁始，继而逃禅，徐君禹功又得逃禅之面授。"这里所说的逃禅，即南北宋之交的词人杨无咎。他祖承华光仲仁而有所发展，变水墨点瓣为白描圈线，成为一时风尚。其传世墨梅真迹，有《四梅花图》《雪梅图》《墨梅图》等。孝宗淳熙年间，有曹龟年者亦擅长墨梅，此画作者曹溪英不知与曹龟年是否有关系，原画流传与否亦未得其详。白君瑞这首《柳梢青》，生动地再现了曹溪英笔下梅花的风姿和神韵，读来引人入胜，使读者仿佛也进入了画家所创造的冰清玉洁、高标旷怀的艺术境界。

【注释】

①物外：世俗之外。 幽人：幽居之人，指隐士。 ②毫端：笔端。 ③捐：舍弃，抛弃。

思 佳 客

题太真出浴图

高观国

写出梨花雨后晴①，凝脂洗尽见天真②。春从翠髻堆边见，娇自红绡脱处生③。 天宝梦，马嵬尘④，断魂无复到华清⑤。恰如伫立东风里，犹听霓裳羯鼓声。

【说明】

此图不知何人所作。画者显然受到白居易《长恨歌》的启示，将诗中的杨贵妃形象用线条和色彩重现于纸上。词的上片咏画，摹写“太真出浴”。《长恨歌》云：“春寒赐浴华清池，温泉水滑洗凝脂。侍儿扶起娇无力，始是新承恩泽时。”这四句诗可以说是画家构图和进行再创作的依据，而词则又将画中人物用优美而凝练的文字展现在读者面前，使人们仿佛又看到了刚从华清池中沐浴起身的绝代佳人的风采。换头三句宕开一笔，叙述天宝末年安禄山叛乱，杨贵妃被赐死于马嵬坡下的悲剧，流露出作者的叹惋之情。结拍两句又回到画面之上：刚刚出浴的杨贵妃，伫立于东风之中，好像正在侧耳细听。她听到了什么？是轻歌曼舞的《霓裳羽衣曲》，还是惊天动地的渔阳鼙鼓声？词意含蓄，韵味浓郁，引人遐思。

【注释】

①梨花句：形容杨贵妃的美貌。《长恨歌》：“玉容寂寞泪阑干，梨花一枝春带雨。” ②凝脂：凝冻油脂，比喻皮肤洁白柔滑。 ③红绡：红色的丝绢。这句说脱去红绡衣衫更加娇艳。 ④马嵬：马嵬坡。在陕西兴平西，“安史之乱”时唐玄宗从长安西奔成都，缢死杨贵妃于此。 ⑤华清：华清池。在陕西临潼南骊山西北麓。唐贞观十八年（644）建汤泉宫，咸亨二年（671）改名温泉宫，天宝六载（747）扩建并改名华清宫，以后又名华清池。

贺新郎

题后院画像

蒋　捷

绿堕云垂领。背琵琶、盈盈袖手，粉闲红靓[①]。依约春游归来倦，又似春眠未醒。艳寒泚、低迷蓉影[②]。莺带松声飞过也，柳窗深、尚记停针听。魂浩荡，孤芳景。　　金钗断股瓶沉井。问苏城、香销卷子[③]，倩谁题咏。灯晕青红残醉在，小院屏昏帐暝。误瞋怪、眉心慵整。人道真真招得下，任千呼万唤无言应。空对此，泪花冷。

【说明】

蒋捷有三首《贺新郎》（即“梦冷黄金屋”“妾有琵琶谱”“绿堕云垂领”），写的可能是同一个人，即一位善弹琵琶的女子。他们之间关系密切，感情很深，似曾有过一段爱恋生活。后来不知什么原因离散，作者朝思暮想，恋恋不忘，曾打算“待把宫眉横云样，描上生绡画幅”。不久果然请人（或者竟为作者本人）将她的芳容绘成图像，挂在后院的一间幽室之中，以表达自己的深情怀念。此阕即为吟咏“后院画像”而作。上片摹写画中人物，既刻画伊人“背琵琶、盈盈袖手”的倩姿丽影，同时也点出了她在绿窗下穿针引线、缝补衣衫的往事，以见出他们之间非同一般的亲密关系。下片抒发离散（也可能是诀别）之后，无限沉痛的思念之情。结处叙述词人望着画像“任千呼万唤无言应”，不觉黯然销魂，簌簌泪下。本篇与一般的题画词不同，其中包含着一个哀婉动人的故事，它的本事已不可考，细味词意，很可能是一首悼亡之作。

【注释】

①红靓（jìng 静）：以脂粉妆饰。 ②艳寒泚（cǐ 此）：冷艳鲜明。 ③苏城：指苏州，盛产作画的丝绢。 卷子：指画卷。

三十九、艺人剪影

山亭柳

赠歌者

晏殊

家住西秦①，赌博艺随身。花柳上②，斗尖新③。偶学念奴声调④，有时高遏行云⑤。蜀锦缠头无数⑥，不负辛勤。　　数年来往咸京道⑦，残杯冷炙谩消魂⑧。衷肠事，托何人？若有知音见采，不辞遍唱阳春⑨。一曲当筵落泪，重掩罗巾。

【说明】

本篇描写一位歌女沦落风尘，由盛而衰，历尽世态炎凉的悲惨遭遇。词中以第一人称的口气为女主人公写了一篇小传。上片回忆她青年时期卖唱生活的经历，生动地刻画出一位出身贫寒、技艺超群、天真单纯的歌女形象。下片描写当前的处境，唱出了“歌者”凄凉悲苦的心声。词一般侧重抒发主观感情，较少用来描写故事、人物和情节。这首词则是以叙事为主，通过叙事来抒情。在一篇不足八十字的小词中，女主人公的出身、经历和性格被作者描绘得栩栩如生，真切感人。词人以同情的态度为被侮辱与被损害的下层妇女，倾诉了胸中的悲愤和不平。在宋词中可以说是一篇思想价值和艺术价值都比较高的好作品。

【注释】

①西秦：指今陕西、甘肃一带，春秋战国时属于秦国，在六国西边，故称西秦。　②花柳上：花柳场中。花柳，指妓女。　③斗尖新：斗巧争新。　④念奴：唐天宝中著名歌女。　⑤高遏行云：形容歌声高昂嘹亮，响彻云霄，阻止了空中的流云。《列子·汤问》：“薛谭学讴于秦青，未穷青之技，自谓尽之，遂辞归。秦青弗止，饯于郊衢，抚节悲歌，声震林木，响遏行云。”　⑥蜀锦：四川生产的彩锦。　缠头：古时赠送给歌舞者的锦帛或财物。　⑦咸京道：从咸阳到汴京的路上。或谓咸京即指咸阳，因秦建都咸阳，故称咸京。　⑧残杯冷炙：吃剩下的酒肉。炙（zhì 至），烤肉。谩，徒然。　消魂：黯然伤情。　⑨阳春：古代楚国的歌曲名，是当时的一种高级音乐。宋玉《对楚王问》：“客有歌于郢中者，其始曰《下里》《巴人》，国中属而和者数千人……其为《阳春》《白雪》，国中属而和者数十人而已。”

迷 仙 引

柳 永

才过笄年[①]，初绾云鬟[②]，便学歌舞。席上尊前，王孙随分相许[③]。算等闲、酬一笑，便千金慵觑[④]。常只恐、容易蕣华偷换[⑤]，光阴虚度。　已受君恩顾[⑥]，好与花为主。万里丹霄，何妨携手同归去。永弃却、烟花伴侣。免教人见妾，朝云暮雨。

【说明】

这首词通过一位歌舞艺妓对她的知心人剖诉衷曲，表达了旧社会沦落风尘的女子迫切盼望从良的愿望。词是用第一人称的语气来写的。上片叙述女主人公的经历：她小小年纪，便流落烟花巷陌，学会歌舞弹唱，常常在酒席之上为王孙公子们演出。赏赐虽然丰厚，但她不慕虚荣繁华，视金钱如草芥，一心只想能跳出火坑，去过普通人的正常生活。短短数句，揭示出这位歌妓的性格和精神面貌。下片写她结识这位知心人后，感到生活有了希望，恳求他尽快把自己救出苦海，“永弃却、烟花伴侣”，以免再受到人们的歧视和侮辱。词的语言平淡，情节简单，但心理活动描写得十分委婉真切，女主人公的形象具有一定的典型意义。

【注释】

①笄（jī 鸡）年：指古代女子可以盘发插笄（簪子）的年龄，即成年。古人以十五岁为女子的及笄之年。 ②云鬟：形容女子的发髻浓密卷曲如云。 ③随分：犹随便。 ④慵觑：懒得瞧。觑，斜看，细看。 ⑤蕣（shùn 顺）华：木槿花。此花朝开暮落，花期极短，常以比喻荣华、青春转瞬即逝。 ⑥顾：怜惜，眷顾。

木 兰 花

柳 永

心娘自小能歌舞，举意动容皆济楚[①]。解教天上念奴羞[②]，不怕掌中飞燕妒[③]。　玲珑绣扇花藏语，宛转香茵云衬步[④]。王孙若拟赠千金，只在画楼东畔住。

【说明】

柳永有四首《木兰花》，分别描写心娘、佳娘、虫娘、酥娘等四位歌舞艺妓。此阕叙述心娘自小能歌善舞，她容貌出众，歌声婉转，舞姿动人，在艺坛技压群芳，使唐代的念奴和汉代的赵飞燕也会感到羞愧和嫉妒。结尾两句简直就是为心娘做广告，以此招徕顾客，这大概也是柳词受到乐工歌妓欢迎的原因之一吧。

【注释】

①济楚：整齐，漂亮。 ②念奴：唐代天宝年间著名的歌妓，善歌舞。 ③飞燕：汉成帝皇后赵飞燕，善歌舞，体轻如燕。 ④香茵：华贵的地毯。

减字木兰花

张　先

垂螺近额①，走上红茵初趁拍②。只恐轻飞，拟倩游丝惹住伊③。　　文鸳绣履④，去似杨花尘不起。舞彻《伊州》⑤，头上宫花颤未休。

【说明】

本篇写一位青年艺妓的舞蹈表演。词人以细腻的笔触，刻画了演出者的妆饰及其轻盈飘逸的舞姿。她身轻如燕，疾步登场，在红地毯上踏着节拍翩翩起舞。观赏者如醉如痴，似乎感到她就要飞到天上去一样，从而生出异想，希望“游丝”把她系住。结拍写曲终舞止，而演出者头上的宫花还在不停地颤动，这一细节十分生动，读来余音不绝。

【注释】

①垂螺近额：谓女子螺形发髻垂在前额之上。 ②红茵：红色的地毯。 趁拍：和着节拍。 ③拟倩：想请。 游丝：蜘蛛等所吐的丝，因其飘荡于空中，故称游丝。 惹：粘住。 ④文鸳绣履：指绣着鸳鸯的舞鞋。 ⑤《伊州》：唐乐曲名，属商调。传为西凉节度使盖嘉运所进。词牌中有《伊州令》。

菩　萨　蛮

晏几道

哀筝一弄湘江曲①，声声写尽湘波绿。纤指十三弦，细将幽恨传。　　当筵秋水慢②，玉柱斜飞雁③。弹到断肠时，春山眉黛低④。

【说明】

这首词描写一位女艺人美妙绝伦的弹筝技巧。筝，是一种古老的拨弦乐器，战国时已流行于秦地，故又名“秦筝”。宋代教坊用筝均为十三弦，后增至十八弦、二十一弦、二十五弦等。传统演奏法是用右手大、食、中三指弹弦，左手食指、中指按弦，现已发展为双手均可弹奏。此阕上片描写所弹的曲调和声情，下片刻画弹筝女子的情态和心理。笔触细腻，形神俱现，形象生动，使人如闻其声，如见其人。

【注释】

①一弄：弹奏一曲。 湘江曲：关于舜之二妃投湘江而死的乐曲。 ②秋水：形容弹筝女子的眼波清澈明亮。 秋水慢：谓眼神凝视。 ③玉柱：弦柱的美称。 斜飞雁：比喻弦柱排列如秋雁斜飞。 ④这句形容女子敛眉垂目，心情悲伤。

诉衷情

琵琶女

苏轼

小莲初上琵琶弦，弹破碧云天。分明绣阁幽恨，都向曲中传。 肤莹玉，鬓梳蝉①，绮窗前。素娥今夜②，故故随人③，似斗婵娟④。

【说明】

这首词写月夜听一名叫小莲的艺妓窗下弹奏琵琶。上片叙述曲声低回，分明传达出女子的幽怨；下片描绘伊人的容仪，展现出一幅月下美人图。词用素描手法，为“琵琶女”留下了一幅淡雅的剪影。

【注释】

①鬓梳蝉：蝉鬓是古代妇女的一种发式。马缟《中华古今注》：“（莫）琼树始制为蝉鬓，望之缥缈如蝉翼，故曰‘蝉鬓’。”莫琼树是魏文帝时的宫女。这句说琵琶女梳成蝉鬓式的发型。 ②素娥：指月亮。 ③故故：故意，特意。 ④婵娟：美女，指琵琶女。这三句说月亮故意跟随着琵琶女，好像要和她比一比谁更美一样。

忆帝京

赠弹琵琶妓

黄庭坚

薄妆小靥闲情素[①]，抱著琵琶凝伫[②]。慢撚复轻拢[③]，切切如私语[④]。转拨割朱弦[⑤]，一段惊沙去。　　万里嫁、乌孙公主[⑥]。对易水、明妃不渡[⑦]。泪粉行行，红颜片片，指下花落狂风雨[⑧]。借问本师谁？敛拨当心住[⑨]。

【说明】

这首词是题赠给一位弹奏琵琶的女艺人的。上片开篇两句，用素描手法刻画女子的外表和神态，接着写弹奏的过程和曲调的优美动人。下片通过弦外之音，揭示琵琶妓的心理活动，一曲《昭君怨》引起了女主人公的共鸣，暗示出她凄苦哀怨的身世和经历。结拍写词人与琵琶妓的对话。作者问她技艺如此精湛，不知出自哪位名师门下？琵琶妓摇首不答，只见她收起拨子，放在胸前，暗示其乃无师自通。这一细节描绘得生动而传神，琵琶妓的形象也宛若在目了。

【注释】

①小靥：面颊上的小酒窝。 情素：真情实意。这句说琵琶妓淡妆素抹，脸上一对小小的酒窝，一副天真诚恳的神态。 ②凝伫：有所思虑，期待而立着不动。 ③慢撚、轻拢：形容弹奏琵琶时的动作和姿态。撚、拢，均为弹奏琵琶的指法。 ④切切：形容声音微小。白居易《琵琶行》："小弦切切如私语。" ⑤拨：拨子。宋以前多用木质薄片为拨子弹奏琵琶，其后逐渐改为以手指弹奏。 朱弦：亦作朱丝，指染成朱红色的琴弦。 ⑥乌孙公主：汉江都王刘建之女，名细君，元封中，乌孙（汉西域国名）王昆莫遣使求婚，武帝饰细君为公主妻之，世称乌孙公主。 ⑦明妃：王昭君。 ⑧指下：手指之下。这里是说手指下弹出的琵琶之声。 ⑨敛拨：收起拨子。

减字木兰花

赠摘阮者

赵彦端

四弦续续[①]，山水依然关塞足。天上新声，谪堕人间得自名[②]。　　清歌宛转[③]，弹向指间依旧见。满眼春风，不觉黄梅细雨中[④]。

【说明】

这首词是题赠给一位善弹月琴的艺人的。阮，即“阮咸”的简称，古乐器名，属琵琶类。据传唐武后时，蜀人蒯朗在古墓中发掘出一件铜器，形似琵琶而稍圆，当时的人都不认识。有位叫元行冲的说，这是晋朝“竹林七贤”之一的阮咸所造。于是叫匠人用木料仿造了一个。外形像月亮，声音则似琴，于是命名曰“月琴”。后来杜佑从《竹林七贤图》中发现，这种乐器与阮咸所弹的相同，因此又称为“阮咸”。(见《三才图会》) 作者听了这位“摘阮者”弹奏的音乐，不觉心旷神怡，满眼春风，以为是“天上新声”传到了人间，于是怀着敬佩的心情赋词赞之。

【注释】

①续续：形容琴声顿挫起伏，若断若续。 ②新声：新制乐歌。 谪堕人间：谓仙人贬谪到尘世。这两句说，“摘阮者”所弹之乐曲如仙音帝乐，高雅不凡，传到人间才得了这样一个美名（指乐曲名称）。 ③宛转：委婉曲折。 ④黄梅细雨：黄梅雨。指夏初梅子黄熟时节连绵不断的细雨。这两句说，一曲奏罢，在听众眼前仿佛出现了春风拂面、梅雨绵绵的意境。

清 平 乐

刘克庄

顷在维扬，陈师文参议家舞姬绝妙，赋此。

宫腰束素①，只怕能轻举。好筑避风台护取②，莫遣惊鸿飞去③。 一团香玉温柔，笑颦俱有风流。贪与萧郎眉语④，不知舞错《伊州》⑤。

【说明】

这首词描写的是一位“家姬”。所谓家姬，就是封建时代一些达官贵人家庭蓄养的艺伎。她们以歌舞为主人侑觞，或者在主人宴客时做即兴表演。此阕上片四句用夸张手法描绘“舞姬”的轻盈体态，换头两句刻画其迷人的风韵。以上六句虽然文辞精美，形象生动，但并未超出前人同类作品之上。结拍两句描写这位女子在歌舞时与意中人眉目传情，频送秋波，不知不觉间离开音乐节拍，舞错了《伊州》，而自己却没有发现。一个“贪”字，一个“不知”，将舞姬偷觑情人的心理和神态刻画得惟妙惟肖，令人称绝。这两句使此词生色不少，因而被人赞为“妙语”“警句”。

【注释】

①宫腰束素：形容女子腰肢纤细。宋玉《登徒子好色赋》：“腰如束素。” ②避风台：据说汉成帝皇后赵飞燕体态轻盈，善歌舞，成帝恐其被风吹走，为制七宝避风台。 ③惊鸿：受惊的鸿雁。

比喻美人体态轻盈。曹植《洛神赋》："翩若惊鸿，婉若游龙。" ④萧郎：本指萧姓男子，后用作女子意中情人的代称。 ⑤《伊州》：唐乐曲名。《唐书·礼乐志》："天宝乐曲，皆以边地名，若《凉州》《伊州》《甘州》之类。"伊州，在今新疆哈密。

秋 夜 雨

依韵戏赋傀儡

吴 潜

腰棚傀儡曾悬索①，粗瞒凭一层幕②。施呈精妙处，解幻出、蛟龙头角。 谁知鲍老从旁笑③，更郭郎、摇手消薄④。歧路难准托，田稻熟、只宜村落⑤。

【说明】

这首词写的是傀儡戏中的悬丝傀儡。词中既赞扬了艺人的精彩表演，同时也刻画了一些细节，如变幻蛟龙、鲍老打趣、郭郎摇手等，为我们了解和研究宋代傀儡戏的艺术，提供了生动的资料。

【注释】

①腰棚：亦作"游棚""邀棚"，指当时勾栏瓦舍一类演出杂剧的场所。 ②这句说，傀儡戏的舞台简简单单，用一层帷幕遮住，使观众看不到台下操纵悬丝傀儡的人。 ③鲍老：宋代舞队和杂剧中逗人笑乐的人物。这里是指傀儡戏中的丑角。 ④郭郎：可能是指操纵傀儡的一位姓郭的艺人。消薄：疑为"浇薄"的转音。这句是记述演出中的一个插曲：鲍老在做着各种怪相，逗人发笑，而郭郎则操纵另一傀儡摇手讽刺鲍老太浅薄。 ⑤歧路：岔路。这两句慨叹仕途多艰，不如农村，稻子成熟就能吃上饭。

醉 桃 源

赠卢长笛

吴文英

沙河塘上旧游嬉，卢郎年少时。一声长笛月中吹，和云和雁飞①。 惊物换，叹星移②，相看两鬓丝。断肠吴苑草凄凄③，倚楼人未归。

【说明】

这首词写作者与一位善吹长笛的艺人久别后的重逢。上片回忆少年时代的往事：记得当年我和卢郎曾在故乡的水塘中一起游水嬉戏，也曾在明月之夜听过你那悠扬婉转的笛声。短短四句，将彼此的亲密友情以及卢郎的特长描绘得栩栩如生。下片感叹岁月易逝，物换星移，如今异乡重逢，彼此都已年迈苍苍，鬓发斑白，尚未能回归故里，泪眼相望，恍若隔世，能不令人伤心落泪。词语平易，不事雕饰，感情却很深挚，与梦窗多数词作浓丽晦涩的风格大异。

【注释】

①这句说笛声高扬，和云雁一起飞旋于空中。 ②物换、星移：景物改换，星度推移。谓时序迁变，岁月流逝。 ③吴苑：泛指吴中宫苑，此时作者可能寓居苏州。

玉 楼 春

京市舞女

吴文英

茸茸狸帽遮梅额①，金蝉罗剪胡衫窄②。乘肩争看小腰身，倦态强随闲鼓笛。 问称家住城东陌，欲买千金应不惜。归来困顿殢春眠③，犹梦婆娑斜趁拍④。

【说明】

这首词写的是南宋都城临安元宵节前后活跃于市内的一支少年女子歌舞队。这些舞队名目繁多，如“清音”“遏云”“男女竹马”“旱划船”“村田乐”“仕女”“胡女”等，不下数十百种。自去岁冬至日起，便开始出来为游人表演，至十六夜收灯，舞队方散。从“金蝉罗剪胡衫窄”句看，词中所写当为“胡女”舞队。据周密《武林旧事》载：“都城自旧岁冬孟驾回，则已有乘肩小女，鼓吹舞绾者数十队，以供贵邸豪家幕次之玩。而天街茶肆，渐已罗列灯球等求售，谓之‘灯市’。自此以后，每夕皆然。三桥等处，客邸最盛，舞者往来最多。每夕楼灯初上，则箫鼓已纷然自献于下。酒边一笑，所费殊不多。往往至四鼓乃还。自此日盛一日……吴梦窗《玉楼春》云：（词略）深得其意态也。”词的上片描写少年女子舞队的装束打扮以及在街市上表演的情景；下片叙述作者询问舞女们的住处，归来在梦中还仿佛看到她们那婆娑美妙的舞姿。此阕非专叙一人一事，而是描写一群载歌载舞的少女，对了解当时都城临安欢度元宵的民情风俗有一定价值。

【注释】

①狸帽：狐狸皮做的帽子。 梅额：额上画着梅花的形状，即所谓的梅花妆。据《太平御览·时序部》引《杂五行书》：“宋武帝女寿阳公主人日卧于含章殿檐下。梅花落公主额上，成五出花，拂之不去。皇后留之，看得几时。经三日，洗之乃落。宫女奇其异，竞效之，今梅花妆是也。” ②金蝉罗：薄如蝉翼的金色绫罗。 胡衫：指北方少数民族的服装。 ③殢（tì 替）：困倦。 ④婆娑：形容舞姿优美。

趁拍：踏着节拍起舞。

菩萨蛮

题刀镊行簇

无名氏

宝刀迎面摇寒雪[①]，琼梳掠鬓横新月[②]。红颊驻长春，绿鬓轻绾云。　　解飘并括敛[③]，到处题名遍。飞诏待追还[④]，荣居供奉班[⑤]。

【说明】

宋人杂技中有舞刀、舞剑、舞蛮牌、打筋斗、弄花鼓槌等之类。“刀镊行簇”即指舞弄刀剑的杂技艺人。本篇写一位女子的刀术。词中除赞其技艺外，同时还描绘了她的梳妆打扮，刻画出一位英姿飒爽、武艺高强的女艺人的形象。

【注释】

①寒雪：形容宝刀飞舞，如冰似雪，寒光闪闪。　②琼梳：精美的梳子。这句说女子头上插着一把宝梳，像一弯新月横斜在鬓发之上。　③飘：谓漂泊。　敛：指敛迹。这句是说卖艺人东奔西走，行止无定。　④飞诏：指皇帝发出的紧急命令。　⑤供奉班：谓进入宫廷的演员。

意难忘

张　炎

中吴车氏[①]，号秀卿，乐部中之翘楚者[②]，歌美成曲得其意旨。余每听，辄爱叹不能已，因赋此以赠。余谓有善歌而无善听，虽抑扬高下，声字相宣，倾耳者指不多屈。曾不若春蚓秋蛩，争声响于月篱烟砌间，绝无仅有。余深感于斯，为之赏音，岂亦善听者耶！

风月吴娃[③]，柳阴中认得，第二香车[④]。春深妆减艳[⑤]，波转影流花[⑥]。莺语滑[⑦]，透纹纱。有低唱人夸。怕误却，周郎醉眼，倚扇佯遮[⑧]。　　底须拍碎红牙[⑨]。听曲终奏雅，可是堪嗟[⑩]。无人知此意，明月又谁家？尘滚滚[⑪]，老年华，付情在琵琶。更叹我，黄芦苦竹[⑫]，万里天涯。

【说明】

张炎精通音律，与当时歌坛艺人多有交往。早年曾结识苏州著名歌女车秀卿，听过她演唱周邦彦的曲子，认为深得作者意旨，常常击节叹赏不已。多年后两人再次相逢，秀卿用琵琶伴奏，又为他演唱了一曲。词人有感于知音难觅，于是写了这首词赠给她。

【注释】

①中吴：苏州的别称。 ②乐部：掌乐之官署。这里是说车氏为乐部所辖之官妓。 翘楚：原意为高出众薪的荆木，后用来比喻杰出的人物。 ③风月：指风月场中，即歌楼妓馆。 吴娃：吴地的美女。 ④这两句说初见秀卿，是在柳荫下第二辆华丽的车子之中。 ⑤这句说春末天气转暖，换下了艳丽的服装。 ⑥这句说如花似玉的身影随着岸下的流水在波光中转动。 ⑦莺语滑：形容歌声清润甜美，如黄鹂鸣唱。 ⑧周郎：此指周邦彦。这三句说，歌者（车秀卿）恐怕脱腔走板，不得美成意旨，故以扇遮脸，偷偷地斜视听者的反应。 ⑨红牙：指调节乐曲板眼的拍板或牙板。以檀木制成，色红，故名。 ⑩可是：却是。这两句说，听完一曲，声音和雅优美，却是值得赞叹的。 ⑪尘滚滚：谓风尘仆仆，岁月如流。 ⑫黄芦：枯黄的芦苇。 苦竹：竹名，又称“伞柄竹”。笋苦，不能食。比喻风烛残年，身世凄苦。

四十、梦幻世界

水龙吟

苏轼

闾丘大夫孝终公显，尝守黄州，作栖霞楼，为郡中胜绝。元丰五年，余谪居黄。正月十七日，梦扁舟渡江，中流回望，楼中歌乐杂作，舟中人言："公显方会客也。"觉而异之，乃作此曲，盖越调《鼓笛慢》。公显时已致仕[①]，在苏州。

小舟横截春江[②]，卧看翠壁红楼起。云间笑语，使君高会[③]，佳人半醉。危柱哀弦[④]，艳歌余响，绕云萦水。念故人老大，风流未减，空回首，烟波里。　推枕惘然不见，但空江、月明千里。五湖闻道，扁舟归去，仍携西子[⑤]。云梦南州，武昌东岸，昔游应记。料多情梦里，端来见我，也参差是。

【说明】

本篇作于神宗元丰五年（1082），苏轼被贬为黄州团练副使时。序中所说闾丘大夫，名孝终，字公显，曾任黄州太守，当时已退休回到苏州家乡。词的上片记梦。开篇直叙梦中渡江，躺在船上遥望红楼。次写楼中欢声笑语，歌吹作乐，原来是闾丘大夫在宴请宾客。结处说这位老朋友年纪虽然不小了，但风流不减当年，可惜自己未能出席此一盛会，只能在烟波里回首眺望。下片写梦醒以后的感想。过片由虚入实，描绘眼前江上景物。接着追怀故人，听说他已经退休归隐，但仍然那样风流倜傥，当年在黄州的往事大概不会忘记吧！末尾设想友人也在梦中寻访自己，如果我们真的相见，也许会觉得彼此和从前都差不多，变化并不大啊！此阕通过梦境表达了对故人的深深怀念，情景相融，如幻如真，语言明快，风格潇洒，如天马行空，意境自然浑成。郑文焯评曰："突兀而起，仙乎仙乎！'翠壁'句，奇崭不露雕琢痕。上阕全写梦境，空灵中杂以凄丽。过片始言情，有沧波浩渺之致。真高格也。"

【注释】

①致仕：古代官员辞官退休称为"致仕"。　②横截：横渡。　③使君：汉以后对州郡长官的尊称。这里是指曾任黄州太守的闾丘孝终。　④危柱：柱上的弦绷得很紧。柱、瑟、筝等拨弦乐器架弦的码子。木制，桥形，立在瑟、筝等的面板上，一柱架一弦。　哀弦：弦声凄婉哀怨。　⑤西子：

西施，春秋时越国美女，后随范蠡隐居五湖。这三句以范蠡比喻闾丘孝终。

好　事　近

梦　中　作

秦　观

春路雨添花，花动一山春色。行到小溪深处，有黄鹂千百。　　飞云当面化龙蛇，夭矫转空碧①。醉卧古藤阴下，了不知南北②。

【说明】

据说这首词是哲宗绍圣二年（1095），秦观被贬监处州酒税时所作。梦中赋诗填词，古不乏人，然醒后多只留下一二残句，像少游这样能将梦中所作完整地记录下来则属绝无仅有。且此阕文辞优美，意境奇丽，富于浪漫主义色彩，即便为醒时所写，也不愧是一篇佳作，难怪当时和后代都有不少人为之击节叹赏。词的上片写梦中雨后春游。一路上山花烂漫，色彩缤纷，春光多么明媚。词人沿着小溪，缓步行进，来到密林深处，只见千百只黄鹂在自由自在地飞翔、悠闲自得地歌唱。如此奇妙的景象大概也只有在梦中才会看到。下片写梦中“醉卧古藤阴下”，仰望万里碧空，风起云涌，如龙蛇飞舞，变幻出各种各样神奇的形态。作者不禁为之神往，忘乎所以，莫辨东西南北，不知道自己究竟是躺在什么地方。本篇造语奇警，意象幽眇，反映了词人在贬谪生活中，向往自由而不可得，只能托之于梦境。数年后秦观卒于藤州光华亭，由于偶然的巧合，引出了种种牵强附会的说法，把这首词看成是作者的“谶语”，这当然是不可信的。

【注释】

①夭矫：屈伸貌。　②了不知：全不知。

渔　家　傲

李清照

天接云涛连晓雾①，星河欲转千帆舞②。仿佛梦魂归帝所③。闻天语，殷勤问我归何处？　　我报路长嗟日暮，学诗谩有惊人句。九万里风鹏正举④。风休住，蓬舟吹取三山去⑤。

【说明】

本篇《花庵词选》题作“记梦”，从内容和意境看，确实如梦如幻，浪漫主义色彩很浓。开篇两句绘景，描写黎明时晓雾弥漫、云涛翻滚，银河横斜，群星璀璨的景象。接着叙述词人飘飘欲仙，恍惚来到凌霄宝殿之上，听见天帝殷勤地问她要到哪里去。过片两句紧承上文，化用屈原《离骚》“日忽忽其将暮……路漫漫其修远兮”和杜甫《江上值水如海势聊短述》“语不惊人死不休”诗意，回答天帝的问话。最后三句幻想能像大鹏鸟一样，展翅奋飞，希望“扶摇”之风，也把我这蓬草似的轻舟吹到海上的仙山去。此阕在《漱玉词》中，别具一格，意象飞动，境界壮阔，展现出一个奇幻瑰丽的神话世界，抒发了作者追求理想的豪迈之情。前人称赞李清照“有丈夫气，乃闺阁中之苏、辛”（《菌阁琐谈》），试读此词乃知所言非虚语也。

【注释】

①云涛：风起云涌，如大海波涛。 ②星河：银河。星河欲转，谓银河斜转，天将拂晓。 ③帝所：天帝的住所，指天宫。 ④九万里风鹏正举：比喻自己要像大鹏鸟那样乘风高飞远扬。举，飞翔的意思。《庄子·逍遥游》：“鹏之徙于南冥也，水击三千里，抟扶摇而上者九万里。” ⑤三山：传说中的海上仙山。《史记·秦始皇本纪》：“齐人徐市等上书，言海中有三神山，名曰蓬莱、方丈、瀛洲，仙人居之。”

夜 游 宫

记梦寄师伯浑①

陆 游

雪晓清笳乱起。梦游处、不知何地？铁骑无声望似水。想关河，雁门西②，青海际③。 睡觉寒灯里。漏声断④、月斜窗纸。自许封侯在万里⑤。有谁知，鬓虽残，心未死。

【说明】

本篇为寄赠友人之作，但不是一般的应酬文字。词中通过梦游边塞，抒发了作者坚持抗金、志在光复中原的爱国情怀。上片叙梦，描写清晨踏雪出征，以梦幻的形式表现作者日夜盼望奔赴疆场为国杀敌的远大理想。下片抒愤，写梦醒以后的失望情绪。诗人躺在床上，回首往事，心潮难平，不禁发出了深深的慨叹：“有谁知，鬓虽残，心未死！”词意委婉，一波三折，深刻表达了英雄失意、壮志未酬的悲凉之情。

【注释】

①师伯浑：蜀中隐士，与陆游相识于眉山。《老学庵笔记》卷三："师浑甫，本名某，字浑甫。既拔解，志高退，不赴省试。其弟乃冒其名以行，不以告浑甫也。俄遂登第。浑甫因以字为名而字伯浑。" ②雁门：关名，在今山西省代县西北。 ③青海：湖名，在今青海省东部。 ④漏声断：古代以铜壶滴水计时，漏声停止谓一夜将尽，天色欲明。 ⑤封侯在万里：指立功于万里之外。《后汉书·班超传》载，班超投笔从戎时曾说："大丈夫无它志略，犹当效傅介子、张骞立功异域，以取封侯，安能久事笔砚间乎！"

鹧 鸪 天

元夕有所梦

姜 夔

肥水东流无尽期[①]，当初不合种相思[②]。梦中未比丹青见[③]，暗里忽惊山鸟啼。 春未绿，鬓先丝，人间别久不成悲。谁教岁岁红莲夜[④]，两处沉吟各自知。

【说明】

本篇作于宋宁宗庆元三年（1197），为怀念合肥恋人之词。元宵之夜，伊人入梦；梦中倩影，恍惚迷离，依稀难辨，还不如画中人那样眉目传情，玉容可亲。一觉醒来，更添惆怅，悔恨当初不该轻别佳人，以至种下这无尽无休的相思苦果。如今岁月蹉跎，人老鬓衰，地久天长，神迷心碎，反倒不觉痛苦和悲哀了。然而每当火树银花之夜，两处相思之情，彼此不言各自知。词意空灵蕴藉，以清幽之笔抒写艳情，含婉深永，韵味悠长。

【注释】

①肥水：源出安徽合肥紫蓬山，东南流经将军岭，至施口入巢湖。 ②不合：不该。 种相思：留下相思之情。相思树的果实叫红豆，亦名相思子，这里是借谐音代指对伊人的思念。 ③丹青：泛指画像。 ④红莲夜：指元夕，又称灯节。红莲，指灯。欧阳修《蓦山溪》（元夕）："纤手染香罗，剪红莲、满城开遍。"

念 奴 娇

游子西

暑尘收尽，快晚来急雨，一番初过。是处凉飙回爽气[①]，直把残云吹破。星律飞流，银河摇荡，只恐冰轮堕[②]。云梯稳上[③]，琼楼今夜无锁。　　便觉浮世卑沉，回翔偃薄，似蚁空旋磨[④]。想得九天高绝处，不比人间更火。独立乾坤，浩歌春雪，可惜无人和。广寒宫里[⑤]，有谁潇洒如我！

【说明】

此词亦为神游月宫之作。上片前八句写景，描叙夏夜雨后转晴，星河耿耿，皓月东升。但觉平平，无甚新意。至结拍忽生奇想，别开生面，将读者带到了一个引人入胜的境界。你看他不跨“玉龙”，不乘“云车”，而是沿着一条望不到头的天梯，一步一步，稳扎稳打，硬是爬到了高不可攀的广寒宫前。更巧的是，月宫今夜放假，仙女们都休息去了，而看门的神人又偏偏忘记了上锁。于是他便得以自由自在地参观游览。换头后六句感叹浮世卑沉，不如九天高处这样清净纯洁。最后四句写他独立天地之间，引吭高歌，可惜天上也没有知音见和。虽然如此，自己能在广寒宫里度过此一良宵，也感到无比自豪，请问有谁能像我这样自由自在、毫无拘束呢？全词想象丰富，意境壮阔，风格雄快豪放，在艺术上颇有特色。

【注释】

①飙（biāo标）：疾风。　爽气：令人畅快的凉气。　②冰轮：指月亮。陆游《月下作》诗：“玉钩定谁挂，冰轮了无辙。”　③云梯：长梯。亦指高山上的石级。　④蚁旋磨：古人把日月的运行比为蚂蚁在转动的磨盘上行进。　⑤广寒宫：传说唐玄宗于八月望日游月中，见一大宫府，榜曰“广寒清虚之府”。见《龙城录·明皇梦游广寒宫》。后人因称月宫为“广寒宫”。

四十一、寿词选粹

满 江 红

寿 稼 轩

杨炎正

寿酒如渑[①]，拚一醉、劝君休惜。君不记、济河津畔[②]，当年今夕[③]。万丈文章光焰里[④]，一星飞堕从南极。便御风、乘兴入京华[⑤]，班卿棘[⑥]。　　君不是，长庚白[⑦]；又不是，严陵客[⑧]。只应是，明主梦中良弼[⑨]。好把袖间经济手，如今去补天西北。等瑶池[⑩]、侍宴夜归时，骑箕翼[⑪]。

【说明】

杨炎正，字济翁，江西吉安人，是辛弃疾的知交和词友，互相唱和之作颇多。本篇是辛弃疾闲居带湖时期，作者为祝贺他的生日而写的。词的上片，从“当年今夕”，辛弃疾降生人世，写到他渡江南归、“乘兴入京华”的简单经历；下片称赞他是经国济世的栋梁之材，明主梦中追求的良弼，希望他完成收复中原、统一祖国、振兴宋朝的历史重任。词以北伐抗金相勉励，通过祝寿表达主客之间共同的爱国立场，因而具有一定的现实意义。

【注释】

①渑（shéng 绳）：古水名，在今山东境内。《左传·昭公十二年》：“有酒如渑，有肉如陵。” ②济河：又称“济水”，古四渎之一，流经河北、河南、山东等地，历代变迁很大，汉以后济水自济南以下，与今黄河河道略同。 津：渡口。 ③当年今夕：指绍兴十年（1140）五月十一日，即辛弃疾诞生之日。 ④万丈文章光焰里：谓其作品光芒万丈，具有不朽的价值。韩愈《调张籍》：“李杜文章在，光焰万丈长。” ⑤御风：驾风，乘风。 京华：这里是指南宋都城临安。 ⑥班卿棘：谓位列朝班公卿之中。 ⑦长庚白：金星，又称长庚星、太白星、启明星。古人以为太白为白帝之子，象征王公贵胄。这两句说，你并非出身于王公贵族之家。 ⑧严陵：指东汉隐士严光，光字子陵。这两句说，你也不是隐士一类人物。 ⑨良弼：贤明的宰相、大臣。弼，辅佐帝王之人。 ⑩瑶池：古代传说中昆仑山上的池名，西王母所居的地方。这里是代指朝廷。 ⑪箕：星名，二十八宿之一。

水调歌头

癸卯九月十五日寿朱元晦①

陈　亮

人物从来少，篱菊为谁黄②？去年今日，倚楼还是听行藏③。未觉霜风无赖，好在月华如水，心事楚天长。讲论参洙泗④，杯酒到虞唐⑤。　　人未醉，歌宛转，兴悠扬。太平胸次⑥，笑他磊块欲成狂⑦。且向武夷深处⑧，坐对云烟开敛⑨，逸思入微茫。我欲为君寿，何许得新腔⑩？

【说明】

这首词是宋孝宗淳熙十年（1183），陈亮为祝贺朱熹五十四岁生日而写的。朱、陈观点不同，议论不合，思想和政治主张分歧很大，但并未因此而影响彼此间的友谊，表现出良好的学者风度。词中称赞朱熹为古今少有的人物，对其在武夷山讲学的活动予以肯定，同时表达了作者对他的怀念和向往之情。这种互相尊重，不因观点分歧而见嫉的坦荡胸怀是值得肯定的。

【注释】

①癸卯：宋孝宗淳熙十年（1183）。　朱元晦：朱熹，字元晦，号晦庵，南宋著名理学家。　②篱菊：竹篱边的菊花。朱熹九月十五日生，正是菊花开放时节，故以此祝之。　③行藏：《论语·述而》："用之则行，舍之则藏。"后遂称人之出处用舍为"行藏"。杜甫《江上》诗："勋业频看镜，行藏独倚楼。"　④洙泗：古代鲁国的两条河名，流经曲阜，孔子曾在这里收徒讲学。这句说，朱熹讲学论道，参考了孔子的观点和主张。　⑤虞唐：虞舜、唐尧，古代传说中的贤君。这句说，饮酒之间谈及尧舜的业绩。　⑥胸次：胸怀，心中。这句说朱熹胸怀平静坦荡。　⑦磊块：亦作"块磊"，山石不平之状。这句说自己胸怀不平，别人一定会笑我"欲成狂"。　⑧武夷：山名，在江西、福建两省交界处，朱熹曾退隐讲学于此。　⑨云烟开敛：谓云雾聚散，形容武夷山中风景优美。朱熹《答陈同甫》："武夷九曲之中，比缚得小屋三数间，可以游息……溪山回合，云烟开敛，旦暮万状，信非人境也。"　⑩新腔：新的词调。

水　龙　吟

为放翁寿

高观国

道山玉府真仙①，去年再履论思地。西清禁域②，眷深名重③，年高身退。玉振金声[④]，水增川涌，德兼才贵。爱知章引去[⑤]，安车稳驾，轩冕付、谈笑外[⑥]。　兰玉孙枝竞秀[⑦]，奉亲欢、莱衣同戏[⑧]。蓬莱东接[⑨]，苎萝西顾[⑩]，三山耸翠[⑪]。赐杖清朝，命堂绿野[⑫]，放怀高致。似太公出将[⑬]，卫公入相[⑭]，为苍生起。

【说明】

宋宁宗嘉泰二年（1202）六月，陆游以年近八旬的高龄，奉召入都修史，来到临安。当时正值韩侂胄当政，积极准备北伐。陆游的出山，对主战派是一个鼓舞，他们希望能借重放翁的声望，团结更多的爱国志士，坚持抗金斗争。次年五月，陆游在完成《孝宗实录》和《光宗实录》后，上疏辞归。嘉泰三年（1203）十月十七日，是陆游七十九岁生日，作者怀着崇敬的心情，写了这首《水龙吟》为放翁祝寿。词中高度赞扬了陆游的爱国精神，将他比为古代的贤相姜尚和李靖，肯定他这次复出，是为了国家、民族和天下苍生的利益，这都是符合实际的，并非溢美之词。

【注释】

①玉府：指玉京，道家以为天帝所居之处。这句谓放翁乃天上之活神仙。按：玉府又为天官之名，掌管天宫金玉玩好兵器之类。　②西清：指帝王宫内游宴之处。徐铉《茱萸》诗：“长和菊花酒，高宴奉西清。”　③眷深：指皇帝的关怀和眷念很深。　④玉振金声：亦作“金声玉振”。《孟子·万章下》：“孔子之谓集大成；集大成也者，金声而玉振之也。”金指钟，玉指磬。比喻孔子的德行全备，正如奏乐，以钟发声，以磬收韵，集众音之大成。后以比喻才学精妙。　⑤知章：唐诗人贺知章，越州永兴（今浙江萧山）人，官至秘书监，晚年告老还乡，归隐鉴湖。　引去：辞官归去。　⑥轩冕：古时卿大夫的车服，也指官位爵禄或贵显的人。这句说放翁视功名富贵如浮云，一笑而置之。　⑦兰玉：“芝兰玉树”的略语，旧时用为对别人子弟的美称。　⑧莱衣：老莱子着五彩斑斓衣以娱亲。孟浩然诗：“明朝拜嘉庆，须着老莱衣。”　⑨蓬莱：指会稽蓬莱阁，离放翁鉴湖三山故居不远。　⑩苎萝：苎萝山在浙江诸暨县南，亦称萝山，相传为西施的故里。　⑪三山：在绍兴城西鉴湖之滨，为陆游的故居（宋孝宗乾道二年所建，此后即定居于此）。三山，为石堰山、韩家山、行宫山的总称，三座小山呈“品”字形。　⑫绿野：唐宰相裴度退居洛阳，筑别墅绿野堂，故址在今洛阳市午桥旁。　⑬太公：指周初开国功臣姜尚，又称姜太公。　⑭卫公：唐初军事家李靖，本名药师，精通兵法，太宗时历任兵部尚书、尚书右仆射等，封卫国公，著有《李卫公兵法》。

东风第一枝

为梅溪寿

高观国

玉洁生英，冰清孕秀，一枝天地春早[①]。素盟江国芳寒，旧约汉宫梦晓。溪桥独步，看洒落、仙人风表②。似妙句、何逊扬州③，最惜细吟清峭。　　香暗度，照影波渺。春暗寄、付情云杳。爱随青女横陈④，更怜素娥窈窕⑤。调羹雅意⑥，好赞助、清时廊庙⑦。羡韵高、只有松筠⑧，共结岁寒难老⑨。

【说明】

作者与南宋词人史达祖（号梅溪）是知交兼词友，彼此互有唱和之作。史达祖于宁宗嘉泰、开禧年间，曾为中书省堂吏，积极支持韩侂胄北伐倡议，一时文告、帖旨多出其手。北伐失败，韩侂胄被害，他也受到株连，身陷囹圄，黥面流放，含恨而死。高观国的这首祝寿词，通过咏梅，肯定了史氏的人品、才智和创作，对正确评价史达祖及其《梅溪词》是有参考价值的。

【注释】

①这三句写早春梅花含苞初放，点出《东风第一枝》调名题意；史达祖生于旧历正月，亦暗寓祝寿之意。　②风表：风度仪表。　③何逊：南朝梁代诗人，曾任扬州法曹，有《咏早梅》诗，脍炙人口。　④青女：青霄玉女，神话传说中的霜雪之神。　横陈：横卧，横斜。　⑤素娥：嫦娥的别称，亦指月宫仙女。　⑥调羹：与调鼎义同，比喻宰相治理天下，如同调和羹汤之味。这句是指史达祖在中书省任堂吏，协助韩侂胄工作。　⑦廊庙：犹言庙堂，指朝廷。　⑧筠：竹子的别称。⑨这句说，梅与松、竹为岁寒三友，万古长青。词人用比兴手法，既赞美了史达祖的人品，也歌颂了他们之间的友谊。

水调歌头

寿二亲

江万里

生日重重见，余闰有新春①。为吾母寿，富贵外物总休论②。且说家怀旧话，教学也曾菽水③，亲意尽欣欣。只此是真乐，岂乐在邦君④？　　吾二老，常说与，要廉勤。庐陵几千万户⑤，休戚属儿身⑥。三瑞堂中绿醑⑦，酿就满城和气，端又属人伦⑧。吾亦老吾老，谁不敬其亲！

【说明】

作者为宋末人，入太学，有文声，理宗时历任池州教授、吉州知州、监察御史等。度宗即位拜左丞相兼枢密使，元兵渡江，赴水殉国而死。为政廉勤，事亲以孝，是封建社会典型的孝子忠臣。这首词是他早年任吉州知州时所作。父母生日相近，为母亲写祝寿词，兼及二亲，以表达对两位老人的孝敬之意。词的语言通俗明白，说的都是实实在在的心里话。孝敬父母应当体现在实际行动之中，牢记二老教导，廉洁勤奋，以身作则，为吉州百姓多做好事，使千家万户都和和顺顺，共享天伦之乐。词中虽无渲染铺张，读来却很亲切动人。

【注释】

①余闰：亦作“闰余”。《史记·历书》：“盖黄帝考定星历，建立五行，起消息，正闰余。”裴骃集解引《汉书音义》曰：“以岁之余为闰，故曰闰余。”这句话说今年适逢闰正月。 ②外物：身外之物。 ③菽水：豆和水，指最普通的食品，常用作孝养父母之称。 ④邦君：一邦之主。这里是指知州，作者当时任吉州知州。 ⑤庐陵：郡名，宋为吉州，治所在今江西吉安市。 ⑥休戚：喜乐和忧愁，福与祸。 ⑦绿醑：美酒。 ⑧人伦：指封建社会人与人之间的关系和应当遵守的行为准则。《孟子·滕文公上》：“使契为司徒，教以人伦：父子有亲，君臣有义，夫妇有别，长幼有叙，朋友有信。”

祝英台

自寿

黄人杰

异乡中，行色里，随分庆初度[①]。老子今年，五十又还五。任他坎止流行[②]，吴头楚尾[③]，本来是、乾坤逆旅[④]。　　贵和富，此事都付浮云，无必也无固[⑤]。用即为龙，不用即为鼠。便教老却英雄，草庐烟舍，也须有，著闲人处。

【说明】

身在异乡，客中适逢五十五岁初度，一碗寿面，三杯薄酒，随随便便自己庆祝一番。回顾大半生的经历，流年不利，仕途坎坷，时至今日，功未成，名未就，这又该怨谁呢？古语说，用之则行，舍之则藏，成龙成鼠，自己是做不了主的。其实功名富贵如浮云，人生不过是一座大旅店，世人都是匆匆的过客，何必苦苦追求、斤斤计较呢？即使老却英雄，也少不了两间茅屋给我居住。词以诙谐幽默的笔调，抒写人生感慨，既是自我解嘲，同时也寄托了壮志难酬的悲愤之情，是一首别具一格的祝寿词。

【注释】

①随分：随便。 ②坎止流行：《汉书·贾谊传》：“乘流则逝，得坎则止。”注引孟康曰：“《易》坎为险，遇险难而止也。”意谓遇到险难就停止，遇到顺利则前进。 ③吴头楚尾：今江苏省北部，春秋时为吴、楚两国交界之处，故称。 ④逆旅：客舍，旅馆。逆，迎；迎止宾客之处，故称“逆旅”。 ⑤必：必然，确定不移。 固：坚牢，永远不变。这句意为，世界上的事物没有什么确定不移、坚牢不变的。

四十二、杂花朵朵

满　江　红

牧　童

王　质

落尽斜阳，尚有些、断霞残影①。甚弯环、东溪西巷，南岩北岭。行熟更教羊引著，睡浓却被鸦惊醒。渐孤村、树暗颤山攲②，霜风冷。　　人世里，嫌他蠢；牛背上，输他稳。但芒鞋一緉③，蓑衣一领。五脏荒陂蔬荐口④，双髽幽崦花漫顶⑤。虽云乌、月黑路蒙笼，何曾窘！

【说明】

这是一首“牧童的赞歌”。在两宋词作中以牧童为主人公，而且用一曲长调着力加以刻画咏赞，此阕实为仅见。上片写牧童傍晚归来。太阳已经落山了，天边还有几片“断霞残影”。牧童躺在牛背上，安安稳稳地睡着大觉，前面有熟悉道路的小山羊领路，他还有什么不放心呢？翻越“南岩北岭”，穿过“东溪西巷”，眼看就要进入那绿树掩映的“孤村”，忽然被聒噪的乌鸦惊醒，只觉一阵寒风袭来，不禁打了一个冷颤，睁眼一看，原来已经到家了。说它是画，画也画不出如此生动传神的形象和意境；说它是诗，诗中也未曾见过这般精细绝妙的“牧童夜归图”。下片歌颂牧童纯朴天真。世人嫌牧童愚蠢，什么都不懂，什么都不会，可是在牛背上只有他骑得最稳，这也需要勇气、智慧和技巧啊！他不穿绫罗绸缎，只要有一双草鞋、一领蓑衣就满足了；他不吃山珍海味，荒坡上的山果野菜即可充饥；他不求饰金佩玉，发髻上插满山花就觉得比谁都美。不管是乌云遮天或是夜深月黑，道路如何艰险曲折，他什么时候感到为难，什么时候感到畏葸过？如此聪明、勇敢、纯朴、可爱的牧童，世人为什么要嫌他蠢呢？此词是一幅人物写生画，极富生活气息，牧童的形象栩栩如生，神态宛然在目，赞美之情溢于言表，语言清新自然，风格明朗质朴，确是一首绝妙好词。

【注释】

①断霞：余霞。　②山攲（qī 欺）：山傍。攲，倾侧不平貌。　③芒鞋：草鞋。　一緉：一双。④荐：指食草蔬。　⑤髽（zhuā 抓）：梳在头顶两旁的发髻。　幽崦：深山。

洞 仙 歌

戴复古

卖花担上，菊蕊金初破。说着重阳怎虚过？看画城簇簇[①]，酒肆歌楼，奈没个巧处，安排着我。　　家乡煞远哩[②]，抵死思量，枉把眉头万千锁。一笑且开怀，小阁团栾[③]，旋簇着几般蔬果[④]。把三杯两盏记时光，问有甚曲儿，好唱一个？

【说明】

此词写作者离家在外，适逢重阳佳节，无以消遣，于是来到一家酒肆，开怀畅饮，并且询问酒家，有什么时新曲子，快教歌妓唱一支来听听。关于宋代的“酒肆歌楼”，在《东京梦华录》《都城纪胜》《武林旧事》和《梦粱录》等书中均有记载。《梦粱录》叙述南宋都城临安的酒肆说：“诸店肆俱有庭院廊庑，排列小小稳便阁儿，吊窗之外，花竹掩映，垂帘下幕，随意命妓歌唱，虽饮宴至达旦，亦无厌怠也。”本篇再现了当时“酒肆歌楼”的风光和民情风俗，对了解宋代的市民生活提供了形象化的资料。

【注释】

①画城：美丽如画的城市。　簇簇：整齐貌。　②煞远：很远。　③团栾：圆貌。指小圆桌。　④旋簇着：很快地摆设着。　几般：几种。

踏 莎 行

苏　轼

这个秃奴，修行忒煞[①]。云山顶上持斋戒[②]。一从迷恋玉楼人[③]，鹑衣百结浑无奈[④]。　　毒手伤人，花容粉碎，空空色色今何在？臂间刺道苦相思，这回还了相思债。

【说明】

这是一篇在公堂上用长短句的形式写成的判词。据《事林广记》癸集卷之十三载：“灵隐寺有僧名了然，不遵戒行，常宿娼妓李秀奴家，往来日久，衣钵为之一空。秀奴绝之，僧迷恋不已，乘醉往秀奴家，不纳，因击秀奴，随手而毙。县官得实，具申州司。时内翰苏子瞻治郡，一见大骂曰：‘秃奴，有此横为，送狱院推勘。’则见僧臂上刺字云‘但愿同生极乐国，免教今世苦相思’之句。

及见款状招伏，即行结断，举笔判成一词，名《踏莎行》。（词如上略）判讫，押赴市曹处斩。”从艺术的角度而言，此阕并非上乘之作，但它向人们表明：作为抒情诗的长短句，其应用范围本来是很广的，只是没有被人发现。苏轼做了一次尝试，因而值得一读。本篇言简意明，对罪犯的身份、行状、犯罪事实和审判结果叙述得清清楚楚，同时也描绘出一个淫荡凶僧的可憎面目，这类人物在宋人笔记和话本小说中是不难发现的。

【注释】

①忒煞：太，过甚。 ②斋戒：禁止吃荤、饮酒，佛门弟子修行的戒律。 ③玉楼人：指妓女。④鹑衣：鹑鸟尾秃，像古时敝衣短结，故用以形容破旧的衣服。

减字木兰花

苏轼　张挥

凭谁妙笔，横扫素缣三百尺[①]。天下应无，此是钱塘湖上图[②]。　一般奇绝，云淡天高秋夜月。费尽丹青[③]，只这些儿画不成。

【说明】

诗中有所谓的“联句”，系由两人或多人合作一诗，相联成篇。词中这种现象则极为罕见。据《苕溪渔隐丛话》引杨湜《古今词话》载：“东坡守钱塘，刘巨济赴处州，道过钱塘，东坡留饮于中和堂，僧仲殊（张挥）与焉。时堂之屏有《西湖图》，东坡遽索笺管作《减字木兰花》曰：‘凭谁妙笔，横扫素缣三百尺。天下应无，此是钱塘湖上图。’以后叠属巨济，辞逊再三，遂以属仲殊，继曰：‘一般奇绝，云淡天高秋夜月。费尽丹青，只这些儿画不成。’东坡大称赏之。”另据《苕溪渔隐丛话》引《复斋漫录》云，此词前半阕为刘泾（巨济）所作。不管是苏轼也好，刘泾也好，总之这首词是由两位作家共同创作的。而词的意境浑然一体，自然雅洁，如出一人之手，毫无拼凑的痕迹，可以说是词坛的一桩佳话。

【注释】

①素缣：白色丝绢。 ②钱塘湖：指杭州西湖。 ③丹青：丹和青是中国古代绘画中常用之色。也泛指绘画艺术。

鹧　鸪　天

无名氏

烛影摇红玉漏迟，鹊桥仙子下瑶池。倾杯乐处笙歌沸，苏幕遮阑笑语随。　醉落魄，阮郎归。传言玉女步轻移。凤凰台上深深愿[①]，一日和鸣十二时[②]。

【说明】

这是一首集曲名为词之作。作者将《烛影摇红》《玉漏迟》《鹊桥仙》《倾杯乐》《苏幕遮》《醉落魄》《阮郎归》《传言玉女》《凤凰台上忆吹箫》和《十二时》等十个词牌的名称集中在一起，组织成篇，描写男女欢会，与哀长吉的《水调歌头》“贺人新聚，集曲名”相似。这类作品不可多作，多则必滥，成为游戏文字，但如有一二首也未为不可，既可增长人们的见识，从中也能领略到唐宋词牌名称是多么的优美。

【注释】

①凤凰台上：《凤凰台上忆吹箫》的略称。　②和鸣：鸾凤和鸣的略语，比喻夫妻和谐。

念　奴　娇

咏剪花词

无名氏

晓来雨过，见三点两点，催花开却。满目园林如锦绣，低亚阑干西角[①]。魏紫风流，姚黄妖艳[②]，桃李皆粗俗。金刀剪下，燕莺窥妒惊愕。　　雅称似玉人人，淡妆才罢，粉衬胭脂薄。蝉翼轻笼云鬓巧[③]，斜插一枝红萼。睡足杨妃，醉沉西子，娇困铅华落。多情风蝶。晚来犹更随着。

【说明】

春风化雨，催开百花，园林里满目锦绣，姹紫嫣红，美不胜收。主人公却感到无论“魏紫”“姚黄”或是“妖桃”“秾李”都太秾艳粗俗，不堪入目。于是便用她那纤纤玉手，精心地剪制了一朵纸花。它浓淡相宜，高雅绝俗，胜似“群芳”，所以引得燕惊莺妒。将它斜插在鬓边，使美人显得更加艳丽，恰如那“睡足杨妃”“醉沉西子”，令人赞赏不已。就连多情的“风蝶”，也被它引得神魂颠倒，早晚追随，不离左右。本篇别出心裁，通过“咏剪花”，赞美民间的剪纸艺术。主人公的“作品”，胜似“群芳”，出神入化，达到了能够“以假乱真”的境界，其技艺之高超，堪称一绝。

【注释】

①低亚：低垂。　②魏紫、姚黄：宋代牡丹的优良品种。　③蝉翼：薄如蝉翼的发式。

《辛弃疾作品》选粹

满 江 红

建康史帅致道席上赋[①]

鹏翼垂空，笑人世、苍然无物[②]。又还向、九重深处，玉阶山立[③]。袖里珍奇光五色，他年要补天西北[④]。且归来、谈笑护长江，波澄碧[⑤]。　　佳丽地，文章伯；金缕唱，红牙拍[⑥]。看尊前飞下，日边消息[⑦]。料想宝香黄阁梦，依然画舫青溪笛[⑧]。待如今、端的约钟山，长相识[⑨]。

【说明】

乾道四年（1168），辛弃疾任建康府通判（宋代州府长官的助理），其时史致道为建康知府兼行宫留守。这首词是在史致道举行的一次宴会上写的。词一开始，便以展翅凌空高飞的大鹏来比喻史致道，实际上是对主战派的赞扬和鼓励。词中名句“袖里珍奇光五色，他年要补天西北”，借神话传说表达了作者力挽狂澜、光复神州的豪情壮志。但他也感到当权者胸无大志，主战派未被重用，因而当前只得暂时流连诗酒，纵情水光山色，等待从朝廷传来起用爱国志士、出师北伐的好消息。词中既表现了抗金的理想，也流露出壮志难酬的苦闷心情。

【注释】

①建康：今江苏省南京市。　史帅致道：史正志，字致道，扬州人，绍兴二十一年（1151）进士。曾上《恢复要览》五篇。乾道三年至六年（1167—1170）任建康行宫留守、建康知府兼沿江水军制置使。　②鹏翼垂空：大鹏展翅，凌空高飞。鹏，传说中的大鸟。《庄子·逍遥游》：“鹏之背，不知其几千里也；怒而飞，其翼若垂天之云。”　苍然：苍茫的意思，形容大地旷远迷茫。这两句说，大鹏展翅高飞，俯视人间，可笑苍茫大地没有一个杰出人物。这里是以大鹏比喻史致道，说他有远大的志向和超群的才能。　③九重：指天，神话传说天有九重。古代常以九重指天子所居之处。玉阶：玉石做的台阶。　山立：像高山那样巍然耸立。这两句说，大鹏飞向天庭，耸立在宫殿前的

玉石台阶上。这是借大鹏比喻史致道为朝廷的重臣、国家的柱石。 ④袖里二句：据司马贞《补史记·三皇本纪》：女娲氏末年，诸侯有共工氏，“与祝融战，不胜而怒，乃头触不周山崩，天柱折，地维缺，女娲乃炼五色石以补天……于是地平天成，不改旧物。”这里是以女娲补天的神话故事，表达作者收复中原、重整乾坤、统一祖国的理想和决心。 ⑤波澄碧：水波清澈碧绿。这两句大意说，如今暂且驻守建康，保卫天险长江，使江南局势得以稳定。 ⑥佳丽地：风景优美的地方，泛指江南，这里是指建康。谢朓《入朝曲》：“江南佳丽地，金陵帝王州。” 文章伯：文坛领袖。杜甫《暮春陪李尚书李中丞过郑监湖亭泛舟》诗：“海内文章伯，湖边意绪多。” 金缕：《金缕曲》，词调《贺新郎》的别名。 红牙：乐器名，即拍板，亦名牙板，多为红色，故又称红牙。 ⑦尊前：酒席上。尊，同“樽”，酒杯。 日边：皇帝那里。 ⑧宝香：古代达官贵族在室内用鼎炉烧名贵的香料，称宝香或鼎香。 黄阁：汉代丞相、太尉和汉以后三公官署的大门涂以黄色，故称黄阁。后以黄阁指宰相官署。 画舫：华丽的游船。 青溪：三国时吴国在建业（今南京）东南开凿的一条小河，源出钟山，流入秦淮河，长十余里。这两句说，料想史致道会入朝为相，尽管目前还在建康泛舟青溪，欣赏笛声。 ⑨钟山：紫金山，在今江苏省南京市东。这两句说，直到如今“日边消息”尚未到来，眼前还得与钟山相约，长期做伴。

念 奴 娇

登建康赏心亭①，呈史留守致道

我来吊古，上危楼，赢得闲愁千斛②。虎踞龙蟠何处是？只有兴亡满目③。柳外斜阳，水边归鸟，陇上吹乔木④。片帆西去，一声谁喷霜竹⑤？ 却忆安石风流，东山岁晚，泪落哀筝曲⑥。儿辈功名都付与，长日惟消棋局⑦。宝镜难寻；碧云将暮，谁劝杯中绿⑧？江头风怒，朝来波浪翻屋⑨。

【说明】

乾道五年（1169），辛弃疾在建康通判任上，登赏心亭，凭吊古迹，感慨万端，写作此词。上片由登楼所见，引出兴亡之感，对南宋当局不能利用建康的险要地势力图北伐，表示悲愤。下片借谢安的故事，对史致道不被重用，寄予同情。词虽说是吊古，实则为伤今，全篇贯穿了作者忧国的深情。

【注释】

①赏心亭：北宋丁谓建，在建康下水门城上，下临秦淮河，是当时的游览胜地。遗址在今南京水西门。 ②危楼：高楼，指赏心亭。 赢得：获得。 斛（hú 胡）：古代量器名，十斗为一斛。

这两句说，我登上赏心亭凭吊古迹，触发了心头无限的忧思与愁苦。 ③虎踞龙蟠：形容建康形势雄伟险要，像蹲着的猛虎、盘绕的巨龙。据《金陵图经》载，诸葛亮曾对孙权说："秣陵地形，钟山龙蟠，石城虎踞，真帝王之都也。"这两句说，当年被称为帝王之都的险要形势又在何处呢？如今看到的只有历代兴亡的遗迹。 ④陇：通"垄"，田埂。 乔木：高大的树木。 ⑤片帆：孤帆。 喷霜竹：吹笛。霜竹，指竹笛。黄庭坚词《念奴娇》（断虹霁雨）："孙郎微笑，坐来声喷霜竹。"这两句说，一只小船向西驶去，远处传来阵阵笛声。 ⑥安石：东晋谢安，字安石，河南阳夏（今太康县）人，晋孝武帝时任宰相，指挥淝水之战，取得了巨大的胜利。 东山：在今浙江省上虞县西南。谢安寓居会稽时常与王羲之、许询等人来此游乐，赋诗作文。这里是以东山代指谢安。 岁晚：晚年。 哀筝曲：据《晋书·桓伊传》，谢安晚年因功高遭嫉，一次桓伊在孝武帝的宴会上，一边弹筝，一边唱着怨诗："为君既不易，为臣良独难。忠信事不显，乃有见疑患……"谢安听后泣下沾襟，孝武帝也感到很惭愧。 ⑦儿辈二句：据《晋书·谢安传》，谢安为丞相时，前秦苻坚率兵大举攻晋。谢安派其弟谢石和侄儿谢玄等迎战，结果以弱胜强，大获全胜，这就是历史上著名的"淝水之战"。当前方捷报传来时，谢安正在和客人下棋。他看完捷报，随手放在床上，不动声色地对客人说："小儿辈遂已破贼。"这两句说，把功名事业都交付给下一代，自己只好整天下棋消遣。这里是以谢安比史致道，说他未被朝廷重用，不能有所作为。 ⑧宝镜难寻：意为知音难觅。据《本事诗》，南朝时陈太子舍人徐德言娶后主妹乐昌公主，不久天下大乱，德言与公主破镜各执其半，以期他日相会，后经多方磨难终于得以重聚。 碧云将暮：是说日暮怀人。江淹杂体诗《休上人怨别》："日暮碧云合，佳人殊未来。" 杯中绿：指酒。这两句说，亲人不知在何方，朋友也未到来，谁来劝我举杯饮酒消愁呢？这是写作者孤独寂寞的心情。 ⑨江头二句：大意是江上狂风怒吼，波涛滚滚，明天早上岸边的房屋恐怕要被冲毁吧！这里暗喻仕途险恶，国势危急。

满　江　红

题冷泉亭①

直节堂堂，看夹道、冠缨拱立②。渐翠谷、群仙东下，珮环声急③。谁信天峰飞堕地，傍湖千丈开青壁④？是当年、玉斧削方壶，无人识⑤。　山木润，琅玕湿⑥；秋露下，琼珠滴⑦。向危亭横跨，玉渊澄碧⑧。醉舞且摇鸾凤影，浩歌莫遣鱼龙泣⑨。恨此中、风物本吾家，今为客⑩。

【说明】

这首词作于宋孝宗乾道六年（1170）或七年（1171），当时辛弃疾在杭州任司农寺主簿。上片用拟人化手法描写西湖灵隐寺一带景物，形象生动逼真。"谁信天峰飞堕地"以下四句，否定了关于飞来峰的旧时传说，表现了作者热爱祖国山河的自豪感，下片寓情于景，写登上冷泉亭后的见闻和感想。结尾两句“恨此中、风物本吾家，今为客”，点明题旨，寓意很深，寄托了词人要求收复中原、统一祖国、重返故土的爱国之情。

【注释】

①冷泉亭：在杭州西湖灵隐寺西南飞来峰下，始建于唐代，白居易曾作《冷泉亭记》，述其始末，为西湖胜景之一。 ②直节堂堂：形容松竹劲直挺拔。堂堂，本指仪容端庄，这里是形容松竹的姿态。 冠缨：帽带，借指官吏。这两句说，去冷泉亭的路上，松竹夹道，像衣冠整齐的官吏一样，拱手而立。 ③珮环：古人衣带上的玉饰。珮，同“佩”，佩带。环，玉环。这两句说，渐渐进入青翠的山谷中，传来淙淙的泉水声，那声音好像一群仙女乘风东下，身上的珮环发出铮铮的响声。④天峰：指杭州灵隐山东南的飞来峰。传说东晋时中天竺国（今印度）僧人慧理来到这里，说此峰是中天竺国灵鹫山的小岭，不知何时飞来此处。飞来峰由此而得名。 青壁：青色的石壁，指飞来峰。这两句说，谁能相信耸立在西湖岸边的这座山峰，会是从印度飞来的呢？ ⑤方壶：神话传说中的海上仙山。这两句说，飞来峰是当年仙人用玉斧从方壶山上削下来的，现在却没有人知道它的来历了。 ⑥琅玕（láng gān 郎干）：一种像玉一样美丽的石头。这两句说，泉水滋润着山间草木，浸湿了溪畔珠玉一般的美石。 ⑦这两句说，泉水像秋天降下的露水，又好像落地的珍珠。 ⑧危亭：高亭，指冷泉亭。 玉渊：指冷泉积水形成的深潭。这两句说，跨过小桥，登上高亭，俯视碧绿清澈的潭水。 ⑨鸾凤：传说中两种美丽的神鸟，过去常用以比喻贤俊之士。这两句说，乘醉起舞，水中的身影多彩多姿，放声高歌，不要使潭底的鱼龙也为之悲泣。 ⑩风物：风光、景物。这两句说，我的家乡济南和这里的风光景物一样美丽，可恨如今被金兵占领，自己却留寓江南，有家难归。

声　声　慢

滁州旅次登奠枕楼作，和李清宇韵[①]。

征埃成阵，行客相逢，都道幻出层楼[②]。指点檐牙高处，浪涌云浮[③]。今年太平万里，罢长淮、千骑临秋[④]。凭栏望，有东南佳气，西北神州[⑤]。　　千古怀嵩人去，还笑我，身在楚尾吴头[⑥]。看取弓刀陌上，车马如流[⑦]。从今赏心乐事，剩安排、酒令诗筹[⑧]。华胥梦，愿年年、人似旧游[⑨]。

【说明】

乾道八年（1172）春，辛弃疾由司农寺主簿调任滁州知州。当时滁州由于多次遭到战争破坏，生产凋敝，经济萧条，人民生活困苦不堪。作者到任后采取一系列措施，如宽征薄赋，招回流民，帮助百姓修理房舍，盖造邸店，实行屯田，等等，在较短的时间里使生产得到了恢复和发展，人民生活有了改善。他还建了一座奠枕楼，供人们登临游览。一次作者与友人李清宇同游此楼，凭栏眺望，即兴挥毫，写了这首词。

上片写奠枕楼的雄伟壮丽及登楼所见，并通过行客的惊叹反映了滁州面貌的变化。作者并未沉醉于暂时的和平安宁气氛中，而是谆谆告诫人们：不要忘了尚待恢复的“西北神州”。下片由李德裕而联想到自己，表达了盼望祖国早日统一，尽快回到故乡的心情。最后词人衷心祝愿：人民群众安居乐业，永远生活在和平幸福的环境中。这首词不同于一般的登临感怀之作，它充分体现了辛弃疾关心人民、不忘恢复中原的思想。

【注释】

①滁州：今安徽省滁州市。　旅次：在外做客暂住的地方。　奠枕楼：辛弃疾任滁州知州时所建，供人们登临游览。奠枕，安居的意思。　李清宇：延安人，辛弃疾的朋友。　②征埃：路上车马行人来往扬起的尘土。　幻出：突然出现。　层楼：高楼。这三句说，滁州一带车来人往，尘土飞扬，过路的客人见面时都惊奇地说，这里突然又出现了一座高楼。　③檐牙：屋檐上翘起的地方。　浪涌云浮：形容云雾像波浪一样翻腾滚动。这两句说，人们指手划脚地称赞，奠枕楼高峻雄伟，耸立云天。　④罢：停止，解除。　临秋：临近秋季，防备敌人进攻。古代北方少数民族对中原发动进攻多在秋天。这两句说，今年万里边防平安无事，淮河前线敌军未敢发动进攻。　⑤佳气：美好的气象。　神州：古代称中国为赤县神州，这里指中原。这两句说，倚栏眺望，东南地区形势很好，可不要忘了北方的大好河山。　⑥怀嵩人：指唐代宰相李德裕。他被贬为滁州刺史时，曾在此建怀嵩楼，表示怀念嵩山故居之意。　楚尾吴头：滁州一带春秋时是楚国和吴国交界地区之一，故称楚尾吴头。这三句说，古时候李德裕曾在此建怀嵩楼，后来终于回到了故居；如今我也在这里建了一座奠枕楼，却未能回到北方的家乡，他若有知，一定会笑我还滞留在楚尾吴头。　⑦弓刀陌上：道路上有带着弓箭、身佩刀剑的士兵在操练行进。据《宋史·辛弃疾传》载，作者任滁州知州时曾组织民兵，训练士卒，筹划屯田，加强防务。这两句说，看吧，道路上士兵在操练、巡逻，来来往往的车马川流不息。　⑧赏心乐事：称心如意的事。　酒令：古代饮酒时助兴取乐的一种游戏，一人为令官，其余的人听他的号令，或轮流说诗词，或做其他游戏，违者罚饮酒。　诗筹：古代酒席上宾主间常常赋诗助兴，用抽签的办法决定用哪种韵，叫诗筹。这两句说，看到滁州的变化，真使人高兴，尽可以准备酒席，行令赋诗，欢庆一番。　⑨华胥梦：据《列子·黄帝篇》，黄帝梦游华胥国，那里没有官长，人们和睦相处，感到生活很满足。这两句说，但愿滁州人民这种安居乐业的生活，年年都像这样，长久保持下去。

水调歌头

落日古城角，把酒劝君留①。长安路远，何事风雪敝貂裘②？散尽黄金身世，不管秦楼人怨，归计狎沙鸥[3]。明夜扁舟去，和月载离愁。　　功名事，身未老，几时休？诗书万卷，致身须到古伊周[4]。莫学班超投笔，纵得封侯万里，憔悴老边州[5]。何处依刘客，寂寞赋登楼[6]。

【说明】

这首词是送友人入京之作。从词意上看，可能写于早期，作者任江东安抚司参议官时。开头两句写送别的情景，接着用苏秦和班超的故事，劝友人不要到行都去自寻烦恼。从而表达了词人对现实的不满和怀才不遇的苦闷心情。辛弃疾一方面劝友人“归计狎沙鸥”，同时又期望“致身须到古伊周”，反映了他当时的矛盾心理和对南宋统治集团的失望情绪。

【注释】

①把酒：端着酒杯。这两句说，当夕阳西下时，在古城的一角，举杯为你送行，劝你留下别走了。　②长安：今陕西省西安市，汉唐时为都城，这里指南宋行都临安（今浙江杭州）。　敝貂裘：貂皮的袍子已经破旧。　③狎（xiá侠）：亲近。　沙鸥：水鸟的一种。以上五句用苏秦被困秦京的故事，劝客人不要进京求官。据《战国策·秦策》，苏秦见秦惠王献连横之计，“书十上而说不行，黑貂之裘敝，黄金百斤尽……形容枯槁，面目犁黑，状有愧色。归至家，妻不下纴，嫂不为炊，父母不与言。”大意是说，到京城临安去的路程太远了，为什么一定要去那里遭受冷遇呢？像苏秦那样，意见不被采纳，生活狼狈不堪，回到家中还要被妻子和家人埋怨，不如趁早归去，隐居江湖，和鸥鹭为伴吧！　④伊周：伊尹和周公，都是古代的贤相，这两句说，饱读诗书，勤奋学习，要争取像古代的伊尹和周公那样为国家做出贡献。　⑤班超：字仲升，东汉人，少时家贫，后投笔从戎，明帝时出使西域，与西域五十余国建立了良好关系，封定远侯，在外三十余年。这三句说，不要去学班超投笔从戎，即使能在万里边疆建功立业，也得不到朝廷的信任和重用，结果只会一生憔悴，终老于边塞异域。这是对南宋当局无心北伐，不能重用爱国志士的讽刺。　⑥依刘客：以王粲依附于刘表自比。东汉末年，天下大乱，王粲南下避难荆州，依附刘表。一次登江陵城楼，作《登楼赋》，叙述进退危难的处境，抒发思念故乡的心情。这两句由送别友人而联想到自己，说他也像王粲那样，寄人篱下，无所作为，只能独自登楼赋诗，抒写思国怀乡之情。

菩　萨　蛮

金陵赏心亭为叶丞相赋[1]

青山欲共高人语，联翩万马来无数[2]。烟雨却低回，望来终不来[3]。　　人言头上发，总向愁中白。拍手笑沙鸥，一身都是愁[4]。

【说明】

此词上片写登亭所见景色，烟雨迷蒙，青山若隐若现，生动活泼，想象丰富。下片借沙鸥说明白发与愁无关，表现出一种乐观、风趣的情调。全篇即景抒情，以物喻人，语言质朴，风格清新。

【注释】

①金陵：今南京市。　叶丞相，指叶衡。据《宋史·叶衡传》：叶衡，字梦锡，婺州金华人，绍兴十八年（1148）进士，淳熙元年（1174）任江东安抚使，辛弃疾任安抚司参议官，为其下属。不久叶衡奉召入朝，任参知政事，拜右丞相兼枢密使。辛弃疾写此词时，叶衡尚未入朝为相，题中称叶为丞相当是后来追加的。　②高人：志行高尚的人，指隐士。　联翩：连续不断的样子。这两句写亭上所见山色：青山时隐时现，它仿佛要来和高人谈心，又像千万匹战马不断奔驰而来。　③低回：徘徊。这两句说，青山在迷茫的烟雨中徘徊，人们盼望它来，可是终于没有能来。　④人言四句：化用白居易《白鹭》诗“人生四十未全衰，我为愁多白发垂。何故水边双白鹭，无愁头上也垂丝”句意。大意是，人们都说头发变白是由于多愁善感的缘故，果真如此，那么沙鸥一身雪白的羽毛，它的愁该是最多的了。

太　常　引

建康中秋夜为吕叔潜赋[①]

一轮秋影转金波，飞镜又重磨[②]。把酒向姮娥：被白发、欺人奈何[③]！　　乘风好去，长空万里，直下看山河。斫去桂婆娑，人道是、清光更多[④]。

【说明】

这首词可能是辛弃疾在建康任江东安抚司参议官时写的。上片望月兴叹，抒发了事业无成、岁月虚度的感慨。下片用幻想的方式表达作者对祖国山河的热爱、对光明的向往和对黑暗的憎恶。前人认为“桂婆娑”是暗喻南宋投降派，当属可信。

【注释】

①吕叔潜：名大虬（qiú 求），生平未详。　②金波：指月光。　飞镜：指月亮。这两句说，一轮明月在秋夜的天空中慢慢移动，它像刚刚重新磨过的铜镜那样晶莹明亮。　③姮（héng 恒）娥：嫦娥，传说中的月宫仙子。这两句说，举杯对月，试问嫦娥：白发渐多，岁月蹉跎，怎么办啊！　④斫（zhuó 着）去：砍掉。　婆娑（suō 梭）：形容月中桂树枝叶纷披的样子。这两句用杜甫《一百五日夜对月》诗：“斫却月中桂，清光应更多。”传说月亮的暗处是桂树的阴影，砍去桂树的枝

叶，会使月亮更加光明。

水　龙　吟

登建康赏心亭

楚天千里清秋，水随天去秋无际①。遥岑远目，献愁供恨，玉簪螺髻②。落日楼头，断鸿声里③，江南游子④。把吴钩看了⑤，栏干拍遍，无人会⑥，登临意⑦。　休说鲈鱼堪脍，尽西风、季鹰归未⑧？求田问舍，怕应羞见，刘郎才气⑨。可惜流年，忧愁风雨，树犹如此⑩！倩何人唤取，红巾翠袖，揾英雄泪⑪？

【说明】

这首词是淳熙元年（1174），作者在建康任江东安抚司参议官时写的。词的上片即景抒情，写他登上赏心亭后的所见和所感，壮阔的秋色，秀丽的河山，并未使词人感到赏心悦目，反而引起了他的满怀愁恨。他愁的是山河破碎，国耻未雪；恨的是中原未复，壮志蹉跎。于是低头看着宝刀，拍遍栏杆，不禁仰天长叹。这一连串细节描写，刻画了一位爱国志士的光辉形象。下片通过三个故事，对四位历史人物进行了评论褒贬。他向往刘备、桓温那样胸怀大志、以国事为己任的英雄豪杰，而鄙弃张翰、许汜一类只考虑个人利益的庸俗之辈。这显然是对南宋统治集团只图苟且偷安、不顾国家民族利益的谴责和讽刺。

这首词在艺术上也很有特色。一开始用情景交融的手法，描绘了眼前的景物，然后融情入景，层层深入，步步推进。“愁”和“恨”作为贯穿全篇的感情线索，或隐或显，或明或暗，字里行间，触处皆是。由于思想感情曲折复杂，在句法上也错落多变，而主题却极为含蓄深刻，具有很强的艺术感染力。

【注释】

①楚天：泛指江南天空。战国时长江中下游一带，均属楚国之地。　秋无际：秋色无边无际。这两句说，登亭眺望，江南一片秋色，水天相连，辽阔无边。　②遥岑（cén 涔）：远处的山峰。远目：远望。　玉簪螺髻：碧玉簪、青螺髻，形容山的形状。这三句说，遥望远方的群山，有的像碧玉簪，有的像青螺髻，它们引起了我对国土分裂的忧愁和愤恨。　③断鸿：孤雁。　④江南游子：漂泊江南的人，这里是指作者自己。　⑤吴钩：宝刀名，相传为吴王阖闾时铸造的一对弯头宝刀。这里是泛指佩刀。　⑥无人会：没有人理解。　⑦登临意：登高眺望远方的用意。　⑧脍（kuài 快）：细切鱼肉。　尽：尽管。　季鹰：西晋人张翰，字季鹰。据《世说新语·识鉴》，张翰是吴郡（今江苏苏州）人，在洛阳做官，见秋风起，想到家乡的菰菜（茭白）、莼（chún 纯）菜羹和鲈鱼

脍，便辞官回家了。这两句说，不要说鲈鱼鲜美，尽管现在秋风已起，可是我并未像张翰那样为了吃到家乡风味，便辞官归去。这是反用张翰的典故，表示自己愿意为国效劳。 ⑨求田问舍：谓但知买田置屋，为个人利益打算，没有远大志向。据《三国志·魏书·陈登传》："许汜与刘备并在荆州牧刘表坐，表与备共论天下人。汜曰：'陈元龙湖海之士，豪气不除。'……备问汜：'君言豪，宁有事耶？'汜曰：'昔遭乱，过下邳，见元龙，元龙无客主之意，久不相与语，自上大床卧，使客卧下床。'备曰：'君有国士之名，今天下大乱，帝主失所，望君忧国忘家，有救世之意；而君求田问舍，言无可采，是元龙所讳也，何缘当与君语！如小人，欲卧百尺楼上，卧君于地，何但上下床之间耶！'" 刘郎：指刘备。 才气：才华、气概。这三句说，在国家危难的时刻，像许汜那样，只知为个人利益打算，到处买田购屋，这样的人如果见到像刘备那样胸怀大志的人，恐怕会感到羞愧吧！ ⑩流年：像流水一样逝去的岁月。 树犹如此：据《世说新语·言语》，东晋时桓温北伐，路过金城，看到他从前在这里做官时所种的柳树，已经长得很粗大了，便感叹地说："木犹如此，人何以堪！"这三句说，可惜时光虚度，人已渐老，而国势依然十分危急，真叫人忧愁啊！ ⑪倩(qìng庆)：请，央求。 唤取：叫来。 红巾翠袖：古时女子的装束，这里指歌妓。 揾（wèn问)：擦，揩拭。

摸 鱼 儿

观潮上叶丞相①

望飞来、半空鸥鹭，须臾动地鼙鼓②。截江组练驱山去，鏖战未收貔虎③。朝又暮，诮惯得、吴儿不怕蛟龙怒④。风波平步。看红旆惊飞，跳鱼直上，蹙踏浪花舞⑤。　凭谁问，万里长鲸吞吐，人间儿戏千弩⑥。滔天力倦知何事，白马素车东去⑦。堪恨处：人道是、属镂怨愤终千古⑧。功名自误⑨。谩教得陶朱，五湖西子，一舸弄烟雨⑩。

【说明】

淳熙元年（1174）二月，叶衡奉召入朝，六月任参知政事。不久辛弃疾由于叶衡的推荐，从建康来到临安，任仓部郎官。此词即淳熙元年八月，辛弃疾来到杭州后与叶衡一起观钱塘江潮时所写。上片描写举世闻名的钱塘江潮奇观和吴儿精彩的水上表演，着笔不多而气势飞动，壮阔雄伟，令人叹绝。下片由潮水的涨落联想到伍子胥的悲剧，寄托了作者对忠良被害的深沉怨愤。词人既同情伍子胥的遭遇，又希望人们不要像范蠡那样吸取消极教训，退隐江湖，不问政事。

【注释】

①观潮：指观看钱塘江潮。 叶丞相：叶衡，见前《菩萨蛮》（青山欲共高人语）注①。②鸥鹭：两种白色羽毛的水鸟。这里是比喻汹涌奔腾的潮水。 鞞鼓：战鼓。这里形容潮水发出的巨响。 这两句说，远望潮水初起，只见半壁天空白茫茫一片，恰似千万只鸥鹭在飞舞，转瞬间潮水发出震天动地的巨响，犹如战鼓齐鸣。 ③组练：组甲、练袍，古代的军装，代指军队。 貔（pí 皮）虎：指勇猛的士兵。貔，虎豹一类的猛兽。以上组练和貔虎都是形容潮水的气势。或以为描写水军演习的场面。也可以通。据周密《武林旧事·观潮》，南宋时每年八月中旬，钱塘江涨潮时，“教阅水军，艨艟数百，分列两岸，既而尽奔腾分合五阵之势，并有乘骑弄旗标枪舞刀于水面者，如履平地。” ④悄惯得：渐渐地练习得。 吴儿：指江南水乡的青少年。 这三句说，江南一带的青少年日日夜夜在水中游泳，逐渐练就了一身本领，不怕险风恶浪，如同在平地走路一样。 ⑤红旆（pèi 配）：红旗。 蹙（cù 促）：踢、踏。这三句说，吴儿在潮水中挥舞红旗，像鱼儿一样奔腾跳跃，踏着浪花翻舞。据《武林旧事·观潮》，水军演习以后，进行水上表演，“吴儿善泅者数百，皆披发文身，手持十幅大彩旗，争先鼓勇，泝迎而上，出没于鲸波万仞中，腾身百变，而旗尾略不沾湿，以此夸能。” ⑥长鲸吞吐：形容潮水涨落好像巨鲸吞波吐浪一样。 儿戏千弩：相传五代时吴越国王钱镠（liú 留）派人在杭州候潮门外修筑捍海塘，以阻挡潮水的冲击，但未能修成。他便命令几百名士兵用强弩射潮头，想使潮水退去。作者认为以弩射潮，如同儿戏，十分可笑。 ⑦白马素车：形容滚滚的波涛。枚乘《七发》描写曲江波涛说：“其始起也，洪淋淋焉，若白鹭之下翔；其少进也，浩浩溰溰，如素车白马帷盖之张。”又据传说，伍子胥被吴王赐死后，乘白马素车随潮水东去。这两句说，波浪滔天的潮水不知何故终于消退了，像白马素车那样向东流去。 ⑧属镂：剑名。据《史记·吴太伯世家》，伍子胥因反对吴国与越国讲和，被吴王夫差赐属镂剑自杀。临死前曾说：“树吾墓上以梓，令可为器，抉吾眼置之吴东门，以观越之灭吴也。”这两句说，可恨的是，伍子胥反对与敌讲和却被赐属镂剑自杀，人们都说他的怨恨千古难灭。 ⑨功名自误：伍子胥因追求功名而自误其身。这里是用反语，表现作者对忠良被害的愤恨不平。 ⑩谩：徒然。 教得：使得。陶朱：指范蠡。据《史记·越王勾践世家》，范蠡协助勾践灭亡吴国后，“以为大名之下，难以久居，且勾践为人，可与同患，难与处安”，于是带着西施弃官远游，隐居江湖，改名陶朱公。 五湖：指彭蠡、洞庭、巢湖、太湖、鉴湖，或单指太湖，这里是泛指江河湖海。 西子：西施，春秋时越国美女，由范蠡献给吴王，作为越国内应，后随范蠡隐居江湖。 舸（gě 葛）：大船。 弄烟雨：出没在烟雨迷蒙的江河湖海之中。

菩 萨 蛮

书江西造口壁①

郁孤台下清江水，中间多少行人泪②。西北望长安，可怜无数山③。 青山遮不住，毕竟东流去[④]。江晚正愁予，山深闻鹧鸪[⑤]。

【说明】

这首词是淳熙三年（1176）辛弃疾任江西提点刑狱，驻节赣州时写的。词写登郁孤台，而书于皂口石壁，并以此为题，当有所指。宋人罗大经《鹤林玉露》说："盖南渡之初，虏人追隆祐太后御舟至造口，不及而还，幼安自此起兴。"可供参考。词的上片写作者登台北望，回忆当年金兵南侵、血染山河的悲惨情景，又想到中原至今尚未恢复，心中无限感慨。下片以奔腾不息的江水，暗喻自己怀念故国的深情和誓清中原的决心。而投降派的阻挠和压制，使词人不能有所作为，因此感到极为苦闷和忧愁。全篇运用比兴手法，寓情于景，以苍茫的暮色烘托内心的忧伤，以鹧鸪声隐指投降论调，使主观感情与客观景物相融合，词意含蓄深刻，发人深思。

【注释】

①造口：皂口，镇名，在今江西万安县西南六十里处，有皂口溪在此流入赣江。 ②郁孤台：在今江西赣州市西北，唐代赣州刺史李勉曾登此台北望长安，寄托思念京国之情，乃易名为望阙。清江：赣江与袁江合流处旧称清江，这里是指赣江。赣江经郁孤台下向北流去。 行人：过路的人，这里是指建炎年间金兵南侵时经此逃难的人民。 ③长安：今陕西省西安市，汉唐时为都城，这里借指北宋故都汴京。 可怜：可惜。这两句说，北望中原故国，可惜被群山遮住了视线。 ④青山二句：重重青山挡不住江水，江水终将冲破层层阻碍向东流入大海。这里以东流江水暗喻作者怀念故国的深情和不可阻挡的北伐决心。 ⑤愁予：使我发愁。 鹧鸪：鸟名，传说它的叫声好像"行不得也哥哥"。这两句说，正当江边暮色苍茫、使我发愁的时候，深山里又传来了鹧鸪的叫声，更加使人愁肠百结、忧思万端。这里是用鹧鸪声暗指所谓"恢复之事"是"行不得"的投降论调。

满 江 红

汉水东流，都洗尽、髭胡膏血[①]。人尽说、君家飞将，旧时英烈[②]。破敌金城雷过耳，谈兵玉帐冰生颊[③]。想王郎、结发赋从戎，传遗业[④]。　　腰间剑，聊弹铗；尊中酒，堪为别[⑤]。况故人新拥，汉坛旌节[⑥]。马革裹尸当自誓，蛾眉伐性休重说[⑦]。但从今、记取楚台风，庾楼月[⑧]。

【说明】

淳熙四年（1177），辛弃疾被任命为江陵知府兼荆湖北路安抚使。这时一位姓李的友人到汉中赴任，作者写了这首词为他送别。词的上片勉励友人继承"君家飞将"抗击匈奴的光荣传统，为重整山河、收复中原做出自己的贡献。下片希望友人学习马援以身殉国的崇高精神，而不要沉溺于享乐生活之中。全词慷慨激昂，沉郁豪放，表达了词人誓死杀敌报国的决心。

【注释】

①汉水：长江的支流，发源于陕西省宁强县北嶓冢山，经湖北由武汉入长江。 髭（zī 资）胡：指金兵。髭，嘴上边的胡子。胡，古代汉族对北方少数民族的泛称。这两句说，滚滚东流的汉水啊，把金兵入侵时留下的血污都冲洗干净吧！ ②飞将：西汉抗击匈奴的名将李广，被称为“飞将军”。英烈：英雄烈士。这两句说，人们都说，你们李家的飞将军李广，是古代最著名的英雄豪杰。 ③金城：坚固的城池。 玉帐：军中主将的营帐。 冰生颊：形容表情严肃，脸若冰霜。这两句说，当年李广对敌作战，无坚不摧，势不可挡，疾如迅雷；他在军营中谈论兵机，辞锋凌厉，痛快淋漓，令人叹服。 ④王郎：指汉末诗人王粲，先依刘表避乱荆州，后随曹操出征，曾写《从军诗》五首。 结发：古代男子二十岁开始束发，表示成年，这里是指年轻的时候。这两句说，愿你像王粲那样，在军旅生活中赋写从戎诗篇，继承先辈未竟的事业。 ⑤弹铗（jiá 夹）：敲击剑柄 。据《战国策·齐策》，齐国孟尝君的门客冯谖，因不被重视，便“倚柱弹其剑歌曰：‘长铗归来乎，食无鱼！’”。 尊：樽，酒杯。这四句说，我不能挥剑杀敌，姑且弹铗而歌；杯中的酒，却可以用来为你送别。 ⑥汉坛：汉高祖刘邦曾筑坛拜韩信为大将，在陕西南郑附近有拜将坛遗址。 旌节：旌旗和节仗。这两句说，况且我的老朋友新近被任命为汉中地区的军事长官。 ⑦马革裹尸：用战马的皮裹尸体。据《后汉书·马援传》，东汉名将马援要求提兵抗击匈奴、乌桓的侵扰，曾说：“男儿要当死于边野，以马革裹尸还葬耳，何能卧床上在儿女子手中耶！” 蛾眉：亦作“娥眉”，女子长而美丽的眉毛，这里指美女。 伐性：损害身心健康。枚乘《七发》：“皓齿蛾眉，命曰伐性之斧。”这两句说，希望你誓死杀敌，以身报国，而不要留恋儿女柔情，致使壮志消磨。 ⑧楚台：章华台，在江陵城外野寺中，相传为楚国的遗迹。 庾楼：南楼，在湖北武昌黄鹤山上。东晋庾亮曾登此楼赏月吟诗，故称庾楼。这两句说，别后请你记住在楚台、庾楼的欢聚，切勿忘了我们之间的友谊。

鹧 鸪 天

离豫章，别司马汉章大监[①]

聚散匆匆不偶然，二年历遍楚山川[②]。但将痛饮酬风月，莫放离歌入管弦[③]。 萦绿带，点青钱，东湖春水碧连天[④]。明朝放我东归去，后夜相思月满船[⑤]。

【说明】

淳熙五年（1178）春，辛弃疾在江西安抚使任上，奉召入朝任大理少卿（负责司法工作），临行前写作此词赠别友人司马汉章。词中既表达了作者与司马汉章的友谊，也抒发了他因工作频繁调动，而不能有所作为的怅惘心情。南宋统治集团对有才能、有抱负的爱国志士，从来不肯信任，即使安排他们一定的工作，也总是调来调去，使其难以有所建树。这种“诏墨未干而改除，坐席未温而易地”（《宋史·庄夏传》）的现象，是投降派打击、排斥主战派的结果，辛弃疾对此深有感受。词中的“聚散匆匆不偶然，二年历遍楚山川”，流露了作者对当权者不能任人以专的不满情绪。话虽然说得比较含蓄，但含意是很深的。

【注释】

①豫章：今江西省南昌市。　司马汉章：名倬，宋孝宗时曾任江西、京西总领及江南东路提点刑狱等职。　监：监司，负责监察工作的官员。大监，是对监司的尊称。　②聚散匆匆二句：意思是说，这样匆匆忙忙地聚会和分离都不是偶然的，这两年来我几乎走遍了楚地的山川。辛弃疾于淳熙三年（1176）由江西提点刑狱调任京西转运判官，次年又改任江陵知府兼湖北安抚使，不久又调回江西任隆兴知府兼江西安抚使。两年以来，频繁调动，所到之处都是古代属于楚国的地方，故曰：“二年历遍楚山川。”　③酬：答谢。　风月：指风光景物。　莫放：莫教，莫使。　管弦：管乐和弦乐，泛指音乐。这两句说，为了答谢这里美丽的风光景物，暂且开怀痛饮一场；宴席上请不要演奏那令人伤感的离别歌曲。　④萦（yíng 迎）：环绕。　绿带：形容湖水像绿色的绸带一样。　点青钱：湖面点缀着像青钱似的荷叶。　东湖：在豫章郡治东南。这三句写东湖景色秀丽，荷叶点点，碧水连着蓝天，令人留恋。　⑤明朝二句：明天清晨，我就要启程东归了，后天晚上当月光洒满船头的时候，我正思念着你哩！

念　奴　娇

书东流村壁[①]

野棠花落[②]，又匆匆过了，清明时节。刬地东风欺客梦，一枕云屏寒怯[③]。曲岸持觞，垂杨系马，此地曾轻别[④]。楼空人去，旧游飞燕能说[⑤]。　闻道绮陌东头，行人曾见，帘底纤纤月[⑥]。旧恨春江流不尽，新恨云山千叠[⑦]。料得明朝，尊前重见，镜里花难折[⑧]。也应惊问：近来多少华发[⑨]？

【说明】

这首词是淳熙五年（1178）春，辛弃疾由豫章前往临安，途经东流时写的。上片记旧地重游，追忆当年在此和一位女子欢会及分别的情景。下片写他对伊人的深深怀念，感叹白发早生，好景不长。词中“曲岸持觞，垂杨系马”，“行人曾见，帘底纤纤月”，未必实有其事，或为作者虚拟，借以抒发胸中郁闷，“旧恨春江流不尽，新恨云山千叠”，表达了一种深沉的遗恨和怨愤。“镜里花难折”，寄寓着理想难以实现的悲痛之情。

【注释】

①东流：旧县名，在安徽省南部，1959年与至德县合并为东至县。境内有东流镇，在长江南岸。②野棠：又名棠梨，春天开白花。③刬（chǎn 产）地：无端。云屏：用云母石制成的屏风。这两句说，东风无缘无故地把我从梦中惊醒，醒后在枕上看见室内的云屏，也感到犹有寒意。④持觞（shāng 伤）：端着酒杯，指饮酒。“曲岸持觞”，或云“曲水流觞”。古代每逢三月上旬的巳日（魏以后定为三月三日）集会于环曲的水渠旁，在上流放置酒杯，任其顺流而下，停在谁的面前，谁即取饮，叫“流觞”，也叫“流杯”。这三句说，当年曾在此地参加三月三日曲水流觞的集会，把马拴在垂杨树上，举杯和伊人告别。⑤楼空二句：如今已是人去楼空，当年的情景只有飞燕还能诉说。⑥绮陌：繁华的街道。纤纤月：形容美女的脚，这里是代指女子。这三句说，听说在这条繁华街道的东边，有人曾经隔着帘幕看见过那位女子。⑦旧恨二句：旧时的怨恨像一江春水，永流不尽；新近的怨恨如云山千重，无边无际。⑧尊前：酒席上。这三句说，要想将来再和那位女子在酒席上相会，好像攀折镜中之花一样，已经不可能了。⑨华发：白发。

鹧鸪天

东阳道中①

扑面征尘去路遥②，香篝渐觉水沉销③。山无重数周遭碧④，花不知名分外娇。　人历历，马萧萧⑤，旌旗又过小红桥。愁边剩有相思句，摇断吟鞭碧玉梢。

【说明】

这首词是在马背上哼成的。作者以简洁的语言和轻快的笔调，描绘出一幅生动的山间行军图。青山重重，山花烂漫，小桥流水，旌旗飘飘，一支严明的队伍在兼程前进。带领这支队伍的，正是富有诗情将略的辛稼轩。词中虽也写了相思的愁苦，但基调是明朗健康的，意境与风格都不同于婉约派词人的羁旅行役之作。

【注释】

①东阳：市名，今属浙江省，在杭州市南。②征尘：旅途中的风尘。③香篝：指烘笼，炉中燃放香料，用以烘衣。水沉：沉水，沉香的别名。这句说，用沉香熏过的衣衫由于久经风尘，香气已渐渐消失了。④周遭：周围，四周。这句说，四周山峦重重，一片碧绿。⑤萧萧：马鸣声。

水调歌头

舟次扬州，和杨济翁、周显先韵①。

落日塞尘起，胡骑猎清秋②。汉家组练十万，列舰耸层楼③。谁道投鞭飞渡，忆昔鸣髇血污，风雨佛狸愁④。季子正年少，匹马黑貂裘⑤。　　今老矣，搔白首，过扬州。倦游欲去江上，手种橘千头⑥。二客东南名胜，万卷诗书事业，尝试与君谋⑦。莫射南山虎，直觅富民侯⑧。

【说明】

淳熙五年（1178），辛弃疾在杭州任大理少卿，不久调任湖北转运副使。他在赴任途中，乘船经过扬州，与杨济翁、周显先相会，写了这首和词。上片回忆十多年前宋金之间的那场战争。当时金主完颜亮率部进驻扬州，妄图渡江南下，结果在采石矶被虞允文指挥的宋军击败，完颜亮也被他的部下杀死。那时作者才二十多岁，正当年轻有为、意气风发的时候。他受耿京的派遣，与贾瑞等人由山东来到南方，与朝廷联系，准备发起反攻。他曾和战友们奔驰在战火纷飞的扬州一带。“季子正年少，匹马黑貂裘”，写的就是这段时期的斗争生活。下片说他倦于宦游，深感岁月虚度，一事无成，因而产生了归隐田园的念头。结拍“莫射南山虎，直觅富民侯”，是一种愤激之辞，表达了作者对投降政策的强烈不满。

【注释】

①次：停留。　杨济翁：名炎正，江西吉水人，南宋著名诗人杨万里的族弟，与辛弃疾有交往和唱和。　周显先：生平不详。　②塞尘起：边塞尘土飞扬，指战事已起。　胡骑：指金兵。　猎清秋：在秋高气爽的季节出去打猎，这里是指发动战争。我国古代北方少数民族统治者常在秋高马肥的时候对中原进行侵扰战争。这两句是回忆绍兴三十一年（1161），金主完颜亮对南宋发动入侵战争的往事。　③汉家：借指宋朝。　组练：组甲和练袍，代指军队。　列舰耸层楼：江上排列着许多高大的战舰。这两句说，南宋军队威武雄壮，江上战舰如林，正严阵以待。据《宋史纪事本末》载：“金主亮至瓜洲，居于龟山寺，虞允文与杨存中临江按试。命战士踏车船，中流上下，三周金山，回转如飞，敌持满以待，相顾骇愕。”　④投鞭飞渡：将马鞭扔入长江，即可飞渡而过。据《晋书·苻坚载记》，前秦苻坚进攻东晋时，自恃强大，不可一世，曾吹嘘说：“以吾之众旅，投鞭于江，足断其流。”　鸣髇（xiāo 消）：鸣镝，古代的一种响箭。　血污：指被射杀而死于非命。据《史记·匈奴列传》，秦汉之际，匈奴头曼单于的太子冒顿（mò dú 未独）为争夺王位，造响箭以训练

士卒，并命令其部下说："鸣镝所射而不悉射者，斩之。"后来冒顿跟随头曼出外打猎，突然向头曼发射鸣镝，他的部下也跟着鸣镝发射，将头曼射死。 佛狸：北魏太武帝拓跋焘的小名。他率部进攻刘宋王朝受挫，后被宦官所杀。这三句借苻坚、头曼和拓跋焘被杀之事，比喻完颜亮南侵，遭到失败，结果被他的部下杀害。 ⑤季子：苏秦，字季子，战国时纵横家。 黑貂裘：黑色的皮袍。苏秦年轻时曾穿着黑貂裘四处游说。这两句作者以苏秦自比，追忆青年时期驰骋疆场，奉表南归，为抗金复国而奔走。 ⑥橘千头：据《襄阳耆旧传》，三国时吴国丹阳太守李衡，曾在龙阳（今湖南汉寿县）的一处沙洲上种橘千株，临死时对他的儿子说："吾州里有千头木奴，不责汝食，岁上匹绢，亦当足用尔。"这两句说，对宦游生活已感到厌倦，想要退隐躬耕。 ⑦二客：指杨济翁和周显先。 名胜：名流，知名人物。这三句说，你们二位是东南名士，饱读诗书，想做一番事业，让我来给你出个主意吧。 ⑧莫射南山虎：据《史记·李将军列传》，李广屡建战功，却不得重用，被罢职闲居蓝田南山中，"所居郡闻有虎，尝自射之"。 富民侯：据《汉书·食货志》，汉武帝晚年，"悔征伐之事，乃封丞相为富民侯"，表示要偃武重文，发展经济，使民富足。这两句大意说，如今朝廷无意北伐用兵，你们就不要像李广那样射虎南山，去从事军事工作了，若想做官就去当朝廷所需要的所谓"富民侯"吧。

满 江 红

江行，简杨济翁、周显先[①]

过眼溪山，怪都似、旧时曾识[②]。还记得、梦中行遍，江南江北。佳处径须携杖去，能消几緉平生屐[③]？笑尘劳、三十九年非，长为客[④]。 吴楚地，东南坼[⑤]；英雄事，曹刘敌[⑥]。被西风吹尽，了无尘迹[⑦]。楼观甫成人已去[⑧]，旌旗未卷头先白[⑨]。叹人间、哀乐转相寻，今犹昔[⑩]。

【说明】

这首词也是淳熙五年（1178），作者由临安赴任湖北转运副使途中写的。上片记江行所见，表现了词人对祖国山川的热爱，同时也发出了人到中年，一事无成的慨叹。下片写他对孙权的向往，抒发自己壮志未酬的悲哀。"楼观甫成人已去，旌旗未卷头先白"，表达了对南宋统治集团压抑和扼杀爱国志士的愤慨。

【注释】

①简：书信。这里作动词用，是寄的意思。 ②过眼：从眼前掠过。这两句说，坐在船上，眼前掠过的青山绿水，仿佛过去都曾见过似的，使我感到很奇怪。 ③佳处：风景优美的地方。 径

须：直须。 几緉：几双。 屐（jī 机）：一种有齿的木鞋，古人登山时穿它。这两句说，风景优美的地方都应该拄着手杖去游览，我这一生不知要穿坏几双木鞋。 ④尘劳：风尘劳碌。这两句说，可笑我年近四十，空自风尘仆仆，忙碌奔波，但却一事无成，至今仍然长期客居他乡。 ⑤吴楚地：指春秋时吴国和楚国的地方，在我国东南部。 坼（chè 彻）：分裂。杜甫《登岳阳楼》："吴楚东南坼。"这里是借指南北分裂。 ⑥曹刘敌：曹操和刘备的劲敌。这两句说，东吴的孙权敢于和曹操、刘备抗衡，做出了一番英雄的事业。 ⑦了无：毫无。 尘迹：遗迹。 ⑧楼观：楼台亭阁。 甫成：才建成。这句说，楼台亭阁刚刚建成，主人已经离开了。此处是以楼观泛指事业、建树，感叹频繁调动，不能有所作为。 ⑨未卷：尚未收起来。这句说，战旗还没收起来，北伐尚未成功，头发已经白了。 ⑩哀乐转相寻：悲哀和欢乐互相转化。 今犹昔：现在和过去都是如此。

破阵子

为范南伯寿。时南伯为张南轩辟宰卢溪，南伯迟迟未行，因作此词勉之。①

掷地刘郎玉斗②，挂帆西子扁舟③。千古风流今在此，万里功名莫放休④。君王三百州⑤。　　燕雀岂知鸿鹄⑥，貂蝉元出兜鍪⑦。却笑卢溪如斗大，肯把牛刀试手不⑧？寿君双玉瓯⑨。

【说明】

这首词虽然是为祝寿而写的，但作者的用意在于劝告和勉励范南伯积极用世，在实际工作中发挥自己的才能，为恢复宋朝"三百州"领土的统一做出贡献。辛弃疾认为卢溪地方虽小，也还是大有可为的。因此他希望范南伯不要再犹豫不决，应当尽快赴任，试一试他那"牛刀"。既是寿词，难免有颂扬的话，同时也还杂有"君王"一类的封建观念，但作者是从恢复中原、统一国土的大前提出发，因此具有一定的积极意义。

【注释】

①范南伯：范如山，字南伯，河北邢台人，作者妻兄，也是有志恢复中原的豪士。 张南轩：张栻，字敬夫，号南轩，张浚之子，当时任荆湖北路安抚使。 辟：征召，任命。 宰：县令。 卢溪：今湖南泸溪县。 ②刘郎：指刘邦。 玉斗：玉杯。据《史记·项羽本纪》，鸿门宴上，项羽放走刘邦，谋臣范增认为项羽不足以成大事，十分气恼，把刘邦托张良送给他的一双玉杯扔在地上，拔剑击碎，并说项羽"不足与谋"，后来愤然离去。 ③西子：西施。 扁舟：小船。据《越绝书》，范蠡协助越王勾践灭亡吴国后，急流勇退，带着西施，坐着小船，游五湖而不返。 ④风流：

英雄业绩。 莫放休：不要放过。休，语尾助词。 ⑤三百州：宋初统一全国后，共有三百二十八州。宋太宗雍熙年间，全国州、军、监将近四百。三百州，是概指宋朝广大的领土。以上三句大意是，为了宋朝领土的完整，应当积极进行斗争，现在正是建立千载英雄业绩的时候，望你不要放过转战万里、为国立功的机会。 ⑥鸿鹄（hú 胡）：天鹅，因其飞得很高，很远，故常用以比喻志向远大的人。据《史记·陈涉世家》，陈涉年轻时为人种地，曾在田间叹息说："嗟乎，燕雀安知鸿鹄之志哉！"这句是称赞范南伯有远大的志向。 ⑦貂蝉：汉代侍中、中常侍等侍从官员的帽子上以貂尾、金蝉为装饰品，后来用以代指达官贵人。 兜鍪（móu 谋）：古代士兵的头盔。这里借指低级官员。据《南齐书·周盘龙传》，周盘龙在外任职多年，后来被召还都，为散骑常侍，光禄大夫。皇帝戏问他："卿著貂蝉何如兜鍪？"盘龙回答说："此貂蝉从兜鍪中出耳。"这句大意是说，成大事业者须从小事做起。 ⑧牛刀：宰牛的刀，比喻大材。据《论语·阳货篇》，孔子一次曾说："割鸡焉用牛刀。"意为大材不当小用。这两句说，卢溪虽然是个小地方，肯不肯去试一试你的大材呢？⑨玉瓯：玉杯。这句说，我敬你两杯酒，祝你健康长寿。

水调歌头

和马叔度游月波楼①

客子久不到，好景为君留②。西楼着意吟赏，何必问更筹③。唤起一天明月，照我满怀冰雪，浩荡百川流④。鲸饮未吞海，剑气已横秋⑤。　　野光浮，天宇迥，物华幽⑥。中州遗恨⑦，不知今夜几人愁？谁念英雄老矣，不道功名蕞尔，决策尚悠悠⑧！此事费分说，来日且扶头⑨。

【说明】

此词大约作于淳熙五年（1178）秋，辛弃疾任湖北转运副使时。从结构上看，上下两片，均可分为二层。上片即景抒情。"客子"四句为第一层，记作者与友人在月波楼上吟诗赏月。"唤起"五句为第二层，写酒后豪情满怀，壮志勃发。下片叙事言怀。"野光浮"五句为第一层，由月下眺望联想到中原人民的苦难生活。"谁念"五句为第二层，说北伐无期，抗金理想难以实现。全词情景交融，深刻体现了作者的爱国思想，感情悲壮苍凉，表达了对投降派的无限愤慨。

【注释】

①马叔度：生平事迹不详。 月波楼：在黄州（今湖北黄冈）西北城上。宋王禹偁《黄州新建小竹楼记》说："子城西北隅，雉堞圮毁，蓁莽荒秽，因作小楼二间，与月波楼通。"又《月波楼吟

怀》诗序说："月波之名不知得于谁氏，图经故老皆无闻焉。"此外在湖南嘉禾、福建建阳也有月波楼，这里可能是指黄冈的月波楼。 ②客子：旅居外乡的人，作者自谓。 君：指马叔度。 ③西楼：指月波楼。 着意：用心，这里作尽情解。 更筹：古代夜间计时报更的竹签，这里指时间。这两句说，在月波楼上尽情吟诗赏月吧，何必去管它几时几刻哩！ ④唤起：召来。 满怀冰雪：形容胸怀坦荡，光明磊落，像冰雪一样洁白。这三句说，让满天月光映照我冰清玉洁的坦荡胸怀，此时心事浩茫，犹如千条江河滚滚奔流。 ⑤鲸饮：形容酒量很大，如鲸鱼吞吸海水一样。剑气：宝剑的光芒，这里是指豪气、壮志。 横秋：充满秋日的天空，形容豪气横放遒劲。这两句说，酒还没喝够，已觉豪情满怀，气冲霄汉。 ⑥迥（jiǒng 炯）：辽远。这三句说，旷野里月光在闪耀，天空显得格外辽阔深远，美好的景物使我觉得更加清幽。 ⑦中州遗恨：指金兵入侵，中原沦陷，北宋灭亡。 ⑧蕞尔：微小的意思。 悠悠：形容时间很长。这三句说，当权者谁也不管英雄志士已经逐渐衰老，他们尚未能为国建立大功，而北伐抗金、收复中原的决策，还是遥遥无期。⑨此事：国家大事，指北伐抗金的决策。 费分说：难以分辨说清。 扶头：古时谓卯时（清晨）饮酒为扶头酒，酒后抱头昏睡。这两句说，北伐大计未决，此事难说清楚，明天只能继续饮酒消愁。

霜天晓角

赤 壁①

雪堂迁客②，不得文章力③。赋写曹刘兴废，千古事，泯陈迹④。 望中矶岸赤，直下江涛白⑤。半夜一声长啸，悲天地，为予窄⑥。

【说明】

这首词可能是作者在湖北任职期间写的。词人游览赤壁，缅怀苏轼，抒发自己怀才不遇的悲愤。苏轼和辛弃疾是宋词豪放派的两位杰出代表，他们都有远大的抱负不得施展，在仕途上屡遭打击和排斥，因此他们所处的时代虽然不同，但遭遇相似，思想感情也有很多相通之处。这首词的结拍"半夜一声长啸，悲天地，为予窄"，表达了封建社会许多有理想、有才能、受压抑的志士共同的悲愤之情。

【注释】

①赤壁：山名，在长江中游，湖北省境内，共有四处。其著名者有二：一为三国时周瑜火烧曹兵的地方，在今湖北省赤壁市；一为北宋诗人苏轼被贬黄州时所游之赤壁，在今湖北省黄冈市，又名赤鼻矶。这里指后者。 ②雪堂：苏轼被贬黄州寓居临皋亭时所建，又名两赋堂。 迁客：被贬谪的人，指苏轼。 ③不得文章力：文章虽然写得好，但无济于事，生活的道路还是坎坷不平。刘

禹锡诗："一生不得文章力，百口空为饱暖家。" ④泯（mǐn 敏）：消灭。这三句说，苏轼赤壁怀古，感叹曹操和刘备的盛衰兴亡，可是千年的史迹早已泯灭，无处可寻。 ⑤矶（jī 机）：水边突出的岩石，这里指赤鼻矶。这两句说，眼前赤色的石壁矗立岸边，奔流直下的江水激起层层波涛和白色的浪花。 ⑥长啸：长声吼叫。这三句说，半夜里忽然一声长啸，可悲啊，高天厚地为什么对我显得如此狭窄呢！

摸　鱼　儿

淳熙己亥，自湖北漕移湖南，同官王正之置酒小山亭，为赋①。

更能消、几番风雨，匆匆春又归去②。惜春长怕花开早，何况落红无数③。春且住，见说道、天涯芳草无归路④。怨春不语。算只有殷勤，画檐蛛网，尽日惹飞絮⑤。　　长门事，准拟佳期又误，蛾眉曾有人妒⑥，千金纵买相如赋，脉脉此情谁诉⑦？君莫舞，君不见、玉环飞燕皆尘土⑧！闲愁最苦。休去倚危栏，斜阳正在，烟柳断肠处⑨。

【说明】

淳熙六年（1179）春，辛弃疾由湖北转运副使调任湖南转运副使，临行时友人王正之为他饯行，词人即席写了这首忧时感世之作。

当时作者年近四十，渡江南下已经十七八年，但杀敌报国、收复中原的理想始终未能实现。他从切身经历中，深深感到南宋当权者昏聩无能，政治黑暗，北伐无期，国势危蹙。而自己虽有心报国，却无路请缨，抱负不得施展，心情十分苦闷。他料想这次被调往湖南，也很难有所作为，于是便怀着满腔愤慨和惆怅，写下了这首回肠荡气的杰作。

全词运用比兴手法，抒写对国事的忧虑和自己遭谗被妒、不得重用的愤懑之情。上片以春归花落的暮春景象，象征国家残破、形势岌岌可危的局面；并通过惜春、留春、怨春的缠绵曲折之情，表达壮志未酬、不能自已的一番苦心。下片以美女遭妒比喻爱国志士受到种种打击和迫害，谴责投降派专权误国的罪行。这首词寓意很深，在当时曾广为传唱，被列为"宋金十大曲"之一。宋人罗大经在《鹤林玉露》中说："词意殊怨……闻寿皇（宋孝宗赵昚）见此词颇不悦。"可见其对现实的批判是很尖锐激烈的。

【注释】

①淳熙：南宋孝宗年号之一（1174—1189）。 己亥，指淳熙六年（1179）。 湖北：指宋代行

政区划的荆湖北路。 湖南：指荆湖南路。 漕：本指水道运粮。宋代设漕司，即转运使，主管一路财粮的贮存和运输。 移：调动职务。 同官：官职相同的人。 王正之：名正己，曾任右司郎官、太府卿等职，继辛弃疾为湖北转运副使。 小山亭：在湖北漕司衙署内。 为赋：为此而写作这首词。 ②消：禁受，经得起。这两句说，再也禁受不起几番风吹雨打，春光很快就要消失了。③落红：落花。这两句说，珍惜春光，总怕花儿开得太早，何况如今已是满地落花的暮春时节！这里是以春光比喻国运。 ④见说道：听说。这两句是留春之语。大意是说，春啊你且不要走吧，听说天涯处处都长满了芳草，你回去的道路已被封住了。 ⑤算：算来。 惹：沾惹。 飞絮：飞舞的柳花。这四句说，埋怨春天不声不响地归去了。看来只有屋檐下的蜘蛛辛勤织网，算是春天留下的一点痕迹。 ⑥长门：汉代宫名。长门事，汉武帝皇后陈阿娇失宠后，住在长门宫。传说她曾以黄金百斤为酬，请司马相如写《长门赋》，希望感悟武帝，重新得宠。 蛾眉：亦作“娥眉”，女子长而美的眉毛，借指美女。这三句说，陈皇后贬居长门宫，盼望与汉武帝相会的好日子，一定又落空了，因为有人嫉妒她的美貌，向皇帝进了谗言。 ⑦纵：纵然，即使。 脉脉：含情欲语的样子。这两句说，纵然用千两黄金买来司马相如的文章，也是枉然，满怀愁苦又去向谁倾诉呢？ ⑧玉环：唐玄宗宠幸的贵妃杨玉环，后赐死于马嵬驿。 飞燕：汉成帝皇后赵飞燕，甚得宠，哀帝时为皇太后，哀帝死后被贬，被废，即自杀。以上二人均以善妒著称。 皆尘土：都已化为尘土。这两句说，你们（指误国奸臣）不要手舞足蹈，太得意忘形了，难道你们没有看见像杨玉环、赵飞燕那样曾经得宠一时的人，都没有好下场，变为尘土了吗？ ⑨危栏：高楼上的栏杆。 烟柳：烟雾笼罩着的柳树。 断肠：形容悲痛到了极点。这三句说，不要去登楼凭栏远望，此刻夕阳正映照着烟雾迷茫的柳树，漫漫长夜即将来临，多么令人伤心的情景啊！

减字木兰花

长沙道中，壁上有妇人题字，若有恨者，用其意为赋。

盈盈泪眼，往日青楼天样远①。秋月春花。输与寻常姊妹家②。 水村山驿，日暮行云无气力③。锦字偷裁，立尽西风雁不来④。

【说明】

淳熙六年至七年（1179—1180），辛弃疾在湖南任职。一次在长沙道中某驿亭的墙壁上，看到一位女子题的诗（或词）。作者吟味再三，认为题诗的女子很可能是个遭遇不幸的人，于是便根据原作的大意写成此篇。词中描绘的是一个弃妇的形象，作者对她深表同情。反映弃妇或妓女的悲惨命运，本是古典诗词的传统题材，这种现象在封建社会屡见不鲜。辛弃疾读了这位女子的题诗后，便情不自禁地代她唱出了心中的怨恨和不平。

【注释】

①盈盈：形容容貌美好、端丽。 青楼：泛指豪华精美的楼房，古代亦称妓院为青楼。 ②秋月春花：形容颜色美好如秋夜之月、春日之花。 输与：比不上。这两句感叹自己年老色衰，生活困窘，难与他人相比。 ③驿：指驿亭，古时供行人途中歇宿的处所。 行云：比喻漂泊流浪的生活，如行云流水似的，没有一定的归宿。 ④锦字：用锦织成的字。据《晋书·窦滔妻苏氏传》，苏蕙字若兰，善属文，其夫窦滔前秦苻坚时为秦州刺史，被徙流沙。苏蕙思念他，织锦为回文旋图诗以赠滔，词甚凄惋。这里是指情书。这两句说，悄悄地写好书信，可是却不见捎信的人来。

木兰花慢

席上送张仲固帅兴元[①]

汉中开汉业，问此地，是耶非[②]？想剑指三秦，君王得意，一战东归[③]。追亡事，今不见，但山川满目泪沾衣[④]。落日胡尘未断，西风塞马空肥[⑤]。 一编书是帝王师，小试去征西[⑥]。更草草离筵，匆匆去路，愁满旌旗[⑦]。君思我，回首处，正江涵秋影雁初飞[⑧]。安得车轮四角[⑨]，不堪带减腰围[⑩]。

【说明】

淳熙八年（1181）秋，辛弃疾在江西安抚使任上，为送别张坚赴任兴元而写作此词。兴元是古来兵家必争之地，南宋时为西北前线重镇，因此作者对张坚出任兴元知府这一要职，寄予极大期望。词一开头，先从张坚赴任之地汉中着笔，通过历史的回顾，称赞其具有重要的战略意义。接着用今昔对比的手法，谴责南宋统治集团不能举贤授能，一味苟安求和，致使“胡尘未断”“塞马空肥”，英雄志士目睹山河破碎，禁不住“满目泪沾衣”。换头以后，着重抒写惜别之情，勉励张坚到任以后一展雄才，为收复中原、完成宋朝的统一大业做出贡献。这首送别之作，既抒写了深挚的友情，也表达了作者对国事的关心，具有一定的积极意义。

【注释】

①张仲固：张坚，字仲固，绍兴二十四年（1154）进士，曾任御史中丞、江南西路转运判官、兴元知府等职。 兴元：原为汉中郡，唐宋时改为兴元府，府治在今陕西省汉中市。 ②汉中开汉业：据《史记·高祖本纪》，秦末楚汉相争，刘邦以汉中为基地，最后打败项羽，统一中国，建立了汉王朝。这三句说，汉中是刘邦开创汉朝帝业的基地，你所要去的兴元是不是这个地方呢？ ③三

秦：秦朝灭亡后，项羽自立为西楚霸王，把关中分封给三个秦朝的降将，章邯为雍王，都废丘；司马欣为塞王，都栎阳；董翳为翟王，都高奴，合称三秦，平定关中，一战而得天下，那时他是多么得意地凯旋东归啊！ ④追亡事：指萧何追赶韩信一事。据《史记·淮阴侯列传》，韩信刚投奔刘邦时，因不受重用而逃亡。刘邦的谋臣萧何知道后，连夜把他追赶回来，并建议刘邦筑坛拜他为大将。这三句说，像萧何追赶韩信那种珍惜人才的事，如今不见了，现在看见的却是山河破碎，国家分裂，使人伤心落泪。 ⑤胡尘：指金兵进犯时扬起的尘土。 塞马：边防上的战马。这两句说，边防线上，金兵不断发动侵扰，而我军却不准反击，空使战马养得肥肥的，不能发挥杀敌报国的作用。 ⑥一编书：一部书，此指《太公兵法》。据《史记·留侯世家》，张良在下邳遇到一位老人，送给他一部兵书，并说读了这部书就可以为“王者师”。后来张良利用这部《太公兵法》，为刘邦出谋划策，终于统一天下。 小试：略为显示。这两句说，你有像张良那样的王佐之才，帅兴元不过是小试其技，望你做出更大贡献。 ⑦草草：匆忙，草率。 离筵：饯别的酒席。 旌旗：旗帜的总称。这三句说，你走得匆忙，饯别的筵席也很草率，但我们的友情是很深的，请看那在西风中抖动的旗帜，仿佛也在为我们的分别而发愁哩！ ⑧江涵秋影雁初飞：江水映照出秋天的景色，大雁开始南飞。唐杜牧《九日齐山登高》诗：“江涵秋影雁初飞，与客携壶上翠微。”这三句说，当你想念我，回想今日分别的情景，正是秋高气爽，大雁南飞的时节。 ⑨安得：怎么能使得。 车轮四角：车轮上长出四只角，车子不能开动。这是表示殷勤留客的形象说法。陆龟蒙《古意》诗：“愿得双车轮，一夜生四角。” ⑩带减腰围：腰带缩短，形容人因发愁而使身体消瘦。杜甫《伤秋》诗：“懒慢头时栉，艰难带减围。”

沁园春

带湖新居将成[①]

三径初成，鹤怨猿惊，稼轩未来[②]。甚云山自许，平生意气；衣冠人笑，抵死尘埃[③]？意倦须还，身闲贵早，岂为莼羹鲈脍哉[④]！秋江上，看惊弦雁避，骇浪船回[⑤]。 东冈更葺茅斋，好都把轩窗临水开[⑥]。要小舟行钓，先应种柳；疏篱护竹，莫碍观梅。秋菊堪餐，春兰可佩，留待先生手自栽[⑦]。沉吟久，怕君恩未许，此意徘徊[⑧]。

【说明】

淳熙八年（1181）秋，作者在江西安抚使任上。这年春天，他在上饶北郊盖了一处住所，准备一旦被罢官或退休时居住。当带湖新居即将落成之时，辛弃疾在南昌写了这首词，抒发内心深处的矛盾和苦闷。

此词通篇写心理活动，从不同侧面表现用世与退隐的矛盾。上片说他深感官场龌龊，早已产生了“意倦须还，身闲贵早”的念头；下片设想退隐后闲适自得的生活，又怕暂时难以实现，因而沉吟徘徊。当时作者正当年富力强的时候，为什么会产生这种消极退隐的思想呢？除了主观因素而外，更重要的是客观的社会条件决定的。南渡以来，作者从自己切身经历中看到朝廷腐败不堪，投降派当权，爱国志士难以施展抱负，而他又无力改变这种局面，因而只有引退，以表示自己不满。但他对孝宗赵昚还抱有幻想，希望得到皇帝的信任，以期实现北伐的理想。词的结尾“沉吟久，怕君恩未许，此意徘徊”，正是表达了这种失望中尚存一线希望的矛盾心情。然而，他的幻想是不切实际的。赵昚对他毫无眷顾之意。不久他就遭到弹劾，被罢职归家。退隐终于成了现实，虽然并非完全出于作者的自愿。从此辛弃疾闲居山林前后近二十年，一生中最宝贵的时光就这样白白地度过了。

【注释】

①带湖：一个形如长带的小湖，在今江西省上饶市北郊北灵山下。淳熙八年（1181），辛弃疾在这里建了一座别墅，取名“稼轩”，被罢官后曾长期闲居于此。 ②三径：房前的三条小路。据《三辅决录》卷一，西汉末年蒋诩归乡隐居，门前有“三径”，唯与求仲、羊仲相往来。后来便以“三径”指隐士所居之处。 鹤怨猿惊：孔稚珪《北山移文》：“蕙帐空兮夜鹤怨，山人去兮晓猿惊。”这里是化用其意。这三句说，带湖新居初步建成，附近的鸟兽白鹤与猿猴都在埋怨和惊疑屋子的主人辛稼轩为什么还没有到来。 ③甚：为什么。 云山：云雾笼罩的深山，指隐士的居所。 自许：自期。 衣冠：衣帽整齐的人，指士大夫。 抵死：总是，老是。 尘埃：尘土弥漫之处，指混浊的官场。这四句说，为什么一生自视甚高，以隐居深山相期许的我，却总是混迹官场，以至惹人嘲笑呢？ ④莼羹鲈脍：见前《水龙吟》（楚天千里清秋）注⑧。这三句说，官场生活已使我感到厌倦，应当早日退闲回家，但这也是不得已的，难道我是为了能吃到鲜美的莼菜羹和鲈鱼脍吗？ ⑤惊弦雁避：听到弓弦的响声，心惊胆战的大雁就赶快逃避。 骇浪船回：遇见惊涛骇浪，船儿便立即驶回港湾。这两句比喻仕途坎坷，屡遭挫折，因而想要激流勇退。 ⑥东冈：指带湖东边的小山冈。 葺（qì气）：修盖。 茅斋：茅草盖的书斋。 轩窗：长廊或小屋的窗户。 ⑦秋菊堪餐：秋天的菊花可以配制饮料服用。 春兰可佩：春天的兰花可以作为饰物佩戴。这是用屈原《离骚》诗意：“纫秋兰以为佩”“夕餐秋菊之落英”，以表示自己品格高尚。 先生：作者自称。 ⑧沉吟：低声吟味，默默思考。这三句说，退闲的事已考虑了很长时间，又恐怕皇上不同意，所以拿不定主意，还在犹豫徘徊。

满　江　红

点火樱桃，照一架、荼蘼如雪①。春正好、见龙孙穿破②，紫苔苍壁。乳燕引雏飞力弱，流莺唤友娇声怯[③]。问春归、不肯带愁归，肠千结。　　层楼望，春山叠；家何在？烟波隔。把古今遗恨，向他谁说？蝴蝶不传千里梦，子规叫断三更月[④]。听声声、枕上劝人归，归难得[⑤]。

【说明】

这首词写春日感怀。上片由繁花似锦、燕舞莺歌的江南春色，引出作者的思乡之情。下片写登楼眺望，只见青山重重，绿水迢迢，感叹归梦难成，遗恨千古。辛弃疾渡江南下以来，无时无刻不在盼望早日北伐，实现打回老家去的理想。可是由于朝廷执行投降政策，收复中原的希望成了泡影，致使许多爱国志士和流寓江南的北方人，有家难归，抱恨终身。此词与《水龙吟》（楚天千里清秋）、《水调歌头》（客子久不到）等篇情调相同，寄托了作者对中原故乡的深切怀念，不是一般的思家之作。

【注释】

①点火樱桃：形容樱桃像火一样通红。　荼蘼（tú mí 图迷）：蔷薇科，落叶灌木，初夏开花，呈黄白色。　②龙孙：竹笋。　③乳燕：指母燕。　雏：指小燕。　流莺：指叫声婉转流利的黄莺。这两句写燕飞莺啼，春意正浓。　④蝴蝶二句：用崔涂《春夕》诗“蝴蝶梦中家万里，杜鹃枝上月三更”句意，抒写思念故乡之情。　子规：杜鹃。传说它的叫声好像“不如归去”。这两句说，回乡的梦没有做成，半夜三更又听到月下杜鹃凄厉的叫声，更加引起思乡之情。　⑤听声声二句：枕上听着杜鹃声声啼叫，仿佛在催人归去，可是回到故乡的愿望难以实现啊！

祝英台近

晚　春

宝钗分，桃叶渡，烟柳暗南浦[①]。怕上层楼，十日九风雨。断肠片片飞红[②]，都无人管，更谁劝、啼莺声住。　　鬓边觑，试把花卜归期，才簪又重数[③]。罗帐灯昏[④]，哽咽梦中语[⑤]：是他春带愁来，春归何处？却不解带将愁去。[⑥]

【说明】

这首词写一个女子别后相思，盼望亲人早归的心情。作者用细腻的笔触，描绘了女主人公复杂的心理和情态。从回忆离别到怕上层楼，花卜归期，梦语寄愁，层层深入，既是伤春，又是怀人，两种感情，融成一体，缠绵委曲，温柔婉约。在辛词以豪放悲壮为主要特色的作品中，显示出另一种风格。

【注释】

①宝钗：古代妇女簪发的首饰。宝钗分，将宝钗分开，作为离别的纪念。 桃叶渡：在南京秦淮河与青溪合流处，相传晋王献之曾在此地送别爱妾桃叶。 南浦：泛指送别的地方。浦：水边。②飞红：落花。 ③觑（qù 去）：斜看。 簪：这里作动词用，插、戴的意思。这三句写女子用花占卜离人的归期。取下簪上，簪上又取下，生怕数错花瓣。 ④罗帐：用丝织品做的帐子。 ⑤哽咽：悲痛气塞，说不出话。 ⑥不解：不懂。

水调歌头

盟　鸥[①]

带湖吾甚爱，千丈翠奁开[②]。先生杖屦无事[③]，一日走千回。凡我同盟鸥鹭，今日既盟之后，来往莫相猜[④]。白鹤在何处？尝试与偕来[⑤]。　破青萍，排翠藻，立苍苔[⑥]。窥鱼笑汝痴计，不解举吾杯[⑦]。废沼荒丘畴昔，明月清风此夜，人世几欢哀[⑧]。东岸绿阴少，杨柳更须栽。

【说明】

此词大约作于淳熙九年（1182）春。淳熙八年（1181）十二月，辛弃疾被弹劾落职，不久即由江西南昌来到上饶带湖新居，开始过隐居生活。作者的退隐，并非出于自愿，他和那些忘情于世、逃避现实的人不同，内心充满了矛盾和苦闷。这首词所表现的，正是这种复杂的思想感情。作者一方面以悠闲自得的情调，描述归隐带湖的生活；另一方面又情不自禁地流露出难以言状的寂寞与悲哀。词人有心与鸥鹭结盟，但鸥鹭却只知“窥鱼”，毫不理解自己；他本想有所作为，可如今只能闲着两手，到东岸去栽杨插柳。这些地方都曲折地表现了英雄无用武之地的抑郁和愤懑。

【注释】

①盟鸥：鸥盟，与鸥鸟订立盟约，同住水云之乡。古人用以表示退隐。李白诗：“明朝拂衣去，永与白鸥盟。” ②翠奁：用翡翠镶嵌的镜匣。这两句说，我很爱带湖，爱它那清澈明亮的湖水，像翠色的镜匣一样。 ③杖屦（jù 据）：手杖和麻鞋，古人出游登山的用具。这里作动词用，是拄着手杖、穿着麻鞋的意思。 ④凡我三句：凡是和我订立盟约的沙鸥、白鹭，今天我们既然结为盟友，以后来往时就不要互相猜疑了。《左传》鲁僖公九年：“齐侯盟诸侯于葵丘曰：‘凡我同盟之人，既盟之后，言归于好。’” ⑤偕来：同来。 ⑥青萍：浮萍的一种，叶面与背面均为绿色。 翠藻：绿藻，隐花植物藻类的一种，生于水中或潮湿地带。 苍苔：青苔。这三句写鸥鹭在水中拨开萍藻，立在岸边，窥鱼觅食的情景。 ⑦汝：指鸥鹭。这两句借盟友鸥鹭不通人性，表达作者孤独寂寞的

心情。大意是，可笑你们只知道窥伺游鱼，却不懂得和我一起举杯饮酒。言外是说，退隐盟鸥不能摆脱孤独的处境，水云之乡也难觅知音之人。 ⑧废沼荒丘：废弃的池塘、荒芜的山丘。 畴昔：从前，过去。这三句说，带湖从前荒芜不堪，今晚却月朗风清，景色宜人，别是一番气象，人世间的欢乐与悲哀真是瞬息万变啊！

水调歌头

汤朝美司谏见和，用韵为谢①

白日射金阙，虎豹九关开②。见君谏疏频上，谈笑挽天回③。千古忠肝义胆，万里蛮烟瘴雨，往事莫惊猜④。政恐不免耳，消息日边来⑤。 笑吾庐，门掩草，径封苔⑥。未应两手无用，要把蟹螯杯⑦。说剑论诗余事，醉舞狂歌欲倒，老子颇堪哀⑧。白发宁有种，一一醒时栽⑨。

【说明】

淳熙九年（1182）春，辛弃疾在带湖赋《水调歌头·盟鸥》，一时不少友人相与唱和。当时汤朝美也在信州，也和了一首。辛弃疾读后又用原韵写了这首词作为答谢。

词的上片，对汤朝美极力加以称赞，引为同调，甚至把他说成是“千古忠肝义胆”“谈笑挽天回”的志士仁人，这是不符合事实的。作者或因不了解内情，或由于自身有着类似的遭遇，从而推己及人，把汤朝美也当成是一位受排斥、被迫害的忠义之士，这显然是一种失误。指出这一点，并不等于完全否定这首词。辛弃疾虽然在此词上片赞颂了一个不应当赞颂的人，但他主要还是借他人酒杯浇自己胸中块垒。词的下片，作者以沉痛的语言，抒发了英雄无用武之地的悲愤，深刻揭示出南宋统治集团对爱国志士的打击和迫害，具有一定的现实意义。

【注释】

①汤朝美：名邦彦，宋孝宗乾道八年（1172）中博学宏词科，受到丞相虞允文的赏识，除枢密院编修官。由于他能言善辩，好发议论，被孝宗擢为左司谏兼侍读。但他为人品格不高，在出使金国时贪生怕死，有辱使命，触怒了孝宗，被流放新州（今广东新兴县）。淳熙八年（1181）量移信州，与刚被弹劾落职的辛弃疾相识。 ②金阙：古代帝王的宫阙。 虎豹九关：《楚辞·招魂》：“虎豹九关，啄害下人些。”是说天宫的门有九重，神兽虎豹在把守着，下方的人想进天宫就会被咬死。这里是比喻宫禁森严。这两句说，太阳照射着皇帝的宫阙，警卫森严的宫门一道道都为你打开了。 ③谏疏：古代臣子向皇帝进谏的奏疏。这两句是追述和称颂汤朝美任左司谏时在朝廷的活动。

据史料记载，汤朝美贬官前深得孝宗的欢心，“上心倾向之，除秘书丞、起居舍人兼中书舍人，擢左司谏兼侍读。论事风生，权幸侧目。上手书以赐，称其‘以身许国，志若金石，协济大计，始终不移。’”（《京口耆旧传》）但他并非一个爱国者，而是一个看风使舵的投机家。他弹劾过几名大臣，如蒋芾、王炎、张说等人，发表过一些关于用人行政方面的意见，如“定补外带职格”，“罢四川宣抚使、复制置使”等，都不是什么“抗战言论”，也不能说是“谈笑挽天回”。辛弃疾对当时的情况可能不甚了解，他对汤朝美的称颂是一种失察行为。 ④蛮烟瘴雨：指汤朝美被贬居的新州，偏僻荒远，又多瘴疠之气，条件很艰苦。这三句说，你对朝廷忠心耿耿，却被流放到万里以外的荒僻之处。现在这已成为往事，就不用再惊恐猜疑了。其实汤朝美被贬并非由于他有一副“忠肝义胆”，而是因为他使金时贪生怕死，丧失气节，接受金贵族的贿赂，未能完成使命。据《续资治通鉴》载：“初，汤邦彦敢为大言，虞允文深器之。……上亦喜其敢言，既，以荐充申议使使金，求陵寝地。邦彦至金，金人拒不纳，既旬余，乃命引见，夹道皆控弦露刃之士，邦彦大怖，不能措一词而出。及还，帝大怒，诏流新州。帝谕宰臣曰：‘敌人既不受本朝礼币，邦彦乃受敌人所赐，辞受之际，理亦易晓，乃不顾名节，辱命如此！’”可见汤朝美与当时许多爱国志士因主张抗金、反对投降政策而遭到贬谪流放，其原因和性质都不一样，是不应当称道的。 ⑤政恐不免耳：政，同“正”。据《世说新语·排调》，东晋谢安在出仕前，兄弟中已有做官的，刘夫人对他说：“大丈夫不当如此乎?”谢安捏着鼻子说:“但恐不免耳!” 日边：指皇帝身边，这两句说，你（指汤朝美）免不了还要被起用做官，消息很快会从皇帝身边传来。 ⑥笑吾庐三句：可笑我罢官归来，门庭冷落，无人问津，门前长满野草，小路上遍布青苔。 ⑦未应：不应该。 蟹螯：螃蟹前面的一对大夹。据《世说新语·任诞》，晋人毕茂世曾说:“一手持蟹螯，一手持酒杯，拍浮酒池中，便足了一生。”这两句说，不应该让两手空着，要用它们去拿蟹螯，持酒杯。作者借用这个典故，表现他对被罢职投闲的愤慨。 ⑧说剑三句：如今谈论兵书剑法，评说诗词歌赋，都已成了余闲之事，整天沉浸在醉舞狂歌当中，我的处境真够悲哀啊！ ⑨宁：难道。这两句说，难道白发真有种吗？不，那都是在没有喝酒、头脑清醒之时，自己因忧国忧民而长出来的啊！

水龙吟

甲辰岁寿韩南涧尚书[①]

渡江天马南来[②]，几人真是经纶手[③]？长安父老，新亭风景，可怜依旧[④]。夷甫诸人，神州沉陆，几曾回首[⑤]！算平戎万里[⑥]，功名本是，真儒事[⑦]，公知否？　况有文章山斗[⑧]，对桐阴、满庭清昼[⑨]。当年堕地[⑩]，而今试看，风云奔走[⑪]。绿野风烟[⑫]。平泉草木[⑬]，东山歌酒[⑭]。待他年、整顿乾坤事了，为先生寿[⑮]。

【说明】

在辛弃疾的三十多首寿词中，大多数都是应酬文字，未能摆脱俗套，思想艺术价值不高。这首词却不同凡响，鲜明地表现了作者的爱国主义思想。上片全写时事，借古讽今，斥责南宋当权者误国误民的罪行。下片赞扬韩元吉才高名大，并将他比为前代名相，希望他为重整山河做出贡献。全词将战友的情谊和恢复中原之志结合在一起，虽为祝寿之作，而意在“平戎万里”，主题十分鲜明，具有鼓舞士气的作用。

【注释】

①甲辰岁：宋孝宗淳熙十一年（1184）。 韩南涧：韩元吉，字无咎，号南涧，河南许昌人，官至吏部尚书，晚年寓居江西上饶，与辛弃疾有交往。 ②渡江天马南来：据《晋书·元帝纪》，西晋末年，琅邪王司马睿与西阳、汝南、南顿、彭城四王一同渡江南下。后来司马睿在建康建立东晋王朝，是为晋元帝。当时童谣说：“五马浮渡江，一马化为龙。”这里是借指宋室南渡。 ③经纶手：治国安邦的能手。经纶，本指整理乱丝，引申为治理国家。 ④长安父老：指中原人民。据《晋书·桓温传》，桓温北伐至长安附近，百姓“持牛酒迎温于路者十八九，耆老感泣曰：‘不图今日复见官军’”。 新亭风景：据《世说新语·言语》，东晋初，南渡的士大夫们每逢好天气，常相邀在新亭饮酒赏花。一次周顗感叹地说：“风景不殊，正自有山河之异！”大家触景伤情，相视流泪。只有丞相王导愀然变色曰：“当共戮力王室，克复神州，何至作楚囚相对。”新亭，又名劳劳亭，三国时吴国所建，在今南京市南。这三句说，中原人民盼望王师北伐，南渡的士大夫们慨叹国土沦陷、山河变色，都希望早日收复失地，统一祖国，可是数十年来偏安的局面依然如旧。 ⑤夷甫：王衍字夷甫，西晋时曾任宰相，喜欢清谈，不理政务。时值匈奴入侵，晋军毫无准备，致使中原沦陷，西晋灭亡。 神州：古代称中国为赤县神州，这里指中原大好河山。 沉陆：陆沉，指国土沦陷。据《晋书·桓温传》，桓温北伐，渡过淮河、泗水，和他的部属登高眺望中原，慨然叹息道：“遂使神州陆沉，百年丘墟，王夷甫诸人不得不任其责！”这三句借王衍误国，谴责南宋当权者不关心收复中原、统一祖国的事业。 ⑥平戎：指击败金兵。 ⑦真儒：指有才能，有理想，能为国建功立业的知识分子。 ⑧山斗：指泰山、北斗。《新唐书·韩愈传赞》：“自愈没，其言大行，学者仰之如泰山、北斗。”这句称赞韩元吉很有文才，被人视为泰山、北斗。 ⑨对桐阴句：说韩元吉家世显赫，历史悠久。据韩元吉《桐阴旧话》，北宋时韩氏有两大家族，一为相州韩氏，是韩琦的后代。另一支为颍川韩氏，韩元吉是颍川韩氏的后代。颍川韩氏在京师官邸门前多种桐树，世称“桐木韩家”。 ⑩堕地：降生。 ⑪风云奔走：风云际会，为国事奔波忙碌。 ⑫绿野风烟：唐朝宰相裴度退居洛阳，有别墅名绿野堂，故址在今洛阳市南午桥旁。 ⑬平泉草木：唐朝宰相李德裕在洛阳城郊筑别墅平泉庄，种植奇花异木，并著《平泉草木志》。 ⑭东山歌酒：东晋宰相谢安曾隐居东山（在今浙江上虞区西南），纵情山水，听歌饮酒。以上三句，以前代名相比喻韩元吉，希望他退居林下，不忘为国建功立业。 ⑮整顿乾坤：指收复失地，实现国家的统一。这两句说，等待将来祖国统一以后，再来为你祝寿。

鹧 鸪 天

徐衡仲惠琴不受①

千丈阴崖百丈溪，孤桐枝上凤偏宜②。玉音落落虽难合③，横理庚庚定自奇④。　　人散后，月明时，试弹幽愤泪空垂⑤。不如却付骚人手，留和南风解愠诗⑥。

【说明】

友人徐衡仲送给作者一张琴，他认为这张琴虽然名贵，不同凡响，但自己用它只能弹出个人的抑郁悲愤，无益于世。不如留给那些能够唱出人民的痛苦与怨恨之情的诗人，更有意义。说明辛弃疾能正确认识自己，能关心民生疾苦。

【注释】

①徐衡仲：名安国，号西窗，江西上饶人。曾任岳州学官、连山县令等职。　惠：赠送。　②千丈二句：说制作此琴的桐木产自高崖下、深溪旁，凤凰曾在其上栖息过。古代传说，好的琴木必产自深山穷谷。　③玉音：清雅和谐的声音，此指琴声。　落落：难合，不苟合的意思。这句说，琴声高雅，难与诸音相和。　④横理：木上横纹。　庚庚：横的样子。黄庭坚《听摘阮歌》："玄璧庚庚有横理。"这句说，琴的质地优良，琴木上的横纹也是很奇特的。　⑤幽愤：潜藏在心里的怨愤。　⑥骚人：诗人。　南风解愠诗：传为舜所作的《五弦琴歌》。歌中唱道："南风之熏兮，可以解吾民之愠兮。南风之时兮，可以阜吾民之财兮。"（见《文选·琴赋》注引《孔子家语》）这两句说，不如把这张琴送给别的诗人，让他们唱出人民的怨恨吧！

千 年 调

蔗庵小阁名曰卮言，作此词以嘲之①。

卮酒向人时，和气先倾倒②。最要然然可可，万事称好③。滑稽坐上，更对鸱夷笑④。寒与热，总随人，甘国老⑤。　　少年使酒，出口人嫌拗⑥。此个和合道理[⑦]，近日方晓。学人言语，未会十分巧。看他们，得人怜，秦吉了[⑧]。

【说明】

此词是稼轩闲居带湖时所写。作者因友人郑舜举以“卮言”名阁而借题发挥，对当时社会上存在的某些丑恶现象，进行了辛辣的冷嘲热讽。上阕以物拟人，通过刻画卮、滑稽、鸱夷、甘国老的特点，形象地揭示了南宋官僚士大夫俯仰随人、逢迎谄媚、万事称好的种种丑态。下阕说自己刚拙耿介，不懂调和折中的道理，因而“出口人嫌拗”。但他绝不同流合污，对那些只会“学人言语”的“秦吉了”，表示鄙弃和憎恶。这首词在诙谐中寄寓着严肃的主题，对南宋官场生活的暴露是比较深刻的。

【注释】

①蔗庵：郑汝谐在上饶城外的别墅名。郑字舜举，号东谷居士，绍兴二十七年（1157）进士，曾任大理少卿、吏部侍郎等职，淳熙十二年（1185）出任信州知州，与辛弃疾有交往。 卮（zhī知）：一种圆形的盛酒器具。 卮言：语出《庄子·寓言》：“卮言日出。”唐陆德明释文引王叔之云：“卮器满即倾，空则仰，随物而变，非执一守故者也。施之于言，而随人从变，已无常主者也。”指那些随声附和、没有定见的言论。后人常用作对自己著作的谦词。郑舜举以“卮言”名小阁，也是表示自谦的意思。 ②卮酒二句：“卮”向客人倒酒时，先装出和颜悦色、谦恭可亲的样子，使人为之倾倒。这是以“卮”比人，借以讽刺那些善于逢迎讨好的伪君子。 ③然然可可：连声称是，唯唯诺诺的意思。这两句说，最重要的是随声附和、点头哈腰，什么事情都说好好，行行。 ④滑（gǔ古）稽：古代的一种流酒器，类似后来的酒过龙，能“转注吐酒，终日不已。”（见《史记·滑稽列传》司马贞索隐引崔浩《汉记音义》）后来用以形容那些出口成章、滔滔不绝的人。 鸱（chī痴）夷：皮制的口袋，可以盛酒。《汉书·陈遵传》：“鸱夷滑稽，腹如大壶，尽日盛酒，人复借酤。” ⑤甘国老：甘草，味甘平，能调和诸药，故称甘国老。这三句说，像甘草那样寒热随人，调和折中，才会被称道。 ⑥使酒：因酒任性。 拗（ào敖）：别扭。这两句说，年轻时喜欢纵酒使性，一说话就让人感到别扭、讨嫌。 ⑦和合：中国古代神话中的爱神，象征夫妻和谐和好。这里是调和折中、迎合讨好的意思。 ⑧秦吉了：鸟名，性极聪慧，能学人言语，胜于鹦鹉。这里指那些专学阿谀逢迎的人。

清平乐

独宿博山王氏庵[①]

绕床饥鼠，蝙蝠翻灯舞[②]。屋上松风吹急雨，破纸窗间自语[③]。　平生塞北江南，归来华发苍颜[④]。布被秋宵梦觉，眼前万里江山[⑤]。

【说明】

这首词是辛弃疾闲居带湖时写的。一个清秋的夜晚，作者独自投宿在博山附近的王姓茅屋里。风雨交加，寒气袭人，词人对景生情，百感交集，半夜掀被起床，挥笔写了这首小词，抒发壮志难酬的苦闷。

词的上片勾画了一个荒凉凄清的环境：饥鼠绕床觅食，蝙蝠围着昏暗的灯光飞舞，松林里阵阵寒风夹着雨点不断袭来，窗户上的破纸沙沙作响。这一切使人感到多么孤寂、苍凉。作者用喧闹的形象来写静境，写得心事沸腾，不但渲染了气氛，而且烘托了主人公极不平静的心情，为下片的抒情描写做了有力的铺垫。换头以后着重刻画词人的心理活动。他抚今追昔，感慨不已。想当年为了抗金救国奔驰在大江南北，到如今近半百却被罢职赋闲。可是报国之志，丝毫也没有改变。梦中又重返前线，醒来后祖国的大好河山仿佛还在眼前。这里不仅描绘出一位坚贞不渝的爱国志士的光辉形象，而且也表现了“烈士暮年，壮心不已”的崇高精神。

【注释】

①博山：在今江西省广丰县西南。作者闲居上饶时，常往来博山道中。 庵：茅屋。 ②翻灯舞：围绕着油灯上下飞舞。 ③松风：松林里吹来的风。这两句说，茅屋外风雨交加，窗户纸被风吹破，沙沙作响，好像在自言自语一样。 ④塞北：亦称塞外，旧时指外长城以北地区，这里泛指北方。归来：指淳熙八年（1181）作者被罢职归家、闲居信州以来。这两句说，我一生足迹遍及大江南北，为国事奔波忙碌，如今罢官归来已经鬓发花白，容颜苍老了。 ⑤布被二句：秋夜梦醒，拥被沉思，眼前仿佛又展现出祖国的万里河山。

鹧 鸪 天

博山寺作[①]

不向长安路上行，却教山寺厌逢迎[②]。味无味处求吾乐[③]，材不材间过此生[④]。 宁作我[⑤]，岂其卿[⑥]，人间走遍却归耕。一松一竹真朋友[⑦]，山鸟山花好弟兄[⑧]。

【说明】

这首词写作者隐居期间，寄情山水的生活和感受。词中虽然流露出老庄思想的影响，但其基本精神是对黑暗现实的不满。“宁作我，岂其卿”，表现了词人坚持理想和气节的倔强性格。他绝不会为了个人的名利地位，而向那般权贵公卿低头，决心沿着自己的道路走下去。归耕之后，与松竹花鸟成为知心朋友，投身大自然的怀抱自有无穷的乐趣。这难道不比那尔虞我诈的官场生活胜过千百倍吗？辛弃疾赞美纯朴的大自然，也是对南宋黑暗政治的否定。

【注释】

①博山寺：在江西广丰县西南崇善乡，原名能仁寺，始建于五代。宋高宗绍兴年间悟本禅师奉诏开堂，后来辛弃疾曾为此作记。（据《广丰县志》） ②长安：这里指南宋都城临安。 逢迎：迎接，接待。这两句说，很久未到京城临安去了，却经常出入博山寺中，寺庙主人对于接待我的来访已感到厌烦。 ③味无味：《老子》："为无为，事无事，味无味。"这句说，从本来无味之处，体会出其中的兴味来，以此寻求我的乐趣。 ④材不材：据《庄子·山木篇》，庄子经过一座山，见一大树枝叶繁茂，伐木者因其不能成材而没砍它。庄子出山来到朋友家里，朋友却叫家人杀那只不会叫的雁来招待他。"明日弟子问于庄子曰：'昨日山中之木以不材得终其天年，今主人之雁以不材死，先生将何处？'庄子笑曰：'周将处乎材与不材之间。'"这句说，只有处在材与不材之间，才能平安度过此生。 ⑤宁作我：《世说新语·品藻》："桓公少与殷侯齐名，常有竞心。桓问殷：'卿何如我？'殷云：'我与我周旋久，宁作我。'"这句说，我行我素，绝不改变初衷。 ⑥岂其卿：据扬雄《法言·问神》，有人说，君子担心死后无名，何不去接近名公大卿，这样就可以达到扬名的目的。扬子回答说："君子德名为几，梁齐赵楚之君，非不富且贵也，恶乎成名？谷口郑子真不屈其志而耕乎岩石之下，名震于京师。岂其卿！岂其卿！"这句说，岂能靠以接近那些有权势的公卿去求名。 ⑦一松一竹句：元结《丐论》："里无君子，则与松竹为友。"这句说，世无知己，唯有松竹可做我的真正朋友。 ⑧山鸟山花句：杜甫《岳麓山道林二寺行》："一重一掩吾肺腑，山鸟山花共友于。"友于，兄弟。这句说，只有山中的花鸟才是我的好弟兄。

丑奴儿

书博山道中壁

少年不识愁滋味[①]，爱上层楼。爱上层楼，为赋新词强说愁[②]。 而今识尽愁滋味，欲说还休[③]，欲说还休，却道天凉好个秋[④]。

【说明】

这首抒情小词写得含蓄深永，跌宕有致，颇耐寻味。上片说少年时代涉世未深，本无忧愁，却偏要在登楼赋诗时无病呻吟。下片说如今饱经风霜，尝尽人生之苦，真正懂得了忧愁的滋味，却不肯说出来。这种"欲说还休"的矛盾心情，说明他胸中埋藏着深沉的忧愁，即使说出来也无人理解，不如干脆不说。词的上下两片用叠句转折，含而不露，寓意极深。

【注释】

①不识：不理解，不懂得。 ②强说愁：本来无愁而硬说有愁。 ③欲说还休：想说而又不说出来。 ④这两句说，有愁不说，却讲一些无关的话："好个凉爽的秋天啊！"

清 平 乐

博山道中即事[①]

柳边飞鞚[②]，雾湿征衣重[③]。宿鹭窥沙孤影动，应有鱼虾入梦。 一川明月疏星，浣纱人影娉婷[④]。笑背行人归去，门前稚子啼声。

【说明】

作者闲居带湖期间，常常往来博山道中，看到了许多富有诗情画意的场面，从而为他的作品提供了丰富的素材。此词写他一次夜行博山道中，所见的两幅生动图画。词人策马经过岸柳依依的水边，发现一只白鹭孤零零地栖宿在沙洲上，从它晃动的身影而揣想其正在梦中窥伺鱼虾。又遇见一位浣纱女子含笑背着行人匆匆归去，于是推测她可能是听到了家中幼儿的啼哭之声。这首词显示了作者不但善于状物绘景，而且能运用丰富的联想表现客体的心理活动。在他笔下，本来很平常的事物，一经勾画点染，便成了一幅生活气息非常浓厚的农村风情画。

【注释】

①即事：当前的事物。古人称以当前事物为题材的诗为"即事诗"。这里是说词中描写的是博山道中所见的事物。 ②鞚（kòng 控）：马笼头。这句说，骑马经过柳树林边。 ③征衣：指出外旅行穿的服装。 ④娉婷（pīng tíng 乒亭）：形容女子的美好姿态。

丑 奴 儿 近

博山道中效李易安体[①]

千峰云起，骤雨一霎儿价[②]。更远树斜阳，风景怎生图画[③]！青旗卖酒[④]，山那畔别有人家。只消山水光中，无事过这一夏。 午醉醒时，松窗竹户，万千潇洒。

野鸟飞来，又是一般闲暇。却怪白鸥，觑着人欲下未下。旧盟都在，新来莫是，别有说话[⑤]？

【说明】

这首词写作者夏日避暑博山，醉饮村店，潇洒悠闲的生活。上片写景，赞美博山一带引人入胜的山光水色。下片抒情，写他酒醒后闲看白鸥引起的遐想。词人对白鸥背盟毁约的怀疑，是他对炎凉世态的反映。全篇用白描手法，笔调空灵，语言通俗，形象生动，意境清新，确与李清照词的风格很相近。

【注释】

①李易安体：李清照号易安居士，南北宋之间著名的女词人。她的词风格清新，语言通俗明快，很少用典，人称“易安体”。著有《漱玉词》一卷。 ②骤雨：急雨，暴雨。 一霎儿：一会儿工夫。 价：语助词。 ③怎生图画：怎么描绘，很难画得出来的意思。 ④青旗：又叫“青帘”，古时酒店门前挂的青布招子。 ⑤旧盟都在：作者初到带湖时曾写《水调歌头·盟鸥》，与鸥鹭结为盟友，词中说：“凡我同盟鸥鹭，今日既盟之后，来往莫相猜。”这五句说，奇怪的是，白鸥偷偷地看着我，想飞过来又不飞过来。过去订的盟约还在，近来莫非又产生了别的想法，有什么话要对我说？

生查子

独游雨岩[①]

溪边照影行，天在青溪底。天上有行云，人在行云里。 高歌谁和余[②]？空谷清音起。非鬼亦非仙，一曲桃花水[③]。

【说明】

此词记作者仲春独游雨岩的所见所闻。上片写水中倒影。词人漫步溪边，临流俯视，只见蓝天、白云映入溪底，自己也仿佛飞身到了云端。短短四句，描绘出一幅富有诗情画意的图景。下片抒寂寞之情。作者放声高歌，无人见和，唯有空谷中传来阵阵幽咽的流水声。这首词画面生动别致，笔调轻快活泼，在艺术上颇见特色。

【注释】

①雨岩：在江西永丰县西南博山附近，岩中有泉飞出，如风雨声。 ②和（hè 贺）：跟着唱。 ③桃花水：春天桃花开时，江河水涨，谓之桃花水，亦称桃花汛。

鹧 鸪 天

游鹅湖，醉书酒家壁[1]

春入平原荠菜花[2]，新耕雨后落群鸦。多情白发春无奈[3]，晚日青帘酒易赊[4]。 闲意态，细生涯[5]，牛栏西畔有桑麻。青裙缟袂谁家女，去趁蚕生看外家[6]。

【说明】

这是一首春游鹅湖、酒后题壁的即兴之作。上片写鹅湖山下晚雨初晴的田野风光，同时也流露出词人感叹年华易逝，白发早生，暂且以酒浇愁的伤春情怀。下片写春耕大忙之后，农村中短期的闲静生活。农民们有的在牛栏旁边种植桑麻，妇女们则抽空出门去看亲友。这首词语言通俗浅显，色彩对比鲜明，生活气息较浓，是一幅形象而生动的农村风情画。

【注释】

①鹅湖：山名，在江西省铅山县东北。据《铅山县志》载，山上有湖，多生荷花，故名荷湖。东晋时有位姓龚的人在此养鹅，因改名鹅湖。山中有鹅湖寺，风景优美，为游览胜地。 ②荠菜：一种能吃的野菜，春天开白花。 ③多情白发：因多愁善感而早生白发。 ④青帘：青旗，酒招子。这句说，天近傍晚，生意不多，到酒店赊账比较容易。 ⑤闲意态：悠闲的情趣和神态。 细生涯：小康人家的生活。 ⑥缟袂（gǎo mèi 稿妹）：白色的上衣。缟：白色生绢。袂：衣袖，指上衣。外家：外祖父母家。这两句说，谁家姑娘穿着黑色的裙子、白色的衣服，趁养蚕的空闲时间，到外公外婆家去串门。

鹧 鸪 天

鹅湖归，病起作

枕簟溪堂冷欲秋，断云依水晚来收[1]。红莲相倚浑如醉，白鸟无言定自愁[2]。 书咄咄[3]，且休休[4]，一丘一壑也风流[5]。不知筋力衰多少，但觉新来懒上楼[6]。

【说明】

这首词作于闲居带湖期间。上片即景抒情，生动地描绘了夏末秋初傍晚时分带湖的风光景物。

“红莲”“白鸟”两句，对偶工稳，带有明显的主观感情色彩。下片借古喻今，曲折地写出了心底蕴藏着的痛苦和怨愤。词的情调表面上近于消极，骨子里却凝积着对黑暗现实的强烈不满，暴露了南宋当权集团对爱国志士的摧残和迫害。

【注释】

①枕簟（diàn 电）：枕头、竹席。　溪堂：水边的楼阁。　断云：流散的云片。这两句说，躺在水边楼阁的枕席上，感到很凉爽，好像已经到了秋天似的；湖面上的片片浮云，临近傍晚都消失了。　②浑如醉：简直像喝醉了一样。　白鸟：指鸥鹭之类的白色水鸟。这两句带着主观感情色彩状写自然景物，大意是说，粉红色的荷花在晚风中摇曳，像醉人似地东倒西歪；白鸥立在岸边，默默无语，一定是在发愁。　③书咄咄（duō 多）：据《晋书·殷浩传》，殷浩被贬官回家，表面上谈笑自若，口无怨言，只是终日用手指在空中比划，作“咄咄怪事”四字。咄咄，表示惊诧的感叹词。④且休休：据《旧唐书·司空图传》，司空图晚年退隐中条山，盖了个亭子取名“休休亭”，表示乐于隐居生活。休休，安闲自得、乐而有节的意思。　⑤一丘一壑：指隐士所居之处。丘，小土山。壑，山谷、深沟。据《世说新语·品藻》，晋明帝问谢鲲：你自以为哪一点比得上庾亮？谢鲲回答说：济世治民，辅佐朝廷，做百官的榜样，我不如他；一丘一壑，寄情山水，我自以为超过了他。风流：形容风度高雅，豪迈不羁。以上三句大意说，无端被罢职归家，终日惊叹不已，真是咄咄怪事。如今暂且寄情山水，安闲自得，这也不失为风流高雅的事。　⑥这两句说，不知道精力衰退了多少，只觉得往日登楼远眺的兴致也没有了。这是作者慨叹自己病后衰老不堪，担心不能再为国出力。

满　江　红

送信守郑舜举被召[①]

湖海平生[②]，算不负苍髯如戟[③]。闻道是、君王着意，太平长策[④]。此老自当兵十万，长安正在天西北[⑤]。便凤凰、飞诏下天来，催归急[⑥]。　车马路，儿童泣；风雨暗，旌旗湿[⑦]。看野梅官柳，东风消息[⑧]。莫向蔗庵追语笑，只今松竹无颜色[⑨]。问人间、谁管别离愁，杯中物[⑩]。

【说明】

淳熙十三年（1186）冬，郑舜举被召入朝，辛弃疾在信州作此词为他送别。上片赞扬郑舜举有将帅之才，盼其回京后不忘恢复事业，为统一祖国做出贡献。下片描写送别场面，抒发作者对友人依依难舍的惜别之情，并对他寄予期望。这时辛弃疾被罢官已近五年，但仍时时盼望早日实现北伐的理想。这首词就是借送别友人，表露作者此心无日不在中原的思想感情。

【注释】

①信守：信州太守。信州，在今江西省西南部，州治在上饶。 郑舜举：郑汝谐，见前《千年调》（卮酒向人时）注①。 ②湖海平生：形容生平志在四方，抱负远大。 ③苍髯如戟：灰白的胡须又粗又硬，像剑戟一样，形容状貌威武，气概不凡。 ④着意：留心，注意。 太平长策：能使国家长治久安的战略决策。 ⑤此老：这位老人，对郑舜举的尊称。 长安：指北宋京城汴京。这两句说，郑舜举智略出众、勇武过人，抵得上十万雄兵，希望你不要忘了恢复中原失地。 ⑥凤凰飞诏：神鸟凤凰衔着诏书自天而降，比喻使者从京城送来了皇帝的诏令。这两句说，皇帝已经下诏，催你赶快回京。 ⑦这四句说，当你离开信州时，大路上车马不断，孩子们在低声哭泣，忽然天昏地暗，风雨交加，旌旗也被淋湿了，使送行的人更加难过。 ⑧野梅：野生的梅花。 官柳：驿路上官府种的柳树。 东风消息：春天的喜讯。这两句大意说，你入朝后，政局将为之改观，不久就会传来春回大地的好消息。 ⑨蔗庵：郑舜举在上饶的住所。 只今：如今。这两句说，不要去追念我们在蔗庵聚会时的欢歌笑语，你走以后那里的松竹也都会失去往日的光彩。 ⑩杯中物：指酒。

八声甘州

夜读《李广传》，不能寐。因念晁楚老、杨民瞻约同居山间，戏用李广事，赋以寄之[①]。

故将军饮罢夜归来，长亭解雕鞍[②]。恨灞陵醉尉，匆匆未识，桃李无言[③]。射虎山横一骑，裂石响惊弦[④]。落魄封侯事，岁晚田园[⑤]。 谁向桑麻杜曲，要短衣匹马，移住南山[⑥]。看风流慷慨，谈笑过残年[⑦]。汉开边，功名万里，甚当时、健者也曾闲[⑧]？纱窗外，斜风细雨，一阵轻寒。

【说明】

李广是汉代抗击匈奴的名将，辛弃疾仰慕的古代英雄之一。他一生转战疆场，战功卓著，被誉为“飞将军”。但他的生活道路坎坷不平，最后被迫含愤自杀。作者夜读《史记·李将军列传》，对其遭遇深表同情。联想到自己目前的处境，感慨更深。此词以借古喻今的手法，对南宋统治集团排斥、打击和迫害爱国志士表示强烈的愤慨。这是一首咏史与抒怀相结合的作品，全篇用李广的史实贯穿始终，其中也融合了作者的遭遇与感受，实际上是借古人酒杯浇自己胸中块垒，抒发词人壮志难酬的无限悲愤。陆游在《送辛幼安殿撰造朝》诗中说：“古来立事戒轻发，往往谗夫出乘罅。深仇积愤在逆胡，不用追思灞亭夜。”显然是在读了这首词后，勉励辛弃疾抛开个人恩怨，团结对敌，希望他为统一祖国而努力奋斗。

【注释】

①《李广传》：司马迁《史记》中的《李将军列传》。 寐（mèi 妹）：睡。 晁楚老、杨民瞻：辛弃疾的朋友，生平未详。 ②故将军：从前的将军，指李广。李广是西汉名将，屡建战功，一次与匈奴作战失利，被免官闲居。 长亭：古时设在路旁的亭舍，供旅客途中休息。这里指灞陵亭。雕鞍：华美的马鞍。据《史记·李将军列传》，李广罢官闲居时，“尝夜从一骑出，从人田间饮，还至霸陵亭，霸陵尉醉，呵止广，广骑曰：‘故李将军。’尉曰：‘今将军尚不得夜行，何乃故也。’止广宿亭下。” ③灞陵：霸陵，汉文帝刘恒的陵墓，在今陕西省西安市东北。 尉：汉代负责管理地方治安的官吏。 桃李无言：比喻李广虽不善言辞，却受到人们的尊敬和爱戴。据《史记·李将军列传》：“太史公曰：余睹李将军，悛悛如鄙人，口不能道辞；及死之日，天下知与不知，皆为尽哀，彼其忠实心诚信于士大夫也。谚曰：‘桃李不言，下自成蹊。’此言虽小，可以喻大也。” ④山横：山腰。 一骑（jì 寄）：一人一马的合称。 响惊弦：弓弦发出惊心动魄的声音。这两句写李广出猎时的雄姿豪概。据《史记·李将军列传》：“广出猎，见草中石，以为虎而射之，中石没镞。视之，石也。” ⑤落魄：穷困失意。 岁晚：晚年。这两句说，李广一生未能封侯，晚年穷困失意，曾被迫退居田园。 ⑥杜曲：古地名，在今陕西省长安区南。 短衣匹马：打猎穿的服装。 南山：终南山，主峰在陕西省长安区南。 ⑦风流慷慨：形容气概豪迈，胸襟豁达。 残年：余年。杜甫《曲江三章》：“自断此生休问天，杜曲幸有桑麻田，故将移住南山边。短衣匹马随李广，看射猛虎终残年。”大意是：自己断送了这一生，不须怨天尤人，幸而杜曲尚有可供耕种的田地，西汉名将李广被迫退居终南山下。如果我和李广生在同一时代，那么我也要穿上猎装去追随他，看看这位英雄在射杀猛虎中如何度过自己的晚年。以上五句用杜甫诗意，表达作者对李广的仰慕和自己的愤慨心情。言外之意是说，李广虽然生不逢时，落魄人间，但数百年后却赢得了大诗人杜甫的崇敬和同情；而今我的遭遇还不如李广，有谁像杜甫当年愿意追随李广那样，来看看我是如何在慷慨悲愤中度过晚年的呢？ ⑧开边：开拓疆土，这里指汉朝和匈奴的战争。 功名万里：在万里边疆建立功业。健者：英勇健壮的人，指李广。这三句说，汉代对外进行战争，正是需要人们在万里边疆立功效命的时候，为什么像李广这样的英雄人物也曾被闲置不用呢？

满　江　红

中秋寄远①

快上西楼，怕天放、浮云遮月。但唤取、玉纤横管，一声吹裂②。谁做冰壶凉世界[③]，最怜玉斧修时节[④]。问嫦娥、孤冷有愁无？应华发。　　云液满，琼杯滑；长袖舞，清歌咽[⑤]。叹十常八九，欲磨还缺[⑥]。但愿长圆如此夜[⑦]，人情未必看承别[⑧]。把从前、离恨总成欢，归时说[⑨]。

【说明】

辛弃疾南渡后仍与中原豪杰和山东起义军中的战友保持着联系，并通过他们了解沦陷区的政治军事形势，希望北伐成功后能在故乡与他们重聚。这首词题为“中秋寄远”，可能是词人为怀念远方战友而作的。沈曾植《稼轩长短句小笺》说：“此寄中原义故之词。”可供理解此词的参考。

【注释】

①寄远：寄给远方的人。　②唤取：叫来。　玉纤横管：形容竹笛美丽而细长。　吹裂：吹散。这两句说，请为我用竹笛吹奏一曲，把遮住明月的浮云吹散。　③冰壶凉世界：指清冷的月宫。④玉斧句：古代传说月亮是用金、银、珍珠、玛瑙等七种宝物，经过匠人用斧凿修理后而合成的。据《酉阳杂俎·天咫门》：“郑仁本表弟游嵩山，见一人枕一幞物，方眠熟，即呼之，且问其所自，其人笑曰：‘君知月乃七宝合成乎？常用八万二千户修之，予即一数。’因开幞，有斤凿数事。”⑤云液：酒的别称。　琼杯：美玉制作的酒杯。这四句写中秋赏月时举杯饮酒，按舞听歌。　⑥欲磨还缺：这句说月亮像刚磨过的铜镜，可是很快又残缺不圆、暗淡无光了。　⑦但愿句：希望月亮总像今晚这样圆满光辉。苏轼词《水调歌头》：“但愿人长久，千里共婵娟。”　⑧看承：看待的意思。　⑨把从前二句：当我归来之时，长期离别的痛苦终于变成重聚的快乐，那时再倾诉我们的思念之情吧！

鹧鸪天

送人

唱彻《阳关》泪未干[①]，功名余事且加餐[②]。浮天水送无穷树，带雨云埋一半山[③]。　　今古恨，几千般，只应离合是悲欢[④]？江头未是风波恶[⑤]，别有人间行路难。

【说明】

词题为“送人”，不专写离情别绪，而是强调“别有人间行路难”，重点在对黑暗现实进行批判。作者认为，古今恨事千千万万，希望友人勿以暂时的离别为意而过于悲伤。词中“几千般”的“今古恨”，主要是指中原沦陷、南北分裂的亡国大恨。稼轩对此耿耿于怀，念念不忘。

【注释】

①唱彻：唱完了。 《阳关》：送别歌曲，本名《渭城曲》，歌词为唐王维《送元二使安西》诗："渭城朝雨浥轻尘，客舍青青柳色新。劝君更尽一杯酒，西出阳关无故人。"唱至阳关句要反复歌唱三遍，故又称《阳关三叠》。这里"唱彻《阳关》"是表示送别的意思。 ②这句说，功名富贵乃次要之事，不要过分看重，别后望保重身体，多加餐饭。古诗《行行重行行》："思君令人老，岁月忽已晚。弃捐勿复道，努力加餐饭。" ③浮天水送二句：写送别时所见景物。上句说，江边远望水天相连，两岸树木无边无际；下句说，带着细雨的阴云掩盖了半壁青山。 ④几千般：几千种，形容很多。这三句说，从古至今恨事极多，难道只有离别与聚会才是悲哀与欢乐的原因吗？ ⑤江头：江上。 别有：另有。 行路难：世路艰难。这两句说，江上的风波还不是最险恶可怕的，在人生的道路上另有比这更为险恶的遭遇呢！杜甫《将赴成都草堂，途中有作，先寄严郑公》："三年奔走空皮骨，信有人间行路难。"

青玉案

元夕①

东风夜放花千树②，更吹落、星如雨③。宝马雕车香满路④。凤箫声动⑤，玉壶光转⑥，一夜鱼龙舞⑦。 蛾儿雪柳黄金缕⑧，笑语盈盈暗香去⑨。众里寻他千百度⑩。蓦然回首⑪，那人却在，灯火阑珊处⑫。

【说明】

此词借元夕观灯，抒写作者的胸襟和怀抱。上片描绘元宵之夜满城灯火、游人如云、彻夜歌舞的热闹场面，生动地再现了我国古代灯节的盛况。下片着力刻画一位不慕繁华、自甘寂寞的美人。作者经过四处寻求，忽然在"灯火阑珊处"发现了"她"，不胜惊喜之极。伊人的孤芳自赏，象征着词人不愿同流合污的高尚品格。

【注释】

①元夕：农历正月十五日为上元节，这天晚上叫元夕、元夜或元宵。唐以来有观灯的风俗，所以又叫灯节。 ②花千树：形容彩灯无数，像千树盛开的繁花一样。 ③星如雨：形容灯多。据孟元老《东京梦华录》，灯节期间，诸营班院"各以竹竿出灯球于半空，远近高低若飞星然"。 ④宝马雕车：华丽的车马。 ⑤凤箫：排箫。它的形状参差不齐，像凤凰的翅膀，故美称曰凤箫。 ⑥玉壶：玉石做的灯。据周密《武林旧事·元夕》"灯之品极多……其后福州所进，则纯用白玉，晃耀夺目，如清冰玉壶，爽彻心目。" ⑦鱼龙舞：舞动的鱼形和龙形的彩灯。 ⑧蛾儿雪柳黄金

绥：都是当时妇女元宵节常戴的装饰品。据《武林旧事·元夕》："元夕节物，妇人皆戴珠翠、闹蛾、玉梅、雪柳、菩提叶……"这里是指元夕观灯的妇女。 ⑨盈盈：形容女子仪态美好。 暗香：幽香。 ⑩千百度：千百次、千百遍。 ⑪蓦（mò末）然：忽然、突然。 ⑫阑珊：零落。

清 平 乐

村 居

茅檐低小①，溪上青青草。醉里吴音相媚好，白发谁家翁媪②？ 大儿锄豆溪东，中儿正织鸡笼。最喜小儿亡赖③，溪头卧剥莲蓬。

【说明】

这是一幅江南农村风情画，描绘了一户小康人家生活与劳动的情景。笔调朴实清新，生活气息很浓。环境与人物自然谐调，一家五口老中小都写到了，却又有层次、有主从。翁媪酒后对谈，饶有风趣；大儿中儿，各司其职；小儿卧剥莲蓬，天真可爱。字里行间流露出作者对农村生活的向往和热爱之情。

【注释】

①茅檐：指茅屋。 ②吴音：吴地的语音，这里是泛指江南一带的口音。 媪（ǎo袄）：老年妇女。这两句说，哪家的老公公和老婆婆喝醉了酒，操着柔媚悦耳的南方口音，在亲切地谈论家常？③亡赖：无赖、顽皮的意思。

蝶 恋 花

戊申元日立春，席间作①

谁向椒盘簪彩胜②？整整韶华，争上春风鬓③。往日不堪重记省④，为花长把新春恨。 春未来时先借问，晚恨开迟，早又飘零近⑤。今岁花期消息定，只愁风雨无凭准⑥。

【说明】

此篇托为佳人伤春，情调与《摸鱼儿》（更能消几番风雨）颇为相似。词中通过对惜花心情的曲折描写，寄托了词人的身世之感和对国事的忧虑。结拍“今岁花期消息定，只愁风雨无凭准”，表现了一种复杂的思想感情。作者对光复事业抱有希望，但形势变化无常，多少次希望都变成了失望，大好时机被葬送于无情的风雨之中，故对未来难免存着一种疑惧的心理。

【注释】

①戊申：宋孝宗淳熙十五年（1188）年。　元日：农历正月初一。　②椒盘：《尔雅翼》：“后世率以正月一日以盘进椒，饮酒则撮置酒中，号椒盘。”　彩胜：幡胜，用彩纸剪成的一种装饰品。唐段成式《酉阳杂俎》：“立春日，士大夫之家剪纸为小幡，或悬于佳人之首，或缀于花下，又剪为春蝶、春钱、春胜以戏之。”这句说，是谁从椒盘里把彩胜取来戴在头上？　③整整：完满、美好的意思。　韶华：春光。这两句说，美好的春光争着飞到被春风吹拂的鬓发上。意即簪上彩胜，增添了青春的光彩。　④记省：回顾、反省。　⑤这三句说，春天还没来到，先去打听消息，来晚了恨花开得太迟，来早了又怕花落的日期就要临近。　⑥这两句说，今年花开的日期已定，又怕天气无常，刮风下雨没有定准。

沁园春

戊申岁，奏邸忽腾报谓余以病挂冠，因赋此①。

老子平生，笑尽人间，儿女恩怨②。况白头能几，定应独往③；青云得意，见说长存④。抖擞衣冠，怜渠无恙，合挂当年神武门⑤，都如梦，算能争几许，鸡晓钟昏⑥！　此心无有新冤，况抱瓮年来自灌园⑦。但凄凉顾影，频悲往事；殷勤对佛，欲问前因⑧。却怕青山，也妨贤路，休斗尊前见在身⑨。山中友，试高吟楚些，重与招魂⑩。

【说明】

这首词作于淳熙十五年（1188），辛弃疾闲居带湖期间。淳熙八年（1181）冬，作者在江西安抚使任上被劾落职，从此一直隐居上饶农村，至今已近七年。可是这时在邸报中忽然传出他“以病挂冠”的消息。词人对这一滑稽剧感到很可笑而又非常气忿，于是挥笔写下这首词，对制造和散布谎言的南宋当局进行了辛辣的嘲讽和抨击。

词中通过作者被罢斥后的遭遇和悲凉处境，揭露了投降派打击迫害爱国志士的可耻行为。辛弃疾虽然早已罢官归隐，但还是有人要造他的谣，并公然见之邸报，其用心之险恶，手段之卑劣，可谓昭然若揭。南宋当权集团妄图通过散布谣言，欺骗舆论，制造假象，仿佛深孚众望的辛弃疾不是被他们排斥出朝廷，而是由于他因病自愿挂冠赋闲的。对这种混淆视听、歪曲事实的行径，辛弃疾不能沉默，他有话要说，要让人们了解事实真相。作者寓愤慨于诙谐戏谑中，许多话只说了一半，含而不露，对黑暗现实的揭露和批判更觉深刻有力。

【注释】

①戊申岁：宋孝宗淳熙十五年（1188）。　奏邸忽腾报谓余以病挂冠：在奏疏和邸报中忽然传出了我因病辞官的消息。邸，谓邸报，古代登载朝廷诏令、大臣奏疏和重要新闻的政府公报。挂冠，谓辞官。　②这三句说，我这一生最看不起那些计较个人恩怨的人，常给他们以无情的嘲笑。作者本来是被弹劾罢官，而传闻却说是因病辞官，显系混淆视听，但他认为此类个人恩怨无须计较。③独往：独来独往、独行其是的意思。这两句说，何况我的头发都白了，还能活几年，更应坚守节操，独行其是。　④青云得意：比喻高官厚禄。　见说：听说。这两句说，听说高官厚禄可以永世长存，那就让别人去享受吧！　⑤抖擞（dǒu sǒu 斗馊）：振动衣物，去掉尘土。　合挂当年神武门：据《南史·陶弘景传》："陶弘景字通明，丹阳秣陵人也。……善琴棋，工草隶。未弱冠，齐高帝作相，引为诸王侍读，除奉朝请。虽在朱门，闭影不交外物。……永明十年，脱朝服挂神武门，上表辞禄，诏许之。"这三句说，拂去朝服纱帽上的灰尘，喜得它们还都完好无损，当年本来就该把它们挂在都门上，辞官而去，何必等到被劾免职呢！　⑥鸡晓钟昏：鸡鸣报晓，黄昏撞钟，早晚之间的意思。这三句说，罢官也好，辞职也好，都像做梦一样，能相差多少呢？只不过一早一晚就是了。　⑦瓮（wèng 翁去声）：一种用来汲水或盛物的陶器。　抱瓮灌园：指归隐躬耕。《庄子·天地篇》："子贡南游于楚，反于晋，过汉阴，见一丈人，方将为圃畦，凿隧而入井，抱瓮而出灌。"这两句说，这些年来我一直躬耕田园，并没有和谁结下新的冤仇，为什么有人要歪曲事实真相呢？⑧前因：佛家认为，一件事情有后果必有前因，即所谓的因果报应。这四句说，在凄凉的处境中顾影自怜，怀着悲愤的心情回忆往事；诚心诚意地去求神问佛，想知道我遭此不幸的根源。　⑨这三句说，即使隐居深山也害怕妨碍别人升官，不要纵酒任性，以免横遭物议。　⑩楚些：指《楚辞》。　招魂：谓招死者之魂归来。《楚辞》有《招魂》篇，为宋玉哀悼屈原而作。这三句说，山中的朋友，请你们高声朗诵《楚辞》，再为我招一次魂吧！因作者本已罢官，而奏邸却说新近又因病辞官，所以要山中友人再诵《楚辞》，招我归来。

贺新郎

陈同父自东阳来过余[①]，留十日，与之同游鹅湖，且会朱晦庵于紫溪[②]，不至，飘然东归[③]。既别之明日，余意中殊恋恋[④]，复欲追路，至鹭鹚林[⑤]，则雪深泥滑，不得前矣。独饮方村，怅然久之，颇恨挽留之不遂也。夜半投宿吴氏泉湖四望楼，闻邻笛悲甚，为赋《乳燕飞》以见意[6]。又五日，同父书来索词[7]，心所同然者如此[8]，可发千里一笑。

把酒长亭说[9]。看渊明、风流酷似，卧龙诸葛[10]。何处飞来林间鹊，蹙踏松梢微雪[11]。要破帽、多添华发[12]。剩水残山无态度，被疏梅、料理成风月[13]。两三雁，也萧瑟[14]。　佳人重约还轻别[15]。怅清江、天寒不渡，水深冰合[16]。路断车轮生四角，此地行人销骨[17]。问谁使、君来愁绝[18]？铸就而今相思错，料当初、费尽人间铁[19]。长夜笛，莫吹裂[20]。

【说明】

此词作于淳熙十五年（1188）冬。词前小序以抒情笔调记述了“鹅湖之会”的经过。上片先赞美陈亮，以陶渊明和诸葛亮相比。接着追忆他们相会时的难忘情景：冒寒出游，松林谈心，雪溅破帽，不觉相视而笑。最后以“剩水残山无态度”，暗喻国土分裂，山河破碎，国势岌岌可危。对少数爱国志士坚持拯危亡、反投降的斗争，予以高度评价。把他们比为凌寒而开的蜡梅。虽然难免有寂寞凄凉之感，但毕竟为大地带来了一股微微的暖气。下片写作者追赶陈亮，被风雪所阻，未能如愿，从而悔恨当初“挽留之不遂”，以至造成如今两地相思之大错。全词深刻表达了辛弃疾和陈亮之间的战斗情谊，收复中原、统一祖国的共同理想把他们的心紧紧地连在一起。鹅湖会时，二人唱和赠答的几首词，写得都很慷慨激昂，对南宋前期词风的转变起了积极的作用。

【注释】

①陈同父：陈亮，字同甫，亦作同父，浙江永康人，南宋著名的思想家、文学家、爱国志士。隆兴初上《中兴五论》，坚持北伐抗金，反对偏安投降。他和辛弃疾志同道合，一生屡遭迫害，政治上很不得意。著有《龙川词》，风格与稼轩相近。　东阳：今浙江省东阳县。　过余：来看望我。②朱晦庵：朱熹，字元晦，号晦庵，江西婺源人，南宋著名的理学家，与辛弃疾、陈亮都有交往。　紫溪：镇名，在江西铅山县境内。　③飘然东归：指陈亮独自返回东阳。飘然，潇洒的样子。④殊恋恋：很留恋。　⑤鹭鹚林：地名，大约在江西上饶东。　⑥《乳燕飞》：词调《贺新郎》的别名。　以见意：以表达怀念陈亮的情意。　⑦索词：索取词作。　⑧心所同然者如此：心里所想的竟然如此相同。　⑨长亭：古代在大道上修建亭舍供行人休息，又常作为送行饯别之处。各亭的距离长短不一，故有十里一长亭，五里一短亭之说。这句说作者与陈亮在长亭举杯话别。　⑩渊明：陶潜，字渊明，东晋著名诗人。　卧龙诸葛：东汉末年，诸葛亮曾隐居于河南南阳卧龙冈，人以卧龙相比。这两句说，退隐田园的陶渊明志节高尚，举止风度很像人称卧龙的诸葛亮。这里是以陶渊明和诸葛亮来赞美陈亮，同时兼以自比。　⑪蹙（cù促）：踢，踩。　⑫这句说，残雪落在破帽上，好像给人增添了许多白发。　⑬无态度：失去了雄伟的姿态。　料理：安排，点缀。　风月：清风明月，泛指美丽的景色。这两句说，山河被大雪覆盖，显得零落残破，失去了平日雄伟的姿态，唯

有几株梅花迎着风雪怒放，把大地点缀得生机盎然。这是明写冬日雪后景色，而暗寓着山河破碎，国步艰难，只有少数爱国志士在坚持斗争，给国家民族带来一线希望。 ⑭萧瑟：风吹草木声，这里是寂寞凄凉的意思。这两句以严冬大雁稀少，比喻抗金志士孤单寂寞。 ⑮佳人：美容之士，品格高尚的人，这里指陈亮。 重约：重视约会，如期而至。 轻别：仓促别去。 ⑯这两句说，令人惆怅的是，天寒地冻，江面上已经结冻，难以渡过河去追赶你。 ⑰车轮生四角：车轮上好像长出了四只角，不能转动前进。陆龟蒙《古意》诗："愿得双车轮，一夜生四角。" 行人：作者自指。 销骨：销魂入骨，形容极度悲伤痛苦。孟郊《答韩愈李观别因献张徐州》诗："富别愁在颜，贫别愁销骨。"这两句说，追至此地，雪深泥滑，车子不能前进，使我感到十分悲痛愁苦。 ⑱愁绝：愁苦到了极点。这句说，谁使你愁得这样厉害呢？ ⑲铸就：铸成。 错：本指错刀，用来雕琢玉石的工具。这里语意双关，借指错误。据《资治通鉴》载，唐朝末年，天雄节度使罗绍威为了消灭藩镇田承嗣的势力，暗中勾结朱全忠引兵进入魏博（唐代河北三镇之一，治所在魏州）。朱全忠击败田承嗣的牙军后，在魏州停留半年，罗绍威耗尽了大量的钱粮财物。朱全忠一走，罗的力量又衰弱下来。于是他悔恨地对人说："合六州四十三县铁，不能为此错也！"（当时天雄节度使辖境计有魏州、博州、相州、卫州、贝州、澶州，共四十三县）这两句说，铸成如今两地相思的大错误，料想当时把人世间的铁都用完了吧！这是以极度夸张的手法，写作者怀念陈亮的深情厚谊。 ⑳长夜笛二句：据《太平广记》，唐代李谟善吹笛，在一次宴会上遇见一个叫独孤生的，技艺比他更高，曾将笛子吹裂。这两句写作者夜半投宿四望楼，听到邻家笛声悲鸣，十分难过，希望吹笛者不要再吹了，以免把笛子吹裂。

贺新郎

同父见和，再用韵答之

老大那堪说[①]。似而今、元龙臭味，孟公瓜葛[②]。我病君来高歌饮，惊散楼头飞雪。笑富贵、千钧如发[③]。硬语盘空谁来听[④]，记当时、只有西窗月。重进酒，换鸣瑟[⑤]。 事无两样人心别[⑥]。问渠侬、神州毕竟，几番离合[⑦]？汗血盐车无人顾[⑧]，千里空收骏骨[⑨]。正目断、关河路绝[⑩]。我最怜君中宵舞，道男儿、到死心如铁[⑪]，看试手，补天裂[⑫]。

【说明】

陈亮收到辛弃疾的《贺新郎》（把酒长亭说）后，即依原韵写了一首同调和词寄来。辛弃疾读后很受鼓舞，又于淳熙十六年（1189）春，用前韵写了这首词答谢陈亮。

上片回忆"鹅湖之会"的豪情盛概。他们雪夜纵饮高歌，畅谈天下大事，鄙视功名富贵，立志杀敌报国。但除了西窗上的明月而外，却无人来听取两位志士的忠言。下片怒斥投降派。“渠侬”不顾神州离合，英雄豪杰被投闲置散，“空收骏骨”又有什么用？结尾通过对陈亮的赞美，表达了两位爱国词人誓清中原、统一祖国的坚定决心和共同信念。这首词情辞慷慨，豪放悲壮，在当时具有振聋发聩、鼓舞士气的积极作用。

【注释】

①这句说，老大无成，没有什么值得说的。 ②元龙：陈登，字元龙，见《水龙吟》（楚天千里清秋）注⑨。 臭味：气味，指陈登的豪气。 孟公：西汉陈遵字孟公。据《汉书·游侠列传》：“遵耆酒，每大饮，宾客满堂，辄关门取客车辖投井中。虽有急，终不得去。” 瓜葛：牵连，关系。这里是说和陈遵一样好客。这两句以陈登和陈遵相比，说明作者与陈亮豪爽慷慨，意气相投，友谊很深。 ③千钧：形容很重。古代以三十斤为一钧。这句说，别人看作千钧之重的功名富贵，我们却笑它像毛发那样的轻。 ④硬语盘空：形容语言刚直劲峭，气势磅礴，声震云霄，盘旋天空。韩愈《答孟东野》诗：“横空盘硬语，妥帖力排奡。” ⑤瑟：古乐器，初为五十弦，后有二十五弦、二十三弦、十九弦者。这两句回忆作者与陈亮相会时放怀纵饮，鼓瑟高歌，抒发豪情壮志。 ⑥这句说，对同一件事，人们的看法和想法竟然那么不同。指当时人们对北伐的不同态度。 ⑦渠侬：古代吴语称自己为我侬，称他人为渠侬。这里是指南宋当权者、投降派。 离合：指国家的分裂和统一。这里指分裂。这两句说，问问他们，中华大地究竟有多少时间是分裂的呢？意为分裂不能长此下去，统一才是大势所趋。 ⑧汗血：良马名，传说能日行千里，流的汗颜色如血。 盐车：运盐的车子。这句说，以千里马去拉盐车而无人爱惜。比喻人才被埋没。 ⑨千里：即千里马。 骏骨：骏马之骨。据《战国策·燕策》，燕昭王即位后想招纳贤才，去见郭隗。郭隗对他说：“臣闻古之君人有以千金求千里马者，三年不能得，涓人言于君曰：‘请求之。’君遣之，三月得千里马，马已死，买其首五百金，反以报君。君大怒曰：‘所求者生马，安事死马而捐五百金！’涓人对曰：‘死马且买之五百金，况生马乎？天下必以王为能市马，马今至矣！’于是不期年千里马之至者三。今王诚欲致士，先从隗始。”这句是对南宋统治者空喊求贤，却不重用爱国志士表示愤慨。 ⑩目断：望断。 关河：关山江河。 路绝：路尽。这句说，举目眺望，直到关山江河的尽头也看不见你。指与陈亮分处两地，山遥路远，难得相见。也有北望中原、音信不通的意思。 ⑪怜：同情，爱惜，这里有敬佩的意思。 中宵舞：半夜起来舞剑。据《晋书·祖逖传》：祖逖“与司空刘琨俱为司州主簿，情好绸缪，共被同寝。中夜闻荒鸡鸣，蹴琨觉曰：‘此非恶声也。’因起舞。”这两句是以祖逖比喻陈亮，赞扬他杀敌报国之志坚如钢铁。 ⑫补天裂：古代神话传说，远古之世天崩地陷，女娲氏曾炼五色石补天。这两句说，看我们大显身手，把分裂的国土重新统一起来。

贺 新 郎

用前韵送杜叔高①

细把君诗说②：恍余音、钧天浩荡，洞庭胶葛③。千丈阴崖尘不到，惟有层冰积雪。乍一见、寒生毛发[④]。自昔佳人多薄命，对古来、一片伤心月[⑤]。金屋冷，夜调瑟[⑥]。　　去天尺五君家别[⑦]。看乘空、鱼龙惨淡，风云开合[⑧]。起望衣冠神州路，白日销残战骨[⑨]。叹夷甫、诸人清绝[⑩]。夜半狂歌悲风起，听铮铮、阵马檐间铁。南共北，正分裂[⑪]。

【说明】

这首词是作者为送别友人杜叔高而写的。全篇分为三段。上片前六句从“细把君诗说”到“乍一见、寒生毛发”为第一段，先从叔高的诗说起。稼轩将其比为仙音帝乐，盛赞其意境高雅不俗，风格奇险冷峻，给予了很高的评价。上片的后四句和下片的前三句，从“自昔佳人多薄命”到“风云开合”为第二段，由论诗而过渡到论人。作者对杜之遭受冷落，不能见用于世，深表同情。同时也安慰他，凭其非凡的才华，会有乘空高飞之日。下片后七句，从“起望衣冠神州路”到“南共北，正分裂”，如奇峰突起，离开送别杜叔高的题意，而直陈时事，使词境顿然开阔，主题也随之升华。这段又可分为两层：前三句由“神州”不堪回首的惨淡景象，而罪及清谈误国的当权者，怒斥今日的王衍之流对中原不复、南北分裂应当承担不可推诿的罪责。后四句直抒胸臆，对当前的局面极感悲痛。铁马铮铮，夜半狂歌，心潮难平，深刻表达了词人的忧国之情和报国之志。

此词在立意和结构上都颇有特点。题为“送杜叔高”，却无“离情别绪”的描写，通过盛赞杜之才华，以表现作者的敬佩之情和相互之间的深挚友谊，别意已寓其中，无须明意。作者还打破了上片写景叙事、下片抒情言志的传统写法，将其分为三段，中间一段则跨越上下两片，转折之处却放在二、三两段之间。全词感情深沉激烈，结拍尤为悲壮，爱国热忱溢于言表，艺术感染力很强。今日读来，犹可想见稼轩为祖国不幸分裂，而扼腕悲歌的感人情景。

【注释】

①杜叔高：名斿（yóu 游），浙江金华人。兄弟五人（伯高、仲高、叔高、季高、幼高）都能诗善文，人称“金华五高”。　②说：评说，评论。　③恍：恍如。　钧天：指钧天广乐，神话中天上的音乐。据《史记·赵简子世家》，赵简子病，昏迷数日不醒，醒后对人说：“我之帝所甚乐，与百神游于钧天，广乐九奏万舞，不类三代之乐，其声动人心。”　洞庭：洞庭湖。据《庄子·天运篇》：“帝张咸池之乐于洞庭之野……其声能短能长，能柔能刚，变化齐一，不主故常。”　胶葛：空旷深远。《汉书·司马相如传上》：“张乐乎胶葛之寓。”这两句说，杜叔高的诗像仙音帝乐一样，不同凡响，读后使人难以忘怀，余音仿佛还在辽阔的天空和原野回荡。　④阴崖：太阳照不到的山崖。这三句说，杜叔高的诗境界高雅不俗，风格奇险冷峻，好像千丈阴崖一样，令人见而生畏。陈亮也曾称赞说：“叔高之诗，如干戈森立，有吞虎食牛之气；而左右发春妍以辉映于其间；此非独一门之盛，盖亦可谓一时之豪。”（《龙川文集·复杜仲高书》）　⑤这两句以美人比喻杜叔高，说他人才出众而命运却不好。　⑥金屋：华美之屋。据《汉武故事》，汉武帝刘彻幼年，他的姑母馆陶长公主把他抱在膝上问道：“儿欲得妇否？”又指着她的女儿陈阿娇说：“好否？”刘彻笑着回答说：

“若得阿娇作妇，当以金屋贮之也。”后来陈阿娇失宠，被贬居长门宫。 调瑟：弹瑟。这里比喻杜叔高遭受冷遇，不得重用。 ⑦去天尺五：唐代韦、杜二姓都是豪门世族。《辛氏三秦记》说：“城南韦杜，去天尺五。”大意是长安城南的韦、杜两家，离皇帝很近，权势极大。这句说，杜叔高出自名门显宦之后，与别的人家不同。 ⑧乘空：乘风飞上天空，即高升的意思。 鱼龙：比喻豪杰志士。 惨淡：苦心经营的意思。 风云开合：犹言风云变幻。这两句说，杜叔高经过惨淡经营，不懈奋斗，在风云变幻的局势中会有高升之日。 ⑨衣冠：古代士以上的服装，后引申指世族、士绅之家。 神州：指中原地区。这两句说，起身遥望我的家乡中原大地，仿佛看见战士们的尸骨经过日晒风吹都已销蚀腐烂，多么令人怵目惊心的景象。 ⑩夷甫：晋人王衍字夷甫，喜欢清谈，不理政事，终于误国。参见《水龙吟》（渡江天马南来）注⑤。 清绝：崇尚清谈到了极点。这句借王衍清谈误国批判南宋士大夫官僚置国家民族命运于不顾。 ⑪铮铮（zhēng 争）：金属撞击声。 檐间铁：檐马，又名铁马。古代挂在屋檐下测风的铁片，风吹则相撞而发声。以上四句写半夜风吹铁马作响，想到南北分裂，中原未复，不觉引吭高歌，悲愤不已。

破 阵 子

为陈同父赋壮词以寄之

醉里挑灯看剑，梦回吹角连营①。八百里分麾下炙②，五十弦翻塞外声③，沙场秋点兵④。 马作的卢飞快⑤，弓如霹雳弦惊⑥。了却君王天下事⑦，赢得生前身后名⑧。可怜白发生⑨！

【说明】

此词是辛弃疾闲居带湖时期，为鼓舞战友陈亮，同时也为激励自己而写的，词以作者当年在故乡参加农民起义军，进行抗金斗争的经历为基础，并融合梦境与幻觉，描绘出一幅英雄战士驰骋沙场、奋勇杀敌的壮阔场面，表达了作者渴望为收复中原而献身的理想和决心。词的结构也比较特殊，前九句以浪漫主义笔调，极写军容之盛和意气之豪，刻画了一位气吞山河的英雄形象，写得笔饱墨酣、淋漓畅快，神采飞扬，堪称“壮词”。结尾一句“可怜白发生”，陡然一转，气氛为之大变，“壮词”的尾声变成了悲怆的调子，表达了英雄报国无门的悲愤，深刻揭示出理想与现实的矛盾。这一发自肺腑的慨叹，也是对投降政策的控诉。

【注释】

①挑灯：挑亮油灯。 梦回：梦醒。 吹角连营：连营寨中响起了阵阵号角之声。 ②八百里：指牛。《世说新语·侈汰》：“王君夫（恺）有牛，名八百里驳。” 麾下：部下。 炙（zhì 至）：烤

肉。这句说，把牛肉分给部下烤吃。 ③五十弦：指瑟，见《贺新郎》（老大那堪说）注⑤。这里泛指军中乐器。 翻：演奏。 塞外声：边塞的乐曲。这句说，军营中奏起了边塞音乐。 ④沙场：战场。 点兵：检阅部队。 ⑤作：如。 的卢：一种烈性快马，额部有白色斑点。据《三国志·蜀书·先主传》裴松之注引《世说新语》，刘备在樊城时，曾跨的卢马跃过檀溪，脱离险境。这句说，坐下战马像的卢般飞快奔驰。 ⑥霹雳：疾雷声。这句说，开弓射箭，弦上发出霹雳似的响声。 ⑦了却：完成。 天下事：平定天下，统一全国的事业。 ⑧赢得：获得。 ⑨可怜：可惜，可叹。

卜　算　子

齿　　落

刚者不坚牢，柔的难摧挫。不信张开口角看，舌在牙先堕[1]。　　已阙两边厢，又豁中间个[2]。说与儿曹莫笑翁，狗窦从君过[3]。

【说明】

词很诙谐，近于游戏之作，但主题却是严肃的。作者由齿落联想到刚直不阿的人易遭摧折，不能见容于世；而软媚无骨之辈却长处要津，安然无恙。这种现象是反常的，却普遍存在于现实生活之中。词人在笑谈声中，对刚摧柔存、是非颠倒的黑暗社会进行了妙趣横生、发人深思的讽刺和揭露。

【注释】

①刚者四句：据《说苑·敬慎》："常枞有疾，老子往问焉。……张其口而示老子曰：'吾舌存乎？'老子曰：'然'。'吾齿存乎？'老子曰：'亡。'常枞曰：'子知之乎？'老子曰：'夫舌之存也，岂非以其柔耶？齿之亡也，岂非以其刚耶？'曰：'嘻，是已。'" ②阙：空。 豁：缺。 ③窦（dòu 豆）：孔穴。狗窦：狗洞。《世说新语·排调》："张吴兴年八岁，齿亏，先达知其不常，故戏之曰：'君口中何为开狗窦？'张应声答曰：'正使君辈从此出入。'"

鹊　桥　仙

己酉山行书所见[1]

松冈避暑，茅檐避雨，闲去闲来几度。醉扶怪石看飞泉[2]，又却是、前回醒处。　　东家娶妇，西家归女[③]，灯火门前笑语。酿成千顷稻花香，夜夜费、一天风露。

【说明】

这首词作于淳熙十六年（1189）夏天，辛弃疾闲居上饶时。上片写作者入山避暑，酒后出游。他步履蹒跚，来到怪石之旁，看涓涓细流自雨岩石缝飞出，仿佛清泉流淌在胸中，不觉心旷神怡，醉意为之全消。小坐片刻，忽然记起，原来上次也是在这里醒的酒。“又却是、前回醒处”一句，即暗示出此地风景绝佳，又照应上文“闲去闲来几度”，极平常的语言却饶有情致。下片写词人夜归途中，经一山村，见村头灯火辉煌，笑语声喧，原来是“东家娶妇”“西家归女”。走出村口，眼前更展现出千顷稻花飘香、一片喜人的丰收景象。词中既写了作者悠闲自得的生活，也表现了他热爱山村风物、关怀农民生活的思想感情。

【注释】

①己酉：宋孝宗淳熙十六年（1189）。 ②怪石：博山寺附近有一石峰名雨岩，雨岩有一巨石长三十余丈，形状甚怪，如画中之观音、补陀，名石浪。 飞泉：怪石之旁，有山泉自雨岩飞出，如风雨声。（以上见作者《念奴娇·赋雨岩》《水龙吟·题雨岩》《山鬼谣·雨岩有石》等篇） ③归女：嫁女儿，古时女子出嫁叫归。

水调歌头

送杨民瞻

日月如磨蚁，万事且浮休[①]。君看檐外江水，滚滚自东流。风雨瓢泉夜半，花草雪楼春到，老子已菟裘[②]。岁晚问无恙，归计橘千头[③]。　梦连环，歌弹铗，赋登楼[④]。黄鸡白酒，君去村社一番秋[⑤]。长剑倚天谁问，夷甫诸人堪笑，西北有神州[⑥]！此事君自了，千古一扁舟[⑦]。

【说明】

此篇为作者闲居带湖时，为送别友人杨民瞻而写的。上片感叹时光易逝，年华虚度，闲居林下，无所作为。瓢泉风雨，雪楼花草，冬去春来，寂寞愁苦，深感壮志难酬，“万事且浮休”，郁闷中难免产生一些消极思想。下片换头后先说送别，接着就国事发表议论：“长剑倚天谁问，夷甫诸人堪笑，西北有神州！”有力地鞭挞了当权者误国害民、排斥抗金志士的罪行。结处勉励友人以大局为重，为恢复“神州”做出贡献。词人虽然罢官归隐，而此心却无时不在中原，并希望友人积极用世，这种精神是可贵的。

【注释】

①日月如磨蚁：古人把日月在天空运行比为蚂蚁在转动的磨盘上行进。《晋书·天文志》："《周髀》家云：'日月实东行而天牵之以西没，譬之蚁行磨石之上，磨左旋而蚁右去，磨急而蚁迟，故不得不随磨以左旋。'" 浮休：《庄子·刻意篇》："其生若浮，其死若休。"这两句说，日月不断运行，光阴迅速流逝，世事无定，生命短促，一死万事皆休。这是对人生的一种消极态度。 ②瓢泉：在江西铅山县期思村，辛弃疾居上饶带湖时曾来探访，并在此修建别墅，后即迁居于此。据《铅山县志》："瓢泉在县东二十五里，辛弃疾得而名之。其一规圆如臼，其一直规如瓢。周围皆石径，广四尺许，水从半山喷下，流入臼中，而后入瓢。其水澄渟可鉴。" 雪楼：作者在带湖住所中的一座楼名。 菟（tú图）裘：古邑名，在今山东泰安县东南楼德镇。《左传·隐公十一年》："使营菟裘，吾将老焉。"是说鲁隐公派人在菟裘修建房屋，准备告老退休。后世因称告老退隐所居之处为"菟裘"。这三句说，在瓢泉送走了无数风雨之夜，在雪楼迎来了多少明媚的春天，我早已退隐田园啦！ ③橘千头：见《水调歌头》（落日塞尘起）注⑥。这两句说，若问我晚年过得怎么样，退隐后打算种植千株橘树，维持生计是不成问题的。 ④梦连环：梦还家。黄庭坚《次韵斌老冬至书怀示子舟篇末见及之作因以赠子舟归》："昨宵连环梦，秣马待明发。"环与还谐音。歌弹铗：见《满江红》（汉水东流）注⑤。 赋登楼：见《水调歌头》（落日古城角）注⑥。这三句说，杨民瞻在外很不得志，时常想着回家。 ⑤这两句说，你走之日正逢秋社，村里祭祀土神，庆祝丰收，且以现成的黄鸡白酒为你饯行。 ⑥长剑倚天：倚天长剑，传说中靠在天边的长剑。宋玉《大言赋》："方地为车，圆天为盖，长剑耿耿倚天外。"这里比喻有才能的抗金志士。 夷甫：见《水龙吟》（渡江天马南来）注⑤。这三句说，抗金志士被闲置不用，无人过问；当权者都像王衍之流那样，不管国家大事，可鄙可笑；请记住：北方的半壁河山还在金人的占据之下啊！ ⑦此事：指恢复中原的事。 了：明白、懂得。 千古一扁舟：用范蠡事，见《摸鱼儿》（望飞来半空鸥鹭）注⑩。这两句说，恢复中原是国家大计，这你当然很明白，希望你完成这一伟大事业以后，再像范蠡那样驾着扁舟归隐江湖吧！

念奴娇

瓢泉酒酣，和东坡韵[①]

倘来轩冕，问还是、今古人间何物[②]？旧日重城愁万里，风月而今坚壁[③]。药笼功名[④]，酒垆身世[⑤]，可惜蒙头雪[⑥]。浩歌一曲[⑦]，坐中人物三杰[⑧]。　休叹黄菊凋零，孤标应也有，梅花争发[⑨]。醉里重揩西望眼，惟有孤鸿明灭[⑩]。万事从教，浮云来去，枉了冲冠发[⑪]。故人何在？长庚应伴残月[⑫]。

【说明】

这首词用苏轼《念奴娇·赤壁怀古》韵，寄寓着很深的感慨。上片自叹岁月虚度，抱负不得施展，只得以酒浇愁，引吭高歌，聊慰寂寞，情调与东坡词近似。下片由自己南渡以来无所建树，而想到当年在故乡一同参加起义的战友。他们在极其艰苦的条件下，彼伏此起，继续坚持斗争，犹如"黄菊凋零""梅花争发"一样，词人对他们表示无比深切的怀念。

【注释】

①和东坡韵：指和苏轼《念奴娇·赤壁怀古》词韵。 ②轩冕：古代卿、大夫的车服。轩，轩车，一种前顶较高而有帷幕的车子。供大夫以上乘坐。冕，古代帝王、诸侯及卿大夫所戴的礼帽。这里指冕服，即大夫以上官员的礼服。后世因以"轩冕"代指官位爵禄或功名富贵。《庄子·缮性篇》："轩冕在身，非性命也；物之倘来，寄者也。"这两句说，倘若做官的机会来到，试问我将成为历史上的何等人物呢？ ③坚壁：壁垒坚固，不易攻破。坚壁清野，是战争中的一种困敌之策。这两句说，过去居于楼阁耸立的城市（指在朝任职时），常因国事而愁思万里，如今（指罢官归隐后）却常被清风明月所困扰（意为闲居无所事事）。 ④药笼功名：功名如药笼中备用之物。据《新唐书·元行冲传》，元行冲对狄仁杰说，治理国家要有储备，腊肉之类可以滋养身体，参术之类可以治病，让我作为备用的药材吧。狄仁杰说："君正吾药笼中物，不可一日无也。"后因以"药笼中物"比喻留备使用的人才。这句说，即使出仕任职也只是备用而已，不会受到朝廷重视，不能发挥作用。 ⑤酒垆身世：一身与酒垆结下了不解之缘，意即经常饮酒。酒垆，古时卖酒处，垒土堆放置酒瓮，谓之酒垆。 ⑥可惜蒙头雪：可叹如今已是满头白发。 ⑦浩歌：高声歌唱。 ⑧坐中句：李白《月下独酌》诗："花间一壶酒，独酌无相亲。举杯邀明月，对影成三人。"三杰，指月亮、身影和自己。这句是作者慨叹孤独寂寞，世无知音。 ⑨孤标：特殊的意思。这三句以黄菊、梅花为喻，感叹爱国志士相继凋零谢世，但毕竟后继有人，少数杰出人物仍在坚持斗争，就像菊花谢后，梅花又在寒冬争相开放一样。 ⑩这两句说，醉中擦眼抬头遥望，只见一只孤雁在天空中忽隐忽现。意为中原隔绝，音信稀少。 ⑪冲冠发：形容愤怒时头发竖立，上冲帽子。《史记·廉颇蔺相如列传》："相如因持璧，却立，倚柱，怒发上冲冠。"这三句说，过去的一切都像浮云一样飘散，徒有满腔怒火，却未能杀敌报国。 ⑫故人：指当年在山东参加起义抗金的战友。 长庚：金星，亦名太白。这两句意为：战友啊在哪里？看天边长庚星陪伴着残月，黎明前的夜空多么冷清和寂寞啊！

清平乐

忆吴江赏木樨①

少年痛饮，忆向吴江醒。明月团团高树影，十里水沉烟冷②。 大都一点宫黄，人间直恁芬芳③。怕是秋天风露，染教世界都香④。

【说明】

这首词是作者回忆早年在吴江酒后赏桂的情景。词中盛赞桂花，说它花朵虽小，但那点点黄蕊却给人间带来了浓郁的芳香，使生活变得更加美好。桂花不以色貌取胜，唯求造福人类的精神，的确是值得称赞的。

【注释】

①吴江：今江苏省吴江县，在苏州市南，太湖东岸。 木樨（xī西）：桂花。 ②水沉：沉香，又名沉水香。这两句说，皓月当空，地上映着高大的桂花树影，十里内外香气袭人，好像刚烧过沉香一样。 ③大都：不过。 宫黄：古代宫中妇女用来化妆的一种黄粉。这里借指黄色的桂花。直恁（nèn嫩）：竟然如此。这两句说，不过一点点小的黄色桂花，竟然能使人间如此芳香。 ④这两句说，恐怕是通过秋天风露的传播，才使整个世界都染满了桂花香气。

清　平　乐

题上卢桥①

清泉奔快，不管青山碍。十里盘盘平世界②，更着溪山襟带③。　古今陵谷茫茫④，市朝往往耕桑⑤。此地居然形胜⑥，似曾小小兴亡⑦。

【说明】

这首词上片写景，下片抒感，情景相生，兴味无穷。作者站在上卢桥头，环顾十里平川，但见清清泉水汇成小溪，冲破层峦叠嶂，欢快地向前奔流，终于流到了这块山环水绕的平坝之上。词人由此联想到，古往今来，山河变异，人世沧桑，一切事物都在不断地变化着。这块小小的平坝，形势险要，大概也经历过一番兴衰变迁吧！词中通过赞美奔腾不息的清泉，表现了不畏险阻、勇往直前的精神。“陵谷”“耕桑”两句，意蕴很深，耐人寻味。

【注释】

①上卢：地名，或作“上泸”，在江西铅山县西北。 ②盘盘：回曲貌。 ③更着：还有，再加上。 襟带：形容地势险要，山环水绕，像衣襟和衣带交互回环一样。 ④陵谷：本用以比喻君子处在下位，小人处在上位。后用以比喻世事变迁，高下易位。骆宾王《叙寄员半千》诗：“坐历山川险，吁嗟陵谷迁。”陵，大土山。谷，两山之间的夹道或水沟。 茫茫：模糊不清。 ⑤市朝：集

市，都市。这句说，都市常常变成了农田。 ⑥形胜：地势险要。 ⑦这句说，似乎也曾经历过一番兴衰变化吧！

鹧鸪天

黄沙道中即事[①]

句里春风正剪裁，溪山一片画图开。轻鸥自趁虚船去[②]，荒犬还迎野妇回[③]。 松菊竹，翠成堆，要擎残雪斗疏梅。乱鸦毕竟无才思[④]，时把琼瑶蹴下来[⑤]。

【说明】

这是一首富有诗情画意的初春即景之作。词人漫步黄沙道中，正聚精会神地构思新作，推敲字句，准备写一首春风的颂歌。抬头一看，眼前突然展现出一片山清水秀的美丽图景，原来诗材就在自己身边。“轻鸥”“荒犬”一联，不但对偶工稳，而且自然天成，意态横生。过片后写松菊竹战胜严冬，翠绿可爱，生意盎然。它们披着残雪，傲然挺立，要与梅花争奇斗妍。可是浅薄无知的乱鸦却飞上枝头，踢落残雪，破坏了这幅动人的画面。作者着意摄取的这一特写镜头，不仅给人以美感，且能引起读者的许多联想。

【注释】

①黄沙：黄沙岭，在江西上饶县西乾元乡，高约十五丈。辛弃疾在此有书堂。 ②轻鸥：体态轻盈的沙鸥。 ③荒犬：独行于荒野之犬。 ④乱鸦：乱飞乱叫的乌鸦。 ⑤琼瑶：美玉，这里指雪。

西江月

夜行黄沙道中

明月别枝惊鹊[①]，清风半夜鸣蝉。稻花香里说丰年，听取蛙声一片[②]。 七八个星天外，两三点雨山前。旧时茅店社林边，路转溪桥忽见[③]。

【说明】

这首词写作者夏夜独自走在乡间小路上的见闻。明月、疏星、溪桥、茅店，入目所见，展现出一幅生动的农村生活图画；鹊噪、蝉鸣、蛙唱，构成了一支悦耳的夏夜田野交响曲。稻花的芳香沁人心脾，词人也为即将到来的丰收而感到无比喜悦。全篇笔调轻快，流畅自然，意境清新，有声有色地描绘出了一幅江南农村的夏夜图景。

【注释】

①别枝：离开树枝。这句说，明亮的月光，惊起了树上的乌鹊，离枝飞去。苏轼《次韵蒋颖叔》诗有句“月明惊鹊未安枝”，其意略同。 ②听取：听到。这两句说，在散发着稻花香气的水田里，听到一片蛙声，好像在向人们预报丰收喜讯似的。 ③社林：土地庙附近的树林。这两句说，跨过小桥，再拐个弯，土地庙树林旁边的那个茅屋老店忽然出现在眼前。

水调歌头

壬子三山被召，陈端仁给事饮饯席上作①

长恨复长恨，裁作短歌行②。何人为我楚舞，听我楚狂声③？余既滋兰九畹，又树蕙之百亩，秋菊更餐英④。门外沧浪水，可以濯吾缨⑤。　　一杯酒，问何似，身后名⑥？人间万事，毫发常重泰山轻⑦。悲莫悲生离别，乐莫乐新相识⑧，儿女古今情。富贵非吾事，归与白鸥盟⑨。

【说明】

从淳熙八年（1181）被弹劾落职，归隐带湖，辛弃疾在农村闲居了整整十年。宋光宗绍熙二年（1191）冬，他被任命为福建提点刑狱，次年春由江西到福州赴任。这年冬天词人被召赴行在，临行前在陈端仁为他饯行的筵席上写了这首词。

稼轩对光宗的召见并不抱幻想，没有流露出丝毫乐观情绪。他深感现实社会是非颠倒，黑白不分：“人间万事，毫发常重泰山轻。”自己虽已出山，但恐怕也很难有所作为，故胸中常郁郁不乐，难以消除历年所积的怨恨和忧愤。他追求的不是升官发财，不是荣华富贵，而是收复中原，早日实现祖国的统一。既然抱负难以施展，又何必混迹官场？还不如再次归隐。此词所反映的就是作者当时这种矛盾的思想感情。

【注释】

①壬子：宋光宗绍熙三年（1192）。 三山：福州的别称，因城中有三座山（千山、道山、闽山），故名。 陈端仁：名岘，福建闽县人，曾任四川安抚使等职，此时被免职家居。 给事：给事

中，官名，隋唐以后为门下省的要职，在侍中及门下侍郎之下，掌管驳正政令的违失。 ②裁作：剪裁，创作。 短歌行：乐府《平调曲》名，多在宴席上演唱。这两句说，心中有难以消除的怨恨，将它写成这首歌词。 ③楚舞：古代楚地的舞蹈。据《史记·留侯世家》，汉高祖刘邦曾想废吕后之子另立戚夫人之子赵王如意为太子，因大臣多谏诤，未成，“戚夫人泣，上（刘邦）曰：‘为我楚舞，吾为若（你）楚歌。’歌曰‘鸿鹄高飞，一举千里。羽翮已就，横绝四海。横绝四海，当可奈何！虽有矰缴，尚安所施’”。 楚狂：据《高士传》，春秋时楚人陆通，字接舆，不满现实，假装疯子，拒绝做官，时人称为楚狂。这两句说，有谁愿意起舞来安慰我，听一听我的狂歌呢？ ④滋：培植。 兰：兰草。 畹（wǎn 碗）：古代以三十亩为一畹。 树：栽种。 蕙：一种香草，又名佩兰。 英：指花。屈原《离骚》：“余既滋兰之九畹兮，又树蕙之百亩。”“朝饮木兰之坠露兮，夕餐秋菊之落英。”以上三句用《离骚》诗意，以屈原自比，言其志节高尚。 ⑤沧浪：古水名，在今湖北省境内，或以为即汉水。 濯（zhuó 浊）：洗涤。 缨：系帽的丝带。《楚辞·渔父》：“渔父莞尔而笑，鼓枻而去，歌曰：‘沧浪之水清兮，可以濯吾缨；沧浪之水浊兮，可以濯吾足。’”王逸《楚辞章句》：“渔父避世隐身，钓鱼江滨，欣然自乐。”后用“濯缨”表示退隐或清高的意思。⑥一杯酒三句：据《世说新语·任诞》：“张季鹰纵任不拘，时人号为江东步兵。或谓之曰：‘卿乃可纵适一时，独不为身后名耶？’答曰：‘使我有身后名，不如即时一杯酒。’”这三句说，试问一杯酒与身后名相比，何者更为重要呢？意为饮酒比留名更重要。 ⑦毫发：形容极其轻微细小之物。毫，细毛。 泰山：五岳中之东岳，在山东省中部。这两句说，人世间的许多事情轻重倒置，是非不分，就像把毫发看得比泰山还重一样。 ⑧悲莫悲两句：《楚辞·九歌·少司命》：“悲莫悲兮生别离，乐莫乐兮新相知。”意为最使人悲痛的莫过于生离死别，最令人快乐的莫过于结识一位新的知心朋友。 ⑨白鸥盟：表示归隐。见《水调歌头·盟鸥》注①。这两句说，功名富贵我毫无兴趣，如果此次奉召入朝仍不能实现抗金理想，还不如再次归隐田园，去与白鸥结盟。

定 风 波

再用韵。时国华置酒，歌舞甚盛①。

莫望中州叹黍离②，元和圣德要君诗③。老去不堪谁似我？归卧，青山活计费寻思④。 谁筑诗坛高十丈？直上，看君斩将又搴旗⑤。歌舞正浓还有语，记取：须髯不似少年时⑥。

【说明】

这首词是绍熙四年（1193），辛弃疾任福州知府兼福建安抚使时写的。上片勉励福建提刑卢国华不要只是悲叹中原失陷、国土沦亡，而应多写鼓舞士气、歌颂抗金斗争的作品，实际是希望他为振兴宋朝做出贡献。下片称赞卢国华很有才华，可以在诗坛大显身手；同时也语重心长地劝诫他要珍惜时光，切不可沉溺在酒色歌舞的生活之中。这是一首席上的即兴之作，词题已指明“歌舞甚盛”，作者对此很不以为然，因而向对方提出了诚恳的批评与规劝。

【注释】

①国华：卢彦德，字国华，丽水（今属浙江省）人，当时任福建提点刑狱。 ②中州：今河南省古为豫州，处九州之中，故曰中州。这里是指中原地区。 黍离：《诗经·王风》里有一篇名《黍离》。据说周王朝东迁后，周大夫经过西周故都，看到从前宫廷废墟上长满离离（繁茂）的禾黍，于是写了这首诗哀悼周室的衰落。后人常以“黍离”喻乱世。 ③元和：唐宪宗李纯年号（806—820）。元和年间藩镇叛乱，宰相裴度亲临前线督战，派将军李愬雪夜奇袭蔡州，活捉淮西节度使吴元济，暂时稳定了局势。当时诗人韩愈、柳宗元、刘禹锡等对平定蔡州都曾加以歌颂。这里是以元和平叛比喻宋朝的抗金斗争。以上两句说，不要只望着中原失地而悲叹，北伐抗金、统一祖国的伟业在等着您去写诗歌颂哩！ ④活计：生计，维持生活的办法。这三句说，谁像我这样老大无成、不堪回首呢？不如归卧山林，今后的生活如何安排倒是颇费思索的。 ⑤搴（qiān 千）：拔取。这三句大意是，卢国华才华出众，可以称雄诗坛。 ⑥须鬓：泛指胡子。这三句说，正当席间酣歌艳舞、意兴正浓的时候，我还有句话要请你记住：我们都长满了胡须，年纪已经不小啦。意思是说，不要再像青年时代那样沉酣在酒色歌舞之中。

行　香　子

三　山　作

好雨当春[①]，要趁归耕。况而今、已是清明。小窗坐地[②]，侧听檐声[③]。恨夜来风，夜来月，夜来云。　　花絮飘零，莺燕丁宁[④]，怕妨侬湖上闲行。天心肯后[⑤]，费甚心情。放霎时阴，霎时雨，霎时晴[⑥]。

【说明】

此词写于绍熙五年（1194）春，作者仍在福建安抚使任上。自绍熙三年（1192）重新任职以来，辛弃疾本想为国尽力，但由于受到种种限制和压抑，很难有所建树，因而一再要求辞官归隐。这首词便是通过春夜闻雨，抒发其厌倦官场，希望早日回到乡下，以及对现实深感失望的心情。

梁启超在《稼轩年谱》中解释此词时说：“此告归未得请时作也。——发端云：‘好雨当春，要趁归耕，况而今、已是清明。’直出本意，文义甚明。次云：‘小窗坐地，侧听檐声。恨夜来风，夜来月，夜来云。’谓受谗谤迫扰，不能堪忍也。下半阕云：‘花絮飘零，莺语（燕）丁宁，怕妨侬湖上闲行。’尚虑有种种牵制，不得自由归去也。次云：‘天心肯后，费甚心情。放霎时阴，霎时雨，霎时晴。’谓只要俞旨一允，万事便了；却是君意难测，然疑间作，令人闷杀也。此诗人比兴之旨，意内言外，细绎自见。先生虽功名之士，然其所惓惓者，在雪大耻，复大仇，既不得所藉手，则区区专阃虚荣，殊非所愿。……盖已知报国夙愿不复能偿，而厌弃此官抑甚矣。度自去冬今春，已累疏乞休，而朝旨沉吟，久无所决，故不免焦虑也。”此说基本符合作者之意，可供参考。

【注释】

①好雨当春：正当春耕时节，下了一场好雨。杜甫《春夜喜雨》：“好雨知时节，当春乃发生。” ②坐地：坐着。地，作语助词用。 ③侧听檐声：侧耳细听屋檐下的滴水声。 ④丁宁：亦作“叮咛”，一再嘱咐。 ⑤天心肯后：上天同意以后。 ⑥这三句说，天意难测，时而阴，时而雨，时而晴，气候变化无常。

最高楼

吾拟乞归，犬子以田产未置止我，赋此骂之①。

吾衰矣，须富贵何时，富贵是危机②。暂忘设醴抽身去③，未曾得米弃官归④。穆先生，陶县令，是吾师。　　待葺个、园儿名“佚老”⑤，更作个、亭儿名“亦好”⑥。闲饮酒，醉吟诗。千年田换八百主，一人口插几张匙⑦！便休休⑧，更说甚，是和非。

【说明】

此篇可能也是在福建安抚使任期内写的。作者由于不能有所作为，因而准备上疏请求退休归隐。可是他的儿子却以“田产未置”为由，劝他不要这样做。辛弃疾认为儿子的想法既可笑又可鄙，于是便“赋此骂之”。在题中标明是骂人的词，此为仅见，这大概也是稼轩的“首创”。其实骂儿子不过是借题做文章，所谓指桑骂槐而已。目的在于揭露官场的黑暗，抒写壮志难酬的悲愤，说明不得不“乞归”的原因。作者引用“穆先生”和“陶县令”的故事，反映他当时名义上虽为一路的封疆大吏，实则备受冷遇，遭到奸佞权臣的压抑，只好抽身而去，弃官以归。结处的所谓“便休休，更说甚，是和非”，一方面流露了作者的消极思想，另一方面也是一种愤激之语。词人心中并非真的没有“是和非”，只是现实生活中黑白不分，毫无是非可言，他也只能徒唤奈何。

【注释】

①乞归：请求退休，归隐田园。　犬子：旧时对别人谦称自己的儿子为“犬子”。　②富贵是危机：荣华富贵中埋藏着政治上的风险。苏轼《宿州次韵刘泾》诗：“晚觉文章真小技，早知富贵有危机。”　③暂忘设醴：据《汉书·楚元王传》：“元王既至楚，以穆生、白生、申公为中大夫……初，元王敬礼申公等，穆生不耆酒，元王每置酒，常为穆生设醴。及王戊即位，常设，后忘设焉。穆生退曰：‘可以逝矣！醴酒不设，王之意怠，不去，楚人将钳我于市。’……遂谢病去。”后因称对人敬礼渐减为“醴酒不设”。醴（lǐ里）：甜酒。这句说，既然不受重视，就应赶快离开。　④未曾得米句：据《宋书·陶潜传》：“（陶潜）为彭泽令……郡遣督邮至，县吏白，应束带见之。潜叹曰：‘我不能为五斗米折腰向乡里小人。’即日解印绶去职，赋《归去来》。”这句说，宁愿弃官回家，也不愿在小人面前低头折腰。　⑤葺（qì气）：原指用茅草盖房屋，也泛指建造、修理房屋。佚（yì亦）：同“逸”，安乐的意思。佚老，养老，使晚年得到安乐。《庄子·大宗师》：“夫大块载我以形，劳我以生，佚我以老，息我以死。”　⑥这句说，还要盖个亭子，给它起个名叫“亦好”。此用戎昱《中秋感怀》“远客归去来，在家贫亦好”诗意，表示宁愿辞官回家去过贫困生活。⑦匙（chí迟）：小勺。这句说，一个人能吃得了多少。意为不要贪婪。　⑧休休：见《鹧鸪天》（枕簟溪堂冷欲秋）注④。

水　龙　吟

过南剑双溪楼①

举头西北浮云②，倚天万里须长剑③。人言此地，夜深长见，斗牛光焰④。我觉山高，潭空水冷，月明星淡。待燃犀下看，凭栏却怕，风雷怒，鱼龙惨⑤。　峡束苍江对起，过危楼、欲飞还敛⑥。元龙老矣，不妨高卧，冰壶凉簟⑦。千古兴亡，百年悲笑，一时登览⑧。问何人又卸，片帆沙岸，系斜阳缆⑨？

【说明】

此词是作者在福建任职期间，经过南剑州，登双溪楼时所写的。上片通过宝剑化龙的传说，抒发作者渴望手挥长剑，扫清万里阴霾，收复中原的雄心壮志。同时又以“风雷怒，鱼龙惨”，暗喻投降派像潜藏在水中的妖怪一样，兴风作浪，阻挠破坏抗金大计的实现。下片由登楼眺望而引起“千古兴亡”的感叹，流露出年华虚度、壮志难酬、“不妨高卧”的退隐思想，反映了词人这一时期常常出现的内心矛盾。

【注释】

①南剑：南剑州，州治在今福建南平市。　双溪楼：双溪阁，在南平城东，剑溪和樵川二水在此汇流成潭。据《舆地纪胜》："剑溪环其左，樵川带其右，二水交流，汇为澄潭，是为宝剑化龙之津。"　②这句说，抬头远望，西北天空被浮云遮蔽着。暗喻中原被敌人侵占。　③这句说，扫清浮云，须用倚天万里的长剑。亦即收复中原要靠武装斗争的意思。倚天长剑，见《水调歌头》（日月如磨蚁）注⑥。　④斗牛：指二十八宿之斗宿和牛宿，即北斗星和牵牛星。这三句说，人们传说，这里夜深时常常看见有股光焰直冲北斗、牵牛二星。据王嘉《拾遗记》："及晋之中兴，夜有紫色冲斗牛。张华使雷焕为丰城县令，掘而得之。华与焕各宝其一。拭以华阴之土，光耀射人。后华遇害，失剑所在。焕子佩其一剑，过延平津。剑鸣，飞入水。及入水寻之，但见双龙缠屈于潭下，目光如电，遂不敢前取矣。"延平津，即剑溪，今名建溪。　⑤燃犀：传说点燃犀牛角，可以照见各种怪物。据《晋书·温峤传》："（峤）至牛渚矶，水深不可测，世云其下多怪物。峤遂毁犀角而照之。须臾见水族覆火，奇形异状，或乘马车著赤衣者。"这四句说，本想点燃犀角到潭底察看，寻找宝剑，可是倚栏沉思，又怕水中的怪物鱼龙兴风作浪。　⑥峡：两山夹水的地方。　束：约束。　苍江：深绿江水。　危楼：高楼，指双溪楼。　敛：收缩。这两句说，青苍的江水受到两岸山峦的制约，流经双溪楼下时好像要奔腾飞泻，但终于还是平静下来，缓缓注入潭中。　⑦元龙：三国时人陈登，字元龙。见《水龙吟》（楚天千里清秋）注⑥。　簟：竹席。这三句说，我已老啦，不妨像陈登那样隐居林泉，喝冰壶水，睡凉竹席，何等逍遥自在。　⑧登览：登高远看。这三句说，千古以来的兴盛衰亡，人生百年的悲哀欢乐，当我登楼远眺时，一一都呈现在眼前。　⑨卸：解下。缆：系船的绳子。

沁　园　春

再到期思卜筑[①]

一水西来，千丈晴虹[②]，十里翠屏[③]。喜草堂经岁，重来杜老[④]；斜川好景，不负渊明[⑤]。老鹤高飞，一枝投宿[⑥]，长笑蜗牛戴屋行。平章了，待十分佳处，着个茅亭[⑦]。　　青山意气峥嵘，似为我、归来妩媚生[⑧]。解频教花鸟，前歌后舞；更催云水，暮送朝迎[⑨]。酒圣诗豪，可能无势，我乃而今驾驭卿[⑩]！清溪上，被山灵却笑，白发归耕。

【说明】

绍熙五年（1194）秋七月，辛弃疾在福建安抚使任上，被谏官黄艾弹劾落职。这首词是他回到信州后不久，再到铅山县期思村时所作。词的上片先写期思山环水绕，风景优美，是理想中的卜居之地。然后说明此次重来，就是为了选择一块地方，盖几间茅屋，作为栖身之所。下片用拟人化手法，写青山为他归来而显得更加峥嵘、妩媚，并动员花鸟、云水，一齐来欢迎词人。最后以“被山灵却笑，白发归耕”作结，委婉地表达了他被罢官后的愤慨心情。

【注释】

①期思：村名，在江西铅山县东二十五里处。辛弃疾闲居带湖时曾来此探寻泉水，得周氏泉，后取名为瓢泉，并于此购地营居。初到期思时他曾写过一首《洞仙歌》，词中说：“便此地，结吾庐。待学渊明，更手种、门前五柳。且归去，父老约重来。问如此青山，定重来否?”这次作者是重来期思，故曰“再到”。 卜筑：择地建筑房屋。 ②晴虹：雨后晴空的彩虹。形容流经期思的小河，波光闪耀，艳丽夺目。 ③翠屏：青绿色的屏风。比喻环抱期思的群山，像翠屏一样掩映着这小小的山村。 ④草堂：唐代诗人杜甫在成都浣花溪畔的茅屋。 杜老：指杜甫。杜甫于唐肃宗乾元二年（759）弃官入蜀，投奔严武，次年在成都浣花溪北筑草堂卜居。唐代宗宝应元年（762）西川发生兵变，杜甫离草堂避乱梓州。唐代宗广德二年（764）严武再镇四川，杜甫重返草堂。这里是以杜甫重归草堂，比喻作者“再到期思”。 ⑤斜川：古地名，在今江西省鄱阳湖北星子、都昌两县之间的沙洲上。东晋诗人陶渊明归隐后常来此游览，并写《游斜川》诗，盛赞这里风景优美。这里是以斜川比期思，认为此地可以卜筑隐居。 ⑥一枝投宿：《庄子·逍遥游》：“鹪鹩巢于深林，不过一枝。”此用其意，表示只要有个地方可以栖身就行了。 ⑦平章：品评，筹商。这三句说，打算在期思找个风景最优美的地方盖间茅屋。 ⑧峥嵘：高峻貌。妩媚（wǔ mèi 武妹）：姿态美好可爱。这两句将青山拟人化，说它们为欢迎作者的归来，而显得更加高峻雄伟、美好可爱。 ⑨解：晓悟，懂得。 频教：多次指使。这四句写青山对作者的深情厚谊：它屡屡指使山花野鸟，为我前歌后舞，又催促行云流水，黄昏来欢送，清晨来迎接。 ⑩无势：没有权势。 卿：古时君称臣为卿，朋友或夫妻间也可用卿表示爱称，这里是指青山。这三句说，那些酒中的圣人、诗坛的豪杰，可能也没有这样大的权势，而今天我却能够驾驭您啊！ ⑪山灵：山中精灵。

沁 园 春

灵山齐庵赋，时筑偃湖未成①

叠嶂西驰、万马回旋，众山欲东②。正惊湍直下，跳珠倒溅③；小桥横截，缺月初弓④。老合投闲，天教多事，检校长身十万松⑤。吾庐小，在龙蛇影外，风雨声中⑥。　争先见面重重，看爽气朝来三数峰⑦。似谢家子弟，衣冠磊落⑧；相如庭户，车骑雍容⑨。我觉其间，雄深雅健，如对文章太史公⑩。新堤路，问偃湖何日，烟水蒙蒙⑪？

【说明】

在闲居农村期间，辛弃疾饱览祖国的大好河山，满怀激情地歌唱壮丽的自然风光。这首词描绘上饶灵山的雄姿和气势，神态飞动，栩栩如生，别具一格。上片写叠嶂起伏、惊湍直下、小桥横跨、长松参天的雄奇景色，通过巧妙的比喻将静物动化，使绵亘百余里的灵山显得格外绚丽，多彩多姿。下片以山拟人，用谢家子弟的衣冠、司马相如的车骑和太史公的文章，形容巍峨挺拔、气象万千的层峦叠嶂，别具匠心，引人入胜。作者对大自然的观察深刻细致，又善于运用形象化的语言和出人意表的比喻加以渲染形容，艺术上很有特色。

【注释】

①灵山：在今江西上饶境内，高千余丈，绵亘百余里。 齐庵：在灵山之麓。 偃湖：作者计划开凿的一个小湖。 ②嶂：高险的山峰，这三句说，层峦叠嶂像千万匹战马一样，向西奔驰，突然间又掉头向东，气势雄伟壮观。 ③湍（tuān）：急流的水。这两句写灵山瀑布的气势，湍急的流水从山上飞奔而下，溅起了无数的水珠。 ④这两句说，小桥横跨在急流之上，形如天边的一钩新月。 ⑤合：应当。 投闲："投闲置散"的省略语，弃置不用的意思。 检校：查核，管理。这三句说，人老了应当被弃置不用，可是我天生来就闲不住，只好到山中来管理这片高大的松林。⑥龙蛇：形容松树枝干盘曲如龙蛇状。苏轼《游灵隐高峰塔》："古松攀龙蛇，怪石坐牛羊。"这三句说，我的小屋在松林旁边，常常可以听到像风吹雨打似的松涛声。 ⑦爽气：凉爽新鲜的空气。这两句说，清晨重重山峰仿佛争先恐后地要和我见面似的，从对面的几座山上吹来一股沁人心脾的凉风。 ⑧谢家子弟：东晋谢家是名门贵族，其子弟喜穿黑衣，世称乌衣郎。 磊落：形容仪态俊伟。这两句说，群峰松竹茂密，仿佛穿着乌衣的谢家子弟一样，衣冠楚楚，俊伟秀丽。 ⑨相如：指司马相如。 雍容：文雅大方，从容不迫。《史记·司马相如列传》："相如之临邛，从车骑，雍容闲雅甚都（美）。"这两句形容群山壮丽闲雅。 ⑩太史公：汉代史学家、文学家司马迁，字子长，曾任太史令，人称太史公。据《新唐书·柳宗元传》，韩愈评论柳宗元的文章时曾说："雄深雅健，似司马子长，崔蔡不足多也。"这三句说，我感到处在群山之中，如同面对司马迁那气势磅礴、雄伟壮丽、气象万千的文章一样。 ⑪蒙蒙：细雨貌。这三句说，走在新筑的湖堤上，人们会问偃湖何日才能完工，看到那烟雨蒙蒙的景色？

沁园春

将止酒，戒酒杯使勿近

杯汝来前，老子今朝，点检形骸①。甚长年抱渴，咽如焦釜②；于今喜睡，气似奔雷③？汝说刘伶，古今达者，醉后何妨死便埋④。浑如此，叹汝于知己，真少恩哉[5]！　　更凭歌舞为媒[6]，算合作人间鸩毒猜[7]。况怨无大小，生于所爱[8]；物无美恶，过则为灾[9]。与汝成言：“勿留亟退，吾力犹能肆汝杯。”[10]杯再拜，道：“麾之即去，招则须来。[11]”

【说明】

辛弃疾在赋闲期间常常以酒浇愁，希图从醉乡中寻求暂时的解脱。然而酒乃无情之物，不但不能减轻他的愁苦和烦恼，反而使他因长期过饮成病，损害了健康。于是，便写了这首止酒词来规劝自己。词中通过和酒杯的对话，表现了作者既想戒酒又怕戒不成的矛盾心理，流露出政治上失意的愤慨之情。全篇以文为词，将酒杯拟人化，并以问答的形式，纵横议论，反复说理，打破了词的传统写法。

【注释】

①点检：或作“检点”，考核的意思。钱起诗：“点检平生事。”这里作保养、保重解。　形骸（hái 孩）：形体、形迹。王羲之《兰亭序》：“放浪形骸之外。”这里指身体而言。这三句说，酒杯你过来，我从今天起要保重身体，不能再放浪纵饮了。　②抱渴：指酒后胸怀发热，口中干渴。抱，胸怀。《世说新语·任诞》：“刘伶病酒，渴甚，从妇求酒。”这两句说，为什么从前总是感到口渴，咽喉干燥得像烧焦了的锅子一样呢？　③气似奔雷：鼾声如疾雷。　④汝：指酒杯。　刘伶：字伯伦，晋人，竹林七贤之一，放情肆志，性尤好酒。《晋书·刘伶传》：“常乘鹿车，携一壶酒，使人荷锸而随之。谓曰：‘死便埋我。’其遗形骸如此。”　达者：指旷达的隐者。　⑤浑如此：竟然如此。这三句说，你竟然如此说，可叹你对知心朋友真是无情无义啊！　⑥媒：媒介。歌舞能助酒兴，故曰“凭歌舞为媒”。　⑦鸩（zhèn 震）：传说中一种有毒的鸟，用它的羽毛泡酒，喝了能毒死人，称鸩毒。这句说，看来你该被怀疑为像鸩毒一样，害人不浅。　⑧这两句说，一切大大小小的怨恨，都是因爱而引起来的。意即没有爱也就无所谓恨。　⑨这两句说，世间万物不管是好是坏，喜好过度了就会成为灾害。　⑩成言：议定，约定。屈原《离骚》：“初既与余成言兮，后悔遁而有他。”　亟退：赶快走开。　肆：原意为处死陈尸。这里是处置的意思。这三句说，我跟你约定，不要停留，赶快退下，我还有力量处置你这酒杯。　⑪麾：同“挥”，斥退的意思。这两句说，斥退我，我就走；招呼我，我再来。《汉书·汲黯传》：“使黯任职居官，亡以愈人；然至其辅少主，守城深坚，招之不来，麾之不去，虽自谓贲育弗能夺也。”

贺新郎

邑中园亭，仆皆为赋此词。一日独坐停云，水声山色，竞来相娱。意溪山欲援例者，遂作数语，庶几仿佛渊明思亲友之意云①。

甚矣吾衰矣②！怅平生、交游零落③，只今余几？白发空垂三千丈④，一笑人间万事⑤。问何物、能令公喜⑥？我见青山多妩媚，料青山、见我应如是⑦。情与貌，略相似⑧。　　一尊搔首东窗里⑨。想渊明、停云诗就，此时风味⑩。江左沉酣求名者，岂识浊醪妙理⑪。回首叫、云飞风起⑫。不恨古人吾不见，恨古人、不见吾狂耳⑬。知我者，二三子⑭。

【说明】

这首诗是作者闲居瓢泉时写的。词前小序也是一段富有诗意的抒情文字，说明创作此词是为了仿效陶渊明的《停云》诗，抒发思念亲友的感情。上片慨叹老大无成，故人相继谢世，如今只有青山堪为知己，竞相以其倩姿丽影慰藉自己。下片以陶潜自比，讽刺那些醉心名利的人，其实并不懂得贤士高人饮酒的真意。面对举世混浊的环境，词人不甘寂寞，他要高唱《大风歌》，激励人们的豪情壮志。词的结尾引用南朝人张融的话，说明知音难觅，表达了作者从福建罢官归来以后孤独寂寞的心情。

【注释】

①邑：县城，这里是指江西铅山县城。　仆：古人自称谦词。　停云：停云堂，作者瓢泉住所的建筑之一。　竞来相娱：争着来使我快乐。　意溪山欲援例者：揣想小河与青山看到我给县里的园亭都写了一首《贺新郎》，想援引此例，让我也给它们各写一首词。　庶几：大约相近的意思。　渊明思亲友之意：陶渊明《停云》诗序说："停云，思亲友也。"　②这句引用孔子的话："甚矣吾衰也，久矣吾不复梦见周公。"（《论语·述而》）感叹自己年迈力衰。　③交游：朋友。　零落：以草木的凋零、衰落比喻人的死亡。　④白发句：化用李白《秋浦歌》（其十五）："白发三千丈，缘愁似个长。"感叹年华虚度，一事无成。　⑤这句说，人世间的一切事情，都只好付之一笑。⑥能令公喜：能使你高兴。公，作者自称。《世说新语·宠礼》："王恂、郗超并有奇才，为大司马（指桓温）所眷拔。恂为主簿，超为记事参军。超为人多须，恂状短小。于时荆州为之语曰：'髯参军，短主簿，能令公喜，能令公怒。'"这句是假托别人对作者的问话：什么事情能使你高兴呢？⑦妩媚：姿态美好可爱。《新唐书·魏徵传》："帝（唐太宗）曰：'人言魏徵举动疏慢，我但见其妩媚耳。"这两句说，我看见青山感到十分美丽可爱，料想青山看见我也应当如此。　⑧情与貌：心情与面貌。　略相似：约略相像。这两句说，青山是作者的知音，心情相同，面貌也相似。　⑨尊：同"樽"，酒杯。　搔首：挠头。　⑩停云诗就：《停云》诗写成。陶渊明《停云》诗中有句道："有酒有酒，闲饮东窗；愿言怀人，舟车靡从。"又说："静寄东轩，春醪独抚；良朋悠邈，搔首延伫。"　风味：滋味。以上三句大意是，独自在东窗下举杯消愁，遥想当年陶渊明饮酒赋诗，怀念亲友，大概也是这种滋味吧。　⑪江左：亦称江东，今长江下游江苏、安徽、浙江一带。　沉酣求名：

借纵酒放浪以追求名利。苏轼《和陶渊明饮酒》诗:“道丧士失己,出语辄不情。江左风流人,醉中亦求名。渊明独清真,谈笑得此生。” 岂识:怎能懂得。 浊醪(láo 劳):浊酒。 妙理:奥妙的道理。杜甫《晦日寻崔戢李封》诗:“浊醪有妙理,庶用慰沉浮。”这两句说,东晋那些醉心名利的士大夫,哪里懂得陶渊明饮酒的用意啊!这是以古喻今,讽刺南宋士大夫沉酣酒色,追名逐利,不管国家大事。 ⑫云飞风起:刘邦《大风歌》:“大风起兮云飞扬,威加海内兮归故乡,安得猛士兮守四方。”这句说,回头听我高唱一曲《大风歌》,抒发胸中豪情壮志。 ⑬不恨古人二句:《南史·张融传》:“(融)常叹云:‘不恨我不见古人,所恨古人不见我。’”这两句说,我未能看见古人不觉得遗憾,遗憾的是古人没能看见我醉饮高歌的狂态。 ⑭这两句说,能够理解我的,只有两三位知心朋友而已。

兰 陵 王

己未八月二十日夜[①],梦有人以石研屏见饷者[②],其色如玉,光润可爱。中有一牛,磨角作斗状。云:“湘潭里中有张其姓者,多力善斗,号张难敌。一日,与人搏,偶败,忿赴河而死。居三日,其家人来视之,浮水上,则牛耳。自后,并水之山往往有此石,或得之,里中辄不利。”梦中异之,为作诗数百言,大抵皆取古之怨愤变化异物等事,觉而忘其言。后三日,赋词以识其异[③]。

恨之极,恨极销磨不得。苌弘事,人道后来,其血三年化为碧[④]。郑人缓也泣:“吾父攻儒助墨。十年梦,沉痛化余,秋柏之间既为实[⑤]。” 相思重相忆。被怨结中肠,潜动精魄,望夫江上岩岩立[⑥]。嗟一念中变,后期长绝。君看启母愤所激,又俄顷为石[⑦]。 难敌,最多力。甚一忿沉渊,精气为物,依然困斗牛磨角。便影入山骨[⑧],至今雕琢。寻思人世,只合化,梦中蝶[⑨]。

【说明】

此篇为稼轩六十岁时所写。词前序言记述了作者梦中听说的一个传奇故事。张难敌显然是虚构的人物,但作者却被他的事迹所感动,为之梦中作诗数百言,醒后又特意为他写了这首词。其中寓有深意:含垢忍耻、苟且偷安的南宋统治集团,缺乏的正是张难敌那种宁死不屈、不甘受辱的精神。词人借题发挥,通过梦中逸闻和古代的一些怨愤变化异物之事,对萎靡不振的社会风气和甘心屈己求和的投降派,进行了深刻的讽刺和批判。词分三片,前两片分述四件异闻奇事,第三片刻画张难敌“一忿沉渊”,死后“依然困斗牛磨角”的倔强性格。“词文诙诡冤愤,盖借以摅其积年胸中块磊不平之气。”(梁启超《稼轩年谱》)

【注释】

①己未：宋宁宗庆元五年（1199）。 ②研：磨。 饷（xiǎng 享）：馈赠。 ③识（zhì 至）：记。 ④苌弘：亦称苌叔，周朝的大夫。据《庄子·外物篇》："苌弘死于蜀，藏其血，而为三年化碧。"注："成玄英云：苌弘放归蜀，自恨忠而遭谮，刳肠而死。蜀人感之，以匮盛其血，三年而化为碧玉。" ⑤郑人五句：《庄子·列御寇》："郑人缓也，呻吟裘氏之地，只三年而缓为儒。河润九里，泽及三族。使其弟墨。儒墨相与辩，其父助翟，十年而缓自杀。其父梦之，曰：'使而子为墨者，予也，阖胡尝视其良，既为秋柏之实矣。'"注："缓见梦其父，言弟之为墨，是我之力，何不试视我冢上，所种秋柏已结实矣。冤魂告语，深致其怨。" ⑥望夫江上句：据《幽明录》："武昌北山上有望夫石，相传昔有贞女，携子饯夫从役，立望而死，形化为石。" ⑦启母：夏禹之子夏启的母亲，为涂山氏之女。相传夏启生下来后，他的母亲化成了石头。《汉书·武帝本纪》："朕用事华山，至于中岳……见夏后启母石。" 俄顷：不久。 ⑧影入山骨：身影雕刻在山石上。 ⑨寻思：不断思索。 梦中蝶：《庄子·齐物论》："昔者庄周梦为蝴蝶，栩栩然蝴蝶也。自喻适志与，不知周也。俄然觉，则蘧蘧然周也。"这三句说，仔细想来，人生在世，就好像庄周梦中化为蝴蝶一样的虚幻。

鹧鸪天

寻菊花无有，戏作

掩鼻人间臭腐场[①]，古来惟有酒偏香。自从来住云烟畔，直到而今歌舞忙。 呼老伴，共秋光，黄花何处避重阳？要知烂熳开时节[②]，直待西风一夜霜。

【说明】

词人因寻菊未见，而联想到在现实生活中，处处散发出熏天臭气，人们只得掩鼻而过。似乎连菊花也不愿在这样龌龊的环境中开放，而要等到西风劲吹，清霜普降，一洗人间污秽的时节。词虽题为"戏作"，却表达了作者对黑暗腐朽社会的憎恶。

【注释】

①掩鼻：捂着鼻子，以免闻到臭味。《孟子·离娄》："西子蒙不洁，则人皆掩鼻而过之。" ②烂熳：形容颜色鲜明美丽。

水调歌头

赵昌父七月望日用东坡韵，叙太白、东坡事见寄[①]，过相褒借[②]，且有秋水之约[3]。八月十四日，余卧病博山寺中，因用韵为谢，兼寄吴子似[4]。

我志在寥阔，畴昔梦登天[5]。摩挲素月，人世俛仰已千年[6]。有客骖鸾并凤，云遇青山、赤壁，相约上高寒[7]。酌酒援北斗[8]，我亦虱其间[9]。　　少歌曰：“神甚放，形则眠[10]。鸿鹄一再高举，天地睹方圆。”[11]欲重歌兮梦觉，推枕惘然独念，人事底亏全[12]？有美人可语，秋水隔婵娟[13]。

【说明】

这首词是中秋前夕，作者为怀念两位友人而写的。词中以浪漫主义手法，通过对梦境的描写，以表现其寥阔之志。词人展开幻想的双翅，飞上青天，抚摩素月，在云中与李白、苏轼两位大诗人相遇，并一同进入天宫，纵饮放歌，饱览祖国大好河山。这是一种自由自在、无拘无束的理想境界，也是他在现实中受到压抑、壮志难伸的曲折反映。词的结尾，写梦醒后独自卧病博山寺中，“美人”远隔秋水，更加感到寂寞惆怅。此词不但用了“东坡韵”，而且在情调、旨趣和表现手法上与苏轼的那首《水调歌头》也颇相似。

【注释】

①赵昌父：赵蕃，字昌父（一作昌甫），号章泉，郑州人，寓居江西玉山县。自幼喜作诗，风格清新平淡，与韩淲（号涧泉）齐名，时称“二泉”，著有诗集《乾道稿》一卷、《淳熙稿》二十卷、《章泉稿》五卷，词多散佚，今存仅二首。　七月望日：农历七月十五。　用东坡韵：此指用苏轼《水调歌头》（明月几时有）词韵。　②过相褒借：对我过于称赞。　③且有秋水之约：而且还约定要来秋水观会见我。秋水，指作者在瓢泉住所的秋水观（或称秋水堂）。　④吴子似：吴绍古，字子嗣亦作子似，江西鄱阳人，庆元年间曾任铅山县尉，与辛弃疾有交往。　⑤寥阔：高远空旷。　畴昔：从前。这两句说，我有志遨游寥廓的太空，从前也曾在梦中登上青天。　⑥摩挲（mó suō 模梭）：用手抚摩。　俛仰：俯仰，低头和抬头，这里是转瞬之间的意思。　⑦骖鸾并凤：乘鸾驾凤。　骖（cān 参），在两旁驾车的马，这里作动词用。　青山赤壁：代指李白和苏轼。因李白墓在安徽当涂县的青山，苏轼曾游湖北黄冈赤壁，并写《念奴娇·赤壁怀古》词和《赤壁赋》。　高寒：指天宫。　⑧援：以手牵引，这里是举起的意思。这句说，以北斗星为杯，酌酒而饮。　⑨虱（shī 诗）：虱子，一种吸血的寄生虫。比喻无功受禄的人。这里作动词用，是说我也跻身在其中。　⑩少歌：小声歌唱。　神甚放：精神很自由。　形则眠：形体则处于休眠之中。　⑪鸿鹄（hú 胡）：天鹅。　高举：高飞。《楚辞·惜誓》：“黄鹄之一举兮，知山川之纡曲，再举兮睹天地之圜方。”　⑫底亏全：为何有亏有全。底，为何，为甚。亏，缺损。这句是以月亮的圆缺比喻人生的团聚和离别。　⑬美人：比喻贤士，品德高尚的人，此指吴子似。　秋水隔婵娟：是说美人被秋水隔开了。杜甫《寄韩谏议》诗：“美人娟娟隔秋水。”这两句说，有位贤士与我有共同语言，却被秋水隔开了。

鹧鸪天

石壁虚云积渐高，溪声绕屋几周遭[①]。自从一雨花零落，却爱微风草动摇。　呼玉友，荐溪毛，殷勤野老苦相邀[②]。杖藜忽避行人去，认是翁来却过桥[③]。

【说明】

上片写村居风物：山头积云，流水绕屋，雨后花落，风吹草动，环境十分幽美。下片写出游做客：野老殷勤相邀，热情款待，充分表现了作者赋闲期间与乡村父老的深情厚谊。

【注释】

①周遭：周围，四周。这句说，小溪弯弯曲曲绕屋而过，送来潺潺的流水声。　②玉友：酒名。《珊瑚钩诗话》："以糯米药麹作白醪，号玉友。"　荐：奉献。　溪毛：溪涧中生长的野菜。《左传·隐公三年》："苟有明信，涧溪沼沚之毛……可荐于鬼神，可羞于王公。"这三句说，乡村老人沽来美酒，备下菜肴，盛情地邀我去做客。　③杖藜：拄着藜杖的老人。这两句说，老人拄着藜杖，避开路上行人，向前走去，忽然认出了词人，便走过桥来欢迎。

浣溪沙

父老争言雨水匀[①]，眉头不似去年颦[②]，殷勤谢却甑中尘[③]。　啼鸟有时能劝客，小桃无赖已撩人[④]，梨花也作白头新[⑤]。

【说明】

这首词以轻快的笔调描写农民群众在风调雨顺的日子里，盼望丰收，争取摆脱贫困、饥饿的喜悦心情。上片着重刻画父老们的神态和心理活动，下片通过景物描写表现作者对农村生活的感受。词人仿佛也受到了父老们的感染，内心充满欢乐，因而在其笔下的花鸟草木也都染上了一层欢悦的色彩。

【注释】

①父老：对老农的称呼。　②颦（pín 贫）：皱眉，忧愁的样子。　③甑（zèng 赠）：古代陶制的炊具。甑中尘：甑中积满灰尘，表示断炊的意思。《后汉书·独行传》："范冉字史云，陈留外黄

人也。……所止单陋，有时粮粒尽。穷居自若，言貌无改。闾里歌之曰：‘甑中生尘范史云，釜中生鱼范莱芜。’” ④小桃：小桃红，又名凤仙花。陆游《老学庵笔记》：“小桃者，上元前后即著花，状如垂丝海棠。” 撩人：逗人喜爱。 ⑤这句说，梨树枝头新近也开满了白花。

归 朝 欢

题赵晋臣敷文积翠岩①

我笑共工缘底怒，触断峨峨天一柱②。补天又笑女娲忙，却将此石投闲处③。野烟荒草路。先生拄杖来看汝。倚苍苔，摩挲试问④：千古几风雨？ 长被儿童敲火苦，时有牛羊磨角去⑤。霍然千丈翠岩屏⑥，锵然一滴甘泉乳⑦。结亭三四五⑧。会相暖热携歌舞。细思量：古来寒士，不遇有时遇⑨。

【说明】

这首《归朝欢》，可以看成是一篇《石头记》。词中通过描叙积翠岩的经历和遭遇，抒发了作者怀才不遇的愤慨之情。词的上片以浪漫主义手法，为积翠岩涂上一层浓厚的神话色彩，说它是共工触断的天柱，是女娲补天所遗弃的一块五色神石。既交代了“此石”来历不凡，也说明了它命运不佳。下片叙述积翠岩在遭到“儿童敲火”“牛羊磨角”的摧残践踏后，突然以巍峨的雄姿，展现在人们眼前。原来它遇到了一位独具慧眼的主人在此“结亭三四五”“暖热携歌舞”，从而使这块千年巨石重放异彩。结处点明题旨：“古来寒士，不遇有时遇。”既表现了作者对目前处境的不满，又希望能有机会施展自己的才能和抱负。

【注释】

①赵晋臣：名不遇，绍兴二十四年（1154）进士，曾任敷文阁学士。 积翠岩：赵晋臣寓居上饶时为其住所附近一块山石所起的名字。 ②共工：古代神话传说中的英雄人物。 缘底：为何。 峨峨：高峻貌。 天一柱：天柱，神话传说中的撑天大柱。《淮南子·天文训》：“昔者共工与颛顼争为帝，怒而触不周之山，天柱折，地维绝。” ③女娲（wā 洼）：古代神话中的女神，传说她曾炼五色石以补苍天。 此石：指积翠岩。 ④摩挲（mó sūo 模梭）：用手抚摸。 ⑤长被二句：是说积翠岩被弃置荒野，不被珍视，长期遭到践踏损害。韩愈《石鼓歌》：“牧童敲火牛砺角，谁复著手为摩挲。” ⑥霍然：突然。这句说，巍峨的积翠突然间像屏障一样矗立在眼前。 ⑦锵然：形容撞击金属器物的声音。 甘泉乳：指山石缝隙中流出的泉水。这句说，积翠岩上滴下的泉水，发出清脆悦耳的声音。 ⑧结亭：修盖亭台。 ⑨细思量三句：仔细想来，从古以来贫寒的读书人多

数都是怀才不遇的，也有少数人可能会遇上施展抱负的机会。

感 皇 恩

读《庄子》，闻朱晦庵即世[①]。

案上数编书，非《庄》即《老》。会说忘言始知道[②]。万言千句、不自能忘堪笑[③]。今朝梅雨霁[④]，青天好。　　一壑一丘[⑤]，轻衫短帽。白发多时故人少。子云何在？应有《玄经》遗草[⑥]。江河流日夜，何时了[⑦]？

【说明】

此词作于庆元六年（1200），是作者为悼念朱熹而写的。当时南宋统治集团内部以韩侂胄为首的当权派和以赵汝愚、周必大、朱熹为代表的反对派正进行着激烈的争权夺利的斗争。辛弃疾因早已被罢官，没有介入这一斗争中。他和朱熹曾有交往，友谊较深。《宋史・辛弃疾传》说：“弃疾尝同朱熹游武夷山，赋《九曲棹歌》。熹书‘克己复礼、夙兴夜寐’题其二斋室。熹殁，伪学禁方严，门生故旧至无送葬者。弃疾为文往哭之，曰：所不朽者，垂万世名。孰谓公死，凛凛犹生！”朱熹卒于庆元六年三月，这首词大约是春末夏初时节作者听到朱熹逝世的消息后写的。词的上片写读《庄子》的感想，下片追悼朱熹，将他比为扬雄，称赞他将永垂不朽，表达了词人对朱熹的崇敬和友情。

【注释】

①朱晦庵：朱熹，字元晦，号晦庵，南宋理学家。　即世：去逝。　②会：领会。　说：学说，言论。　忘言：得意忘言的省略语，是对某种事物或理论懂得了其中的意思，而忘记了它的语言词句。《庄子・外物篇》：“言者所以在意，得意而忘言；吾安得夫忘言之人而与之言哉。”　始知道：才能算懂得了道。道，指道理、规律。　③这两句说，那些并未达到得意忘言的人，一知半解，却口若悬河，滔滔不绝，实在可笑。　④梅雨：黄梅雨。我国江南地区春末夏初，梅子黄熟季节，常常连续下雨，称黄梅雨。　霁（jì 济）：雨后或雪后转晴。　⑤一壑一丘：又作“一丘一壑”，指隐居之所，见《鹧鸪天》（枕簟溪堂冷欲秋）注⑤。　⑥子云：扬雄，字子云，西汉人，博学多才，以文章名世，著有《太玄》《法言》等篇。　《玄经》：指扬雄的《太玄》篇。　遗草：遗著。这两句是以扬雄比朱熹，说他人虽已死，著作当留传于世。　⑦江河二句：杜甫《戏为六绝句》：“尔曹身与名俱灭，不废江河万古流。”这两句称颂朱熹永垂不朽。

生　查　子

简吴子似县尉①

高人千丈崖，太古储冰雪②。六月火云时，一见森毛发③。　　俗人如盗泉④，照影都昏浊。高处挂吾瓢，不饮吾宁渴⑤。

【说明】

此篇系以词代简、自明心志之作。上片写对高人的崇敬，下片说对俗人的鄙弃。全词通过生动的形象和鲜明的对比，表达了作者尊贤嫉恶，不与世俗同流合污的高尚情操。

【注释】

①吴子似：见《水调歌头》（我志在寥阔）注④。　②高人：品德高尚的人，常以指隐士。太古：远古。这两句说，品德高尚的人像巍然屹立的千丈悬崖，从远古以来就积蓄着洁白的冰雪，一尘不染。　③火云：火烧云，日出或日落时天边出现的赤色云霞。　森毛发：森然可畏，毛发耸立。这两句说，即使到了六月炎热的季节，一看到积满冰雪的千丈高崖，也会使人感到森严冷峻，毛发为之耸立。　④盗泉：古泉名，故址在今山东泗水县东北。　⑤不饮吾宁渴：《尸子》："孔子过于盗泉，渴矣而不饮，恶其名也。"这两句说，我宁愿把水瓢高高地挂起，再渴不饮盗泉之水。

鹧　鸪　天

有客慨然谈功名，因追念少年时事，戏作。

壮岁旌旗拥万夫，锦襜突骑渡江初①。燕兵夜娖银胡䩮，汉箭朝飞金仆姑②。　　追往事，叹今吾，春风不染白髭须③。却将万字平戎策，换得东家种树书④。

【说明】

此词虽题为"戏作"，其实感慨很深。上片以自豪的心情追忆当年在故乡参加抗金斗争的往事，那战火纷飞的难忘岁月，至今依然历历在目。下片以悲愤的笔调叙述当前的处境，岁月虚度，报国无门，往事不堪回首。"平戎策"换来"种树书"，英雄无用武之地，暴露了南宋投降派排斥打击爱国志士的罪行。

【注释】

①拥万夫：统率成千上万的士兵。 锦襜（chān 搀）：锦衣战袍。襜：系在衣服前面的围裙。 突骑：骑兵突击队。这两句是回忆作者青年时期在山东聚众起义，参加抗金斗争和率众渡江南归的往事。 ②燕兵：指金兵。 娖（chuò 绰）：整理，整顿。 银胡䩮（lù 录）：银色的箭袋。 汉箭：指抗金义士射向金兵的箭。 金仆姑：箭名。这两句是追忆当年与金兵日日夜夜进行激战的情景。 ③髭（zī 资）：嘴上边的胡子。这句说，春风也不能把我的白胡须再染黑了。 ④平戎策：平定外患、抗敌报国的计划、战略。这里是指作者所著《美芹十论》《九议》等有关北伐抗金的文章。 东家：东邻人家。 种树书：关于耕种之事的农书。这两句说，我曾向朝廷多次提出过抗金复国大计，但都未被采纳，换来的却是归隐田园，去向邻家学习耕种。

卜算子

千古李将军[①]，夺得胡儿马[②]。李蔡为人在下中，却是封侯者[③]。 芸草去陈根，笕竹添新瓦[④]。万一朝家举力田，舍我其谁也[⑤]。

【说明】

上片通过李广和李蔡的不同遭遇，说明有才能的人仕途坎坷，而那些平庸低下之辈却官运亨通。世事不公，往往如此。下片写归隐后的生活：锄草灌田，辛勤劳作，乐在其中。结拍说由于自己致力农事，一定会被朝廷推举为“力田”之类的乡官。反话正说，对当权者作了辛辣的讽刺。

【注释】

①李将军：指西汉名将李广。见《八声甘州》（故将军饮罢夜归来）注②。 ②夺得胡儿马：据《史记·李将军列传》：“广以卫尉为将军，出雁门击匈奴。匈奴兵多，破败广军，生得广。单于素闻广贤，令曰：‘得李广必生致之。’胡骑得广，广时伤病，置广两马间，络而盛卧广。行十余里，广佯死，睨其旁有一胡儿骑善马，广暂腾而上胡儿马，因推堕儿，取其弓，鞭马南驰数十里，复得其余军，因引而入塞。匈奴捕者骑数百追之，广行取胡儿弓，射杀追骑，以故得脱。” ③李蔡：李广的堂弟，与广同时参军，后封列侯，官至丞相。 下中：下等之中的中等。据《史记·李将军列传》：“（李）蔡为人在下中，名声出广下甚远。然广不得爵邑，官不过九卿；而蔡为列侯，位至三公。” ④芸草：锄草。芸，同“耘”。 陈根：老根。 笕（jiǎn 检）竹：把竹筒破为两半，放在屋檐下或田间作引水用具。这两句写归隐田园后的躬耕生活。 ⑤力田：致力耕种。汉代以力田为乡官之一。《后汉书·明帝纪》：“其赐天下男子爵，人二级；三老、孝悌、力田，人三级。”李贤注：“三老、孝悌、力田，三者皆乡官之名。”这两句说，万一朝廷下令推举努力耕种的乡官，除了

我还有谁呢？这是作者的牢骚话。

粉 蝶 儿

和晋臣赋落花[①]

昨日春如，十三女儿学绣，一枝枝、不教花瘦。甚无情，便下得、雨僝风僽[②]？向园林、铺作地衣红绉[③]。　　而今春似，轻薄荡子难久。记前时、送春归后，把春波，都酿作、一江醇酎[④]。约清愁、杨柳岸边相候。

【说明】

此词写惜春之情。上片回忆春归花落时的情景。作者用拟人化的手法，把春光比作初学绣花的少女，用她那纤纤素手将一枝枝花儿绣得都很丰满俏丽，生动而形象地描绘了春天的迷人美景。可是老天无情，好景难长，突然风雨袭来，满园落红狼藉，春已归去，令人不堪回首。下片将春光比作轻薄的荡子，表达了无可奈何的惆怅和怨恨。最后幻想把一江春水都酿作浓酒，独自到杨柳岸边举杯畅饮消愁。全词缠绵悱恻，婉约秾丽，显示了辛词风格的多样性。

【注释】

①晋臣：赵晋臣，见《归朝欢》（我笑共工缘底怒）注①。　②甚无情：真无情。　下得：忍心使得。　僝僽（chán zhòu 蝉咒）：折磨的意思。这两句说，老天真无情，竟然忍心让风雨来折磨摧残它（指花）。　③地衣：地毯。这两句说，园林里落花满地，像铺上一层带绉纹的红地毯一样。④醇酎（chún zhòu 淳宙）：浓酒。

千 年 调

开山径得石壁，因名曰苍壁。[①]事出望外，意天之所赐邪，喜而赋。

左手把青霓，右手挟明月[②]。吾使丰隆前导[③]，叫开阊阖[④]。周游上下，径入寥天一[⑤]。览玄圃，万斛泉，千丈石[⑥]。　　钧天广乐，燕我瑶之席[⑦]。帝饮予觞甚乐：“赐汝苍壁[⑧]。嶙峋突兀，正在一丘壑[⑨]。”余马怀，仆夫悲，下恍惚[⑩]。

【说明】

因开山径发现一块石壁，这本不足为奇。但作者由于“事出望外”，喜形于色，便虚构了这个天赐“苍壁”的故事。词一开始，即以浪漫主义手法，描绘了一个富于幻想的神话世界。词人神游天界，飘飘欲仙，“左手把青霓，右手挟明月”，叫开天门，直达天庭最高处。然后又飞上昆仑之巅，来到瑶池仙境。在这里天帝为之设宴，并赐以“苍壁”。可是当他得到这块“嶙峋突兀”的石壁后，却怀念起故乡来了：“余马怀，仆夫悲，下恍惚。”终于复归人间。这首词想象丰富，构思新奇，继承了屈原的爱国主义精神和浪漫主义传统，在艺术上颇有特色。

【注释】

①苍壁：作者在瓢泉住所修筑山路时，发现一块陡峭的石壁，取名苍壁，并以赵晋臣的积翠岩相比，夸其雄伟可爱。在另一首《临江仙》词中曾说：“莫笑吾家苍壁小，稜层势欲摩空。相知惟有主人翁。有心雄泰华，无意巧玲珑。” ②青霓：虹霓有内外两环，内环曰虹，又称正虹；外环曰霓，又称副虹。这里是泛指虹霓。 挟（xié 偕）：用胳膊夹住。这两句写作者幻想飞升上天，左手握住虹霓，右臂夹着明月，遨游太空。 ③丰隆：云师，云神。 前导：在前面引路。屈原《离骚》：“吾令丰隆乘云兮，求宓妃之所在。”王逸注：“丰隆，云师，一曰雷师。” ④阊阖（chāng hé 昌合）：神话传说中的天门。《离骚》：“吾令帝阍开关兮，倚阊阖而望予。” ⑤寥天一：寥廓、空虚的天高处。《庄子·大宗师》：“安排而去化，乃入于寥天一。”郭象注：“安于推移而与化俱去，故乃入于寂寥而与天为一也。”这两句说，游遍天上地下，一直来到寂寥空虚的天宫最高处。 ⑥玄圃：同“悬圃”，传说中的神山。《离骚》：“朝发轫于苍梧兮，夕余至乎县（同悬）圃。”王逸注：“县圃，神山，在昆仑之上。” 万斛泉：指瑶池，传说在昆仑山上，为西王母所居之处。 斛（hú 胡）：古代量器，本以十斗为一斛，后改为五斗。 千丈石：指昆仑山上的天柱。这三句说，来到昆仑之巅，看见了神山玄圃、广阔的瑶池和高大的天柱。 ⑦钧天广乐：传说中的天上音乐。见《贺新郎》（细把君诗说）注③。 燕：同“宴”，宴席。这两句说，奏起仙乐，在瑶池为我举行宴会。 ⑧帝：指天帝。 觞（shāng 伤）：酒杯。这里是指酒。这两句说，天帝喝了我敬给他的酒很高兴，于是对我说：“赏给你这块苍壁。” ⑨嶙峋突兀：形容山石高耸重叠。 一丘壑：一丘一壑，见《鹧鸪天》（枕簟溪堂冷欲秋）注⑤。这里是指苍壁。这两句也是托为天帝说的话：“从这块小小的苍壁，也可看出它那嶙峋突兀的气势。” ⑩余马怀三句：用屈原《离骚》诗意：“仆夫悲余马怀兮，蜷局顾而不行。”大意是，我的马怀念故乡，驾车的仆夫也很悲伤，他们都不愿再走了，于是我也在恍惚之中从天上回到了人间。

贺新郎

别茂嘉十二弟①。鹈鴂、杜鹃实两种，见《离骚补注》②。

绿树听鹈鴂。更那堪、鹧鸪声住，杜鹃声切[③]。啼到春归无寻处，苦恨芳菲都歇[④]。算未抵、人间离别[⑤]。马上琵琶关塞黑，更长门、翠辇辞金阙[⑥]。看燕燕，送归妾[⑦]。　　将军百战身名裂[⑧]。向河梁、回头万里，故人长绝[⑨]。易水萧萧西风冷，满座衣冠似雪。正壮士、悲歌未彻[⑩]。啼鸟还知如许恨，料不啼、清泪长啼血[⑪]。谁共我，醉明月？

【说明】

稼轩族弟辛茂嘉因事被贬外放，作者在瓢泉住所写此词为他送别。开头五句以啼鸟悲鸣、春归花落起兴，烘托环境，渲染凄凉的离别气氛。中间贯穿上下两片，历叙戴妫归陈、昭君出塞、李陵送苏武和荆轲别燕太子丹四个悲剧故事，倾诉了人间生离死别的无限痛苦。结尾四句用杜鹃啼血照应开头，点明题意，抒发深沉的惜别之情。词中用典较多，但结构严谨，章法缜密，表达了作者对黑暗社会的愤慨和不平。陈廷焯《白雨斋词话》说："稼轩词自以《贺新郎》一篇为冠；沉郁苍凉，跳跃动荡，古今无此笔力。"陈氏"为冠"之说未必恰当，但此词在思想和艺术表现方面确有特点，读者自可寻味。

【注释】

①茂嘉：辛弃疾的族弟，因事被贬官桂林，作者写此词为他送别。　②鹈鴂（tí jué 啼决）：鸟名，亦作"鶗鴂"。《离骚》："恐鹈鴂之先鸣兮，使夫百草为之不芳。"宋洪兴祖《离骚补注》："子规一名杜鹃……子规、鶗鴂，二物也。"或以为鹈鴂即杜鹃。　③鹧鸪：鸟名，见《菩萨蛮》（郁孤台下清江水）注⑤。　杜鹃：鸟名，又叫杜宇、子规或布谷，啼声凄厉。　④芳菲：指花草。　都歇：全都凋残了。《广韵》："鶗鴂，关西曰巧妇，关东曰鹈鴂。春分鸣则众芳生，秋分鸣则众芳歇。"　⑤算未抵：看来都比不上。　⑥琵琶：弦乐器。　关塞：边关塞外。　长门：汉宫名。汉武帝陈皇后失宠后被贬居于此。　翠辇：饰有翡翠羽毛的宫车。　金阙：皇宫。这两句用昭君出塞事。汉元帝时为了与匈奴结好，以宫女王嫱（昭君）嫁给呼韩邪单于，史称昭君和亲。晋石崇《王明君辞序》："昔公主嫁乌孙，令琵琶马上作乐，以慰其道路之思，其送明君（即昭君）亦必尔也。"这两句大意是，当昭君出塞之日，随行乐工在马上弹着琵琶，夜幕降临时来到边塞，回忆起离开汉宫，登上翠辇，辞别君王的情景，更加感到悲痛。　⑦燕燕：《诗经·邶风》有一篇名《燕燕》。诗曰："燕燕于飞，差池其羽。之子于归，远送于野。瞻望弗及，泣涕如雨。"小序说："燕燕，卫庄姜送归妾也。"据《毛传》，卫庄公的妻庄姜无子，以庄公的妾戴妫（guī 归）的儿子名完的为养子。庄公死后，完即位，不久被杀，戴妫被送回娘家陈国。庄姜在野外为她送别，作《燕燕》诗。　⑧将军：指李广的孙子李陵。李陵多次与匈奴作战，后被围困，救兵不至，兵败投降。　身名裂：因投降匈奴，而招致身败名裂。据《史记·李将军列传》："汉闻，族陵母妻子。自是之后，李氏名败。"⑨向河梁二句：写李陵送别苏武时的情景。据《汉书·苏武传》，苏武出使匈奴，被拘十余年，守节

不屈，后得归汉。临行时，李陵为之设酒送别，并对他说："异域之人，壹别长绝。"又《文选》载李陵《与苏武》诗："携手上河梁，游子暮何之。"梁，桥。这两句说，当李陵送别苏武后，回头看到两人携手经过的桥梁，想到自己远在万里以外的异域，从此又和故人永别了，心情该是何等悲伤。⑩易水：在今河北省西部。　萧萧：风声。　壮士：指荆轲。　未彻：尚未唱完。据《史记·刺客列传》，战国末年燕太子丹派刺客荆轲出使秦国，去刺杀秦王。临行时，"太子及宾客知其事者，皆白衣冠以送之。至易水之上，既祖，取道。高渐离击筑，荆轲和而歌，为变徵之声，士皆垂泪涕泣。又前而歌曰：'风萧萧兮易水寒，壮士一去兮不复还。'复为羽声慷慨。士皆瞋目，发尽上指冠。于是荆轲就车而去，终已不顾。"　⑪还知：如果知道。　如许恨：这许多怨恨。　啼血：形容极其悲痛。相传杜鹃叫声凄厉，"人言此鸟啼至血出乃止"（《本草纲目》引《本草拾遗》）。这两句说，鸟儿如果知道人世间这许多怨恨之事，料想它们悲鸣时流下的将不是泪水，而是鲜血。

瑞鹧鸪

期思溪上日千回①，樟木桥边酒数杯。人影不随流水去，醉颜重带少年来。　疏蝉响涩林逾静②，冷蝶飞轻菊半开③。不是长卿终慢世，只缘多病又非才④。

【说明】

此词写于隐居瓢泉时期。作者秋日独自出游，徘徊期思溪上，小酌桥边酒家，不觉醉意蒙眬。"人影"两句，由水中倒影唤起对少年时代的回忆。"疏蝉""冷蝶"一联，以写景作为过渡，衬托眼前的寂寞之感。结尾两句寄寓着深深的愤慨，但话却说得很委婉曲折。词人被罢官赋闲，并非因其"多病又非才"。恰恰相反，他很健康，才能出众，但却不能见容于世。作者牢骚满腹而不直说，只从自身找原因。这对南宋当权者打击迫害爱国志士的揭露，更为含蓄深刻。

【注释】

①期思：村名，在江西铅山县东，有小溪流经村边，村头有渡口，溪上有小桥，桥边有酒店。作者闲居瓢泉时常来此饮酒。　②疏蝉：形容蝉声稀落，时断时续。　响涩：声音枯燥单调。　林逾静：树林里显得更加幽静。王籍《若耶溪》诗："蝉噪林逾静，鸟鸣山更幽。"　③冷蝶：寒蝶，秋天的蝴蝶。　④长卿：司马相如，字长卿，西汉作家。　慢世：傲世。谓放纵任性，不拘礼法，不以世人的毁誉为意。《汉书·司马相如传赞》："长卿慢世，越礼自放。犊鼻居市，不耻其状。托疾避官，蔑此卿相。乃赋《大人》，超然莫尚。"　只缘：只因。这两句说，我并非像司马相如那样放纵任性，托疾避官，故意蔑视卿相，可如今终于被免职闲居，只因自身多病，又不是什么有用之才。

满 江 红

倦客新丰[①]，貂裘敝、征尘满目[②]。弹短铗、青蛇三尺，浩歌谁续[③]？不念英雄江左老，用之可以尊中国[④]。叹诗书、万卷致君人，翻沉陆[⑤]。　　休感慨，浇醽醁[⑥]；人易老，欢难足。有玉人怜我，为簪黄菊[⑦]。且置请缨封万户[⑧]，竟须卖剑酬黄犊[⑨]。甚当年，寂寞贾长沙，伤时哭[⑩]。

【说明】

此词写壮志难酬的悲愤，沉痛激烈，感人至深。南宋小朝廷不以国家民族利益为重，执行投降政策，打击排斥爱国志士，使他们请缨无路，报国无门，只得解甲归田，终老林泉，以酒浇愁。“不念英雄江左老，用之可以尊中国。”既是对投降派的谴责，也表达了作者的民族自尊心和爱国主义思想感情。

【注释】

①倦客：倦于宦游的人，在宦途中不得志的人。　新丰：旧县名，在今陕西临潼县东北。据《新唐书·马周传》，马周早年不得志，生活潦倒，“舍新丰逆旅，主人不之顾。周命酒一斗八升，悠然独酌，众异之”。　②貂裘：貂皮做的袍子。　敝：破旧。《战国策·秦策》：“苏秦始将连横说秦王，书十上而说不行，黑貂之裘敝，黄金百斤尽，资用乏绝，去秦而归。”这里是以马周、苏秦自比，言其生活很不得志。　③弹短铗：见《满江红》（汉水东流）注⑤。　青蛇：指宝剑。　浩歌：高歌。这三句用冯谖客孟尝君弹铗唱歌的故事，比喻自己怀才不遇。大意是说，手握三尺宝剑，弹着剑柄，放声高歌，可是有谁来跟我唱和呢？　④江左：或称江东，指长江中下游一带。这里是指偏安一隅的江南。这两句说，当权者不管抗金英雄志士老死于江南，如果起用他们一定会使国家强大，受到尊重。　⑤致君人：辅佐皇帝的人。杜甫《奉赠韦左丞丈二十二韵》：“致君尧舜上，再使风俗淳。”　翻：反，反而。　沉陆：陆沉，谓无水而沉。这里是说人才被埋没。这两句说，可叹满腹诗书、能够辅佐君王的人，反而被埋没了。　⑥浇：灌，喝。　醽醁（líng lù 灵路）：美酒名。⑦玉人：美人。　怜：怜惜，同情。　簪：插，戴。　⑧请缨：《汉书·终军传》：“南越与汉和亲，乃遣军使南越，说其王，欲令入朝，比内诸侯。军自请愿受长缨，必羁南越王而致之阙下。”越南，亦称南粤，在今广东、广西等地。缨，绳子。后以“请缨”指投军报国。　万户：万户侯。汉制列侯食邑，大者万户，小者五六百户。　⑨卖剑酬黄犊：卖掉刀剑，买回黄牛。意为解甲归农。据《汉书·龚遂传》，西汉龚遂为渤海太守，“劝民务农桑……民有带持刀剑者，使卖剑买牛，卖刀买犊”。后借用为改业归农。酬，偿还的意思。这句说，现在竟须卖掉宝剑，换头小黄牛，归隐田园，

去务农了。 ⑩甚：正，这里是正如、正像的意思。 贾长沙：西汉著名的政治家和文学家贾谊，曾任长沙王太傅，世称贾长沙。他忧虑国事，在《陈政事疏》里说："臣窃惟事势，可为痛哭者一，可为流涕者二，可为长太息者六。"这两句说，正如当年不得志的贾谊那样，我为忧虑国事，感叹时局而痛哭。

贺新郎

赋琵琶

凤尾龙香拨①。自开元、霓裳曲罢，几番风月②？最苦浔阳江头客，画舸亭亭待发③。记出塞、黄云堆雪④。马上离愁三万里，望昭阳、宫殿孤鸿没⑤。弦解语，恨难说⑥。　　辽阳驿使音尘绝⑦。琐窗寒、轻拢慢撚，泪珠盈睫⑧。推手含情还却手，一抹《梁州》哀彻⑨。千古事，云飞烟灭⑩。贺老定场无消息⑪，想沉香亭北繁华歇⑫。弹到此，为呜咽⑬。

【说明】

此词题为"赋琵琶"，实非"咏物"之作，而是将古代若干弹琵琶的故事组织成篇，借以写作者的兴亡之感。因其用事较多，结构上显得比较零散，影响了主题的鲜明性和意境的完整性。历代评论家对它的评论颇有分歧，如陈霆曰："此篇用事最多，然圆转流丽，不为事所使，称是妙手。"（《渚山堂词话》）梁启超则说："琵琶故事，网罗胪列，乱杂无章，殆如一团野草；惟其大气足以包举之，故不觉粗率，非其人勿学步也。"（见《艺蘅馆词选》）实事求是地说，这首词虽然感情深沉，有所寄托，但用典太多，确有"掉书袋"的倾向，艺术上不能说没有缺点。

【注释】

①凤尾：形容琵琶的槽状音箱形如凤尾，这里代指琵琶。 龙香拨：龙香柏木做的拨子。宋代以前多以木质薄片为拨子弹奏琵琶，后来才逐渐改为以手指弹奏。据郑嵎《津阳门诗》："玉奴琵琶龙香拨。"自注云："贵妃妙弹琵琶，其乐器闻于人间者，有逻逤檀为槽，龙香柏为拨者。" ②开元：唐玄宗李隆基的年号（713—741）。 霓裳曲：唐代宫廷乐曲。传为开元年间西凉节度使杨敬述所献，原名《婆罗门曲》，后经玄宗润色并制歌词，改用此名，遂为著名乐舞曲。 风月：清风明月，泛指景色。这两句大意说，自从开元年间唐朝君臣沉醉声色，《霓裳羽衣曲》刚刚奏罢，就发生了"安史之乱"，至今人世间又经历了多少变迁啊！ ③浔阳：古县名，治所在今江西九江市。长江流经浔阳境内的一段，古称浔阳江。 画舸（gě 各）：华丽的大船。 亭亭：高大挺拔。据白居易《琵琶行》诗序，元和年间，白居易被贬为九江郡司马，一次在浔阳江边送客，听到邻船有夜弹琵琶

者，便邀那位女子过船弹奏。听后十分伤感，即席赋《琵琶行》，并“歌以赠之”。这两句说，在浔阳江上送客的白居易，听到弹奏琵琶的声音，感到非常悲伤，忘记了客人的船正等着要开航起程。④出塞：指昭君出塞，参见《贺新郎》（绿树听鹈鴂）注⑥。 黄云：指塞外风沙弥漫像黄色的云雾一样。 堆雪：白雪覆盖的山丘。 ⑤马上离愁：昭君出塞时，乐师在马上弹奏琵琶，以慰其离别故国的哀愁。 昭阳：汉代宫殿名。 孤鸿：孤雁。以上三句大意说，记得昭君出塞时，黄沙弥漫，白雪覆地，她在马上听着琵琶声，心情十分愁苦，回头遥望故都汉宫，只见一只失群的孤雁消失在天际。 ⑥弦解语二句：琵琶的声音即使可以表达人的感情，但我心中的愁苦和怨恨却难以诉说。⑦辽阳：今辽宁省辽阳市，这里泛指远方。 驿使：古时传送公文、书信的使者。 音尘绝：音信不通，消息断绝。 ⑧琐窗：装饰着连环花纹雕刻和绘画的窗户。 轻拢慢撚：形容弹奏琵琶时的动作和姿态。拢、撚，均为弹奏琵琶的指法。这三句写一女子由于不知远方亲人的消息，独自在寒窗下含泪弹奏琵琶。 ⑨推手、却手、抹：都是弹奏琵琶的指法。 《梁州》：《凉州》，唐代凉州（治所在今甘肃武威）一带的歌曲。当时诗人多用此调作歌词，描写边塞风光和战争生活。 哀彻：极为哀伤悲痛。 ⑩这句说，往事如烟消云散。 ⑪贺老：指贺怀智，唐玄宗时为梨园供奉，是当时弹奏琵琶的著名艺人。 定场：传统戏曲中主要人物第一次出场，叫定场。这里是出场的意思。⑫沉香亭：唐代皇宫中的一座亭子，在兴庆池畔。相传唐玄宗和杨贵妃常在此游乐。 ⑬呜咽：低声哭泣。

鹧 鸪 天

代 人 赋①

陌上柔桑破嫩芽②，东邻蚕种已生些。平冈细草鸣黄犊，斜日寒林点暮鸦③。 山远近，路横斜，青旗沽酒有人家④。城中桃李愁风雨，春在溪头荠菜花。

【说明】

这首词上片通过柔桑、幼蚕、细草、黄犊等鲜明的形象，描绘出江南农村早春时节欣欣向荣的景象。下片结拍以对比手法，抒写作者对城市和农村的不同观感。城中桃李，娇生惯养，禁不住风吹雨打，终日忧心忡忡；而田野里的荠菜花却无忧无虑，生意盎然，稳占春光。寄托了词人对官场生活的厌恶和对农村生活的热爱与赞美之情。

【注释】

①代人赋：替别人作词。 ②陌：田间小路。南北叫阡，东西曰陌。 破嫩芽：冒出了新芽。③蚕种：蚕卵。 生些：长出来啦。些（sā 撒）：句尾语助词。 ④这句说，夕阳照在尚有几分春

寒的树林上，黄昏中几只寻巢的乌鸦在枝头乱飞。 ⑤青旗：青帘，古代酒店门前挂的青布招子。沽酒：卖酒。

南歌子

山中夜坐

世事从头减，秋怀彻底清①。夜深犹送枕边声，试问清溪底事未能平②？ 月到愁边白，鸡先远处鸣。是中无有利和名，因甚山前未晓有人行？

【说明】

此词写作者的思想矛盾。由于长期隐居山林，似乎早该忘情于世，但实际上词人内心深处却始终未能平静。当他深夜在枕边听到潺潺的水声时，便联想到清溪在发出不平之鸣。过片之后写世俗之人起早贪黑，忙忙匆匆，逐利追名，也属想象之词。这里暗寓着对现实的批判，同时也说明他并非万世不关心的隐士。

【注释】

①世事：人世间的事。这两句大意说，久已忘情世事，胸怀像秋水一样清澈平静。 ②底事：何事。

浪淘沙

赋虞美人草①

不肯过江东，玉帐匆匆②。只今草木忆英雄③。唱着虞兮当日曲，便舞春风④。 儿女此情同，往事朦胧。湘娥竹上泪痕浓⑤。舜盖重瞳⑥，堪痛恨，羽又重瞳⑦。

【说明】

此词借赋虞美人草，而引起对失败英雄项羽的评说。作者既肯定其不肯过江东的精神，又对他的悲剧表示痛惜。这是以借古讽今的方式，鞭挞含垢忍耻、苟且偷安的南宋统治集团。

【注释】

①虞美人草：亦名丽春花，一年生草本，夏季开花，颜色鲜艳。 ②玉帐：古代主将所居之营帐。这两句写项羽兵败垓下，匆匆离开营帐，但不肯渡过江东，终于自刎乌江。据《史记·项羽本纪》："于是项王乃欲东渡乌江。乌江亭长檥船待，谓项王曰：'江东虽小，地方千里，众数十万人，亦足王也。愿大王急渡。今独臣有船，汉军至，无以渡。'项王笑曰：'天之亡我，我何渡为！且籍与江东子弟八千人渡江而西，今无一人还，纵江东父兄怜而王我，我何面目见之？纵彼不言，籍独不愧于心乎！'……乃自刎而死。" ③只今：至今。 ④虞兮当日曲：指项羽的《垓下歌》："力拔山兮气盖世，时不利兮骓不逝。骓不逝兮可奈何！虞兮虞兮奈若何！" 便舞春风：据沈括《梦溪笔谈·乐律篇》："高邮人桑景舒性知音……旧传有虞美人草，闻人作虞美人曲则枝叶皆动，他曲不然。景舒试之，诚如所传，乃详其曲声，曰皆吴音也。"这两句说，虞美人草听到演唱虞兮曲，便枝叶皆动，在春风中翩翩起舞。 ⑤湘娥：指娥皇、女英。传说为唐尧的两个女儿，虞舜的妃子。舜出外巡视，死于苍梧。她们赶至南方，也死于江湘之间。又传她们哭舜所流眼泪，染竹成斑，称为斑竹。事见《列女传》《博物志》及《述异记》等书。 ⑥重瞳：眼中有两个瞳孔。据《史记·项羽本纪》："太史公曰：吾闻之周生曰：'舜目盖重瞳子'，又闻项羽亦重瞳子，羽岂其苗裔邪？何兴之暴也！"

木兰花慢

中秋饮酒将旦，客谓前人诗词有赋待月，无送月者，因用《天问》体赋①。

可怜今夕月，向何处，去悠悠②？是别有人间，那边才见，光影东头③？是天外，空汗漫，但长风浩浩送中秋④？飞镜无根谁系？姮娥不嫁谁留⑤？ 谓经海底问无由，恍惚使人愁⑥。怕万里长鲸，纵横触破，玉殿琼楼⑦。虾蟆故堪浴水，问云何玉兔解沉浮⑧？若道都齐无恙，云何渐渐如钩？

【说明】

中秋之夜，作者与客人饮酒赏月，遥望碧空，浮想联翩，于是便即兴挥毫，仿效《天问》体写作此词，用艺术形式提出了一连串有关天文学方面的问题。词的构思新颖，想象丰富，表现词人探索自然奥妙的兴趣和朴素的唯物主义思想。王国维在《人间词话》中说："词人想象，直悟月轮绕地之理，与科学家密合，可谓神悟。"

【注释】

①《天问》：《楚辞》篇名，屈原作。全篇由一百七十多个问题组成，包括自然现象、神话传说、历史人物等方面的内容，反映了屈原勇于探索的精神。用《天问》体赋，就是采用《天问》的形式写词。 ②可怜：可爱。 悠悠：遥远。这三句说，今天晚上那可爱的月亮，究竟要到遥远的何方去呢？ ③光影：光芒，光亮，指月亮。这三句说，是否另外还有一个人间，那边刚刚看见月亮从东方升起呢？ ④汗漫：辽阔无边。 浩浩：广大貌。这三句说，是不是在浩瀚的宇宙里，空旷无物，只有浩荡的清风把中秋的月亮送走了呢？ ⑤飞镜：指月亮。 姮娥：嫦娥，传说为月宫仙子。这两句说，月亮没有根，是谁把它拴在空中的？嫦娥不出嫁，又是谁把她留在月宫中呢？ ⑥无由：无从，没有门径。 恍惚：模糊隐约，不易捉摸。这两句说，如果说月亮经过海底，又无从寻问，叫人难以想象，使人百思不得其解，而为之发愁。 ⑦万里长鲸：巨大的鲸鱼。 玉殿琼楼：传说月亮里的宫殿。这三句说，担心巨大的鲸鱼在海里横冲直撞，撞坏了月宫中的玉殿琼楼。 ⑧虾蟆：指传说中月宫的蟾蜍。 故堪：本来可以。 云何：为什么。 玉兔：指传说中月宫的白兔。 解沉浮：识水性。这两句说，虾蟆本来就会游水，所以它可以随着月亮出没海中，可是请问白兔怎么会识水性呢？ ⑨若道：如果说。 无恙：没有毛病。这两句说，如果说月宫中的一切都依然无恙，那么为何中秋的圆月逐渐又变成弯钩似的月牙了呢？

汉宫春

立春日[①]

春已归来，看美人头上，袅袅春幡[②]。无端风雨，未肯收尽余寒[③]。年时燕子，料今宵、梦到西园[④]。浑未办、黄柑荐酒，更传青韭堆盘[⑤]？ 却笑东风从此，便薰梅染柳，更没些闲[⑥]。闲时又来镜里，转变朱颜[⑦]。清愁不断，问何人、会解连环[⑧]？生怕见、花开花落，朝来塞雁先还[⑨]。

【说明】

这首词写立春日的感想。从“美人头上，袅袅春幡”，说明人们都在欢度节日，喜迎新春的到来。此时此刻，词人却“别是一番滋味在心头”。他“清愁不断”，心绪不佳，过节的物品全未准备，独自在家揽镜叹息。这是为什么呢？词中用隐喻和象征手法，通过燕子梦回西园、怕见塞雁先我而还，曲折地表达了日日夜夜思念中原的思想感情。全词情调凄迷哀怨，寄托了作者对国事的忧伤，不同于一般的怨春之作。

【注释】

①立春：二十四节气之一，在公历二月四日或五日，我国习惯作为春季的开始。 ②袅袅（niǎo鸟）：摇曳貌。春幡（fān番）：又叫“幡胜”“彩胜”。唐宋风俗，立春日用纸或绸绢剪作旗幡形，亦有剪作蝴蝶、金钱等形状的，戴在头上或系在花下，庆祝春天到来。《西湖游览志余·熙朝乐事》：“立春日……民间妇女，各以春幡、春胜，镂金簇采，为燕蝶之属，问遗亲戚，缀之钗头。”这三句说，春回大地，看吧，妇女们头上春幡飘舞，彩蝶纷飞，多么迷人的景象。 ③无端：无缘无故，突然之间。这两句说，突然间又刮起风，下起雨来，严冬的余寒尚未过去啊！ ④年时：当年，旧时。 西园：本指汉代皇家园林，因其地处京城西郊，故称西园。这里是借指北宋京城的皇家园林。这两句说，料想当年的燕子，今晚在梦中回到了故都的园林。此以燕子自比，表达怀念中原之情。 ⑤浑未办：全都没办，毫无准备。 黄柑：柑橘的一种，可以酿酒。 荐酒：献酒。《遵生八笺》：“立春日作五辛盘，以黄柑酿酒，谓之洞庭春色。故苏（轼）诗云：‘辛盘得青韭，腊酒是黄柑。’” 青韭堆盘：把韭菜等放在五辛盘里。五辛盘，指用五种辛辣生菜合成的拼盘。据《本草纲目·菜部》：“五辛菜，乃元旦、立春，以葱、蒜、韭、蓼蒿、芥辛嫩之菜杂和食之，取迎新之义，号五辛盘。”这两句说，立春日用的黄柑酒还没备办，又从哪儿叫人端出五辛盘来呢？此言自己情绪不佳，无心过节。 ⑥东风：指春风。 薰梅染柳：春风吹得梅花开放，柳条吐出浅黄色的嫩芽。 ⑦转变：犹言改变。 朱颜：红颜，指青年时期健壮的容颜。 ⑧解连环：解开玉连环。《战国策·齐策》：“秦昭王尝遣使者遗君王后玉连环，曰：‘齐多智，而解此环否？’君王后以示群臣，群臣不知解。君王后引锥椎破之，谢秦使曰：‘谨已解矣！’”这里是比喻解除胸中郁结的愁闷。 ⑨生怕：深怕，唯恐。 塞雁：塞外飞来的大雁。这三句说，唯恐看见花开花落，时光虚度；也害怕塞外飞来的大雁比我先回到北方。

鹧 鸪 天

不 寐

老病那堪岁月侵，霎时光景值千金。[①]一生不负溪山债，百药难治书史淫[②]。 随巧拙，任浮沉，人无同处面如心[③]。不妨旧事从头记，要写行藏入《笑林》[④]。

【说明】

此词写作者夜不能寐，抚今追昔，感慨万千。上片说余年无几，更应珍惜时光，平生一事无成，唯有遍游山林、饱读书史，尚觉差可人意。下片说人心各异，知交难觅，只得随俗浮沉；回首往事，自觉可笑，我这一生大概将被后人传为笑谈吧！作者的牢骚本来很盛，但却以平静的口气，曲折说来，愈觉黑暗社会对爱国词人的压抑之深。

【注释】

①那堪：兼，又加上。 侵：侵蚀。这里是消失、流逝的意思。 霎时：瞬间，形容时间极短。光景：时光。这两句说，年老多病，又加上岁月不断流逝，余下的短暂时光因而更觉可贵。 ②书史淫：过分爱读书史，意为嗜书成病。《晋书·皇甫谧传》："谧耽玩典籍，忘寝与食，人谓之书淫。" ③面如心：《左传·襄公三十一年》："子产曰：人心之不同，如其面焉。"这句说，人的思想千差万别，正如人的面貌各不相同一样。 ④《笑林》：我国古代最早的笑话集，共三卷，三国时魏人邯郸淳撰。原书已佚，今存二十余则。

鹧鸪天

戏题村舍

鸡鸭成群晚未收，桑麻长过屋山头①。有何不可吾方羡②，要底都无饱便休③。 新柳树，旧沙洲，去年溪打那边流④。自言此地生儿女，不嫁余家即聘周⑤。

【说明】

这首词以赞美农村，表达作者厌恶官场，乐于归耕的思想。上片写僻远的山村，禽畜兴旺，桑麻长势喜人，丰收在望，而农民却没有过多的要求。词人认为这种自种自收、自食其力的简朴生活真值得羡慕。下片说山村环境宁静，很少变化，与外界几乎没有什么交往。他们世世代代在此生儿育女，连婚姻嫁娶也只限于村中的两姓人家。词人赞美农村的意图是好的，但由于历史的局限，他看到的仅是农村生活的表象。因此词中描绘的图景，与陶渊明的"世外桃源"颇为相似。

【注释】

①屋山：屋脊。 ②这句说，农民们很纯朴，认为什么事情都可以，他们这种生活真使我羡慕。③饱便休：黄庭坚《四休居士诗》序："太医孙君昉……自号四休居士。山谷问其说，四休笑曰：'粗茶淡饭饱即休，补破遮寒暖即休，三平二满过即休，不贪不妒老即休。'"这句说，别的都不需要，只要能吃饭就行了。 ④打：从，自。 ⑤这句说，村里只有余、周二姓，不是周家的女儿嫁给了余家，就是余家的姑娘许聘给了周家。

浣　溪　沙

常山道中即事[①]

北陇田高踏水频[②]，西溪禾早已尝新[③]，隔墙沽酒煮纤鳞[④]。　忽有微凉何处雨，更无留影霎时云。卖瓜人过竹边村。

【说明】

词人途经常山，小憩农家，即目所见，欣然命笔。上片写农民紧张地劳动，“尝新”的喜悦，以及殷勤待客的盛情。下片写山中夏日多变的气候和村边引人的卖瓜声。词极清新活泼，生活气息很浓，字里行间流露出作者热爱农村的思想感情。

【注释】

①常山：县名，在今浙江省西部，与江西省接界。　即事：写眼前所见事物。　②踏水：车水，用脚踏龙骨车引水灌田。这句说，北坡高地上人们正在繁忙地车水灌田。　③尝新：指吃到了新米饭。　④隔墙：隔壁。　纤鳞：细鳞鱼。

水　龙　吟

老来曾识渊明[①]，梦中一见参差是[②]。觉来幽恨，停觞不御，欲歌还止[③]。白发西风，折腰五斗[④]，不应堪此。问北窗高卧，东篱自醉，应别有，归来意[⑤]。　须信此翁未死，到如今、凛然生气[⑥]。吾侪心事，古今长在，高山流水[⑦]。富贵他年，直饶未免，也应无味[⑧]。甚东山何事，当时也道，为苍生起[⑨]。

【说明】

此词借赞美陶渊明以表明自己对归隐和出仕的态度。上片肯定陶渊明不为五斗米折腰、不与腐朽的封建统治集团合作、毅然弃官躬耕田园的精神。作者说梦中遇见他，醒后怀念他，认为他“北窗高卧，东篱自醉”，一定别有一番用意。下片说他的精神永远活在人们心中，并引以为千古的知音。结尾说如果是为了个人的荣华富贵而出仕，自己绝不会感兴趣。但若像谢安那样为苍生而起，则又另当别论。后来当开禧北伐期间，稼轩应朝廷之召，终于再次出山。这说明他在处理问题时，能把国家利益放在个人利益之上。

【注释】

①渊明：陶潜，又名渊明，字元亮，东晋诗人。曾任江州祭酒、彭泽县令，因不满政治黑暗而去职归隐。 ②参差：仿佛，差不多。 ③觉来：醒来。 幽恨：隐藏在心中的怨恨。 觞（shāng 伤）：酒杯。 御：驾御，支配，此处作饮酒解。这三句说，醒后满怀惆怅，连酒也不想喝，歌也不愿唱了。 ④折腰五斗：指陶渊明不肯为五斗米折腰愤然辞官归去。见《最高楼》（吾衰矣）注④。 ⑤北窗高卧：《晋书·陶潜传》："尝言夏月虚闲，高卧北窗之下，清风飒至，自谓羲皇上人。"是说他归隐后自由自在，无拘无束。 东篱自醉：陶潜《饮酒》诗："采菊东篱下，悠然见南山。"这四句说，试问躺在北窗之下，在东篱采菊饮酒，悠然自得，应当感到归隐后别有一番情趣吧！ ⑥凛然：令人敬畏的样子。 生气：活力，生命力。这两句说，应当相信陶渊明这位老人并没有死，直到现在还凛然如生。意思是说他精神千古长存。 ⑦吾侪（chái 柴）：我辈，我们这类人。 高山流水：《列子·汤问》："伯牙善鼓琴，钟子期善听。伯牙鼓琴，志在登高山，钟子期曰：'善哉，峨峨兮若泰山！'志在流水，钟子期曰：'善哉，洋洋乎若江河！'伯牙所念，钟子期必得之。"后因以"高山流水"称知音或知己。这三句说，我们这些人的志趣，从古至今永远存在，虽异代相处，彼此却是互相了解的知音人。 ⑧直饶：纵然，即使。 未免：免不了。《世说新语·排调》："谢安在东山居布衣时，兄弟已有富贵者，翕集家门，倾动人物。刘夫人戏谓安曰：'大丈夫不当如此乎？'谢乃捉鼻曰：'但恐不免耳。'"这三句说，即使他年做了官，得到了荣华富贵，也会觉得毫无意思。 ⑨东山：指谢安。 起：出来做官。据《世说新语·排调》："谢公在东山，朝命屡降而不动。后出为桓宣武司马，将发新亭，朝士咸出瞻送。高灵时为中丞，亦往相祖。先时多少饮酒，因倚如醉，戏曰：卿屡违朝旨，高卧东山，诸人每相与言：'安石不肯出，将如苍生何。'今亦苍生将如卿何？谢笑而不答。"这三句说，高卧东山的谢安为何终于应召出仕了呢？因为当时人们都说为了老百姓他应该出来做官。

西 江 月

遣 兴[①]

醉里且贪欢笑，要愁那得工夫。近来始觉古人书，信着全无是处[②]。 昨夜松边醉倒，问松："我醉何如？"只疑松动要来扶，以手推松曰："去！"

【说明】

词写作者醉酒后的狂态和心理活动，虽为消遣之作，却很值得玩味，上片说酒能解愁，古书不可尽信。下片写他醉倒在松树旁边，与松树对话，疑松来扶，举手相拒。这一段将醉后的神态描写得淋漓尽致，惟妙惟肖，既富有生活情趣，又活画出作者的倔强性格。

【注释】

①遣兴：抒写兴致。遣，排遣、消遣的意思。　②近来二句：大意说，近来才感到完全相信古人书上的话，是不对的。《孟子·尽心下》："尽信书，则不如无书。"

鹧　鸪　天

读渊明诗不能去手，戏作小词以送之。

晚岁躬耕不怨贫，只鸡斗酒聚比邻[①]。都无晋宋之间事[②]，自是羲皇以上人[③]。　千载后，百篇存，更无一字不清真[④]。若教王谢诸郎在[⑤]，未抵柴桑陌上尘[⑥]。

【说明】

稼轩崇拜陶渊明，热爱陶诗，将他引为千古同调。这首词对陶渊明的为人及其作品，给予了很高的评价。作者赞扬他躬耕田园、自甘贫困、不与统治集团同流合污的高尚情操；称颂他的诗篇感情真率，格调清新，具有不朽的价值。而那些贵族子弟则庸俗不堪，即使他们还活着，也"未抵柴桑陌上尘"，表现了词人鲜明的爱憎。这既是他"读渊明诗不能去手"的原因，同时也说明作者善于从古代作家作品中汲取精神力量。

【注释】

①晚岁：晚年。　躬耕：亲身耕作。　比邻：近邻，邻居。　②晋宋之间事：陶渊明生活在东晋末年、刘宋初年，当时阶级矛盾和民族矛盾极为尖锐，统治集团内部争权夺利的斗争十分激烈，这是一个社会动乱、政治黑暗的时代。晋宋之间事，指的就是这一历史时期的种种事件。　③羲皇以上人：羲皇，即伏羲氏，传说中的古代帝王。陶渊明《与子俨等疏》："常言五六月中，北窗下卧，遇凉风暂至，自谓羲皇上人。"羲皇上人，指上古时代的人。　④清真：清新质朴。　⑤王谢：指六朝时代的豪门贵族王、谢二氏。王谢诸郎，指高门世族的子弟。　⑥柴桑：旧县名，治所在今江西省九江市西南，陶渊明的故乡。　陌上尘：路上的尘土。

武陵春

走去走来三百里，五日以为期。六日归时已是疑，应是望多时。　　鞭个马儿归去也，心急马行迟。不免相烦喜鹊儿，先报那人知。①

【说明】

这首词以通俗的语言和白描的手法，刻画旅客急于归家，与亲人团聚的心理活动，十分生动传神。此类不借典故、完全运用民间口语的作品，在稼轩词中别具一格。

【注释】

①不免二句：古代有“灵鹊报喜”的说法，敦煌词中即有“正见庭前双鹊喜，君在塞外远征回。”（《阿曹婆》）这里就是用民间传说，写征人在归家前，请求喜鹊先飞回家中把喜讯告诉给亲人。

汉宫春

会稽秋风亭观雨①

亭上秋风，记去年袅袅，曾到吾庐②。山河举目虽异，风景非殊③。功成者去④，觉团扇、便与人疏⑤。吹不断、斜阳依旧，茫茫禹迹都无⑥。　　千古茂陵词在，甚风流章句，解拟相如⑦。只今木落江冷，眇眇愁予⑧。故人书报：“莫因循、忘却莼鲈⑨。”谁念我、新凉灯火，一编《太史公书》⑩。

【说明】

宋宁宗嘉泰三年（1203），辛弃疾再度被起用为绍兴知府兼浙东安抚使。这年六月他从江西铅山来到会稽赴任，不久建成秋风亭，并于亭上赋此词抒发当时的感想。

词题作“会稽秋风亭观雨”，但词中却不见雨的踪迹，而作于同年岁暮之际，题为“会稽蓬莱阁怀古”的另一首《汉宫春》，上片写的则正是雨中景象。故有人认为这两首《汉宫春》的词题“‘观雨’与‘怀古’前后颠倒，当系错简”（唐圭璋《读词续记》）此说甚是，可供参考。

全篇处处扣着秋风落笔。上片写他因看到秋风起，而想到自己的故居、山河的变异、团扇被人遗弃以及禹迹无处可寻，深深地寄托了作者对时局的感叹。下片由秋风而联想起汉武帝的《秋风辞》，对他的文治武功加以称赞，并表示自己无意像张翰那样辞官退闲，决心研读《太史公书》，总结历史经验，为祖国的统一做出贡献。这首词反映了开禧北伐前夕，作者再次出山后，积极奋发的精神状态。

【注释】

①会稽：今浙江绍兴。 秋风亭：在会稽境内，辛弃疾任浙东安抚使时所建。 ②袅袅（niǎo鸟）：形容微风轻轻地吹拂。这三句说，亭上轻轻吹拂的秋风，记得去年也曾吹到我的家中。 ③山河二句：据《世说新语·言语》，东晋初，南渡的一些士大夫常到新亭聚饮。一次周𫖮在席间叹息说："风景不殊，正自有山河之异。"表达了对中原沦陷的悲痛。这两句说，举目远望，这里的山河虽然不同于北方，但那美丽的景色却是一样的。 ④功成者去：是说一旦建功立业，便会遭到遗弃。据《战国策·秦策》，蔡泽曾对应侯（范雎）说："四时之序，成功者去。" ⑤团扇：一种圆形的扇子。《汉书·外戚传》载班婕妤《怨歌行》诗曰："新裂齐纨素，皎洁如霜雪。裁为合欢扇，团团似明月。出入君怀袖，动摇微风发。常恐秋节至，凉风夺炎热。弃捐箧笥中，恩情中道绝。"这句说，秋天一到，团扇就被人们抛弃了。 ⑥禹迹：大禹的遗迹。传说禹治洪水，曾到过会稽，死后葬于会稽山上，后人在此建禹陵和禹王庙。这两句说，秋风年年不断地吹，夕阳依然如旧时一样，可是茫茫大地却见不到大禹的遗迹了。 ⑦茂陵：汉武帝刘彻的陵墓，这里指刘彻。茂陵词，指刘彻的《秋风辞》。 甚：这里作"真是"解。 风流：形容文学作品超逸美妙。 章句：章节与句子，这里泛指文学作品。 解拟：可以比拟。 相如：指司马相如，西汉著名的辞赋作家。这三句说，流传千古的刘彻的《秋风辞》，真是一篇超逸美妙的文章，完全可以和司马相如的作品比美。⑧木落江冷：形容秋天树叶飘零，江边冷落。 眇眇（miǎo秒）：远视貌，《楚辞·九歌·湘夫人》："帝子降兮北渚，目眇眇兮愁予。"这两句化用刘彻《秋风辞》中"草木黄落兮雁南归""欢乐极兮哀情多"等句诗意。大意是说，秋风一起，草木黄落，江边冷冷清清，放眼远望，实在使我发愁。 ⑨因循：迟延、拖拉的意思。 莼鲈：西晋张翰在外做官，因秋风起思念家乡的莼菜和鲈鱼脍，便弃官回家。后来便以"莼鲈之思"表示思乡之情。详见《水龙吟》（楚天千里清秋）注⑧。这两句说，老朋友来信对我说：不要因留恋官场，而忘记了回家去过舒适的生活。 ⑩《太史公书》：指西汉司马迁的名著《史记》。这两句说，有谁想到在此初秋之夜，我正挑灯细读司马迁的《太史公书》哩！

汉 宫 春

会稽蓬莱阁怀古[①]

秦望山头[②]，看乱云急雨，倒立江湖。不知云者为雨，雨者云乎[③]？长空万里，被西风、变灭须臾[4]。回首听、月明天籁，人间万窍号呼[5]？　　谁向若耶溪上，倩美人西去，麋鹿姑苏[6]？至今故国人望，一舸归欤[7]。岁云暮矣[8]，问何不鼓瑟吹竽？[9]君不见、王亭谢馆，冷烟寒树啼乌[10]！

【说明】

这首词作于嘉泰三年（1203）冬。上片写他登上会稽蓬莱阁所看到的变幻莫测的大自然景观；下片怀念协助勾践打败夫差、洗雪国耻的范蠡。结尾以不肯“鼓瑟吹竽”，表示其决心奋发图强，同时也暗寓着对南宋统治集团沉酣歌舞、贪图享乐的批判。

【注释】

①会稽：旧县名，今浙江绍兴市。　蓬莱阁：遗址在今绍兴市卧龙山下。　②秦望山：会稽山，在会稽东南四十里。相传秦始皇曾登此山以望东海，故又名秦望山。　③不知二句：意为烟雨迷茫，分辨不清哪是云、哪是雨。《庄子·天运》：“云者为雨乎？雨者为云乎？”　④长空二句：意为转眼间乱云急雨被秋风吹散，又露出晴朗的万里长空。　⑤天籁：自然界的音响。　万窍：无数孔穴。《庄子·齐物论》：“女（汝）闻人籁而未闻地籁，女闻地籁而未闻天籁夫？……夫大块噫气，其名为风，是唯无作，作则万窍怒号。”这三句说，回头听见，月光之下大自然发出各种声响，好像人世间无数洞穴都在呼号一样。　⑥若耶溪：水名，在浙江绍兴市南，相传西施曾浣纱于此，故又名浣纱溪。　倩（qìng 庆）：请求。　美人：此指西施。　麋（mí 迷）鹿：动物名，即四不像。　姑苏：指姑苏台，在今苏州城外姑苏山上。据《吴氏春秋》载，春秋时越国被吴国打败，越王勾践的谋士范蠡在若耶溪边访得美女西施，并将她献给吴王夫差。夫差得西施后在姑苏台上建春宵宫，尽日寻欢作乐，伍子胥曾谏阻说：“臣今见麋鹿游姑苏之台也。”后来吴国终于被越国灭亡。这三句说，是谁到若耶溪上访求美女西施，把她献给吴国，终于使吴王游乐的姑苏台变成了麋鹿栖息之所呢？⑦故国：指会稽，春秋时越国的都城。　舸（gě 葛）：大船。　欤（yú 于）：语气词，表示感叹或疑问。传说越国灭亡吴国后，范蠡带着西施泛舟游五湖而不返。这两句说，越国的人至今还盼望范蠡和西施能够乘船归来呢！　⑧岁云暮矣：一年将尽啦。云，用于句中的语助词，无义。　⑨鼓瑟吹竽：《诗经·小雅·鹿鸣》：“我有嘉宾，鼓瑟吹笙。”瑟，弦乐器。竽，管乐器，形似笙而较大，管亦较多。以上两句说，一年将尽，有人会问为什么不吹弹歌舞一番呢？　⑩王亭谢馆：王、谢为东晋的豪门贵族，他们在会稽都有许多楼台亭馆，作为游乐之所。这三句说，难道你没看见，当年王、谢那些权贵行乐的楼台亭馆，如今都已荒废冷落，只有荒烟笼罩着寒树，乌鸦在不断地悲啼。

永　遇　乐

京口北固亭怀古[1]

千古江山，英雄无觅，孙仲谋处[2]。舞榭歌台，风流总被，雨打风吹去[3]。斜阳草树，寻常巷陌，人道寄奴曾住④。想当年，金戈铁马，气吞万里如虎⑤。　元嘉草草，封狼居胥，赢得仓皇北顾⑥。四十三年，望中犹记，烽火扬州路⑦。可堪回首，佛狸祠下，一片神鸦社鼓⑧。凭谁问，廉颇老矣，尚能饭否⑨？

【说明】

宋宁宗开禧元年（1205），辛弃疾在镇江知府任上。一次他登上京口北固亭，凭吊古迹，缅怀往事，展望北伐前景，不禁心潮澎湃，挥笔写下了这首深沉悲壮、传诵千古的名作。

词的上片，即景生情，由眼前所见而联想到历史上两位著名的英雄人物——孙权与刘裕，对他们的光辉业绩表示无限的倾慕和向往，寄托了作者杀敌报国的决心。下片借南朝宋文帝刘义隆北伐失败的教训，提醒南宋当权者要以“元嘉草草，封狼居胥，赢得仓皇北顾”为诫。最后以老将廉颇自比，说明自己虽然年迈，长期不被重用，但仍然希望能为国家杀敌立功。这首词以古喻今，寓意深刻，充分体现了作者的爱国思想。词中所用典故切合时事，语言精练而富于表现力，风格豪放悲壮，艺术感染力很强。

【注释】

①京口：今江苏省镇江市。　北固亭：在京口城北北固山上，下临长江，形势险固。晋朝蔡谟建楼于此，贮藏军需品，起名北固楼，又名北固亭，后毁于战火。宋孝宗乾道五年（1169）守臣陈天麟重建。　②孙仲谋：孙权，字仲谋，三国时吴帝，曾建都于京口。这三句是说，山河永存，人事已非，像孙权那样的英雄人物已无处可寻了。　③舞榭（xiè 谢）歌台：供歌舞用的楼台。土高叫台，台上的房屋叫榭。　风流：这里指英雄人物的事迹。这三句说，当年英雄人物的事迹，经过长期风吹雨打，已随着时光的流逝而消失了。　④寻常巷陌：普通的街巷。　寄奴：南朝宋武帝刘裕的小名。刘裕生于京口，并从这里起兵北伐，曾一度收复洛阳、长安等地，后来推翻东晋做了皇帝。这三句说，这斜阳映照、草木丛生的普通街巷，人们传说就是当年刘裕曾经住过的地方。　⑤金戈铁马：形容兵强马壮。　气吞万里：形容士气高昂，足以吞灭万里之外的强敌。这三句是追怀当年刘裕北伐破敌时的豪迈气概和雄壮军威。　⑥元嘉：南朝宋文帝刘义隆（刘裕之子）的年号。　草草：轻率的意思。　封：在山上筑坛祭神。　狼居胥：山名，在今内蒙古西北部。汉武帝时，大将霍去病率兵北击匈奴，追至狼居胥山，曾在山上筑坛祭神，庆祝胜利。元嘉二十七年（450），将军王玄谟一再陈北伐之计，刘义隆心有所动，决定出兵北伐，并说：“闻王玄谟陈说，使人有封狼居胥意。”（《宋书·王玄谟传》）结果因草率出兵，被北魏军击败，仓皇溃退。又元嘉八年（431），刘义隆因滑台失陷，曾作诗道：“惆怅惧迁逝，北顾涕交流。”（《宋书·索虏传》）这三句是说，刘义隆草率出师北伐，企图像霍去病那样封狼居胥山，结果却遭到失败，只落得仓皇北顾。作者认为在抗金北伐中，应当吸取这一历史教训。　⑦四十三年：辛弃疾于绍兴三十二年（1162）率众南归，到写此词时，前后计四十三年。　扬州路：指淮南东路，辖境在今江苏北部、安徽东北部一带，首府在扬州。这三句是回忆作者南渡前后的斗争生活，当时扬州以北地区战火纷飞的情景，仿佛犹在

眼前。 ⑧可堪：哪堪，不堪。 佛狸祠：北魏太武帝拓跋焘，小名佛狸。拓跋焘南侵，曾追至瓜步山（在今江苏六合县东南二十里处），并在山上建行宫，后改为佛狸祠。 神鸦：祭神时飞来觅食的乌鸦，村民视为神鸦。 社鼓：社日祭神时的鼓。这三句说，往事不堪回首，当年与金兵鏖战的烽火扬州路，如今却看到人们在佛狸祠下举行迎神赛会，一片和平景象，没有丝毫战争的气氛。⑨廉颇：战国时赵国名将。据《史记·廉颇蔺相如列传》："廉颇居梁。久之，魏不能信用。赵以数困于秦兵，赵王思复得廉颇，廉颇亦思复用于赵。赵王使使者视廉颇尚可用否，廉颇之仇郭开，多与使者金，令毁之。赵使者既见廉颇，廉颇为之一饭斗米，肉十斤，被甲上马，以示尚可用。赵使还报王曰：'廉将军虽老，尚善饭；然与臣坐顷之，三遗矢矣。'赵王以为老，遂不召。"这里作者以廉颇自比。慨叹多年来朝廷不能任用自己，英雄无用武之地。

南乡子

登京口北固亭有怀

何处望神州？满眼风光北固楼①。千古兴亡多少事，悠悠，不尽长江滚滚流②。　　年少万兜鍪，坐断东南战未休③。天下英雄谁敌手？曹刘。生子当如孙仲谋④。

【说明】

此篇与前首《永遇乐》写于同时。上片即景抒情，表达作者对中原的深切怀念，叙写"千古兴亡"的感慨。下片咏史，通过对孙仲谋的赞扬，表明自己抗金北伐的决心，同时也暗含着对软弱无能的南宋统治者的讽刺。词的风格明快，问答自如，活泼生动，情调比较乐观。

【注释】

①神州：古代中国的别称，这里指中原地区。 北固楼：北固亭。这两句说，登高遥望，中原故国在何处啊？眼前所看到的只是北固楼下的一片风光。 ②悠悠：久远的意思。 滚滚：大水奔流貌。杜甫《登高》诗："无边落木萧萧下，不尽长江滚滚来。"这三句说，自古以来不知经历了多少朝代的兴盛衰亡，历史的长河就像滚滚奔流的大江一样，一去而不复返。 ③年少：指孙权，他十九岁便继承父兄基业，成了东吴的统治者。 兜鍪（dōu móu 都谋）：头盔，这里指士兵。 坐断：占据。 战未休：战争连续不断。这两句说，孙权年纪很轻就统率着千军万马，不断与强敌进行战斗。 ④敌手：对手。 曹刘：曹操和刘备。据《三国志注》引《吴历》，赤壁之战时，曹操见孙权军队整肃，曾感叹说："生子当如孙仲谋，刘景升儿子（刘琮）若豚犬耳。"

生　查　子

题京口郡治尘表亭[1]

悠悠万世功，矻矻当年苦[2]。鱼自入深渊，人自居平土[3]。　　红日又西沉，白浪长东去。不是望金山，我自思量禹[4]。

【说明】

这首词是作者任镇江知府时，题于尘表亭上的。开篇以议论发端，对大禹治水，为民造福的不世之功，给予高度评价和赞美。过片寓情于景，红日西沉，白浪滔滔，境界极为壮阔。结拍两句含蕴很深，词人思念大禹，缅怀他劳苦功高的业绩，正是为了表现自己解苍生于倒悬，拯百姓于水火的伟大抱负。

【注释】

①郡治：古代州郡官署所在地，这里是指府治，宋代镇江府治在京口。　尘表亭：未详。②矻矻（kū 枯）：勤奋不懈的意思。《汉书·王褒传》："劳筋苦骨，终日矻矻。"这两句说，大禹治水，功德无量，万古不朽，当年他勤奋不懈，受尽了千辛万苦。　③这两句说，洪水被治服后，鱼儿游入了江河湖海之中，人们也从高处来到平地，安居乐业了。　④金山：在江苏镇江市西北。本在长江中，清末因江沙淤积，始与南岸相连。古有浮玉、伏牛等名，唐时裴头陀获金于江边，因改名金山。这两句说，我不是在眺望金山，而是在思念大禹啊！

西　江　月

堂上谋臣帷幄，边头猛将干戈[1]。天时地利与人和[2]，　"燕可伐与？"曰："可！"[3]　　此日楼台鼎鼐，他时剑履山河[4]。都人齐和《大风歌》，管领群臣来贺[5]。

【说明】

这首词是开禧北伐前夕，作者写给宰相韩侂胄的。因其又见于刘过的《龙洲词》，于是有人以此为据，否定其为稼轩所作。目的是为了划清辛弃疾和韩侂胄的界限，说明他不曾"赞开边"。其实，辛弃疾支持开禧北伐，是他一贯的爱国思想的表现，本来无可指摘。后来由于北伐失败，韩侂胄被主和派阴谋杀害，一些支持过北伐的人，如陆游、辛弃疾、史达祖等，也受到攻讦、诬蔑和迫害。韩侂胄则被加上“误国奸臣”的罪名，载入史册，蒙受了不白之冤。不管韩侂胄有多少错误，但他积极主张北伐并没有错，他和卖国贼秦桧不能相提并论。《宋史》将他和秦桧一起列入《奸臣传》中，完全混淆了是非。对韩侂胄做出公正的评价，为辛弃疾辩诬，否定这首词是他写的，也就没有必要了。

此词上阕说北伐时机已到，“天时地利与人和”诸种条件均已具备，可以挥师北上。下阕勉励韩侂胄善自为政，预祝北伐早日成功。词中对形势的估计过于乐观，对韩侂胄的期望失之偏高，但作为文艺作品不应在这些方面苛求，主要应看它在现实中所起的社会作用。这首词对坚持抗金的爱国志士和广大军民，无疑是一个鼓舞。

【注释】

①帷幄：军帐，这里指朝廷军事指挥机关。 边头：边防上。这两句说，朝廷有谋臣运筹帷幄之中，边防上有勇猛的将士手执兵器严阵以待。 ②天时句：《孟子·公孙丑下》：“孟子曰：‘天时不如地利，地利不如人和。’”天时，指阴晴寒暑。地利，指山川险阻。人和，指人心所向。 ③燕可伐与句：《孟子·公孙丑下》：“沈同问‘燕可伐与’，吾应之曰：‘可’。”燕，春秋时燕国，在今河北一带，这里是指全国而言。以上两句说，目前各种条件已经具备，可以出师北伐。 ④楼台：高楼大厦，这里是指宰相府第。 鼎鼐（nài奈）：鼎，古代炊具，多用青铜制成，圆形，三足两耳。鼐，大鼎。古时以宰相治理国事，如鼎鼐之调和五味，故以鼎鼐比喻宰相的权位。北宋诗人魏野称赞寇准说：“有官居鼎鼐，无地起楼台。” 剑履：《史记·萧相国世家》载，汉高祖刘邦为了优待萧何，“于是乃令萧何赐剑履上殿”。履：鞋子，此指朝靴。这两句说，现在你（指韩侂胄）官居相位，他日北伐成功，会像萧何那样受到朝廷的尊重。 ⑤都人：首都的人民。都，指北宋京城汴京。《大风歌》：汉高祖刘邦作，写他在平定叛乱、统一全国后，回到故乡时的豪情壮志。见前《贺新郎》（甚矣吾衰矣）注⑫。 管领：准会率领。这两句说，当收复中原、祖国统一之日，朝廷返回故都汴京，人们高唱胜利的凯歌，你作为宰相准会率领群臣去向皇帝朝贺。

清　平　乐

新来塞北①，传到真消息。赤地居民无一粒②，更五单于争立③。　维师尚父鹰扬④，熊罴百万堂堂⑤。看取黄金假钺，归来异姓真王⑥。

【说明】

这首词与前者《清平乐》写于同一时期。上阕说从北方传来可靠情报，中原灾荒连年，人民无衣无食，金统治集团内部互相争权夺利，危机四伏，正是出师北伐的好时机。下阕希望韩侂胄像姜子牙那样，辅佐皇帝，扫灭敌寇，完成统一祖国的大业。词中表达了作者坚持抗金的决心。

【注释】

①塞北：指当时女真族统治下的北中国。 ②赤地：形容旱灾、虫灾严重，地面光赤，寸草不生。这句说，由于天灾人祸，中原赤地千里，人民的口粮已经断绝。 ③单（chán 蝉）于：匈奴最高首领的称号。五单于争立，据《汉书·匈奴传》，汉朝时匈奴发生内讧，有五个部落首领争立为单于，互相残杀。这句说，金统治集团内部矛盾重重，分崩离析。 ④维：语助词。无意义。 师：太师。 尚父：吕尚，本姓姜，字子牙，辅佐周武王伐纣，武王尊称他为师尚父。 鹰扬：威武貌。《诗经·大雅·大明》：“维师尚父，时维鹰扬。”这句以姜子牙比喻韩侂胄。称赞他威武雄壮，斗志昂扬。 ⑤罴（pí 皮）：棕熊。熊罴，代指勇猛的军队。 堂堂：强大貌。 ⑥黄金假钺：假黄金钺。假，给予，赐予。钺，大斧。黄金钺，又称黄钺，即金斧，古代皇帝的仪仗有黄钺、白旄。又古时大将出征，执政党赐以黄钺，表示赋予大权。《三国志·吴书·陆逊传》：“召逊，假黄钺，为大都督。” 异姓真王：古代与皇帝不同姓氏的人被封王爵的，叫异姓王。这两句说，皇帝赐给节钺，把大权交给你，不久即将出征，等到胜利归来之时，一定会被封为异姓王侯。

瑞鹧鸪

乙丑奉祠归，舟次余干赋[①]

江头日日打头风[②]，憔悴归来邴曼容[③]。郑贾正应求死鼠[④]，叶公岂是好真龙[⑤]。 孰居无事陪犀首[⑥]，未办求封遇万松[⑦]。却笑千年曹孟德，梦中相对也龙钟[⑧]。

【说明】

开禧元年（1205）六月，南宋朝廷改任辛弃疾为隆兴知府。在他离开镇江赴任前，又被弹劾免职，让他“奉祠”，提举冲佑观。词人怀着悲愤沉痛的心情，乘船返回江西铅山。当他沿信江溯流而上、途经余干县境时，在小舟之上写下了这首词。

上片开头两句以逆风行船，比喻世路艰难，抒发了作者被罢职归家时的无比愤慨。接着两句借古喻今，揭露南宋统治集团不能重用主战派、排斥打击爱国志士的罪行。下片设想归来之后，无所事事，只好饮酒消遣、闲居山林。最后用曹操的典故，表达内心的矛盾和苦闷。自己本想在垂暮之年，老骥伏枥，为统一祖国做出贡献。但事与愿违，虽有壮心，而不能见用，只得徒唤奈何，奈何！笑曹操，也是笑自己的天真。郑贾、叶公一类人物，怎会爱怜能够扭转乾坤、叱咤风云的“真龙”

呢？如今年迈力衰，壮志难酬，假如能够见到千年以前的曹孟德，恐怕只会“梦中相对也龙钟”了。

这首词感情深沉强烈，反映了作者在政治上遭到最后一次打击时极端悲痛和失望的心情。此后朝廷虽然打算再次任用他，但当时词人的健康日渐不佳，因而都一一辞谢了。开禧三年（1207）九月十日，辛弃疾终于含着悲愤离开了人间。

【注释】

①乙丑：宋宁宗开禧元年（1205）。 奉祠：宋代五品以上官员被免职，或因年老退休后，多被任为宫观使或提举、提点，主管某某宫观，只领俸禄，无须到职任事，叫“奉祠”。 余干：县名，在江西东北部，鄱阳湖东南，信江下游。 ②打头风：顶头风、逆风。 ③郇曼容：汉代琅邪人，《汉书·两龚传》说他“养志自修，为官不肯过六百石，辄自免去”。 ④郑贾：郑国的商人。据《战国策·秦策》：“郑人谓玉未理者璞，周人谓鼠未腊者朴。周人怀朴过郑贾，曰：‘欲买朴乎?’曰：‘欲之’。出其朴乃鼠也，因谢不敢。” ⑤叶公：寓言故事中人物。据刘向《新序》：“叶公子高好龙，钩以写龙，凿以写龙，屋室雕文以写龙。于是天龙闻而下之，窥头于牖，施尾于堂。叶公见之，弃而还走，失其魂魄，五色无主。是叶公非好龙也，好夫似龙而非龙者也。”后来便以“叶公好龙”比喻表面上爱好某种事物，实际上并非真正爱好它，甚至见了它就害怕。以上两句说，郑贾正应当得到死老鼠，叶公绝不是喜欢真龙。这是借古喻今，揭露南宋统治集团不能重用真正的爱国志士。 ⑥犀首：战国时魏国人公孙衍，号犀首，开始在秦国做官，后来到魏国为相，主张合纵抗秦。（见《史记·犀首传》）又据《史记·陈轸传》：“陈轸使于秦，过梁欲见犀首……犀首见之，陈轸曰：‘公何好饮也?’犀首曰：‘无事也。’”这句说，谁能坐在家中，无事可做，去陪犀首饮酒消遣呢？ ⑦求封：请求封官赐爵。这句说，还没有办理请求封赐，又回到了松林之中。意思是说，尚未能建功立业，便又退居林下了。 ⑧曹孟德：三国时曹操，字孟德。其《龟虽寿》诗说：“老骥伏枥，志在千里；烈士暮年，壮心不已。” 龙钟：形容衰老，行动迟缓不便。这两句说，可笑那千年的曹孟德，垂暮之年仍不服老，如果梦中与他相会，恐怕也都老态龙钟了。

国家社科基金重大项目《巴蜀全书》（10@ zh005）
四川省重大文化工程《巴蜀全书》（川宣〔2012〕110 号）

蜀学丛刊

周航　舒大刚　喻剑南　编

喻朝刚文集

YUCHAOGANG WEN JI

三

评　传

GUANGXI NORMAL UNIVERSITY PRESS
广西师范大学出版社
·桂林·

评传

陆　游

一、陆游的时代

南宋时期，我国文学史上出现了以陆游、辛弃疾为代表的一系列爱国诗人和爱国词人。他们在山河破碎、政治腐败、民生涂炭的黑暗岁月里，坚持反对侵略、反对投降，为国家的统一进行不屈不挠的斗争，发扬了光荣的爱国主义传统。他们的作品深刻反映了当时的社会历史面貌，表达了广大人民的要求和愿望，唱出了时代的最强音，具有强烈的现实主义精神，鼓舞着当代和后世人民的正义斗争。

陆游（1125—1210），字务观，号放翁，越州山阴（今浙江绍兴）人。他生活在12世纪20年代至13世纪初。经历了北宋末年的徽、钦两朝和南宋前期的高、孝、光、宁四代。这是我国历史上阶级矛盾和民族矛盾极其尖锐，社会斗争十分激烈的时期。

12世纪初，我国境内存在着宋、辽、西夏等几个发展不平衡的民族政权。它们之间既有交往，又互相对立，不断进行着战争。以宋徽宗赵佶为首的北宋封建王朝，内部矛盾重重，政治黑暗腐败，社会危机四伏。

赵佶崇信道教，重用蔡京、王黼、童贯、李彦、梁师成、朱勔等一伙贪残奸佞之徒，扰乱朝政、陷害忠良、巧取豪夺、挥霍无度，残酷地压迫剥削劳动人民，使阶级矛盾更加激化。赵佶生活极其荒淫腐朽，为了修建一座御花园——艮岳，耗费了大量财力物力。他指派朱勔在苏州设立应奉局，强行搜刮东南地区的奇花异石。大量被掠夺的珍异之物，一船船由水路运往东京，这就是所谓的花石纲。花石纲给江南人民带来了莫大的苦难。无数平民百姓被迫卖儿鬻女，家破人亡，陷入水深火热之中。残酷的压迫，激起了劳动人民强烈的反抗。宣和二年（1120），方腊在睦州青溪揭竿而起，点燃了农民革命的熊熊烈火。在起义的誓师大会上，他愤怒地揭露和控诉了北宋封建统治者的种种暴行，说出了被压迫人民的心里话：“吾民经岁勤动，妻子冻馁，求一日饱食不可得”，“东南之民苦于剥削久矣！”他号召群众拿起武器，进行斗争，推翻地主阶级的反动统治。起义爆发后，得到广大群众的积极支持，几天之内起义队伍就发展到数万人，不久扩大到数十万，很快攻下六州五十二县，震动东南，沉重打击了北宋封建王朝。与此同时，北方则有宋江等三十六人领导的起义军活动于山东、河北、河南一带，声势也很大："官军数万，无敢抗者。"这些起义运动虽然都相继被镇压下去了，但却动摇了北宋封建统治的基础，把它推向了崩溃的边缘。

正当这时，居住在我国东北地区的女真族却日益强大，十多年间便以武力征服了辽和北宋，侵占了淮河以北的广大地区。从此，我国形成了南北分裂、宋金对峙的局面。

女真族是我国的少数民族之一，原称勿吉，隋唐时叫靺鞨，五代时一部分属辽统治，称熟女真，另一部分叫生女真。政和五年（1115），女真族部落首领完颜阿骨打即皇帝位，在白山黑水间建立了奴隶制的金政权。女真族活动的地区曾受辽管辖和控制，金政权建立后为摆脱辽的压迫和统治，发动了对辽战争。在这场战争中，金兵长驱直下，势如破竹；辽兵则士无斗志，节节败退。北宋统治集团企图利用辽金矛盾，与金订立"海上之盟"，联合攻辽，乘机收复燕云失地。然而，童贯统率的宋军毫无战斗力，对辽作战一再失利。宣和七年（1125）辽亡，金的气焰更加嚣张。在战争过程中，女真奴隶主贵族集团了解到中原地区先进的社会生产和丰富的物质文化生活，同时也看出了北宋统治集团的昏聩无能和宋朝军队的虚弱腐败，于是更滋长了掠夺和扩张的野心。他们撕毁了与宋朝订立的盟约和协议，妄图诉诸武力征服中原和全国广大地区。

宣和七年（1125）冬，金兵灭辽后不久，旋即分兵两路南下，大举侵宋。西路由粘罕（宗翰）率领，由云中攻太原；东路由斡离不（宗望）率领，从平州攻燕京。金人的计划是在攻下太原和燕京后，两路大军合围北宋都城开封。在金兵发动的突然袭击面前，宋军惊恐万状，不战自溃，纷纷弃城逃跑。西路金兵攻下朔州、武州、代州等地后，受阻于太原。东路金兵相继攻陷燕京、相州、濬州，渡过黄河，直逼开封城下。

十二月二十三日，宋徽宗赵佶匆匆传位给太子赵桓（钦宗），自己带着蔡京、童贯、高俅、朱勔等人南下逃命。靖康元年（1126）一月，宗望率领的侵略军包围了开封。赵桓不得已任命主战派李纲为"亲征行营使"，负责主持京师防务。开封军民在李纲的领导下，同仇敌忾，万众一心，浴血奋战。这时西北名将种师道率领的援军也日夜兼程赶到开封，都城军民斗志高昂，金兵多次攻城不下，只得在勒索掳掠了大量金银、珠宝、玉器后被迫撤退。金兵一走，宋廷内部的主和派又复得势。他们贬斥李纲，解除种师道的兵权，依旧过着醉生梦死、荒淫腐朽的末日生活。靖康元年秋，金兵再度大举南侵，不久开封陷落。敌军大肆烧杀掳掠，都城内外变成一片废墟。城中金银珠宝、车马服饰、文物典籍，甚至连技师工匠、内侍倡优都被洗劫一空，最后连赵佶、赵桓以及宗室、后妃、公主一并被俘北去。从此，北宋灭亡。这就是历史上的“靖康之难”。

1127 年 6 月，赵佶的另一个儿子赵构在南京（今河南商丘）即位，改元建炎，后来逃到杭州建立偏安政权，史称南宋。

我国是一个由多民族融合而成的拥有广大人口和辽阔领土的伟大国家，各民族人民长期生活在祖国富饶的大地上，用他们的聪明智慧和辛勤劳动，共同创造了光辉灿烂的历史文明，为人类的进步事业做出了宝贵的贡献。我国各族人民具有强大的凝聚力，任何力量也不可能将他们分开。民族团结，平等联合，互相帮助，并肩前进，是我国各民族人民长期以来的共同愿望，是不可阻挡的历史潮流。但是，我们这个多民族国家的形成，经历了千难万险，走过了崎岖曲折的道路，并非是在没有矛盾和干扰的情况下实现的。历史上各民族内部的反动集团（包括大汉族主义者和地方民族主义者），出于剥削阶级奴役和掠夺的本性，总是违背劳动人民的利益和愿望，不断制造民族矛盾，挑起民族纠纷，发动侵扰战争，破坏祖国大家庭的团结和统一，给广大劳动人民带来了一次又一次深重的灾难。

从 12 世纪 20 年代到 13 世纪 30 年代，前后断续进行了一百多年的宋金战争，是女真奴隶主贵族为了掠夺和扩张而发动的非正义战争。这一战争使我国广大地区的经济和文化遭到巨大破坏，造成了极其严重的恶果。金统治集团在其占领区与汉族地主相勾结，残酷地压迫和剥削各民族人民。他们还通过南宋投降派索取巨额“岁贡”，贪得无厌地掠夺南方人民的血汗。民族矛盾和阶级矛盾交织在一起，成为南宋时期社会的重要特征。这种矛盾的特殊性，不仅影响了当时的政治、经济和文化，而且也影响着各阶层人民的生活、思想和感情。在文学艺术领域里，这种影响是很明显的。在尖锐的民族矛盾中，许多作家的生活与创作都发生了变化，他们走向现实，面对刀光剑影，迎着血雨腥风，写出了大量沉痛悲愤、壮怀激烈、忧国忧民的动人诗篇，迎来了我国爱国主义文学的高潮。

南宋历代帝王，从高宗赵构到度宗赵禥，无一不是庸懦卑怯、自私无耻，只求苟安、不恤国计的封建统治者。他们为了维持小朝廷的腐朽统治和大地主贵族集团的特权，甘心对敌屈膝称臣，以割地媚敌、保权固位为得计，全然不顾国家民族和人民的利益。南宋当权者如秦桧、贾似道之流，都是一些怀奸误国、残民害政的民族败类。他们对内加紧压榨剥削，贪婪地吸吮民脂民膏，在残山剩水中过着穷奢极欲、纸醉金迷的糜烂生活；对外则卑躬屈节，一贯奉行投降卖国政策，干尽祸国殃民的罪恶勾当，断送了收复失地、统一祖国的大好时机。尤其是高宗赵构和奸相秦桧，更是千载不赦的历史罪人。赵构曾不打自招地说："讲和之策，断自朕志，秦桧但能赞朕而已。"（《宋史新编》卷一〇）由此可见，他是南宋投降派的总代表。秦桧是在开封沦陷时被金兵俘虏以后派回南方来的内奸。在卖国投降这一关键问题上，他们有共同的利害关系。所以赵构一见秦桧就如获至宝，"得之喜而不寐"。他们一拍即合，上下勾结，狼狈为奸，在乌烟瘴气的南宋政治舞台上，演出了一幕幕丧权辱国的丑剧。

建炎、绍兴初年，当大江南北抗金斗争的烈火愈烧愈旺，广大军民奋勇杀敌，前方捷报频传、凯歌屡奏、形势大好之际，他们却迫不及待地屈己求和，进行无耻的叛卖活动。赵构竟然冒天下之大不韪，先后指使黄潜善、汪伯彦和秦桧之流，丧心病狂地打击迫害主战派，扼杀广大军民的爱国热情。他们排宗泽，罢李纲，杀陈东，贬胡铨，害岳飞，制造了一桩桩"爱国有罪"的历史悲剧。

赵构顽固坚持投降主义，自有其阶级根源。他代表极少数大地主官僚的利益，投降偏安符合他们苟且偷生，只要能保住自己的特权和腐朽生活、其他一切皆可置之度外的极端自私的要求。就他个人来说，也有着不可告人的目的。他趁国难临头、父兄被掳之机登上皇帝宝座，总觉得这把金交椅不甚稳固，害怕金人放回"二圣"，特别是害怕他哥哥赵桓回来与他争夺皇位。他宁肯将半壁河山拱手让给金人，也不愿看到失地光复、祖国重新统一的那一天。

绍兴十二年（1142），"绍兴和议"签订后，赵构的母亲韦氏被金人放回。临行时赵桓跪在她的车前泪流满面地哀告说：请太后转告九哥（指赵构）和丞相，如果能让我回到南方，只要给我一份俸禄可以维持生活就满足了，别的绝不敢有奢望。韦氏曾满口答应，可是当她来到杭州，看到当时朝廷的情况，明白了赵构的用心，便始终未敢向他转达赵桓的请求（《宋史纪事本末》卷七二）。从这件事就可看出这个满口"孝悌"的"中兴之主"，多么的卑鄙、自私和虚伪！

明人文徵明在悼念岳飞的一首词中，对赵构的投降卖国行为作了深刻揭露：

> 拂拭残碑，敕飞字，依稀堪读。慨当初，倚飞何重，后来何酷！果是功成身合死，可怜事去言难赎。最无辜、堪恨亦堪怜，风波狱。　　岂不惜，中原蹙；岂不念，徽钦辱。但徽钦既返，此身何属？千载休谈南渡错，当时自怕中原复。笑区区、一桧亦何能，逢其欲。
>
> ——《满江红》

由于赵构、秦桧肆无忌惮地推行卖国投降政策，致使是非颠倒、黑白混淆、忠良被害、奸邪当道，满朝上下，文恬武嬉，刚心勇气，销铄委靡。西子湖畔笼罩着一片寻欢作乐、得过且过、悲观绝望的气氛。投降派弹冠相庆，纷纷登台；逢迎者步步高升，衣紫腰金。大地主官僚集团在高墙深院中，对着红灯绿酒，欣赏轻歌曼舞，吟唱风烟云霞，庆贺“天下太平”。当权者早已把中原大好河山忘得干干净净。对此，有志之士无不义愤填膺，诗人林升在杭州一家旅店的墙壁上题诗谴责说：

山外青山楼外楼，西湖歌舞几时休？
暖风熏得游人醉，直把杭州作汴州！

——《题临安邸》

此时此刻，沦陷区的广大人民却处于水深火热的苦难深渊，呻吟在异族统治者的铁蹄蹂躏之下。在南方，人民群众饥寒交迫，饿莩遍野，赤子嗷嗷无告。多少爱国志士遭贬黜、受编管、被杀害，他们有心报国，无路请缨，被迫解甲归田，退居山林，虚度岁月。正如陆游诗中所说：“诸公尚守和亲策，志士虚捐少壮年！”（《感愤》）南宋投降派祸国殃民的罪行，真是罄竹难书啊！就封建王朝而论，南宋的确是我国历史上最屈辱、最可耻、最黑暗的时代之一。

然而，事物总是一分为二的，历史也不例外。这个黑暗的时代也有着光明的一面。南宋时期，我国人民发扬革命传统和爱国主义精神，以大无畏的英雄气概展开了轰轰烈烈的反侵略、反投降的伟大斗争，用鲜血和生命写下了光辉的历史篇章。

从金兵南下进攻中原之日起，一代又一代的英雄儿女为解除民族压迫、制止卖国投降，前赴后继，奋不顾身，大义凛然，视死如归，充分体现了中华民族的浩然正气。这一百五十多年间，我国涌现出许多气壮山河的英雄人物，留下了无数可歌可泣的动人事迹。

靖康年间，太原军民的保卫战是抗金斗争中的光辉史页。宣和七年（1125）十二月，粘罕率领的西路金兵开始围困太原。城中军民在宋将王禀等人的领导下，拒绝招降，多次打退敌人的猛烈进攻，顽强地坚持了二百五十余日，最后终因内无粮草、外无援军，城池被金兵打破，数十万军民为保卫国土献出了鲜血和生命。这一悲壮的保卫战给侵略者当头一棒，说明中原人民有勇气、有决心，敢于和一切来犯之敌血战到底。

中原沦陷后，各地人民自发聚堡结寨，组织起一支支抗金武装，进行游击战，给侵略者以沉重打击。其中最著名的如红巾军、八字军，声势都很大。他们旗帜鲜明，作战勇敢，成为当时抗金斗争的重要力量。

南宋军队在战争初期遭到重大挫折后，经过重建和改编，逐渐得到恢复和发展，锻炼出一些纪律严明、战斗力很强的部队，出现了不少指挥有方、英勇善战、威震敌胆的著名爱国将领，如岳飞、韩世忠、刘锜、吴璘、吴玠等。如果南宋当局能依靠广大军民，抓住战机，决战决胜，那么打败敌人、收复中原是完全有可能的。但由于投降派当权，不肯依靠人民力量，才使还我河山、统一祖国的希望化成泡影。

为了拯救国家民族的危难，扫除抗金道路上的障碍，人民群众和爱国志士又掀起了波澜壮阔的反对投降主义的斗争。靖康元年（1126）二月，当敌军兵临城下的危急时刻，开封城内围绕着战守和降走的问题，以李纲、种师道的去留为引爆点，展开了一场惊心动魄的大搏斗。主张开城求和的钦宗赵桓，在投降派大官僚李邦彦、白时中、张邦昌、王时雍等的怂恿下，借口姚平仲二月一日夜偷袭金营失利出走的事，罢免了李纲的“亲征行营使”，解除了种师道的兵权，并派人到宗望营中请罪乞和。消息传出，群情激愤。二月五日，以陈东为首的数百名太学生，集合在宣德门下，伏阙上书，要求坚持抵抗，恢复李纲、种师道的职务，罢免李邦彦、白时中等人。从清晨到下午，京城数十万军民纷纷走上街头，加入请愿示威行列，支持太学生的爱国行动。愤怒的群众击破了皇宫前面的登闻鼓，他们要求见皇帝，见李纲和种师道。这时恰巧宰相李邦彦骑马入朝，群众指着他骂道：“李邦彦，你是浪子，岂能做得宰相！”人们一边骂，一边朝他扔石头瓦块，还有人冲上去要抓他。吓得这个流氓出身的宰相狼狈逃入朝堂。赵桓不得已登上宣德门，答应恢复李纲、种师道的职务，但群众还是不散，一定要亲眼看到李纲、种师道才放心。最后赵桓只好下令宣召二人出来和大家见了面，示威群众才逐渐散去。这一天愤怒的人群打死了平时作恶多端的内侍、宦官朱拱之、张道济等二十余人，大长了人民和主战派的志气。李纲、种师道复职后领导城内军民积极防守，金兵攻城不下，终于被迫撤走。这是我国历史上学生和市民群众第一次自发联合起来，进行反投降、拯危亡的爱国运动，显示了人民群众高昂的爱国主义精神。

南宋政权建立后，反对投降派的斗争也不断发生。建炎三年（1129），金兵渡江南侵，爱国士兵误认跟随赵构逃跑的司农卿黄锷为黄潜善，斥责他：“误国误民，皆尔之罪！”黄锷还没来得及分辩，人头已经落地，可见群众对投降派的愤恨已达极点。绍兴八年（1138），枢密院编修官胡铨上书反对议和投降，指责赵构“竭民膏血而不恤，忘国大仇而不报，含垢忍耻，举天下而臣之甘心焉”，并要求将秦桧、王伦、孙近三人斩首示众，在朝野间引起了强烈的反响。绍兴二十年（1150），殿前司军士施全挺身刺杀秦桧，不幸未中，被捕下狱。临刑前他怒斥秦桧说：“举天下皆欲杀虏人，汝独不肯，故我欲杀汝也。”无数事实说明，反投降斗争的怒火在千百万人的胸中燃烧着，它是扑不灭的。因此，从另一个角度看，南宋又是我国历史上人民群众富于斗争和牺牲精神，可以引为光荣和骄傲的一个伟大时代。

陆游就是生活在这样一个时代，他那些不朽的爱国诗篇就是在这块丰饶而肥沃的历史土壤里生根、开花、结果的。诗人在时代的风雨中诞生成长，在严酷的现实里战斗前进。他从小就立志要“上马击狂胡，下马草军书”（《观大散关图有感》），一生虽然多次遭到打击、诬陷和迫害，但杀敌报国的决心始终不变。直到八十多岁的高龄，当听说宋军北伐，他依然豪情满怀地表示：“一闻战鼓意气生，犹能为国平燕赵。”（《老马行》）甚至在弥留之际，还念念不忘收复中原。诗人热爱祖国的感情是异常深厚的。

陆游是祖国的儿子，民族的歌手，不屈的战士，人民的诗人。他的作品既是时代的产物，又是时代的镜子，在中国文学史上永远闪耀着光辉。

二、陆游的生平

动乱的童年

陆游出身于封建士大夫家庭。他的祖父陆佃（字农师）是王安石的学生，曾任礼部侍郎、尚书右丞，精通经学，著有《埤雅》《礼象》《春秋后传》等共二百四十二卷，为北宋知名的学者。他的父亲陆宰（字元钧）在北宋末年做过吏部尚书、淮南计度转运副使等职，南渡后退居山阴故居，常与主战派来往，有爱国思想。母亲唐氏是神宗熙宁初参知政事（副丞相）唐介的孙女。长兄陆淞、次兄陆濬、弟陆浸在南宋时都做过地方官。陆佃、陆宰在思想、品格和学术方面，对陆游都有一定的影响。

陆游出生之时，正是时代的急风暴雨已经降临到中原大地的宣和七年。这年十月中旬，淮南计度转运副使陆宰奉召入朝。他带着眷属从住地寿春出发，沿途打算乘船由淮河入汴水，到达京城开封。

十月十七日，陆宰一行乘坐的官船正安稳地航行在淮河中流，忽然天空乌云密布，霎时间狂风大作，飞沙走石，暴雨倾盆而下。滚滚东流的淮河水，掀起惊涛骇浪，发出震天动地的怒吼声。船上的男女老幼都被这突如其来的暴风雨吓得目瞪口呆，惊慌失措。当人们正在和风浪搏斗的时候，只听船舱中传出了哇哇的婴儿啼声。一个新的生命诞生了，一个多灾多难的时代来临了！

少傅奉诏朝京师，舣船生我淮之湄。
宣和七年冬十月，犹是中原无事时。

我生急雨暗淮天，出没蛟鼍浪入船。
白首功名无尺寸，茅檐还听雨声眠。

——《十月十七日，予生日也。孤村风雨萧然，偶得二绝句。

予生于淮上，是日平旦大风雨骇人，及予堕地，雨乃止》

这个迎着暴风雨来到人间的婴儿，就是被后人誉为“亘古男儿一放翁”的爱国诗人陆游。

陆宰进京后不久，被调任为京西路转运副使，工作地区在山西长治、晋城一带。这时金兵南侵的消息已经传来，时局非常紧张。陆宰把家眷安置在河南荥阳，然后独自去赴新任。他到任不久，金兵就渡过黄河，包围了开封。从此天下大乱，北宋王朝开始土崩瓦解。

靖康元年（1126）四月，陆宰被御史徐秉哲弹劾免职。弹劾的事由陆宰并不知道，他也不想打听和申诉，便匆匆离职而去。这年夏天，陆宰带着家眷从荥阳来到了开封。

离开京城虽然只有半年，但变化之大令人触目惊心。陆宰漫步在十里长街，昔日青楼画阁、绣户珠帘、金翠耀目、罗绮飘香的繁华景象不见了，呈现在眼前的却是一片败屋残垣，劫后余灰。平时最热闹的州桥南北和大相国寺一带，如今也十分荒凉冷落。到处都是衣衫褴褛、形容憔悴、扶老携幼、流离失所的难民。面对这目不忍睹的惨状，陆宰的心情十分沉痛。他诅咒金兵发动的这场不义战争，为国家民族的命运担忧，又感到自己无能为力，更增加了内心的痛苦和忧伤。

这时金兵虽然已经撤离开封，但还在继续进攻河北、河东地区。朝政大权又落到了主和派耿南仲等人的手里，他们专主割地求和，以为只要填满金人的欲壑，就可以苟延残喘下去。种种不祥的征兆，使京城的居民预感到敌军随时可能再次南侵。人民看透了朝廷的用心，对当权者已不再抱幻想。摆在他们面前的只有一条出路，就是离开东京，到偏远的南方去躲避即将来临的弥天大祸。于是，人们争先恐后，挥泪告别故土和亲友，纷纷加入流亡队伍，开始了背井离乡的逃难生活。

这年秋天，陆宰一家也准备离开京城，回到山阴故居去。临行前他带着十七岁的长子陆淞、十三岁的次子陆濬和不满周岁的三子陆游，到宣德楼、景灵官、五岳观、相国寺、龙津桥等东京的名胜所在去瞻仰告别。陆宰虽然已被免职罢官，但对故都难免恋恋不舍。当时陆游刚开始扶床学步，还不懂事，是在父兄的怀抱中离开汴京的，从此再也未能回来过。每当陆游想到当年离别京华的情景时，心中总是充满无限的感慨：

扶床踉跄出京华，头白车书未一家。
宵旰至今劳圣主，泪痕空对太平花。

——《太平花》

陆宰一家出发不久，金兵果然再次南下包围了开封。赵桓等人束手无策，只得开城投降，作了阶下之囚。中原地区相继失陷，无数人民堕入了苦难的深渊。

陆宰家人口很多，行动迟缓，一路上困难之多可想而知。当他们渡过淮河到达寿春（今安徽寿县）时，曾停留了一段时间。陆宰任淮南转运副使时就住在这里，所以他们在此稍作休整。在寿春，陆宰听到了开封陷落、徽钦二帝被掳北去和高宗即位的消息。他盼望局势能逐渐好转，可是从前线传来的消息却令人失望。战火在迅速蔓延，金兵在继续南进。他们的野心愈来愈大，企图一举征服全国。江淮流域已经变成战场，这里再也没有一块平安之地可以作为人们的避难所了。

于是，陆宰只得带着全家老小继续向故乡逃亡。他们跋山涉水，“渡淮绝江”，有时与成千上万的难民同行，有时则夹杂在溃散的官军之中，人人心惊胆战，唯恐被敌兵追上。一路之上，风餐露宿，受冻挨饿，历尽艰辛。陆宰一家在淮河岸边差一点遇上敌人的追兵，他们慌忙躲进偏僻的山林草丛中，藏了一天一夜，才得脱险。逃亡途中，常常十天半月也吃不上一顿热菜热饭，能吃上一口干粮就算不错了。这时陆游已渐渐懂事，诗人在回忆这段危险艰苦的生活时写道：

我生学步逢丧乱，家在中原厌奔窜。
淮边夜闻贼马嘶，跳去不待鸡号旦。
人怀一饼草间伏，往往经旬不炊爨。

——《三山杜门作歌》

经过长期的颠沛流离，陆宰一家终于回到了山阴故居。对于年幼的诗人陆游来说，这是初次投入家乡的怀抱。到家以后陆宰忙于修理房舍，料理生活，会见亲友邻里，很少有空闲的时候。而年幼天真的陆游却跟随两个哥哥到碧波千顷的镜湖之滨采菱摘花、捉蟹捕鸟去了。诗人对山明水秀、风光如画的故乡，很快就产生了感情。

建炎三年（1129）秋，宗弼（兀术）统帅金兵再次向南侵犯。这时高宗已从扬州逃到临安，接着又经越州（今浙江绍兴）、明州（今浙江宁波）逃至海上。金兵分两路渡过长江，跟踪追击。敌兵所到之处，田园庐舍尽成焦土，江南人民遭到了空前的浩劫。

当金兵逼近临安时，陆宰又匆忙侍奉着老母，领着全家，投奔到东阳（浙江金华）陈彦声家里避难。陈彦声是东阳一支地方武装势力的首领，为人很勇敢，也很讲义气，对陆宰一家照顾得很周到。他们在这里寄居了三年多。这时由于岳飞、韩世忠、刘锜等所统帅的宋军愈战愈勇，多次给金兵以重创，江南的形势已经稳定下来，陆游一家才从东阳回到了山阴故居。

动乱的童年时代，使陆游尝到了侵略战争给广大人民带来的无边苦难，看到了无数百姓背井离乡、转死沟壑的悲惨处境。这段难忘的经历，在诗人幼小的心灵里留下了深刻的印象。这是他一生忧国忧民思想的起点。诗人曾说："少小遇丧乱，妄意忧元元。"（《感兴》）从童年时代起，陆游的命运就与国家、民族和人民的命运联系在一起了。

学文与习武

陆游从小就很喜欢读书，热爱学习。六岁左右，在避乱东阳山中时，他就开始入学念书了：

我昔生兵间，淮洛靡安宅。
髧髦入小学，童丱聚十百。
先生依灵肘，教以《兔园册》。
仅能记姓名，笔砚固不择。
灶墨磨断瓦，荻管随手画。

——《予素不工书，故砚笔墨皆取具而已，作诗自嘲》

当时学习的条件虽较差，但陆游却很用功。回到山阴后，他开始进入乡校，正式从师受业。其中有两位老师给他的印象最深。一位叫韩有功，为人正直，有骨气；另一位是他的族伯陆彦远，崇拜王安石，坚守临川之学。他们都是陆游童年时所敬仰的人物：

成童入乡校，诸老席函丈。
堂堂韩有功，英概今可想。
从父有彦远，早以直自养。
始终临川学，力守非有党。
纷纷名他师，有泚在其颡。
二公生气存，千载可畏仰。

——《斋中杂兴》

陆宰对儿子的要求很严格，常常深夜在灯下检查他们的学业，指导他们学习儒家经典。他还不止一次地给陆游弟兄讲述祖父陆佃少年时家境贫寒，映月读书、刻苦自学，终于成为著名学者的故事，以此来勉励后代。

陆家是书香门第，也是当时江南一带有名的藏书家。后来南宋朝廷在临安建秘书省，陆宰曾献出珍贵的文物图书一万三千多卷。陆游幼年天资聪慧，学习的环境和条件比较好，再加上他勤奋好学，所以学业进步很快。《宋史·陆游传》说他"年十二，能诗文"，可见他很早就开始练习写作了。

陆游的父亲希望他多在经书方面下功夫，以便将来能通过科举考试进入仕途。可是少年陆游却喜欢阅读文学作品，特别是对陶渊明、王维、岑参的诗歌，更是爱不释手，兴趣很浓厚。十三四岁的陆游，一天偶然发现父亲的藤床上放着一本陶渊明的诗集，便顺手拿过来翻看，越读越有味，舍不得放下。家人招呼他吃晚饭，他也装着没有听见，饿着肚子一直读到深夜（《渭南文集》卷二八《跋渊明集》）。

在乡校的同学中，和陆游的关系较为密切的有韩梓、胡杞、陈公实、范元卿，以及他的堂兄陆伯山、陆仲高等。他们刻苦学习，互相砥砺，常常在一起探讨一些疑难问题，对获取功名颇有信心：

少时业诗书，慕古不自量。
晨暮间弦诵，左右纷朱黄。
积书山崇崇，探义海茫茫。
同志三四人，辩论略相当。
落笔辄千言，气欲吞明场。

——《目昏颇废观书，以诗记其始，时年七十九矣》

十六岁那年，陆游初次来到临安应试。他和从山阴来的一批同学都住在西湖边上的灵芝寺里。除了复习功课，参加考试外，就是游览杭州的名胜古迹。这些青年人缺乏社会阅历，对当时黑暗腐败的政治感受不深，总以为自己学业不错，前程无量，有一种盲目乐观的情绪。他们不在乎能否考中，反正不愁衣食，所以进京之后就尽情地畅游湖山，饮酒高歌，纵论天下大事。在《送韩梓秀才十八韵》一诗里，陆游追述当时生活时写道：

束发走场屋，始得从君游。
灯火都城夜，风雨湖上秋。
追随不隔日，岩壑穷探搜。
摩挲石屋背，摇兀暗门舟。
酒酣耳颊热，意气盖九州。
夜卧相踏语，狂笑杂嘲讴。
但恐富贵逼，肯怀贫贱忧？

陆游这次入都应试虽然没有结果，但却结识了一些朋友，增长了不少知识。回到山阴后，陆游和许子威等一起就学于鲍季和先生，继续攻读。十八岁时，陆游认识了当时著名的诗人曾几，拜他为师，正式开始学习诗歌创作。曾几不仅是一位有影响的诗人，而且也是一位爱国者。他对陆游的影响是很大的。

少年时代的陆游既向书本学习，也注意向生活学习。南渡以后，陆宰虽然没在朝廷中任职，但他对国事还是很关心的。当时一些爱国的士大夫知识分子经常来到陆家，议论朝政和形势，表达他们对侵略者的仇恨、对投降派的愤怒之情。这时陆游常常在一旁聆听父辈们的爱国言论，受到深刻的教育和熏陶。其中陆游对周葵、傅崧卿、李光的印象最深，数十年后他们的形象依然活在诗人的记忆中：

某生于宣和末，未能言而先少师以畿右转输馕军，留泽潞，家寓荥阳。及先君坐御史徐秉哲论罢，南来寿春，复自淮徂江，间关兵间，归山阴旧庐，则某少长矣。一时贤公卿与先君游者，每言及高庙盗环之寇，乾陵斧柏之忧，未尝不相与流涕哀恸，虽设食，率不下咽引去。先君归，亦不复食也。

——《跋周侍郎奏稿》

绍兴初，某甫成童，亲见当时士大夫相与言及国事，或裂眦嚼齿，或流涕痛哭，人人自期以杀身翊戴王室。虽丑裔方张，视之蔑如也。

——《跋傅给事帖》

李文参政罢归乡里时，某年二十矣。时时来访先君，剧谈终日，每言秦氏，必曰“咸阳”，愤切慷慨，形于色辞。一日平旦来，共饭，谓先君曰：“闻赵相过岭，悲忧出涕。仆不然，谪命下，青鞋布袜行矣，岂能作儿女态邪！”方言此时，目如炬，声如钟，其英伟刚毅之气，使人兴起。

——《跋李庄简公家书》

少年时代父辈爱国思想的教育和感染，在陆游的心田里播下了杀敌报国的种子，他从小便立志要“扫胡尘”“清中原”，为实现祖国的统一而斗争。

为了使这一崇高的理想变成现实，在二十岁左右，陆游对“文章句读”一类的学问产生了怀疑，认为埋头经书，讲明古义，虽能博取功名富贵，却无济于世，无补于国，因而是不足称道的。他向往的是姜尚、诸葛亮一类武能安邦、文能治国的英雄人物。他曾说：

少鄙章句学，所慕在经世。
诸公荐文章，颇恨非素志。
一朝落江湖，烂漫得自恣。
讨论极王霸，事业窥莘渭。
孔明景略间，却立颇睥睨。

——《喜谭德称归》

陆游感到在国难临头的岁月里，单单学文不行，必须习武，掌握杀敌的本领。于是开始研读兵书，学习剑术，结交江湖奇士，渡过了一段诗酒豪纵、变名游侠的生活。

据宋人叶绍翁《四朝闻见录》说：陆游“天资慷慨，喜任侠，常以踞鞍草檄自任。且好结交中原豪杰以灭敌，自商贾仙释诗人剑客，无不遍交。”学剑游侠的生活，在陆游自己的作品里也是有反映的：

少时酒隐东海滨，结交尽是英豪人。
龙泉三尺动牛斗，阴符一编役鬼神。

——《夏夜大醉醒后有感》

十年学剑勇成癖，腾身一上三千尺。
术成欲试酒半酣，直蹑丹梯削青壁。
青壁一削平无踪，浩歌却过莲花峰。
世人仰视那得测，但怪雪刃飞秋空。

——《融州寄松纹剑》

我友剑侠非常人，袖中青蛇生细鳞。
腾空顷刻已千里，手决风云惊鬼神。
荆轲专诸何足数，正昼入燕诛逆虏。
一身独报万国仇，归告昌陵泪如雨！

——《剑客行》

这些诗篇运用了浪漫主义手法，难免有夸张成分，不过从中仍可窥见陆游青年时代生活的一个侧面。为了实现灭敌复国的理想，陆游确曾走出书房，离开家门，到下层社会中去求师寻友、习武学剑：“昔我变姓名”“我壮喜学剑”“变名吴市男儿事”“却因学剑客西州”“学剑惯曾游紫阁”“变名学剑十年功”（均见《剑南诗稿》）。陆游的师父是一位人称“白猿翁”的老侠士，他的事迹已不可考。陆游追随他多年，从他那里学到了一手精湛的剑术。了解这段经历，对于后来陆游在从戎南郑时期挺剑刺虎的壮举，也就不足为奇了。

在这些江湖侠士中，陆游的文化水平高，谈笑风生，目无俗礼，性格豪爽，无论对于兵、剑、诗、书，他都喜欢发表意见。大家都认为他文武双全，将来一定会大有作为。他们常常聚在一起，讨论抗金复国大计。虽然各自提出了许多方案，但却找不到一条切实可行的道路。因为当时正是朝廷主和，秦桧专权执行投降政策的时候，朝廷绝不会听取他们的意见，更不可能任用他们了。于是这些爱国的青年人，便想通过游侠组织，用行刺的手段来雪耻复仇。他们以古代侠士荆轲、专诸为榜样，企图潜入金国去暗杀金的统治者。这种冒险主义的方法，是不可能达到灭金复国的目的的。

陆游从学文到习武，是有社会原因的。在他二十岁左右，正是南宋统治集团无耻地进行叛卖投降活动的时候。为了向金人妥协求和，赵构与秦桧相勾结，以“莫须有”的罪名杀害了抗金英雄岳飞，制造了历史上最大的冤案。同时他们又相继解除了主战派将领的兵权，无情地打击和迫害爱国志士。秦桧还建立特务组织，钳制舆论，禁止发表抗金言论。在这种恐怖的气氛中，一些出身于士大夫家庭的爱国青年，对黑暗的政治现实感到失望，因而弃文就武，把目光转向下层，投身于江湖侠士的行列，去探索救亡图存的道路，这是由当时特殊的历史环境和条件决定的。

这段生活经历在陆游的一生中，虽然只是一个插曲，但对他的思想和性格的发展是有影响的。在变名学剑过程中，他广泛结识了各阶层的人物，加深了对现实社会的认识，胸怀更开阔，性格更豪放，知识更丰富了。陆游在群众中积极宣传抗金，主张用兵，赢得了许多同情者和支持者。因此，即使在卖国贼秦桧当权、朝野上下弥漫着妥协投降气氛的时候，爱国青年陆游已经以“喜论恢复”而名闻遐迩了。

爱情的悲歌

绍兴十三年（1143）陆游十九岁，第二次来到临安应试。自从三年前落第以后，陆游对通过科举进入仕途的兴趣已经不大，但又不能违背父母的意愿，终于还是启程进京了。他怀着矛盾的心情来到临安，并没有集中精力去应付考试，而是和一些志趣相投的青年朋友说诗论兵，纵酒高歌，过着浪漫的生活：

忆昔入京都，宝马摇香鬃。
酣饮青楼夜，歌声在半空。

——《寒夜遣怀》

少年喜任侠，见酒气已吞。
一饮但计日，斗斛何足论。

——《村饮》

这次考试虽然仍无结果，但陆游在都城停留的时间却比较长。第二年的元宵节，陆游的舅父唐仲俊曾约他在临安观灯：“随计当时入帝城，笙歌灯火夜连明。”（《绍兴癸亥余以进士来临安，年十九。明年上元，从舅光州通守唐公仲俊招观灯。后六十年嘉泰壬戌被命起造朝，明年癸亥复见灯夕游人之盛，感叹有作》）大约就在这时，他见到了舅父唐闳的女儿唐琬。他们姑表兄妹幼年时曾见过面，这次相逢，互相爱慕，感情更深。陆游回到山阴后不久，就跟唐琬结了婚。

这对青年夫妻生活十分美满幸福。唐琬也有文化，能写诗词，和陆游有许多共同语言。他们相亲相爱，形影不离。这时陆游本来对科举已无兴趣，婚后用在“学业”上的时间就更少了。这使他的父母很不高兴，特别是陆游的母亲唐氏，不知为什么对自己的内侄女总是看不顺眼，常常指桑骂槐，借故责难儿媳。最后终于在盛怒之下，逼着陆游与唐琬离婚，将她赶出了家门。

陆游心里明白，唐琬是无辜的，责任完全在婆母一方。但在封建礼教的桎梏下，父母的话就是法令，不管对与不对都必须绝对服从。陆游无可奈何，只得忍痛与爱妻分手。但他实在难以割舍，便瞒着双亲在外面找了一间房子，把唐琬暂时安置在那里，时常去赴幽会。他在悲痛之余，还存着一种侥幸心理，希望母亲有一天回心转意，他们夫妻能重新团圆。每当他去看唐琬的时候，总是用这一想法来安慰她。唐琬却默默无语地听着，憔悴的脸上挂满泪珠，她受的创伤太重了，对破镜重圆不抱多大希望。这样又过了一段时间，他们的秘密终于被人发现了。陆母不但没有回心转意，反而粗暴地活活拆散了这对恩爱的夫妻。人间又演出了一幕礼教吃人的悲剧。

不久陆游被迫另娶王氏，唐琬改嫁同郡宗室赵士程。这一婚姻悲剧在陆游心灵里留下了深深的伤痕。但他是一位有理想、有抱负的青年，个人的不幸并不能压倒他，使他抬不起头来。他还有许多工作要做，收复中原、统一祖国的伟大事业在召唤着他。大约就在这时，陆游走出家门，开始了“变名吴市”“学剑西州”的浪游生活。

绍兴二十五年（1155），陆游三十一岁时，一个阳光明媚的春天，诗人独自来到山阴城外禹迹寺南的沈家花园。恰巧唐琬与赵士程也在这里游春。一对被活活拆散的有情人，分别十年，偶然相逢，真是又惊又喜，他们有多少知心的话要说啊！可如今时移世迁，物是人非，千言万语，只能埋在心底。唐琬忍泪含悲，叫人送过来一些酒菜，以表示对故人的难忘之情。陆游想起当年泣血摧心的往事，悔恨交加，如醉如痴地凝神望着近在眼前、远在天边又脉脉含情的倩姿丽影，久久地不能平静。当他清醒之后，唐琬的身影已经消失在花柳丛中。陆游回转身来提笔在园壁上写了一首哀婉凄楚的《钗头凤》词：

红酥手，黄縢酒，满城春色宫墙柳。东风恶，欢情薄，一怀愁绪，几年离索。错！错！错！　　春如旧，人空瘦，泪痕红浥鲛绡透。桃花落，闲池阁，山盟虽在，锦书难托。莫！莫！莫！

据说唐琬读到这首词后，悲恸欲绝，也含泪和了一首：

世情薄，人情恶，雨送黄昏花易落。晓风干，泪痕残，欲笺心事，独语斜栏。难！难！难！　　人成各，今非昨，病魂长似秋千索。角声寒，夜阑珊，怕人寻问，咽泪装欢。瞒！瞒！瞒！

沈园会后，唐琬一病不起，沉疴日重，不久便含恨离开了人间。

陆游与唐琬的婚姻悲剧，暴露了封建礼教和宗法制度的罪恶。这两首词是用血和泪写成的，是对封建社会的强烈控诉。从此，来沈园游玩的人，都要到陆游题词的地方去参观。宋孝宗淳熙（1174—1189）年间，有人在这段墙壁前面用竹木夹成围栏加以保护，以表示人们对受害者的同情和怀念。

陆游对这场婚姻悲剧，终身不忘，他心灵所受的创伤实在太深了。诗人晚年卜居镜湖三山，虽然已是儿孙满堂、白发萧萧的老翁了，仍时常携杖来到沈园，探寻遗踪，凭吊故人，老泪纵横地写下了一曲曲爱情的悲歌：

枫叶初丹槲叶黄，河阳愁鬓怯新霜。
林亭感旧空回首，泉路凭谁说断肠。
坏壁醉题尘漠漠，断云幽梦事茫茫。
年来妄念消除尽，回首神龛一炷香。

——《禹迹寺南有沈氏小园，四十年前尝题小阕壁间，偶复一到而园已易主，刻小阕于石，读之怅然》

此诗作于绍熙三年（1192）秋，陆游六十八岁时。沈园的主人虽然换了，但那首《钗头凤》还留在残垣断壁上，而且又被人刻成石碑立在园中。诗人摩挲着，一边读着旧词，一边回首往事，不禁挥笔赋诗，祝祷故人安息于九泉之下。

城上斜阳画角哀，沈园非复旧池台。
伤心桥下春波绿，曾是惊鸿照影来。

梦断香消四十年，沈园柳老不吹绵。
此身行作稽山土，犹吊遗踪一泫然。

——《沈园》

这两首七绝作于庆元五年（1199）春，陆游七十五岁。此时唐琬死去已经四十多年，诗人也已年过古稀，行将入土，依然一往情深，重游故地，潸然泪下，对故人表示了无限的怀念。

此外，一些诗篇，如《十二月二日夜梦游沈园》，作于八十一岁；《禹祠》，作于八十三岁；《春游》，作于八十四岁，都是为悼念唐琬而写的。这些作品真切感人，情深意长，在哀惋中表现了一种沉痛和怨怼之情。陆游虽然没有直接谴责悲剧的制造者，但却以血的事实对封建婚姻制度和伦理纲常作了有力的控诉，其意义是深远的。

陆游和唐琬的悲剧故事，不仅赢得了当时人们的广泛同情，而且也被后代作家编成剧本，搬上了舞台，如蒋士铨的《沈氏园吊放翁》、桂馥的《题园壁》、吴梅的《陆务观寄怨钗凤词》等。“钗头凤”的传说至今仍活跃在我国的戏剧舞台和电影银幕上，成为富有生命力的传统题材。

考场风波

陆游在考场虽然两次失利，但他出身的那个阶级和家庭却认为通过科举进入仕途，是像他这样的世家子弟的唯一出路。他们千方百计地要陆游走这条路，不管遇到多少挫折也是不能回头的。陆游经过十年变名学剑的游侠生活，除了学到一身武艺，结识了各方面的人物，锻炼出一副强健的体格外，并没有也不可能做出对抗金复国有益的实际成绩来。在这样的情势下，他终于在绍兴二十三年（1153）再次来到临安，参加进士考试。

宋代凡有官衔的人考进士，叫锁厅试。陆游十二岁时，因门荫制度被授与九品文官登仕郎的虚衔。所以这次他来临安是参加锁厅考试。主考官是两浙转运使陈阜卿，为人正派，刚直不阿，曾因发表逆耳忠言触犯过奸相秦桧。当他看到陆游的试卷后，认为既有见解、切中时弊，又富有文采，是一篇难得的好文章，便决定取为第一名。可是恰巧秦桧的孙子秦埙也参加了这次考试。秦桧早已传出话来，必须把他的孙子取为第一名。主持锁厅考试的其他官员都俯首听命，准备以秦埙为第一名报送礼部参加复试。但陈阜卿坚持以陆游为第一名，秦埙为第二名上报礼部。秦桧得知消息，大发雷霆，对陈阜卿和陆游都怀恨在心。

次年三月，陆游在礼部复试中又被取为第一名，更加触怒了秦桧，公然下令贬黜陆游，取消他的进士资格，并扬言要查办陈阜卿。但不久这个气焰熏天、横行无忌的老贼突然患病，没有多久就死掉了。这场风波才算平息下来。

秦桧嫉恨陆游，不仅由于他名列秦埙之前，占了鳌头；更因为他“喜论恢复”，不附和议，在政治上是一个异己分子。秦桧这个专横跋扈的老投降派，手毒心狠，怎能容忍一个具有爱国思想的青年考上头名进士，而不加以扼杀呢？这件轰动一时的考场风波，并非一般的徇私舞弊行为，而是一桩政治打击报复案件。据《四朝闻见录》载：“公（指陆游）绍兴间已为浙漕锁厅第一，有司竟首秦熺，置公于末。及南宫一人，又以秦桧所讽见黜，盖嫉其喜论恢复。”这是陆游初次正面和投降派发生矛盾冲突，也是黑暗现实给他所上的第一堂政治课。

秦桧想从政治上扼杀陆游，但他的企图并没有得逞。陆游虽然遭到除名的打击，但丝毫也没有消极气馁，反而使他认识了投降派的面目，坚定了与他们进行斗争的勇气和决心。经过这次事件，陆游政治上逐渐成熟，爱国思想更加坚定。此后他曾不止一次地著文赋诗揭露和斥责秦桧弄权误国、排击善类的种种罪恶行径：

绍兴间，秦丞相桧用事，动以语言罪士大夫，士气抑而不伸，大抵窃寓于诗，亦多不免。

——《澹斋居士诗序》

秦丞相用事久，数起罗织狱，士大夫株连被祸者，袂相属也。

——《程君墓志铭》

太平翁翁十九年，父子气焰可熏天。
不如茅舍醉村酒，日与邻翁相枕眠。

——《追感往事》之一

诸公可叹善谋身，误国当时岂一秦？
不望夷吾出江左，新亭对泣亦无人。

——《追感往事》之四

除上引诗文外，还有不少作品也是直接或间接针对秦桧及其党羽的。这次考场上的风波，使陆游经受了锻炼，激励着他在生活的激流中更加勇敢地破浪前进。

初入仕途

绍兴二十五年（1155）十月，卖国贼秦桧病死。这是一件大快人心的事。朝廷的政策虽然没有发生什么变化，但毕竟给人们带来了一线希望。在社会舆论的压力下，一些长期遭受秦桧打击迫害的主战派官员，如张浚、胡铨、李光、曾几、辛次膺等，都相继被起用。人们期待着形势能够逐渐好转。

陆游就是在这种情况下，于绍兴二十八年（1158），被任命为福建宁德县主簿的。诗人初入仕途，虽然官卑位下，却幻想着前程一帆风顺。他在入闽赴任途中，泛舟瑞安江时，怀着愉快的心情写道：

俯仰两青空，舟行明镜中。
蓬莱定不远，正要一帆风。

——《泛瑞安江风涛贴然》

可是他到任不久，就感到失望。陆游原以为出任后能有所作为，但他所担任的主簿却是一种“卑于令丞而冷于尉”的芝麻小官，既无实权，事务却很繁重，终日忙于文书案牍，穷于应付。他的心情很苦闷：“匆匆簿领不堪论，出宿聊宽久客魂。”（《出县》）虽然不能有所作为，但在日常工作中还是勤勤恳恳，尽职尽责的，因而受到当地“百姓爱戴”（《宁德县志》）。

次年，陆游由宁德县主簿调任福州决曹，负责刑事诉讼工作。在这里他除了结识一些友人、游览名胜外，也未能有所建树。值得一提的是，他曾泛舟出海，在惊涛骇浪中放声高歌，横槊赋诗，遥望琉球群岛，开阔了眼界和心胸：

我不如列子，神游御天风。
尚应似安石，悠然云海中。
卧看十幅蒲，弯弯若张弓。
潮来涌银山，忽复磨青铜。
饥鹘掠船舷，大鱼舞虚空。
流落何足道，豪气荡肺胸。
歌罢海动色，诗成天改容。
行矣跨鹏背，弭节蓬莱宫。

——《航海》

常忆航巨海，银山卷涛头。
一日新雨霁，微茫见流求。

——《步出万里桥门至江上》

绍兴三十年（1160）春，陆游奉调入都任敕令所删定官，负责编纂朝廷颁布的法令和文告。第二年又担任了负责司法工作的大理寺直。陆游在朝中的职务和地位虽然不高，但能接近朝廷当权人物，可以陈述自己的政见，因此他对工作是满意的，热情也很高，希望能为国家、为朝廷做出自己的贡献。

这时金主完颜亮正准备南侵，宋金战争即将再次爆发。中原人民的抗金斗争在“绍兴和议”后转入低潮，完颜亮的残暴统治，又激起了各族人民反抗的怒火，起义运动不断发生。在南宋方面，秦桧死后主战的呼声也逐渐高涨。绍兴三十一年（1161）九月，完颜亮大举南侵。采石矶一战，宋军大捷。金人发生内讧，完颜亮被部下杀死，金兵被迫撤退。这次战争的胜利，极大地鼓舞了南宋军民。主战派要求朝廷利用金政权的内部矛盾，抓紧时机，整军经武，出师北伐，收复中原。

陆游初次来到京城，积极热情，朝气勃勃，抓住一切机会宣传抗战主张。当赵构召见他时，诗人曾恳切地请求皇帝下令北征：“后生谁记当年事，泪溅龙床请北征。”（《十一月五日夜半偶作》）陆游还提出了许多有关用人行政、励精图治的建议。如非宗室外家不得封王；朝廷不得派遣内侍小臣在外作威作福，扰民害政；监察工作要选拔德才兼备的人担任；废除极端残忍的凌迟之刑，禁止宦官收养子，残害无辜的少年儿童等。陆游还劝告赵构生活应当节俭，不要过于豪华奢靡。他特别提出，宦官为了争恩献宠，用高价收买北方珍玩献给皇帝，是一种“亏损圣德”的行为，必须“严行禁绝”。陆游的意见都是切中时弊，很有针对性的。可是赵构却置若罔闻，丝毫也没有采纳：

贼亮负函贷，江北烟尘昏。
奏记本兵府，大事得具论。
请治故臣罪，深绝衰乱根。
言疏卒见弃，袂有血泪痕。

——《感兴》

陆游的意见不但未被重视，反而因他敢于直言得罪了高宗，并借故将他免职回家。

绍兴三十二年（1162）六月，赵构传位给他的养子赵昚，是为孝宗。赵昚即位之初，曾表示要收复中原，并起用老将张浚进行北伐准备。这时陆游也被任命为枢密院编修官兼编类圣政所检讨官。由于宰相史浩、黄祖舜的推荐，赵昚还亲自召见陆游，听取他的意见，称其“力学有闻，言论剀切”（《宋史》卷三九九《陆游传》），并赐以进士出身。

陆游以为孝宗真有北伐的决心，而且自己又受到重视，因此爱国热情更高。他在临安积极宣传抗金，联络各方面的爱国人士，并向当权者提出了许多有关刷新政治、加强战备、出师北伐的建议。

在政治方面，陆游主张效法仁宗时期的行政制度，精减机构，提高工作效率，删除律令繁文，整饬吏治军纪，加强中央集权，统一抗金意志（《渭南文集》卷三《上殿札子三首》）。在用人问题上，他反对“重南轻北”的偏见，希望朝廷注意选用从中原流亡到南方来的有志之士。这样做可以给沦陷区人民以安慰，表示朝廷并未忘记北方同胞，从而增强他们对南宋朝廷的向心力（《渭南文集》卷三《论选用西北士大夫札子》）。

在军事方面，他和枢密院的其他官员一起，建议用十分之九的兵力固守江淮，用十分之一的精锐部队进讨山东，深入敌后，开辟游击战场，等到徐、郓、宋、亳一带平定后，主力部队再逐渐向北推进。这样，“进有辟国拓土之功，退无劳师失备之患”（《渭南文集》卷三《代乞分兵取山东札子》），在当时可以说是一种比较切实可行的战略。

关于定都问题，曾是主战派与主和派争论的焦点之一。南宋初年，李纲、岳飞、张浚等人都主张定都建康（今南京），反对定都临安（今杭州）。他们认为：“东南形胜莫重于建康，实为中兴根本。且使人主居此，北望中原，常怀愤惕，不敢暇逸。”（《宋史纪事本末》卷六三《南迁定都》）而临安虽然也是东南名都，但就地势言，不如素有“虎踞龙盘”之称的建康险固，且“其城可灌”，又“僻在一隅，内则易生玩肆，外则不足以号召远近，系中原之心”。（《宋史纪事本末》卷六三《南迁定都》）。所以，定都问题实质上是一个政治问题。都建康则表示朝廷不忘中原，有北伐的决心；都临安则说明南宋统治者甘心苟且偷安，无收复失地的打算。赵构拒绝了主战派的多次建议，坚持定都临安，这是由其一贯的妥协投降政策决定的。

陆游以为赵昚即位后北伐有望，于是又重新提出了定都问题。他认为建康形势险要，城池坚固，所以“江左自吴以来，未有舍建康而他都者”，而杭州“以形势则不固，以馈饷则不便，海道逼近，凛然常有意外之忧”，当年朝廷暂驻于此，乃是“出于权宜，本非定都”（均见《渭南文集》卷三《上二府论都邑札子》）。因此他建议南宋朝廷正式宣布，建康和杭州都是临时首都。这样，在没有战事的时候，可以从容建都立国，深根固本，积极从事北伐准备；一旦发生战争，以建康作为都城，进可以攻，退可以守，在政治上和军事上对北伐都是有利的。可惜陆游的上述意见和建议，并未受到当权者的重视，更没有被采纳施行。

赵昚即位初虽然做出了支持北伐的姿态，但实际上却未痛下决心，励精图治。他所宠信的仍旧是一些胁肩谄笑、贪黠狡诈、颠倒是非的小人，如曾觌、龙大渊等。他们结党营私，摇唇鼓舌，败坏朝纲。陆游认为要想发奋图强、收复中原，必须“察奸去蠹”，除掉这批祸国殃民的“贵幸”。一次，赵昚与曾觌等亲信在后宫饮酒取乐，燕狎嬉戏，丑态百出，影响很坏。陆游知道后很不以为然，于是就告诉了大臣张焘，希望他劝谏赵昚不要沉于酒色。第二天，张焘上朝时，批评孝宗说：“陛下新嗣服，岂得与臣下燕狎如此！”（《齐东野语》卷一一）结果，陆游因此事而触怒了赵昚，被逐出了杭州，贬为镇江府通判。

隆兴二年（1164）春，陆游从山阴来到镇江赴任。恰好这时张浚以右丞相的身份督视江淮军马，路过镇江。张浚重新被起用以来，积极从事北伐的组织领导工作。隆兴元年（1163），他派遣李显忠、邵宏渊伐金，由于二人之间的矛盾，未能配合作战，结果遭致符离之败。但张浚并未因此而失去北伐的信心，准备重整旗鼓，继续向中原进军。陆游的父亲与张浚是旧交，他在镇江看到陆游年轻有为，志在恢复，因而对陆游“顾遇甚厚”（《渭南文集》卷三一《跋敬夫书后》）。陆游对张浚很尊敬，积极向他献计献策，坚决支持他出师北伐。和张浚一起来到镇江的还有一批年轻的幕僚，如陈俊卿、冯圜仲、查元章、王嘉叟以及张浚的儿子张栻。陆游与他们意气相投，常常在一起议论国家大事，讨论北伐中原的计划。他们的爱国热情和豪迈气概，也给张浚以很大的鼓舞。

可是，符离兵败却被主和派作为反对北伐的借口，他们散布流言蜚语，对张浚进行攻击。赵昚动摇了，由支持主战很快就变成了主张妥协求和。于是投降势力卷土重来，秦桧的余党又掌握了朝廷大权。隆兴二年（1164）四月，张浚被解除兵权，不久病故。接着宋金就订立了所谓的“隆兴和议”，凡是支持张浚北伐的人都相继被调离、遣散或免职。乾道元年（1165），陆游由镇江调任隆兴（江西南昌）府通判。第二年又被投降派加上“交结台谏，鼓唱是非，力说张浚用兵”（《宋史》卷三九五《陆游传》）的罪名，罢职归家。

陆游从三十四岁初次走上政治舞台，到四十二岁被免职回乡，七八年间经历了仕途的坎坷，对黑暗的现实和腐败的朝政有了一些亲身的体验和感受。他曾对赵昚抱过幻想，希望他能承担起重整乾坤、洗雪国耻的重任。然而赵昚和赵构在本质上并没有什么区别，尽管在即位之初说了一些好听的话，但却未采取任何整军经武、富国强兵的措施，依旧沉湎在西湖的花天酒地之中。北伐稍受挫折，他就回到赵构妥协投降的老路上去了。从他罢张浚、订和议、贬陆游等种种言行来看，他上台之初的“锐志恢复”，不过是一句骗人的谎话而已。

通判夔州

乾道二年（1166），陆游从南昌被免职归家后，移居绍兴城南镜湖之滨的三山：“忆自南昌返故乡，移家来就镜湖凉。”（《开东园路北至山脚因治路傍隙地杂植花草》）这里离绍兴城大约九里，地名西村。诗人的新居是他用在京口任职时所得的俸禄买下的：“曩得京口俸，始卜湖边居。屋才十余间，岁久亦倍初。”（《家居自戒》）从此，陆游便定居于此，过着赋闲的生活。

投降派的排斥，使陆游失去了为国效命的机会，心情是很苦闷的。然而他的言行光明正大，目的是为了国家和民族的复兴。他主张抗金，支持张浚北伐，要求收复中原，实现国土的统一，这并没有什么罪。南宋统治集团企图通过政治上的打击，使陆游改变爱国立场，不再谈论兵事，放弃北伐主张，做一个“歌咏太平”的帮闲文人，这是完全违背陆游的志愿的，他决不会屈服于这种压力。诗人回到山阴后不久，曾愤慨地说：“妄身似梦行当觉，谈口如狂未易缄。”（《残春》）纱帽可以不戴，嘴是无论如何也封不住的。投降派误国误民，嗡嗡乱叫，虽然猖狂一时，但毕竟不能长久，不会有好下场，就像秋后的苍蝇蚊虫一样，陆游对他们投以鄙屑的目光：

十月江南未拥炉，痴蝇扰扰莫嫌渠。
细看岂是坚牢物，付与清霜为扫除。

——《十月苦蝇》

他坚信正义终将战胜邪恶，害人虫都要被扫除。这就是陆游在南昌被弹劾罢官后，对秦桧余党的回答。

陆游在闲居期间除了读书吟诗之外，也常投身到纯朴的农村和大自然的怀抱中去。他对故乡美丽的湖山风光和热情好客的农民群众感情愈来愈深。诗人以喜悦的心情和轻快的笔调描绘了一幅幅江南农村风情画：

莫笑农家腊酒浑，丰年留客足鸡豚。
山重水复疑无路，柳暗花明又一村。
箫鼓追随春社近，衣冠简朴古风存。
从今若许闲乘月，拄杖无时夜叩门。

——《游山西村》

这是乾道三年（1167）春天写的诗。此时陆游对农村生活的认识虽然还是比较表面的，但他热爱故乡，热爱劳动人民的感情却洋溢在字里行间，这也是他爱国主义思想的重要内容之一。

转眼之间，四年过去了。陆游的子女渐渐长大，家庭负担愈来愈重，生活陷入了贫困之中。当时的境况是很艰难的："儿女忽其满前，藜藿至于并日"，"贫不自支，食粥已逾于数月。"（《渭南文集》卷八《通判夔州谢政府启》）他没有别的出路，希望得到一官半职，暂时解决眼前的生活困难，同时也可以借此寻求报国立功的机会。

乾道五年（1169）十二月六日，陆游接到朝廷诏书，任命他为夔州（今四川奉节）通判。职务虽然恢复了，但对他的弹劾和所加的罪名并未撤销，而且又把他派到了遥远偏僻的夔州，可见朝廷对陆游的看法和态度并没有改变。虽然如此，陆游还是接受了这一任命，决定再次踏上坎坷不平的仕途。

任命发布之时，正值陆游久病以后，不堪长途跋涉，所以他决定等到第二年初夏天气暖和后再起程入蜀。乾道六年（1170）闰五月十八日，陆游带着十口眷属，离开山阴，踏上了漫长的旅途。二十日到达临安，在这里停留了十来天，拜会了一些亲友故交。临行前，他在写给参知政事梁克家的一首诗中，向这位比较知心的老朋友倾诉了自己多年来的遭遇，同时也表示了诗人不甘消沉、志存戎轩、为国雪耻的决心：

浮生无根株，志士惜浪死。
鸡鸣何预人，推枕中夕起。
游也本无奇，腰折百僚底。
流离鬓成丝，悲咤泪如洗。
残年走巴峡，辛苦为斗米。
远冲三伏热，前指九月水。
回首长安城，未忍便万里。

袖诗叩东府，再拜求望履。
平生实易足，名幸污黄纸。
但忧死无闻，功不挂青史。
颇闻匈奴乱，天意殄蛇豕。
何时嫖姚师，大刷渭桥耻？
士各奋所长，儒生未宜鄙。
覆毡草军书，不畏寒堕指。

——《投梁参政》

六月一日，陆游乘船离开临安，经运河入长江，然后溯流西上，途经江苏、安徽、江西、湖北、湖南，于十二月二十七日到达四川夔州。一路之上，他游览山川名胜，凭吊历史古迹，观察地理形势，了解民情风俗，丰富了见闻、增长了许多生动具体的感性知识，这对于他的诗歌创作也是有积极意义的。

陆游将他半年多的旅途生活，以日记的形式写成了一部六卷的《入蜀记》。这是一部文字优美的散文游记，它不仅详细记载了诗人的入蜀行踪，而且也保存了许多很有价值的历史地理资料。

陆游在夔州的官职是左奉议郎通判军州主管学事兼管内劝农事，实际上乃是一名无足轻重的闲官。他远离故乡，僻处山城，交游稀少，公事不多，难免有漂泊寂寞之感。诗人也常因想到逆胡未灭，壮志难酬，而感到悲愤惆怅。不管走到那里，陆游总是不忘国事，甚至梦中还在为祖国的复兴出谋划策：

梦里都忘困晚途，纵横草疏论迁都。
不知尽挽银河水，洗得平生习气无？

——《记梦》

他虽然曾因关心国事而一再遭到排斥和打击，但要他改变自己的态度和习惯却是不可能的。

乾道七年（1171）三月，陆游以监试官的身份主持州考在试院工作了一个多月。他还下乡劝农，并作《夔州劝农文》。这些工作虽是分内之事，但却不称心意。他感到抱负无从施展，因而不时发出“憔悴夔州生鬓丝”“白发凄凉老境催”的慨叹。

诗人在寂寞苦闷中，常常登山临水，吟啸于峰巅峡谷之间，寄托自己的情怀：

白盐赤甲天下雄，拔地突兀摩苍穹。
凛然猛士抚长剑，空有豪健无雍容。
不令气象少渟滀，常恨天地无全功。
今朝忽悟始叹息，妙处元在烟雨中。

太阴杀气横惨淡，元化变态含空濛。
正如奇才遇事见，平日乃与常人同。
安得朱楼高百尺，看此疾雨吹横风。

——《风雨中望峡口诸山甚奇戏作短歌》

夔州是唐代大诗人杜甫晚年曾经寄居之地。陆游来到这里后，便四处寻访杜甫遗迹。他月夜登上白帝城楼，还去过瀼西和东屯，这三处都有杜甫的故居，然而保存下来的只有东屯高斋一处。在《东屯高斋记》中，陆游对杜甫予以很高的评价。他说："予读其诗，至'小臣议论绝，老病客殊方'之句，未尝不流涕也。嗟夫，辞之悲乃至是乎！荆卿之歌，阮嗣宗之哭，不加于此矣。少陵非区区于仕进者，不胜爱君忧国之心，思少出所学佐天子，兴正观开元之治，而身愈老，命愈大谬，坎壈且死，则其悲亦无足怪也。"陆游推崇杜甫，不仅因为他们的遭遇相似，更重要的是由于他景仰杜甫的爱国主义精神。

乾道七年夏秋之间，陆游病了四十多天。夔州的薪俸本来不多，加上任期快满，生活又陷入了贫困之中。他不能不考虑未来的生活，或是筹措路费回家，或是另谋一个职位。他想来想去，没有别的办法，于是便给当时的丞相虞允文写了一封信，请求他"捐一官以禄之，使粗可活"（《渭南文集》卷三一《上虞丞相书》），解决燃眉之急。恰好这时王炎出任四川宣抚使，并邀他到幕府中工作。陆游接到消息，十分高兴，不等夔州任满便准备起程去赴新任。一年多的夔州生活就这样匆匆地结束了。

从戎南郑

乾道八年（1172）正月，陆游把家属留在夔州，匹马单身启程奔赴南郑。先向西行经云阳、万县、梁山、邻水、广安、岳池，再北上过南充、阆中、广元。初时于路颇有寂寞、孤独之感："残年流转似萍根，马上伤春易断魂。"（《马上》）途中诗人渐渐被迷人的巴山蜀水和淳朴的农家生活所吸引，胸怀也逐渐开朗起来。莺飞花开的早春二月，陆游来到川北重镇阆中，这时他的精神已经开始振奋。虽然此行能否实现"上马击狂胡"的志愿，尚难逆料，但南郑乃是抗金前线，而且自己又是参加戎幕、投身军旅、走向杀敌卫国的战场，这不正是长期梦寐以求的大好机会吗？因此，在诗人的眼前不时地闪现出希望的火花。

暮春三月，陆游经过两个多月的长途跋涉，终于到达南郑。这段旅途生活，见闻颇广，丰富了诗人的阅历：

曩自白帝城，一马独入蜀。
昼行多水湄，夜宿必山麓。

时闻木客啸，常忧射工毒。
蜿蜒蛇两头，踸踔夔一足。
岂惟耳目骇，直恐性命促。
稍历葭萌西，遂出剑阁北。
奴僵不敢诉，马病犹尽力。
我亦困人客，一日带屡束。
最忆苍溪县，送客一亭绿。
豆枯狐兔肥，霜早柿栗熟。
酒酸压查梨，妓野立土木。
主别意益勤，我去疲已极。
行行求旅店，借问久乃得。
溪声答歌长，灯焰照影独。
村深寒更甚，薪尽烧篑竹。
须臾风雨至，终夕苦漏屋。

——《怀旧用昔人蜀道诗韵》

《宋史·陆游传》对陆游从戎南郑的记载很简单，其中只有一段话说：

王炎宣抚川陕，辟为干办公事。游为炎陈进取之策，以为经略中原必自长安始，取长安必自陇右始。当积粟练兵，有衅则攻，无则守。吴璘子挺代掌兵，颇骄恣，倾财结士，屡以过误杀人，炎莫谁何。游请以玠子拱代挺。炎曰："拱怯而寡谋，遇敌必败。"游曰："使挺遇敌，安保其不败。就令有功，愈不可驾驭。"及挺子曦僭叛，游言始验。

南郑的军旅生活虽然只有八个多月，在陆游八十多年的人生途程中，可以说只是短暂的一瞬，但却是诗人一生中最可宝贵的时光。丰富的生活，火热的斗争，壮阔的场面，豪迈的气概，使陆游的生命焕发出绚丽的光彩，对他的思想和性格的发展产生了极大的影响，对他的诗歌创作更具有决定性的意义。

陆游本来著有“山南杂诗”百余篇，记述南郑军中生活，后因乘船经过望云滩，诗稿全部落入水中，遂不传于世（见《剑南诗稿》卷三七《感旧》自注）。有人说，“山南杂诗”是陆游自己有意地毁灭的，所谓“坠水中”，只是一句托辞，因为他不想让这些诗篇流传于世。这种说法恐怕未必符合实际情况。陆游四十八岁离开南郑，在此后的三十多年里经常回忆这段难忘的岁月。他曾先后写过一百多首诗词，追怀当年从军的情景。除这些“感旧”“忆昔”之作而外，《剑南诗稿》卷三和《渭南文集》中，还有一些作品直接或间接涉及这段生活。这对于我们了解陆游在南郑的情况，都是很有价值的参考材料。

南郑为汉中府治，当时是四川宣抚使驻地，形势十分险要，它“北瞰关中，南蔽巴蜀，东达襄邓，西控秦陇”（《读史方舆纪要》卷五六）。宋金战争期间，它的战略地位更加突出，是南宋王朝西北前线的重镇。乾道五年（1169）王炎以中大夫参知政事除四川宣抚使。王炎在统治集团成员中，是一个才略奋发、有志于恢复中原的人。他来到南郑后，积极筹边治军，修筑营垒厩库，“使坚壮便安，可以支久”（《渭南文集》卷一七《静镇堂集》）。同时又设置幕府，多方搜罗人材，为北伐进行准备工作。陆游在幕府中担任左承议郎权四川宣抚使司干办公事兼检法官，大约相当于机要秘书一类的工作。与陆游同时在幕府中任职的，还有张季长、范西叔、宇文叔介、刘戒之、周元吉、阎才元、章德茂、高子长等十四五人。其中陆游与张季长的关系最密切。张季长名缜，四川唐安人，隆兴元年进士，是蜀中知名的爱国志士。自从南郑相逢之后，他们之间“异体同心，有善相勉，阙遗相箴”（《渭南文集》卷四一《祭张季长大卿文》），成为了终身莫逆之交。王炎对这批年富力强的志士很器重，和他们的关系是融洽的：

南山南畔昔从戎，宾主相期意气中。
渴骥奔时书满壁，饿鸱鸣处箭凌风。

——《怀南郑旧游》

这时陆游虽然官居幕府，并没有实际兵权，但他认为这是收复中原的大好时机，而且又得到宣抚使的信任，因而精神振奋、斗志昂扬，工作非常积极：

昔者戍南郑，秦山郁苍苍。
铁衣卧枕戈，睡觉身满霜。
官虽备幕府，气实先颜行。
拥马涉沮水，飞鹰上中梁。

——《鹅湖夜坐书怀》

初到南郑，陆游便注意观察这一带的山川形势、民情风俗和战略地位，并逐渐形成了以此作为北伐根据地的思想。在到达幕府后的第三天，即乾道八年（1172）三月二十日，陆游赋诗说：

我行山南已三日，如绳大路东西出。
平川沃野望不尽，麦陇青青桑郁郁。
地近函秦气俗豪，秋千蹴鞠分朋曹。
苜蓿连营马蹄健，杨柳夹道车声高。
古来历历兴亡处，举目山川尚如故。

将军坛上冷云低，丞相祠前春日暮。
国家四纪失中原，师出江淮未易吞。
会看金鼓从天下，却用关中作本根。

——《山南行》

隆兴元年（1163），陆游在临安任枢密院编修官时，曾主张在固守江淮的前提下，分兵进取山东，这是把战略重点放在东南地区。十五年后，陆游到了川陕前线，视野更广阔，经历更丰富，同时也吸取了张浚北伐“师出江淮未易吞”的教训，因而改变了主张，产生了以西线为主攻方向的战略思想，并提出了“先取关中次河北”（《送范舍人还朝》）的北伐进军路线。这说明陆游能够根据形势和条件的变化，不断修正自己的思想和主张。

为了做好北伐的准备工作，陆游受王炎的委托，经常亲临前线，深入下层，走进军营，调查地形，检查战备情况，听取广大军民对北伐的意见。他脱去儒冠，身披铁甲，跨着战马，腰悬利剑，手挽长枪，冒着酷暑严寒，踏上崎岖坎坷的山路，往来奔驰于岐渭蜀陇之间。他曾到过大散关、骆谷口、仙人原、金牛驿、定军山等前方据点和战略要塞。生活是紧张而艰苦的，但陆游以国事为己任，不辞辛劳，无所畏惧，感到的是投笔从戎、为国效力的无限乐趣：

我昔从戎清渭侧，散关嵯峨下临贼。
铁衣上马蹴坚冰，有时三日不火食。
山荞畬粟杂沙碜，黑黍黄床如土色。
飞霜掠面寒压指，一寸赤心惟报国。

——《江北庄取米到作饭香甚有感》

忆从嶓冢涉南沮，笳鼓声酣醉胆粗。
投笔书生古来有，从军乐事世间无。

——《独酌有怀南郑》

这年夏天，陆游骑着一匹洮河骏马，率领一支小分队，跋山涉水，日夜兼程，来到南郑东北前哨据点骆谷口视察。骆谷口在陕西周至县西南，距离长安不到一天的路程，是西北防线上的要塞。陆游看到阵营整肃、兵强马壮、战士们的斗志很高，心里非常高兴。他还登上烽火台，遥望长安，增强了收复中原的信心：

我昔在南郑，夜过东骆谷。
平川月如霜，万马皆露宿。
思从六月师，关辅谈笑复。

——《夏夜》

秋初，陆游从骆谷口回到南郑，正值宣抚使王炎进行军事检阅，他和幕府中的同僚周元吉等人都参加了这次阅兵：

梁益东西六十州，大行台出北防秋。
阅兵金鼓震河渭，纵猎狐兔平山丘。
露布捷书天上去，军谘祭酒幄中谋。
岂知今日诗来处，日落风生芦荻洲。

——《和周元吉右司过弊居追怀南郑相从之作》

阅兵一结束，陆游立即又跨马出征，到边防线上巡视去了：

朝看十万阅武罢，暮驰三百巡边行。
马蹄度陇雹声急，士甲照日波光明。

——《秋怀》

陆游和战友们攀登高入云天的悬崖峭壁，跨越危如累卵的古代栈道，渡过一道又一道急流险滩，行进在峰回路转的万山丛中。当寒冬来临的时候，陆游扬鞭催马来到了大散关下：

昔者戍梁益，寝饭鞍马间。
一日岁欲暮，扬鞭临散关。
增冰塞渭水，飞雪暗岐山。

——《怀昔》

大散关在陕西宝鸡县西南的大散岭上，为秦蜀交通之孔道，形势险要，难攻易守，处于宋金双方西部分界线上，关下就是金人的阵地。陆游来到关上，俯视敌营，侦察金兵的动向，想到四十多年来国家的奇耻大辱，沦陷区人民遭受的无边苦难，更加激起了他驱逐敌寇、誓清中原的豪情壮志：

往者行省临秦中，我亦急服叨从戎。
散关摩云俯贼垒，清渭如带陈军容。
高旌缥缈严玉帐，画角悲壮传霜风。
咸阳不劳三日到，幽州正可一炬空。
意气已无鸡鹿塞，单于合入蒲萄宫。

——《夜观秦蜀地图》

在南郑的日子里，不管寒暑阴晴，每当夜幕降临大地的时候，陆游总要登上城楼，等待从大散关和骆谷口传来的平安烽火：

嗟余昔从戎，久戍南郑墟。

登高望夕烽，咫尺咸阳都。

——《感兴》

我昔游梁州，军中方罢战。
登城看烽火，川迥风裂面。
青荧并骆谷，隐翳连鄠县。
月黑望愈明，雨急灭复见。

——《夜读唐诸人诗，多赋烽火者，因记在山南时，
登城观塞上传烽，追赋一首》

一点烽传散关信，两行雁带杜陵秋。

——《秋晚登城北门》

雪云不隔平安火，一点遥从骆谷来。

——《频梦至南郑小益之间慨然感怀》

不看到平安烽火，陆游是不会回到营帐中去休息的。如果前方的情况不明，他怎能解衣就寝、高枕无忧，安然入梦呢？

七月十六日夜，万里无云，月光如水，南郑城里一片寂静，只有城上的军号声在夜空中回荡。陆游把案上的文书整理好，放进卷柜里，漫步走出营门，约了几个同僚幕友，一起登上南郑城楼西北角的高兴亭，一边等待平安烽火，一边饮酒赏月。他们在银色的月光下，指点江山，遥望长安城南的终南山，想到国土未复、国耻未雪，禁不住泪如雨下，感慨万千。沉默一阵之后，陆游站起身来，即兴挥毫，写了一首词：

秋到边城角声哀，烽火照高台。悲歌击筑，凭高酹酒，此兴悠哉。
多情谁似南山月，特地暮云开。灞桥烟柳，曲江池馆，应待人来。

——《秋波媚》

读了这首新词，陆游的幕友们都很受感动，一致称赞他说出了千万人的心里话。大家表示决不辜负中原人民的期望，争取早日出师北伐，从敌人的铁蹄下解放被践踏蹂躏的祖国大好河山。陆游和他们相约，北伐成功后再携手灞桥，痛饮曲江。那时，他们对胜利是充满希望和信心的。

在南郑期间，陆游十分注意了解当地的民情风俗，对那里的节令气候，人民的劳动、生活以及语言习惯等都很关心：

昔我从行台，宿师南山旁。

仲秋已戒寒，九月常賈霜。
入冬即大雪，人马有仆僵。
土床炽薪炭，旃毳如胡羌。
果蔬悉已冰，熟视不得尝。

——《十月暄甚人多疾十六日风雨作寒气
候方少正作短歌以记之》

种畲多菽粟，艺木杂松柟。
妇汲惟陶器，民居半草菴。
风烟迷栈阁，雷霆起湫潭。
城廓秦风近，村墟蜀语参。

——《顷岁从戎南郑屡往来兴凤间暇日追怀旧游有赋》

陆游感到汉中地区不但山川盘纡，占有地利之便，而且民众的气概豪健刚劲，有和敌人战斗到底的决心与勇气，是可信赖和依靠的：

地近函秦气俗豪，秋千蹴鞠分朋曹。
苜蓿连营马蹄健，杨柳夹道车声高。

——《山南行》

大散陈仓间，山川郁盘纡。
劲气钟义士，可与共壮图。

——《观大散关图有感》

为了广泛结识抗金义士，陆游常常到街巷村落里去进行访问。无论是商贾剑客或渔樵僧道，只要愿意抗金，他便视为知己，引为同志，和他们一起讨论复国大计。对于从沦陷区逃亡到川陕一带来的遗民和侠士，陆游予以特别的关注，对他们的遭遇和处境深表同情："忆昔从戎出渭滨，壶浆马首泣遗民。"（《忆昔》）这时陆游总是挥泪下马，和流离失所的难民们握手交谈，共叙骨肉同胞之情。中原人民虽然处于水深火热中，但他们心向宋朝，日夜盼望王师北伐，不甘心作亡国奴。他们冒着生命危险，穿过重重封锁，给宋军将士们捎来了洛阳的竹笋、黄河的鲂鱼，送来了一封封敌军的情报，以表示不忘故国的深情：

忆昨王师戍陇回，遗民日夜望行台。
不论夹道壶浆满，洛笋河鲂次第来。

关辅遗民意可伤，蜡封三寸绢书黄。

亦知虏法如秦酷，列圣恩深不忍忘。

——《追忆征西幕中旧事》

诗人为这些感人的事迹而激动，使他受到深刻的教育。从此，遗民的形象常常出现在他的作品之中。

在王炎的同意下，陆游通过中原难民和关中义士与敌后的抗金势力和金军中的汉族将士取得联系，并建立了一个传送情报的机构，负责把敌占区的动态报告给宣抚司。在《昔日》诗的自注中，陆游回忆说："予在兴元日，长安将吏以申状至宣抚司，皆蜡弹，方四五寸绢，虏中动息必具报。"

经过一番调查研究，陆游对当时的敌我态势和汉中地区的情况都有了一定的了解。他认为川陕一带具备许多有利条件，可以作为进军北伐、光复国土的根据地。王炎和他的幕僚们也都同意陆游的看法，大家勉励他尽快草拟一份驱逐金人、收复中原的战略计划："诸公勉画平戎策，投老深思看太平。"（《登剑南西川门感怀》）陆游的平戎策没有保存下来，在《宋史·陆游传》中只用两句话做了概略的介绍。其要点是：收复中原必须先取长安，取长安必须先取陇右。当前要集中精力进行备战，平时广积粮草，加强军事训练，一有机会就发动进攻，如果时机未到则要坚持防守。至于其中的具体作战方案和其它细节就不得而知了。

王炎虽然同意陆游的进取之策，但是否能够贯彻执行，他也做不了主。必须呈报朝廷，等待批示。这时孝宗赵昚早已安于现状、无心北伐了。所以陆游的北伐计划送到临安后，如同石沉大海，没有丝毫反响。

陆游和前线将士们天天盼望着从临安来的消息，可是始终不见回音。北伐的准备工作不得不停顿下来，宣抚司往日那种忙碌紧张的气氛逐渐消失了。幕府的同僚们无事可做，只好以饮酒、打猎、蹋球、呼卢来消磨时光：

昔者远戍南山边，军中无事酒如川。
呼卢喝雉连暮夜，击兔伐狐穷岁年。

——《风顺舟行甚急戏书》

军中罢战壮士闲，细草平郊恣驰逐。
洮州骏马金络头，梁州球场日打球。

——《冬夜闻雁有感》

对于这些活动，陆游本来就很爱好，现在既然"狼烟不举""军中无事"，他何不与大家一起到游戏场中消遣消遣呢？况且对于一个诗人来说，这也是体验生活的机会啊！

当秋天来到的时候，陆游常常和战友们出外打猎。他们手牵猎犬、臂擎苍鹰，或纵马于细草平郊之上，或穿行于深山密林之中。陆游因围猎曾登过嶓冢、中梁、孤云、两角等高山，涉过漾水、沮水、沔水、嘉陵等江河，南郑周围二三百里内差不多都留下了他的足迹。军号既未吹响，只好在围场上大显身手。诗人在回忆当时豪迈的气概时写道：

往时一醉论斗石，坐人饮水不能敌。
横戈击剑未足豪，落笔纵横风雨疾。
雪中会猎南山下，清晓嶙峋玉千尺。
道边狐兔何曾问，驰过西村寻虎迹。
貂裘半脱马如龙，举鞭指麾气吐虹。
不须分弓守近塞，传檄可使腥膻空。

——《醉歌》

乾道八年（1172）九月九日，时逢重阳佳节，幕友范西叔奉召离开南郑，陆游和同僚们为他设筵饯行。送走西叔以后，陆游等乘着酒兴驰马来到城西十五里处的中梁山下，射猎寻乐：

南郑从戎嗟尚壮，中梁纵猎最难忘。
离披雉拂雕鞍堕，独俫狐穿古冢藏。

——《癸丑重九登山亭追怀顷在兴元常以是日猎中梁山下乐甚慨然赋诗予于是生有六十九年矣》

他们还登上山顶的中梁寺，凭高眺望，只见满山红叶，秋意正浓，远处汉水像一条白练，在夕阳中闪着粼粼波光，绕过古城南郑向东流去。入夜，猎手们的雕鞍上挂满山鸡、狐兔，踏着月色尽兴而归。

这年秋末冬初，陆游在围猎时遇上了猛虎。同行的三十多人都被这山中之王吓得面无人色，纷纷拨转马头，只顾逃命。陆游闻讯策马赶来，挺身而上，与猛虎展开了一场搏斗。诗人花了十年功夫学来的剑术，这回可用上了。几个回合之后，只听一声惨叫，猛虎倒在地下，陆游的利剑深深地刺进了它的心窝，诗人的白袍和貂裘也沾上了野兽的鲜血：

刺虎腾身万目前，白袍溅血尚依然。
圣时未用征辽将，虚老龙门一少年。

——《建安遣兴》

百骑河滩猎盛秋，至今血溅短貂裘。

谁知老卧江湖上，犹枕当年虎髑髅。

——《醉歌》

刺虎的壮举很快在军营内外传开了，人们都称赞陆游不愧是文武双全的奇才：

挺剑刺乳虎，血溅貂裘殷。

至今传军中，尚愧壮士颜。

——《怀昔》

陆游也认为南山刺虎是他平生最感快意的一件事，所以一直把那件溅血的貂裘和那张虎皮保存在身边。诗人晚年常常在风雪之夜，孤灯之下，回首往事，梦游梁州，写下了一系列追忆当年挺剑刺虎的诗篇。比较有代表性的是淳熙八年（1181），陆游在山阴故居所写的《十月二十六日夜梦行南郑道中既觉恍然揽笔作此诗时且五鼓矣》：

孤云两角不可行，望云九井不可渡。

嶓冢之山高插天，汉水滔滔日东去。

高皇试剑石为分，草没苔封犹故处。

将坛坡陀过千载，中野疑有神物护。

我时在幕府，来往无晨暮。

夜宿沔阳驿，朝饭长木铺。

雪中痛饮百榼空，蹴踏山林伐狐兔。

耽耽北山虎，食人不知数。

孤儿寡妇仇不报，日落风生行旅惧。

我闻投袂起，大呼闻百步。

奋戈直前虎人立，吼裂苍崖血如注。

从骑三十皆秦人，面青气夺空相顾。

国家未发渡辽师，落魄人间傍行路。

对花把酒学酝藉，空辱诸公诵诗句。

即今衰病卧在床，振臂犹思备征戍。

南人孰谓不知兵，昔者亡秦楚三户。

陆游“怀昔”“感旧”，决非为了自我陶醉，而是要表达他虽已衰老多病，但壮心犹在，如果朝廷下令北伐，仍会毫不犹豫地奔赴为国杀敌的战场，就像当年腾身刺虎、为民除害一样。

南郑是一座古城，附近有许多名胜古迹。闲暇时陆游常常同邀二三幕友，四处寻访前人遗踪。汉水之滨的刘邦庙、韩信拜将坛、三泉道上的老君洞、嶓冢山上的试剑石等地方都曾留下他的足迹。在路过广元县北的筹笔驿时，陆游特地去拜谒了诸葛亮的祠堂。相传诸葛亮六出祁山时曾驻军筹画于此，后人因而筑祠表示纪念。陆游下马入祠，仰望孔明塑像，遥想当年诸葛丞相坚持北伐，鞠躬尽瘁、死而后已的精神，不由得肃然起敬，频频致礼，并挥笔赋诗道：

运筹陈迹故依然，想见旌旗驻道边。

一等人间管城子，不堪谯叟作降笺。

——《筹笔驿》

这年十月，陆游在阆中游览了锦屏山上的少陵祠堂，对伟大诗人杜甫表示敬仰和怀念之情："文章垂世自一世，忠义凛凛令人思。"（《游锦屏山谒少陵祠堂》）陆游寻访古迹，目的不在游山玩水，而是为了以古代先贤烈士们的优秀品德和崇高精神来鼓舞自己。所以他每到一处总是要赋诗书感，记下自己的收获与体会："考古时兴感，无诗日每惭。"（《顷岁从戎南郑屡往来兴凤间暇日追怀旧游有赋》）

正当陆游在南郑前线跃马横戈、策划北伐的时候，朝廷决定调回王炎，解散幕府。很明显，这实际上就是否决了由陆游起草、经王炎同意，向南宋朝廷呈报的北伐计划。在《跋刘戒之东归诗》一文中，陆游回忆当时的情况说："乾道中，予与戒之同在宣抚使幕中，同舍十四五人。宣抚使召还，予辈皆散去。"这正是："大散关上方横戈，岂料事变如翻波。"（《题严州王秀才山水枕屏》）事情发生得太突然，出乎陆游的意料之外。转眼之间，北伐的理想破灭了，出师的计划变成了一张废纸，他怎能不为之悲痛失望呢！

召回王炎的命令送达南郑的时候，陆游正因公外出。十月十三日他离开阆中返回南郑，行至广元以东的嘉川铺，宣抚司的驿马送来事态变化的消息，催他尽快回去。陆游接到通知，冒着十月寒霜连夜匆匆启程：

黄旗传檄趣归程，急服单装破夜行。

肃肃霜飞当十月，离离斗转欲三更。

酒消顿觉衣裘薄，驿近先看炬火迎。

渭水函关元不远，著鞭无日涕空横。

——《嘉川铺得檄遂行中夜次小柏》

当他进入汉中境内的时候，愈加感到事情不妙，几个月来辛勤的工作都白废了，恢复中原的希望又化成了泡影。诗人感到无限的忧愁和悲怆：

南沮水边秋射虎，大散关头夜闻角。

画策虽工不见用，悲咤那复从军乐。

——《三山杜门作歌》

遗虏孱孱宁远略，孤臣耿耿独私忧。
良时恐作他年恨，大散关头又一秋。

——《归次汉中境上》

陆游回到南郑幕府后，王炎已经启程赴京，同僚们也都先后离去，各奔东西。他也只好收拾行李，准备南下成都。陆游的家属是八月间离开夔州的，这时到达南郑不久，还没有得到休息，一家大小又匆匆忙忙地踏上了旅程。

从戎南郑使陆游的诗歌创作发生了巨大变化，他从模拟前人走上了以反映现实生活为主的广阔道路。作品的内容更加丰富多彩，独特的艺术风格也逐步形成。从这时开始，陆游才真正懂得了“诗家三昧”，掌握了作诗的诀窍。他深深地体会到，只有投身到生活的激流里，才能获得无穷无尽的创作源泉。这段从军生活，虽未能达到杀敌报国的目的，但却并非虚度岁月，它使陆游的诗歌进入了一个新的时期。在他漫长的创作历程中，意义是十分深远的。

漂泊巴蜀

乾道八年（1172）十一月二日，陆游怀着怅惘的心情，带着家眷离开汉中，前往成都：“渭水岐山不出兵，却携琴剑锦官城。”（《即事》）一位决心驰骋沙场的豪杰志士，被迫脱去身上战袍，放下手中杀敌武器，离开战斗岗位，到后方去做一名无所事事的闲官，他怎能不感到痛苦和愤慨呢？当诗人在蒙蒙的细雨中，骑着毛驴，经过剑门关时，不禁发出了深沉的感叹：

衣上征尘杂酒痕，远游无处不消魂。
此身合是诗人未？细雨骑驴入剑门。

——《剑门道中遇微雨》

杀敌报国的机会来了，又迅速地失掉了；收复中原的希望出现了，转眼间又破灭了。陆游在深深的失望和愤懑中，对自己未来的生活道路产生了疑问：难道我这一生注定了只能做一个行吟驴背的诗人吗？他多么不愿意放下手中的武器啊！然而，朝廷无意北伐，他也无可奈何，只得忿忿不平地离开前方。

残冬时节，陆游在萧瑟的寒风中到达成都，从而开始了漂泊巴蜀的生活。在名义上他担任的是成都府安抚使参议官，但实际上只是一个空衔，没有安排具体工作。当时的处境是：“冷官无一事，日日得闲游。”（《登塔》）他本来打算在成都稍事停留后，就离蜀东归：“锦城小憩不淹迟，即是轻舠下峡时。那用更为麟阁梦，从今正有鹿门期。”（《思归引》）这次被迫撤离前线，对陆游的打击太沉重了，不免使他产生了消极情绪。他希望早日回到故乡，去过隐居生活。正当陆游准备买船东归时，他又被任命为蜀州（今四川崇庆）通判。乾道九年（1173）春，陆游离开成都去赴任。到了蜀州，生活依然是闲闷无聊的，只好以赏花、饮酒、赋诗来消磨时光：

流落天涯鬓欲丝，年来用短始为奇。
无材藉作长闲地，有懑留作剧饮资。
万里不通京洛梦，一春最负牡丹时。
襞笺报与诸公道，罨画亭边第一诗。

——《初到蜀州寄成都诸友》

这年夏天，陆游来到四川乐山代理嘉州知州。嘉州为蜀中的名胜之所，青衣江、大渡河、岷江在此汇合，山明水秀，风光佳丽，又有许多文物古迹。陆游很喜欢这里，常常登山临水，饱览旖旎的自然风光，尤其是岷江左岸的凌云山和大佛寺一带更使他流连忘返、赞叹不已。

这年八月二十二日，陆游在嘉州参加了一次盛大的军事检阅。他虽然只是代理知州，但对有利于国防建设的工作总是很积极热情的。陆游穿上戎装，骑着骏马，检阅一队队蜀中健儿。挥戈杀敌、澄清中原的伟大理想又在鼓舞和召唤着他。诗人兴奋地写道：

陌上弓刀拥寓公，水边旌旆卷秋风。
书生又试戎衣窄，山郡新添画角雄。
早岁枢庭虚画策，晚游幕府愧无功。
草间鼠辈何劳磔，要挽天河洗洛嵩。

——《八月二十二日嘉州大阅》

陆游在嘉州的生活是丰富的，心情也比初离南郑时好多了。可是当他一想到不能在前方杀敌卫国，却在蜀中流连光景、虚度岁月时，又感到无比的痛苦和悲哀了。他打开大散关地图仔细观看，回忆和幻想交织在一起，涌现在他的眼前：

上马击狂胡，下马草军书。
二十抱此志，五十犹癯儒。
大散陈仓间，山川郁盘纡。
劲气钟义士，可与共壮图。
坡陀咸阳城，秦汉之故都。
王气浮夕霭，宫室生春芜。
安得从王师，汛扫迎皇舆。
黄河与函谷，四海通舟车。
士马发燕赵，布帛来青徐。

先当营七庙，次第画九衢。
偏师缚可汗，倾都观受俘。
上寿大安宫，复如贞观初。
丈夫毕此愿，死与蝼蚁殊。
志大浩无期，醉胆空满躯。

——《观大散关图有感》

诗人渴望祖国能尽快恢复统一，重新出现和平、强盛的局面，就像唐太宗贞观年间那样。可是在现实生活里，他的愿望和理想一次又一次地破灭了，因而只能徒然叹惜。

十月的一个夜里，陆游正在嘉州官舍的寓所聚精会神地阅读兵书。他偶然抬头发现墙壁上挂着的那把黄金错刀，在月光的映射下闪烁着熠熠的寒光。诗人夜读的平静心情又开始翻腾了。他想到当年学剑游侠和不久前从戎南郑的生活，战友们一片忠心、为国献身的豪情壮举，历历如在目前。他坚信宋朝不会灭亡，抗金必将取得胜利。想到这里，陆游摘下宝刀，健步走出嘉州城门，沿着岷江来到郊外的一座小山之上。每当工作之余，陆游常来这里舞剑练刀。今天夜里，月色格外皎洁，他乘兴又舞了一会刀。然后提刀在手，独自伫立山岗，遥望苍茫的四野，心潮起伏难平，不禁口占一诗，抒写不可动摇的抗金意志：

黄金错刀白玉装，夜穿窗扉出光芒。
丈夫五十功未立，提刀独立顾八荒。
京华结交尽奇士，意气相期共生死。
千年史策耻无名，一片丹心报天子。
尔来从军天汉滨，南山晓雪玉嶙峋。
呜呼楚虽三户能亡秦，岂有堂堂中国空无人？

——《金错刀行》

陆游在嘉州所写的爱国诗篇，除《观大散关图有感》《金错刀行》外，还有《九月十六日夜梦驻河外遣使招降诸城觉而有作》《闻虏乱有感》《言怀》《胡无人》等。这些诗篇大都写得激昂慷慨，表达了对敌人的蔑视，对争取抗金胜利充满信心，艺术感染力也都比较强，为陆游的现实主义创作道路奠定了良好的基础。

陆游少年时就很喜欢唐代边塞诗人岑参的作品，认为他是继李白、杜甫之后的一位大家。岑参曾做过嘉州刺史，这一带还流传着他的一些遗诗。陆游来到嘉州后，把这些诗篇搜集起来，编为《岑嘉州诗集》，并亲自作跋付印。他还在嘉州官舍的西斋小山堂，绘岑参的像于壁上，表示崇敬怀念之意。在《夜读岑嘉州诗集》中，陆游写道：

汉嘉山水邦，岑公昔所寓。
公诗信豪伟，笔力追李杜。
常想从军时，气无玉关路。
至今蠹简传，多昔横槊赋。
零落才百篇，崔嵬多杰句。
工夫刮造化，音节配韶頀。
我后四百年，清梦奉巾屦。
晚途有奇事，随牒得补处。
群胡自鱼肉，明主方北顾。
诵公天山篇，流涕思一遇。

陆游推重岑参，主要是由于岑参从军西北时所写的一些气魄雄伟、满怀豪情壮志的边塞诗引起了他的共鸣。陆游多么希望能像盛唐边塞诗人那样，随军出征，驰骋疆场，挥戈杀敌，横槊赋诗啊！

淳熙元年（1174）春，陆游离开嘉州返回蜀州，以通判代理知州。当权者对他毫不重视，调来调去，名分又不定，当然不可能有所作为。他对自己所处的地位感到非常可笑，但又摆脱不了官场的羁绊，心情是十分矛盾的。陆游叙述当时的处境时写道：

似闲有俸钱，似仕无簿书。
似长免事任，似属非走趋。
病能加餐饭，老与酒不疏。
婆娑东湖上，幽旷足自娱。

——《醉书》

可做的事情既然不多，陆游只好把光阴消磨在湖心禅林之间。蜀州的东湖和西湖，州衙内的罨画池，城外的翠围山、化成山，以及一些著名的寺院，都是陆游栖迟吟咏之所。他表面上过着悠闲放浪的生活，但内心却很不平静，常常在诗酒之余发出深沉的慨叹："岂其马上破贼手，哦诗长作寒螿鸣？"（《长歌行》）杀敌的壮志，战士的豪情，像一支不灭的火炬，在他胸中燃起熊熊的烈火。清晨，他推枕而起，首先想到的是沦陷区的大好河山：

一鸦飞鸣窗已白，推枕欲起先叹息。
翠华东巡五十年，赤县神州满戎狄。

——《晓叹》

深夜，他在灯下观看地图，中原人民盼望宋军北伐的动人情景，突然又展现在他眼前：

日暮风烟传陇上，秋高刁斗落云间。
三秦父老应惆怅，不见王师出散关。

——《观长安城图》

陆游在蜀州的生活虽然也很不称心，但他丝毫没有放弃自已的理想和抱负。眼前未能如愿以偿，只好寄希望于未来，他相信总有一天会“衔枚夜度桑干碛”（《龙眠画马》），“却从銮驾下辽东”（《秋声》）。

淳熙元年（1174）冬，陆游又被派到荣州（今四川荣县）去代理州事。他从成都出发，绕道青城，游览山中一些著名的道教宫观。然后过灌县，参观都江堰，登灌口东大楼，遥望巍峨的大雪山。再乘船顺岷江南下，于十一月间到达荣州。十二月间，陆游的家眷也从蜀州来到了荣州。一个多月前，陆游的夫人王氏刚刚在蜀州生下了他们的第六个儿子子布，产后未能很好休息，便匆匆带着一群儿女来到了丈夫的任所。陆游出城迎接一家大小，只见他们风尘仆仆，随自己常年漂泊不定，心中颇有感慨。他很想结庐于育奇孕秀的巴山蜀水之间，度过自己的晚年。但当诗人想到国仇未报、敌寇未灭，顿时又打消了这种只顾“小家”、不管国家民族的念头。振兴祖国的责任感，激起了陆游强烈的战斗渴望。他希望能摆脱家室之累，奋然远行，重返前线，冒着漫天的冰雪，与敌人血战一场：

身如林下僧，处处常寄包。
家如梁上燕，岁岁旋作巢。
岂惟人所怜，顾影每自嘲。
眼看佳山水，不得结把茅。
造物困豪杰，如视饿虎哮。
要令出精神，感激使叫呶。
颇思投笔去，走马盘云旓。
三更冒急雪，大战梁楚郊。

——《自唐安徙家来和义出城迎之马上作》

不久就到了年底，一家人刚刚团聚，正准备欢度除夕之夜，突然接到四川制置使的通知，陆游被任命为朝奉郎、成都府路安抚司参议官兼四川制置使司参议官，并催他尽快去赴新任。

淳熙二年（1175）正月十日，陆游离开荣州再到成都。不久，范成大由桂林来成都任四川制置使。范成大字至能，号石湖居士，也是当时著名的诗人。隆兴初年他们曾在圣政所同事，和陆游是老朋友。现在虽然各自的地位不同，但他们之间的情谊较深，又都喜欢作诗，因而“以文字交，不拘礼法”（《宋史·陆游传》）。和陆游一起在范成大帅幕中的还有谭德称、张季长、宇文子友等同僚，他们公事之余，常常在一起饮酒赋诗、唱和赠答。陆游则以杜甫之客严武相比：“蹭蹬过锦城，邂逅客严武。”（《杂感五首以不爱入州府为韵》）当时的生活是颇为浪漫的：

乐哉今从石湖公，大度不计聋丞聋。
夜宴新亭海棠底，红云倒吸玻璃钟。
琵琶弦繁腰鼓急，盘凤舞衫香雾湿。
春醪凸盏烛光摇，素月中天花影立。
游人如云环玉帐，诗未落纸先传唱。
此邦句律方一新，凤阁舍人今有样。

——《锦亭》

他们宾主酬唱的诗篇，很快传播开来，或“被之乐府弦歌，或题写素屏团扇，更相赠遗”（《渭南文集》卷一四《范待制诗集序》），成为一时的佳话。

成都有许多名胜古迹和游乐场所，又盛产海棠。每当春天来到的时候，城里城外，繁花似锦，万树争艳，一片迷人的风光。陆游与范成大的关系虽然不错，但因朝廷无意北伐，作为一名参议官实际上没有什么事情可做。于是他只好以赏花、饮酒、听歌、观舞、斗鸡、掷卢来消磨时光，以求得片刻的解脱：

裘马清狂锦水滨，最繁华地作闲人。
金壶投箭消长日，翠袖传杯领好春。

——《醉题》

看花南陌复东阡，晓露初干日正妍。
走马碧鸡坊里去，市人唤作海棠颠。

——《花时遍游诸家园》

陆游消沉了吗？消极思想不能说没有。一位封建时代出身于士大夫家庭的作家，必然要受统治阶级思想的影响，在遭到挫折和失败的时候，不可避免地要产生一定的消极思想情绪。如在成都时他曾说：“斟酌人生要行乐，灯前起舞落乌纱”（《小饮房园》），“悠然自适君知否，身与浮名若个亲”（《醉题》）。这些思想都是不够健康的，反映了士大夫阶级的情趣。

然而也要看到，陆游的成都生活表面上虽然放荡不羁，实际上诗人的头脑是清醒的，他并没有沉醉在蜀苑的花天酒地中。陆游随俗浮沉，纵酒寻乐，是因为壮志难酬、无所事事，是对黑暗现实的一种消极反抗。锦亭、芳华楼、青羊宫的佳酿，他的确喝了不少，但诗人并没有因此而忘记国家的危难和自己的责任。他曾说：“浮沉不是忘经世，后有仁人识此心。”（《书叹》）但在那个社会里，陆游的思想、感情和行为，得不到世俗之辈的理解，被人讥为“燕饮颓放”，从而遭到了免职的处分。他似乎已经预料到了这一点，所以对自己受到的诋毁和贬黜，只是付之轻蔑的一笑：“俗间毁誉惟堪笑，常隘韩公咎斗牛。”（《岁晚怀镜湖旧隐慨然有作》）

陆游被免职后，在成都近郊浣花溪畔租了几间房子住下，并辟了一个菜园，躬耕其间：“莫笑躬耕老蜀山，也胜菜把仰园官。”（《躬耕》）为了回答上层社会的巧诋苛绳，从淳熙三年（1176）起，陆游索性自号“放翁”：“门前剥啄谁相觅，贺我今年号放翁。”（《和范待制秋兴》）他对这个别号是感到十分自豪的。这件事也反映了陆游桀骜不驯的倔强性格。

南宋统治集团在多次排斥打击陆游以后，又于淳熙三年（1176）六月给了他一份差事，名义上是主管台州桐柏山崇道观。在宋代被罢免或退休的官员，常常给以“主管”或“提点”某某宫观的名义，实际上用不着到那里去办事，不过是一个领取俸禄的地方。生活虽然暂时不成问题，但思想上的矛盾和苦闷却更加沉重了。眼看国土不复、人民涂炭，自己却闲着两手不能有所作为，他怎能不感到愤懑不平呢？

淳熙三年的一个仲夏之夜，陆游独自在浣花溪旁的住所里举杯浇愁，不觉喝得酩酊大醉。家人把他扶上竹床，已经酣然入睡。远处的鸡鸣声将他从梦中唤醒，陆游酒意已消，揉了揉惺忪的睡眼便披衣而起。他抬头仰望西天明月，万里青空，繁星点点，银河早已斜转。诗人又想起了当年夜读兵书、学剑游侠和从戎南郑的生活。他再也难抑情怀，便坐在窗下，挥笔写了一诗：

少时酒隐东海滨，结交尽是英豪人。
龙泉三尺动牛斗，《阴符》一编役鬼神。
客游山南夜望气，颇谓王师当入秦。
欲倾天上河汉水，净洗关中胡虏尘。
那知一旦事大谬，骑驴剑阁霜毛新。
却将覆毡草檄手，小诗点缀西州春。
素心虽愿老岩壑，大义未敢忘君臣。
鸡鸣酒解不成寐，起坐肝胆空轮囷。

——《夏夜大醉醒后有感》

离开南郑已经三年多了。这一千多个日日夜夜究竟是怎么度过的呢，诗人感到十分茫然。如今决心杀敌报国的志士，竟然成为了点缀风雅的诗人。他真想从此退居山林，不问世事，但对国家民族强烈的责任感，又使他打消了这种只从个人考虑问题的念头。陆游在成都的岁月，大半都是在这种矛盾和苦闷的心情中度过的。

淳熙四年（1177）六月，范成大奉召还朝，陆游从成都一直送他到眉州。临别时作《送范舍人还朝》一首，希望他回到杭州后建议朝廷早日北伐，收复中原，实现国土的统一：

平生嗜酒不为味，聊欲醉中遗万事。
酒醒客散独凄然，枕上屡挥忧国泪。
君如高光那可负，东都儿童作胡语。
常时念此气生瘿，况送公归觐明主。
皇天震怒贼得长？三年胡星失光芒。
旄头下扫在旦暮，嗟此大议知谁当？
公归上前勉画策，先取关中次河北。
尧舜尚不有百蛮，此贼何能穴中国！
黄扉甘泉多故人，定知不作白头新。
因公并寄千万意，早为神州清虏尘。

不管在什么场合，陆游总是念念不忘北伐。虽然蜀中的生活不称心意，但他的爱国意志丝毫也未动摇。只要一有机会，陆游就会发出“早为神州清虏尘”的呼吁，可见所谓“燕饮颓放”的指责，不过是一种似是而非的诬陷。难怪诗人要以“放翁”自号，来加以反击了。

这年冬天，陆游接到八月间从杭州发来的诏书，被除知叙州（今四川宜宾）事。通知他赴任的时间是在次年冬天，可是到了淳熙五年（1178）的春天，陆游又得到了奉召东归的消息。据说这次调回去，是由于他在蜀中所作的诗传到杭州，赵昚读后也有所感动，才做出了这一决定。

淳熙五年二月，正当春暖花开时节，陆游离开成都，乘船东归。在告别巴山蜀水之际，诗人颇有恋恋不舍之情。川陕九载，虽未找到报国的机会，实现收复中原、统一祖国的伟大理想，但对陆游的生活与创作来说，却是一个转折时期。为了纪念这段难忘的岁月，后来陆游把他的诗集定名为《剑南诗稿》，可见他是十分珍视和怀念这段生活的。

江西赈灾

淳熙五年（1178）秋，陆游从四川到达杭州，赵昚曾召见过他，不久被任命为提举福建常平茶盐公事。赴任前陆游曾顺路回到山阴故居：

万里归来值岁丰，解装乡墅乐无穷。

甑炊饱雨湖菱紫，篾络迎霜野柿红。
坏壁尘埃寻醉墨，孤灯饼饵对邻翁。
微官行矣闽山去，又寄千岩梦想中。

——《归云门》

这年冬天，陆游怀着一种报效国家的渺茫希望，告别乡亲，再次入闽。从春天离开成都以来，大部分时间都在旅途之中，行程九千余里。诗人并不因长期跋涉奔波而感到劳苦，使他抑郁悲伤的是，南归的大雁没有带来中原的消息："无情最恨寒沙雁，不为愁人说杜陵。"（《衢州道中作》）不管走到那里，陆游的心总是系念着祖国的北方。

到了建安（今福建建瓯）任上，陆游仍不称心，不能施展自己的才智和抱负，心情依旧十分郁闷。本来南宋统治集团这次对他的调任，并非要重用他，不过是借诗人的声誉点缀一下"太平景象"而已。陆游在建安除了赋诗饮酒外，也没有多少事情可做：

建安酒薄客愁浓，除却哦诗事事慵。
不许今年头不白，城楼残角寺楼钟。

——《建安遣兴》

在这种慵散愁闷的处境里，陆游常常回忆起川陕前线的生活：

貂裘宝马梁州日，盘槊横戈一世雄。
怒虎吼山争雪刃，惊鸿出塞避雕弓。
朝陪策画清油里，暮醉笙歌锦幄中。
老去据鞍犹矍铄，君王何日伐辽东？

——《忆山南》

一提起从戎南郑的往事，陆游就精神倍增，他时刻准备重返前线，以"据鞍草檄"自任，为光复国土而献出自己的一切。可是，在西子湖畔养尊处优的赵昚能听到"君王何日伐辽东"的呼号吗？即使听到了又有什么用，只不过被当作一阵耳旁风罢了。

淳熙六年（1179）秋，陆游奉诏离建安任。一个凉风阵阵、暮雨潇潇的傍晚，陆游骑马扬鞭，跨出了建安城门：

攲帽扬鞭晚出城，驿亭灯火向人明。
多情叶上萧萧雨，更把新凉送客行。

——《别建安》

这次北归，是取道建阳、崇安，过江西铅山、玉山，再入衢州。途中陆游曾游览了武夷山，过鹅湖寺，赋诗书怀，再次表达了杀敌报国的决心和要求："夜宿鹅湖寺，槁叶投客床。寒灯照不寐，抚枕慨以慷。李靖闻征辽，病惫更激昂。裴度请讨蔡，奏事犹衷创。我亦思报国，梦绕古战场。"（《鹅湖夜坐书怀》）

到衢州后，陆游奏请免职奉祠，暂时住在皇华馆待命。不久接到诏书，改除朝请郎提举江南西路常平茶盐公事。十二月，陆游到达江西抚州任上。

在抚州，陆游的职务有所提升，主管一路的钱粮仓库和茶盐专卖等事，但仍然是用非所长。当时江西一带，官吏贪赃横暴，生产凋敝，田园荒芜，人民生活痛苦不堪。陆游关心民生疾苦，在自己的职权范围内极力"詟服豪强""抚绥鳏寡""务均力役""思广赈恤"（《渭南文集·江西祈雨青祠》），很希望能为贫苦百姓做一些有利的事情。

淳熙七年（1180）春夏之间，江西各地旱涝灾害相继发生。四五月间天气亢旱，庄稼受到严重威胁。陆游曾和当地群众一起去求雨，五月中旬开始降雨，诗人眼看丰收有望，喜而赋诗："旱苗垂槁叹何堪，大雨谁知变立谈。……从此年丰真少事，炷香终日坐蒲龛。"（《仲夏小旱方致祷忽大雨连日江水为涨喜而有作》）可是天公偏不作美，一连十多天大雨滂沱不止。山洪暴发，江河水涨，千顷良田变成了一片汪洋。一座座村庄被洪水淹没了，老百姓都逃到山岗上去避难，生活上遇到了更大的困难。

陆游眼看广大群众遭受天灾人祸的浩劫，不能坐视不管。于是便毅然决定打开由他掌管的常平义仓，并通知各州县立即向灾民发放救济粮食。陆游不仅积极指挥救灾工作，而且亲自驾着小船把粮食送给被洪水围困在山丘上的灾民们。他为此作诗写道：

一春少雨忧旱暵，熟睡湫潭坐龙懒。
以勤赎懒护其短，水浸城门渠不管。
传闻霖潦千里远，榜舟发粟敢不勉。
空村避水无鸡犬，茅舍夜深萤火满。

——《大雨逾旬既止复作江遂大涨》

由于救灾及时，在一定程度上减轻了人民的苦难。这年冬天，陆游曾到丰城、奉新、高安等地视察。一路上他看到灾区人民的生活还很困难，心中十分不安。他要求地方官吏应体恤民众的困苦，施政要以宽大为本。在寄给奉新县令高南寿的一首诗中，陆游写道：

小雨催寒着客袍，草行露宿敢辞劳。
岁饥民食糟糠窄，吏惰官仓鼠雀豪。
只要闾阎宽箠楚，不须亭障肃弓刀。
九重屡下丁宁诏，此责吾曹未易逃。

——《寄奉新高令》

为了使老百姓生活能过得好一点，陆游不辞辛劳，奔波各地，谆谆告诫下级僚属要放宽尺度，实行“仁政”。然而，正因为陆游同情人民的苦难，把囤积在“官仓”中的粮食用来赈灾，而遭到朝廷中大地主官僚的反对和攻讦。据《宋史·陆游传》载：“累迁江西常平提举。江西水灾，奏拨义仓赈济，檄诸郡发粟以予民，召还。给事中赵汝愚驳之，遂奉祠。”陆游又被罢职回乡了。

这次罢官，说明南宋当权者既不让陆游在前线杀敌立功，也不容他在后方为民谋利。他们宁叫“官仓”中堆积如山的粮食被鼠雀糟蹋，任其靡烂，也不准用来赈济灾民。面对糟糠难继、嗷嗷待哺的饥饿群众，陆游不计个人的利害得失，采取先斩后奏的方式，下令打开常平义仓，拯救了多少挣扎在死亡线上的黎民百姓。这本来是一件应当予以肯定和表彰的行为，可是却遭到了无端的诬陷和弹劾，说他“不自检饬，所为多越于规矩”（《宋会要辑稿·职官·黜降官》九）。如果不越规矩，等待朝廷批准后再开仓济民，那么困处在各地山岗上的灾民恐怕早已白骨蔽野了。江西赈灾一事，既表现了陆游同情人民的一贯态度，也反映了他办事果断、敢作敢为的作风。

陆游虽然被罢官了，但他并不感到遗憾。北归途中，行至萧山县境，诗人以坦然的心情写道：“素衣已免染京尘，一笑江边整幅巾。”（《萧山》）回到山阴故居后，又赋诗说：“侠气峥嵘盖九州，一生常耻为身谋。……阳狂自是英豪事，村市归来醉跨牛。”（《西村醉归》）这不仅是抒发个人的心志，也是对那些攻讦者的回答。

再度被逐

淳熙七年（1180）冬，陆游被免职回家，在此后的五年多中，一直闲居在农村。诗人虽然再次遭受打击，但忧国忧民之情并未衰减。这段时间里，他在故乡写了许多激越飞腾、雄健豪迈的爱国之作，寄托了立功边塞、收复中原的豪情壮志：

腰间羽箭久凋零，太息燕然未勒铭。
老子犹堪绝大漠，诸君何至泣新亭！
一身报国有万死，双鬓向人无再青。
记取江湖泊船处，卧闻新雁落寒汀。

——《夜泊水村》

遗虏游魂岂足忧，汉家方运幄中筹。
天开地辟逢千载，雷动风行遍九州。
刁斗令严青海夜，旌旗色照铁关秋。

功名自是英豪事，不用君王万户侯。

——《闻虏政衰乱扫荡有期喜成口号》

陆游虽已挂冠赋闲，但他仍密切注视着形势，期待着杀敌报国机会的到来。

淳熙八年（1181），浙东地区大水成灾，绍兴一带灾情十分严重。无数劳动人民啼饥号寒，流离失所，卖儿鬻女，饿莩遍野，一片惨不忍睹的景象。陆游忧心如焚，坐卧不宁，当他听说朱熹被任命为提举浙东常平茶盐公事，负责救灾工作时，立即写诗寄给他，促其早来施赈：

市聚萧条极，村墟冻馁稠。
劝分无积粟，告籴未通流。
民望甚饥渴，公行胡滞留。
征科得宽否？尚及麦禾秋。

——《寄朱元晦提举》

一年多前，陆游曾因江西赈灾被弹劾免职，但他不以个人的升沉得失而改变其同情人民的态度。当朱熹受到排挤而隐居到武夷山中去空谈道学，不问世事时，陆游则对他进行了诚恳的批评：

身闲剩觉溪山好，心静尤知日月长。
天下苍生未苏息，忧公遂与世相忘。

——《寄题朱元晦武夷精舍》

从这件事可以看出，和朱熹不一样，陆游不管在职或赋闲，总是挂念着处于水深火热中的“天下苍生”。

在闲居了五年多以后，陆游于淳熙十三年（1186）春被任命为朝议大夫、权知严州军州事。赴任之前，他奉召入朝，孝宗在延和殿召见他，并说：“严陵山水胜处，职事之暇，可以赋咏自适。”（《宋史·陆游传》）可见，陆游的职务虽然恢复了，但赵昚并非想重用他，不过把他看成一个附庸风雅、啸傲林泉、点缀升平的诗人骚客而已。这与陆游的志愿是完全相违背的。

这年七月，陆游到达严州。在这里，他看到的依然是官吏贪暴，豪强肆虐，天灾人祸，民不堪命。陆游既为一州之长，怎能让这种种黑暗悲惨的现象继续下去呢？他到任后不久，就提出了“重赐蠲放，广行赈恤”的施政方针，同时采取措施发展生产，救灾安民。一年多后，严州地区果然发生了可喜的变化，庄稼连续获得丰收，群众生活有了一些改善，使“六县并无流徙人户”（《渭南文集》卷四《乞祠禄札子》）。由于陆游替人民办了一些好事，所以当他离任以后，百姓还深深地怀念着他。据《严州府志》卷一二载：陆游“居官多惠政，既去而民思之”。这说明同情人民的诗人，必然会受到人民的爱戴。

淳熙十五年（1188）七月，陆游任满离开严州，回到山阴待命。冬天接到朝廷通知，决定调他入京任军器少监，主管兵刃甲弩之类的制造和修缮。不久，赵昚禅位于赵惇，是为光宗。陆游自出仕以来，经历三十多年的宦海风波，再次进入南宋王朝中央政权，他把这看作是实现自己爱国抱负的最后机会。因此重返杭州后，陆游又积极地从事政治活动，相继向赵昚和赵惇提出了一系列有关治理国家、完成北伐大业的意见和建议。

在内政方面，陆游认为最尖锐的问题是劳动人民的生活太贫困。他主张当前必须减轻赋税，改善贫苦百姓的处境，这是一切政事的首要任务。他说："今日之患，莫大于民贫；救民之贫，莫先于轻赋。若赋不加轻，别求他术，则用力虽多，终必无益；立法虽备，终必不行。"（《渭南文集·上殿札子》）这种认识是很深刻的，切中了当时社会的要害。南宋时期封建剥削极其苛酷，除租赋而外，还有所谓的经制钱、月桩钱、版帐钱、身丁钱等名目繁多的苛捐杂税，人民负担异常沉重，贫富对立极为尖锐。因此，陆游把减轻赋税、救民之贫放在一切事务的首位。他还要求朝廷惩贪官、抑豪强，推行"至平至公"之道。什么是"至平至公"之道呢？他说："朝廷之体，责大臣宜详，责小臣宜略；郡县之政，治大姓宜详，治小民宜略；赋敛之事，宜先富室；征税之事，宜核大商。是之谓至平，是之谓至公。"可是现实的情况恰恰相反，贪官污吏与地主豪绅相勾结，鱼肉人民，为所欲为，把小民百姓逼到了走投无路的境地。陆游指出："郡县之吏，不能自立，观望揣摩，惟强是畏。豪右虽犯重辟，官吏贪者、黠者，则公与之为市。廉者、懦者，则又自营曰：得无反为所害乎？凡嫁祸平人、诿罪僮奴者，皆有司为之道地也。凶年饥岁，虽贫富俱病，然富者利源至多，贫者惟守田亩，孰为当恤？视郡县之庭，鞭笞流血，杻械被体者，皆贫民也。"这些意见，是他长期对现实社会进行深入观察的结果，都是切中时弊的。他希望朝廷要多考虑贫苦百姓的利益，制止官吏豪右任意欺凌，减轻对他们的剥削和压迫。他认为只有推行这种"至平至公"之道，才能达到天下大治。陆游的政治理想是一种空想的乌托邦，在当时是不可能实现的，但却表现了诗人对被压迫、被剥削人民的深刻同情。

在军事方面，陆游回顾了六十多年来宋金战争的历史，认为金统治者亡宋之心不死，目前这种"守和"的局面是不可能持久的。他说："自金虏猖獗以来，靖康建炎之间，穷凶极暴，则有绍兴之和；通和既久，则有辛巳之寇；寇而败亡，则又有隆兴之和。今边陲晏然，枹鼓不作，逾二十年，与绍兴通和之岁月略相若矣。不知此虏终守和约至数十百年而终不变邪？将如昼夜寒暑必相代也。"既然战争不可避免，朝廷就应当做好应变的充分准备，否则就会重蹈当年不战自溃、狼狈败退的覆辙。陆游批驳了士大夫的侥幸心理和投降派的种种苟安妥协论调，他说：“窃观士大夫之私论，则往往幸虏之懦以为安。不知通和已二十余年，如岁且秋矣，而谓衣裘为不必备，岂不殆哉！大抵边境之备，方无事时观之，事事常若有余，一旦有变，乃知不足。”陆游在廷对时，再次向赵昚发出恳切的呼吁，希望他以山河为念、以国事为重，“力图大计，宵旰弗怠，缮修兵备，搜拔人才，明号令，信赏罚，常如羽书狎至、兵锋已交之日”。果能如此，一旦战争爆发，就有备无患，更可乘势长驱北伐，平定河洛，扫清燕代，慰中原父老之望，完成统一祖国的大业。

针对当时统治集团文恬武嬉、士气委靡的现实，陆游提醒孝宗要注意鼓舞士气、振作精神，使全国上下养成一种“浑厚劲朴”“任重道远”、百折不挠、敢于压倒一切困难的雄健刚劲之气。他非常重视精神力量的作用，认为“天下万事，皆当以气为主”，又说：“气胜事则事举，气胜敌则敌服。”如果缺乏这种精神力量，在困难和敌人面前解除自己的思想武装，听任苟且偷安、妥协投降的情绪弥漫朝野，则国势必将日益“寖弱”，收复中原、重整山河就没有希望了。因此，他语重心长地对赵昚说：“伏望万几之余，留神于此，作而起之，毋使委靡；养而成之，毋使沮折。及乎人才争奋，士气日倍，则缓急惟陛下所使而已。”

赵惇即位以后，陆游在上殿论对时希望他仿效古代的“圣明之君”，要广开言路，听取各方面的意见，处理事情应当慎重，“自三思十思以至百思不为过也；自一日五六日至于旬日，不为缓也；谋及卜筮，谋及卿士，谋及庶人，不为广也”。他还劝告赵惇应当带头提倡节俭，“量入而用，量用而取，可蠲者蠲，可省者省”；戒掉一切玩物丧志的不良嗜好，以堵塞权臣“希合苟容”之门，杜绝小人“谄谀侧媚”之风。

陆游的意见虽然很深刻、很中肯，但丝毫也未被采纳。赵昚和赵惇都无心改变现状，重整国基，他们对陆游的逆耳之言当然是听不进去的。陆游的希望彻底破灭了。淳熙十六年（1189）冬，陆游被谏议大夫何澹弹劾，再次落职罢官。南宋统治集团给他罗织了不少罪名，但根本原因还在于他的言行不合时宜，特别是他这一时期所写的爱国诗篇，触怒了投降派，因而遭到他们的嫉恨。当权者加给陆游的罪名之一是“嘲咏风月”，这纯系无稽之谈。诗人返回故里以后，曾幽默地把自己的书房命名为“风月轩”，以表示对诬陷者的抗议和反击。在一首诗题中，陆游写道：“予十年间两坐斥，罪虽擢发莫数，而诗为首，谓之‘嘲咏风月’。既还山，遂以‘风月’名小轩，且作绝句。”由此可见，这次被逐主要是他的诗篇击中了投降派的痛处，因而借故将他赶出了杭州。

淳熙十六年十二月，陆游怀着悲愤、沉痛的心情，离开京城回到了故乡：“我年六十四，获谴输鬼薪。束书出东门，挥手谢国人。笑指身上衣，不复染京尘。”（《赠洞微山人》）从此他断绝了对南宋统治集团的一切幻想，但忧国忧民之心一如既往，并未因自身遭受政治迫害而稍有改变。

在农村中

陆游的晚年，除嘉泰二年至三年（1202-1203）曾一度到杭州参加修史外，其余时间都是在故乡农村中度过的。

陆游回到乡下，虽然仍是地主阶级的一员，但和那些满载名利、退休归来的大官僚不一样，他是被朝廷罢官放逐回家的。由于他与南宋朝廷多次发生政治分歧，一再受到弹劾免职，所以从前的一些旧交害怕受到株连，不再继续和他交往。有的人甚至乘机造谣中伤，变成了仇敌："少年喜结交，患难谓可倚。宁知事大谬，亲友化虎兕。"（《杂兴十首以贫坚志士节病长高人情为韵》）南宋统治集团企图孤立陆游，但陆游并没有被孤立。疏远他的只是豪门贵族和少数趋炎附势之徒，家乡的广大群众却欢迎他，爱戴他，把他当作亲人一样看待。罢官归来，使陆游有更多的机会接触劳动人民，从而给他的诗歌创作带来了丰富的人民性。

绍熙四年（1193）秋，陆游病后闲步出游。乡亲们见到诗人久病初愈，都高兴地迎上前去，问寒问暖。面对这动人的情景，陆游深深感到官场冷酷无情，乡里人民可爱可亲，于是写了一首七律表达当时的激动心情：

放翁病起出门行，绩女窥门牧竖迎。
酒似粥浓知社到，饼如盘大喜秋成。
归来早觉人情好，对此弥将世事轻。
红树青山只如昨，长安免拜几公卿。

——《秋晚闲步邻曲以予近尝卧病皆欣然迎劳》

这种亲密的关系，是逐步建立起来的。陆游虽然一向比较关心民生疾苦，但由于长期在外地做官，对家乡劳动人民的生活、思想和感情都是不够了解的。回到农村后，他很想缩短自已和周围群众之间的距离。但如何才能实现这一愿望呢？他感到应当参加一些力所能及的劳动，同时还要注意改变自已的"书生习气"。回家不久，陆游就常常出现在地头田间，或在家中做一些辅助性的劳动：

我年近七十，与世长相忘。
筋力幸可勉，扶衰业耕桑。
身杂老农间，何能避风霜。
夜半起饭牛，北斗垂大荒。

——《晚秋农家》

他还把自己的家园，重新做了一番安排：“舍东已种百本桑，舍西仍筑百步塘。”（《示儿》）舍北辟了一块菜地，舍南则用来种植胡麻。他逐渐体会到了劳动的乐趣，决心终老田园：“出入阡陌间，终身有余乐。”（《村舍杂书》）对于群众的要求，他有求必应，尽可能地替乡亲们做些事情：“书生习气尽驱逐，酒兴诗情亦已无。底怪今朝亲笔砚，村乡来请辟蝗符。”（《仲秋书事》）当然，陆游不可能将“书生习气”彻底清除，更不可能实现脱胎换骨的转变，因为他受着阶级和历史条件的限制。但是在八百多年前，作为一位出身于地主阶级的诗人，他能意识到需要改变“书生习气”去接近群众，这种态度就是很可贵的了。

每当农忙时节或乡亲们遇到吉庆喜事的时候，陆游总是要带上一点礼物，主动去表示慰劳祝贺：

东邻稻上场，劳之以一壶；
西邻女受聘，贺之以一襦。
诚知物寡薄，且用交里闾。
努力毕农功，租赋勿后输。

——《晚秋农家》

来往多了，陆游和群众的关系日益密切起来，开始和劳动人民有了一些共同语言。他常和附近一些有经验的老农讨论耕种之事，商量协作筑塘，引水灌溉，争取丰收：

农事元知要细评，野人有旧得寻盟。
村深未见果蔬地，舍近先闻鸡犬声。
春水筑塘谋竭作，阳坡卧犊约同耕。
老来常叹人情薄，深愧今朝倒屣迎。

——《访野老》

陆游每次出访，都受到山村群众的欢迎，使他深受感动。

农闲之时，陆游或拄着藤杖，或骑着毛驴，到周围的村子里去游玩。他常趁此机会替老百姓看病、施药，做些有益的事情。因此，无论他走到那里，都会受到当地男女老幼的热烈欢迎和盛情款待：

闲行偶复到山村，父老遮留共一尊。
曩日见公孙未晬，如今已解牧鸡豚。

耕佣蚕妇共欣然，得见先生定有年。
扫洒门庭拂床几，瓦盆盛酒荐豚肩。

儿扶一老候溪边，来告头风久未痊。
不用更求芎芷辈，吾诗读罢自醒然。

驴肩每带药囊行，村巷欢欣夹道迎。
共说向来曾活我，生儿多以陆为名。

逆旅人家近野桥，偶因秣蹇暂逍遥，
村翁不解读本草，争就先生辨药苗。

——《山村经行因施药》

野人知我出门稀，男辍锄耰女下机。
掘得茈菇炊正熟，一杯苦劝护寒归。

野人知我偶闲游，取酒匆匆劝小留。
舍后携篮挑菜甲，门前唤担买梨头。

——《东村》

陆游在家乡既看到了农民勤劳纯朴的生活，也目睹了被压迫、被剥削人民的深重苦难："数年斯民厄凶荒，转徙沟壑殣相望。县吏亭长如饿狼，妇女怖死儿童僵。"(《秋获歌》）他强烈谴责官府和豪绅互相勾结，鱼肉劳动人民的罪行："有司或苛取，兼并亦豪夺。正如横江网，一举孰能脱！"（《书叹》）绍熙元年（1190）秋，陆游看到一位邻居被官府逼租追捕，逃往荒郊野外的情景，忍不住向最高封建统治者提出控诉和质问：

春得香粳摘绿葵，县符急急不容炊。
君王日御金华殿，谁诵周家七月诗？

——《邻曲有未饭被追入郭者，悯然有作》

对劳动人民的深切同情，使他把批判的笔锋指向了君王，陆游向劳苦群众又迈出了一大步。

陆游在农村交游较广，常和他往来的多是农民、村叟、牧童、樵夫以及僧侣、道士一类下层人物：

几年羸疾卧家山，牧竖樵夫日往还。

——《识愧》

七年收朝迹，名不到权门。

耿耿一寸心，思与穷友论。

——《村饮示邻曲》

他和这些穷朋友在一起讨论时事，饮酒谈心，相处得十分融洽。群众很尊敬他，他也从人民身上学到了许多宝贵的东西。在长期的熏陶和感染中，陆游的思想感情也发生了一定的变化。劳动人民感到高兴的事，他也为之高兴；劳动人民感到忧愁的事，他也为之忧愁。陆游的忧乐观，具有明显的人民性。

庆元四年（1199）春末夏初，山阴一带久旱不雨，田野里禾苗日渐枯萎，百姓们忧心如焚。这时七十五岁的老诗人陆游也十分焦急，坐卧不宁。一个又一个不眠的夜晚，他独自披衣携杖步出篱门，仰观天象，盼望早降甘霖。盛夏六月的一天，终于盼来了一场及时好雨。庄稼得救了，村中的男女老少都笑逐颜开地来到雨地里，载歌载舞，酬谢上苍，预祝岁丰。此时陆游正在窗前听着檐下雨声，他抑制不住悲喜之情，诗思如潮而涌，于是挥笔写了一首《喜雨歌》：

不雨珠，不雨玉，六月得雨真雨粟。

十年水旱食半菽，民伐桑柘卖黄犊。

去年小稔已食足，今年当得厌酒肉。

斯民醉饱定复哭，几人不见今年熟！

久旱逢甘雨，陆游和农民群众一样，感到无比喜悦。可是同时他也想到：回乡十多年来，所看到的农村现实又是多么悲惨啊！天灾与人祸，造成了无数百姓倾家荡产，夺去了多少人的生命。今年虽然可望丰收，穷苦人也许能够吃上一顿饱饭。但当他们在酒醉饭饱之时，一定会因看不到饿死的亲人而抱头放声痛哭。由此可见，由于长期住在农村，陆游对广大群众的疾苦是十分了解的。正因为这样，诗人的情感之波，才能随着劳动人民的脉搏而起伏跳动。

回到农村后，陆游的爱憎之情，也发生了明显的变化。他不仅同情被压迫者，谴责豪绅地主的残酷剥削，而且对劳动人民所憎恶和反感的现象，也常常加以嘲讽和斥责。这里且举一件小事为例：庆元五年（1200）春天的一个夜晚，陆游夜行途中路过一家大地主的宅院，他从门外看到深院之中，灯红酒绿，酣歌醉舞，闹得乌烟瘴气。诗人顿时产生了一种强烈的憎恶之情，回到家里后立即命笔赋诗，对这种奢侈行为进行辛辣的讽刺：

村豪聚饮自相欢，灯火歌呼闹夜阑。

醉饱要胜饥欲死，看渠也复面团团。

——《夜行过一大姓家值其乐饮戏作》

诗中生动而形象地刻画了富豪们脑满肠肥、醉生梦死的丑态，对这些盘踞在乡村中、有钱有势的吸血鬼挥霍无度、不顾小民百姓死活的罪恶行为进行了无情的揭露和谴责。陆游出身于剥削阶级，他早年也有过纵情豪饮的生活经历，例如在成都时就常常“聚饮”终日：“益州官楼酒如海，我来解旗论日买。酒酣博簺为欢娱，信手枭卢喝成彩。”（《楼上醉书》）当年对“聚饮”十分得意，如今却非常反感。这是因为他回到农村后深深地感到，在剥削者奢侈豪华生活的后面，多少穷苦百姓正挣扎在饥饿死亡线上。仅从这件小事也可看出，陆游的思想感情的确发生了一些可喜的变化。

陆游罢官后，虽然自视身为“野老”，但他始终关心着国家大事。他时常阅读“邸报”（我国古代刊载朝廷诏令奏章和重要新闻的一种政府报章），并通过各种渠道了解当时的形势和中原的情况。他在农村继续不断地写诗批判投降政策：

百战元和取蔡州，如今胡马饮淮流。
和亲自古非长策，谁与朝家共此忧。

——《估客有自蔡州来者感怅弥日》

读书三万卷，仕宦皆束阁。
学剑四十年，虏血未染锷。
不得为长虹，万丈扫寥廓；
又不为疾风，六月送飞雹。
战马死槽枥，公卿守和约。
穷边指淮淝，异域视京洛！
于乎此何心，有酒吾忍酌！
平生为衣食，敛版靴两脚。
心虽了是非，口不给唯诺。
如今老且病，鬓秃牙齿落。
仰天少吐气，饿死实差乐。
壮心埋不朽，千载犹可作！

——《醉歌》

客从城中来，相视惨不悦。
引杯抚长剑，慨叹胡未灭。
我亦为悲愤，共论到明发。
向来酣斗时，人情愿少歇。

及今数十秋，复谓须岁月。
诸将尔何心，安坐望旄节！

——《客从城中来》

南宋当局罢免陆游，是企图施加压力，不许他再写诗议论朝政。然而他们错打了算盘，陆游虽然丢了乌纱，却丝毫也没有屈服。这些作于山阴故居的诗篇，充分表现了陆游顽强的战斗精神。

在罢官闲居的岁月里，陆游年事已高，生活也不宽裕，但是诗人并不自悲，气概仍然十分豪迈，还在梦想着能为国家出力，重返前线，去抗击敌人。绍熙三年（1192）冬，陆游六十八岁，一个风雨交加之夜，他独卧山村故居，想到中原未复，国耻未雪，心潮起伏难平。更尽夜阑的时候，老诗人在飒飒的风雨声中，刚刚合眼入睡，可是梦中他却跨着铁马，手挽长枪，奔驰在冰封雪飘的北国大地上去了：

僵卧孤村不自哀，尚思为国戍轮台。
夜阑卧听风吹雨，铁马冰河入梦来。

——《十一月四日风雨大作》

像这样的战士之梦，陆游一生不知做了多少次。赵翼《瓯北诗话》说："即如纪梦诗，核计全集，共九十九首，人生安得有如许梦，此必有诗无题，遂托之于梦耳。"有梦也罢，无梦也罢，可以不必深究，总之这类纪梦诗抒发了作者不可遏止的爱国激情。正如陆游自己所说："梦不出心境。"（《记梦》）由于他的心始终没有离开中原，所以他的梦才时时萦绕着祖国的大好河山。

陆游的晚年，毕竟还是和劳动人民保持着相当的距离的。他在农村，生活虽然比较简朴，但过的仍是地主阶级的生活。罢官回乡的第二年，南宋朝廷又让他提举建宁府武夷山冲祐观，在家领了一份祠禄，此外他也有土地出租，这些都是他晚年生活的主要来源。有的时候，他的确很贫困，甚至连常用的酒杯也卖掉了，但并未受到饥饿的威胁，与经常处于饥寒交迫中的劳动人民是不能相提并论的。陆游的思想感情，也还保留着地主阶级的烙印。他的"书生习气"、士大夫的闲情逸致，并没有、也不可能被"驱逐"。在黑暗苦闷的岁月里，他找不到一条光明的出路，因而常常放浪林泉，流连光景，或醉卧于旗亭官道之旁，或荡舟飘然吟啸于镜湖烟雨之中，写了大量描绘山光水色，表现个人闲情逸致的诗篇。所有这些，都说明了陆游阶级和历史的局限性。但是也应看到，陆游是被迫脱去战袍披上渔蓑的，任何时候他都没有忘情于世，他总是在期待着，盼望着，准备为国家民族洒尽最后一滴鲜血。因此人们常常从竹笠底下看到他那一双愤愤不平、炯炯有神的眼睛。

陆游的晚年，就是在这种矛盾和苦闷的生活中度过的。

临终示儿

陆游离开杭州后，南宋统治集团内部矛盾愈演愈烈。绍熙五年（1194），宫廷矛盾表面化。太上皇赵昚病故，光宗赵惇称病不肯成服居丧，闹得满城风雨，议论纷纷。知枢密院事赵汝愚与知阁门事韩侂胄等密谋，废除赵惇，立太子赵扩（宁宗）为帝。宫廷纷争虽然暂时解决了，但当权的各派官僚之间又展开了争权夺利的激烈斗争。韩侂胄为了独揽大权，把反对他的赵汝愚、周必大、朱熹一派定为“伪党”，一一加以贬黜和流放，这就是所谓的“庆元党禁”。陆游认为这种结党营私、争权夺利的斗争，误国误民，不利于北伐，因而一再赋诗加以谴责：

汉祸始外戚，唐乱基宦寺。
小人计己私，颇复指他事。
公卿恬骇机，关河入危涕。
草茅岂无人，死抱经世志。

——《冬日读白集爱其贫坚志士节
病长高人情之句作古风》

荥河温洛帝王州，七十年来禾黍秋。
大事竟为朋党误，遗民空叹岁时遒。
乾坤恨入新丰酒，霜露寒侵季子裘。
食粟本同天下责，孤臣敢独废深忧！

——《北望感怀》

陆游判断是非的标准，不是从个人得失和小集团的利益出发，而是国家民族的前途和命运。凡是有利于收复中原、统一祖国的事，他就予以支持，否则即加以反对。从这一立场出发，后来当韩侂胄主张北伐时，陆游就对他采取支持与合作的态度。嘉泰二年（1202），陆游以七十八岁的高龄扶衰入都，主持修撰孝宗、光宗两朝实录和三朝史的工作。在此期间，陆游应韩侂胄之请，曾先后为其作《南园记》和《阅古泉记》，勉励他继承其曾祖韩琦抗击外侮的遗志，为国家建功立业。这本来无可指摘，但却遭到一些人的非议和毁谤。《宋史·陆游传》说：“晚年再出，为韩侂胄撰《南园》《阅古泉记》，见讥清议。朱熹尝言其能太高，迹太近，恐为有力者所牵挽，不得全其晚节，盖有先见之明焉。”这种议论，出于南宋道学家的宗派偏见，是毫无根据的。就陆游个人而论，丝毫无求于韩侂胄。他这次“再出”，只有一个目的，就是表明自己对北伐主张的支持。所以当修史工作告一段落，他的任务完成之后，便立即告老归家。

嘉泰三年（1203）五月，陆游回到了山阴故居。这时正好辛弃疾也被起用，担任浙东安抚使兼知绍兴府。一次，辛弃疾来到镜湖之滨拜访陆游，两位志同道合的爱国作家促膝谈心，共论国事，对收复中原抱着很大的期望。辛弃疾看到陆游的住宅过分简陋陈旧，有意要为他盖一所新居。陆游认为湖边的旧居还可以住，便婉言辞谢了："幸有湖边旧草堂，敢烦地主筑林塘？"（《草堂》自注：辛幼安每欲为筑舍，予辞之，遂止）第二年春天，辛弃疾奉召入朝，陆游写了一首长诗《送辛幼安殿撰造朝》为他送行，希望他施展平生抱负，抛开个人恩怨，集中精力对敌，为统一祖国建立不朽的功业。

开禧二年（1206）五月，南宋朝廷下令伐金。陆游在乡间听到这一消息，异常兴奋，抑制不住激动的心情，挥笔写了一首《老马行》，表示自己虽已年迈力衰，但为国杀敌的雄心壮志仍在，如果需要，他还可以像一匹久经沙场的老马那样，重新踏上征途，去为收复中原而战斗。

老马虺隤依晚照，自计岂堪三品料？
玉鞭金络付梦想，瘦稗枯萁空咀嚼。
中原蝗旱胡运衰，王师北伐方传诏。
一闻战鼓意气生，犹能为国平燕赵！

这时陆游已经年过八旬，身体条件已不许可他重返前线了。但他密切注视着战争的进展，十分关心前方将士们的生活，祝愿北伐早日取得胜利。

这年夏天，江南一带气候酷热。六月上旬的一天，陆游和一些近邻朋友在树荫下乘凉，人们挥汗如雨，叫苦连天，想出种种避暑消夏的办法，建议老诗人采行。陆游却不以为然，认为身居后方的人要多为在前方浴血奋战的将士们着想，与他们同甘共苦，精诚团结，万众一心，才能克服困难，战胜敌人。为此，他写了一首长诗来勉励大家：

六月暑方剧，喘汗不支持。
逃之顾无术，惟望树影移。
或谓当读书，或劝把酒卮。
或夸作字好，萧然却炎曦。
或欲溪上钓，或思竹间棋。
亦有出下策，买簟倾家赀。
赤脚踏增冰，此计又绝痴。
我独谓不然，愿子少置思。

方今诏书下，淮汴方出师。
黄旗立辕门，羽檄昼夜驰。
大将先擐甲，三军随指挥。
行伍未尽食，大将不言饥。
渴不先饮水，骤不先告疲。
吾侪独安居，茂林荫茅茨。
脱巾濯寒泉，卧起从其私。
于此尚畏热，鬼神其可欺！
坐客皆谓然，索纸遂成诗。
便觉窗几间，飒飒清风吹。

——《剧暑》

诗人的爱国热情和崇高精神，的确是令人感动的。难怪坐中客人听后，都仿佛心扉间吹进了阵阵凉风，暑气为之全消，胸怀顿时感到豁然开朗。

战争初期，宋军曾打了一些胜仗，但由于准备工作做得不够充分，投降势力的阻挠和破坏，再加上韩侂胄用人不当、意志不坚、料敌不明，所以北伐遭到了严重挫折。开禧二年（1206）十月，金兵分九路渡淮南侵，南宋统治集团惊惶失措，朝野为之震动。这时主和派史弥远等人又乘机活动起来，他们上下串连，里应外合，掀起了反对北伐、攻击主战派的阴风恶浪。开禧三年（1207）十一月，史弥远集团发动政变，阴谋杀害了韩侂胄，并遣使赴金，乞求重订“和议”。投降派完全接受金人提出的苛刻屈辱条件，订立了可耻的“开禧和议”，北伐宣告彻底失败了。广大人民和爱国志士收复中原的希望又一次化为了泡影。

陆游在家乡听到这些不幸的消息，心情十分悲痛。对于韩侂胄的被害，他是感到惋惜和悲伤的：

上蔡牵黄犬，丹徒作布衣。
苦言谁解听，临祸始知非。

——《书文稿后》

萧相守关成汉业，穆之一死宋班师。
赫连拓跋非难取，天意从来未可知。

——《读史》

由于陆游支持开禧北伐，所以韩侂胄一死，他也遭到种种无端的攻击和诬蔑。嘉定二年（1209）春，陆游被劾落宝谟阁待制，南宋统治者在制词中嘲笑和讽刺他说：

山林之兴方适，已遂挂冠；子孙之累未忘，胡为改节？虽文人不顾于细行，而贤者责备于春秋。某官早著英猷，寖跻膴仕。功名已老，潇然镜曲之酒船；文采不衰，贵甚长安之纸价。岂谓宜休之晚节，蔽于不义之浮云。深刻大书，固可追于前辈；高风劲节，得无愧于古人？

——周密《浩然斋雅谈》

不管朝廷的压力多大，投降派如何猖獗，陆游宁死不屈，绝不改变忠于祖国和民族的志节：

老去转无饱计，醉来暂豁忧端。
双鬓多年作雪，寸心至死如丹。

——《感事六言》

夜泊武昌城，江流千丈清。
宁为雁奴死，不作鹤媒生。

——《古意》

对于所谓“子孙之累未忘，胡为改节”的诬蔑，诗人胸怀坦然地回答说：“耄期身未病，贫困气犹全”（《自贻》），“从来耻作资身策，老去终怀报国心”（《散发》）。在他逝世前的一两年间，还写了许多爱国忧民的诗篇：

渔村樵市过残春，八十三年老病身。
残虏游魂苗渴雨，杜门忧国复忧民。

——《春晚即事》

遗蝗出境乐秋成，多稼登场喜雨晴。
暗笑衰翁不解事，犹怀万里玉关情。

——《书叹》

虽无叹老嗟卑语，犹有哀穷悼屈心。
力薄不能推一饭，义深常愿散千金。

——《冬夜思里中多不济者怆然有赋》

夜夜燃薪暖絮衾，禺中一饭直千金。
身为野老已无责，路有流民终动心。

——《春日杂兴》之四

嘉定二年（1209）初秋，陆游忧愤成疾，快到寒露时节，稍有好转。中秋前后，他还多次策杖出游，到附近村庄去看望乡村父老们。亲友邻里听说老诗人病体小愈，都非常高兴，纷纷邀请他到家里去作客："老人病愈乡闾喜，处处邀迎共献酬。"（《嘉定二年立秋得膈上疾近寒露乃小愈》）可是入冬以后，旧病复发，从此卧床不起，病情日益严重。嘉定二年十二月二十九日（1210 年 1 月 26 日），伟大的爱国诗人陆游与世长辞，终年八十五岁。弥留之际，他对围绕在身旁的儿孙们，口占七绝一首，作为临终遗言：

死去元知万事空，但悲不见九州同。
王师北定中原日，家祭无忘告乃翁。

——《示儿》

这首绝笔诗饱含着作者的血和泪，既是诗人一生政治抱负的光辉总结，也是他无比深厚的爱国思想的艺术结晶。诗中没有片言只字涉及家事，唯一使他放心不下的是祖国尚未实现统一，因此在临死之前谆谆告诫儿孙，一定要继承先辈的遗志，把侵略者从中原的土地上赶出去。他坚信胜利必将到来，希望儿孙们不要忘记把人间伏虎的喜讯，告诉给"乃翁"的在天之灵。

陆游的高风亮节彪炳千秋，他的爱国主义精神永远鼓舞着我国人民！

三、陆游的创作道路

陆游从十七八岁开始学习写诗，到八十五岁临终前赋绝命辞《示儿》，数十年间辛勤从事创作，一生写了上万首诗。他的《剑南诗稿》，虽经多次删汰，现存作品还有九千多首。数量之大，在中国诗史和世界诗坛上都是很少见的。单纯的数量并不足以说明问题，陆游诗歌创作的思想和艺术质量也是很高的。尤其是他的爱国诗篇，情辞慷慨，爱憎分明，气势磅礴，境界壮阔，艺术感染力很强，是我国古代文学遗产中的珍品。

陆游的诗在当时就受到人们的推崇和称赞，如朱熹说："放翁之诗，读之爽然，近代惟见此人为有诗人风致。"（《朱子全集·答徐载叔赓》）杨万里也认为："君诗如精金，入手知价重。铸作鼎及鼐，所向一一中。"（《诚斋集·和陆务观见贺归馆之韵》）这些同时代人的评论，并非溢美之辞，说明陆游在南宋诗坛被公认为第一流作家，具有举足轻重的地位。后代评论家把他和屈原、陶渊明、李白、杜甫、白居易、苏轼等人相提并论，也是完全正确的。

陆游的创作道路，和他的生活道路一样，都是极不平坦的。青年时代他虽然爱好诗文，但却不想做一个诗人。他的志愿是："上马击狂胡，下马草军书。"（《观大散关图有感》）决心做一个文武双全的英雄人物，希望能为收复中原、统一祖国而贡献自己的力量。然而由于生不逢时，南宋统治集团执行投降卖国政策，他的壮志不能实现，只好把自己的精力和才智用来从事文学创作，并以诗歌为主要武器，积极参加现实斗争，终于成为了一代诗坛的盟主。他曾颇有感慨地说："书生本欲辈莘渭，蹭蹬乃去作诗人。"（《初冬杂咏》）可见陆游是在一种特定的历史条件下，不以自己主观意志为转移地走上诗歌创作道路的。

绍熙三年（1192），陆游在回顾自己的创作历程时写道：

我昔学诗未有得，残余未免从人乞。
力孱气馁心自知，妄取虚名有惭色。
四十从戎驻南郑，酣宴军中夜连日。
打球筑场一千步，阅马列厩三万匹。
华灯纵博声满楼，宝钗艳舞光照席。
琵琶弦急冰雹乱，羯鼓手匀风雨疾。
诗家三昧忽见前，屈贾在眼元历历。
天机云锦用在我，剪裁妙处非刀尺。
世间才杰固不乏，秋毫未合天地隔。
放翁老死何足论，广陵散绝还堪惜。

——《九月一日夜读诗稿有感走笔作歌》

陆游认为在从戎南郑以前，自己作诗并未真正入门，因为那时生活阅历不够丰富，作品的内容比较贫乏，只能在文字技巧上下功夫，还处于模仿阶段，所以虽然已在诗坛崭露头角，但那只是"妄取虚名"，问心是有愧的。四十八岁到了南郑以后，丰富的现实生活，火热的斗争环境，使他的诗歌创作发生了明显的变化。他开始领悟到"诗家三昧"，发现了无穷无尽的创作源泉，从此以后写起诗来才得心应手，运用自如。这里谈的虽然是个人的创作体会，但实际上涉及到诗与生活的关系问题。陆游的见解很深刻，基本上是符合唯物主义的反映论，符合文艺创作的客观规律的。

陆游的诗歌创作，大致可以划分为三个时期。清代赵翼在《瓯北诗话》中说："放翁诗凡三变。"陆游自己在谈到他的诗歌创作时，也是分为三个阶段来说的：

束发初学诗，妄意薄风雅。
中年困忧患，聊欲希屈贾。
宁知竟卤莽，所得才土苴。

入海殊未深，珠玑不盈把。
老来似少进，遇兴颇倾泻。
犹能起后生，黄河吞巨野。
——《入秋游山赋诗略无阙日戏作五字七首识之以野店山桥送马蹄为韵》

这样的划分，基本上符合陆游诗歌创作发展演进的实际情况。下面就三个时期的主要特点作一些概略的介绍。

早期（1170年以前）：这是学习、准备和摹仿的时期。从他十七八岁开始写诗，到四十六岁入蜀之前，经历了近三十年的时间。陆游学诗是从江西派入门的。绍兴十二年（1142），他见到了当时著名的诗人曾几，并且“袖书拜辕下”，请他加以指导。曾几对陆游很赏识，非常热心地为他讲授作诗的技巧和方法；

忆在茶山听说诗，亲从夜半得玄机。
——《追怀曾文清公呈赵教授赵近尝示诗》

我得茶山一转语，文章切忌参死句。
——《赠应秀才》

予昔从茶山，辱赏三语妙。
文章老不进，憔悴今可吊。
——《谢徐志父帐干惠诗编》

曾几传授给陆游的是江西派的诗歌理论，主要是一些有关语言形式和艺术技巧方面的问题。这对于初学写诗的人来说，虽然也有一定帮助，但由于未能正确解决文学与生活的关系这一带有根本性的问题，因此江西派对陆游早期的诗歌创作也产生了某些消极的影响。后来他在谈到这一时期的创作时，曾说：

我初学诗日，但欲工藻绘。
中年始稍悟，渐若窥宏大。
——《示子遹》

这和《九月一日夜读诗稿有感走笔作歌》中所说的“我昔学诗未有得，残余未免从人乞。力孱气馁心自知，妄取虚名有惭色”都是同一个意思。说明陆游对自己早年的诗作是不满的，并且做了严肃认真的自我批评。

这一时期的作品绝大多数都被陆游删去了，保存下来的仅有169首，收在《剑南诗稿》卷一和卷二之中。从留下来的这些作品看，反映的生活面不够广阔，多为抒写个人主观感受和倡和赠答之作，但“工藻绘”的痕迹并不十分明显，这可能是他把那些雕章琢句之作都删掉了。

值得注意的是，在早期的诗篇中，忧国忧民的思想和杀敌报国的决心，已成为陆游创作的重要主题。由于体现了强烈的时代精神，所以陆游的创作一开始便和江西派的诗有着明显的区别。下面选录几首早期的代表作：

孤灯耿霜夕，穷山读兵书。
平生万里心，执戈王前驱。
战死士所有，耻复守妻孥。
成功亦邂逅，逆料政自疏。
陂泽号饥鸿，岁月欺贫儒。
叹息镜中面，安得长肤腴！

——《夜读兵书》

白发将军亦壮哉，西京昨夜捷书来。
胡儿敢作千年计，天意宁知一日回。
列圣仁恩深雨露，中兴赦令疾风雷。
悬知寒食朝陵使，驿路梨花处处开。

——《闻武均州报已复西京》

初报边烽照石头，旋闻胡马集瓜州。
诸公谁听刍荛策，吾辈空怀畎亩忧。
急雪打窗心共碎，危楼望远涕俱流。
岂知今日淮南路，乱絮飞花送客舟。

——《送七兄赴扬州帅幕》

这些诗篇表达了作者杀敌报国的献身精神和忧虑国事的深沉感情，同时也说明陆游的早期创作虽然经历了一段曲折，但江西派的理论并未能束缚住他的手脚。强烈的爱国热情像一支熊熊燃烧的火炬，照亮着诗人前进的道路，使他在诗歌创作领域里有了一个良好的开端。

中期（1170—1189）：从乾道六年（1170）离家入蜀到淳熙十六年（1189）罢官返乡。这二十年是陆游政治上达到成熟、艺术上取得辉煌成就的重要时期。为了实现收复中原、振兴宋朝的宏伟抱负，他历尽艰辛，奔走四方，足迹遍及川陕吴楚，生活是异常丰富多彩的。乾道八年（1178）从戎南郑，是陆游生命的高潮，也是他诗歌创作的转折点。当时他是以一个具有很高的文学修养、喜欢作诗的爱国志士的身份活跃在边防前线的。他的主要任务是为宣抚使王炎制定北伐的战略战术和进军计划。在紧张的工作之余，陆游也常常挥笔赋诗，写下自己在军旅生活中的见闻、感受和体会。豪壮的生活，火热的斗争，激起了诗人创作的灵感，为他提供了取之不尽的创作素材。这时陆游的诗歌，无论在思想内容和艺术形式方面都达到了很高的境界，形成了宏肆、雄健的独特风格。在漂泊巴蜀和东归之后，陆游以抒写爱国激情为中心主题，创作了大量充满豪情壮志的战歌，鼓舞着当时的抗金斗争。

陆游创作中期这二十年，存诗约二千五百首，收在《剑南诗稿》卷二至卷二十一中。这时期的作品反映的社会生活面是相当广泛的，其中最有价值、最能体现陆游创作特色的，主要是那些笔饱墨酣、情感热烈、气势磅礴的爱国诗篇。现举数首如下，以见一斑：

杀气昏昏横塞上，东并黄河开玉帐。
昼飞羽檄下列城，夜脱貂裘抚降将。
将军枥上汗血马，猛士腰间虎文韔。
阶前白刃明如霜，门外长戟森相向。
朔风卷地吹急雪，转盼玉花深一丈。
谁言铁衣冷彻骨，感义怀恩如挟纩。
腥臊窟穴一洗空，太行北岳元无恙。
更呼斗酒作长歌，要遣天山健儿唱。

——《九月十六日夜梦驻军河外遣使招降诸城，觉而有作》

人言悲秋难为情，我喜枕上闻秋声。
快鹰下鞲爪嘴健，壮士抚剑精神生。
我亦奋迅起衰病，唾手便有擒胡兴。
弦开雁落诗亦成，笔力未饶弓力劲。
五原草枯苜蓿空，青海萧萧风卷蓬。
草罢捷书重上马，却从銮驾下辽东。

——《秋声》

赵魏胡尘千丈黄，遗民膏血饱豺狼。
功名不遣斯人了，无奈和戎白面郎！

——《题海首座侠客像》

早岁那知世事艰，中原北望气如山。
楼船夜雪瓜洲渡，铁马秋风大散关。
塞上长城空自许，镜中衰鬓已先斑。
出师一表真名世，千载谁堪伯仲间？

——《书愤》

这类脍炙人口、动人心魄的诗篇，在陆游中期的创作中占了很大的比例。叶绍翁《四朝闻见录》说他“游宦剑南，作为歌诗，皆寄意恢复”，基本上符合实际情况。这些作品思想性和艺术性得到了很好的统一，从而确立了陆游作为爱国诗人在中国文学史上应有的地位。

晚期（1190—1210）：从六十五岁到八十五岁，陆游的晚年基本上是在农村中度过的。相对来说，这时的生活比较平静，接触得最多的是故乡的自然风光、田园景物和风土人情。由于客观环境的改变，陆游诗歌创作的题材、风格和表现手法也相应地发生了较大的变化。对此，陆游自己也是有所觉察的，他在诗中写道：

入蜀还吴迹已陈，兰亭道上又逢春。
诸君试取吾诗看，何异前身与后身！

——《忆昨》

这种变化是符合创作规律的，说明现实生活必然要影响作家创作的风貌和格调。赵翼在《瓯北诗话》中评论说：“及乎晚年，则又造平淡，并从前求工见好之意，亦尽消除。所谓‘诗到无人爱处工’者，刘后村谓其皮毛落尽矣。此又诗之一变也。”这是就形式方面来说的，陆游晚年的作品简淡朴质，运用白描手法，多为即兴抒感之作。在内容方面，忧国忧民之作始终没有中断，表现了陆游爱国立场的坚定性和完整性，如《邻曲有未饭被追入郭者，悯然有作》《秋夜将晓出篱门迎凉有感》《十一月四日风雨大作》《农家叹》《陇头水》《书志》《喜雨歌》《追感往事》《客从城中来》《老马行》《示儿》等，都是这一时期的代表作。陆游晚年的大量诗篇，描写的是湖光山色、闲情逸致和日常生活琐事，其中也流露出一些消极的思想情绪，反映了他的阶级和历史局限。后代某些评论家对这类作品大加渲染，而忽视其诗歌创作的主导精神，这是非常片面的，不是对陆游做出全面的正确的历史评价。

陆游晚年精力旺盛，也很勤奋，二十年间共存诗六千四百多首，收入《剑南诗稿》卷二十一至卷八十五中。其中八十四岁那年就写了 584 首，可见他“才思灵敏，功力精勤”，在古代诗人中是十分突出的。由于晚年的诗没有经过删除，有不少思想性和艺术性不高的作品也流传下来了。因此在阅读陆游作品的时候，也应当加以区别对待。

陆游的生活经历与创作道路，为我们提供了宝贵的经验和教训：文艺不应当脱离现实的斗争，诗人一定要做时代的歌手。陆游成为伟大的爱国诗人，首先因为他是一位坚贞不渝的爱国主义战士。始终关心国家民族的命运，积极投身于反侵略、反投降的正义斗争，永远和人民群众保持着联系，所以他的作品才具有强烈的时代精神。在南宋文坛，他和辛弃疾等爱国作家一道，以诗词为武器，揭露侵略者，谴责投降派，号召大家坚持抗金，为结束南北分裂、实现祖国的统一而斗争。他们的思想感情的根子，深深地扎进了社会和历史的土壤里，他们的作品表达了当时千百万人民的共同要求和愿望。他们摒弃了北宋末年以来诗词创作脱离社会生活、脱离现实斗争的倾向，以沉雄悲壮的歌声，压倒了西子湖畔的靡靡之音，迎来了南宋前期爱国主义诗词繁荣的局面，在中国文学史上的贡献是不可磨灭的。

陆游的成就还表明：作家既要广泛接触生活，了解社会，更要以先进思想武装自己，站在时代的前列，抛开个人的恩怨得失，保持高尚的道德情操，在黑暗势力面前绝不低头屈服，永远坚持美好的理想。陆游的一生就是这样走过来的，他的诗就是他的生活与斗争的记录，他的人格的艺术体现。正因为这样，他的作品才具有强大的生命力，才经得起历史的检验。

陆游的创作道路，给我们的启示是十分深刻的。

四、陆游的爱国诗篇

陆游是我国历史上继屈原、杜甫之后，最伟大的一位爱国主义诗人。他生活在民族矛盾和阶级矛盾十分尖锐的南宋时代。诗人一生始终坚持反对侵略、反对投降的正义斗争，强烈要求收复失地，渴望实现祖国重新统一。他的爱国诗篇，反映了南宋时期的社会本质，表达了我国各族人民的共同愿望，思想性和艺术性都很高，在历史上发挥了积极的社会作用。

列宁指出："爱国主义就是千百年来巩固起来的对自己的祖国的一种最深厚的感情。"（《列宁全集》第二十八卷）这种感情是随着民族、国家的形成而产生和巩固起来的，在每一个民族或国家里都有着悠久的传统和丰富的历史内容。对祖国的爱和对某种政权形式的国家的忠，既有联系又有区别。国家是阶级压迫的工具，而祖国这一概念所包含的内容却要广泛丰富得多。它既包括一定历史时期的国家政权，也包括形成国家的物质基础，例如土地、山河、人民、文化传统等。国家政权不断地改变着它的性质和职能，而土地、山河、人民、文化传统却有着历史的继承性，是不能割断的。所以列宁在解释爱国主义时，说的是对祖国的爱而不是对国家政权的忠。这两种感情常常交织在一起，不易区分，但绝不能将二者混为一谈。

爱国主义既然是一种历史现象，那么就有一个发展演变的过程。它在不同时期的具体内容，是由一定社会历史条件决定的。因此不能脱离历史条件，用某一时期的爱国主义内容去衡量、要求和否定另一时期的爱国主义内容。研究爱国主义问题和研究其它社会问题一样。都不能离开具体的历史条件，都必须把问题提到一定的历史范围之内。

根据南宋时期的社会历史条件，主张抗金，反对民族压迫，批判投降主义，维护祖国统一等，都是爱国主义的具体表现。这些方面的内容，在陆游的诗篇中都得到了充分的生动的反映。所以他在南宋文坛，成为了爱国作家的一面光辉旗帜。

陆游一生自始至终主张抗金，他是反对民族压迫的坚定战士。诗人的童年经历了战乱、逃亡的生活，从小又受到父辈爱国思想的熏陶和教育，因而少年时就立志要“扫胡尘”“清中原”，决心为光复国土而献身。青年时代，他读兵书，学剑术，变姓名，结英豪，为参加北伐战争做了多方面的准备。从戎南郑时期，他接触了不少从沦陷区逃亡到南宋方面来的难民和义士，倾听了他们的血泪控诉，激起了诗人对女真奴隶主贵族荼毒中原人民的无比愤怒和仇恨。

陆游以诗歌为武器，对女真奴隶主贵族集团侵占中原，大肆烧杀掳掠的暴行，进行了无情的揭露和严厉的谴责：

赵魏胡尘千丈黄，遗民膏血饱豺狼。

——《题海首座侠客像》

群胡本无政，剽夺常自如。民穷诉苍天，日夜思来苏。

——《感兴》

这里揭露的事实，是符合历史的。例如靖康元年（1126）春，金兵围攻开封时，金帅宗望向北宋当局提出以割让太原、河间、中山三镇，并勒索大量金银财物作为退兵条件，否则就要将城中“男子杀尽，妇女虏尽，宫室焚尽，金银取尽”。宗望还纵兵抢劫，滥杀平民，致使“京城之外坟陇悉遭掘出尸，取其棺为马槽。杀人如割麻，臭闻数百里，京城以故数大疫，死者过半”（《三朝北盟会编》卷九六）。金兵侵占中原后，对各族人民犯下的罪行，更是罄竹难书。

陆游虽然身在江南，但却心向中原，他和苦难深重的北方同胞骨肉相连：

横流始靖康，赵魏血可蹀。

小胡宁远略，为国恃剽劫。

…………

遗民世忠义，泣血受汙胁。

——《登城》

三万里河东入海，五千仞岳上摩天。

遗民泪尽胡尘里，南望王师又一年！

——《秋夜将晓，出篱门迎凉有感》

中原人民的悲惨遭遇，在陆游心灵里燃起了愤怒的火焰，坚定了他抗金的决心，也使他的诗篇具有鲜明的战斗性。

金朝统治者在占领区实行民族歧视政策，粗暴地践踏和破坏汉族人民的风俗习惯和文化生活传统。他们禁止百姓穿汉族服装，不准留汉族发式，如有违反，一律处死，“顶发稍长，大小不如式，斩之”，“见小民有依旧犊鼻者亦责以汉服斩之，生灵无辜被害不可胜纪”（《三朝北盟会编》卷一三二）。消息传来，陆游为之扼腕悲歌愤慨地写道：

中原堕胡尘，北望但莽莽。

耆年死已尽，童稚日夜长。

羊裘左其衽，宁复记畴曩？

岂无豪俊士，愤气塞穹壤。

——《北望》

中原日月用胡历，幽州老酋著柘黄。

荣河温洛底处所，可使长作旃裘乡？

——《秋兴》

上源驿中捶画鼓，汉使作客胡作主。

舞女不记宣和装，庐儿尽能女真语。

——《得韩无咎书寄使虏时宴东都驿中所作小阕》

本来像服装、发式、历书、语言等，各民族间是可以互相交流和学习的，但应建立在自愿和平等的基础上。而当时的金朝统治集团却以暴力强制推行其规定，这必然要伤害被压迫民族的感情，是不利于民族团结和平等联合的。陆游谴责这种制造民族隔阂、加深民族仇恨的做法在当时是完全应该的。

陆游的敌我观念十分坚定分明："故国吾宗庙，群胡我寇仇，但应坚此念，宁假用他谋?"（《纵笔》）但他并非大汉族主义者。诗人鞭挞女真奴隶主贵族，声讨他们的种种罪行，完全是针对其无端的侵略和残暴的民族压迫。陆游不抱民族偏见，他曾说："乾坤均一气，夷狄亦吾人。"（《斯道》）在宋金战争中，金兵虽然多次"屠城"，残杀平民和俘虏，但陆游并不主张报复。他曾作诗道：

王师出城南，尘头暗城北。
五军战马如错绣，出入变化不可测。
逆胡欺天负中国，虎狼虽猛那胜德?
马前嗢咿争乞降，满地纵横投剑戟。
将军驻坡拥黄旗，遣骑传令勿自疑。
诏书许汝以不死，股栗何为汗如洗!

——《战城南》

诗中指出宋军是正义之师，必将战胜如虎似狼的金兵。诗的后半部分描绘的是想象中北伐胜利时的情景，从中可以看出当敌人放下武器后陆游是主张实行宽大政策的。在现实生活中，陆游也曾与投降后的金兵融洽相处过。那是从戎南郑时的一段往事：

从军昔戍南山边，传烽直照东骆谷。
军中罢战壮士闲，细草平郊恣驰逐。
洮州骏马金络头，梁州球场日打球。
玉杯传酒和鹿血，女真降虏弹箜篌。

——《冬夜闻雁有感》

发动侵略战争、破坏民族团结的只是少数奴隶主贵族，而女真族的广大士兵和奴隶则是受蒙蔽的，也是受害者。宋金战争初期，金兵中就曾出现过厌战反战情绪。他们盼望早日回到家乡去过和平生活，流露了对奴隶主贵族集团穷兵黩武、嗜杀成性的不满（《三朝北盟会编》卷一七至三二)。因此，应当将他们和少数发动战争的奴隶主贵族加以区别。陆游虽然不可能达到这样的认识高度，但他在实际上是不赞成进行民族报复的。陆游追求的不是狭隘的民族利益，而是实现祖国的统一、和平与繁荣：

安得从王师，汛扫迎皇舆。
黄河与函谷，四海通舟车。
士马发燕赵，布帛来青徐。
先当营七庙，次第画九衢。
偏师缚可汗，倾都观受俘。

上寿大安宫，复如正观初。

——《观大散关图有感》

只要金兵停止侵扰，就可以化干戈为玉帛，和平、统一的局面就会恢复。他还主张当金人解除武装后，应当给以出路，让他们回到原来居住的地方，仍旧从事畜牧业，去过安分的生活：

尽诛非无名，不足烦戈鋋。

还汝以旧职，牧羊辽海边。

——《长歌行》

陆游对待民族问题的态度，在当时的历史条件下，是难能可贵的。

南宋统治集团在尖锐的民族矛盾中，分成主战派与主和派。主战派坚持守土自卫，反对割地求和，得到人民群众的广泛拥护和支持。主和派畏敌如虎，姑息退让，执行投降卖国政策。这两派的斗争，是当时民族矛盾和阶级矛盾在南宋朝廷内部的反映。广大人民和爱国志士与主战派站在一起，与投降派展开了激烈的斗争。陆游在这条战线上，表现得最英勇顽强，他毫不留情地把犀利的笔锋指向投降派：

公卿有党排宗泽，帷幄无人用岳飞。

遗老不应知此恨，亦逢汉节解沾衣。

——《夜读范至能〈揽辔录〉，言中原父老见使者多挥涕感其事作绝句》

诸公可叹善谋身，误国当时岂一秦？

不望夷吾出江左，新亭对泣亦无人！

——《追感往事》

这两首七绝，揭露南宋初年黄潜善、汪伯彦和秦桧排斥异己、陷害忠良、结党营私、误国误民的罪行。诗人一针见血地指出，投降派不是一两个人的问题，他们“有党”，是一个自私无耻、狼狈为奸的集团。这就触及了问题的实质，认识是很深刻的。

陆游在批判投降派的时候，常常把他们对敌奴颜卑膝、屈辱求和，对内实行残酷压迫剥削的反动行为联系在一起，予以揭露和谴责：

郡县轻民力，封疆恃虏和。

——《遣兴》

三军老不战，比屋困征赋，

可使江淮间，岁岁常列戍？

——《悲秋》

南宋统治者置半壁河山于不顾，却甘心偏安一隅，正是为了继续维持其穷奢极欲、荒淫腐朽的生活。小朝廷君臣在西子湖畔恣意挥霍劳动人民的血汗，仅赵构在杭州的御花园就有四十多所，奢侈糜费到了极点。在《读夏书》一诗中，陆游借古讽今，对南宋统治集团进行了严厉的斥责：

巨浸稽天日沸腾，九州人死若丘陵。

一朝才得居平土，峻宇雕墙已遽兴。

祖国大地横尸遍野、白骨如山，人民处在水深火热之中。“洪水猛兽”一退，才得安定下来，统治者就不顾民生疾苦，大兴土木，修筑高屋广宇，过着苟安淫佚的生活。在这黑暗的岁月里，多少英雄志士有心报国，无路请缨，虚度了宝贵的时光：“诸公尚守和亲策，志士虚捐少壮年。”（《感愤》）陆游怀着沉痛的心情，唱出了广大军民对投降政策的无比愤恨：“生逢和亲最可伤，岁辇金絮输胡羌。夜视太白收光芒，报国欲死无战场!”（《陇头水》）在另一首乐府古题中，陆游写道：

和戎诏下十五年，将军不战空临边。

朱门沉沉按歌舞，厩马肥死弓断弦。

戍楼刁斗催落月，三十从军今白发。

笛里谁知壮士心，沙头空照征人骨。

中原干戈古亦闻，岂有逆胡传子孙?

遗民忍死望恢复，几处今宵垂泪痕!

——《关山月》

这首诗用对比手法，概括了当时广大人民、爱国志士与投降派的尖锐矛盾。诗中揭露了自“隆兴和议”以来，南宋统治集团文恬武嬉、醉生梦死、恃和苟安、误国误民的种种罪恶行径；抒发了戍边战士报国无门、虚度年华的无限悲愤；表达了中原人民垂泪忍死、盼望恢复的痛切心情，对黑暗现实的揭露和批判是异常深刻的。

陆游对侵略者和投降派的痛恨与愤怒之情，是基于他对祖国和人民的深挚热爱。经常萦绕在诗人胸怀，使他坐卧不宁，朝思暮想，不断为之悲歌流涕、长言咏叹的，是祖国壮丽雄伟的河山、受苦受难的人民和悠久光辉的历史文化传统。

陆游放声讴歌辽阔富饶的国土、尽情赞美雄奇险峻的山川名胜：

四海一家天历数，两河百郡宋山川。

——《感愤》

平川沃野望不尽，麦陇青青桑郁郁。

——《山南行》

长江从蜀来，日夜东南奔。
两山对崔嵬，势如塞乾坤。

——《入瞿塘登白帝庙》

三万里之黄河入东海，五千仞之太华摩苍旻。

——《寒夜歌》

诗人对中原故土怀有特殊的感情，因为那是中华民族的发祥地，几千年来抚育了许多著名的英雄人物：

太行天下脊，黄河出昆仑。
山川形胜地，历世多名臣。

——《哀北》

我昔闻关中，水深土平旷。
泾渭贯其间，沃壤谁与抗？
桑麻郁千里，黍林高一丈。
潼华临黄河，古出名将相。

——《秋怀十首末章稍自振起亦古义也》

陆游常常登高北望，遥向云天以外的故国山河，捧出一颗火热的赤子之心，寄予无限的向往和怀念：

河潼形胜宁终弃，周汉规模要细论。
自恨不如云际雁，南来犹得过中原！

——《枕上偶成》

书生忠义与谁论，骨朽犹应此念存。
砥柱河流仙掌日，死前恨不见中原！

——《太息》

陆游曾打算当宋军收复中原后，举家迁居关中，世世代代定居在那里。为此，他勉励儿孙们说："永为河渭民，勿惮关山路。"（《仆顷在征西大幕登高望关辅乐之每冀王师拓定得卜居焉暇日记此意以示子孙》）这一愿望始终未能实现，他感到十分遗憾。每念及此，陆游就老泪纵横，百感交集，从而也更坚定了他杀敌报国、誓清中原的决心：

把酒不能饮，苦泪滴酒觞。
醉酒蜀江中，和泪下荆扬。
…………
汴洛我旧都，燕赵我旧疆，
请书一尺檄，为国平胡羌。

——《江上对酒作》

对历史上的爱国诗人和英雄志士，陆游都给予崇高的评价，并从他们的事迹和著作中吸取营养，作为鼓舞自己的精神力量。他特别尊敬的是屈原、杜甫和诸葛亮：

离骚未尽灵均恨，志士千秋泪满裳。

——《哀郢》

文章垂世自一事，忠义凛凛令人思。

——《游锦屏山谒少陵祠堂》

出师一表真名世，千载谁堪伯仲间？

——《书愤》

对古今著名的英雄人物，如李广、李晟、李靖、裴度、马周、寇准、宗泽、岳飞、刘锜、张浚等，陆游也很仰慕，并以他们作为自己的榜样：

李靖闻征辽，病惫更激昂。
裴度请讨蔡，奏事犹衷创。
我亦思报国，梦绕古战场。

——《鹅湖夜坐书怀》

人生不作安期生，醉入东海骑长鲸。
犹当出作李西平，手枭逆贼清旧京。

——《长歌行》

豪杰何心后世名，材高遇事即峥嵘。
巴东诗句澶州策，信手拈来尽可惊。

——《秋风亭拜寇莱公遗像》

堂堂韩岳两骁将，驾驭可使复中原。

庙谋尚出王导下，顾用金陵作北门。

——《感事》

所有这些，说明陆游继承了光荣的民族传统，先贤烈士们为国献身、鞠躬尽瘁、慷慨赴敌、万死不辞的精神，化为一股巨大的力量，鼓舞着他为实现祖国的统一而斗争。

对待人民的态度如何，是衡量一个作家是否爱国的重要标志。单纯抒写个人的乡关之思、故国之恋或亡国之恨，如果作家未能与广大人民的命运联系在一起，他的痛苦或幸福只限于个人的狭小天地，这样的作品即使情深意切，严格说来也不能说是爱国主义文学。一个真正的爱国诗人，必然关心人民，同情人民，在其可能的范围内，通过一定的途径和方式与人民群众保持着某种联系。陆游就是这样一位伟大的诗人，他的作品反映了南宋时期广大人民的要求和愿望。

陆游童年曾经历了一段和人民群众同甘苦、共患难的逃亡生活，这是他忧国忧民思想的起点。走向社会以后，他始终关心民生疾苦，对“富豪役千奴，贫老无寸帛”的社会现象表示不满，对人民的贫困和苦难寄予深切的同情。

据史料记载，南宋时期耕种的土地不及北宋时期的三分之二，而历年剥削收入总数的最高额却与北宋约略相等。除供给地主阶级和官僚集团奢华淫乐生活所需之外，每年还要向女真奴隶主贵族缴纳数十万两匹银绢，这些负担全部都加在老百姓身上。因此剥削的方式和手段更加残酷苛毒，除租赋徭役外，还有各种名目繁多的苛捐杂税。陆游看到了这一现实，认为人民的极端贫困是当时最严重的社会问题，所以他主张“节用裕民”，缩小开支，减轻人民的负担。在他任职期间，曾采取一些措施，蠲免赋税，赈济灾民，安定民生，发展生产，做了不少有益于人民的事情。

正是在这样的认识与生活经历的基础上，陆游写了大量反映人民苦难生活、揭露黑暗现实的诗篇：

有山皆种麦，有水皆种粳。

牛领疮见骨，叱叱犹夜耕。

竭力事本业，所愿乐太平。

门前谁剥啄？县吏征租声。

一身入县庭，日夜穷笞搒。

人孰不惮死？自计无由生。

还家欲具说，恐伤父母情。

老人倘得食，妻子鸿毛轻。

——《农家叹》

太息贫家似破船，不容一夕得安眠。
春忧水潦秋防旱，左右枝梧且过年。

祷庙祈神望岁穰，今年中熟更堪伤。
百钱斗米无人要，贯朽何时发积藏！

北陌东阡有故墟，辛勤见汝昔营居。
豪吞暗蚀皆逃去，窥户无人草满庐！

——《太息》

这些诗篇描绘了农村阶级压迫的图景，揭露了官府豪绅对贫苦农民的残酷剥削，爱憎之情是很鲜明的。

陆游不仅同情人民，而且在和群众的交往中能够发现他们的优秀品德，从中吸取一定的思想养料：

几年羸疾卧家山，牧竖樵夫日往还。
至论本求编简上，忠言乃在里闾间：
“私忧骄虏心常折，念报明时涕每潸。”
寸禄不沾能及此，细听只益厚无颜。

——《识愧》

这是陆游晚年在故乡山阴时，于道路之上听了一位普通百姓的谈话后所写的一首诗。他对这位乡亲说的两句话非常赞赏，深为感动，并将这来自民间“忠言”引进了自己的作品之中。可见人民群众忧国忧民的思想，对陆游起到了鞭策、教育的作用。

陆游晚年回到农村后，常常跟劳苦农民在一起谈心述怀，给他们介绍宋金战争的形势，号召大家做好准备，只待北伐令下，就跟他一起挥戈携剑奔赴前线，去为收复中原而战：

七年收朝迹，名不到权门。
耿耿一寸心，思与穷友论。
忆昔西戍日，孱虏气可吞。
偶失万户侯，遂老三家村。
朱颜舍我去，白发日夜繁。
夕阳坐溪边，看儿牧鸡豚。

雕胡幸可炊，亦有社酒浑。
耳热我欲歌，四座且勿喧。
即今黄河上，事殊曹与袁。
扶义孰可遣，一战洗乾坤？
西酹吴玠墓，南招宗泽魂。
焚庭涉其血，岂独清中原！
吾侪虽益老，忠义传子孙。
征边诏倘下，从我属橐鞬。

——《村饮示邻曲》

陆游关怀人民，学习人民，又以自己的作品来鼓舞人民，教育人民。爱祖国和爱人民的思想感情，在陆游的作品中得到了很好的统一。

陆游生活在封建社会，出身于地主阶级家庭，受的是儒家思想教育，因此在他身上不可避免地也要打上时代和阶级的烙印。陆游的爱国诗篇中积极进步的因素是主要的，但也存在着一些封建主义的杂质。如忠君思想和个人功名观念等消极因素，在他的作品中也是有所表现的。早年时期，他把“但忧死无闻，功不挂青史”与“何时嫖姚师，大刷渭桥耻”（《投梁参政》）相提并论，认为报国和忠君是一致的。他曾不止一次地说过“士生抱材愿少试，誓取燕赵归君王”（《松骥行》），“千年史册耻无名，一片丹心报天子”（《金错刀行》）一类的话，表现出阶级和历史的局限，在评价他的作品时是应该指出的。

但同时也要看到，随着生活经历的不断丰富和对现实认识的逐渐深化，陆游的思想也在不断地变化前进。到了晚年，他的忠君思想愈来愈淡薄，后期作品中已很难找到颂扬“君王”“天子”的词句。同时诗人也基本上摆脱了个人功名观念的束缚，而把国家和民族的利益放在首位。他曾说：“功名自是英豪事，不用君王万户侯。”（《闻虏政衰乱扫荡有期喜成口号》）这里所说的“功名”，不是指个人功成名就、享受荣华富贵，而是指恢复中原的事业了。开禧北伐前夕，陆游在一首诗中写道：

鸭绿桑干尽汉天，传烽自合过祁连。
功名在子何殊我，唯恨无人快著鞭。

——《书事》

这种不计个人得失，而以恢复失地、统一国家为重的思想，和早期的个人功名观念有着明显的区别。陆游的心胸更宽阔、立足点更高了。

由于陆游能够抛开个人的恩怨得失，所以他的爱国立场是很坚定的。即使在残年老病，政治上多次受到打击和压制，处境十分艰难的情况下，他也从不“叹老嗟卑”，仍然期待着重跨战马，披坚执锐，奔赴卫国杀敌的战场。这种“烈士暮年，壮心不已”的精神，是很值得学习的。

陆游的暮年，贫病交加，又因支持韩侂胄北伐而受到种种攻击和诬蔑，但他却坚强地活着，目的只有一个，就是要亲眼看到敌人的溃灭：

剖心莫写孤臣愤，抉眼终看此虏平。

——《书愤》

不羡骑鹤上青天，不羡峨冠明主前。
但愿少赊死，得见胡平年。

——《长歌行》

驱逐敌人、平定中原是陆游最高的理想，如果生前此志未酬，那么他希望死后变为“鬼雄”，愿自己的忠肝义胆凝结为金铁，铸造成利剑，继续去参加除奸灭敌的战斗：

千岁埋松根，阴风荡空穴。
肝心独不化，凝结变金铁。
铸为上方剑，衅以佞臣血。
匣藏武库中，出参髦头列。
三尺粲星辰，万里静妖孽。
君看此神奇，丑虏何足灭！

——《书志》

虽然这只是一种不可能实现的理想和愿望，但那种富贵不淫威武不屈、绝不与邪恶势力妥协、对正义事业充满胜利信心的伟大精神，却集中表现了我国人民革命斗争的传统和坚强不屈的意志。这是陆游爱国诗篇的特点之一。

陆游爱国诗篇的另一特点，是具有强烈的现实主义精神和鲜明的战斗性。陆游本想做一个文武全才的英雄人物，真刀真枪地去和敌人搏斗。然而生不逢时，事与愿违，他被迫脱去战袍，放下刀剑，走上了以诗歌创作为主要事业的生活道路。自从四十八岁离开川陕前线以后，纸和笔就成了他手中唯一的武器。战斗的渴望，促使他在诗词的广阔领域里开辟了另一个战场。他有不少作品像匕首、投枪、利剑一样，无情地刺向腐恶，倾向性十分明显，充分发挥了诗歌武器在反侵略、反投降斗争中的积极作用。

陆游的爱国诗篇还具有一种乐观主义精神和积极浪漫主义的色彩。对黑暗的现实他感到愤慨，但从不悲观，坚信“南北会当一”（《剑南诗稿》卷二七）。他曾说：“楚虽三户能亡秦，岂有堂堂中国空无人！”（《金错刀行》）又说：“南人孰谓不知兵，昔者亡秦楚三户。”（《十月二十六日夜梦行南郑道中既觉恍然揽笔作此诗时且五鼓矣》）这与当时流行于统治阶级中的所谓“南北有定势，吴楚之脆弱不足以争衡于中原”（转自辛弃疾《美芹十论》）的悲观思想形成了鲜明的对照。陆游并非盲目乐观。根据南宋初年宋金双方力量对比的变化，如果南宋当权者能够坚持抗金，依靠人民群众的力量，争取主动，抓住战机，收复中原是完全可能的。当时转战在河东河北一带的农民抗金武装红巾军就曾向南宋朝廷方面表示，只要大军渡过黄河，人数并不需要很多，中原人民就会揭竿而起，把侵略者赶出去。可是投降派却反其道而行之，致使中原长期沦陷，人民饱受战乱、分裂和民族压迫之苦。这一历史罪责应由南宋大地主官僚和投降派来承担。

在现实生活里，陆游无法实现自己的理想和愿望，于是只好把希望寄托在幻想和梦境之中。他用浪漫主义的手法描写理想中的英雄和北伐胜利时的盛况：

须如蝟毛磔，面如紫石棱。
丈夫出门无万里，风云之会立可乘。
追奔露宿青海月，夺城夜蹋黄河冰。
铁衣度碛雨飒飒，战鼓上陇雷凭凭。
三更穷虏送降款，天明积甲如丘陵。
中华初识汗血马，东夷再贡霜毛鹰。
群阴伏，太阳升，胡无人，宋中兴。
丈夫报主有如此，笑人白首蓬窗灯。

——《胡无人》

陆游的纪梦诗多写从军生活，是诗人壮志难酬的曲折反映：

天宝胡兵陷两京，北庭安西无汉营。
五百年间置不问，圣主下诏初亲征。
熊罴百万从銮驾，故地不劳传檄下。
筑城绝塞进新图，排仗行宫宣大赦。
冈峦极目汉山川，文书初用淳熙年。
驾前六军错锦绣，秋风鼓角声满天。
苜蓿峰前尽亭障，平安火在交河上。
凉州女儿满高楼，梳头已学京都样。

——《五月十一日夜且半，梦从大驾亲征，尽复汉唐故地，见城邑人物繁丽，云：西凉府也。喜甚，马上作长句，未终篇而觉，乃足成之》

诗人通过梦境，描绘宋军出征，收复失地，沦陷区人民兴高彩烈投入祖国怀抱的动人情景。这类诗篇表现了现实与理想的矛盾，对爱国者是有力的鼓舞，对投降派却是无言的批判。

陆游的诗中塑造了一位爱国主义战士的光辉形象。这一形象既是诗人的自我写照，也是时代精神的艺术体现。陆游作品中的抒情主人公，是一位甘洒热血，愿委锋镝，战死沙场，以马革裹尸还葬的英雄豪杰。这一形象既熔铸着作者自身的生活经历和政治理想，也概括了当时如火如荼的反侵略、反投降的斗争。因此，它具有很强的艺术感染力和积极的教育作用。

陆游的爱国诗篇在当代和后世都曾产生过深远的影响。陆游生前常以自己的作品来勉励战友，鼓舞志士，希望他们振作精神，不要消极悲观：

腰间羽箭久凋零，太息燕然未勒铭。
老子犹堪绝大漠，诸君何至泣新亭！

——《夜泊水村》

我语壮士勉自强，男儿堕地志四方。
裹尸马革固其常，岂若妇女不下堂！

——《陇头水》

缩地不妨游汗漫，移山随处对嶙峋。
须君更出囊中剑，一为关河洗虏尘。

——《有道流过门留与之语颇异口占赠之》

当时著名的爱国词人辛弃疾以及韩元吉、范成大、张缜、刘过、苏泂等都受过他的影响：

大材小用古所叹，管仲萧何实流亚。
天山挂旆或少须，先挽银河洗嵩华。
中原麟凤争自奋，残虏犬羊何足吓！
但令小试出绪余，青史英豪可雄跨。
古来立事戒轻发，往往谗夫出乘罅。
深仇积愤在逆胡，不用追思灞亭夜。

——《送辛幼安殿撰造朝》

书来寄我宴时诗，归鬓知添几缕丝？

有志未须深感慨，筑城会据拂云祠！

——《得韩无咎书寄使虏时宴东都驿中所作小阕》

公归上前勉画策，先取关中次河北。
尧舜尚不有百蛮，此贼何能穴中国？
黄扉甘泉多故人，定知不作白头新。
因公并寄千万意，早为神州清虏尘！

——《送范舍人还朝》

这些寄赠友人之作，情长意深，远瞩高瞻，千言万语总是围绕着一个中心主题。诗人赤诚的爱国之心呼之欲出，读者又怎能不为之感动呢！

几百年来，当我们的国家、民族遭到侵略欺凌，处在危急存亡的关头，人们总是倍加怀念爱国诗人陆游。宋末诗人林景熙和近代作家梁启超、柳亚子等对陆游都给予很高的评价：

天宝诗人诗有史，杜鹃再拜泪如水。
龟堂一老旗鼓雄，劲气往往摩其垒。
轻裘骏马成都花，冰瓯雪椀建溪茶。
承平麾节半海宇，归来镜曲盟鸥沙。
诗墨淋漓不负酒，但恨未饮月氏首。
床头孤剑空有声，坐看中原落人手。
青山一发愁蒙蒙，干戈况满天南东。
来孙却见九州同，家祭如何告乃翁！

——林景熙《读陆放翁诗卷后》

诗界千年靡靡风，兵魂销尽国魂空。
集中什九从军乐，亘古男儿一放翁。

辜负胸中十万兵，百无聊赖以诗名。
谁怜爱国千行泪，说到胡尘意不平。

叹老嗟卑却未曾，转因贫病气崚嶒。
英雄学道当如此，笑尔儒冠怨杜陵。

朝朝起作桐江钓，夕夕梦随辽海尘。
恨煞南朝道学盛，缚将奇士作诗人。

——梁启超《读陆放翁集》

放翁爱国岂寻常？一记南园目论狂。
倘使平原能灭虏，禅文九锡亦何妨。

庆元党禁诚私意，恢复中原义至公。
却笑当年许平仲，高谈理学昧华戎。

——柳亚子《王述庵论诗绝句诋諆放翁感而赋此》

他们推崇陆游，为他辩诬，是历史的公论。同时也说明陆游的爱国主义精神，一直在鼓舞和感召着后人。

总之，陆游的作品中蕴藏着很多闪光的瑰宝。对这位伟大诗人的遗产进行科学的鉴定、分析和批判，取其精华，去其糟粕，对于培养我们的爱国主义感情，是有益的。

五、陆游诗歌的艺术成就

陆游继承并发扬了我国古典诗歌的优良传统，他以抒写爱国激情为中心主题，深刻而广泛地反映了当时的社会历史面貌。无论从作品的思想价值或艺术成就来看，陆游都不愧是宋代诗人中最杰出的代表。

南宋前期诗坛，和陆游同时著名的诗人，还有尤袤、萧德藻、杨万里和范成大。其中尤袤和萧德藻的诗集早已散失，保存下来的少数诗篇，并无多大特色。杨万里和范成大虽然也受到同时代人的推重，但其成就和影响是不能和陆游相比的。清代人所编的《唐宋诗醇》在评语中指出："宋自南渡以后，必以陆游为冠。当时称大家者，曰萧、杨、范、陆；杨万里则曰尤、萧、范、陆。至刘克庄乃曰'放翁学力似杜甫'。又曰'南渡而下，放翁故为一大宗'。朱子与徐庚载书：'放翁诗读之爽然，近代惟见此人为有诗人风致。'今诸家诗具在，可与游匹者谁也?"这段话很中肯，是符合实际的。经过历史的检验，陆游诗歌的价值愈来愈被人们所认识，他在中国文学史上的地位也更加显得重要。

艺术的特征在于通过形象来反映和说明生活，离开形象艺术就会失去自己的生命力。陆游善于运用生动的语言和鲜明的形象来反映客观现实，抒发他对生活的认识和感受。在他的诗歌创作中艺术形象是丰富多彩的，其中最突出、最感人的是作为抒情主人公的自我形象。这一形象产生在广阔的社会生活的基础上，形成于特定的具体的历史条件下。“他”既熔铸着诗人的生活经历，体现了作者的思想感情，具有鲜明的个性；同时又反映了时代精神，表达了当时无数爱国志士的忧思悲愤，具有一定的典型意义。

陆游诗中抒情主人公的自我形象，既不是嫉恶如仇的忠臣，也不是伤时忧世的士大夫，而是一位豪情满怀、气壮山河、坚贞不渝的爱国主义战士。“他”渴望参加战斗，甘洒满腔热血，愿为民族的复兴和祖国的统一而献出自已的一切。正是这种战士的性格和英雄的气质，使“他”和历史上一些爱国诗人的自我形象，有着明显的区别。这里且举两首诗为例，看看陆游作品中诗人自我形象的特点：

前年脍鲸东海上，白浪如山寄豪壮。
去年射虎南山秋，夜归急雪满貂裘。
今年摧颓最堪笑，华发苍颜羞自照。
谁知得酒尚能狂，脱帽向人时大叫。
逆胡未灭心未平，孤剑床头铿有声。
破驿梦回灯欲死，打窗风雨正三更。

——《三月十七日夜醉中作》

人言悲秋难为情，我喜枕上闻秋声。
快鹰下鞲爪嘴健，壮士抚剑精神生。
我亦奋迅起衰病，唾手便有擒胡兴。
弦开雁落诗亦成，笔力未饶弓力劲。
五原草枯苜蓿空，青海萧萧风卷蓬。
草罢捷书重上马，却从銮驾下辽东。

——《秋声》

这两首七言古体诗，都是蜀中时期的作品。前一首写壮士的不平之鸣。作者以当年泛舟东海、射虎南山的豪壮之举，来反衬目前寂寞凄凉的闲散生活。当他想到强敌未灭、中原未复时，不禁脱帽大叫，攘臂疾呼，宝剑也在床头发出怒吼之声，悲愤之情跃然纸上。后一首写渴望抗战的心情。古代诗人在失意时总喜欢伤春悲秋，托物抒感。在这首诗里，陆游却反其道而行之。他喜欢秋天，认为秋季不仅可以纵马行猎，而且更是驰骋沙场，杀敌报国的大好时机。这两首诗都是纵笔直书，豪情壮志从胸臆中自然流出，作品中抒情主人公的形象和性格是十分生动而鲜明的。清人杨大鹤在《剑南诗钞序》中认为，读陆游的诗必须了解他的时代、生平和志向，不能把陆游仅仅当作一位诗人看待。他说："论其世，知其人，考其志，以放翁为诗人而已可乎？知放翁之不为诗人，乃可以论放翁诗。"这意见是有道理的。

陆游继承了屈原和杜甫的爱国主义传统。他曾说："我岂楚逐臣，惨怆出怨句。逢秋未免悲，直以忧国故。"（《悲秋》）又说："永怀杜拾遗，抱病起登台……我亦秋风客，诗成有余哀。"（《秋怀十首以竹药闭深院琴樽开小轩为韵》）可见屈原和杜甫这两位爱国诗人对他的影响不小，与他同时代的人已经看出了这一点。例如杨万里就曾这样评论过陆游的诗："重寻子美行程旧，尽拾灵均怨句新。"（《诚斋集》卷二〇《跋陆务观剑南诗稿二首》）的确，在陆游的诗集中，有不少思想情调和屈原、杜甫相似的作品。但这只是问题的一个方面，另一方面由于时代、经历和性格的不同，陆游诗中的艺术形象与屈原、杜甫作品中的艺术形象又有着不同的特点。这里且以陆游和杜甫的一首同题诗作一比较。杜诗五律《春望》是一首广为传诵的名篇，《剑南诗稿》中也有一首五律《春望》，现同时抄录如下：

国破山河在，城春草木深。
感时花溅泪，恨别鸟惊心。
烽火连三月，家书抵万金。
白头搔更短，浑欲不胜簪。

——《杜工部集》卷九《春望》

天地回春律，山川扫积阴。
波光迎日动，柳色向人深。
沾洒忧时泪，飞腾灭虏心。
人扶上危榭，未废一长吟。

——《剑南诗稿》卷三四《春望》

这两首诗都是在时危世艰之际，诗人忧国伤乱之作，主题思想基本上是相同的。不同之处在于，杜诗中抒情主人公的形象是一位爱国的士大夫知识分子；而陆诗中描绘的却是一位雄心未灭的爱国志士。"感时花溅泪，恨别鸟惊心"和"沾洒忧时泪，飞腾灭虏心"，正是杜甫和陆游诗歌艺术形象性格的差别所在。

陆游诗歌的形式是丰富多彩的，古体、近体、五言、六言、七言、杂言，无所不包。他运用得最多、成就最高的，首推七言古体和七言律诗；其次是五言古体和七言绝句。至于五言律绝和六言诗，数量既不多，特色又不鲜明。

陆游的古体诗，从内容到形式都有自己的特点。由于古体诗比较灵活自由，这对于抒发作者那种豪放不羁、无往不在的爱国激情是很适合的，因而他对这种形式运用得较多，成就也是很高的。赵翼在评论陆游的古体诗时曾说：“然律诗之工，人皆见之，而古体则莫有言及者。抑知其古体诗，才气豪健，议论开辟；引用书卷，皆驱使出之，而非徒以数典为能事；意在笔先，力透纸背，有丽语而无险语，有艳词而无淫词；看似华藻，实则雅洁，看似奔放，实则谨严。此古体之工力更深于近体也。”（《瓯北诗话》卷六）这段评语主要是就语言形式和艺术技巧方面来说的，但是任何作品的艺术性在于形式之适合于思想，“只有在作品中体现了真实的思想，而且形式又完全适合于思想时，才是有艺术性的”（车尔尼雪夫斯基语）。陆游古体诗的艺术成就，最根本的就是在完美的语言形式中体现了真实而深刻的思想，特别是生动、形象地体现了诗人真挚而强烈的爱国思想。

陆游的古体诗，一般篇幅较短，但语言精练，言简意深，概括力强，所以内涵极为丰富。这是他对生活观察得比较深刻细致，能透过事物的表面现象，看到问题的实质，并且善于选择准确而生动的语言来加以表现。正如赵翼所说：“放翁工夫精到，出语自然老洁，他人数言不能了者，只用一二语了之。此其炼在句前，不在句下，观者并不见其炼之迹，乃真炼之至矣。试观唐以来古体诗，多有至千余言四五百言者，放翁古诗从来未有至三百言以外，而浑灏流转，更觉沛然有余，非其炼之极工哉？”（《瓯北诗话》卷六）陆游七古中的许多名篇，如《三月十七日夜醉中作》《金错刀行》《秋声》《松骥行》《关山月》《陇头水》等，都只有十二句、八十四字，却深刻地反映了当时的社会现实，体现了强烈的爱国主义精神。这与他在艺术上的精益求精是分不开的。

陆游的七言古诗中，也有一些间用杂言的形式，使句法、音韵、节奏错落多变，气势雄浑磅礴，具有起伏跌宕、抑扬顿挫的美感。例如在成都时期所写的《江楼吹笛饮酒大醉中作》：

世言九州外，复有大九州。
此言果不虚，仅可容吾愁。
许愁亦当有许酒，吾酒酿尽银河流，
酌之万斛玻璃舟，酣宴五城十二楼。
天为碧罗幕，月作白玉钩，
织女织庆云，裁成五色裘。
披裘对酒难为客，长揖北辰相献酬。
一饮五百年，一醉三千秋。
却驾白凤骖斑虬，下与麻姑戏玄洲。

锦江吹笛余一念，再过剑南应小留。

这首诗长短句迭用，五言、七言各十句，奔放豪迈，意境雄奇壮阔。又如在蜀州所写的《对酒叹》：

镜虽明，不能使丑者妍；
酒虽美，不能使悲者乐。
男子之生桑弧蓬矢射四方，古人所怀何磊落！
我欲北临黄河观禹功，犬羊腥膻尘漠漠；
又欲南适苍梧吊虞舜，九疑难寻眇联络。
惟有一片心，可受生死托。
千金轻掷重意气，百舍孤征赴然诺。
或携短剑隐红尘，亦入名山烧大药。
儿女何足顾，岁月不贷人。
黑貂十年弊，白发一朝新。
半酣耿耿不自得，清啸长歌裂金石。
曲终四座惨悲风，人人掩泪无人色。

这首诗句式复杂多变，短的只有三字，长的多至十一字，中间则有五字、六字、七字和九字的句子，在语言形式上纵横开阖、多彩多姿。以上两首诗浪漫主义色彩都很浓厚，在思想情调、语言风格和艺术表现手法方面，与李白的《梦游天姥吟留别》《蜀道难》《宣州谢朓楼饯别校书叔云》等篇很相似，所以当时曾有人把陆游称为“小太白”。

陆游的五言古体诗，比较平实、严整，风格接近北宋诗人梅尧臣。《剑南诗稿》中有的作品直接题为“效宛陵先生体”，可见梅尧臣对他的影响是比较大的。五言古诗中，大量的是叙事、写景、抒怀之作，名篇如《夜读兵书》《投梁参政》《太息》《观大散关图有感》《言怀》《感兴》《悲秋》《醉歌》《农家叹》《客从城中来》等都表达了作者忧国忧民的思想，“忠愤蟠郁，自然形见，无意于工而自工”（《唐宋诗醇》），是这类作品所具有的共同特点。

律诗有固定的格式，形式要求非常严格，在音韵、平仄、对仗方面有许多讲究，是一种比较难于掌握和运用的诗歌体裁。陆游的律诗特别是他的七律，无论从数量或质量上看，在我国古代诗人中都是很突出的。清人陈 讦说：“放翁一生精力，尽于七律，故全集所载，最多最佳。”（《宋十五家诗选·剑南诗选题词》）姚鼐也认为：“放翁激发忠愤，横极才力，上法子美，下揽子瞻，裁制既富，变境亦多。其七律固为南渡后一人。”（《今体诗钞序目》）舒位更进一步指出，七言律诗的发展和演变可以分为三个阶段，其代表者是杜甫、李商隐和陆游。他在《瓶水斋诗话》中说：“尝论七律至杜少陵而始盛且备，为一变；李义山瓣香于杜而易其面目，为一变；至宋陆放翁专工此体而集其成，为一变。凡三变，而他家之为是体者，不能出其范围矣。”这些评论基本上符合实际。陆游在七言律诗的创作上花费了很大的精力，艺术造诣是很高的。

律诗由于受篇幅的限制，必须在短短的八句当中把作者所要说的话全部说出来。这就要求语言应当十分精炼，才能表现丰富的内容，达到“言有尽而意无穷”的境界。陆游在这方面付出了辛勤的劳动，获得了丰硕的成果。七律中的代表作，除前面已经提到过的《闻武均州报已复西京》《送七兄赴扬州帅幕》《游山西村》《归次汉中境上》《书愤》《老马行》《识愧》等篇外，这里再引录几首以见一斑：

侠气峥嵘盖九州，一生常耻为身谋。
酒宁剩欠寻常债，剑不虚施细碎仇。
歧路凋零白羽箭，风霜破弊黑貂裘。
阳狂自是英豪事，村市归来醉跨牛。

——《西村醉归》

今皇神武是周宣，谁赋南征北伐篇？
四海一家天历数，两河百郡宋山川。
诸公尚守和亲策，志士虚捐少壮年。
京洛雪消春又动，永昌陵上草芊芊。

——《感愤》

世味年来薄似纱，谁令骑马客京华。
小楼一夜听春雨，深巷明朝卖杏花。
矮纸斜行闲作草，晴窗细乳戏分茶。
素衣莫起风尘叹，犹及清明可到家。

——《临安春雨初霁》

白发萧萧卧泽中，只凭天地鉴孤忠。
阨穷苏武餐毡久，忧愤张巡嚼齿空。
细雨春芜上林苑，颓垣夜月洛阳宫。
壮心未与年俱老，死去犹能作鬼雄！

——《书愤》

这些诗篇无论是抒情或写景，都非常生动而形象，极其真切地表达了作者对生活与自然的感受和体验。就形式技巧而论，完全符合律诗的要求，对偶工稳，用事妥帖，情景相生，诗意隽永，思想性和艺术性得到了很好的统一。在陆游的诗集中，这类作品举不胜举。正如赵翼所说："放翁以律诗见长，名章俊句，层见叠出，令人应接不暇；使事必切，属对必工；无意不搜，而不落纤巧；无语不新，而不事涂泽，实古来诗家所未见也。"（《瓯北诗话》卷六）

绝句是古典诗歌中一种短小精悍的形式，它起源于民间，盛行于唐代，产生了不少擅长此体的名家，取得了极高的成就。陆游的绝句继承了唐人的优良传统，而又有所创新，使这种诗歌形式在宋代重放光彩。《唐宋诗醇》评论说："绝句源出乐府，但取神韵，趣在有意无意之间，唐人推青莲、龙标二家擅长。作者（指陆游）妙处，深得风人之致，视唐殆无愧色，此不可以时代拘者也。"

陆游七言绝句中，被一些评论家认为富有神韵，可以与唐人之作相比美的，如下列诸篇：

衣上征尘杂酒痕，远游无处不消魂。
此身合是诗人未？细雨骑驴入剑门。

——《剑南道中遇微雨》

江上荒城猿鸟悲，隔江便是屈原祠。
一千五百年间事，只有滩声似旧时。

——《楚城》

照江丹叶一林霜，折得黄花更断肠。
商略此时须痛饮，细腰宫畔过重阳。

——《重阳》

舟中一雨扫飞蝇，半脱纶巾卧翠藤。
清梦初回窗日晚，数声柔橹下巴陵。

——《小雨极凉舟中熟睡至夕》

这几首诗抒写生活中的不同感受，有情有景，艺术上颇具特色，说它们"可追踪唐贤""直摩唐贤之垒"，不算过誉。但陆游七绝的主要成就，却不在与唐人"声情气息"相似的那些作品。他的新贡献，首先表现在能另辟蹊径、别开生面，不仅把绝句作为抒情的工具，而且也把它当成战斗的武器，使这种短小的诗歌形式在反侵略、反投降的斗争中，发挥了积极的社会作用。例如下列诗篇：

公卿有党排宗泽，帷幄无人用岳飞。
遗老不应知此恨，亦逢汉节解沾衣。

——《夜读范至能〈揽辔录〉，言中原父老见使者多挥涕感其事作绝句》

诸公可叹善谋身，误国当时岂一秦？
不望夷吾出江左，新亭对泣亦无人！

——《追感往事》

赵魏胡尘千丈黄，遗民膏血饱豺狼。
功名不遣斯人了，无奈和戎白面郎。

——《题海首座侠客像》

百战元和取蔡州，如今胡马饮淮流。
和亲自古非长策，谁与朝家共此忧？

——《估客有自蔡州来者感怅弥日》

这类作品像匕首、像投枪、像短剑，笔锋犀利，一针见血，毫不留情地刺向以秦桧为代表的投降势力。在唐人绝句中，旗帜如此鲜明、战斗性这样强烈的作品是没有的。清人潘德舆在《养一斋诗话》中指出：“宋人绝句亦有不似唐人，而万万不可废者。如陆放翁《读范至能揽辔录》《追感往事》 此类纯以劲直激昂为主，然忠义之色，使人起敬，未尝非诗之正声矣。”陆游的这些诗篇，的确是很有特点的。“以议论为诗”被认为是宋诗的一种毛病，对这个问题应当进行具体分析，区别加以对待。关键不在于有无议论，而在于议论什么、如何议论。如果利用诗歌的形式，进行空洞的说教，既无真情实感，又缺少形象性，这样的作品当然没有什么艺术价值。陆游的这些诗篇，虽然也有议论，但感情强烈，爱憎分明，既切中时弊，又富于形象性，集中表达了当时爱国志士和广大人民对投降派的无比愤恨，这样的作品显然具有很高的思想价值和艺术价值。

陆游有五言绝句约两百首、六言绝句三十多首，数量和质量都不如七言绝句，其中也有少数佳作，如：

千金募战士，万里筑长城。
何时青冢月，却照汉家营？

夜泊武昌城，江流千丈清。
宁为雁奴死，不作鹤媒生！

——《古意》

老去转无饱计，醉来暂豁忧端。
双鬓多年作雪，寸心至死如丹。

麦熟与人同喜，虏骄为国私忧。
身似五更春梦，家如一宿山邮。

——《感事六言》

此外还有一些抒情写景之作，也有一定特色，兹不一一列举。

陆游诗歌的语言，总的来说是非常精练、准确和生动的。他既广泛学习了我国古代文学的书面语言，又吸收了大量的民间口语，因此他的作品形象鲜明，富于表现力。就语言风格而论，与作品的内容相适应，大体上可以分为两种。一方面具有瑰丽、奇突、奔放的特色，这是属于那些气势磅礴的爱国主义战歌的。诗人叙述写作这些诗篇时的豪迈气概是“赋诗健笔夹风雨”“落笔千言不加点”。我们看他“堂堂笔阵从天下，气压唐人折钗股”（《醉中作行草数纸》），一扫纤丽萎靡的诗风，在诗坛树起了一面战斗的旗帜。另一方面，在陆游晚年描写闲适生活和农村风物的诗篇中，语言风格则又表现为“明白如话，清空一气”。所谓“小诗简淡如秋水”，正是平静、淡泊生活的产物。陆游在农村期间，还注意学习人民群众的口语和词汇，使他的作品更富于生活气息。诗集中的《记老农语》《识愧》等篇，就是在吸收群众语言的基础上，经过作者的提炼和加工而写成的。陆游诗中虽然也有不少典故，但他很少用僻典，因此他的作品比较容易被人理解和接受。总之，陆游在诗歌语言艺术方面，付出了艰辛的劳动，取得了很高的成就，他是我国古代诗人中的语言巨匠之一。

六、陆游的词

陆游的主要创作是诗，词在他全部作品中所占比例不大，保存下来的只有 130 首，不到诗歌数量的百分之二。这就难免被其诗歌的巨大成就所掩盖，没有受到应有的重视。其实陆游的词也是很有特色的，在当时已享有盛名。如刘克庄就认为“放翁长短句……其激昂感慨者，稼轩不能过；飘逸高妙者，与陈简斋、朱希真相颉颃；流丽绵密者，欲出晏叔原、贺方回之上”（《后村诗话》续集卷四）。这一评价未必十分准确，但也说明陆游的词是不应该被忽视的。

南宋前期词坛，以辛弃疾为代表的豪放派词人，在反侵略、反投降的斗争中，树起一面以抒写爱国情思为中心主题的现实主义旗帜，冲破“诗庄词媚”思想的束缚，“于剪红刻翠之外，屹然别立一宗”（《四库全书提要·稼轩词提要》），形成了一个风格相近、影响很大的流派，改变了北宋末年以来的词风，为宋词的发展开辟了一条广阔的道路，在文学史上的贡献是不可磨灭的。属于这个流派的作家，除辛弃疾外，还有韩元吉、张孝祥、陈亮、刘过等人，陆游也是其中的一员。他们在政治上都是主战派，处境和遭遇也很相似，都曾受到投降派的打击、压制和迫害。在黑暗的岁月里，他们以诗词互相唱和赠答，抒发忧国之情，宣传抗金主张，要求完成统一祖国的大业。他们将胸中的抑郁不平之气，化为悲壮激越的歌声，使词这种一向被人认为只能浅斟低唱、娱宾遣兴的文学形式，成为了爱国作家进行斗争的有力武器。

隆兴元年（1163），陆游因斥责主和派曾觌、龙大渊集团“招权植党”，触犯了赵昚，从枢密院编修官被贬为京口通判。次年冬天，韩元吉来京口省亲，他们怀着忧国的心情，踏雪出游，指点江山，纵论天下大事，以诗词互相唱和赠答。后来韩元吉把他这时所写的作品编为《京口唱和集》，陆游曾为之作序。序文中说：“凡与无咎（韩元吉的字）相从者六十日，而歌诗合三十篇。然此特其大略也，或至于酒酣耳热，落笔如风雨，好事者从旁掣去，他日或流传乐府，或见于僧窗驿壁，恍然不复省识者，盖又不可计也。”（《渭南文集》卷一四《京口唱和序》）可见他们两人京口唱和时的作品流传很广，影响也是不小的。但保存下来的词，只有陆游的《赤壁词·招韩无咎游金山》《浣溪沙·和无咎韵》和韩元吉的《醉落魄·务观席上索赋》以及两首《念奴娇》等少数几篇。值得一提的，是陆游在京口写的另一首词：

> 江左占形胜，最数古徐州。连山如画佳处，缥缈著危楼。鼓角临风悲壮，烽火连空明灭，往事忆孙刘。千里曜戈甲，万灶宿貔貅。　露沾草，风落木，岁方秋。使君宏放谈笑，洗尽古今愁。不见襄阳登览，磨灭游人无数，遗恨黯难收。叔子独千载，名与汉江流。
>
> ——《水调歌头·多景楼》

这是陆游较早的一首豪放词。当时正是张浚北伐、督师江淮的时候，京口已成为前方重镇，笼罩着一片战争气氛。作者登上多景楼，眺望大江南北的形势，描绘了一幅烽火连天、波澜壮阔的画面。陆游对张浚十分推崇，词中以西晋时镇守襄阳的羊祜相比，希望他为国建功立业，早日取得北伐胜利。这首词以古喻今，感慨很深，与辛弃疾四十多年后登京口北固亭所写的《永遇乐》和《南乡子》二词，有异曲同工之妙。后来张孝祥曾将这首词“书而刻之崖石”（《于湖居士文集》卷二八），影响就更大了。可见南宋爱国作家们互相揄扬鼓励，推波助澜，有力地促进了词风的变化。

入蜀与参军，使陆游的诗歌创作发生了很大的变化，同样也给他的词带来了新的生活内容和思想境界。在夔州、南郑、成都和嘉州等地所写的词，都如实地反映了这一时期作者的生活经历、精神状态和思想矛盾。其中既洋溢着诗人渴望杀敌报国的激情，也抒发了壮志难酬的苦闷和悲哀。

陆游在南郑戎幕中所写的词，可以考知的共有两首。一首调寄《浣溪沙》，是军中酒席上的应景之作；另一首是乾道八年（1172）七月十六日晚，作者与宣抚司幕友们登高兴亭，望长安、终南山而写的《秋波媚》：

秋到边城角声哀，烽水照高台。悲歌击筑，凭高酹酒，此兴悠哉。

多情谁似南山月，特地暮云开。灞桥烟柳，曲江池馆，应待人来。

这首词上片写月夜登亭，饮酒悲歌，等待平安烽火的情景；下片寓情于景，将“南山月”“灞桥烟柳”“曲江池馆”拟人化，写得深曲委婉，表达了作者无限怀念中原的感情。这是陆游词中比较突出的一首，思想性和艺术性得到了完美的统一。

南郑的从军生活只有短短的八个多月，陆游被迫离开前线以后，三十多年一直十分怀念这段峥嵘的岁月。到达成都不久，陆游曾写了一首《汉宫春》，抒发报国无门的悲愤之情：

羽箭雕弓，忆呼鹰古垒，截虎平川。吹笳暮归野帐，雪压青毡。淋漓醉墨，看龙蛇、飞落蛮笺。人误许，诗情将略，一时才气超然。　何事又作南来？看重阳药市，元夕灯山。花时万人乐处，欹帽垂鞭。闻歌感旧，尚时时流涕樽前。君记取，封侯事在，功名不信由天。

词的上片，回忆南郑军旅生活，以射猎刺虎、野外宿营、醉中草书，突出作者当年在前线的豪情壮志和非凡气概；下片叙述来到成都后的闲散生活，通过重阳寻药、元夕观灯、走马看花等情节，反映诗人无所作为、苦闷无聊的心情。从两种生活的对比中，表现出作者对南宋当局的强烈不满。这时陆游对未来还抱着希望，因此在词的最后三句，笔锋一转，从悲愤中振起精神，以高昂的曲调唱道：“君记取，封侯事在，功名不信由天。”他相信报国立功有日，恢复中原的壮志一定会实现。全词波澜起伏，跌宕豪壮，有愤懑而不消极悲观，在思想和艺术上都很有特色。

乾道九年（1173）夏，陆游从成都前往嘉州赴任途中，经过眉山县时认识了蜀中名士师伯浑。师伯浑也是一位怀才不遇、屡遭“排击沮挠”的有志之士。他们的志趣相投，所以数日晤谈，遂为莫逆之交。这年晚秋，师伯浑曾与王志夫、张功夫、王季夷等人专程到嘉州去看望陆游，相从十余日而去。别后陆游写了一首《夜游宫·记梦寄师伯浑》：

雪晓清笳乱起，梦游处、不知何地。铁骑无声望似水，想关河，雁门西，青海际。　　睡觉寒灯里，漏声断、月斜窗纸。自许封侯在万里，有谁知，鬓虽残，心未死！

词写理想与现实的矛盾，在矛盾中表现出诗人矢志不渝的抗金决心。上片描绘梦境，作者通过晓雪、清笳和浩荡的铁骑，展现出壮阔的边塞风光和威武严整的军容，实际上是南郑军中生活的幻影；下片抒发感慨，写梦醒后的苦闷心情：漏断夜深、残月在天、寒灯梦回，铁骑、关河都从眼前消失了，唯有自己独自躺在床上，环境的冷落凄凉与上片形成鲜明的对照。但诗人不甘消沉，他穷当益坚、老当益壮，杀敌报国之心至死不变。词的结尾处用三个短句“有谁知，鬓虽残，心未死”点明全篇主旨。在急促、悲壮的声调中，表现出一种坚定昂扬的进取精神。

这首词与辛弃疾的《破阵子·为陈同甫赋壮词以寄之》在情调、意境和风格方面，都颇为相似。二者同是为鼓舞战友和勉励自己而写的；都是以作者的实际生活为依据，融合着梦境与幻觉而构制的画面；主题都是表现杀敌报国的决心和壮志难酬的悲愤。略为不同之处，是陆游词的尾声调子较高昂，这是他蜀中时期多数作品的共同特点；而稼轩词结尾处笔锋陡转，情调较低沉悲怆，这也是由他当时的处境和遭遇所决定的。从这两首词的比较中，可以看出，陆游和辛弃疾在歌词创作方面，基本倾向是一致的。他们的生活道路与创作道路，是十分接近的。当然这并不是说，两位杰出作家在南宋前期词坛的成就和贡献、作品的艺术风格和表现手法都是一样的。在这些方面，显然是有区别的。

陆游晚年闲居农村期间，由于壮志蹉跎、理想破灭，因而这时的词情调较为低沉苍凉，字里行间时时流露出一种伤感和悲愤的复杂心情。下面两首词，就很有代表性：

壮岁从戎，曾是气吞残虏。阵云高、狼烽夜举。朱颜青鬓，拥雕戈西戍。笑儒冠、自来多误。　　功名梦断，却泛扁舟吴楚。漫悲歌、伤怀吊古。烟波无际，望秦关何处？叹流年、又成虚度。

——《谢春池》

当年万里觅封侯，匹马戍梁州。关河梦断何处？尘暗旧貂裘。　　胡未灭，鬓先秋，泪空流。此生谁料，心在天山，身老沧州！

——《诉衷情》

这两首词都是陆游罢官回到山阴以后写的。在几十年的仕途生活中，他深深地感到投降政策给国家民族带来了不幸，也使许多英雄志士空怀杀敌之心，却无用武之地，只能虚度流年，身老江湖。两首词都从当年从戎南郑的生活写起，而以目前寂寞凄凉的身世作结，从对比中反映出这一具有普遍意义的时代悲剧。

陆游在哀叹个人不幸遭遇的同时，常常流露出对南宋统治者的不满。这种思想感情在诗中表现得非常明显率直，而在词里却比较含蓄委婉。他放浪林泉、流连光景、吟啸湖山，既反映了士大夫的情趣，同时也是对当权者的一种消极反抗。陆游词中的五首《长相思》，虽非一时之作，但都或多或少地流露出一种抑郁不平之气。如其中的一、二两首写道：

云千重，水千重，身在千重云水中。月明收钓筒。　　头未童，耳未聋，得酒犹能双脸红。一尊谁与同？

桥如虹，水如空，一叶飘然烟雨中。天教称放翁。　　侧船篷，使江风，蟹舍参差渔市东。到时闻暮钟。

这类作品在陆游晚年的词中占了一定的数量。如果仅从表面上看，一定会以为作者是个忘情于世的江湖隐士。其实陆游从未忘记国家民族的苦难，他披渔蓑、荡小舟、趁明月、泛烟波，不是故作清高，而是寓悲愤于闲适之中。诗人因主张抗金、反对投降，被南宋朝廷赶出了杭州。他既未屈服，又不愿终日闭门家中长吁短叹，于是常常投身到大自然的怀抱中去，企图借清风明月、绿水碧波一洗胸中的郁闷，求得暂时的平静和解脱。虽然他并没有得到真正的平静，也没有获得超然于世的解脱，但这种行为是可以理解的。同时还要看到，南宋统治集团常常借口说他“恃酒颓放”“嘲咏风月”，攻其一点不及其余，而予以排斥和打击，企图在舆论面前转移他们迫害爱国诗人的视线。陆游在蜀中自号“放翁”，罢官回家后又以“风月”名小轩，都是有针对性的，表现了他不肯低头屈服的精神。这两首词中的所谓“明月收钓筒”，“天教称放翁”，不也可以看成是诗人对上述种种非议的回答吗！

陆游晚年困守孤村，常遭物议，处境十分险恶。但他绝不随俗浮沉，始终坚持自己的理想和抱负，保持着高尚的品德和节操。他常以梅花那种不畏严寒、不惧风雨，迎着冰雪怒放的高洁品格来激励自己。他写了许多歌咏梅花的诗篇，其中都含有很深的寓意。例如：

若耶溪头春意悭，梅花独秀愁空山。
逢时决非桃李辈，得道自保冰雪颜。
仙去要令天下惜，折来聊伴放翁闲。
人中商略谁堪比，千载夷齐伯仲间。

——《梅》

同样的思想感情，在他的词《卜算子·咏梅》中也得到了很好的表现：

驿外断桥边，寂寞开无主。已是黄昏独自愁，更著风和雨。　无意苦争春，一任群芳妒。零落成泥碾作尘，只有香如故。

这首词托物言志，以梅花自喻，表现他不与邪恶势力妥协，宁愿委身尘土、也要坚守晚节的可贵精神。上片描写梅花生长的环境，“断桥”“黄昏”“风和雨”，揭示出梅花开放时恶劣的自然条件，实际也是作者自身所处时代的写照。下片叙述梅花开放和凋谢时的情景，险恶的风雨、“群芳”的嫉妒，只能使她过早地零落，但却不能改变其芳香、美好的品质。

这是一首著名的咏物词，着重写的是梅花的性格和精神，与苏轼的《卜算子》咏雁词，可作为宋词中咏物词的代表作。写的既是物，又寄托了作者的胸襟怀抱，二者融会无间。全篇运用白描手法，不借典故的堆砌，在艺术上也是颇有特色的。词中虽然也表露了孤芳自赏、消沉悲观的情绪，但联系到作者的处境和遭遇来看，这种坚贞不屈的精神是应当肯定的。

总之，陆游的词在南宋前期词坛自成一家，其成就是不可低估的。许昂霄在《词综偶评》中说：“南渡后唯放翁为诗家大宗，词亦扫尽纤淫，超然拔俗。”冯煦的《宋六十一家词选例言》也说：“剑南屏除纤艳，独往独来，其逋峭沉郁之概，求之有宋诸家，无可方比。”他们都认为“扫尽纤淫”“屏除纤艳”是陆游词的主要特点，这是符合实际的。就作品的内容而论，陆游词所反映的社会生活比较丰富，特别是他描写从军生活、抒发爱国思想的篇章，突破了所谓“诗庄词媚”这一保守思想的束缚，扩大了词的题材范围，开拓了新的境界，把词从狭小的天地里，引向了广阔的生活原野之上。在这方面，他和辛弃疾所走的是相同的道路，为宋词的发展做出了自己的贡献。前面曾经提到过的《秋波媚》《汉宫春》《夜游宫》《谢春池》《诉衷情》等作品，可以看成是宋代的边塞词，在思想和艺术方面的成就都是很突出的。

为了说明陆游词的特点，下面再举一首《桃源忆故人·题华山图》为例：

中原当日三川震，关辅回头煨烬。泪尽两河征镇，日望中兴运。　秋风霜满青青鬓，老却新丰英俊。云外华山千仞，依旧无人问。

热爱祖国壮丽的河山，是陆游爱国思想的重要内容之一。他经常以观图、题画、读书、望远等方式来抒发自己的爱国激情。这类题材在他的诗歌创作中写得是很多的，如《观大散关图有感》《夜读东京记》《龙眠画马》《哀北》等。词中也有所表现，这首《桃源忆故人》就是借题华山图来抒发他对中原大好河山的深切怀念，谴责误国误民的妥协投降政策。词的风格悲壮，语言简练，概括性很强，深刻而全面地反映了当时的社会现实。上片通过两幅画面，生动地描绘了当年金兵入侵、中原地区惨遭破坏蹂躏的情景。作者用“三川”震动说明形势的危急，以“关辅煨烬”表现金兵的残暴。这一段形象而概括地反映了宋金之间的民族矛盾。下片写南宋内部的情况。“秋风”两句，感叹爱国志士报国无处，虚度年华。“云外”两句，提出华山，略点图中之景，而以愤激的语言，揭露南宋当权者不图恢复国土的可耻行为。在短短的篇幅中，展示出来的社会生活画面却是非常广阔的。其中既有历史的回顾，又有现实的透视；既写了侵略者和投降派，又写了人民群众和爱国志士，在反映现实的广度和深度方面达到了很高的成就。像这样的作品完全可以和稼轩词相媲美。所以刘克庄在《后村诗话》中把陆游和辛弃疾相提并论，说“放翁、稼轩一扫纤艳，不事斧凿”，从创作风格方面指出了他们最基本的共同之点，这是很有见地的。

七、陆游论创作

陆游不仅有丰富的创作实践，而且也有一定的文艺理论修养。他曾先后写过一百多篇诗文，总结自己的创作经验和教训，评论古代和当代作家的作品，对有关诗文写作和批评问题发表了不少深刻独到的见解。他的意见既是一位杰出诗人的经验之谈，又具有相当的理论价值，对我们还有借鉴作用，是应当予以重视的。

陆游十分重视诗歌的社会作用，反对把诗看成是一种旁道小技的错误观点。他说：

> 古声不作久矣！所谓诗者，遂成小技。诗者果可谓之小技乎？学不通天人，行不能无愧于俯仰，果可言诗乎？
>
> ——《渭南文集》卷一三《答陆伯政上舍书》

这种认识是他从自己的创作实践中得到的体会。我们知道，陆游是被迫放下刀剑，才提起笔来，以主要精力从事文学创作的。因此，他常常以诗歌作为武器，用来揭露侵略者、谴责投降派。他曾说：“系箭射我诗，往檄五陵侠。”（《登城》）又说：“驿书驰报儿单于，直用毛锥惊杀汝。”（《醉中作行草数纸》）很明显，这是自觉地以纸笔为刀枪，把抗击金兵的战场引向文学艺术的广阔领域里。他还写了大量诗篇，抨击南宋统治集团祸国殃民的罪行。这些作品笔锋犀利，旗帜鲜明。正是在这样的基础上，陆游认识到了诗歌的社会意义，要求人们不要把诗看成一种无关重要的旁道小技，而应予以充分的重视。

与此同时，陆游还认为，要想使自己的作品发挥积极的作用，首先诗人必须具备高尚的道德品质，掌握广博的社会知识，而且应当言行一致。只有这样，才能写出有补于世、有济于民的好作品来。否则，一个器识卑陋、言行不一的人，是绝不可能写出好作品来的。他说：

君子之有文也，如日月之明，金石之声，江海之涛澜，虎豹之炳蔚。必有是实，乃有是文。夫心之所养，发而为言，言之所发，比而成文。人之邪正，至观其文，则尽矣决矣，不可复隐矣。爝火不能为日月之明，瓦釜不能为金石之声，潢汙不能为江海之涛澜，犬羊不能为虎豹之炳蔚。而或谓庸人能以浮文眩世，乌有此理也哉！使诚有之，则所可眩者，亦庸人耳。

——《渭南文集》卷一三《上辛给事书》

这里陆游把作品的价值与作者的人格联系起来看，是很有见地的。因为任何一篇作品，总是要反映出作者的思想观点、道德情操和政治态度。那些品格低下、欺世盗名之徒，绝不可能写出器大声宏、光照日月的传世之作。他们或许暂时可以哗众取宠，但终久是骗不了有识之士的。正因为如此，所以他特别强调作家应当“重其身而养其气”，加强思想品德的修养。在《次韵和杨伯子主簿见赠》一诗中，他说：“文章最忌衲百家，火龙黼黻世不知，谁能养气塞天地，吐出自足成虹蜺。”陆游所说的“养气”，虽是承袭前人之说，内容比较复杂，但他主要是指作家应当坚持民族气节、关心民生疾苦，也就是爱国爱民两方面的思想修养。当然，其中也包含着某些封建伦理道德观念。这也是他评价古今作家作品的基本标准。比如陆游推崇杜甫，主要是肯定杜甫的爱国主义精神。在《东屯高斋记》中，他写道：

予读其诗，至“小臣议论绝，老病客殊方”之句，未尝不流涕也。嗟夫，辞之悲乃至是乎！荆卿之歌，阮嗣宗之哭，不加于此矣。少陵非区区于仕进者，不胜爱君忧国之心，思少出所学佐天子，兴正观开元之治，而身愈老，命愈大谬，坎壈且死，则其悲至此，亦无足怪也。

在《游锦屏山谒少陵祠堂》一诗中也说：“文章垂世自一事，忠义凛凛令人思。”这说明陆游学习杜甫，首先是学习他的为人，学习他爱国忠君的思想。另一方面，对于唐末五代花间派词人，不顾国家分裂动乱、不管民生疾苦，只图流连歌酒，酬倡取乐的行径，陆游则予以严肃的批评：

《花间集》皆唐末五代时人作。方斯时，天下岌岌，生民救死不暇，士大夫乃流宕如此，可叹也哉！或者亦出于无聊故耶？

——《渭南文集》卷三〇《跋花间集》

这一褒一贬，反映了陆游的创作思想，说明他提倡和主张的是文学创作的现实主义原则。

作家除了应当具备优秀的道德品质和思想修养而外，还必须身体力行，积极参加社会实践，掌握丰富的生活知识和斗争经验。这就是陆游反复强调的所谓“诗外”工夫。他认为逃避现实斗争，脱离生活，坐井观天，向壁苦吟，都是写不出好诗来的。因此，他常常勉励自己：“人生需广大，勿作井中蛙。”（《自贻》）并且以此训诫青年一代：“汝果欲学诗，工夫在诗外。”（《示子遹》）这就是说，诗人切不可局限在狭小的天地里，而应走到广阔、丰富的现实生活中去，开扩眼界，经受磨炼，摄取生活的养料，积累创作的素材。陆游嘲笑那些不愿走出书房，一味闭门觅句的苦吟派诗人：“满前好句无人领，堪笑寒窗费苦吟。”（《即事》）只要走向社会和自然界，就会发现：“村村皆画本，处处有诗材。”（《舟中作》）使你应接不暇，从而感到“造物陈诗信奇绝，匆匆摹写不能工”（《日暮自湖上归》）。陆游还以司马迁和李白为例，说明生活与创作的关系：

文章天所秘，赋予均功名。
吾尝考在昔，颇见造物情。
离堆太史公，青莲老先生，
悲鸣伏枥骥，蹭蹬失水鲸。
饱以五车读，劳以万里行。
险艰外备尝，愤郁中不平。
山川与风俗，杂错而交并。
邦家志忠孝，人鬼参幽明。
感慨发奇节，涵养出正声。
故其所述作，浩浩河流倾。
岂惟配诗书，自足齐英圣。
我衰敢议此，长歌涕纵横。

——《感兴》

他认为这两位作家能够取得杰出的成就，是由于他们读万卷书、行万里路，备尝艰辛、见多识广，同时又非常关心国家大事，对黑暗现实愤懑不平，感情真挚而热烈，所以才能写出许多不朽的作品。

现实生活是文学艺术的源泉，诗人只有投身于生活的激流里，才能获得创作的源泉，才能在艺术上独树一帜。如果以流为源，跟在别人后面，亦步亦趋，乞人残余，是不会有什么成就的。对此，陆游是有深切体会的。在《九月一日夜读诗稿有感走笔作歌》中，他总结了自己的经验和教训，强调南郑时期的军中生活是他创作的转机，这是符合实际的，同时又具有一定的理论意义。

在评论自己和别人的作品时，陆游也一再主张要实地体验生活而反对凭空虚构。

他说：

文字尘埃我自知，向来诸老误相期。
挥毫当得江山助，不到潇湘岂有诗！
——《予使江西时，以诗投政府，丐湖湘一麾，会召还不果，偶读旧稿有感》

法不孤生自古同，痴人乃欲镂虚空。
君诗妙处吾能识，正在山程水驿中。
——《题庐陵萧彦毓秀才诗卷后》

对于那些违背生活真实、闭门杜撰出来的作品，陆游始终是持批评的态度。在《老学庵笔记》中有一段记载：

张文昌《成都曲》云："锦江近西烟水绿，新雨山头荔枝熟。万里桥边多酒家，游人爱向谁家宿？"此未尝至成都者也。成都无山，亦无荔枝。苏黄门诗云："蜀中荔枝出嘉州，其余及眉半有不。"盖眉之彭山县已无荔枝矣，况成都乎？

这虽然只是一件小事，但对那些不作实际考察，只凭主观臆想进行创作的人来说，却是应当引以为戒的。

广泛地接触生活，了解生活，是创作的前提。可是要写出好作品，还必须懂得艺术的特殊性，正确地处理作品内容和形式的关系等一系列问题。陆游认为："必有是实，乃有是文。"（《渭南文集》卷一三《上辛给事书》）内容决定形式，形式受内容制约。在《示友》一诗中，他进一步指出：

道向虚中得，文从实处工。
凌空一鹗上，赴海百川东。
气骨真当勉，规模不必同。
人生易衰老，君等匆匆匆！

无论写诗作文，都应当言之有物，不说空话。只有作品的内容充实，艺术形式才能臻于完善。但形式并非不重要，所以陆游在强调"气骨真当勉"的同时，又主张"规模不必同"。对于文学的形式、风格，不能规定一种模式，而应提倡多样化。就像"凌空一鹗上，赴海百川东"那样，多姿多彩，各显其能，各尽其妙。作家在文艺创作的广阔天地里，只要不离开生活的基地，完全可以自由地驰骋飞翔。

与此同时，陆游认为诗人应当以严肃的态度对待创作，切不可草率从事，粗制滥造。只有这样，才能不断提高作品的质量。他曾语重心长地告诫青年一代说："诗家忌草草，得句未须成。”（《子聿入城》）他写诗从来就是非常认真的：“有得忌轻出，微瑕须细评。”（《晨起偶得五字戏题稿后》）自己认为满意之作，不要轻易拿出来；自己觉得有缺点的，更须反复推敲修改。他宁将锻炼未妥的章句暂时弃置，也不肯急于求成，仓促成篇。陆游认为写诗既要进行刻苦构思，使意境更完美，气骨更雄健，内容更充实；也要反复吟诵、修改，使韵律更协调，音调更铿锵，语言更优美。他描述自己构思、改诗、锻句的情景，是很动人的：“转枕重思未稳诗”“又废西窗半夜眠”“细改新诗须枕上”“锻诗未就且长吟”。由此可见，陆游对诗歌创作精益求精，是付出了辛勤劳动的。

陆游要求诗人以严肃的态度对待创作，但反对专门雕章琢句的形式主义创作方法。他说：

> 大抵诗欲工，而工亦非诗之极也。锻炼之久，乃失本指；斫削之甚，反伤正气。
>
> ——《渭南文集·何君墓表》

他认为对作品进行修改、锤炼是必要的，但以不损害思想内容为前提。如果只讲究词句、声律之美，不顾“本指”，那就是本末倒置，走到歧路上去了。陆游对当时某些作家只重藻绘，眩奇斗险，不惜以词害意的风气很反感，认为这是文坛的一股逆流。他说：“雕琢自是文章病，奇险尤伤气骨多。”（《读近人诗》）又说：“组绣纷纷衒女工，诗家于此欲途穷。”（《即事》）这种形式主义的创作倾向，来源于江西派，陆游早年也曾受其影响，但他通过自己的生活实践和创作实践，终于摆脱了江西派理论的束缚，走上了一条广阔的现实主义创作道路。

陆游通过长期的探索，积累了许多宝贵的创作经验。他深深地体会到，真正高超的技巧与雕章琢句绝不是一回事。他说：“大巧谢雕琢，至刚反摧藏。”（《夜坐示桑甥十韵》）他晚年特别重视自然、朴实的白描手法，诗风又为之一变。他说：“文章本天成，妙手偶得之。粹然无疵瑕，岂复须人为？”（《文章》）可见他所走的是与专门寻章摘句的江西派完全不同的道路。

陆游认为，评诗和写诗一样，都不是轻而易举的事。批评家也应跟作家一样，具有广博的知识和丰富的经验，才能对别人的作品提出有真知灼见的看法。他说：

> 诗岂易言哉！一书之不见，一物之不识，一理之不穷，皆有憾焉。同此世也，而盛衰异；同此人也，而壮老殊。一卷之诗有淳漓，一篇之诗有善病；至于一联一句，而有可玩者，有可疵者；有一读再读至十百读，乃见其妙者；有初悦可人意，熟味之使人不满者。
>
> ——《渭南文集·何君墓表》

陆游强调文学批评要实事求是，批评家头脑里不要有任何框框。否则，就不可能对一个作家或一篇作品做出符合实际的正确评价。在文学批评中，要反对不从作品的实际出发，只看作者名声的大小和地位的高低来定优劣的风气。因此，他又说：

虽曰名不可幸得，以名求诗，又非知诗者。

——《渭南文集·何君墓表》

这种实事求是的态度，不是仍然可以作为我们的借鉴吗？

陆游对文学批评虽然没有提出明确的标准，但从他对古代诗人的评价中，可以看出他所推重和称赞的都是现实主义和积极浪漫主义的作家。陆游特别重视学习屈原和杜甫，对这两位伟大诗人的思想、品德和创作都给予崇高的评价。此外，他对陶潜、李白、岑参、梅尧臣和苏轼的评价也很高。对一般人不太重视的北宋作家石介和王令，他也很重视。陆游认为石介、王令的诗文在揭露现实和反对西昆体的斗争中起了积极作用，不可忽视。另一方面，对于形式主义、唯美主义的流派和作家，如花间派、西昆体等，陆游则予以尖锐的抨击。尤其是对南宋后期的所谓“永嘉四灵”和某些“江湖派”诗人，陆游进行了严厉的斥责：

文章光焰伏不起，甚者自谓尊晚唐。

欧曾不生二苏死，我欲痛哭天茫茫。

——《追感往事》

从陆游对古代和当代作家作品的评论中，可以看出，他所坚持和提倡的是我国古典诗歌中的现实主义和积极浪漫主义的传统。

陆游和江西派的关系比较复杂。早年他曾拜江西派诗人曾几为师，学习作诗的方法和技巧：“忆在茶山听说诗，亲从夜半得玄机。”（《追怀曾文清公呈赵教授赵近尝示诗》）对另一位江西派诗人吕本中，陆游也很仰慕，表示愿向他学习，并以“不一识面”为恨。可见他青年时期受江西派的影响是不小的。但他后来逐渐发现江西派的一些理论是错误的，因而表示了不同的看法，提出了严肃的批评。例如江西派的开创人黄庭坚说什么“老杜作诗，退之作文，无一字无来处”（《豫章文集·答洪驹父书》），提倡所谓“点铁成金”“夺胎换骨”的诗文写作方法，对当时不少作家产生了不良影响。陆游对这种风靡一时的理论，进行了针锋相对的批驳。他说：

今人解杜诗，但寻出处，不知少陵之意，初不如是。且如《岳阳楼》诗：“昔闻洞庭水，今上岳阳楼。吴楚东南坼，乾坤日夜浮。亲朋无一字，老病有孤舟。戎马关山北，凭轩涕泗流。”此岂可以出处求哉！纵使字字寻得出处，去少陵之意益远矣。盖后人元不知杜诗所以妙绝古今者在何处，但以一字亦有出处为工。如《西昆酬唱集》中诗，何曾有一字无出处者，便以为追配少陵，可乎？且今人作诗，亦未尝无出处，渠不自知，若为之笺注，亦字字有出处，但不妨其为恶诗耳！

——《老学庵笔记》卷七

这段文字有理有据，对江西派文艺思想和创作主张的批评是很深刻而中肯的。又如对吕本中“好诗流转圆美如弹丸”的所谓“活法”之说，陆游也不以为然，认为是一种误人的理论。在《答郑虞任检法见赠》诗中，他指出：“文章要须到屈宋，万仞青霄下鸾凤。区区圆美非绝伦，弹丸之评方误人。”这些都说明陆游对江西派是采取批判继承的态度，他尊重老师，尊重前辈，但却不是盲目崇拜，因此他才能从江西派入而不从江西派出，终于在南宋诗坛独树一帜，取得辉煌的成就。

总之，陆游的文学观点和他的诗歌创作一样，有许多闪光的东西。对他的经验教训和理论遗产进行总结分析，取其精华，去其糟粕，对我们今天的诗歌创作和文学批评都是很有意义的。

辛弃疾评传

一、苦难深重的时代

辛弃疾（1140—1207），字幼安，号稼轩，历城（今山东济南）人。他生活在我国历史上南北分裂，宋金对峙，战祸不已，各族人民处于水深火热之中的苦难时代。

辛弃疾不仅是南宋时期最杰出的爱国诗人，而且也是一位文武兼备、壮志凌云的英雄人物。他一生坚持反对民族压迫、反对投降主义，以天下为己任，为收复中原、统一祖国进行了不屈不挠的斗争。他和爱国诗人陆游同时出现在南宋文坛，犹如夜空中的两颗巨星，在中国文学史上放射着不灭的光辉。

辛弃疾出生前十三年，发生了金兵入侵中原、北宋灭亡的“靖康之难”。从此，我国封建社会又出现了长期分裂、对峙的局面。民族矛盾上升为主要矛盾，经济遭到严重破坏，各族人民蒙受了莫大的灾难。

女真族是我国东北地区的一个少数民族，原称勿吉，隋唐时叫靺鞨。五代时一部分属辽统治，称熟女真；另一部分居住在松花江和黑龙江下游，从事游牧业，叫生女真。宋初，以完颜部为核心的女真族从中原输入铁器，生产力显著提高，势力日益强大。政和五年（1115），完颜部首领阿骨打在统一邻近部落后，宣布即皇帝位，国号为金。金政权为了摆脱辽的压迫和统治，发动了对辽战争。从当时辽金的关系看，这是一场反对民族压迫的正义战争。在辽金战争中，金兵勇猛顽强，所向披靡，取得了一次又一次胜利；而辽兵则士气低落，望风而逃，遭到了一次又一次失败。形势发展很快，统治了华北和东北部分地区两百余年的辽政权，数年间便陷入土崩瓦解的境地。

与此同时，以宋徽宗赵佶为首的北宋封建王朝，内部矛盾重重，政治黑暗腐败，人民生活在苦难的深渊，农民起义风起云涌，内忧外患使它正濒临崩溃的边缘。北宋统治者为了摆脱困境，企图利用辽金之间的矛盾，联合金兵进攻辽国，乘机收复燕云失地，以巩固其摇摇欲坠的统治。然而，他们对形势作了错误的估计，以童贯为统帅的宋军在征辽战争中一再失利，结果徒然丧师耗费，一无所获。而联金攻辽，则无异于引狼入室。宣和七年（1125）辽国被金灭亡。女真奴隶主贵族在战争过程中看到中原地区先进的社会经济和丰富的物质文化，同时也了解到北宋政权外强中干，统治者昏聩无能，军队腐败虚弱，于是便滋长了掠夺和扩张的野心，从而变成了迷信武力、贪婪成性的侵略者。他们撕毁了与宋朝订立的盟约和协议，发动突然袭击，妄图征服和奴役中原以至全国广大地区。

宣和七年（1125）冬十月，金兵灭辽后不久，便以完颜杲（斜也）为都元帅，指挥两路大军开始南侵。西路由粘罕（宗翰）率领，由云中攻太原；东路由斡离不（宗望）率领，从平州攻燕京。金人的计划是在攻下太原和燕京后，两路大军合围北宋都城汴京（今河南开封市）。面对金兵的大举侵犯，宋军惊恐万状，不战自溃。西路金兵攻占朔州、武州、代州等地后，受阻于太原；东路金兵相继攻陷燕京、相州、濬州，渡过黄河，直逼汴京城下。

赵佶闻讯吓得魂飞魄散，匆匆下了一道罪己诏，传位给儿子赵桓（钦宗），自己则带着蔡京、童贯、高俅、朱勔等一伙祸国殃民的佞臣南下逃命。靖康元年（1126）一月，斡离不率领的侵略军包围了汴京城。赵桓不得已任命主战派李纲为“亲征行营使”，负责主持京城的防务。广大军民在李纲的领导下，同仇敌忾，决心为保卫首都浴血而战。这时西北名将种师道率领的援军也兼程赶到开封。首都军民斗志更加高昂，金兵多次攻城不下，只好在掳掠了大量财物后退兵。靖康元年秋，金兵再度南侵，次年春开封陷落。金兵大肆烧杀掳掠，京城内外尸横遍野，血流成河，昔日繁华富庶的中原大地，转眼间变成了一片废墟。城中金银珠宝、服饰车马、文物典籍，甚至连技艺工匠、内侍倡优都被洗劫一空，最后连赵佶、赵桓以及宗室、后妃、公主一并被俘北去。从此，北宋王朝便告灭亡。

宣和九年（1127）六月，赵佶的另一个儿子康王赵构在南京（河南商丘）即位，改元建炎，不久逃到杭州建立了一个偏安的小朝廷，史称南宋。

南宋初年，宋金之间又持续进行了十多年的战争。这时双方力量的对比已发生了明显的变化，形势对南宋方面越来越有利。中原人民在敌后自发聚堡结寨，组织起一支支抗金武装，进行游击战，给金兵以沉重的打击。其中如红巾军和八字军，声势都很大，他们作战英勇，奋不顾身，成为金人后方的严重威胁。南宋军队在战争初期遭到重大挫折和失败后，经过改编和重建，逐渐得到恢复和发展，锻炼出一些纪律严明、战斗力很强的队伍，出现了一批指挥有方、身先士卒、威震敌胆的爱国将领，如岳飞、韩世忠、刘锜、吴璘、吴玠等。如果南宋当局能依靠人民，信任主战派，树立抗金决心，那么收复中原、重新统一祖国是完全可能的。可是由于投降派当权，他们一味委屈求和，不愿依靠人民，残酷迫害爱国志士，致使还我河山、光复国土的希望化成了泡影。

绍兴十二年（1142），当辛弃疾三岁的时候，卖国贼秦桧在宋高宗赵构的支持下以“莫须有”的罪名，杀害了民族英雄岳飞，与金人签定了屈辱可耻的“绍兴和议”。“和议”规定：宋金之间东以淮河、西以大散关为界，宋向金称臣，每年贡纳银二十五万两、绢二十五万匹。这是大地主官僚集团在中国历史上演出的一幕叛国投降的丑剧。

赵构是南宋投降派的总代表，秦桧是他最得力的帮凶。赵构曾不打自招地说：“讲和之策，断自朕志，秦桧但能赞朕而已。”（《宋史新编》卷一〇）事实的确如此。秦桧是开封沦陷时被金兵俘虏变节以后派回来的内奸，数年之间便登上相位，执掌朝政大权，这完全是出于赵构的意图。他们互相勾结，狼狈为奸，干尽了祸国殃民的罪恶勾当。在赵构、秦桧的黑暗统治下，是非颠倒，黑白混淆；奸邪得志，忠良含冤；满朝上下，文恬武嬉；刚心勇气，销铄委靡。西子湖畔笼罩着一派寻欢求乐、得过且过、悲观绝望的气氛，小朝廷君臣在残山剩水中过着穷奢极侈、纸醉金迷的腐朽生活。南宋统治者不顾国家、民族和人民的利益，早已把中原大好河山忘得干干净净！

南宋时期的阶级矛盾也很尖锐。大地主官僚集团依靠对敌屈膝求和，以半壁江山为代价换来了暂时的苟且偷安局面，于是便加紧压榨剥削，贪婪地吸吮民脂民膏，肆意挥霍奢靡，同时每年还要向金国贡纳大量“岁币”，因此加在劳动人民身上的负担就更为沉重了。据记载，南宋时期全国耕种的土地不及北宋时期的三分之二，而历年剥削收入总数的最高额却与北宋约略相等。剥削的方式和手段也更为残酷，除租赋徭役外，还有所谓“经制钱”“月桩钱”“版帐钱”“身丁钱”等名目繁多的苛捐杂税，劳动人民陷入了水深火热之中。爱国诗人陆游在《书叹》一诗中，曾经揭露说：“齐民困衣食，如疲马思秣。有司或苛取，兼并亦豪夺。正如横江网，一举孰能脱！”人民群众处在饥寒交迫之中，为了争取生活的权利，不得不起而反抗。南宋时期农民起义是非常频繁的，这是当时阶级矛盾激化的必然结果。对此，辛弃疾也有深切的感受。他在《论盗贼札子》中曾对孝宗赵昚说：

> 州以趣办财赋为急，县有残民害物之政而州不敢问；县以并缘科敛为急，吏有残民害物之状而县不敢问；吏有取乞货赂为急，豪民大姓有残民害物之罪而吏不敢问。故田野之民，郡以聚敛害之，县以科率害之，吏以取乞害之，豪民大姓以兼并害之，而又盗贼以剽杀攘夺害之，臣以谓“不去为盗将安之乎”，正谓是耳。

由此可见，当时官僚、地主、豪绅从上到下，互相勾结，肆无忌惮地盘剥劳动人民，从而使阶级对立更加严重。在这样的历史条件下，南宋社会始终处在动乱之中，国力日益衰落，形势更趋危急，士气也愈加萎靡。虽然有少数爱国志士想力挽狂澜，振兴宋朝，但始终未能改变这一局面。这是一个演出了无数历史悲剧的黑暗时代，也是我国人民爱国主义精神得到发扬光大的伟大时代。

辛弃疾就是生活在这样一个时代。他从小就有远大的抱负，平生“以气节自负，以功业自许”（范开《稼轩词序》），决心为实现祖国的统一而献身。青年时代，他曾聚众起义，积极参加抗金斗争，并且屡立战功，受到起义军领袖耿京的器重和信任。南渡之后，始终坚持主张北伐，一再表示希望能承担“洗胡沙”“复神京”“补天裂”的历史重任。当时许多爱国人士都对他寄予重望，朋友们称赞他说：“君不是，长庚白；又不是，严陵客。只应是明主梦中良弼。好把袖间经济手，如今去补天西北。”（杨炎正《满江红》）然而，由于腐朽昏庸的南宋统治者甘心对敌屈膝称臣、忍辱偷安，辛弃疾的“补天”之志始终未能实现。在这样的情况下，他不得已卖剑买牛，以笔代刀，将大部分时间和精力用来从事歌词写作，从而一扫词坛“风情婉娈”“剪翠刻红”的流风，树起了一面以抒发爱国情思为中心主题的现实主义旗帜，开创了宋词发展的新局面。尽管他把诗词创作看成“余事”，但其一生的事业和成就不在沙场，却在词坛。后人将因其未能实现杀敌报国、光复国土的理想而感到遗憾，但也会为他给中华民族留下了一份珍贵的文学遗产——异军突起的《稼轩词》而感到欣慰！

二、胸怀大志的少年

南宋绍兴十年（1140 年，金天眷三年），也就是辛弃疾诞生的那年，宋金双方经过短期休战后，又爆发了一场激烈的战争。这年五月，金都元帅、越国王完颜宗弼（兀术）撕毁了一年多前宋金双方订立的和约，指挥四路大军再次入侵，企图一举灭亡南宋。但是，这时的形势与十五年前金兵对北宋发动突然袭击时已经大不一样。金统治集团内部矛盾加剧，不久前才发生了一连串争权夺利、互相残杀的事件，原来执政的宗磐、宗隽、宗英、宗伟和完颜昌等人都先后被金熙宗完颜亶以谋反的罪名杀死，实力受到了很大的削弱。同时中原地区各族人民的反抗斗争正不断高涨，而女真族士兵反战、厌战的情绪也日益强烈。相反，南宋方面，人民的爱国热情很高，士气正旺，又有许多优秀的将领和精锐的部队。所以形势明显地有利于宋，而不利于金。

果然，宗弼出师不久就连遭挫败。六月间，刘锜率领不到两万人的“八字军”，大败金兵于顺昌（安徽阜阳）城下。接着，岳飞指挥的岳家军又在河南郾城、颍昌一带取得了辉煌的胜利。宗弼被打得头破血流，狼狈不堪，慌忙遣送老小渡河，准备逃跑了。此时宋军已经具备了全线反击，乘胜前进，收复北方失地的条件。岳飞曾兴奋地对部下说："直抵黄龙府，与诸君痛饮耳！"可是就在这关键时刻，赵构和秦桧，急于与金人议和，竟然一日之内连发十二道金字牌，命令岳飞退兵。中原百姓闻讯纷纷遮道拦马，向岳飞哭诉道："我等戴香盆、运粮草以迎官军，金人悉知之。相公去，我辈无噍类矣。"岳飞无比悲愤地拿出诏书，泪流满面地对乡亲们说："我不能违抗朝廷的命令啊！"就这样，岳家军在一片痛哭声中被迫撤出中原，离开了可爱的家乡。广大军民十多年来浴血奋战取得的胜利果实，毁于一旦。宋军一走，金兵的铁骑又在血迹斑斑的中原大地上纵横践踏，驰骋飞奔。无辜的平民百姓重新陷入了民族压迫的苦难深渊。

正当大河南北战火纷飞、征尘蔽空的时候，绍兴十年五月十一日，辛弃疾出生在山东济南府历城县的四风闸。辛氏在北宋时原为仕宦之家。他的始祖维叶做过大理评事，由狄道（今甘肃临洮）迁居济南，高祖师古为儒林郎，曾祖寂曾任宾州司户参军。辛弃疾的祖父名赞，北宋末年在科场已取得了功名。当金兵入侵济南时，辛家由于人口太多，没有来得及南下逃难。后来辛赞曾在金政权中任过谯县令和开封知府等职。辛弃疾的父亲文郁死得较早，他从小是在祖父的抚养和教育下成长起来的。

辛赞虽然在金朝做过官，却具有一定的民族意识，暗暗地等待着时机，"思投衅而起，以纾君父所不共戴天之愤"（《进美芹十论札子》）。他常带着儿孙们登高望远，指画山河，希望他们长大后要为光复国土而献身。

幼年时代，辛弃疾曾跟随辛赞在谯县任所，受学于亳州人刘瞻。刘瞻字岩老，号樱宁居士，在当地也是个有点名气的诗人。他的学生中以辛弃疾和党怀英最有才华，被称为"辛党"，但他们的政治态度和生活道路却很不相同。党怀英一心追求名利，后来出仕金朝，曾为内翰承旨；而辛弃疾却积极投身于抗金斗争，始终坚持收复中原、统一祖国的伟大理想。

金主完颜亮迁都燕京后，为了巩固统治地位，笼络汉族知识分子，也仿效唐宋时期的科举制度，以词赋为正科，法律为杂科，三年举行一次进士考试。辛弃疾十四岁时已领乡荐，即由州县地方官推举，取得了入京应试的资格。绍兴二十四年（1154）和绍兴二十七年（1157），辛赞曾先后两次派他跟随计吏到燕京去参加考试。辛弃疾并不是为了去搏取功名，而是按照祖父的意图到金人统治中心去"谛观形势"。一路上他特别注意观察沿途的山川地形和军事设施。到了燕京以后，他对考试并不在意，却把主要精力用来了解敌占区的政治、经济和军事情况，以便为将来发动武装起义做好准备。

两次燕京之行，使辛弃疾获得了饱览祖国大好河山的机会，了解到中原人民的苦难生活，从而更加激发起他的爱国热情。每次回到济南后，他都把自己看到的情况向祖父作了详细讲述，并协助他制定起义计划，准备待机而动。不幸辛赞在起义到来以前，便因病逝世。从此，辛弃疾便开始了独立的生活和斗争，那时他还不到二十岁。这位胸怀大志的英俊少年，认准了奋斗的方向和目标，朝气蓬勃，勇往直前，决心把自己的青春和热血献给统一祖国、振兴宋朝的伟业。

他掩泪埋葬了祖父，收拾行装，携剑出门，便义无反顾地投入了家乡人民抗金斗争的洪流。

三、战火中的青春

南宋绍兴三十一年（1161 年，金正隆六年），完颜亮大举侵宋。完颜亮残暴荒淫，野心很大，他即位以后便想凭借武力征服南宋。为了发动侵略战争，他曾下令强征壮丁和马匹，加紧对各族劳动人民的压榨剥削，“于是国内骚然，‘盗贼’蠭起，大者连城邑，小者保山泽”（《宋史纪事本末·金亮南侵》）。自赵构、秦桧实行妥协投降政策，订立“绍兴和议”以来，中原人民的抗金斗争一度转入低潮。此时，由于完颜亮的穷兵黩武和种种倒行逆施，各族人民的反抗活动又像喷礴而出的火山一样地爆发了。

在完颜亮南侵前夕，以耶律斡罕为首的契丹族人民曾在长城以北发动了大规模的武装起义。与此同时，中原各地人民抗金斗争的烈火也愈烧愈旺。绍兴三十年（1160），张旺、徐元在东海县首先举起义旗，接着魏胜反于海州，赵开反于密州，王友直反于河北，耿京反于山东……一时之间，黄河南北又出现了一片大好的抗金斗争形势。

这时，刚过二十岁的辛弃疾看到杀敌报国、光复中原的机会已经到来，便毫不迟疑地举起反对民族压迫的旗帜，积极投身于如火如荼的抗金斗争，决心把自己宝贵的青春献给统一祖国的伟大事业。

绍兴三十一年（1161）秋，辛弃疾在济南附近的山区，聚集起两千多人，宣告起义。不久，他便带领队伍南下，加入了耿京领导的农民起义军。

耿京原是济南府的农民，因不堪忍受金人的残酷压迫和剥削，便邀集李铁枪等六人进入东山，揭竿起义。队伍逐渐扩大，相继攻取了莱芜县和泰安军。不久有个叫贾瑞的农民，也聚集起几十人投奔耿京。贾瑞建议耿京将起义群众分编为诸军，并令其各自招收人马。于是，义军声势迅速壮大，很快发展成为一支拥有二十多万人的部队。接着又攻下了东平府和兖州城，耿京自称为天平军节度使，同时任命贾瑞为诸军都提领。此时，大名府的义军领袖王友直也派人送信给耿京，表示愿意受他节制，互相声援，配合行动。

辛弃疾来到耿京军中后，受到了起义群众的热烈欢迎。耿京委任他为义军的掌书记，负责书檄文告一类的工作。当时金占区的汉族知识分子，有的投靠金人，为虎作伥；有的虽不满于完颜亮的残暴统治，但对农民起义则持观望态度，“不肯俛首听命以为农夫下”（《美芹十论·详战》）。辛弃疾却能以民族大义为重，愿意接受农民起义领袖的领导，这种态度在当时是很可贵的。

早在起义以前，辛弃疾曾认识一个名叫义端的和尚。此人平时喜欢谈论时事，表面上也有几分江湖豪气。当起义高潮到来以后，义端也纠集一千多人，打出了抗金的旗号。辛弃疾听说后，便动员他投奔到耿京部下。谁知义端竟是一个见利忘义的投机分子。一天晚上，他从辛弃疾那里盗走了义军的大印。耿京闻讯大怒，要杀辛弃疾抵罪。辛弃疾以冷静和沉着的态度对耿京说：“请给我三天限期，如果抓不到盗印的贼子，那时再杀我也心甘情愿。”耿京答应了他的要求，于是一场单枪匹马追杀叛徒义端的战斗开始了。

辛弃疾判断，义端既然窃印出逃，必定是去投奔金人，邀功求赏。于是便拔剑出鞘，翻身上马，挥鞭向附近金兵的营地风驰电掣般地飞奔而去。年轻的英雄战士，怀着对叛徒的无比义愤，勒紧缰绳，频催坐骑，在马上暗暗下定决心：即使追到天涯海角，也要把这个黑心凶僧缉拿归案。终于追上了义端，叛徒回头看见马上的辛弃疾，早已吓得魂飞魄散，瘫倒在地，不住地叩头求饶，哀告辛弃疾免他一死。他跪在马前对辛弃疾说：“我知道你是天上的青牛星，力大无比，能够杀人，求你不要杀我吧！”辛弃疾怒视叛徒，不为花言巧语所动，挥剑将他斩于马下。然后搜出军印，割下秃头，挂在鞍上，催动坐骑，回营复命。

这一壮举充分显示出辛弃疾的智勇和胆略，在起义军中受到一致的称赞。从此，耿京对辛弃疾也更为信任和重视了。

绍兴三十一年（1161）十一月，宋军在采石击败了企图渡江南下的金兵，不久完颜亮被他的部下杀死。金兵遭到挫折，一片混乱，纷纷向北溃退。采石大捷的消息传到起义军中，全军上下无不为之欢欣鼓舞。辛弃疾更是无比兴奋，他认为收复中原的时机已经到来，于是便建议耿京“决策南向”，派人与南宋朝廷取得联系，争取朝廷对北方起义军支持，以便互相配合，进行全面反攻。耿京同意了他的建议，决定派诸军都提领贾瑞作为义军的代表，去和南宋朝廷接洽。由于贾瑞是农民出身，没有文化，不懂得朝廷的礼仪，要求再派一位文人同行。在义军领导成员中，辛弃疾是唯一知书识礼的知识分子，于是耿京便派他陪同贾瑞一起前往建康（今江苏南京）。此外，随行的还有刘震、刘弁、孙肇等十一人。

绍兴三十一年（1161）年底，贾瑞、辛弃疾等十三人带着南归的表章，冒着漫天风雪，踏上了渡江南下的征程。十多天后，他们来到当时淮东军事重镇楚州（今江苏淮安），会见了淮南转运副使杨抗。在楚州作了短暂停留后，便由杨抗派人送他们前往建康。

绍兴三十二年（1162）一月十八日，贾、辛等人渡过长江，到达古城建康。在此之前十三天，宋高宗赵构也刚从临安（今浙江杭州）来到建康“巡幸”。贾、辛一行入城后就被“即日引见”，他们在行宫向赵构呈上表章，汇报了沦陷区的形势和义军作战的情况，“上大喜，皆命以官”（《三朝北盟会编》卷二九四）。一月二十二日，南宋朝廷授予耿京天平军节度使、知东平府兼节制京东河北路忠义军马，辛弃疾特补右承务郎、权天平军节度掌书记，贾瑞特补敦武郎閤门祇候，耿京、贾瑞二人并赐给金带，其余义军将吏补官者二百余人。

贾瑞、辛弃疾等在建康休息了一段时间，然后由南宋朝廷枢密院使臣吴革、李彪陪同，带着给耿京的官告、节钺和其他统制官以下的委任状一起北返。当他们行至楚州后，贪生怕死的吴、李两位使臣不敢再往北去，要求在海州（今江苏东海县东北）等候，让耿京到这里来接受朝廷的官告、节钺。贾瑞无可奈何，只得同意他们的要求。

当辛弃疾等人“奉表南归”以后，起义军中的叛徒张安国和另一个投机分子邵进秘密勾结，阴谋杀害耿京，叛变投敌，以换取金人的重赏。张安国原先也是山东地区一支农民起义军首领，后来投向耿京，在其节制之下。这个混入起义队伍的败类，为了达到升官发财的目的，不惜出卖自己的战友和领导，真是无耻到了极点。绍兴三十二年（1162）闰二月，张、邵二人终于向耿京下了毒手。耿京被害后，义军大部分溃散，余下一部分被张安国欺骗胁迫投降了金人。张安国叛变投降后，被委任为济州（今山东巨野县）的知州。

辛弃疾一行到达海州时，才得知耿京被害的消息。他十分悲痛，决心不惜一切牺牲，捉拿叛徒，为义军领袖报仇雪恨。他擦干眼泪，来到当地宋军营地，向京东招讨使李宝说明自己惩罚叛徒的决心和计划。李宝很赞赏他的勇气和胆略，决定派统制官王世隆和忠义军人马全福等共五十人，组成一支骑兵分队，和辛弃疾一起去完成这一虎穴擒敌的艰巨任务。

一个月黑风高的夜晚，辛弃疾带着这批英勇无畏的战士从海州出发了。他们策马衔枚，轻装疾进，沿着运河向西北方向的济州驰去。当他们到达济州那天，张安国正和驻在该地的金将酣饮。辛弃疾、王世隆带领的骑兵突然冲进有五万敌军驻守的金营，声言要找张安国到郊外去议事。这时张安国已喝得酩酊大醉，辛弃疾等人的出现完全在他的意料之外，毫无思想准备。叛徒一露面，就被勇士们打翻在地，绑缚马上，押出营门。辛弃疾等人手握雪亮的钢刀，一边撤退，一边高喊：宋朝的十万大军已经打过来了。敌军士兵早已吓得魂飞天外，谁也没敢轻举妄动。

辛弃疾和他的战友们从容离开金营，翻身上马，押着叛徒，像一阵旋风似地向南飞奔而去。过了一会，和张安国一起酣饮的金将才带着一队亲兵，心有余悸地走出营门，抬眼望去，只见一股滚滚黄尘，已经消逝在天边。

勇士们一路之上，人不离鞍，马不停蹄，斩关夺路，昼夜兼程，终于胜利地回到了建康。然后由都督行府派人将张安国押往行在临安，经过审讯，判处死刑，绑赴法场，斩首示众。无耻的叛徒受到了应得的惩罚。

不久，辛弃疾被南宋朝廷任命为江阴签判，从而开始了新的生活和斗争。

辛弃疾参加起义抗金的时间虽然不长，但那却是一段永难忘怀的峥嵘岁月，在他的人生旅程中留下了一行闪光的足迹。南渡以后，他常常怀着自豪的心情回忆那段不平凡的经历：

落日塞尘起，胡骑猎清秋。汉家组练十万，列舰耸层楼。谁道投鞭飞渡？忆昔鸣髇血污，风雨佛狸愁。季子正年少，匹马黑貂裘。

——《水调歌头》

壮岁旌旗拥万夫，锦襜突骑渡江初。燕兵夜娖银胡䩮，汉箭朝飞金仆姑。

——《鹧鸪天》

这一幅幅闪动着刀光剑影的壮阔画面，只有亲身经历过战斗出生入死的人，才可能如此形象而生动地描绘出来。辛弃疾的敌后起义和陆游的南郑从戎一样，对他们的创作都产生了巨大的影响，同时也为作家提供了一条宝贵的经验：到火热的斗争生活中去，将自己的才智献给国家和民族，你的生命才能放出光华，你的作品才会具有不朽的价值！

四、为抗金救国献计献策

绍兴三十二年（1162）六月，辛弃疾到江阴签判任后不久，赵构传位给他的养子赵昚（死后追尊为孝宗）。赵昚即位初期曾表示要收复中原，改变屈辱偏安的局面。他下令相继召回了被秦桧贬黜流放在外的主战派大臣胡铨、王十朋、辛次膺等人，同时又重新起用抗金老将张浚，派他积极筹划北伐。

隆兴元年（1163）夏，张浚命李显忠、邵宏渊二将分兵出师伐金。交战之初，宋军进展比较顺利，先后收复了淮河以北的灵壁（今安徽灵壁）、虹县（在今安徽五河县西）、泗州（今安徽泗县）等地，接着又在宿州（今安徽宿县）大破金兵。消息传来，士气民心为之大振，赵眘也兴奋地写信给张浚说："近日边报，中外鼓舞，十年无此克捷。"李显忠英勇善战，军纪严明，战功卓著，不愧为"关西将军"的称号；而邵宏渊却胆小怕死，嫉贤妒能，在关键时刻按兵不动，不肯配合李显忠，结果使宋军在符离战役中遭到失败。北伐受挫，投降派卷土重来，赵眘也改变了支持北伐的态度。

隆兴二年（1164）四月，张浚被解除了兵权，不久病故。秦桧的余党汤思退出任宰相，宋金之间又订立了所谓的"隆兴和议"。从此，南宋小朝廷又恢复了苟且偷安。

辛弃疾南渡后的最初十年，就是在这样的局面下度过的。从绍兴三十二年（1162）到乾道七年（1171），他先后担任过江阴军签判、建康府通判和司农寺主簿等职。南宋当权者对这位从北方起义归来的志士，丝毫未予以重视。虽然安排了他的工作，但都是一些无关紧要、不能尽展其才的低级职位。辛弃疾尽管无权参与军国大计，但他"位卑未敢忘忧国"，怀着一片忠心，积极为抗金救国献计献策，奔走呼号。

在这十年之间，辛弃疾对南宋的社会政治和经济情况进行了大量的调查研究，对敌我双方的形势作了深入周密的分析，撰写了《美芹十论》《九议》《论阻江为险须藉两淮疏》《议练民兵守淮疏》等重要论著，提出了一系列克敌制胜、实现国家统一的战略和策略。这些文章见解深刻精辟，议论英伟磊落，说理透彻详尽，充分体现了作者的政治军事思想，表达了词人杀敌报国的坚强决心。它们像投入一潭死水的巨石，在朝野间引起了强烈的反响：既遭到投降派的嫉恨和反对，也赢得了许多爱国志士的称赞和支持。

《美芹十论》，又名《御戎十论》，是乾道元年（1165）呈送给宋孝宗赵眘的奏文，作者后来曾在词中自豪地把它称作"万字平戎策"。全文分为"审势""察情""观衅""自治""守淮""屯田""致勇""防微""久任""详战"十部分。前面有一篇简短的序言，是作者向皇帝进奏的札子。札子在介绍了自己的家世和起义南归的经过后，着重指出由于朝廷一向以"持重"为"成谋"，实际是畏敌如虎，坚持投降政策，所以"和"与"战"的主动权完全操于敌手，而我方则处于只能"从而应之"的被动地位。他希望孝宗认清形势，下定决心，无惑群议，"不以小挫而沮吾大计"，立志"雪耻酬百王，除凶报千古"，完成恢复国土的伟业。

论文的前三部分，"言虏人之弊"，论述了金国貌似强大，实则内部矛盾重重，危机四伏，政治上、经济上和军事上都存在着许多不可克服的致命弱点。文章深刻分析了金统治区尖锐的民族矛盾。作者列举大量事实，并通过自己的切身体会，揭露女真族实行民族压迫政策，给中原人民带来了深重的灾难。他说：

民有不平讼之于官，则胡人胜而华民则饮气以茹屈；田畴相邻，胡人则强而夺之；孳畜相杂，胡人则盗而有之。民之至爱者子孙，签军之令下则贫富不问而丁壮必行；民之所惜者财力，营筑馈饷之役兴则空室以往而休息无期。有常产者困窭，无置锥者冻馁。

——《观衅》第三

各族人民在这种残暴的统治下，受尽"蹂践""捶剥"，他们"怨已深，痛已巨，而怒已盈"。无事之时，"兵劫形制，若可纠合，一有惊扰，则忿怒纷争，割据蜂起"。一个失去了民心的政权，其统治是不可能长久的。

文章还分析了金统治集团的内部矛盾，他认为由于女真贵族内部之间争权夺利的斗争愈演愈烈，互相残杀的事件层出不穷，已处于分崩离析、自顾不暇的境地。他说：

又况虏廷今日用事之人，杂以契丹、中原、江南之士，上下猜防，议论龃龉，非如前日粘罕、兀术辈之叶。且骨肉间僭弑成风。如闻伪许王以庶长出守于汴，私收民心，而嫡少尝暴之于其父，此岂能终以无事哉！

事实的确如此。在完颜亶和完颜亮当政时期，政治腐败，官吏贪横，统治集团之间勾心斗角，互不信任，动辄以刀兵相见，流血事件连续不断，君臣上下人人自危，结果这两个暴君也先后被自己的部下杀死。

种种迹象说明：金政权正日趋衰落，其实力已非当年可比，逐渐暴露了外强中干的虚弱本质。目前它虽然还占有地广、财多、兵众的优势，并以此对南宋进行讹诈和威胁，但这只是一种"可举以示威，不可用以必胜"的表面现象。由于金统治者失尽民心，内部矛盾加剧，故"虏人之地虽名为广，其实易分"；"虏之人财虽名为多，其实难恃"；"若其为兵，名之曰多，又实难调而易溃"，因此并不可怕，更不是不可战胜的。辛弃疾认为：观察和分析形势，不应被表面现象迷惑，而要透过现象看到本质。只有这样，才不至"沮于形""眩于势"，才敢在战略上藐视敌人，从而树立起抗金必胜的信心。

论文的后七部分，"言朝廷之所当行"，向南宋当局提出了一系列有关军国大计的重要建议和切实可行的具体措施。针对几十年来投降政策所造成的严重恶果，作者首先驳斥了士大夫中所谓"南北有定势，吴楚之脆弱不足以争衡于中原"的悲观亡国论调。辛弃疾认为必须彻底破除这种瓦解士气、涣散民心的谬说，才能振作起来，奋发图强，实现国土的统一。接着他向孝宗建议，朝廷应当坚决改变"待敌则恃欢好于金帛之间，立国则借形势于湖山之险"的错误方针，在适当的时机断然宣布"绝岁币"

“都金陵”。他认为这两项措施具有重大的战略意义，因为贡岁币、都临安，实际上是长敌人的志气、灭自己的威风，甘心屈膝投降的表示。“今绝岁币、都金陵，其形必至于战；天下有战形矣，然后三军有所怒而思奋，中原有所恃而思乱”，这样“内有以作三军之气，外有以破敌人之心”，上下一致，军民同心，“则恢复之功可必其有成”。

辛弃疾认为两淮地区的战略地位十分重要，必须特别加以注意。如果放弃淮南，则长江天险便失去屏障，江南之地亦不可保。他希望朝廷吸取吴、陈、南唐由于弃淮守江而终于遭致灭亡的教训，一定要把两淮建设成进可以攻、退可以守的强固阵地，在“守淮”“屯田”两论以及其后所写的《论阻江为险须藉两淮疏》和《议练民兵守淮疏》中，他详细地陈述了自己的意见和建议。首先，辛弃疾反对分散兵力，主张重点设防。他建议在淮南东、西、中三路冲要之地的山阳、濠梁和襄阳分屯重兵，而于扬州或和州设置一都督府，负责统一指挥，形成常山之蛇的阵势，可以首尾照应，互相支援，方能立于不败之地，使“虏来不足以为吾忧，而我进乃可以为彼患也”。其次，辛弃疾主张在淮南实行“屯田”，把来自北方的“归正军民”组织起来，家给百亩，并给以室庐、器具、粮种，使他们安定下来，从事农业生产，同时进行必要的军事训练。平时他们是耕田的农民，战时就成为一支重要的武装力量。这样做，对国家、对人民、对抗金事业都是非常有利的。

此外，在《美芹十论》中，还谈到了关于治军、防止人才外流以及对抗金志士的信任问题。辛弃疾的意见，针对性都是很强的。他殷切地希望孝宗革除“太上皇帝”和秦桧当政时期的弊端，像勾践和刘邦那样卧薪尝胆、任贤使能，争取早日实现国家的统一。

最后，辛弃疾认为既然战争不可避免，与其被动地“坐而待人之攻”，莫若主动地“出兵以攻人”，也就是说要把战争引向金人统治的地区。他在分析了各战区敌我双方的态势以后，极力主张将“其形易、其势重”的山东作为北伐的主攻方向。根据他的了解，山东人民是“劲勇”的，而且受害最深，故“兵出山东则山东之民必叛虏以为我应”。同时金人在山东的力量比较薄弱，如果宋军采取“避实击虚”的策略则易于成功。一旦攻下山东，河朔必望风而震，收复中原也就指日可待了。两年多前，陆游也曾替张浚草拟过相似的建议，主张用十分之九的兵力固守江淮，用十分之一的精锐部队进讨山东，深入敌后，开展游击战，待站稳脚根后，主力部队再逐渐向北推进。这样，“进有辟国拓土之功，退无劳师失备之患”（《渭南文集·代乞分兵取山东札子》）。由此可见，辛弃疾关于北伐进军路线的建议，与当时一些主战派的意见可谓不谋而合，是比较切实可行的。

《美芹十论》呈献之日，正当“隆兴和议”签定以后不久。由于张浚北伐失败，赵昚对恢复事业已经失去信心，因此辛弃疾的“万字平戎策”并未受到应有的重视，更没有被朝廷采纳施行。他的满腔报国热忱，尽都付之东流。

乾道四年（1168），辛弃疾被任命为建康府通判。通判这一地方官职是北宋初年设置的，地位略低于州府长官，负责协助处理政务，还拥有连署州府公事和监察官吏的权力。当时担任建康知府兼行宫留守的是史正字。此人绍兴末年曾向赵构上过《恢复要览》，但同时又支持主和派宰相史浩反对张浚北伐。他在建康任职期间，但求平安无事，没有采取什么有利于北伐的措施。在这样的环境和条件下，辛弃疾的才能自然不可能得到发挥，但他并未忘记自己南归的使命，经常在考虑如何实现杀敌报国的理想。

在建康，辛弃疾结识了一些同在此地任职的知名人士，如：后来曾当过宰相的叶衡，被誉为“政事、文学可为一代冠冕”的韩元吉，以及赵彦端、严焕、丘密等，他们闲暇时常聚在一起，说诗论文，宴饮酬唱。在这样的气氛中，辛弃疾也开始了创作歌词的活动。当时他只是偶尔为之，把填词看作是朋友之间交往应酬的一种手段和方式，万万没有料到自己一生的事业和成就，竟在此“长短句”中。

虽然如此，在他早期的创作中，即已显示自己的特色。那就是：寄意恢复，呼吁抗战，唤醒人民不要忘记中原的大好河山。例如乾道四年（1168）九月，他在为江南东路计度转运副使赵彦端祝寿时所写的《水调歌头》中唱道：

闻道清都帝所，要挽银河仙浪，西北洗胡沙。

又如一次他在史正字的宴席上写了一首《满江红》，词中也发出了同样的呼声：

袖里珍奇光五色，他年要补天西北。且归来，谈笑护长江，波澄碧。

这类词虽然都是为应酬而写的，但因作者念念不忘恢复事业，所以“清中原”“补天裂”的豪情壮志无论在什么场合，总要从他的笔端自然而然地流露出来。

乾道六年（1170），辛弃疾从建康来到临安，此时这位富有传奇色彩的抗金英雄，在南宋朝野间已经成为了举世瞩目的人物。由于别人的推荐，孝宗在延和殿亲自召见了他。这次召见时谈话的详细内容已不可知，《宋史·辛弃疾传》只作了极其简略的记述：“六年，孝宗召对延和殿。时虞允文当国，帝锐意恢复，弃疾因论南北形势及三国、晋、汉人才，持论劲直，不为迎合。”看来，辛弃疾在赵昚面前很可能说了一些逆耳的话，再加上他资历浅，又具有“归正人”的身份，这种种原因使他不可能受到重用。

延和殿召对以后，辛弃疾被南宋朝廷任命为司农寺主簿。司农寺是掌管粮食积储、仓廪管理和在京朝官禄米供应事务的官署，而主簿不过是负责文书一类工作的办事员。把他派到这样的工作岗位上，很难尽展其才。不过，辛弃疾另有打算，他不想被司农寺主簿的职务束缚自己的手脚，依旧以主要精力来考虑和筹划光复国土的方针大计，积极地宣传和鼓吹北伐抗金的主张。在此期间，继《美芹十论》之后，他写成论文九篇，名为《九议》，呈送给当时的宰相虞允文。

虞允文本来是一介书生，绍兴三十一年（1161）完颜亮南侵时，以参谋军事身份随枢密使叶义向督师江淮。当金兵企图由采石渡江的危急时刻，他毅然挺身而出，组织并指挥不到两万人的南宋溃军，一举击败在数量上占绝对优势的敌人，取得了采石大捷。从此，他的名声和地位日益显赫。乾道五年（1169）八月，拜右仆射、同中书门下平章事兼枢密使。虞允文在当时的执政中属于主战派，他曾说："和则海内气沮，战则海内气伸。"极力主张北伐，收复中原失地。

辛弃疾对他寄予很大的期望，希望他坚定信心，百折不回，小胜不骄，小负不沮，务期完成"恢复国家之功"。

《九议》中的某些观点和主张，在《美芹十论》里已经作了论述。辛弃疾在重申这些观点和主张的基础上，又向虞允文提出了若干新的意见和建议。首先，他认为恢复事业绝不是君王和宰相的私事，而是"为祖宗、为社稷、为生民"，关系国家、民族生存的大事，因此不应从少数人的利益来考虑其成败得失。只有明确了这一点，才能上下同心，集思广益，与"天下智勇之士"共商北伐大计，确立恢复的规模，制定必胜的战略战术。

其次，他认为抗金北伐是一场持久战，为了确保胜利，必须在思想上、组织上、物质上做好充分准备。在战机的选择上应当"无欲速"，注意防止和反对"欲明日而亟斗"的急躁冒进情绪；关于战备工作，千头万绪，"宜审先后"，只有区别轻重缓急，才能有计划、有步骤地进行；在战争过程中要"能任败"，不因暂时的挫折或局部的失利而改变北伐的战略决策。这三点意见，实际上也是他在总结了几十年抗金斗争的经验和教训后得出来的。辛弃疾认为"此三者虽非胜负之所以决"，但如能将其牢记心中，那么在制定措施时就会看得远、抓得准，从而不致被种种"浮论"迷惑，暗藏的敌人也无所施其技了。

第三，辛弃疾认为要想夺取抗金战争的彻底胜利，"当先取彼己之长短而论之"，也就是说只有做到"知己知彼"，才能"百战不殆"。他主张充分利用敌人的弱点，采取一切方式扩大其内部矛盾，"使之内变外乱"，然后出其不意，攻其无备。如此，则中原可一战而复之。

第四，辛弃疾认为为了支持一场"旷日持久"的战争，国家非有充裕的财力和物力不可。这样在战争开始之前，首先要谋求"富国强兵"。强兵之道，如"除戎器、练军实、修军政、习骑射、造海舰”等，“其要在于为之以阴，行之以渐，使敌人莫吾觉耳”。至于富强之术，关键在于“惜费用”“宽民力”。他主张杜绝挥霍浪费，节省一切与战争无关的开支，使民众能有休养生息的机会，以求达到“深根固本”，立于不败之地的目的。

此外，对于进军路线、迁都之争以及关于用人方面的一些问题，在《九议》中也都作了进一步的论述。辛弃疾的意见是很全面具体的，如果采纳他的建议，南宋的局面很可能会有所改变，恢复中原的理想也不难实现。在《九议》的前言中，他曾向虞允文保证说：“苟从其说而不胜，与不从其说而胜，其请就诛殛以谢天下之妄言者。”可见他对自己的意见十分自信，而态度又非常诚恳。为了国家的前途和民族的利益，他甘愿立下军令状，不惜献出自己的一切。可惜的是，和《美芹十论》一样，《九议》也未受到南宋当局重视，而被束之高阁。

从二十二岁到三十二岁，辛弃疾南渡后的最初十年，就是在这种由希望到失望的矛盾处境中度过的。他满怀热情地为北伐抗金而奔走呼号，但南宋统治集团却无动于衷，充耳不闻。辛弃疾虽然处处碰壁，可是并未消极悲观，他对朝廷，特别是对赵昚还抱着幻想，希望有朝一日能被重用，从而实现自己的报国之志。

五、知滁州为民兴利除弊

乾道八年（1172）春，辛弃疾由司农寺主簿调任滁州知州。滁州（今安徽滁县）在南宋时是一个比较僻远贫困的地方，但因地处抗金斗争前线，战略地位十分重要。它的东边有楚州、扬州，西边有和州、庐州，都是淮南地区的军事重镇，也是宋金战争中的重要战场。对于这样一个地方，南宋的士大夫官僚都望而生畏，谁也不愿意到那里去任职。

辛弃疾与那些只顾个人利益，贪图享乐，毫不忧国忧民的人相反，他认为滁州虽然地僻民贫，条件艰苦，但因处于两淮之间，为兵家必争之地，如今又是前线，在那里大有作为，可以施展自己的才能和抱负。于是便欣然接受这一任命，离开临安，来到了滁州。

辛弃疾到任的第一天，立即走出官署，在城内进行了一番巡察。他看到的是一片残破荒凉的景象，到处都是残垣断壁。市民们在瓦砾场中用茅草和芦苇搭起棚子，作为栖身之地。大街上不见车马往来，小巷中也听不到鸡鸣犬吠之声。瘦骨嶙峋的儿童三三两两偎依在夕阳下取暖，饥肠辘辘的父母们正在为断炊而发愁。这里虽说是一座州城，其实更像一座难民营。看到这一切，辛弃疾感到十分难过，他想自从金兵入侵以来，滁州“蒙祸最酷”，但是“隆兴和议”签定之后，战争结束已经七八年了，人民还过着如此悲惨的生活，除了连续四年的水旱灾害外，更重要的原因是“守土者”不恤民命造成的。如今自己担任了一州的地方行政长官，有责任尽快改变目前的状况，让百姓能够安居乐业。“于是早夜以思，求所以为安辑之计”（崔敦礼《宫教集·代严子文滁州奠枕楼记》）。

据《宋史·辛弃疾传》，辛弃疾任滁州知州期间，采取了一系列为民兴利的措施，其中主要有“宽征薄赋，招流散，教民兵，议屯田，乃创奠枕楼、繁雄馆”。这对于恢复生产，繁荣经济，安定社会秩序，改善人民生活，巩固边防，都起到了积极的作用。

滁州虽然不断遭到战争破坏和自然灾害袭击，但南宋朝廷征收的赋税却丝毫没有减轻。劳动人民“晨夕之须无得”，哪有钱粮交纳赋税？由于日积月累，欠缴的数目越来越大，官府又毫不容情，催督更加急迫，从而造成了“民戚戚不奠厥居”的局面。辛弃疾上任后的第一件事，就是奏请南宋朝廷免去滁州人民积欠的五百八十万钱税款。经过反复交涉，朝廷终于批准了他的请求。辛弃疾为搬掉了压在滁州人民身上的一块巨石而感到高兴。在周孚代他写的《谢免上供钱启》中，有这样两句：“忍于疮痍之余，督以承平之赋？”既表达了他对苦难深重的劳动人民的关怀和同情，也包含着对南宋当局不顾人民死活的不满与批评。

积欠免除后，人心稍安，百姓也开始有了生产的积极性。但是由于连续不断的战祸和天灾，滁州的人口大量减少，十分之六的民户流落他乡。为了把流散在外的群众招引回来，辛弃疾决定对回乡人员或从敌占区逃亡到滁州的“归正军民”，给予必要的救济。给他们发放贷款，分配土地、农具和种子，同时派人“陶瓦伐木”，为他们提供建筑房舍的材料。消息传出，四方流民闻讯纷纷来归。原来死气沉沉的滁州，很快就出现了转机。恰好这年又是风调雨顺，夏秋两季作物都获得了丰收。一年之内，初见成效，滁州人民的生活发生了可喜的变化。

辛弃疾初到任时，滁州的市场一片萧条，商业活动几乎瘫痪，“郡之酤肆，旧颓废不治，市区寂然”（崔敦礼《宫教集·代严子文滁州奠枕楼记》）。为了活跃市场，繁荣商业，改善人民生活，辛弃疾想了许多办法吸引外地商人到滁州来经商。他决定“凡商旅之过其郡，有输于官，令减旧之十七”（周孚《铅刀编·滁州奠枕楼记》）。这样，外地的商贩都闻风争相而来，朝廷的税收也相应地有所增加。他又用这笔钱雇佣州里的“闲民”和工匠，在市区盖了一座商场和若干旅舍，为四方来往的客商提供便利条件。辛弃疾把这座商场命名为“繁雄馆”，于是“流逋四来，商旅毕集，人情愉愉，上下绥泰，乐生兴事，民用富庶”（崔敦礼《宫教集·代严子文滁州奠枕楼记》）。与此同时，在繁雄馆的上方，辛弃疾又派人建了一座奠枕楼。这座楼是供市民节假日和闲暇之时登临游览之用的。楼成之日，他和滁州的父老乡亲们一起登高眺望，并举杯祝愿大家安居乐业。昔日荒陋不堪的滁州，如今也有了自己的娱乐场所，百姓的脸上也开始露出了笑容。

在治理滁州事务中，辛弃疾也没有忘记训练民兵，巩固边防的建设。他根据自己在《美芹十论》《九议》和《议练民兵守淮疏》中所提出的建议，把当地的群众和“屯田”的“归正军民”，组织起来，编为保伍，利用农闲时进行军事训练，教以战阵之术，使他们掌握杀敌的本领。他管辖的虽然只是淮南的一个小州，但在这里他的计划得到了很好的贯彻，在屯田、练兵工作中也取得了一定的成绩。

这年秋天，辛弃疾与友人李清宇同游奠枕楼，凭栏眺望，即兴挥毫，写了一首《声声慢》词：

> 征埃成阵，行客相逢，都道幻出层楼。指点檐牙高处，浪涌云浮。今年太平万里，罢长淮千骑临秋。凭栏望，有东南佳气，西北神州。　　千古怀嵩人去，还笑我，身在楚尾吴头。看取弓刀，陌上车马如流。从今赏心乐事，剩安排、酒令诗筹。华胥梦，愿年年、人似旧游。

他怀着兴奋的心情，描绘了滁州的变化，希望百姓从此安居乐业。同时也提醒大家不要忘记“西北神州”，要为收复失地，统一祖国做好准备。

在滁州任职的两年间，辛弃疾工作认真负责，为当地人民做了不少有益的事，赢得了许多朋友和同事的称赞。当时他正年富力强，本来可以为国家、民族做出更大的贡献，可是南宋当局却在不久以后派他到江西去镇压茶商军起义，这是十分令人遗憾的。

六、赴江西讨平茶商军

淳熙元年（1174）春，滁州任满，辛弃疾被调往建康，任江东安抚司参议官。当时担任江东安抚使兼行宫留守的叶衡，是主张北伐的。他认为辛弃疾“慷慨有大略”，是栋梁之材，因此对他很器重。不久，叶衡被召赴临安任户部尚书，六月任参知政事，十一月为右丞相兼枢密使。叶衡入朝后就在孝宗面前推荐辛弃疾，希望朝廷能重用他。这年夏末秋初，孝宗在临安再次召见辛弃疾，接着任命他为仓部郎官。仓部为户部所属的四司之一，负责掌管全国仓储出纳的政事。这类经济事务工作并非辛弃疾之所长，自然不可能尽展其才。

淳熙二年（1175）四月，在湖北荆南一带爆发了以赖文政为首的茶商军起义。南宋统治集团为了增加剥削收入，实行茶叶专卖，不断加重茶税，严禁贩卖私茶，致使许多茶商处于破产失业的境地。他们为了维持生计，对这种封建垄断制度进行了坚决的抵制和反抗。茶商们自发地组织起来，实行武装贩私，如遇官军查禁，则奋起予以还击。这就是所谓的“茶寇”。茶商的暴动在高宗绍兴年间已不断发生，孝宗时更加频繁，成为南宋当局的心腹之患。

赖文政领导的起义部队虽然只有四百多人，但作战勇敢，又得到群众的支持和协助，所以能连续打败围追堵截的官军，由湖北经湖南，转入江西，并向广东挺进。在广东，茶商军遭到林光朝指挥的“摧锋军”的拦击，打了败仗，于是便折回江西，活动于安福、永新、萍乡一带的山区。南宋当局又先后派遣江州都统皇甫倜、鄂州都统李川、明州观察使江南西路兵马总管贾和仲等率兵进讨，结果都遭到了惨败。贾和仲因“轻敌冒进”被撤职查办，他的上司隆兴知府兼江西安抚使汪大猷也因此受到降职的处分。

六月十二日，经叶衡推荐，南宋朝廷决定任命辛弃疾为江西提点刑狱，让他去“节制诸军，讨捕茶寇”（《宋史·孝宗本纪》）。七月初，辛弃疾离开临安，前往江西赣州赴任。到任后，便立即开始了“督捕”围剿茶商军的工作。首先，他把从赣州、吉州和湖南郴州、桂阳军等地调集来的乡兵弓手加以整顿，将其中的年老病弱者一律淘汰，留下那些壮勇豪健的进行改编，分委偏将，令其统率。然后，将他们分别派往各处，扼守冲要之地；或驰逐山谷间，发动突然袭击。同时，他还传令当地土豪彭道率领乡丁入山搜捕。茶商军由于连续作战，虽然取得了多次胜利，但伤亡也很大，此时只剩下了一百多人，且处于官军的四面包围中，形势极为不利。

在这样的情况下，辛弃疾于九月间派兴国县尉黄倬，前往起义军的营地，进行招降工作。赖文政见大势已去，前途无望，不得已同意了招安。结果，他被辛弃疾押到江州后杀掉了。或说被辛弃疾处斩的，乃是赖文政的替身刘四，而赖文政本人却化装潜逃了（此说见罗大经《鹤林玉露》卷一二）。从七月到闰九月，不到一百天的时间，震动南宋朝廷的茶商军起义迅速被辛弃疾镇压下去了。他为封建统治者立了一“功”，南宋朝廷根据赵昚的旨意，授予他秘阁修撰的职名。

镇压赖文政起义，反映了辛弃疾的阶级局限和历史局限。在民族矛盾中，他是坚贞不屈的战士，而在阶级对抗中却站在维护封建统治的立场上，积极参与镇压群众的起义斗争。这和岳飞扑灭洞庭湖杨幺农民起义运动的性质是相同的，说明历史上的爱国者往往都具有这样的两重性。他们总是把爱国和忠君统一起来，而以维护和巩固封建制度作为基本原则。因此他们的爱国主义具有明显的阶级局限性。

铸成辛弃疾这一大错的原因，从客观上看，是由于南宋统治集团执行妥协投降政策，使他的抱负和才能不得施展，而当其需要的时候，则利用他的报国热情，将他变成自己的工具；从主观上看，辛弃疾也有他的弱点，他虽然曾参加过农民抗金武装，与异族统治者进行过殊死的搏斗，对处于民族压迫下的人民群众寄予深切的同情，但当群众起来造反，危及地主阶级的根本利益时，他就表示反对了。赖文政领导的茶商军虽然不是农民起义，但也是当时广大被压迫群众反对封建暴政斗争的组成部分，不应当为了替辛弃疾开脱，而寻找种种借口加以否定。辛弃疾不但镇压过茶商军起义，同时也在他的词作中歌颂过血腥屠杀湖南郴县起义群众的刽子手王佐。这说明在民族矛盾中和人民站在一起的辛弃疾，在阶级斗争中就和封建统治者站在一起了。

不过，辛弃疾也从这一事件中吸取了教训。后来他在湖南任职期间所写的《论盗贼札子》中，便指出了人民起义的原因是由于贪官污吏和豪绅地主残酷的压迫和剥削造成的。因此他反对朝廷对被迫为“盗”的百姓进行武力镇压，而应讲求“弥盗之术”，严惩“贪浊之吏”，使人民能休养生息，适当地改善他们的生活，以巩固国家的根本。辛弃疾能在实践中提高自己的认识，修正错误，这是难能可贵的。

七、帅湖南大有作为

淳熙三年（1176）秋末冬初，辛弃疾由江西提刑调至襄阳任京西路转运判官。次年春，又调为江陵知府兼湖北安抚使。这年冬天，江陵都统制率逢原纵使部下殴打百姓。辛弃疾经过调查，了解到率逢原为人粗暴凶横，经常制造事端，欺压百姓，罪行累累，这次事件“曲在军人”，百姓是无辜的受害者。于是他向朝廷如实地反映了情况，并要求对率逢原和肇事者严加惩处。结果，率逢原虽“同是坐削两官，降本军副将”（《宋史》卷四三三），而辛弃疾也因此被调离江陵，改任隆兴知府兼江西安抚使。

淳熙五年（1178）春，辛弃疾到隆兴知府任上仅仅三个多月，又被召到临安任大理少卿。近两年来，南宋当局把他调来调去，使其不能久任，自然很难有所建树。当他离开江西南昌时，写了一首《鹧鸪天》，抒发这种惆怅的心情：“聚散匆匆不偶然，二年历遍楚山川。但将痛饮酬风月，莫放离歌入管弦。”对于主战派和有才能、有抱负的爱国志士，南宋当权者从来不肯使其“久任”，总是频繁调换他们的工作，不让其有所作为。早在绍兴三十一年（1161），诗人尤袤就曾在诗中对这种作法提出过批评。他写道：“维扬五易帅，山阳四易守。我来七八月，月月常奔走。……如其数易移，是使政纷揉。彼席不得温，设施亦何有？”（转引自《三朝北盟会编》卷二二九）在《美芹十论》中，辛弃疾也向孝宗谈到过这个问题。他以为“任之不专则不可以有成”，因此希望朝廷对宰相大臣、边帅守将不要“轻移遽迁”，而应让他们“各得专于职治”，如此方能“成中兴之功”。然而南宋统治集团丝毫也未改变这一既定方针，如今辛弃疾也尝到了这种走马灯似调转的滋味，他怎能不感慨万千呢！

大理寺是我国南北朝以后封建国家的中央审判机关，职掌审核刑狱案件，与御史台、刑部合称三法司。辛弃疾在此任职的时间也不长，又于淳熙五年秋出为湖北转运副使。当他离开临安溯江赴任，舟行经过扬州时，再次发出了“楼观甫成人已去，旌旗未卷头先白”（《满江红·江行简杨济翁、周显先》）的慨叹。年近四十，来去匆匆，碌碌无为，他的苦闷心情可想而知。但是却无法改变这种局面，因而只得借歌词聊抒胸臆。

淳熙六年（1179）春，辛弃疾由湖北转运副使改任湖南转运副使。临行前在同僚王正之为他饯行的酒席上，写了一首《摸鱼儿》，表达对国事的忧虑，抒发自己遭妒被谗、不受重用的愤懑之情。这年秋天，辛弃疾又由湖南转运副使改知潭州兼湖南安抚使。他在湖南任职近两年，时间虽然也不长，但在工作中却取得了比较显著的成绩。

湖南地区本来是富庶的鱼米之乡，但在南宋时期由于地主阶级残酷的政治压迫和经济剥削，劳动人民生活在水深火热之中，阶级矛盾十分尖锐，起义事件不断发生。南宋初年，洞庭湖一带曾爆发过声势浩大的钟相、杨幺起义，此后人民的反抗活动仍很频繁。在辛弃疾任职湖南之前，湘江两岸、洞庭湖滨又爆发了一连串人民武装起义。如乾道元年（1165）春的李金起义，乾道三年（1167）的姚明敖起义，淳熙五年（1179）正月的陈峒起义，以及同年五月的李接、陈子明起义等。这些事实说明，湖南的广大群众在贪官污吏、地主豪强敲骨吸髓的压榨下，困苦不堪、被迫铤而走险，相继揭起了反抗封建暴政的义旗。

辛弃疾到湖南上任之日，就遇见一群群衣衫褴褛、面呈饥色的百姓，遮道拦马，向他诉苦喊冤。见此情景，心中十分难过。他想：近年以来，湖南地区“年谷屡丰”，收成不错，人民的生活为什么会这样苦呢？显然是由于赋役繁重，官吏贪求造成的。活生生的现实，使他懂得了“官逼民反”的道理。于是，他又走到群众中去，对民生疾苦进行调查了解，并写成了一道为民请命的奏章——《淳熙己亥论盗贼札子》。

辛弃疾虽然仍把起义人民称为“盗贼”，但奏章的基本精神却是为“盗贼”辩解。他在列举了近年湖南发生的起义事件和引述了唐太宗与群臣论“盗贼”的言论后，明确地提出了自己的看法：“臣以谓斯民无所诉，不去为‘盗’将安之乎？”这无异于说人民群众是被逼上梁山的。他们有苦无处诉，有冤无处伸，除了啸聚山林、揭竿而起之外，别无他途。由此可见，辛弃疾对当时阶级斗争形势的认识和分析比过去又前进了一步。

接着他向孝宗陈述了湖南一路所见的种种弊政，他说：

陛下不许多取百姓斗面米，今有一岁所取反数倍于前者；陛下不许将百姓租米折纳见钱，今有一石折纳至三倍者；并耗言之，横敛可知。陛下不许科罚人户钱贯，今则有旬日之间追二三千户而科罚者，又有已纳足租税而复科纳者，有已纳足、复纳足、又诬以违限而科罚者；有违法科卖醋钱、写状钱、由子、户帖之属，其钱不可胜计者。军兴之际，又有非军行处所，公然分上中下户而科钱，每都保至数百千，有以贱价抑买、贵价抑卖百姓之物，使之破荡家业、自缢而死者，有二三月间便催夏税钱者。其他暴征苛敛，不可胜数。

以上揭露的是官府虐民害政的行为，更有甚者，各级地方官吏与豪民大姓相勾结，层层聚敛盘剥，肆意掠夺兼并，使“田野之民”倾家破产，无以为生，不得不走上反抗的道路。他恳切地希望孝宗对嗷嗷无告、被迫为“盗”的小民百姓不要采取武装镇压的方针，而应斥去贪浊，选用廉吏，薄赋轻徭，缓和阶级矛盾。他说：

民者国之根本，而贪浊之吏迫使为“盗”，今年剿除，明年扫荡，譬之木焉，日刻月削，不损则折。臣不胜忧国之心，实有私忧过计者，欲望陛下深思致“盗”之由，讲求弭“盗”之术，无恃其有平“盗”之兵也。

辛弃疾忧国忧民的思想在这篇“札子”中反映得比较充分，这和他的爱国主义精神是一致的。正是从这种认识出发，他在湖南任职期间“无惮豪强”，雷厉风行地查办、惩治了一批贪官污吏和土豪劣绅，在某种程度上缓和了当时的阶级矛盾。

为了安定民生，发展生产，改变偏远山区的面貌，辛弃疾还采取了一些切实可行的具体措施。淳熙七年（1180）二月，他奏请朝廷同意，以本路常平司的官米招募民工，浚筑陂塘，兴修水利。这样可以一举两得，既解决了部分民户春荒缺粮的燃眉之急，又为扩大农田灌溉、争取丰收创造了条件。对饥荒比较严重，交通又不方便的永州、邵州、郴州地区，他建议从前任守臣王佐聚敛的椿积米中拨出五万石赈粜给广大灾民。上述两项措施经南宋朝廷批准，都得到了贯彻执行。虽然这只是杯水车薪，但也体现了辛弃疾关心和同情穷苦百姓的一片心意。

与此同时，辛弃疾还下决心整顿了湖南各地的“乡社”。所谓“乡社”，是土豪劣绅用来镇压人民群众的反动武装组织。他们欺压百姓，横行乡里，无恶不作，罪行累累，成为湖南地方上的一大祸害。据《建炎以来朝野杂记》载：

湖南乡社者，旧有之，领于乡之豪酋，或曰“弹压”，或曰“缉捕”，大者所统数百家，小者所统三二百。自长沙以及连、道、英、韶，而郴、桂、宜章尤盛。

统领“乡社”的豪酋们不但在其势力范围内胡作非为，逞威肆虐，随意鱼肉黎民百姓，有时甚至公然违抗官府，使朝廷的政令不能贯彻。因此，曾经有人向南宋当局提出过整顿或取缔“乡社”的意见。辛弃疾任湖南帅守后，对“乡社”进行了调查，他认为这些武装组织分散在深山穷谷中，好坏不一，“其间忠实狡诈，色色有之”，如果突然采取过激行动，不管其表现如何，一律加以解散，恐怕会激起事变，造成严重的后果。他主张采取渐进的办法，根据平时的表现，分别予以不同的处理。那些作恶多端、民愤极大的应当解散，表现稍好的则予以保留。但保留下来的“乡社”最大的不能超过五十家，小的还要减半，使其实力受到削弱。经过整顿改编的“乡社”一律隶属县尉，由县令统一指挥。“乡社”所有的兵器，须清查登记，盖上官印，集中管理。辛弃疾的意见得到了孝宗的批准，很快在湖南各地加以贯彻执行。整顿“乡社”，对于打击豪强，保障人民的生命财产，安定社会秩序都起到了一定的作用。

湖南南部偏远山区是我国苗族、侗族等少数民族聚居地之一，这里的经济、文化都很落后，人民的生活极端贫困。他们把自己居处的地方和政治组织叫作“峒”，因而又被称为“峒民”。淳熙七年（1180）夏，辛弃疾与知桂阳军徐大观一起上疏朝廷，建议在“峒民”比较集中的郴州宜章县和桂阳军临武县创办县学，为“峒民”子弟提供学习文化的机会。这项建议也被朝廷采纳。后来由于管理不善，缺乏教师和学习用品，收效甚微，近于名存实亡，那已不是辛弃疾的责任了。

淳熙七年秋，湖南举行乡试。有人揭发主考官营私舞弊，录取了一名不合格的考生。辛弃疾听到反映后，立即亲自复审试卷，“察之信然”，并予以改正。就在这次复审过程中，他发现赵方的考卷议论不凡，是难得的人才，决定加以录取，并给予亲切的鼓舞和勉励。赵方在宁宗嘉定年间由儒生起为边帅，负责京西一路的防务，多次击退金兵的侵扰和进犯，“藩屏一方，使朝廷无北顾之忧”（《宋史·赵方传》）。这件事说明辛弃疾既能秉公办事，又善于识别选拔人才。

辛弃疾是一位杰出的军事家，无论在什么地方工作，他对军队的建设和国防的巩固都予以极大的关注。自绍兴年间“讲和”以来，南宋的军队无论是禁兵或厢兵，都已腐败不堪，完全丧失了战斗力，早在完颜亮南侵时，汪应辰就曾在奏疏中对这种现象进行过深刻的揭露。他说：

> 自讲和以来，将士骄惰，兵不阅习，敌未至则望风逃遁，敌既退则谩列战功，不惟失罚，且或受赏。方时无事，诏令有所不行；一旦有急，谁能听命以赴国家之难？

——《宋史·汪应辰传》

南渡以来近二十年，辛弃疾从亲身经历中认识到，这种“将骄兵惰”的现象如不加以彻底改变，那么恢复中原就是一句空话，南宋王朝也不会有安定之日。可是，他从未能参与军机，无权对南宋的武装力量进行全面的改组和整顿。在《美芹十论·致勇》中，他曾提出过一些关于“整军经武”的建议，但均未被采纳。虽然如此，只要一有机会，他就重申自己的意见，并在职权范围允许之内，力争加以贯彻执行。在滁州训练民兵，在湖南创建飞虎军，以及后来在福建储备军实、扩充部队，都是为了实现同一个目的。

淳熙七年夏，辛弃疾在湖南安抚使任上，经过深思熟虑，向朝廷上了一道奏疏，要求像广东摧锋军、荆南神劲军和福建左翼军那样，“别创一军，以湖南飞虎为名，止拨属三牙密院，专听帅臣节制调度”（《宋史·辛弃疾传》）。他的建议得到了孝宗的批准，并下诏“委以规画”。

辛弃疾接到诏令后，便以惊人的高效率开始筹建飞虎军。首先，他决定利用五代时割据湖南的楚王马殷在长沙附近所筑营垒的故基，起盖砦栅，修建营房。当时正值雨季，缺乏石料和房瓦，影响工程的进度。他考虑朝廷办事反复无常，夜长梦多，营垒的兴建绝不能拖延。于是便当机立断，下令长沙地区除“官舍神祠”外，每户拿出两片瓦，一律按价付款。结果，两天之内所需瓦片全部凑足。对于石料不足的问题，他的办法是派遣在押罪犯到山上去开凿，根据各人犯罪的轻重，确定采石的多少，并以此作为赎罪的代价。这样在很短的时间内，石料的来源也顺利地解决了。

与此同时，他还积极招兵买马、组织打造铁甲武器。经他亲自拣选得步兵二千人、马军五百人，并先期派人以五万贯钱从广西买回战马五百匹。他又奏请朝廷下令广西安抚司每年为湖南代买战马三十匹，以供将来补充之用。当建军工作已有一些眉目之后，他向南宋朝廷枢密院补报了一项申请，要求步军司差拨若干统领将官、诸色教头担任飞虎军的训练工作。这些事实充分说明，辛弃疾对创建飞虎军的工作是考虑得非常周密细致的。

在建军过程中，遇到了种种困难和阻力，辛弃疾都以超人的机智、顽强的毅力和坚定的决心，一一加以克服。正当筹建工作取得很大进展的时候，枢密院中忽然有人出来加以阻挠，他们诬告辛弃疾“聚敛”民财，于是降下“御前金字牌”，命令他立即停止这项工作。此时，在辛弃疾面前摆着两种抉择：或者执行命令，那就意味着半途而废、前功尽弃；或者不执行命令，则将冒抗旨违命的风险。何去何从，必须当机立断。他经过再三考虑，权衡了两者的利弊得失，甘愿由个人承担责任，决不让创建飞虎军的计划付诸东流。于是他将金字牌“受而藏之”，并责命“监办者”，限定一个月内完成营栅修建工程，如有违期以军法治罪。经过辛弃疾多方斡旋营运和督促检查，营栅终于按期落成。然后他才把修建过程、经费来源、用度开支，向朝廷作了详细的书面汇报，同时将飞虎营栅“绘图缴进”。于是真相大白，“聚敛”民财的诬告不攻自破，孝宗皇帝心上的疑云也随之消散了。

辛弃疾创建飞虎军的目的，据《宋史》本传和其他有关资料说，是为了“弹压湖南盗贼”、维持社会治安。此说并非没有根据，因为辛弃疾在其奏疏中曾说过；“别创一军，以湖南飞虎为名……庶使夷獠知有军威，望风慑服”。然而奏疏到此并未结束，《宋史》却只引到此处为止，全文既不可见，他在后面还说了些什么话，人们已不得而知。不过，我们从他在同一时期所写的《论盗贼札子》中，却非常清楚地知道他反对用武力镇压群众起义，不赞成屠杀被迫为“盗”的小民百姓，并诚恳地告诫孝宗应当“讲求弭盗之术，无恃其有平盗之兵”。由此看来，“弹压湖南盗贼”未必是辛弃疾冒着巨大风险，冲破重重阻力，创建飞虎军的真正目的。那么他的真正目的究竟是什么呢？从其一贯的主张和表现看，我们认为辛弃疾创建湖南飞虎军是企图以“合法”的借口，达到其不“合法”的目的——为北伐聚集力量，进行准备。当时“隆兴和议”订立已经十七八年，满朝上下文恬武嬉，当权者讳言兵事，如果有谁公开提出要为北伐抗金“别创一军”，不仅达不到目的，而且必然会遭到投降派的反对、攻讦和迫害。在这样的情况下，辛弃疾采取迂回的战术，以维持社会治安为名，实际上是为了充实国防力量，为收复中原失地进行准备。他的用心可谓良苦，这种不屈不挠的报国之志是值得钦佩的。

飞虎军建成后，曾“雄镇一方，为江上诸军之冠”（《宋史·辛弃疾传》），使“北虏颇知畏惮，号虎儿军”（《历代名臣奏议》卷一八五《去邪门》），在捍卫边防的斗争中曾发挥过一定作用。当开禧北伐时，韩侂胄也曾把这支部队调往前线和金兵作战。从飞虎军创建的始末及其客观效果看，说辛弃疾创置此军的目的“非特弹压蛮猺，亦足备御边境”（同上），可能是比较符合事实的。

辛弃疾在湖南任职期间，办事果断，雷厉风行，在军政两方面都取得了明显的成绩，可以说是他南渡以后大有作为的两年。

八、隆兴府举办荒政

淳熙七年（1180）冬，辛弃疾又从湖南被调往江西，任隆兴（今江西南昌）知府兼江西安抚使。朝廷的意图很明确，就是派他去“任责荒政”（《宋史·辛弃疾传》），主持棘手的救灾工作。

原来这年春夏之间，江浙、淮西、湖北一带发生了严重的旱灾。江西则是先旱后涝，五谷不收，赤地千里，饿殍遍地。许多地方的贪官污吏不顾人民死活，却乘救灾之机，中饱私囊，大发横财。如当时徽州知州曹耜和饶州知州赵公广，就是在大灾之年横征暴敛，迫使百姓纷纷外逃，因而被撤职罢官。南宋当权者虽然不信任辛弃疾，但却不能不承认他的才干和办事认真负责的态度。每当他们遇到难题的时候，就会想到辛弃疾。这次工作调动，也是基于上述原因。

辛弃疾接到诏命后，不辞辛劳，冒着风雪，立即启程赴任。他决心要把救灾工作做好，使嗷嗷待哺的饥民能够度过荒年。上任伊始，他便派人在隆兴府境内的城乡和交通要道上张贴了八个醒目的大字："闭粜者配，强籴者斩。"这张榜文实际上是一道安民告示，它宣布严禁投机倒把者囤积粮食，否则将予以刺配流放；同时也不准缺粮户进行抢劫，违令者便处以斩刑。这八个字表现了辛弃疾的胆识和魄力，起到了安定民心、维护社会秩序的作用。朱熹听说后曾加以称赞说："这便见得他（指辛弃疾）有才，此八字若做两榜，便乱道。"（《朱子语类》卷一一一）

接着，他又召集部分官吏、儒生、商贾和市民开会，讨论如何解决缺粮问题。并让他们举荐一些忠实能干的人，借给本钱，不收利息，到外地贩运粮食，限一个月内运至本府境内发售。不久大批满载粮米的船只相继而来，粮价渐趋稳定，并有所下跌，从而解决了隆兴府的粮荒。

当时邻近隆兴府的信州（今江西上饶），灾情也很严重。信州知州谢源明听说隆兴府从外地购进大批粮食，就写信给辛弃疾要求予以支援。辛弃疾的下属中有人表示反对，他却语重心长地说："均为赤子，皆王民也。"（《宋史·辛弃疾传》）并决定拨出十分之三的粮食发往信州。这说明辛弃疾关心民生疾苦，能够顾全大局。

隆兴府在大灾之年没有出现大量饿死人和外出逃荒的现象，和辛弃疾的努力是分不开的。南宋朝廷为了表彰他主持荒政的成绩，在淳熙八年（1181）秋，将他的官阶由宣教郎提升一级为奉议郎。辛弃疾勤勤恳恳工作并不是为了个人的名誉和地位，他只希望朝廷能让他放开手脚，踏踏实实地为国家、为百姓做几件有益的事情。可是每当他在工作中有所建树的时候，往往受到多方掣肘，遭到无缘无故的攻击和中伤，以至不得不离开自己的岗位。

淳熙八年（1181）十一月，南宋朝廷决定调任辛弃疾为两浙西路提点刑狱公事。诏令公布不久，监察御史王蔺突然对辛弃疾进行弹劾，说他"用钱如泥沙，杀人如草芥"（《宋史·辛弃疾传》）。反对他的人还罗织了许多骇人听闻的罪名，如什么"奸贪凶暴""虐害田里""凭陵上司""肆厥贪求"等。当权者既不查证核实，也不容许分辩，就收回成命，罢了他的官。

一年以前，陆游也在江西救灾，当时他在抚州任提举江南西路常平茶盐公事。那里灾情也很重，陆游为了不让广大灾民饿死，未经上司批准，决定开仓济民，并亲自乘船把粮食送给被洪水围困在山岗上的老百姓。他也因此而遭到弹劾免职，加给他的罪名是“不自检饬，所为多越于规矩”（《宋会要辑稿·职官·黜降官》九）。这与指摘辛弃疾“凭陵上司”，如出一辙。陆游和辛弃疾不顾个人利害得失，在人民处于水深火热的时刻，向他们伸出了援救之手，本应受到朝廷的表扬和嘉奖，却反而遭到攻讦和诬陷，这哪里还有是非？真是欲加之罪，何患无辞！他们虽然被罢了官，但其忧国忧民、敢作敢为的精神却是值得称赞的。

九、被弹劾闲居带湖

在辛弃疾被弹劾罢官以前，他已感到当今朝政腐败，仕路险恶，很难施展自己的抱负，因而逐渐产生了不如归隐田园的思想。可是南渡二十年来，他风尘仆仆，宦游吴楚，一心一意为国事奔忙，虽已娶妻生子，却还没有一个固定的家园。如今人到中年，是该找个地方安顿家小的时候了。正是出于这样的考虑，他于淳熙八年（1181）春，在江西上饶北郊的带湖之滨修建了一所住宅，准备将来定居于此。

当带湖新居即将竣工的时候，他还在江西安抚使任上，曾赋《沁园春》一首，抒发内心的矛盾和苦闷：

三径初成，鹤怨猿惊，稼轩未来。甚云山自许，平生意气，衣冠人笑，抵死尘埃？意倦须还，身闲贵早，岂为莼羹鲈脍哉！秋江上，看惊弦雁避，骇浪船回。　　东冈更葺茅斋，好都把轩窗临水开，要小舟行钓，先应种柳；疏篱护竹，莫碍观梅。秋菊堪餐，春兰可佩，留待先生手自栽。沉吟久，怕君恩未许，此意徘徊。

词中流露出作者对尔虞我诈、危机四伏的官场生活的厌倦情绪，也反映了他正处于进退两难的境地。前不久，在为带湖新居写的《上梁文》中，他也曾说：“一年种谷，十年种木，君子常有静退之心。久矣倦游，兹焉卜筑。”看来，稼轩是真想急流勇退、挂冠归隐了。然而，他的报国之志丝毫没有改变，收复中原、统一国土的崇高理想仍时时在激励着他。同时对孝宗赵昚也还存着幻想，盼望能有受到重用、一展雄图之日，所以还是下不了退居林泉的决心。这首词的结拍“沉吟久，怕君恩未许，此意徘徊”，反映的就是这种犹豫不决的矛盾心情。

就在此时，王蔺递上了弹劾辛弃疾的奏章。朝廷既不调查核实，也不容许分辩，就罢了他的官。如今“君恩”已许，再也无须“沉吟”“徘徊”，他只有解甲归田这条路可走了。不久以前，他因“任责荒政”有功，还曾受到“帝嘉之，进一秩”（《宋史·辛弃疾传》）的奖励，转眼之间却又成了“指公财为囊橐”“视赤子犹草菅”（《西垣类稿·辛弃疾落职罢新任制》）的罪人。真是翻手为云，覆手为雨，天意高难问，君心不可测啊！

淳熙七年（1180）底，辛弃疾怀着愤懑的心情，携带家眷，离开南昌，来到带湖新居，开始了长达十年的闲居生活。

新居在上饶城北一里许处。这儿原是一片荒地，前面有一个形如宝带的狭长小湖，后面是草木葱茏的灵山，风景十分优美。数年前，辛弃疾经过上饶时，看中这块地方，便将它买下，计划在此建筑一所住宅。淳熙八年（1181）春破土动工，到秋天主体工程基本完成。新居的建筑极为“宏丽”，除数十间房舍外，楼台亭阁，一应俱全。为了表示自己要躬耕陇亩，重视农业，他还在屋前的空地上象征性地开辟了一块小小的稻田。他认为：“人生在勤，当以力田为先。北方之人，养生之具不求于人，是以无甚富甚贫之家。南方多末作以病农，而兼并之患兴，贫富斯不侔矣。”（《宋史·辛弃疾传》）为了体现以农为本的思想，他特意将稻田附近的一排平房命名为“稼轩”，并自号为“稼轩居士”。

当时他正四十多岁，年富力强，本该为国家民族多做贡献，为振兴宋朝竭忠尽智，但却被剥夺了工作的权利，闲着双手，无所事事，怎能不感到无比的悲愤和苦闷呢？于是，他经常以酒浇愁，或与松竹花鸟相亲，企图在醉乡和大自然的怀抱中寻求暂时的解脱。归隐之初，在一首题为“盟鸥”的《水调歌头》中，辛弃疾写道：

> 带湖吾甚爱，千丈翠奁开。先生杖屦无事，一日走千回。凡我同盟鸥鹭，今日既盟之后，来往莫相猜。白鹤在何处？尝试与偕来。　破青萍，排翠藻，立苍苔。窥鱼笑汝痴计，不解举吾杯。废沼荒丘畴昔，明月清风此夜，人世几欢哀。东岸绿荫少，杨柳更须栽。

词人以悠然自得的笔调，描述自己“杖屦无事”，终日徜徉于湖山之间，沉醉于云水之乡的闲情逸致。他仿佛真的成了忘情世事的隐者，实际上却并非如此。辛弃疾的“归隐”不是出于自愿，而是被南宋当权者赶出政治舞台的，说穿了不过是封建社会有志之士的一种失业。因此他跟那些厌倦政治、主动挂冠、逃避现实、遁居云山的士大夫不同，虽然脱去了朝衫，表面上似乎也很潇洒悠闲，但这并非真情而是假象。作者的胸怀中翻滚着汹涌澎湃的波涛，燃烧着愤愤不平的火焰。他对自己的遭遇和处境，百思不得其解。眼看中原未复，山河破碎，国家正须用人之时，为什么把那些栋梁之材弃置山林，让无数有志男儿虚度岁月？在《鹤鸣亭绝句》中，诗人愤慨地写道：

饱饭闲游绕小溪，却将往事细寻思。

有时思到难思处，拍碎阑干人不知。

是啊，在那是非颠倒的黑暗岁月，投降有理，爱国有罪，谁能理解稼轩的心事呢？词人在无情的现实面前，不能不发出知音难觅、请缨无路的哀叹：

谁识稼轩心事，似风乎舞雩之下。回头落日，苍茫万里，尘埃野马。更想隆中，卧龙千尺，高吟才罢。倩何人与问："雷鸣瓦釜，甚黄钟哑？"

——《水龙吟》

笑吾庐，门掩草，径封苔。未应两手无用，要把蟹螯杯。说剑论诗余事，醉舞狂歌欲倒，老子颇堪哀。白发宁有种，一一醒时栽。

——《水调歌头》

在百般寂寞无聊的日子里，辛弃疾有时"醉舞狂歌"，以抒胸中不平之气；有时登山临水，欲求暂时消愁忘忧。位于信江之滨的上饶，水清山秀，景色如画，附近又有不少名胜古迹，实在是个好地方。辛弃疾闲居带湖时，常常携杖出游。本来他只想借此消磨时光，可一旦投身于大自然的怀抱后，就被信江两岸的旖旎风光所吸引。于是，词人挥动彩笔，描绘出一幅幅富有诗情画意的迷人图景：

溪边照影行，天在清溪底。天上有行云，人在行云里。　　高歌谁和余？空谷清音起。非鬼亦非仙，一曲桃花水。

——《生查子·独游雨岩》

千峰云起，骤雨一霎儿价。更远树斜阳，风景怎生图画！青旗卖酒，山那畔别有人家。只消山水光中，无事过这一夏。　　午醉醒时，松窗竹户，万千潇洒。野鸟飞来，又是一般闲暇。却怪白鸥，觑着人欲下未下。旧盟都在，新来莫是，别有说话？

——《丑奴儿近·博山道中效李易安体》

这两首词写的都是作者游览博山的见闻和观感。《生查子》记春月独游雨岩，《丑奴儿近》写夏季避暑山中，笔调轻快，形象生动，情景交融，在艺术上很有特色。

博山在江西广丰县西南三十余里，南边有一条小溪，远望很像庐山香炉峰。山中有座古刹，本名能仁寺，后改称博山寺，古刹附近，苍松翠柏，浓荫覆盖，环境十分清幽。寺后有一石峰名雨岩，岩中泉水飞泻，如风雨之声，名卓锡泉。辛弃疾来此以后，流连忘返，曾在附近建“稼轩书屋”，作为读书休息之所。因此他时常往来于博山道中，先后写了十几首词，反映这一带的山光水色、风土人情和纯朴的农村生活。

除博山外，铅山县东北十五里处的鹅湖，也是辛弃疾常去的地方。鹅湖为信州境内的名山，山上有一小湖，湖中多生荷花，故名荷湖。东晋时有个姓龚的人在这里养鹅，因而改称鹅湖。山麓有著名的鹅湖寺，为当时游览、避暑的胜地，南宋许多学者、诗人都到过这里。由于带湖离鹅湖不远，朝去暮归，十分方便，所以辛弃疾不时来此探幽访胜，领略湖山风光：

一榻清风殿影凉，涓涓流水响回廊。千章云木钩辀叫，十里溪风䆉稏香。

冲急雨，趁斜阳，山园细路转微茫。倦途却被行人笑，只为林泉有底忙！

——《鹧鸪天·鹅湖寺道中》

寄情山水，只可暂时忘忧，终难消除稼轩对黑暗现实的不满和愤慨。当他想到自己芒鞋竹杖，终日往来深山古寺，却不能在朝中为国出力，心潮又沸腾起来：

不向长安路上行，却教山寺厌逢迎。味无味处求吾乐，材不材间过此生。

宁作我，岂其卿，人间走遍却归耕。一松一竹真朋友，山鸟山花好弟兄。

——《鹧鸪天·博山寺作》

词中虽然反映出老庄思想对作者的影响，但其愤世疾俗的精神却起因于报国无路的遭遇。尽管被迫“归耕”，仍要保持自己的名节和不屈的性格，决不会向那些有权有势的名公大卿俯首降志。

放浪林泉，与松竹花鸟相亲，既不能消除心中的郁闷，那么就去读书吧。某些自己难解的疑问，也许在古人的著作中可以找到答案。于是，辛弃疾遍观经史百家、世说选学、陶谢李杜、韩欧苏黄，以至佛道之书。他从中吸取了有益的养料，特别是丰富了他的文学语言，同时也接受了一些消极影响。有时他为能在古代作家中发现自己的知音而感到欣慰，例如稼轩对陶渊明不为五斗米折腰、毅然弃官归隐的精神就很钦佩，曾称赞说：

须信此翁未死，到如今凛然生气。吾侪心事，古今长在，高山流水。

——《水龙吟》

有时他又觉得古人的话未必符合今日的实际，解决不了现实中的问题，于是发出了不可尽信古书的议论：

近来始觉古人书，信着全无是处。

———《西江月》

读书使他增加知识，开阔眼界，但往往也引起无穷的烦恼和惆怅。一次他深夜阅读《史记·李将军列传》，被李广的动人事迹和不幸遭遇所震动，心潮起伏，难以入睡，便提笔写了一首《八声甘州》：

故将军饮罢夜归来，长亭解雕鞍。恨灞陵醉尉，匆匆未识，桃李无言。射虎山横一骑，裂石响惊弦。落魄封侯事，岁晚田园。　谁向桑麻杜曲，要短衣匹马，移住南山。看风流慷慨，谈笑过残年。汉开边，功名万里，甚当时、健者也曾闲？纱窗外，斜风细雨，一阵轻寒。

辛弃疾同情李广，也是为自己鸣不平。翻开史册，像这类英雄末路的悲剧数不胜数，读来实在令人心寒。如今的世道不也正是如此吗？看来今后只能像李将军那样，短衣匹马，射虎南山，在慷慨激昂的谈笑声中度过自己的晚年了。

自从被弹劾罢官以来，朝中权贵多把辛弃疾视作难以驾驭的危险人物，相继与之断交，有人更是昧着良心，落井下石，必欲置之死地而后快。执政之中，只有左相王淮认为稼轩是帅材，缓急有用，主张尽早恢复他的职务，但因遭到右相周必大的反对未获通过。结果朝廷让他主管冲佑观，给了一个无职无权的空衔。

闲居带湖期间，和他交往的只有少数知心朋友和一部分在信州任职的地方官员，其中不少人都能赋诗填词。他们以文会友，互相酬唱赠答，写了许多词章，对了解辛弃疾此时的生活和思想提供了宝贵的资料。现将与其关系较为密切的几名友人简介如下。

杨炎正，字济翁，江西吉安人，诗人杨万里的族弟，他和辛弃疾相识较早。淳熙五年（1178）辛弃疾由大理少卿出任湖北转运副使，途经扬州时曾与他相会，同游镇江北固山，登多景楼，以《水调歌头》相唱和。辛弃疾任隆兴知府兼江南西路安抚使时，杨炎正为其部属，又作《水调歌头·呈辛隆兴》，词中说："诗书帅，坐围玉，麈挥犀。兴方不浅，领袖风月过花期。只恐梅梢青子，已露调羹消息，金鼎待公归。回首滕王阁，空对落霞飞。"盼望稼轩能回到朝廷，承担重任。可是事与愿违，不久辛弃疾被免职，杨炎正也随着来到带湖。他很了解辛弃疾，认为稼轩是经邦治世的奇才，会有大显身手之时。一次稼轩过生日，他写祝词说：

寿酒如渑，拚一醉，劝君休惜。君不记、济河津畔，当年今夕。万丈文章光焰里，一星飞堕从南极。便御风、乘兴入京华、班卿棘。　君不是，长庚白；又不是，严陵客。只应是，明主梦中良弼。好把袖间经济手，如今去补天西北。等瑶池、侍宴夜归时，骑箕翼。

——《满江红·寿稼轩》

杨炎正与辛弃疾的唱和之作颇多，在他的词集《西樵语业》中约占四分之一，忧时感世的思想比较明显，词风也与稼轩相近，可以说是辛派词人中的一员。

韩元吉（1118—1187），字无咎，号南涧，河南许昌人，官至吏部尚书，"文献政事文学，为一代冠冕”（《花庵词选》）。晚年退休寓居上饶。乾道年间，辛弃疾任建康府通判，韩元吉也在建康任江南东路转运判官，二人从此相识。辛弃疾罢官来到上饶后，老友重逢，交往颇为频繁。

说来也巧，他们的生日相差只有一天。辛弃疾生于五月十一日，韩元吉生于五月十二日。每逢此际，他们就在一起饮酒赋诗，互相祝贺。淳熙十一年（1184），辛弃疾四十五岁寿辰，韩元吉写《水龙吟》为他祝寿：

南风五月江波，使君莫袖平戎手。燕然未勒，渡泸声在，宸衷怀旧。卧占湖山，楼横百尺，诗成千首。正菖蒲叶老，芙蕖香嫩，高门瑞，人知否？

凉夜光躔牛斗，梦初回、长庚如昼。明年看取，锋旗南下，六骡西走。功画凌烟，万钉宝带，百壶清酒。便留公剩馥，蟠桃分我，作归来寿。

次日，辛弃疾用原韵赋《水龙吟·甲辰岁寿韩南涧尚书》，作为回赠：

渡江天马南来，几人真是经纶手？长安父老，新亭风景，可怜依旧。夷甫诸人，神州沉陆，几曾回首！算平戎万里，功名本是，真儒事，公知否？

况有文章山斗，对桐阴、满庭清昼。当年堕地，而今试看，风云奔走。绿野风烟，平泉草木，东山歌酒。待他年、整顿乾坤事了，为先生寿。

这虽是两首祝寿词，但均以“平戎”相期勉，说明他们具有共同的理想，那就是光复国土、重整大宋乾坤。尤其是辛词借古讽今，情辞慷慨，忧国忧民之心溢于言表。由此可见，收复中原、统一祖国，既是辛、韩唱和的主题，也是他们之间深挚友谊的思想基础。

郑汝谐，字舜举，自号东谷居士，浙江青田人。淳熙十二年（1185）来守信州，与稼轩相识，往来酬唱甚多。郑博学多才，持论公正，关心民生疾苦，任两浙转运判官时救灾颇有成绩。辛弃疾和他一见如故，曾称赞说：“此老自当兵十万，长安正在天西北。”（《满江红》）希望他能为北伐做出贡献。

郑汝谐的住所在上饶城内一座小山上，名“蔗庵”，四围古木成荫，修竹连岭，环境优美清静。辛弃疾、韩元吉等都常来此游赏谈心。他们或议论时事，或吟咏唱和，关系很融洽。一次，辛弃疾看见郑的书斋题名为“卮言”，于是便和他谈起《庄子》来。郑汝谐说，他以《庄子·寓言》中的“卮言”一词名阁，是表示自谦之意。辛弃疾认为《庄子·寓言》中的这段话，是讽刺那些人云亦云、随声附和、毫无定见的应声虫，而不是为了表示谦虚。庄子所讽刺的现象，在今日的社会上更是司空见惯，为害不浅，必须予以揭露和谴责。讲到这里，他突然来了灵感，二十多年来在官场中看到和听到的种种丑恶，一一涌现在眼前。于是他向郑汝谐索取纸笔，乘兴挥毫，写了一首《千年调》：

卮酒向人时，和气先倾倒。最要然然可可，万事称好。滑稽坐上，更对鸱夷笑。寒与热，总随人，甘国老。　　少年使酒，出口人嫌拗。此个和合道理，近日方晓。学人言语，未会十分巧。看他们，得人怜，秦吉了。

词中寓庄于谐，冷嘲热讽，妙趣横生。描绘了“甘国老”“秦吉了”一类人物的丑态，他们生就一副奴颜媚骨，毫无是非，不讲原则，一味调和折中，只会鹦鹉学舌，俯仰随人，给国家民族带来了极大的危害。郑汝谐读后不禁拍案叫绝，发出了爽朗的笑声。他理解稼轩是借题发挥，指桑骂槐。自己对官场中那些腐败庸俗的作风，也早有同感。因此对辛词的笔锋所指，是心领神会的。宾主之间在笑谈声中，有许多共同的语言，他们的友谊也越来越深了。

淳熙十三年（1186）冬，郑汝谐奉召入都，行前辛弃疾赋词为他送别，表达了依依难舍之情：

车马路，儿童泣；风雨暗，旌旗湿。看野梅官柳，东风消息。莫向蔗庵追笑语，只今松竹无颜色。问人间、谁管别离愁，杯中物。

——《满江红·送信守郑舜举被召》

别后他们仍继续保持联系。数年后辛弃疾的好友陈亮被诬再度入狱，当时郑汝谐在朝任大理少卿，主持公道，使陈亮得以开释。这与辛弃疾的从中疏通，也有一定关系。

范开，字廓之，原籍洛阳人，寓居于信州，其先祖为北宋勋臣，后因入元祐党籍，家道逐渐中落。范开是一个虚心好学的青年，稼轩归隐带湖后，即受学门下，先后相从整八年。他们常在一起研讨学问，互相切磋，师生交谊很深。在稼轩的词集中，与范开唱和的有十余首。范对自己的老师非常敬佩尊重，他曾将淳熙十四年（1187）以前辛弃疾所作的词，加以编次刊印，这就是后来流传很广的四卷本稼轩词甲集。在这本书的序言中，他第一次将苏轼和辛弃疾并举，对宋代词坛的两位泰斗进行了简明扼要的比较，给辛词以极高的评价。他说：

器大者声必宏，志高者意必远。……世言稼轩居士辛公之词似东坡，非有意于学坡也。其自发于所蓄者言之，则不能不坡若也。……虽然，公一世之豪，以气节自负，以功业自许，方将敛藏其用以事清旷，果何意于歌词哉，直陶写之具尔。故其词之为体，如张乐洞庭之野，无首无尾，不主故常；又如春云浮空，卷舒起灭，随所变态，无非可观。无他，意不在于作词，而其气之所充，蓄之所发，词自不能不尔也。其间固有清而丽、婉而妩媚，此又坡词之所无，而公词之所独也。昔宋复古、张乖崖方严劲正，而其词乃复有浓纤婉丽之语，岂铁石心肠者类皆如是耶！

——《稼轩词序》

范开既是辛弃疾的学生，也是稼轩词最早的评论者。可惜他的词作没有流传下来，不然我们将会看到稼轩词风在当代对一位青年作家的深远影响。

隐居带湖期间，辛弃疾的交游还有杨明瞻、陈德明、王桂发、徐安国以及陈亮等人。其中陈亮是著名的爱国志士，与辛弃疾志同道合，情谊很深，后文将加以介绍。

从四十岁到五十岁，是人生最有作为的时期，而辛弃疾这段宝贵的年华却是在闲居中度过的。他多么希望把自己的文韬武略献给亲爱的祖国，然而生不逢时，有翅难展，只能面对无情的现实扼腕悲歌，仰天长叹！有时他也难免产生一些消极情绪，甚至认为“人生行乐耳，身后虚名，何似生前一杯酒”（《洞仙歌》），说明在他身上也留下了士大夫阶级的思想烙印。不过这类牢骚话，从未在他的言行中占据支配地位。即使他喝得酩酊大醉，也不忘擦眼抬头遥望中原故国，抒写壮志未酬的悲愤：

醉里重揩西望眼，惟有孤鸿明灭。万事从教，浮云来去，枉了冲冠发。

——《念奴娇》

梦连环，歌弹铗，赋登楼。黄鸡白酒，君去村社一番秋。长剑倚天谁问，夷甫诸人堪笑，西北有神州！

——《水调歌头》

辛弃疾的心，无论何时，无论何地，都在系念着神州，系念着国家和民族。南宋统治集团可以将他投闲置散，但却无法禁止这颗炽热的爱国之心的跳动。

十、鹅湖会同甫访稼轩

淳熙十五年（1188）冬，辛弃疾与陈亮的“鹅湖之会”，是两位志同道合的战友为商讨北伐大计，宣传抗金主张，争取早日统一祖国而作的共同努力。别后他们互相寄赠的唱和之作，表达了反投降、拯危亡，以天下为己任的豪情壮志，对南宋前期词风的转变产生了积极的影响。

陈亮（1143—1194），字同甫，号龙川，浙江永康人，是南宋著名的爱国思想家和文学家。“为人才气超迈，喜谈兵，论议风生，下笔数千言立就”（《宋史·陈亮传》）。辛弃疾称他是“天下之伟人”（《祭陈同父文》）；岳珂说他“资高学奇，跌宕不羁”（《桯史》）。陈亮主张“义利双行，王霸并用”，特别强调“事功”，认为读书、写文章、做学问都应有利于国家民族，有利于北伐抗金事业。他反对脱离实际的空谈，对那些“低头拱手以谈性命”，“自以为得正心诚意之学者”，很不以为然，讽刺他们“皆风痹不知痛痒之人也”（《上孝宗皇帝第一书》）。在和唯心主义的程朱理学进行的斗争中，他旗帜鲜明，表现了朴素的唯物论思想和历史进化论的观点。陈亮的《中兴论》《酌古论》和四篇《上孝宗皇帝书》等论著，纵谈天下大事，痛斥投降政策，大义凛然，切中时弊，被权佞嫉恨，长期受到排挤和打压，甚至“屡遭大狱”，生命几不可保。但他始终不屈，坚持自己的节操和理想，在当时为人们所敬重。

辛弃疾与陈亮初次相会，是在淳熙五年（1178）。这年春天，陈亮以布衣身分来到临安，诣阙上书，畅论天下形势，力主抗金北伐，重整宋室山河。孝宗表面上很赏识他，但并未采纳他的意见，而是想给他一官半职，以图安抚人心。陈亮笑着回答说：“吾欲为社稷开数百年之基，宁用以搏一官乎！”（《宋史·陈亮传》）这时辛弃疾刚好也从江西安抚使，被召赴临安任大理少卿。他们虽然早已相互仰慕，但直到如今才获得见面的机会。从此二人成为莫逆之交，在艰难的处境中，互相鼓励，始终保持着战友间的深厚情谊。

淳熙十年（1183）春，陈亮曾致书辛弃疾，相约秋后江西拜访，以慰久违相思之情，后因故未能成行。次年陈亮又被诬告“置药杀人”，拘系入狱，坐了两个多月的牢，受尽折磨和摧残，所以与辛弃疾的约会一直推迟到淳熙十五年的冬天才得以实现。

本来，陈亮还约了朱熹，准备和辛弃疾一起到闽赣交界处的紫溪去和他会面。但朱熹却拒不应约，说什么要留在山中“咬菜根”，“了却几卷残书”（《戊申与陈同甫书》）。可见他对与辛、陈会晤，共商国事已毫无兴趣，一心只想闭门著书了。

陈亮到来之时，辛弃疾正在病中。战友的远道来访，使辛弃疾精神为之振奋，身体也觉得好多了。他们“憩鹅湖之清阴，酌瓢泉而共饮，长歌相答，极论世事”（《祭陈同父文》），真是如鱼得水，心心相印。有时携手漫步林间，有时窗下举杯畅饮；或互诉阔别思慕之情，或纵论古今天下大事。二人“话头多合”、观点一致，决心把反对民族压迫、反对投降主义的斗争进行到底。

陈亮在江西逗留了十天，便独自冒着寒冬风雪“飘然东归”。辛弃疾怅然若失，恋恋不舍，于是第二天又去追他，希望能在途中多盘桓几日。当走到上饶东边的鹭鹚林时，由于“雪深泥滑”，再也不能前进。于是，他来到方村的一家小酒店，稍事休息，喝了几杯水酒，解解风寒，心里仍惦念着陈亮，后悔自己未能留他多住几天。这天晚上，他投宿于吴氏泉湖四望楼，听到从附近传来一阵悲切的笛声，触发了词人的灵感，因而写了一首《贺新郎》，寄托他对陈亮无限怀念的深情。过了五天，陈亮捎来平安回到东阳的书信，并且要求辛弃疾赋词记述这次难忘的“鹅湖之会”。辛弃疾便将那首《贺新郎》寄给了陈亮：

把酒长亭说。看渊明、风流酷似，卧龙诸葛。何处飞来林间鹊，蹙踏松梢残雪。要破帽、多添华发。剩水残山无态度，被疏梅、料理成风月。两三雁，也萧瑟。　　佳人重约还轻别。怅清江、天寒不渡，水深冰合。路断车轮生四角，此地行人销骨。问谁使、君来愁绝？铸就而今相思错，料当初、费尽人间铁。长夜笛，莫吹裂。

这首词从长亭把酒送别写起，上片极力称赞陈亮的风采和才华，把他比作受到世人尊重的陶渊明和诸葛亮，表达了作者对战友的无限钦敬。下片写词人追赶陈亮，途中被风雪所阻，未能如愿，因而感到十分惆怅的心情。陈亮读到稼轩的词作后，立即以同调相和：

老去凭谁说。看几番、神奇臭腐，夏裘冬葛。父老长安今余几，后死无仇可雪。犹未燥、当时生发。二十五弦多少恨，算世间、那有平分月。胡妇弄，汉宫瑟。　　树犹如此堪重别。只使君、从来与我，话头多合。行矣置之无足问，谁换妍皮痴骨！但莫使、伯牙弦绝。九转丹砂牢拾取，管精金、只是寻常铁。龙共虎，应声裂。

同甫和词，上片开篇即言时事，对国仇未雪、国土长期被侵占表示极大愤慨。下片抒发离别之情，以百炼成钢激励战友，坚定抗金的意志。第二年春天，稼轩读到同甫和词后，再用原韵，赋词一首，寄往东阳：

老大那堪说。似而今、元龙臭味，孟公瓜葛。我病君来高歌饮，惊散楼头飞雪。笑富贵、千钧如发。硬语盘空谁来听，记当时、只有西窗月。重进酒，换鸣瑟。　　事无两样人心别。问渠侬、神州毕竟，几番离合？汗血盐车无人顾，千里空收骏骨。正目断、关河路绝。我最怜君中宵舞，道男儿、到死心如铁。看试手，补天裂。

此词写得更为慷慨悲壮。上片追忆去冬相会时，痛饮高歌，谈论时事，壮怀激烈的情景。下片斥责投降派不顾神州离合，表示坚决抗战、试手补天的决心。接着陈亮又用原调原韵，连和两首，一首为“酬辛幼安再用韵见寄”，一首为“怀辛幼安用前韵”。他以犀利的笔锋，揭露了南宋当权者忍辱求和、误国误民的罪行，对“壮气尽消”、苟且偷安的局面，表示无比愤慨：“天下适安耕且老，看买犁卖剑平家铁。壮士泪，肺肝裂！”他殷切盼望宋朝早日强大，到那时抗金志士风云际会、大显身手，必将击败强敌，洗雪国耻，就像当年“淝水破，关东裂”一样，祖国的统一是不可阻挡的历史潮流。

“鹅湖之会”加深了辛弃疾与陈亮之间的了解和战斗友谊。此后他们一直保持着联系，“音问未绝”（《祭陈同父文》），在困难的处境中，互相鼓舞勉励。绍熙元年

（1190）冬，当陈亮再度遭到迫害，被捕入狱时，辛弃疾多方疏通，竭力进行援救，使陈亮免于一死。这种“人皆欲杀，我独怜才”（《祭陈同父文》）的精神，是很可贵的。辛弃疾对陈亮的不幸遭遇深感不平，为了鼓励战友克服困难，坚定抗金的决心，特意写了一首“壮词”寄给他：

醉里挑灯看剑，梦回吹角连营。八百里分麾下炙，五十弦翻塞外声。沙场秋点兵。　马作的卢飞快，弓如霹雳弦惊。了却君王天下事，赢得生前身后名。可怜白发生！

——《破阵子·为陈同父赋壮词以寄之》

词中以作者当年在家乡的抗金生活为基础，描绘出一幅军威整肃、阅兵杀敌的战斗场面，表达了词人驰骋疆场、为国献身的崇高理想。结拍“可怜白发生”一句，反映了现实和理想的尖锐矛盾，全篇洋溢着昂扬奋进的精神。陈亮读后一定会振悲起兴，受到极大的鼓舞。

绍熙四年（1193）春，辛弃疾由福建被召赴临安，途中曾于浙东与陈亮会晤。同年陈亮考取进士第一名，授签书建康府判官厅公事，但未及赴任便于次年去世了。辛弃疾得知陈亮不幸逝世的消息，怀着万分悲痛的心情，写了一篇《祭陈同父文》，悼念自己亲密的战友，对他一生的坎坷遭遇、终身未能实现报国之志深表同情和惋惜。

十一、重起用两度赴福建

淳熙十六年（1189）二月，做了二十七年皇帝的孝宗赵昚，传位其子赵惇，是为光宗，明年改元绍熙。新皇帝即位后，朝廷人事关系也有一些变化。绍熙元年（1190）七月，留正为左丞相，十二月王蔺罢枢密使。王蔺是赵昚一手提拔的亲信，他担任监察御史时弹劾过许多朝臣，辛弃疾在江西安抚使任上也是被他论奏落职的。

绍熙二年（1191）冬，朝廷起用辛弃疾为福建提点刑狱公事，让他去主管东南沿海一路的司法和刑狱事务。翌年春天，在农村闲居了十年的辛弃疾，从江西来到福建赴任。这次重新任命虽然恢复了辛弃疾的官职，但由于当时南宋统治集团依旧忍辱求和，无意北伐，因此他仍未能实现杀敌报国的理想，走上抗金斗争的前线。

辛弃疾在福建任职，前后两次共约三年。绍熙三年（1192）春抵达福州，九月福建安抚使林枅病卒，他曾以提点刑狱兼代安抚使职。十二月，新任福州知州兼福建安抚使郑侨到任，年底辛弃疾奉召入都。绍熙四年（1193）初，光宗召见于便殿，稼轩上登对札子《论荆襄上流为东南重地》，迁太府卿。同年秋，加集英殿修撰，改任福州知州兼福建安抚使。绍熙五年（1194）七月，被谏官黄艾弹劾再次罢职，不久便回到了江西家中。

任职福建期间，辛弃疾忠于职守，关心民生疾苦，在力所能及的范围内做了一些有利于当地百姓的事情。他担任提点刑狱时，有人向他请教为政之道，辛弃疾回答了三句话："临民以宽，待士以礼，驭吏以严。"（《朱子语类》卷一三二）这三句话的意思是说，对人民群众政策要宽厚，对知识分子应当待之以礼，对各级官吏必须严格要求。他是这样说的，也是这样做的，因而在较短的时间里取得了显著的效果。

到任不久，辛弃疾听说汀州有一桩疑难案件，久拖不决，于是便委派上杭县令鲍粹然去处理。结果查明是一件冤案，使被告免于一死。他还派福清县主簿傅大声去审理长溪县的六十多名在押囚犯。傅大声不顾长溪县令的阻挠和反对，辨明其中五十多人无罪，决定予以释放。辛弃疾亲自进行复审，认为傅大声的意见是正确的，立即下令予以开释。这两件事说明辛弃疾对工作认真负责，实事求是，所以福建一路的平民百姓都很感念他。

当时的福建也和其他地方一样，吏治腐败，官吏贪横，民不堪命。辛弃疾认识到如果不能严格约束自己的下属，使他们遵纪守法，那么"临民以宽"便是一句空话。因此他十分注意整肃纲纪，以法治下，对贪官污吏毫不留情。这种雷厉风行的作风，使其属下"官吏惴栗，唯恐奉教条不逮得谴"（《真西山集·少保成国赵正惠公墓志铭》），但却受到人民群众的拥护和支持。

辛弃疾对福建的社会经济和人民生活，进行了大量的调查研究，发现两个迫切需要解决的问题即土地赋税不均和官盐不便于民。于是，便在绍熙四年（1193）向朝廷提出了关于推行"经界"和改变盐法的建议。他说：

> 天下之事，因民所欲行之，则易为功。漳、泉、汀三州皆未经界，漳、泉民颇不乐行，独汀之民力无高下，家无贫富，常有请也。且其言曰："苟经界之行，其间条目，官府所虑谓将害民者，官不必虑也，吾民自任之。"其言切矣。故曰经界为上。
>
> 其次莫若行钞盐。钞盐利害，前帅臣赵汝愚论奏甚详，臣不复重陈。独议者以向来漕臣陈岘固尝建议施行，寻即废罢；朝廷又询征广西更改盐法之弊，重于开陈。其实不然。广西变法，无人买钞，因缘欺罔。福建钞法，才四阅月，客人买钞几登递年所卖全额之数。止缘变法之初，四州客钞辄令通行，而汀州最远，汀民未及搬贩而三州之贩盐已番钞入汀，侵夺其额，汀钞发泄以致少缓。官吏取以藉口，破坏其法。今日之议，正欲行之汀之一州，奈何因噎而废食耶？故曰钞盐次之。

——《论经界钞盐札子》

所谓“经界”，就是丈量地亩，清查土地所有权，根据实际占有耕地的数量分担赋役的一种办法。南宋时期，兼并之风盛行，大地主官僚阶级肆无忌惮地侵占和掠夺一部分中小地主和广大农民的土地，而他们又享有免税、免役的特权，土地集中在他们手里以后，赋税徭役往往还留在原业主身上。于是便出现了“有税者未必有田，而有田者未必有税”（赵汝愚《论汀赣盗贼利害奏疏》）这种极不公平合理的现象。农民群众在失去土地、丧失生计之后，或则流亡他乡，或则铤而走险，揭竿起义，进行武装斗争。南宋农民起义的频繁，和土地问题的尖锐直接相关。一些有远见的人士在绍兴年间曾提出过推行“经界”的建议，但由于大地主官僚的反对，并未能认真地贯彻执行。

上述情况，福建一路表现得十分严重。光宗即位后，朝廷中有人主张在汀、泉、漳三州实行“经界”。当时朱熹任漳州知州，积极支持这一建议，并“择人物及方量之法上之。而土居豪右侵渔贫弱者以为不便，沮之”（《宋史·朱熹传》），结果未被采纳。

四年后辛弃疾再次提出“经界”的建议，因为他认为实行“经界”有利于国计民生，符合人民群众的要求和愿望。同时他也了解到泉、漳、汀三州的情况不一样，泉、漳二州阻力很大，而且泉州是宰相留正的家乡，“其里党亦多以为不可行”（《宋史·朱熹传》），朱熹企图在漳州推行“经界”也因豪强地主的反对而“报罢”。三州之中，汀州人民的积极性最高，因此他建议先在汀州实行“经界”。这件事说明辛弃疾关心民众，熟知下情，处理问题又能从实际出发。

宋代的盐法分为两种，一种是官运官卖，由州县垄断；另一种称为“钞盐法”，朝廷向盐商征收盐税，发给许可证，盐商支盐后到各地去销售。这两种办法“随州郡所宜，然亦变革不常”（《宋史·食货志》）。南宋时期，福建的上四州即建宁、南剑、汀州、邵武，因不产盐，主要实行官卖盐法；下四州即福州、泉州、漳州、兴化，为产盐区，主要实行“钞盐法”。这两种办法都是封建统治者剥削劳动人民的重要手段，都有不少弊端。相比之下，“钞盐法”对群众较为便利。特别是汀州一带离海较远，地瘠民贫，受官卖盐法之害甚深。赵汝愚曾在一篇奏章中指出：

又本州地势最高，去海绝远。祖宗旧法系以运盐支办岁计。近岁诸县阙少本钱，官吏苟简，所运盐纲尽不及祖额。其运盐船户复大为奸弊，多以灰土杂之，其盐已甚恶矣。却有奸民就近私贩广盐入界，比之官盐不致杂恶，其价复贱，常增数倍，致官盐发泄不行，遂有配抑之患。上下减刻，其弊尤多。故强悍者皆拒而不受，其贫弱易制者则抑配无时。

——《论汀赣盗贼利害奏疏》

为了消除这些流弊，淳熙十三年（1186）他曾向朝廷建议在汀州实行“钞盐法”。但因遭到福建提举应孟明等人的反对，而未被采纳。

辛弃疾来到福建后，看到官卖盐法的种种弊端依然如故，尤其给汀州人民造成了极大的危害，于是再次要求南宋朝廷在汀州实行“钞盐法”。

以上两项建议是否被采纳，结果如何，由于缺乏资料，已难考知。不过从建议中可以看出，辛弃疾无论在何地任职，都很关心下层人民的生活疾苦，总希望能为穷苦百姓做些有益的工作。

福建山多地少，“土狭民稠”，经济比较落后，人民生活十分贫困，为了逐渐改变这种状况，辛弃疾以“务为镇静”（《宋史·辛弃疾传》）作为施政的基本方针。他尽力节省开支，减轻劳动人民的负担，使他们能有一个安定的环境，积极从事生产。他还特意设置了一所“备安库”，把节省下来的钱存在库内，不到一年库中就积存了五十万贯。他又用这些钱在秋后买了两万石粮食，以备缓急之需。

福建“前枕大海”，常有海盗出入，为了维护社会秩序，辛弃疾计划打造一万副铠甲，招募强健的丁壮，补充军队的缺额，严格加强训练，以便建设一支有战斗力的地方武装。平时用以维持治安，一旦边防有警，又可调往前线作战。

辛弃疾这次出山，很希望能用其所长，发挥他的军事才能。就任以后虽未能如愿以偿，但他对国家的防务仍然十分关心。绍熙四年（1193）春，当光宗在临安召见他时，他曾就这方面的问题发表了自己的意见，并写成《论荆襄上流为东南重地》的札子奏上。他认为荆州和襄阳一带，地处吴蜀之间，战略地位非常重要：

> 自古南北之分，北兵南下，由两淮而绝江，不败则死；由上流而下江，其事必成。故荆襄上流为东南重地，必然之势也。

这是总结了历史上的经验和教训而得出的结论。为了确保东南地区的安全，必须加强荆州、襄阳和鄂州的防务。他向光宗建议：

> 自江以北，取襄阳诸郡合荆南为一路，置一大帅以居之，使壤地相接，形势不分，首尾相应，专任荆襄之责。自江以南，取辰、沅、靖、澧、常德合鄂州为一路，置一大帅以居之，使上属江陵，下连江州，楼舰相望，东西联亘，可前可后，专任鄂渚之责。

这样，“属任既专，守备自固”，一旦发生战争，才能立于不败之地。最后，他向光宗提出了殷切的希望：

> 故臣敢以私忧过计之切，愿陛下居安虑危，任贤使能，修车马，备器械，使国家有屹然金汤万里之固，天下幸甚，社稷幸甚。

这篇札子既体现了辛弃疾始终不渝的爱国思想，也说明他具有远见卓识。关于加强荆襄地区的防务，当时许多主战派都有相同的看法。陈亮在其《上孝宗皇帝第一书》中曾经指出：

荆襄之地，在春秋时，楚用以虎视齐晋，而齐晋不能屈也。……况其东通吴会，西连巴蜀，南极湖湘，北控关洛，左右伸缩，皆足以为进取之机。今诚能开垦其地，洗濯其人，以发泄其气而用之，使足以接关洛之气，时可以争衡于中国矣，是亦形势消长之常数也。

绍熙三年（1192），中书舍人黄裳也向光宗提出过类似的建议：

荆襄形势居吴蜀之中，其地四平，若金人持襄阳，据江陵，按兵以守，则吴蜀中断，此今日边备之最可忧也。宜分鄂渚兵一二万人屯襄、汉之间，以张形势而壮重地。

——《宋史·黄裳传》

然而由于当时朝廷宴安鸩毒，对他们的深谋远虑根本听不进去，更不可能予以采纳施行。后来元兵侵宋，即以荆襄一路作为主攻方向。襄阳一失守，南宋灭亡的日子也来到了。由此可见，辛弃疾很有战略眼光，对形势的观察和分析是极为深刻的。

在福州任职期间，辛弃疾虽然提了许多有利于国家和人民的建议，但由于各方面阻力重重，很难得到贯彻执行。从实践中他深深地感到皇帝尽管换了，但妥协偏安的政策却丝毫没有改变的迹象。眼看自己的报国夙愿无法实现，刚出山来时的热情也开始冷却下去了。他想与其徒有虚名地在官场混日子，还不如重返山林去过安闲的隐居生活。于是，他的思想中又出现了归隐和出仕的矛盾。从绍熙五年（1194）春天以来，辛弃疾曾一再上疏“乞归”，希望能早日回到田园中去。这年清明节那天，福州阴雨绵绵，路上行人稀少，身为一路安抚使的辛弃疾，独自坐在官署的窗前，听着滴滴答答的雨声，思绪万千。眼看春耕季节已到，恨不能马上解甲归田，回家去料理农事。可朝廷尚未批准自己的辞职报告，不知何时才能卸任起程，真是闷杀人也。于是他起身来到书案前，挥笔写了一首《行香子·三山作》，抒发胸中的焦虑心情：

好雨当春，要趁归耕。况而今已是清明。小窗坐地，侧听檐声。恨夜来风，夜来月，夜来云。　　花絮飘零，莺燕丁宁，怕妨侬湖上闲行。天心肯后，费甚心情。放霎时阴，霎时雨，霎时晴。

南宋当权者迟迟没有批复辛弃疾“乞归”的请求，并非想要重用他，而是在罗织罪名，搜集炮弹，准备对他再次进行弹劾。因为他在福建任职期间，和以往在湖南、江西一样，触犯了大地主官僚的利益，他们把辛弃疾视为眼中钉、肉中刺，必欲将其拔除，但又不肯让他主动挂冠，告老还家。他们要给忧国忧民、落落寡合的辛弃疾以更加沉重的打击和“教训”，其用心可谓良苦，其手段实在卑劣。果然，绍熙五年(1194）七月，左司谏黄艾诬奏辛弃疾“残酷贪饕，奸赃狼藉”（《宋会要·黜降官》），从而罢免了他福州知州和福建安抚使的职务，只给他安排了一个挂名的差事：主管建宁府武夷山冲佑观。同年九月，御史中丞谢深甫再次对辛弃疾进行弹劾，使他由集英殿修撰降为秘阁修撰。次年十月，御史中丞何澹又奏了辛弃疾一本，结果连他的秘阁修撰也被撤销了。

辛弃疾被罢官后不久，便回到了江西农村。归途曾赋《柳梢青》一首，借白鸥之口以自嘲：

白鸟相迎，相怜相笑，满面尘埃。华发苍颜，去时曾劝，闻早归来。而今岂是高怀，为千里莼羹计哉！好把《移文》，从今日日，读取千回。

他真后悔，不该出山。早知如此，何必虚此一行，还不如安居林泉哩！作者的“自嘲”既反映了他的思想矛盾，从中也可看出，这位斩将搴旗的英雄战士，仕途多么坎坷，如今已是“满面尘埃”“华发苍颜”。难道再也没有杀敌报国的机会了吗？辛弃疾回顾茫然，只有扼腕悲歌、仰天长叹了。

十二、再罢官解甲归瓢泉

离上饶不远的铅山县，南宋时属信州管辖。县城东边二十多里处，有座村庄叫期思村，当地人又称为期思市。一条弯弯曲曲的小溪由村前流过，村后则是绵延起伏的群山。村子附近有一泓清泉，泉水从半山喷下，先流入一个宽约四尺的圆形石臼里，然后再流入一个形状如瓢的水池中。泉旁有几间小屋，原为一户周姓人家所有。辛弃疾居带湖时曾到过此地，发现这儿依山傍水，风景清幽，便将这口泉连同那几间小屋一起买下，并起名为“瓢泉”。从此以后，他不时来此游息、读书，有时也在这里接待宾客。淳熙十五年（1188），陈亮来拜访辛弃疾时，也曾在这里住过。他们“憩鹅湖之清阴，酌瓢泉而共饮，春歌相答，极论世事”，进一步加深了彼此的了解和战斗情谊。

绍熙五年（1194），辛弃疾从福建罢官归来后不久，便从带湖来到瓢泉。他又仔细察看了周围的地形和环境，计划再增建一些房屋，准备将来卜居于此。为此他曾写了一首《沁园春·再到期思卜筑》，记述这件事：

一水西来，千丈晴虹，十里翠屏。喜草堂经岁，重来杜老；斜川好景，不负渊明。老鹤高飞，一枝投宿，长笑蜗牛戴屋行。平章了，待十分佳处，着个茅亭。　　青山意气峥嵘，似为我归来妩媚生。解频教花鸟，前歌后舞；更催云水，暮送朝迎。酒圣诗豪，可能无势，我乃而今驾驭卿。清溪上，被山灵却笑，白发归耕。

词中既表达了作者对期思山光水色的留恋，说明打算于此择地筑屋卜居的意图，同时也通过被“山灵”的嘲笑，含蓄地流露出罢官归来以后的愤慨心情。

庆元元年（1196）春，瓢泉住所扩建工程破土动工，不到一年时间基本建成。他在一首《浣溪沙·瓢泉偶作》中写道：

新葺茅檐次第成，青山恰对小窗横。去年曾共燕经营。　　病怯杯盘甘止酒，老依香火苦翻经。夜来依旧管弦声。

说来也巧，瓢泉新居落成后不久，辛弃疾的带湖住所即因火灾，“一夕而烬”（袁桷《清容集·跋朱文公与辛稼轩手书》）。于是，他家便从上饶搬到了铅山县期思村的瓢泉新居。

辛弃疾在瓢泉闲居了七八年，直到开禧北伐之前的嘉泰三年（1203），才又被重新起用为绍兴知府兼浙东安抚使。瓢泉时期的生活，与带湖时期的情况差不多。他报国无门，悲愤不已，眼看岁月虚度，壮志未酬，心中感到无比的痛苦和忧伤。为了消磨时光，减轻烦恼，有时他独坐停云堂上，观山看竹，以靖节先生自况：

一尊遐想，剩有渊明趣。山上有停云，看山下，蒙蒙细雨。野花啼鸟，不肯入诗来。还一似，笑翁诗，自没安排处。

——《蓦山溪·停云竹径初成》

有时，他漫步溪边，独酌村店，俯视水中醉颜，仿佛又回到了少年时代：

期思溪上日千回，樟木桥边酒数杯。人影不随流水去，醉颜重带少年来。

——《瑞鹧鸪》

更多的时候则是与酒朋诗侣登山临水，吟咏酬唱。当时和他交往较为密切的有傅为栋（字岩叟）、徐文卿（字期远）、赵蕃（字昌父）、吴绍古（字子似）、赵不遏（字茂嘉）、杜游（字叔高）、韩淲（字仲止）等。这些人多数都是有抱负，但在仕途上不得意的知识分子。辛弃疾常和他们在一起饮酒谈心，唱和赠答，写了近百首词，描述这一时期的交游活动。例如：

秋水长廊水石间，有谁来共听潺潺。羡君人物东西晋，分我诗名大小山。

穷自乐，懒方闲，人间路窄酒杯宽。看君不了痴儿事，又似风流靖长官。

——《鹧鸪天·吴子似过秋水》

拄杖重来约。对东风洞庭张乐，满空箫勺。巨海拔犀头角出，来向此山高阁。尚依旧争前又却。老我伤怀登临际，问何方可以平哀乐？唯是酒，万金药。　　劝君且作横空鹗。更休论人间腥腐，纷纷乌攫。九万里风斯在下，翻覆云头雨脚。更直上昆仑濯发。好卧长虹陂十里，是谁言，听取双黄鹤。携翠影，浸云壑。

——《贺新郎·用韵题赵晋臣敷文积翠岩，余谓当筑陂于其间》

辛弃疾与他们有共同语言，或则拄杖往访，或则窗下同酌，以此消愁释忧，聊慰寂寞。友人中谁若做了好事，他便给予赞扬和鼓励。那时有位姓黄的通判在信州工作，对属吏约束很严，不准他们滋事扰民，受到百姓的夸奖。辛弃疾听说后就赋词加以表扬：

往年巃嵸堂前路，路上人夸通判雨。去年拄杖过瓢泉，县吏垂头民笑语。

——《玉楼春·席上赠别上饶黄倅》

稼轩的友人赵茂嘉，虽为宗室，居乡里“不恃气凌人，不屑意贷殖”（徐元杰《梅野集·嘉遁赵公赞》），自己出钱办了个“兼济仓”，秋后收购粮食，夏季缺粮时低价出售，有利于当地群众的生活。辛弃疾也写词赞扬道：

我对君侯，怪长见两眉阴德。还梦见玉皇金阙，姓名仙籍。旧岁炊烟浑欲断，被公扶起千人活。算胸中除却五车书，都无物。

——《满江红·寿赵茂嘉郎中，前章记兼济仓事》

这两件事告诉我们，辛弃疾赋闲期间对当地群众的生活与疾苦还是比较关心的。另一方面，对那些一心追名逐利的“俗人”“俗客”，他总是嗤之以鼻，不屑与之交往：

有个尖新底，说底话非名即利。说的口干罪过你。且不罪，俺略起，去洗耳。

——《夜游宫·苦俗客》

俗人如盗泉，照影都昏浊。高处挂吾瓢，不饮吾宁渴。

——《生查子·简吴子似县尉》

可见辛弃疾退居林泉以后，仍然坚持亲君子远小人的交友原则，绝不随俗沉浮，同流合污。虽然他所交往的主要是一些士大夫知识分子，但那时的知识分子也有所谓真儒和腐儒之分。陈亮就曾讽刺那些“自以为得正心诚意之学者”只会“低头拱手以谈性命”，不懂富国强兵之术的腐儒，“皆风痹不知痛痒之人也”。辛弃疾认为当前国家民族处于危急存亡之秋，道德文章固然重要，但只有那些文武兼备、能够担任抗敌卫国重任的人，才算得上是真儒。正如他对韩元吉所说：“算平戎万里，功名本是，真儒事，公知否?”（《水龙吟》）能否“平戎万里”，是他区别良莠、臧否人物的主要标准。南宋时期许多著名的爱国志士如陈东、欧阳彻、胡铨、陆游、张孝祥、陈亮等，都出身于知识分子，辛弃疾也是其中杰出的一员。

细考稼轩的交游，也有失误的时候。比较明显的有两例：其一，是他曾写词称赞残酷镇压湖南郴县农民起义的刽子手王佐，说什么“三万卷，龙头客；浑未得，文章力。把诗书马上，笑驱锋镝。金印明年如斗大，貂蝉却自兜鍪出。待刻公勋业到云霄，浯溪石”。（《满江红·贺王帅宣子平湖南寇》）其二，是他颂扬过奉命使金、贪生怕死、有辱使命而被贬谪流放的汤朝美，并称其为敢于直言极谏，具有“千古忠肝义胆”（《水调歌头》）的诤臣。前者表现了辛弃疾的阶级局限，后者则是一种失察行为。辛弃疾是封建社会的一位爱国知识分子，他忧国忧民的精神应当充分肯定，但绝不是完美无缺的圣人。他的生平、思想、行事及其创作，都存在着这样或那样的缺点，在评价他的时候应当采取实事求是的态度。

隐居瓢泉时，辛弃疾也流露出一些消极情绪。他除了寄情山水，饮酒消愁而外，有时也想到老庄哲学和佛家禅宗里去寻求解脱，甚至也闪现过人生无常，不如听天由命、及时行乐的思想：

> 一个去学仙，一个去学佛。仙饮千杯醉似泥，皮骨如金石。
>
> ——《卜算子·饮酒成病》

> 归去来兮，行乐休迟。命由天，富贵何时。百年光景，七十者稀。奈一番愁，一番病，一番衰。　名利奔驰，宠辱惊疑，旧家时都有些儿。而今老矣，识破关 机。算不如闲，不如醉，不如痴。
>
> ——《行香子》

这里既有不满现实的牢骚，也说明在他的世界观和人生观中留有士大夫阶级的烙印。

辛弃疾闲退瓢泉期间，南宋统治集团内部矛盾愈演愈烈。早在他被弹劾罢去福建安抚使以前，宫廷内曾发生过一次政变，接着又演变为激烈的党争。绍熙五年（1194）六月，已经退位的孝宗赵昚病逝，由于两宫之间早已存在矛盾，光宗赵惇不肯成服执丧，闹得满城风雨，人心浮动。这时知枢密院事赵汝愚与外戚韩侂胄等密谋，在得到高宗吴太后的同意后，拥立太子赵扩（宁宗）为皇帝，尊赵惇为太上皇。赵扩即位不久，赵汝愚与韩侂胄之间又展开了争权夺利的斗争。结果韩侂胄得势，执掌朝政大权，并将赵汝愚及其党羽相继排斥出朝廷，加以贬谪流放。庆元三年（1197），韩侂胄又宣布赵汝愚、留正、周必大、朱熹等五十九人为“伪学逆党”，很多人因此受到株连迫害，这就是所谓的“庆元党禁”。

这时辛弃疾早已赋闲在家，与“庆元党禁”没有牵连。但他和朱熹的友谊较深，当朱熹被韩侂胄一派排斥出朝廷，退居武夷山中后，辛弃疾仍与他保持着联系。庆元六年（1200）三月，朱熹病殁，南宋朝廷下令禁止“四方伪徒”前去为他送葬。辛弃疾得知朱熹逝世的消息时，正在书房阅读《庄子》，当即赋词一首表示哀悼：

案上数编书，非庄即老。会说忘言始知道。万言千句，不自能忘堪笑。今朝梅雨霁，青天好。　一壑一丘，轻衫短帽。白发多时故人少。子云何在？应有玄经遗草。江河流日夜，何时了？

——《感皇恩·读〈庄子〉，闻朱晦庵下世》

他不顾朝廷禁令，撰写祭文，并亲往武夷山祭奠朱熹。当时年过古稀的老诗人陆游，也写了一篇《祭朱元晦侍讲文》：

某有捐百身起九原之心，有倾长河注东海之泪。路修齿耄，神往形留。公殁不亡，尚其来飨！

这说明他们都非常尊重朱熹，珍视与朱熹的友谊，不为权势所屈服。

庆元四年（1198）南宋朝廷恢复了辛弃疾集英殿修撰的官衔，并让他主管建宁府武夷山冲佑观。这虽然仅是一个空名，但辛弃疾想到朝廷并未把自己忘掉，所以心情很激动，曾赋词说：

老退何曾说著官，今朝放罪上恩宽。便支香火真祠俸，更缀文书旧殿班。

扶病脚，洗衰颜。快从老病借衣冠。此身忘世浑容易，使世相忘却自难。

——《鹧鸪天·戊午拜复职奉祠之命》

这种诚惶诚恐、惊疑迷惘的心情，一方面反映了他不可能割断和南宋统治集团的联系，另一方面也说明他始终抱着积极用世的态度，只要有一线希望能实现报国的理想，他就不肯轻易放弃。辛弃疾拜读复职奉祠诏命时的深深感慨，并不是因为恢复了那个有名无实的空衔，更不是为了一份微薄的祠俸，他念念不忘的是国家民族的前途和命运，他多么希望能在迟暮之年，老骥伏枥，再为收复中原、统一祖国贡献自己的力量啊！

十三、烈士暮年，壮心不已

嘉泰三年（1203）的夏天，在农村闲居了八年多的辛弃疾，突然又被南宋当局重新起用为绍兴知府兼浙东安抚使。这一消息既使他感到意外，也很兴奋。意外的是，由于年逾花甲，长期赋闲，原以为朝廷早已把自己忘记，没想到还会再次出山；兴奋的是，这次任命乃是报效国家民族的最后机会，他决心利用余下的岁月，去为实现统一祖国的理想而斗争。

接到诏令之后，辛弃疾“不以久闲为念，不以家事为怀”（黄干《勉斋集·与辛稼轩侍郎书》），便冒着酷暑，单车就道，风尘仆仆地启程赴任去了。这时他虽已白发皤然，但体格却很健壮，行动敏捷，精力充沛，豪情壮采不减当年，依旧保持着“气吞万里如虎”的英雄气概。

六月十一日，辛弃疾到达绍兴知府任所。绍兴地处浙东，距南宋的临时首都杭州很近，当时属于京畿重地。辛弃疾来此担任一路帅守，自然会感到责任重大。他一如既往，忠于职守，尽心竭力，千方百计想把工作做好。到任不久，他发现当地州县官吏横行乡里，巧取豪夺，给广大劳动人民造成了深重的灾难。于是便写了一道奏章，列举“州县害农之甚者六事”，希望朝廷严加查处。奏章的全文已不可见，只在《文献通考·田赋考五》中记载了其中的两件事：

> 输纳岁计有余，又为折变，高估趣纳，其一也。往时有大吏，为郡四年，多取斗米面六十万斛及钱百余万缗，别贮之仓库，以欺朝廷曰：“用此钱籴此米。”还盗其钱而去。

仅从这两件事即可看出，辛弃疾对贪官污吏是痛恨到极点的。朝廷虽然同意了他的建议，但是腐朽的南宋封建王朝绝不可能杜绝这种压榨盘剥劳动人民的现象。

辛弃疾任职浙东不到半年，在此期间他曾查处过一批贩盐私商，创建了秋风亭，会晤过老诗人陆放翁，其他事迹由于史书缺乏记载，已难以查知了。

嘉泰三年（1203）十二月二十八日，辛弃疾被召赴行在临安奏事。启程以前，他特意到鉴湖之滨的三山去向陆游告别。这两位伟大的爱国作家结识虽然较晚，但他们早就互相仰慕，盼望能有见面的机会。辛弃疾来到绍兴后，曾多次拜访过陆游。当时陆游因奉命入都主持修撰孝宗、光宗两朝实录和三朝史，刚刚结束工作从临安归来。他对朝政有所了解，自然要向辛弃疾介绍一些情况。两位爱国志士在一起促膝谈心，畅论国事，都对目前正在酝酿的北伐持乐观态度。一次，辛弃疾发现陆游的住宅过于陈旧简陋，有心想要为他修建一所新居。生活一向简朴的陆游认为自己的旧居还可以住，便婉言辞谢了：“幸有湖边旧草堂，敢烦地主筑林塘？”（《剑南诗稿》卷六十一《草堂》）这说明他们相处的时间虽然不长，但友谊却是很深的。

正因为这样，所以辛弃疾奉召入都以前，又专门来向陆游告别，并征询他的意见。陆游语重心长地写了一首长诗为他送行：

> 稼轩落笔凌鲍谢，退避声名称学稼。十年高卧不出门，参透南宗牧牛话。

功名固是券内事，且葺园庐了婚嫁。千篇昌谷诗满囊，万卷邺侯书插架。忽然起冠东诸侯，黄旗皂纛从天下。圣朝仄席意未快，尺一东来烦促驾。大材小用古所叹，管仲萧何实流亚。天山挂旆或少须，先挽银河洗嵩华。中原麟凤争自奋，残虏犬羊何足吓。但令小试出绪余，青史英豪可雄跨。古来立事戒轻发，往往谗夫出乘罅。深仇积愤在逆胡，不用追思灞亭夜。

——《送辛幼安殿撰造朝》

诗中高度评价了辛弃疾的文武才能，对他长期被投闲置散深表同情，希望他入朝后施展平生抱负，抛弃从前的个人恩怨，团结对敌，完成统一祖国的大业。

嘉泰四年（1204）正月，宁宗赵扩召见了辛弃疾。他陈述了自己对抗金战争的看法，着重指出“金国必乱必亡，愿付之元老大臣，务为仓猝可以应变之计”（《建炎以来朝野杂记》乙集卷一八）。辛弃疾对北伐既充满了胜利的信心，同时也希望朝廷从各方面做好充分准备，只有这样才能立于不败之地。当时正是韩侂胄积极筹划北伐的时候，他听了辛弃疾的意见非常高兴，以为是对自己的支持。于是在南宋朝野之间，战争的气氛更加浓厚了。

韩侂胄当权以后，经过几年时间，清除了赵汝愚、周必大、朱熹等反对派。他为了进一步巩固自己的权力和地位，建立名垂千古的功业，从庆元年间便开始提出北伐主张，并采取了一些加强武备、巩固边防的措施。为了争取更多的人支持北伐，又于嘉泰二年（1202）宣布解除“伪学党禁”，同时恢复了“伪党”徐谊、陈傅良、叶适等人的官职。嘉泰四年（1204）五月，追封岳飞为鄂王，为这位含冤而死的抗金英雄恢复了名誉。开禧二年（1206）四月，追夺秦桧王爵，命礼部改谥“缪丑”，在制词中斥责这个误国误民的投降派：“一日纵敌，遂贻数世之忧；百年为墟，谁任诸人之责！”在战争的关键时刻，韩侂胄曾捐家财二十万作为军需之用。以上这些措施都是有利于抗金斗争的。开禧北伐虽然以失败而告终，韩侂胄也因此遭致杀身之祸，但不应以成败论人，更不该将他和汉奸秦桧相提并论，像《宋史》那样，不分青红皂白将他们都打入“奸臣传”。韩侂胄北伐的动机可以说是不纯的，他对战争的失败也负有很大的责任，如决心不大，料敌不明，准备不够，用人不当等，都是他的弱点。然而不能因此而否定其主张北伐，收复中原的大方向。当时像陆游、辛弃疾这些坚定不移、深孚众望的爱国志士都支持韩侂胄北伐绝不是偶然的，更不是出于一时的权宜之计，尽管他们在一些具体的战略方针上可能有分歧，但早日统一祖国的目标却是一致的。

辛弃疾与韩侂胄以前并无交往，这次重新起用他为浙东安抚使以及入都奏事，显然是韩侂胄的主意。他需要辛弃疾的支持，也很想听取辛弃疾对北伐的意见。他们在临安的会见和谈话，应当说是比较投合的。这从辛弃疾当时所写的几首词中可以得到证明：

堂上谋臣帷幄，边头猛将干戈。天时地利与人和，燕可伐与曰可。此日楼台鼎鼐，他时剑履山河。都人齐和《大风歌》，管领群臣来贺。

——《西江月》

新来塞北，传到真消息。赤地居民无一粒，更五单于争立。　　维师尚父鹰扬，熊罴百万堂堂。看取黄金假钺，归来异姓真王。

——《清平乐》

在另一首《六州歌头》中，辛弃疾又写道："君不见：韩献子，晋将军，赵孤存；千载传忠献，两定策，纪元勋。孙又子，方谈笑，整乾坤。"这些作品反映了辛弃疾对韩侂胄的评价，虽然有不少颂扬之词，但用意在于鼓励韩侂胄继承其曾祖韩琦抗击外侮的遗志，为光复宋室河山、完成统一大业做出贡献。这与陆游写《韩太傅生日》诗，作《南园记》《阅古泉记》一样，都是为了表示他们对北伐的支持。从张浚北伐失败以来，近半个世纪南宋当权者畏敌如虎，讳言兵事，有志之士无不为之扼腕悲叹，义愤填膺，如今韩侂胄公开打出抗金的旗号，他们怎么会不加以积极支持呢？

辛弃疾虽然积极支持北伐，但韩侂胄却未能信任和重用辛弃疾。像他这样具有卓越才能和丰富斗争经验的人，本应留在中央机构，参与决策军国大计。可是，当宁宗召对以后，朝廷除了将他的职名由集英殿修撰提升为宝谟阁待制外，并没有在朝廷中安排他的工作。嘉泰四年（1204）三月，辛弃疾被派往镇江做知府。由于镇江当时是接近前线的战略要地，辛弃疾认为在这里也是大有可为的，因此便愉快地接受了这一任命。

辛弃疾出知镇江的消息，使许多关心北伐的人都受到鼓舞，相信他一定能为收复失地开创新的局面。当时在镇江有个人名叫刘宰，是辛弃疾在信州结识的朋友，他得知这一消息后，连忙写信给辛弃疾表示热烈欢迎：

奉上密旨，守国要冲。三辅不见汉官仪，今百年矣；诸公第效楚囚泣，谁一洗之？敢因画戟之来，遂贺舆图之复。岂比儿童之拍手，谩夸师帅之得人。待制卷怀盖世之气，如圯下子房；剂量济时之策，若隆中诸葛。

——《漫塘文集·贺辛待制弃疾知镇江》

辛弃疾不负众望，来到镇江后便积极从事北伐的准备。嘉泰四年（1204）夏，他在和程珌的一次谈话中，申述了自己对形势的估计和在军事方面将要采取的一些措施。程珌在其《丙子轮对札子》（二）中，作了详细的引录，现将其主要内容介绍如下。

辛弃疾认为，南宋的官军（所谓禁旅），自李显忠符离之役溃败以来，士气萎靡，已经毫无战斗力。只可将他们“列屯江上，以壮国威”，摆摆样子。真要渡淮作战，“则非沿边土丁断不可用”。所谓“土丁”，是指边防线上的民兵。他们“幼则走马臂弓，长则骑河为盗”，经常与金兵周旋，富有对敌斗争经验。他计划先招募一万名“沿边之人”，组建一支新军，而且已经准备了“红衲万领”和其他军需品。他认为新军组建之后要“各分其屯”，切不可与官军混杂在一起，否则官军的骄惰之风和低落的士气就会“日渐月染”，使新军“尽成弃甲之人”。他建议将淮河东西两路分为二屯，每屯驻扎二万人，以壮军势。淮东军屯设在山阳（今江苏淮安），淮西设在安丰（今安徽寿县南），选择依山或阻水的地方为营地，并且将新军的眷属迁入屯中，解除他们的后顾之忧。同时选择优秀的指挥官，对他们进行严格的训练。这样，“使势合而气震，因将有不战而自屈者”。辛弃疾对南宋官军的腐败无能深有体会，认为绝不能依靠他们作为北伐的主力军。他一向重视民兵的作用，这种思想早在《美芹十论》《九议》和《议练民兵守淮疏》中，已有详尽论述。而韩侂胄等人却没有认识到这一点，这也是开禧北伐失败的原因之一。

辛弃疾也很注重对全国政治军事情况的调查了解。他认为“谍者师之耳目也，兵之胜负与夫国之安危悉系焉”。因此，他不惜重金，派遣侦察人员，深入敌方去搜集情报。为了使情报准确可靠，他常常亲自加以核实，“必钩之以旁证，使不得而欺”。辛弃疾将搜集到的情报，如“虏人兵骑之数，屯戍之地，与夫将帅之姓名”等，都一一绘在一块小小的锦缎上。敌方的虚实和动态，都在辛弃疾的掌握之中。如果韩侂胄和他的亲信都能像辛弃疾那样，多做些调查研究，知已知彼，在北伐时机的选择上也许就不会如此匆忙草率了。

绍兴三十一年（1161）十月，金主完颜亮南侵时，宰相陈康伯曾草拟过一篇《亲征诏》，慷慨痛切，表达了抗金的决心，其中最后一段写道：

> 方将躬缟素以启行，率貔貅而薄伐。取细柳劳军之制，考澶渊却狄之规。诏旨一颁，欢声四起。岁星临于吴分，冀成淝水之勋；斗士倍于晋师，当决韩原之胜。尚赖股肱爪牙之士，文武大小之臣，戮力一心，捐躯保国，共雪侵陵之耻，永肩恢复之图。
>
> ——《三朝北盟会编》卷二三二

四十多年后，辛弃疾在镇江读到它，不禁感慨万千，写了一篇跋文：

> 使此诏出于绍兴之初，可以无事仇之大耻；使此诏行于隆兴之后，可以卒不世之大功。今此诏与此虏犹俱存也，悲夫！

寥寥数语，深刻表达了他对敌人的痛恨和对投降政策的不满，同时也显示出他赶走侵略者、誓死光复国土的决心。

在镇江城东北的北固山上，有一座北固亭，下临长江，三面环水，形势险固。原为晋人蔡谟修建的一座军需仓库，名叫北固楼。因年代久远，早已毁废。乾道五年（1169），陈天麟任镇江知府时重建。据《嘉定镇江府志》载，他曾为此作过一篇“记”：

兹地控楚负吴，襟山带江，登高北望，使人有焚龙庭，空漠北之志。神州陆沉殆五十年，岂无忠义之士，奋然自拔，为朝廷快宿愤报不共戴天之仇，而乃甘心恃江为固乎？则予是亭之复，不特为登览也。

可见陈天麟重建此亭不仅是为了登览，他的用意主要在于鼓舞忠义之士，发奋图强，复仇雪耻。

一次，辛弃疾登上北固亭，面对壮丽的河山，凭吊古迹，缅怀往事，不由心潮澎湃，写下了《永遇乐·京口北固亭怀古》这篇千古传诵的杰作：

千古江山，英雄无觅，孙仲谋处。舞榭歌台，风流总被，雨打风吹去。斜阳草树，寻常巷陌，人道寄奴曾住。想当年，金戈铁马，气吞万里如虎。

元嘉草草，封狼居胥，赢得仓皇北顾。四十三年，望中犹记，烽火扬州路。可堪回首，佛狸祠下，一片神鸦社鼓。凭谁问，廉颇老矣，尚能饭否？

词的上片赞颂了古代两位英雄人物——孙权和刘裕击败强敌，进军中原的不朽业绩，抒发了作者杀敌报国的雄心壮志。下片用南朝刘义隆草率用兵而遭致失败的教训，提醒南宋当权者应做好充分准备，才能确保北伐的胜利。最后以老将廉颇自比，表达出“烈士暮年，壮心不已”的战斗豪情。

当辛弃疾在镇江为北伐积极进行准备的时候，朝廷中又有人在暗算他了。开禧元年（1205）三月，由于辛弃疾举荐的一个叫张瑛的人有不法行为，南宋当局小题大做，将他由宝谟阁待制降为朝散大夫。这不过是排斥辛弃疾的一个信号，果然一连串的打击不久接踵而来。同年六月，朝廷决定将他从北伐前线的镇江调走，改派他为隆兴知府。七月初，当辛弃疾正打算离开镇江去隆兴赴任前，朝廷里又有人论奏他“好色贪财，淫刑聚敛”，于是南宋当局便撤回了隆兴知府的任命，而改授他以“提举冲佑观”的空名。

不久，辛弃疾怀着悲愤心情离开镇江，乘船返回铅山。当他出鄱阳湖沿信江逆流而上，途经余干县境时，写了一首《瑞鹧鸪》抒发当时的感受：

江头日日打头风，憔悴归来邴曼容。郑贾正应求死鼠，叶公岂是好真龙。

孰居无事陪犀首，未办求封遇万松。却笑千年曹孟德，梦中相对也龙钟。

韩侂胄对辛弃疾正像叶公好龙那个寓言故事说的一样，始则慕名而求，召之出山；

终则排斥打击，不能重用。他喜欢的不过是一些成事不足，败事有余，似龙非龙的人物。一旦真龙出现，却被吓得六神无主。由这样的人来主持北伐，又怎么能够成功呢？

辛弃疾回到江西铅山不久，宋金双方在边境线上已不断发生小规模的战争。开禧二年（1206）五月，南宋朝廷颁布伐金诏令，一场准备得很不充分的北伐战争正式开始了。初期双方互有胜负，但很快宋军的腐败无能便暴露出来，形势急转直下。这时韩侂胄为了挽回败局，又任命辛弃疾为绍兴知府兼两浙东路安抚使。并且在制词中称赞他“其才任重有余，盖一旦缓急之可赖”（卫泾《后乐集》卷一），但辛弃疾一则因年事已高，再则镇江任上无故被免职的创伤犹未平复，便上章辞免了。开禧二年（1206）十二月，朝廷再次任命他为江陵知府，并要他先赴行在临安奏事。开禧三年（1207）春，辛弃疾奏对之后，又让他留在临安，担任兵部侍郎之职。如果在一两年之前，他一定会乐于承担这一重任，但如今已经心力交瘁，身体也愈来愈差了，于是便连上两道奏章把它辞掉，回到铅山去了。

战场上的失利，使韩侂胄发生了动摇，仓促之中派人向金政权提出议和的要求。金人宣称要尽割大江以北土地为界，添岁币五万两匹，犒师银一千万两，而且还要韩侂胄的头作为议和条件。这使韩侂胄十分恼怒，打算孤注一掷，继续对金用兵。开禧三年（1207）九月，南宋朝廷宣布任命辛弃疾为枢密院都承旨，目的是想要他来收拾残局。可是辛弃疾回到铅山家中以后，便已重病在身，再也不能为国效力了。

1207年9月10日，被誉为“一世之豪”的爱国词人辛弃疾抱恨离开了人世。据说，临死时他还大喊“杀贼”数声，才停止了呼吸。

十四、异军特起，词坛增辉

辛弃疾的词流传至今的有六百二十多首，无论从数量或质量上看，在宋词发展史上都具有极为重要的地位。他高举爱国主义旗帜，继承苏轼豪放词风的传统，进一步扩大了词的题材和思想境界，在南宋前期词坛异军特起，“于剪红刻翠之外，屹然别立一宗”（《四库全书总目提要·稼轩词提要》），为宋词增添了璀璨夺目的光辉。

别林斯基曾说：“任何一个诗人也不能由于他自身和靠描写自己而显得伟大，不论是描写他个人的痛苦，或者描写他个人的幸福；任何伟大诗人之所以伟大，是因为他的痛苦和幸福的根子深深地伸进了社会和历史的土壤里，因而他是社会、时代、人类的喉舌和代表。”（《别林斯基选集》俄文版第2卷）辛弃疾之所以伟大，也是因为他的思想感情的根子深深地伸进了社会和历史的土壤里。他所描写的不仅是他个人的遭遇和感受，而且表达了当时广大人民的理想和愿望。他坚持抗金，反对投降主义，主张统一祖国，完全符合时代的要求，符合我国各族人民的利益，因此他的作品在历史上具有进步意义。

辛弃疾的词题材广阔，内容丰富，形式多样，意境深远，思想性和艺术性都很高。其中成就最突出、影响最大的，是那些抚时感事、情辞慷慨的爱国作品。他满怀豪情壮志，表露杀敌报国的决心：

袖里珍奇光五色，他年要补天西北。

——《满江红》

要挽银河仙浪，西北洗胡沙。

——《水调歌头》

他痛心南北分裂的局面，时刻怀念着中原大好河山和苦难深重的人民：

夜半狂歌悲风起，听铮铮阵马檐间铁。南共北，正分裂。

——《贺新郎》

西北望长安，可怜无数山。

——《菩萨蛮》

中州遗恨，不知今夜几人愁！

——《水调歌头》

辛弃疾在女真奴隶主贵族统治下生活了二十余年，对金人实行民族压迫和歧视的政策感受很深。在《美芹十论》中，他曾愤慨地揭露说："民有不平讼之于官，则胡人胜而华人则饮气以茹屈；田畴相邻，胡人则强而夺之；孳畜相杂，胡人则盗而有之。民之至爱者子孙，签军之令下则贫富不问而丁壮必行；民之所惜者财力，营筑馈饷之役兴则空室以往而休息无期；有常产者困窭，无置锥者冻馁。"这是符合历史事实的。金兵在侵扰和统治北中国时期，大肆烧杀掳掠，抢劫财物牲畜，强占土地，破坏生产，给汉族和其他各族人民造成了惨重的灾难。中原人民"怨已深，痛已巨，而怒已盈"，曾多次发动武装起义，反抗金朝统治者。辛弃疾要求南宋朝廷支持北方人民的斗争，出师北伐，解救处于水深火热中的骨肉同胞。他再三向当权者呼吁，不要置大好河山于不顾：

贱子亲再拜，西北有神州。

——《水调歌头》

他相信总有一天会打回老家去：

会看沙堤归去，应使神京再复，款曲问家山。

——《水调歌头》

这是他当年渡江南归的目的，也是他终身为之奋斗的崇高理想。

然而，由于南宋统治集团一贯执行投降政策，他们含垢忍耻，苟且偷安，“待敌则恃欢好于金帛之间，立国则借形势于湖山之险”（《美芹十论·自治第四》），只图眼前纸醉金迷的腐朽生活，毫无光复国土的打算。在这样的局面下，辛弃疾和许多爱国志士一样，虽有杀敌报国之心，却不可能有所作为。于是他怀着沉痛的心情，抒发壮志难酬的愤懑和不平：

倦客新丰，貂裘敝，征尘满目。弹短铗，青蛇三尺，浩歌谁续？不念英雄江左老，用之可以尊中国。叹诗书万卷致君人，翻沉陆。

——《满江红》

吴楚地，东南坼；英雄事，曹刘敌。被西风吹尽，了无尘迹。楼观甫成人已去，旌旗未卷头先白。叹人生哀乐转相寻，今犹昔。

——《满江红》

南宋统治集团甘心对敌屈膝称臣，丧失民族气节，断送了国家的前途，同时也扼杀了多少有志恢复事业的人才！辛弃疾深感朝政黑暗腐败，形势令人可忧可虑。于是，他情不自禁地将批判的笔锋指向误国误民的投降派：

渡江天马南来，几人真是经纶手？长安父老，新亭风景，可怜依旧。夷甫诸人，神州沉陆，几曾回首！算平戎万里，功名本是，真儒事，公知否？

——《水龙吟》

事无两样人心别。问渠侬、神州毕竟几番离合？汗血盐车无人顾，千里空收骏骨。正目断、关河路绝。我最怜君中宵舞，道男儿到死心如铁。看试手，补天裂。

——《贺新郎》

在这里词人以古喻今，对那些不关心恢复事业，专门空谈玄虚的人表示不满，对抗金战士被弃置不用深表同情。但他又无力改变这种忍辱苟安、万马齐喑的局面，因此内心十分痛苦。他常常借登高临远、眺望故国河山，倾吐这种忧愁和愤恨的心情：

遥岑远目，献愁供恨，玉簪螺髻。落日楼头，断鸿声里，江南游子。把吴钩看了，栏杆拍遍，无人会，登临意。

——《水龙吟》

层楼望，春山叠，家何在？烟波隔。把古今遗恨，向他谁说？蝴蝶不传千里梦，子规叫断三更月。听声声、枕上劝人归，归难得。

——《满江红》

辛弃疾思恋家乡、不忘中原故土的感情，正是他热爱祖国的一种表现。列宁曾说："爱国主义就是千百年来巩固起来的对自己的祖国的一种最深厚的感情。"（《列宁全集》第二十八卷）爱国主义也是一种对家乡、对人民和对优秀的民族传统的爱。当辛弃疾想到故乡被敌人侵占，而自己却漂泊江南，不能归去，新愁旧恨一齐涌上心头："旧恨春江流不断，新恨云山千叠。"（《念奴娇》）"湘浦岸，南塘驿；恨不尽，愁如织。"（《满江红》）他愁的是国土未复，岁月虚度；恨的是权奸误国，忠良被害。宋室南渡以来，多少爱国志士遭贬黜、受编管、被迫害，投降派祸国殃民的罪行，真是擢发莫数！词人托古讽今，愤慨地揭露了黑暗的现实："堪恨处，人道是、属镂怨愤终千古。"（《摸鱼儿》）"恨之极，恨极消磨不得。苌弘事，人道后来，其血三年化为碧。"（《兰陵王》）这里说的两位古人——伍子胥和苌弘，都是忠而遭谮，被昏君奸臣害死的。辛弃疾用痛彻肺腑、催人泪下的语言咏叹其事，一定是有感而发的。读者从这两位古人的悲剧中，自然会联想起风波亭一类的千古奇冤。

辛弃疾揭露和批判现实的同时，还通过缅怀古代英雄人物，追念青年时期的战斗生活来激励自己，振奋斗志，争取为国建功立业。他同情廉颇、李广，仰慕孙权、刘裕，向往谢安、马周，希望有朝一日能被朝廷重用，像他们那样横刀跃马，披坚执锐，谈笑却敌，"从容帷幄去，整顿乾坤了"（《千秋岁》）。他在被投闲置散的日子里，也不甘寂寞，常以自豪的心情，回忆当年战斗在大江南北的日日夜夜：

壮岁旌旗拥万夫，锦襜突骑渡江初。燕兵夜娖银胡䩮，汉箭朝飞金仆姑。

——《鹧鸪天》

每当他回首往事时，心情总是十分激动，盼望能有"消息日边来"。可是一次次的期待都落了空。他向朝廷呈献了"万字平戎策"，可是结果换来的却是"东家种树书"。一位驰骋沙场的英雄战士，被迫卖刀买牛，闭门学稼，怎能不感到愤慨不平呢？

辛弃疾的爱国词作，思想感情比较深沉复杂。其中既有怀才不遇、壮志未酬的苦闷，更主要的则表现为对南宋朝廷的投降政策和黑暗现实的不满。这两方面常常是互为表里，不可分割地交织在一起的。因为他的遭遇不是孤立的个别现象，也不是统治阶级内部一般的嫉贤妒能的问题，而是当时的爱国者和投降派两种社会势力斗争的一部分。这一斗争关系着国家民族的命运和广大人民的利益。因此他的痛苦、不幸和悲愤，具有深刻的社会根源和广泛的代表性。他以慷慨激昂的歌声唱出了时代的最强音，表达了收复失地、统一祖国的愿望。这就是辛弃疾爱国词作的思想价值及其社会意义之所在。

辛弃疾在南宋政权统治区度过了四十多个春秋，其中有近二十年的时间是被弹劾罢职后闲居在江西农村。他的心情是矛盾的，一方面感到现实黑暗、官场恶浊，不如隐居田园、放浪林泉、返朴归真；另一方面他又不能忘情于世，时时盼望着能为国家做出贡献。正是在这种矛盾、苦闷的生活中，他写了不少描绘农村风光、歌咏田园生活的作品。

辛弃疾的农村词进一步扩大了词的题材和境界，在宋词发展史上是很有意义的。他赋闲以后，与当地的农民群众也有所交往："杖藜忽避行人去，认是翁来却过桥。"（《鹧鸪天》）"被野老相邀入东园，枇杷熟。"（《满江红》）和老农们的亲切交谈，使他对农村的情况有了一些初步了解。他不但热爱江南农村优美的田园风光，而且对勤劳纯朴的农家生活也产生了浓厚的兴趣。他以带湖和瓢泉为中心，对附近的自然景物和风土人情进行了细致的观察，从而绘出了一幅幅鲜明、生动的农村生活图景：

> 茅檐低小，溪上青青草。醉里吴音相媚好，白发谁家翁媪？　　大儿锄豆溪东，中儿正织鸡笼，最喜小儿无赖，溪头卧剥莲蓬。
>
> ——《清平乐》

这首小令以清溪茅舍为背景，展现了一幅朴素淡雅的农村生活图画。人物与环境配合得十分自然谐调，一家老小五口的形象都摄入了画面之中，生活气息浓厚，艺术上很有特色。在另一首词里，作者以细腻的笔触刻画了江南农村初春的迷人景色：

> 陌上柔桑破嫩芽，东邻蚕种已生些。平冈细草鸣黄犊，斜日寒林点暮鸦。　　山远近，路横斜，青旗沽酒有人家。城中桃李愁风雨，春在溪头荠菜花。
>
> ——《鹧鸪天》

上片通过柔桑、幼蚕、细草、黄犊等新生事物的形象，描绘出江南农村早春时节生机勃勃的景象。下片换头两句由景物过渡到写人事，结拍两句运用对比，表达了词人的爱憎之情和审美理想：田野里的荠菜花，朴素无华，生意盎然，无忧无虑，稳占春光，充满了生命的活力；城市中的娇桃艳李，怯风畏雨，终日忧愁，不会有真正的欢乐与幸福。这里寄托了作者对农村生活的热爱和对官场生活的憎恶。辛弃疾退居农村以后，视野更宽了，接触的生活面也更广了。在这一基础上，他精心地描绘了一些生动、活泼的农村生活图画和人物形象。例如："明月别枝惊鹊，清风半夜鸣蝉。稻花香里说丰年，听取蛙声一片。"（《西江月》）"东家娶妇，西家归女，灯火门前笑语。酿成千顷稻花香，夜夜费一天风露。”（《鹊桥仙》）另外，在个别作品里，辛弃疾也表现了对当时租税繁重的不满以及对某些地方官吏能体察民情的赞勉：“青山不解乘云去，怕有愚公惊着汝。人间踏地出租钱，借使移将无著处。”（《玉楼春》）“往年巃嵸堂前路，路上人夸通判雨。去年拄杖过瓢泉，县吏垂头民笑语。”（《玉楼春》）这类词虽然不是直接反映农村的压迫和剥削，但也透露出他对人民生活疾苦的关心和同情。

辛弃疾还以多彩的画笔从各种不同角度和侧面来描绘世态人情，反映社会生活。他以词讽刺那些庸俗的市侩：“有个尖新底，说的话非名即利。说的口干罪过你，且不罪，俺略起，去洗耳。”（《最高楼》）嘲笑那些人云亦云、毫无主见的伪君子：“最要然然可可，万事称好。……看他们，得人怜，秦吉了。”（《千年调》）揭露刚摧柔存的黑暗现实：“刚者不坚牢，柔的难摧挫。不信张开口角看，舌在牙先堕。”（《卜算子》）这类作品极尽嬉笑怒骂之能事，有的虽为一时戏作，但却有力地讽刺了当时社会上的种种腐败现象，表现了作者嫉恶如仇的精神。

在辛弃疾的词里，有不少是描绘自然风物，抒写离情别绪，反映旅途生活以及与亲友的唱和赠答之作。这类作品写的虽是传统题材，但却形象地反映了作者的生活经历、性格理想和思想感情，因而也具有鲜明的特色。例如他在一首《菩萨蛮》中写道：“青山欲共高人语，联翩万马来无数。烟雨却低回，望来终不来。”作者将静止的景物加以动化，赋予它们以主观的感情色彩，使山的形态显得生动活泼，并在其中寄寓了自己的理想。辛弃疾写离别相思的作品，与婉约词人缠绵悱恻、哀愁伤感的情调也不完全一样。他常通过送别的机会作词勉励战友、鼓舞自己，或者抒发政治上的苦闷。例如：

佳人重约还轻别。怅清江、天寒不渡，水深冰合。路断车轮生四角，此地行人销骨。问谁使君来愁绝？铸就而今相思错，料当初、费尽人间铁。长夜笛，莫吹裂。

——《贺新郎》

这是作者鹅湖会后寄给陈亮的两首《贺新郎》中第一首的下片。词中表达了词人对抗金志士和亲密战友陈亮的深挚友情和无限怀念。这类作品虽然同样也是写离别相思，但具有深刻的思想内容，与那些专写男女别情的艳词不可同日而语。辛弃疾写旅途生活的作品，也不是重弹“羁旅行役”的旧调，而能别开生面，独具一格。例如写于东阳道中的一首词曰：

扑面征尘去路遥，香篝渐觉水沉销。山无重数周遭碧，花不知名分外娇。
人历历，马萧萧，旌旗又过小红桥。愁边剩有相思句，摇断吟鞭碧玉梢。

——《鹧鸪天》

这首在马背上哼成的小词，以简练、生动的语言，描绘了一幅山间行军图：万山丛中有一条蜿蜒曲折的小路，路旁开满了娇艳的野花，一支打着彩旗的队伍浩浩荡荡地行进着。主人公在马上挥动鞭子，口占诗句。词中虽然也有“愁边”“相思”一类词句，但却毫无凄凉伤感的情调。

总之，辛词的思想内容是极丰富的，他不受传统观念的束缚，扩大了词的题材和表现范围，使词这种文学形式获得了进一步解放。当然，在他的作品中也有一些消极因素，例如虚无颓伤的情绪、及时行乐的思想等。这些消极因素，反映了辛弃疾思想的局限。

辛弃疾的词不但思想性强，艺术性也很高。所谓艺术性，“在于形式之适合于思想……只有在作品中体现了真实的思想，而且形式又完全适合于思想时，才是有艺术性的”（车尔尼雪夫斯基语）。辛弃疾是坚贞不渝的爱国主义战士，他的思想在当时是进步的，具有一定的代表性，而他用以体现其思想的形式又是比较完美的，因此他的词具有很高的艺术价值。

艺术的特征是通过形象来反映和说明生活。一切作品离开了形象，也就失去艺术的生命力。辛弃疾善于创造和运用鲜明、生动的艺术形象来反映客观事物，抒发自己的思想感情。辛词中塑造了丰富多彩的艺术形象，其中最突出、最感人的是作为抒情主人公的自我形象。这一形象既熔铸了作者的生活经历，也体现了他的理想和情操。既具有鲜明的个性，也反映了时代的精神。例如他“因追念少年时事”而写的一首《鹧鸪天》（壮岁旌旗拥万夫），就栩栩如生地刻画了一位抗金英雄的光辉形象。它既是作者本人的自我写照，同时也反映了完颜亮南侵时中原人民如火如荼的抗金斗争。当时有多少不愿做奴隶的人，为了反对民族压迫，参加武装起义，在敌占区与金兵进行殊死战斗，写下了可歌可泣的篇章。而辛弃疾正是其中的杰出代表，因此他的自我形象又具有一定的典型性。

辛词中的英雄形象，具有很强的艺术感染力。他不仅善于通过象征和比喻来揭示人物的内心活动，而且还常常运用缘物体情、染叶衬花等艺术手法来烘托和渲染环境气氛。在辛弃疾的词里，抒情、写景、叙事和状物常常交织在一起。这使他作品中抒情主人公的形象更加鲜明突出。例如他在闲居上饶时独宿博山王氏庵中曾写道：

绕床饥鼠，蝙蝠翻灯舞。屋上松风吹急雨，破纸窗间自语。　　平生塞北江南，归来华发苍颜。布被秋宵梦觉，眼前万里江山。

——《清平乐》

这首词写英雄末路的凄凉和悲哀，写得心事沸腾，感人至深。上片勾画出一个荒凉、冷落的环境，用以衬托主人公不平静的内心活动。下片回顾自己的一生：青年时期驰骋疆场，与敌周旋；南渡后为抗金救国奔走呼号，结果却被解甲归田。如今虽已鬓发花白，容颜苍老，但杀敌报国的决心并未减退。梦中又回到了中原，醒后眼前仿佛还展现着祖国的大好河山。词中不仅刻画了一位念念不忘恢复事业的英雄形象，而且也表现了“烈士暮年，壮心不已”的可贵精神。

辛弃疾对客观事物和自然界的描绘也是非常生动而富于形象性的。他观察生活深刻细致，即使常见的普通事物和景象在他的笔下也显得栩栩如生，别具一格。例如他写上饶灵山的雄姿和气势：“叠嶂西驰，万马回旋，众山欲东。正惊湍直下，跳珠倒溅，小桥横截，缺月初弓。”（《沁园春》）一座静止的大山，经过作者的比喻形容，赋予它奔腾飞跃的形态，显得更加雄伟壮丽，气势不凡。又如在另一首《沁园春》里，写他与酒杯对话：“杯，汝前来。……与汝成言：‘勿留亟退，吾力犹能肆汝杯。’杯再拜道‘麾之即去，召亦须来！’”词人为了止酒，而将酒杯加以人格化，饶有风趣。同时通过对话，也抒写了内心的矛盾和苦闷。

辛弃疾还善于运用象征、暗喻和联想等艺术手法来状物、绘景，表达主观感受。例如他的名作，被列为“宋金十大曲”之一的《摸鱼儿》（更能消几番风雨），全篇采用比兴手法，通过象征和暗喻，形象而深刻地抒发了怀才不遇和受压抑的苦闷。词中所写的“春”，既是指词人的青春年华，也是指国家的前途命运。而玉环、飞燕则暗指祸国殃民的投降派。全词没有一处直陈时事，然而却处处与时事政治有关。这种含蓄蕴藉的艺术构思，使它的感染力更为强烈。又如在《太常引》（一轮秋影转金波）中，作者将中秋之夜的明月比作磨得发光的铜镜，并由此而引出无限遐想：“乘风好去，长空万里，直下看山河。斫去桂婆娑，人道是清光更多！”词人对月兴叹，想到年华渐逝，白发日多，不觉满怀惆怅。他向往能像嫦娥那样，乘风万里，遨游太空，一览祖国的大好河山。然而又想到，月宫里也有许多阴影，只有把那些婆娑的桂枝砍去，月亮的光辉才能普照人间。这里不但表现了作者对光明理想的追求，而且也反映了他对黑暗事物的憎恶，寓意是很深刻的。

辛词的风格以豪放著称，同时又具有多样化的特点。文艺作品的风格是由作家所处的时代、生活经历、思想性格和艺术修养等因素决定的，是作家在创作中所表现出来的独特的风貌和格调，也可以说是作家人格的艺术表现。辛弃疾和苏轼都是豪放派的代表词人，就辛弃疾而论，所谓豪放是指他的作品意境壮阔、气魄宏大，激昂慷慨，不拘一格。他不受“诗庄词媚”传统观念的束缚，以战士的胸怀和英姿在广阔的生活原野里纵横驰骋，放声高歌，走笔挥毫，将其所见、所闻、所思、所感的一切都写入词中。或抒发忧国情思，或缅怀战斗岁月；或斥责隐忍苟安，或议论古今人物；或扼腕悲歌，或仰天长啸；或绘山光水色，或叙旷怀逸致，无事不搜，无意不入，真是气象万千，众妙纷呈，激昂排宕，不可一世，为古今词家所少见。

辛词的豪放风格，主要表现为：

豪迈奔放。辛弃疾以自己的生活经历为基础，描绘了一幅幅波澜壮阔、闪动着刀光剑影的战斗场面：

落日塞尘起，胡骑猎清秋。汉家组练十万，列舰耸层楼。谁道投鞭飞渡，忆昔鸣髇血污，风雨佛狸愁。季子正年少，匹马黑貂裘。

——《水调歌头》

醉里挑灯看剑，梦回吹角连营。八百里分麾下炙，五十弦翻塞外声，沙场秋点兵。

——《破阵子》

这样的场面和意境，不要说婉约派词人写不出来，就是其他豪放派作家也没有辛弃疾的胸襟和气度，没有这样的生活经历，也是写不出来的。

辛弃疾常常以战士的目光来观察生活，在他的笔下许多自然景象也被描绘成威武雄壮的战阵场面。例如：

望飞来半空鸥鹭，须臾动地鼙鼓。截江组练驱山去，鏖战未收貔虎。

——《摸鱼儿》

对花何似？似吴宫初教，翠围红阵。欲笑还愁羞不语，惟有倾城娇韵。

——《念奴娇》

前者写钱塘江观潮，后者赋白牡丹。题材并不新奇，但作者却能打破传统的写法，以勇士驱山比喻潮水的涨落，以孙武教阅宫女形容牡丹花，这样的艺术构思真是另辟蹊径，出人意表，在古代作家中实属罕见。无论什么题材，辛弃疾都能写得龙腾虎跃，不拘一格。这是辛词豪放风格的特征之一。

慷慨悲壮。辛弃疾生活在充满悲剧的时代，国家民族处于危急存亡的关头，人民群众陷入苦难的深渊。他一生屡遭投降派的排斥和打击，雄心壮志一筹莫展，但又不甘消极沉默，“故其悲歌慷慨、抑郁无聊之气，一寄之于词”（《词苑丛谈》）。在那黑暗的岁月里，他怅望神州，老泪濡睫；挑灯看剑，悲愤填膺。所以他的一些作品常常是以慷慨激昂始，而以悲怆欲绝终。如前引《鹧鸪天》（壮岁旌旗拥万夫）、《破阵子》（醉里挑灯看剑）等，都是如此，从而形成了慷慨与悲壮相结合的艺术风格。辛弃疾还有一些词写得十分衰飒悲凉，例如《鹧鸪天》（枕簟溪堂冷欲秋），沉哀茹痛，读来令人心碎。其下片云：“书咄咄，且休休，一丘一壑也风流。不知筋力衰多少，但觉新来懒上楼。”一位爱国志士身心遭到如此沉重的摧残与损害，可见现实是多么的黑暗。虽不言痛，而痛入骨髓矣！

纵横议论。这是辛词豪放风格的又一特点。宋代作家多数认为词与诗有严格的界限，特别是在题材和语言方面要求很严。所以当苏轼企图打破这一界限，用写诗的手法来写词的时候，便受到了非难和讥讽，说是“如教坊雷大使之舞，虽极天下之工，要非本色”（《后山诗话》）。辛弃疾比苏轼更进一步，不但以诗为词，而且以文为词。他既用词来抒情、写景，有时也用词来发议论。例如：

稼轩何必长贫，放泉檐外琼珠泻。乐天知命，古来谁会，行藏用舍？人不堪忧，一瓢自乐，贤哉回也。料当年曾问，饭蔬饮水，何为是，栖栖者？

——《水龙吟》

汝说刘伶，古今达者，醉后何妨死便埋！浑如此，叹汝于知己，真少恩哉！　更凭歌舞为媒，算合作人间鸩毒猜。况怨无大小，生于所爱；物无美恶，过则成灾。

——《沁园春》

这类作品都是用散文的句法来写的，具有纵横议论、反复说理的特点。

豪放悲壮，是辛词风格的主导方面，同时辛弃疾又是一位能刚能柔、能豪能婉的多面手。刘克庄评论辛词时曾说：“公所作，大声镗鞳，小声铿鍧；横绝六合，扫空万古，自有苍生以来所无。其秾纤绵密者，亦不在小晏、秦郎之下。”（《后村诗话》）辛词的思想内容丰富多彩，形式风格也是多种多样的。他根据不同内容的要求，采用不同的形式和表现手法，因此他的作品不拘一格，不限一式，多彩多姿。

清新自然。这是辛弃疾农村词的特点。闲居期间，他用通俗语言和白描手法，描绘了一幅幅农村生活图画。这些作品风格清新质朴，毫无雕饰之感。

婉约秾丽。辛弃疾也有少数作品写男女恋情，具有婉约词风的特点。例如：

宝钗分，桃叶渡，烟柳暗南浦。怕上层楼，十日九风雨。断肠片片飞红，都无人管，更谁劝啼莺声住？　鬓边觑，试把花卜归期。才簪又重数。罗帐灯昏，哽咽梦中语。是他春带愁来，春归何处？却不解、带将愁去。

——《祝英台近》

这首词以细腻的笔触描写一个女子的春愁闺怨，对主人公的情态和心理活动作了细致的刻画。沈谦《填词杂说》评论说：“稼轩词以激扬奋厉为工，至‘宝钗分，桃叶渡’一曲，昵狎温柔，魂销意尽，才人伎俩，真不可测。”可见辛弃疾既发挥了豪放词风的特长，同时对其他风格也不是一律加以排斥和拒绝，而是博取众芳，进行了多方面的探索和尝试。但是也应看到，辛弃疾虽然也写了几首“昵狎温柔”的作品，却并非有意与人“争斗秾纤”，他绝不作妮子态，“金戈铁马”才是稼轩词的当行本色。

辛词语言总的特点是：鲜明、生动、精练、准确，富于表现力。他能根据不同内容和情感的需要，使用不同风格的语言。在他的作品中，既有浪漫主义色彩很浓的豪言壮语，也有泣血摧心的苦语怨言；既有大量传统的书面文学语言，也有不少通俗易懂的民间口语。他读书破万卷，广泛地学习了古代作家作品，而且博闻强记，因而驾驭语言的能力很强，能够运用自如。吴衡照在《莲子居词话》中曾说；“辛稼轩别开天地，横绝古今，《论》、《孟》、《诗小序》、左氏《春秋》、《南华》、《离骚》、《史》、《汉》、《世说》、选学、李杜诗，拉杂运用，弥见其笔力之峭。”对于辛词的大量用典，应当作具体分析，不能笼统而论。在一部分抒发爱国情思、谴责投降政策的作品里，由于不能直陈明言，因而托古讽今，使用一些典故，但词意并不晦涩，不致影响作品的艺术效果，这是无可厚非的。另一方面，辛弃疾也有少数作品用典过多，或大量引用前人成句又无多少新意，这就不能不说是一种缺点了。

总之，辛弃疾的词思想和艺术成就都很高，影响也十分深远。当时以他为核心，团结了一批主张抗金救国的作家，他们在反对民族压迫、反对投降主义的斗争中互相勉励，并肩战斗，结成了深厚的友谊。他们以抒发爱国情思为中心主题，高唱慷慨悲壮的战歌，在词坛形成了一个风格相近的流派，使词风发生了积极的变化，为宋词增添了光彩，在中国文学史上写下了宝贵的一页。

旷代才女李清照全传

一、自　序

李清照（1084—1155?），号易安居士，山东济南人（一说原籍为山东章丘县明水镇）。出身书香之家，自幼聪敏，才华出众，喜欢读书学习，热爱文学艺术和中华传统文化。她在“女子无才便是德”的封建社会里冲破重重阻力，脱颖而出，英姿焕发地登上文坛，用手中的五色彩笔，描写人生百态，创作了许多精美绝伦的作品，给中国文学史增光添彩，成为古代中国妇女争取平等和解放、实现自身价值的榜样。

李清照在文学艺术领域里具有多方面的才能，成就突出，是我国古代女性中发展最为全面的作家。她的词清丽自然，历代评论家赞不绝口。

杨慎《词品》云：“宋人中填词，李易安亦称冠绝，使在衣冠，当与秦七、黄九争雄，不独雄于闺阁也。”王士禛《花草蒙拾》云：“张南湖论词派有二：一曰婉约，一曰豪放。仆谓婉约以易安为宗，豪放惟幼安称首。”沈谦《填词杂说》云：“男中李后主，女中李易安，极是当行本色。”《四库全书提要·漱玉词提要》云：“清照以一妇人而词格乃抗轶周、柳，虽篇帙无多，固不能不宝而存之，为词家一大宗矣。”李调元《雨村词话》亦云：“易安在宋诸媛中，自卓然一家，不在秦七、黄九之下。词无一首不工，其炼处可夺梦窗之席，其丽处直参片玉之班，盖不徒俯视巾帼，直欲压倒须眉。”这些评论充分肯定了李清照在两宋词坛的独特成就和重要地位，绝非溢美之辞，她是当之无愧的。

李清照的诗歌和散文也很有特色，当时也曾受到人们广泛的好评。如王灼《碧鸡漫志》云：“自少年即有诗名，才力华赡，逼近前辈。若本朝妇人，当推文采第一。”朱弁《风月堂诗话》云：“善属文，于诗尤工，晁补之多对人称之。”赵彦卫《云麓漫钞》亦云：“文章落笔，人争传之。”她还擅长书法，工于绘画，精通音律，娴于棋艺，对文物考古也有浓厚兴趣。可以说，李清照是中国历史上一位出类拔萃、博学多闻、知识丰富的女才子、女作家、女学者。

李清照的著作，据《宋史·艺文志》载，有《易安居士文集》七卷、《易安词》六卷。但至明清时，各种版本相继失传，作品大部分散佚。后经一些学者搜辑，亦仅得词四五十首、诗十余章、散文数篇以及若干残句。流传至今的作品只是一小部分，数量虽然不多，但都脍炙人口，具有很高的艺术价值，是中华民族一份十分珍贵的文化遗产。

本书融传记文学、作家评传、作品鉴赏和学术研究于一体，是一种探索和尝试。书中的主要人物、事件、背景和故事发生的时间、地点，都有可靠的史料根据，符合历史真实，与电影和电视剧中的李清照形象没有多少相同之处。但在个别次要人物和细节上，也加入了部分虚构的成分，基本遵循了七分史实、三分虚构的原则。书中围绕着主人公的生活道路和成长过程，还介绍了宋代的许多民情风俗、都市风光、山川景物和历史知识。

本书是我们多年研究宋词和李清照的成果之一。把她奉献给广大读者，不足之处，请予以批评指正。

写罢这部《旷代才女李清照全传》又写了八首小诗，算作这篇序言的一个结语：

柳絮泉畔好风光，齐鲁文化更辉煌。
压倒须眉旷代女，泉城飞出金凤凰。

担上买春带露来，云鬓斜簪笑颜开。
郎道奴面胜花面，心有灵犀何须猜！

归来堂上笑语琅，猜书斗茶校勘忙。
乐在声色狗马上，夫妻甘心老是乡！

南下金陵事事非，朝朝暮暮盼同归。
国破家亡夫死后，孤雁失伴何处飞？

忧患得失何其多，只缘金石起风波。
改嫁岂是嫠妇愿，病至膏肓莫奈何！

拟泛轻舟双溪游，花尽尘香春事休。
舟如舴艋篷窗小，怎能载动许多愁？

寻寻觅觅何所求？可怜岁月似水流。

血泪去洒东山土，此心日日在中州！

清词丽句传万家，当行本色人人夸。
声律谱入寻常语，千载词坛一枝花。

作　者
1995. 11

二、柳絮泉畔

宋神宗元丰七年（1084），一个风和日丽的日子，在风光旖旎的山东济南府柳絮泉畔，一座朱门粉墙的大院里，一个女婴呱呱坠地，来到了人间。

这个女婴就是本书的主人公——旷代才女李清照。

李清照的父亲名格非，字文叔，幼年“俊警异甚”，勤奋好学。当时朝廷以诗赋取士，而格非独用意经学，著《礼记说》数十万言。熙宁九年（1076）考中进士。后来曾任郓州教授、太学博士、著作佐郎、礼部员外郎、提点京东刑狱等。徽宗时因入元祐党籍被贬罢官，卒年六十一岁。李格非为人正直，以文章受知于苏轼，与廖正一、李禧、董荣号为“后四学士”。他的著作比较丰富。据《宋史·艺文志》载，有《礼记精义》十六卷、《史传辨志》五卷、《洛阳名园记》一卷、《永洛城记》一卷。此外，另有《李格非集》《济北集》等。可惜除《洛阳名园记》和部分散见于他书的诗文外，其他著作均已散佚。南宋人韩淲称赞他的文章“自太史公之后，一人而已”，这虽是过誉之辞，但由此也可看出他在当时文坛是颇为有名的。

李清照的母亲王氏，为神宗时宰相王珪之女，也是出身于仕宦书香之家。王珪，字禹玉，成都华阳人，庆历二年（1042）进士。英宗时为翰林学士。熙宁三年（1070）拜参知政事，进同中书门下平章事、集贤殿大学士，深受神宗的器重和信任。文章词翰都为当时同辈所推许。《宋史》称：“其文闳侈瑰丽，自成一家，朝廷大典策，多出其手。词林称之。”李清照之母自幼受到家庭环境熏染，也有一定的文化修养。李清照童年时曾听王氏给她讲过这样一个故事：

一年中秋佳节，碧空月色皎洁。皇帝忽然宣召正在翰林院值宿的外祖父到后宫小殿去赏月饮酒。小殿里仅摆着两把相对的椅子，外祖父来到殿上一看，慌忙跪下禀道：“启奏万岁，自古以来都没有君臣对坐之礼，请陛下传旨令人摆正席位。”皇上含笑说道：“今夜月色清美，与其沉醉声色，不如与学士在一起谈论谈论诗文更有意思。如果要按常礼正席位，何不到外庭去赐宴呢？今晚朕要免去一切俗礼，与卿家放怀饮酒，畅谈诗文。”外祖父再三恳求，皇上还是不同意，只得再拜就坐。于是皇上先背诵了一遍谢庄的《月赋》，接着又背诵了李白的《月下独酌》诗，并大加称赏赞美。然后又取出自己写的几首诗给外祖父看，征求他的意见。君臣二人一直谈到夜漏三鼓，皇上十分高兴，意犹未尽。最后又叫左右宫嫔各取领巾、裙带或团扇、手帕请王学士题诗。外祖父见龙颜大悦，便乘兴挥毫，略不停缀，依次为每位宫嫔题诗一首。而且“都不蹈袭前人，尽出一时新意”，使她们一个个都很满意。皇上看了更加高兴，又回过头来对众宫嫔说：“王学士的诗可是一字千金，你们不要忘了给润笔啊！”众人听了官家的话，一个个笑容满面地走上前来，摘下鬓边的珠花，纷纷簪在外祖父的头上。幞头上戴不尽的，就放在外祖父的衣袖里，一位宫人又取来针线将袖口缝上。当外祖父满载而归，从宫中回到家里时，月亮已经西沉，东方渐渐露出了一片微茫的曙光。第二天，都下盛传昨夜天子在宫中请客饮酒赏月……

李清照正听得出神，王氏忽然停住，转过身走到妆台前，从一个雕花饰金的小匣子里取出一朵璀璨夺目的珠花，随手戴在李清照的头上，并对她说道：

“这就是当年你外祖父从宫中带回来后，送给我的礼物，现在我将这朵珠花送给你，你可要珍惜它啊！”

李清照高兴得手舞足蹈，戴着珠花，照了照镜子，便匆匆下楼找女伴们玩去了。

童年时代的李清照，就是在这样的诗礼缙绅之家成长起来的。但她又和别的大家闺秀不大一样，对针黹女红毫无兴趣，也不愿听人宣扬什么“三从四德”的闺训，而是特别喜欢读书学习，对诗词歌赋、经史子集、笔记杂录、遗闻轶事都有浓厚的兴趣。她的记忆力又特别强，凡是读过的书几乎过目不忘，许多名篇俊句都能背诵下来。她还善于独立思考，对前人的见解不肯盲从，常常提出疑问，甚至发表一些惊世骇俗的看法。她所著的《词论》以及诗文中的许多观点都具有新意，出人意表，堪称一家之言。

有时候，她也和自己的弟弟李远在一起学习交流，但李远读书喜欢死背硬记，不愿动脑思考，总是人云亦云，缺乏自己的见解。这时李清照便耐心地启发李远，告诉他读书要专心致志，尤其要学会独立思考，否则就不可能有大的成就。

少女时代的李清照，性格活泼开朗，爱说爱笑，争强好胜，是一个无忧无虑的乐天派。那时候除了读书、习字、学画而外，她也喜欢各种室内和室外的体育娱乐活动，如打秋千、划船以及玩“打马”之类的闺房雅戏。

一个初夏的早晨，李清照独自披衣起床，轻轻地走下楼，来到后花园中。黎明前的花园一片静悄悄，中央竖着一副高高的秋千架。李清照三步并两步走上前去，两手紧握彩绳，飞身蹬上踏板，很快便悠然自得地在半空中荡了起来。不一会儿便觉汗流浃背，精疲力竭，于是就下了秋千，只觉浑身无力，薄罗的轻衫已经湿透，便躺倒在绿茸茸的草地上。休息一会儿后，她才懒洋洋地站起身来，不断揉动着那双还有点儿发麻的纤纤玉手。然后定睛一看，才发现今天早晨好大的露水啊！园里的花儿被露珠压得抬不起头来，显得非常憔悴消瘦。正当她准备回屋梳洗的时候，只见有个人影影绰绰地走进了花园。由于没有看清来的是什么人，又加上自己刚刚打过秋千，披头散发，衣装不整，如果被生人发现多不好意思呀！因此心里有些发慌，只得含羞而走。匆忙之间，连鞋子也没穿上，只套着袜子就跑。不巧得很，刚走出几步，头上的金钗突然滑脱掉在了地上，实在够狼狈的了。可是当她快到门口时，却停步回过头来，瞅了瞅那位不速之客，故作从容之态，还顺手摘下一枝青梅来闻了闻。

回到楼上以后，李清照忽然来了灵感，沉思片刻，便将刚才发生的事情写成了一首小令：

> 蹴罢秋千，起来慵整纤纤手。露浓花瘦，薄汗轻衣透。　　见有人来，袜刬金钗溜。和羞走，倚门回首，却把青梅嗅。
>
> ——《点绛唇》

这首词是李清照的早期作品，也可能是她的处女作。词中并未从正面去刻画人物的容貌、服饰、仪态，而是通过一连串富有特征的动作，将一位千金小姐天真可爱而又有几分调皮的性格描绘得栩栩如生、惟妙惟肖，这与晚唐五代和北宋其他婉约派词人描写女性作品的侧重点和表现手法显然有所不同。本篇可以说是李清照少女时代的一幅自画像，充分显示出她善于表现闺阁生活的艺术天才。

划船，也是李清照青春时期最爱好的一种体育活动。她非常喜欢荡起双桨，徜徉于山光水色之中，去欣赏那无限美好的大自然。这里且看她描写少女时代一次与女伴们划船出游的一首小词：

> 常记溪亭日暮，沉醉不知归路。兴尽晚回舟，误入藕花深处。争渡，争渡。惊起一滩鸥鹭。
>
> ——《如梦令》

济南号称“泉城”，城内遍布名泉，溪流纵横，风光迷人。溪亭，为济南七十二名泉之一，在珍珠泉东侧，水流汇入大名湖中。这首词记述的是作者与闺中同伴划船游湖的情景。她们在小船上一边欣赏自然美景，一边饮酒唱歌，真是开心极了。不知不觉夜幕已经降临，姑娘们这才想起应该调转船头回家了。可是湖上游船太多，都想争着往回划，互不相让，所以就“争渡”起来。姑娘们不够沉着，只顾划船，没有辨清方向，于是便“误入藕花深处”，迷失了道路。咿哑的桨声和嘈杂的人声，把湖边沙滩上的海鸥和白鹭都惊动了。只见它们拍着翅膀，掠过水面，向远处飞去。这首小词篇幅虽短，却写得活泼轻快，生动如画。词中通过小溪、藕花、鸥鹭等意象的描写，展现出一幅优美的日暮湖上风光图。“误入”“争渡”“惊起”几个动词的运用使词意更加妙趣横生，摇曳生姿，使人有身临其境之感。词的语言浅显，纯用白描，风格清新淡雅。由此可见，划船既开阔了李清照的眼界，陶冶了她的情操，同时也为她的创作提供了生活素材。

李清照不仅喜欢打秋千、划船等户外体育活动，而且对一些智力游戏，如“打马”“彩选”“弈棋”等博戏也有广泛的兴趣。南渡以前，她的生活安定、幸福，闺门多暇，茶余饭后常常和二三女伴在绿窗之下玩“打马”。她争强好胜、专心致志、技艺精湛，可以说是一位玩“打马”的“特级大师”。南渡以后，她曾于绍兴四年（1134）冬，避乱金华时，将“打马”绘成图例，并撰写了《打马图经序》和《打马赋》，对这种博戏作了详细的说明、深入的研究和精彩的评论。“打马”已经失传，后人想要了解这种博戏就不能不阅读李清照的上述著作。可见她在这方面的造诣也是很深的。

李清照的青少年时代就是在这样一个十分优越的家庭环境里渡过，逐渐成长起来的。她是一个博学多才、兴趣广泛、善于思考、富有进取心，德、智、体、美全面发展的奇女子。这同人们从她晚年作品中所看到的那个面容枯槁憔悴、沉默寡言、心事重重、失魂落魄，到处寻寻觅觅、双颊常常挂着泪珠的老妇人，判若两人。苦难深重的时代、人世间的沧桑巨变，给李清照的身体和心灵所造成的创伤实在太深太重了，使她的形貌、性格和感情都发生了极其惊人的变化。两种截然不同的生活，两个时代的反差太大了。

柳絮泉畔那位美丽可爱的小姑娘，连做梦也没有想到自己会有这样的结局。这能怨谁呢？指责李清照晚年对生活完全失去信心、消极悲观到了极点的人，太不了解李清照了。

三、初至京华

十四五岁时，李清照和她母亲王氏夫人、弟弟李迒以及一个比她小两三岁名叫翠玉的侍女一起从济南来到了都城东京。当时她的父亲李格非在朝中任礼部员外郎。数年前，李格非为太学正时，曾在东京“经衢之西”租赁了一套住宅，他们全家进京以后便住在这里。

东京，又称大梁、汴京、东都，即今河南开封市。它地处中州，素称天下要衢。历史上有七个朝代曾建都于此，所以又称为“七朝古都”。这里土地肥沃，物产丰富，风光优美，交通便利，人才荟萃，是中华民族文化的策源地之一，也是10世纪后期至12世纪初世界上人口最多、经济文化最发达，“八荒争凑，万国咸通”的国际大都会。

东京城垣分为外城、内城和皇城三重。外城又称新城，周长五十里一百六十五步，城墙高四丈，宽五丈九尺。内城又称旧城，周长二十里一百五十五步。皇城即宫城，又称大内，周长五里。城郭宏伟，建筑壮丽，尤其是大内一座座排列有序的宫殿，金碧辉煌，充分体现了古代东方宫廷建筑的特色。城内有四条河穿城而过，即蔡河、汴河、五丈河与金水河，河上横卧着风格不同的大小桥梁三十二座，将纵横交错的街道连接在一起。河中舟船来往穿梭不停，载着各种货物，通向四面八方。东京城里和郊外，共有大小园林一百多个，其中最著名的如州南的玉津园、州北的瑞圣园、州西的琼林苑、州东的宜春苑，特别是政和年间修建的艮岳，更是集我国古代南北园林建筑艺术之大成。东京还有许多名胜古迹，如被誉为汴京八景的“繁（pó）台春色”“汴水秋声”“隋堤烟柳”“相国霜钟”“州桥明月”“梁园雪霁”“铁塔行云”等，为都人仕女、文人墨客提供了休闲观光和吟风赏月的理想场所。

与李清照同时略晚、自号为幽兰居士的孟元老在他所著的《东京梦华录》序中写道：

> 仆从先人宦游南北，崇宁癸未（1103）到京师，卜居于州西金梁桥西夹道之南。渐次长立，正当辇毂之下，太平日久，人物繁阜，垂髫之童，但习鼓舞，斑白之老，不识干戈，时节相次，各有观赏。灯宵月夕，雪际花时，乞巧登高，教池游苑。举目则青楼画阁，绣户珠帘，雕车竞驻于天街，宝马争驰于御路；金翠耀目，罗绮飘香。新声巧笑于柳陌花衢，按管调弦于茶坊酒肆。

由此可见，当时的东京多么繁华富庶，物质生活与文化娱乐生活都是异常丰富多彩的。早在李清照出生之前的仁宗朝，有个名叫裴湘的内臣曾写过一首咏赞汴京的词：

> 万国仰神京，礼乐纵横。葱葱佳气锁龙城。日御明堂天子圣，朝会簪缨。　　九陌六街平，万物充盈。青楼弦管酒如渑。别有隋堤烟柳暮，千古含情。
>
> ——《浪淘沙》

词中热情洋溢地歌颂了“礼乐纵横”“万物充盈”、天下景仰的“神京”，为这座历史名城留下了一幅生动而形象的写照。

当李清照来到东京时，正值哲宗元符末年，朝政腐败黑暗，新旧两党斗争激烈，政治风云瞬息万变。当权者贪赃枉法，卖官鬻爵，挥霍无度，以致民怨沸腾，社会危机日益严重。作为一个十四五岁的闺阁少女，李清照自然不会了解这一切。她看到的只是繁华的都市、宽阔的街道、华丽的建筑、优美的风光、熙来攘往的人群和纸醉金迷、歌吹沸天的行乐生活。但随着岁月的流逝，她也逐渐长大，眼界愈来愈开阔，见闻愈来愈丰富，接触的人物愈来愈多，思想认识也渐渐成熟了起来。

李家在东京的住宅，原为官府的公房，李格非迁入后，砌了一道围墙，又在南面一块空地上栽了一小片竹林，将靠近竹林的一间书房命名为“有竹堂”。元祐四年(1089)，友人晁补之曾撰写了一篇《有竹堂记》。文章中说：

> 济南李文叔为太学正，得屋于经衢之西，输直于官而居之。治其南轩地，植竹砌傍，而名其堂“有竹”，榜诸栋间，又为之记于壁，率午归自太学，则坐堂中埽地置笔研，呻吟策牍，为文章数十篇……

那年李清照只有六岁，还和她的母亲住在济南。

李格非独居京师，闲暇无事，又在另一块空地上开辟了一个小小的花园，种上牡丹、芍药、海棠、木犀以及桃、李、兰、菊等各种花木。花园虽然不大，品种却不少。他常在此赏花吟诗，举杯独酌，借以消除孤独寂寞之感。

李格非接到夫人不久即将带着儿女进京的来信后，便雇人将房舍重新装修一遍，以迎接多年未曾见面的亲人，盼望能全家团聚，享受天伦之乐。

李清照对新家的环境很快就熟悉了。这里虽然不像故乡那样山清水秀，但因坐落在一条僻静的小巷深处，附近较为安静，没有闹市中那许多喧嚣嘈杂之声，在繁华的东京城里也算难得了。特别是门前那片竹林和花园，为她的学习、活动，观察自然变化，了解四时节序，提供了有利的条件，也给她的闺中生活平添了不少乐趣。

李清照的居室是楼上一间朝南的屋子，室内窗明几净，布置古朴雅致。除了一张床、一个梳妆台、一张书桌、几只凳子外，墙壁一面排列着两个书橱，书橱里整齐地放着经史子集、诗词歌赋等各类书籍。这些书有的是她父亲读过的，有的则是李父特意为她买的。李格非非常喜欢聪明懂事的女儿，知道她从小最喜欢的就是看书，因此每次在市上遇见好书、新书都要买几部，等女儿到来以后作为礼物送给她。墙壁另一面挂着一幅不知谁人临摹的唐人韩干的画马，还有当代大文豪苏东坡所写的唐诗《枫桥夜泊》条幅。

侍女翠玉住在楼上一间朝北的小屋里。楼下共有四间屋子，正中最大的一间作为客厅，李格非和王氏住在客厅东边的一间套房里，李迒则住客厅西边的一间。管家和仆人分别住在东西厢房内。自从李清照他们来到以后，这一家子经常洋溢着欢声笑语，生活十分美满幸福。

新家安顿下来以后不久，李清照就向王氏提出要去参观游览大相国寺。早在童年时期她就听人说过，大相国寺是京师最热闹、最好玩的地方，一直盼望着有一天能够亲自去逛逛，去领略一番。现在来到京城快两个月了，还未能如愿以偿，使她心急如焚。王氏和李格非商量后，同意第二天就带清照姐弟和翠玉一起去相国寺观光。相国寺“每月五次开放，万姓交易”，就是民间所说的赶庙会。说来也巧，第二天正好是赶庙会的日子。游人很多，最为热闹。李格非因忙于朝政，不能和他们一起去。好在王氏早年随李清照外祖父家住京城时曾多次去过，道路很熟，李格非也就放心了。

第二天清晨，吃过早饭，这老少四人坐着轿子，一大早就出发了。走了大约一个时辰，便到了大内南面，州桥之东，位于汴河大街一侧的相国寺门口。他们下得轿来，只见有不少推车挑担、满载各种货物的商贩正在不断涌进庙内。

李清照走近大门，眼前立即呈现出一片古色古香、金碧交辉的建筑物。最前面是一座牌楼，牌楼门上横书“相国寺”三个端庄劲挺的大字。下开山门，门柱用兽面花纹琉璃砖砌成，柱基前后均用风车图案砌成抱鼓石，两旁花墙下部排列着佛像、飞天、立僧和莲花等各种图案的琉璃砖，显得十分庄重而又绚丽多彩。

李清照和翠玉搀扶着王氏，李迒跟在后面，一行四人随着人群跨进大门。迎面就是天王殿，殿内供奉着弥勒佛和四大天王的塑像。他们在弥勒佛的塑像前停了下来，只听王氏说道：

“清照，你看那副对联多有意思。记得小时候我来这里时，每次都要看一看这副对联，至今还没有忘记。现在你就读给我们听一听吧！”

李清照抬头一看。只见上联写的是“大肚能容容天下难容之事”，下联是“慈颜常笑笑世上可笑之人”。李清照读毕，若有所悟地对王氏、李迒和翠玉说道：

“这副对联写得实在好。如今世上‘难容之事’和‘可笑之人’也太多了，真难为了弥勒佛啊！”

说完，他们便从天王殿出来，又参观了大雄宝殿。然后穿过月门，来到了八角罗汉殿。这座建筑别具一格，外面是环绕成一个圆周形的八角殿，内有“释迦牟尼讲经会”大型彩雕，周围是游廊，下面有雕栏，屋顶饰有黄绿琉璃瓦，脊上排列着立佛，挑角上挂着铃铎。八角罗汉殿中间有一个小小的院子，院子中耸立着一座八角亭。他们漫步到八角亭上，王氏让大家坐一会儿，在亭子里稍微休息休息，然后对他们说：

“趁休息的时间，我给你们讲讲相国寺的历史吧！”

李清照最喜欢听历史掌故，听王氏一说便偎依在她身边聚精会神地听起关于相国寺的历史传说来：

“据老辈人说，相国寺这个地方，原来是春秋战国时候那个大名鼎鼎的信陵君魏公子无忌的故宅。北齐文宣帝天保六年（555），在这里建了一座名为建国寺的佛教寺院，后来毁于战火。唐朝初年，此地为歙州司马郑景宅园。景云二年（711），有个叫慧云的高僧，说他一天晚上看见城中出现了一股祥光异气，天亮后又在郑景宅内池中看到殿台楼阁的幻象，于是便化缘募捐买下这座宅子，准备改建为寺院。在建寺过程中，工匠们从地下挖出了当年建寺的一块古碑，才知道这里原来就是建国寺的旧址。慧云和尚非常高兴，便特意用青铜铸了一座高一丈八尺的弥勒佛像，将它安置在正殿当中，就是我们刚才在天王殿内看到的那尊铜像。那时候唐朝的皇帝是睿宗，他当皇帝以前，曾被封为相王，于是就赐名为‘大相国寺’，并亲自书写了匾额。寺基占地五百四十多亩，寺内分为六十四个院落。寺内设市，中庭两庑，可容纳上万人。四方商人到京师来做买卖，都聚集在这里。寺内建筑宏伟壮丽，金碧辉煌，雕塑壁画，巧夺天工。佛门弟子常常在寺内讲经，举行法会活动。自太祖皇帝开始，我朝历代官家也常常来寺内游幸祈祷。朝廷的一些重大仪式，如新科进士题名等也在这里举行。寺内还有许多珍贵的文物和艺术品，如举世闻名的‘杨塑与吴画’，就是杨惠之所塑的净土院大殿的佛像和画圣吴道子画的文殊维摩像，都是精妙绝伦的艺术珍品。关于相国寺，还有不少有趣的民间传说故事，等以后有空我再慢慢地讲给你们听吧……”

李清照听得正有兴趣，见王氏把话停住，站起身来，知道王氏是要大家继续往下看，于是也跟着站起来，扶着王氏离开八角亭，又穿过一道回廊，向设在寺内游廊上和庭院中的店铺走去。这里人山人海，喧闹嘈杂，商品琳琅满目，令人眼花缭乱。穿着各种样式服装的店主们正在用南腔北调的方音高声叫卖，招徕顾客，推销从外地贩运来的商品。他们一行进入一座交易庭院，这里主要是出售“动用什物”，如蒲合、簟席、屏帏、鞍辔、弓剑、洗漱用具等日用商品以及时果、果脯之类。靠近佛殿门前，是闻名京师的孟家道院王道人特制的蜜饯。左边卖的是“赵文秀笔”，右边卖的是“潘谷墨”，这些都是当时文房四宝中的名牌货。来这里买东西的主要是太学生和一些青年士子。两边游廊上专卖尼姑庵师姑们精心绣做的领抹、帏幕、窗帘、绢花、珠翠头面、幞头帽子、特髻冠子、绣花被面等。

李清照对“赵笔”“潘墨”最感兴趣，停在那里仔细观看挑选，最后买了三支小楷、三支大楷和两锭印着金字的“潘墨”。在游廊上，王氏为李清照买了两朵绢花和一副珠翠头面，给翠玉也买了两朵绢花。然后又转过身来对李迒说：

“迒儿，你想要点什么？告诉妈妈给你买。”

李远顽皮地做着鬼脸对王氏说：

“我什么也不想要，现在我想赶快填饱肚子。”

王氏含笑说道：“时间不早了，我也觉得有些饿了。咱们行动快些吧！”

说完，便领着大家走马观花地又游览了几座交易庭院，便出了相国寺的东大门，沿着东大街走了一二里路，向北拐入一条小巷中。王氏对他们说：

“这条巷子叫小甜水巷，巷内南食店最多，而且各家风味都不同。常常是顾客盈门。当年你们的外祖父当宰相时，我还是个五六岁的小姑娘。一次老管家领我到相国寺来玩，曾在这条巷子里吃过一次‘澄沙圆子’，那味道可好啦，又甜又香，至今还没有忘记。今天我就领你们在这里随便吃点东京的风味小吃吧！”

说着便带他们走进了一家小巧洁净的小吃店。上楼以后进入一间三面临窗的小阁，围坐在一张黑漆雕花的方桌前。王氏向店小二要了一碗七宝素粥、两碗五味粥、一碗鹌鹑馉饳儿、一盘水晶脍、一盘玉板鲊、一盘薤花茄儿，另加两碟小菜。王氏喝的是七宝素粥，李清照和翠玉各人一碗五味粥，鹌鹑馉饳儿是专为李远要的，水晶脍和玉板鲊一大半也是李远负责消灭的。吃完付钱之后，这一老三少下楼慢慢走出小巷，不多一会儿便来到了东京最著名的大街——御路。这时李远填饱肚子，精神也来了，便对王氏说：

“妈妈，我们不要去乘轿了，还是慢慢走回去吧！”

王氏看了李清照一眼，意思是想听听她的想法。李清照也很想趁此机会逛逛东京的大街，对李远的意见表示完全同意。于是他们便沿着御路大街往北而行。

御路，又称御街、天街，不仅是东京的第一大街，而且当时在世界上也没有一条街道可以与它相比。御路北起皇宫正门宣德楼，一直往南，经州桥，过内城朱雀门，直至外城南薰门。长十四五里，宽二百余步。两边为御廊，从前允许市人买卖于其间，从政和年间开始被官府明令禁止。两旁各竖黑漆杈子，路心又安朱漆杈子两行。中心为御道，人马不得来往，专供车驾出入，行人皆在廊下杈子之外。杈子里有砖石御沟水两道，宣和间又在水中广植莲荷，近岸则种桃李梨杏，春夏之间，杂花相间，望之如锦绣。

宣德楼除正门外，左右各有二门，即左掖门、右掖门和东华门、西华门。正门里为大庆殿，每遇大礼车驾斋宿及正朔朝会于此殿。左掖门里为明堂，右掖门里为天章、宝文等阁。朝廷的枢密院、中书省、都堂、门下省等也都在大庆殿附近。宣德门外御路两旁则有景灵东宫、景灵西宫、大晟府、太常寺等。州桥以南多为各种店铺、酒楼和居民住宅。承平时期，御路一带是东京最繁华热闹的地方，观光、游览和购物的人群摩肩接踵，络绎不绝。

宋孝宗乾道六年（1170），诗人范成大使金，途经故都汴京，登州桥，写了一首寄慨遥深的七言绝句：

南望朱雀门，北望宣德楼，皆旧御路也。
州桥南北是天街，父老年年等驾回。
忍泪失声询使者，几时真有六军来？

——《州桥》

诗中表达了东京“父老”百姓的黍离之悲和盼望“六军”北伐的殷切之情。

这是六七十年以后的事情了。李清照和她的同代人谁也没有料到，如此壮丽繁华的东京，如此壮阔的御路，日后竟然会沦于敌手，变成一片残破不堪的废墟。

他们从相国寺出来后，游览了御路，又在宣德楼前远远地瞻仰了金碧辉煌、戒备森严的皇宫，然后沿着西华门大街方向往家中走去。刚拐过一条街，只见前面一个较大的广场。广场里人山人海，里三层外三层，好像正在围观什么。这时忽然听到翠玉大声惊叫道：

“夫人、小姐，你们快看呀，那边有两头大得吓人的大鼻驴。”

李清照抬头望去，仔细一看，不禁捧腹大笑，笑得前仰后合，连眼泪都笑出来了，一边指着翠玉说道：

“翠玉呀翠玉，多亏了你的好眼力，那哪里是什么大鼻驴，分明是两头大象嘛！”

王氏看了以后，对他们说：

“这场面你们都没见过，这是宫中的驯象师在驯象。这些大象是南方一些国家进贡来的。每逢大礼，象队要在宣德楼前的广场上进行表演。那两个手执彩旗，身着紫衫，骑在象背上进行指挥的人就是驯象师。清照，你也没有见过大象呀，如何认得的？”

李清照走到王氏跟前，取出一块手绢，擦了擦眼角上的眼泪，然后从容地回禀道：

“母亲，小时候我从一本书上看到一幅插图，画着一个庞然大物，长着一根大得吓人的大鼻子，开始也不认得，后来我问你，你告诉我那是大象，所以就记住了。母亲，怎么你倒忘记了？”

王氏听了，连连点头，脸上露出了满意的微笑。他们一边说话，一边站在街边遥遥地观看驯象师驯象，并没有挤进人群中间去。看了一阵后，便往回走了。一路上，李清照和翠玉还在叽叽喳喳地议论着这次“指象为驴”的笑话。

四、海棠与芍药

李清照来到京城以后，正值天下太平、家门鼎盛的时候，她又处于豆蔻年华之季，生活无忧无虑，转眼间便成长为一位亭亭玉立、光彩照人的妙龄女郎。随着年龄的增长，她也渐渐由天真无邪的少女走向青年，开始了对人生、爱情和理想的思考与追求。有时候面对花开花落、春去秋来也朦胧地滋生出一缕惋惜和惆怅的情绪。她一方面勤奋地读书学习，如饥似渴地吮吸各种各样的知识乳汁；另一方面动笔写作，抒发心灵感受的时间也愈来愈多了。

一年暮春时节，一个风雨交加的晚上，李清照独自一人在灯下读书将近三更，风雨还是不停。此时家人都已入睡，她感到有些寂寞难耐，于是便喝了两杯酒，上床酣然进入梦乡。等到第二天清晨醒来，酒意尚未全消。这时只见侍女翠玉已经来到她的房间，正在卷起窗帘，打扫屋子。李清照一边穿衣起床，一边怀着急切的心情向翠玉问道：

"你快看看窗外，昨晚这场风雨之后，花园里有些什么变化呀？"

翠玉推开窗户，瞅了瞅外面，漫不经心地回答她说：

"海棠花还是和昨天一样，开得鲜艳无比，什么变化也没有。"

敏感的李清照对"卷帘人"的回答很不满意，便走到窗前，指着楼下的海棠花儿说：

"你仔细看看，经过昨夜这场风雨，绿叶儿长得更加肥大茂盛，而那红灿灿的海棠花儿却开始凋零消瘦了。"

翠玉又看了看窗外，瞪着两眼，茫然不知所以地望着小姐，嘴里不断地嘟囔着：

"俺没看出来，海棠花儿和昨天还是一个样嘛！"说着便拿起笤帚走出屋子去了。

李清照灵感顿生，诗情如涌，也顾不上漱洗梳妆了，便铺开一张雪白的蜀笺，提笔写一首小令：

昨夜雨疏风骤，浓睡不消残酒。试问卷帘人，却道海棠依旧。知否？知否？应是绿肥红瘦。

——《如梦令》

这首小令，语新意隽，委曲精妙。全篇仅七句，三十三个字，却写得含蓄婉转，而又极有层次，声口毕现，又一次显示出李清照善于表现闺情的艺术天才。故"当时文士莫不击节称赏，未有能道之者"（《尧山堂外纪》）。词中运用对话体，一问一答，口气宛然，主仆二人文化素质不同，观察事物的深度也不一样，情态各异，生动如画。《蓼园词选》评论说："按一问极有情，答以'依旧'，答得极淡，跌出'知否'二句来，而'绿肥红瘦'无限凄婉，却又妙在含蓄。短幅中藏无数曲折，自是圣于词者。"一位闺中少女的作品，被评论家赞为"圣于词者"，这能说不是旷代才女吗！

写过《如梦令》后，一连数日天气晴好，风和日丽，草木欣欣向荣，时令已近春末夏初。一天，李清照忽然提出要求王氏带他们到城郊去玩玩。王氏将她搂在怀里，抚摸着李清照那粉红的脸蛋说：

"傻闺女，都什么时候了，还要出城去探春？春天早已过去了，你看咱家花园里的花儿不都快零落殆尽了吗？这时候还有什么可看的？"

李清照偎依在王氏怀里，撒娇似的说道：

"妈妈，你不知道，早春和暮春不一样，各有各的妙处，是不能互相代替的。暮春时节并非百花全都凋残，偏偏有那么几位花神不愿争春邀宠，喜欢姗姗来迟，如芍药、蔷薇等，不都是春末夏初才开放吗？"

王氏说不过她，只好同意第二天带她和翠玉到京城东郊的宜春苑去玩玩。

李迒对此不感兴趣，借口明天有几个学友要找他有事，便半开玩笑似的对李清照说：

"亲爱的阿姐，恕小弟不能奉陪了。"

王夫人选定去城东的宜春苑，自有她的道理。当时汴京城里城外共有园林一百多座，而城东为最多，风景也最优美。除东御苑和宜春苑而外，著名的园林和游乐场所还有快活林、勃脐陂、独乐冈、蜘蛛楼、麦家园、虹桥、王家园等。因此都人从正月十九日收灯后，来这一带探春踏青的人就络绎不绝。孟元老描写当时游人争相出城探春的盛况时，这样写道：

> 大抵都城左近，皆是园圃，百里之内，并无阒地。次第春容满野，暖律暄晴，万花争出，粉墙细柳，斜笼绮陌，香轮暖辗，芳草如茵，骏骑骄嘶，杏花如绣，莺啼芳树，燕舞晴空。红妆按乐于宝榭层楼；白面行歌近画桥流水。举目则秋千巧笑；触处则蹴鞠疏狂。寻芳选胜，花絮时坠；金尊折翠簪红，蜂蝶暗随归骑。于是相继清明节矣。
>
> ——《东京梦华录》

李清照母女这次出城游玩，已经是清明过后的残春时节了。

自从参观相国寺回来以后，李迒和李清照都极力要求李父买一台车子，这一要求也得到了王氏的支持。李格非一向生活简朴，在衣食住行方面从不追求奢华。当时他虽为礼部员外郎，却还没有一台车子，平时上朝或外出都是骑马，也未感到有什么不方便。现在家属来了，情况就不同了。既然儿女和夫人一致要求买车，他便很爽快地答应了。好在马是现成的，一台中等车子不过十两左右银子，这也算不了什么，所以几天之后，管家就从车行买回来了一台专供宅眷乘坐的新车。

那时候车子是城市交通运输的主要工具。东京常见的车子有六七种，如太平车、平头车、独轮车、浪子车、痴车和宅眷坐车等，各有各的用途。前面几种都是运输用车，其中太平车最大，上面有箱无盖，箱如构栏而平，板壁伸出两根木头，长有二三尺，驾车人在中间，一手拽着缰绳，一手握着长鞭驾驶。前面拴着骡马二十余头，也有不用骡马而用七八头牛来拉拽的。车的两轮与车箱平齐，后面有两根斜木，中间悬挂着一个铁铃，车子行进时铁铃便发出响声，使远处驶来的车子听到铃声好躲避。又在后面拴着两头驴、骡，遇到下坡、过桥或险路，就用鞭子吓唬后面的驴、骡，使其倒退，好让车子缓缓而行。这种车子是专门用来搬运大宗货物的，每次可载数十石。平头车与太平车相似而小，两轮前出长木作辕木，以独牛驾辕，人在一边，用手牵着牛鼻绳来驾驶。独轮车，前后二人把驾，两旁两人扶拐，前有驴拽，这种车子又称“串车”。浪子车是一种只用人拽的车子。痴车只有短梯盘而无轮，是专门用来搬运巨石大木的。以上几种都是运货车。载人的车子称为宅眷坐车，是专供富贵人家眷属使用的交通工具。这种车子档次较多，最华贵的如宫车、七宝香车，嵌金镶玉，极为侈丽。也有一些中等档次或一般的，如油壁车等。

李家所买的那台车子属中等的宅眷坐车，只用两匹马拉拽，车盖为天青色的丝绒，门帘为深绿色，虽然不算华贵，却也灵巧方便。

车子买来曾经用过几次，那是王氏夫人带着儿女去拜访当年在京师的一些亲朋好友。这次去东城郊游，除李清照而外，还带了侍女翠玉。翠玉可是第一次乘坐这台新车，所以今天她显得十分高兴。

吃过早饭后，母女主仆三人便乘车出发了。车子驶出小巷，走上西大街，穿过宣德楼广场，一直向东前进。沿途经过东华门街、潘楼街、大十字街、赵十万宅街，出旧宋门、新宋门，走了一个多时辰，便到了著名的宜春苑。这时游园赏花的人已经寥寥无几，门前车马稀少，不像前些日子那样拥挤不堪。他们入园之后，只见草木掩映，绿树成荫，柳絮轻飏，夭桃秾李早已凋谢，牡丹园中也是一片残红狼藉。

李清照和翠玉扶着王氏，穿过几道回廊水榭，沿着微波荡漾的池沼岸边，迤逦来到了一座围着朱红栏杆的花圃。用竹子搭成的园门上写着三个遒劲的草书大字：“芍药园”。

李清照高兴地对王氏说：

“阿妈，你看这园子中的花开得多么绚丽，那不就是人称‘婪尾春’的芍药花吗！

别看芍药开得最晚，可它留住春神，延长了春光，功劳可不小哩！走，咱们快进园子里去看看吧！”

说着三人便一起进入了芍药园中。这里的芍药长得很茂盛，品种也很齐全，如最名贵的御袍黄、金带围、冠群芳、尽天工、醉西施、合欢芳、会三英、晓妆新、杨妃出浴、青山卧雪，等等，无不应有尽有。望之如灿烂的锦绣，五光十色，争妍斗艳，令人赏心悦目，流连忘返。

李清照将其中最有特色的品种一一介绍给王氏和翠玉，偶尔也插入几句简短的评语。王氏听了也觉得开了眼界，在心里暗暗地赞许女儿的博学多识。他们在芍药园中观赏了很长时间，李清照还流连于花丛中，舍不得离去。只见翠玉走到李清照面前，拽了拽她的袖子说道：

“小姐，你是不是准备要赋诗填词了？俺给你带来了纸笔墨砚，就请到那边小阁中去写吧！”

李清照回过头来，看了翠玉一眼，用亲昵的口气对这个与她形影不离的侍女说道：

“翠丫头，你算猜对了，真是我的好妹妹。这回我要填一首慢词来赞美这珍贵的‘婪尾春’。走，咱们快到小阁中去吧。”

二人来到阁子里后，翠玉从包袱中取出笔，铺上纸，打开墨盒，屏息站在一旁。李清照略思片刻，便提笔写下了一首词：

> 禁幄低张，彤阑巧护，就中独占残春。容华淡伫，绰约俱见天真。待得群花过后，一番风雨晚妆新。妖娆艳态，妒风笑月，长殢东君。　　东城边，南陌上，正日烘池馆，竞走香轮。绮筵散日，谁人可继芳尘？更好明光宫殿，几枝先近日边匀。金尊倒，拚了尽烛，不管黄昏。
>
> ——《庆清朝慢》

写完后，李清照又低吟一遍给翠玉听。可是翠玉却一个劲儿地摇头，说她听不懂，并向清照提出了一个问题：

“小姐，你说是赞美芍药，可你的词中怎么没听到有‘芍药’这两个字呀？”

李清照听了微笑地说：

“这是一首不出题面字的咏物词，是词中常用的一种表现手法。就是赞美什么事物，偏不说出它的名字来。我这首词虽然没有出现‘芍药’二字，但通过‘独占残春’‘绰约俱见天真’和‘晚妆新’等句，已暗暗地包含着咏赞芍药之意。芍药春末夏初时节才开放，所以又被称为‘婪尾春’，‘婪尾’就是末尾的意思，我用‘独占残春’来加以说明。而‘芍药’与‘绰约’音近，故而用作借代词。芍药中有一个名贵的品种叫‘晓妆新’，我将它改为‘晚妆新’，其实也是指芍药而言。你看我虽然没有直接提到‘芍药’二字，但咏赞芍药的意思不是也很明显吗？词与诗不一样，它别是一家，音律与表现手法和古诗有很大的区别，不能混为一谈。等以后有空，我也给你讲讲，学点这方面的知识，说不定将来会有用的。”

李清照刚说完，只见王氏领着一位头戴青色方巾，身着紫地皂花紧丝袍，举止潇洒，二十岁上下的青年人，从花间向阁子走来。李清照立即迎上前去，见过王氏，也对那位青年施了一礼。王氏指着青年人对李清照说道：

“这位公子，是洛阳有名的才子，小时候曾随他父亲到过你外祖父家，那时候我还没有和你父亲完婚哩，如今他已长成大人了。如果不是刚才赏花时相遇，他问起来，我是无论如何也认不出来的。”

那位青年人也作了一番自我介绍，说他无意功名，专心读书，再过些日子就要回洛阳老家去了，打算隐居林下。接着又改换话题，说他近来听说东京文坛盛传清照小姐的几首歌词，人人赞不绝口，都说从济南飞来了一只金凤凰，只是无缘相见。没曾料想今天在宜春苑遇上了，真是三生有幸。说得李清照十分不好意思，羞涩地低下了头。

这位青年人就是虽为布衣而有朝野之望，后来朝廷屡次征召不出的著名词人朱敦儒。李清照结婚后一次和夫婿赵明诚游金鱼池时，又和他见过一面，赵明诚也认识他。那次李清照曾写过一首咏赞金鱼池的《鹊桥仙》，朱敦儒也和了一首。可惜李清照的原唱已经佚失，而朱敦儒的和作却保存下来了：

白鸥欲下，金鱼不去，圆叶低开蕙帐。轻风冷露夜深时，独自个，凌波直上。　　幽兰共晚，明珰难寄，尘世教谁将傍？会寻织女趁灵槎，泛旧路，银河万丈。

——《鹊桥仙·和李易安金鱼池莲》

据说这次相会以后，他们后来还在另外一个场合见过面。李清照曾写了一首《新荷叶》为朱敦儒祝寿，希望他不要继续隐居不出，而应像东晋时的谢安那样为“天下苍生”而起，表达了李清照以国事为重的高尚情操。这首词是近年一位学者从一部明代手抄本《诗渊》中新发现的，其确切的写作年代已不可考。现引录如下：

薄露初零，长宵共永昼分停。绕水楼台，高耸万丈蓬瀛。芝兰为寿，相辉映，簪笏盈庭。花柔玉净，捧觞别有娉婷。　　鹤瘦松青，精神与秋月争明。德行文章，素驰日下声名。东山高蹈，虽卿相，不足为荣。安石须起，要苏天下苍生。

——《新荷叶》

这天李清照和她母亲以及翠玉在宜春苑赏芍药、赋词，玩得十分开心，回到家中的时候已经快到黄昏掌灯时分了。

五、不同凡响的和诗

元符三年（1100），李清照已经十七岁了。来到东京虽然仅有两三年，但由于生活条件优越，她就像朵含苞欲放的蓓蕾，在春风雨露的滋润下，茁壮地成长起来。

可是这一年对北宋后期政坛，却是一个转折点。新年刚过，十二岁就继承神宗皇帝之位，当了十三年天子，当时年仅二十五岁的哲宗皇帝赵煦突然生病，第三天便一命呜呼，乘着灵车奔赴黄泉路上去了。哲宗后宫的嫔妃虽然并不比他的历代祖宗爷少，但直到临死的四个多月前，才得了一位小王子——邓王赵茂。不幸，这位独生王子几个月后便夭折于襁褓之中。于是围绕着皇位继承权，宫廷中又展开了一场尖锐的斗争。神宗有十几个王子，哲宗为第六子，他是由神宗之母高太后指定的皇位继承人。高氏死后，由神宗的皇后向氏接替她的位置，成了皇太后，独揽了后宫的大权。哲宗驾崩之日，太后向氏又故伎重演，立即垂帘听政，召集执宰大臣入宫安排后事，向氏一边抹着眼泪，一边哭哭啼啼地对元老大臣们说：

“家国不幸，大行皇帝无子，天下事须早定。”

其实，她心里早有盘算，主意已定，征求大臣意见，不过是走走过场而已。

这时只见丞相章惇声色俱厉、态度强硬地站出来表明自己的意见：

“按礼律，当立大行皇帝同母之弟简王（赵似）。”

皇太后阴沉着脸，极不高兴地说道：

“老身无子，诸王皆为神宗庶子，申王赵佖虽然年长，但有目疾，其次就应当立端王。”

章惇寸步不让地上前争辩道：

“按年龄应当立申王，按礼律则应当立简王。”

皇太后怒视着章惇道：

“均为神宗之子，莫难如此分别，端王如何不可立？”

章惇还想要分辩，只见知枢密院事曾布上前加以制止：“章惇听太后处分！”接着曾布又向皇太后奏道：“章惇未曾与臣等商议，如皇太后圣谕极当。”

此时尚书右丞蔡卞、中书门下侍郎许将也相继附和曾布的意见说：“合依圣旨。”

章惇见他平时提拔的几个亲信，在关键时刻都看风使舵，出卖了自己，只得默然无语。

向太后听了曾布等人的话后，满意地点点头，然后又对群臣说：

“先帝尝言，端王有福寿，且仁孝，与诸王不同，合当登极。”

章惇明明知道她是在撒谎，因为他曾多次听过先帝训斥端王（当时封号为宁国公)。但见大势已去，何况宫闱之事他又怎敢反驳呢？

于是便召端王立即上殿，在哲宗的灵堂前穿上向氏早已为他准备好了的黄袍，即皇帝位。

不久，章惇就被贬谪出京了。

这个端王，就是庙号为宋徽宗的赵佶。他是神宗的第十一子，生于元丰五年(1082)，时年十九岁。哲宗在世时，章惇曾在宫中见过几次，还听到过不少关于他的传言，认为其人“轻佻，不可以君天下”（以上引文均见《宋史》卷二十二《徽宗纪》)，所以极力反对立他为帝。但由于向太后独断专行，终于使他登上了皇帝的宝座。

赵佶即位以后，二十多年间沉迷声色，荒淫无度，重用蔡京、王黼、童贯、高俅等一班贪赃枉法的奸臣贼子，肆无忌惮地败坏纲纪，践踏法度，陷害忠良，敲诈勒索，挥霍民脂民膏，使得民不聊生，天下大乱，引来外敌入侵，终于酿成亡国大祸，给百姓带来了空前深重的灾难。他和他的儿子钦宗赵桓一起被金人俘虏到北方，受尽凌辱，最后成为大漠中的孤魂野鬼。

《宋史》虽然认为章惇是“小人”，将他列入《奸臣传》，但也不能不承认他反对立端王有先见之明。并说如果“宋不立徽宗”，就不一定会引来金兵入侵，中原也不致沦陷。“以是知事变之来，虽小人亦能知之，而君子有所不能制也。”(《宋史》卷二十二《徽宗纪》）还说：“自古人君玩物而丧志，纵欲而败度，鲜有不亡者，徽宗甚焉。”(同上）徽宗就是一个“玩物而丧志，纵欲而败度”的亡国昏君。将政权交给什么人，是关系到一个国家全体民众生死存亡的大问题。这段历史，为后人提供了深刻的教训。

朝廷中发生的事情，似乎与李清照毫无关系。是立端王，或是立申王、简王，和她有何相干？但世界上的事物都是相互联系着、互有影响的。任何人都不可能脱离他所生活的那个社会，脱离他所处的政治环境。后来的事实说明，徽宗当皇帝后，由于他的误国误民行为，使千百万人民陷入水深火热的苦难深渊，李清照也是其中的一员。靖康之难以后，她历尽劫波，流亡他乡，尝尽人间苦难，沦为无家可归的难民，这都是徽宗当政年间朝政的腐败和黑暗所造成的恶果。

宋人话本小说《冯玉梅团圆》中说：“只为宣和失政，奸佞当权，延至靖康，金虏凌城，掳了徽、钦二帝北去。康王泥马渡江，弃了汴京，偏安一隅，改元建炎。其时东京一路百姓，惧怕鞑虏，都跟随车驾南渡，又被虏骑追赶；兵火之际，东逃西躲，不知拆散了几多骨肉！往往父子夫妻，终身不复相见。”在无数跟随车驾南渡的人群中，就有一位是宋代第一才女李清照。如果没有“宣和失政”，金兵就不可能长驱直入，中原也不致沦陷，那么李清照的后半生就可能是另一个样子。当端王刚刚登上金銮宝殿的时候，十七岁的李清照和当时其他人一样，谁也没有也不可能料到一场空前的民族大灾难已经开始来临。虽然当时也曾有一个人反对立端王，认为他不可以当皇帝，但却被赶出了朝廷，并被认为是“奸臣”。这段历史看来还需要重新认识。

这年五六月间，李格非曾去过一次荆湖北路，与苏门四学士之一的张耒（文潜）相遇于樊口，并和他一起在船上饮酒赋诗。席间，文潜将不久之前写的一首七言古诗《题中兴颂碑后》拿出来给李格非看，想听听他的意见。由于时间紧迫，行色匆匆，李格非没有来得及仔细阅读，便带回了东京。

一天晚饭后，李清照来到楼下李格非的书房，见父亲正在摇头晃脑、抑扬顿挫地朗诵些什么。于是她轻轻地走上前去，想看看父亲在读什么书。李格非听到脚步声，便回过头来，面带慈祥的微笑对她说：

“清照，你来得正好，过来看看，这是当今著名诗人张文潜叔叔新近写的一首古体诗，你拿去认真读一读，好好地学习学习吧！”

张耒的大名，李清照早有所闻，而且也读过他的一些作品。于是便高高兴兴地将诗稿带回楼上自己的房中，在烛光下一字一句认真仔细地阅读起来：

玉环妖血无人扫，渔阳马厌长安草。
潼关战骨高于山，万里君王蜀中老。
金戈铁马从西来，郭公凛凛英雄才。
举旗为风偃为雨，洒扫九庙无尘埃。
元功高名谁与纪，风雅不继骚人死。
水部胸中星斗文，太师笔下蛟龙字。
天遣二子传将来，高山十丈摩苍崖。
谁持此碑入我室，使我一见昏眸开。
百年废兴增叹慨，当时数子今安在？
君不见荒凉浯水弃不收，时有游人打碑卖。

——张耒《题中兴颂碑后》

李清照反复读了好几遍，读完后又在书桌前两手托腮沉思了很长时间。眼看蜡烛快要燃尽，她忽然来了灵感，于是便提笔写成了两首奇气横溢、不同凡响的和诗：

五十年功如电扫，华清宫柳咸阳草。
五坊供奉斗鸡儿，酒肉堆中不知老。
胡兵忽自天上来，逆胡亦是奸雄才。
勤政楼前走胡马，珠翠踏尽香尘埃。
何为出战辄披靡，传置荔枝多马死。
尧功舜德本如天，安用区区纪文字。
著碑铭德真陋哉，乃令神鬼磨山崖。
子仪光弼不自猜，天心悔祸人心开。
夏商有鉴当深戒，简策汗青今俱在。
君不见当时张说最多机，虽生已被姚崇卖。

又

君不见惊人废兴传天宝，中兴碑上今生草。
不知负国有奸雄，但说成功尊国老。
谁令妃子天上来，虢、秦、韩国皆天才。
花桑羯鼓玉方响，春风不敢生尘埃。
姓名谁复知安史，健儿猛将安眠死。
去天尺五抱瓮峰，峰头凿出开元字。
时移势去真可哀，奸人心丑深如崖。
西蜀万里尚能反，南内一闭何时开？
可怜孝德如天大，反使将军称好在。
呜呼，奴辈乃不能道辅国用事张后尊，
乃能念春荠长安作斤卖。

——《浯溪中兴颂诗和张文潜》

《大唐中兴颂》是唐代诗人元结于肃宗上元二年（761）平定“安史之乱”以后写的一篇歌颂大唐中兴的文章。当时他正寓居于湖南祁阳县城西南的浯溪之滨。文章写好后他又请著名书法家颜真卿写成楷书大字，镌刻在江边崖石上。由于文奇、书奇、石奇，故被称为“浯溪三绝”，是祁阳县最有名的文物古迹。元结的颂文和张耒的诗作，主要是歌颂讨平“安史之乱”、中兴唐室的“盛德大业”。李清照的和诗和他们的看法不一样，重点在于揭露天宝末年唐玄宗沉溺声色犬马、荒淫误国的行为。正如诗中所说，由于“五坊供奉斗鸡儿，酒肉堆中不知老”，纲纪败坏，奸佞专权，才导致“胡兵忽自天上来，逆胡亦是奸雄才。勤政楼前走胡马，珠翠踏尽香尘埃”。她认为如果君王有道，像“尧功舜德”那样，本来就不会发生“安史之乱”；这场叛乱虽然平定了，但却耗尽了国家的元气，使唐朝开始向下坡路走去，因而不值得歌颂。所以她才说“著碑铭德真陋哉”“安用区区纪文字”。更加值得注意的是，诗中所揭露的天宝年间的唐玄宗和后来宣和年间的宋徽宗何其相似，表现了诗人的敏感和预见性，这正是其他人难以企及之处。从这两首诗的立意和主旨看，和诗要高出原诗一格。要知道，李清照当时才十七岁，只相当于今天的高中生。一位正值花季的闺中少女，能写出思想如此敏锐、见解如此深刻的作品，不能不令人叹服。诗中史实除引用正史外，也采摭了不少野史笔记，说明李清照那时候已读了许多书，掌握了非常广博丰富的历史知识。由此可见，天才的确是从勤奋中产生出来的。

这两首诗是李清照早年的成名之作。一个不满十七周岁的女孩子，居然不揣浅陋，敢向前辈名人挑战，与之赓韵唱和，真有一股初生牛犊不怕虎的朝气。而且识见之高，竟能超出前人之上。谁说她不是一位天才的诗人呢！诗成不久，便在士林中广为传诵，受到人们的一致好评。如吴曾《能改斋漫录》说：“（易安居士）自少便有诗名，才力华赡，逼近前辈。”说她“自少便有诗名”，当然要包括这两首早年诗作在内。后人对此二诗评价甚高，如周煇《清波杂志》云：“赵明诚待制妻易安李夫人，尝和张文潜长篇二，以妇人而厕众作，非深有思致者能之乎！”明陈宏绪《寒夜录》则认为：“二诗奇气横溢，尝鼎一脔，已知为驼峰、麟脯矣。古文、诗歌、小词并擅胜场。虽秦、黄辈尤难之，称古今才妇第一，不虚也。”

这两首诗进一步为李清照赢得了声誉。柳絮泉畔的这颗新星，正在须眉统治的东京文坛冉冉升起。

六、大佛寺前巧遇

元符三年（1100）夏秋之间，京师苦旱，整个七月几乎天天烈日当空，热浪席卷中州大地。地里庄稼枯槁，草木萎黄，人畜饮水都十分困难。正如当时一首民歌所唱：“赤日炎炎似火烧，野田禾苗半枯焦。农夫心内如汤煮，公子王孙把扇摇。”开封府和祥符、浚仪两县也曾组织过几次求雨仪式，但却未能“感动”天公，蓝天之上连一丝云彩也不见。这时有一名道士向朝廷建议，采用熙宁年间用古法求雨的方式，或许能感动上苍，及时普降甘霖，以解百姓倒悬之苦。这一建议被朝廷采纳后，便责成开封府立即施行。

这种古法求雨的仪式很特别，由各坊巷在所管辖的区域内，于官署、寺庙和大商场门前，摆上一排贮满清水的大缸，四周插上柳枝，缸里放入三五只蜥蜴。蜥蜴在水里不断游动，一群青衣青帽小儿环绕着大缸一边来回走动，一边反复地念偈语：

蜥蜴蜥蜴，兴云吐雾，降雨滂沱，放汝归去。

据说熙宁年间曾试过几次，很是“灵验”，每次都求来了滂沱大雨。东京市民已经多年未见过，所以从求雨仪式开始那天起，便引来了无数围观的人。

李迒在塾馆听说后，回到家里便迫不及待地要求李格非带他也去看看热闹。李格非先是说他近日很忙，没有空闲时间，但终于禁不住爱子的再三请求，答应第二天带他和李清照到附近去开开眼界。

李清照对求神祈雨一类活动向来不感兴趣，但听说是按古法求雨，以前从未听说过，更未见过，也想去看个究竟，于是便决定跟随李格非和李迒一起去参观古法求雨仪式。

第二天用过早点，父子三人便动身出发了。出得门来，只见李清照上身穿着一件藕色薄罗轻衫，下着一条葱绿色的绸裙，头上戴着一顶淡黄色的遮阳草帽，脸上薄施脂粉，柳眉下闪动着一对炯炯有神的星眼，活像一朵出水芙蓉，显得格外秀丽迷人。

他们走出小巷，沿着西大街，经过清风楼、建隆观和著名的无比客店，前面就是正在举行求雨仪式的景德大佛寺。只见大门前已经有许多来看热闹的群众，一群青衣青帽小儿正围绕着大缸边走边念叨着些什么。李清照拉着李迒的手，也挤进人群中去观看。可是大缸里却没有看见游动的蜥蜴，只有几只早已被淹死的蝎虎。小儿们念叨的也不是他们原来听说的那几句偈语，而是“冤苦冤苦，我是蝎虎，似此昏昏，怎得甘雨”。李格非皱着眉头，连声叹气，便领着儿女走出了人群。

这时旁边过来一位老者，李格非上前施礼问道：

“老人家，缸中如何不放蜥蜴却放蝎虎？蝎虎不识水性，入水即死，怎能求得甘雨呢?”

老人打量了一下李格非，见他身着便装，未穿朝服，以为是一位没有功名出身的读书人，便低声对他说道：

“员外，你不知道，这大旱天到哪里去捉许多蜥蜴，百姓无奈只得以蝎虎来滥竽充数了。适才不听小儿们念道‘似此昏昏，怎得甘雨’么？不过应付糊涂的官府罢了。如今的开封府，可不是包大人坐堂那个时候的开封府了啊!”

李格非听了更觉不安，便想领着李清照姐弟俩往回走了。可是李迒却不依，一定要再往前，到别处去看看蜥蜴究竟是如何在缸中“兴云吐雾”的。

正在这时，只见一群风度翩翩的年轻人说说笑笑、高声谈论着向景德寺这边走来。他们一个个衣冠楚楚，举止文雅，神采飞扬，一看便知绝非市井游手好闲之徒。原来这是一群太学生，听说用古法求雨，他们也很好奇，便告假前来观看。

李迒正拉着李格非继续往前走的时候，忽然从那群太学生的队伍中走出一位中等身材，眉清目秀，温文尔雅，二十岁上下的年轻人，来到李格非面前，深深地施了一礼，恭恭敬敬叫道：

“李叔叔，许久未见，一向可好！婶娘身体好吗？”

李格非停下定睛一看，立即认出了对方，便非常亲切地说道：“啊，原来是明诚贤侄，没想到今天在这里相遇。令尊、令堂近来身体可好？”

不等对方回答，李格非指着李清照和李迒对年轻人说：

“这是小女清照，这是幼子李迒，你们还未见过面吧，快过来见过世兄！”

李清照上前敛袂施了一礼，又抬头看了这位世兄一眼，一种异样的感觉顿时涌上心头，全身的热血仿佛也沸腾起来，不觉低下了头。赵明诚看了李清照一眼，心里怦怦地跳个不停，脸上泛出一阵红晕。他为了掩饰自己的窘态，便过去拉着李迒的手问道：

“小弟，现在哪家塾馆念书？”

李迒回答说：“在寒舍附近张侍郎家塾馆寄读。”

他们又说了一阵话，只见那群太学生已渐渐远去，赵明诚便告别李格非父女去追赶他们。临走又回头看了李清照一眼，恰巧李清照此时也正在一动不动地注视着他。四目相遇，一种特殊的感情同时涌上两个年轻人的心头。

李清照回到家里以后，好像变成了另一个人，欢声笑语不多了，早晚常常看见她独自在楼上回廊里倚栏沉思。有时也下楼来到花园中默默无言地凝视着在花丛中双双飞舞的彩蝶。她已经进入了“有女怀春”的季节，爱情的嫩芽正在心田里萌动。大佛寺门前的那一幕总是时时萦绕在她心头，她想要忘掉它，却无论如何也忘不了。

七、“梦中”姻缘

在景德大佛寺门前求雨仪式上，与李清照相遇的那位太学生，姓赵名明诚，字德甫（一作德夫），密州诸诚（今属山东省）人。他的父亲赵挺之，当时在朝廷任吏部侍郎，后来官至右丞相。他的母亲郭氏，是曾任濮州知州、提点夔州刑狱的东平（今属山东省）人郭概的女儿。赵明诚排行第三，上有两位兄长赵存诚和赵思诚，下有一个年幼的妹妹。

赵明诚自幼聪颖，有神童之称。他博览群书，酷好书画艺术，专心搜集、整理、研究金石文物。著有《金石录》三十卷，对“本朝诸家蓄古器物款式，其考订详洽”（《直斋书录解题》），有很高的学术价值。

李格非和赵挺之，一个是礼部员外郎，一个是吏部侍郎，同朝为官，且都是山东人，平时早有来往，关系也还不错。后来由于受党派斗争的影响，出现了矛盾，事先他们并没有预料到。

赵明诚入太学已有数年，在同舍的学友中是佼佼者。他的业余爱好是“从当世学士大夫访问金石刻词”（《金石录·自序》），这一业余爱好后来竟成为他孜孜以求的毕生事业。在他的屋里堆放着许多名家书画、金石拓片和各种各样的古代器物，因此被同窗好友戏称为“赵骨董”“金石迷”。他也没有空去考虑学友们对自己是褒扬还是讽刺，依然一如既往、锲而不舍地“收蓄前代石刻”（《金石录·汉重修高祖庙碑跋尾》）。

前些日子，他曾听到同舍一些学友在一起议论，说是近年从山东济南府来了一位才女，诗词写得绝好，人也长得文静秀丽。东京的名家前辈对青年后生本来是很挑剔的，可是对她却赞不绝口，骚人墨客无不为之倾倒。他一打听才知道这位才女原来是礼部员外郎李格非叔叔家的千金。她的作品自己也曾读过一些，确实别有风韵，脍炙人口，名不虚传，值得称赞。给他感受最深的是自然生动，毫不造作，以平常语度入音律，读来亲切真挚。他早就盼望能与这位同乡才女见上一面，可惜一直没有这样的机会。

那天在大佛寺门前的偶然相遇，使他的愿望得以实现，时间虽然很短，但她的倩姿丽影和高雅不俗的言谈举止，却给这位“金石迷”留下了永生难忘的印象。回到太学以后，他也好像变成了另一个人似的，终日坐卧不宁，魂不守舍。同窗学友们并没有觉察出来，还以为他又迷恋上了哪件新发现的金石文物哩！可是他心里明白，自己已深深地坠入了爱河。前两年父母曾为他提过几次亲，都被他以种种理由拒绝了。谁知那日一见钟情，他也说不清楚这是什么原因。他不断暗暗地问自己：明诚呀明诚，你该怎么办呢？

太学每月朔、望两次假日，赵明诚照例要回到家里。这天晚上，当他向赵挺之夫妇汇报完半月来的学习情况后，接着又说道：

“前些日子孩儿做了一个奇怪的梦，梦见一位白发老人送给孩儿一本书。书上尽是些天文地理、神怪灵异之事，文字古奥，且多为四言，既像是诗，又像是骈文。孩儿学识浅薄，大半不晓其意，醒来以后只记得其中的三句。”

郭氏听完，急忙问道：

“是哪三句？你快说出来，让你爹爹参详参详，说不定和你的功名前程有关。神人的话不可不信呀！”

赵挺之接着说道：

“你干脆将这三句话写下来，让大家仔细看看，一起琢磨琢磨是什么意思。”

于是赵明诚就按照赵挺之说的，坐在书桌前，将“梦中”在书上所看到的那三句话写了下来。这时只见赵存诚和赵思诚也走了进来。大家一起围在灯下认真地看赵明诚所写的字条。原来那上面写的三句话是：

“言与司合。安上已脱。芝芙草拔。”

众人看了，一时也不明白这三句话是什么意思。只见赵挺之从桌子上拿起字条来又仔细地看了看，然后将它递给赵存诚，并让他再朗读一遍。赵存诚刚刚读完，只见赵挺之脸上露出微笑问道：

“存儿、思儿，你们理会了么？”

二人同时躬身回答说：

“儿等学识浅陋，实不理会，请父亲明示。”

赵挺之点了点头，转过身来又望了望夫人，然后背着双手，十分自得地在屋子里一边踱步，一边向众人解释道：

“这是三句拆字隐语。‘言’与‘司’合是个‘词’字；‘安’上已脱，就是去掉宝字盖，是个‘女’字；‘芝’字和‘芙’字去掉草字头，不就成了‘之夫’二字吗！这三句话是暗示俺家明儿要做‘词女之夫’啊！”

说完众人恍然大悟，赵挺之也不觉哈哈大笑起来。这时只见赵思诚走到赵明诚面前，故意用责备的口气说道：

“三弟呀，你要是心里有了意中人就直接对父母说嘛！何必编造梦中谎言来蒙人啊！”

赵明诚听了羞得满面通红，可嘴上却不肯承认，不好意思地望着赵挺之与郭氏说道：

“爹爹、阿妈，二哥冤枉好人。这三句话孩儿并不懂，真是做梦在一本书上看到的。就是让孩儿编，恐怕孩儿也是编不出来的。”

听了赵明诚的辩解，赵挺之与郭氏会心地相视一笑。然后只听赵挺之说道：

“好啦，好啦，不必多说了。是梦也罢，非梦也罢，明儿的婚事早该提到议事日程上来啦！等我跟你母亲商议商议，再征求你的意见。存儿、思儿，你们二人如有什么线索，也提出来供父母参酌参酌。”

只见赵存诚含笑回禀道：

“孩儿早已有了一条线索，只是还没有机会告诉父亲，等明日孩儿单独向双亲大人禀告吧！”

赵挺之满意地点点头，便叫大家各人回屋休息。这天晚上，赵明诚几乎一夜未曾合眼，直到近五更天时才朦朦胧胧地睡了一小觉。睡梦中，他恍恍惚惚、轻飘飘地又来到了大佛寺门口……

数日之后，赵挺之突然来到“经衢之西”的李府，拜访李格非。两人见面互相寒暄几句后，便进入客厅，叙礼坐下。接着王夫人也出来与客人见面，坐了一会儿便退出了客厅。他们二人先是漫无边际地闲聊，接着就转向了章惇的被贬，这是近来朝野间议论纷纷的一个热门话题。

“听说章丞相近日又由武昌军节度副使，贬为雷州司户参军，快到天涯海角了。看来他是死无葬身之地啦！不知格非兄对这件事是怎么看的？”赵挺之端起杯子呷了一口茶，试探性地问道。

“章子厚刚愎自用，专主‘绍述’，迫害元老重臣。始则诋诬宣仁太后（英宗皇后高氏，元祐时曾垂帘听政），甚至说‘老奸擅国’，真是可恶之极；现在又公然违抗钦圣太后（神宗皇后向氏）圣谕，反对今上（徽宗）登极，被贬罢官，罪有应得。”一提到章惇，李格非便愤愤然。除政见不和而外，特别是对他当权时迫害格非的恩师东坡先生和山谷、少游等人表示强烈不满。

“今日朝廷中的政事，许多都说不清，是是非非，各执一说，难以分清。神宗皇帝在世时，对司马温公、东坡学士等反对推行新法，虽不以为然，但认为他们‘立朝议论不同，然各行其所学，皆是忠于朝廷’。而如今党同伐异，皆为一己之私，谁也不是为朝廷、为国家着想。彼此争权夺利，排斥异己，文人相轻，遂成仇敌，国是可忧矣。”赵挺之说到这里，停了片刻，继续往下说：“至于章丞相，如今成为一个有争议的人物，恐怕几百年后也未必会有定论。他博学多才，胆识过人，处事果断，不为迎合，性尤真率，从不肯以官爵私所亲。只是锋芒太露，不免要得罪一些人。荆公当年锐意改革，用他推行新法，也是经过慎重考虑的，对他的长处和短处一清二楚。听说神宗皇帝有一次不知为什么事大发雷霆，降旨要斩一位漕官。宰相蔡确出班奏道：‘我朝祖宗以来，未尝杀士人，臣等不希望看到这个禁令从陛下开始废止。’神宗犹豫了半天才说：‘那么就将他刺配到远恶军州。’此时章子厚为门下侍郎，只见他上前跪禀道：‘这样还不如将他杀了算了。’神宗不解地问道：‘那是为什么？’章子厚回答说：‘士可杀不可辱。’神宗皇帝气得面红耳赤，站起身来，声色俱厉地大声说道：‘朕连一件快意的事情都做不得？’章子厚用平和的语气对神宗说：‘这种快意事，臣以为做不得也好。’神宗沉吟了半晌，气也渐渐地消下去了。那位漕官多亏章子厚一句话，拣了一条性命。可见他并不像有些人说的那样‘穷凶稔恶’，而是敢于顶撞官家，不为迎合，实在难得。”

李格非平时和章惇接触不多，其实并不甚了解，之所以对他印象不好，多半都是听旁人传说得来的。今天见赵挺之有意为他辩护，也不便再争论下去，于是便将话题岔开：

“算啦，算啦，我们还是说点别的吧！挺之兄，嫂夫人、三位公子和令嫒近来可好?”

赵挺之一听格非说到家事，这才想起今天自己来李府的目的，于是便顺水行船，也改变了话题。先是简单地介绍了赵存诚和赵思诚的近况，然后就说到了赵明诚：

“三儿明诚尚在太学念书，年近二十，还没有成家，他母亲正为此事发愁哩!”

李格非听他话中有话，自然明白了其中的用意。自己对赵明诚的印象本来就不错，那天又在街上见了一面，果然一表人才，彬彬有礼，便有意促成这桩婚事。但他们都不愿由自己首先提出来，于是又迂回曲折地谈了半天，最后才把话题挑明，两人一致同意结为儿女亲家，并且商定于次年春夏之间择日举行婚礼。

赵明诚和李清照得知这一消息后，真是喜出望外，心里都感到甜滋滋的，巴不得这一天早日到来。

当时提亲娶妇的礼节非常烦琐，有许多道程序和手续，既费时间，又费钱财。首先得递草帖子，两家同意后，再交换细帖子。细帖子上要写明祖宗三代的名讳与议亲人的服亲、田产、官职之类。再次是担许口酒，就是用网担抬一个大酒瓶，周围装以大花八朵，罗绢生色或银胜八枚，又以红花绸子缠在担上，叫作“缴担红”，抬到女家。女家以淡水二瓶，活鱼三五条、筷子一双，放在瓶内，称为回鱼筯。接着或下小定、大定，或相媳妇或不相媳妇。若相媳妇，则由男家亲人或婆婆前往女家，如果看中了，就用钗子插在冠上，叫作插冠子；如果没有看中，就留一两块彩缎给女家，与之压惊，这桩婚事就算告吹了。媒人也分为好几等，穿着打扮都不一样。这一过程走完了之后，便是下财礼、报结婚日子、过大礼。成婚前一日，女家先来挂帐，铺设卧房，叫作“铺房”。到迎亲那天，男家用车子或者花轿跟随一批迎亲的客人一齐来到女家，女家要招待迎亲客人，送给彩缎，奏乐催妆上车或上轿。随行迎亲的人都不肯起身，吵嚷着要“利市”，给了之后才起行，这叫作起轿子。新妇到了男家之后，还有拦门、撒谷豆、坐虚帐、饮交杯酒、新妇拜堂等仪式。婚礼完毕，两位新人往往累得精疲力竭，甚至还有累出病来的，将一桩喜事变成了苦差事。

赵、李二姓都是书香门第人家，共同商定，婚礼从简，能省略的礼节一律省去。经过几个月的筹备，二十一岁的赵明诚和十八岁的李清照，终于在徽宗建中靖国元年(1101)三月下旬完成婚礼大典，成为一对志同道合、伉俪情深、互敬互爱的理想夫妻。从此，李清照结束了她天真烂漫的少女时代，开始了人生旅途上最幸福、最美好的一段岁月。

婚后，赵明诚从太学搬回了家中住。他们家那时还住在租赁来的一套宅院里，离龙津桥南的太学、国子监都不太远。直到崇宁四年（1105），赵挺之拜相后，徽宗才在府司巷赐给他一套豪华的住宅。每天清晨，赵明诚用过早点，便步行至太学就读，至未末申初才回到家中。赵明诚早去晚归，李清照都要在大门口送迎。小两口恩恩爱爱，如胶似漆，左邻右舍无不投以欣羡的目光，都称赞他们是一对天生的佳偶。

李清照出嫁以后，翠玉仍然留在李家，服侍王夫人。后来李格非被打入元祐党籍，罢了官，由王夫人做主将她许配给了东京一家装裱书画店的学徒，从此李清照与她逐渐失去了联系。三十多年后，这主仆二人又在临安的一条街上相遇，彼此都尝尽了人间的苦难，“尘满面，鬓如霜”，互相几乎都认不出来了。这是后话，留待下文详叙。

八、在蜜月中

一天清晨，赵明诚和李清照这对新婚夫妇，正在住家附近一条小巷里漫步，只听从不远的地方传来一阵清脆悦耳的“卖花哟，卖花哟”的叫卖声。李清照停步望着赵明诚含笑说道：

“德甫，我们到前面看看去，买几株鲜花回去吧！”说完不等赵明诚回答，便拉着他的手朝叫声的方向走去。

他们转过一个拐角，只见一位衣着朴素、模样十分俊俏的小姑娘正挑着一副担子向这边走来。担子里装满了各种各样、五颜六色、艳丽无比的鲜花，花瓣和枝叶上还带着滴滴晶莹的露珠。李清照一看不由心花怒放，立即走上前去，告诉小姑娘放下担子，要买几株鲜花。赵明诚随后也跟了上来，两人经过一番品赏、挑选，买了一束红玫瑰和一束白牡丹。回到房间后，李清照将瓶儿注满清水，然后把鲜花插入其中，又仔细地看了看，闻了闻，不觉连声赞道：

“真好看，真香！”

说完拉开抽屉，从里面取出一把并州剪刀，剪下一朵最漂亮的红玫瑰。剪完后便放下剪刀，走到妆台前，对着镜子将那朵玫瑰花斜簪在卷曲如云的鬓发上。

赵明诚一直在李清照身边目不转睛地看着她。开始时对李清照从抽屉里取出剪刀迷惑不解，因为他早就知道李清照从小就不喜欢也不会做针线活，那么她取剪刀要干什么呢？等到李清照将鲜花剪下插在头上后才明白过来。这时只见李清照已来到他身边，深情地注视着他，含羞带娇地问道：

“德甫，你仔细瞧瞧，是花儿漂亮，还是我……”

赵明诚望着簪上鲜花的爱妻不觉如醉如痴，一把将李清照搂在怀里，不住地爱抚着，嗫嚅地道：

“花儿好看……人儿好看……人儿比花儿更好看……”

他们久久地拥抱着，彼此仿佛融为了一体，深深地沉浸于爱河之中。

过了一阵，李清照忽然从赵明诚的怀抱中挣脱出来，对他说道：

“德甫，现在我有点事等着要急办，你先去床上躺一会儿，或者坐下看看书也可以。等我办完事后再叫你。”

赵明诚对李清照言听计从，她说有急事要办，那一定是非常重要的事情。正好他也觉得今天起得太早，有些疲倦，巴不得在床上躺一会儿。于是随便拿着一本书斜靠在枕上翻阅，不一会儿双眼就合上了。

原来李清照在今天早上买花、赏花、簪花和与花比美的过程中产生了灵感，正在酝酿着一首小词。她见赵明诚躺下后，就坐在窗前书桌旁，铺开纸，提起笔，略加思索，便写成了一首《减字木兰花》：

卖花担上，买得一枝春欲放。泪染轻匀，犹带彤霞晓露痕。　怕郎猜道，奴面不如花面好。云鬓斜簪，徒要教郎比并看。

写完后又仔细看了一遍，这才满意地站起身来走到床前，摇醒已经在打鼾的赵明诚。赵明诚睁开惺忪的睡眼，抬起头来望着李清照问道：

“我睡了多久？你的事情办完了吗？”

李清照笑着回答：

“你睡了也就一个多时辰，不算长也不算短，我的事，已经办完了，快起来看看吧！”

说着就把他拉到书桌前。赵明诚低头一看，原来桌子上放着李清照刚刚写完的那首小令，墨迹还没全干哩！赵明诚十分高兴，翻来复去读了好几遍，连声赞叹道：

“太好了，清丽自然，堪称一首闺情佳作。我是第一个读者，也是词中那位被人家怀疑为会认为‘奴面不如花面好’的傻郎君。我才不傻哩！刚才我不是已经说过‘人儿比花儿更好看吗’，怎么还会去乱‘猜’呢？我得到你，就像得到了一株阆苑仙葩，还能不知满足吗？”

李清照听他说个没完，便制止道：

“算了，算了，别耍贫嘴了。仔细看看，还有哪些不妥之处，帮人家修改修改嘛！”

说完便依偎在赵明诚怀里，两人一起对这首小词一字一句地斟酌推敲起来。

这首《减字木兰花》看似浅显，实则情真意挚，表达了作者对爱情和幸福的热烈追求。她希望新婚夫婿把自己看得比鲜花还要美丽，无限钟情、无限爱恋自己。这种心理对一位新婚女子来说，是十分正常的，完全可以理解的。词的语言浅近，形象鲜明，风格清新。其中买花、观花、簪花、与花比美等几个细节生动如画，绘声绘影，乐而不淫，浅而不俗，富有浓郁的生活气息。在道学家看来，也许会认为有点卖弄风情，毫无顾忌，肆意落笔。然而新妇向夫婿吐露真言，希望得到他的爱抚和专宠，这绝不能说是“儇薄”。因此怀疑这首词是否为李清照所作是没有根据的。除了李清照，谁还能写得出来呢？那些喜欢沾花惹草、迷恋于婚外情的男性艳词作者能写得出来吗？

转眼之间，便到了初夏四月，东京城里另是一番景象：“榴花院落，时闻求友之莺；细柳亭轩，乍见引雏之燕。”商店里各种时新鲜果，如樱桃、青杏、李子、林擒等也相继上市。都民士女都在盼望四月初八“佛生日”的到来，好上街去观看十大禅院举行隆重的“浴佛斋会”。

这天，天气晴朗，风和日丽。一大早赵明诚和李清照就乘车出发，到城南禹王台西边参观开封的名胜古迹——繁（pó）塔去了。头天晚上，赵明诚向李清照谈起“汴京八景”，特别介绍了繁台和繁塔的历史与有关传说，引起了李清照的浓厚兴趣，于是他们决定次日就去繁塔登高眺远。

李清照和赵明诚乘坐的车子过了州桥，出朱雀门，一直南去，驶出南薰门后又向东行了四五里路程，便来到了当时东京的游览胜地之一的繁台。

这里原来是一片高地，因台上所住的居民多数都是姓繁，所以叫繁台。据传，五代时后周显德二年（955），在这里修建了一所佛教寺院，名曰天清寺。陈桥兵变、黄袍加身后，宋太祖开宝年间（968—976）将这座寺院加以扩建，新修了许多宏伟的殿堂和瑰丽的楼台亭阁，同时又在寺内筑起一座耸入云霄的高塔，这就是闻名遐迩的“繁塔”。从此，拜佛进香的人接踵而来，参观游玩的人络绎不绝。特别是每逢节日，人们往往带着酒食，三五成群地结伴而至，新婚夫妇来此游玩观光的也不少。他们或者选个雅静的地方饮酒赋诗，或者到热闹的场所去看舞乐百戏，或者在绿茵地上踏青斗草，或者在花间柳下说爱谈情，人人自得其乐，大家都沉浸在承平岁月的享乐生活之中。

高高的繁塔，更是引来了不少文人雅士，激起了他们的诗情逸兴。当时许多著名的作家，都曾登上繁塔凭高眺望。仁宗年间诗人苏舜钦登繁塔曾赋诗说：

我来历初级，穰穰瞰市衢。

车马尽蝼蚁，大河乃水渠。

跻攀及其巅，四顾万象无。

迥然尘坋隔，颇觉襟袍舒。

俄思一失足，立见糜体躯。

这首诗文风质朴，句句说的都是实话。尤其是后两句，说他站在繁塔上往下一看，吓得心惊肉跳，想到万一失足掉下去，整个身体马上就会跌成肉酱。既表现了繁塔之高，同时也使人有亲临其境之感。

另一位佚名诗人是这样写的：

梁园百尺彩云连，春色年年锦绣鲜。

万点照天红杏灭，千门如水绿杨烟。

游人紫陌骄罗绮，啼鸟青楼杂管弦。

千载登临忆枚马，几回沉醉百花前。

——《繁台春色》

由此可见，当年这一带的风光景物多么繁华壮丽，多么引人入胜。

赵明诚和李清照携手并肩同行，在繁台附近浏览一遍后，便进入寺内，开始攀登繁塔。展现在他们眼前的是一座造型奇特、周围成六角形的楼阁式砖塔。砖塔外壁镶有数以千计的佛像砖，每块砖上都有一个凹圆形佛龛，佛龛内有佛像凸起。佛像的姿态和表情各不相同，有正在欢笑的，有正在沉思的，有的庄重，有的诙谐可笑，总之造型精巧，生动逼真，活灵活现。佛像面部和手足肌肉丰满细润，所穿的短衫、袈裟，线条流畅清晰。端坐单莲座或束腰莲座之中的佛像，修眉圆眼，面带微笑，给人以慈祥和善之感。

李清照一边仔细观看，一边不住地称赞说：

"果然名不虚传，百闻不如一见，确实值得一看。"

接着又回过头来对赵明诚说："德甫，繁塔有多高呀？我们能上得去吗？"

赵明诚扶着李清照，微笑着说：

"啊呀，繁塔究竟有多高，我倒还没有考证过呢。不过它比开宝寺的铁塔要高得多。京师有一首民谣不是这样说么：'铁塔高，铁塔高，铁塔只达繁塔腰。'可见繁塔比铁塔还要高。有了这首民瑶就用不着我再去考证了。"

李清照听了赵明诚这番话，不觉扑嗤一笑：

"看你这个'赵骨董'，三句话不离本行，人家不是要你考证繁塔与铁塔哪个更高，而是问你繁塔究竟有多少丈、多少尺？"

赵明诚一听也笑了，望着李清照说道："这个嘛，等我打听打听，或者回去翻翻书，查明以后再告诉你，好吗？不管它有多高，我们夫妻双双，你搀着我，我扶着你，互相支持，一步一步地往上攀登，累了就休息一会儿，哪有上不去的道理！来，我们现在就开始向上走吧！”

说完他们便互相搀扶着进入圆券门，沿着蹬道，一步一步向上攀登。中间经过几次小憩，终于登上了最高的一层。夫妇二人倚着塔栏，纵目眺望，蓝天仿佛伸手就可以摸到，白云也不断从身旁飘过。俯视京师就像是一幅小小的画图。只有新城和旧城的墙垣依稀可辨，大内殿堂屋顶上的琉璃瓦在阳光下闪闪发亮，显得特别耀眼。至于街道、房舍、车马、人群就模模糊糊变成了混沌一片。

李清照十分开心，高兴地对赵明诚说：

“古人云：登高才能望远，此话不虚。王之涣诗中不是也说过‘欲穷千里目，更上一层楼’嘛，我今天算开了眼界。如果有一天能飞升上天，放眼往下看一看整个尘寰人世，那一定更有意思。”

赵明诚看了李清照一眼，半开玩笑地对她说：

“喜欢作诗填词的人就是爱幻想。飞升上天，哪有那么回事，都是古人虚构的。我们这些凡夫俗子没有这样的缘分喽，只有在梦中才能实现。”

“我就盼望能做这样一个美梦。”李清照说完，便拉着赵明诚的手开始往塔下走去。出了底层的圆券门后，他们不约而同地又回头向上看了看这座矗立在半空中的宏伟建筑。

附带说一下，繁塔在明初已毁于雷殛，只剩下了最下面的三层。后来又在第三层的平台上砌起一座六级小塔。这就是今天人们在开封所看到的宋代繁塔的遗迹。

李清照和赵明诚出了天清寺，在附近随便用过午餐，然后找了一家较幽静的茶馆，在一间小小的阁子里坐了下来。这种阁子虽然较小，但陈设很雅致，是特备的雅座。茶博士立即迎上前来，泡了两碗茶，用地道的汴京话对他们说道：

“二位尊贵的客官，这是新到的福建‘小凤团’，早些年还是宫廷贡品，一般的公卿大夫也很难尝到。如今出产多了，在东京茶馆里也不算希罕了。请二位细细地品尝吧！”

茶博士说完便躬身往后退出了阁子。

李清照端起茶杯，微微呷了一口，又将杯子放在茶碟里，然后用左手托着香腮，对赵明诚说道：

“德甫，今天的繁台之游，实在值得。不过我由此忽然想起了传说的仁宗皇帝时一桩与繁台有关的‘风流韵事’，不知你听说过没有？”

“什么‘风流韵事’？你说来给我听听。”赵明诚不知李清照究竟想说些什么，心里没底，所以便反客为主地答道。

“我问你，小宋学士的《鹧鸪天》你读过吗?”李清照见赵明诚以攻为守，便又逼进一步。

“小宋学士？不是仁宗时那个大名鼎鼎的宋子京宋祁吗！他的文章我是读过的，特别是他和欧阳文忠公共同修撰的《新唐书》，我读过不止一遍。据说他用了十年时间，废寝忘食，写成列传一百五十卷，内容翔实，史料可靠，有口皆碑。他的诗词嘛，据说不多，我只记得那首家喻户晓的‘红杏枝头春意闹’，其余的也许读过，可是都记不得了。说实话，我对曲子是外行，而且兴趣也不在那上面。你是诗词专家，以后还望多多指教啊!”

“不必谦虚了，你的金石之学已经造诣不浅了。这方面我可还没入门哩！你也应该帮助帮助我呀！我甘愿做你的学生和助手，成吗?”说到这里，李清照莞尔一笑，然后又接着原来的话题说下去：“我说的不是那首《玉楼春》，而是另一首调寄《鹧鸪天》的‘艳词’。”

赵明诚听她说到“艳词”，心里一怔，便插话道：

“‘艳词’没有什么意思，我一般不看。再说太学里谁要是读‘艳词’，就会遭到嘲笑。虽然也有些人喜欢，但只能背着人或者回家以后再读。我才不愿浪费那个时间呢。今天又没有他人在此，那你就给俺讲讲宋子京的那首‘艳词’吧，好让我也开开眼界。”

于是李清照又端起茶杯，喝了一口，便开始讲起她听说的当年宋子京在繁台的“艳遇”来：

“仁宗年间，翰林学士承旨宋祁，一次游繁台，在大街上与十几辆宫嫔乘坐的华丽车子相遇。其中一辆车子里有位美人揭起帘子，望着他轻轻地喊道：‘小宋学士！小宋学士！’车子飞速急驰而过，宋子京并未看清车子中的人，只闻到一阵香风飘然而逝。当他回过味来后，不禁怅然。回去以后立即写成了一首《鹧鸪天》：‘画毂雕鞍狭路逢，一声肠断绣帘中。身无彩凤双飞翼，心有灵犀一点通。　金作屋，玉为笼，车如流水马如龙。刘郎已恨蓬山远，更隔蓬山几万重。’词一脱稿，勾栏瓦舍就开始传唱开来，很快又传到了宫廷之中。仁宗知道后，便问内侍，是第几辆车子？谁在车子中呼唤宋祁？有个宫嫔坦白地承认是她，并对官家说：‘有一次宫中举行御宴，听到宣召翰林学士，内臣中有人指着一位官人说：小宋学士到。正好被我听到了，便偷偷地看了一眼，因此认得了他。那天游繁台时在路上偶然又碰到了，便在车子中喊了一声。’说完后，仁宗一挥手，叫这个宫嫔退下。然后传旨宣宋祁上殿。宋祁俯身叩首后，仁宗叫他平身站起来说话。接着便将刚才询问宫嫔的经过讲给宋祁听。宋祁听着听着，两腿不住发颤，汗流浃背，吓得魂不附体。可是接着却听到皇上带着笑声对他说：‘蓬山并不远嘛，哪里有几万重啊！’说完后立即传旨将那名在车子中呼唤小宋学士的宫嫔当场赏赐给了宋子京……”

赵明诚正听得出神，忽然听到李清照又在对他说道：

“德甫，你看宋子京因为游繁台写了一首词，而意外地得到了一位宫中美人，这算不算是一桩风流佳话呢？”

“的确是一桩风流佳话，有这样的好事谁不高兴呢？仁宗皇帝度量就是大，要是在别朝别代，宋子京不遭杀身之祸才怪呢！”说完两人相视，不觉一阵哈哈大笑。

游繁台、登繁塔，是李清照和赵明诚蜜月生活中玩得最开心的一天。

九、典衣购书画

婚后的生活是幸福美满的，也是丰富多彩、充满乐趣的。李清照除有时和赵明诚一起到东京城里城外去游览参观风光景物和名胜古迹外，平时赵明诚入太学后，她便独自一人在屋子里读书、练字、作画或吟诗、填词，有时则探索五音六律以及长短句的表现手法和艺术特征，这为她后来提出独树一帜的词学理论奠定了良好的基础。

一天下午，李清照正在阅读《汉书·王莽传》，忽然听到楼下传来一阵急促的脚步声，接着就听到有人“咚，咚”地踏着楼梯，直奔楼上而来。平时这里都很安静，从来没有人这样莽撞过，因此她感到有些意外，于是便放下手中的书，站起身来准备去开门，看看是谁这样冒失。刚走到门口，只觉房门猛然推开，一个满头大汗、上身只着内衣、手里抱着一堆东西的男子冲了进来，正好和她撞个满怀。她十分惊异，可是定睛一看，不禁哑然失笑。原来那个冒冒失失的男子不是别人，正是与她朝夕相处、耳鬓厮磨的夫君——赵明诚。李清照连忙接过他手中那堆东西，放在桌子上，然后让他坐下，又斟上一杯热茶，这才用亲昵而又带有几分责备的口气问道：

“这是怎么啦？德甫，为何如此狼狈，连袍子也不穿，该不是在路上遇到拦路抢劫的强人了吧？”

“唉呀，夫人，等我喘过气来再对你慢慢地说，好不好？”赵明诚一边不断大口大口地喘气，一边接过李清照递给他的手巾擦着脸上的汗。李清照拿着一把团扇，在旁边为他扇风取凉。过了片刻，赵明诚喘过气来，恢复了常态，于是端起茶杯，喝了一口香喷喷的热茶，便津津有味地叙述起刚才典衣购书画的经过来：

“今天中午，我从太学‘谒告’（请假）回家，路过相国寺门口，本不打算进去，但正巧从墙外花砖缝里看到日常卖古董廊下地摊上围着一群人，于是便情不自禁地走了进去。只见一位戴着范阳斗笠的老者面前摆着几件铜器、陶器和一些字画，正在向游人兜售。有人拿起来看一看，摸一摸，又放回原处，并没有真心想要买。旁边一位头戴方巾、身着青袍的男子，见我到来，便高声说道：‘好了，好了，真正识货的买主来了。’老者抬头看了我一眼，脸上立即露出笑容说道：‘原来是赵公子，我在这里等你多时不见来，以为今天的生意做不成了呢。现在可好了，我这里带来了几件你最喜欢的东西，仔细鉴赏鉴赏吧！’我和这位卖古董的老者早就相识，以前曾从他手中买过好几件古器，虽说不是稀世珍品，却也是很难见到的。我连忙蹲下，一件一件地认真鉴别，围观的人群渐渐散去。我从中挑了一甗、一鬲，均为周代遗物，还选了一部五代后蜀刊印的《白氏长庆集》，然后问他一共要多少钱？他说：‘实不相瞒，这三件加在一起，他人若买要十五千，公子是我的老主顾，你给十千罢了。’我从身上取出银两，让他折算。他并未收下银两，却神秘地对我一笑说：‘公子不必着急算账，还有希罕的哩！请借一步说话。’于是我们先后出了相国寺，来到一条僻静的小胡同，在一个拐弯处停了下来。他小心地从包袱里取出两小卷挂轴，并轻声对我说：‘这是新从江南弄来的两幅苏、黄墨宝，现在市面上是禁止出售的。我知道这是你喜欢的东西，所以没有给别人过目，是专门为你留的。’我连忙打开，匆匆展看，知是东坡和山谷的真迹，立即卷起，问他要多少钱？他说这两件只收成本费，分文不赚。一算，五件加在一起，那几锭银子显然不够，急得我抓耳搔腮。那老者见我着急，便说：‘公子不必着急，身上带的银两不够，明天再给我也一样。’话虽如此说，买古董哪有赊账的。我不得已才跑到典当铺，将身上穿的绿色锦袍，就是我们结婚时穿的那件，当了出去，凑足钱交给老者，抱着这些宝物，一口气就跑了回来……”

李清照一边津津有味地听着，一边为赵明诚打扇。等赵明诚讲完，便走到箱子前取出两锭大银递给他说：

“快拿去，先把袍子赎回来再说，要是父亲知道了，他会生你的气的。”

赵明诚笑了笑，接过银子便急急忙忙地下楼出门去了。不一会儿，赵明诚穿着锦袍大摇大摆地回到了家里。他上楼进入卧室，只见李清照正聚精会神地在欣赏东坡和山谷的书法艺术。

“唉呀，我的肚子都饿坏了。快来，咱们先垫垫肚子，再一起细细地看吧！”赵明诚将手里的两包吃食放在桌子上，对李清照说。

李清照抬头见赵明诚很得意，完全不像刚才那副狼狈样子，心里也感到很高兴。再看桌子上放着一包香糖果子、一包旋炒银杏，这是汴京的两种特产，自己也很喜欢吃。便走到桌子前，斟上两杯茶，与赵明诚并肩坐下，一同“相对展玩咀嚼”，简直就像是一对无忧无虑的“葛天氏之民”。

又过了两个多月，一日管家上楼来禀报，说是有一位从前未见过的客人前来拜访公子和少夫人，现在已经在客厅里等候，请公子、少夫人下楼去会见。赵明诚和李清照连忙来到客厅，只见那位陌生的客人正坐在椅子上喝茶，身旁茶几上放着一个黄色的包袱。宾主见过面后，客人便向他们说明来意：他有一位很要好的朋友，本为贵族子弟，因家道中落，近来经济窘迫，有一幅祖上珍藏留传下来的《徐熙牡丹图》，想转让给公子，不知公子是否有意？

赵明诚和李清照一听，简直不敢相信这是真的。谁不知道，徐熙是五代南唐最负盛名的花鸟画家，与后蜀的黄筌齐名，并称"黄徐"。他的作品潇洒飘逸，落笔之际未尝以敷色晕淡细碎为功，只用粗笔浓墨草草勾出枝叶萼蕊，略施杂彩，不掩笔迹，而神韵自然生动，人称"落墨花"。他的《牡丹图》更是闻名天下的绘画神品，一百多年来许多人都在追寻，却始终未见踪影。今日竟然有人送上门来，这不是在做梦吧？

客人见他们夫妇二人脸上都呈现出惊愕诧异的神色，知道他们事先没有想到，便站起身来说道：

"东西我先留在府上，二位拿去仔细观赏鉴别。至于价钱嘛，包袱中有一张字条，那上面已经标明，三天以后我再来听回音。好在我家就住在东京，离府上不远，去来很方便的。"说完便告辞而去。

赵明诚与李清照将包袱携至楼上，取出画卷，挂在墙上，远观近瞅，指指点点，齐声赞不绝口：

"神品，神品，真是无价之宝！"赵明诚又从墙上取下来放在书案上，对款识、印章、纸质等一一作了认真的鉴别，确定为真品无疑，心里说不出有多高兴。不觉自言自语地说道：

"真是踏破铁鞋无觅处，得来全不费工夫！"他的话音刚落，李清照蓦地在包袱旁边发现了那张字条，连忙拿起来一看，只见上面写着一行字："《徐熙牡丹图》，定价二十万。"李清照突然像遭到雷击一样，被震得目瞪口呆，说不出话来。她犹豫了片刻，才将字条递给赵明诚。赵明诚一看也吓了一大跳，不断嗫嚅道：

"二十万？该不会写错吧！我们到哪里去凑足这么多钱呀！即使是那些豪门贵族、世家子弟，轻易怕也拿不出这笔钱来啊！"

说完两人都垂下了头，心里感到非常惋惜和难过。第三天只得将原物奉还那位客人。后来李清照回忆起这件事时，曾用最简洁的文字叙述道：

> 尝记崇宁间，有人持徐熙牡丹图，求钱二十万。当时虽贵家子弟，求二十万钱，岂易得耶？留信宿，计无所出而还之，夫妇相向惋怅者数日。
>
> ——《金石录后序》

这件事使他们夫妇感到很失望和悲伤，但也给了他们一个启示，那就是决心在生活上要更加简朴，省去一切不必要的用度开支，多积攒点钱，决心“穷遐方绝域”去搜求天下的“古文奇字”“亡诗逸史”和“鲁壁汲冢所未见之书”。由此可见，他们的兴趣和追求与一般的王孙公子、纨绔子弟绝然不同。赵明诚和李清照是这样想的，也是这样做的。此后的十多年中，无论是寄寓京师、屏居乡里还是出仕州县，他们一直节衣缩食，千方百计搜集、整理书画文物。

十、上诗救父

赵、李两家虽然都住在东京，而且相距并不太远，可是除了节日和有重要的事情，平时清照很少回到“经衢之西”的娘家去。即使偶尔回去看望父母和弟弟，时间也很短，难得有机会像从前那样与自己的亲人没完没了地谈论家常。她隐隐约约地感到自己已不再是李家的人，对父母和生活了十几年的家庭了解得愈来愈少了。

特别是近几次，她回去见到父亲，和以前的印象大不一样。父亲面容憔悴，人也显得衰老多了，常常一个人怔怔地坐在那里，脸上看不到一丝笑容。她本想与慈父多唠一阵子，可总是话不投机。父亲不是沉默不语，便是答非所问，这使她感到很苦恼。这究竟是怎么回事呢?

她想来想去实在猜不透。一次她悄悄地问母亲王氏：

“阿妈，俺爹近来身体是不是不太好?为什么老是无精打采，不愿意多说话?该不是得了什么病吧?快请位大夫给他看看呀!”

王氏一听，眼圈就红了，连连摇头叹气地对李清照说：

“我早就察觉出来了。问他是何原因，他始终不肯说；问他是不是得了什么病，就摇摇头，说他身体还好，什么病也没有。不知他到底有个什么心事?我也终日心烦意乱，坐立不安，真是急死人了。”

说着说着，眼泪就流了出来。

李清照回去以后，将情况告诉给了赵明诚。赵明诚听了也很着急，但同样猜不出是什么原因，决定过两天和李清照一起再去看看。

这两位从未涉足政界、丝毫不了解当时封建统治集团内部斗争的年轻人，绝不可能知道李格非目前的处境及其忧伤苦闷的心情。

自神宗熙宁年间王安石变法，遭到保守势力反对失败以后，新旧两党的矛盾越来越多、越来越大，到后来完全变成了两个不同利益集团之间互相倾轧、排斥异己、重新瓜分政治权力的斗争。元丰八年（1085）神宗逝世，哲宗即位，改元元祐，由保守派的后台高太后垂帘听政，司马光任宰相，罢去新法，对新党进行报复打击。九年后高太后病逝，哲宗亲政，起用新党，反过来又对旧党实行残酷迫害。元符三年（1100），哲宗逝世，徽宗继立，又由向太后在幕后掌权，企图重新起用旧党。但刚过一年多，向太后又病死，从此徽宗独掌大权。徽宗的第一个年号“建中靖国”只用了一年，次年便改为“崇宁”。“崇宁”就是“崇尚熙宁”的意思，年号名称中就透露了他的政治倾向性。于是，一些打着“新党”幌子，标榜“变法”的投机分子、阴谋分子就开始聚集在徽宗的左右。当然其中也有少数真心实意拥护变法、希望革除积弊，为朝廷、为百姓办点实事的人。但他们往往以君子之心度小人之腹，虽刚正可嘉，却疏于对小人的防范，所以最后都相继被那些伪君子、阴谋家、野心家一个一个地搞下去了。徽宗当权以后，政坛波谲云诡，瞬息万变，就连一些惯于出没于宦海风波中的“弄潮儿”，也感到莫测深浅，无所适从，从而演出了一幕幕令人眼花缭乱的政治闹剧和悲剧。

崇宁元年（1102），政坛最显赫的人物是蔡京、蔡卞、曾布、赵挺之、张商英、许将、温益等人。其中除温益始终阿附二蔡，未曾遭贬而外，其他人如曾布、赵挺之、张商英、许将等，都先后被蔡氏兄弟赶出了朝廷。有的曾经几次反复，有的则莫名其妙的由“新党”变成了“旧党”，最后都没有好下场。

那些年上梁不正下梁歪，是非颠倒，黑白不分，君子是斗不过小人的。崇宁元年（1102）闰六月曾布罢，二年（1103）八月张商英罢，三年（1104）八月许将罢，大观元年（1107）三月赵挺之罢。张商英被罢去尚书左丞，离开东京时，曾写了一首词，表达他的愤慨心情：

向晚出京关，细雨微风拂面寒。杨柳堤边青草岸，堪观。只在人心咫尺间。　　酒饮盏须干，莫道浮生似等闲。用则逆理天下事，何难？不用云中别有山。

——《南乡子》

后来他虽然又一度复出，拜为尚书右仆射，但终究未斗过老奸巨猾的蔡元长，又被贬为崇信军节度副使，流放到衡州。徽宗与蔡京狼狈为奸，把北宋末年的朝政搞得一塌糊涂，终于激起了人民大众的造反，爆发了方腊、宋江等人领导的大规模起义，动摇了北宋王朝的统治基础。

李格非为人较为正直，是学者型的官员。早年和他的父亲都受到过韩琦的赏识和推荐。后来又以文章受知于苏轼，于是被人指为旧党。其实在新党和旧党的派系斗争中，他并无明显的倾向，只是就事论事。他认为正确的就表示支持，不正确的就予以拒绝和反对。如赵挺之早年在德州任职时，积极推行新法中的“市易法”，制止豪商大贾操纵市场，便利商品的流通。当时黄庭坚出监德安镇，极力加以反对，并将自己的看法告诉了苏轼。后来当赵挺之被召试馆职时，苏轼便指名攻击他：“挺之聚敛小人，学行无取，岂堪此选。”从此赵挺之与苏、黄结下宿怨，曾多次弹劾他们。李格非对赵挺之和苏轼、黄庭坚之间的个人恩怨，采取不介入的态度。他既不同意东坡说赵挺之是“聚敛小人”，也不赞成赵挺之对苏、黄乘机挟隙报复。他始终尊重苏、黄，同时又与赵挺之结为儿女亲家，就充分说明他对人处世不是以属于新党或旧党来画线。他不愿自己被卷入这种意气用事、毫无是非的党派斗争的旋涡中去。他本想在仕途上再走几年，便告老还乡，去著书立说，继续从事《礼记》的研究。然而现实与他的愿望相反，他终于还是被卷进了党派斗争的旋涡，而且翻了船。

崇宁元年（1102）七月，在蔡京的策划下，焚毁了元祐法，并列出元祐党人十七名，宣布党人不得在京任职。在这十七人中，李格非列为第五名，于是他便由礼部员外郎外放为京东提刑。接着朝廷又在九月间重定元祐党籍名单，共120人。并由徽宗御书刻石竖碑，立于文德殿端礼门之东壁，宣称要“永为万世臣子之戒”。李格非的名字列入“余官”类第二十六名，同时被罢去了京东提刑之职。

李格非是因为什么事被列入元祐党籍这一黑名单的呢？原来在哲宗绍圣四年（1097）三月，章惇等人为了打击“旧党”，曾“设局”组织一个班子，专门搜集整理“编类司马光改废法度论奏事状”，为进行迫害提供所谓的“罪证”，其实就是整理打击“旧党”的黑材料。当时李格非为太学博士，当局曾提名以他为“检讨”，负责这一工作。但被他拒绝了，从而冒犯了“执政”，被贬为广信军通判。这件事本来已经过去了五六年，如今又旧账重算，真是欲加之罪，何患无辞。

父亲在政治上受到沉重的打击，使李清照肝肠寸断，忧心如焚。然而她除了回家时安慰安慰他们，又能做些什么呢？她想来想去，经过反复考虑，决心不顾封建礼法，上诗公爹，为父鸣冤，希望他出面说句公道话。当时赵挺之为尚书左丞，权势是很大的。如果他肯出面，事情或许会有挽回的余地。李清照就是怀着这种心情“上诗救父”的。可惜李清照的诗全文并未流传下来，只是从当时的记载里得知其中的两句：“何况人间父子情”“炙手可热心可寒”。

这两句诗是同属于一首之中还是分属于两首，也不得而知。第一句以情动人，说明自己“上诗救父”完全是出于人间最真挚、最纯朴的父女之情。它既符合传统的道德规范，也是人人都能理解的。因此当时人说“识者哀之”。的确谁读了都会为之感动，都会予以同情和怜悯。第二句显然寓有讽刺意味。“炙手可热”意为热得烫手，比喻权贵气焰之盛。语出杜甫《丽人行》中讽刺杨国忠的诗句：“炙手可热势绝伦，慎莫近前丞相嗔。”赵挺之对李格非被打入元祐党籍和罢官是什么态度，史无明文记载，但从当时的地位和权势看，他是负有责任的。清照上“何况人间父子情”一诗后，他有何反应也不得而知。但对李格非的处分并未减轻，直到崇宁五年（1106）毁元祐党人碑之前，他一直被列为“余官”类第二十六人。也许赵挺之看了儿媳的诗后未予理睬，或者干脆付之一炬，后人虽已无从知道当时的详细情况，但有一点则是可以肯定的，那就是李清照“上诗救父”的目的并未达到。这样才会有后一句诗的产生。这句诗虽然只有短短的七个字，却表现了李清照不畏权势，不顾礼法，敢于直言犯上的可贵精神。作为一位闺妇，而且又是被讽刺者的儿媳，这在我国封建社会也是很少见的。

十一、屏居乡里

《金石录后序》中说：“后屏居乡里十年，仰取俯给，衣食有余。”这是指从大观二年（1108）赵明诚与李清照返回青州故里，到赵明诚出守莱州这段时间，前后大约十年。赵明诚和李清照离开东京回到青州故里的直接原因，是由于赵挺之被罢官，不久去世，赵家开始败落。因此叙述他们这段时间的经历，还得从赵挺之被罢官说起。

在打击元祐党人的问题上，赵挺之和蔡京的态度是相同的，所以蔡京一度将他视为同党，于崇宁四年（1105）三月推荐他由门下侍郎出任尚书右仆射兼中书侍郎。但不久他们之间便发生矛盾，开始了争权斗争。赵挺之曾多次向徽宗反映，说蔡京是一个“奸恶”小人，并表示自己不愿与他同朝共事，希望离开京师到外地去做官。六月，赵挺之上表请求罢相，徽宗予以批准，授给他观文殿大学士、金紫光禄大夫、中太一宫使，让他仍然留在京师待命。与此同时还在东京府司巷赐给他一套豪华的居宅。不久又授予他的三个儿子以官职，赵存诚为卫尉卿，赵思诚为秘书少监，赵明诚为鸿胪少卿。此前不久，赵明诚已离开太学，走上了仕途，但所任何职，史籍上却没有记载。

崇宁五年（1106）正月，一场罕见的大雷雨，震碎了文德殿前的元祐党人碑。《宋史·徽宗纪》只说“毁元祐党人碑”，而没有说明原因和经过。元祐党人碑被大雷震碎是根据宋人陈长方《步里客谈》的说法。这件事使朝野震动，人心惶惶，议论纷纷。徽宗不得已下诏求言，大赦天下，并宣布恢复近年被罢官贬谪者的官职，解除对“党人”的一切禁令。李格非此时仍然待罪在外，大赦令颁布后也“与监庙差遣”，即提举某某宫观，给他一个领俸禄的闲职。大赦令中还规定“余官第三等以下”的人才允许回到京师，而李格非名在“余官第二等之列”，因而没有重返京城的资格，只能在外地任便居住。从此以后，李格非便从东京消失了，他们家到了何处，史料中已无踪迹可寻，很可能是回到了济南老家。

雷震党人碑，使蔡京惶恐不安，崇宁五年（1106）二月罢相，为开府仪同三司、中太一宫使。于是徽宗又想到了赵挺之，以他为特进、尚书右仆射兼中书侍郎，再次入相。但不到一年，蔡京又于大观元年（1107）正月，复出为相。三月，赵挺之再次罢相，五天后病逝，享年六十八岁。死后三日，尚未发丧，蔡京便兴师问罪，指使其党徒交章论列，对赵挺之进行诬陷。他们列举的罪名有三点：其一是说赵挺之为元祐时期的宰相刘挚所推荐，因而也应属元祐党人；其二是说赵挺之“力庇元祐奸党”，这也不符合事实，赵挺之对元祐党人的打击是不留情的，作为自己的儿女亲家李格非他都不肯庇护，其他人就更不用说了；其三是说赵家移居青州后，交结富人，鱼肉细民。根据这几条“罪状”，蔡京派人“置狱于青州鞫治”，同时下令逮捕赵挺之在京师的家属。可是狱成之后，却拿不出任何真凭实据，只得不了了之。然而已经死去的赵挺之还是受到追夺所赠司徒、落观文殿大学士的惩罚。

从此，赵、李两家相继败落。昔日的温柔富贵之乡，转眼间化为了过眼云烟。几年来变幻莫测的政治风云，使赵明诚、李清照这对年轻夫妇目眩神惑，如坠五里雾中，只觉四顾茫然，眼前漆黑一片。父辈的际遇和沉浮，使他们也感受到了宦海风波的险恶。本来好端端的一个幸福家庭，顷刻间大祸降临，变成了无人敢于问津的犯官之家。这场变故发生得太突然，他们毫无思想准备，实在难以承受，但又不得不面对无情的现实。经过全家的商议，赵明诚的母亲郭氏夫人和两个哥哥与嫂子以及一个妹妹继续留在京师为父亲守灵服丧。赵明诚和李清照则决心远离这混浊的是非之地，回到故里去从事金石文物研究，进行诗词创作，做普普通通的老百姓。

大观元年（1107）秋，赵明诚和李清照带着他们所收藏的古器、书画（其中有相当一部分是赵挺之的收藏品）以及一部分行李，告别亲人，离开东京，踏上了返回故里的归途。

赵家原籍本来是密州诸城，赵挺之出仕后在青州盖了一座住宅，后来就迁居于此。这次他们就是从东京直接回到青州来的。从此，便开始了十年“屏居乡里”的生活。

宋代的青州属京东路，治所在今山东益都。这里北临渤海湾，山清水秀，风景独好。有“云门拱璧”等“青州八景”，还有佛光崖、云门山和驼山的石窟造像，以及仁宗皇祐二年（1050）范仲淹知青州时所建的“醴泉亭”（后人为纪念他而称为范公亭）。从扰攘喧闹的京师来到这座宁静幽雅的小城里，赵明诚和李清照就像一对飞出樊笼的小鸟，自由自在，心里感到轻松愉快多了。

回到故里休息几天后，他们便开始收拾屋子，安置行李，清理带回来的古器书画。赵明诚将书房命名为“归来堂”，表示要学习陶渊明，决心归隐于田园；李清照则将居室取名为“易安室”。“易安”一词语出《归去来兮辞》中的“审容膝之易安”，意为安心于住在狭小简陋的屋子里。他们连给屋子取名都配合得这么好，真不愧是一对志同道合、情趣一致的理想夫妻。

生活基本安顿好以后，夫妻二人便各自开始继续从事一度被迫中断了的文物研究和文学创作活动。他们有时也到青州街上去逛逛，遇到有价值的古器书画，便买回家中，每获一书就共同校勘，考定版本，整集笺题。得到字、画、彝、鼎，则在灯光下摩玩展观，指摘疵病，找出缺损污漫之处，能修补的就自己动手进行修补。每天晚上的工作以燃尽一支蜡烛为限。

他们饭后常常坐在归来堂里猜书斗茶。这种高雅的文化娱乐活动是李清照和赵明诚发明的，比在牌桌上消磨时光不知要强多少倍。具体做法就是，先烹上一壶茶，然后轮流由一人说出一句或一段古人的诗文，让对方猜这句话出自哪本书、第几卷、第几页、第几行，以猜中与否分胜负和饮茶先后。猜对了就举起茶杯，优先喝一杯。可是往往刚端起茶杯，就是一阵哈哈大笑，以至茶杯倾覆怀中，浇得一身湿漉漉的，却没能喝上一口香茶。

李清照的记忆力特别强，轮到赵明诚出题她猜，几乎是百猜百中，无往而不胜，赵明诚不得不心悦诚服地甘拜下风。不过也有一次，也是仅有的一次例外。那天晚上赵明诚出的是《史记·李将军列传》中的两句谚语：“桃李不言，下自成蹊。”书名、卷数、页数都被李清照猜对了，只是行数没猜对。这下赵明诚好不容易抓住了破绽，如获“至宝”，马上得意洋洋地从书架上取出一部《史记》来，翻出那两句谚语，指着李清照的鼻子说：

“你查查看，你查查看，这回猜错了吧！对不起，这杯茶该鄙人先喝了。”

说完便举起茶杯一饮而尽，夫妻二人不觉又是一阵哈哈大笑。那笑声在归来堂里回荡了许久、许久。

一天，赵明诚正在书房整理字画，偶然发现婚后不久他在相国寺门口，从那位卖古董的老者手里典衣买回来的两幅苏轼和黄庭坚所写的卷轴，于是便展开来又仔细地观赏。看着看着不觉想起了往事：由于自己喜欢收藏苏、黄所写的诗文，虽半简数字必录而藏之，因此失好于父亲，多次遭到他的训斥。赵明诚始终不明白，父亲与东坡、山谷之间为什么积怨那么深？简直就是势不两立，像仇敌一样，难道这就是所谓的“党同伐异”、文人相轻吗？他实在想不通，也不愿再想下去了。

“明诚，你在看什么呀？”这时只见李清照走进归来堂，向他问道。

“啊！你来得正好，我在看那天从相国寺用锦袍换回来的那两幅苏、黄的卷轴哩！坐下，咱们一起再好好欣赏欣赏吧！”明诚抬起头来回答说。

于是李清照便挨着赵明诚坐下，夫妻二人一边观看，一边评论起东坡和山谷的书法艺术来。李清照说：

“苏、黄的字各有千秋，东坡用笔丰润跌宕，得天真烂漫之趣；山谷以侧险为势，以横逸为功，老骨颠态，圆劲飞动，均能自成一体。”

赵明诚没有想到李清照对书法艺术也有如此深刻的见解，使他对爱妻更加感到佩服。这时他忽然想起在太学时所听到的一个故事，便对李清照说道：

“清照，你知道东坡和山谷他们对彼此的书法是如何评价的吗？两位老先生说得可有趣啦，你想听听吗？”

李清照摇了摇头回答说：“这，我倒真没有听说过，你知道就讲给我听听吧！”

于是赵明诚端起杯子喝了一口茶，便讲了起来：

“一次，东坡和山谷在一起议论书法艺术。他们先是泛泛地评论了唐五代一些书法名家的特点，然后说到王荆公。东坡认为荆公的字笔意飘飘不凡，清劲峭拔，人称横风急雨。山谷认为荆公早年是学晋人王濛，深得其行书的笔意。最后又说到他们自己。东坡望着山谷说：‘鲁直，你近来的字虽然清劲，但笔势有时太瘦，好似树梢挂蛇。’山谷听了微微一笑，不露声色地对东坡说：‘先生的字门生固然不敢妄议，然而有时好像觉得过于褊浅，有点像石压蛤蟆。’说完，两位老先生不觉掀髯捧腹，一阵哈哈大笑。”

赵明诚讲完这个故事，又接着说道：

“管它是‘树梢挂蛇’或是‘石压蛤蟆’，反正我就是喜欢，徐师川（徐俯）不是曾说‘字得苏黄妙，文熏班马香’吗！柜子里还藏着几幅哩，等哪天咱们都拿出来看看，究竟像不像挂在树梢上的长蛇和压在石头底下的蛤蟆吧！”

正讲到这里，只见厨娘来叫他们去吃晚饭，于是夫妇二人便有说有笑地步入了餐厅。

在赵明诚所收藏的文物中，有一幅是蔡襄写的《进谢御赐诗卷》（一作《谢赐御书诗》），为仁宗时期所作。蔡襄（1012—1067）是北宋著名的书法家，官至端明殿学士。书学虞世南、颜真卿，并取法晋人，自成一体。正楷端重沉着，行书温淳婉媚，草书参用飞白法，为“宋四家”之一。《宋史》称“襄工于书，为当时第一，仁宗尤爱之”。此件原为赵挺之所藏，后归赵明诚。赵明诚返乡时携回青州。

大观三年（1109）冬十一月，青州太守黄裳派人送信给赵明诚，邀请他带上《进谢御赐诗卷》到郡治简政堂一会，说是有位故人要看看蔡襄的墨宝。赵明诚如约而至。一看堂上坐着的那位故人原来是文及甫，他们在东京曾见过面。文及甫与赵挺之同辈，是故丞相文彦博的第六位公子。崇宁中文彦博虽然早已去世，但也被列入元祐党籍，从而株连到及甫也被罢官落职。二人见过礼后，赵明诚对文及甫说道：

“文叔叔，到了青州，如何不到寒舍一叙？”

还没等文及甫回答，黄裳便从中插话道：“明诚，及甫兄听说你和清照回到青州，本来是要到府上去看看的。是我劝他先在这里休息两天，请你来聚会聚会，由我先尽地主之谊，然后再去你那里。你看这样不是很好吗？”

说完便叫人摆上酒席，一边饮酒谈心，一边观赏《进谢御赐诗卷》。宴会结束后，赵明诚又请文及甫在卷末写几句跋语。文及甫见那上面已有当代著名书画家米芾的一段题跋：“芾于旧翰林院曾观石刻，今四十年，于大丞相天水公府，始睹真迹。书学博士米芾。”于是便在后面也写了这样几句话：

“大观三年仲冬上休日，青社郡舍之简政堂观。河南文及甫。”

写完之后，赵明诚便告别文、黄二位，带着书卷高高兴兴地回到了家中。此卷为蔡襄的传世之作，它能流传下来，与赵明诚的精心收藏和保护是分不开的。

秋去冬来，转眼间又到了岁暮。连日里彤云密布，朔风呼啸，天空大雪纷飞，下个不停。李清照披了一件紫色斗篷，步出内室，独自站在屋檐下饶有兴趣地观赏银装素裹的雪景。只见庭院中的花草早已枯萎，被一层厚厚的积雪覆盖着。可是篱落旁边的几株苍松翠柏仍傲然挺立，迎风斗雪，显示出它们不畏严寒的劲节。清照被它们那威武不屈的精神所鼓舞，也冒着风雪，走下台阶，直朝院子的西南角走去。原来这里种着一株她最喜欢的蜡梅，每年隆冬季节梅花开放时，她都要到这里来赏梅。今天踏雪而来，也正是为了这个目的。她抬头一看，只见雪花纷披的梅枝上长出了无数含苞欲放的花蕾。再仔细一看，竟然发现最南边的一枝已经有几朵花蕾微微绽开，露出了淡黄色的花瓣。她仿佛还闻到了一阵沁人心脾的清香，于是高兴得像个孩子似的，连声朝归来堂方向叫道：

“蜡梅开了，蜡梅开了，明诚你快来看呀！”

这时赵明诚正在书房里埋头进行校勘，听到李清照的喊声，立即放下手中的书，开门来到了院子里。只见李清照身披一件紫色斗篷，脸颊冻得红扑扑的，比平常更加娇艳。他冒雪走到李清照身边，轻轻地为她拂去斗篷上的积雪，紧紧地握着她的手说：

“雪这么大，天气这么冷，你也不怕冻坏了身子，快跟我回屋去。等天晴以后，咱们备上一壶酒，再来饮酒赏梅吧！”

李清照听了点头微微一笑，便挽着赵明诚的胳臂，并肩回到了归来堂。她解下斗篷，放在椅背上，挨着赵明诚围炉而坐，先烤了烤手，然后对赵明诚说：

“我今天冒雪到院子里去，其实不仅是为了探梅，也是为了去寻诗。从前总觉得世人作咏梅词，下笔便俗，后来自己试作了几首，才体会到咏梅之词要想脱俗，还真不太容易哩!”

“那么你认为前人的咏梅词多数都很俗吗?”赵明诚对李清照的看法不太理解，便插话问道。

“那倒不是说多数，反正有相当一部分很俗。咏梅词从杨大年（亿）的《少年游》开始，骚人墨客，连篇累牍，总离不开‘疏影横斜’呀、‘暗香浮动’呀等套语。殊不知和靖先生的这两句诗自创新意，境界邈远幽深，形神俱现，堪称千古咏梅绝唱。可是后人竞相效颦，千部一腔，就味同嚼蜡了。诗词贵在创新，语新意新，方成佳制；堆砌故实，蹈袭前人，那是不可取的。前人也有不少咏梅佳作，我最喜欢的是王逐客（观）的《江城梅花引》和晁无咎的《盐角儿》。此二阕，一首为中调，一首为小令，各有各的特色，令人百读不厌。”

“这两首词我也曾读过。但背不下来了。何不趁现在残冬消闲，你就唱一遍给我听一听，好吗?”

李清照点点头，脸上露出微笑，喝了一口茶，润了润嗓子，走到窗前，用清脆甜美的声音和抑扬顿挫的调子歌唱起王观和晁补之那两首著名的咏梅词来：

年年江上见寒梅。暗香来，为谁开？疑是月宫，仙子下瑶台。冷艳一枝春在手，故人远，相思寄与谁？　　怨极恨极嗅香蕊。念此情，家万里。暮霞散绮。楚天碧，片片轻飞。为我多情，特地点征衣。花易飘零人易老，正心碎，那堪塞管吹！

——《江城梅花引》

开时似雪，谢时似雪，花中奇绝。香非在蕊，香非在萼，骨中香彻。

占溪风，留溪月。堪羞损，山桃如血。直饶更，疏疏淡淡，终有一般情别。

——《盐角儿》

李清照的歌声宛转流利，吐字清晰，柔中有刚，对这两支曲子的节奏和音律掌握得恰到好处，听来犹如仙音御乐，动人心弦。赵明诚听得如醉如痴，曲终之后还在摇头晃脑，继续用手指敲击桌面，击节相和呢!

次日，雪霁天晴，一轮红日喷礴而出，万道霞光映着皑皑白雪，将齐鲁大地装点得无比绚丽。傍晚，赵明诚和李清照在院子里摆上一张小小的桌儿和两把椅子，备上一壶酒和几碟小菜，夫妻二人穿上厚厚的冬衣，悠闲自得地在庭院中一边举杯对酌，一边欣赏即将盛开的蜡梅。

李清照又提议各人讲一个有关梅花的故事，以助酒兴。谁要是讲不出来或讲得不好，便罚酒一杯。赵明诚开始不太赞成，认为天气这么冷，在院子里讲故事，别人知道了会以为我们是得了神经病哩！李清照笑着对他说：

“别人怎么看，我们管不着，只要我们玩得高兴就行。在梅花树下讲梅花的故事那才有意思呢！”

赵明诚说不过她，只好表示同意。赵明诚知道的典故很多，其中也有不少是关于梅花的，于是便由他先讲：

“传说隋朝开皇年间，赵师雄被贬官经过罗浮山。一天傍晚，天气很寒冷。他在山上松林中遇见一位素装淡服的绝色女子，于是便结伴同行，来到一座酒店。赵师雄请那位女子进酒店小酌数盏取暖。那女子欣然和他一起进了酒店。饮酒之间又有一位绿衣童子前来歌舞助兴。他不知不觉地喝得酩酊大醉，卧倒在酒店之中。等到第二天早上醒来一看，酒店踪影全无。原来他是躺在一株大梅花树下，树上有一只小小的翠鸟，正跳来跳去，朝他叽叽喳喳地叫个不停。他下山以后一打听，人家告诉他，山上有株千年古梅，已经修炼成仙，常常化为女子为过路行人指点迷津。他这才明白自己是遇到了梅花仙子，那位绿衣童子就是树上的翠鸟。”

赵明诚讲完后，斟上一杯酒摆在李清照面前，然后说道：

“我已经讲完了，你如果不想讲也可以，把这杯酒喝下去就是了。”

李清照听后，微微一笑说：

“我知道的典故虽然不如你多，但梅花的故事却知道不少，三天三夜恐怕都讲不完，你就等着听吧！”说完也讲了一个故事：

“说是南朝宋武帝刘裕有个女儿叫寿阳公主，长得很漂亮，人也很聪明，就是太娇气。一年正月初七，就是民间所说的‘人日’，公主独自躺在含章殿檐下睡午觉。当时梅花正开放，落了几片花瓣在她额上，花瓣都是五角形状。宫女看到后想替她拂去，可是却怎么也拂不掉。这时皇后出来看见了，便叫宫女不用拂了，就让它留在额上，还可以看几天。直到第三天以后，才用水洗掉。宫嫔们都觉得既新奇又好看，于是都来仿效，在额上贴一瓣梅花，或者用颜色画一朵梅花，一时形成风气，这就是后来所说的‘梅花妆’，前人的词中不少用了这个典故。如欧阳永叔的《诉衷情》中说：‘清晨帘幕卷轻霜，呵手试梅妆。’晏小山的《采桑子》中也说：‘花时恼得琼枝瘦，半被残香，睡损梅妆。’其实我看在额上画一朵梅花，并不见得漂亮，不过风气一开，人们便趋之若鹜了。”

两人的故事都讲完了，这次不分胜负，交了个平手。虽然各人都喝了几杯酒，但天气太冷，腿脚都感到有点冻得发木了。于是便站起身来走了走，又回到梅花树下。抬头仔细一看，蜡梅开的愈来愈多了，喜得二人手舞足蹈，兴奋不已。这时一轮明月悄悄升起，将淡淡的月光洒在院子里，洒在梅花梢头和松柏之上，与地上的积雪上下交光，形成了一片玲珑剔透的银色世界。

李清照趁着月色，踏着白雪，徘徊于蜡梅花下。这样来回走了几圈，她忽然停了下来，对赵明诚说：

“我已构思好了一首小词，现在吟出来给你听听，希望多多指教。”

赵明诚站起身来，点点头，望着李清照说：“我看你走来走去，就知道是在酝酿新作，所以没敢打扰你，正等着洗耳恭听，快请吟吧。”

于是李清照便用低音曼声吟了一首词：

雪里已知春信至，寒梅点缀琼枝腻。香脸半开娇旖旎，当庭际，玉人浴出新妆洗。　　造化可能偏有意，故教明月玲珑地。共赏金尊沉绿蚁，莫辞醉，此花不与群花比。

——《渔家傲》

赵明诚听了，连连点头，赞不绝口，认为这首词情景相生，形神俱似，体物超妙，绝尘去俗，是咏梅词中的一首佳作。

这天晚上，他们在月下饮酒赏梅，吟诗赋词，玩得十分开心，回到屋里时已经很晚了。

在屏居乡里期间，赵明诚虽然处于“忧患困穷”之际，但搜集金石文物、编撰一部较为完备的《金石录》的决心丝毫没有动摇。当时他们的经济来源也遇到了困难，李清照就积极予以支持配合。她不慕奢华，尽量节省开支，“始谋食去重肉，衣去重彩，首无明珠翡翠之饰，室无涂金刺绣之具”（《金石录后序》）。省下来的钱就交给赵明诚，去购买古器书画。这使赵明诚非常感动，常常称赞她是自己的“贤内助”。

一些热心的友人，也对赵明诚给予积极的支持和鼓励。他们有的将自己的古玩无偿地赠送给赵明诚，有的从很远的地方寄来了新出土的钟鼎铭文款识的墨本或拓片。如赵明诚的挚友刘跂曾赠以《秦泰山石刻》和《汉张平子残碑》的摹本，另一位友人王寿卿则寄来了政和三年（1113）在鄂州嘉鱼县出土的“楚公钟”铭文的墨本。赵明诚自己也常常外出寻访搜求。如政和六年（1116）安丘县民在掘地时，发现了两件古器，一为“齐侯槃”，一为“齐侯匜”。赵明诚闻讯后立即赶到安丘，将这两件古器上的铭文款识拓印下来，并收入了《金石录》中。政和元年（1111），赵明诚为了寻访古碑，还亲自去了一趟泰山，见到了唐登封纪号文碑，并将碑文抄录下来收入《金石录》中。在这篇碑文的跋语中，赵明诚写道：

“右《唐登封纪号文》，凡两碑，皆高宗自撰并书。其一大字，磨崖刻于山顶，其一字差小，立于山下，然后世颇罕传。政和初，余亲至泰山，得此二碑入录焉。”

由于赵明诚锲而不舍、不辞辛劳的工作和李清照的积极支持协助，他们的收藏品日积月累，不断增加，堆得满屋都是。于是又在归来堂旁边盖起几间书库，增加了一些较大的书橱。然后将这些文物书画分门别类，加以妥善的收藏和保护。他们看着如此多的珍贵文物，两人常常发出会心的微笑，以为“乐在声色狗马之上”，从而甘心终老于此乡。

十二、人比黄花瘦

自徽宗崇宁元年（1102）实行党禁以来，被列入元祐党籍的一些政界和文坛的著名人物，如程颐、陆佃、苏轼、苏辙、黄庭坚、秦观、晁补之、张耒、张舜民等相继病逝或被迫害致死。作为反对派的“旧党”已经土崩瓦解，而掌权的所谓“新党”则已彻底变质，如打着“新党”招牌的蔡京之流，他们完全背弃了王安石变法“富国强兵”的宗旨，一心一意争权夺利，只图巩固自己的权势和地位。到了政和年间，统治集团内部的矛盾，主要已不是“新党”和“旧党”之争，而是当权者之间，如蔡京与王黼之间、蔡京与蔡攸父子之间、王黼与童贯之间瓜分政治权利的矛盾和斗争。因此对元祐党人的迫害有所放松，进一步解除了党禁，一部分党人恢复了名誉和官职，党人的子弟也被允许复入仕途。政和末年，赵挺之的长子存诚和次子思诚先后复职，不久赵明诚也被任命为莱州知州。

本来，赵明诚对仕途已毫无兴趣，只想从事金石文物研究。但因十多年来，屏居乡里，坐吃山空，只有支出，而无收入，经济上愈来愈感到困窘。虽然李清照典当变卖了一部分首饰和珠宝，仍然是杯水车薪，解决不了多少问题。生活上俭朴一点，对他们来说倒不成问题，他们夫妇不是早已“食去重肉，衣去重彩”了么！问题是没有钱购买古器书画，实在使赵明诚坐立不安、忧心如焚，常常抓耳搔腮，独自在归来堂中唉声叹气。有时他甚至埋怨自己，不该爱上这一行，搜集整理研究金石文物，既费钱财又费精力，却丝毫无利可图。即使自己出了成果又有什么用呢？还不如做一个古玩爱好者，有多少钱办多大事，何必那样倾家荡产去苦苦地追求呢？但转念又一想，这些古物都是文化珍宝，如果没有人去搜集整理，恐怕很多东西都要散佚，甚至被毁坏消失。这样一想又觉得心情坦然，对自己的作为无悔无怨，而且感到十分自豪。困难虽然很大，但总是可以克服的，俗话说“车到山前必有路”嘛！

正是在这个时候，他接到了出知莱州的诏令。当时他的心情很矛盾：一方面从心底里不想再混迹官场，去参与那些尔虞我诈的斗争；另一方面做了太守之后有一份俸禄，可以用来购买更多的文物，同时也为寻访“天下古文奇字”提供了方便条件，这对他是很有诱惑力的。于是他将诏令拿给李清照看，两人经过反复商议，权衡利弊，最后一致决定出守莱州。

决心下定以后，李清照便忙于为赵明诚收拾行装，准备需要带到任上去的用品，其中包括一部分正在校勘的书籍。赵明诚在太学时，曾被同舍学友戏称为“赵骨董”“金石迷”，有时他的确有点像一个书呆子，生活上从来就不会照顾自己，只要能对付过去的就尽量对付，连吃饭、睡觉、穿衣也要别人时时提醒，否则就会“废寝忘食”。因此李清照对他独自一人离家外出很不放心。临行前事事都要考虑得周到一些，以免影响他的任事和身体健康。

出发的日期快到了，李清照终日心事重重，愁眉不展，坐卧不宁，表面上却装着无事的样子，她想尽力避免引起赵明诚的伤感。莱州离青州虽然不远，但这毕竟是他们婚后十多年来第一次较长时间的离别，她如何不惆怅呢？

赵明诚启程前一天的晚上，李清照在被窝里翻来覆去，辗转反侧，几乎一夜未曾合眼。天刚蒙蒙亮，她便轻手轻脚地悄悄披衣起床，脸也未洗，头也未梳，呆呆地坐在窗下，直到太阳升起，朝霞映照窗帘，才叫醒赵明诚。她本想再嘱咐赵明诚几句，但一看时间已经不早，几回话到嘴边，又咽了回去。此时她才感到离别的滋味是多么难受。她甚至希望赵明诚突然改变主意，对她说：“清照，我决定不走了，不要去当什么太守了。离开了你，我一个人怎么生活呢？”然而她也知道，这是不可能的。即使赵明诚真有这个想法，她也要劝他打消这个念头，立即踏上征途。

送走赵明诚以后，李清照独自回到归来堂，只见人去堂空，周围一片寂静，一点声音也没有。她在这间宽大的书房里，不断来回踱步，接着又坐在窗下闭目瞑思，酸甜苦辣种种滋味一齐涌上心头。过了片刻，只见她站起身来研墨铺纸，提起笔来写了一首词抒发离别相思之情：

香冷金猊，被翻红浪，起来慵自梳头。任宝奁尘满，日上帘钩。生怕离怀别苦，多少事，欲说还休。新来瘦，非干病酒，不是悲秋。　　休休！这回去也，千万遍阳关，也则难留。念武陵人远，烟锁秦楼。惟有楼前流水，应念我，终日凝眸。凝眸处，从今又添，一段新愁。

——《凤凰台上忆吹箫》

此词上片描写李清照临别时的心理情态。词中通过刻画室内景物和抒情主人公倦怠憔悴的神态，极力渲染不忍离别的愁苦情状。下片设想别后的境况。唱遍《阳关》，终须一别；从今以后，人去楼空，唯有终日倚楼凝望，纵然流水念我，但归舟不至，也只能徒然增添了一段新愁。词意婉转曲折，笔致绝佳，语言自然，缠绵悱恻，含蓄蕴藉，深得吞吐腾挪之妙。

《沈际飞本草堂诗余正集》评曰：“顺说出妙。瘦为甚的，尤妙。千万遍，痛甚。转转折折，忤合万状。清风朗月，陡化为楚雨巫云；阿阁洞房，并变成离亭别墅，至文也。”

《草堂诗余隽》也说：“写出一种临别心神，而新瘦新愁，真如秦女楼头，声声有和鸣之奏。”

这首词不愧是婉约词中抒写离情别绪的代表作之一。

赵明诚是在秋天离开青州，前往莱州赴任的。光阴似箭，日月如梭，转眼间又到了冰雪消融、江河解冻、草木萌生的早春时节。李清照独居幽闺，深感孤单寂寞，不由得又想到了游宦在外的丈夫。她没有别的方式可以表达自己的相思之情，于是经过一番构思，又写成了一首以“柳眼梅腮”传离情的词：

> 暖日晴风初破冻，柳眼梅腮，已觉春心动。酒意诗情谁与共？泪融残粉花钿重。　　乍试夹衫金缕缝，山枕斜欹，枕损钗头凤，独抱浓愁无好梦，夜阑犹剪灯花弄。
>
> ——《蝶恋花》

此篇上片以初春景物为背景，抒发了李清照对夫君的深深思念。一起三句绘景状物，烘托环境气氛：漫长的寒冬终于过去了，一阵和风细雨使沉睡的大地开始解冻，万物开始苏生；柳树上长出了新芽，又细又长的嫩叶，好似脉脉含情的眼睛；梅花迎风开放，那粉红色的花瓣，如美女的香腮。这三句笔调轻快，流露出一种春回大地的喜悦之情。其中“柳眼梅腮”一句，造语新巧，说明她对事物观察得很细致，而且善于联想，能赋予自然景物以生命和感情，因而使意象显得生动具体。从全篇看，这仅仅是作势，为反衬后文的愁思和忧伤作铺垫。接着两句融情入景，情感顿起波折，从描绘春景转入抒写伤春怀远之情。初春风和日丽，万象更新，本是游园赏花、饮酒赋诗的好时光，可是亲人不在自己身边，哪里还有这样的兴致呢？于是发出了“酒意诗情谁与共？泪融残粉花钿重”的深深感叹。当她想到丈夫游宦在外，没有人和自己一同饮酒赋诗、猜书斗茶，共度良宵时，泪水不禁滚滚而下，与脸上的脂粉融和，头上的花钿仿佛也变得比平日沉重得多。这两句从自己着笔，写出孤独感，写出了愁思和忧伤，从而为全词定下了基调。

词的下片，抒发李清照盼望离人早归的心情。过片三句写白日无心出外探春，整整一天都独自一人待在家里。“乍试夹衫金缕缝”，与上片起句“暖日晴风初破冻”照应，是说春到人间，天气渐渐暖和，自己也刚刚脱去冬装，换上用金线缝成的夹衫。词中通过换装这一细节，暗示自己好像要出门去探春似的，实际上是故作姿态，以加重后两句的分量。她并没有出门，而是躺在床上，“山枕斜攲，枕损钗头凤”。任凭大好春光白白地消逝。由于整日斜靠在檀枕上，致使云鬓蓬松，发髻上的凤钗也被磨损压坏了。这三句写的虽然都是外在活动，表面上并未涉及主人公的思想感情，实际上正是为了表现李清照内在的心理活动。结拍两句描摹情态，写得尤为生动传神：“独抱浓愁无好梦，夜阑犹剪灯花弄。”你看她竟日愁思绵绵、郁郁寡欢，生怕夜里也不会做什么好梦。与其如此，不如坐待天明。夜深人静之时，她还在独自守着孤灯，不断用剪刀拨弄灯芯，希望尽快看到灯芯结出预报喜事临门的灯花来。“夜阑犹剪灯花弄”，说明灯芯已被她剪过多次，可是它偏不结出灯花来，所以她还在继续剪下去。她大概以为精诚所至，金石为开，一定要看到灯花怒放以后，才会心满意足地解衣上床，那样就放心了，一定能做一个与亲人团圆的美梦。

赵明诚离家以后，李清照由于朝思暮想，情绪不好，睡眠不足，身体也渐渐消瘦下来了。归来堂里再也听不到他们夫妇往日猜书斗茶时所发出的爽朗笑声。她常常坐在书桌前发愣，面对堆积如山的古器书画，却看不见它们的主人，心里总感到空空的。李清照是一个多愁善感的人，除了人生中的美丑善恶、生离死别而外，即使自然界中的一些现象，如四时代序、花开花落、草木荣枯、水流云逝、阴晴风雨等，也常常引起她思想感情上的波动，从而触发创作的灵感和欲望。每当节日到来的时候，她都要触景生情，赋诗填词，写下一首首表达对远方亲人的刻骨相思之作。其中有一首历来受到人们广为称赞的重阳节所写的绝妙好词：

薄雾浓云愁永昼，瑞脑销金兽。佳节又重阳，玉枕纱厨，半夜凉初透。

东篱把酒黄昏后，有暗香盈袖。莫道不消魂，帘卷西风，人比黄花瘦。

——《醉花阴》

此篇是两宋词人中抒写离愁别恨的代表作。词中通过重阳独守空闺、深感寂寞以及黄昏把酒、东篱赏菊等几个场景，表达了李清照“每逢佳节倍思亲”的思想感情。词的语言雅洁，意象生动，比喻巧妙，风格凄婉，声情双绝，在艺术上很有特色。上片以时间为线索，从白天写到半夜，描叙了词人九月九日这天的见闻和感受。开篇两句先刻画环境，渲染气氛。阴沉沉的天空“薄雾”弥漫，“浓云”笼罩，使人感到格外压抑和难受。一个“愁”字为全词定下了基调。抒情主人公在这沉闷的“永昼”中，坐卧不宁，心烦意乱。如何度过这漫长的日子呢？实在想不出什么好主意。由于丈夫不在身边，到野外去登高吗，一个人多没有意思。她只得闭门独自坐在家中，面对兽形铜香炉中正在慢慢焚烧的香料“瑞脑”，看那袅袅升起的轻烟，以此来消磨这难熬的时光。接着三句，写夜深难眠，思念亲人的愁苦情状。“佳节又重阳”句，贯通上下文，点明节令，暗寓思亲怀远之情。用“又”字表明与亲人离别已非一年，独过“佳节”这也不是第一次了。令人惆怅的白天总算挨过去了，但愿夜里能在梦中和亲人团聚。于是她解衣就寝，进入纱帐之中，不知不觉进入了梦乡。可是突然一阵寒风从窗外吹来，顿觉冷彻心骨，又将她冻醒了。“半夜凉初透”，既写出了深秋的气候变化，也暗示出主人公寂寞凄凉的心情。

词的下片用逆叙法，回忆黄昏时候独自在东篱旁饮酒赏菊的情景。重阳饮酒赏菊，是古人的传统风俗。唐孟浩然《过故人庄》诗即说：“待到重阳日，还来就菊花。”由于赵明诚不在，李清照此日未出闺房，眼看重阳即将过去，直到傍晚才来到庭院东篱之下，观看盛开的菊花，又喝了几杯酒，便回到了屋中。人的心绪不佳，花却殷勤有意，当她进屋以后，这才发现双袖还带着一股扑鼻的幽香。结拍三句以花拟人，含思宛转，倾诉了自己对丈夫刻骨镂心的相思之情：“莫道不消魂，帘卷西风，人比黄花瘦。”这是作者向远方亲人发出的肺腑之言：不要说暂时的离别不会使人魂销意尽、愁苦忧伤，看吧，秋风吹动绣帘，帘内的玉人比那篱下的菊花还要消瘦！这三句不但比喻贴切，而且创意出奇，形象生动，意境优美，主体与客体浑然一体，因而成为千古传诵的名句。其中的“瘦”字，与秦观《水龙吟》“天还知道，和天也瘦”，程垓《摊破江城子》“人瘦也，比梅花，瘦几分”，用得都非常妥帖巧妙，令后人赞不绝口。

词写完后，李清照又取出一张精美的笺纸，用娟秀的楷体小字将它抄下来，同时还写了一封平安家书，托人寄给赵明诚。赵明诚接到李清照的书信，连忙拆开取出来看。除了书信外，还有一首小词，于是便反复读了几遍，觉得这首词写得实在好。不觉自言自语地轻轻说道：“她那里‘莫道不消魂，帘卷西风，人比黄花瘦’，我这里呢，则是‘衣带渐宽终不悔，为伊消得人憔悴’啊！彼此都一样。”他心想，李清照曲子写得这么好，我实在不及她，这一点我承认。不过从前我没有在这上面用功夫，如果集中精力和时间，就未必赶不上她。我决心也要写出几首好词来给她看看，让她也知道俺赵明诚并非只能搞考据，也会作曲子哩。于是他将自己关在屋子里，别的事不干，有客人来也一律谢绝，经过三天三夜废寝忘食的瞑思苦想，终于“得五十阕”（见元伊世珍《瑯嬛记》卷中）。并将这五十阕和李清照的词杂在一起，拿给一个名叫陆德夫的朋友看。陆德夫认真加以品赏，反复读了几遍，然后对他说：

“德甫，坦率地说，这几十首词，依我看只有三句极佳。”

赵明诚一听连忙追问道：“是哪三句？你说说看。”

陆德夫不慌不忙地念道：

“莫道不消魂，帘卷西风，人比黄花瘦。”

李清照与赵明诚分居两地，使她失去了相濡以沫的欢乐，给她带来了许多烦恼和痛苦，然而也正是这种离别相思的生活体验，使她的创作获得了丰收，艺术表现也更加成熟完美，达到了我国古代闺秀作品的高峰。因为她是以女子的心态和生活实感来描写闺情绮怨和离愁别恨的，这与那些男性词人所写的同类题材的拟作、代作显然不同。她的闺阁词感情淳真，语言自然，无娇揉造作之态，说的都是心里想说的实话、真话，贴近生活，人人都能读懂，因而有很强的艺术感染力。

除上述几首词外，李清照所作的同类题材的作品还有不少：

红藕香残玉簟秋。轻解罗裳，独上兰舟。云中谁寄锦书来？雁字回时，月满西楼。　　花自飘零水自流。一种相思，两处闲愁。此情无计可消除，才下眉头，却上心头。

——《一剪梅》

草际鸣蛩，惊落梧桐，正人间天上愁浓。云阶月地，关锁千重。纵浮槎来，浮槎去，不相逢。　　星桥鹊驾，经年才见，想离情别恨难穷。牵牛织女，莫是梦中！甚霎儿晴，霎儿雨，霎儿风。

——《行香子》

寂寞深闺，柔肠一寸愁千缕。惜春春去，几点催花雨。　　倚遍阑干，只是无情绪。人何处？连天芳草，望断归来路。

——《点绛唇》

萧条庭院，又斜风细雨，重门须闭。宠柳娇花寒食近，种种恼人天气。险韵诗成，扶头酒醒，别是闲滋味。征鸿过尽，万千心事难寄。　　楼上几日春寒，帘垂四面，玉阑干慵倚。被冷香消新梦觉，不许愁人不起。清露晨流，新桐初引，多少游春意。日高烟敛，更看今日晴未？

——《念奴娇》

这些词作既有长篇，也有短制，均为赵明诚离开以后李清照写的，抒发的都是夫妇之间的离别相思之情。题材相同，主题相同，但她却能从不同角度，运用各种艺术表现手法，随物赋形，即兴抒感，将复杂的心理活动表现得十分真切细腻，读来脍炙人口。如果说爱情是文学创作中的一个永恒的主题，那么也可以说李、赵之间的爱情，也是漱玉词中的一个中心主题，甚至还可以说，李清照和赵明诚之间的夫妻之爱是她创作的重要源泉之一。他们之间的爱，是纯洁的爱，是正常的爱，是值得珍视的爱，这与宋词中大量表现婚外情爱的作品是有本质区别的。

写作这些作品的时候，李清照不过三十多岁。刚过而立之年的她，便以她惊世的才华和独具一格的作品享誉文坛，在当时被人们一致认为是最优秀的闺阁词人。

十三、从莱州到淄州

宣和三年（1121）秋，李清照收到赵明诚寄来的一封家信。信中说不久就要派人来接她去莱州，车马随后就要出发，希望她提前做好启程的准备。赵明诚还在信中叮嘱李清照，千万要把归来堂的书库封存好，书橱都要上锁，屋顶要仔细检查检查，如果发现漏雨的地方一定要修好，平时不许任何人进去，每逢朔、望让管家进库看看，打开窗户，放放空气。总之是要求她在离开青州前，采取一切措施，妥善地保管好那数千件珍贵的金石书画。这些嘱咐，李清照都一一照办了，最后她又认真地查看了一遍，认为已经万无一失，这才抽出时间来整理行李，收拾准备带到莱州去的物品。

李清照临出发前，众亲友和邻里姊妹又特意前来为她饯行。大家一遍又一遍地唱着催人泪下的《阳关曲》，表达彼此之间的依依难舍之情。李清照感动得泪流满面，泣不成声。但送君千里，终须一别，她怀着恋恋不舍的心情，挥手告别乡亲和众姊妹，坐进了赵明诚派来接她前往莱州的马车。

李清照是八月上旬由青州出发的。从青州到莱州不过三五天的路程，途中要经过昌乐、潍县、昌邑等地。李清照到达的第一站便是昌乐县，这是由青州去莱州的必经之地。当天晚上，他们一行人冒着绵绵秋雨，住进了昌乐的驿馆之中。

李清照一个人住在楼上一个单间里，深感孤单寂寞，不由得又回想起今天早上众姊妹为她送行的情景。那真挚的友情、淳朴的话语、善良的祝愿，使她十分感动。她从乡邻姊妹们那里深深地体验到了人与人之间的真情和爱心，于是即兴写了一首小词：

泪湿罗衣脂粉满，四叠阳关，唱到千千遍。人道山长山又断，萧萧微雨闻孤馆。　　惜别伤离方寸乱，忘了临行，酒盏深和浅。好把音书凭过雁，东莱不似蓬莱远。

——《蝶恋花·晚止昌乐馆寄姊妹》

李清照只有一个弟弟李远，未闻有亲姊妹；赵明诚虽有一妹，但并未与他们一起返回青州，而是留在东京和赵明诚的母亲郭氏夫人住在一起。可见词中所说的“姊妹”，是指李清照和赵明诚住在青州时认识的一些乡邻女伴。她们住在一起十多年，常来常往，情同手足。李清照待人诚恳直率，从不以名门闺秀自居，看不起乡下妇女，因此和她们的关系很好。大家都把她看成是知心人，有什么疑难的问题都愿意向她请教。时间一长，李清照和她们也就像亲姊妹一样。这首词就是她在旅途驿馆中写来寄给她们的。

词的上下两片，结构相同。前三句分别回忆临行时姊妹们为她置酒饯行的场面和李清照不忍离别的悲伤心情；后二句则是分别描述孤馆闻雨的凄清境况和盼望众姊妹常寄书信到莱州，以安慰孤独寂寞的远方之人。词语浅近，感情真挚，纯用白描，音韵流转，读来也颇为动人。

宣和三年八月中旬（1121年9月下旬），李清照到达莱州。赵明诚将她迎至太守的官舍，卸下行李，这里就成为他们临时居住的新家。屋子虽然较宽敞但却显得很杂乱，灰尘也没有打扫干净，和整齐清洁的归来堂相比，相差很远。李清照一看，眉头一皱，不由得想到原来赵明诚独自一人就是在这样的环境里生活过来的。她暗自叹息道："书呆子呀书呆子，这哪里是一州之长所住的地方呀！亏他每次来信时还说生活得很好，很舒服。"她心里感到很难过，决心要改变这里的环境，让赵明诚有一个舒适温暖的家。

当李清照在收拾屋子时，偶然发现桌子上放着一本《礼韵》（即《礼部韵略》，为宋代官颁韵书），于是信手翻开一页，得到一个"子"字，便以"子"字为韵，写了一首题为《感怀》的诗。诗前还有一段小序说："宣和辛丑八月十日到莱，独坐一室，平生所见，皆不在目前，几上有《礼韵》，因信手开之，约以所开为韵作诗。"诗的原文如下：

寒窗败几无书史，公路生平竟至此。
青州从事孔方兄，终日纷纷喜生事。
作诗谢绝聊闭门，燕寝凝香有佳思。
静中吾乃得至交，乌有先生子虚子。

这是一首即兴感怀之作。诗中多用典故，主要是抒写李清照初到莱州的所见和所感，也含有对赵明诚当时生活太简陋的戏谑和善意嘲讽。李清照看到赵明诚所住的地方竟然是"寒窗败几"，于是便将他和处于穷途绝粮的袁术（公路）相比，这可能有点过分了。赵明诚作为一州的知州，虽然生活不太讲究，但也绝不至于如此。这不过是李清照和赵明诚开开玩笑罢了。赵明诚看了这首诗作何感想虽然不得而知，大概也不过是一笑了之而已。也许他会含着微笑对李清照说："现在好了，你来了，我的生活就不至于再像从前那样狼狈了。"

自从李清照到达莱州以后，赵明诚的生活确实为之焕然一新。他们所住的官舍，共有七间屋子和一个小小的院落。从前由于没有女主人，所以显得杂乱无章。李清照到来主持家务以后，一切都变了样。室内陈设整齐、朴实、雅致而又显得很大方，窗明几净，一进门就给人以舒适温馨的感觉。李清照从青州又带来了一部分书籍，因此再也不是“寒窗败几无书史”了。从此，赵明诚在公事之余又能够安心地从事金石文物的整理和研究了。

在一个秋高气爽的日子里，赵明诚带着几名僚属到莱州城外去登山，意外地发现了后魏郑羲在南山上摩崖石刻的一块碑文。他兴奋不已，久久地站在碑下，仔细阅读观赏，并将碑文抄录了下来。同行的僚属告诉他，郑羲撰写刻石的碑文共有上下两块。此为下碑，上碑在离此二十里的天柱山下。于是第二天赵明诚又派人去寻访，果然在胶水县境内发现了那块上碑，遂将它摹写下来带回来交给了赵明诚。

宣和五年（1123），青州所属临淄县县民在古齐国故城耕地，发掘出了数十种古器物，其中有十口古钟，钟上有款识，铭文最多的一口竟达五百多字。赵明诚听到这一消息后，立即前去临淄，将钟上的铭文一一摹拓下来。他认为“今世所见钟鼎铭文之多，未有逾于此者……今余所藏，乃就钟上摹拓者，最得其真也”（《金石录》卷一三）。在青州时他还购得过一枚古戟，也是一件非常珍贵的文物。

每当赵明诚将自己的发现和收获告诉给李清照，请她鉴赏时，李清照也和他一样欣喜万分，并给他以热情的鼓励，希望他发掘出更多的古物。

一天中午，赵明诚陪着一位四十多岁、身着六品朝服的官人来到家中。他们进入客厅，宾主叙礼坐下之后，赵明诚便吩咐侍从快去请夫人出来与贵客相见。李清照闻讯立即来到客厅，抬头一看，只觉来人十分面熟，但一时又想不起来在什么地方见过，不觉一怔。

这时客人已经站起身来，走到她面前说道：

“嫂夫人，你好！怎么不认识小弟了？”

李清照犹豫片刻，很快就想起来了，便施了一礼，热情地对客人说道：

“呵，成叔兄，什么风将你这位贵客吹到这遥远的渤海之滨来了？”

说话之间，仆人已献上了茶。于是主客三人便开始了滔滔不绝地叙谈。

原来这位客人姓刘，名绎如，字成叔，汶阳人，是赵明诚的同窗好友，也是一位金石古物的爱好者，著有《金石苑》一书。现为秘书省正字。当年他曾参加过赵明诚和李清照的婚礼，后来又多次去赵府拜访过他们，交往较为密切。自从赵明诚和李清照离开东京后，彼此就很少联系了。

他们在谈话中首先各自介绍了分别近二十年来的情况，然后刘绎如说明了这次到莱州来的目的：

“小弟此次是到济南府公干，听说明诚兄出知莱州，嫂夫人也同在任上，所以专程前来拜会二位，叙叙久别思念之情。另外，小弟前两年得到一幅在长安发现的《唐富平尉颜乔卿碣》，世颇罕传，听说赵兄这里没有，特意又摹写了一幅，送给吾兄，就算是我们久别重逢的一份见面礼吧！”

赵明诚一听，不觉喜出望外，高兴得手舞足蹈，连忙说道：

“绎如兄的这份见面礼太重了，我不知道如何感谢你才好呢！”

刘绎如微笑地回答说：

“明诚兄太客气了，你我既是多年的知交，又是同行，大家互相支持，这是应该的嘛！”

说完便取出那份珍贵的礼物交给了赵明诚。赵明诚如获至宝，展开仔细观赏一遍后便将它放进了书橱之中。

接着他们又继续海阔天空地闲谈起来。李清照起身亲自为绎如斟上一杯茶，然后对他说道：

“成叔兄，近来东京有些什么奇闻逸事，讲点给我们听听呀！我和明诚长期屏居乡里，闭塞得很，让我们也开开眼界吧！”

刘绎如听李清照说想知道东京的新闻，不禁眉头一皱，显得有些为难的样子，沉默一会儿后才说道：

“明诚兄，请将门关严。小弟本来不想谈论国事，但我们是无话不可说的老朋友，那就关起门来随便聊聊吧。”

赵明诚听了，立即起身走到门口，将门关上，回到自己的座位上。刘绎如便接着说道：

“提起东京的事来，实在一言难尽，不知从何说起。这些年来，蔡太师当国，专横跋扈，为所欲为，纲纪败坏，民怨沸腾。正人君子不是遭贬谪流放，就是急流勇退，挂冠而去。朝中得势的都是一些专会阿谀逢迎的小人。是非颠倒，黑白不分，国将不国矣！小弟这次出差返京以后，也打算立即请辞返乡，争取离开那个乌烟瘴气的地方。”

说到这里，刘绎如端起杯子喝了一口茶，润润嗓子，然后又继续说下去：

“今日政事堂中，蔡京、王黼、童贯、梁师成、杨戬、高俅等人沆瀣一气，狼狈为奸，弄权误国，京师人称他们为‘六贼’，恨不能食其肉，寝其皮，将他们千刀万剐，以解心头之恨。然而朝中大大小小的官员多半都是他们的心腹爪牙，盘根错节，互相勾结，上面又有官家的庇护，谁奈何得了他们？也只能在背地里咒骂几句而已。近来京师盛传几首民谣，其中一首说：‘三千索，直秘阁，五百贯，擢通判。’他们卖官鬻爵，公然明码标价，可见朝政腐败到了什么程度！还有一首民谣说：‘打破筒，泼了菜，便是人间好世界！’表达了民众对童贯和蔡京的痛恨，只有早日除掉这些蠹国奸贼，天下才能太平。可是话又说回来，他们大权在握，要想‘打破筒，泼了菜’，又谈何容易！‘人间好世界’不知什么时候才能到来？这次我来济南，途中在一座驿馆看见墙壁上不知什么人题了一首小诗，读来发人深省，诗曰：‘猛风拔大树，其树根已露。上有寄生草，青青犹未悟。’现在我们大宋朝就像那棵已露出根来的大树一样，说不定什么时候就会被一阵猛风刮倒在地，可是树上的那些寄生草、那些蠹虫却没有丝毫感觉，国事实在堪忧啊！”

“近年在王将明（黼）和童大尉（贯）的策划下，与女真人订立什么‘海上之盟’，意欲联金攻辽，收复燕云十六州，为他们自己树碑立传，全然不顾民众的死活。从前方传来的都是‘捷报’，可是据从燕山回来的朋友说，童贯率领的十万征辽大军一触即溃。白沟一战，反被已是强弩之末的辽兵打得一败涂地。官家却被蒙在鼓里，还准备收复燕京后要亲自去检阅犒赏六军哩！当前东京已到了‘山雨欲来风满楼’‘黑云压城城欲摧’的时候，可是执宰大臣和王公贵族们依然沉浸在灯红酒绿、纸醉金迷的淫逸享乐生活中。祖宗一百多年的基业即将毁于一旦，国家的前途和命运想来实在令人不寒而栗！”

刘绎如说到这里，不断摇头叹息，赵明诚和李清照听后也感到十分难过。从前他们虽然听到过一些传闻，但没有想到形势会如此严重，这不能不激起他们夫妇深深的忧国之情。

“绎如兄，你说的童太尉，是不是那个近年发迹的宦官童贯？”赵明诚忽然想起了一件事，于是便插话问道。

“对，就是他。现在此人气焰熏天，红得发紫，权势可大啦！”刘绎如点点头，回答说。

“提起童贯，我们这里也有他的一些传闻。小弟有位姓钱的同僚，现为莱州通判。他的伯父名叫钱昂，很有才能，曾帅秦州，治郡有声，为人刚正不阿，颇受军民爱戴。当时童贯刚刚得宠，一次奉旨赴西北措置边事，恃宠骄倨，全然不把地方官员放在眼里。一日西北各路主要官员会集秦州，等候童贯前来训示。从辰时一直等到未末时分，才见他带着大批随从和亲兵，骑着一头精壮的驴子姗姗来迟。这时只见钱昂迎上前去，施了一礼，问道：‘太尉不是说定辰时就到吗，不知为何这么晚才来？是不是中途出了什么事？’童贯下了驴子，不耐烦地回答说：‘今天我乘的这头驴子很难骑，一点也不听使唤，动辄胡蹦乱跳，只在庭院里就耽搁了许久，所以稍稍迟到了些时候。’钱昂走上前去摸了摸那头驴子，又问道：‘太尉骑的是头公驴吧？’童贯点点头说：‘对了，是头公驴。还是京西路安抚使特意挑选来献给咱家的哩！’钱昂微微一笑，不动声色地说道：‘既然它这样不听使唤，不如将它阉了罢！’这时垂手排列在两旁的文武官员一个个吓得目瞪口呆，面如土色。但钱昂却像什么事也没有发生一样。童贯虽然愧怒万分，却也不便发作，只得胡诌一通，便愤然离去。不出一个月，钱昂就被借故罢了官，贬谪到岭南去了。”

赵明诚讲完这个故事，稍微停顿了一下，又补充了两句：

“这是钱通判亲自对我说的。现在他伯父已经致仕返乡了。”

“关于‘六贼’的丑闻实在太多了，三天三夜也说不完。我这里再讲几件事给你们听听。如今最红的是王黼，身为太宰，进封楚国公。此人一表人才，面如傅粉，须发和目睛均为金黄色，但却是一个坏透了心的花木瓜。还有人说他是一个杂种，也不知真假。他开始投靠的是何执中，后来看到蔡京深受官家倚重，权势更大，于是便顺风转舵，改换门庭，投到蔡京门下，并草拟了一份弹劾何执中的奏章，呈给蔡太师。奏章中列举了何的二十大罪状，其中许多事都是他出的点子或者就是他自己干的，却把一切责任都推在何少师的身上，而何却还被蒙在鼓里，多次在蔡京面前夸奖王黼如何如何能干，是一个难得的人才。一次蔡、何二人又谈起王黼来，蔡京面露奸笑向何问道：‘少师为何如此称美王黼？’不等何回答，便从书桌里取出王黼弹劾何的奏章，让他看。何执中一看，大惊失色，连声骂道：‘畜生乃尔，畜生乃尔！’此人最会玩弄两面三刀、阿谀奉承的把戏，所以官运亨通，由通议大夫，连进八阶，拜特进、少宰兼中书侍郎，不久又进为太宰，位居首相，成了官家最宠信的大红人，蔡京也被他排挤下去了。当然蔡元长老奸巨猾，绝不会认输，还会设法东山再起的。王黼最厉害的一招，就是善于曲意取媚迎逢官家。宣和以来，官家不满足于宫内的声色之乐，常常在夜间微服出游。京师的勾栏瓦舍和游乐场所如樊楼、潘楼、会仙楼、丰乐楼等处几乎都走遍了，与李师师、徐婆惜、封宜奴等著名歌妓混得都很熟。特别是李师师，民间流传着许多她和官家的风流韵事，哪些是实，哪些是虚，谁也说不明白。每次微服出游都是由王黼精心安排的，并且作为唯一的侍从始终跟随在官家的左右，其余的人都隔得老远的。一天晚上，君臣二人又准备翻墙微服出行，王黼紧靠墙根站着，用双肩托起官家，不料这段墙垣略高，官家够不着墙头，便对下面的王黼轻轻地喊道：‘耸上来，司马光！’王黼在下面应声答道：‘伸下来，神宗皇帝！’二人出墙以后还在不断戏谑取笑。这一幕恰巧被那天晚上藏在暗处值班的一名禁卫军军曹遇上了，于是第二天就在京师的大街小巷传开了。皇上如此玩物丧志，权臣只知逢迎取媚，国家安得不亡！”

刘绎如愈说愈激动，眼中已饱含泪水，他几乎要控制不住自己了。

李清照看在眼里，便走上前去，为他又斟满一杯茶，然后说道：

“绎如兄，今天就谈到这里罢。喝杯茶，休息一会儿，马上就要吃饭了。”

这天他们从中午一直谈到黄昏，吃过晚饭后，刘绎如告别主人，赵明诚一直将他送至驿馆。回到家中时，城楼上已经打过三更。

刘绎如走后数日，恰值中秋佳节。他们夫妇共同商定，今天晚上不赏月了，用来重新装裱《唐富平尉颜乔卿碣》。装裱字画，赵明诚已是一位行家里手，何况又有细心的李清照协助，所以进展很顺利，一个多时辰就完成了。接着赵明诚又写了一段跋语：

> 右《唐颜乔卿碣》在长安，世颇罕传，或云其石今亡矣。有朝士刘绎如者，汶阳人，家藏汉唐石刻四百卷，以余集阙此碣也，辄以见赠。宣和癸卯中秋，在东莱重易装标，因为识之。
>
> ——《金石录》卷二八

宣和七年（1125），赵明诚由莱州移守淄州。淄州治所在淄川县（今属山东淄博），距青州很近。于是赵明诚和李清照在赴任途中顺路回到青州故居小住数日，并抽空对归来堂中所收藏的金石古物进行了一番检查和清理。他们对保管工作感到很满意，这才放心地到淄州上任去了。

初夏的一天，和风拂煦，繁花正发，天空晴朗，淄州城里城外呈现出一派勃勃生机。用过早点以后，赵明诚带着一名侍从，骑马到近郊乡村去视察春耕，同时了解当地的民情风俗。走了七八里路，来到一座山清水秀、林木苍翠的村庄。侍从告诉赵明诚，这座庄子的百姓全部姓邢，所以叫作邢家庄，这里不仅风光如画，而且读书人比较多，是远近闻名的“秀才村”。

他们走到一户朱门粉墙大院的门前，侍从叩开门后，只见一位白发长者出来迎接客人。侍从对长者说：“邢太公，这位是我们新上任的赵太守，今天下乡路过此地，特意到府上来看看。”

长者听说知州大人亲临自己家里非常高兴，连忙请他们进屋，穿过庭院，来到客厅。宾主入座，献上茶后，长者向赵明诚作了一番自我介绍：说他姓邢，名有嘉，今年已经七十六岁。年轻时曾读过书，参加过科举考试，因屡试不中，遂绝意于仕宦，回到乡下来务农。如今儿孙满堂，不愁吃不愁穿，生活过得还不错，闲暇时看看书，偶尔也吟几句诗，或者到河边去钓钓鱼。虽然比不上富贵人家，却也悠闲自在，无忧无虑。

赵明诚又向他打听了一些关于农事生产、收成年景和地方治安的情况，邢太公都一一作了如实的回答。老人和赵明诚谈得很投机，他觉得这位太守平易近人，没有官架子，却有学问，真是难得遇到的父母官，于是便无拘无束地和赵明诚唠起家常来。

不知不觉就到了中午，老人一定要留赵明诚在他家吃午饭，赵明诚虽然再三推辞，但老人就是不放他走，无奈只得在邢家吃了一顿农村的家常便饭。

饭后老人从箱子里取出一个黄布包袱，递给赵明诚，并对他说：

“赵太守，听说你是古玩书画专家，这包袱里是我家祖传下来的一件宝物，送给你也许会有用处，望太守笑纳。”

赵明诚接过包袱，打开一看，原来里面是一本白居易楷书的《楞严经》。他惊喜不已，连忙翻阅，共有一百幅，397 行，是《楞严经》的第九卷后半卷，用的全是唐代所产的笺纸。赵明诚万万没有料到，今天下乡会得到这样一件无价之宝，真是喜出望外。连忙叫侍从取出五两银子送给老人，作为酬答。老人无论如何不肯收，并对赵明诚说：

“太守一定要给银子，就是看不起我们乡下人。我将这件传家宝赠送给太守，是为了表达老汉敬重你的一点心意，绝不是为了几两银子。”

赵明诚不得已叫侍从收回银子，然后深深地向老人施了一礼，表示感谢。这时夕阳已经西下，赵明诚起身告辞邢有嘉，便和侍从上马打道回府了。

赵明诚兴奋不已，在马上不断挥鞭，急于赶回家中，将这一喜讯告诉给李清照。刚刚跨进大门，便拿出那本白居易所写的《楞严经》给李清照看，并挽着她的手走进书房，在灯下一同观赏。他们一幅幅、一行行、一字字地欣赏白居易的亲笔手迹。看完一遍，只听城楼上已经打过二更。这时赵明诚感到口渴得很，于是李清照便去煮了一壶“小龙团”茶，两人一边喝着茶，一边继续展观。他们都欣喜若狂，直到两支蜡烛快燃尽了，还不想上床休息。赵明诚乘兴又在烛光下写了一段记述获得《楞严经》经过的跋语：

> 淄川邢氏之村，邱地平瀰（水弥），水林晶淯，墙麓硗确布错，疑有隐君子居焉。问之，兹一村皆邢姓，而邢君有嘉，故潭长，好礼，遂造其庐，院中繁花正发。主人出接，不厌余为兹州守，而重余有素心之馨也。夏首后相经过，遂出乐天所书《楞严经》相示。因上马疾驱归，与细君共赏。时已二鼓下矣。酒渴甚，烹小龙团，相对展玩，狂喜不支。两见烛跋，犹不欲寐，便下笔为之记。赵明诚。
>
> ——缪荃荪《云自在庵笔记》卷二

这是他们来到淄州以后，收获最大，也是夫妇二人最开心的一天。

李清照从宣和三年（1121）八月抵达莱州，接着又随赵明诚出守淄州，这数年内她除了协助赵明诚搜集考订古器书画外，更多的时间是阅读唐、五代以来的词集和有关的理论著述，继续从事创作实践。

特别应当一提的是，《漱玉集》中有一首被后人赞为“绝似苏辛派”的《渔家傲》，很可能是写于这一时期。

莱州地处渤海之滨，李清照与赵明诚在这里生活了数年，自然要到海边去观看那浩瀚无际的沧海。那苍茫壮阔的景象、洪波涌起的雄伟气势以及海上三神山的传说和《庄子·逍遥游》中“水击三千里，抟扶摇而上者九万里”的大鹏鸟，使她心胸开阔，浮想联翩，常常沉浸在浪漫主义的幻想里。当时她虽然已届不惑之年，诗词创作也受到文坛一致的赞誉，然而这又有什么用？因为她是女人，即使再有才华也不可能像男子那样干一番轰轰烈烈的事业。她不明白这究竟是为什么？是谁定下的这个规矩？难道女人命中注定一辈子就只能生活在狭小的闺阁之中吗？她感到十分苦闷。她要去寻找这一问题的答案。如果人世间无人能够回答，那就插上双翅，飞上蓝天，飞入九重，去问问天帝。经过较长时间的酝酿和构思后，李清照终于写出了一首抒发豪情壮志、富有浪漫主义色彩，令须眉之辈读了也会自愧弗如的杰作：

天接云涛连晓雾，星河欲转千帆舞。仿佛梦魂归帝所。闻天语，殷勤问我归何处？　　我报路长嗟日暮，学诗谩有惊人句。九万里风鹏正举。风休住，蓬舟吹取三山去。

——《渔家傲》

这首词意象飞动，神观超越，境界雄奇壮阔，风格瑰丽豪放，被认为是漱玉词中的别调。前人称赞李清照“倜傥有丈夫气，乃闺阁中之苏辛”（《菌阁琐谈》）。

词写作者拂晓之际仰望星空，神游仙境，与天帝问答，亲切对话，剖诉心曲，展现出一个富有人情味和平等精神的神奇美妙的幻想世界，曲折地表达了词人在现实世界受到压抑、深感苦闷彷徨的失意之情。

开篇两句绘景，描写破晓时刻出门抬头所见。或许那是一个深秋的清晨，李清照独自披衣起床，步下台阶，来到庭院之中。仰望天宇，只见晓雾弥漫，云涛翻滚，天上地下，迷迷茫茫，连成一片；转眼间云消雾散，银河斜转，那闪烁的星光犹如点点白帆，在碧波中竞相飞舞。这两句以动写静，着一“舞”字，将黎明时天河中群星璀璨的景象刻画得绚丽多姿，变幻莫测，引人入胜。接着一句“仿佛梦魂归帝所”，由实入虚，写作者神思飞越星空，恍恍惚惚，如梦似幻地由人间飞升，来到了天帝所居之处。这是由望星空而引起的遐想。用一‘归”字暗示自己和李太白一样，本是天上“谪仙人”，被贬居凡尘，多年来不堪恶浊的世风，早就想乘风归去，今日始得如愿以偿。这与东坡“我欲乘风归去”的情调完全相似，流露出词人不满人间生活，企图寻求一种理想的境界。“闻天语”两句，叙述李清照的神魂来到天庭之后，仿佛听到天帝以关切的口气向她问道：你不是已经下凡了吗？现在回来打算要到哪里去呢？“殷勤”二字，生动地表现了天帝对她的热情和关心。在古代游仙诗词中，往往把天帝写得非常善良、多情、深解人意。辛弃疾曾写过一首《千年调》，叙述他“左手把青霓，右手挟明月”，飞升“径入寥天一”。来到天宫以后，天帝为他张乐设宴，还赐给他一块小小的“苍壁”。辛词中的天帝和李清照笔下的天帝一样，待人都很热情和善，与人世间的最高统治者截然不同。这是作家不满现实，企图在幻想世界中遇到明君、寻求精神寄托的一种表现。李清照此词与苏轼《水调歌头》和辛弃疾《千年调》的构思、意蕴、情调和风格的确很相近，所以梁启超才说：“此绝似苏辛派，不类《漱玉集》中语。”

“我报路长嗟日暮，学诗谩有惊人句。”过片两句，写李清照对天帝的回答。上句化用屈原《离骚》中“欲少留此灵琐兮，日忽忽其将暮……路漫漫其修远兮，吾将上下而求索”的诗意；下句化用杜甫《江上值水如海势聊短述》中“为人性僻耽佳句，语不惊人死不休”的诗意。两句意谓：我回答天帝说，我所要去的地方路途遥远，可惜天色将晚，时间不多了；我学习写诗，虽然有不少惊世骇俗之句，也无济于事，丝毫无助于改变我的地位。李清照尽管才华超群，有“不徒俯视巾帼，直欲压倒须眉”的胸襟和抱负，可是由于她是女子，在“女子无才便是德”的封建时代，她是没有出路的。且因其“才锋大露”，而招来种种无端的诽谤，如同时代人王灼就曾讥讽她“作长短句能曲折尽人意，轻巧尖新，姿态百出，闾巷荒淫之语，肆意落笔，自古搢绅之家能文妇女，未见如此无顾藉也。”（《碧鸡漫志》）李清照对世俗之辈的流言蜚语，不胜愤慨，但又无可奈何，心情自然难免要苦闷。这两句通过人和神的问答，向主宰万物的天帝诉说衷曲，既流露出对现实生活的失望之情，也表达了上下求索，沿着自己的道路继续走下去的决心。“九万里风鹏正举”句，以《庄子·逍遥游》中鹏程万里的形象激励自己。当她与天帝对话结束，离开“帝所”以后，忽然又见云端一只“背若泰山，翼若垂天之云”的大鹏，正乘风飞翔，邀游太空，她多么希望能像大鹏一样，展翅奋飞，去寻找理想的国度，以求得精神上的慰藉。“风休住，蓬舟吹取三山去。”最后两句，照应上片结拍，具体回答欲归何处。词人在幻想中看见大鹏凭借“扶摇”之风，直上九万里云霄，不觉精神振奋，豪情满怀。她恳切地呼唤风伯不要停歇，也把我这蓬草似的轻舟，吹向蓬莱、方丈、瀛洲这三座海上仙山去吧！作者所追求的理想境界，虽然带有虚无缥缈的色彩，但也反映了她力图摆脱受压抑的困境、勇于探索和追求理想世界的精神。这首词完全可以和苏辛的豪放之作媲美，因此说李清照“乃闺阁中之苏辛”并非夸张之辞。

正当赵明诚专心致志从事金石文物研究，李清照集中精力进行诗词创作和理论探索的时候，突然天空“乌云”翻滚，晴天骤然响起“惊雷”，一场空前猛烈的“暴风雨”席卷中原大地，千百万无辜的黎民百姓被推进了水深火热的苦难深渊。正如当时另一位词人张元幹在一首《贺新郎》中所说：“底事昆仑倾砥柱，九地黄流乱注，聚万落千村狐兔?”这一切来得太突然了，李清照和赵明诚这对才华横溢的作家和学者夫妇，将怎样去迎接未来苦难的岁月呢?

十四、国破·家亡·夫死

在宋金联合攻辽的过程中，金人发现宋朝统治集团腐败无能，童贯所统率的宋军虚弱不堪，丝毫没有战斗力，从而滋长了他们掠夺和扩张的野心，妄图乘势一举灭亡宋王朝，先夺取中原，再占领宋王朝的全部疆域。

宣和七年（1125）冬，金兵灭辽后不久，立即分兵两路南下，突然发动了大规模的侵宋战争。西路金兵由粘罕率领，由云中进攻太原；东路金兵由斡离不指挥，从平州进攻燕京。金人的计划是攻占太原和燕京后，两路大军合围北宋都城开封。在金兵的突然袭击面前，宋军惊恐万状，不战自溃，纷纷弃城而逃。西路金兵攻下朔州、武州、代州等地后，受阻于太原。东路金兵相继攻陷燕京、相州、濬州，渡过黄河，直逼开封城下。

宣和七年（1125）十二月二十三日，宋徽宗赵佶不得已匆匆传位给太子赵桓（钦宗），自己则以太上皇的身份带着蔡京、童贯、高俅、朱勔等一批误国奸臣南下逃命。钦宗靖康元年（1126）一月，斡离不指挥的东路侵略军兵临开封城下。赵桓本来也打算弃城逃跑，但由于主战派李纲等人的坚决反对，车驾正准备出发，就被众人加以阻止。赵桓不得已下车留在了宫内，并任命李纲为亲征行营使，负责主持东京的防务。京城军民在李纲的指挥领导下，同仇敌忾，万众一心，奋起抵抗，浴血而战。不久西北名将种师道率领的援军也日夜兼程赶到开封。京师军民士气大振，金兵多次攻城不下，只得在勒索掠夺大量金银、珠宝后被迫撤退。金兵一走，宋朝内部的投降派又重新得势。他们贬斥李纲，解除种师道的兵权，以为又平安无事了，依旧过着醉生梦死、荒淫腐朽的享乐生活。

靖康元年（1126）秋，金兵再度大举南侵，不久开封陷落。敌军大肆烧杀掳掠，京城内外尸骨如山，血流成河，繁华富庶的京城霎时间变成了一片惨不忍睹的废墟。城中大量的金银、珠宝、服饰、车马、文物典籍，甚至连技艺工匠、内侍倡优都被洗劫一空，最后连赵佶、赵桓以及数千名后妃、王孙、公主、宗室一并被俘北去。至此，北宋灭亡，这就是历史上的“靖康之难”。

靖康二年（1127）五月，赵佶的另一儿子赵构在南京（今河南商丘）即位，改元建炎，不久逃至杭州建立偏安政权，史称南宋。从此开始了我国历史上南北分裂、战火连绵不断、两个政权长期对峙的时代。

由于事变发生得太突然，加上朝廷对民众封锁消息，所以许多地方特别是一些交通不便的偏远地区，对金兵入侵、东京陷落、二帝蒙尘的消息知道得很晚。

据《金石录后序》记载，赵明诚和李清照是在金兵第二次南下、围攻开封时才知道的："至靖康丙午（1126）岁，侯守淄川，闻金人犯京师，四顾茫然，盈箱溢箧，且恋恋，且怅怅，知其必不为己物矣。"

不久前，他们虽然从刘绎如那里了解到一些情况，但没有想到这场大祸会来得这么快，这么早。作为一位以研究金石文物为一生事业的学者，当敌军入侵、亡国大难迫在眉睫之际，赵明诚自然要想到自己数十年来节衣缩食、辛辛苦苦，用全部精力和心血搜集起来的这些文化宝藏和研究成果。他一定要想方设法保护好这批古器书画，免使它们遭受浩劫。可是自己力量单薄，要想做到这一点又谈何容易！因此，当他听说金兵进犯京师后，终日愁眉不展，忧心忡忡，既为社稷担忧，也为这数千件古物发愁。

李清照看在眼里，痛在心上，本想安慰安慰他，但自己也想不出什么好办法来。因此这段时间他们夫妇常常在书房里相对而坐，默默无语，不断唉声叹气。有时一坐就是几个时辰，竟连吃饭睡觉的时间都忘记了。

靖康二年（1127）三月，金兵押着徽、钦二帝离开汴京北去。也就是在这个月内，赵明诚突然接到当时正在金陵任职的长兄赵存诚的家书，告诉他老母郭太夫人不幸于本月去世，希望他立即动身南下奔丧。国难和家难同时降临，这对赵明诚和李清照的打击实在太大了。当天他们夫妇便从淄州赶回青州（从淄州到青州只有半天的路程）。他们以最快的速度，检点清理归来堂中的古器书画，将其中最有价值的一部分精品挑选出来，连夜雇了十几辆车子装载，准备随同出发，运往南方。李清照是这样记述的：

> 建炎丁未（即靖康二年，1127）春三月，奔太夫人丧南来，既长物不能尽载，乃先去书之重大印本者，又去画之多幅者，又去古器之无款识者，后又去书之监本者，画之平常者，器之重大者，凡屡减去，尚载书十五车。至东海，连舻渡淮，又渡江，至建康。青州故地，尚锁书册什物用屋十余间，期明年再具舟载之。
>
> ——《金石录后序》

临行前，赵明诚在归来堂里，前后左右、上上下下，又仔细地看了一遍，然后紧紧地握着李清照的手说：

"余下这十多间屋子的古器书画，全交给你了。它们凝结着我一生的心血，体现了我的人生价值和追求，望你一定要尽力保管好。”

李清照望着赵明诚，强忍悲痛，含泪对他说：

“明诚，你放心地去吧，我将竭尽全力，不让它们受到损害。我知道这不仅是你的命根子，也是我们民族的宝藏呀！我能不鞠躬尽瘁吗？”

赵明诚听了点点头，又对她说：

“等安葬完母亲后，至迟明春我就回来接你，同时将这些东西一起运到江南去。我走以后，你要多多保重，注意身体，以免使我担心。”

这时李清照再也控制不住自己了，眼泪像断了线的珍珠一样，直往下流。她扑在赵明诚怀里，低声抽泣了好一阵，才抬起头来，对赵明诚说：

“车马已经要出发了，明诚，准备启程吧。到了金陵后，代我在母亲灵前叩首致哀，表达儿媳的一片孝心。家里的事你就不用挂念了，我会处理好的。我在青州等你，希望你明年春天一定要回来！”

李清照说完，赵明诚便匆忙上马，押着车队，向金陵疾驰而去。可是他们没有料到，赵明诚这一走，就再也未能回到青州，回到那充满了幸福、欢乐、温馨的归来堂！

赵明诚南下以后，局势愈来愈紧张。金兵入侵，京城陷落，二帝蒙尘已经不是什么秘密。青州城里人心惶惶，大街上不断地看到扶老携幼、成群结队向南逃亡的难民。当地的一些官绅士族和大户人家也在贱价变卖家产，收拾行李，打算远走高飞。李清照终日忧心如焚，坐立不安，眼前举目无亲。赵明诚又没有消息，她独自一人，真是度日如年。好在他们的管家为人可靠，也很能干，办事又让人放心，在关键时刻可以为李清照分忧。

建炎元年（1127）秋，金兵再次分兵入侵两河、京东、陕西各路，除遭到东京留守宗泽和王彦领导的太行山八字军、马扩领导的五马山义军的抵抗外，其余大多数州府不是开门投降，就是弃城而逃。溃散的士兵或占山为王，或趁火打劫，四处烧杀掳掠，与入侵的金兵没有什么区别，受害最深的都是无辜的平民百姓。

这年十二月，青州发生了以王定为首的兵变，知州曾孝序被乱兵所杀。事情的经过是这样的：

先是，在青州所属的临朐县有一个名叫赵晟的士兵，乘金人入侵之机，聚众作乱。曾孝序派州将官王定领兵千人去平乱，结果大败而归。曾孝序不许他们入城，并且下令要他们回去平定叛乱，立功赎罪，否则将以军法处置。王定知道他有责任，免不了要受惩罚，就鼓动这些残兵败卒，斩关夺门，冲入城中。曾孝序一看大势不好，兵变已不能制止，便做好了一死的准备。他一动不动地端坐在公堂上，厉声斥责叛贼，于是他和他的儿子曾讦当场被乱兵杀害。郡守一死，百姓无主，青州立即陷入一片混乱之中。城里不断发生杀人放火、入室抢劫、奸淫掳掠的暴行。

这时又有人传说，金帅窝里嗢入侵山东，离青州和潍州一带已经不远，这使青州百姓更加惶恐不安。

一天晚上，李清照将管家叫到书房，想听听他关于如何应变的意见。管家对李清照说：

“夫人，如今青州已绝不可再留，三十六计，走为上计，愈快愈好，晚了恐怕就来不及了。车马我已准备好了，只等夫人吩咐，随时都可以出发。”

李清照听了点点头，表示同意他的意见：

“我的想法也是如此，这里确实不能再待下去了。我马上去收拾收拾，你也去准备准备，将你的家里人也带上，我们明天傍晚就出发。”

管家走后，李清照便连夜收拾行李，除携带一些首饰珠宝和细软外，又从书柜中挑出几件她认为比较珍贵的文物放进了要带走的箱子里。其中有蔡襄所书的三幅《赵氏神妙帖》，是赵明诚早年在东京以二百千钱从一位姓章的子弟手里买来的，赵明诚走时没有发现，所以未曾带走。

第二天，李清照很早就起床了。她独自出门沿着故居屋后的小溪，向离归来堂两里多路的一座小山走去。这座山虽然不高，但草木繁茂，环境幽雅，是青州人节日和假期游玩的好地方。由于它坐落在青州城东，所以人们就称它为东山。山上有一座不大的尼姑庵，还修建着几处楼台亭阁。一条用石子铺成的林荫小路，弯弯曲曲，从山下直达山顶。赵明诚和李清照住在青州期间，常常来到山中游览，在鸟语花香的氛围中吟诗联句，度过了许多幸福而甜蜜的日子。李清照有时也和邻居姊妹们相约来到山中踏青斗草、采花挑菜，给她留下了不少美好的回忆。现在即将离开青州，离开这风光如画的东山，不知什么时候才能回来，她心中充满了无限留恋之情。

李清照迈着沉重的脚步，缓缓登上山顶，来到了那座非常熟悉的六角亭中。她倚着亭柱环顾四周，忍着悲痛，向青州的父老、向邻居的姊妹、向故乡的山山水水洒泪告别。她在心中默默地对自己说：“我一定要回来，纵然不能生还，死后也要魂返故乡。”她在亭子里伫立了很久，然后又走上山顶，捧起一把黄土装入一个小小的布袋里，又从地上捡起一片枫叶放进衣袖中，这才缓缓地向山下走去。

当天傍晚，李清照和管家夫妇（他们尚无子女）带着部分行李，乘上一辆马车离开青州，向南直奔金陵而去。就在他们出发后不久，窝里嗢率领的金兵攻陷青州，大肆烧杀掳掠，然后四面放火，弃城而去。归来堂和那十余间屋子的金石文物也在这场浩劫中全都化为灰烬。正如李清照在《金石录后序》中所说：“十二月，金人陷青州，凡所谓十余屋者，已化为煨烬矣。”

建炎二年（1128）春，李清照历尽千难万险，渡淮涉江，好不容易来到金陵。在此之前，赵明诚已于建炎元年（1127）八月，起复为江宁知府兼江南东路经制使。他们分别虽然不到一年，但这一年却发生了许多令人悲恸欲绝的事情。国破、家亡，又遇上老母不幸病逝，三百多天里大祸旋踵而至，使他们饱尝了人间苦难。夫妻重逢，恍若隔世，不禁抱头放声痛哭，真有"相对如梦寐"之感。然而对清照来说，这仅仅是灾难的开始，她在人生旅途上的苦难历程还长得很呢！

在金陵住下以后，李清照所做的第一件事情，便是将她从青州带来的那几件文物从箱子里取出来，亲手交给了赵明诚，并对他说：

"青州发生兵变后，真把我急坏了。多亏管家早已准备好了车子，我们是傍晚出发的。由于走得太急，简直就是仓惶出逃，所以我也没能多带，只挑选了这几件。德甫，真是对不起你。"

赵明诚接过来一看，其中有蔡襄的三幅《赵氏神妙帖》，立即转忧为喜，走上前去紧紧地搂住李清照说：

"太好了！太好了！我正在为这件宝物发愁哩。记得我曾告诉过你，那还是在我们结婚之前，我买它时花了二百千！手头的积蓄全拿出来也不够，又偷偷地问母亲要了几锭银子，还从朋友那里借了四五万，才算勉强凑够数，又不敢让父亲知道，真是吃尽了苦头。我到了金陵后，才发现没有《赵氏神妙帖》，把我急得像热锅上的蚂蚁。这下可好了，《赵氏神妙帖》终于又回到了我手中，多亏了你，清照，你不仅是我的好夫人，而且也是我的唯一知音，是我的大恩人。你治好了我的心头之病，我这一辈子都将感激不尽！"

李清照见赵明诚说个没完没了，便含笑对他说道：

"好啦，好啦。夫妻之间还这么客气呀！我也是偶然发现才将它带走的，其实并不了解这《赵氏神妙帖》如此珍贵，就算是它该归你所有吧！今天时间不早了，也该休息啦。"

赵明诚一看，案上的蜡烛即将燃尽，估计已是二更将尽，快到三更了，便对李清照说：

"你先去睡吧，我一会儿就来。"

李清照进入卧室后，赵明诚又换上一支蜡烛，在烛光下为蔡襄的赵氏神妙帖写了这样一段跋语：

> 此帖章氏子售之京师，余以二百千得之。去年秋西兵之变，余家所资，荡无遗余。老妻独携此而逃。未几，江外之盗再掠镇江，此帖独存，信其神工妙翰，有物护持也。建炎二年三月十日。(后缺)

——《赵氏神妙帖跋语》

此帖后来为岳飞的孙子岳珂所得。岳珂在他所著的《宝真斋法书赞》所写的跋语中说：

右蔡忠惠公《赵氏神妙帖》三幅，待制赵明诚字德甫题跋真迹共一卷。法书之存，付授罕亲，此独有德甫的传次第。而蒋仲远猷，晁以道说之，张颜智缜俱书其后。中有彦远者，未详其为谁。承平文献之盛，是盖蔚然可观矣。德甫之夫人易安，流离兵革间，负之不释，笃好又如此。所憾德甫跋语，糜损姓名数字，帖故有石本，当求以足之。嘉定丁亥（按：嘉定无丁亥，当为宝庆丁亥，即1227年）十月，予在京口，有鬻帖者持以来。叩其所从得，靳不肯言。予既从售，亦不复诘云。

——《宝真斋法书赞跋语》卷九

岳珂在同书的赞语中还说：

公（指蔡襄）书在承平盛时，已售钱二十万，赵氏所宝也。题跋皆中原名士，今又一百年，文献足考也。易安之鉴裁，盖与以身存亡之鼎，同此持保也。予得之京口，将与平生所宝之真，俱佚吾老也。

从岳珂的跋语和赞语中可知三点。第一，蔡襄的《赵氏神妙帖》，是他于理宗宝庆丁亥（1227）十月（原文作“嘉定丁亥”，乃岳珂误记），从一位不肯透露姓名的人手里买来的。岳珂曾询问卖帖者是从哪里得来的，他也不肯说。有人认为此帖是李清照在绍兴元年（1131）避难会稽时被盗贼“穴壁”所窃之物。过了近百年后，才在京口出现，而被岳珂购得，总算落入了一位学者手中，从而得以保存下来。第二，赵明诚的跋语和岳珂的赞语说，当年赵明诚购买《神妙帖》时花了二十万钱，这是一个相当大的数字。后来又有人拿着一幅《徐熙牡丹图》来，要卖给他，索价也是二十万，赵明诚再也拿不出这笔钱来，“留信宿，计无所出而还之”（《金石录后序》）。可见，赵明诚为了购买此帖，确实倾其所有而为之。同时也说明，蔡襄的书法作品在当时是多么珍贵。第三，《金石录后序》中在叙述赵明诚和李清照于池阳告别时，赵明诚曾郑重地对李清照说：如果再遇到兵变或其他不测事件，别的东西都可以舍弃，“独所谓宗器者，可自负抱，与身俱存亡，勿忘之也。”《后序》没有说明“宗器”是指何物。岳珂在“赞语”中说：“盖与以身存亡之鼎，同此持保也。”原来赵明诚所说的“宗器”，是一口古鼎。赵明诚藏有“父乙彝”及“田鼎”二鼎，均为三代之物，是中华民族文化的无价之宝。赵明诚如此珍视，要求自己的贤妻不惜以生命来保护它，说明他对国家的珍宝是多么热爱。

总之，蔡襄的《赵氏神妙帖》这件书法瑰宝能够保存下来，赵明诚夫妇做出了不可磨灭的贡献。如果没有李清照在兵荒马乱的岁月里，将它从青州携至金陵，此帖早已和归来堂中的其他文物一起化为灰烬了。

早在李清照离开青州、南下金陵之前，刚刚在应天府（当时又称南京，即今河南商丘）即位不久的宋高宗赵构，被金兵大举分路进犯吓破了胆，便决定放弃中原，南下逃命。建炎元年（1127）九月五日，高宗下诏“巡幸淮甸”。所谓“巡幸”，其实就是逃跑的代名词。九月二十七日，赵构和他的亲信黄潜善、汪伯彦等登舟启程，离开了应天府（此据《三朝北盟会编》卷一一三，《宋史·高宗纪》作十月初一）。一路之上，心惊胆颤，惶恐万状，狼狈不堪，于次年正月到达扬州。赵构的南逃，说明他决心置中原大好河山于不顾，只要能保住帝位和自己的生命，什么土地、山河、人民、社稷和祖宗的基业，这一切的一切他都可以拱手让给敌人。对赵构的逃跑投降政策，当时朝野间许多爱国志士都表示了强烈的不满。特别是一些太学生泣血上书，表示坚决反对，但他一意孤行，还是继续不断地向南逃跑。

李清照作为一位女子，虽然无权过问政治，不能像太学生们那样泣血上书，但她可以用作品、用诗词来表达自己的观点。当她到达金陵，听说高宗已从应天府逃至扬州，并且准备还要继续南逃时，对皇上的这一行为迷惑不解，很不以为然，她暗暗地问道：如此一来，中原岂不是永远落入敌手了吗？我们这些北方人还能返回故乡吗？于是便即兴抒感，写了两首讽刺时政的诗。但这两首诗的全文未流传下来，每首诗只留下了两句，即“南渡衣冠少王导，北来消息欠刘琨”和“南来尚怯吴江冷，北狩应悲易水寒”。前两句是针对高宗身边的一些亲信大臣而言，如黄潜善、汪伯彦之流，说他们缺乏像东晋宰相王导和北伐名将刘琨那样重整社稷、誓师北伐的胆识和雄才大略，只知道怂恿皇上南逃。后两句则是针对高宗本人而言，说他凄凄凉凉、冷冷清清从中原逃至吴江，全不思念被金人俘虏北去，此时可能正在萧瑟的寒风中渡过易水的徽、钦二帝。从这两联残句中，也可以体会出李清照的这两首诗饱含着爱国激情。所以后人称其“忠愤激发，所刺者深”（《诗说隽永》），确实表达了作者深沉的忧国之思和对南渡初年当权者的强烈不满。

同一时期，李清照还写了一首情辞慷慨、痛斥逃跑投降政策的五言绝句。这是宋室南渡以来，第一篇鲜明地体现了时代精神和爱国主义思想感情的杰作：

生当作人杰，死亦为鬼雄。
至今思项羽，不肯过江东。

——《乌江》（一作《夏日绝句》）

全篇虽然仅仅四句二十字，但却包含着丰富的内容、深刻的理性思考和鲜明的爱憎倾向。在当时具有石破天惊、振聋发聩的积极意义。

建炎元年（1127）八月，高宗准备离开应天府南逃之前，当时任东京留守、权知开封府事的宗泽，曾代表京师百万军民，多次上书，请求车驾北返，反对“巡幸淮甸”。他在奏札中恳切地对高宗说：

臣见将士、见商贾、见农民、见士大夫之怀忠义者，咸曰若陛下归正九重，是王室再造，大宋中兴也。

又说：

且我东京，是祖宗二百年积累之基业，是天下大一统之根本。陛下听先入之言而轻弃之，欲以遗海陬一狂虏乎！臣观河东、河西、河北、京东西之民，咸怀冤负痛感慨激切，想其慷慨之气，直欲吞此贼虏。陛下何忍怙听谀顺而不令刚正之士率厉同心，剿灭凶残乎！今东京市井如旧，上下安帖如旧，但嗷嗷人思望翠华之归，谒款宗庙，垂衣九重，不啻饥渴之望饮食，大旱之望云霓也。臣窃谓陛下一归，则王室再造，中兴之业复成矣。

而且还表示：

臣虽老矣，尚当矍铄鼓勇，立办御敌之具，以图万全之举。然后扫除宫禁，严备扈从，迎奉銮舆，谒见九庙，非特使神祇祖考安乐，庶几中原增重而不失天下大势也。不然是徒为走计尔，示虏以弱，非惟不恤两河，抑又不恤中原，且去宗庙社稷而不顾，陛下岂忍乎！臣为陛下惜者此也。故敢直输血诚，幸陛下留意毋忽。

——《三朝北盟会编》卷一一三

然而，赵构对这一切却充耳不闻，他的主意已定：绝不北返，只想南逃，谁也改变不了他投降逃跑的既定方针。

李清照的《乌江》诗，就是针对这一现实，以古喻今，通过咏史对高宗不顾一切地逃往江东，进行了强烈地讽刺和批判：活着，就应当顶天立地，气壮山河，做一个无所畏惧的人中豪杰；死去，也不能低头屈服，奴颜卑膝，而要变为鬼中英雄。人们至今还在怀念西楚霸王项羽，就是因为他自刎乌江，宁死不屈，无颜再回到江东去。显然这是借古讽今，对贪生怕死、置国家民族利益于不顾的逃跑投降政策的谴责。如此宏阔的胸襟和气魄，慷慨激烈的言词，出自一位女诗人的笔下，真有惊天地、泣鬼神的艺术感召力。前人称赞李清照的词“不徒俯视巾帼，直欲压倒须眉”（《雨村词话》），这两句赞语用来评价李清照的这首诗，也是当之无愧的。“生当作人杰，死亦为鬼雄”，这气势磅礴、落地作金石之声的豪言壮语，体现了中华民族的浩然正气。与稍后于李清照的爱国诗人陆游的名句“壮心未与年俱老，死去犹能作鬼雄”，异曲同工，一脉相承，都唱出了时代的最强音。这首五言绝句，就足以使李清照在中国文学史和反对民族压迫的斗争史上永垂不朽。

建炎二年（1128）冬至三年春，江浙一带连续下了几场大雪。被称为“江南佳丽地，金陵帝王州”的建康城银装素裹，显得格外雅洁俏丽，妩媚动人。对大自然特别敏感的易安居士，每逢下雪天便顶笠披蓑，登上城墙，环绕着虎踞龙蟠的石头城，踏着琼瑶碎玉，缓缓而行，一边眺望江山胜景，一边觅句寻诗。每得清词丽句，就赶回家中让赵明诚赓和。赵明诚一则忙于公务，再则诗思不如李清照敏捷，所以虽然搜尽枯肠，也应和酬唱不上来，于是只得苦笑着说：

“我实在是赵郎才尽了。清照，你饶了我罢，好不好？我服输，我认罚，还不成吗？”

李清照听后，笑了笑说：

“人家不过是试试你的诗情如何，谁要你服输认罚呀！以后不要只搞考据，这样长期下去，恐怕将来你的脑子里除了古董什么也没有了。还是抽空写写诗，陶冶陶冶性情吧！”

赵明诚听了，用诙谐的口气应声答道：

“尊命，夫人阁下！”

建炎三年（1129）元宵节前夕，李清照在金陵寓所阅读《醉翁情趣外篇》。当她读到欧阳文忠公所写的那首被词坛广为赞誉的《蝶恋花》时，不禁爱不释手，连连点头称赞，并仿效其体，一连写了几首同调之作。这组词流传下来的仅有二首。在第一首前，有一段小序：“欧阳公作《蝶恋花》有‘深深深几许’之语，予酷爱之。用其语作‘庭院深深’数阕，其声即旧《临江仙》也。”

原词如下：

一

庭院深深深几许？云窗雾阁常扃。柳梢梅萼渐分明。春归秣陵树，人老建康城。　　感月吟风多少事，如今老去无成。谁怜憔悴更凋零！试灯无意思，踏雪没心情。

二

庭院深深深几许？云窗雾阁春迟。为谁憔悴损芳姿？夜来清梦好，应是发南枝。　　玉瘦檀轻无限恨，南楼羌管休吹。浓香吹尽又谁知？暖风迟日也，别到杏花肥。

——《临江仙》

第一首即景感怀，第二首托物寄意，从不同角度表达了词人历经动乱，流离至江南后寂寞悲凉的心情。看似自叙心曲，其实也包含着一定的现实内容，反映了苦难的时代在词人心灵上所造成的创伤。

值得注意的是，李清照对欧阳修、苏轼等人的词曾提出过批评，认为“往往不协音律”，但从她肯定欧阳修的那首《蝶恋花》来看，她所批评的只是欧、苏等人的一部分作品。凡是她认为符合自己审美标准的佳作，都“酷爱之”。这两首《临江仙》的首句，都是原封未动地用了欧词的原句。她特别欣赏的是一句之中连用三个叠字，而又能自然浑成，毫无斧凿痕迹。这对她在长短句中出奇制胜地运用叠字，显然是有启发的。

建炎三年（1129）二月，赵明诚被调为湖州知州。正当他在办理移交，准备启程赴任时，驻守江宁的御营统制官王亦阴谋叛乱，决定半夜以纵火为号发动兵变。这一密谋被江东转运副使直徽猷阁李谟探知，便派人将消息告诉了尚未离任的赵明诚。赵明诚以为是谣传，未予认真对待。当天夜里天庆观果然火起，王亦率领叛军鼓噪而进，但被李谟布置的伏兵击溃，叛军遂打破南门夺路而逃。天亮后，李谟得知赵明诚与通判府事朝散郎毋丘绛、观察推官汤允恭已经在夜里逃出城外。当局知道此事后，赵明诚和毋丘绛、汤允恭都受到了罢官停职的处分。

此时金兵已占领扬州，高宗及其少数侍从仓惶渡江，向苏州、杭州一带逃去。赵明诚一想，自己现在已经被罢官，建康已不能再待下去，于是便雇了几只船，装上那十多车从青州运来的金石文物，和李清照一起打算经过当涂、芜湖，前往江西，在赣水之滨找个地方住下来。

五月八日，当他们行至池阳（今安徽贵池）时，朝廷又任命赵明诚为湖州知州。这时高宗已从杭州来到建康，并下诏召赵明诚立即“过阙上殿”，领旨奏事。由于时间急迫，不容许他们带着那么多金石书画同时返回建康。于是便决定暂时“驻家池阳”，由赵明诚一人先到建康赴召，然后再回来接李清照一同到湖州去上任。六月十三日，正是盛夏时节，赵明诚冒着酷暑，离开池阳，舍舟登陆，坐在岸上，向站立船头的李清照告别。李清照心情很不好，她担心在这举目无亲的地方，自己独自守着这么多无价之宝，会不会出什么差错呢？她更放心不下的是，在这么热的天气里，赵明诚独自一人奔驰赶路，又没有人照顾，稍有疏忽就可能中暑生病。她真不想让赵明诚这样匆忙地离开自己，可是圣旨又不能违背，所以她心里感到十分忧虑难过。

李清照站在船头，望着岸上的赵明诚，只见他身上穿着一件粗布衣服，歪戴着头巾，不停地摇动着手中的扇子，显得很不适应江南的炎热气候。但远远望去，赵明诚的精神很好，目光炯炯有神，并无疲惫的样子。于是她便大声对赵明诚道：

“如果敌兵进犯池阳，或者又遇上兵变，在情况紧急的时候，你说我该怎么办呀?”

赵明诚立即站起身来，将两手叉在腰间，高声回答说：

“万一发生不测事件，你就和老百姓们一起躲避，先把那些行李辎重扔掉，其次去掉衣物被褥，再不行就舍弃一些书册卷轴和古器，唯有那几件最宝贵的‘宗器’(即三代古鼎)，你一定要亲自带在身边，人在物在，和它们共存亡，千万千万要切记在心。”说完便上马挥鞭急驰而去。

李清照伫立船头，一动不动地望着赵明诚逐渐远去的身影，不禁泪流满面，心如刀绞。直到骑在马上的赵明诚已经消失得无影无踪。她才缓缓地扶着栏杆回到船舱中。这时她再也控制不住自己了，便关上舱门，埋头放声痛哭起来。不知什么原因，她总觉得这次分别和往常不同，一种不祥的预感，像天空的乌云一样笼罩在她的心头。她暗暗地祷告上苍，但愿老天保佑明诚一路平安，早去早回，以便他们夫妻双双结伴早日前往湖州上任。

然而事实恰好和她的愿望相反，赵明诚因冒暑赶路，走到半路便生了病。一到建康就卧床不起，经医生诊断，赵明诚得的是疟疾加痢疾。由于他急于想要治好病，去晋见皇上，便服了大量的寒药。医生看了也感到非常棘手，病情迅速恶化。七月末，李清照得到赵明诚卧病不起的消息，犹如晴天一声霹雳，使她惊恐万分，悲伤不已。因为她很了解，赵明诚一向性急，为了早日病愈，很可能会不分寒症与热症，胡乱用药，实在令人担忧。当天她就乘船东下，一日一夜行程三百余里，火速赶到建康。一问，赵明诚果然服的是柴胡和黄芩。她一听，顿时吓傻了眼，一下子瘫倒在赵明诚的病榻前。当她清醒以后，抬头一看，只见赵明诚脸色蜡黄，枯瘦如柴，已经病入膏肓，正处于昏迷状态。她强忍悲痛，扶着床沿，连声叫道：

“德甫，德甫，你醒醒，我来了，我是你的清照呀!”

赵明诚仿佛听到了李清照的呼唤，身子微微动了一下，慢慢睁开眼睛，看了她一眼，又轻轻地点了点头，好像是在对她说：

“我在等你，我知道你一定会赶来的。”

李清照也向他点点头，然后将左手放在他的头下，再用右手为他擦去额上一颗颗大如豆粒的汗珠。赵明诚苍白的嘴唇在微微地翕动，好像想要说话，可是喉咙里却像是被什么东西给堵住了，只能听到胸腔中发出轻微的呜呜声，却听不清楚他说的究竟是什么。李清照望着弥留之际的亲人，不禁泪如泉涌，犹如万箭穿心。忽然赵明诚的身子一动，伸出右手，向窗前的书桌上指了指，似睁似闭的双眼也随着手指的方向望去。李清照转过身子抬头一看，只见桌子上堆放着厚厚的一大叠稿纸。她轻轻地从赵明诚头下抽出左手，站起身来，走到窗前，定睛一看，原来那正是赵明诚花了数十年心血所撰写的《金石录》的未定稿。李清照一切都明白了。她细心地将稿子叠放好，又回到床前，低下头在赵明诚耳边轻轻地说道：

"德甫，你放心吧，我一定要继承你的事业，将《金石录》整理好，让它早日付梓问世。我向你保证，今生今世如果不能完成这一任务，我绝不罢休，死不瞑目！"

只见赵明诚两眼突然放出光芒，又像平时那样"烂烂射人"，并含着微笑向李清照点了点头。又过片刻，赵明诚以极其微弱但很清晰的声音说道：

"笔……笔……给我一支笔。"

这是李清照最后一次听到赵明诚的声音，她懂得赵明诚的意思，立即走到窗下，从书桌上取来纸和笔，然后将笔放在赵明诚不住颤抖的手中，又将一张纸铺在他胸前的被子上。赵明诚挣扎着微微抬起身子，艰难地在纸上写下了一首绝笔诗。写完后就倒在枕上，永远永远地闭上了那双曾经炯炯有神的眼睛。

李清照俯在他的身上哭得死去活来，泪水将盖在赵明诚身上的被单湿透了一大片。赵明诚临终时所写的绝笔诗，没有流传下来，所以后人也不知道他在诗中说了些什么。

李清照与赵明诚度过的最后一段岁月以及他们夫妇诀别时的情景，她后来作了十分生动感人的描述：

建炎戊申（1128）秋九月，侯起复知建康府。己酉春三月罢，具舟上芜湖，入姑孰，将卜居赣水上。夏五月，至池阳。被旨知湖州，过阙上殿。遂驻家池阳，独赴召。六月十三日，始负担，舍舟坐岸上，葛衣岸巾，精神如虎，目光烂烂射人，望舟中告别。余意甚恶，呼曰："如传闻城中缓急奈何？"戟手遥应曰："从众。必不得已，先弃辎重，次衣被，次书册卷轴，次古器，独所谓宗器者，可自负抱，与身俱存亡，勿忘之。"遂驰马去。途中奔驰，冒大暑，感疾。至行在，病痁。七月末，书报卧病。余惊怛，念侯性素急，奈何？病痁或热，必服寒药，疾可忧。遂解舟东下，一日夜行三百里。比至，果大服柴胡、黄芩药，疟且痢，病危在膏肓。余悲泣，仓皇不忍问后事。八月十八日，遂不起。取笔作诗，绝笔而终……

——《金石录后序》

李清照含悲忍泪，埋葬了赵明诚，并在坟前读了她亲自撰写的一篇祭文。当她读到"白日正中，叹庞翁之机捷；坚城自堕，怜杞妇之悲深"时，突然咚一声昏倒在地上。醒来后，她慢慢爬上坟头，仰望苍天，放声大哭，哭得泪人似的。许久才站起身来，两眼紧紧地盯着那堆黄土，想到亲爱的夫君从此将永远安息在这里，恨不能用双手扒开一个洞，钻入地下，和明诚一起长眠于此。她抬头一看，只觉天昏地暗，日月无光，眼前一片漆黑，不觉泪飞如雨，于是仰天长叹道：

“苍天哪，我的命为什么这么苦啊！大地呀，我今后的路又在何处呢?”

这时只听一声霹雳带着闪电，自天而降，天空顿时乌云翻滚，阴风怒吼，一场险恶的急风暴雨又降临到了她的头上！

十五、逃亡，逃亡到哪里

建炎三年（1129）八月下旬，李清照为赵明诚出殡回来后便病倒了。她独自躺在病床上，四顾茫然，举目无亲，不知道今后自己该向何处去。赵明诚的两位兄长赵存诚和赵思诚，去年春天安葬完母亲后，已相继离开建康，分别前往广州和泉州任职。李清照虽然得知她的弟弟当时已任敕令所删定官，但如今皇上正在东躲西藏地逃避金兵，朝廷并没有一个固定的办公地方，李远现在究竟在何处也无确实消息。眼前金兵大军压境，形势非常危急，看来她真到了山穷水尽、走投无路的绝境了。可是当她一想到赵明诚临终时的嘱托，一想到还存放在池阳的十几车珍贵文物，一想到自己还有许多话要说、还有一些人生体验和感受尚未写下来，便产生了一种强烈的求生欲望。她不能去死，她还要继续活下去，不管时势如何险恶，不管遇到多大的艰难困苦，她都要从没有路的荆棘丛中，用自己这双脚踏出一条路来。

转眼之间到了闰八月中旬，赵明诚逝世已经一个多月，李清照也渐渐恢复了健康。这时外面传说金兵正在江北强征舟船，不久就要渡江南下。朝廷早已下诏“分遣六宫”，解散一些政府机构，让各级官吏分别去寻找避难的地方。还有消息说，不久就要封江，禁止南北两岸舟船往来。

早在七月间，隆祐太后（哲宗皇后孟氏，高宗的伯母）已经撤离建康，由杨惟忠、刘珏、滕康、刘宁止和赵明诚的妹夫兵部侍郎李擢等护卫，逃往洪州（今江西南昌）。接着高宗也于闰八月二十六日带着一批亲随，离开建康向苏、杭方向逃去。

皇上一走，石头城里就像乱石翻滚一样，更加混乱不堪，人人都在准备逃亡。此时赵明诚和李清照运往池阳的文物尚有“书二万卷，余石刻二千卷。器皿、茵缛，可待百客，他长物称是”（《金石录后序》）。李清照最放心不下的就是这批金石文物。她下定决心，只要自己一息尚存，就要千方百计将它们保护好，绝不能让这些无价之宝毁在自己的手里。

想来想去，李清照终于想到了赵明诚的妹婿李擢，他目前跟随隆祐太后已经到了洪州。那儿离前线较远，可能会安全一些。于是她便去找赵明诚的两位老部下商量，希望他们帮帮忙，将这批文物送往洪州，暂时寄存在李擢那里。赵明诚的这两位老部下满口应承，表示一定要尽力把这件事情办好。他们商定后，便连夜乘船从建康赶到池阳。李清照又从中挑选出一部分最珍贵的文物，准备带在身边，其余的全部由明诚的两位老部下乘船运往洪州。

李清照送走他们之后，又在池阳街上买了十多只竹箱，将她挑选出来的那批文物装进竹箱内，用锁锁上，立即乘船返回建康。这十余只竹箱里所藏的文物，有“余少轻小卷轴书帖，写本李、杜、韩、柳集，《世说》《盐铁论》，汉唐石刻副本数十轴，三代鼎鼐十数事，南唐写本数箧”（《金石录后序》）。其中包括蔡襄的《赵氏神妙帖》和赵明诚在池阳江岸上与李清照告别时叮嘱她“可自负抱，与身俱存亡”的“宗器”等。

令人遗憾的是，运往洪州去的那批数量相当可观的文物。由于两三个月后金兵攻陷洪州，全部丢失，下落不明，正如《金石录后序》中所说：“所谓连舻渡江之书，又散为云烟矣。”

李清照回到建康时，一路上只见百姓弃家出逃者不绝于路，呼儿唤娘、哭泣哀号之声处处可闻，那凄惨的场面实在令人目不忍睹。女词人看在眼里，痛在心上，不禁倾泪长叹道：

“苍天哪，黎民百姓有什么罪？他们为什么要遭到这样的大祸？老天爷难道没有长眼吗？”

李清照看着像潮水般涌动的难民，触景生情，想到自己马上也要投入到难民的洪流中去，更加感到茫然不知所向。她在江南无亲无故，究竟去投靠谁呢？恰好这时她听说弟弟李迒已随车驾从浙西转移到了浙东，于是便决定离开建康前往浙东去寻找她的弟弟。

李清照决定向两浙方向逃亡，不仅是为了去投奔她的弟弟，而且也还有另一方面的原因。原来当赵明诚从池阳赶回建康，途中染病，卧床不起时，有个被人称为“学士”、名叫张飞卿的阳翟人，一天突然拿着一只“玉壶”来看望赵明诚，想让他买下。赵明诚虽然重病在身，但一眼便看出那是一件假货，其实并非玉器，而是用一种似玉的美石“珉”琢成的。赵明诚自然不会上当买他的，当时就让他拿回去了。可是不久，外界却谣传张飞卿从赵明诚那里带走了一只玉壶，托他送给金人，为自己留一条退路。这就是所谓的“颁金”之诬。

“颁金”，就是奉献给金人的意思。这是通敌的大罪，如果查实，是要被灭九族的。不知是谁，为什么要制造这样的谣言来陷害他们？李清照还听说，已经有人将这件事反映到了皇上面前，并且对赵明诚作了心怀叵测的“论列”。李清照知道后，吓得魂不附体。赵明诚已经不在人世，自己该怎么办呢？实在使她发愁。

同年闰八月，还发生了另外一件事：一个名叫王继先的御医（此人为赵构的亲信），带着三百两黄金去找赵明诚“购买”古器。此时赵明诚去世已经一个多月，李清照也正在病中，王继先“购买”古器的目的未能达到，但这件事被很多人知道了，于是一时议论纷纷，说什么话的人都有。有人认为王继先是受上面指使的，而赵构恰好也是一个爱好古玩的人，这不能不引起人们的怀疑和议论。这时明诚的一位表兄、兵部侍郎谢克家曾向高宗进言说：“恐疏远闻之，有累盛德，欲望寝罢。”高宗不得已批令三省取问继先因依，可见人们的怀疑不是没有根据的。但后来并无下文，不了了之。

将这两件事联系起来看，李清照明白了：原来上自至尊，下至无赖小人，都在盯着这批国宝，都想将它们弄到自己的手里。她经过反复思考，决定“尽将家中所有铜器等物，欲赴外庭投进”（《金石录后序》），全部捐献给朝廷，以澄清谣言，表明自己的心迹。

当时她是这样考虑的，明诚为了搜集这些古器，虽然耗尽了毕生的心血和精力，但这批国宝是全民族的文化财富，不可能也不应该永远属于个人。世间的万事万物都是这样：“有有必有无，有聚必有散，乃理之常。人亡弓，人得之，又胡足道。”（《金石录后序》）如今明诚已经走了，剩下自己一个孤零零的弱女子，根本没有力量保护它们，与其被强夺、盗窃或骗去，不如将其献给朝廷，一则可以使它们免遭损坏，再则也省去了许多是非。她想如果明诚地下有知，也会同意自己的决定。现在既然知道皇上已经到了两浙，那就应该赶快追上车驾，早日将这些宝物献给朝廷，以了却一桩心事。这就是她向两浙方向逃亡的另一个原因。

建炎三年（1129）十月，金兵分两路渡江南侵。一路由建康直逼杭州，追击宋高宗；另一路从黄州指向洪州，追击隆祐太后。江南地区的人民，又面临一场空前惨重的浩劫。正如四十多年后，爱国词人辛弃疾在一首《菩萨蛮》中所说：“郁孤台下清江水，中间多少行人泪！”辛弃疾回忆的是金兵入侵江西追击隆祐太后的情况。其实何止郁孤台下的赣江，那时候祖国的哪一条江河，不在流淌着千百万人民的鲜血和泪水！

在金兵渡江的半个多月前，李清照来到赵明诚的坟前，洒泪向亲爱的丈夫告别。她从地上捧起几把黄土撒在赵明诚的坟上，又在附近摘了几朵野花放在墓前，然后跪下给赵明诚磕了几个头，一边抽泣着，一边对躺在坟墓中的赵明诚说：

“德甫，我要走了，你就在这里安息吧！无论是走到天涯或海角，我的心永远是属于你的。只要我不死，我一定要回来看望你的。”

当天下午，李清照由赵明诚的另一位老部下陪同，雇了一辆车子，带着那十余只竹箱的金石文物，便匆忙离开建康，开始了颠沛流离的逃亡生活。

为了早日赶上圣驾，献出“铜器等物”，因此清照基本上是沿着高宗南逃的路线前进。这时正值深秋季节，天空连日阴雨绵绵，田野里积水成涝，路上一片泥泞。逃难的人群扶老携幼，争先恐后，拥挤不堪，常常还可以看到僵卧在路旁的病人和死者，实在惨不忍睹。

当她吃尽苦头赶到杭州时，却听说皇上已经逃往越州（今浙江绍兴），于是又连夜向越州进发。可是到了越州一打听，又听说圣驾已经移驻明州（今浙江宁波）。此时，完颜宗弼（兀术）率领的金兵已相继攻陷建康和杭州，正紧随赵构之后，穷追不舍。李清照恰好处在仓皇逃命的“圣驾”和紧紧追赶的敌兵之间，形势十分危急。途中不要说休息，甚至有时两三天内也吃不上一顿饱饭，只能以少许干粮充饥。那时，爱国诗人陆游才五六岁，也跟随着他的父母在大江南北逃亡。后来他在一首诗中回忆说：“我生学步逢丧乱，家在中原厌奔窜……人怀一饼草间伏，往往经旬不炊爨。”（《三山杜门作歌》）可见由于金兵的入侵，使当时许许多多的人都饱尝了人生的苦难。陆游童年的逃亡生活，在他心灵里播下了杀敌报国思想的种子；而李清照的逃亡生活，则使她离开封闭的闺阁，“飘零遂与流人伍”，走进了平民百姓的队伍之中。这对他们来说，既是不幸的事，从某种意义上说，也是有益的事。因为这给他们接触下层人民、了解普通群众的悲惨处境提供了一个机会。

建炎三年（1129）十二月十九日，高宗由明州乘楼船至舟山群岛的定海，二十日至昌国。建炎四年（1130）正月五日，离昌国前往台州。当李清照抵达明州时，得知皇上已从海上南逃，便从陆路由明州经奉化、嵊县、台州，自黄岩雇舟入海，奔赴行朝。这时高宗的御舟正停泊在章安镇。李清照的小船也跟随在皇上的船队之后，从章安来到了温州。圣驾虽然追上了，但由于当时形势太紧张，也没有“投进”的机会。她所携带的那批金石文物，倒成了逃亡过程中最大的负担。然而她无悔无怨，只要能使这些无价的文化宝藏完好无损，自己即使吃尽苦头也是心甘情愿的。何况明诚曾叮嘱她，要和它们一起共存亡，她怎么能忘记明诚的嘱托呢！

由于金兵在明州遭到张俊和守臣刘洪道的抵抗，虽曾一度攻陷明州，并且派舟师入海，企图追击高宗的御舟，但在海上又被张公裕指挥的宋军“大舶”击退，于是不得不自明州引兵退回杭州。这时岳飞、韩世忠、刘光世等统率的宋军在江浙一带不断袭击金人，使孤军深入的金兵处于四面受敌的险境，终于从建炎四年（1130）二月开始全线撤退。四月二十四日，当兀术率领的金兵行至镇江附近时，在黄天荡中又遭到韩世忠的迎头痛击。只得丢盔弃甲，狼狈而归。至此，金兵的这次南侵基本上结束。

建炎四年（1130）三月十八日，高宗乘御舟离开温州。经章安、定海，于四月三日返回明州。然后由陆路经余姚，于四月十二日到达越州，驻跸于州治之内。李清照紧随高宗之后，也来到了越州。这次逃亡前后半年，行程数千里，真是行遍天涯，历尽劫波，九死一生，使女词人饱尝了流离失所之苦。她痛定思痛，触景感怀，写了一首流亡者的乱世悲歌：

窗前谁种芭蕉树？阴满中庭。阴满中庭，叶叶心心，舒展有余情。

伤心枕上三更雨，点滴霖淫。点滴霖淫，愁损北人，不惯起来听。

——《添字采桑子》

词人以芭蕉为触媒，抒发她流落异乡、怀念故土和亲人的愁苦悲怆之情。自金兵点燃战火以来，从中原被迫逃亡到南方来的“北人”，何止千千万万！作者也是其中的一员，因此她对难民生活的体验和感受是有普遍意义的。词的上片描写白天窗前所见，下片叙述枕上所闻。全篇以芭蕉、夜雨为背景，写了她一天之内的见闻和感受。抒情主人公的情感之波，随着时间的推移和景物的变换而起伏动荡。两片的第三句“阴满中庭”和“点滴霖淫”均为叠句，起到了渲染环境气氛、加强艺术效果的作用。词中运用双声叠字，形成错落有致的韵律，使作品的意象显得更为生动，有很强的艺术感染力。当时那些流亡到江南的北方人如果听到此曲，定会引起强烈的共鸣，百感交集，泪飞如雨！

建炎四年（1130）十一月，朝廷下诏遣散百官，除侍从台谏官而外，其余的人允许他们各自找地方住下，等到春暖时节再到行在报到。这主要是为了节省开支，减轻经济负担而采取的临时措施。此时李清照也离开越州，到了衢州（今浙江衢县），她在衢州一直住到绍兴元年（1131）三月，才回到越州，暂时寄居在一户姓钟的老百姓家里。谁知在这里又遇到了一件使李清照“悲恸不得活”的伤心事。

一天晚上，一伙盗贼在她住所的墙外挖了一个地洞，潜入室内，乘李清照熟睡之机，偷走了五只存放文物的竹箱子。第二天早上，当她发现文物被盗后，心如刀绞，痛不欲生，立即以重金悬赏，希望能追回其中的一部分。过了两天，一个名叫钟复皓的人，拿来十八件卷轴求赏。李清照也没敢问他是从哪里得来的，因为她知道一个外乡人怎能惹得起那些地头蛇？追问也没有用，只会招来更多的麻烦，于是便按赏格如数付给酬金。然而其余的失物，虽“万计求之”，还是如泥牛入海，杳无音信。后来才听说，这批文物被福建转运判官吴说以贱价买去。这次“盗贼穴壁”，损失惨重，“所谓岿然独存者，乃十去七八”（《金石录后序》）。再加上年初她追随圣驾南逃时，曾将一部分“写本书”（即手抄本）寄存在嵊县，在官军平叛时被搜走，后来也听说落入了“故李将军”之手。由此可见，当时官兵匪盗都在打这批文物的主意，都想攫为己有。李清照作为一位无权无势的寡妇，想要保护它们不遭损失，真是难于上青天啊！

一年多来的逃亡生活，使李清照走遍天涯海角，尝尽战乱流离之苦。残酷的现实像一把锋利的尖刀，在她的心上刻下了一道又一道深深的伤痕。词人流寓江南，偶然看到一株红梅在覆盖着白雪的早春时节开放，不禁感慨万千，写下一首咏梅词：

年年雪里，常插梅花醉。挼尽梅花无好意，赢得满衣清泪。　　今年海角天涯，萧萧两鬓生华。看取晚来风势，故应难看梅花。

——《清平乐》

这首词，通过回忆对比，反映了李清照南渡前和南渡后两个时期生活境遇和思想感情的变化。当年与自己的亲人年年踏雪出游，“常插梅花醉”；有时独居深闺，见梅怀人，也曾滴下点点“清泪”。如今国有危难，家破人亡，自己独自一人四处逃亡，流落他乡，两鬓如霜。尽管又到了梅花开放的季节，可是哪里还有心情去踏雪赏梅呢？词语劲直，音调凄怆，寄寓着深沉的今昔之感和黍离之悲，读来哀婉动人，为李清照流落天涯海角的逃亡生活留下了一幅真实的写照。

十六、是骗婚，不是改嫁

绍兴二年（1132）正月初一，宋高宗在绍兴府迎来了他当皇帝后的第五个新年。当时兵荒马乱，战火仍在燃烧，人民背井离乡，流离失所，社会秩序一片混乱，因此朝廷并未像承平时期那样举行一年一度的“正旦大朝会”。只是由赵构在临时驻跸地，率领跟随他避难的少数文武官员向北方遥拜被金人俘虏囚禁于五国城（在今黑龙江依兰县境内）的徽、钦二帝，以表示他对父兄的思念。

新年过后不久，南宋小朝廷的一班人马便簇拥着这位惊魂甫定的流亡皇帝匆匆离开绍兴，向行在临安进发。经过几天的行程，圣驾于正月十五日傍晚来到了西子湖畔。这时的杭州也是一片残破不堪的景象。到处都是废井颓垣，满目疮痍，民不聊生，哀鸿遍野，与当年柳七郎笔下那个“市列珠玑，户盈罗绮，竞豪奢”的“三吴都会”相比，真有天壤之别。赵构在朦胧的夜色下，怀着凄凉的心情住进了临安府治之内，而临安府的官署已于数日前奉命迁往奉国寺中。当时一切都只能因陋就简，还不容许官家讲排场，摆阔气。小朝廷便在这样的条件下又开始运转起来了。

这年春天，李清照也从绍兴来到了杭州，当时她已经四十九岁。在经历了国破、家亡、夫死等种种不幸遭遇后，她的身心健康受到了严重的摧残和损害。容颜显得格外苍老，脸上已布满了皱纹，几乎变成了另外一个人，完全失去了“中州盛日”的风韵和光采。如果从前不认识她的人初次和她见面，一定会以为她是一个已经年过花甲的老妪呢！

由于这几年连续遭受人生最大的灾难，又加上紧张、艰险的逃亡生活，终日心惊胆颤，忧伤过度，饮食起居失调，所以当她还在绍兴时就已经染病在身。等到勉强挣扎着来到临安后，病情日渐加重，终日高烧不退，常常处于昏迷状态。

这时李清照的弟弟李迒，比她早几个月已经跟随圣驾到了临安。当他听说姐姐病得很厉害，便将她接到自己的住所，为她请医生看病。虽然一连吃了几服药，但李清照的病情仍然未见好转。当她稍微清醒一点的时候，就斜靠在枕头上东张西望，好像是在寻找什么东西似的。李迒知道姐姐是在搜寻她随身携带的那几只锁得严严实实的竹箱子。因为那里面藏着不少珍贵的金石文物。李迒早已听说那是姐夫和姐姐的命根子，轻易是不会给人看的。自从姐夫病逝以后，姐姐一直把它们带在身边，视若至宝，须臾不离。他还听说，姐夫离开青州南下奔丧时，一共带了十几车书籍、字画和钟鼎之类的古董。在兵荒马乱的岁月中，这些古董绝大部分都已丢失，现在只剩下这五六只小小的竹箱，不过据说竹箱里藏的都是些价值连城的稀世珍宝。但究竟是些什么东西，他并未见过，也没有兴趣去打听。当李迒明白了姐姐的意图后，便叫人从床底下将那几只竹箱子搬出来，让姐姐躺在床上查看一遍。等到她脸上露出满意的神色后，才叫人将竹箱子又小心翼翼地放回床下。

正当李清照重病在身之时，一天李迒家里突然来了一位不速之客。看模样来者四十来岁。穿得整整齐齐，一表人才。那位客人自称姓张，名汝舟，是进士出身，现为右承务郎监诸军审计司属吏。李迒将他请进客厅以后，张汝舟便摇动如簧之舌，侃侃而谈，用花言巧语骗取了李迒的信任，一场新的灾难就这样又降临到了李清照的头上。

张汝舟对李迒说，他很爱好文学，对易安居士这位誉满文坛的旷代才女，早就佩服得五体投地。听说她已经居孀，而且重病在身，自己心甘情愿与她重结连理，并要请最有名的医生，用最好的药，治好她的病，准备侍候她一辈子，与她共度晚年，好让她写出更多的传世之作。李迒见他态度诚恳，一派正人君子的模样，而且又认真地查看了他带来证明身份的“官文书”，便信以为真。答应了他的要求，同意他将姐姐接到张府上去。

张汝舟见事情进行得如此顺利，不由喜上眉梢，回去以后便开始筹办举行迎亲仪式。在婚礼举行之前，他就四处宣扬，制造舆论，逢人便说自己就要和当代最著名的才女结为夫妻，昔日李侍郎家的千金、赵丞相家的儿媳，如今就要成为我张某的夫人了。这一消息很快便在临安城内传播开来，街巷中顿时议论纷纷。有的人对这位孤苦伶仃的女词人终于有了一个归宿表示庆幸，另有一些人对年已半百的才女改嫁不以为然，甚至还有人发表了一些不怀好意的议论。总之，说什么话的人都有。

可是，他们哪里知道，此时此刻受人尊敬的旷代才女，已经奄奄一息，正躺在床上被病魔折磨得死去活来，连棺材都已准备好了，她怎么会知道市朝中那些多嘴多舌的人，正在议论自己该不该改嫁呢？

李清照和她那几只心爱的竹箱子，终于在黄梅时节一个阴雨绵绵的日子里，从李迒的住所用轿子抬到了张汝舟的府上。就这样，易安居士再适张汝舟，一时之间便成为了南宋都城临安府的一条特大新闻。

然而，这一切都是在李清照病入膏肓、长期昏迷不醒、生命垂危的情况下进行的。她本人一直被蒙在鼓里，对这场骗婚闹剧毫无所知。当清照挣脱无常二鬼的枷锁，从阴曹地府逃回阳世，逐渐苏醒过来之后，艰难地睁开双眼，费力地向周围扫视了一遍。她惊奇地发现，屋子里的环境和一切陈设怎么都改变了？床对面的梳妆台上还贴着两个洒金的大红“囍”字。她感到迷惑不解，于是便勉强地挣扎着坐起身来，用极低微的声音，自言自语道：

“我这是在什么地方呀？谁家办喜事怎么将我这个病人也请来了呢？”

她想披衣下床，看看这究竟是怎么回事。可是由于数日来水米未沾，身子太虚弱，浑身一点力气也没有，只得又倒在了床上。

这时只听有人推门进屋，她迷迷糊糊地看见一个陌生的男子领着一个丫鬟模样的姑娘来到床前。她更加感到莫名其妙，于是干脆便将眯缝着的双眼紧紧地闭上，装着仍在昏睡之中。

只听那陌生的男子厉声对丫鬟说：

“你要小心侍候夫人，从现在起一刻也不准离开这间屋子。出了差错，拿你是问。”说完便走了出去。

李清照恨不能立即弄清楚，这些日子究竟发生了什么事？这里究竟是什么地方？弟弟为什么不露面？这一切实在使她感到茫然，就好像坠入五里雾中一样。她多么希望有人能把事情的真相告诉给她。然而眼前举目无亲，一个熟人都没有，而她自己又太困倦了，浑身无力，实在没有精力去思考和追寻这些问题的答案。

迷迷糊糊之中，她恍惚又回到了青州故园，回到了归来堂中，回到了明诚的身边。书库中的书橱依然是那样排列得整整齐齐的；书房里和从前一样，窗明几净，阳光充足，温暖如春；狮形铜香炉里的轻烟仍在袅袅上升；明诚的音容笑貌还是和当年一样，目光炯炯，神采奕奕。可是明诚看见她进来，却仍旧站在那里，一动不动，仿佛不认识她似的，只是离她远远地望着，既不说话，也不愿向前跨进一步。她觉得很奇怪，明诚今天是怎么啦？她想扑上前去拥抱他，可是双脚却像生了根似的，一点也动弹不得。明诚虽然近在咫尺，但无论如何也够不着，他们之间仿佛隔着一道不可逾越的鸿沟。李清照万分悲痛，不禁泪如泉涌，大声呼喊道：

“德甫，你不认识我了吗？为什么不来迎接我？”

这时只见那个丫鬟走到床前，轻轻地说了一声：“夫人，快醒醒吧！”

李清照听到有人说话的声音，才从梦中醒来，勉强睁开眼睛，看了看那位姑娘，又闭上眼睛，翻身睡过去了。

就这样在张家住了一段时间，李清照又奇迹般地逐渐恢复了健康，女词人的生命力是异常顽强的。她大病不死，因为她有一个坚定的信念，那就是在《金石录》没有修订完成付梓之前，她绝不肯撒手人寰，否则就无颜去见长眠于地下的夫君德甫。这个信念就像一根巨大的钢铁柱子，支撑着她支离破碎的心灵和千疮百孔的躯体。她不能死，她无论如何也要继续活下去，一定要完成德甫的未竟事业。

随着身体的逐渐恢复，她终于了解了这次骗婚的真相，内心感到无比悲痛和怨恨。她不断地对自己说：

“我李清照绝不能在桑榆之年，去嫁给一个不学无术、卑鄙龌龊、人面兽心的市侩！我要抗争，我要控诉，我要拆穿张某不可告人的阴谋诡计！为了维护自己的尊严，这样做即使要粉身碎骨、身败名裂，也在所不惜！”

她下定决心，“惟求脱去”，一定要想法离开这个鬼地方，绝不能再和张某这种衣冠禽兽住在一起。

张汝舟开始是用甜言蜜语哄骗清照，就像他曾经哄骗过李迒那样。然而心如明镜的李清照，决非她的弟弟李迒可比。她已看清了这个骗子的真实面目和贪得无厌的狼子野心，态度十分坚决。张汝舟见软的不成便来硬的，凶相毕露，拳打脚踢，对手无缚鸡之力的一个病弱女子施以暴力。“遂肆侵凌，日加殴击”，必欲置之于死地。

走投无路的李清照，想到自己的亲弟弟既已受骗，外人又不明真相，谁还肯替自己说话？唯一的出路就是靠自己去抗争，或许可以寻找到一条生路，于是她写了一张状纸，亲自到临安府去喊冤，并将状纸递了上去。那天临安府门前围得水泄不通，凡是看过状纸的人知道了事情的真相，都对落难的才女表示同情，大家你一言我一语，一致痛骂那个丧尽天良、图财骗婚的张汝舟。

由于李清照当时的名气很大，而且又是前朝礼部员外郎李格非之女、故丞相赵挺之的儿媳，于是朝廷决定将此案“付之廷尉”。在审理过程中，李清照以原告的身份出庭对质，“同凶丑以陈词”，再加上李清照的一位远亲、当时任吏部侍郎的綦崇礼的支持和援助，这场官司终于得以胜诉，宣布张、李的婚姻无效。当局又以张汝舟犯有其他过失，遂将他除名编管柳州。

从这次事件可以清楚地看出，张汝舟绝非真心实意想和年近五十，而且病弱不堪、生命垂危的李清照结为夫妻，完全是为了霸占清照身边余下的那几竹箱稀世珍宝。李清照晚年所遭劫难，起因于这批古器书画的何止一桩两桩！所谓“颁金”之诬、“盗贼穴壁”等，无不如此。

企图霸占这批珍宝的，张汝舟并非第一个人，不过他的手段更卑劣、更阴险恶毒而已。

这次骗婚事件之所以发生，李清照的弟弟李迒也是有责任的。如果不是由于他“信彼如簧之说，惑兹似锦之言”，见彼“持官文书来辄信”，那么他那苦命的阿姐何至于被张某“强以同归”。这其间可能还有某些不便告人的隐衷，因此李清照只以“弟既可欺”一笔带过，不愿让世人知道内情，大概也是出于保护其弟的手足之情吧！

这类事情，在那兵荒马乱的岁月里，本不足奇，可悲的是，天外飞来的横祸偏偏又落在了多灾多难的女词人李清照的头上！

尽管这一案件以李清照的胜诉而告终，可是市朝中却仍有一些“多口之谈”，还在添油加醋地传播种种道听途说的流言蜚语。一个无权无势的“嫠妇”，虽然敢于与“凶丑”对簿公堂，却无法制止那些似是而非的“无根之谤”。

正是在这样的情况下，李清照于同年九十月间，给当时已升任翰林学士的綦崇礼写了一封信，信中一方面对他出面援助自己表示感谢，同时又请求他运用其地位和影响制止那些流言蜚语，为自己“湔洗”，澄清事实真相，还她一个清白。引录这封信的全文如下：

> 清照启：素习义方，粗明诗礼。近因疾病，欲至膏肓，牛蚁不分，灰钉已具。尝药虽存弱弟，应门惟有老兵。既尔苍皇，因成造次。信彼如簧之说，惑兹似锦之言。弟既可欺，持官文书来辄信；身几欲死，非玉镜架亦安知。僶俛难言，优柔莫决。呻吟未定，强以同归。视听才分，实难共处。忍以桑榆之晚景，配兹驵侩之下才！身既怀臭之可嫌，惟求脱去；彼素抱璧之将往，决欲杀之。遂肆侵凌，日加殴击。可念刘伶之肋，难胜石勒之拳。局天扣地，敢效谈娘之善诉；升堂入室，素非李赤之甘心。外援难求，自陈何害；岂期末事，乃得上闻。取自宸衷，付之廷尉。被桎梏而置对，同凶丑以陈词。岂惟贾生羞绛灌为伍，何啻老子与韩非同传。但祈脱死，莫望偿金。友凶横者十旬，盖非天降；居囹圄者九日，岂是人为！抵雀捐金，利当安往？将头碎壁，失固可知。实自谬愚，分知狱市。此盖伏遇内翰承旨，缙绅望族，冠盖

> 清流，日下无双，人间第一。奉天克复，本缘陆贽之词；淮蔡底平，实以会昌之诏。哀怜无告，虽未解骖；感戴鸿恩，如真出己。故兹白首，得免丹书。清照敢不省过知惭，扪心识愧。责全责智，已难逃万世之讥；败德败名，何以见中朝之士。虽南山之竹，岂能穷多口之谈；惟智者之言，可以止无根之谤。高鹏尺鷃，本异升沉；火鼠冰蚕，难同嗜好，达人共悉，童子皆知。愿赐品题，与加湔洗。誓当布衣蔬食，温故知新。再见江山，依旧一瓶一钵；重归畎亩，更须三沐三薰。忝在葭莩，敢兹尘渎。
>
> ——《投内翰綦公崇礼启》

这封信中用了许多典故，有些词语也较难理解，但其中有几点是说得很明白的，只要把握住这几个关键的地方，其他问题便迎刃而解，整个事件的真相也就一清二楚了。

其一，所谓的“改嫁”，是在当事人一方处于病危状态中进行的。正如作者在信中所说：“近因疾病，欲至膏肓，牛蚁不分，灰钉已具。”一个连大水牛和小蚂蚁都分辨不清、钉棺材的钉子和殓尸用的草木灰都准备好了的垂危病人，已经丧失了处理一切事务的能力，怎么还能决定自己要不要改嫁呢？如果真有什么婚约或协议，那也是别人强加于她的，当事人是不能负责任的。何况也没听说张汝舟手中有这类的婚约或协议，否则李清照的官司是很难胜诉的。

其二，被张汝舟欺骗的是李清照的弟弟李迒而不是李清照本人。对此，《启》中说得也很明白：“弟既可欺，持官文书来辄信。”可是有人却说是李清照自己受了张汝舟的骗，才同意嫁给他的。这纯粹是误解。所谓“信彼如簧之说，惑兹似锦之言”与下文是连接在一起的，主语都是那个“弟”字，指的就是清照的弟弟李迒。

其三，李清照被“强以同归”，抬往张家，当她一旦苏醒之后，立即对这桩欺骗婚姻表示坚决反对：“视听才分，实难共处，忍以桑榆之晚景，配兹驵侩之下才！”并且千方百计“惟求脱去”，决心离开这个鬼地方。

其四，当张汝舟发现李清照不从，与他“实难共处”，拒绝这门“婚事”，就对她施暴，“遂肆侵凌，日加殴击。可念刘伶之肋，难胜石勒之拳”。很明显，这是因骗婚不成，而变成了以暴力逼婚。

只要掌握了这几点，对这一案件就不难作出正确的判断。这绝不是自愿改嫁，而是地地道道的图财骗婚。张汝舟所要图的财，并非金银珠宝，也不是房产土地，因为这些东西李清照都没有。李清照所有的就是她身边剩余的那一部分金石文物，其中还有一些是价值连城的国宝。这些东西在市侩小人看来，就是金银珠宝，就是数不清的钱财。别的且不说，单就蔡襄那件《赵氏神妙帖》而言，当年赵明诚买它时就花去了二百千钱，经过战乱以后，现在值多少钱？谁也估计不出来。还有那个御医王继先，是皇帝的亲信，一次就带了三百两黄金，要去“购买”赵明诚的一件“铜器”。虽然最终他没有弄到手，但他所要买的那件“铜器”（可能是《金石录后序》中所说的“三代鼎鼐”之类的古物）究竟值多少钱，也没有人能说得清楚。张汝舟正是看上了这批价值连城的稀世珍宝，才设下圈套，企图通过联姻的方式，达到霸占它们的目的。说他是图财骗婚，丝毫也不冤枉。

李清照是名门闺秀，年轻时长得很漂亮，亭亭玉立，风韵迷人。然而如今她已年近五旬，而且饱经忧患，两鬓如霜，老弱多病，已经处于风烛残年。如果张汝舟不是为了图财，那么他图的又是什么呢？除非他是一个傻子，或者患有神经病，否则就不会将一个“欲至膏肓”的垂危病人抬到家中，与她成亲。古今中外，人间天上，从来还没有听说有人会去娶一个已经准备好了棺材的垂危病人。因此，李清照晚年再嫁张汝舟之说，于情于理，都是说不通的。

“强以同归”、图财骗婚，这是骗子张汝舟所为。改嫁和骗婚绝不是同义词。

在这件案子中，李清照是无辜的受害者，张汝舟则是一个贪心狠毒的伪君子。不管在当时或今天，无论如何都不能将骗婚说成是改嫁。尽管李清照在她神志不清时被人抬到张家，并曾以重病之身“友凶横者十旬”，但她从未答应过自愿做张汝舟之妻。如果李清照是出于自愿，改嫁当然也无损于她的名节。那些指责她失节再嫁的人，是站在封建卫道者的立场说话，不值一驳。但如果只根据前人几条查无实据的资料，不仔细看看李清照的申诉，不分析当时她的处境和身体状况，硬要把她自始至终都坚决反对的骗婚说成是自愿改嫁，难道就符合事实吗？那样岂不是没有是非，既冤枉李清照，又放过了一个诈骗钱财的衣冠禽兽——张汝舟吗？

从李清照在世之时，一直到今天，几百年来，围绕着李清照是否改嫁的问题，曾经在学术界掀起过一次又一次风波。肯定和否定的说法，各执一端，翻来覆去，争论不休。如果将有关的资料汇集在一起，可以编成厚厚的一本书了。南宋人胡仔、王灼、晁公武、洪适、赵彦卫、李心传等辈虽然都说李清照曾经改嫁张汝舟，但均系得之传闻，而且也不能排除他们之间的互相承袭转抄。这些人并没有调查事情的经过、弄清真相，甚至也没有读过李清照的《投内翰綦公崇礼启》，因此他们的说法，只能说是一种事出有因、查无实据的传闻而已。何况在南宋时期不承认有李清照曾改嫁张汝舟一说，始终称易安居士为赵明诚夫人的人多得很，可以说是举不胜举。如果他们也认为李清照曾经改嫁过张汝舟，那么就应该说赵明诚是李清照的前夫。可是谁看到过有这样称呼的呢？

当代词学专家唐圭璋先生对这个问题与友人吴奔星有过一次精彩的谈话，吴奔星在其著作中曾详述。现引录如下，以供参考：

我问唐老："关于李清照是否改嫁的问题，你一向持否定态度，现在还坚持否？"唐老回答说："不是坚持，而是李清照事实上，未曾改嫁。"我说："改不改嫁可以百家争鸣！"唐老眉头上耸，说："学术问题可以百家争鸣，事实不能争鸣；改嫁不是事实，何必争鸣！"唐老言之凿凿。我来不及记录他博闻强记的引证，只是听他说。他有一个习惯，平时沉默寡言，一到话匣打开，便滔滔不绝，别人难于插话。我听他背诵李清照的前后期代表作，总觉得李清照的感情，一贯感伤，情见乎辞，言为心声，不像是改嫁妇女的口吻。如《声声慢》下片的"守着窗儿，独自怎生得黑！"是赵明诚死后的心情。至于《凤凰台上忆吹箫》的上片："香冷金猊，被翻红浪，起来慵自梳头。任宝奁尘满，日上帘钩。生怕离怀别苦，多少事，欲说还休。新来瘦，非干病酒，不是悲秋。"还有《武陵春》的上片："风住尘香花已尽，日晚倦梳头。物是人非事事休，欲语泪先流。"都流露着忍受孤独、寂寞和愁苦的心情，不见另有所欢的痕迹。我以此为据，认为唐老关于李清照未曾改嫁之说是可信的，他也极以为然，他说："感情是不能假造的。"他认为我的意见替他做了强有力的支持。既有词为证，自不必怀疑。

——《词学专家唐圭璋》

李清照是一位感情丰富、强烈而又非常真纯的奇女子。无论是南渡前或南渡后，她的作品中都没有一丝一毫的虚情假意和矫揉造作。她心里怎么想，笔下就怎么写。假话、虚伪的话、骗人的话，她从来一句也不说。赵明诚去世以后，那些深情悼念亡夫和追怀往日幸福生活的篇什，就是她真实感情的自然流露。如果说赵明诚刚刚去世后不久，就另有新欢，自愿改嫁，那么这些作品（包括《金石录后序》）岂不都是虚伪的吗？这根本不符合李清照的为人和性格，是对她的极大误解。因此从感情的角度来研究李清照，认为她并没有自愿改嫁，这是可信的。至于骗婚，被坏人"强以同归"，那又另当别论了。

十七、欲将血泪寄山河

南渡以来，李清照的生活道路异常坎坷，举步维艰，栉风沐雨，承受了一般人难以承受的一连串沉重打击，真可以说是"忧患得失，何其多也"（《金石录后序》）。但她并未向命运屈服，更没有产生悲观绝望的厌世之情。她仍然顽强地活着，渡过难关，战胜病魔，顶住诬陷，驱散了孤独和寂寞，不停地挥动着手中的笔，写啊，写啊，一定要将自己所遭受的苦难和不幸记录下来，告诉给世人和子孙后代。她的生活虽然很苦，但却不空虚，赵明诚去世后，她无儿无女，一个人苦苦地挣扎，又活了二十多年，一直活到了七十余岁。在那血雨腥风的黑暗岁月，对一个孤苦伶仃的“嫠妇”来说，要想活下去是多么不容易啊！

更为可贵的是，南渡以后的李清照，已经不再是一个只关心自己、只会表现自己的闺阁词人。严酷的现实迫使她离开闺门，走向社会，投身于流离失所的广大难民之中。国难、家难将她和平民百姓的命运连接在一起。她走出了个人生活与情感的小天地，更为关心国家和民族，常常抒发忧国情思，写下了一些动人心弦的作品，成为南宋初期一位有影响的爱国作家，为宋代爱国主义文学开辟了道路。诚如况周颐《蕙风词话》所说，“易安笔情近浓至，意境沈博，下开南宋风气”。

金兵入侵中原后，曾于靖康二年（1127）和建炎四年（1130），先后扶植宋朝叛臣张邦昌和刘豫建立伪齐和伪楚两个傀儡政权，企图利用他们对中原人民进行压迫和统治。然而这些认贼作父、为虎作伥的败类，遭到了广大民众的反对和唾弃。李清照曾针对这一史实有感而发：

两汉本继绍，新室如赘疣。
所以嵇中散，至死薄殷周。

——《咏史》

这首五言绝句，以古寓今，言简意深，议论的是历史，针对的却是现实，李清照将南宋继承北宋比为东汉继承西汉，认为这是天经地义的事；而金人扶植的伪齐和伪楚，则和王莽篡汉后所建立的“新室”（新朝）一样，不过是长在人体上的毒瘤，必须将它连根除掉。李清照对卖国求荣的汉奸和民族败类深恶痛绝，表现出强烈的义愤。诗的后两句，称赞嵇康以殷周比王莽，更是出人意表。嵇康是魏晋时的名士，“竹林七贤”之一。为人嫉恶如仇，当他看到司马昭企图篡夺曹魏政权时，义愤填膺，遂借鄙薄被奉为明材圣人的商汤和周武王得国之不义，来影射谴责司马昭的篡权图谋。嵇康的看法与众不同，不一定妥当，但其用意不在于对“殷周”应作如何评价，而是为了抨击“路人皆知”的司马昭篡权的险恶用心。李清照肯定嵇康的观点，不过是“古为今用”，为了谴责民族败类卖国求荣的可耻行为。其识见之高，人所不及。所以朱熹曾说：“中散非汤武得国，引之以比王莽。如此等语，岂女子所能！”（《朱子语类》卷一四〇）

在封建时代，一个毫无社会地位的女子敢于发表这种石破天惊的议论，确实是难能可贵的。这首小诗被誉为“绝响一代”（《章邱县志卷九·人物·李格非传》）的佳作，并非溢美。诗中表达了作者鲜明的爱憎、强烈的民族意识和爱国激情，和她谴责投降逃跑政策的《夏日绝句》一样，都是富于时代精神的佳作。

绍兴三年（1133）五月，宋高宗决定派使节去金朝“通两宫”，即看望被俘北去的徽、钦二帝。当时宋金双方仍处于战争状态，赵构遣使的目的，不仅是去看望其父兄，同时也是企图试探与金人议和的可能性，这是他一贯的主张。他根本不想“迎还二圣”，尤其害怕钦宗回来后，会夺去他的皇帝宝座。

这时金朝是粘罕当权，此人迷信武力，竭力主张征服南宋，无奈力不从心，于是采取“战”与“和”两手策略，一方面加紧进攻，另一方面也放出“议和”的空气，作为诱降的钓饵。这正好迎合了赵构的愿望，他巴不得早日“议和”，保住江南半壁江山，偏安一隅，安安稳稳地当小朝廷的天子。派“通问使”前往金朝，就是在这样的背景下进行的。

当时朝廷大臣“人皆疑惧”，害怕有去无回，不敢应命。唯有端明殿学士、同签书枢密院事韩肖胄和试工部尚书胡松年二人置生死于度外，愿为正副使节，慨然受命请行。这次出使，五月受命，六月入辞，十一月使还，前后历时半年。韩肖胄的曾祖父韩琦，仁宗时与范仲淹齐名，当时西北军中称为“韩范”，在仁宗、英宗、神宗三朝当过宰相。其祖父韩忠彦在徽宗建中靖国元年也当过宰相。李清照的祖父和父亲曾先后受到过他们的赏识和引荐，故李清照称其“父祖皆出韩公门下”。正是因为这层关系，她和韩肖胄有过一面之识。虽然他们当时的社会地位相差很远，但当李清照听说韩肖胄出使金朝，途中要经过中原故国的消息后，抑制不住激动的心情，连夜写了一首古体诗和一首七言律诗为他送行。这两首诗用同一个题目，古诗前面还有一段序文，现将两诗的全文引录如下：

> 绍兴癸丑五月，枢密韩公、工部尚书胡公使虏，通两宫也。有易安室者，父祖皆出韩公门下，今家世沦替，子姓寒微，不敢望公之车尘。又贫病，但神明未衰落。见此大号令，不能忘言，作古、律诗各一章，以寄区区之意，以待采诗者云。

三年夏六月，天子视朝久。
凝旒望南云，垂衣思北狩。
如闻帝若曰，岳牧与群后。
贤宁无半千，运已遇阳九。
勿勒燕然铭，勿种金城柳。
岂无纯孝臣，识此霜露悲。
何必羹舍肉，便可车载脂。

土地非所惜，玉帛如尘泥。
谁当可将命，币厚辞益卑。
四岳佥曰俞，臣下帝所知。
中朝第一人，春官有昌黎。
身为百夫特，行足万人师。
嘉祐与建中，为政有皋夔。
匈奴畏王商，吐蕃尊子仪。
夷狄已破胆，将命公所宜。
公拜手稽首，受命白玉墀。
曰臣敢辞难，此亦何等时。
家人安足谋，妻子不必辞。
愿奉天地灵，愿奉宗庙威。
径持紫泥诏，直入黄龙城。
单于定稽颡，侍子当来迎。
仁君方恃信，狂生休请缨。
或取犬马血，与结天日盟。

胡公清德人所难，谋同德协必志安。
脱衣已被汉恩暖，离歌不道易水寒。
皇天久阴后土湿，雨势未回风势急。
车声辚辚马萧萧，壮士懦夫俱感泣。
闾阎嫠妇亦何知，沥血投书干记室。
夷虏从来性虎狼，不虞预备庸何伤。
衷甲昔时闻楚幕，乘城前日记平凉。
葵丘践土非荒城，勿轻谈士弃儒生。
露布词成马犹倚，崤函关出鸡未鸣。
巧匠何曾弃樗栎，刍荛之言或有益。
不乞隋珠与和璧，只乞乡关新信息。
灵光虽在应萧萧，草中翁仲今何若？
遗氓岂尚种桑麻，残虏如闻保城郭。
嫠家父祖生齐鲁，位下名高人比数。
当时稷下纵谈时，犹记人挥汗成雨。

子孙南渡今几年，飘零遂与流人伍。
欲将血泪寄山河，去洒东山一抔土！

又

想见皇华过二京，壶浆夹道万人迎。
连昌宫里桃应在，华萼楼前鹊定惊。
但说帝心怜赤子，须知天意念苍生。
圣君大信明如日，长乱何须在屡盟。

——《上枢密韩公诗》

这两首诗见于南宋人赵彦卫的《云麓漫钞》，题为《上枢密韩公诗》。清人厉鹗编《宋诗纪事》，将题目改为《上枢密韩公、工部尚书胡公》，并将古诗一分为二，成了分别上韩、胡二人之作。王仲闻《李清照集校注》据原序及诗意认为：“此二首实以韩肖胄为主，胡松年仅附及而已。兹从《云麓漫钞》订为一首。”此说甚是。不过还应指出，这首古诗虽在序言及正文中都提到了胡公（松年），但也仅是附带提及而已。全篇都是为韩肖胄一人而写的。这不但可以从序中“父祖皆出韩公门下，今家世沦替，子姓寒微，不敢望公之车尘”得到证明，而且诗中由五言改为七言即《宋诗纪事》另作一首的头两句“胡公清德人所难，谋同德协必志安”，也能说明问题。厉鹗大概以为这里提到了“胡公”，就是上胡松年的。其实不然，这仍是对韩说的话。因为此次使金，韩、胡二人为正副使节，故李清照对韩说：胡公也是一位德行高尚、十分难得的正派人物，他和你同行，一定能同心协力，共谋大计，完成使命。可见将这两句以后另作一首，为“上工部尚书胡公”是不妥的。如果将五、七言分开作为两首，既与李清照自序“作古、律诗各一章”不合，在内容上也难各自独立成篇。另外，李清照对韩肖胄既很尊重似不会在诗中提及韩的名讳。所以这首诗的题目不必又改为《上枢密韩肖胄诗》，仍以《云麓漫钞》之《上枢密韩公诗》为宜。

这两首诗是李清照南渡以后用诗歌直接反映时事、陈述政治见解、抒发爱国情思的代表作。当时她的处境是十分悲惨的，已经从上层贵族妇女沦落为一个无家可归的难民。几年来又遭到“颁金”之诬、文物被盗和张汝舟的骗婚，如果没有热爱国家和家乡的深厚感情，没有坚强的意志和信念，她是不会去“沥血投书干记室”的。不要说身为女子，即使是一个须眉男子，在遭到这一连串飞来的横祸后，恐怕早已消沉悲观甚至对现实产生了绝望的情绪，再也没有兴趣去关心国家大事了。而李清照却不然，她虽然历尽劫波，但仍不失其赤子之心。她希望朝廷不要忘记中原遗民，不要忘了处于水深火热之中的“赤子”和“苍生”；希望使节从中原带回“乡关新信息”，乡亲们在敌人铁蹄下过的是什么生活啊？家乡的父老兄弟姊妹，无时无刻不萦绕在清照的心头。天下兴亡，不仅匹夫有责，“匹妇”也是有责的。这是李清照最值得称赞、最令人佩服的高尚情操和美好品德。

古诗的五言部分，记述了韩、胡二人使金的缘起、受命的经过和入辞时君臣殿上的对答之辞。其中转述赵构所说的一段话“土地非所惜，玉帛如尘泥。谁当可将命，币厚辞益卑”，如实地反映出赵构投降派的真实面目。这类以土地、财帛换取“和议”的话，他曾经说过不知多少次，史籍颇有记载，无须征引，堪称实录。

值得注意的是，李清照怎么会知道这一切？由此可以看出，她虽身为一个没有任何社会地位的流亡寡妇，但却密切地关注着朝廷的动向，关注着国家的大事。这也就是陆放翁所说的“位卑未敢忘忧国”！

李清照还在诗中称赞韩肖胄为“中朝第一人”，并把他比作使异族统治者敬畏的西汉宰相王商和唐朝名将郭子仪。勉励他“直入黄龙城”后，维护民族尊严，完成出使任务。

诗的七言部分，叙写作者向韩公上诗和进言的情景。她提醒使臣应记住“夷虏从来性虎狼，不虞预备庸何伤”，要时刻准备应付各种不测事件。最后表达了诗人对故国和家乡的深深怀念：“不乞隋珠与和璧，只乞乡关新信息。”她不要求“韩公”从北方给自己带回来什么“隋侯之珠”与“和氏之璧”，只希望他能捎回来被敌军强占了的故乡的最新消息。末尾两句，李清照饱含激情、声泪俱下地哭诉道：“欲将血泪寄山河，去洒东山一抔土！”她恳请使臣将自己的一腔热血、一包清泪带回中原，带回故乡，将它们洒在青州归来堂后面的东山之上。这是全诗的高潮，也是此篇的主旨，表达了李清照热爱祖国、热爱家乡的深厚感情，体现出强烈的时代精神。

这首近五百字的古体诗，挥洒自如，气贯长虹，丰富的史料和深刻的思想相结合，既有议论叙事，也有抒情言志，说明李清照学富五车、知识渊博，同时又洋溢着爱国激情，在语言、结构上也富有独创性。读到这里，谁还会怀疑李清照是宋代妇女中最杰出的爱国诗人呢？

李清照献给韩肖胄的另一首七言律诗，设想使臣到达中原后受到沦陷区人民的热烈欢迎；他们看到故都宫阙依然无恙，花萼楼前的乌鹊也为之惊喜若狂。通过想象，寄托了作者对故国故都和中原遗民的无限怀念。诗人还托使臣告慰沦陷区的黎民百姓：当今皇上正日夜思念着你们，朝廷决心收复失地，解苍生于倒悬。一个“闾阎嫠妇”在国有危难之时，义不容辞地站出来代表皇上和朝廷说话，安慰沦陷区的人民，这在古今中外的历史上也没听说有过第二人。这正是李清照义薄云天，忠愤所激，不能自已的表现。其实她对宋高宗置中原河山、人民于不顾，奉行逃跑投降政策早已有所感受。她之所以要这样说，一则是她认为朝廷绝不应该抛弃中原河山和千百万“赤子”“苍生”；再则是要以正义的呼声来促使皇上改弦易辙。其用心可谓良苦，其胆识可谓超群。

大约在绍兴三年至四年（1133—1134）期间，清照对《金石录》的校订和补充基本完成，于是便开始着手为它写一篇后序，然后就准备付梓刊印。《金石录》是赵明诚毕生呕心沥血所撰写的一部专著，具有很高的学术价值。该书仿照欧阳修《集古录》的体例，著录所藏金石拓本，上起三代下及隋唐五代，共两千种，分为三十卷。前十卷为目录，按照时代顺序编排，每一目下注明年月和撰书人姓名；后二十卷为辨证，共跋尾502篇。赵明诚见闻广博，收藏宏富，“援碑刻以正史传，考据精慎，远出《集古录》之上，于唐代事尤多订新旧《唐书》之失”（李慈铭《越缦堂读书记》）。此书新中国成立后发现了宋代龙舒郡斋初刊本全帙，今藏于北京国家图书馆。

《金石录后序》是为《金石录》所写的一篇序言，由于前面已有了赵明诚生前所写的一篇序言，因此本文称为“后序”，这是年过半百的李清照在饱经人世沧桑后，含着满腔激情，用血泪凝结成的一篇奇文。据今人考证，此序当完成于绍兴四年（1134）八月。但作者酝酿的时间较长，动笔的时间较早，很可能不是一气呵成，而是写一段，哭一阵；哭一阵，又写一段。当她一回忆起恍若梦境的往事，一想到伉俪情深的亡夫，一提及自己几年来所遭遇的深重灾难，便心似刀绞，泪如雨下，浸透了书桌上的稿纸，于是不得不搁笔数日甚至半月一月，等到心情平静下来以后，才忍着悲痛，接着往下写。

这不是一篇普通的序文，而是赵明诚和李清照共同从事金石文物研究，充满了欢乐和悲哀的生动历史，也是这对古代模范夫妻志同道合、互敬互爱、情深似海、生死不渝的见证。作者在记述他们夫妇的经历时，还涉及建炎、绍兴年间一些重大的历史事件，如金兵入侵、开封沦陷、靖康之难、高宗南逃、青州兵变、洪州失陷、百姓逃亡、匪盗横行，等等，从而展示出广阔的历史背景，从一个侧面反映了那个苦难深重的时代。从某种意义上说，这篇写成于南宋初年的《金石录后序》，可以和南宋末年抗元名臣文天祥的《指南录后序》相比，都是千古难得的奇文，为了解南宋初年和南宋末年的历史提供了生动的、形象的资料。

像李清照这样一位对中国文化有重大贡献的旷代才女，《宋史》却不为她立传，只在卷四四四《文苑六·李格非》之后附带给了她二十四个字：“女清照，诗文尤有称于时，嫁赵挺之之子明诚，自号易安居士。”封建时代的所谓“正史”，在对待妇女问题上，实在毫无公平可言。这样就给后人了解中国文学史上的这颗光耀夺目的巨星，增添了许多困难。幸好，有了这篇《金石录后序》，为我们替李清照立传提供了许多珍贵的第一手材料。《后序》记事起自“建中辛巳”，即徽宗建中靖国元年（1101），作者十八岁，与赵明诚结婚那年；止于高宗绍兴四年（1134），作者五十二岁，流落于南宋行在临安时，前后历时三十四年。包括了女词人从青年进入老年这半生的经历。因此本文又可当作李清照的自传来读。

《后序》的另一个特点是感情色彩特别强烈，字里行间处处流露出作者的乐与悲、爱和恨，每一个场面，每一个细节都描绘得栩栩如生，活灵活现，使人仿佛身临其境，如闻其声，如见其人，受到强烈的感染。文中对赵明诚的回忆是全篇的主线，凝结着李清照无比深厚、始终如一的恋恋难忘之情。也许她正是想通过这篇文章表达对亡夫的一片深情，以回答那些“多口之谈”和“无根之谤”。细读此序，更加使人深信李清照绝不会有迟暮之年再适张汝舟之事。

《金石录后序》文风朴实，语言简练，笔墨疏秀，叙事委曲详赡，抒情淋漓尽致，兴亡得失之感凄然见于言外。后人称“宋以后闺阁之文，此为观止”（李慈铭《越缦堂读书记》），又谓“有此文才，有此智识，亦闺阁之杰也”（《古今文致》引祝枝山语）。这些赞语均非溢美之辞，它确是闺阁中一篇非常难得的奇文，一篇令人百读不厌的杰作。

十八、相对如梦寐

李清照写完《金石录后序》的最后四个字“易安室题”后，放下手中的笔，站起身来，向窗外望去。只见东方已微露晨曦，这才意识到昨天晚上又熬了一个通宵。

她伸伸腰，长长地嘘了一口气，感到精疲力竭，浑身都像散了架似的。低头看看书桌上那一页页凝结着斑斑血泪的稿纸，酸甜苦辣种种滋味一齐涌上心头。

为了写好这篇文章，她不知燃尽了多少支蜡烛，耗费了多少心血！如今任务总算完成，可以问心无愧地告慰于九泉之下的德甫了。她疲惫不堪，却也有一种“鞠躬尽瘁”的满足和轻松之感。

李清照回过头来，默默地望着床头上的赵明诚遗像说：

“德甫呀，德甫，清照没有辜负你的嘱托，《金石录》已经校订整理完毕，《后序》也写好了，你可以在地下安息了。”

自从与张汝舟对簿公堂，骗婚案完结后，李清照便离开弟弟李迒家，自己在离西湖不远的一条胡同里独自赁了两间旧房居住。

她逃难来到杭州已经两年多，由于种种原因，许多风景名胜之处都还没有去游览过。现在了却了一桩心事，又正值桂子飘香的八月，是西湖一年中最美好的季节之一，于是便想到湖边去走一走，看一看。

第二天早饭后，她换了一套洗得干干净净的半新不旧的衣裙，梳过头，掠起耳边的霜鬓，戴上一顶临安产的草帽，锁上门，拐出小胡同，信步向湖滨走去。

湖上风光虽然如画，可是画舫和岸上的游人却不多。因为当时前线特别是两淮和川陕一带战火仍然不断，临安的暂时平静，不过是新的风暴来临前的短时沉寂。因此人们还没有心情去纵情寻欢作乐。

李清照本想抽空出来散散心，放松放松，可是一看湖上那冷落萧索的景象，便毫无游兴了。

她从孤山路转到“柳浪闻莺”，只见这里仅有两三位老人，一人身边放着一只鸟笼，坐在柳荫下乘凉闲谈。树林中既无莺啼，笼中的小鸟也好像变成了哑巴一样。清照并没有在这里停留，便匆匆而过，打算过了前面那条街口，就要往回走了。

前面是一条比较繁华的商业街，两旁店铺林立，但来往的行人也不像从前那样多。三年前，金兵曾经打到这里，撤退时又大肆烧杀掳掠，所以这座自古繁华的东南名都，至今仍然伤痕累累，还没有从兵燹中恢复过来，李清照也没有兴致去逛商店，便拐进了一条弯弯曲曲的小巷。

她正低头向前慢慢走着，忽然感到裙子下摆被什么东西刮了一下。回头一看，原来是一位四十八九岁的妇人手里提着一只菜篮，刮在了自己的裙子上。只见那妇人神色慌张地放下菜篮，躬身向她施礼，嗫嚅道：

“真对不起，夫人。是我不小心，刮破了你的裙子，请夫人原谅。”

李清照见她态度诚恳，谦恭识礼，说话又是北方口音，不但没有生气，反而有一种亲切之感。再看她虽然满脸皱纹，鬓发斑白，眉宇间却有一股清秀之气。看着看着，李清照忽然感到这位妇人的面貌有些熟悉，好像从前在什么地方见过，但一时又想不起来。于是便和蔼地对她说：

“不要紧的，一点点小口子，回去用针线缝缝就成了，不必介意。”

那妇人一边听着李清照那亲切的话语和熟悉的声音，一边目不转睛地盯着她，半天才说出话来：

“夫人，听你的口音好像是北方人，怎么来到了江南？”

李清照望着一动不动地站在自己眼前的这位妇人，越看越觉得面熟，忽然勾起了对少女时代的回忆。但人海茫茫，世事沧桑，天底下哪里会有这样的巧事，所以也没敢多想，便轻声地回答道：

“我老家是山东济南府，家乡被金人强占后，逃难来到这里的。”

话音刚落，只见那妇人泪如泉涌，走上前来，一下扑倒在李清照怀里，紧紧地抱着她，放声大哭说：

“小姐，你还活着？让我想得好苦啊，我是翠玉呀！”

李清照搂着怀里的妇人，简直不敢相信这是真的。她仔细地端详着翠玉饱经风霜的面容，不禁感慨万千，眼泪也不住地流了下来。

这里离李清照的住处不远，她挽住翠玉不一会儿就来到门口，将翠玉领进屋内。然后让她放下菜篮，坐在床上，又倒了一杯凉茶递给她，说道：

“翠玉，你先喝口茶，解解渴，咱们再慢慢地说。”

翠玉接过茶杯，一饮而尽，抬眼看了看屋子的摆设，忽然向李清照问道：

“小姐，怎么就你一个人住在这里？赵公子呢？难道他没有和你一起南下？”

李清照一时不知如何回答才好，便走到床前，挨着翠玉坐下，又用手抚摸着她那满头白发，感慨万千地说道：

“真是岁月如流，物是人非，一言难尽啊！这三十多年的变化实在太大了，十天半月也说不完。等你哪天有空过来，我们再慢慢地说吧！”

翠玉听李清照这样一说，也不便再问，便站起身来，抹去眼角上的泪痕，拉着她的手说：

“小姐，我如今在一位官人家里做佣人，他们待我很好，又是我的救命恩人。不过我早已有言在先，只要一打听到你的消息，不管千里万里，我都要去找你。他们全家也都同意了的。现在我就回去，给他们说清楚，明天一大早就过来，从今以后，我再也不离开你了。”

李清照对这次意外的相逢，连想也没敢想，只觉得恍恍惚惚，好像是在做梦一样，呆呆地望着翠玉，点点头，眼泪又像潮水似的涌了出来。

翠玉提起菜篮，向门外走去，下了台阶，又热泪盈眶地回头对李清照惨淡地一笑，然后说道：

“小姐，回屋去吧，别忘了，明天早上在门口等我呀！”

李清照送走翠玉后，回到屋里，悲喜交集，很久很久未能平静下来。童年和少女时代的往事，又一幕幕地涌现在她的眼前：

翠玉是一个苦命的孩子，三岁上便失去了母亲。她的父亲姓张，本来是一位私塾先生，当地人称为张学究，在济南郊外设馆教书。父女二人相依为命，勉强可以维持生活。后来被城里一位财主请到家里去教他的三位公子，翠玉也随父亲到了财主家。一年元宵节，三位公子要出门观灯，财主便叫翠玉的父亲带着他们去。谁知观灯半途，忽然有一伙人大声喧嚷，说是从山上下来了强人，今夜要火烧济南府。一时城中大乱，人群四处奔逃，互相拥挤冲撞，一些老弱妇孺被撞倒在地上，践踏而死。财主家的三公子也在那天晚上被踩死了。财主闻讯以后，将张学究打得遍体鳞伤，死去活来，张父不久便病死了。那时翠玉刚刚七岁，被迫卖身葬父。正好被李清照的母亲王夫人遇上，见她小小年纪，实在可怜，就出钱为她安葬了父亲，将她领回家中，陪伴李清照。王夫人很喜欢翠玉，视如亲生女儿。李清照和翠玉虽然一个是小姐，一个是侍女，实际上情同手足，清照从来不把翠玉当作丫鬟看待。她们在一起生活了六七年，后来又一同来到了东京。直到建中靖国元年（1101），李清照十八岁与赵明诚结婚后，她们才分开。后来听王氏写信告诉她，翠玉嫁给了东京一家装裱店的学徒，小两口生活得挺美满。再以后，国难、家难连踵而至，李清照与翠玉就完全失去了联系。一晃就是三十多年，谁能料到当年曾赋"绿肥红瘦"的名门千金和答以"海棠依旧"的"卷帘人"，历尽劫波，江海余生，还会在西子湖畔重逢呢？……

第二天天刚亮，李清照就出门来到胡同口等待翠玉。她急不可耐地在附近转来转去，不断向远处张望。当东方刚刚露出一线曙光，就看见一个人影出现在眼前。李清照立即迎上前去，一看果然是翠玉，只见她手里拎着一个不大不小的包袱，正在东张西望地寻找昨天来过的那座小院。

"翠玉，你来得真早啊！我还担心你找不到哩！快来，跟我走，前面就是了。"李清照一边说着，一边上前挽住翠玉的胳臂，将她领进了屋里。从此，她们成了一对相依为命、情同骨肉的亲姊妹，在动乱的岁月里又一起度过了无数个日日夜夜。

这天晚上，两位流落江南的北方妇女，在西湖之滨的一间小屋里，对床夜语，谈了整整一个通宵。

先由李清照讲述了她婚后的经历和遭遇。说到伤心处，两人不禁抱头放声痛哭。然后是翠玉向李清照诉说她三十多年来所走过的艰难而曲折的生活道路：

"小姐结婚后不久，老爷就被列入了什么党籍，离开了东京。临走前一个多月，由夫人做主，将我许配给了一个姓王的青年人。他在大相国寺对门一家装裱店当学徒，比我大三岁，为人老实厚道，心灵手巧。当时东京许多名人的书画，都喜欢让他装裱。三年学徒期满后，店主舍不得放他，就留在了店里。他是一个孤儿，没有别的亲人，我们的小日子过得满不错。一年多后，我为他生了一个白胖胖的小子，取名王小宝。一家三口，和和美美，生活很幸福。后来我也曾向人打听过你们的消息，听说赵公子家也出了事。不久又听说你和赵公子已经回到青州老家去了。再以后的事，就一点也不知道了……

"又过了几年，老店主病故，小宝他爹就自己开了一家王记书画装裱店，生意倒也很兴隆。有时活计太多，小宝他爹一个人忙不过来，我也帮着他干些粗杂活，收入越来越多，渐渐有了一些积蓄，小宝也不知不觉地长到十来岁……

“谁知突然间金虏打到东京城下，京城里人心惶惶，好像天塌地陷一样，城北的人往城南跑，城南的人向城北逃。守城的官兵不去和城外的金贼厮杀，反而趁火打劫，抢夺财物，奸淫妇女，焚烧房舍，哭声震天动地。开封府又出榜搜刮金银，说是金人索要黄金五百万两、白银五千万两，只有交足了数，才会退兵，如若不然就要将城中的男子杀尽，妇人掳尽，宫室焚尽，金银取尽。朝廷都答应一一照办，又派出成千上万的‘根括官’，挨家挨户搜查。谁若敢隐藏转移不缴，一查出来立即就地正法。小宝他爹见势不好，便将我们家里积攒的五十多两银子，全部拿出来到指定的地点去上缴官府。在回家的路上，他又听说金人除了要金银财宝外，凡是有一技之长的手艺人也要一齐掳走。他匆忙赶回家中，向我交代了几句，便告别我们母子，躲藏出去了。然而那时满城都有公差，他怎能逃出魔掌呢？终于被开封府的人抓住，送到了城外金兵的拘留营中。从此杳无音信，不知被押到了什么地方？现在是死是活也不知道……

“那年东京特别冷，一冬大雪不断，北风呼啸不停，平地积雪三尺，城里的粮食、柴草都吃尽、烧光了，百姓冻死饿死的不计其数。我记得那是靖康元年（1126）闰十一月二十五日，金兵攻城很急，百姓更加惊慌，不知怎么办才好。忽然街上有人传说，何（栗）丞相和孙（傅）枢密今天要到陈州门指挥杀贼，派遣郭（京）相公的‘奇兵’出城去消灭金虏，一战即可以使天下太平。老百姓听说后高兴极了，大家都不约而同地走上街头，出来呐喊助威，观看郭京的‘六丁力士’‘北斗神兵’是如何消灭敌寇的……

“这时我领着小宝也和邻居们一起来到了大街上，虽然雪深路滑，可是大街小巷人山人海，万头攒动，人人振臂高呼，希望‘奇兵’赶快开城出去驱逐鞑虏。我们走到万胜门附近，只见一大群人围着一个士人模样的男子，正在慷慨激昂地发表演说。我拉着小宝也挤了上去，只听那位士人对百姓们说：‘郭京原来是一个老兵痞、一个专会装神弄鬼的骗子。他所招募的七千七百七十七人六甲正兵，都是些游手好闲的地痞无赖，不管会不会打仗，只要年命合于六甲法就可以加入；而有些曾经当兵打过仗的人，想要重新拿起刀枪去保家卫国，因为生年不合六甲法，就被他赶走了。有位武官，要求做一个偏裨，出城去杀敌，也被他轰开了，还对人家说：你虽然打过仗，但年命不好，明年正月就要死，你如加入六甲奇兵岂不要连累我吗？而另一个卖假药的江湖道人，从未打过仗，平时只会倒立在泥水中讨钱，由于年命合于六甲法就被他封为统制官。他欺骗何丞相和孙枢密，在殿前摆了一个什么猫鼠阵。就是在地上画一个阵图，然后抓来一只猫、一只老鼠，将阵图分为生道和死道，先将猫放入生道，将老鼠放入死道，结果老鼠就被猫捕住咬死了。然后又将另一只老鼠放进生道，将猫放进死道，猫就看不见、抓不住老鼠了。郭京说他就是按这个阵图行事，我军从生道入，则番贼看不见，可保必胜。他还吹嘘六甲法能使人隐形，杀敌如探囊取物，不费吹灰之力，保证百战百胜。这完全是骗人的把戏，朝廷大事必然要坏在这些人的手里。前天我曾为这件事去孙枢密府上，本想揭穿郭京的谎言，可是孙枢密却说郭京是应运而生的救星，敌人的底细他了如指掌，现在朝廷能指望的就是这七千七百七十七人的六甲正兵了。还警告我，不得到外面去乱说，否则就要以沮师之罪论处，将我轰了出来。执政者如此糊涂颟顸，亡国大祸就要临头了。京师的父老乡亲们，朝廷靠不住了，大家还是赶快回去收拾收拾准备逃难去罢，再晚就来不及了……

“那士人说到悲愤处，不觉泪流满面，仰天捶胸顿足，放声大哭。周围的百姓听了他的话，人人心惊胆颤，惶惑不安，纷纷四散而走。没过多久，从宣化门方向传来消息，说郭京的六甲正兵刚开门出城，就被金人的骑兵冲散，各自仓惶逃命去了。郭京一见大势不妙，也连忙下城逃得无影无踪。金兵乘势冲过吊桥，破门而入，杀进城中。城里乱作一团，溃散的官兵也和金兵一样，见人就杀，见东西就抢，全城百姓乱奔乱窜，走投无路，被杀死、踩死了不知多少人。大街小巷堆满了尸首，血流成河，实在惨不忍睹……

“我吓得魂飞魄散，急忙拉着小宝跟在人群后面，东躲西藏，跑进一条小巷隐蔽起来，也没敢再回家去。天色渐渐黑了下来，这时忽听有人说，负责防御北壁的刘都统（延庆）已经来到万胜门，准备打开城门，杀出一条血路，向城外撤退。百姓们闻讯都向万胜门一带涌来。我和小宝与几万老百姓也跟在刘都统率领的官军后面，逃出了万胜门。大约二更时分，我们沿着城墙向南走，来到了琼林苑。逃亡的百姓扶老携幼，许多家庭都走散了，一时间啼哭哀号、呼娘叫儿之声，响遍原野，实在惨极了。我紧紧地拉着小宝的手，生怕把他丢了。小宝很听话，一直紧紧地跟着我，寸步不离。可是下一步往哪里逃呢？谁也没有主意。刘都统和他的大公子刘光国小将军不断派人传令，不准百姓啼哭喧嚷，以防金兵闻声追赶上来。可是在那种时候，百姓的啼哭喧嚷之声，谁还制止得了呢！天快亮时，我们这支逃亡队伍转向西南方向前进。当来到普安院附近时，忽然发现前面有大批金兵，吓得人们谁也不敢再往前走一步。只听一声炮响，金兵猛然发起进攻，横冲直撞，将人群冲得七零八落，各自四散逃命。我拉着小宝，不顾命地往前跑，快到一片树林时，只见一个骑着大马的金兵从后面追了上来，挥起手中亮闪闪的钢刀，手起刀落，将小宝的右胳臂连根削了下来，霎时鲜血喷涌，小宝惨叫一声，倒在了地上。我急忙俯下身子，紧紧地抱着小宝，我们母子二人全身都被鲜血染红了。那个金兵砍掉我的小宝胳臂后，狞笑一声，拨转马头，又去追赶前面的人群去了。我抱起小宝，一步一步向树林里走去。小宝由于流血过多，又没有一点药，快到傍晚时，便挺不住了。临死前他望着我用极微弱的声音呼唤道：‘妈妈，快逃吧！’说完就紧紧地闭上了双眼，离开我走了……

“我伏在小宝的身上哭得死去活来，用双手在林子里扒了一个很浅的土坑，将他埋在坑里，捡了一些树叶盖在他身上，准备随他一起去见阎王爷。天黑后，林子里又不断进来了一些难民。我躺在小宝身旁，迷迷糊糊听到有人在说话。睁开眼睛一看，原来是一对中年夫妻。他们见我哭得像泪人似的，便停了下来，和我打招呼。我勉强挣扎着坐起身来，向他们讲述了刚才发生的事情。他们听了我说的话，也流着眼泪，不住地摇头叹气。还告诉我，他们也是昨晚从万胜门逃出来的。又劝我不要寻短见，一定要活下去，看到报仇雪恨那一天。他们将我扶起，生拉硬拽地要我跟他们一起走。说是南方有他们的亲戚，到了那边后再说，总是可以找到一条生路的。我就这样和他们一起经过千难万险，逃到了临安。后来听说，那天晚上金兵在城里城外一共杀死了我们好几万人，刘都统和他的大公子也都殉国了。那两位救我的恩人，男的原来也是朝廷的命官，一年多前已经复职，便将我留了下来，替他们买菜做饭。昨天上街买菜遇到了小姐，真是万万没有料到啊！”

李清照一边流泪，一边听翠玉讲她的悲惨遭遇，深深地感到翠玉的命比自己还要苦。从今以后，我一定要像对待自己的亲妹妹那样对待她，和她一同度过余下的岁月。

天快亮时，这对多灾多难的姐妹，才闭上眼睛略微睡了一会儿。

十九、避乱金华

自从在临安街上与翠玉意外重逢后，李清照生活上有人照顾，比前几年方便多了。婚后她虽然也学会了做饭、洗衣、缝缝补补这些日常的家务活，但终因年过半百，而且事事都需要自己亲自动手，所以日子过得很艰难。现在就不同了，既有了一个伴，同时翠玉又将她两人的衣、食、住、行和柴、米、油、盐都安排得妥妥当当、井井有条，许多事都用不着她操心了。

每当李清照要动手干活时，翠玉就上来制止，不让她动手，并且恳切地对她说：

“这点点活计，还不够我一个人干的，小姐你就别动手了，快去看书、写文章吧！我是闲不住的，一闲下来就觉得心里难受，还是让我一个人来干吧！”

李清照深情地望着这个从小和自己一起长大的“侍女”，心里有说不完的感激之情，同时也增强了她克服困难，争取多活几年，再写一些好作品的决心和勇气。

李清照本想和翠玉从此相依为命，平平静静地度过晚年。然而这只是一种幻想，现实与她的愿望正好相反。就在翠玉重新来到她身边的一个多月后，即绍兴四年（1134）秋九月，金人和伪齐刘豫傀儡政权又合兵向南宋发起了大规模的进攻。警报传来，举朝震恐，江浙一带人心惶惶，纷纷离家出逃。她于同年十一月二十四日在著述中说：

今年冬十月朔，闻淮上警报。江浙之人，自东走西，自南走北，居山林者谋入城市，居城市者谋入山林，旁午络绎，莫卜所之。易安居士亦自临安溯流，涉严滩之险，抵金华，卜居陈氏第。

——《打马图经序》

李清照这次逃难比上次要从容顺利一些。一方面敌人虽然来势汹汹，但一开始便遭到了宋军的顽强抵抗，始终未能渡过长江，战争主要在淮南一带进行，离杭州还比较远；另一方面李清照身边有了翠玉，遇事有个商量的人，所以她心里踏实多了。十月初，她们在钱塘江上雇了一只小船，装上剩余的那几竹箱文物和行李，便溯流而上，向金华方向驶去。

钱塘江是当时两浙路最大的一条河，干流从衢县至兰溪间称衢江；兰溪至建德梅城间称兰江；梅城至桐庐间称桐江；桐庐至萧山闻堰间称富春江；闻堰至闸口间称之江；闸口以下始称钱塘江。这一带山水奇险秀丽，风光十分优美，尤其是富春江两岸景物如画，令人流连忘返。南朝梁人吴均在一篇散文中这样写道：

风烟俱净，天山共色，从流飘荡，任意东西。自富阳至桐庐，一百里许，奇山异水，天下独绝。水皆缥碧，千丈见底；游鱼细石，直视无碍。急湍甚箭，猛浪若奔。夹峰高山，皆生寒树，负势竞上，互相轩邈，争高直指，千百成峰。泉水激石，泠泠作响；好鸟相鸣，嘤嘤成韵。蝉则千转不穷，猿则百叫无绝。……

——《与朱元思书》

这里不仅自然条件得天独厚，而且还有不少人文景观和名胜古迹。李清照上次逃亡浙东，形势十分危急，不容许她去欣赏那里优美的自然风光。这次虽然也是避难，但后面并无敌兵追赶，比较从容，所以她常常伫立船头饱览浙西的大好风光。当她们乘坐的小船夜过富春江畔的钓台时，清照在舟中吟成了一首缅怀隐士严光的七言绝句：

巨舰只缘因利往，扁舟亦是为名来。
往来有愧先生德，特意通宵过钓台。

——《钓台》

钓台，又名双台垂钓，在浙江桐庐县城西富春山上。有东西二台，两相对峙，离水面约六十米。传为东汉隐士严光垂钓之处。严光，字子陵，青年时曾与刘秀同学。刘秀即位后改名隐居，后被召到京师洛阳，被任命为谏议大夫，他不肯接受，归隐于富春江畔。李清照对严光功成身退、淡于名利的高风亮节深为钦佩。可是反观如今那些所谓的清流名士，在国难当头之际还是在追求个人的名利。这样的人不管是乘着

“巨舰”或是驾着“扁舟”，当他们经过钓台时，难道不会感到愧对严子陵先生吗？这首小诗虽然不像《夏日绝句》和《咏史》那样笔锋锐利、横放杰出，但从一个女子口中说出，实在也有一股旷达磊落的“丈夫气”。

十月中旬，李清照和翠玉来到金华，寄居在一位姓陈的大户人家里。主人得知李清照是前朝赵丞相家的儿媳，又是当今闻名遐迩的才女，所以对她特别客气，各方面都尽可能予以照顾，还专门腾出一间比较宽敞的屋子给她们二人住。为了不致过多打扰主人，从第三天起，李清照和翠玉便另立炉灶，单独起伙。生活方面由于有翠玉安排，李清照就省心多了。

在金华期间，虽说是避难，由于主人的周到安排，环境和条件都比较舒适，李清照的心情也好多了。闲暇时，无所消遣，于是她便想到了当年的闺中雅戏。正如作者自己所说：“乍释舟楫而见轩窗，意颇适然。更长烛明，奈此良夜何？于是乎博弈之事讲矣！”（《打马图经序》）南渡以后，博具虽然丢失了，但她还带有几种关于“博弈之事”的资料，这对她来说也是有用的。在金华期间，她偶尔也和东家的女伴们玩玩“打马”游戏，同时还根据回忆将“打马”绘成图例，撰写了《打马图经》（或作《打马图谱》），对“打马”这种游戏的规则和“行移赏罚”用文字加以说明。同时又亲自写了《打马图经序》和《打马赋》这两篇非常有价值的文章。

在《打马图经序》中，李清照说：

予性喜博，凡所谓博者皆耽之，昼夜每忘寝食，且平生随多寡未尝不进者何？精而已。自南渡来，流离迁徙，尽散博具，故罕为之，然实未尝忘于胸中也。

由此可见，她是多么喜欢玩“打马”。那么，“打马”究竟是一种什么样的游戏呢？据她说：

按打马世有二种：一种一将十马者，谓之关西马；一种无将二十马者，谓之依经马。流行既久，各有图经凡例可考。行移赏罚，互有同异。又宣和间，人取二种马，参杂加减，大约交加侥幸，古意尽矣，所谓宣和马者是也。予独爱依经马，因取其赏罚互度，每事作数语，随事附见，使儿辈图之。不独施之博徒，实足贻诸好事。使千万世后，知命辞打马，始自易安居士也。

她虽然说得比较详细具体，但由于这种博戏失传已久，所以后人看了还是不甚明白。在这篇《打马图经序》中，她还介绍评论了二十多种博戏的长短、优劣。她说：

且长行、叶子、博塞、弹棋，近世无传者。打褐、大小、猪窝、族鬼、胡画、数仓、赌快之类，皆鄙俚，不经见。藏酒、摴蒲、双蹙融，近渐废绝。选仙、加减、插关火，质鲁任命，无所施人智巧。大小象戏、弈棋，又惟可容二人。独采选、打马，特为闺房雅戏。

她所列举的这些古代博戏，除“叶子”“弹棋”“樗蒲”“大小象戏”和“弈棋”等少数几种外，其余十多种均已失传，其中的奥妙后人也不知晓了。

李清照喜欢博戏，并非单纯为了消遣。她常能从游戏过程中悟出一些深刻的道理。比如她通过“打马”就体会到无论做什么事都要专心致志，全力投入，只有这样才能掌握精湛的技艺，从而达到得心应手、触类旁通、运用自如、无所不妙的境界；浅尝辄止，半途而废是不会有什么出息的。她说：

慧则通，通则无所不达；专则精，精则无所不妙。故庖丁之解牛，郢人之运斤，师旷之听，离娄之视，大至于尧舜之仁，桀纣之恶；小至于掷豆起蝇，巾角拂棋，皆臻至理者何？妙而已。后世之人，不惟学圣人之道，不到圣处，虽嬉戏之事，亦得其依稀仿佛而遂止者多矣。

这篇《打马图经序》旁征博引，以小喻大，言简意赅，精深透辟，写得尤为利落警至可喜，能给读者以思想启迪。所以后人称赞说：“韵事奇人，两垂不朽矣。”（引自陶宗仪《说郛·打马图序》）

李清照写于同一时期的《打马赋》，是以辞赋体的形式来阐明“打马”的目的、方法、规则和技巧。文中用了大量的典故和形象化的比喻，因而使文章显得广博精深、奇雅工丽，故被后人称为“文入三昧”的“神品”。其中最后一段是所谓的“乱辞”，它是用来概括全篇要旨的。辞曰：“佛狸定见卯年死，贵贱纷纷尚流徙，满眼骅骝杂騄駬，时危安得真致此？木兰横戈好女子！老矣谁能志千里，但愿相将过淮水。”由“打马”而联想到驰骋沙场的千里马，联想到出师北伐、收复中原的历史使命。她自己虽不能跨马出征，但愿宋军将士们齐心协力，共同渡过淮水，去消灭敌寇。这段“乱辞”也可以看成是一首诗，表达了李清照真挚的爱国思想感情，与陆游四十年后所写的《龙眠画马》有异曲同工之妙。放翁是因看到李公麟一幅名画中的良马，而激起了杀敌报国的雄心壮志：“呜呼！安得毛骨若此三千匹，衔枚夜度桑干碛。”易安则是由玩“打马”而引起“但愿相将过淮水”的呼吁，触媒虽然不同，而意旨却是一致的，同样都表现了“烈士暮年，壮心不已”的爱国精神。

写完《打马图经序》和《打马赋》不久之后的一天，翠玉从金华街上买菜回来，一进屋就兴冲冲地对李清照说：

“小姐，刚才我在菜市买菜时遇上了两件事，你如果遇上了。也会感到很奇怪、很有趣的。我讲给你听听呀？”

李清照见她手里还提着满满的一篮菜，便说道：

“你先把菜篮放下，休息一下，喘口气，再讲给我听也不迟嘛！”

“休息什么，我又不累。再过一会儿，我可就忘记啦！”

翠玉坚持马上就要讲，李清照只好坐下来，听她讲刚才在街上买菜时所遇到的那两件怪事：

“我提着菜篮先到肉行，打算买半斤羊肉，拿回来给你炒个姜丝羊肉吃。不想碰见一个中年男子也在那里买肉。看他穿戴整齐，斯斯文文的样子，说话是东京口音，怕是和我们一样，也是逃难来到这里的。肉已经称好，交钱时不知为什么与那卖肉的争吵起来。只听那男子高声说道：‘这都是朝廷铸的钱嘛，你为什么就不收呢？’那卖肉的横眉怒目地大声嚷道：‘什么宣和通宝、政和通宝，那都是上皇的无道钱，别的地方好使，此间就是不好使！你果真有意买肉，就快换一种钱，要不然就请走开，免得耽误了我的生意。’那男子连连摇头叹气，只得离开了这家肉铺。小姐，你说这里的人为什么这样痛恨道君皇帝呢？”

李清照听了也连连摇头叹气，但这也不是三两句话能说清楚的，便没有回答翠玉的问话，而是接着往下问道：

“那第二件是什么事呢？”

于是翠玉又讲了她所遇到的第二件事：

“我买完羊肉就去买蔬菜，来到一条小巷。这里专卖鲜藕。摆得遍地都是，又白又嫩，真惹人喜爱。于是便走到一位卖藕的老人跟前，看他担子里装满了洗得干干净净的鲜藕。那老人见我走到他的担子前，便堆下笑脸说：‘太太，买几斤鲜藕尝尝吧，这是我们金华有名的特产，保管你爱吃。’我说：‘鲜藕哪儿没有！怎么说是你们金华的特产呢？你别骗我们外乡人。’那老汉不慌不忙地对我说道：‘这你就不知道啦，藕虽说处处有，但我们金华的藕和别的地方的藕就是不一样。这里有个掌故，我讲给你听，就知道我不是在骗人了。’于是他就讲起了故事来……

“‘很久以前，我们金华来了一位清官，勤政爱民，除了朝廷给他的俸禄，不义之财分文不取，真是不贪不奢，廉洁奉公。他家上有父母，下有一群儿女，生活比较清苦。那时候水旱灾害不断，老百姓生活很困难。他就让大家多修水塘，养鱼种藕，说是这样可以增加一些副业收入，度过灾荒。他自己也在官衙内的一块空地上修了一个小小的池塘，养上鱼，种上藕，吃的菜就不愁了。百姓都照着太守的要求办，果然到了秋季鱼和藕都获得了大丰收，大家都很感谢他。后来他又写了一首诗，说是：“三年辛苦在金华，缺钱少米难养家。池塘幸有鱼和藕，不怕肚里长莲花。”从此以后，养鱼种藕的人家愈来愈多，金华的鲜藕也因此出了名，许多外地人也到这里来买。味道真的不同，你买几斤回去吃吃就相信了……’”

翠玉一边说着一边笑，说完便从篮子里取出两根白生生的鲜藕，放在菜板上，然后又对李清照说：

“小姐，今天晚上我们就炒它一盘鲜藕吃，看明天会不会长出莲花来？”

李清照望着翠玉那高兴的样子，也不禁扑嗤一笑，对她说：

“那不过是一首打油诗，哪能当真！咱们生火做饭吧，你去淘米，我来切菜，今天晚上就尝尝金华的鲜藕吧！”

李清照脸上多少日子没有出现过笑容了，这是翠玉给她带来的变化。然而就像阴天偶尔云开雾敛露出一线阳光来一样，转眼间阴云又布满天空，阳光和笑容很快就消失了。不管是什么时候，在什么情况下，她都不能忘记国仇家恨，不能忘记英年早逝的丈夫。她的苦难和悲愁实在太深太重了，永远也无法消除。

冬去春来，不知不觉李清照来到金华避难已快半年了。暮春时节的一天早晨，翠玉对她说：

“小姐，眼看春天就要过去了，你还没到金华城外去看看哩！城内园子里的百花都凋谢了，听说城南双溪一带山明水秀，鸟语花香，春光还很明媚，不如今天我陪你到双溪去划划船，散散心吧！”

这时李清照刚刚起床，还没有来得及梳洗，听翠玉这么一说也有点动了心，想去看看，便对她说：

“让我想想，等吃过早饭后再说罢！”

吃过早饭，翠玉就催她快走，可是李清照却改变了主意，决定不去双溪划船了。

翠玉想让李清照出去玩玩，是因为她看到入春以来，小姐整天少言寡语，心事重重，一个人坐在屋子里暗暗地流泪。她担心这样长久下去会影响小姐的健康，所以才想出了这个主意。其实她自己又何尝不是像小姐一样，满腹的辛酸和哀愁，时时刻刻都在思念着被金兵掳走、至今下落不明的丈夫和惨死在敌人屠刀下的儿子小宝。但在李清照面前，她总是装着无事人一样，好像她已经把血海深仇都忘记了似的。然而当只有她一个人时，便掩面抽泣，咬着牙根将苦水和泪水一滴一滴地往肚子里咽。李清照就曾不止一次地被她梦中的哭声惊醒。她们真是一对多灾多难、同病相怜的患难姊妹啊！翠玉见李清照不愿出去游玩，知道她心里在想些什么，便不再多言，独自默默地去做家务活了。

李清照独坐窗前，望着室外的残春景象出神，不禁思绪万千，无穷的往事、无边的痛苦一齐涌上心头，于是怀着悲凉的心情写了一首既凄婉又劲直，读了令人心碎肠断的小词：

> 风住尘香花已尽，日晚倦梳头。物是人非事事休。欲语泪先流。　闻说双溪春尚好，也拟泛轻舟。只恐双溪舴艋舟，载不动、许多愁。
>
> ——《武陵春》

双溪，本为两条小河，一曰东港，一曰南港，在金华城东南合流后注入婺江，两水交汇处称为双溪。这首词作于绍兴五年（1135）春，清照时年五十二岁。全词自抒胸臆，主要揭示抒情主人公即作者自己的内心活动。词中虽然也写到了风、花、溪、舟等景物，但都是出现在词人的思维活动之中，而非客观实在的物象。其实这一天她哪儿也没有去，一直呆呆地坐在屋子里，睹物伤情，泪流不止。上片极言眼前春事阑珊，心情凄凉，前两句含蓄蕴藉，后两句真实自然。一位心事重重、愁苦不堪、双颊挂着泪珠的“嫠妇”形象，活灵活现地展现在读者面前。下片宕开一笔，从远处说起。过片两句暂时撇开愁苦，却说欲去泛舟出游，然而这只是主人公心中的一闪念，意在逼出下文，为结拍做铺垫。最后两句，紧承前文，说明不去双溪泛舟的理由。想去而终于未去，是由于担心双溪上的舴艋小舟，载不动自己的全部哀愁。这里连用“闻说”“也拟”“只恐”三个虚问，层层转折，将复杂矛盾的心理变化过程描写得十分深婉曲折，真实生动，堪称善于言情的妙手。此词构思新颖，语言朴实自然，风格凄婉劲直，很有艺术感染力。其中以舟载愁、舟轻愁重的比喻，在继承前人写愁意象的基础上又有所创新，对后世词曲创作颇有影响。如董解元《西厢记诸宫调》中的“休问离愁轻重，向个马儿上驼也驼不动”和王实甫杂剧《西厢记》中的“遍人间烦恼填胸臆，量这些大小车儿如何载得起”，显然都是由此脱化而来。

绍兴五年（1135）五月上旬，一位官人和几个随员从临安来到金华陈家。主人不知道出了什么事，显得有些紧张。当他们在客厅里坐下以后，那位官人对迎接他们的主人说：“我们是朝廷派来的，要见赵丞相的儿媳、秘阁修撰赵明诚的夫人，办一件公事，听说她避难来到府上，请转告她，我们要和她见面。”陈某听说是找李清照的，便退出客厅来叫李清照。李清照和他们见面后，那位官人说明来意，才知道原来他们是奉旨前来索取《哲宗实录》的。这部书是徽宗时由蔡京主持修撰的，由于金兵入侵，朝廷南渡，秘书省的藏本已经丢失。赵挺之任丞相时，家中藏有抄本，后来由赵明诚带到青州，又由青州携至江南，赵明诚去世后，即由李清照保管。全书共一百九十四卷，分为《哲宗前实录》一百卷、《哲宗后实录》九十四卷，其中记载了哲宗在位期间的许多重大事件。早在绍兴二年（1132）十一月二十三日，秘书少监洪炎就曾上书建议从两位故相余深和赵挺之家将有关的国史实录善本收缴上来。今年五月三日，朝廷又下了一道诏令并派人专程前来金华索取此书。李清照本来就打算将它献给朝廷，现在既然有人来取更省了一些事。于是便回到住处，和翠玉一起从竹箱子里将这部跟随她逃难数千里的重要史籍取出来，交给那位官人带走了。

这年夏天，清照曾和翠玉一起，来到金华城南、婺江北岸的八咏楼上，眺望南国江山胜景，并乘兴写了一首七言绝句：

千古风流八咏楼，江山留与后人愁。
水通南国三千里，气压江城十四州。

——《题八咏楼》

八咏楼，原名元畅楼，相传为南朝齐隆昌元年（494）沈约为东阳太守时所建。楼成后，沈约曾写了一首《登元畅楼》诗，记其所处地理形势：“危峰带北阜，高顶出南岭。中有凌风榭，回望川之阴。”又赋《八咏诗》题其壁间，“一时传为绝唱，而楼遂成盛迹”（见《金华县志》）。后人因更名为“八咏楼”。唐宋以来，不少诗人曾登此楼揽胜抒怀，留下了许多风流佳话。李清照登此楼时，正值国难当头、形势危急之际，因而诗中寄托了作者的爱国情思和忧时伤乱的深深感慨。李清照登高远眺，胸怀为之开阔。她满怀激情地描绘一望无边的南国原野和纵横交错的水道，歌颂了壮丽的河山和历史悠久的名胜古迹。同时也想到，当前战火纷飞，敌兵压境，流传过多少风流佳话的八咏楼会不会遭到破坏，大好河山会不会再被蹂躏践踏呢？实在令人忧心发愁啊！很明显，女诗人在这里所愁的不是她个人的悲惨遭遇，而是国家的前途和命运。从这首诗里，读者又一次看到，李清照在“倾吐一己的哀怨”的同时，也倾吐了她对祖国山河、历史文化的深厚感情。她不愧是一位时时刻刻将国家挂在心上的爱国主义者，以她当时所处的社会地位、身份和处境而言，这是非常非常难得的。在她身上也体现了范仲淹“先天下之忧而忧”和陆游“位卑未敢忘忧国”的崇高精神。

二十、次第岂无风雨

绍兴五年（1135）秋，李清照离开金华，又回到了当时南宋的行都临安。

启程之前，她怀着依依不舍的心情，与房东一家话别，对陈家在她们避难期间所给予的关心和照顾表示诚挚的感谢。主人也很舍不得这位和蔼可亲、平易近人、知书识礼的赵夫人离开。出发那天，秋高气爽，阳光灿烂，陈氏全家老少都到码头上来送行，并一再嘱咐她们，以后如果遇到困难，欢迎她们再到金华来。

李清照和翠玉洒泪向主人告别，登上小船，沿着富春江顺流而下。经过三天的航程，终于又来到了杭州。上岸以后，这两位流落异乡、风雨同舟的女子不知道往哪里去好，想来想去只得又回到西湖附近的那座小院。说来也巧，她们曾经住过的那两间小屋还空着。于是李清照便和房东商议，决定继续租下来。从此以后，直到李清照离开人世，她和翠玉就住在这两间普普通通的民宅里。

从绍兴五年（1135）到绍兴十一年（1141），宋金战争的形势发生了重大变化。一方面，宋军在战争初期遭到一连串惨重失败后，经过重建、改编和血与火的锻炼与考验，输入新的血液，吸收了一部分人民抗金武装力量，愈战愈勇，愈战愈强，涌现出一批英勇无敌、指挥有方、威名远扬的抗金名将，如岳飞、韩世忠、刘锜、吴玠等。他们披坚执锐，身先士卒，慷慨赴敌，决心“从头收拾旧山河”，并准备渡过黄河，进军幽燕，直捣黄龙府，完成驱逐敌寇，还我河山，统一国土的神圣使命。另一方面，几年前曾经不可一世，气焰极为嚣张的金兵，已经逐渐由强变弱，连连败退，开始遣返家属，准备从中原撤退。在这样有利的形势下，以宋高宗为首的南宋统治集团如能依靠斗志高昂的广大爱国军民，信任坚持抗战到底的各路将帅，下定反侵略、雪国耻、重整山河的决心，那么中原失地就不愁不能光复，南北就一定会重新实现统一，不再陷入长期互相残杀的苦难深渊。

然而，就是在这样一个关键时刻，自私自利、厚颜无耻，甘心屈己求和、妥协投降的坏皇帝——宋高宗赵构，无意收复中原，不愿迎回“二圣”，害怕他的哥哥钦宗赵桓回来后会夺去他的皇位。于是便置中原大好河山和千百万人民于不顾，坚持不抵抗政策，一意孤行，重用被金人俘虏北去以后派回南方来专门破坏抗金、进行叛卖活动的内奸秦桧。赵构不顾朝野一致的反对，任命秦桧为宰相兼枢密使，将军政大权统统都交给了他。纵容他有恃无恐、丧心病狂地进行出卖国家利益的罪恶活动。

赵构和秦桧是千古罪人，他们所犯的罪行擢发莫数，罄竹难书。应当将他们永远钉在历史的耻辱柱上，作为反面教员，向子孙后代昭示：投降派、叛徒、内奸是最可恨、最凶恶的敌人，对他们千万要提高警惕。

李清照与秦桧有什么关系呢？原来秦桧的妻子王氏——在关键时刻为秦桧出谋划策杀害民族英雄岳飞的那个阴险女人，是李清照的亲表妹。李清照的外祖父王珪有五个儿子，即仲修、仲山、仲嶷、仲琓、仲煜。王氏便是清照的舅舅王仲山的女儿。小时候她们曾见过面，后来就很少来往了。

这个王氏为人“素阴险，出其夫上”（见《朝野遗记》），李清照对她的印象很坏。南渡后，李清照遭遇种种横天大祸，特别是她病中被骗婚后与张汝舟对簿公堂时，正值秦桧第一次入相，但李清照并未去求过他们。当时出面援助她的，却是反对秦桧的綦崇礼。从这里也可看出，李清照是一个很有骨气的女子。不管自己处境多么困难，也绝不肯去求助这样的人。从亲缘关系上看，李清照与秦桧的关系要比与綦崇礼的关系更近。綦崇礼的独生女儿嫁给谢克家的孙子，而谢克家和赵明诚是姨表兄弟。论辈份，李清照比綦崇礼要长一辈，可是她在写给綦崇礼的感谢信《投内翰綦公崇礼启》中称他为“綦公”，可能当时綦家和谢家还未联姻。按理说，秦桧是李清照的亲表妹夫，在困难时候求他帮帮忙，是可以理解的。然而李清照就是不肯去求他相助，也许她早就察觉到王氏和秦桧这对夫妇心术不正，是不值得信赖的人。由此可见，李清照在对人处世方面是很严肃认真的。她蔑视这两个一肚子坏水的男女，虽然他们和自己是近亲，但也绝不肯与之往来。在《李清照集》中，找不出李清照与秦家往来的任何蛛丝马迹，这是很能说明问题的。

那么秦桧究竟是一个什么样的人呢？人们都知道他是历史上臭名昭著的大奸臣、大卖国贼，不仅如此，在道德品质上他也是一个极其卑劣的小人。秦桧字会之，建康（今江苏南京）人。其父秦敏学，曾任湖州安吉县丞、信州玉山县令、知静江府古县，为官倒也清廉。他有四个儿子，秦桧是他的第三个儿子。秦桧生于元祐五年（1090），政和五年（1115）中进士。初为密州州学教授。当时任密州知州的是丹阳人翟汝文。由于秦桧善于媚上，所以翟汝文曾一度被他蒙骗，对他加以推荐，后来又中宏词科，被“浪子宰相”李邦彦看中，荐入馆职，不久除监察御史。绍兴初，当他被金人放回后，很快被高宗任命为宰相。但他感到自己初来乍到，缺少心腹之人，于是便搜罗亲信，“阴结朋党以自助”，首先引荐翟汝文为参知政事。然而他看错了人，翟汝文虽然当年曾推荐过他，那只是一时上当受骗。翟为人刚正不阿，根本不买他的账，一切秉公办事。两人议事不合，常常在都堂互相公开指责对方。秦斥翟为“狂生”，翟骂秦是“浊气”。后来当翟汝文发觉秦桧的险恶用心后，便决定公开揭露他，当着满朝文武百官的面说：“天下人知桧真大金之奸细，必误国矣！”（见《三朝北盟会编》引《中兴姓氏录》）当时朝廷里不少人都还没有看清秦桧的真实面目，翟汝文的揭露，对他无异是当头一棒。

但这一棒并未能将秦柃打死，也没有使他清醒过来，改弦易辙，重新做人。他倒下后不久又站了起来，继续往上爬，一直爬到一人之下、万人之上的宰相地位。秦桧先后执政十九年，将南宋小朝廷统治的江南半壁河山，特别是行在临安变成一座暗无天日的大地狱，他除了善于窥测方向，能迎合高宗忍辱偏安的心理，坚持奉行投降政策，还惯耍两面三刀、过河拆桥、欺上瞒下、阳奉阴违的伎俩，掠他人之功为己有，不择手段地捞取政治资本。曾经欺骗过许多人的所谓“乞存赵氏”之功，就是他为了欺世盗名而编造的谎言。

靖康二年（1127）二月，汴京沦陷后，金人拘禁了徽、钦二帝，决定废除赵氏，另立张邦昌为伪楚皇帝。粘罕派人将当时在京大小职官军民僧道勾集在秘书省，强迫众人“书衔位姓名押字”，表示“拥戴”张邦昌，“若别有异议具状，敢有逗留不赴议者，当按军法”（见《三朝北盟会编》引《朝野佥言》）。当时任监察御史的马伸，冒着被杀头的危险，与御史吴给一同约御史中丞秦桧商量，决定“共为议状，乞存赵氏，复嗣君位”（见《宋史》卷四五五《马伸传》）。这道反对立张邦昌的议状，由马伸发起，马、吴、秦三人联署，是功是过、是福是祸，本应由他们三人共同承担。可是秦桧南归后却“尽掠其美名”，将“存赵”之功完全据为己有。绍兴初年，马伸虽然已死，但他有一个学生何兑当时任辰州通判，从一份《邮报》上看到“秦桧自陈其存赵之功，谓它人莫预”（同上)，十分气愤，于是便将他所了解的马伸事迹和进“议状”的经过以及马伸起草的手稿，送到尚书省，要求澄清事实，揭穿秦桧的谎言。秦桧一见大怒，立即下令将何兑加以逮捕，关进了荆南府的监狱，要他承认是编造谎言，诬陷大臣，并将他贬到英州，直到秦桧死后才放还复官。

靖康二年三月，金人押着徽、钦二帝和数千名俘虏以及大批金银财物，撤离汴京北去。当时随二帝北行的大臣有宰相何栗、枢密使孙傅、签书枢密院事张叔夜和他们的家属。秦桧和王氏以及他的一名奴仆砚童、一名婢女兴儿和一名亲随翁顺五人也在被俘北行的队伍中。何栗、孙傅、张叔夜被押往北方后不久，都相继死难，唯独秦桧、王氏及其婢、仆、亲随却都安全地逃了回来，这到底是怎么回事呢？

原来秦桧到了燕京后，便奴颜婢膝地跪倒在金人面前，投靠在金主吴乞买的弟弟挞懒门下，成为他的“任用”（即执事，相当于管家或私人秘书），并曾为其“草檄”、出谋划策，很快得到了挞懒的信任。王氏也和外号叫“一车婆”的挞懒的妻子打得火热，用巧言令色赢得了一车婆的欢心。

金天会八年（1130）夏，女真诸大臣在上京会宁府召开最高军事会议，商讨如何加紧进攻灭亡南宋的问题。众酋长虽然对这几年取得的“巨大胜利”趾高气扬，但从长远来看又害怕南宋军民坚持抗战，决心报仇雪恨。如果战争长期打下去，谁胜谁负就很难说了。因此有名酋长提出在加紧军事行动的同时，还得想出一个办法，从内部去瓦解宋军，使他们没有能力和勇气再战。这时鲁王说道：

“只有从俘虏中挑选出一名宋朝的大臣，放回去让他在内部做工作，才能起到这样的作用，使南朝君臣永远归顺于我。”

鲁王刚说完，粘罕便接过话头说：“我看张孝纯可以承担这个任务。”

粘罕说完后，主持会议的挞懒忽然站起身来，胸有成竹地对参加会议的人说：

“这件事装在我心里已经三年了。我考虑来考虑去，只有一个人可用，那就是秦桧。他在我面前十分恭顺，而且机谋又多，我很喜欢他，所以我把他收留在军前。我曾试探过他多次，他表面上嘴很硬，口口声声说是大宋臣子，实际上对我说的话百依百顺，从来没有违背过。他还向我提出过一个很有意思的主张，就是‘南自南，北自北’。就是说我们现在已经夺得的土地永远属于大金，原来住在这些地方的人民通通都要遣返回来。我看这个主意很不错。他还多次对我表示：只要他秦桧得手，就按这个主意办事，那样两国岂不就相安无事了吗？如果现在我们将他放回去，我看是一定会得手的。”（这次谈话原文见《金国南迁录》）

金人计议定下来以后不久，挞懒就于同年十月率兵进攻南宋。当金兵打到淮安时，挞懒便乘乱派了一只小船，将秦桧、王氏及其一家五人（秦桧和王氏没有子女，后来的儿子秦熺是过继的）送回了南方。秦桧来到临安后就编造谎言，说他是杀了看守他的金兵，夺得船只，从敌营中逃回来的。当时朝廷里大多数人都不相信秦桧所编造的骗人鬼话，纷纷提出疑问：

“秦桧与何栗、孙傅、张叔夜等人同时被押往燕山，别人都死了，怎么他就能平安地逃回来呢？”

“燕京到淮安两千多里远，沿途要经过许多江河关隘，处处都有金兵把守，难道就没有人追捕盘查他吗?”

“他是一个文人，手无缚鸡之力，怎么可能杀死监押他的许多金兵逃回来呢?就算照他所说，当时他在挞懒营中，金人没有看住他，让他逃掉了，那么挞懒必然要以他的妻子王氏和家眷作为人质，怎么回来时把王氏、砚童、兴儿和翁顺一个不少的都带回来了呢?”

这些疑窦，只要稍为认真追查一下，就不难弄清事实真相。然而秦桧不愧是一只老奸巨猾的狐狸。他一到临安后，首先去找从前的一位老朋友、现任同知枢密院事的李回，接着又通过李回的引荐去拜会了宰相范宗尹，收买了这两位当时权势很大的人物。于是由范宗尹和李回出面“尽破群疑，力荐其忠”(见《宋史》卷四七三《秦桧传》)。宋高宗听了宰相的话，很快也接见了他。秦桧的花言巧语，立即赢得了赵构的欢心，曾当着群臣的面说:

“桧朴忠过人，朕得之喜而不寐。盖闻二帝、母后消息，又得一佳士也。”(同上)

于是，第二天秦桧就被高宗亲自任命为礼部尚书。

绍兴元年(1131)二月，秦桧升为参知政事。他立即过河拆桥，用两面三刀的手法将范宗尹从相位上赶了下去。但当时还没有任命新的宰相，他那个参知政事只相当于副宰相，他当然不会满足。于是便四处扬言:

“我有两条计策，说出来必然要耸动天下。”

有人问他:“既然如此，何不将你的两条计策赶快说出来呢?”

他耸耸肩，诡秘地一笑，回答说:“现在朝廷里没有宰相，说出来也不能执行。”

他企图攫取相位的狼子野心，实在是昭然若揭。可是赵构却偏偏看中了这个骗子，于同年八月任命他为右仆射、同中书门下平章事兼枢密院事，成为南宋小朝廷的右相。

秦桧所谓可以“耸动天下”的“二策”，究竟是什么货色呢?原来就是“南人归南，北人归北”，即“以河北、河东人还金虏，以中原人还刘豫”。这就是说既要承认金人对河北、河东广大地区的占领和刘豫傀儡政权的合法化，同时还要将从那些地方逃亡到南方来的难民统统遣返回去，任凭金朝统治者和刘豫傀儡政权的压迫和剥削。而“南人归南”却是一句空话。金人攻陷开封时掳走了成千上万的各阶层人民，上至帝王后妃，下至技艺工匠，放回来的只有秦桧一家五口人，连宋朝的两个皇帝都不肯放，其他人就更不用说了。由此可见，秦桧的“二策”是对国家、民族和人民的彻底背叛。

不久，金朝的使臣李永寿、王翊来到临安谈判议和，他们所提的第一个条件就是“南人归南，北人归北”。这下真相大白，秦桧的叛徒、内奸嘴脸暴露无遗。朝廷中有正义感的大臣纷纷群起而攻之，对他进行弹劾。中书门下检正诸房公事黄龟年连上三章，揭露和谴责秦桧的罪行，说他专主和议，沮止恢复，植党专权，并将他比为王莽和董卓。他在弹章中还说:

桧厚貌深情，矫言伪行，进迫君臣之势，阳为面从，退恃朋比之奸，阴谋沮格，上不畏陛下，中不畏大臣，下不畏天下之议，无忌惮如此。

——《宋史》卷四七三《秦桧传》

由于群臣的坚决反对，高宗不得已于绍兴二年（1132）八月，宣布罢去秦桧的右相。前一天，高宗单独召见了翰林学士綦崇礼，让他起草罢免诏令，并且将秦桧所上的“二策”手稿拿出来给綦崇礼看，并对他说：“桧言‘南人归南，北人归北’。朕北人，将安归？桧又言：‘为相数月，可耸动天下。’今无闻。”（《三朝北盟会编》卷一五一）綦崇礼当即请高宗将刚才说过的话写下来，他好按照圣上的旨意起草诏令。于是高宗便顺手从书案上拿起一支笔将他刚才说的那几句话写在一张纸上，而且在后面又加了一段批语：“秦桧不知治体，信任非人。人心大摇，怨讟载路。”（《挥麈后录》）写完后就交给了綦崇礼。“崇礼即以上意载训辞，播告中外，人始知桧之奸。”（见《宋史》卷四七三《秦桧传》）

綦崇礼是一个有心人，他一直将这份“御笔”保存在身边，还常常拿出来“公示广众”，让更多的人了解这个内奸的丑恶面目。正因为这样，秦桧对綦崇礼恨之入骨。当他再次为相后，一心想要报一箭之仇，惩罚綦崇礼，可是当时綦崇礼已经逝世。但那份“显著其恶”的“御笔”还在，这对他来说是一个隐患，必须将它消除。于是便派人四出查访，后来终于查明“御笔”藏在台州綦崇礼的女婿谢克家的孙子家里。他立即写了一篇奏章，请求高宗“特降睿旨，令台州取索崇礼所受御笔缴进”（见《三朝北盟会编》卷二二〇引《遗史》）。但是这篇奏章并未呈给高宗，他便“矫诏”——假传圣旨，派人下台州去取回“御笔”。其阴险狡诈、专横跋扈可谓到了极点。

秦桧还深通韬晦之计，能屈能伸，善于伪装隐蔽。在他首次任右仆射被罢官后，便装出一副可怜相，去取悦于朝廷的执宰大臣。那时任过宰相的张浚、赵鼎、吕颐浩等都被他蒙蔽欺骗过。绍兴六年（1136），他从绍兴知府任上被召回杭州，就是由于张浚的推荐。回朝后他便乘机在他们之间挑拨是非、制造矛盾，使他们互相猜疑，然后一个一个地将其贬谪出朝廷。多年后赵鼎和张浚于流放中偶然在闽中相遇，谈及往事，才恍然大悟，“始知皆为桧所卖”（见《宋史》卷四七三《秦桧传》）。

至于赵构重用秦桧，则主要是由于他们在对金关系中的立场、观点、主张和利益一致，有共同的思想基础和共同的语言，即妥协、求和、偏安、投降。赵构曾公开宣称：“讲和之策，断自朕志，秦桧但能赞朕而已。”（见《宋史·高宗纪》）由此可见，他们的臭味完全相同，是被“讲和”（即投降）这条绳子拴在一起的两只狐狸。导致南宋小朝廷含垢忍耻、苟且偷安、中原不复、山河破碎、国家分裂、骨肉同胞不能团圆、人民长期遭受战乱之苦的罪魁是宋高宗赵构，祸首是卖国贼秦桧。他们一君一臣，一唱一和，推行了一条祸国殃民的投降主义路线和政策。

秦桧再次为相后，摸清了皇上的老底，有了可靠的后台，便肆无忌惮、明目张胆地与金人勾结，进行所谓的“议和”谈判，割土地，增岁币，屈膝称臣，遣返“归朝人”（指投奔、流亡到南方来的北方人），干尽了丧权辱国的可耻勾当。对内则“挟金人以自重”（见《宋史》卷四七三《秦桧传》），杀大将，贬忠臣，对抗战派和爱国军民进行残酷的迫害，“数兴大狱，不避形迹”（同上）。特务横行，道路以目，“察事之卒，布满京城，小涉讥议，即捕治，中以深文”（同上）。一时忠臣良将，诛锄略尽，全国笼罩在一片黑色恐怖的气氛中。

在太湖之滨，有一座风景秀丽的小小山村，村子里有一个名叫王谊的十四岁少年。他长得眉清目秀，聪明过人，小小年纪便熟读经史，知道许多历史掌故，特别钦佩古代的一些英雄义士，痛恨那些专权误国的奸臣。一天他从叔叔王藾（赐进士出身）的书桌上看到胡铨斥责高宗“竭民膏血而不恤，忘国大仇而不报，含垢忍辱，举天下而臣之甘心焉”，要求斩秦桧、孙近、王伦三人之头以谢天下的“上书”后，便愤然挥笔，模仿“御批”，在上面写了八个大字：“可斩秦桧以谢天下。”不久，这位有正义感的少年被人告发，押至临安，论罪要被问斩。一时全城为之骚动，市民们自发地走上大街进行抗议，声援王谊。秦桧怕杀了一个不满十五岁的孩子会激起公愤，事情闹大了对他不利，于是便叫大理寺改判为流放象台，直到秦桧死后才被放回。这位胆识过人的少年虽然成了“流放犯”，但却被广大人民群众视为英雄（见《四朝闻见录》）。

绍兴十四年（1144），太学生张伯麟一天与几个同舍学友来到西湖之滨的一家酒楼饮酒谈心。众人你一杯我一盏，一边开怀畅饮，一边议论国事，说到伤心处无不扼腕愤叹，泪洒衣襟。这时张伯麟趁酒酣耳热之际，站起身来，挥笔在墙壁上写道：“夫差，尔忘越王杀尔父乎？”谁知另一张桌子上有两位“察事之卒”正在窥伺着他们。这件事很快汇报到了秦桧那里，秦桧当即派人到太学中将张伯麟抓起来，进行严刑拷打，然后将他刺配到了吉阳军（《宋史》卷四七三《秦桧传》）。

绍兴十五年（1145）四月，秦桧因主持“议和”、卖国“有功”，宋高宗特意在望仙桥附近赏赐给他一座豪华的府第，同时还赐银一万两、绢一万匹、彩缎一千幅，并下诏“就第赐宴”。朝廷百官都奉旨前来祝贺，还召来了教坊司的优伶演出杂剧助兴。幕布一拉开，首先出场的是扮演“参军”的角色。他毕恭毕敬地对秦桧的“功德”大加褒扬一番，接着另一位角色搬着一把太师椅出场。两位演员又在场上逗乐取笑一阵，然后“参军”便大模大样地往太师椅上一坐。不料用力过猛，将头上的帽子碰掉了，只见他一头长发都梳成一根根小辫子，绾成一个大髻，发髻后面还系着一个叠成“双胜”的大环。另一位角色便指着“参军”发髻上的大环问道：“这是什么环？”“参军”回答说：“这叫‘二胜环’。”那伶人一听，怒不可遏，操起一根棍子便朝“参军”头上打去，一边指着他的鼻子大声骂道：“你就会坐在太师椅上发号施令，搜刮财物，不顾百姓死活，为什么把‘二胜环’（二圣还）都放到脑后去了？”在坐的人无不大惊失色，秦桧更是怒气冲天，脸色铁青，气得哑口无言。庆功会也不欢而散。第二天这些优伶全部被抓起来关进了监狱。其中上场演出的那两位演员和教坊司的主管官员都被拷打至死（见岳珂《桯史》）。

秦桧为了文过饰非，还收买一批文人为他歌功颂德。当时的确也有极少数读书人经不起功名利禄的诱惑，甘心投靠到他门下充当吹鼓手，吹捧他为“圣相”“元圣”，认为皋、夔、稷、契不足以与之相比，厚颜无耻到了极点。但是多数有正义感的知识分子，是非分明，对这个卖国贼恨之入骨，宁愿归隐深山，清贫自守，也绝不受他笼络，与其同流合污。福建宁德县有一位弱冠即举进士的才子，名叫郑昌龄，字梦钖，当时誉满天下，名闻遐迩。秦桧早就想把他罗致门下，用以点缀太平。一次专门派人带了一封亲笔信到宁德去见他，向他转达“欲啖以美官”之意。郑昌龄看了秦桧的信，冷笑一声，顺手将信扔在地上，一口加以拒绝。并托来人捎了一首诗给秦桧。诗中说：“先生傲睨辞官傍，不免蹉跎入醉乡。来书恐是梦中语，使我大笑讥荒唐。”秦桧读了这首诗，暴跳如雷，恼羞成怒，可是由于没有抓住郑昌龄的任何把柄，对他也奈何不得（见《长溪琐语》）。

绍兴二十年（1150），一天早上秦桧坐轿上朝。有位名叫施全的殿前司军校，带着一把斩马刀，头天晚上就藏在望仙桥下。准备行刺这个卖国贼。当秦桧的轿子一上桥，施全便从桥下冲出来，挥刀砍去，可惜未能砍中老贼。结果施全被抓住，处以斩首分尸的极刑。当秦桧审问他时，施全义正词严地斥责老贼说：“举天下皆欲杀虏人，汝独不肯，故我欲杀汝也。”（《宋史纪事本末》）

许许多多的事实说明，秦桧当宰相的宋高宗绍兴年间是我国历史上爱国与卖国、光明与黑暗的斗争异常激烈的时代。李清照的晚年就是生活在这样一个时代。由于她是一位女子，无权参与当时的政治斗争，但她时刻关心着国家大事。并且在自己的作品中从一个特殊的角度对那个黑暗的时代进行了曲折的反映。

李清照晚年的作品忧患意识和哀愁色彩十分浓厚，这是为什么呢？这里有作者个人的原因，但更重要的是时代的原因。秦桧死于绍兴二十五年（1155），李清照大约也死于同年或稍后。可见李清照的晚年，正是秦桧专政误国的时候。那是一个没有希望、没有光明，只有悲痛、只有黑暗的时代。自从民族英雄岳飞在风波亭上被杀害、宋金双方订立“绍兴和议”以后，国运日危，土地日削，人们对国家的前途和未来失去了信心，被悲观失望的情绪笼罩着。李清照是一个十分敏感而又具有爱国思想感情的人，她既为个人的不幸遭遇深感悲痛，更为国家民族的命运而发愁。她不能沉默，她要唱出内心深处的痛苦和忧伤，让更多的人诅咒这一制造了那么多悲剧的黑暗时代。

李清照的《永遇乐》和《声声慢》就是这一时期的两篇代表作。这两首词既反映了作者个人的苦难和种种不幸，同时也通过一位女子的遭遇和切身感受反映了那个只有眼泪和悲伤的黑暗时代。这二者互为表里，是不可分割的。如果仅从个人角度去看问题，就不可能真正理解李清照及其作品。

且看《永遇乐》：

落日熔金，暮云合璧，人在何处？染柳烟浓，吹梅笛怨，春意知几许？元宵佳节，融和天气，次第岂无风雨？来相召，香车宝马，谢他酒朋诗侣。

中州盛日，闺门多暇，记得偏重三五。铺翠冠儿，捻金雪柳，簇带争济楚。如今憔悴，风鬟霜鬓，怕见夜间出去。不如向，帘儿底下，听人笑语。

解读此词，必须注意以下几个问题：

其一，此篇写于南渡以后，而且必然是在绍兴十一年（1141）宋金双方签订“和议”以后。为什么这样说呢？因为在“绍兴和议”签订以前，南宋和金尚处于战争状态，杭州不可能举行大规模的元宵灯会。在此之前，连“正旦大朝会”和祭祀宗庙的活动往往都予以取消，何况兴师动众、需要进行长期准备的上元观灯，在战争年代是没有条件举办的。但“和议”签订以后的情况就不同了。南宋统治集团认为从此天下太平，可以高枕无忧了，于是便沉溺于灯红酒绿、纸醉金迷的享乐生活之中。西子湖变成了“销金窝”。南宋君臣又重演北宋宣政年间挥霍民脂民膏的故技。一年四季，节日一个接着一个，吉庆宴会无休无止。行在临安和当年的汴京一样，成为达官贵人的游乐场所。尤其从除夕到灯节，满城火树银花，金碧交辉，华灯宝炬，斗艳争奇。“终夕天街鼓吹不绝，都民士女，罗绮如云，盖无夕不然也。”（《武林旧事》）诚如四水潜夫（周密）所说：“大率效宣和盛际，愈加精妙。”（《武林旧事》）对于奢侈享乐之道，高宗赵构和他那惨死于五国城的道君皇父赵佶相比，真是有过之而无不及。当时李清照就住在杭州城里，这一切她看得清清楚楚。但她不愿随波逐流，昧着良心去及时行乐，宁愿通过回忆去追寻那个已经失落了的世界。

其二，那天晚上，李清照谢绝了用“宝马香车”来邀她一起去观灯的“酒朋诗侣”。那么这些“酒朋诗侣”是些什么样的人呢？从作品推断，这些人应当是女性，是作者当年的亲友。她们现在也来到了杭州，但生活仍然很优裕豪华，还是贵妇人的气派，出门乘坐的是“宝马香车”。她们只不过是换了个地方，在这里比在汴京过得更舒服，没有丝毫的黍离之悲和沧桑之感，她们“直把杭州作汴州”了。她们的丈夫或父辈一定又在朝廷里做了大官，否则恐怕是坐不上“宝马香车”的。这样的上层妇女，在当时的确也不乏其人。那么其中会不会有李清照的那位表妹呢？作品未作任何暗示，猜测也是没有必要的。不管有没有，李清照反正是谢绝了她们的邀请，没有和她们一起去观灯。过去虽然曾和她们在一起饮过酒，赋过诗，可如今时移世变，各人的地位和处境不一样，遭遇不同，苦乐有别，彼此已非同路之人。你们去观你们的灯好了，我是再也不会和你们一起去的。李清照以自己的行动，与那些似乎没有经历过国破家亡的“酒朋诗侣”划清了界限。想一想吧，在那样的时候要做到这一点，也是不容易的。

其三，李清照在词中追忆“中州盛日”欢度元宵佳节，不仅是为了怀旧，而且也是有意要提醒人们不应忘了中州，不应忘了承平岁月的幸福生活。与李清照同时的一位无名氏作家曾写了十五首“上元词”《鹧鸪天》，表达同样的思想感情。现举一首为例：

真个亲曾见太平，元宵且说景龙灯。四方同奏升平曲，天下都无叹息声。

长月好，定天晴，人人五夜到天明。如今一把伤心泪，犹恨江南过此生。

只有经历过乱离的人，才知道和平时期的生活是多么可贵，多么值得珍视和怀念！李清照的《永遇乐》和无名氏的这首《鹧鸪天》，正是从这一角度表达了作者对金人发动不义战争、破坏和平生活的诅咒和痛恨。

其四，所谓“次第岂无风雨”，表面上是说自然界气候变化无常，实际上也是象征当时的形势险恶多变。象征意义比表面意义更重要。如果明白地说，这句话的意思就是：金人是信不过的，和议是靠不住的，说不定哪天他们就会撕毁和约，发动战争，再刮起一场席卷大地的急风暴雨！人们怎么能高枕无忧呢？这和岳飞在绍兴八年（1138）为反对“和议”而上的表文中所说的“金人不可信，和好不可恃”（见《宋史·岳飞传》）的思想实质是一致的。一个写于“绍兴和议”签订以前，一个写于“绍兴和议”签订以后；一个直接说，一个曲折说，同样表达了反对妥协投降的爱国思想。如果理解了李清照说这句话的真实含意，那就不能不承认她是一位心系国家安危的奇女子。

总之，李清照的《永遇乐》绝不是只写她个人的痛苦和不幸。其时她的思想感情的根子已深深地扎入了社会生活的土壤里。她已从社会上层走向了社会下层，这一过程是从“飘零遂与流人伍”那一天开始的。晚年的李清照已经做到了与国家、民族和普通百姓同呼吸共命运。说她仅是“倾吐一己的哀怨，倾吐自己对失去了的富贵生活的留念和感伤”，是不符合实际的，也是不公平的。她的哀怨、留念和感伤，有着深刻的社会根源，因而表达了许多和她经历相同、遭遇相似的人们的共同思想感情，是具有普遍意义的。

关于这首词的艺术特色，前人和今人已作过许多中肯的评论，这里只略为补说几句。本篇语言平易自然，对比鲜明，往日的繁华幸福与今日的孤苦寂寞、他人的欢乐与自己的哀愁形成了强烈的对照，从而深化了主题，揭示出当时“几家欢乐几家愁”

的现实。在布局上，由今至昔，从昔至今，时空交错，虚实并用，跌宕有致，波澜起伏。上片连用三个问句，层层逼进，表达了作者对形势的思考和难以平静的心情。张端义《贵耳集》说："（李易安）南渡以来，常怀京洛旧事。晚年赋《元宵·永遇乐》词云：'落日熔金，暮云合璧'，已自工致。至于'染柳烟浓，吹梅笛怨，春意知几许'，气象更好。后叠云：'于今憔悴，风鬟霜鬓，怕见夜间出去。'皆以寻常语度入音律。炼句精巧则易，平淡入调者难。"这首词在艺术上的确具有上述这些特点。

再看《声声慢》：

寻寻觅觅，冷冷清清，凄凄惨惨戚戚。乍暖还寒时候，最难将息。三杯两盏淡酒，怎敌他，晓来风急！雁过也，正伤心，却是旧时相识。　满地黄花堆积，憔悴损，如今有谁堪摘？守着窗儿，独自怎生得黑？梧桐更兼细雨，到黄昏，点点滴滴。这次第，怎一个，愁字了得！

这首词的写作背景和思想情调与前一首《永遇乐》相同。词中叙述作者晚年时期一天从早到晚的见闻和感受。全篇以抒情主人公为中心，通过萧瑟的秋风、南飞的大雁、憔悴的黄花、飘零的梧桐、滴滴答答的雨声等客观景物，展现出一幅衰飒凄清的画面。满纸呜咽，字字含泪，如泣如诉地倾吐了词人内心深处难以言状的愁苦悲怆之情，从而形象地反映出一位女作家遭到时代风雨无情摧残的凄惨处境。

词一开始，便创意出奇地连用十四个叠字。积压在心头的哀怨悲愁之情，好像从肺腑中突然喷射而出，不可抑止，如火山爆发一样，顿时将读者引向一种令人心碎欲绝的意境中。这十四个字，又极有层次，由表及里，层层深入，将创作主体的心理情态，表现得淋漓尽致。"寻寻觅觅"写心中若有所失，坐卧不宁，终日苦苦地思索追寻。她从早到晚整天东张西望，销魂凝思，一心想从周围寻找到一丝一毫的慰藉。然而这是徒劳的，"中州盛日"已经一去不返，死去的亲人也不可能复生，沦陷的故乡毫无恢复的希望，失掉的一切永远失掉了，是无法再寻找回来的。如今漂流江海，沦落天涯，孑然一身，纵然千寻万觅，眼前依旧是一片"冷冷清清"。冷酷无情的现实，寂寞悲凉的环境，使词人无可奈何地发出了"凄凄惨惨戚戚"的哀叹。这三句连用十四个叠字，前人称其"卓绝千古""超然笔墨蹊径之外""为公孙大娘舞剑手"，从句法、用字和形式上看，的确如此。但更为突出的是它不仅绘声绘影地揭示出一位苦难深重的"嫠妇"的心理情态，而且也间接地反映了那个只有悲伤和失望的黑暗时代。因此读来实在令人惊心动魄。

"乍暖还寒时候，最难将息。"这两句与"次第岂无风雨"含意相近，也是采用的比兴手法。词人本已忧愁不堪，偏偏又遇上变化无常的深秋季节。天刚放晴，气温有所回升，突然一股寒流袭来，使人又感到十分阴冷。这样的天气是最需要保重而又难以保重的时候，一不小心就会伤风感冒，甚至害一场大病。"最难将息"，表明作者虽然身处逆境并未绝望厌世，仍然在考虑如何保养好身体，适应环境，继续活下去。这两句表面上说的是人和自然的关系，仔细寻味也暗寓着世道多变、形势险恶，活着真不容易，但自己还是要“将息”好身体，决心克服困难，继续活下去之意。谁说李清照国破、家亡、夫死之后悲观绝望到了极点呢？

“三杯两盏淡酒，怎敌他，晓来风急！”“晓来风急”的“晓”字，今本多作“晚”字。《草堂诗余别集》《词综》《艺蘅馆词选》等则作“晓”字，以“晓”字为佳。联系下阕“到黄昏，点点滴滴”，全篇写了一天从早到晚的感受，意境较为完整。此二句承接上文，写主人公在恶劣的天气和环境中苦苦地煎熬挣扎、而又深感力不从心、难以战胜恶势力的精神状态。为了御寒，她清晨起床便饮了几杯“扶头酒”，想暖和一下身子，振作起精神来。可是这“三杯两盏淡酒”也无济于事，又怎能抵御得了那凛冽的寒风呢？李清照作为一个无权无势、毫无社会地位的弱女子，的确改变不了当时的环境和气候，要求她像陆游、辛弃疾那样唱出高昂的爱国主义战歌，那是不切实际的。她想到要抵御冷酷的环境，要和命运抗争，这就够了。

“雁过也，正伤心，却是旧时相识。”大雁传书，是古人用以表达对远方亲友思念之情的一种幻想。作者早年在一首调寄《一剪梅》的词中曾写道：“云中谁寄锦书来？雁字回时，月满西楼。”这两首词虽然都写到了大雁，但意象和情调都不同。当初夫妻暂时离别，托雁传书，表达的是两地相思之情；如今家破人亡，前路茫茫，纵使雁过长空，也不可能带来任何令人欣慰的消息。这三句睹物伤情，写得曲折凄婉。正当词人悲伤难过的时候，忽闻雁唳长空，抬头一望，原来恰好就是当年曾为自己捎过书信的那只大雁。当然这是不可能的，但抒情主人公这样联想却又是合情合理的。上阕至此稍作停顿，作者的心扉已经敞开，看吧，她的哀愁多么深重啊！

换头以后，写词人在傍晚前后的所见所闻和所感所思，上阕歇拍是仰望长空过雁，下阕开头则写俯视满地黄花，从天上到地下，景物不断变换，过渡十分自然。“满地黄花堆积，憔悴损，如今有谁堪摘？”词人目送天际飞鸿，低头忽然又见遍地狼藉的黄菊，惨遭风霜摧残，枯萎衰败，憔悴不堪。多可惜的花啊。如今有谁还会来采摘呢？眼前景又触发了心中事。作者的遭际与满地堆积的“黄花”一样，也曾有过美好的青春年华，如今历尽沧桑，孤苦无依，又有谁来同情和怜惜我呢？这三句以花喻人，就近取譬，物我交感，表达了一种自叹自怜的悲怆之情。

“守着窗儿，独自怎生得黑？”词人独自倚窗凝思，不禁发出了深深的叹息：苦啊，这日子实在难熬，怎么才能挨得到天黑呢？“黑”字是个险韵，诗词中很少有人用，作者用得非常自然稳妥，毫无故押险韵的感觉。张端义《贵耳集》说：“更有一奇字云：‘守着窗儿，独自怎生得黑？’‘黑’字不许第二人押。”这个字用得好，不仅表现在押韵上，而且生动揭示出作者度日如年，习惯于生活在黑暗中的心理状态。至此，经过层层渲染铺叙，已将主人公的愁怀表现得淋漓尽致，词似乎可以结束了。可是词人又变换角度，推进一层，诉诸听觉，从声音上进行点染，使意境显得更为凄清幽深。

“梧桐更兼细雨，到黄昏，点点滴滴。”闻雁惊心，见花流泪，尽日守着寒窗，本已不堪愁苦。好不容易挨到黄昏，偏偏秋雨绵绵，滴滴答答，雨打梧桐的声音，简直把人的心都要敲碎了。从“晓来风急”到“细雨”黄昏，一整天就这样在凄风苦雨中过去了。对主人公来说，感受最深的是什么呢？结拍两句作了回答。

“这次第，怎一个，愁字了得？”“愁”字是全词的主旨，作者用它画龙点睛，总摄全篇，可谓一字千钧。此时此刻，此情此景，千股滋味，万种悲苦，用一个“愁”字如何概括得了、如何承受得了啊！最后这两句进一步揭示出抒情主人公复杂的心灵世界，同时也将全词推向了高潮。正如梁启超所说：“那种茕独栖惶的景况，非本人不能领略，所以一字一泪，都是咬着牙根咽下。”（《中国韵文里头所表现的情感》）

李清照晚年历尽劫波，饱尝人世间的苦难，作为一个无权无势的弱女子，她没有丝毫的自卫能力，只能咬着牙根将苦水一滴一滴地咽下。在那黑暗的岁月里没有人理解她、同情她，因此她感到非常孤独、寂寞和悲哀。她虽然失去了一切，可是手中还有一支笔，于是她就挥动着这支笔不停地写啊写，要把自己所经受的苦难和心灵上的创伤统统都写下来，告诉给世人。这首《声声慢》情调是很低沉，但绝不是无病呻吟，而是有话可说、有苦要诉，难道她连这点权利也没有吗？指责李清照的作品思想太消极悲观、情调太低沉忧郁的人忘记了知人论世的原则，太不了解那个时代、太不了解李清照了。

这首词在艺术上也是非常成功的，历来为人们所称赞。首先环境与人物十分协调，作者选取一连串富于典型性的景物，层层铺叙，着力渲染一个“愁”字。全篇以抒写凄惨开始，以唱叹愁情结束，中间或融情入景，或借景抒情，首尾照应，绾合甚密，意脉不断，读来感人至深。其次词的语言平易自然，不用典故，以俗为雅，纯为白描，意境却极顿挫凄绝、曲折深婉。双声叠字的运用也是本篇的一个特点。起处连用十四个叠字，句法创意出奇，既表现了抒情主人公悲凉、凄苦、忧戚的心境，也使作品具有一种流转如珠的声韵之美，前人赞为“真如大珠小珠落玉盘也”。后阕“点点滴滴”，再用叠字，皆能照映得法，又无斧凿痕迹，确实堪称古今绝唱。

至此，李清照的词达到了完美的艺术境界，标举出独特的风格，被公认为两宋词坛的一位大家。她的心血没有白费，她为中国妇女在文学史上争得一席之地做出了自己的贡献。

二十一、最后的岁月

李清照离开青州南下避难时，才四十五岁，正是人生走向成熟、富于创造力的时候。不幸，一年多后赵明诚病逝，他们夫妻无儿无女，一个孤苦伶仃的中年寡妇，生活之艰辛可想而知。她又带着那么多珍贵的文物，人人见了眼红，都想从中分一杯羹。于是出现了“颁金”之诬、盗贼“穴壁”和张汝舟的骗婚，将她折磨得死去活来，吃尽了苦头。然而她意志坚强，生命力旺盛。所以能渡过种种难关，不但治愈了疾病，而且也医治好了心灵上的创伤。在凄风苦雨中又活了近三十年，一直活到古稀之年才离开人世。这不能不说是一个奇迹。

李清照晚年的生活比较窘困，经济来源主要靠变卖南渡时带来的一部分珠宝首饰和亲友的资助。但因为有翠玉为她料理生活，精打细算，俭朴度日，维持两个人普通百姓的生活水平还是不成问题的。

这时李清照已经年迈苍苍，但她对诗词创作和文物的整理研究却从未中断过。绍兴二十年（1150），李清照六十七岁。一天，她在翻检余下不多的书画时，偶然发现了一幅当代著名书画家米芾所写的《灵峰行记帖》，这是一件十分宝贵的书法珍品。米芾字元章，号鹿门居士，北宋后期人。曾任太常博士、礼部员外郎，徽宗召为书画学博士。因为他举止行为“颠狂”，人称“米颠”。能诗文，擅书画，精鉴赏。他的行书和草书得王献之笔意，风格俊迈，有“风墙阵马，沉着痛快”之誉。与蔡襄、苏轼、黄庭坚合称“宋四家”。画山水从董源演变而来，不求工细，多用水墨点染，自谓“信笔作之，多以烟云掩映树石，意似便已”。突破了勾廓加皴的传统技法，风格独特，自成一家。徽宗崇宁、大观年间，米芾在东京任书画学博士时，与丞相赵挺之有过交往，赵挺之也很喜欢收藏书画，此帖大概就是那时候米芾赠送给赵挺之的。

米芾的大儿子米友仁，字元晖，也是一位很有造诣的书画家，人称“小米”。早年在汴京时与赵明诚、李清照多次会过面，曾在一起探讨过书画艺术。南渡后任过兵部侍郎、敷文阁直学士。最近李清照听说他已经退休，住在临安天庆观东的一条胡同里，于是便想请他为这幅《灵峰行记帖》写一篇跋语。

天庆观是当时杭州除御前十大宫观外最著名的道教宫观之一，在天庆坊内。与报恩观、元贞观、旌忠观、中兴观、灵应观等齐名。观中祀奉的是圣祖保生天尊大帝的香火。州郡官员朔望到任，都要到这里来进香朝拜，求天尊大帝保佑官运亨通，步步高升。米友仁原来住在京口，致仕后便寓居于天庆坊的一座宅院内。

初春的一天，用过早餐后，李清照便告诉翠玉，今天上午她要到天庆观东去拜访一位老朋友。翠玉听说她要一人出门，不太放心，就说：

“小姐，我陪你一起去吧！我也想顺便到天庆观去看看，听说那里热闹得很哩！”

李清照一听就明白了翠玉的用意，因为每次外出，翠玉总是寸步不离地跟着，怕路上有什么疏失。便转过身来，微笑地对她说：

“翠玉，你别再‘小姐’‘小姐’地叫了，你看我早就是一个老太婆了，还‘小姐’哩！我告诉过你多少次了，怎么就改不过来呢？以后你就管我叫‘阿姐’或‘清照姐’好了。记住没有？家里的事也不少，又要买菜，又要做饭，又要洗衣服，够你忙乎的了。咱们这儿离天庆观不远，道路也很熟，我的腿脚还灵便，你有什么不放心的呢？我去去就回来，你把午饭做好，等我回来一起吃。”

翠玉知道拗不过她，只好让她一个人去。好在她们在这里已经住了十多年，附近一带道路都很熟悉，想来不会出什么差错的。但还是忘不了叮嘱几句：

“阿姐，路上要小心，慢慢走，上坎下坡别碰着、摔着了。我等你回来吃午饭。”

李清照点点头，带着一个小布包袱，便出门向天庆观方向走去。

这时正值春暖花开时节，满城桃红柳绿，莺歌燕舞，西子湖上一大早就有游人乘着画舫在欣赏那波光潋滟的湖山风光。仿佛这个世界什么事也没有发生过一样，人们又沉醉于承平岁月的享乐生活之中了。南宋君臣早已把中原大好河山忘得一干二净了！千百万抗金烈士和无辜人民的鲜血都等于白流了！李清照目睹眼前的景象，心头别是一番滋味，她这才体会到了什么是“醉生梦死”！她不愿再想下去了，便低头一步一步地朝天庆观走去。

来到天庆观大门口时，李清照向一位老人打听米学士家的住处。那老人告诉她，米学士家就住在东边那条胡同里，离这里不过一二百步路。李清照谢过老人，便朝他所指的方向走去。不一会儿就到了米家大门口，看门的院公见是一位老太太，问明来意后便进去通报，很快就出来对李清照说：

“夫人，米学士请您进去。”

说完就领着李清照，穿过回廊，来到了客厅。李清照抬头一看，只见一位童颜鹤发、精神矍铄的老人正站在客厅门口迎候。李清照望着老人仔细打量，老人也怔怔地看着李清照，感到有些意外。

米友仁生于神宗熙宁七年（1074），比李清照大十岁，今年已经七十七岁，他们分别四十多年，彼此当然都认不出对方来了。互相注视了片刻，还是李清照主动走上前去，对老人说：

“元晖兄，久违了。恕我冒昧，事前没有打招呼，就来拜访你，没有想到吧！我是李易安呀，不记得了吗？四十多年前我们曾在东京一起探讨过书画艺术。令尊和你的书画作品享誉海内，先夫明诚和我本人都视为珍宝，我们有幸收藏了好几件哩！”

米友仁一听，惊喜万分，他万万没有想到，垂暮之年竟会在江南与当年誉满京华的才女重逢。老人立即满脸笑容，十分亲切地请李清照到客厅入座，又叫家人泡上一壶上等龙井茶，便与李清照滔滔不绝地攀谈起来。

他们分别叙述了“靖康之难”以来各自的经历和遭遇。彼此慨叹欷歔不已，都有恍如隔世之感。

李清照从包袱中小心地取出那幅《灵峰行记帖》放在书桌上。然后对米友仁说：

“元晖兄，这件墨宝是令尊大人当年赠给赵丞相的，后来归先夫明诚所有。我们离开东京时将它带到了青州，又从青州携至江南，辗转数千里，迭经战乱兵火，幸而完好无损，大概也是有神灵保佑吧！为了让后人能更好地品赏它的艺术价值，我想请你在上面写几句跋语。想来元晖兄一定不会推辞的。”

米友仁一听李清照带来了先父的手迹，更是惊喜不已，连忙展开拜观，望着那上面龙飞凤舞、潇洒俊迈、亲切而熟悉的笔迹，不禁回忆起慈父当年泼墨挥毫、指导自己学习书画的情景。转眼间已经过去了四五十年，如今物在人亡，世事沧桑，山河变色，实在令人感慨万端。他激动地对李清照说：

“易安居士，我虽然已经年近八旬，手颤眼花，但这跋语是一定要写的。请你稍候，我这就动笔。”说完便叫书童取来笔墨，略思片刻，用端端正正的楷书在上面写了两段跋语。

其一为：

易安居士一日携前人墨迹临顾，中有先子留题，拜观不胜感泣。先子寻常为字，但乘兴而为之。今之数字，可比黄金千两耳。呵呵。

其二为：

先子真迹也。昔唐李义府出门下典仪，宰相屡荐之。太宗召试讲武殿，赐坐，而殿侧有乌数枚集之，上令作诗咏之。先子因暇日偶写，今不见四十年矣。易安居士求跋，谨以书之。

这两篇跋语见于岳珂《宝真斋法书赞》卷十九和卷二十，其后均题为：“敷文阁直学士、右朝议大夫、提举佑神观友仁谨跋。”

李清照在一旁看着米友仁写完跋语，又坐了一会，等墨迹一干便将《灵峰行记帖》收起来，放进包袱里。起身告辞。米友仁见李清照要走，非常诚恳地对她说：

“易安居士，我们几十年未见面了，吃顿家常便饭再走吧！”

李清照对他的盛情深表感谢，但由于她出来时已和翠玉约定要回去吃午饭，所以就婉言辞谢了。米友仁见她执意要走，不便强留，于是也起身将李清照送至大门外，两位老人才依依不舍地挥手告别。

这天李清照虽然感到走得很累，但心情却非常愉快，因为她又完成了一项任务。

回到住所时，翠玉已将饭莱烧好，正站在门口等她回来吃午饭哩！

离李清照住所不远的地方，不久前迁来了一位姓孙名综的官人。由于当时他的官阶是从七品的宣议郎，所以人们都称他为孙宣议。这位姓孙的官人原籍为会稽山阴，夫人梁氏也是同郡人。他们身边只有一个十多岁的女儿，一家三口寓居临安，全靠孙综的俸禄生活，虽然不算宽裕，却也过得和和美美。孙综出身仕宦书香门第，曾祖孙沔曾任观文殿学士、户部侍郎，祖父孙之文、父亲孙延直也都在朝中做过官。孙综不太热心仕途经济，却雅好文学，也会吟诗填词。当他听说著名的女词人李清照就住在附近时，曾以晚辈后学的身份来拜访过几次。李清照见他为人谦虚诚恳，也愿意跟他交谈，加上同住一条胡同，见面的机会较多，所以日渐熟悉起来。

这时李清照已经年近七旬，多年以来她就在考虑—个问题：自己满腹学问却没有一个传人，眼看来日无多，一旦撒手人寰，这些学问也要随之入土，化为乌有，岂不可惜！她很想在有生之年收一个女弟子，将自己平生所学全部传授给她，为子孙后代留下一点东西。可是一直没有遇到合适的人选，所以她的这个计划至今尚未能实现。自从看到孙综的女儿后，李清照就觉得这个女孩子文静淑慧，聪明伶俐，如能精心加以指导培养，说不定也会成为一位女才子。

一天，孙综夫妇又带着他们的女儿前来看望李清照。彼此说了一些家常话后，李清照就向孙综夫妇提出了想收他们的女儿为弟子的愿望，可是，这个女孩子人虽然很聪明，但自幼受的是封建教育，对“女子无才便是德”深信不疑，不愿学习文化知识，因此李清照这一愿望被她谢绝了，这实在是一件令人遗憾的事。后来她嫁给了哲宗朝宰相苏颂的三世孙、文林郎苏君瑑，成为谨依“三从四德”的贤妻良母。她的儿子苏洞是大诗人陆游的学生，而她的父亲孙综又是陆游的表兄弟。绍熙四年（1193），孙氏逝世时，陆游应苏洞的请求，曾为她写了一篇墓志铭，其中记述了这件事：

> 夫人幼有淑质，故赵建康明诚之配李氏，以文辞名家，欲以其学传夫人，时夫人始十余岁，谢不可，曰：“才藻非女子事也。”
>
> ——《渭南文集》卷三五《夫人孙氏墓志铭》

从这件事可以看出，李清照晚年并非终日沉浸在个人的不幸和悲哀之中，她考虑的事情很多，胸怀是比较宽广的。孙家的那位小姑娘虽然不愿跟她学习文化知识和诗词创作，然而她也用不着感到遗憾，因为人各有志嘛，这是不能勉强的。作为一代词宗的李清照，后世以她为师、向她学习的人多得很。杰出的爱国词人、南宋豪放派的旗手辛弃疾不是也曾学习过她的风格，写过“博山道中效李易安体”的《丑奴儿近》吗！至于从文风、意境、表达方式和语言运用方面学习易安居士的人，更是举不胜举。李清照如果地下有知，也会因此而感到欣慰的。

绍兴二十一年（1151）十二月下旬，都城临安一带气候冷得出奇。一连数日天空阴云密布，北风呼啸，大雪纷纷扬扬下个没完没了。眼看新年就要来临，可是上街购买年货的人却不多。杭州城里显得异样的冷清，这与往年热闹繁忙的景象形成了鲜明的对照。

腊月二十九日清晨，翠玉一起床便开门望了望天空，只见风止雪停，东方露出一线曙光，不觉喜上眉梢，连忙进屋对李清照说：

“阿姐，天已转晴，今天我可要上街去买点年货了。不管怎么说，我们总得要过年呀！”

这时李清照刚刚起床，正在叠被子，听翠玉这么一说，也走到门口看了看天空，然后回头对她说道：

“天虽晴了，但雪还没化尽，路上很滑，天气又冷，你出门可要多穿点衣服。我们两个老人，也吃不了多少，随随便便买点东西就可以了。”

早餐过后，翠玉便高高兴兴地提着菜篮准备上街采购年货。临走时，李清照取出自己的那件旧斗篷披在她身上，并嘱咐她说：

“翠玉，路上要小心，我们年纪都不小了，可别摔着啦！早去早回。”

翠玉点点头，便踏着皑皑白雪，向附近的市场走去。

近半月来，李清照心神不宁，常常独自坐在窗前默默无语地望着天空沉思。翠玉知道她近来有心事，但她不说别人也猜不出来。有天晚上，翠玉已经上床躺下，李清照还坐在书桌旁看着那盏半明半灭的孤灯出神。过了一阵，翠玉刚要睡着，只听李清照自言自语地在说些什么。由于声音很低，所以她并未全听清楚，只断断续续地听到了这样几句：

“整整十年了……沉冤至今未雪，天理何在？……”

翠玉不懂这是什么意思，以为小姐又在作诗填词呢，便翻身渐渐地进入了梦乡。

从绍兴十一年（1141）到绍兴二十一年（1151），这十年间，李清照在临安耳闻目睹的现实，实在令她感到悲痛失望。朝中大臣文恬武嬉，达官新贵征歌选舞，沉酣于湖山之乐。中原故国已无恢复的希望，重返青州家园已化成泡影，自己这把老骨头看来只能埋葬在他乡了。

她将从东山顶上带走的那一抔黄土，用一个小小的瓷盂盛着，放在自己的案头上，每逢过年过节，都要捧在手中看一看，让滴滴泪珠洒在瓷盂里。她在山顶上捡起的那片枫叶，虽然已经破损，但一直珍藏在自己的身边。思念故乡的情结，一直萦绕在她的心头。今生今世，她也无法解开这个将她缠绕得紧紧的情结。

李清照不明白，朝廷为什么要违背民众的愿望，铸成如此大错？俯仰古今，回首往事，她百思不得其解。正如一位同辈词人所说：“天意从来高难问，况人情老易悲难诉。”“天意”和“民心”，难道真是水火不相容吗？她的悲哀和痛苦还能向谁去倾诉呢？

十年前的今天，风波亭上那幕惨绝人寰的悲剧，当时曾震动了全国。她听到这一噩耗后，也和百万临安市民一样，痛不欲生，六七天未进饮食。更为可恨的是，她的那个表妹王氏，在这一千古奇冤的悲剧中扮演了一个极为可耻的角色。这件事虽然事后才听人们说的，但李清照对此深信不疑，那个阴险狠毒的女人什么事情都是干得出来的。

岳侯遇害后半个多月，有人曾将秦桧与王氏合谋杀害他的经过告诉了李清照：

绍兴十一年十二月二十九日（1142年1月28日），第二天就是除夕。秦桧诬陷岳飞、岳云、张宪谋反的案件，由于拿不出真凭实据，一直拖延着，迟迟不能定案，但金人那边催得很紧，连连派人捎话给秦桧："必杀飞，始可和。"这使秦桧也感到为难。就在这天下午，秦桧正在书房里剥柑子吃，一边吃着，一边手里玩弄着柑子皮，用指甲在上面不断划来划去，好像在思考什么。这时王氏悄悄地走进书房，看到秦桧那副模样，就知道他心里在想什么。于是便冷笑一声，对他说：

"老头子，为何这样没有决断呢？古人不是说过吗：'当断不断，反遭其乱。'不要忘了'捉虎容易，放虎难'啊！"

秦桧一听，恍然大悟，当即下定决心，一不做，二不休，马上写了一张字条，派人送往大理寺狱中。几个时辰以后，便传出了精忠报国、功勋卓著的抗金英雄岳飞，于当日深夜惨死于风波亭上的不幸消息。

十年过去了，形势依然如故。虽然有人不怕杀头坐牢，不断站出来为岳侯辩冤，但大权掌握在卖国贼手里，辩冤的人都遭到了残酷的迫害。难道老天爷真的没有长眼吗？人世间的事他怎么会一点儿也不知道呢？李清照一想到这里，就痛彻肺腑，心如刀割。这就是近来她神思恍惚、坐卧不宁的原因。

李清照独自坐在屋里想着心事，不知不觉已经快到中午了。她正准备开门出去看看，只见翠玉手提一篮装得满满的年货，踏着残雪，已经来到了门口。清照连忙迎上前去，接过菜篮，让翠玉解下斗篷，扫去靴子上的残雪，两人一前一后进了屋。

翠玉显得非常高兴的样子对李清照说：

"阿姐，今天我去采办年货，不仅买来了你最喜欢吃的甲鱼、蔬菜和年糕，而且还带回来了一件希罕的东西。"

说着便从衣兜里取出一张叠得整整齐齐的小纸片，在李清照眼前晃了晃，接着又继续往下说：

"早晨我到市场上去的时候，路过孤山路四圣延祥观，远远就看见大门前围满了人，挤得水泄不通，不知道那些人是在干什么？于是我便走上前去打听。一位须发斑白的老爷子告诉我说：'今天一大早就有一群人来到延祥观请神扶乩，看热闹的人越来越多。刚才神人已经降临，在坛上写了四句偈语。围观的人都想知道神人说了些什么，于是便请法师给大家高声念了两遍。许多人都找来纸笔记了下来。据说神人的偈语、符咒烧成灰化水喝了，可以祛除百病，保佑一生平安。你看我这里也抄了张。'我听他一说，便求老人也给我抄了一张，准备带回来烧了化水给你喝，神人就会保佑你活到百岁。"

李清照听了觉得很可笑，便对翠玉说道："翠玉呀，看你都这么大的年纪了，还信这些！请神扶乩这种事，我从来就不信，那都是骗人的。如果你真信，那你就自己留着化水喝罢，我可没有这个福分哟！"

翠玉一听清照说她不信，心里老大不高兴，便噘着嘴对李清照说：

"人家费了好大劲才求来这张神符，你连看都没看就不相信，那好，我把它撕了算了。"说着便做出要撕的样子。

李清照见翠玉生了气，觉得她也是一番好意，不该让她扫兴，便从她手中夺过那张纸片，并对她说：

"好，拿来让我看看，上面究竟写了些什么，看了再说吧！"

不看则已，一看犹如晴空一声霹雳，霎时间震颤了李清照的灵魂。只见她脸色顿时大变，满是皱纹的面颊上立刻笼罩着一片愁云惨雾。热泪禁不住滚滚而下。

原来那纸片上写的并非什么偈语符咒，而是四句诗：

转战南北二十秋，痛饮黄龙志未酬。

天日昭昭凭谁诉？空有游魂遍九州！

李清照默默地念着诗句，心里就像被针扎刀刺一样，悲痛万分。她知道，这是民众在岳侯遇害十周年的日子里，利用降神扶乩活动，表达对这位英雄的深切怀念。一代功臣虽然被汉奸卖国贼杀害了，但他忠魂不散，永远活在人们的心中。

翠玉见李清照看了那张纸片神色大变，泪如雨下，也不知道究竟发生了什么事？她又不好再问，便走过来扶着李清照来到床边，并安慰她说：

"阿姐，你躺下先休息休息，我这就去做饭。"

李清照点点头，回答说：

"你去吧，让我一个人安静一会儿。"

据当时人的记载说，那天举行降神扶乩活动的人是临安两溪寨军将子弟，其中有不少是岳家军的后代，也有许多平民百姓。这件事被秦桧知道后，为首的都被抓起来关进了监狱。但民心不可侮，反对卖国投降的人是抓不完、杀不绝的。

绍兴二十五年（1155）十月二十二日，老贼秦桧终于命归黄泉。消息传出，人心大快，"四方士民相欢庆"（见《三朝北盟会编》卷二二〇引《中兴姓氏录》）。这时李清照已经年过七旬。当她听到这一喜讯后，感到无比高兴，平时布满阴霾的脸上立即露出了笑容，抑制不住激动的心情对翠玉说：

“翠玉你听说了吗？那个祸国殃民的‘秦长脚’终于见阎王爷去了。俗话说：‘善有善报，恶有恶报；不是不报，时候未到；时候一到，一切都报。’真没想到‘报应’会来得这么快，我还能看到。我们今天应该痛痛快快地喝几杯酒，庆祝庆祝。你说对不对？”

翠玉见李清照这么高兴，也觉得十分开心，便接过李清照的话头说道：

“阿姐，我也听说了。今天一早我出门上街，就看见人们一个个喜形于色，三五成群地在一起议论，说是昨天半夜那个老贼一命呜呼了。人人手里都提着几瓶酒，准备回家去开怀痛饮。我们的确也应喝它三五杯。我现在就再到市场上去一趟，买点好酒好菜，回来做几个汴京名菜，陪你喝几杯。”说完便提着菜篮开门又出去了。

这天晚上，两位白发老妇真的喝得酩酊大醉，一直喝到半夜三更，才解衣就寝。这是李清照南渡以来心情最舒畅、最开心的一天。

春暖花开的季节又到了。西子湖畔阳光明媚，风和日丽，游人如云。一天早饭后，李清照对翠玉说：

“今天天气不错，我想到湖边去看看，到白堤、苏堤上去走走。你也陪我去玩玩，好吗？”

翠玉当然同意，她早就有这个想法，只是阿姐不开口，她也不好意思提出来。现在阿姐既然说了，她正求之不得哩！

于是两人简单收拾一下，便互相搀扶着向湖滨走去。她们先到孤山，参观了林处士庐（宋初诗人林逋隐居孤山时的故居，宋末时已不复存在），然后过断桥，便上了白堤。只见堤上桃柳成行，芳草如茵。遥看群山含翠，湖水漾碧，恍如人间仙境。游了白堤，又上苏堤。堤上有映波、锁澜、望山、压堤、东浦、跨虹等六座古朴美观的桥梁。堤旁遍植花木，春天桃红柳绿，百鸟争鸣，景色尤佳。“苏堤春晓”，为西湖十景之一。苏堤只走了一半，她们两人都感到腿脚有些酸疼，于是便在望山桥旁的石礅上坐下来，略事休息。

这时湖上画船来来往往，穿梭不停，歌吹之声在空中回荡，人们仿佛在欢度节日一样。李清照正看得出神，只见从锁澜桥那边走来一老一少。一位须发花白的老翁，领着一个打扮得漂漂亮亮、六七岁的小女孩正朝她坐着的方向走来。女孩一边走，嘴里一边还在念叨着什么。看样子他们是祖孙关系。他们离李清照愈来愈近了，不一会儿这祖孙二人就踏上了望山桥。李清照坐在石礅上，掉过头来满有兴趣地注视着他们。只听小女孩扶着栏杆仰头望着老人说：“爷爷，这首诗我已经能背下来了。我再念一遍给你听，看有没有念错的地方，好吗？”

“好吧，你再背一遍给爷爷听听。”老人含笑回答说。

于是小女孩便一本正经地高声朗诵道："生当作人杰，死亦为鬼雄。至今思项羽，不肯过江东。"朗诵完后又抬头望着老人，"爷爷，我背的对不对？"

老人听了非常高兴，不断点头，夸赞地说："完全对，一个字也没有错。我们家的小囡囡真聪明，记性这么好，长大了，一定会有出息。爷爷还要告诉你，这首诗是一位老奶奶写的，她是我们大宋朝的第一才女。你将来也要向她学习啊！"

小女孩一听，连忙又问道："爷爷，那位老奶奶叫什么名字呀？她还活着吗？"

老人搂住孙女，亲热地对她说："小囡囡，那位老奶奶姓李，名清照，人们都称她为易安居士，是当今最有名的女词人，天下谁人没有读过她的曲子！她现在就住在我们临安城里。等哪天我领着你去看望看望她老人家，好吗？"

女孩听了高兴得跳了起来，马上伸出一个手指，要和老人拉勾，并且娇声娇气地说道："爷爷，说定了，不能反悔，你一定要带我去看望李老奶奶呀！"

老人点点头，又领着孙女继续往前走去。

李清照在一旁听着这祖孙二人的对话，不觉全身热血沸腾，心潮翻滚，顿时热泪盈眶。她万万没有想到，孤独寂寞的晚年会在西子湖畔遇到这一老一少、素不相识的知音。她深深地感受到了人间的温暖，体会到了人生的价值和意义、受到了极大的鼓舞。如今自己虽然已经到了风烛残年，但为了美好的明天，她还要将息好身体，在人生的旅途上继续走下去。

她从石礅上站起身来，抬头一看，只见日过中天，翠玉不知什么时候已经下堤蹲在一旁，正聚精会神地观看一位老叟在那里钓鱼哩！于是便朝她轻轻地叫了一声：

"翠玉，快上来吧，我们该回家了。"

翠玉一听李清照在叫她，立即起身来到堤上。她们便又互相搀扶着向断桥那边走去。当她们来到白堤上时，只见湖上的游船纷纷驶入西泠桥右边的里湖，外湖已经显得空空荡荡。

走着走着，忽然看见一只白鹭从芦苇丛中升起，展开双翅，昂头向蓝天白云深处飞去……

国家社科基金重大项目《巴蜀全书》（10@ zh005）
四川省重大文化工程《巴蜀全书》（川宣〔2012〕110 号）

蜀学丛刊

周航　舒大刚　喻剑南　编

喻朝刚文集

YUCHAOGANG WEN JI

四

学术论文 序跋书评 怀思录

GUANGXI NORMAL UNIVERSITY PRESS
广西师范大学出版社
·桂林·

学术论文 序跋书评 怀思录

学术论文

陆游的爱国思想

陆游是我国历史上继屈原、杜甫之后的一位伟大的爱国主义诗人。他生长在民族矛盾和阶级斗争异常尖锐、复杂的南宋社会。诗人一生始终站在进步的立场，主张恢复国土、坚决抵抗异族侵略的正义斗争。他是时代的见证人和民族的忠实歌手，他的作品深刻地反映了南宋社会的本质和人民的愿望，他把我国的爱国主义文学推向了一个新的高峰。

陆游爱国主义思想的根源和实质是什么？其深度和广度究竟如何？它的特点和意义又怎样？这些都是评价陆游诗篇所必须解决的基本问题。

陆游出生后不久，金人便攻下汴京，灭亡了北宋王朝，接着赵构（宋高宗）在杭州建立了偏安一隅的南宋政权。但当时金人仍然十分猖狂，他们企图占领中原，以野蛮、落后的奴隶制来代替封建制，从而消灭先进的文化。面对这种严重的局势，南宋统治集团从其反动的阶级利益出发，他们只图享受奢侈、腐化的寄生生活，不顾国家民族的存亡，对外始终坚持妥协投降的卖国政策，与敌人订立可耻的“绍兴和议”，不惜以祖国的土地和人民的财产来换取苟延残喘的机会。而对内则加紧压榨剥削，使广大的人民流离失所，过着贫困不堪的痛苦生活，同时又以残酷的手段镇压爱国运动，杀害爱国将领，摧残抗敌力量，致使中原地区长期沦陷，北方人民在异族侵略者的铁蹄下过着奴隶般的悲惨生活。因此从封建王朝的角度看，南宋时期的确是一个最可耻、最屈辱的时期。

但是与此相反，广大的人民群众却表现出了空前高涨的爱国主义精神，他们在尖锐、复杂的斗争中，继承并发扬了光辉的历史传统，对内对外展开了轰轰烈烈的两条战线的斗争。从金兵南下的那一天起，便受到了千百万普通群众的坚决抵抗。1126 年金兵第二次南侵时，太原军民誓死与敌人战斗到底，顽强地坚持了二百五十余日，最后终因穷困无援，城中粮食断绝，以致全城数十万军民全部壮烈牺牲，就是这一爱国主义激流所掀起的第一个雄伟的汹涌澎湃的浪头。建炎之初，中原人民又自发地组织了无数支忠义部队，他们到处聚堡结寨，给侵略者以沉重的打击，成为抗金的主要力量。其中最著名的有“红巾军”和“八字军”等，他们不仅行动最坚决，而且口号也极鲜明。在南方由于卖国集团掌握政权，陷害忠良，广大的人民群众和一切爱国志士展开了反对卖国投降的坚决斗争。绍兴八年（1138），爱国官员胡铨上疏高宗，反对依奸媚敌，并斥责他们“竭民膏血而不恤，忘国大仇而不报，含垢忍耻，举天下而臣之甘心焉”!① 在爱国与卖国的斗争中，殿前军士施全刺杀秦桧的壮举，表达了广大人民的愤怒情绪。当施全被捕入狱后，他对秦桧说：“举天下皆欲杀虏人，汝独不肯，故我欲杀汝也。”② 这正是全民族的共同声音。人民群众这种永远忠于国家，为维护正义事业不惜任何牺牲的伟大精神，也直接教育和鼓舞了一部分出身于统治阶级具有民族精神的爱国分子。他们痛恨敌人的侵略，反对统治集团的投降政策，和人民群众一道积极地投入了拯救祖国的伟大斗争。在这一百多年反抗异族侵略的历史上中，中华民族出现了从岳飞到文天祥一系列的英雄人物。他们可歌可泣的光辉事迹，说明了南宋又是一个爱国主义空前高涨的时期。

陆游的爱国作品正是出现在这样的时代，产生在这块丰饶而肥沃的现实土壤里。诗人的童年便经历了动乱的生活，目睹敌人残暴的罪行，备尝家破国亡的痛苦，所以他从小便立志要逐金复国。少年时期，他又接触了许多爱国人士，当时一些关心国家民族命运的士大夫知识分子时常来往陆家，与陆游的父亲陆宰谈论时事，他们“每言及高庙盗环之寇，乾陵斧柏之忧，未尝不相与流涕哀恸”（《跋周侍郎奏稿》），“或裂眦嚼齿，或流涕痛哭，人人自期以杀身翊戴王室。虽丑裔方张，视之蔑如也”（《跋傅给事帖》）。所有这些生动的爱国主义教育，在诗人幼小的心灵里，播下了杀敌复仇的种子。

在南郑的军旅生活中，陆游广泛地接触了中原遗民和关中义士，他对北方人民思念故国、积极支持北伐的行动有着深切的感受：

> 忆昨王师戍陇回，遗民日夜望行台。
> 不论夹道壶浆满，洛笋河鲂次第来。
>
> 关辅遗民意可伤，蜡封三寸绢书黄。
> 亦知虏法如秦酷，列圣恩深不忍忘。
>
> ——《追忆征西幕中旧事》

因此他相信“遗民世忠义，泣血受污胁”（《登城》）。只要南宋的军队出师北

① （明）冯琦原编，（明）陈邦瞻纂辑：《宋史纪事本末》卷七二，北京：中华书局，1955 年，第 579 页。
② （明）冯琦原编，（明）陈邦瞻纂辑：《宋史纪事本末》卷七二，北京：中华书局，1955 年，第 591 页。

伐，沦陷区的广大人民便会起来响应，里应外合，共同把敌人逐出中原。所以他又说："幽并从古多烈士，悒悒可令长失职！王师入秦驻一月，传檄足定河南北"（《晓叹》）。对于南方人民的爱国热情，他也有着深刻的体会，从"觅交屠狗卖浆中"（《野饮》）和"牧竖樵夫日往还"（《识愧》）的广泛接触里，他认识到了"忠言乃在里闾间"（《识愧》）。只有人民群众才是真正的爱国者。诗人也在诗中，深刻地表达了广大人民对南宋统治集团的愤怒和不满：

客从城中来，相视惨不悦。
引杯抚长剑，慨叹胡未灭！
我亦为悲愤，共论到明发。
向来酣斗时，人情愿少歇；
及今数十秋，复谓须岁月。
诸将尔何心，安坐望旌节？

——《客从城中来》

这一切都充分地说明了陆游爱国思想的根源乃在于人民群众之中。

同时他又接受了传统的历史教育，他对古代的爱国志士和民族英雄有着深刻的认识和了解。从屈原到李陵、苏武，从诸葛亮到刘琨、祖逖，从杜甫到张巡、裴度，从寇准到宗泽、岳飞，都被他看作民族的光荣和骄傲，并从其中吸取了无限的力量。正因为这样，他的思想具有广泛的代表性，他的作品才能成为光辉的时代镜子。

陆游的爱国思想首先表现在他对野蛮、残暴的女真侵略者怀着深仇大恨。诗人的敌我观念坚定分明，"故国吾宗庙，群胡我寇仇。但应坚此念，宁假用他谋?"（《纵笔》）他以无比犀利的斗争锋芒，刺向敌人，深刻地揭露了他们荼毒中原人民的滔天罪行："赵魏胡尘千丈黄，遗民膏血饱豺狼"（《题海首座侠客像》）。"群胡本无政，剽夺常自如。民穷诉苍天，日夜思来苏"（《感兴》）。当时金人除了进行疯狂的烧杀、掳掠外，又建立了恐怖的民族统治，再加上繁重的苛捐杂税和徭役征调，社会经济遭受了严重的破坏，土地荒芜，人口减少。据《大金国志》载："大定十二年（1172），河东、河北大饥，流人相枕死于道。……冀、莫、泽、潞、解州'贼盗'大起。"于是金人出动大批人马，残酷地进行镇压："有连数十村屠之，戮及无辜，而强壮迸逸，竟不能制。"陆游虽身在江南，但中原人民在南郑前线所受的沉重苦难，却时时刺激着他的心灵。诗人仿佛看到了敌人的恐怖暴行，听到了人民痛哭的声音："逆贼稽大刑，痛愤深至骨"（《燕堂独坐意象殊愦愦起登子城作此诗》），"景灵太庙威神在，北乡恸哭犹可告"（《夜读东京记》）。陆游不仅从感性上痛恨敌人，而且他还从理性上深刻地认识到了侵略者的反动本质。他说：金虏"谲诈反复……惟制之以力，劫之以威”（《上殿札子》）。这种野蛮落后的奴隶制统治，建立在军事掠夺的基础上：“小胡宁远略，为国恃剽劫。”（《登城》）他们贪得无厌的欲望是没有止境的：“中原昔丧乱，豺虎厌人肉。輂金输虏庭，耳目久习熟。不知贪残性，搏噬何日足？”（《闻虏乱次前辈韵》）另一方面陆游对于敌人的军事力量和内部矛盾也有着仔细的了解，他认为金人虽然曾经嚣张一时，但现在已经“力惫势削，有乱而已，其乱不起于骨肉相残，则起于权臣专命，又不然，则奸雄袭而取之耳，三者有一焉！”（《上殿札子》）当时女真统治集团的确已经趋于腐化：“今虏酋庸懦，政令日弛，舍戎狄鞍马之长，而从事中州浮靡之习，君臣之间日趋怠惰。”① 所以陆游写道：“贼酋实孱王，贼将非人英。如何失此时，坐待奸雄生？”（《春夜读书感怀》）实际上敌人已经“自量势难久，外狠中已慑。籍民备胜广，陛戟畏荆聂”（《登城》）。只要南宋方面能够整军经武，依靠爱国将帅，配合北方人民的行动，收复中原的机会是无时不有的：“安得节制帅，弓刀肃驰驱？父老上牛酒，善意不可孤。诸将能办此，机会无时无！”（《感兴》）

然而，南宋政权却掌握在大地主官僚集团投降派的手里，他们不顾国家民族的利益，企图以投靠敌人的可耻行为来延续其腐朽的统治，维持压榨和剥削劳动人民的封建特权。在爱国和卖国的斗争中，许多著名的英雄人物和爱国群众遭受了残酷的杀戮和迫害。陆游亲身经历了这一切，诗人怀着无比愤怒的心情，揭露了南宋卖国集团祸国殃民的可耻罪行：

诸公可叹善谋身，误国当时岂一秦？
不望夷吾出江左，新亭对泣亦无人！

——《追感往事》

公卿有党排宗泽，帷幄无人用岳飞。
遗老不应知此恨，亦逢汉节解沾衣。

——《夜读范至能〈揽辔录〉，言中原父老见使者多挥涕，感其事作绝句》

正是这些嗜利无耻的“公卿大人”给民族带来了灾难，他们却把痛苦加在人民身上，逃到杭州西湖花天酒地、寻欢作乐去了。眼看文恬武嬉、士气衰靡、战马肥死、兵器锈毁，而他们却“穷边指淮淝，异域视京雒”（《醉歌》），早已把祖国的大好河山，忘得干干净净了。在《关山月》一诗中，陆游严厉地谴责了赵宋王朝屈辱可耻的“和亲政策”：

① （宋）陈亮撰：《龙川文集》卷二，上海：商务印书馆，1936年。

和戎诏下十五年，将军不战空临边。
朱门沉沉按歌舞，厩马肥死弓断弦！
戍楼刁斗催落月，三十从军今白发。
笛里谁知壮士心，沙头空照征人骨。
中原干戈古亦闻，岂有逆胡传子孙？
遗民忍死望恢复，几处今宵垂泪痕！

诗人的声音集中地表现了当时广大人民和一切爱国志士的悲愤之情："志士凄凉闲处老，名花零落雨中看"（《病起》），"诸公尚守和亲策，志士虚捐少壮年"（《感愤》）。在这种可悲的黑暗现实里，多少热情的爱国主义战士，报国无处，白白地浪费了宝贵的时光，他们竟不得不含悲忍泪而终老于山林！在《陇头水》一诗里，作者通过一位边防线上的战士之口，唱出了广大人民对于"和亲"政策的愤恨：

生逢"和亲"最可伤，岁辇金絮输胡羌。
夜视太白收光芒，报国欲死无战场！

与此同时，陆游又进一步揭露了在国家民族生死存亡的危急关头，统治阶级结党营私，进行争权夺势的可耻纷争：

党禁久不解，胡尘暗神州。
修怨以稔祸，哀哉谁始谋？
小人无远略，所怀在私仇。

——《北岩》

由于他们这种钩心斗角的丑恶行为，致使恢复中原的事业无法实现：

荥河温洛帝王州，七十年来禾黍秋。
大事竟为朋党误，遗民空叹岁时遒。

——《北望感怀》

他们的罪恶真是罄竹难书啊！

陆游的爱憎是十分鲜明的，他对残暴的侵略者怀着无比的仇恨，对卖国集团表示了深刻的不满和愤怒，而对于处在水深火热中的广大人民却寄予了无限的同情和关怀。他从切身的经历中看到了当时社会的主要矛盾是"捶楚民方急，烟尘虏未平"（《三月二十五夜达旦不能寐》）。而其根源却在于"郡县轻民力，封疆恃虏和"（《遣兴》）。虽然诗人还不可能进一步认识到封建制度的本质，但他却把笔锋直接指向了封建统治的最高代表者——君王：

舂得香粳摘绿葵，县符急急不容炊。
君王日御金华殿，谁诵周家七月诗？

——《邻曲有未饭被追入郭者，悯然有作》

正是由于陆游对黑暗的南宋现实有着明确的认识，所以他对统治阶级残害人民的罪恶行为的揭露也就十分深刻。他说：

有山皆种麦，有水皆种粳。
牛领疮见骨，叱叱犹夜耕。
竭力事本业，所愿乐太平。
门前谁剥啄？县吏征租声。
一身入县亭，日夜穷笞搒。
人孰不惮死？自计无由生。

——《农家叹》

官吏和地主互相勾结，他们布下了天罗地网，人民真是走投无路啊！

有司或苛取，兼并亦豪夺。
正如横江网，一举孰能脱？

——《书叹》

数年斯民厄凶荒，转徙沟壑殣相望。
县吏亭长如饿狼，妇女怖死儿童僵。

——《秋获歌》

广大人民在这种水深火热的苦难中，不得不"伐桑卖黄犊"，抛开自己的家业，去过流亡的生活：

北陌东阡有故墟，辛勤见汝昔营居。
豪吞暗蚀皆逃去，窥户无人草满庐。

——《太息》

另一方面，统治阶级却过着极端奢华的生活："富豪役千奴，贫老无寸帛。"（《岁暮感怀》）阶级对立到了多么严重的程度！陆游所揭露的现实完全与历史真实相符合。南宋统治集团偏安一隅，在江南大肆兼并土地，残酷地剥削农民。当时全国耕地中"官田"即占一半以上。同时由于统治阶级过着异常腐化的生活，而且每年还要定期向金缴纳"岁币"，因此加在人民身上的租税捐款就更为繁重了。南宋耕种的土地面积不及北宋的三分之二，而每年剥削的总数却与北宋的一万二千万贯约略相等。陆游针对这样的情况曾经不止一次地要求统治集团缩减开支，减轻人民的负担。他说："今日之患，莫大于民贫；救民之贫，莫先于轻赋。若赋不加轻，别求他术，则用力虽多，终必无益；立法虽备，终必不行。"（《上殿札子》）由此可见陆游是多么关心和同情人民的苦难。也正是在这样的基础上他把爱祖国和爱人民的思想情感统一在一起了。

陆游爱国思想的另一内容，反映在他对于祖国美丽雄伟的山川和民族悠久的文化历史传统所具有的深厚感情之上。所谓“爱国主义，是一种对家乡、对祖国和对自己人民，对优秀的民族传统的爱，是‘千百年来巩固下来的对自己独有的祖国的一种最深厚的感情’（列宁语）。”① 诗人怀着无比自豪的心情，用高昂、雄壮的调子，赞颂了三峡、剑门、黄河、华山、太行、秦岭、昆仑、潼关等壮丽奇绝的山川形胜。

三万里之黄河入东海，五千仞之太华摩苍旻。
坐令此地没胡虏，两京宫阙悲荆榛。

——《寒夜歌》

太行天下脊，黄河出昆仑。
山川形胜地，历世多名臣。
哀哉六十年，左衽沦胡尘。
抱负虽奇伟，没齿不得伸。
老夫实好义，北望常酸辛。
何当拥黄旗，径涉白马津？
穷追殄犬羊，旁招出凤麟。
努力待传檄，勿谓吴无人。

——《哀北》

两河流域本是民族文化的发祥地，我们的祖先曾经在那里生活和劳动了几千年。“汴洛我故都，燕赵我旧疆”（《江上对酒作》），而今却被敌人盘踞、践踏：“海东小胡辜复冒，敢据神州窃名号。幅员万里宋乾坤，五十一年仇未报。煌煌艺祖中天业，东都实宅神明隩。即今犬豕穴宫殿，安得旄头下除扫？”（《夜读东京记》）到处都是一片残破、惨淡的景象，大地染满了血污。而且敌人还想消灭我们的民族文化传统，使人民忘掉自己的祖国，以便于他们长期霸占：“中原日月用胡历，幽州老酋著柘黄”（《秋兴》），“舞女不记宣和装，庐儿尽能女真语”（《得韩无咎书，寄使虏时宴东都驿中所作小阕》）。“东都宫阙郁嵯峨，忍听胡儿敕勒歌。云隔江淮翔翠凤，露霑荆棘没铜驼”（《纵笔》），“中原堕胡尘，北望但莽莽。耆年死已尽，童稚日夜长。羊裘左其衽，宁复记畴曩？”（《北望》）胡风如此之盛，这真有亡国灭种的危险了。也正因为这样，他对敌人的仇恨就更加深了，诗人立下了誓“履胡肠涉胡血”的决心。他

① 《爱国主义》，《苏联大百科全书》第一版，1947 年。

时常大声疾呼："国家未灭胡，臣子同此责"（《江上对酒作》），而自己则坚决要求"请书一尺檄，为国平胡羌"！

对于历代的爱国主义战士和他们的光辉事迹，诗人也都予以崇高的评价。他除了非常崇拜屈原和杜甫外，对诸葛亮也特别钦佩。他把《离骚》、杜诗和《出师表》当作鼓舞自己的力量："出师一表真名世，千载谁堪伯仲间?"（《书愤》）"出师一表通今古，夜半挑灯更细看"（《病起书怀》）。此外对李晟、李靖、裴度、寇准、宗泽、岳飞、韩世忠等名将也极敬重，并以他们作为自己的榜样：

人生不作安期生，醉入东海骑长鲸，
犹当出作李西平，手枭逆贼清旧京。

——《长歌行》

李靖闻征辽，病惫更激昂。
裴度请讨蔡，奏事犹衷创。
我亦思报国，梦绕古战场 。

——《鹅湖夜坐书怀》

君不见昔时东都宗大尹，义感百万"虎"与"狼"。
疾危尚念起击贼，大呼过河身已僵。

——《感秋》

从这些可歌可泣的事迹中，他确信具有光辉历史传统的汉民族，是不会被消灭的。南北一定会重新统一，敌人一定要被驱逐。

陆游的爱国主义思想同时还具有广泛的人道主义精神。他不仅同情和热爱自己的人民，而且对敌人也并非抱着大民族主义的态度。他痛恨金人，只是由于他们无理的侵略行为。诗人曾说："华夷有一定之土疆，故彼不可越燕蓟而南侵，犹我不能跨辽碣而北守。"（《贺叶枢密启》）由此可见，他是主张各守疆土，和平相处的。另外他也没有报复思想，他一再宣称："不须绝漠追败亡，亦勿分兵取河湟；但令中夏歌时康，千年万年无馈粮。"（《观运粮图》）只要敌人肯放下武器，便可得到宽大："马前嘔咿争乞降，满地纵横投剑戟。将军驻坡拥黄旗，遣骑传令勿自疑：诏书许汝以不死，股栗何为汗如洗?"（《战城南》）并且他还给敌人指出了一条出路："还汝以旧职，牧羊辽海边"（《长歌行》），去过安分守己的生活。

从以上的分析中，可以看出陆游在自己的作品里集中地反映了他对敌人的仇恨，对统治集团的愤怒和不满，对祖国人民的热爱与同情，正是在这三种思想情感的基础上，他的爱国思想具有鲜明的特点。

第一，陆游发展了我国历史上的爱国主义传统，他对国家民族的理解较以前包括屈原和杜甫在内的历代作家更为先进。当然我们也必须看到陆游生长在封建社会里，他绝对不可能有马列主义的国家观念和无产阶级的爱国主义的。屈原与杜甫比陆游都早得多，在他们的思想中爱国和忠君是不可能分开的，“君臣”“纲常”之类的概念对他们的影响更加深刻，屈原尤其是如此。说明这一点，并不是为了贬低他们已有的成就，只是企图说明一个历史的发展是有过程的。陆游的时代民族矛盾异常尖锐，汉民族处在生死存亡的危急关头，这样的现实，加强了人们热爱祖国的情感。屈原所处的战国时代，封建领主之间的斗争，并不属于民族矛盾的范围，当时汉族历史传统的观念，也还没有产生，所以屈原的爱国思想，不可能有这样的内容。唐代在“安史之乱”以前，一直是一个统一强大的帝国，虽然也有一些对外战争，但不存在民族危机的问题。“安史之乱”最初也是从统治阶级内部矛盾开始，后来才转变为民族矛盾的。因此当时人们对于国家民族的认识和情感也就没有宋代那么迫切和强烈。正因为这样，杜甫的“忠君”和“爱国”思想的结合也就显得十分自然了。宋代三百多年一直存在着严重的外患，民族矛盾与每一个人的切身利益密切相关，人们在这样的斗争现实里，培养起了一种深厚的爱国主义思想情感。但由于历史条件的限制，陆游当然也不可能超出封建思想的范围，他的国家民族观念虽然有许多进步的积极的因素，但仍然具有封建主义色彩，他也不可避免地存在着忠君思想。然而另一方面，祖国的土地、人民、历史文化传统在陆游的爱国思想中却占据了主要的地位，因而相对地削弱了前者的比重。他为之悲歌流涕、长言咏叹的是中原遗民、两河故土、历史文化等。如：

三万里河东入海，五千仞岳上摩天。
遗民泪尽胡尘里，南望王师又一年！

——《秋夜将晓，出篱门迎凉有感》

像这样的作品，不胜枚举。相反的“君王”的概念在他的思想中却显得较为淡漠，尤其在晚年的爱国作品中，甚至很难找到这样的字眼。

第二，陆游的爱国思想具有鲜明的战斗性。诗人在严重的民族矛盾面前，并没有消极悲观，相反却表现了一种积极昂扬的进取精神。他要求成为一位战士，亲自参加反抗侵略、保卫祖国的斗争：“丈夫不虚生世间，本意灭虏救河山。岂知蹭蹬不称意，八年梁益凋朱颜。三更抚枕忽大叫，梦中夺得松亭关。”（《楼上醉书》）他虽然处在极端恶劣的环境里，仍然希望实现自己灭胡的心愿：“即今衰病卧在床，振臂犹思备征戍。”（《十月二十六日夜，梦行南郑道中；既觉恍然，揽笔作此诗，时且五鼓矣》）疾病也好，统治阶级的排斥和迫害也好，都不能消减他的爱国热情。他相信只要有机会北伐，自己能够承担起恢复中原的责任：“安得龙媒八千骑，要令穷虏畏飞腾。”（《叹息》）他曾明白地表示要用自己的作品来为抗战事业服务：“系箭射我诗，往檄五陵侠。”（《登城》）又如：“匈奴莫复倚长戈，来款军门早乞和。铁骑如山尚可避，飞将军来汝奈何！”（《军中杂歌》）这样的诗篇战斗性是多么的强烈啊！同时陆游不仅有恢复中原的大志，而且也有许多具体的计划和措施。他曾广泛地结识了各阶层的爱国人士。据《四朝闻见录》载：他“喜任侠，常以据鞍草檄自任。且好结交中原豪杰以灭敌，自商贾、仙释、诗人、剑客无不遍交”。并与他们讨论恢复大计：“一朝落江湖，烂漫得自恣。讨论极王霸，事业窥莘渭。”（《喜谭德称归）又如“早岁枢庭虚画策，晚游幕府愧无功。草间鼠辈何劳磔，要挽天河洗洛嵩！”（《八月二十二日嘉州大阅》）只有作为爱国主义战士的诗人才能写出这样的作品。总之陆游的爱国主义思想具有鲜明的战斗性，从而使他具有战士和英雄人物的性格。

第三，陆游的爱国思想具有坚定的完整性和一贯性。诗人对于祖国和人民的情感自幼及耄，老而不衰，死而不变。他少年时期即立下了“上马击狂胡，下马草军书”（《观大散关图有感》）的志向，而到了八十二岁的高龄，当他听说宋军北伐，尚且表示“一闻战鼓意气生，犹能为国平燕赵”（《老马行》）。甚至在他的绝命作《示儿》诗中还念念不忘恢复中原的事业。他一生坚强地活着是为了亲眼看见敌人的溃灭：“剖心莫写孤臣愤，抉眼终看此虏平。……蓬窗老抱横行略，未敢随人说弭兵”（《书愤》），“不羡骑鹤上青天，不羡峨冠明主前。但愿少赊死，得见胡平年”（《长歌行》）。

当然这种坚定性和完整性也是经过了一个历史发展过程的。由于陆游的出身和家庭教养，早年时期他的个人主义的功名思想也很重。当时他把“但忧死无闻，功不挂青史”与“何时嫖姚师，大刷渭桥耻”（《投梁参政》）密切地结合在一起。但是随着生活的变化和思想的发展，他逐渐地抛开了狭隘的个人主义利益，而把国家民族的利益看得高于一切。这其中，人民群众大公无私的爱国思想起了积极的教育作用：

几年羸疾卧家山，牧竖樵夫日往还。
至论本求编简上，忠言乃在里闾间。
私忧骄虏心常折，念报明时涕每潸。
寸禄不沾能及此，细听只益厚吾颜。

——《识愧》

当诗人把个人的恩怨得失抛开之后，他才能写出这样的作品：

鸭绿桑干尽汉天，传烽自合过祁连。
功名在子何殊我？惟恨无人快著鞭。

——《书事》

这里的“功名”二字已非指荣华富贵，而是指恢复中原的共同事业了。因此他又说：“功名自是英豪事，不用君王万户侯。”（《闻虏政衰乱扫荡有期喜成口号》）正是因为这样，当他被南宋统治集团最后从杭州逐出之后，诗人在残年老病中仍然表示愿意为国效忠：

僵卧孤村不自哀，尚思为国戍轮台。

夜阑卧听风吹雨，铁马冰河入梦来。

——《十一月四日风雨大作》

甚至死后，他也还要变为“鬼雄”，化为“利剑”去击贼。因此诗人写道：“壮心未与年俱老，死去犹能作鬼雄！”（《书愤》）“千岁埋松根，阴风荡空穴。肝心独不化，凝结变金铁。铸为上方剑，衅以佞臣血。匣藏武库中，出参髦头列。三尺粲星辰，万里静妖孽”（《书志》）。这种永不妥协的精神是我们民族传统和人民意志高度集中的表现。

第四，陆游爱国思想的特点还在于具有热情的乐观主义精神和积极的浪漫主义色彩。正是由于诗人对祖国、民族和历史传统有着深刻的认识和了解，他相信人民群众的力量，认为收复中原是正义的事业，所以他充满了最后胜利的信心，并且经常以此来鼓舞自己，勉励朋友：“逆胡欺天负中国，虎狼虽猛那胜德”（《战城南》），“南人孰谓不知兵？昔者亡秦楚三户”（《十月二十六日夜，梦行南郑道中；既觉恍然，揽笔作此诗，时且五鼓矣》）。他一再宣称：“南北会当一”，诗人直到临死前还流露出对于胜利的希望。陆游这种乐观主义精神，不仅与当时流行于统治阶级中的所谓“吴楚之脆弱不足以争衡中原”① 的悲观论调恰成对比，而且也有着现实生活的根据，诗人并非盲目乐观。根据南宋初年宋金双方力量对比形势的变化，如果南宋统治集团能够依靠人民群众空前高涨的爱国力量，整军经武，争取主动，充分地利用有利时机，驱逐金人重新统一中国是完全可能的。当时转战在河东各地的农民抗金武装“红巾军”将士就曾经说过：“只俟天兵过河，亦不须多，当借声势，尽执敌人戮之。”由于南宋统治集团的投降派和大地主官僚阶级始终妥协求和，执行卖国政策，致使中原长期沦陷，最后遭到彻底亡国悲惨结局。

诗人在这种黑暗、矛盾的处境里，心情当然也十分苦闷。在现实里他不能实现杀敌报国的志愿，于是只好把希望寄托在浪漫主义的幻想和梦境里：

天宝胡兵陷两京，北庭安西无汉营。

① （宋）辛弃疾著，辛启泰原辑，邓广铭校补：《稼轩诗文钞存》，上海：商务印书馆，1947年。

五百年间置不问，圣主下诏初亲征。
熊罴百万从銮驾，故地不劳传檄下。
筑城绝塞进新图，排仗行宫宣大赦。
冈峦极目汉山川，文书初用淳熙年。
驾前六军错锦绣，秋风鼓角声满天。
苜蓿峰前尽亭障，平安火在交河上。
凉州女儿满高楼，梳头已学京都样。

——《五月十一日夜且半，梦从大驾亲征，尽复汉唐故地，见城邑人物繁丽，云：西凉府也。喜甚，马上作长句，未终篇而觉，乃足成之》

诗人甚至还高唱“群阴伏，太阳升；胡无人，宋中兴”（《胡无人》）的凯歌，设想失地已经收复，应当重新整理旧日山河，再过太平安宁的日子：“黄河与函谷，四海通舟车。士马发燕赵，布帛来青徐。先当营七庙，次第画九衢。偏师缚可汗，倾都观受俘。上寿大安宫，复如正观初。”（《观大散关图有感》）

然而，幻梦终归要破灭，当诗人重新回到现实后，他的心情就更痛苦了：“逆胡未灭心未平，孤剑床头铿有声。破驿梦回灯欲死，打窗风雨正三更”（《三月十七日夜醉中作》），“有时登高望鄠杜，悲歌仰天泪如雨”（《闻虏乱有感》）。当他想到国土未复，年华虚度，而敌人却依然猖獗如旧时，他只好提着宝刀，深夜独立，遥望着茫茫无边的原野：“丈夫五十功未立，提刀独立顾八荒。”（《金错刀行》）

总之，陆游的爱国思想产生在南宋社会的具体历史条件之下。由于他提出了具有全民意义的问题，并且从民族立场和人民利益出发来说明它们，所以他的作品具有高度的人民性。诗人的思想情感集中地体现了南宋的时代精神，他的爱国诗篇在当代成为鼓舞人民斗争的号角。陆游常以自己的作品来勉励他的朋友和一切爱国志士，希望他们不要悲观：“我语壮士勉自强，男儿堕地志四方。裹尸马革固其常，岂若妇女不下堂？”（《陇头水》）“老子犹堪绝大漠，诸君何至泣新亭？”（《夜泊水村》）当时著名诗人辛弃疾以及韩无咎、范成大、张缜、刘过等人都曾经受过他的影响：

天山挂旆或少须，先挽银河洗嵩华。
中原麟凤争自奋，残虏犬羊何足吓！
但令小试出绪余，青史英豪可雄跨。
古来立事戒轻发，往往谗夫出乘罅。
深仇积愤在逆胡，不用追思灞亭夜。

——《送辛幼安殿撰造朝》

有志未须深感慨，筑城会据拂云祠。

——《得韩无咎书，寄使虏时宴东都驿中所作小阕》

公归上前勉画策，先取关中次河北。
尧舜尚不有百蛮，此贼何能穴中国？
黄扉甘泉多故人，定知不作白头新。
因公并寄千万意，早为神州清虏尘。

——《送范舍人还朝》

陆游与人民群众保持着密切的关系，他接受了人民的教育，反过来又以自己的作品教育人民：

七年收朝迹，名不到权门。
耿耿一寸心，思与穷友论。
…………
耳热我欲歌，四座且勿喧。
即今黄河上，事殊曹与袁。
扶义孰可遣，一战洗乾坤？
西酹吴玠墓，南招宗泽魂。
焚庭涉其血，岂独清中原！
吾侪虽益老，忠义传子孙。
征辽诏倘下，从我属櫜鞬。

——《村饮示邻曲》

陆游的爱国思想对后世的影响也是十分深远的。南宋后期的作家如戴复古、刘克庄、林景熙等人都直接继承了陆游的爱国主义传统，使他们在新的历史条件下，写出了一些具有爱国思想的现实主义作品。千百年来陆游的爱国主义精神一直鼓舞和教育着我国人民反抗异族侵略、争取民族解放的伟大斗争。

（《吉林大学人文科学学报》1959年第1期）

陆游的生平思想及其创作

一、陆游的生平

陆游（1125—1210）字务观，号放翁，越州山阴（今浙江绍兴）人。他生活在我国历史上民族矛盾和阶级矛盾十分尖锐的南宋时期。

陆游出生后不久，金兵大举侵宋，次年攻破汴京，俘虏徽、钦二帝北去。从此北宋王朝覆亡，国家长期处于分裂之中，各族人民蒙受了巨大的灾难。陆游的童年是在战乱、流亡中度过的，从小受到父辈们爱国言行的感染和熏陶，因而立志要“扫胡尘”“清中原”，决心为振兴宋朝、统一祖国而献身。青年时期，他变姓名，学剑术，读兵书，结英豪，积极宣传抗金北伐，成为“喜论恢复”、名闻遐迩的爱国志士，从而遭到投降派的排斥和打击。宋孝宗隆兴年间，陆游任枢密院编修官，积极支持张浚北伐，并提出建都建康、固守江淮、攻取山东、收复中原的建议。不久北伐失败，张浚罢职，陆游也被加上“交结台谏，鼓唱是非，力说张浚用兵”的罪名罢官归家。

乾道八年（1172），陆游应四川宣抚使王炎的邀请，从夔州来到汉中，任左承议郎权四川宣抚使司干办公事兼检法官。这段从军生活，是陆游平生最感快意的时期。他奔驰于秦陇岐渭之间，勘察地形，了解民情风俗，与关中义士进行联系，并曾亲临前线大散关、骆谷口等地侦察敌情。他受王炎的委托拟订了北伐的计划，但他的建议并未被采纳，不久朝廷召回王炎，解散幕府，陆游也被迫离开汉中前线，来到了成都。

蜀中时期，陆游曾先后在蜀州、嘉州、荣州等地任职。淳熙二年（1175）春，陆游奉调为成都府路安抚司参议官。同年六月，诗人范成大由桂林入蜀，任四川制置使。他们“以文字交，不拘礼法”，常在一起饮酒赋诗，互相唱和，被人讥为“燕饮颓放”，并因此受到免职的处分。为了回答世俗的诋毁，陆游更以“放翁”自号，表现了他倔强的性格。他深信自己“浮沉不是忘经世，后有仁人识此心”（《书叹》）。川陕九载丰富了陆游的生活阅历，为他的创作开拓了广阔的道路。后来他将自己的诗集定名为《剑南诗稿》，也是为了纪念这段难忘的岁月。

淳熙五年（1178）春，陆游离蜀东归。当时南宋统治集团沉酣于湖山之乐，早已把中原失地忘得干干净净。他们对内加紧压榨剥削，使广大劳动人民陷入苦难的深渊。淳熙七年（1180），江西发生了大水灾，此时陆游正在抚州任提举江南西路常平茶盐公事。他毅然决定打开“常平义仓”，赈济灾民，并“檄诸郡发粟以予民”。为此他又遭到弹劾，并被再次罢官。

陆游在家乡闲居五年多后，直到淳熙十三年（1186）春才被起用为知严州军州事。两年以后奉诏入朝，为军器少监。不久孝宗传位给光宗，陆游调任礼部郎中兼实录院检讨官。他又向朝廷提出了一系列有关改革弊政、整军经武的建议。终因与当权者政见不合，而以“嘲咏风月”的罪名被弹劾去职。

陆游的晚年除一度入朝修史外，其余近二十年的时间都是在故乡山阴农村中度过的。罢官归来，他的生活与思想感情都发生了较大的变化。为了有更多的机会接触当地劳动人民，他尽可能地参加一些力所能及的劳动，同时还要求自己改变“书生习气”。农闲时，他经常走向僻远的山村，去给父老乡亲们看病施药，与他们建立了亲密的友谊。这一时期，他写了许多揭露地主豪绅残酷剥削、反映劳动人民艰苦生活的诗篇。例如：“数年斯民厄凶荒，转徙沟壑殣相望。县吏亭长如饿狼，妇女怖死儿童僵。”（《秋获歌》）“有司或苛取，兼并亦豪夺。正如横江网，一举孰能脱？”（《书叹》）这些作品表现了诗人鲜明的爱憎，具有深刻的思想性。

陆游虽然身为“野老”，但他“位卑未敢忘忧国”，仍然十分关心国家大事，坚持收复中原、统一祖国的理想。开禧二年（1206）夏，在韩侂胄的主持下，宋军开始北伐。陆游得知这一消息，激动万分，挥笔写了一首《老马行》，表示自己杀敌报国的壮志仍在。他的爱国激情自始至终丝毫没有减弱，这在我国古代作家中是十分可贵的。

1210 年 1 月 26 日，爱国诗人陆游在久病之后与世长辞。弥留之际，他口占七绝《示儿》一首，作为临终遗言：“死去元知万事空，但悲不见九州同。王师北定中原日，家祭无忘告乃翁。”诗中没有片言只语涉及家事，唯一使他放心不下的是国土尚未恢复统一。

二、陆游诗歌的思想意义

陆游一生六十多年辛勤从事创作，共写了上万首诗。他的《剑南诗稿》虽然多次删削，至今尚存九千三百余首。无论从数量或质量上看，陆游都是我国历史上伟大的诗人之一。他的作品内容博大精深，从各种不同的侧面和层次反映了当时的历史面貌，思想性和艺术性都是很高的。尤其是他的爱国诗篇，情辞慷慨，旗帜鲜明，气势磅礴，境界壮阔，具有强烈的艺术感染力，是我国古代文学遗产中的珍品。

反对民族压迫，反对投降主义，坚持收复中原、统一祖国的理想以及抒发壮志难酬的悲愤，是陆游诗歌创作的中心主题。他继承和发扬了我国古代爱国主义文学的优良传统，并把它推向了一个新的高峰。

陆游以诗歌为武器，积极参加反对侵略的斗争，对女真奴隶主贵族侵占中原，大肆烧杀掠夺的暴行，进行了无情的揭露和严厉的谴责：

赵魏胡尘千丈黄，
遗民膏血饱豺狼。

——《题海首座侠客像》

群胡本无政，剽夺常自如。
民穷诉苍天，日夜思来苏。

——《感兴》

金兵侵占中原后，对各族人民犯下的罪行，更是罄竹难书。陆游虽然身居江南，但却心向中原。他和受苦受难的北方同胞骨肉相连，对他们寄予了无限的同情：

横流始靖康，赵魏血可蹀。
小胡宁远略，为国恃剽劫。
…………
遗民世忠义，泣血受污胁。

——《登城》

三万里河东入海，
五千仞岳上摩天。
遗民泪尽胡尘里，
南望王师又一年。

——《秋夜将晓，出篱门迎凉有感》

中原人民的悲惨处境，更加坚定了陆游北伐抗金的决心，也使他的诗篇具有鲜明的战斗性。诗人鞭挞女真奴隶主贵族，声讨他们的罪行，完全是针对其无端的侵略和残暴的民族压迫。陆游和当时的许多文人不一样，较少有民族偏见。他曾说："乾坤均一气，夷狄亦吾人。"（《斯道》）同时他也反对民族报复。他认为只要金兵放下武器，停止侵扰，就应当实行宽大政策，让他们回到原来的地方，仍旧从事畜牧业，去过安分的生活：

尽诛非无名，不足烦戈鋋。
还汝以旧职，牧羊辽海边。

——《长歌行》

陆游对待民族问题的态度，在当时的历史条件下，是难能可贵的。

要实现祖国的统一，还必须和南宋统治集团的投降政策进行斗争。陆游在这方面也是毫无畏惧、坚定不移的。他和广大爱国军民站在一起，与卖国求荣、忍辱苟安的投降派展开了激烈的斗争。他以犀利的笔锋刺向投降派：

诸公可叹善谋身，误国当时岂一秦？
不望夷吾出江左，新亭对泣亦无人！

——《追感往事》

诗人一针见血地指出，投降派不只是秦桧等一两个人的问题，他们结党营私，是一个厚颜无耻、狼狈为奸的集团。这就触及了问题的实质，认识是很深刻的。

陆游怀着沉痛的心情，唱出了广大军民对卖国投降政策的无比愤恨："生逢和亲最可伤，岁辇金絮输胡羌。夜视太白收光芒，报国欲死无战场。"（《陇头水》）在另一首乐府古题中，诗人写道：

和戎诏下十五年，将军不战空临边。
朱门沉沉按歌舞，厩马肥死弓断弦。
戍楼刁斗催落月，三十从军今白发。
笛里谁知壮士心，沙头空照征人骨。
中原干戈古亦闻，岂有逆胡传子孙？
遗民忍死望恢复，几处今宵垂泪痕！

——《关山月》

这首诗用对比手法，概括了广大人民、爱国志士和投降派的矛盾。诗中揭露了自"隆兴和议"以来，南宋统治集团文恬武嬉、醉生梦死、恃和苟安、误国误民的种种罪恶行径，抒发了前方战士报国无门、虚度岁月的无限悲愤，表达了沦陷区人民垂泪忍死、盼望恢复的沉痛心情。就其反映现实的深度和广度而论，都是十分突出的。

陆游对女真奴隶主贵族和南宋投降派的痛恨与愤怒之情，是基于他对祖国和人民的深挚热爱。经常萦绕诗人胸怀，使他坐卧不宁，朝思暮想，不断为之悲歌流涕、长言咏叹的，是祖国壮美的河山、苦难的人民和光辉悠久的历史文化传统。

陆游时常放声讴歌辽阔富饶的国土，尽情赞美伟大壮丽的大好河山：

平川沃野望不尽，

麦陇青青桑郁郁。

——《山南行》

三万里之黄河入东海，

五千仞之太华摩苍旻。

——《寒夜歌》

对于中原故土，诗人怀有特殊的感情，因为那是中华民族的发祥地，几千年来哺育了无数杰出的人物：

太行天下脊，黄河出昆仑。

山川形胜地，历世多名臣。

——《哀北》

他常常登高北望，遥向云天以外的故国山河，捧出一颗火热的赤子之心，寄予无限的向往和怀念之情：

河潼形胜宁终弃，周汉规模要细论。

自恨不如云际雁，南来犹得过中原。

——《枕上偶成》

对历代爱国志士和英雄人物，陆游深表敬仰之情，给予崇高的评价，并以他们作为鼓舞自己的力量源泉。他特别推重的是屈原、诸葛亮和杜甫：

离骚未尽灵均恨，

志士千秋泪满裳。

——《哀郢》

出师一表真名世，

千载谁堪伯仲间？

——《书愤》

文章垂世自一事，

忠义凛凛令人思。

——《游锦屏山谒少陵祠堂》

此外，对李广、裴度、宗泽、岳飞等，陆游也十分仰慕，并以他们作为自己学习的榜样。这说明陆游继承了光荣的民族传统，先贤烈士们为国献身、鞠躬尽瘁、慷慨赴敌、万死不辞的精神，鼓舞着他为实现祖国的统一而歌唱和斗争。

对待人民的态度如何，是衡量作家是否爱国的重要标志。一个真正爱国的诗人，必然关心人民，同情人民，在其历史条件许可的范围内，通过某种途径和方式，与人民群众保持一定的联系，从而成为他们的代言人。陆游就是这样一位伟大的诗人。他的作品在许多方面反映了南宋时期人民群众的要求和愿望。

陆游认为人民极端贫困是当时最严重的社会问题。他主张“节用裕民”、缩小开支、减轻贫苦人民的负担。他在做地方官时，尽可能采取措施，蠲免赋税，赈济灾民，发展生产，做了不少有益的事情，受到各地人民的称赞。

正是在这样的生活经历和认识的基础上，陆游写了大量反映人民苦难生活、揭露黑暗现实的诗篇：

北陌东阡有故墟，辛勤见汝昔营居。
豪吞暗蚀皆逃去，窥户无人草满庐！

——《太息》

春得香粳摘绿葵，县符急急不容炊。
君王日御金华殿，谁诵周家七月诗？

——《邻曲有未饭被追入郭者，悯然有作》

这些诗篇不仅真实地描绘了农村中阶级压迫的图景，揭露出官府豪绅对劳动人民的残酷剥削，而且把批判的笔锋指向了最高封建统治者。这样的思想高度，对古代作家来说是很难达到的。

陆游还写了大量描绘湖光山色、田园景物和风土人情的诗篇，其中有的流露出作者罢官归田以后的消极思想和闲适情趣，反映了他的阶级和历史的局限性。另有一些以农村生活为题材的抒情写景之作，虽非直接反映社会现实但却生动地展示出江南农村的纯朴风俗和令人陶醉的山光水色，既具有审美价值，也能激发人们热爱祖国的感情。例如：

莫笑农家腊酒浑，丰年留客足鸡豚。
山重水复疑无路，柳暗花明又一村。
箫鼓追随村社近，衣冠简朴古风存。
从今若许闲乘月，拄杖无时夜叩门。

——《游山西村》

陆游的词流传至今的只有一百四十余首，与他的诗作相比数量是很少的，这就难免被人忽视。其实陆游的词在南宋前期词坛自成一家，也是很有特色的。许昂霄在《词综偶评》中说：“南渡后唯放翁为诗家大宗，词亦扫尽纤淫，超然拔俗。”冯煦

《宋六十一家词选例言》也说："剑南屏除纤艳，独往独来，其逋峭沉郁之概，求之有宋诸家，无可方比。"他们都认为"扫尽纤淫""屏除纤艳"是陆游词的主要特点，这是符合实际的。陆游词所反映的社会生活比较丰富，特别是他描写从军生活、抒发爱国思想的作品，突破了"诗庄词媚"的束缚，扩大了词的题材范围，开拓了新的意境。在这方面他和南宋词坛旗手辛弃疾所走的道路是相同的。例如：

当年万里觅封侯，匹马戍梁州。关河梦断何处？尘暗旧貂裘。

胡未灭，鬓先秋，泪空流。此生谁料，心在天山，身老沧州！

——《诉衷情》

这首词为陆游晚年所作。词中通过今昔生活的对比，抒发了作者有心报国、无路请缨的悲愤之情，反映了南宋爱国志士遭受压抑、不能尽展其才的时代悲剧。此外如《谢春池》《秋波媚》《汉宫春》《夜游宫》等，描写从戎南郑的军旅生活，慷慨悲壮，可以说是宋代的边塞词，思想性和艺术性都是很高的。

三、陆游诗歌的艺术成就

陆游是南宋诗坛最杰出的代表。清人所编的《唐宋诗醇》评语指出："宋自南渡以后，必以陆游为冠。当时称大家者，曰萧、杨、范、陆；杨万里则曰尤、萧、范、陆。至刘克庄乃曰放翁学士似杜甫。又曰南渡而下，放翁故为一大宗。朱子与徐庚载书：'放翁诗读之爽然，近代惟见此人为有诗人风致。'今诸家诗具在，可与游匹者谁也？"经过长期的历史检验，陆游诗歌的思想和艺术价值愈来愈被人们所认识，从而使他在中国文学史上的地位也更加显得重要。

艺术的特征在于通过形象来反映和说明生活，离开形象，艺术就必然没有生命力。陆游善于运用生动的语言和鲜明的形象来反映客观现实，抒写他对生活的理解和感受。在他的诗歌创作中艺术形象是丰富多彩的，其中最突出、最感人的是作为抒情主人公的诗人自我形象。这一形象产生在广阔的社会生活的基础上，形成于特定的具体的历史条件下。"他"既熔铸着诗人的生活经历，体现了作者的思想感情，具有鲜明的性格特征；同时又反映了时代精神，表达了许多爱国志士的共同理想，因而具有一定的典型意义。

陆游诗中抒情主人公的自我形象，既不是疾恶如仇的忠臣，也不是伤时忧世的士大夫，而是一位豪情满怀、气壮山河、坚贞不渝的爱国主义战士。"他"渴望参加战斗，甘洒满腔热血，愿为民族复兴和祖国的统一而献出自己的一切。这种战士的性格和英雄的气质，是“他”区别于前代一些爱国诗人自我形象的主要标志。且以下列两诗为例：

前年脍鲸东海上，白浪如山寄豪壮。
去年射虎南山秋，夜归急雪满貂裘。
今年摧颓最堪笑，华发苍颜羞自照。
谁知得酒尚能狂，脱帽向人时大叫。
逆胡未灭心未平，孤剑床头铿有声。
破驿梦回灯欲死，打窗风雨正三更。

——《三月十七日夜醉中作》

人言悲秋难为情，我喜枕上闻秋声。
快鹰下鞲爪嘴健，壮士抚剑精神生。
我亦奋迅起衰病，唾手便有擒胡兴。
弦开雁落诗亦成，笔力未饶弓力劲。
五原草枯苜蓿空，青海萧萧风卷蓬。
草罢捷书重上马，却从銮驾下辽东。

——《秋声》

前首写壮士的不平之鸣，后首写渴望抗战的心情。二者都是纵笔直书，豪情壮志从胸中自然流出，诗中的形象是十分生动、鲜明的。杨大鹤在《剑南诗钞序》中指出，读陆游诗必须了解他的时代、生平和志向，不能仅仅把陆游作为诗人来看。他说：“论其世，知其人，考其志，以放翁为诗人而已可乎？知放翁之不为诗人，乃可以论放翁诗。”这段议论见解深刻，是很有道理的。

陆游继承了屈原和杜甫的传统，他曾说：“我岂楚逐臣，惨怆出怨句。逢秋未免悲，直以忧国故。”（《悲秋》）又说：“永怀杜拾遗，抱病起登台……我亦秋风客，诗成有余哀。”（《秋怀十首》）可见这两位爱国诗人对他影响不小，与他同时代的人也看到了这点。例如杨万里就曾这样评论过陆游：“重寻子美行程旧，尽拾灵均怨句新。”（《跋陆务观剑南诗稿二首》）在陆游的诗集中，的确有不少思想意境和表现手法与屈原、杜甫相似的作品。陆游接受了屈原积极浪漫主义和杜甫现实主义精神及创作原则的影响，并发扬光大，从而在艺术上形成了自己宏肆、雄健的独特风格。

陆游诗歌的体裁形式多种多样，古体、近体、五言、七言、杂言无所不有。他用得最多、成就最高的，首推七言古体和七言律诗，其次是七言绝句和五言古体，至于五言律绝和六言诗，数量既不多，又无显著特色。

陆游的古体诗，篇幅较短，语言精练，言简意深，概括力强，内涵极为丰富。由于古体诗形式比较自由，适于抒发他那豪迈奔放、无所不在的爱国激情，因此他用得最多，在艺术上取得了很高的成就。赵翼在《瓯北诗话》中评论说：“其古体诗，才气豪健，议论开辟；引用书卷，皆驱使出之，而非徒以数典为能事；意在笔先，力透纸背；有丽语而无险语，有艳词而无淫词。看似华藻，实则雅洁；看似奔放，实则谨严。此古体之工力更深于近体也。”又说：“放翁工夫精到，出语自然老洁，他人数言不能了者，只用一二语了之。此其炼在句前，不在句下，观者并不见其炼之迹，乃真炼之至矣。试观唐以来古体诗，多有至千余言四五百言者。放翁古诗从未有至三百言以外，而浑灏流转，更觉沛然有余，非其炼之极工哉？”这两段评语说得十分中肯。陆游古体诗中的许多名篇，如《三月十七日夜醉中作》《金错刀行》《秋声》《松骥行》《关山月》《陇头水》等，都只有十二句，八十四字，却深刻地反映了当时的社会现实，体现了强烈的爱国主义精神。这和他在艺术上的精益求精是分不开的。

陆游的律诗尤其是七律，无论从数量或质量上看，在古代诗人中都是很突出的。清人陈订说：“放翁一生精力，尽于七律，故全集所载，最多最佳。”（《宋十五家诗选·放翁诗选题词》）姚鼐也认为：“放翁激发忠愤，横极才力，上法子美，下揽子瞻，裁制既富，变境亦多。其七律固为南渡后一人。”（《今体诗钞序目》）舒位更进一步指出，七言律诗的演变分为三个阶段，其代表作家是杜甫、李商隐和陆游。他说：“七律至杜少陵而始盛且备，为一变；李义山瓣香于杜而易其面目，为一变；至宋陆放翁专工此体而集其成，为一变，凡三变，而他家之为是体者，不能出其范围矣。”（《瓶水斋诗话》）这些评论基本上符合实际，说明陆游在七言律诗的创作上花了很大精力，艺术造诣是很高的。其代表作如《闻武均州报已复西京》《送七兄赴扬州帅幕》《游山西村》《归次汉中境上》《书愤》《西村醉归》《老马行》等，无论是抒情、写景或议论，都生动而形象地表达了诗人的理想以及对生活与自然的感受和体验。在形式上对偶工稳，用事妥帖，情景相生，诗意深永，思想和艺术均达到了完美的统一。

陆游的七言绝句继承唐人的优良传统，而又有所创新。《唐宋诗醇》评论说：“绝句源出乐府，但取神韵，趣在有意无意之间。唐人推青莲、龙标二家擅场。作者（指陆游）妙处，深得风人之致，视唐殆无愧色，此不可以时代拘者也。”陆游七绝中被认为富有神韵，可以与唐人之作比美的，如《剑门道中遇微雨》《楚城》《重阳》《小雨极凉舟中熟睡至夕》等，抒写生活偶感，有情有景，境界浑成，艺术上颇具特色。说它们“可追踪唐贤”“直摩唐贤之垒”，不为过誉。但陆游七绝的主要成就，却不在与唐人“声情气息”相似的那些作品。他的新贡献，表现在作者能另辟蹊径、别开生面，不仅把绝句作为抒情的工具，而且也把它当作战斗的武器，使这种短小灵活的诗歌形式在反侵略、反投降的斗争中发挥了积极的社会作用。例如下列诸篇：

公卿有党排宗泽，帷幄无人用岳飞。
遗老不应知此恨，亦逢汉节解沾衣。

——《夜读范至能〈揽辔录〉，言中原父老见使者多挥涕感其事作绝句》

诸公可叹善谋身，误国当时岂一秦？
不望夷吾出江左，新亭对泣亦无人！

——《追感往事》

百战元和取蔡州，如今胡马饮淮流。
和亲自古非长策，谁与朝家共此忧？

——《估客有自蔡州来者感怅弥日》

这些作品像匕首、似投枪、如短剑，笔锋犀利，一针见血，毫不留情地指向以秦桧为代表的南宋投降派。在唐人绝句中，旗帜如此鲜明，战斗性这样强烈的作品几乎是没有的。清人潘德舆在《养一斋诗话》中曾说："宋人绝句亦有不似唐人，而万万不可废者。如陆放翁《读范至能揽辔录》《追感往事》……此类纯以劲直激昂为主，然忠义之色，使人起敬，未尝非诗之正声矣。"陆游的这些诗篇，的确很有特点。"以议论为诗"被认为是宋诗的一大毛病，其实对这个问题应当进行具体分析，不可一概而论。关键不在于有无议论，而在于议论什么、如何议论。如果用诗歌形式进行空洞的说教，既无真情实感，又缺乏形象性，这样的作品当然没有什么艺术价值。陆游这些诗篇虽然也有议论，但感情强烈，爱憎分明，既切中时弊，又富于形象性，集中表达了当时爱国志士和广大人民对投降势力的无比愤恨，这样的作品怎能说不是好诗呢？

陆游诗歌的语言，总的来说是非常精练、准确、生动的。他既广泛学习了古代文学的书面语言，又吸收了大量的民间口语。所以他的作品形象鲜明，富于表现力。就语言风格而论，与作品的内容相适应，大体上也可以分为两类。一方面具有瑰丽、雄奇、奔放的特色，例如那些气势磅礴的爱国主义战歌。诗人叙述写作这些诗篇时的豪迈气概是"赋诗健笔夹风雨""落笔千言不加点"。一扫纤弱萎靡之风，在诗坛树起了一面战斗的旗帜。另一方面，在陆游晚年描写闲适生活和农村自然风光的诗篇中，语言风格则又表现为"明白如话，清空一气"。所谓"小诗简淡如秋水"，正是平静、淡泊生活的产物。陆游在农村期间，还注意学习人民群众的口语和词汇，使他的作品更富于生活气息。诗集中的《记老农语》《识愧》等篇，就是在吸收群众语言的基础上，经过作者的提炼和加工而写成的。陆游诗中虽然也有一些典故，但他很少用僻典，因此他的作品比较容易被人理解和接受。

总之，陆游是我国历史上最伟大的诗人之一，他的诗歌在当代和后世都曾产生过深远的影响。

（《文学评论集》第一集，吉林人民出版社 1959 年版；
《中国古代文学讲座》第三十四讲，吉林大学出版社 1987 年版）

陆游论诗歌创作

陆游从十七八岁开始学习作诗，到八十五岁临终前赋绝命辞《示儿》，数十年辛勤从事创作，一生共写了几万首诗。他的《剑南诗稿》，现存作品还有九千多首，数量之大，在中国诗史和世界诗坛上都是少见的。陆游诗中有许多思想性和艺术性都很高的作品，尤其是他的爱国诗篇，情辞慷慨，豪放悲壮，脍炙人口，动人心弦，艺术感染力很强，是我国古代文学遗产中的珍品。

作为一个大诗人，陆游不仅有丰富的创作实践，而且也有一定的理论修养。他先后写了一百多篇诗文，总结自己的创作经验和教训，评论古代和当代作家的作品，对有关诗文写作和批评问题发表了许多深刻、独到的见解。他的意见，既是一位杰出诗人的经验之谈，又有相当的理论价值，对我们还有借鉴作用，应当予以重视。

陆游青年时代就非常爱好诗文，但却不想做诗人。他的志愿是："上马击狂胡，下马草军书。"（《观大散关图有感》）决心做一个文武全才的英雄人物，希望能为收复中原、统一祖国贡献自己的力量。然而生不逢时，在投降派当权的南宋时期，他的壮志不能实现，于是便把自己的精力和才智用于文学创作，并以诗歌为主要武器，积极参加现实斗争，终于成为一代诗坛的盟主。在回顾自己的经历时，他曾颇有感触地说："书生本欲辈莘渭，蹭蹬乃去作诗人。"（《初冬杂咏》）可见陆游是在一种特定的历史条件下、不以主观意志为转移地走上诗歌创作道路的。

他虽然被迫放下刀剑，提起笔来，但杀敌报国的决心从未改变。正因为这样，陆游十分重视诗歌的社会作用。他的作品旗帜鲜明，战斗性很强。他曾说："系箭射我诗，往檄五陵侠。"（《登城》）又说："驿书驰报儿单于，直用毛锥惊杀汝。"（《醉中作行草数纸》）这是以纸笔为武器，把抗击金兵的战场引向文学艺术的广阔领域。他还写了大量诗篇谴责投降派、揭露南宋统治集团祸国殃民的罪行。例如：

诸公可叹善谋身，误国当时岂一秦？
不望夷吾出江左，新亭对泣亦无人。

——《追感往事》

巨浸稽天日沸腾，九州人死若丘陵。

一朝才得居平土，峻宇雕墙已遽兴。

——《读夏书》

这些作品短小精悍，笔锋犀利，犹如匕首投枪，有力地刺向残民害政的南宋统治集团。陆游充满战斗激情的诗篇，受到当时的爱国者和人民群众的称赞，但却遭到投降派的嫉恨。从淳熙七年（1180）到淳熙十六年（1189），陆游两次被弹劾罢职，“罪名”虽然很多，但主要还是因为他写诗讽刺时政。他曾在一首诗题中，追述此事：“予十年间两坐斥，罪虽擢发莫数，而诗为首，谓之嘲咏风月。既还山，遂以‘风月’名小轩，且作绝句。”当时著名的学者朱熹也说：“放翁之诗，读之爽然，近代惟见此人为有诗人风致。……近报又已去国，不知所坐何事，恐只是不合作此好诗，罚令不得做好官也。”投降派的打击和迫害，并未使陆游消沉屈服。他回到山阴故居后，仍然不断地写诗揭露黑暗的现实，表达自己忧国忧民的思想：

春得香粳摘绿葵，县符急急不容炊。
君王日御金华殿，谁诵周家七月诗。

——《邻曲有未饭被追入郭者，悯然有作》

客从城中来，相视惨不悦；
引杯抚长剑，慨叹胡未灭。
我亦为悲愤，共论到明发。
向来酣斗时，人情愿少歇。
及今数十秋，复谓须岁月。
诸将尔何心，安坐望旄节！

——《客从城中来》

前一首因看到邻居遭受压榨剥削的惨状，而向最高统治者提出愤怒的质问和控诉；后一首通过与客人的谈话，讽刺当时的武将无心北伐，只图封王拜将，追求荣华富贵的可耻行为。陆游的许多诗篇，密切配合现实斗争，政治倾向十分鲜明，充分发挥了诗歌武器的战斗作用。

在长期创作实践的基础上，陆游深深地体会到，诗歌应当是社会斗争的工具，诗人应当是光明磊落的战士。他反对把诗看成是一种旁道小技，忽视其社会作用的错误观点。他说：

古声不作久矣！所谓诗者，遂成小技。诗者果可谓之小技乎？学不通天人，行不能无愧于俯仰，果可言诗乎？

陆游认为，要发挥诗歌的战斗作用，首先诗人必须是一个战士，具备高尚的道德品质，掌握广博的社会知识，而且应当心口相同，言行一致。只有这样，才能写出有补于世、有济于民的好作品来。反之，一个器识卑陋、言行不一的人，是不可能写出好的作品来的。他说：

夫心之所养，发而为言，言之所发，比而成文。人之邪正，至观其文，则尽矣决矣，不可复隐矣。爝火不能为日月之明，瓦釜不能为金石之声，潢污不能为江海之涛澜，犬羊不能为虎豹之炳蔚。

因为任何一篇作品，必然要反映作者的思想观点和政治态度。那些欺世盗名的人，是骗不了有识之士的。所以他一再强调作家首先应当“重其身而养其气”，加强思想修养。陆游所说的思想修养比较复杂，但主要是指坚持民族气节、关心人民生活，也就是爱国爱民两方面的内容。当然，其中也包含着某些封建伦理道德观念。这是他评价古今作家作品的思想标准。比如陆游推崇杜甫，主要是肯定杜甫的爱国主义精神。他说：

少陵非区区于仕进者，不胜爱君忧国之心，思少出所学佐天子，兴贞观、开元之治，而身愈老，命愈大谬。坎壈且死，则其悲至此，亦无足怪也。

在《游锦屏山谒少陵祠堂》一诗中也说：“文章垂世自一事，忠义凛凛令人思。”这说明陆游学习杜甫，首先是学习他的为人，学习他爱国忠君的精神。另一方面，对于唐末五代花间派词人，不顾国家分裂动乱、不管民生疾苦，只图流连歌酒、酬唱取乐的行径，陆游则予以严肃的批评：

方斯时，天下岌岌，生民救死不暇，士大夫乃流宕如此，可叹也哉！

这一褒一贬，反映了陆游的创作思想，说明他提倡和主张的是文学创作的现实主义原则。

作家除了应当具备良好的道德品质和思想修养，还必须身体力行，积极参加社会实践，掌握丰富的生活知识和斗争经验。这就是陆游反复强调的所谓“诗外”功夫。他认为逃避现实斗争，脱离生活，隔岸观火，向壁苦吟，是写不出来好诗的。因此，他常常勉励自己：“人生需广大，勿作井中蛙。”（《自贻》）且以此训诫青年一代：“汝果欲学诗，工夫在诗外。”（《示子遹》）这就是说，诗人切不可局限在狭小的天地里，而应走到广阔、丰富的现实生活中去，扩大视野，经受磨炼，摄取生活的养料，积累创作的素材。陆游曾嘲笑那些不愿走出书房，一味闭门觅句的苦吟派诗人：“满前好句无人领，堪笑寒窗费苦吟。”（《即事》）只要走向社会和自然界，就会发现：“村村皆画本，处处有诗材。”（《舟中作》）使你应接不暇，从而感到“造物陈诗信奇绝，匆匆摹写不能工。”（《日暮自湖上归》）陆游还以司马迁和李白为例，说明生活与创作的关系，指出他们那些优秀的作品，都是在漫游天下、深入现实生活的基础上写出来的：

吾尝考在昔，颇见造物情。
离堆太史公，青莲老先生。
悲鸣伏枥骥，蹭蹬失水鲸。
饱以五车读，劳以万里行。
险艰外备尝，愤郁中不平。
山川与风俗，杂错而交并。
邦家志忠孝，人鬼参幽明。
感慨发奇节，涵养出正声。
故其所述作，浩浩河流倾。

——《感兴》

现实生活是文学艺术的源泉，诗人只有投身于生活的激流里，才能获得创作的源泉，才能在艺术上形成自己的独特风格。如果以流为源，那就只能跟在别人后面，乞人残余，亦步亦趋，是不会有什么成就的。对此，陆游有切身的体会。六十八岁，他在回顾自己的创作道路时写道：

我昔学诗未有得，残余未免从人乞。
力孱气馁心自知，妄取虚名有惭色。
四十从戎驻南郑，酣宴军中夜连日。
打球筑场一千步，阅马列厩三万匹。
华灯纵博声满楼，宝钗艳舞光照席。
琵琶弦急冰雹乱，羯鼓手匀风雨疾。
诗家三昧忽见前，屈贾在眼元历历。
天机云锦用在我，剪裁妙处非刀尺。
世间才杰固不乏，秋毫未合天地隔。
放翁老死何足论，广陵散绝还堪惜。

——《九月一日夜读诗稿有感走笔作歌》

在这里陆游否定了自己早年学习江西派作家，作诗重模仿的阶段，而强调南郑时期的军旅生活是他创作的转机。这是符合实际的，也是很有意义的。他认为在四十八岁以前，自己作诗并未真正入门。关键在于那时生活阅历浅薄，因此诗的内容不丰富，现实性不强，气魄不宏大。所以他又说：“我初学诗日，但欲工藻绘。中年始少悟，渐若窥宏大。”（《示子遹》）陆游四十八岁来到南郑，担任四川宣抚使司干办公事兼检法官，积极参与北伐的策划和准备工作。当时他披铁甲，跨战马，十分活跃，曾往来奔驰于岐、渭、秦、陇之间，调查地形，了解民情，并广泛接触了前线军民和中原义士。他还亲自到过前哨据点大散关和骆谷口一带侦察敌情。这时他的思想情绪很高昂："官虽备幕府，气实先颜行。"（《鹅湖夜坐书怀》）丰富的现实生活，火热的斗争环境，使陆游的诗歌创作发生了明显的变化。他开始领悟到"诗家三昧"，写起诗来才得心应手，运用自如。从此，陆游闳肆豪健的艺术风格逐渐形成。他以抒写爱国情思为中心主题，在南宋诗坛独树一帜，取得了光辉的成就。这里，陆游谈的虽是个人的创作体会，实际上涉及诗与生活的关系问题。他的体会和见解，基本上是符合唯物主义的反映论，符合文艺创作的客观规律的。

深入生活，是文艺创作的前提。但要写出好作品，还必须懂得艺术的特殊性，正确地处理作品内容和形式的关系等一系列问题。陆游认为："必有是实，乃有是文。"内容决定形式，形式受内容的制约。在《示友》一诗中，他进一步指出：

道向虚中得，文从实处工。
凌空一鹗上，赴海百川东。
气骨真当勉，规模不必同。
人生易衰老，君等勿匆匆！

无论写诗作文，都应当言之有物，不说空话。只有作品的内容充实，艺术形式才能臻于完美。但形式并非不重要，所以陆游在强调"气骨真当勉"的同时，又主张"规模不必同"。对于文艺的形式、风格，不应该规定一种模式，而要提倡多样化。就像"凌空一鹗上，赴海百川东"那样，多姿多彩，各显其能。作家在文艺创作的广阔天地里，应当无拘无束，自由地驰骋飞翔。

与此同时，陆游认为诗人必须以严肃的态度对待创作，切不可草率从事，粗制滥造。只有这样，才能不断提高作品的质量。他曾语重心长地告诫青年说："诗家忌草草，得句未须成。"（《子聿入城》）他写诗从来就是非常认真的："有得忌轻出，微瑕须细评。"（《晨起偶得五字戏题稿后》）自己认为满意之作，不要轻易拿出来；自己觉得有缺点的，更要反复推敲修改。他宁将锻炼未妥的章句暂时弃置，也不肯急于求成，仓促成篇。陆游认为写诗既需要进行刻苦构思，使意境更壮阔，气骨更雄健，内容更充实；也需要反复吟诵、修改，使韵律更协调，音调更铿锵，语言更优美。他描述自己构思、改诗、锻句的情景是很动人的："转枕重思未稳诗""又废西窗半夜眠""细改新诗须枕上""锻诗未就且长吟"。由此可见，陆游对诗歌创作精益求精，是付出了辛勤的劳动的。

陆游要求诗人以严肃的态度对待创作，但反对雕章琢句的形式主义创作方法。他说：

大抵诗欲工，而工亦非诗之极也。锻炼之久，乃失本指；斫削之甚，反伤正气。

他认为对作品进行修改、锤炼是必要的，但以不损害思想内容为前提。如果只追求词句、音律之美，不顾“本指”，一味雕琢，那就本末倒置，走到邪路上去了。陆游对当时某些作家只重藻绘、炫奇斗险，不惜以词害意的风气很反感，认为这是文坛的一股逆流。他说：“雕琢自是文章病，奇险尤伤气骨多。”（《读近人诗》）又说：“组绣纷纷衒女工，诗家于此欲途穷。”（《即事》）这种形式主义的创作倾向，追根溯源，来自江西诗派。陆游的早期创作，也曾受到影响。但他通过自己的创作实践，终于否定了江西派的理论和创作主张。他在现实生活中，大胆地冲破樊篱，另辟蹊径，走上了广阔的现实主义道路。

陆游通过长期的探索，积累了丰富的创作经验。他深深地体会到，真正高超的技巧，与雕章琢句是不相容的。他说：“大巧谢雕琢，至刚反摧藏。”（《夜坐示桑甥十韵》）这里谈的是创作技巧问题，但却包含着一定的辩证法因素，很有启发性。陆游晚年特别重视自然、朴素的白描手法，诗风又为之一变。他说：“文章本天成，妙手偶得之。粹然无疵瑕，岂复须人为？”（《文章》）于此可见，他所走的是与专门寻章摘句的江西派完全不同的道路。

陆游认为，评诗和写诗一样，都不是轻而易举的事。批评家也应跟作家一样，具有广博的知识和丰富的经验，才能对别人的作品提出有真知灼见的看法。他说：

诗岂易言哉！一书之不见，一物之不识，一理之不穷，皆有憾焉。同此世也，而盛衰异；同此人也，而壮老殊。一卷之诗有淳漓，一篇之诗有善病；至于一联一句，而有可玩者，有可疵者；有一读再读至十百读，乃见其妙者；有初悦可人意，熟味之使人不满者。

陆游强调文学批评要从实际出发，批评家头脑里不要有任何框框。否则，就不可能对一个作家或一篇作品做出符合实际的正确评价。在文学批评中，要反对不从作品的实际出发，只看作者名声的大小和地位的高低来定优劣的风气。因此他又说：

虽曰名不可幸得，以名求诗，又非知诗者。

这种实事求是、从作品实际出发的批评态度，不是可以作为我们的借鉴吗？

陆游对文学批评虽然没有提出明确的标准，但从他对古代诗人的评价中，可以看出他所推重和称赞的都是现实主义和积极浪漫主义的作家。陆游特别重视学习屈原和杜甫，对他们的思想、品德和创作都给以高度评价。他的诗受屈原、杜甫的影响也很大。所以与陆游同时的著名诗人杨万里说他：“重寻子美行程旧，尽拾灵均怨句新。”此外，陆游对陶潜、李白、岑参、梅尧臣和苏轼的评价也很高。对一般人不太重视的北宋作家石介和王令，他也很钦佩。陆游认为石介、王令的作品在揭露现实和反对西昆体的斗争中起了积极作用，不可忽视。另一方面，对于形式主义、唯美主义的流派和作家，如花间派、西昆体等，陆游则予以尖锐的抨击。尤其是对南宋后期的所谓“永嘉四灵”和“江湖派”中的某些诗人，陆游进行了严厉的斥责：“文章光焰伏不起，甚者自谓尊晚唐。欧曾不生二苏死，我欲痛哭天茫茫。”（《追感往事》）从陆游对古代和当代作家作品的评论中不难看出，他所坚持和提倡的是我国古典诗歌中的现实主义传统。

陆游与江西派的关系比较复杂。早年他曾以江西派诗人曾几为师，学习作诗的方法和技巧，受其影响不小。故刘克庄曾说：“陆放翁学于茶山，而青于蓝。”陆游对江西派的另一位诗人吕本中也很尊重，曾表示愿向他学习，并以“不一识面”为恨。但是，陆游尊重老师、尊重前辈，却不是盲目崇拜。他以敢于创新、敢于批判的精神，从理论上和实践上否定了江西派的许多错误主张及其对自己的消极影响。江西派的开创人黄庭坚标榜什么“点铁成金”和“夺脱换骨”的诗文写作方法。在《答洪驹父书》中，黄庭坚曾说：

> 老杜作诗，退之作文，无一字无来处；盖后人读书少，故谓韩杜自作此语耳。古之为文章者，真能陶冶万物，虽取古人之陈言，入于翰墨，如灵丹一粒，点铁成金也。

这实际上是提倡东拼西凑、剽窃补缀，乞灵于故纸堆中，完全颠倒了“源”与“流”的关系，对其后许多作家产生了不良的影响。对此，陆游一针见血地指出：“文章最忌百家衣，火龙黼黻世不知。谁能养气塞天地，吐出自足成虹霓。”（《次韵和杨伯子主簿见赠》）如果没有内在的美质，只靠堆砌古语典故、绮丽藻饰，这样的作品有什么价值呢？东拼西凑而成的“百家衣”，是掩盖不了心灵的空虚的。在《老学庵笔记》中，陆游进一步批驳了黄庭坚的论调。他说：

> 今人解杜诗，但寻出处，不知少陵之意，初不如是。且如《岳阳楼》诗：“昔闻洞庭水，今上岳阳楼。吴楚东南坼，乾坤日夜浮。亲朋无一字，老病有孤舟。戎马关山北，凭轩涕泗流。”此岂可以出处求哉！纵使字字寻得出处，去少陵之意益远矣。盖后人元不知杜诗所以妙绝古今者在何处，但以一字亦有出处为工。如《西昆酬唱集》中诗，何曾有一字无出处者，便以为追配少陵，可乎？且今人作诗，亦未尝无出处，渠不自知，若为之笺注，亦字字有出处，但不妨其为恶诗耳！

这段文字，有理有据，分析批驳得深刻透彻，对江西派形式主义的文艺思想和创作主张是沉重的一击。

总之，陆游的文学观点和他的诗歌创作一样，有许多闪光的东西。对这位大诗人的珍贵遗产进行科学的鉴别、分析和批判，取其精华，去其糟粕，对我们今天的诗歌创作和文学批评，都是很有意义的。

（《吉林大学社会科学学报》1979 年第 4 期）

陆游：杰出的爱国诗人

陆游是杰出的爱国诗人，这本来是不成问题的，“文化大革命”前已有定论。可是，近年出版的有关陆游的著作，却避而不谈爱国主义，对爱国诗人的称号讳莫如深。这就给人们提出了一系列问题：究竟什么是爱国主义？我国古代文学有没有爱国主义传统？像陆游这样的作家应不应该称为爱国诗人？

列宁说：“爱国主义就是千百年来巩固起来的对自己的祖国的一种最深厚的感情。”① 毛主席说：“爱国主义的具体内容，看在什么样的历史条件之下来决定。”② 革命导师认为：爱国主义具有悠久的传统，是随着国家的形成和发展而产生和巩固起来的；爱国主义的具体内容，并非一成不变，而是受历史条件制约和决定的。这是我们研究爱国主义、评论历史人物和古代作家作品必须遵循的原则。

本文不准备对我国古代文学中的爱国主义问题进行全面的历史的探讨，而试图通过对陆游作品的分析来说明：南宋时期爱国主义包括维护国家的统一、反对民族压迫、批判投降主义、同情人民苦难等方面的内容；这些具体内容在陆游的诗篇中都得到了充分的表现和反映，他的爱国诗篇是我国文学遗产中的珍品；陆游继承和发扬了我国古代爱国主义文学的优良传统，是一位杰出的爱国诗人。

一

维护国家的统一，反对南北分裂，是陆游爱国诗篇的中心主题。他满怀深情地为祖国的统一而歌唱，写下了许多感人至深的优秀诗篇。

12 世纪初，在我国境内存在着宋、辽、西夏等几个发展不平衡的民族政权。它们之间，不断进行着战争。当时以宋徽宗赵佶为首的北宋封建王朝内部矛盾重重，危机四伏。赵佶崇信道教，重用蔡京、王黼、童贯、高俅等奸佞贪残之徒，巧取豪夺，加

① 《列宁全集》第二十八卷，北京：人民出版社，1956 年，第 168—169 页。

② 《毛泽东选集》第二卷，北京：人民出版社，1966 年，第 508 页。

紧压榨剥削劳动人民，使阶级矛盾不断激化。农民起义的革命烽火燃遍了大江南北，北宋封建政权已经处于崩溃的边缘。正当这时，长期生活在我国东北地区的女真族日益强盛。政和五年（1115），女真族部落首领完颜阿骨打即皇帝位，在白山黑水间建立了奴隶制的金政权。女真族活动的地区原受辽的管辖和控制，金政权建立后为摆脱辽的压迫和统治，发动了对辽战争。宣和七年（1125）辽亡，金的势力更加扩大。在联宋攻辽过程中，金军了解到北宋王朝统治区高度发展的社会生产和丰富的物质文化生活，同时也看到了宋军的腐败和衰弱，于是大起贪心，企图用武力征服宋朝，对全国实行奴隶制统治。宣和七年冬，金灭辽以后旋即乘势南下，对宋发动了突然袭击。北宋统治集团闻风丧胆，节节败退，被迫接受城下之盟，甘心屈膝投降。宋徽宗赵佶和他的儿子宋钦宗赵桓都当了俘虏。1127 年，赵佶的另一个儿子赵构（宋高宗）在南京（今河南商丘）即位，后来逃到杭州建立了南宋政权。从此，形成了宋金对峙、南北分裂的局面。

陆游出生后不久，就遇上了金兵南下进攻中原。他的童年是在战乱、流亡生活中度过的，从小受到了父辈们抗金思想的教育和熏陶，立志要“扫胡尘”“清中原”，为统一祖国而斗争。青年时代，他变姓名，学剑术，读兵书，结英豪，积极宣传北伐主张。三十岁左右，陆游即以“喜论恢复”而知名，并因此受到投降派的排斥和打击。宋孝宗隆兴年间，陆游出任枢密院编修官，热情宣传抗金，积极支持张浚北伐，提出了建都建康（今南京）、固守江淮、攻取山东、收复中原的建议。不久北伐失败，陆游也被投降派加上“交结台谏，鼓唱是非，力说张浚用兵”① 的罪名罢职归家。宋孝宗乾道八年（1172），陆游应四川宣抚使王炎的征召，从夔州来到汉中，任左承议郎权四川宣抚使司干办公事兼检法官。这段军旅生活，是陆游平生最感快意的时期。他披铁甲，跨战马，执长戈，奔驰于秦陇岐渭之间，查勘地形，了解民情，与中原义军进行联系，并曾亲临前哨据点大散关和骆谷口等地侦察敌情。他认为汉中地区形势险要，军民抗金斗志很高，可以作为北伐的根据地。他向王炎建议：“经略中原必自长安始，取长安必自陇右始。当积粟练兵，有衅则攻，无则守。”② 但陆游的意见未被采纳，不久王炎被召回杭州，幕府解散，陆游北伐的希望和计划也随着破灭了。他怀着痛苦的心情离开汉中，南下成都。从此，陆游再也没有机会走上抗金前线，但他却以诗歌作为武器，表达自己坚持北伐、反对投降、渴望祖国统一的理想和决心。

陆游热爱祖国辽阔的土地、雄伟壮观的河山以及悠久的历史文化传统。他深情地歌唱：

---

① （元）脱脱等：《宋史》卷三九五《陆游传》，北京：中华书局，1977 年。以下引此书皆不再注明。

② （元）脱脱等：《宋史》卷三九五。

“四海一家天历数”（《感愤》），“幅员万里宋乾坤”（《夜读东京记》）。他热烈地赞美：“三万里之黄河入东海，五千仞之太华摩苍旻”（《寒夜歌》）；“太行天下脊，黄河出昆仑。山川形胜地，历世多名臣”（《哀北》）。对于历史上的著名人物和民族英雄如屈原、诸葛亮、杜甫、寇准、宗泽、岳飞等，诗人都予以崇高的评价：“离骚未尽灵均恨，志士千秋泪满裳”（《哀郢》），“出师一表通今古，夜半挑灯更细看”（《病起书怀》）。所有这些，激发了他的爱国感情，鼓舞着他为实现祖国的统一而斗争。

陆游坚信“南北会当一”。他认为金兵是不义之师，终久必败：“逆胡欺天负中国，虎狼虽猛那胜德！”（《战城南》）陆游指出：金政权已经“力惫势削，有乱而已。其乱不起于骨肉相残，则起于权臣专命，又不然，则奸雄袭而取之耳，三者有一焉。”① 他相信只要南宋方面力图大计，整军经武，配合北方人民的抗金斗争，收复中原是完全可能的：“安得节制帅，弓刀肃驰驱。父老上牛酒，善意不可孤。诸将能办此，机会无时无。”（《感兴》）陆游时常大声疾呼，要求北伐，收复中原：“汴洛我旧都，燕赵我旧疆。请书一尺檄，为国平胡羌。”（《江上对酒作》）甚至连酒后梦中，也不忘杀敌报国：“丈夫不虚生世间，本意灭虏救河山。岂知蹭蹬不称意，八年梁益凋朱颜。三更抚枕忽大叫，梦中夺得松亭关。”（《楼上醉书》）诗人的爱国情操始终如一，老而不衰。他青年时代即已立志“上马击狂胡，下马草军书”（《观大散关图有感》），到了八十多岁的高龄，听到宋军北伐的消息，尚且豪迈地表示：“一闻战鼓意气生，犹能为国平燕赵。”（《老马行》）这种“壮心不已”的精神是很可贵的。

由于投降派当权，陆游的北伐主张不能实现，因此他常常通过幻想和梦境来表现自己统一祖国的雄心壮志。在《五月十一日夜且半，梦从大驾亲征，尽复汉唐故地，见城邑人物繁丽，云：西凉府也。喜甚，马上作长句，未终篇而觉，乃足成之》一诗中，诗人以浪漫主义手法，描绘了一幅百万雄师胜利进军的图景。他期望着祖国统一后的和平生活：“黄河与函谷，四海通舟车。士马发燕赵，布帛来青徐。先当营七庙，次第画九衢。偏师缚可汗，倾都观受俘。上寿大安宫，复如正观初。”（《观大散关图有感》）在投降主义猖獗、失败情绪弥漫朝野的日子里，陆游冲破万马齐喑的氛围，引吭高歌：“群阴伏，太阳升；胡无人，宋中兴！”（《胡无人》）这对要求抗金的广大军民是有力的鼓舞。

陆游虽然受到投降派的压制和打击，但他决不同流合污，时刻准备披坚执锐、奔赴疆场，为收复中原而战斗：“僵卧孤村不自哀，尚思为国戍轮台。夜阑卧听风吹雨，铁马冰河入梦来。”（《十一月四日风雨大作》）晚年时期，诗人抛开了个人的功名富

① （宋）陆游：《渭南文集》卷四，《四部丛刊初编》本。

贵和恩怨得失，以抗战事业为重。他认为：“功名自是英豪事，不用君王万户侯。”（《闻虏政衰乱扫荡有期喜成口号》）而且还勉励战友团结一致，共同对敌：“深仇积愤在逆胡，不用追思灞亭夜。”（《送辛幼安殿撰造朝》）他别无所求，唯一的希望就是：“但愿少赊死，得见胡平年。”如果生前未能如愿，那么死后他将变为“鬼雄”、化作利剑，继续参加战斗：“千岁埋松根，阴风荡空穴。肝心独不化，凝结变金铁。铸为上方剑，衅以佞臣血。匣藏武库中，出参髦头列。三尺粲星辰，万里静妖孽。”（《书志》）陆游临死前写的绝笔诗《示儿》，既是诗人一生的思想和斗争的总结，也是几百年来广为传诵、影响深远的名篇：

死去元知万事空，但悲不见九州同。

王师北定中原日，家祭无忘告乃翁。

临终之时，陆游仍然念念不忘国土的统一。由此可见，陆游对祖国怀着多么深厚的感情，他真不愧是我国古代杰出的爱国诗人。

二

反对民族压迫，争取民族平等，是陆游爱国诗篇的另一重要内容。他深刻揭露了金政权的残暴统治，唱出了被压迫人民反抗的呼声。

我国是一个历史悠久的多民族国家，我国各族人民长期生活、劳动在祖国辽阔、富饶的土地上，共同创造了光辉灿烂的历史文明。在中华民族各族人民相互融合和统一国家形成的过程中，存在着平等联合与互相压迫两条道路的矛盾和斗争。“中华民族的各族人民都反对外来民族的压迫，都要用反抗的手段解除这种压迫。他们赞成平等的联合，而不赞成互相压迫。”① 可是，各民族的统治者却总是企图通过实行民族压迫来达到其对广大劳动人民进行阶级压迫的目的。所以“民族斗争，说到底，是一个阶级斗争问题”。②

12世纪我国历史上的宋金战争，实质上也是以民族斗争形式表现出来的一种阶级斗争。女真奴隶主贵族入据中原，是为了扩大其掠夺和剥削的范围，满足其贪得无厌的野心。在金政权统治区，奴隶主贵族与汉族地主勾结，残酷地剥削各族劳动人民。他们还通过南宋统治集团，以索取“岁贡”的方式，大量掠夺南方人民的血汗。由此

---

① 毛泽东：《中国革命和中国共产党》，《毛泽东选集》第二卷，北京：人民出版社，1969年，第617页。

② 毛泽东：《支持美国黑人反对美帝国主义种族歧视的正义斗争的声明》，1963年8月9日《人民日报》。

可见，当时各族人民的抗金斗争，是为了反对民族压迫和阶级压迫，是为维护祖国的统一和进步的正义斗争，也是爱国主义的具体表现。

陆游是反对民族压迫的坚定战士。他怀着极大义愤，无情地揭露了金奴隶主贵族荼毒中原人民的暴行："赵魏胡尘千丈黄，遗民膏血饱豺狼。"（《题海首座侠客像》）"群胡本无政，剽夺常自如。民穷诉苍天，日夜思来苏。"（《感兴》）宋金战争期间，金兵所到之处，劫掠居民，焚毁庐舍，进行了疯狂的掠夺和屠杀。靖康元年（1126）春，金兵围攻汴京时，金帅宗望向北宋当局提出退兵条件，要求割让太原、河间、中山三镇，缴纳黄金五百万两、白银五千万两、缎百万匹，否则要将城中"男子杀尽，妇女虏尽，宫室焚尽，金银取尽"。北宋统治集团派人四处"搜刮"，但也只得金三十余万两、银一千二百万两。于是，宗望又纵兵劫掠，"京城之外坟陇悉遭掘出尸，取其棺为马槽。杀人如割麻，臭闻数百里。京城以故数大疫，死者过半"①。靖康二年（1127）四月，金兵攻破汴京，再次大肆掳掠，凡城中金银珠宝、服饰车马、文物典籍，甚至连技艺工匠、内侍倡优，都被洗劫一空。② 陆游以极大的愤怒谴责了女真奴隶主贵族的暴虐行为："中原昔丧乱，豺虎厌人肉。辇金输虏廷，耳目久习熟。不知贪残性，搏噬何日足?"金统治者对中原地区的社会生产造成了严重破坏，使田园荒废，人口减少，人民处在水深火热之中。据《大金国志》载："大定十二年（1172），河东河北大饥，流人相枕死于道。"人民群众纷纷起来反抗，为解除民族压迫而进行英勇的斗争。女真奴隶主贵族采取残酷手段实行血腥镇压："有连十数村屠之，戮及无辜，而强壮迸逸，竟不能制。"陆游翘首北望，怒火中烧，悲愤难禁，含泪奋笔写道："逆贼稽大刑，痛愤深至骨。"（《燕堂独坐意象殊愦愦起登子城作此诗》）"遗民忍死望恢复，几处今宵垂泪痕!"（《关山月》）正是中原人民的悲惨遭遇，激起了诗人对金奴隶主贵族的无比愤恨。

金政权统治者还在中原地区实行文化专制，粗暴地破坏汉族人民长期以来形成的风俗习惯和文化生活传统。他们下令禁止百姓穿汉服，不准留汉族发式，如有违反，一律处死。他们派人在街市上搜查，"顶发稍长，大小不如式，斩之"；"见小民有依旧犊鼻者亦责以汉服斩之，生灵无辜被害不可胜纪"③。对此，陆游愤慨地写道："中原堕胡尘，北望但莽莽。耆年死已尽，童稚日夜长。羊裘左其衽，宁复记畴曩!"（《北望》）"舞女不记宣和装，庐儿尽能女真语"（《得韩无咎书寄使虏时宴东都驿中所作小阕》），"中原日月用胡历，幽州老酋著柘黄。"（《秋兴》）本来像服装、发

① （宋）徐梦莘：《三朝北盟会编》卷九六，光绪三十四年许涵度校刻本。
② （元）脱脱等：《宋史》卷二三。
③ （宋）徐梦莘：《三朝北盟会编》卷一三二。

式、历书等文化生活习惯，各民族间是可以而且应当互相交流和学习的，但应建立在自愿和平等的基础上。可是，当时金统治者却以暴力强制推行其规定，这就成为民族压迫的一种方式，只能加深民族间的隔阂和仇恨，而无助于平等联合。陆游为了保卫民族文化传统，而揭露和谴责女真奴隶主贵族的倒行逆施，在当时是进步的，应当予以肯定。

用阶级观点分析宋金战争史，应当指出：女真奴隶主贵族是罪魁祸首，而女真族的广大奴隶和士兵是受蒙蔽的，他们也是受害者。宋金战争初期，金兵中就曾产生了反战、厌战情绪，流露了对奴隶主贵族穷兵黩武、残暴成性的不满。① 因此，应该将女真族的广大奴隶和士兵加以区别。陆游没有认识到这一点，把金人一律当作“寇仇”，称为“胡虏”，这是他的阶级和历史的局限。但陆游并非大汉族主义者，他曾说：“乾坤均一气，夷狄亦吾人。”（《斯道》）又说：“华夷有一定之土疆，故彼不可越燕蓟而南侵，犹我不能跨辽碣而北守。”（《贺叶枢密启》）② 可见他是主张各民族间应当和睦相处，而反对互相攻伐的。陆游无情鞭挞女真奴隶主贵族，是由于他们实行残酷的民族压迫。如果对方放弃使用武力，他认为宋军也不应当采取报复政策：“马前嘔咿争乞降，满地纵横投剑戟。将军驻坡拥黄旗，遣骑传令勿自疑：诏书许汝以不死，股栗何为汗如洗！”（《战城南》）他还给金人指出了一条出路：“还汝以旧职，牧羊辽海边。”（《长歌行》）这种思想和主张，在当时的历史条件下，具有一定的进步意义。

三

坚持抗金，就要和投降主义进行斗争。陆游以诗歌作武器，把批判锋芒指向投降派，深刻揭露了南宋统治集团祸国殃民的罪行。

当金奴隶主贵族武装侵扰中原、发动掠夺性战争以后，广大人民奋起抵抗，为保卫乡土、解除民族压迫展开了英勇的斗争。但是，宋朝统治集团却违背人民的愿望，含垢忍耻，屈膝称臣，残酷地镇压抗金军民和主战派人士。以赵构、秦桧为首的南宋投降派，对国家的分裂、人民蒙受巨大的灾难负有不容推卸的历史责任。

南宋时期，投降和反投降的斗争十分激烈。主战派反对割地求和，坚持抗金的正

---

①（宋）徐梦莘：《三朝北盟会编》卷三二。

②（宋）陆游：《渭南文集》卷九，《四部丛刊初编》本。

义斗争，受到人民群众的支持。但是，投降派掌握着朝政大权，他们唯金人之命是听，镇压抗金活动，迫害主战派代表人物，制造了一桩桩“爱国有罪”的惨剧。尽管如此，反对投降主义的斗争并未停止，广大军民和爱国志士不惜流血牺牲，与投降派进行了坚决的斗争。例如：靖康二年（1127），绛州军民拒绝朝廷割地求和的诏令，怒杀“割地使”聂昌，“抉其目而脔之”；① 又如：绍兴二十年（1150），殿前司军士施全挺身刺杀投降派秦桧，不中被害。② 无数事实说明：反投降斗争的怒火是扑不灭的。

陆游一生与南宋投降派进行了不屈不挠的斗争，并因此而多次遭到排斥和打击。诗人曾说：“予十年间两坐斥，罪虽擢发莫数，而诗为首”。③ 他把诗歌当作匕首和投枪，掷向投降派：

公卿有党排宗泽，帷幄无人用岳飞。
遗老不应知此恨，亦逢汉节解沾衣。

——《夜读范至能〈揽辔录〉，言中原父老见使者多挥涕感其事作绝句》

诸公可叹善谋身，误国当时岂一秦？
不望夷吾出江左，新亭对泣亦无人！

——《追感往事》

这两首七言绝句，以犀利的笔锋揭露了南宋初年黄潜善、汪伯彦和秦桧之流结党营私，排斥主战派将领宗泽，陷害民族英雄岳飞，出卖中原河山与人民的罪行。诗人指出：投降派不止秦桧一人，而是一个集体。这些无耻的“公卿”，为虎作伥，给人民带来了灾难，自己却逃到西湖的花天酒地中寻欢作乐去了。陆游愤慨地予以谴责：

巨浸稽天日沸腾，九州人死若丘陵。
一朝才得居平土，峻宇雕墙已遽兴。

——《读夏书》

祖国大地横尸遍野，人民处在水深火热之中，而南宋统治集团却恃和苟安，劳民伤财，建筑高屋广宇，过着穷奢极侈的生活。在这黑暗的岁月里，多少爱国者报国无处，壮志难酬，虚度了宝贵的时光：“诸公尚守和亲策，志士虚捐少壮年!”（《感愤》）陆游在诗中唱出了广大军民对“和亲”政策的愤恨：“生逢和亲最可伤，岁辇金絮输胡羌。夜视太白收光芒，报国欲死无战场!”（《陇头水》）所谓“和亲”，本

① （元）脱脱等：《宋史》卷三五三。
② （元）脱脱等：《宋史》卷四七三。
③ （宋）陆游：《剑南诗稿》卷二一，《四部备要》本。

来是汉唐时期封建统治者处理国内兄弟民族关系的一种政策，在历史上对民族融合与我国多民族国家的形成曾经起过积极作用。但南宋投降派奉行的“和亲”政策，并非在平等基础上的团结合作，而是彻底的投降和叛卖。例如“绍兴和议”规定：宋金双方以淮水中流为界，承认金奴隶主贵族对中原地区的统治和奴役是合法的。赵构还向金主完颜亶进誓表说：“既蒙恩造，许备藩方，世世子孙，谨守臣节。每年皇帝（指金主）生辰并正旦，遣使称贺不绝。岁贡银绢二十五万两匹……伏望上国早降誓诏，庶使敝邑永有凭焉。”① 这种用出卖土地、榨取人民的血汗以满足金奴隶主贵族的贪欲，从而换取南宋小朝廷苟安的“和亲”，对于酷爱自由、富有光荣革命传统的汉族和其他各族人民来说，是不能忍受的。可是，投降派却掩丑饰非，无耻标榜说：“割地以求和”，是为了“使斯民复见太平”。这完全是欺世骗人的谎言。陆游揭露和谴责违背人民意愿、无助于民族团结与亲善，而仅仅有利于宋金双方统治者的“和亲”政策，是完全正当的。宋元以来，我国各族人民在反对阶级压迫和民族压迫的斗争中，实现了进一步的融合。这是我们各族人民共同的愿望和要求，也是历史辩证法的必然结果。绝不能把民族融合的功劳记在制造分裂、实行民族压迫的女真奴隶主贵族和助长分裂、执行民族投降政策的宋朝封建统治者的账上。粘罕、宗弼和赵构、秦桧之流，永远是历史的罪人。

淳熙四年（1177），陆游在成都写了一首乐府古题，对南宋统治集团从“隆兴和议”以来，文恬武嬉、醉生梦死的现实作了深刻的揭露：

和戎诏下十五年，将军不战空临边。
朱门沉沉按歌舞，厩马肥死弓断弦。
戍楼刁斗催落月，三十从军今白发。
笛里谁知壮士心，沙头空照征人骨！
中原干戈古亦闻，岂有逆胡传子孙。
遗民忍死望恢复，几处今宵垂泪痕！

——《关山月》

这首诗用对比手法，概括了当时广大人民和爱国志士与投降派的矛盾。诗人从不同角度斥责了南宋封建统治者恃和苟安、不修武备、沉湎声色的种种罪恶，抒发了戍边战士报国无路、虚掷岁月的愤懑，表达了中原人民垂泪忍死、盼望恢复的痛切心情，对南宋统治者的揭露和批判是很深刻的。

淳熙十五年（1188），陆游被调到杭州任军器少监，他以为这次可能有所作为，

① （清）毕沅：《续资治通鉴》卷一二五，北京：中华书局，1957年。

于是再次向当权者提出了一系列建议。在政治上，他主张抑制“豪右富室大商”，惩治“官吏贪者黠者”，减轻贫者小民的负担，以达到“至平至公之道”。[①] 在军事上，他分析了宋金战争的历史和当前的形势，驳斥了投降派的种种论调，认为应当“力图大计，宵旰弗怠，缮修兵备，搜拔人才，明号令，信赏罚，常如羽书狎至、兵锋已交之日。使虏果有变，大则扫清燕代，复列圣之仇；次则平定河洛，慰父老之望”。[②] 陆游在杭州期间的言行，再次触怒了投降派，于是又被劾落职。诗人回到家乡后，继续写诗批判投降派：“百战元和取蔡州，如今胡马饮淮流。和亲自古非长策，谁与朝家共此忧!”（《估客有自蔡州来感怅弥日》）“读书三万卷，仕宦皆束阁；学剑四十年，虏血未染锷。不得为长虹，万丈扫寥廓；又不为疾风，六月送飞雹。战马死槽枥，公卿守和约；穷边指淮淝，异域视京洛。于乎此何心，有酒吾忍酌!”（《醉歌》）表现了陆游坚持不懈地批判投降派的顽强意志。

陆游的晚年，南宋统治集团内部矛盾愈演愈烈，党同伐异，互相倾轧。宋宁宗（赵扩）庆元年间，韩侂胄当权，赵汝愚、周必大、朱熹等人群起反对。韩侂胄为了巩固自己的地位，提出“伪学之禁”，把反对他的人列为“伪党”而加以贬斥。陆游对这种争权夺利的斗争表示强烈的不满：“荥河温洛帝王州，七十年来禾黍秋。大事竟为朋党误，遗民空叹岁时遒。”（《北望感怀》）他判断是非的标准，不是个人和小集团的利益，而是国家的前途和命运。凡是有利于抗金、有利于祖国统一的，就予以支持，否则就加以反对。从这一前提出发，陆游积极支持“开禧北伐”，对支持北伐工作的韩侂胄采取鼓励与合作的态度。但是，由于北伐准备工作做得不够，出师不久就遭到了挫败，韩侂胄被史弥远等人阴谋杀害，于是投降派又掌握了大权。凡是支持北伐的人都遭到贬斥和迫害，陆游也因此受到无端的攻击和诬蔑。陆游支持“开禧北伐”是无可指摘的。任凭投降派巧诋苛绳，诗人决不屈服：“宁为雁奴死，不作鹤媒生”（《古意》），“双鬓多年作雪，寸心至死如丹”（《感事六言》）。这是诗人对投降派的回答，也是他一生反对投降主义的总结。

四

一个真正的爱国诗人，必然关心人民的生活，同情人民的遭遇，在其可能的范围

① （宋）陆游：《渭南文集》卷四，《四部丛刊初编》本。
② （宋）陆游：《渭南文集》卷四，《四部丛刊初编》本。

内通过各种途径与人民保持着联系。陆游正是这样一位杰出的作家，他的诗篇反映了当时人民的要求和愿望，具有丰富的人民性。

陆游出身于封建官僚地主家庭，他的生活与思想都留下了这个阶级的痕迹。但他又在一定程度上突破了自己的阶级界限，与人民保持着联系。诗人的童年，正值中原大乱。千家万户流亡异乡，避难江南。陆游的一家也在这逃难的队伍之中。诗人晚年回忆当时的生活时写道："我生学步逢丧乱，家在中原厌奔窜。淮边夜闻贼马嘶，跳去不待鸡号旦。人怀一饼草间伏，往往经旬不炊爨。"（《三山杜门作歌》）在兵荒马乱的岁月里，他经历了一段和广大人民同甘苦、共患难的生活，并萌发了同情人民的感情："少小遇丧乱，妄意忧元元。"（《感兴》）这是陆游忧国忧民思想的起点。

从戎南郑时期，陆游接触了从中原流亡到川陕一带的难民："忆昔从戎出渭滨，壶浆马首泣遗民。"（《忆昔》）他了解到金占区人民群众的悲惨生活，对他们的遭遇深表同情。陆游写了不少反映中原人民盼望北伐、要求解除民族压迫的动人诗篇："遗民世忠义，泣血受污胁"（《登城》），"遗民泪尽胡尘里，南望王师又一年"（《秋夜将晓出篱门迎凉有感》）。陆游常常北望中原，扼腕悲歌，他和苦难深重的北方人民心心相连。

陆游对南方人民贫困、痛苦的生活，也有深切的感受。南宋时期封建剥削极其残酷，除租赋以外还有所谓经制钱、月桩钱、版帐钱、身丁钱等名目繁多的苛捐杂税，人民负担异常沉重，贫富对立十分尖锐。陆游对"富豪役千奴，贫老无寸帛"（《岁暮感怀》）的现象不满。他认为："今日之患，莫大于民贫；救民之贫，莫先于轻赋。若赋不加轻，别求他术，则用力虽多，终必无益；立法虽备，终必不行。"① 陆游主张"节用裕民"，减轻人民的负担。他同情贫民百姓的处境："凶年饥岁，虽贫富俱病，然富者利源至多，贫者惟守田亩，孰为当恤？视郡县之庭，鞭笞流血，杻械被体者，皆贫民也。"② 他在地方任职期间，做了一些有益于人民的事情。淳熙七年（1180）陆游在抚州任江西常平茶盐公事时，曾打开"义仓"赈济遭受水灾的饥民。他还亲自乘船把粮食送到灾民手里。③ 在严州知府任上，陆游采取切实可行的措施："重赐蠲放，广行账恤"④，安定民生，增加生产，变荒年为丰收，使"六县并无流徙人户"。⑤ 当他病中听说民间被盗，诗人坐立不安，慨然赋诗："卧疴畴敢安，起立掷吾帽！"（《丙

① （宋）陆游：《渭南文集》卷四，《四部丛刊初编》本。
② （宋）陆游：《渭南文集》卷四，《四部丛刊初编》本。
③ （宋）陆游：《大雨逾旬既止复作江遂大涨》诗及自注，《剑南诗稿》卷一二，《四部备要》本。
④ （宋）陆游：《渭南文集》卷四，《四部丛刊初编》本。
⑤ （宋）陆游：《渭南文集》卷四，《四部丛刊初编》本。

午初冬，得心腹痛疾，大下而愈，羸耗不支；方在告，卧燕堂东偏，闻民间前一夕被盗者，慨然有赋》）陆游关心人民，人民也怀念着他。①

陆游回到家乡后，和人民逐步建立了密切的关系。他感到自己和群众的思想感情有距离，努力改变士大夫知识分子的习气："书生习气尽驱逐，酒兴诗情亦已无。底怪今朝亲笔砚，村乡来请辟蝗符。"（《仲秋书事》）当然，陆游不可能来一个真正的彻底的转变，但作为八百多年前的古代诗人，意识到需要改变书生习气，这就是可贵的了。他还注意搞好群众关系："东邻稻上场，劳之以一壶；西邻女受聘，贺之以一襦。诚知物寡薄，且用交里闾。"（《晚秋农家》）当时诗人虽已年近七十，还参加一些力所能及的劳动："我年近七十，与世长相忘。筋力幸可勉，扶衰业耕桑。身杂老农间，何能避风霜！夜半起饭牛，北斗垂大荒。"（《晚秋农家》）逐渐和劳动人民产生了一些共同的语言和感情："农事元知要细评，野人有旧得寻盟。村深未见果蔬地，舍近先闻鸡犬声。春水筑塘谋竭作，阳坡卧犊约同耕。"（《访野老》）诗人在可能的情况下，还时常主动为人民做一些有益的事情："驴肩每带药囊行，村巷欢欣夹道迎。共说向来曾活我，生儿多以陆为名。"（《山村经行因施药》）陆游受到人民的欢迎，他对农村的了解也逐渐加深，并写了一些反映农民辛勤劳动和苦难生活的诗篇：

农事初兴未苦忙，且支漏屋补颓墙。
山歌高下皆成调，野水纵横自入塘。

——《农桑》

北陌东阡有故墟，辛勤见汝昔营居。
豪吞暗蚀皆逃去，窥户无人草满庐！

——《太息》

农民群众终年辛勤劳动，但却不得温饱，无以为生，被迫逃亡他乡，留下的只是一片断井颓垣。诗人面对这一惨淡景象，不禁倾泪叹息。他怀着愤怒的心情谴责官府、豪绅互相勾结，鱼肉人民的罪行："齐民困衣食，如疲马思秣。有司或苛取，兼并亦豪夺。正如横江网，一举孰能脱！"（《书叹》）陆游看到一位邻居被官府追捕的情景，愤怒地向当时最高封建统治者提出质问和控诉：

舂得香粳摘绿葵，县符急急不容炊。
君王日御金华殿，谁诵周家七月诗！

——《邻曲有未饭被追入郭者，悯然有作》

① 《严州府志》卷一二：陆游"居官多惠政，既去而民思之"。

陆游不仅以同情的态度反映农民的苦难生活，而且还常常与他们聚会在一起，谈心述怀，给乡亲们讲解宋金战争的形势，号召他们为收复中原而进行斗争：

七年收朝迹，名不到权门。
耿耿一寸心，思与穷友论。
忆昔西戍日，孱虏气可吞。
偶失万户侯，遂老三家村。
朱颜舍我去，白发日夜繁。
夕阳坐溪边，看儿牧鸡豚。
雕胡幸可炊，亦有社酒浑。
耳熟我欲歌，四座且勿喧。
即今黄河上，事殊曹与袁。
扶义孰可遣，一战洗乾坤？
西酹吴玠墓，南招宗泽魂。
焚庭涉其血，岂独清中原。
吾侪虽益老，忠义传子孙。
征辽诏倘下，从我属櫜鞬。

——《村饮示邻曲》

陆游关心人民，同情人民，他接受了人民的教育，又以自己的作品来鼓舞人民。爱祖国和爱人民的感情在陆游的诗篇中是统一在一起的。

我国的爱国主义文学，源远流长，具有悠久的传统，它反映了我国人民热爱祖国的深厚感情。对于这份珍贵的文化遗产，我们应当运用马列主义的立场、观点和方法进行分析鉴别，坚持批判继承的原则。古代作家受封建正统思想影响，往往把忠君和爱国联系在一起，他们的国家观念有着明显的阶级局限和历史局限，他们的爱国思想和人民群众有很大的距离，这是必须指出的。但是他们的作品在一定程度上反映了当时人民的利益和愿望，具有历史的进步意义。由于历史条件的不同，各个时期爱国主义的具体内容不尽一样。当国家处于分裂状态或者民族矛盾尖锐的时代，维护国家的统一，反对民族压迫，争取各民族平等联合，就成为爱国主义文学的根本任务。当帝国主义入侵中国，我国沦为半殖民地半封建社会以后，爱国主义和反帝反封建的民主革命相结合，具有了新的内容和性质。我们应当承认历史发展的继承性，而不应当割断历史，更不能用今天的标准和要求去衡量古代作家作品。我国古代文学的爱国主义传统是客观存在的，尽管它的具体内容和表现形式有所不同，但都反映了我国人民对祖国的最深厚的感情，这是不容否定的。

陆游继承和发扬了屈原、杜甫以来我国古代爱国主义文学的传统。他的诗篇内容丰富，思想性强，风格豪放悲壮，充满爱国激情，这是陆游创作的主要特征。陆游的作品中也有许多封建性的糟粕，如忠君思想、消极颓废情绪等。但总的说来，他的诗歌思想成就和艺术成就都是比较高的。他热爱祖国，和人民的关系较为密切，为反对民族压迫和投降主义、为祖国的统一斗争了一生。他的爱国诗篇对后世产生了积极的影响，今天对我们仍然有一定的教育意义。陆游是我国古代杰出的爱国诗人，这一称号他是当之无愧的。

（《中国古典文学研究论丛》，吉林人民出版社 1980 年版）

论陆游的爱国诗篇

南宋时期，我国文坛出现了一系列爱国诗人和词人，其中最杰出的代表者是陆游和辛弃疾。他们在山河破碎、民生涂炭的黑暗岁月里，以抒写爱国情思为中心主题，创作了许多悲愤慷慨的动人诗篇，唱出了时代的最强音，在中国文学史上写下了光辉的一页。

陆游生活在12世纪20年代到13世纪初。这是我国历史上民族矛盾和阶级矛盾都很尖锐的一个时期。持续了一百多年的宋金战争，是女真贵族为了掠夺和扩张而发动的一场侵略战争。这场战争造成了极其严重的后果，给我国各民族人民带来了深重的灾难。民族矛盾上升为社会的主要矛盾，它不仅影响着当时的政治、经济和文化，而且也影响着人们的生活、思想和感情。

南宋历代帝王，从高宗赵构到度宗赵禥，都是只求苟安、不恤国计的庸主。当权者如秦桧、汤思退、史弥远、贾似道之流，怀奸误国，残害忠良。他们为了维持小朝廷的腐朽统治，对金卑躬屈膝，以割地媚敌为得计，不惜出卖国家、民族和人民的利益；对内加紧压榨剥削，贪婪地吸吮民脂民膏，在残山剩水中过着醉生梦死的生活，干尽祸国殃民的罪恶勾当，断送了恢复失地、统一祖国的大好时机。就封建王朝而论，南宋的确是我国历史上最软弱、最可耻、最黑暗的朝代之一。

然而，这个黑暗的时代又有着光明的一面。这一时期我国广大人民发扬爱国主义精神，以大无畏的英雄气概展开了轰轰烈烈的反侵略、反投降的伟大斗争。从宣和七年（1125）金兵进攻中原之日开始，到祥兴二年（1279）元军灭亡南宋小朝廷为止，一代又一代的英雄儿女为解除民族压迫制止卖国投降，前赴后继，英勇献身，表现了中华民族的浩然正气。这一百五十多年间，我国历史上涌现出许多气壮山河的英雄人物。如岳飞、宗泽、陈东、李纲、文天祥、陆秀夫、张世杰等。他们为之奋斗的事业虽然失败了，但他们以身殉国的精神和坚贞不屈的气节却照耀史册，彪炳千秋。

陆游的爱国诗篇就产生在这一时代，在这块肥沃的历史土壤里生根、开花、结果的。别林斯基说："任何一个诗人也不能由于他自身和靠描写自己而显得伟大，不论是描写他个人的痛苦，或者描写他个人的幸福；任何伟大诗人之所以伟大，是因为他的痛苦和幸福的根子深深地伸进了社会和历史的土壤里，因而他是社会、时代、人类的喉舌和代表。”陆游正是时代的歌手，人民的代言人。他的痛苦、悲哀和欢乐，都是与当时广大群众的思想感情息息相通的。

列宁指出：“爱国主义就是千百年来巩固起来的对自己的祖国的一种最深厚的感情。”我认为这种感情是随着民族、国家的形成和发展而产生和巩固起来的。它在每一个民族或国家里都有其悠久的传统和丰富的历史内容。对祖国的爱和对某种政权形式的国家的忠，既有联系又有区别。国家是阶级压迫的工具，而祖国这一概念所包含的内容却要广泛丰富得多。它既包括一定历史时期的国家政权，也包括形成国家的物质基础——土地、山河、人民、文化传统等。国家政权不断地改变着它的性质和职能，而土地、山河、人民、文化传统却有着历史的继承性，是不能割断的。所以列宁在解释爱国主义时，说的是对祖国的爱而不是对国家政权的忠。这两种感情常常交织在一起，不易区分，但绝不能将二者混为一谈。

爱国主义既然是一种历史现象，那么就有一个发展演变的过程。它在不同时期的具体内容，是由一定社会历史条件决定的。因此，不能脱离历史条件，用某一时期的爱国主义内容去衡量、要求和否定另一时期的爱国主义内容。有的同志认为我国历史上的民族矛盾和民族战争都是国内问题，不存在爱国和不爱国的问题。在这些同志看来，只有到了明清或近代，当帝国主义列强入侵中国之后，我国人民才产生了爱国主义思想感情，文学艺术作品中才出现了爱国主义的内容。这种观点不承认历史上民族战争的正义性和非正义性，混淆了侵略者和被侵略者的区别，是很不妥当的。其实，历史上无论是国内问题或国外问题，都存在着爱国或不爱国的问题。当帝国主义入侵的时候，反抗侵略，维护祖国的独立、主权和领土完整，是爱国主义的表现；在民族矛盾尖锐时，反对民族压迫，反对分裂国土，争取国内各民族平等联合，维护国家的统一和团结，同样也是爱国主义的表现。研究爱国主义和研究其他社会问题一样，都不能离开具体的历史条件，都必须把问题提到一定的历史范围之内。

根据南宋时期的历史条件，主张抗金，反对民族压迫，批判投降主义，维护祖国的统一等，都是正义的爱国的行为，应当肯定其在历史上的进步意义。这些方面的内容，在陆游的诗篇中都得到了充分的生动的反映。所以他在当时文坛，成为爱国作家的一面旗帜。

陆游一生始终主张抗金，他是反对民族压迫的坚定战士。诗人的童年是在战乱、流亡生活中度过的，从小又受到父辈爱国思想的熏陶和教育，因而立志要“扫胡尘”“清中原”，决心为祖国而献身。青年时代，他读兵书，学剑术，变姓名，结英豪，为参加北伐战争做了多方面的准备。从戎南郑期间，陆游接触了一些从沦陷区逃亡到南宋方面来的难民和义士，倾听了他们的血泪控诉，激起了诗人对女真奴隶主贵族荼毒中原人民的无比愤怒和仇恨。

陆游以诗歌为武器，对异族侵略者在中原地区烧杀掳掠的暴行，进行了无情的揭露和严厉的谴责：

赵魏胡尘千丈黄，遗民膏血饱豺狼。

——《题海首座侠客像》

群胡本无政，剽夺常自如。

民穷诉苍天，日夜思来苏。

——《感兴》

这里揭露的事实，是符合历史的。靖康元年（1126）春，金兵围攻汴京时，金帅宗望向北宋当局提出以割让太原、河间、中山三镇，并勒索金银财物，如不给就要将城中“男子杀尽，妇女虏尽，宫室焚尽，金银取尽”。宗望还纵兵抢劫，滥杀平民，致使“京城之外坟陇悉遭掘出尸，取其棺为马槽。杀人如割麻，臭闻数百里，京城以故数大疫，死者过半”。金兵占据中原后，对各族人民犯下的罪行，更是罄竹难书。

陆游虽然身在江南，但却心向中原，他和苦难深重的北方同胞骨肉相连：

横流始靖康，赵魏血可蹀。

小胡宁远略？为国恃剽劫。

…………

遗民世忠义，泣血受污胁。

系箭射我诗，往檄五陵侠。

——《登城》

三万里河东入海，五千仞岳上摩天。

遗民泪尽胡尘里，南望王师又一年！

——《秋夜将晓，出篱门迎凉有感》

中原人民的悲惨遭遇，在陆游心里燃起了愤怒的火焰，坚定了他抗金的决心，也使他的诗篇具有鲜明的战斗性。

金朝统治者在占领区实行民族歧视政策，粗暴地践踏和破坏汉族人民的风俗习惯和文化生活传统。他们禁止百姓穿汉族服装，不准留汉族发式，如有违反，一律处死：“顶发稍长，大小不如式，斩之”，“见小民有依旧犊鼻者亦责以汉服斩之，生灵无辜被害不可胜纪”。消息传来，陆游为之扼腕悲歌。他愤慨地写道：

中原堕胡尘，北望但莽莽。

耆年死已尽，童稚日夜长。
羊裘左其衽，宁复记畴曩？
岂无豪俊士，愤气塞穹壤。

——《北望》

中原日月用胡历，幽州老酋著柘黄。
荥河温洛底处所，可使长作旃裘乡？

——《秋兴》

上源驿中捶画鼓，汉使作客胡作主。
舞女不记宣和装，庐儿尽能女真语。

——《得韩无咎书，寄使虏时宴东都驿中所作小阕》

本来像服装、发式、历书、语言等，各民族间是可以互相交流和学习的，但应建立在自愿和平等的基础上。而当时的金朝统治集团却以暴力强制推行其规定，这必然要伤害被压迫民族的感情，是不利于民族团结和平等联合的。陆游谴责这种制造民族隔阂、加深民族仇恨的做法是正义的。

陆游的敌我观念十分坚定分明："故国吾宗庙，群胡我寇仇。但应坚此念，宁假用他谋？"（《纵笔》）但他并非大汉族主义者。诗人鞭挞女真奴隶主贵族，声讨他们的种种罪行，完全是针对其无端的侵略和残暴的民族压迫。陆游不抱民族偏见，他曾说："乾坤均一气，夷狄亦吾人。"（《斯道》）在宋金战争中，金兵虽然多次"屠城"，残杀平民和俘虏，陆游却不赞成进行报复。在《战城南》一诗中，他写道：

王师出城南，尘头暗城北。
五军战马如错绣，出入变化不可测。
逆胡欺天负中国，虎狼虽猛那胜德？
马前嗢咿争乞降，满地纵横投剑戟。
将军驻坡拥黄旗，遣旗传令勿自疑：
诏书许汝以不死，股栗何为汗如洗！

这里描写的是诗人幻想中北伐胜利时的情景，虽非实事，却也可以看出当敌人放下武器后他所采取的正确态度。不但如此，在实际生活中陆游也曾与投降过来的金兵融洽相处过。那是从戎南郑时的一段往事：

从军昔戍南山边，传烽直照东骆谷。
军中罢战壮士闲，细草平郊恣驰逐。

洮州骏马金络头，梁州球场日打球。

玉杯传酒和鹿血，女真降虏弹箜篌。

——《冬夜闻雁有感》

发动侵略战争、破坏民族团结的只是少数奴隶主贵族，而女真族的广大士兵和奴隶则是受蒙蔽的，也是受害者。宋金战争初期，金兵中就曾出现过厌战反战情绪。他们盼望早日回到家乡去过和平生活，流露了对奴隶主贵族集团穷兵黩武、嗜杀成性的不满。因此，应当将他们和少数发动战争的奴隶主贵族加以区别。陆游虽然不可能达到这样的认识高度，但他在实际上是不赞成进行民族报复的。陆游追求的不是狭隘的民族利益，而是实现祖国的统一、和平与繁荣：

安得从王师，汛扫迎皇舆。

黄河与函谷，四海通舟车。

士马发燕赵，布帛来青徐。

先当营七庙，次第画九衢。

偏师缚可汗，倾都观受俘，

上寿大安宫，复如正观初。

——《观大散关图有感》

只要金兵停止侵扰，就可以化干戈为玉帛，和平、统一的局面就会恢复。他还主张当金人解除武装后，应当给以出路，让他们回到原来居住的地方，仍旧从事畜牧业，去过安分的生活：

尽诛非无名，不足烦戈铤。

还汝以旧职，牧羊辽海边。

——《长歌行》

陆游对待民族问题的态度，在当时的历史条件下，是难能可贵的。

我国是一个多民族的国家，各民族人民具有强大的凝聚力，任何力量都不能将他们分开。平等联合、团结互助、共同进步是我国各民族人民世世代代的一致愿望。但是也要看到，历史上各民族内部的反动集团（其中包括大汉族主义者和地方民族主义者）总是违背人民的愿望，挑起民族纠纷，发动战争，进行掠夺和扩张，损害了祖国的团结和统一，给各民族劳动人民造成了一次次深重的灾难。这是不能回避的客观历史事实。对我国历史上的民族矛盾和民族战争，要进行实事求是的研究和总结。只有尊重历史，分清是非，吸取教训，才有助于增强和巩固各民族大家庭的团结。

南宋时期，以汉族人民为主的抗金斗争是正义的战争。陆游和其他作家歌颂抗金斗争的作品是爱国主义文学，这是没有疑问的。

南宋统治集团在尖锐的民族矛盾中，分成主战派与主和派。主战派坚持守土自卫，反对割地求和，得到了人民群众的广泛拥护和支持。主和派畏敌如虎，姑息退让，执行卖国投降政策。这两派的斗争，是当时民族矛盾和阶级矛盾在南宋朝廷内部的反映。广大人民和爱国志士与主战派站在一起，和投降派进行了激烈的斗争。例如：靖康二年（1127），绛州军民拒绝朝廷割地求和诏令，怒杀“割地使”聂昌，“抉其目而脔之”；绍兴二十年（1150），殿前司军士施全挺身刺杀卖国贼秦桧，不中被害。无数事实说明，反对投降主义的怒火在人们胸中燃烧着，它是扑不灭的。

陆游的诗篇表达了人民群众的思想感情。他犀利的笔锋指向投降派：

公卿有党排宗泽，帷幄无人用岳飞。
遗老不应知此恨，亦逢汉节解沾衣。
——《夜读范至能〈揽辔录〉，言中原父老见使者多挥涕，感其事作绝句》

诸公可叹善谋身，误国当时岂一秦？
不望夷吾出江左，新亭对泣亦无人！

——《追感往事》

这两首七绝，揭露南宋初年黄潜善、汪伯彦和秦桧排斥异己，陷害忠良，结党营私，误国误民的罪行。诗人一针见血地指出，投降派不是一两个人的问题，他们“有党”，是一个自私无耻、狼狈为奸的集团。这个集团的总头子就是宋高宗赵构。赵构曾不打自招地承认：“讲和之策，断自朕志，秦桧但能赞朕而已。”陆游和投降派势不两立，毫不留情地揭露和鞭挞他们。在晚年时期的少数作品中，诗人还把批判的笔锋直接指向当时最高的封建统治者：

巨浸稽天日沸腾，九州人死若丘陵。
一朝才得居平土，峻宇高墙已遽兴。

——《读夏书》

舂得香粳摘绿葵，县符急急不容炊。
君王日御金华殿，谁诵周家七月诗？
——《邻曲有未饭被追入郭者，悯然有作》

这两首诗，前者借古讽今，后者感事抒怀，都是针对南宋小朝廷最高统治者的。陆游爱国爱民的深挚感情，使他冲破封建纲常的束缚，大胆地向君王提出了愤怒的控诉和质问。

陆游对侵略者和投降派的痛恨与愤怒之情，是基于他对祖国和人民的深挚热爱。经常萦绕在诗人胸怀，使他坐卧不宁，朝思暮想，不断为之悲歌流涕、长言咏叹的，是祖国壮丽雄伟的河山、受苦受难的人民和悠久光辉的历史文化传统。

陆游放声讴歌辽阔富饶的国土，尽情赞美雄奇险峻的山川名胜：

四海一家天历数，两河百郡宋山川。

——《感愤》

三万里之黄河入东海，五千仞之太华摩苍旻。

——《寒夜歌》

诗人对中原故土怀有特殊的感情，因为那是中华民族文化的发祥地，千百年来抚育了许多著名的英雄人物：

太行天下脊，黄河出昆仑。
山川形胜地，历世多名臣。

——《哀北》

我昔闻关中，水深土平旷。
泾渭贯其间，沃壤谁与抗？
桑麻郁千里，黍林高一丈，
潼华临黄河，古出名将相。

——《秋怀十首，末章稍自振起，亦古义也》

陆游常常登高北望，遥向云天以外的故国山河捧出一颗火热的赤子之心，寄予无限的向往和怀念：

河潼形胜宁终弃，周汉规模要细论，
自恨不如云际雁，南来犹得过中原！

——《枕上偶成》

书生忠义与谁论，骨朽犹应此念存。
砥柱河流仙掌日，死前恨不见中原！

——《太息》

陆游曾打算当宋军收复中原后，举家迁居关中，世世代代定居在那里。为此，他勉励儿孙们说："永为河渭民，勿惮关山路。"（《仆顷在征西大幕，登高望关辅乐之，每冀王师拓定得卜居焉。暇日记此意，以示子孙》）这一愿望始终未能实现，使他感到十分遗憾。陆游生前中原一直被金人强占着，每念及此，陆游就老泪纵横，百感交集，从而也更加坚定了杀敌报国的决心：

把酒不能饮，苦泪滴酒觞，
醉酒蜀江中，和泪下荆扬。
…………
汴洛我旧都，燕赵我旧疆，
请书一尺檄，为国平胡羌。

——《江上对酒作》

对历史上的爱国志士和爱国作家，陆游都给予崇高的评价，并从他们的事迹和著作中吸取营养，作为鼓舞自己的精神力量。他特别尊敬的是屈原、杜甫和诸葛亮：

离骚未尽灵均恨，志士千秋泪满裳。

——《哀郢》

文章垂世自一事，忠义凛凛令人思。

——《游锦屏山谒少陵祠堂》

出师一表真名世，千载谁堪伯仲间？

——《书愤》

对古今著名的英雄人物，如李广、李晟、李靖、裴度、马周、寇准、宗泽、岳飞、刘锜、张浚等，陆游也非常仰慕，以他们作为自己的榜样：

李靖闻征辽，病惫更激昂。
裴度请讨蔡，奏事犹衷创。
我亦思报国，梦绕古战场。

——《鹅湖夜坐书怀》

人生不作安期生，醉入东海骑长鲸。
犹当出作李西平，手枭逆贼清旧京。

——《长歌行》

君不见昔时东都宗大尹，义感百万“虎”与“狼”，
疾危尚念起击贼，大呼过河身已僵！

——《感秋》

所有这些，说明陆游继承了光荣的民族传统，先贤烈士们为国献身、鞠躬尽瘁、慷慨赴敌、万死不辞的精神，是一股巨大的力量，在鼓舞着他为实现祖国的统一而

斗争。

对待人民的态度如何，是衡量一个作家是否爱国的重要标志。单纯抒写个人的乡关之思、故国之恋或亡国之恨，作家未能与广大人民的命运联系在一起，他的痛苦或幸福只限于个人的狭小天地，这样的作品即使情深意切，严格说来也不能说是爱国主义文学。一个真正的爱国诗人，必然关心人民，同情人民，在其可能的范围内，通过一定的途径和方式与人民群众保持着某种联系。陆游就是这样一位伟大的诗人。他的作品反映了南宋时期广大人民的利益、要求和愿望。

陆游的童年时代，曾经历了一段和人民群众同甘苦、共患难的逃亡生活。这是他忧国忧民思想的起点："少小遇丧乱，妄意忧元元。"（《感兴》）走向社会以后，陆游始终关心民生疾苦，对"富豪役千奴，贫老无寸帛"（《岁暮感怀》）的社会现象表示不满，对人民的贫困和苦难表示深切的同情。

据记载，南宋时期耕种的土地不及北宋时期的三分之二，而历年剥削收入总数的最高额却与北宋约略相等。剥削的方式和手段更加残酷，除租赋徭役外，还有所谓"经制钱""月桩钱""版帐钱""身丁钱"等名目繁多的苛捐杂税。陆游看到了这一现实，认为人民的极端贫困是当时社会的严重问题。他说："今日之患，莫大于民贫；救民之贫，莫先于轻赋。若赋不加轻，别求他术，则用力虽多，终必无益；立法虽备，终必不行。"他极力主张"节用裕民"、缩小开支，减轻人民负担。在抚州和严州任职期间，陆游曾采取一些切实的措施，蠲免赋税，赈济灾民，安定民生，发展生产，做了不少有益于人民的事情。陆游关心人民，爱护人民，人民也深深地怀念着他。

正是在这样的认识与生活经历的基础上，陆游写了大量反映人民苦难生活、揭露黑暗现实的诗篇：

数年斯民厄凶荒，转徙沟壑殣相望。
县吏亭长如饿狼，妇女怖死儿童僵。

——《秋获歌》

北陌东阡有故墟，辛勤见汝昔营居。
豪吞暗蚀皆逃去，窥户无人草满庐！

——《太息》

诗人的爱憎之情，是很鲜明的。

陆游不仅同情人民，更为可贵的是，他在和群众的交往中能够发现他们的优秀品德，从中吸取一定的养料：

几年羸疾卧家山，牧竖樵夫日往还。

至论本求编简上，忠言乃在里闾间。
“私忧骄虏心常折，念报明时涕每潸。”
寸禄不沾能及此，细听只益厚吾颜。

——《识愧》

这是陆游晚年在故乡山阴时，路上听了一位普通百姓的谈话后所写的一首诗。他对这位乡亲说的两句话非常赞赏，深受感动，并将这来自民间的“忠言”引进了自己的作品之中。可见人民群众忧国忧民的思想，对陆游起了鞭策、教育的作用。

淳熙十六年（1189）陆游再次被劾罢职离开杭州。回到农村后，他更加主动接近周围的群众，注意和乡亲们搞好关系。他常常跟劳苦大众在一起谈心述怀，给他们介绍宋金战争的形势，号召大家做好准备，只待北伐令下，就和他一起挥戈携剑奔赴前线，为收复中原而战：

七年收朝迹，名不到权门，
耿耿一寸心，思与穷友论。
忆昔西戍日，孱虏气可吞，
偶失万户侯，遂老三家村。
朱颜舍我去，白发日夜繁，
夕阳坐溪边，看儿牧鸡豚。
雕胡幸可炊，亦有社酒浑，
耳热我欲歌，四座且勿喧。
即今黄河上，事殊曹与袁。
扶义孰可遣，一战洗乾坤？
西酹吴玠墓，南招宗泽魂，
焚庭涉其血，岂独清中原！
吾侪虽益老，忠义传子孙，
征辽诏倘下，从我属櫜鞬。

——《村饮示邻曲》

陆游热爱人民、学习人民；又以自己的作品来鼓舞人民、教育人民。爱祖国和爱人民的思想感情，在陆游的作品中得到了很好的统一。

陆游生活在封建社会，出身于地主家庭，受的是儒家思想教育，因此在他身上不可避免地也要打上时代和阶级的烙印。陆游的爱国诗篇中积极进步的因素是主要的，但也存在着一些封建主义的杂质。如忠君思想和个人功名观念等消极因素，在他的作品中也是有所表现的。早年时期，他把“但忧死无闻，功不挂青史”与“何时嫖姚师，大刷渭桥耻”（《投梁参政》）相提并论，认为报国和忠君是一致的。他曾不止一次地说过：“士生抱材愿少试，誓取燕赵归君王。”（《松骥行》）“千年史册耻无名，一片丹心报天子。”（《金错刀行》）这反映了陆游的阶级和历史的局限，在评价他的作品时是应该指出的。

同时又要看到，随着生活经历的不断丰富，对现实认识的逐渐深化，陆游的思想也在不断地变化。到了晚年，陆游的忠君思想愈来愈淡薄，后期作品中已很难找到颂扬“君王”“天子”的词句。同时诗人也基本上摆脱了个人功名观念的束缚，而把国家和民族的利益放在首位。他曾说：“功名自是英豪事，不用君王万户侯。”（《闻虏政衰乱扫荡有期喜成口号》）这里所说的“功名”，不是指个人功成名就、享受荣华富贵，而是指恢复中原的事业了。开禧北伐前夕，陆游在一首诗中写道：

鸭绿桑干尽汉天，传烽自合过祁连。
功名在子何殊我，唯恨无人快著鞭。

——《书事》

这种不计个人得失，而以恢复失地、统一祖国为重的思想，和早期的个人功名观念有着明显的区别。陆游的心胸更宽阔、立足点更高了。

由于陆游能够抛开个人的恩怨得失，所以他的爱国立场是很坚定的。诗人少年时就立下“上马击狂胡，下马草军书”（《观大散关图有感》）的雄心壮志，数十年如一日，坚守誓言，毫不动摇。当他到了八十多岁的高龄，虽已白发苍苍，两鬓如霜，一听到宋军北伐的消息，依然豪情满怀地表示：“一闻战鼓意气生，犹能为国平燕赵。”（《老马行》）即使在残年老病，政治上多次遭到打击和压制，处境十分艰难的情况下，诗人也从不“叹老嗟卑”，仍旧期待着重跨铁马，披坚执锐，奔赴卫国杀敌的战场：

僵卧孤村不自哀，尚思为国戍轮台。
夜阑卧听风吹雨，铁马冰河入梦来。

——《十一月四日风雨大作》

这种“烈士暮年，壮心不已”的精神，是很值得学习的。

陆游的暮年，贫病交加，又因支持韩侂胄北伐而受到种种无端的攻击和诬蔑，但他却坚强地活着，目的只有一个，就是要亲眼看到敌人的溃灭：

剖心莫写孤臣愤，抉眼终看此虏平。

——《书愤》

不羡骑鹤上青天，不羡峨冠明主前。
但愿少赊死，得见胡平年。

——《长歌行》

如果生前此志未酬，那么他希望死后变为“鬼雄”，愿自己的忠肝义胆凝为金铁，铸成利剑，继续去参加除奸灭敌的战斗：

千岁埋松根，阴风荡空穴。
肝心独不化，凝结变金铁。
铸为上方剑，衅以佞臣血。
匣藏武库中，出参髦头列。
三尺粲星辰，万里静妖孽。
君看此神奇，丑虏何足灭！

——《书志》

虽然这只是一种不可能实现的理想和愿望，但那种富贵不能淫、威武不能屈、绝不与黑暗势力妥协、对正义事业充满胜利信心的伟大精神，却集中表现了我国人民革命斗争的传统和坚强不屈的意志。这是陆游爱国诗篇的特点之一。

陆游爱国诗篇的另一特点，是具有强烈的现实主义精神和鲜明的战斗性。陆游本来是想做一个文武全才的英雄人物，真刀真枪地去和敌人搏斗。然而生不逢时，他被迫脱去战袍，放下刀剑，走上了以诗歌创作为主要事业的生活道路。自从四十八岁离开川陕前线以后，纸和笔就成了他手中的唯一武器。战斗的渴望，促使他在文学艺术的广阔领域里开辟了另一个战场。他的不少作品都像匕首、投枪、利剑一样，无情地刺向腐恶，倾向性十分明显，现实意义很强，充分发挥了诗歌武器在反侵略、反投降斗争中的积极作用。

陆游的爱国诗篇还具有一种乐观主义精神和积极浪漫主义的色彩。对黑暗的现实他感到愤慨，但从不悲观，坚信“南北会当一”。他曾说：“楚虽三户能亡秦，岂有堂堂中国空无人！”（《金错刀行》）又说：“南人孰谓不知兵，昔者亡秦楚三户。”（《十月二十六日夜梦行南郑道中，既觉恍然，揽笔作此诗，时且五鼓矣》）这与当时流行于统治阶级中的所谓“南北有定势，吴楚之脆弱不足以争衡于中原”的悲观思想形成了鲜明的对照。陆游并非盲目乐观。根据南宋初年宋金双方力量对比的变化，如果南宋当权者能够坚持抗金，依靠人民群众的力量，争取主动，抓住战机，收复中原是完全可能的。当时转战在河东河北一带的农民抗金武装红巾军曾向南宋朝廷表示：只要大军渡过黄河，人数并不需要很多，中原人民就会揭竿而起，把侵略者赶出去。可是投降派却反其道而行之，致使中原长期沦陷，人民饱受战乱、分裂和民族压迫之苦。这一历史罪责应由南宋大地主官僚和投降派来承担。

在现实生活里，陆游无法实现自己的理想和愿望，于是只好把希望寄托在幻想和梦境之中。他用浪漫主义的手法描写理想中的英雄和北伐成功的盛况：

须如蝟毛磔，面如紫石棱。
丈夫出门无万里，风云之会立可乘。
追奔露宿青海月，夺城夜蹋黄河冰。
铁衣度碛雨飒飒，战鼓上陇雷凭凭。
三更穷虏送降款，天明积甲如丘陵。
中华初识汗血马，东夷再贡霜毛鹰。
群阴伏，太阳升，胡无人，宋中兴。
丈夫报主有如此，笑人白首篷窗灯。

——《胡无人》

陆游的纪梦诗多写从军生活，是诗人壮志难酬的曲折反映：

天宝胡兵陷两京，北庭安西无汉营。
五百年间置不问，圣主下诏初亲征。
熊罴百万从銮驾，故地不劳传檄下。
筑城绝塞进新图，排仗行宫宣大赦。
冈峦极目汉山川，文书初用淳熙年。
驾前六军错锦绣，秋风鼓角声满天。
苜蓿峰前尽亭障，平安火在交河上。
凉州女儿满高楼，梳头已学京都样。

——《五月十一日夜且半，梦从大驾亲征，尽复汉唐故地，见城邑人物繁丽，云：西凉府也。喜甚，马上作长句，未终篇而觉，乃足成之》

诗人通过梦境，描绘宋军出征、收复故地，沦陷区人民兴高采烈投入祖国怀抱的动人情景。这类诗篇表现了现实与理想的矛盾，对爱国者是有力的鼓舞，对投降派却是无言的批判。

陆游的诗中塑造了一位爱国主义战士的光辉形象。这一形象既是诗人的自我写照，也是时代精神的艺术体现。陆游作品中的抒情主人公，是一位甘洒满腔热血，宁愿委身锋镝，战死沙场，以马革裹尸还葬的英雄豪杰。这一形象既熔铸着作者自身的生活经历和政治理想，也概括了当时如火如荼的反侵略、反投降的斗争。因此，它具有很强的艺术感染力和积极的教育作用。

陆游的爱国诗篇在当代和后世都曾产生过深远的影响。陆游生前常以自己的作品来勉励战友，鼓舞志士，希望他们振作精神，不要悲观：

腰间羽箭久凋零，太息燕然未勒铭。
老子犹堪绝大漠，诸君何至泣新亭！

——《夜泊水村》

我语壮士勉自强，男儿堕地志四方。
裹尸马革固其常，岂若妇女不下堂！

——《陇头水》

当时著名的爱国词人辛弃疾以及韩元吉、范成大、张缜、刘过、苏泂等都受过他的影响：

大材小用古所叹，管仲萧何实流亚。
天山挂旆或少须，先挽银河洗嵩华。
中原麟凤争自奋，残虏犬羊何足吓。
但令小试出绪余，青史英豪可雄跨。
古来立事戒轻发，往往谗夫出乘罅。
深仇积愤在逆胡，不用追思灞亭夜。

——《送辛幼安殿撰造朝》

书来寄我宴时诗，归鬓知添几缕丝，
有志未须深感慨，筑城会据拂云祠！

——《得韩无咎书，寄使虏时宴东都驿中所作小阕》

公归上前勉画策，先取关中次河北。
尧舜尚不有百蛮，此贼何能穴中国？
黄扉甘泉多故人，定知不作白头新，
因公并寄千万意，早为神州清虏尘！

——《送范舍人还朝》

这些寄赠友人之作，情深意长，高瞻远瞩，千言万语总是围绕着一个中心主题。诗人赤诚的爱国之心呼之欲出，读者又怎能不为之感动呢！

几百年来，当我们的国家、民族遭到侵略欺凌，处在危急存亡的关头，人们总是倍加怀念爱国诗人陆游。近代作家梁启超、柳亚子对陆游都给予很高的评价：

诗界千年靡靡风，兵魂销尽国魂空。
集中什九从军乐，亘古男儿一放翁。

——梁启超《读陆放翁集》

放翁爱国岂寻常？一记南园目论狂。
倘使平原能灭虏，禅文九锡亦何妨。

——柳亚子《王述庵论诗绝句诋諆放翁感而赋此》

他们推崇陆游，为他辩诬，是历史的公论。同时也说明陆游的爱国主义精神，一直在鼓舞和感召着后人。

总之，陆游的作品中蕴藏着很多闪光的瑰宝。对这位伟大诗人的遗产进行科学的鉴别、分析和批判，取其精华，去其糟粕，对于培养我国人民的爱国主义感情、建设社会主义的精神文明，都是有益的。

（《文学遗产》1981年第2期，又收入《古典文学论丛》吉林文史出版社1987年版）

放翁词论

一

宋代作家兼善诗词者为数不少，但在两方面都取得重大成就，而且均能自成一家的人却并不多。其中苏轼是最突出的一位，他的诗、词和散文造诣都很高，影响也同样十分深远。此外，还有欧阳修、王安石、黄庭坚、陆游、刘克庄等，在当时文坛也是著名的多面手。他们不限一式，不拘一体，多方探索，辛勤笔耕，为开创百花竞放的局面，繁荣宋代文学，做出了可贵的贡献。

陆游是南宋四大诗人之一，其成就主要在诗歌创作方面。他自称“六十年间万首诗”，所著《剑南诗稿》虽经作者多次删除，今存作品尚有九千三百余首。其用力之勤，收获之巨，在中国诗史和世界诗坛上实属罕见。相对而言，词在他的全部创作中所占比例极小，今存一百四十余首，不到诗作总数的百分之二。

这一事实说明：陆游对诗、词两种文体是有所偏向的。而这一偏向的形成，显然与他重诗轻词的认识和态度有关。且看他的论述：

> 古声不作久矣！所谓诗者，遂成小技。诗者果可谓之小技乎？学不通天人，行不能愧于俯仰，果可言诗乎？

> 雅正之乐微，乃有郑卫之音。郑卫虽变，然琴瑟笙磬犹在也。及变而为燕之筑、秦之缶、胡部之琵琶箜篌，则又郑卫之变矣。风、雅、颂之后为骚、为赋、为曲、为引、为行、为谣、为歌，千余年后乃有倚声制辞起于唐之季世，则其变愈薄，可胜叹哉！予少时汩于世俗，颇有所为，晚而悔之。然渔歌菱唱，犹不能止。今绝笔已数年，念旧作终不可揜，因书其首，以识吾过。

这两段文字充分说明陆游重视诗歌的社会价值，而轻视“其变愈薄”的倚声之作。他对自己早年写的一些长短句感到很后悔，可是又不能完全搁笔，表现出一种矛盾的心态。为什么会出现这种现象呢？原因大约有二：其一是他受当时“诗庄词媚”

传统文学观念的影响，其二是由于他不满花间派词人流连歌酒、毫不关心民生疾苦的绮靡词风。陆游晚年在一则论词短文中曾说：

《花间集》皆唐末五代时人作。方斯时，天下岌岌，生民救死不暇，士大夫乃流宕如此，可叹也哉！或者亦出于无聊故耶？

对于一生以天下为己任、时刻关心国家民族命运的陆游来说，鄙薄花间词乃是理所当然的事。但是，花间派毕竟只是词坛的一股支流，因此不应由批评花间派而导致否定其作为一种独立文学形式的词体。

在《跋后山居士长短句》《跋东坡七夕词》《徐大用乐府序》以及另一篇写于开禧元年（1205）的《跋花间集》等文中，陆游对唐宋以来一些词人的作品又给予了充分的肯定。或称其“语意工妙”“简古可爱”，或赞为“居然是星汉上语，歌之曲终，觉天风海雨逼人”。于是给人造成一种印象：似乎他词论忽褒忽贬，并无定见。其实陆游的褒贬都是针对具体对象而发的。对于以花间派为代表的浮艳浅薄的词风，他持批判、否定的态度；而对以苏轼为代表的高旷清雄的词风，则持赞赏、肯定的态度。陆游似乎已朦胧地意识到词坛存在着两种倾向，但由于历史条件的限制，他对词体的看法未能从感性认识上升到理性认识，因此难免失之偏颇。他总觉得词不如诗，二者的社会价值不能相提并论。于是才会有“晚而悔之”“以识吾过”等之类的自白。

有了这样的思想，必然要影响他不可能像辛弃疾那样集中精力从事歌词创作，从而也难免会产生一些粗率的作品。据夏承焘、吴熊和《放翁词编年笺注》，陆游入蜀前及蜀中时期词作计五十九首，东归后和晚年词作计五十六首，另有二十九首作年莫考。如果以淳熙十六年（1189）陆游被弹劾罢官回到山阴之后为其创作的晚期，那么这二十年间他只写了二十多首词，平均每年仅只一首而已。可是同一时期，他写的诗却特别多。《剑南诗稿》凡八十五卷，自二十一卷起均为1189年后作，占去全集的四分之三以上。其中八十四岁那年竟然作诗584首，而前六十多年仅为存稿的四分之一。词则与此相反，除不知作年者外，1189年前所作约为四分之三，1189年后只占四分之一。由此可见，对于诗词创作，陆游不但用力不同，而且早年和晚年的侧重点也有明显的差别。

《四库全书总目提要》指出：“（陆）游平生精力，尽于为诗，填词乃其余力，故今所传者，仅为诗集百分之一……杨慎《词品》则谓其纤丽处似淮海，雄快处似东坡。平心而论，游之本意，盖欲驿骑于二家之间，故奄有其胜，而皆不能造其极。要之诗人之言，终为近雅，与词人之冶荡有殊。其短其长，故具在是也。”这一评价基本符合实际，是较为中肯的。

纵观两宋词坛，放翁词虽未能“造其极”，却又是不应当被忽视的。刘克庄《后村诗话》说："放翁长短句……其激昂感慨者，稼轩不能过；飘逸高妙者，与陈简斋、朱希真相颉颃；流丽绵密者，欲出晏叔原、贺方回之上；而世歌之者绝少。"冯煦《宋六十一家词选例言》认为："剑南屏除纤艳，独往独来，其逋峭沉郁之概，求之有宋诸家，无可方比。"他们从比较角度谈问题，分寸也许掌握得不够准确，评价或者过高一些，但其充分肯定放翁词的基本观点是可取的。我以为放翁词的成就不如东坡乐府和稼轩长短句，但的确不在陈与义、朱敦儒、晏几道、贺铸等人之下。特别是在南宋前期词风变化过程中，陆游也起过积极作用，他的词无论在思想上和艺术上都很有特色，完全能够自成一家，应当予以充分的肯定。

二

况周颐《蕙风词话》卷一引《倚声集序》，将唐、五代、两宋词分为"诗人之词""文人之词""词人之词"和"英雄之词"四类，而且指出"有英雄之词，苏、陆、辛、刘是也"。这种分类方法未必十分科学，但应当承认其中也包含着某些合理的因素。

在词被视为"艳科"，"偎红依翠"习已成风的时代，到底有没有所谓的"英雄之词"呢？当然是有的。这类作品虽然不多，却也是不可否认的客观存在。请看：

神州沉陆，问谁是一范一韩人物？……拜将台欹，怀贤阁杳，空指冲冠发。阑干拍遍，独对中天明月。

——胡世将《酹江月》

何日请缨提锐旅？一鞭直渡清河洛。却归来，再续汉阳游，骑黄鹤。

——岳飞《满江红》

调鼎为霖，登坛作将，燕然即须平扫。拥精兵十万，横行沙漠，奉迎天表。

——李纲《苏武令》

念腰间箭，匣中剑，空埃蠹，竟何成！时易失，心徒壮，岁将零。渺神京。干羽方怀远，静烽燧，且休兵。冠盖使，纷驰骛，若为情？闻道中原遗老，常南望、翠葆霓旌。使行人到此，忠愤气填膺，有泪如倾！

——张孝祥《六州歌头》

尧之都，舜之壤，禹之封。于中应有，一个半个耻臣戎。万里腥膻如许，千古英灵安在，磅礴几时通？胡运何须问，赫日自当中。

——陈亮《水调歌头》

事无两样人心别。问渠侬、神州毕竟几番离合？汗血盐车无人顾，千里空收骏骨。正目断、关河路绝。我最怜君中宵舞，道男儿、到死心如铁。看试手，补天裂。

——辛弃疾《贺新郎》

这些词作者或为抗金英雄，或为爱国志士，他们的出身、经历与生活道路虽然不同，却有一个共同的理想和奋斗目标，那就是：抗敌御侮，振兴宋朝，光复失地，统一祖国。他们站在反对民族压迫、反对投降主义斗争的前列，高唱“还我河山”的时代最强音。这类作品气势磅礴，深沉悲壮，意象雄浑，音调高亢，洋溢着力挽狂澜、慷慨赴敌、试手补天的战斗豪情。可以说是名副其实的“英雄之词”。

放翁词中最富社会价值、最能动人心弦的，也正是这类所谓的“英雄之词”。试读以下各篇：

羽箭雕弓，忆呼鹰古垒，截虎平川。吹笳暮归野帐，雪压青毡。淋漓醉墨，看龙蛇飞落蛮笺。人误许，诗情将略，一时才气超然。　何事又作南来，看重阳药市，元夕灯山，花时万人乐处，欹帽垂鞭。闻歌感旧，尚时时流涕尊前。君记取，封侯事在，功名不信由天。

——《汉宫春》

此阕系乾道九年（1173）陆游在成都时所作。一年多前，他从夔州奔赴南郑，在四川宣抚使王炎幕中任“干办公事兼检法官”。作者为能走向抗金斗争前线而感到十分兴奋和自豪：“投笔书生古来有，从军乐事世间无。”（《独酌有怀南郑》）他披上战袍，跨着铁马，手挽长枪，风尘仆仆地往来于岐渭秦陇之间，踏勘地形，了解民情，视察战备，为筹划北伐积极进行准备。闲暇时也和战友们手牵黄犬、臂擎苍鹰，行猎于深山密林和平川旷野之中，并亲自刺死过一只斑斓猛虎。经过几个月的调查研究，陆游向王炎“陈进取之策，以为经略中原必自长安始，取长安必自陇右始。当积粟练兵，有衅则攻，无则守”。可是不久朝廷下令召回王炎，解散幕府，他也被迫脱去戎装，放下武器，来到锦官城里做一名无所事事的闲散小官。这首词所表露的正是作者当时感叹英雄无用武之地的苦闷心情。上片追叙在南郑军中围猎刺虎、青毡宿营、醉酒草书的豪迈生活，描绘出一位才华横溢、文武双全的英雄战士的形象；下片通过重阳寻药、元夕观灯、走马看花、闻歌感旧等场面，说明目前官闲身散，生活很不得意。结拍处振起笔锋，满怀信心地写道："君记取，封侯事在，功名不信由天。"全词情感强烈，跌宕起伏，有愤懑而不消沉，遭挫折却不气馁，深信杀敌报国的理想终将实现，体现了陆游川陕时期爱国诗词的特点。

《夜游宫·记梦寄师伯浑》是陆游在蜀中写的另一首爱国词作。乾道九年（1173）夏，作者自成都前往嘉州任代理知州。途经三苏故里眉山时，结识了西蜀名士师伯浑。他们志趣相投，一席晤谈遂为莫逆之交。同年晚秋，师伯浑来到嘉州看望陆游，相从十余日而去。别后陆游写了这首词寄给他：

雪晓清笳乱起，梦游处、不知何地？铁骑无声望似水。想关河，雁门西，青海际。　睡觉寒灯里，漏声断、月斜窗纸。自许封侯在万里。有谁知，鬓虽残，心未死！

本篇题为"记梦"，实际也是作者遥向友人剖诉自己的心曲。上片叙梦，写踏雪出征：那是一个大雪纷飞的清晨，胡笳之声彼伏此起，词人梦中不知来到了什么地方。只见浩浩荡荡的骑兵衔枚疾进，军容整肃，从远处望去多像一股铁流，正在向前滚滚奔腾。这是什么地方啊？想必是雁门关以西或者是青海湖一带吧！词中通过梦境，描绘出壮阔的边塞风光和威武的北伐之师，表达了作者日夜盼望奔赴前线为国杀敌的崇高理想。下片抒愤，言处境寂寞：一觉醒来，"铁骑""关河"都消失了，唯有一盏孤灯在寒夜中闪着微光，铜壶计时的滴水声已经停止，残月斜映在窗纸上，天也快亮了。一幅多么萧瑟、凄清的画面。作者躺在床上，回首往事，不禁心潮翻滚。当年立志以身许国，决心立功于万里之外，如今虽然鬓发衰残，老大无成，但壮志并未消磨，雄心一如既往，仍希望走上抗金杀敌的战场。可是这一切又有谁能理解呢？全词虚实并举，两片对比鲜明，深刻反映了现实与理想的矛盾，形象地表达了抱负不能实现的悲凉心情，也是一曲激越、凄怆的失意英雄之歌。

热爱祖国山河，是陆游创作的主要内容之一。他常常在观图、读书、题画时激起灵感，并借以抒发怀念中原故土的深情。诗中如《观大散关图有感》《夜读东京记》《龙眠画马》等，都是这方面的代表作。词里也运用了这种借题发挥的抒情方式，如：

中原当日三川震，关辅回头煨烬。泪尽两河征镇，日望中兴远。　秋风霜满青青鬓，老却新丰英俊。云外华山千仞，依旧无人问。

——《桃源忆故人·题华山图》

陆游对中原长期沦陷深感悲痛，曾写过许多诗篇咏赞祖国北方的大好河山。如在《寒夜歌》中，诗人深情地唱道："三万里之黄河入东海，五千仞之太华摩苍旻。坐令此地没胡虏，两京宫阙悲荆榛。”这首词表达了同样的思想情感。作者面对画中那高耸入云、雄伟险峻的华山，不觉心潮澎湃，百感交集，于是和泪挥笔题下了这阕悲壮动人的小词。全篇通过四幅画面，深刻而概括地反映了宋金对峙、南北分裂时期的历史。上片就沦陷区而言，突出表现民族矛盾，日夜盼望宋朝中兴的迫切心情。下片就南宋方面而言，揭示爱国与投降的矛盾。过片两句抒发英雄豪杰报国无门、虚度岁月的无限愤懑。结拍两句略点图中之景，展示华山英姿，谴责南宋投降派不图恢复、置大好河山于不顾的可耻行为。全词爱憎鲜明，忧国忧民之情溢于言表，意蕴深沉，风格悲壮，与一般文人的题画诗词迥然异趣。着眼点不在艺术的鉴赏，而是含着热泪呼吁抗金、光复祖国的大好河山。

陆游晚年作词较少，偶有涉笔，亦多为“渔歌菱唱”。但不时也发出“烈士暮年，壮心不已”的深沉慨叹。例如下列两阕：

> 壮岁从戎，曾是气吞残虏。阵云高，狼烽夜举。朱颜青鬓，拥雕戈西戍。笑儒冠，自来多误。　　功名梦断，却泛扁舟吴楚。漫悲歌、伤怀吊古。烟波无际，望秦关何处？叹流年又成虚度。
>
> ——《谢春池》

> 当年万里觅封侯，匹马戍梁州。关河梦断何处？尘暗旧貂裘。　　胡未灭，鬓先秋，泪空流。此生谁料，心在天山，身老沧洲！
>
> ——《诉衷情》

此二阕大约都是陆游六十五岁被弹劾罢官回到鉴湖三山故居后写的。两篇的情调、构思相近，都是以当年从戎南郑的豪迈生活与如今寂寞孤独的晚境相对照，抚今思昔，沉哀茹痛，老泪横流地抒发了有心报国、无路请缨的悲怆之情。

唐代有边塞诗派，宋代虽无边塞词派，但也有一些以边塞生活为题材的词作。例如被欧阳修讥为“穷塞主之词”的范仲淹的《渔家傲》，原为“数阕”，现仅存一首，均以“塞下秋来风景异”为首句，可以说是宋人最早的边塞词。其后如苏轼的《江城子》(老夫聊发少年狂)、黄庭坚的《水调歌头》(落日塞垣路)，无论就题材或风格论，都具有边塞词的特点。经历过宋金战争的南宋爱国词人，更有不少作品抒写渴望奔赴边防为国杀敌立功的抱负。如辛弃疾的“燕兵夜娖银胡𩨉，汉箭朝飞金仆姑”（《鹧鸪天》）、刘过的“万马不嘶，一声号角，令行柳营”（《沁园春》）、吴泳的“跨征鞍，横战槊，上襄州”（《上西平》）、黄机的“旗帜倚风飞电影，戈铤射月明霜锷”（《满江红》）、刘克庄的“铁马晓嘶营壁冷，楼船夜渡风涛急”（《满江红》），等等。这些作品虽非全以边塞生活为题材，却具有边塞词的部分因素和特质。

上文论及的几阕放翁词，均为忆昔怀旧之作，其实并非写于边塞。不过陆游曾经有过从军边塞的生活经历和亲身体验，而这恰恰是构成此类作品内容和意境的基本要素。因此如果把它们纳入边塞词的系统之内，也是有一定根据的。

陆游写于西北边防前线的词，有七八首。其中以《秋波媚》一阕较有代表性：

秋到边城角声哀，烽火照高台。悲歌击筑，凭高酹酒，此兴悠哉。多情谁似南山月，特地暮云开。灞桥烟柳，曲江池馆，应待人来。

乾道八年（1172）七月十六日，作者登上南郑内城西北高兴亭，遥望汉唐故都长安和终南山，等待从大散关和骆谷口传来的平安烽火。亭上秋风阵阵，城头号角声声，陆游与幕府同僚们击筑酹酒，引吭高歌，豪情勃发，诗兴大作，于是乘着一轮明月，吟成此阕，祝愿王师早日北伐，收复中原失地。词境壮阔，意象生动，尤其是用拟人手法赋予“南山月”和“灞桥烟柳”“曲江池馆”以丰富的情感，写得含蓄深永，耐人寻味。可以说是一首优秀的、名副其实的边塞词。

陆游的爱国词、英雄词、边塞词，常常是三位一体，难以截然分开的。它们同属一个系列，是放翁词中的精华，决定作者在词坛地位的基石。这类作品约占全集的十分之一，数量和比例虽不如异军特起的稼轩词，却也不比张元幹、张孝祥、陈亮、刘过等人少。由此可见陆游是南宋时期以辛弃疾为代表的爱国词人群体中的重要成员之一。

三

放翁词题材较为广阔，除抒发爱国情思外，还有不少描绘湖山风光，表现闲适隐逸情趣，托闺思抒写怀抱，以及游宴赠答唱和之作。这些作品思想内容比较复杂，有积极因素，也有消极因素，应当实事求是地进行分析和评价。

陆游一生足迹遍及东南和川陕，游历过不少名山大川，所到之处多有题咏。然而他在词中写得最多的还是蜀中风物和故乡的山光水色。例如下面这首《好事近》：

挥袖上西峰，孤绝去天无尺。拄杖下临鲸海，数烟帆历历。　贪看云气舞青鸾，归路已将夕。多谢半山松吹，解殷勤留客。

此阕题为“登梅仙山绝顶望海”，作于东归之后。梅仙山又称梅山，在绍兴城东北七里处，与放翁三山故居相距不到二十里。作者挥袖健步登临西峰绝顶，纵目遥观沧海，只见烟波浩渺，云兴霞蔚，帆影点点，不觉流连忘返。归途晚风习习，松枝轻轻地摇摆，仿佛在劝客人留下。词寓情于景，表达了词人对祖国壮美河山的深深热爱。

陆游晚年的“渔歌菱唱”，多以山阴鉴湖为背景，描写作者披渔蓑，泛烟波，趁明月，钓孤篷的隐居生活。且举《长相思》五阕中的三首为例：

云千重，水千重，身在千重云水中。月明收钓筒。　　头未童，耳未聋，得酒犹能双脸红。一尊谁与同？

又

桥如虹，水如空，一叶飘然烟雨中。天教称放翁。　　侧船篷，使江风，蟹舍参差渔市东。到时闻暮钟。

又

悟浮生，厌浮名，回视千钟一发轻。从今心太平。　　爱松声，爱泉声，写向孤桐谁解听？空江秋月明。

作者沉浮宦海数十年，自谓“此身恰似弄潮儿，曾过了，千重浪”（《一落索》）。一旦归来，“脱尽利名缰锁”（《桃源忆故人》），顿觉天高地阔，无拘无束，可以自由自在地投身于大自然的怀抱，求得暂时的平静和解脱。这类作品意境淡远，既流露出世无知音、甘心终老云水之乡的寂寞心情，也反映了作者的出世思想。

陆游受道家影响较深，有的词写他对炼丹、游仙之类虚幻世界的追求。如《秋波媚》（曾散天花芯珠宫）、《一丛花》（仙姝天上自无双）、《隔浦莲近拍》（骑鲸云路倒景）以及六首《好事近》等。这类作品约占十分之一，实属放翁词中的下乘之作。刘师培在其《论文杂记》中评论说：“剑南之词，屏除纤艳，清真绝俗，逋峭沉郁，而出之以平淡之词，例以古诗，亦元亮、右丞之匹，此道家之词也。”说放翁词为“道家之词”，似是而非，以偏概全，虽无贬义，实乃误解。且不说此类作品并非放翁词的主流，即以描写道家、隐士生活的词作而论，也不是陆游真心实意的追求。他曾在一首诗中说过“丹成不服怕成仙”，可见炼丹、修道，以隐士自居，不过是陆游在政治上失意时所追求的一种精神解脱。他虽熟读《黄庭》，结交方外，其实并不迷信神仙；尽管放浪林泉，与渔樵为伍，自称“身闲心太平”，却无意去做不问世事的隐者。且看下面两首词：

采药归来，独寻茅店沽新酿。暮烟千嶂，处处闻渔唱。　　醉弄扁舟，不怕沾天浪。江湖上，遮回疏放。作个闲人样。

——《点绛唇》

家住苍烟落照间，丝毫尘事不相关。斟残玉瀣行穿竹，卷罢黄庭卧看山。

贪啸傲，任衰残，不妨随处一开颜。元知造物心肠别，老却英雄似等闲！

——《鹧鸪天》

两阕都是写的闲居生活，看似十分消沉，然而却透露了作者内心深处的隐秘：原来这闲人并非真闲人，不过是“做个闲人样”而已。须知他是被迫赋闲、罢官归隐的英雄志士啊！放翁晚年词作，多于闲散衰飒中寄托着这种深深的感慨。

前人认为放翁词“一扫纤艳”，就总的倾向而言，是可以这样说的。不过应当看到，陆游也写过若干具有婉约风格特色的作品。这类词或为赠妓之作，如《浣溪沙》（浴罢华清第二汤）、《鹧鸪天》（南浦舟中两玉人）、《风流子》（佳人多命薄）等；或借宫词、托闺思以写怀抱，如《夜游宫》（独夜寒侵翠被）、《清商怨》（江头日暮痛饮）、《月照梨花》（闷已萦损）等。在陆游的婉约词中，最富于感染力的是他为怀念被迫离异的前妻唐琬而作的《钗头凤》。这首词通过作者自身的经历和遭遇，反映了在封建礼教压迫下的婚姻悲剧，是一曲和着血泪谱写的爱情悲歌，在读者中曾经引起过强烈的共鸣。陆游对唐琬的怀念，不仅表现在这首词中，而且在他晚年所写的一些诗篇里也时时有所流露。如《沈园》《禹祠》《春游》等。其中有一首七律题为《禹迹寺南有沈氏小园。四十年前尝题小阕壁间，偶复一到而园已易主，刻小阕于石，读之怅然》。诗曰：

枫叶初丹槲叶黄，河阳愁鬓怯新霜。
林亭感旧空回首，泉路凭谁说断肠。
坏壁醉题尘漠漠，断云幽梦事茫茫。
年来妄念消除尽，回向禅龛一炷香。

从这首诗的题目、内容和情调看，沈园相会、陆游为赋《钗头凤》的传说是可信的。放翁词中另有两首值得注意：

江头绿暗红稀，燕交飞。忽到当年行处，恨依依。　洒清泪，叹人事，与心违。满酌玉壶花露，送春归。

——《上西楼》

泪淹妆薄，背东风伫立，柳绵池阁。漫细字、书满芳笺，恨钗燕筝鸿，总难凭托。风雨无情，又颠倒、绿苔红萼。仗香醪破闷，怎禁夜阑，酒醒萧索。　刘郎已忘故约，奈重门静院，光景如昨。尽做它、别有留心，便不念当时，两意初著。京兆眉残，怎忍为、新人梳掠，尽今生、拼了为伊，任人道错。

——《解连环》

这两首词写作年代均不可考，细味词意似非泛写男女情事，或许也是伤念前妻唐琬之作，亦未可知。

陆游从二十九岁赴锁厅试，因“喜论恢复”被秦桧黜免，一生仕途坎坷，屡遭贬谪，经常受到巧诋苛绳，处境十分不妙。但他始终坚持自己崇高的理想、抱负和情操，绝不改变抗金救国的主张和立场。他常以梅花不畏严寒，不惧风霜，迎着冰雪怒放的倔强性格来激励自己。陆游写了许多咏梅诗，且多含有很深的寓意。例如：

若耶溪头春意悭，梅花独秀愁空山。
逢时决非桃李辈，得道自保冰雪颜。
仙去要令天下惜，折来聊伴放翁闲。
人中商略谁堪比，千载夷齐伯仲间。

——《梅》

同样的思想感情，在他的《卜算子·咏梅》词中，也得到了形象、生动的表现：

驿外断桥边，寂寞开无主，已是黄昏独自愁，更著风和雨。　　无意苦争春，一任群芳妒。零落成泥碾作尘，只有香如故。

本篇托物寄意，通过对梅花高风亮节的咏赞，表达了作者在与邪恶势力的斗争中，宁愿粉身碎骨、化作尘土，也绝不同流合污的美好品德。词中主体与客体融合无间，既刻画了梅花的性格和精神，同时也是诗人自我形象的艺术写照，具有较高的美学价值。

总之，放翁词所反映的社会生活比较丰富，突破了“艳科”的藩篱，开拓了新的意境，他和辛弃疾等人一道，继承发扬苏轼的传统，为宋词的发展做出了一定的贡献。

四

放翁词的风格与稼轩词相似，以豪放为主，同时又具有多层次、多样化的特点。前人或以苏、陆、辛、刘并举，或谓放翁、稼轩、后村鼎足而三，多认为他是豪放派的一员。也有人说他欲驿骑东坡、淮海之间，“纤丽处似少游，雄壮处似东坡”。放翁受东坡影响是很明显的，至于说他与秦观词风相近却没有多少根据。可以这样说，在南宋前期词坛，除辛弃疾而外，陆游是写作豪放词较多的作家之一。“感慨激昂”“屏除纤艳”“雄快”“超爽”，是放翁词的主体风格，他的许多作品在艺术上都具有这样的审美特征。

早在入蜀参军之前，陆游已经开始了豪放词的写作，据《宋史》本传载，隆兴元年（1163），陆游因斥责佞臣曾觌、龙大渊“招权植党”，触怒孝宗，被贬为京口通判。次年冬天友人韩元吉来京口省亲，他们怀着忧国之情，踏雪出游，指点江山，纵论国事，并以诗词相唱和。后来韩元吉将他们当时所写的作品编为《京口唱和集》。

据陆游回忆说："凡与无咎（韩元吉字）相从者六十日，而歌诗合三十篇。然此特其大略也，或至于酒酣耳热，落笔如风雨，好事者从旁掣去，他日或流传乐府，或见于僧窗驿壁，恍然不复省识者，盖又不可计也。"可见陆、韩京口唱和之作，流传既很广，影响也是不小的。因《京口唱和集》不传，收入其中的三十篇作品多已散佚，仅从保存下来的几首放翁词看，已显示出豪放派的特点。

这里还需指出，隆兴二年（1164）秋，陆游在京口通判任上，陪知府方滋上北固山，游甘露寺，登多景楼所写的《水调歌头》，在思想内容和艺术风格方面都是一首比较成熟的豪放词：

江左占形胜，最数古徐州。连山如画佳处，飘渺著危楼。鼓角临风悲壮，烽火连空明灭，往事忆孙刘。千里曜戈甲，万灶宿貔貅。　　露沾草，风落木，岁方秋。使君宏放谈笑，洗尽古今愁。不见襄阳登览，磨灭游人无数，遗恨黯难收。叔子独千载，名与汉江流。

词写登楼眺望，即兴抒感。全篇情景交融，意境宏阔，笔力遒劲，表达了作者为国建功立业的理想，在当时颇有影响。词人毛幵读后深为感动，特意于千里之外写了一首"次韵"之作。著名爱国词人张孝祥曾为此词写了题记，并亲自"书而刻之崖石"，流传因而也更广了。此阕与辛弃疾四十年后任镇江知府，登京口北固亭怀古所作《永遇乐》（千古江山）和《南乡子》（何处望神州）二词，颇有异曲同工之妙。

放翁词风与稼轩词风相近，前人早已作了论述。如南宋刘克庄《后村诗话》就曾指出："放翁稼轩，一扫纤艳，不事斧凿。"肯定了他们审美追求的共同点。由于两位作家处于同一时代，都是坚贞不渝的爱国志士，又都遭到投降派的排斥和打击，故其作品的探索，也许有许多一致的地方。例如稼轩词喜发议论，故毛晋《稼轩词跋》曾谓："宋人以东坡为词诗，稼轩为词论，善评也。"如果从时间上看，以词论事，陆游比辛弃疾更早。试读乾道二年（1166）他在山阴所写的《沁园春》：

电转雷惊，自叹浮生，四十二年。试思量往事，虚无似梦；悲欢万状，合散如烟。苦海无边，爱河无底，流浪看成百漏船。何人解，向无常火里，跌打身坚。　　须臾便是华颠。好收拾形骸归自然。又何须著意，求田问舍；生须宦达，死要名传。寿夭穷通，是非荣辱，此事由来都在天。从今去，任东西南北，作个飞仙。

此词各本未收，《放翁词编年笺注》据明汪砢玉《珊瑚网》和倪涛《六艺之一录》补入。调名原作《大圣乐》，字句格律与《大圣乐》相近而略异，与《沁园春》全同，疑为真迹题跋者所误。稼轩词中恰好也有一首题作"将止酒，戒酒杯使勿近"的《沁园春》，试引录如下，略加比较：

杯汝来前，老子今朝，点检形骸。甚长年抱渴，咽如焦釜；于今喜睡，气似奔雷。汝说刘伶，古今达者，醉后何妨死便埋！浑如此，叹汝于知己，真少恩哉！　　更凭歌舞为媒，算合作人间鸩毒猜。况怨无大小，生于所爱；物无美恶，过则成灾。与汝成言“勿留亟退，吾力犹能肆汝杯”。杯再拜，道“麾之即去，招则须来”。

两词的题旨，意趣颇为接近，而其以文为词，反复说理，纵横议论，打破传统写法的词风更为相似。故明李日华题放翁此词即云：“亦辛稼轩之流也。”不过这种相似并非有意模仿，也不是谁受谁影响的问题，而是两位词人在各自创作道路上探索尝试的结果。陆游的《水调歌头》（江左占形胜）和《沁园春》（电转雷惊）均作于隆兴、乾道年间，其时辛弃疾仅二十余岁，渡江南来不久，尚未在词坛显露头角，陆游不会受到他的影响。反之，辛弃疾虽然很尊重陆游，但他们相识很晚，稼轩词中也找不到与放翁唱和、受其影响的痕迹。他们同属豪放派，词风相近，是由于处在同一个时代，而且思想性格、生活际遇、审美情趣又有许多相似之处。这大概只能说是英雄所见略同吧！

（《社会科学战线》1987年第3期）

读陆游词

陆游是南宋著名的爱国诗人，他的文学成就主要在诗歌创作方面。词在他的全部创作中所占比例极小，仅存一百四十余首，不到诗作总数的百分之二。正如《四库全书总目提要》所云："游平生精力，尽于为诗，填词乃其余力，故今所传者，仅为诗集百分之一。"虽然如此，但陆游的词也很有特色，在当时已享有盛名，完全能够自成一家。如刘克庄《后村诗话》说："放翁长短句……其激昂感慨者，稼轩不能过；飘逸高妙者，与陈简斋、朱希真相颉颃；流丽绵密者，欲出晏叔原、贺方回之上。"冯煦《宋六十一家词选例言》也认为："剑南屏除纤艳，独往独来，其逋峭沉郁之概，求之有宋诸家，无可方比。"他们通过比较研究，对陆游词予以充分肯定，其评价未必完全准确，但基本精神是符合实际的，也是可取的。

南宋前期词坛，以辛弃疾为代表的爱国词人，在反侵略、反投降的斗争中，冲破"诗庄词媚"观念的束缚，"于剪红刻翠之外，屹然别立一宗"（《四库全书总目提要·稼轩词提要》），形成了一个风格相近、影响很大的流派，改变了北宋末年以来的柔媚词风，为宋词的发展开辟了一条广阔的道路，在文学史上的贡献是不可磨灭的。属于这一流派的作家，除辛弃疾而外，还有韩元吉、张孝祥、杨炎正、陈亮、刘过等人，陆游也是其中的成员之一。他们在黑暗的岁月里，高举反对偏安投降的旗帜，以歌词互相唱和赠答，抒发忧国情思，宣传抗金主张，要求完成统一祖国的大业。他们将胸中的抑郁不平之气，化为悲壮激越的歌声，唱出了"还我河山"的时代最强音。这些作品气势磅礴，感情深挚，意象雄浑，音调高亢，洋溢着力挽狂澜、慷慨赴敌、试手补天、勇于献身的战斗豪情。可以说这些词是两宋词坛最富社会价值的"英雄之词"。

陆游词中有不少这类抒发爱国激情的"英雄之词"。请看以下诸篇：

羽箭雕弓，忆呼鹰古垒，截虎平川。吹笳暮归野帐，雪压青毡。淋漓醉墨，看龙蛇飞落蛮笺。人误许，诗情将略，一时才气超然。　何事又作南来，看重阳药市，元夕灯山，花时万人乐处，攲帽垂鞭。闻歌感旧，尚时时流涕尊前。君记取，封侯事在，功名不信由天！

——《汉宫春》

此阕系乾道九年（1173）陆游在成都时所作。一年多前，他从夔州奔赴南郑，在四川宣抚使王炎幕中任“干办公事兼检法官”。词人为能走向抗金斗争前线而感到十分兴奋和自豪：“投笔书生古来有，从军乐事世间无。”（《独酌有怀南郑》）他披上战袍，跨着铁马，手挽长枪，风尘仆仆地往来于岐渭秦陇之间，踏勘地形，了解民情，视察战备，为筹划北伐积极进行准备。闲暇时也和战友们手牵黄犬、臂擎苍鹰，行猎于深山密林和平川旷野之中，并亲自刺死过一只斑斓猛虎。经过几个月的调查研究，陆游向王炎“陈进取之策，以为经略中原必自长安始，取长安必自陇右始。当积粟练兵，有衅则攻，无则守”（《宋史·陆游传》）。可是不久朝廷下令召回王炎，解散幕府，他也被迫脱去戎装，放下武器，来到锦官城里做一名无所事事的闲散小官。这首词所表露的正是作者当时感叹英雄无用武之地的苦闷心情，结拍两句：“君记取，封侯事在，功名不信由天！”则是词人勉励自己的誓言。全词情感强烈，跌宕起伏，有愤懑而不消沉，遭挫折却不气馁，深信杀敌报国的理想终将实现，体现了陆游川陕时期爱国诗词的特点。

《夜游宫·记梦寄师伯浑》是陆游在蜀中写的另一首爱国词作。乾道九年（1173）夏，作者自成都前往嘉州任代理知州。途经三苏故里眉山时，结识了西蜀名士师伯浑。他们志趣相投，一席晤谈遂为莫逆之交。同年晚秋，师伯浑来到嘉州看望陆游，相从十余日而去。别后陆游写了这首词寄给他：

雪晓清笳乱起，梦游处、不知何地？铁骑无声望似水。想关河，雁门西，青海际。　睡觉寒灯里，漏声断、月斜窗纸。自许封侯在万里。有谁知，鬓虽残，心未死！

本篇题为“记梦”，实际也是作者遥向友人剖诉自己的心曲。上片叙梦，写踏雪出征：那是一个大雪纷飞的严冬之晨，笳声齐鸣，彼伏此起，词人梦中挥师前进，只见浩浩荡荡的骑兵衔枚疾进，军容整肃，从远处望去多像一股铁流，正在向前滚滚奔腾。这是什么地方呢？想必是雁门关以西或者是青海湖一带吧！词中通过梦境，描绘出壮阔的边塞风光和威武雄壮的北伐大军，表达了作者日夜盼望奔赴沙场为国杀敌的崇高理想。下片抒愤，言处境寂寞凄凉：一觉醒来，“铁骑”“关河”都消失了，眼前唯有一盏孤灯在寒夜中闪着微光，漏壶滴水之声已经停止，残月斜映在窗户纸上，天已经快亮了。这是一幅多么萧瑟、凄清的画面。作者躺在床上，回首往事，不禁心潮翻滚，悲愤难平。当年立志“上马击狂胡，下马草军书”，决心以身许国，将一腔热血洒在万里疆场上，如今虽然鬓发衰残，老大无成，但壮志并未消磨，雄心一如既往，仍希望走上抗金杀敌的战场。可是这一切又有谁能理解呢？全词虚实并举，一波三折，对比鲜明，深刻反映了现实与理想的矛盾，形象地表达了抱负不能实现的悲愤心情，它也是一曲激越苍凉、壮志未酬的失意英雄之歌。

热爱祖国山河，是陆游创作的重要内容之一。他经常在观图、读书、题画时激起灵感，并借以抒发怀念中原故土的深情。其诗如《观大散关图有感》《夜读东京记》《龙眠画马》等，都是这方面的代表作。词里也运用了这种托物起兴、借题发挥的抒情方式，如：

中原当日三川震，关辅回头煨烬。泪尽两河征镇，日望中兴远。　　秋风霜满青青鬓，老却新丰英俊。云外华山千仞，依旧无人问！

——《桃源忆故人·题华山图》

陆游对中原长期沦陷深感悲痛，曾写过许多诗篇表达怀念祖国北方大好河山的真挚感情。如在《寒夜歌》中，诗人写道："三万里之黄河入东海，五千仞之太华摩苍旻。坐令此地没胡虏，两京宫阙悲荆榛。"这首词所表达的也是同样的思想情感。面对画中那高耸入云、雄伟险峻的华山，词人不觉心潮澎湃，百感交集，于是含泪挥笔题下了这阕悲壮动人的小词。全篇通过四幅画面，深刻而概括地反映了宋金对峙、南北分裂时期的历史。全词爱憎鲜明，忧国忧民之情溢于言表，意蕴深沉，风格悲壮。它与一般文人的题画诗词迥然异趣，着眼点不在艺术的鉴赏，而是含着热泪呼吁抗金、光复祖国的大好河山，其审美价值与社会作用都是富有积极意义的。

陆游晚年的词，多为"渔歌菱唱"，反映了他被弹劾罢官回到故乡山阴以后的隐居生活和寂寞心情。如下面两首《长相思》：

云千重，水千重，身在千重云水中。月明收钓筒。　　头未童，耳未聋，得酒犹能双脸红。一尊谁与同？

桥如虹，水如空，一叶飘然烟雨中。天教称放翁。　　侧船篷，使江风，蟹舍参差渔市东。到时闻暮钟。

作者沉浮宦海数十年，自谓"此身恰似弄潮儿，曾过了，千重浪"（《一落索》）。一旦归来，"脱尽利名缰锁"（《桃源忆故人》），顿觉天高地阔，无拘无束，可以自由自在地投身于大自然的怀抱，求得暂时的平静和解脱。这类作品意境淡远，既流露出世无知音、甘心终老云水之乡的寂寞心情，也反映了作者的出世思想。

陆游一生足迹遍及东南和川陕，游历过不少名山大川，所到之处多有题咏。然而他在词中写得最多的还是川陕风物和故乡的山光水色。如作于南郑前线的《秋波媚》：

秋到边城角声哀，烽火照高台。悲歌击筑，凭高酹酒，此兴悠哉。　　多情谁似南山月，特地暮云开。灞桥烟柳，曲江池馆，应待人来。

乾道八年（1172）七月十六日，作者登上南郑内城西北高兴亭，遥望汉唐故都长安和终南山，等待从大散关和骆谷口传来的平安烽火。亭上秋风阵阵，城头号角声声，陆游与幕府同僚们击筑酹酒，慷慨悲歌，乘着一轮明月吟成此阕。祝愿王师早日北伐，收复中原失地。词的意境壮阔，意象生动，尤其是用拟人手法赋予“南山月”和“灞桥烟柳”“曲江池馆”以丰富的情感，它们都在殷切地盼望宋军快快回来。全篇融写景、叙事和抒情于一体，既突出了边塞风光的特点，又表达了作者坚持北伐、重整河山的决心，是一首优秀的边塞词。

又如下面这首《好事近》：

挥袖上西峰，孤绝去天无尺。拄杖下临鲸海，数烟帆历历。　　贪看云气舞青鸾，归路已将夕。多谢半山松吹，解殷勤留客。

此阕题为“登梅仙山绝顶望海”，作于东归之后。梅仙山又称梅山，在绍兴城东北七里处，与放翁三山故居相距不到二十里。词人挥袖健步攀登西峰绝顶，纵目遥观沧海，只见烟波浩渺，云兴霞蔚，帆影点点，不觉流连忘返。归途晚风习习，松枝轻轻地摇摆，仿佛在劝客人留下。词中寓情于景，表达了词人对祖国壮美山河的深深热爱。

陆游也写过若干具有婉约风格特色的作品。这类词或为赠妓之作，如《浣溪沙》（浴罢华清第二汤）、《鹧鸪天》（南浦舟中两玉人）、《风流子》（佳人多命薄）等；或借宫词、托闺思以写怀抱，如《夜游宫》（独夜寒侵翠被）、《清商怨》（江头日暮痛饮）、《月照梨花》（闷已萦损）等。在陆游的婉约词中，最富于感染力的是他为怀念被迫离异的前妻唐琬而作的《钗头凤》：

红酥手，黄縢酒，满城春色宫墙柳。东风恶，欢情薄，一怀愁绪，几年离索。错！错！错！　　春如旧，人空瘦，泪痕红浥鲛绡透。桃花落，闲池阁，山盟虽在，锦书难托。莫！莫！莫！

对于这首词有两种不同说法，一种意见根据《齐东野语》《耆旧续闻》《后村诗话》等宋人记载，肯定其为怀念唐琬而作；另一种意见则认为乃是陆游的赠妓之作。仔细辨析史料，并以《剑南诗稿》相印证，我以为赠妓之作的说法是难以成立的。陆游对唐琬的怀念，不仅表现在这首词中，而且在他所写的许多诗篇里也时时有所流露。作者晚年卜居鉴湖三山，虽然已是儿孙满堂、白发萧萧的老翁，但仍然念念不忘早年的那场婚姻悲剧，对九泉之下的故人一往情深，时常独自拄杖重游沈园，寻访遗踪，忍不住老泪横流地写下了一曲曲爱情的悲歌。如《沈园》《禹祠》《十二月二日夜梦游沈园》《春游》等。其中有一首七律题为《禹迹寺南有沈氏小园，四十年前尝题小阕壁间，偶复一到而园已易主，刻小阙于石，读之怅然》，这与周密、陈鹄、刘克庄等人的记载基本上是相符的。他题于沈园壁间，后来被人刻于石上的那首“小阕”，就是这首广为流传、哀婉动人的《钗头凤》。此阕反映了封建社会男女婚姻不能自主的悲剧，情感深挚，风格凄婉，艺术感染力很强。词的意象含蓄朦胧，但在了解了背景材料后，则又不难理解。从结构上看，上片忆昔，“红酥手”三句叙婚变前事，回忆新婚后短暂的幸福生活。“东风恶”四句叙婚变后事，追述十多年前那场给男女双方带来巨大不幸的人伦悲剧。下片伤今，“春如旧”三句记邂逅重逢，“桃花落”四句抒发无尽的相思之情。词的语言精练，且多用比兴手法，声情凄楚，动人心弦，与乐府民歌《孔雀东南飞》可谓异曲而同工。

陆游从二十九岁赴锁厅试，因“喜论恢复”被秦桧黜免，一生仕途坎坷，屡遭贬谪，处境十分艰危。但他始终坚持自己的理想、抱负和情操，绝不改变抗金救国、反对投降妥协的立场。他常常以梅花不畏严寒，不惧风霜，迎着冰雪怒放的倔强性格来激励自己。《卜算子·咏梅》就是一首托物言志的佳作：

驿外断桥边，寂寞开无主，已是黄昏独自愁，更著风和雨。　　无意苦争春，一任群芳妒。零落成泥碾作尘，只有香如故。

本篇通过对梅花高风亮节的咏赞，表达了作者在与恶劣环境和黑暗势力的斗争中，宁愿粉身碎骨、化作尘土，也绝不同流合污的美好品德。词中主体与客体融合无间，既刻画了梅花的风格神韵，同时也是词人自我形象的艺术写照。正如作者在另一首《梅花绝句》诗中所说：“何方可化身千亿，一树梅花一放翁。”梅花与放翁，在艺术天地里已经“合二而一”了。

陆游词的风格以豪放为主，同时又具有多层次、多样化的特点。前人或以苏、陆、辛、刘并举，或谓放翁、稼轩、后村鼎足而三，多把他视为南宋豪放派的一员。也有人说他介于东坡、淮海之间，“纤丽处似少游，雄壮处似东坡”（《坚瓠集》补集卷五）。陆游受东坡影响是很明显的，至于说他与秦观词风相近却没有多少根据。可以说在南宋前期词坛，除辛弃疾而外，陆游是写作爱国词、豪放词较多的作家之一。“感慨激昂”“飘逸高妙”是陆游词的主体风格，他的许多作品在艺术上都具有这样的审美特征。

陆游词风与稼轩词风相近，前人早已作了论述。如刘克庄《后村诗话》就曾指出：“放翁稼轩，一扫纤艳，不事斧凿。”肯定了他们审美追求的共同点。由于两位作家处于同一时代，都是坚贞不渝的爱国志士，又都遭到投降派的排斥和打击，故其作品情调、旨趣和风格出现某些相似之处，是很自然的事。不仅如此，他们对艺术形式和表现手法的探索，也有许多一致的地方。例如稼轩词喜发议论，故毛晋《稼轩词跋》曾谓：“宋人以东坡为词诗，稼轩为词论，善评也。”如果从时间上看，以词论事，陆游比辛弃疾更早。如乾道二年（1166）他在山阴所写的《沁园春》（电转雷惊）

就和辛弃疾闲居带湖时期所写的一首题为“将止酒，戒酒杯使勿近”的同调之作，在以文为词，反复说理，纵横议论的风格上极为相似。故明李日华称放翁为“亦辛稼轩之流也”（《六研斋笔记》卷一）。不过这种相似并非有意模仿，也不是谁受谁影响的问题，而是两位词人在各自创作道路上探索尝试的结果。陆游的《水调歌头》（江左占形胜）和《沁园春》（电转雷惊）均作于隆兴、乾道年间，其时辛弃疾仅二十余岁，渡江南来不久，尚未在词坛显露头角，陆游写这两首词时不可能受到他的影响。反之，辛弃疾虽然很尊重陆游，但他们相识很晚，稼轩词中也找不到与放翁唱和、受其影响的痕迹。他们词风相近，是由于处在同一个时代，而且思想性格、生活际遇、审美情趣又有许多相似之处。这大概只能说是时代使然、英雄所见略同吧！

（《古典文学知识》1990年第5期）

陆游在南郑

从戎南郑是陆游生命的高潮，也是他诗歌创作的转折点。当时陆游是以一个具有很高的文学修养、喜欢作诗的爱国志士的身份活跃在抗金的边防前线——南郑的。他的主要任务是为宣抚使王炎制定北伐的战略战术和进军计划。在紧张的工作之余，陆游也常常挥笔赋诗，写下自己在军旅生活中的见闻、感受和体会。豪壮的生活，火热的斗争，激起了诗人的创作灵感，为他提供了取之不尽的创作素材。陆游在南郑所创作的诗歌，无论在思想内容还是艺术形式方面都达到了很高的水准，逐渐形成了宏肆、雄健的独特风格。

乾道八年（1172）正月，陆游把家属留在夔州，匹马单身启程奔赴南郑。先向西行经云阳、万县、梁山、邻水、广安、岳池，再北上过南充、阆中、广元。初时于路颇有寂寞、孤独之感："残年流转似萍根，马上伤春易断魂。"（《马上》）途中诗人渐渐被迷人的巴山蜀水和纯朴的农家生活所吸引，胸怀也逐渐开朗起来。莺飞花开的早春二月，陆游来到川北重镇阆中，这时他的精神已经开始振奋。虽然此行能否实现"上马击狂胡"的志愿，尚难逆料，但南郑乃是抗金前线，而且自己又是参加戎幕、投身军旅、走向杀敌卫国的战场，这不正是长期梦寐以求的大好机会吗？因此，在诗人的眼前不时地闪现出希望的火花。暮春三月，陆游经过两个多月的长途跋涉，终于到达南郑。这段旅途生活，见闻颇广，丰富了诗人的阅历："曩自白帝城，一马独入蜀。昼行多水湄，夜宿必山麓。时闻木客啸，常忧射工毒。蜿蜒蛇两头，跉踔夔一足。岂惟耳目骇，直恐性命促。稍历葭萌西，遂出剑阁北。奴僵不敢诉，马病犹尽力。我亦困人客，一日带屡束。最忆苍溪县，送客一亭绿。豆枯狐兔肥，霜早柿栗熟。酒酸压查梨，妓野立土木。主别意益勤，我去疲已极。行行求旅店，借问久乃得。溪声答歌长，灯焰照影独。村深寒更甚，薪尽烧篢竹。须臾风雨至，终夕苦漏屋。"（《怀旧用昔人蜀道诗韵》）

陆游本来著有"山南杂诗"百余篇，记述南郑军中生活，后因乘船经过望云滩，诗稿全部落入水中，遂不传于世（见《剑南诗稿》卷三七《感旧》自注）。有人说，"山南杂诗"是陆游自己有意毁灭的，所谓"坠水中"，只是一句托词，因为他不想让这些诗篇流传于世。这种说法恐怕未必符合实际情况。陆游四十八岁离开南郑，在此后的三十多年里经常回忆这段难忘的岁月。他曾先后写过一百多首诗词，追怀当年从军的情景。除这些“感旧”“忆昔”之作而外，《剑南诗稿》卷三和《渭南文集》中，还有一些作品直接或间接涉及这段生活。这对于我们了解陆游在南郑的情况，都是很有价值的参考材料。

南郑为汉中府治，当时是四川宣抚使驻地，形势十分险要，它“北瞰关中，南蔽巴蜀，东达襄邓，西控秦陇”（《读史方舆纪要》卷五六）。宋金战争期间，它的战略地位更加突出，是南宋王朝西北前线的重镇。

乾道五年（1169）王炎以中大夫参知政事除四川宣抚使。王炎在统治集团成员中，是一个才略奋发、有志于恢复中原的人。他来到南郑后，积极筹边治军，修筑营垒厩库，“使坚壮便安，可以支久”（《渭南文集》卷一七《静镇堂记》）。同时又设置幕府，多方搜罗人才，为北伐进行准备工作。陆游在幕府中担任“左承议郎权四川宣抚使司干办公事兼检法官”，大约相当于机要秘书一类的工作。与陆游同时在幕府中任职的，还有张季长、范西叔、宇文叔介、刘戒之、周元吉、阎才元、章德茂、高子长等，共十四五人。其中陆游与张季长的关系最密切。张名缜，四川唐安人，隆兴元年进士，是蜀中知名的爱国志士。自从南郑相逢之后，他们之间“异体同心，有善相勉，阙遗相箴”（《渭南文集》卷四一《祭张季长大卿文》），成为了莫逆之交。王炎对这批年富力强的志士很器重，和他们的关系是融洽的：“南山南畔昔从戎，宾主相期意气中。渴骥奔时书满壁，饿鸱鸣处箭凌风。”（《怀南郑旧游》）

这时陆游虽然官居幕府，并没有实际兵权，但他认为这是收复中原的大好时机，而且又得到宣抚使的信任，因而精神振奋、斗志昂扬，工作非常积极：“昔者戍南郑，秦山郁苍苍。铁衣卧枕戈，睡觉身满霜。官虽备幕府，气实先颜行。拥马涉沮水，飞鹰上中梁。”（《鹅湖夜坐书怀》）初到南郑，陆游便注意观察这一带的山川形势、民情风俗和战略地位，并逐渐形成了以此作为北伐根据地的思想。在到达幕府后的第三天，即乾道八年三月二十日，陆游赋诗说：“我行山南已三日，如绳大路东西出。平川沃野望不尽，麦陇青青桑郁郁。地近函秦气俗豪，秋千蹴鞠分朋曹。苜蓿连营马蹄健，杨柳夹道车声高。古来历历兴亡处，举目山川尚如故。将军坛上冷云低，丞相祠前春日暮。国家四纪失中原，师出江淮未易吞。会看金鼓从天下，却用关中作本根。”（《山南行》）隆兴元年（1163），陆游在临安任枢密院编修官时，曾主张在固守江淮的前提下，分兵进取山东，这是把战略重点放在东南地区。十五年后，陆游到了川陕前线，视野更广阔，经历更丰富，同时也吸取了张浚北伐“师出江淮未易吞”的教训，因而改变了主张，产生了以西线为主攻方向的战略思想，并提出了“先取关中次河北”（《送范舍人还朝》）的北伐进军路线。这说明陆游能够根据形势和条件的变化，不断修正自己的思想和主张。

为了做好北伐的准备工作，陆游受王炎的委托，经常亲临前线，深入下层，走进军营，调查地形，检查战备情况，听取广大军民对北伐的意见。他脱去儒冠，身披铁甲，跨着战马，腰悬利剑，手挽长枪，冒着酷暑严寒，踏上崎岖坎坷的山路，往来奔驰于岐渭蜀陇之间。他曾到过大散关、骆谷口、仙人原、金牛驿、定军山等前方据点和战略要塞。生活是紧张而艰苦的，但陆游以国事为己任，他不辞辛劳，无所畏惧，感到的是投笔从戎、为国效劳的无限乐趣："我昔从戎清渭侧，散关嵯峨下临贼。铁衣上马蹴坚冰，有时三日不火食。山荞畲粟杂沙碜，黑黍黄床如土色。飞霜掠面寒压指，一寸赤心惟报国"（《江北庄取米到，作饭香甚，有感》），"忆从嶓冢涉南沮，笳鼓声酣醉胆粗。投笔书生古来有，从军乐事世间无"（《独酌有怀南郑》）。

这年夏天，陆游骑着一匹洮河骏马，率领一支小分队，跋山涉水，日夜兼程，来到南郑东北前哨据点骆谷口视察。骆谷口在陕西周至县西南，距离长安不到一天的路程，是西北防线上的要塞。陆游看到阵营整肃、兵强马壮、战士们的斗志很高，心里非常高兴。他还登上烽火台，遥望长安，不觉信心倍增："我昔在南郑，夜过东骆谷。平川月如霜，万马皆露宿。思从六月师，关辅谈笑复。"（《夏夜》）秋初，陆游从骆谷口回到南郑，正值宣抚使王炎进行军事检阅，他和幕府中的同僚周元吉等人都参加了这次阅兵：" 梁益东西六十州，大行台出北防秋。阅兵金鼓震河渭，纵猎狐兔平山丘。露布捷书天上去，军谘祭酒幄中谋。岂知今日诗来处，日落风生芦荻洲。"（《和周元吉右司过弊居追怀南郑相从之作》）阅兵一结束，陆游立即又跨马出征，到边防线上巡视去了："朝看十万阅武罢，暮驰三百巡边行。马蹄度陇雹声急，士甲照日波光明。"（《秋怀》）陆游和战友们攀登高入云天的悬崖峭壁，跨越危如累卵的古代栈道，渡过一道又一道急流险滩，行进在峰回路转的万山丛中。在南郑的日子里，不管寒暑阴晴，每当夜幕降临大地的时候，陆游总要登上城楼，等待从大散关和骆谷口传来的平安烽火：" 嗟余昔从戎，久戍南郑墟。登高望夕烽，咫尺咸阳都"（《感兴》）；"一点烽传散关信，两行雁带杜陵秋"（《秋晚登城北门》）；"雪云不隔平安火，一点遥从骆谷来"（《频夜梦至南郑小益之间慨然感怀》）。七月十六日夜，万里无云，月光如水，南郑城里一片寂静，只有城上的军号声在夜空中回荡。陆游把案上的文书整理好，放进卷柜里，漫步走出营门，约了几个同僚幕友，一起登上南郑城楼西北角的高兴亭，一边等待平安烽火，一边饮酒赏月。他们在银色的月光下，指点江山，遥望长安城南的终南山，想到国土未复、国耻未雪，禁不住泪如雨下，感慨万千。沉默一阵之后，陆游站起身来，即兴挥毫，写了一首《秋波媚》词：" 秋到边城角声哀，烽火照高台。悲歌击筑，凭高酹酒，此兴悠哉。多情谁似南山月，特地暮云开。灞桥烟柳，曲江池馆，应待人来。"读了这首新词，陆游的幕友们都很受感动，一致称赞他说出了千万人的心里话。

在南郑期间，陆游十分注意了解当地的民情风俗，对那里的节令气候，人民的劳动、生活以及语言习惯等都很关心：“昔我从行台，宿师南山旁。仲秋已戒寒，九月常賈霜。入冬即大雪，人马有仆僵。土床炽薪炭，旃毳如胡羌。果蔬悉已冰，熟视不得尝”（《十月暄甚人多疾十六日风雨作寒气候方少正作短歌以记之》）；“种畲多菽粟，艺木杂松楠。妇汲惟陶器，民居半草庵。风烟迷栈阁，雷霆起湫潭。城郭秦风近，村墟蜀语参”（《顷岁从戎南郑屡往来兴凤间暇日追怀旧游有赋》）。陆游感到汉中地区不但山川盘纡，占有地利之便，而且民众的气概豪健刚劲，有和敌人战斗到底的决心与勇气，是可信赖和依靠的：“地近函秦气俗豪，秋千蹴鞠分朋曹。苜蓿连营马蹄健，杨柳夹道车声高”（《山南行》）；“大散陈仓间，山川郁盘纡。劲气钟义士，可与共壮图”（《观大散关图有感》）。为了广泛结识抗金义士，陆游常常到街巷村落里去进行访问。无论是商贾剑客或渔樵僧道，只要愿意抗金，他便视为知己，引为同志，和他们一起讨论复国大计。对于从沦陷区逃亡到川陕一带来的“遗民”和侠士，陆游予以特别的关注，对他们的遭遇和处境深表同情：“忆昔从戎出渭滨，壶浆马首泣遗民。”（《忆昔》）这时陆游总是挥泪下马，和流离失所的难民们握手交谈，共叙骨肉同胞之情。中原人民虽然处于水深火热中，但他们心向宋朝，日夜盼望王师北伐，不甘心于做亡国奴。他们冒着生命危险，穿过重重封锁，给宋军将士们捎来了洛阳的竹笋、黄河的鲂鱼，送来了一封封敌军的情报，以表示不忘故国的深情：“忆昨王师戍陇回，遗民日夜望行台。不论夹道壶浆满，洛笋河鲂次第来”；“关辅遗民意可伤，蜡封三寸绢书黄。亦知虏法如秦酷，列圣恩深不忍忘”（《追忆征西幕中旧事》）。

在王炎的同意下，陆游通过中原难民和关中义士与敌后的抗金势力和金军中的汉族将士取得联系，并建立了一个传送情报的机构，负责把敌占区的动态报告给宣抚司。经过一番调查研究，陆游对当时的敌我态势和汉中地区的情况都有了一定的了解。他认为川陕一带具备许多有利条件，可以作为进军北伐、光复国土的根据地。王炎和他的幕僚们也都同意陆游的看法，大家勉励他尽快草拟一份驱逐金人、收复中原的战略计划：“诸公勉画平戎策，投老深思看太平。”（《登剑南西川门感怀》）陆游的“平戎策”没有保存下来，在《宋史·陆游传》中只用两句话做了概略的介绍。其要点是：收复中原必须先取长安，取长安必须先取陇右。当前要集中精力进行备战，平时广积粮草，加强军事训练，一有机会就发动进攻，如果时机未到则要坚持防守。至于其中的具体作战方案和其他细节就不得而知了。

王炎虽然同意陆游的“进取之策”，但是否能够贯彻执行，他也做不了主。必须呈报朝廷，等待批示。这时孝宗赵昚早已安于现状、无心北伐了。陆游和前线将士们天天盼望着从临安来的消息，可是始终不见回音。北伐的准备工作不得不停顿下来，宣抚司往日那种忙碌紧张的气氛逐渐消失了。幕府的同僚们无事可做，只好以饮酒、打猎、蹋球、呼卢来消磨时光：“昔者远戍南山边，军中无事酒如川。呼卢喝雉连暮夜，击兔伐狐穷岁年”（《风顺舟行甚急戏书》），“军中罢战壮士闲，细草平郊恣驰逐。洮州骏马金络头，梁州球场日打球”（《冬夜闻雁有感》）。当秋天来到的时候，陆游常常和战友们出外打猎。他们手牵猎犬、臂擎苍鹰，或纵马于细草平郊之上，或穿行于深山密林之中。陆游因围猎曾登过嶓冢、中梁、孤云、两角等高山，涉过漾水、沮水、沔水、嘉陵等江河，南郑周围两三百里内差不多都留下了他的足迹。军号既未吹响，只好在围场上大显身手。乾道八年九月九日，时逢重阳佳节，幕友范西叔奉召离开南郑，陆游和同僚们为他设筵饯行。送走西叔以后，陆游等乘着酒兴驰马来到城西十五里处的中梁山下，射猎寻乐。他们还登上山顶的中梁寺，凭高眺望，只见满山红叶，秋意正浓，远处汉水像一条白练，在夕阳中闪着粼粼波光，绕过古城南郑向东流去。入夜，猎手们的雕鞍上挂满山鸡、狐兔，踏着月色尽兴而归。

这年秋末冬初，陆游在围猎时遇上了猛虎。同行的三十多人都被这山中之王吓得面无人色，纷纷拨转马头，只顾逃命。陆游闻讯策马赶来，挺身而上，与猛虎展开了一场搏斗。诗人花了十年功夫学来的剑术，这回可用上了。几个回合之后，只听一声惨叫，猛虎倒在地上，陆游的利剑深深地刺进了它的心窝，诗人的白袍和貂裘也沾上了野兽的鲜血：“刺虎腾身万目前，白袍溅血尚依然。圣时未用征辽将，虚老龙门一少年”（《建安遣兴》），“百骑河滩猎盛秋，至今血溅短貂裘。谁知老卧江湖上，犹枕当年虎髑髅”（《醉歌》）。刺虎的壮举很快在军营内外传开了，人们都称赞陆游不愧是文武双全的奇才：“挺剑刺乳虎，血溅貂裘殷。至今传军中，尚愧壮士颜。”（《怀昔》）陆游也认为南山刺虎是他平生最感快意的一件事，所以一直把那件溅血的貂裘和那张虎皮保存在身边。

南郑是一座古城，附近有许多名胜古迹。闲暇时陆游常常同邀二三幕友，四处寻访前人遗踪。汉水之滨的刘邦庙、韩信拜将坛；三泉道上的老君洞、嶓冢山上的试剑石等地方都曾留下他的足迹。在路过广元县北的筹笔驿时，陆游特地去拜谒了诸葛亮的祠堂：“运筹陈迹故依然，想见旌旗驻道边。一等人间管城子，不堪谯叟作降笺。”（《筹笔驿》）这年十月，陆游在阆中游览了锦屏山上的少陵祠堂，对伟大诗人杜甫表示敬仰和怀念之情：“文章垂世自一世，忠义凛凛令人思。”（《游锦屏山谒少陵祠堂》）陆游寻访古迹，目的不在游山玩水，而是为了以古代先贤烈士们的优秀品德和崇高精神来鼓舞自己。所以他每到一处总是要赋诗书感，记下自己的收获与体会：“考古时兴感，无诗日每惭。”（《顷岁从戎南郑屡往来兴凤间暇日追怀旧游有赋》）

正当陆游在南郑前线跃马横戈，策划北伐的时候，朝廷决定调回王炎，解散幕府。很明显，这实际上就是否决了由陆游起草、经王炎同意，向南宋朝廷呈报的北伐计划。在《跋刘戒之东归诗》一文中，陆游回忆当时的情况说：“乾道中，予与戒之同在宣抚使幕中，同舍十四五人。宣抚使召还，予辈皆散去。”这正是：“大散关上方横戈，岂料事变如翻波。”（《题严州王秀才山水枕屏》）事情发生得太突然，出乎陆游的意料之外。转眼之间，北伐的理想破灭了，出师的计划变成了一张废纸，他怎能不为之悲痛失望呢！

召回王炎的命令送达南郑的时候，陆游正因公外出。十月十三日他离开阆中返回南郑，行至广元以东的嘉川铺，宣抚司的驿马送来事态变化的消息，催他尽快回去。陆游接到通知，冒着十月寒霜连夜兼程：“黄旗传檄趣归程，急服单装破夜行。肃肃霜飞当十月，离离斗转欲三更。酒消顿觉衣裘薄，驿近先看炬火迎。渭水函关元不远，著鞭无日涕空横。”（《嘉川铺得檄遂行中夜次小柏》）当他进入汉中境内的时候，愈加感到事情不妙，几个月来辛勤的工作都白费了，恢复中原的希望又化成了泡影。诗人感到无限的忧愁和悲怆：“遗虏孱孱宁远略，孤臣耿耿独私忧。良时恐作他年恨，大散关头又一秋。”（《归次汉中境上》）陆游回到南郑幕府后，王炎已经启程赴京，同僚们也都先后离去，各奔东西。他也只好收拾行李，准备南下成都。陆游的家属是八月间离开夔州的，这时到达南郑不久，还没有得到休息，一家大小又匆匆忙忙地踏上了漂泊旅程。

从戎南郑这段军旅生活，虽未能达到杀敌报国的目的，但却并非虚度岁月，它使陆游的诗歌创作发生了巨大变化。他从模拟前人走上了以反映现实生活为主的广阔道路，作品的内容更加丰富多彩，独特的艺术风格也逐步形成。从这时候起，陆游才真正懂得了“诗家三昧”，掌握了作诗的诀窍。他深深地体会到：只有投身到生活的激流里，才能获得无穷无尽的创作源泉。陆游在南郑的这段生活，在他漫长的创作历程中，意义是十分深远的。

（《诗雄与雄诗》，中央文献出版社 1995 年版；
《陆游与汉中研究》转载，陕西人民出版社 2012 年版）

略论辛弃疾的词

辛弃疾是南宋时期杰出的爱国词人，也是我国文学史上成就很高、影响较大的重要作家之一。他生活的时代，阶级矛盾和民族矛盾都十分尖锐。当时由于女真奴隶主贵族武装入据中原，南宋统治集团实行逃跑投降政策，使国家陷入分裂混乱的局面，社会经济文化遭到严重破坏，人民蒙受了巨大的灾难。这一时期，我国人民发扬爱国主义精神和革命斗争传统，为反对民族压迫、反对投降主义，为争取祖国的统一进行了英勇不屈的斗争，出现了许多英雄人物，留下了无数可歌可泣的动人事迹。

与社会历史发展相适应，文学艺术特别是诗词创作也发生了明显的变化。北宋后期以粉饰现实、雕章琢句为特点的形式主义文学受到时代潮流的冲击渐趋消沉。与此同时，爱国思想为基调的现实主义文学在斗争中开始发展壮大，逐渐成为文坛的主流，产生了不少深入现实生活、反映社会矛盾、表现时代精神的作家和作品。如张元幹、张孝祥、杨万里、范成大、陈亮、刘过等，其中最杰出的代表者是陆游和辛弃疾。陆游以诗著称，辛弃疾以词名世。他们同时出现在南宋文坛，宛若双峰并峙，为我国古代文学增添了光彩。

辛弃疾的词流传至今的有六百二十余首，无论从数量或质量来说，在宋词发展史上都具有突出的地位。他以豪纵不羁的精神冲破词坛的种种清规戒律，一扫“风情婉娈”“剪红刻翠”的流风，把词从“艳科”的樊篱中，引向广阔的社会生活原野上，树起一面以抒写爱国情思为中心主题的现实主义旗帜，对南宋词的发展产生了巨大影响。

辛弃疾本来是一位抱负宏伟、智能超群的政治家和军事家。他平生“以气节自负，以功业自许”（范开《稼轩词序》），唯一的志愿是：横槊跃马，斩将搴旗，收复中原，为宋王朝的统一竭忠尽智，贡献自己的力量。青年时代，他就参加农民武装、投身抗金斗争，并曾“屡立战功”（李濂《批点稼轩长短句序》）。南渡之后，又多次建议北伐，希望朝廷把“复神京”“补天裂”的历史重任交付给他。当时许多知名人士都对他寄予重望。爱国诗人陆游在开禧北伐期间曾称赞和鼓励他说：“大材小用古所叹，管仲萧何实流亚。天山挂旆或少须，先挽银河洗嵩华。中原麟凤争自奋，残虏犬羊何足吓。但令小试出绪余，青史英豪可雄跨。”（陆游《送辛幼安殿撰造朝》）

辛弃疾的另一位朋友也曾说："君不是，长庚白；又不是，严陵客。只应是明主梦中良弼，好把袖间经济手，如今去补天西北。"（杨炎正《满江红》）这些赞许并非溢美之词，说明辛弃疾确是一位久孚众望的人物，如果南宋统治集团有心恢复中原，并能信任和依靠像他这样的人，那么辛弃疾就可能在抗金斗争中做出一番贡献。可惜的是，辛弃疾生不逢时，南宋统治者宁愿屈膝投降，也不肯重用主战派。辛弃疾的才能和抱负，遭到了投降派无情的压制和扼杀。在这种情况下，辛弃疾不得已才拿起笔来，扼腕悲歌，抒写胸中不平之气。虽然他把诗词看作"余事"，但其一生的事业和成就不在沙场，却在词坛，读辛弃疾的词，后人将因其未能实现统一国土的夙愿而感到遗憾，但也会为他给我们留下了一份珍贵的文学遗产而感到欣慰。

别林斯基曾说："任何一个诗人也不能由于他自身和靠描写自己而显得伟大，不论是描写他本身的痛苦，或者描写他本身的幸福；任何伟大诗人之所以伟大，是因为他的痛苦和幸福的根子深深地伸进了社会和历史的土壤里，因为他是社会、时代、人类的喉舌和代表。"辛弃疾的理想和愿望具有广泛的社会基础，他的痛苦和悲哀有着深刻的历史根源。他所描写的不仅是个人的遭遇和感受，而且表达了当时许多爱国志士共同的思想情感。他坚持抗金、反对投降、要求统一祖国的主张是正义的，符合广大人民的利益，因此他的作品具有进步意义。

辛弃疾的词，题材之广阔，内容之丰富，在两宋词人的作品中都是首屈一指的。其中，思想性最强的是那些抚时感事、情辞慷慨的爱国作品。他以极其豪迈的语言，表露杀敌报国的壮志和决心："袖里珍奇光五色，他年要补天西北"（《满江红》），"要挽银河仙浪，西北洗胡沙"（《水调歌头》）。他痛心南北分裂的局面："夜半狂歌悲风起，听铮铮阵马檐间铁。南共北，正分裂！"（《贺新郎》）时刻怀念着中原的大好河山和苦难深重的人民："西北望长安，可怜无数山"（《菩萨蛮》），"中州遗恨，不知今夜几人愁！"（《水调歌头》）他在金统治区曾经生活了二十余年，对于民族压迫有着深切的感受。他愤慨地指出：金朝统治者残酷地迫害和掠夺汉族人民，他们"分朋植党，仇灭中华。民有不平讼之于官，则胡人胜而华民则饮气以茹屈；田畴相邻，胡人则强而夺之；孳畜相杂，胡人则盗而有之；民之至爱者子孙，签军之令下则贫富不问而丁壮必行；民之所惜者财力，营筑馈饷之役兴，则空室以往而休息无期；有常产者困窭，无置锥者冻馁"（《美芹十论·观衅第三》）。这一揭露，与历史事实是符合的。金兵在侵扰和统治北中国的过程中，大肆烧杀掳掠，抢劫财物牲畜，毁灭城市乡村，强占土地，破坏生产，给汉族和其他各族人民带来了巨大的灾难。人民群众的"怨已深，痛已巨，而怒已盈"（《美芹十论·观衅第三》），曾多次组织武装起义，反抗金朝统治者。辛弃疾要求南宋政权支持北方人民的斗争，出师北伐，解救处于水深火热中的中原人民。他再三向南宋当权者呼吁，不要置大好河山于不顾："贱子亲再拜，西北有神州。"（《水调歌头》）他盼望着总有一天要打回老家去："会看沙堤归去，应使神京再复，款曲问家山。"（《水调歌头》）这是他绍兴末年率众南归的目的，也是他终身为之奋斗的目标。

然而，当时南宋统治集团"待敌则恃欢好于金帛之间，立国则借形势于湖山之险"（《美芹十论·自治第四》）。他们含垢忍耻，屈辱投降，过着纸醉金迷的腐朽生活，毫无恢复中原的打算。在投降派掌握朝政大权，主战派受到压制、打击和迫害的情况下，辛弃疾是不可能有所作为的。于是他怀着极其沉痛的心情，抒发了报国无处、壮志难酬的悲愤和不平：

> 倦客新丰，貂裘敝，征尘满目。弹短铗，青蛇三尺，浩歌谁续？不念英雄江左老，用之可以尊中国。叹诗书万卷致君人，翻沉陆。
>
> ——《满江红》

> 事无两样人心别。问渠侬、神州毕竟几番离合？汗血盐车无人顾，千里空收骏骨。正目断关河路绝。我最怜君中宵舞，道男儿到死心如铁。看试手，补天裂。
>
> ——《贺新郎》

南宋统治集团不管"神州离合"，甘心对金屈膝投降，断送了国家的前途，扼杀了多少有志恢复的人才！辛弃疾深深地感到现实政治的黑暗与腐败。如今朝野内外，文恬武嬉，刚心勇气，销铄萎靡，形势令人可忧可虑。他怀着愤慨的心情，将批判的锋芒指向投降派：

> 渡江天马南来，几人真是经纶手？长安父老，新亭风景，可怜依旧。夷甫诸人，神州沉陆，几曾回首！
>
> ——《水龙吟》

> 长剑倚天休问，夷甫诸人堪笑，西北有神州。
>
> ——《水调歌头》

辛弃疾以东晋比喻南宋，对当时士大夫们空谈玄虚，不关心恢复事业表示强烈不满。但他又无力改变这种隐忍苟安的现状，内心十分痛苦，忧愁与愤恨积压于胸，无处发泄。他常常借登高临远、眺望中原，来倾吐这种苦闷的心情：

> 遥岑远目，献愁供恨，玉簪螺髻。落日楼头，断鸿声里，江南游子。把吴钩看了，栏杆拍遍，无人会，登临意。

——《水龙吟》

层楼望，青山叠，家何在？烟波隔。把古今遗恨，向他谁说！蝴蝶不传千里梦，子规叫断三更月。听声声、枕上劝人归，归难得。

——《满江红》

辛弃疾思国怀乡、不忘中原故土的感情，正是他爱国思想的一种表现。当他想到家乡尚被金人占领，而自己漂泊江南，不能归去的时候，种种新仇旧恨一齐涌上心头："旧恨春江流不断，新恨云山千叠"（《念奴娇》），"湘浦岸，南塘驿；恨不尽，愁如织"（《满江红》）。他愁的是国土未复、岁月虚度；恨的是权奸误国、忠而遭谮。宋室南渡以来，有多少抗金英雄志士被杀害、受编管、遭贬黜。投降派祸国殃民的罪行，真是罄竹难书啊！作者激于忠愤，以托古讽今的手法，揭露了这一黑暗的现实："堪恨处，人道是属镂怨愤终千古"（《摸鱼儿》），"恨之极，恨极消磨不得。苌弘事，人道后来，其血三年化为碧"（《兰陵王》）。这种泣血摧心、痛彻肺腑的语言，显然是有所指的。人们从伍子胥和苌弘的悲剧，自然会联想到风波亭的千古奇冤。

辛弃疾在批判现实的同时，还常常通过缅怀古代英雄人物，追念青年时期的战斗生活来勉励自己、振奋斗志，争取为国建功立业。他同情廉颇、李广，仰慕孙权、刘裕，向往谢安、马周，希望有朝一日能被重用，像他们那样披坚执锐，谈笑却敌，"从容帷幄去，整顿乾坤了"（《千秋岁》）。他以自豪的心情，回忆当年战斗在大江南北的日日夜夜："壮岁旌旗拥万夫，锦襜突骑渡江初。燕兵夜娖银胡䩮，汉箭朝飞金仆姑。"（《鹧鸪天》）每当想到这一切，他的心情总是十分激动，幻想着能有"消息日边来"。可是，一次一次的期待都落了空。他用"万字平戎策"，换来的不过是一纸"种树书"。当年驰骋塞北江南的英雄，如今两手无用，不得不卖刀买牛，闭门学稼，他怎能不感到惆怅满怀、愤懑不平呢？

辛弃疾的爱国词作，思想感情比较复杂。其中既有对个人怀才不遇、壮志未酬的苦闷，但更主要的则是对南宋投降派和黑暗现实的不满。这两者常常交织在一起，不可分割。因为他的遭遇不是孤立的个别的现象，也不是统治阶级内部一般嫉贤妒能的问题，而是南宋时期投降和反投降两种社会势力斗争的一部分。这一斗争涉及面很广，关系着当时国家民族的命运和广大人民的利益。因此，他的痛苦、不幸、抑郁和悲愤都不仅仅是个人的，其根子深深地伸进了社会和历史的土壤里。他以战斗的音符和旋律谱写了一首首豪放的歌曲，他以激昂慷慨的声调唱出了时代的最强音。这就是辛弃疾爱国词作的思想价值及其社会意义之所在。

辛弃疾在南宋政权统治区生活了四十多年，其中有近二十年的时间是被免职退休住在江西农村。当时他的心情十分矛盾，一方面感到现实黑暗、官场生活恶浊："名利处，战争多，门前蛮触日干戈。"（《鹧鸪天》）因此不如归耕隐居；但另一方面他又不是甘心忘情于世的隐者，虽然被迫赋闲，仍时时盼望着能有所作为。正是在这种矛盾、苦闷的生活中，他写下了不少反映农村风光和闲适生活的作品。

辛弃疾在农村是以南宋朝廷退休官员的身份出现的。与他交往的多为当地的地主官僚和士大夫，但由于环境和生活条件的变化，他与周围的农民也发生了一定的关系："杖藜忽避行人去，认是翁来却过桥"（《鹧鸪天》），"被野老相邀入东园，枇杷熟"（《满江红》）。他对农村的情况与农家生活有了一些初步了解。辛弃疾用清新的画笔，以白描的手法，绘出了一幅幅鲜明生动的农村生活图景：

> 茅檐低小，溪上青青草。醉里蛮音相媚好，白发谁家翁媪。　　大儿锄豆溪东，中儿正织鸡笼，最喜小儿无赖，溪头卧剥莲蓬。
>
> ——《清平乐》

这幅村居即景，生活气息很浓，具有地方特色，人物与环境的安排十分自然谐调，既写了农民的紧张劳动，又富有生活情趣。在另一首《鹧鸪天》里，作者以喜悦的心情描绘了江南农村春天的景色：

> 陌上柔桑破嫩芽，东邻蚕种已生些。平冈细草鸣黄犊，斜日寒林点暮鸦。　　山远近，路横斜，青旗沽酒有人家。城中桃李愁风雨，春在溪头荠菜花。

这首词以细腻的笔触和对比的手法，表现了作者对农村生活的热爱和对官场的憎恶。城市里的达官贵人苦于争名夺利，正如桃花和李花一样，终日忧愁风雨，不会有真正的幸福与快乐；而田野里的荠菜花却无忧无虑，生意盎然，占尽春光，充满了青春的活力。由此可见，辛弃疾退居农村以后，视野更宽了，对生活的观察与体验也更加深刻细致。在这一基础上，他还描绘了一些生动、活泼的农村生活画面和人物形象。例如："东家娶妇，西家归女，灯火门前笑语，酿成千顷稻花香，夜夜费一天风露"（《鹊桥仙》），"明月别枝惊鹊，清风半夜鸣蝉。稻花香里说丰年，听取蛙声一片"（《西江月》）。另外，在个别篇章里，辛弃疾也表示了对当时租税繁重的不满以及对少数能体察民情的地方官员的赞勉："青山不解乘云去，怕有愚公惊着汝。人间踏地出租钱，借使移将无著处"（《玉楼春》），"往年巃嵸堂前路，路上人夸通判雨。去年拄杖过瓢泉，县吏垂头民笑语"（《玉楼春》）。这些词句虽然比较含蓄曲折，但也流露了他对人民生活疾苦的关心和同情。

辛弃疾农村词的主要成就在于进一步扩大了词的题材范围，开拓了一个新的境界。以前的词人除苏轼有几首描写农村的作品之外，其余作家就很少有人用词这种形式来反映广阔的农村生活了。应当指出，辛弃疾农村词的局限性是很明显的。他虽然来到农村，但仍然是一位退休官员，与农民的生活和思想感情有很大的距离，对人民的苦难缺乏深刻具体的感受。因此，他所描绘的农村生活图景都是比较表面的，缺乏思想的深度。

辛弃疾还以多彩的画笔从各种不同的角度和侧面来反映当时的社会生活。他以词讽刺那些庸俗的市侩："有个尖新底，说的话非名即利。说的口干罪过你，且不罪，俺略起，去洗耳。"（《最高楼》）嘲笑那些人云亦云、毫无主见的伪君子："最要然然可可，万事称好……看他们，得人怜，秦吉了。"（《千年调》）揭露刚摧柔存的黑暗现实："刚者不坚牢，柔的难摧挫。不信张开口角看，舌在牙先堕。"（《卜算子》）凡此种种，虽为一时戏作，但却有力地讽刺了当时社会的怪现状，表现了作者疾恶如仇的态度。

在辛弃疾的词里，有不少描绘山光水色、抒写离情别绪、反映旅途生活以及与亲友唱和赠答的作品。这类词写的虽是传统题材，但因其如实地表现了作者的生活经历、性格意志和思想感情，所以有着鲜明的特色。如他在一首《菩萨蛮》中，描绘金陵赏心亭周围雨中山色时写道："青山欲共高人语，联翩万马来无数。烟雨却低回，望来终不来。"作者将静止的景物加以动化，赋予主观的感情色彩，使山的形象生动活泼，并寄寓了自己的理想。辛弃疾写离别相思的作品，与婉约派词人缠绵悱恻、哀愁感伤的情调不一样。他经常通过送别的机会来勉励战友、鼓舞自己，或者抒发政治上的苦闷："佳人重约还轻别。怅清江、天寒不渡，水深冰合。路断车轮生四角，此地行人销骨。问谁使君来愁绝？铸就而今相思错，料当初、费尽人间铁。长夜笛，莫吹裂。"这是作者在鹅湖会后寄给陈亮的两首《贺新郎》中第一首的下片。词中寄托了词人对抗金志士和亲密战友陈亮的深挚友情和无限怀念。这类作品虽然写的同样是离别相思，但具有丰富的社会内容，与那些专写男女别情的浅斟低唱不可相提并论。辛弃疾描写旅途生活的作品，虽然也颇多感触和怨怅，但却并非"羁旅行役"旧调的重弹，而能别开生面，独具一格。例如写于东阳道中的一首《鹧鸪天》：

扑面征尘去路遥，香篝渐觉水沉销。山无重数周遭碧，花不知名分外娇。

人历历，马萧萧，旌旗又过小红桥。愁边剩有相思句，摇断吟鞭碧玉梢。

这是一首在马背上哼成的小令。作者以简练、生动的语言，描绘了一幅生动的山间行军图：在万山丛中，有一条蜿蜒曲折的小道，路旁开满了娇艳的野花，一支打着彩旗的队伍，浩浩荡荡地行进着。主人公在马上挥动鞭梢，口占诗句。这里虽然也有"愁"和"相思"一类字眼，但却毫无凄清伤感的情调。

总之，辛弃疾词的思想内容极为丰富，题材十分广阔。他不受传统观念的束缚，扩大了词的表现范围，使词这种文学形式获得了进一步的解放。应当指出，在他的作品中也存在着不少消极的东西。例如虚无颓废的情结、及时行乐的思想、孤独悲哀的感觉等，在他的词中都时时有所流露。这些消极因素，反映了辛弃疾的阶级局限和历史局限。

辛弃疾的词不但思想性很强，而且艺术性也很高。所谓艺术性，“在于形式之适合于思想……只有在作品中体现了真实的思想，而且形式又完全适合于思想时，才是有艺术性的”（车尔尼雪夫斯基语）。作为一位爱国主义战士，辛弃疾的思想在当时的历史条件下是进步的，具有一定的代表性，而他用以体现其思想的形式又是比较完美的，因此他的作品具有很高的艺术价值。

艺术的特征在于通过形象来反映和说明生活。离开了形象，艺术也就失去了生命力。辛弃疾懂得诗词要用形象思维，虽然他也有少数篇章像散文那样直说，但大多数作品是用比、兴两法来写的。他善于创造和运用鲜明、生动的艺术形象来反映客观事物，来抒发自己的思想感情。

辛弃疾在他的词中塑造了丰富多彩的艺术形象，其中最突出、最成功的是作为抒情主人公的自我形象。这一形象产生在广阔的社会生活的基础上，形成于特定的具体的历史条件下。“他”既熔铸了作者独特的生活经历，体现了作者的思想感情，具有鲜明的个性；同时又反映了时代精神面貌，表达了当时无数爱国志士的忧思悲愤，具有一定的典型意义。例如他“因追念少年时事”而写的一首《鹧鸪天》（壮岁旌旗拥万夫），就非常生动地刻画了一位抗金英雄的光辉形象。这一形象既是作者的自我写照，同时也反映了完颜亮南侵时期中原人民如火如荼的抗金斗争。当时有多少不愿做奴隶的人们，为了打碎民族压迫的枷锁，参加武装起义，在十分艰苦的条件下与金兵进行殊死的战斗。而辛弃疾正是其中一位文武双全的杰出人物，因此作者的自我形象又具有一定的典型性。辛弃疾抒写个人壮志未酬的忧愤，同时也表达了无数被投闲置散的爱国志士的共同感受：

> 可惜流年，忧愁风雨。树犹如此。倩何人、唤取红巾翠袖，揾英雄泪！
>
> ——《水龙吟》

> 楼观甫成人已去，旌旗未卷头先白。
>
> ——《满江红》

> 却将万字平戎策，换得东家种树书。
>
> ——《鹧鸪天》

凭谁问：廉颇老矣，尚能饭否？

——《永遇乐》

国土被分裂、人民受苦难，而有志抗金的英雄人物却不能施展自己的才能和抱负。这既是辛弃疾的不幸遭遇，也是当时一切爱国者的共同命运。唯其如此，所以他的思想、感情及其作品中的艺术形象，都有着深刻的典型意义。

辛词中的英雄人物形象有很强的艺术感染力。他不仅善于通过象征和比喻来揭示人物的内心活动，而且还善于运用缘物体情、染叶衬花的手法来烘托与渲染环境气氛。在辛弃疾的作品里，抒情、写景和状物常常交织在一起。这使他词中抒情主人公的形象显得十分鲜明而突出。例如作者闲居上饶时独宿博山王氏庵中所写的一首《清平乐》：

绕床饥鼠，蝙蝠翻灯舞。屋上松风吹急雨，破纸窗间自语。　　平生塞北江南，归来华发苍颜。布被秋宵梦觉，眼前万里江山。

这首词写英雄末路的凄凉和悲哀，写得心事沸腾，倍加感人。上片勾画了一个十分荒凉、冷落的环境，用以衬托人物难于平静的心理活动。下片回顾自己的一生：青年时代奔驰疆场，与敌周旋；南渡以后又积极为北伐奔走呼号，但最终却被免职闲居。如今虽然鬓发花白、容颜苍老，可是杀敌报国的决心并未减退。梦中又回到了中原，醒后眼前仿佛还展现着祖国的大好河山。这里不仅刻画了一位念念不忘恢复事业的英雄形象，而且也表现了一种“烈士暮年，壮心不已”的可贵精神。由此可见，辛词中抒情主人公的形象既具有现实主义的深度与广度，又具有很强的艺术感染力。

辛弃疾对客观事物的描绘也是非常生动而富于形象性的。他观察生活深刻而细致，即使最普通的事物和景象在他的笔下也显得栩栩如生，别具一格。例如他写上饶灵山的雄姿和气势：“叠嶂西驰，万马回旋，众山欲东。正惊湍直下，跳珠倒溅，小桥横截，缺月初弓。”（《沁园春》）本来是静止的自然界，可是作者却赋予它以奔腾跳跃的形态，这就显得格外活泼生动。又如在另一首《沁园春》里，他写自己与酒杯对话：“杯，汝前来。……与汝成言：‘勿留亟退，吾力犹能肆汝杯。’杯再拜道：‘麾之即去，招则须来！”这里将酒杯加以人格化，表现了作者的风趣。同时还通过对话，抒写了内心的矛盾和苦闷。

辛弃疾还善于运用联想、比喻和象征的手法来状物、绘景，来叙写主观感受。例如他的名作，被列为“宋金十大曲”之一的《摸鱼儿》，全篇采用比兴手法，通过贴切的比喻和象征，形象地、深刻地表达了怀才不遇和受压抑的苦闷。词中所写的“春”，既是指词人的青春年华，也是指国家的前途命运。而玉环、飞燕则暗指祸国殃民的投降派。整首词没有一处直陈时事，然而句句都包含着深刻的政治内容，所以具有强烈的艺术感染力。又如在《太常引·建康中秋夜为吕叔潜赋》一词中，作者将中秋之夜的明月比作磨得发光的铜镜，并由此而引出："乘风好去，长空万里，直下看山河。斫去桂婆娑，人道是清光更多!"词人对月兴叹，想到年华渐逝，白发日多，不禁惆怅满怀。他向往着能像嫦娥那样，乘风万里，遨游太空，一览祖国的大好河山。然而他又想到，月宫里也有许多阴影，因此只有把那些婆娑的桂枝砍去，月亮才能更加光辉明亮。这里不仅表现了作者对光明理想的追求，而且也反映了他对黑暗事物的憎恶，寓意是很深刻的。

辛词的风格以"豪放"为主，但又具有多样化的特点。文艺作品的风格是由作家所处的时代、生活经历、思想性格和艺术修养等因素决定的，是作家在其创作中所独具的风貌和格调，也可以说是作家人格的艺术表现。辛弃疾和北宋的苏轼都是豪放派的代表词人，他们的作品以豪放悲壮著称。就辛词而论，所谓"豪放"是指他的作品意境壮阔、气魄宏大、激昂慷慨，不拘一格。他不受所谓"诗庄词媚"传统思想的束缚，以战士的风度在广阔的生活原野上纵横驰骋，放声高歌，走笔挥毫，将其所见、所闻、所思、所感的一切都写进词里。或抒写忧国情思，或追述战斗生活，或斥责隐忍苟安，或议论古今人物，或扼腕悲歌，或长言咏叹，或写山光水色，或叙旷怀逸致，无事不搜，无意不入，真是气象万千，众妙纷呈。

辛词豪放风格的表现有如下几点：

豪迈奔放。辛弃疾以奔腾的激情和磅礴的气势描绘了许多壮阔的战斗场面：

> 落日塞尘起，胡骑猎清秋。汉家组练十万，列舰耸层楼。谁道投鞭飞渡，忆昔鸣髇血污，风雨佛狸愁。季子正年少，匹马黑貂裘。
>
> ——《水调歌头》

> 醉里挑灯看剑，梦回吹角连营。八百里分麾下炙，五十弦翻塞外声，沙场秋点兵。
>
> ——《破阵子》

这里无论是回忆斗争经历或展望理想境界，都充分表现了作者的豪情壮怀，显示了英雄的本色。辛弃疾还以战士的胸襟和目光来观察客观生活，描绘自然景象：

> 望飞来半空鸥鹭，须臾动地鼙鼓。截江组练驱山去，鏖战未收貔虎。
>
> ——《摸鱼儿》

> 对花何似？似吴宫初教，翠围红阵。欲笑还愁羞不语，惟有倾城娇韵。

——《念奴娇》

这两首词前者写观钱塘江潮，后者赋白牡丹。这类题材并不新奇，但作者却能打破传统的写法，以勇士驱山来比喻潮水涨落，以孙武教阅宫女来形容牡丹，别开生面，出人意表。无论什么题材，他都能写得龙腾虎跃、豪放不羁，“绝不作妮子态”（毛晋《稼轩词跋》）。这是辛词区别于婉约派作品的特征之一。

慷慨悲壮。辛弃疾生活在一个悲剧的时代，一生屡遭南宋投降派攻讦和排斥，雄心壮志一筹莫展，但又不甘沉默，“故其悲歌慷慨、抑郁无聊之气，一寄之于词”（《词苑丛谈》引黄梨庄语）。在黑暗的现实里，他怅望神州老泪濡睫；回首往事，愤慨填胸。所以他的某些作品常以慷慨激昂始，而以悲怆欲绝终。例如前引《鹧鸪天》（壮岁旌旗拥万夫）和《破阵子》（醉里挑灯看剑）都是如此，形成了豪放与悲壮相结合的风格。辛弃疾还有一些作品写得极其衰飒凄凉，十分消沉。例如《鹧鸪天》（枕簟溪堂冷欲秋），沉哀茹痛，难以卒读。其下片云：“书咄咄，且休休，一丘一壑也风流。不知筋力衰多少，但觉新来懒上楼。”虽不言痛，而痛入骨髓。由此可见，他身心所受的摧残与损害多么沉重。这种感情表现在作品里，形成了辛词风格的另一特征。

纵横议论。这是辛词豪放风格的又一表现。宋人认为词“别是一家”，与诗有严格的界限。所以苏轼以诗为词，便受到时人的非难，说是“如教坊雷大使之舞，虽极天下之工，要非本色”（陈师道《后山诗话》）。辛弃疾不顾种种议论，继东坡之后，进一步打破传统观念，以文为词。他不仅用词来写景、抒情，而且也以词来发议论：

稼轩何必长贫，放泉檐外琼珠泻。乐天知命，古来谁会，行藏用舍？人不堪忧，一瓢自乐，贤哉回也。料当年曾问：“饭蔬饮水，何为是栖栖者？”

——《水龙吟》

汝说刘伶，古今达者，醉后何妨死便埋！浑如此，叹汝于知己，真少恩哉！　更凭歌舞为媒，算合作人间鸩毒猜。况怨无大小，生于所爱；物无美恶，过则成灾。

——《沁园春》

这类作品都是用散文的句法来写的，具有纵横议论、反复说理的特点。但由于缺少形象思维，缺乏艺术感染力。

豪放悲壮是辛词风格的主导方面，但辛弃疾又是一位能刚能柔、能豪能婉的多面手。南宋后期作家刘克庄评辛词时曾说：“公所作，大声镗鞳，小声铿鍧，横绝六合，扫空万古；其秾丽绵密处，亦不在小晏、秦郎之下。”（《后村诗话》）辛弃疾作品思想内容丰富多彩，形式风格也是多样化的。他根据不同内容的要求，运用不同的形式和表现手法，所以他的词不拘一格、不限一式，多彩多姿。

清新自然。这是辛弃疾农村词的特点。在闲居期间，他的生活与思想都发生了一些变化，对自然景物、田园风光产生了兴趣。他用朴素的语言和白描手法，描绘了一幅幅生动的农村生活图画。这些作品清新质朴、而无雕饰之感。

婉约秾丽。辛弃疾也有少数作品写男女爱情，具有婉约派特点。例如：

宝钗分，桃叶渡，烟柳暗南浦。怕上层楼，十日九风雨。断肠片片飞红，都无人管，更谁劝啼莺声住？　　鬓边觑，试把花卜归期，才簪又重数。罗帐灯昏，哽咽梦中语："是他春带愁来，春归何处？却不解、带将愁去。"

——《祝英台近》

这首词以细腻的笔触写一个女子的春愁闺怨，对主人公的情态和心理活动作了细致的刻画。后人评论说："稼轩词以激扬奋厉为工；至'宝钗分，桃叶渡'一曲，昵狎温柔，魂销意尽，才人伎俩，真不可测。"（沈谦《填词杂说》）辛弃疾还写过效花间体、仿李清照的作品，即使这类词和婉约派的情趣也不完全相同。婉约派写的是儿女柔情，令人有纤弱之感；而辛弃疾的婉约词则表现了英雄的多情，其中某些作品表面上是写男女恋情，但实际上则是托物寓意，另有寄托。

幽默谐趣。这类作品一部分嘲讽了当时种种恶劣的社会风气，如《夜游宫·苦俗客》《卜算子·齿落》《生查子·简吴子似县尉》等。作者以辛辣的语言，讽刺各种丑恶的社会现象，真是嬉笑怒骂，皆成妙笔。如《千年调》的下片：

少年使酒，出口人嫌拗。此个和合道理，近日方晓；学人言语，未会十分巧。看他们，得人怜，秦吉了。

另一部分作品则反映了他隐居后的闲适生活。如《水调歌头·盟鸥》《南歌子·新开池，戏作》《山花子·三山戏作》《鹊桥仙·赠鹭鸶》等。在这类作品里，辛弃疾以诙谐的笔调抒写了放浪林泉的感情。如：

醉里且贪欢笑，要愁那得功夫。近来始觉古人书，信着全无是处。昨夜松边醉倒，问松："我醉何如？"只疑松动要来扶，以手推松曰："去！"

——《西江月》

这首词上片写醉后真言：书上说的是一套，而人们做的却另是一套，这是不满现实的激愤之辞。下片写酒后狂态：他醉倒在松树下面，但觉地转天旋，以为松树伸手要来扶他。于是故作倔强姿态，用手去推松树，并叫它："走开！"这种幽默诙谐的风趣，是与作者的苦闷和愤慨糅合在一起的。

辛词语言总的特点是：鲜明、生动、精练，具有个性化，富于表现力。他善于根据不同内容和情感的需要，使用不同风格的语言。在他的作品中，既有浪漫主义色彩很浓的豪言壮语，也有极为愤懑悲切的苦语怨言；既有大量传统的古典文学语言，也有一些通俗的民间口语。他广泛地学习和运用了古代作家的书面文学语言，如对屈原、陶渊明、李白、杜甫、苏轼等语言巨匠都很重视。他读书很多，而且博闻强记，因此能够运用自如。吴衡照在《莲子居词话》中曾说："辛稼轩别开天地，横绝古今，《论》、《孟》、《诗小序》、左氏《春秋》、《南华》、《离骚》、《史》、《汉》、《世说》、选学、李杜诗，拉杂运用，弥见其笔力之峭。"这一方面说明辛弃疾知识面广，驾驭语言能力强，但另一方面也使他的词典故、史实太多，有些篇章不易为人理解，所以也有人批评他"掉书袋"。我们认为对这个问题应当具体分析，不能笼统而论。在一部分抒发爱国情思、谴责投降政策的作品里，由于不能直陈明言，因而托古讽今，使用一些故实，而词意又不晦暗，不致影响作品的艺术效果，这是无可厚非的。如《永遇乐》（京口北固亭怀古）就是很好的例子。但毋庸讳言，辛弃疾也有不少作品用典过多，或者大量引用前人的词句，而又并无新意，这就不能不说是一种缺点了。

在学习和运用民间口语方面，辛弃疾也作了一定的努力。他有的词写得十分通俗易懂、明白流畅。例如：

> 走去走来三百里，五日以为期。六日归时已是疑，应是望多时。　　鞭个马儿归去也，心急马行迟，不免相烦喜鹊儿，先报那人知。
>
> ——《武陵春》

这首词就很有民间词的风味。此外，辛弃疾还吸取了一些方言俚语和当时流行的语气词。如："千峰云起，骤雨一霎儿价"（《丑奴儿近》），"些底事，误人哪，不成真个不思家"（《鹧鸪天》），"好个主人家，不问因由便去嗏"（《南乡子》）。这些都使他的语言更加丰富多彩，给他的作品带来了一股新鲜活泼的气息。

总之，辛弃疾的词思想和艺术成就都很高，他的影响也很大。当时在他的周围聚集了一批主张抗金、反对投降的作家，他们以抒发爱国思想为主题，互相唱和，从而形成了"辛派词人"，对南宋词风的转变起了巨大作用。这一切，说明辛弃疾在中国文学史上有很高的地位，对他的作品应当进行深入的研究和批判的继承。

（《吉林大学社会科学论丛》，1979年版）

稼轩词三首浅议

评论古代作家作品，必须坚持历史唯物主义原则和实事求是的态度。古代作家由于受时代、阶级和历史条件的限制，他们的政治态度、生活理想和思想感情，都是比较复杂的。在他们的作品中，进步与落后、积极与消极、精华与糟粕两种因素常常是互相渗透，同时共存的。对于这种矛盾复杂的现象，应当从实际出发，进行全面的、具体的分析。既不应苛求古人，也不要抬高古人，更不能用主观臆测、望文生义的方法去解释和评价古代作家作品。离开实事求是的科学态度，就会将复杂的事物简单化，以至得出不符合实际的主观主义的结论。

近年来在辛弃疾词的研究和讨论中，这种主观主义的方法和简单化的倾向也是有所表现的。这里仅就其中三首词的评价问题，提出一些粗浅的看法，同时也涉及古典文学研究中的某些方法问题。不妥之处望读者批评指正。

溢美之作，不宜评价过高

淳熙八年（1181）冬，辛弃疾在江西安抚使任上，被台臣王蔺弹劾落职。不久来到上饶带湖新居，开始了长期投闲置散的隐居生活。这正是作者年富力强，可为北伐抗金、收复中原、统一国土而尽力的时候，在政治上却遭到了沉重的打击。他被迫解甲归田，心情十分抑郁苦闷，因而常常寄情山水，放浪林泉，仰天长叹，醉舞狂歌，挥笔抒写胸中的愤懑与不平。淳熙九年（1182）春，辛弃疾在带湖写了一首《水调歌头·盟鸥》，表达壮志难酬的苦闷心情。他的一些朋友，如严焕、傅自得等读了这首词后，都寄来了唱和之作，对他表示同情。这时有个叫汤朝美的人，恰好也住在信州，与辛弃疾有交往，也写了一首《水调歌头》相和。辛弃疾读了汤朝美的和词，又用原韵作词回赠。这首词的原文如下：

白日射金阙，虎豹九关开。见君谏疏频上，谈笑挽天回。千古忠肝义胆，万里蛮烟瘴雨，往事莫惊猜。政恐不免耳，消息日边来。　笑吾庐，门掩草，径封苔。未应两手无用，要把蟹螯杯。说剑论诗余事，醉舞狂歌欲倒，老子颇堪哀。白发宁有种，一一醒时栽。

——《水调歌头·汤朝美司谏见和，用韵为谢》

应当如何评价这首词呢？我以为这是一首感情用事、名实不符的溢美之作。辛弃疾在词中把汤朝美称为“千古忠肝义胆”“谈笑挽天回”的爱国志士，极力加以赞颂，引为同调，予以慰勉鼓励，这是他不察是非、未辨贤愚的结果。可是有的辛词选本不细考史实，也说汤朝美“敢于指责朝政，发表抗战言论，被贬居新州”。似乎汤朝美和辛弃疾的遭遇相同，也是由于主张抗金而受到打击和排斥的。实际情况并非如此。

汤朝美是一个什么样的人？他为何被贬？搞清楚这两个问题，对于评价辛弃疾的这首词无疑是很重要的。汤朝美，《宋史》无传。据有关史料记载：汤，名邦彦，字朝美，乾道八年（1172）中博学宏词科，受到承相虞允文的赏识，除枢密院编修官。由于他能言善辩，好发议论，而被孝宗赵眘看中，“上心倾向之，除秘书丞、起居舍人、兼中书舍人，擢左司谏兼侍读。论事风生，权幸侧目。上手书以赐，称其‘以身许国，志若金石，协济大计，始终不移’。”可见其在朝中很出了一阵风头。然而此人并非什么具有“敢于斗争的精神”的爱国者，而是一个好说大话、言行不一、醉心名利、贪生怕死的“银样镴枪头”。

淳熙二年（1175），汤朝美任左司谏时发表过一些有关用人行政方面的意见，弹劾过几名大臣，如蒋芾、王炎、张说等人，并因此而获得了“直言敢谏”的美名。其实，汤朝美的意见和建议，如“定补外带职格”，“罢四川宣抚使，复制置使”等，并非什么“抗战言论”，也谈不上“冲破重重阻碍”，不过是投孝宗所好，看皇帝的眼色行事而已。当时任参知政事的李彦颖就发觉这个“自负功名”、锋芒毕露的新贵言行可疑，不可重用，并提醒孝宗注意：“时左司谏汤邦彦新进，冀侥幸集事，自许立节。彦颖言邦彦轻脱，必误国。”

淳熙二年七月，汤朝美被任命为申议国信使，赴金谈判要求归还河南陵寝地。他得知这一消息，害怕得要死，但因朝廷已经做出决定，又不敢推辞，只好硬着头皮，胆战心惊地驱车就道。临行前，他从孝宗那里听说这次出使是由于左丞相叶衡的推荐，就怀恨在心，挟隙报复：“邦彦请对，问所以遣，既知荐出于衡，恨衡挤己，闻衡对客有讪上语奏之，上大怒。即日罢相，责授安德军节度副使，郴州安置。邦彦使还，果辱命，上震怒，窜之岭南，诏衡自便，复官与祠。”叶衡是主张抗金的，从他罢相被贬一事，也可看出汤朝美的为人是不足称道的。

关于汤朝美使金辱命的经过，《续资治通鉴》卷一四五作了记载：“初，汤邦彦敢为大言，虞允文深器之。允文出为四川宣抚也，辟邦彦以行。允文殁，邦彦还朝，上亦喜其敢言，既，以荐充申议使使金，求陵寝地。邦彦至金，金人拒不纳，既旬余，乃命引见，夹道皆控弦露刃之士，邦彦大怖，不能措一词而出。及还，帝大怒，诏流新州。帝谕宰臣曰：‘敌人既不受本朝礼币，邦彦乃受敌人所赐。辞受之际，理亦易晓，乃不顾名节，辱命如此！’邦彦既斥不复用，自是河南之议始息，不复遣泛使矣。”从上述有关史料可知，汤朝美的被贬并非由于他“敢于指责朝政，发表抗战言论”，而是因为他使金时贪生怕死，毫无气节，接受敌方礼物，未能完成使命，触怒了赵昚，因而被贬新州的。

汤朝美在“万里蛮烟瘴雨”的流放生活中，虽然吃了不少苦头，但与当时一些爱国志士因发表抗战言论、反对投降政策而遭贬谪流放性质不同，不应当相提并论。辛弃疾或由于不了解情况，或因其自身也被弹劾落职，从而推己及人，对汤抱以同情，这是可以理解的。然而在作品中称颂这类人物，就不能不说是一种与事实不符的溢美之词了。

指出辛弃疾的失误，并不是为了完全否定这首词。辛弃疾虽然在词的上片不适当地美化了汤朝美，但他主要还是借他人酒杯浇自己胸中的块垒。这首词的重点在下片，作者以沉痛的语言，抒发了英雄无用武之地的悲愤之情，从而揭示出南宋当权者打击迫害爱国志士的罪恶行径，具有一定的现实意义，应该予以适当的肯定。我以为对这首词既不要因上片的失误而否定下片，也不要不分是非，一律加以肯定。

由此可见，评价古代作家作品必须知人论世，从实际出发，不能仅仅根据作者的爱憎之情和是非标准，来评论他所描写的人物和事件，来判定一篇作品的价值。辛弃疾对汤朝美的溢美，不管出于什么原因，毕竟是一种失察行为。对此，我们不必苛责，古代作家有这样或那样的缺点和错误是难免的。但是必须指出其缺点和局限，不能因错就错，是非不分，甚至跟着作者去颂扬不值得颂扬的人。

《祝英台近·晚春》是政治词吗

自屈原《离骚》开始，我国古代诗人常喜用香草美人或男女情事寄托自己的政治怀抱，比喻个人的身世遭遇。这种象征性的艺术表现手法，一直为后代作家所袭用，成为中国古代政治抒情诗的艺术特征之一。然而大量以男女爱情为题材的作品，只是抒发异性之间的爱恋相思之情，并无象征意义。可是有的人却硬要对一些深婉动人的情歌，穿凿附会地去探索所谓的微言大义。结果使不少本来明白易晓的作品，经过注释疏解，反而被弄得扑朔迷离、含糊不清了。

辛弃疾的词题材广阔，内容丰富，风格多样，其中最有价值的是那些抚时感事、豪放悲壮的爱国词作。他虽然也写过几首婉约秾丽的爱情词，但毕竟为数不多。可是这少数的几首作品，有的也被人用一些政治概念来加以图解，从而被搞得面目全非，真伪难辨了。仿佛像辛弃疾这样的作家，就不该也绝不会写出纯粹的爱情词似的。这当然只能是一种未必符合事实的臆测和误解。例如王国维在论及辛词《青玉案·元夕》时就认为："众里寻他千百度，回头蓦见，那人却在，灯火阑珊处"是"古今成大事业、大学问者"的"第三种境界"。这不符合作者的原意，纯属解词者的借题发挥。王国维自己也承认这一点，并申明他无意强加于人，态度还是比较诚实的。然而有的辛词选本却把分明是描写男女离别相思的爱情词《祝英台近·晚春》，硬说成"是一首政治词"，这就未免主观武断，难以使人同意了。现将原词引录如下：

宝钗分，桃叶渡。烟柳暗南浦。怕上层楼，十日九风雨。断肠片片飞红，都无人管，更谁劝啼莺声住。　　鬓边觑，试把花卜归期，才簪又重数。罗帐灯昏，哽咽梦中语：是他春带愁来，春归何处？却不解带将愁去。

——《祝英台近·晚春》

很明显，这是一首抒写伤春感怀的闺情词。作者通过闺中人回忆临歧分钗、怕上层楼、花卜归期以及梦语寄愁等情节，十分细腻地描绘出女主人公对远方亲人的思念和怨怅愁苦之情，写得含蓄委婉、缠绵悱恻，表现了作者豪放悲壮之外的另一种创作风格。沈谦在《填词杂说》中指出："稼轩词以激扬奋厉为工；至'宝钗分，桃叶渡'一曲，昵狎温柔，魂销意尽，才人伎俩，真不可测。"他是将这首词作为一首描写儿女柔情的婉约词来理解的，说明辛弃疾既擅长于写挑灯看剑、金戈铁马一类的壮词，也能作秾丽绵密、温柔妩媚一类的情语，是一位多才多艺、能豪能婉、风格多样的作家。沈谦的意见是比较符合实际的。

不过也有人认为这首词有所寄托，是"借闺怨以抒其志"。但从作品本身来看根据不足，因此话只应说到这里为止。如果再进一步，对词中的字句和形象一一加以比附，如说"点点飞红，伤君子之弃；流莺，恶小人得志也；春带愁来，其刺赵张乎"等之类，这就未免失之穿凿，不足为信了。

可是这种解释作品的方法，至今在古典文学研究中还有一定的影响。例如近年出版的《辛弃疾词选》就断定《祝英台近·晚春》是一首"政治词"，并具体解释说："'试把花卜归期，才簪又重数'，'罗帐灯昏，哽咽梦中语'，表明作者希望早日收复中原，连在睡梦中也念念不忘。这种统一祖国的愿望是多么恳切和强烈啊！可是春来春去，自己的愿望总也实现不了。他埋怨春光，'却不解带将愁去'，正是对南宋当局提出指责。"这样的解释似乎有推测和猜想之嫌。从作品中很难找到可靠的根据。不错，辛弃疾是一位爱国词人，他希望早日收复中原，但能否据此就认为他的作品不管写什么题材，都“寄寓了作者对祖国长期分裂的悲痛”呢？显然是不能的。收复中原、统一祖国是辛弃疾创作的中心主题，但不是唯一的主题。实际上在他的六百多首词中，抒写爱国情思、涉及政治内容的作品只是其中的少部分，不过十分之一左右。这在古代作家特别是两宋词人中，已经是非常突出、十分可贵的了。任何古代作家即使像辛弃疾这样的杰出作家，他们的作品也不可能都有“寄寓”。为什么非要把这首分明是写男女恋情、离别相思的作品说成是“政治词”不可呢？持这种看法的同志大概以为“政治词”比“爱情词”价值高，作为豪放派词人辛弃疾只能写“政治词”，不会写“爱情词”，即使写了也是“袭用爱情的外壳”，表现的仍然是政治内容。这种看法未必是妥当的。评价任何作品都要实事求是，如果与实际不相符合，就可能会引出种种难以自圆其说的矛盾和混乱，对读者正确理解作品是不会有所助益的。

如《辛弃疾词选》说“试把花卜归期，才簪又重数”，是“表明作者希望早日收复中原”的强烈愿望，可是在作品里是找不到根据的。辛弃疾自绍兴末年南渡以来，迫切希望早日出师北伐，收复中原，打回老家去。这种思想在他的词中常常有所流露，可是，这首《祝英台近》却很难说反映的也是这方面的思想内容。所谓“花卜归期”，是指闺中女子以花瓣占卜离人归来的日期，这与“作者希望早日收复中原”，得以归去的意念殊不相合。再则，用以花占卜表现女子盼望亲人早归的心理情态甚为贴切，但如用来表达作者收复中原、统一祖国的豪情壮志就不甚妥当了。辛弃疾一生主张北伐，对抗金复国事业有着比较清醒的认识和估计。他从来没有也不会用占卜一类的方式，来预测光复失地、振兴祖国的前途。因此，我认为这种解释既不符合作品的客观内容，也不符合作者的思想和性格。

《辛弃疾词选》还说“他埋怨春光‘却不解带将愁去’，正是对南宋当局提出指责”。这是说作者用“春光”来象征“南宋当局”，他埋怨“春光”就是指责“南宋当局”。可是在这段话的前面却说：“抗战大计一事无成，就像春光零落一样。”显然，这里的“春光”是象征“一事无成”的“抗战大计”，成为作者所珍惜的对象了。在同一篇作品里，“春光”忽而象征“抗战大计”，忽而又象征“南宋当局”，这不是自相矛盾吗？用语遣词一向十分严谨的辛弃疾怎么会如此混乱粗心、顾此失彼呢？还有，如果说作者埋怨“春光”，是由于“春带愁来”，还勉强说得通，因为“南宋当局”的确给词人和不少爱国者带来过许多“愁”。那么“春归何处，却不解带将愁去”两句，按照上述解释就完全说不通了。试问辛弃疾怎么会发出“南宋当局”归向何处的疑问呢？由此可见，词中的“春”无论是象征“抗战大计”，或是象征“南宋当局”，都是不可解的。何况用以兼指二者，就更加难以自圆其说了。

《祝英台近》本为唐宋时期民间的一种流行曲调，因其咏唱梁祝爱情悲剧故事而得名。此调声情哀婉，一般多用以表现男女离别相思之情。《稼轩长短句》中共有三首《祝英台近》，两首写相思情怀，一首咏瓢泉闲适生活，都不能说是“政治词”。其中，“晚春”一首写得曲折深婉、富有情韵，在艺术表现方面颇有特色，就是一些婉约派词人也是赞赏的。我认为不把它作为“政治词”来理解，也不至贬低其思想艺术价值。

判断一篇作品的思想价值，既要考虑到作者的政治态度和生平经历，更要认真研究和体会作品的整个意境和形象的完整性。不能只根据作品中的个别词句，来进行比附和引申。如辛弃疾的《祝英台近·晚春》，作为一首爱情词来理解，写得是很生动细腻的，并无庸俗低级的情调，形象和意境也都很完整。如果要说作者有所寄托，也只应点到为止，不宜坐实，如说“飞红”是指什么，“啼莺”是指什么，等等之类。象征和隐喻是我国古代某些作家喜欢采用的一种艺术表现手法，在分析这类作品时应当有迹可循，言之有据。否则就会把许多描写爱情的作品都说成是“政治诗”“政治词”，像孔子及其门徒解释《诗经》那样。这是不符合实际的，因而也是不足为法的。

应当如何理解《贺新郎·赋琵琶》

宋代一些诗人忽视生活对创作的决定作用，颠倒了文学艺术的“源”和“流”的关系，喜欢摭拾典故，堆砌辞藻，追求语言文字和形式的华美。这种风气始于宋初的西昆体，在诗文革新运动中曾遭到批评与抨击，但并未能彻底扫除。出现在北宋后期的江西派，虽然标榜反对西昆体，但在用典使事、模拟古人作品方面，则有其相似之处。黄庭坚提倡所谓“无一字无来处”“点铁成金”“夺胎换骨”的创作主张，实际上是鼓励作家到古人的作品中去寻求创作灵感。江西派末流诗人的某些作品不过是东拼西凑、缀补而成的“百家衣”。所以有人批评“夺胎换骨”“点铁成金”之类的所谓“活法”，是“剽窃之黠者耳”。江西派的文艺思想，对南宋一些作家产生了不小的影响。

辛弃疾的创作主要是词，但也受到江西派诗歌理论的影响。他在《水调歌头·赋松菊堂》中曾说：“诗句得活法，日月有新工。”他的作品大量用典，不能说与江西派的主张毫无关系。在那些抒发爱国激情、揭露黑暗现实、谴责投降政策的作品里，他借古讽今，运用一些史实典故，但主题思想是明确的，词意并不晦涩朦胧，艺术感染力强，这是无可厚非的。不过他也有一些作品用典过多，或大量化用前人词句，却又并无多少新意，读后使人有“掉书袋”之感，这就不能不说是一种缺点了。

对辛弃疾创作中的这一倾向，历来赞誉多而批评少，这未必符合实事求是的原则。例如吴衡照的《莲子居词话》就说：“辛稼轩别开天地，横绝古今，《论》、《孟》、《诗小序》、左氏《春秋》、《南华》、《离骚》、《史》、《汉》、《世说》、选学、李杜诗，拉杂运用，弥见其笔力之峭。”拉杂运用的创作方法，是不应当大力称赞和提倡的。其实辛弃疾自己也感到用典过多，是他创作中的一种“痼疾”。所以当他听到岳珂对其名作《永遇乐·京口北固亭怀古》提出批评时，便欣然表示接受，认为岳珂的意见很中肯。可见他并不讳疾忌医。可是某些研究辛词的同志却有意为贤者讳，将一些明显是“掉书袋”的词强为疏解，硬塞进一些现实性很强的政治内容，这恐怕也不够实事求是。为了说明问题，现举一首词为例：

> 凤尾龙香拨。自开元、霓裳曲罢，几番风月？最苦浔阳江头客，画舸亭亭待发。记出塞、黄云堆雪。马上离愁三万里，望昭阳宫殿孤鸿没。弦解语，恨难说。　　辽阳驿使音尘绝。琐窗寒，轻拢慢撚，泪珠盈睫。推手含情还却手，一抹《梁州》哀彻。千古事，云飞烟灭。贺老定场无消息，想沉香亭北繁华歇。弹到此，为呜咽。
>
> ——《贺新郎·赋琵琶》

词题为“赋琵琶”，但所咏非一人一事，也不是哪一张具体的琵琶，而是将历史上一系列有关弹奏琵琶的故事罗列在一起。就词论词，虽说作者不无感慨，但因用事太多，显得杂乱零散，没有完整的意境和贯穿全篇的统一的抒情形象，因而不能说是辛词中的佳作。但是有人对这首词评价甚高，说它“中心思想很明确，即通过这些故事，表达对北宋繁荣时代的追念，感叹抗战派的不幸遭遇，谴责南宋统治者对金屈辱妥协”。然而，这个“很明确”的“中心思想”，我看是根据作者的生平行事和政治态度而不是根据作品的具体内容推导出来的。分析作品固然要联系作者的生平思想，但作者的思想与作品的主题毕竟不是一回事。如果说从这首词的起处和结处看，都用了开元琵琶事，因而说它表现了兴亡盛衰之感，还算有迹可循的话，那么所谓“感叹抗战派的不幸遭遇，谴责南宋统治者对金屈辱妥协”，又从何说起呢？

更加令人难以同意的，是对这首词下阕的解释。如说：“下阕主要描写一个身世悲惨的妇女，因为丈夫被金贵族掳走，杳无音信，她只能在空寂的屋子里‘轻拢慢捻，泪珠盈睫’‘一抹《梁州》哀彻’，抒发自己的满腔悲愤。作者所塑造的这位妇女形象，其实是中原地区遭受苦难的人民的一个缩影。”还说：“这里隐寓了北宋末年，金兵攻破汴京后，把徽钦二帝、皇室人员和技艺、工匠三千人掳去东北，做了女真贵族的奴隶，致使许多百姓家破人亡，妻离子散。”这两段解释，想象和虚构的成分多，根据的事实不足。细读原词，很难看出其中塑造了一位典型性很强的妇女形象。那么这位“丈夫被掳”的妇女的悲惨故事是怎样来的呢？其根据可能是过片处的“辽阳驿使音尘绝”一句。其实这句不过是用沈佺期的“九月寒砧催木叶，十年征戍忆辽阳。白狼河北音书断，丹凤城南秋意长”诗意。沈佺期的这首《独不见》，写的是少妇对久戍不归的丈夫的怀念，与所谓“丈夫被掳”的妇女无关。因为当时辽阳属金占区，于是解释者便展开想象的翅膀，构思了这个现实意义很强的故事。

辛弃疾的这首《贺新郎》，借琵琶以写怨思，上下两片各用了三个关于弹奏琵琶的故事，作者可能有所寄托，但很难实指。读这首词令人联想到西昆派诗人杨亿的《泪》：

锦字梭停掩夜机，白头吟苦怨新知。
谁闻陇水回肠后，更听巴猿拭袂时。
汉殿微凉金屋闭，魏宫清晓玉壶欹。
多情不待悲秋意，只是伤春鬓已丝。

这首七律语言华丽，对偶工稳，句句用典，但缺乏真情实感，不过是把历史上一些哀怨凄楚的故事拼凑在一起。诗题为“泪”，作者其时无“泪”，也未见“泪”，只是想象古人流泪的情景而已。“泪”乃是诗句的谜底，这不能算作真正的诗。

杨亿是宋初御前近侍文臣，辛弃疾是南宋的爱国词人，他们的成就及其在文学史上的地位和影响都是不可同日而语的，我们也无意将这两位作家相提并论。但是如果只就作品而言，那么这一词一诗在创作方法和表现技巧方面，不是有其相同之处吗？

坚持实事求是，要求我们对古代作家创作中的成败优劣、经验教训，都应做出恰如其分的评价。我们不但要总结前人的宝贵经验，学习他们的长处，而且也要指出其缺点和不足，引以为鉴。任何古代作家，无论其思想或艺术都不可能是完美无缺的。就以辛弃疾而论，作为一位民族英雄和爱国词人，他在文学创作方面的成就和贡献是伟大的，但其思想和艺术都不能说没有任何缺点。别的姑且不论，就以他喜欢大量用典来说，我以为这终究是稼轩词艺术上的一个缺点。

（《社会科学战线》1982 年第 3 期）

试论南宋前期词风的变化

文学艺术是现实生活的反映，是一定历史条件下人们的思想感情的艺术体现。而人们的思想感情，又是随着人们的生活条件、社会关系和社会存在的改变而改变的。因此，一切文艺现象，无论是一种文艺思潮的产生，一种文学形式的兴衰，还是一种艺术风格的形成，都有着深刻的历史根源，都是由当时社会生活的客观现实所决定的。

中国文学史上的许多现象，如先秦散文的兴盛、唐诗的繁荣、宋词流派和风格的演变，以及小说戏曲民族形式和民族风格的形成等，除了受文学本身发展规律的制约外，同时又是由一定的社会生活和历史条件决定的，绝不是什么偶然的孤立的文艺现象。

南宋前期词风的变化，对宋词的发展具有十分重要的意义；同时又以大量的事实说明，时代与社会生活对文艺创作产生了决定性的影响。这对于我们研究文艺与生活、文艺与政治的关系是一个很好的课题。本文拟就此提出一些粗浅的看法，不妥之处望读者批评指正。

一

词是一种可以合乐歌唱的新体诗。这种形式，初起于隋唐之际。以后流播渐广，引起了一些作家的注意。中唐诗人韦应物、白居易、刘禹锡等开始仿效民间曲调填词，创作了一些清新、通俗的作品。但这种文学形式还没有取得独立地位，尚被人们看成是诗的附庸。晚唐五代，文人写词的风气渐盛，出现了温庭筠、韦庄、冯延巳、李煜等著名词人。入宋之后，词坛繁花似锦，争芳竞艳，盛极一时。在北宋京城汴梁（今河南开封），“新声巧笑于柳陌花衢，按管调弦于茶坊酒肆”①，可见演唱歌词已成为当时市民文化娱乐生活的重要形式之一。这一时期，涌现了大批在歌词创作方面富有特色的作家和作品。所以，文学史上有人将宋词与唐诗和元曲并称，甚至把它看作宋代

① （宋）孟元老：《东京梦华录序》，《丛书集成初编》，上海：商务印书馆，1936 年。

文学的代表形式，这不是完全没有道理的。

然而，这种看法又有很大的片面性。宋词与唐诗和元曲相比，就其反映社会生活的广度和深度，就其作品的思想意义和社会效果而论，总的来说其成就又不如唐诗和元曲。特别是北宋婉约派和南宋格律派作家的作品，题材狭窄，形式和内容有矛盾，思想局限性很大。为什么会出现这种现象呢？原因是多方面的。这与词固有的特点，它的社会基础、形式要求和服务对象有关，同时作家对词的保守思想也是一个重要原因。宋人认为“诗庄词媚”，对诗词的描写范围和社会功能有严格的区分。他们把诗文看成正统文学，用来言志述怀，反映社会现实和政治斗争；而认为词属“艳科”，是“娱宾遣兴”的工具，只能表现男欢女爱、离愁别恨、伤春悲秋之类非政治性的生活情事。这种分工是不科学的，但却被许多作家所接受和承认，从而既影响了宋词也影响了宋诗的发展和演进，甚至成为束缚人们思想的桎梏。

在北宋诗文革新运动的影响和推动下，词坛曾萌发过变革的要求。杰出作家苏轼冲破传统观念的束缚，扩大了词的题材和境界，开创了一条较为广阔的创作道路。苏轼“不喜剪裁以就声律”①，而以写诗的手法来写词。在他看来，凡是诗歌可以表现的内容，也可以用词来表现，不受清规戒律的制约，对宋词的发展做出了贡献。所以南宋初年胡寅在《酒边词序》中说：“眉山苏氏，一洗绮罗香泽之态，摆脱绸缪宛转之度，使人登高望远，举首高歌，而逸怀浩气，超乎尘垢之外，于是花间为皂隶，而耆卿为舆台矣。”然而，苏轼所开创的豪放词风，并未得到继续发展，在北宋词坛也未能形成一个大的流派。当时多数作家，包括诗文革新运动的一些积极参加者，仍然按照诗词“分工论”来对待创作。北宋末年，周邦彦等人大量制作艳词，内容浅薄，淫靡成风，具有明显的形式主义和唯美主义倾向。这时，词的创作和诗歌创作一样，都陷入了危机。

宋词向何处去？如果沿着旧路走下去，再弹“偎红倚翠”的老调，重翻“浅斟低唱”的旧曲，必将使词更加脱离现实生活，脱离政治斗争，以至走向绝境。冲破藩篱，解放思想，面向现实，另辟新路，转变词风，这是时代和文学发展的要求，但却绝非易事，必须具备一定的客观条件，否则只凭作家的主观愿望和努力，是不可能实现的。

那么词的出路究竟何在呢？正当北宋末年文风日衰，诗词创作处于穷途末路之际，晴天骤起惊雷，社会发生了天翻地覆的大变乱。金兵入侵和中原的沦陷，敲响了北宋封建统治集团酣歌艳舞、荒淫腐朽生活的丧钟，惊破了“象牙塔”内文人学士的迷

① （宋）陆游：《老学庵笔记》，《丛书集成初编》，上海：商务印书馆，1936年。

梦。时代的暴雨狂风、严酷的斗争现实给予形式主义、唯美主义文学潮流以巨大的冲击。靖康年间，特别是金兵两次围攻汴京的时候，许多作家和人民群众流离失所，饱尝了国破家亡的苦难。诗人的心灵受到血海泪涛的激荡，思想感情发生了很大的变化。不少作家遭此浩劫后，都痛切地感到再也不能闭门苦吟、雕章琢句了。无情的现实使他们懂得了，文艺脱离政治的主张，只不过是一种不切实际的幻想。他们面对刀光剑影，迎着血雨腥风，悲愤难禁，百感交集，要求直抒胸臆，放声唱出内心深处的痛苦，表达广大军民抗金守土的决心和意志。例如江西派诗人吕本中，当金兵围攻汴京时正寓居城中。他目睹当时悲惨的情景，挥笔写了一系列史诗般的作品，如《兵乱寓小巷中作》《守城士》《城中纪事》《兵乱后杂诗》等。这些诗篇，以真挚的感情和质朴的语言，描写人民群众遭受的莫大苦难，流露了深沉的忧国情思。此外，如汪藻、陈与义、刘子翚等作家，这时也写了一些富有现实意义和爱国思想的作品。这说明动乱的时代改变了诗歌创作的面貌，不少诗人在战火纷飞的岁月里，开始面向生活，用自己的作品来反映现实斗争。

与此同时，词坛也开始发生了变化。就以著名的女词人李清照来说，她的作品便以南渡为界，分为前后两个时期。前期词多写闺情绮怨、离别相思之类的题材，风格柔婉明快；而其后期作品则多伤时感旧，寄托了怀念亲人和故国的感情，格调凄怆悲凉。无论在思想内容还是艺术风格方面，前期和后期作品都有很大的变化，时代的烙印在她的创作中表现得十分明显。此外，叶梦得、朱敦儒、向子諲等人的词作在南渡前后也有不同程度的变化。

在宋金战争中诞生和成长起来的一代词人，如辛弃疾、张孝祥、陈亮、刘过等，都是当时著名的爱国志士。他们力主抗金，反对投降，要求收复中原，实现国土的统一。但却备受压抑，有心报国，无路请缨，于是怀着愤慨的心情，挥毫作歌，抒发壮志难酬的苦闷，写下了许多激动人心的作品，唱出了时代的强音，使词风发生了巨大的变化。

二

南宋前期词风的变化，始于建炎、绍兴年间，到开禧北伐前后，经历了七八十年。这是我国历史上阶级矛盾和民族矛盾都很尖锐的一个时期。我国各族人民在反对女真奴隶主贵族的武装侵略和残酷压迫，反对南宋统治集团的腐朽统治和投降政策的斗争中，发扬英勇无畏的革命传统，涌现出许多气壮山河的英雄人物，留下了无数可歌可泣的动人事迹。这是一个浸透着血和泪，充满了斗争和牺牲，融合着光荣与屈辱的时代。

文学是时代的镜子。生活的脉搏一定会在文学作品中感觉到。南宋前期词风的变化有着深刻的社会根源。在北宋词坛存在着不少“禁区”，特别是在题材和内容方面有许多清规戒律。到了南宋，由于时代的巨变，促使一些作家冲破“禁区”，将词从酒席筵上、歌舞场中，引向了较为广阔的生活原野，登上了政治斗争的舞台。南宋爱国词人的创作实践表明：词这种为人们喜爱的文学形式，并非只能浅斟低唱、娱宾遣兴，而且也是可以引吭高歌、作为战斗武器的。

词风的变化，表现在思想内容和艺术风格两个方面。南宋初年，一些身经乱离、目睹山河破碎的作家，在他们的少数作品中，开始寄托了怀念中原、伤乱忧国的哀思和悲愤。例如：

醉失桃源，梦回蓬岛，满身风露。到而今江上，愁山万叠，鬓丝千缕。

——向子諲《水龙吟·绍兴甲子上元有怀京师》

却恨悲风时起，冉冉云间新雁，边马怨胡笳。谁似东山老，谈笑净胡沙！

——叶梦得《水调歌头》

回首妖氛未扫，问人间、英雄何处？奇谋报国，可怜无用。尘昏白羽。铁锁横江，锦帆冲浪，孙郎良苦。但愁敲桂棹，悲吟《梁父》，泪流如雨！

——朱敦儒《水龙吟》

这些作者在北宋末年都经历了一段承平生活，那时的作品缺乏社会内容，思想意义不大。南渡以后，他们的生活与思想感情发生了变化，有的人还参加了抗金斗争。如向子諲曾经在长沙率领兵士和民众与南犯的金兵进行过浴血奋战。所以，这时的作品在内容和风格上都有不同程度的变化。对此，他们自己也是有所感觉的。如向子諲就把他的《酒边词》分为“江北旧词”和“江南新词”两部分。又如叶梦得的《石林词》，前期作品风格婉丽，“有温李之风”，而其后期作品却“能于简淡处出雄杰”①。这些事实说明：当辛弃疾等人活跃在词坛以前，词风已显露出变化的趋势。

南宋初期，一些抗金将领和爱国志士的作品，对词风的变化也起过积极作用。民族英雄岳飞的诗词气势磅礴，慷慨激昂，表现了杀敌报国的决心和一往无前的英雄气概。他的名篇《满江红》（怒发冲冠），以高亢激越的声调，唱出了时代的最强音，充

① （宋）关注：《石林词跋》，（宋）叶梦得：《石林词》，《百家词》本，上海：商务印书馆，1939年。

满爱国主义的豪情壮志，“千载下读之，凛凛有生气焉”。① 他的《小重山》（昨夜寒蛩不住鸣），表达了反对议和、遭受压抑的苦闷心情。在另一首《满江红·登黄鹤楼有感》中，也寄托了作者忧国忧民的情怀和杀敌报国的决心。

与岳飞同时的主战派人物李纲、赵鼎、胡铨等人，也写了一些忧思深远、怒斥权奸、号召抗金的作品。如绍兴年间在临安（今浙江杭州）广为流传的一首《苏武令》，就是李纲的作品。词中写道：

塞上风高，渔阳秋早。惆怅翠华音杳。驿使空驰，征鸿归尽，不寄双龙消耗。念白衣、金殿除恩，归黄阁、未成图报。　　谁信我，致主丹衷，伤时多故，未作救民方召。调鼎为霖，登坛作将，燕然即须平扫。拥精兵十万，横行沙漠，奉迎天表。

这首词表达了作者思君忧国的感情，抒发了收复中原的怀抱，在当时影响很大。又如胡铨被秦桧贬逐新州后所作的《好事近》：

富贵本无心，何事故乡轻别？空使猿惊鹤怨，误薜萝秋月。　　囊锥刚要出头来，不道甚时节？欲驾巾车归去，有豺狼当辙。

作者以愤怒的心情，痛斥秦桧弄权误国的罪行，表现了不屈的斗争精神。这些在现实斗争中产生的作品，发挥了文艺武器的社会作用，对词风的变化都具有一定的积极意义。

在南北宋之间，张元幹是一位比较重要的词人。他和李清照、叶梦得等人处于同一历史时期。“在政和、宣和间，已有能乐府声。”② 他在宋高宗绍兴年间所写的两首《贺新郎》，特别是“送胡邦衡待制赴新州”一首，矛头直指以赵构、秦桧为首的投降派，在当时影响是很深远的。

绍兴初年，正当抗金斗争轰轰烈烈，岳飞、韩世忠、刘锜等大将在前方率部奋勇杀敌，捷报频传，凯歌屡奏之际，赵构、秦桧一伙却甘心屈己求和，进行叛卖活动。他们派市井无赖王伦为使，赴金谈判投降条件。这时主战派察觉了这一阴谋，纷纷上书加以揭露和谴责。枢密副使王庶、监察御史张戒、礼部侍郎曾开等人交章陈辞，反对议和投降，要求坚持抗金。于是南宋朝廷内部投降和反投降的斗争趋于尖锐化。

绍兴八年（1138）十一月二十四日，枢密院编修官胡铨上书赵构，斥责他“竭民膏血而不恤，忘国大仇而不报，含垢忍耻，举天下而臣之甘心焉”。③ 并要求将秦桧、

① （清）陈廷焯：《白雨斋词话》，北京：人民文学出版社，1959 年。

② 周必大：《益公题跋·跋张元幹送胡邦衡词》，《丛书集成初编》，上海：商务印书馆，1936 年。

③ （宋）李心传：《建炎以来系年要录卷》卷一二三，北京：中华书局，1956 年。

王伦、孙近三人斩首示众，向军民表示抗敌决心。胡铨的奏疏，义正词严，在朝野间引起了强烈反响。“书奏，市井间喧腾数日不定。”① 秦桧闻之心惊胆战，惶恐万状，不得不“上表待罪”。可是，赵构却颠倒是非，混淆黑白，为秦桧张目，说他“无罪可待”。② 并让其继续用事。而胡铨却反被诬以“首倡陵犯之风，阴怀劫持之计”③ 的罪名，遭到除名编管。绍兴十二年（1142）七月，秦桧又指使其党羽罗汝楫再次诬陷胡铨，攻击他“文过饰非，益唱狂妄之说，横议纷纷，流布遐迩”。④ 于是胡铨再次受到迫害，由签书武威军节度判官厅公事，在福州被除名编管新州。

胡铨被贬新州时，张元幹正寓居福州。他得知这一消息后，义愤填膺，挥笔疾书，赋词一首，为胡铨送别：

梦绕神州路。怅秋风、连营画角，故宫离黍。底事昆仑倾砥柱，九地黄流乱注，聚万落千村狐兔？天意从来高难问，况人情老易悲难诉。更南浦，送君去！　　凉生岸柳催残暑。耿斜河、疏星淡月，断云微度。万里江山知何处？回首对床夜语。雁不到、书成谁与？目尽青天怀今古，肯儿曹、恩怨相尔汝！举大白，听《金缕》。

——《贺新郎》

这是一首叙写“离情别绪”的词，同时又是一首慷慨悲壮的政治抒情诗。词中表达了作者对南宋投降派的强烈不满，具有鲜明的政治倾向性。后来张元幹也因写这首词而受到株连，被秦桧“以它事追赴大理削籍”。⑤ 这一事实说明，词在南宋初期已开始成为一些爱国作家进行斗争的武器，发挥了积极的社会作用。

张元幹写这首词时，南宋一些著名的爱国诗人和词人，都还没有登上舞台。当时陆游十七岁，张孝祥十岁，辛弃疾两岁，陈亮、刘过等人则尚未出生。可见作者正是在这个政治黑暗、文坛沉寂的时期，开风气之先，用词来抒发爱国激情，作为和投降派进行斗争的工具。这对南宋词风的变化，显然具有重要的意义。

三

南宋词风变化的关键人物，是杰出的爱国词人辛弃疾。辛弃疾字幼安，号稼轩，

① （宋）李心传：《建炎以来系年要录卷》卷一二三，北京：中华书局，1956年。
② （宋）熊克：《中兴小纪》卷二五，《丛书集成初编》，上海：商务印书馆，1936年。
③ （宋）徐梦莘：《三朝北盟会编》卷一八八，光绪三十四年刻本。
④ （清）毕沅：《续资治通鉴》卷一二五，北京：中华书局，1957年。
⑤ （宋）王明清：《挥麈录·后录》卷一〇，北京：中华书局，1961年。

山东济南人。他生于北宋亡国以后，青年时期曾在家乡参加过农民抗金武装斗争，南渡之后积极主张北伐，收复中原，实现国土的统一。但因生不逢时，他的才能和抱负不能施展，屡遭投降派的压制和打击，在抑郁忧愤中度过了一生。

辛弃疾的词，题材广阔，内容充实，意境深远，气势磅礴，风格豪放，思想性和艺术性都很高。他以驰骋疆场的战士雄姿，纵横词坛，放声高歌，走笔挥毫，将其所见、所闻、所思、所感、所爱、所恨的一切，都写进自己的作品里。或抒发忧国情思，或缅怀战斗岁月；或斥责屈辱苟安，或议论古今人物；或扼腕悲歌，或仰天长啸；或绘山光水色，或叙旷怀逸致，无事不搜，无意不入。可谓气象万千，众妙纷呈，"激昂排宕，不可一世"。[1] 辛弃疾在南宋前期词坛异军特起，"于剪红刻翠之外，屹然别立一宗"[2]，为宋词增添了光耀夺目的奇辉异彩。

辛弃疾的词，内容非常丰富，其中最为激动人心的，是那些抚时感事、情辞慷慨的爱国作品。他以豪迈的语言，表露杀敌报国的决心："袖里珍奇光五色，他年要补天西北。"（《满江红》）"要挽银河仙浪，西北洗胡沙。"（《水调歌头》）他痛心南北分裂，时刻怀念着中原的大好河山和苦难深重的人民："夜半狂歌悲风起，听铮铮阵马檐间铁。南共北，正分裂！"（《贺新郎》）"中州遗恨，不知今夜几人愁！"（《水调歌头》）辛弃疾还把批判的笔锋指向投降派，有力地揭露和鞭挞了南宋当权者文恬武嬉、醉生梦死的可耻行为："渡江天马南来，几人真是经纶手？长安父老，新亭风景，可怜依旧。夷甫诸人，神州沉陆，几曾回首！"（《水龙吟》）

由于南宋统治集团执行投降政策，沉酣于湖山之乐，置半壁河山于不顾，许多爱国志士遭到无情的打击和迫害。辛弃疾在一系列作品中抒发了这种报国无门、壮志难酬的悲愤和不平：

> 倦客新丰，貂裘敝，征尘满目。弹短铗，青蛇三尺，浩歌谁续？不念英雄江左老，用之可以尊中国。叹诗书万卷致君人，翻沉陆。
>
> ——《满江红》

> 追往事，叹今吾，春风不染白髭须。却将万字平戎策，换得东家种树书！
>
> ——《鹧鸪天》

辛弃疾的痛苦和悲愤有着深刻的历史根源。他所描写和咏叹的绝不仅仅是个人的遭遇和感受，而且表达了同一时期不少爱国志士共同的思想感情。因此，他的作品具

---

① （清）彭孙遹：《金粟词话》，《丛书集成初编》，上海：商务印书馆，1935年。

② 《稼轩词提要》，见《四库全书总目》，北京：中华书局，1965年。

有很强的艺术感染力。

辛弃疾的词以豪放悲壮著称。他以战士的风度和雄姿，挥动如椽巨笔，描绘了一幅幅闪动着刀光剑影的壮阔场面：

落日塞尘起，胡骑猎清秋。汉家组练十万，列舰耸层楼。谁道投鞭飞渡，忆昔鸣髇血污，风雨佛狸愁。季子正年少，匹马黑貂裘。

——《水调歌头》

醉里挑灯看剑，梦回吹角连营。八百里分麾下炙，五十弦翻塞外声，沙场秋点兵。

——《破阵子》

这样的场面和意境，不仅婉约派词人写不出来，就是北宋豪放派的代表作家苏轼，由于没有这样的生活经历也是写不出来的。

辛弃疾词的风格以“豪放”为主，但又具有多样化的特点。他是一位能豪能婉、能刚能柔的多面手。他的作品“大声鞺鞳，小声铿鍧；横绝六合，扫空万古；其秾丽绵密处，亦不在小晏、秦郎之下”。[①] 他既发挥了豪放词风的特长，同时对别种风格也并非一概加以排斥和拒绝，而是博取众芳，进行了一些探索和尝试。但是应当指出，辛弃疾虽然也写了几首“昵狎温柔”的作品，并非有意与人“争斗秾纤”，他绝不做妮子态，“金戈铁马”才是稼轩词的当行本色。

以辛弃疾为代表的豪放派词人，在南宋前期词坛树起了一面以抒写爱国情思为中心主题的现实主义旗帜，他们互相唱和赠答，呼吁抗战，反对苟安，形成了一个志趣相同、风格相近、影响很大的流派，从而改变了北宋后期以来歌词创作的面貌，在文学史上写下了光辉的一页。这个流派的作家除辛弃疾外，还有陆游、韩元吉、张孝祥、陈亮、刘过等人。他们那一支支动人心魄的高亢曲调，声震四野，响遏行云，压倒了西子湖畔“绮罗丛里，兰麝香中，正宜游玩”[②] 之类的靡靡之音。

在南宋前期文坛，还有几件与词风变化有关的轶事，兹简述如下：

其一，是张孝祥在建康赋《六州歌头》。宋孝宗隆兴元年（1163），张浚北伐受挫，秦桧余党汤思退等再起，朝廷内外又弥漫着失败投降的气氛。这时爱国词人张孝祥任建康留守，张浚因都督江淮兵马来建康巡视。在一次宴会上，张孝祥针对形势的逆转，写了一首慷慨悲壮的长调《六州歌头》：

---

① （宋）刘克庄：《后村诗话》，张钧衡：《民国丛书》第三集，乌程张氏刊本。

② 康与之：《瑞鹤仙·上元应制》，唐圭璋编：《全宋词》，北京，中华书局，1965 年。

长淮望断，关塞莽然平。征尘暗，霜风劲，悄边声，黯销凝。追想当年事，殆天数，非人力。洙泗上，弦歌地，亦膻腥！隔水毡乡，落日牛羊下，区脱纵横。看名王宵猎，骑火一川明，笳鼓悲鸣，遣人惊。　　念腰间箭，匣中剑，空埃蠹，竟何成！时易失，心徒壮，岁将零，渺神京。干羽方怀远，静烽燧，且休兵。冠盖使，纷驰骛，若为情？闻道中原遗老，常南望，翠葆霓旌。使行人到此，忠愤气填膺，有泪如倾。

词中展现了中原地区在金兵践踏蹂躏下的凄惨景象，谴责了投降派祸国殃民的罪恶行径，表达了爱国志士报国无路的悲愤之情。据说张浚读后触景伤情，深受感动，“为之罢席而入”。① 刘熙载在《艺概》中评论这首词时，与张元幹的《贺新郎》相提并论，认为词的社会功能不一定就比诗差，这是很有见地的。

其二，是陆游在京口（今江苏镇江）与韩元吉等人的唱和。隆兴元年（1163），爱国诗人陆游因斥责主和派曾觌、龙大渊“招权植党”，而被贬为京口通判。次年冬，韩元吉来京省亲。他们踏雪出游，指点江山，纵论国事，以诗词唱和赠答。后来韩元吉把他们这时写的作品编为《京口唱和集》，陆游曾为之作序。序中说：“凡与无咎（韩元吉的字）相从六十日，而歌诗合三十篇。然此特其略也，或至于酒酣耳热，落笔如风雨，好事者从旁掣去，他日或流传乐府，或见于僧窗驿壁，恍然不复省识者，盖又不可计也。”② 可见京口唱和时的作品流传很广，但保留下来的词只有陆游的《赤壁词·招韩无咎游金山》《浣溪沙·和无咎韵》以及韩元吉的《醉落魄·务观席上索赋》和两首《念奴娇》等少数几篇。值得介绍的是陆游在京口写的另一首《水调歌头·多景楼》：

江左占形胜，最数古徐州。连山如画佳处，缥缈著危楼。鼓角临风悲壮，烽火连空明灭，往事忆孙刘。千里曜戈甲，万灶宿貔貅。　　露沾草，风落木，岁方秋。使君宏放谈笑，洗尽古今愁。不见襄阳登览，磨灭游人无数，遗恨黯难收。叔子独千载，名与汉江流。

词写登楼远眺，以古喻今，感慨颇深，与辛弃疾四十多年后登京口北固亭时所写的《永遇乐》和《南乡子》二词，有异曲同工之妙。后来，张孝祥曾将陆游的这首词“书而刻之崖石”。③ 可见南宋前期的爱国作家们在共同理想的鼓舞下，互相勉励，推波助澜，有力地促进了词风的变化。

其三，是辛弃疾和陈亮的“鹅湖之会”。淳熙十五年（1188）冬，陈亮从浙江东

---

① 见《朝野遗记》，长沙：商务印书馆，1940 年。

② （宋）陆游：《渭南文集》卷一四，《四部丛刊初编》本。

③ （宋）张孝祥：《于湖居士文集》卷二八，《四部丛刊》，上海：商务印书馆，1929 年。

阳到江西上饶会晤辛弃疾。他们同游鹅湖，共酌瓢泉，长歌相答，极论世事，畅叙阔别之情，商讨北伐大计。这次别后，辛、陈书信往来频繁，互相寄赠了唱和的几首《贺新郎》，对现实进行了深刻的揭露和批判。试各举一首为例：

老大那堪说。似而今、元龙臭味，孟公瓜葛。我病君来高歌饮，惊散楼头飞雪。笑富贵、千钧如发。硬语盘空谁来听？记当时、只有西窗月。重进酒，换鸣瑟。　　事无两样人心别。问渠侬，神州毕竟几番离合？汗血盐车无人顾，千里空收骏骨。正目断、关河路绝。我最怜君中宵舞，道男儿、到死心如铁。看试手，补天裂。

——辛弃疾《贺新郎·同父见和，再用韵答之》

话杀浑闲说。不成教，齐民也解，为伊为葛。尊酒相逢成二老，却忆去年风雪。新着了、几茎华发。百世寻人犹接踵，叹只今、两地三人月。写旧恨，向谁瑟！　　男儿何用伤离别？况古来，几番际会，风从云合。千里情亲长晤对，妙体本心次骨。卧百尺、高楼斗绝。天下适安耕且老，看买犁卖剑平家铁。壮士泪，肺肝裂！

——陈亮《贺新郎·怀辛幼安用前韵》

辛、陈唱和的作品共五首，写得都十分激切，既充分表达了他们试手补天、力挽狂澜的坚定信念，同时也深刻揭露了投降派苟且偷安、扼杀人才的罪恶，促进了词风的变化，推动了南宋爱国主义文学的发展。

四

以辛弃疾为代表的爱国词人，顺应历史潮流，从现实斗争需要出发，扭转了北宋后期以来秾艳轻浮的词风，使沉雄悲壮的爱国主义战歌，成为词坛的基调和主流。但是，那种粉饰现实、追欢逐乐的淫词滥曲并未销声匿迹。在秦桧当权时期，为了推行投降政策，一方面对主战派和爱国志士采取专制高压手段，动辄以语言、文字罗织罪名，进行打击和迫害；另一方面又搜罗一批趋炎附势的文人，撰写应制之词，为南宋小朝廷歌咏太平，粉饰现实。康与之、张抡等就是这样一些附会求进的无耻文人。康与之绍兴初被秦桧擢为台郎，“专应制为歌词，谀艳粉饰，于是声名扫地”[①]。他写的

① （清）张宗橚辑：《词林纪事》卷九，北京：中华书局，1959年。

《瑞鹤仙·上元应制》，曾受到赵构的称赞和奖赏。这类歌功颂德的作品，是当时词坛的一股逆流。

另外，在南宋词坛还有一些作家，虽非御用文人，但对现实采取回避态度，企图脱离当时的政治斗争。他们的作品多写湖光山色、男女情爱和个人身世寂寞寥落之感。其中少数篇章虽然也寄托了一定的故国之思、“黍离”之叹，但情调低沉哀伤，缺乏一种鼓舞士气的力量。姜夔是这类作家的代表。他精通音律，颇有才能，但由于过分追求词的形式美，故作品的思想内容比较贫乏。姜夔对南宋后期词风的影响很大。13世纪初，辛弃疾和陆游相继去世，豪放悲壮的爱国主义歌声渐趋消沉，形式主义的文风又活跃起来。南宋末年，民族矛盾再次尖锐化，文学创作也随着发生了新的变化。这时南宋王朝的末日也日益临近了。

南宋前期词风的变化，是宋词发展史上的一次重大转折，是词坛一场意义深远的革新运动。文学史上的这次变革，实质上也是围绕着文艺与生活、文艺与政治的关系而展开的。在当时的历史条件下，民族矛盾十分尖锐，对各族人民的生活都有所影响。因此，反对民族压迫、反对投降主义就成了这一时期最迫切的政治任务。生活在这个时期的作家，如果离开这一政治任务，就不可能反映出社会的本质，他们的作品也必然经不起实践和历史的检验。

南宋爱国词人，多数都是志在恢复中原、主张统一祖国的爱国主义战士。他们以国事为己任，奔走呼号，积极投身于拯危亡、反投降的政治斗争中。他们摒弃了那种使词脱离社会政治、脱离现实生活的主张和倾向，冲破“诗庄词媚”思想的束缚，自觉或不自觉地用词这种文学形式来为反对民族压迫、反对投降主义的斗争服务。他们的思想感情的根子，深深地伸进了社会和历史的土壤里，他们的作品反映了广大人民统一祖国的要求和愿望。因此，可以说宋词的精华主要是指南宋爱国词人的作品。至于北宋婉约派和南宋格律派词人，尽管也写了不少清新可喜、悦目赏心的作品，在艺术上也颇有特色，今日尚可借鉴，不能一笔抹杀，但若论其思想价值和社会效果，就不能与南宋爱国词人那些动人心弦、流传千古的作品相提并论了。柔情并非不可写，恋歌也不是不能唱，但总应有个限度。如果像婉约派某些词人那样，终日偎红倚翠，迷恋烟花生活，朝咏晓风，夕赋残月，这样的作品对社会对人生会有什么积极作用呢？在全宋词中，这类作品不是太多了吗？唯其如此，所以南宋爱国词作，尤其显得可贵。

总之，南宋前期词风的变化，辛弃疾等爱国词人的生活经历和创作实践，以不可否认的事实说明：文艺不应当脱离政治，诗人要做时代的歌手。古今中外一切杰出的作家，都是在一定的历史条件下，自觉或不自觉地以各种不同的方式，积极参与当时的政治斗争，其中也包括一些作家在特定历史时期采取消极的反抗。正如马克思所说：

他们“总是以一条无形的线同人民联系着的”。文学史上的无数事实告诉人们：主张文艺脱离政治的人，既不可能脱离政治，也绝不会成为杰出的作家，他们不过是在宣扬一种自欺欺人的谎话而已。这就是我们研究南宋前期词风变化所得出的基本结论。

（《吉林大学社会科学学报》1980 年第 4 期）

也谈岳飞的《满江红》

岳飞的词《满江红》（怒发冲冠），是一篇豪情满怀，气势磅礴的爱国主义杰作。几百年来，它一直在群众中广为流传，产生了巨大的社会影响，是我国古代文化遗产中的珍品。

二十多年前，余嘉锡先生在其所著《四库提要辨正》一书中，对这首词的作者提出了疑问。60年代初，夏承焘先生对此做了进一步的考辨和论证，断定它不是岳飞写的，而是“明代弘治年间人托拟之作”。[①] 近年来，台湾、香港和大陆的学者又重新提出了这个为人们所关心的问题。在讨论中，一些学者同意余、夏二先生的意见，断定这首词“什九不是岳飞作的”[②]；另一些学者不赞成上述看法，认为“《满江红》词是岳飞作品的杰作”[③]。两种意见孰是孰非，目前还无定论。

我认为：从现在所看到的材料来说，否定岳飞是《满江红》作者的论断，似还根据不足。否定者提出的论据，只能使人产生疑问。疑问有助于发人深思，引起探索和研讨的兴趣，但不能作为判断是非真伪的依据。

否定岳飞作《满江红》的理由，大致可以归纳为两个方面。第一，从这首词出现的时间和流传情况看，有许多可疑之处，不像是宋代人的作品；第二，从这首词的内容、风格和情调看，有不少乖背矛盾的地方，不应出自岳飞之手。假如把第一方面的理由称为外因，那么第二方面的理由就可算作内因了。

先谈所谓的外因。余嘉锡先生怀疑岳飞作《满江红》的理由有两点。其一，是说这首词从未见于宋元人的记载，最早出现于明代嘉靖十五年徐阶所编的《岳武穆遗文》，是根据弘治年间浙江提学副使赵宽所书岳坟词碑收入的。赵宽没有说明引自何书，来历不明，深为可疑。其二，岳飞之子岳霖、孙岳珂，多年搜集他的遗稿，但在岳珂所编的《金陀粹编》中却没有收录这首词，因而更加可疑。我以为余先生根据上述理由提出疑问，对研究问题是有益的。但疑问也仅仅是疑问，在没有掌握可靠根据之前，是不能作出结论的。

---

① 夏承焘：《岳飞〈满江红〉词考辨》，《月轮山词论集》，北京：中华书局，1979年。以下引此书皆不再注明。

② 孙述宇：《岳飞的〈满江红〉？——一个文学的质疑》，1980年9月10日台湾省《中国时报》。

③ 李安：《潇潇雨未歇——〈岳飞的《满江红》?〉读后》，1980年9月21日台湾省《中国时报》。

余先生说，《满江红》从未见于宋元人的记载。但在南宋人陈郁的《藏一话腴》中，却有一段话评论这首词："武穆《收复河南罢兵表》云：'莫守金石之约，难充溪壑之求；暂图安而解倒悬，犹之可也，欲远虑而尊中国，岂其然乎？'故作《小重山》云：'欲将心事付瑶琴，知音少，弦断有谁听？'指主和议者。又作《满江红》，忠愤可见。其不欲等闲白了少年头，可以明其心事。"由于这段话是转引自沈雄的《古今词话》，而今存《藏一话腴》的几种版本中，都没有这段话，于是有人认为是沈雄的伪造。但是沈雄为什么要伪造这段话呢？应当做出正确的回答。人们知道，《藏一话腴》有多种版本，沈雄所依据的版本我们今日是否能够或者已经读到了呢？哪一种版本最可靠呢？在这些问题尚未弄清以前，沈雄的引文只能作为悬案，而不能肯定其为臆断或伪造。陈郁与岳珂同时，并有过交往。因此有人又说："如果陈郁确实见过《满江红》，并在《藏一话腴》中加以评述，岳珂岂会不知道，又怎会不收入《金陀粹编》的《岳王家集》中？"① 这个问题提得似乎很有道理，其实不然。任何事物都是复杂的，不应加以简单化。请问《藏一话腴》与《金陀粹编》成书出版的时间孰先孰后？如果《金陀粹编》在前，《藏一话腴》在后，那么岳珂未将《满江红》收入该书，当他看到以后，将其附录于《桯史》，这不也是一种可能吗？谁能排除这种可能呢？这里还要说一句，附录的东西并非都是不重要的。

岳珂未收入《金陀粹编》而见于后人所编岳飞文集的作品，除这首《满江红》外，还有另一首《满江红》（遥望中原），以及《书简尺牍三章》等。为什么会出现这种情况呢？因为岳飞被害时，家中被查抄，文稿多已散佚。所以岳珂在《经进家集序》中曾说："先父臣霖尝搜访旧闻，参稽同异，或得于故吏所录，或得于遗稿所存，或备于堂札之文移，或纪于稗官之直笔，掇拾未备，尝以命臣俾终其志。臣谨汇次成帙，厘为若干卷，缺其尾卷，以俟附益。……而散佚不可考者，究不知其几何也。"可见在编定《金陀粹编》时，岳珂就认为《岳王家集》是不完备齐全的。因此不能根据《金陀粹编》的收录与否，来断定某一作品是否为岳飞所作。

夏承焘先生怀疑伪造岳飞作《满江红》的是明人赵宽，因为赵宽在《满江红》词碑《后记》中没有说明他引自何书。怀疑赵宽作假不是不可以，但却没有可靠根据能够断定他一定是作假。赵宽的《后记》文字很简略，只是说明刻石立碑的用意和经过。应当指出：赵宽不是在写考证文章，不言所据何书并非反常现象。如果真是他作假，那就不是一个人的问题，而是一个作伪集团了。试想当时主持立碑的麦秀，赞助立碑的夏言、邢某等人，如果从未见过此词竟肯轻信赵宽之言，又不问明出处，这种

① 梁志成：《〈满江红〉词非岳飞作又证》，《中山大学学报》1980年3期。

情况可能吗？假如他们和赵宽串通一气，共同作伪，那么其目的又是为了什么呢？果真如此，这么多人集体作伪，实古今之所罕见。何况又是树碑于杭州西湖之岳坟，那是游人如云、文士荟萃之处，想要掩人耳目何其难矣！真是这样，恐怕早已被人揭破、露出真相了。因此，合理的设想只能是麦秀、夏言等人都对岳飞写的这首词深信不疑。赵宽要欺骗的首先不是后代的学者，而是与他同时的麦、夏诸公。除非这些人全是一无所知、糊涂透顶的傻瓜，否则赵宽是难以蒙混过去的。

夏先生认为作伪者是赵宽，但词却不是他写的，而是“王越一辈有文学修养的将帅（他们的身份正和岳飞相同），或者是边防幕府里的文士”。① 这也只能算作一种猜想和推测。果如夏先生之言，王越一类人写了这首词，若干年后赵宽将它拿来冒充岳飞的作品，那么这位“作者”本人知道不知道、同意不同意赵宽的作伪行为呢？假如“他”知道，而且也同意，那么这个作伪集团的成员又要扩大了。难道他们就不考虑一下，这样能骗得了人吗？如果“作者”知道却不同意，那么赵宽玩弄的这套张冠李戴的把戏，很可能当场就被揭穿。如果“作者”本人不知道，那么“他”的朋友或后人总会知道吧。知道以后能保持缄默吗？无论如何不可能出现这种情况，即王越（或别的文士）写作这首词后，严守秘密，不给其他任何人看，专给赵宽让他拿去刻石立碑，欺世惑众。在推断赵宽作伪时，这些问题不是也应当考虑一下吗？

再看所谓的内因。夏先生认为《满江红》在内容方面，也有可疑处。疑窦就在“驾长车踏破贺兰山缺”一句。他说：“从地理常识说，岳飞伐金要直捣金国上京的黄龙府，黄龙府在今吉林境，而贺兰山在今西北甘肃、河套之西，南宋时属西夏，并非金国地区。这首词若真出岳飞之手，不应方向乖背如此！”② 这条“内证”被许多学者接受，似乎很有说服力，细思却未必能成立。夏先生的意思是说，《满江红》的作者把伐金的方向搞错了，本来应该指向东北，他却指向西北去了。岳飞与金人奋战多年，不会如此无知，犯此错误，所以不当出自其手。我们认为，《满江红》是一首抒情诗，既非动员令，也不是进军路线图，所谓“踏破贺兰山缺”者，就是直捣敌人巢穴的意思。在南宋人的作品中，常用匈奴、胡虏指女真侵略者，以天山、青海、西凉、玉门代指失地和边塞。夏先生说，南宋人实指宋金边塞的，多用兴元之北的大散关，并举陆游的诗为例。陆游的确常用大散关来指宋金边塞，但他也多次提到大散关以外而当时并不属于金国的地区，而且把这些地区作为北伐进军的目标。请看：

壮心自笑何时豁，梦绕祁连古战场。

① 夏承焘：《岳飞〈满江红〉词考辨》。
② 夏承焘：《岳飞〈满江红〉词考辨》。

——《秋思》

万骑击胡青海岸，此时意气令君看。

——《衰病不复能剧饮而多不见察戏作此诗》

远戍十年临的博，壮图万里战皋兰。

——《书愤》

莫作世间儿女态，明年万里驻安西。

——《和高子长参议》

筑城天山北，开府萧关西。

——《书悲》

这里所说的祁连、青海、皋兰、安西、天山、萧关等处，都在今日西北的甘肃、青海、新疆境内，当时皆非金人所有，多属西夏之地。南宋和西夏这时并无战事，对此陆游当然是很清楚的，而且他还在隆兴元年（1163）代丞相陈康伯等写过《与夏国主书》，表示愿与西夏“永为善邻”。① 可见，他不过是用这些地方来代指被金人侵占的失地、故土而已。如果说“踏破贺兰山缺”违背宋金战争的历史，那么陆游比岳飞不是走得更远吗？可是有谁会怀疑这些诗篇不是陆游写的呢？“驾长车踏破贺兰山缺”和“壮图万里战皋兰”一样，不过是诗人言志而已。

贺兰山在宁夏境内，又名阿拉善山，魏晋南北朝时鲜卑族的一支居住在这里，以山为姓，称贺兰氏，因此古代也有人用“贺兰”来代指北方的少数民族。在唐宋诗词中并非凡用“贺兰”一词都是实指其地的。例如南宋末年诗人汪元量就曾用“贺兰”来代指蒙古。当元兵进入临安时，他写过一首《元兵平杭日诗》，诗中说：

钱唐江上雨初干，风入端门阵阵酸。
万马乱嘶临警跸，三宫洒泪湿铃銮。
童儿剩遣追徐福，疠鬼终须灭贺兰。
若说和亲能活国，婵娟应是嫁呼韩。②

宋人既可以说“灭贺兰”，当然也是可以说“踏破贺兰山缺”的。由此看来，用

① （宋）陆游：《渭南文集》卷一三，《代二府与夏国主书》，《四部丛刊初编》本。
② 丁传靖：《宋人轶事汇编》卷一九引《宋诗纪事》，北京：商务印书馆，1958 年。

这句话来否定岳飞写作《满江红》，是难以令人信服的。

1980年9月，孙述宇先生在台湾省的《中国时报》上发表一篇题为《岳飞的〈满江红〉？——一个文学上的质疑》的文章。孙先生主要是从词的内容、调子和风格方面来推断《满江红》不是岳飞写的。这里我想谈谈对该文中一些观点的不同看法。

这篇文章先用岳飞的《小重山》来和《满江红》作对比，说《小重山》“含蓄得很”，而《满江红》却“这么激烈”，二者很“不相象”。孙先生认为前者的调子和风格是岳飞的，那么后者当然就不是岳飞的了。我以为指出两词的调子和风格的差异是对的，但由此而得出二者不可能同出于一人之手的结论却未必正确。

文艺作品的风格是由作者所处的时代、社会环境、生活阅历、思想性格和艺术修养等因素决定的。一切杰出的作家都具有自己独特的艺术风格，但作家的艺术风格并非都是凝固不变，始终如一的。假如作家的社会环境、生活遭际、思想感情发生了变化，那么他的作品的艺术风格也可能随着发生变化。这种现象是不足为奇的。以稍晚于岳飞的南宋爱国词人辛弃疾为例，他既写了许多豪放悲壮、慷慨激昂的爱国主义歌词，也写了一些清新隽永、婉约秾丽的作品。刘克庄在评论稼轩词时曾说：“公所作，大声镗鞳，小声铿鍧；横绝六合，扫空万古；其秾丽绵密处，亦不在小晏秦郎之下。”（《后村诗话》）可见一个作家在不同时间、不同境况下，是有可能写出风格不同的作品来的。

据台湾省学者李安先生考定，《满江红》作于绍兴三年（1133），《小重山》作于绍兴九年（1139）。这一推断虽尚有待进一步证实，但他认定二词不作于一时却是可信的。

我认为《满江红》作于绍兴八年（1138）之前，《小重山》作于绍兴八年以后。为什么这样说呢？因为绍兴八年在南宋初期政治风云的变幻中，是一个转折点。在此之前，金兵虽曾猖狂一时，侵占了宋朝的大片土地，但经过广大军民和爱国将领的奋起反击，战争形势逐渐发生了有利于南宋方面的变化，恢复中原的可能性正在出现。此时宋高宗赵构虽欲妥协投降，终因时机未到，故其表面上也不得不“支持”抗金。战争的进程与金朝统治者的预期相反，他们看到用武力征服南宋的企图不能得逞，于是就改变策略，在继续发动进攻的同时，又向南宋方面做出和谈诱降的表示。这正好迎合了赵构屈己求和、苟且偷安的心理。绍兴七年（1137），正当前方捷报频传、凯歌高奏的时刻，赵构不顾朝野上下的反对，再次起用汉奸秦桧为枢密使，绍兴八年三月又拜右仆射、同中书门下平章事兼枢密使。从此秦桧独揽朝廷大权，南宋的政局发生了急遽的变化。赵构、秦桧集团置国家民族利益于不顾，极力推行卖国投降政策。他们一方面派人与金使乌陵思谋等人谈判“议和条件”，另一方面在内部大搞政治清洗，排斥、打击主战派，先后将张浚、赵鼎、王庶、张戒、曾开、胡铨等著名的主战派人物逐出朝廷，加以贬谪、流放和编管。投降派弹冠相庆，纷纷登台；爱国者悲愤难诉，报国无门。

岳飞对秦桧的卖国投降行为是坚决反对的。绍兴八年（1138）当宋金双方遣使议和的时候，他就公开指责秦桧说："金人不可信，和好不可恃，相臣谋国不臧，恐贻后世讥。"① 同年在给枢密副使王庶的信中又说："今岁若不举兵，当纳节请闲。"② 这些都表现了岳飞对投降政策的不满。

用上述历史事实和作品中的思想感情相验证，我推测这两首词一首写于绍兴八年之前，一首写于绍兴八年以后。《满江红》中那种对侵略者充满愤怒和仇恨的感情，对收复中原、重整山河怀着必胜信心的豪情壮志，可以说是当时广大军民同仇敌忾、斗志昂扬、抗金形势大好的反映。而《小重山》中"欲将心事付瑶琴，知音少，弦断有谁听？"的寂寞孤独之感，则是秦桧当权以后，爱国志士抑郁苦闷心情的流露。这种情调和风格上的差异，是由政治风云的变幻而引起的，因而也是不足为奇的。

还要指出：这两首词格调虽有不同，但也不是完全"不相象"的。它们在思想内容上有其内在的统一性。就主题来说，《满江红》表现的是抗击金兵、收复中原；《小重山》表现的是不满议和，反对投降。这两方面的主题在当时毫无矛盾，而是完全可以统一起来的。统一的基础就是岳飞反侵略、反投降的一贯立场，爱国家、爱民族的深厚感情。如上所述，用《小重山》与《满江红》风格上的差异来否定后者为岳飞之作，是缺乏说服力的。

孙先生对"三十功名尘与土，八千里路云和月"两句的解释，我也是不敢苟同的。他认为这两句说的都是"岳飞本身的典故"。所谓"三十功名"，是指岳飞行年三十二岁之时，因军功被朝廷封为节度使，有夸耀其"成就大功名"的意思，而接下去的却是"尘与土"，一句之中上半截很自矜，下半截却很自谦。于是孙先生认为这句话既欠诚恳，又自相矛盾，所以它不会是岳飞写的。

按照孙先生的解释，"三十功名尘与土"一句不但有矛盾，难以贯通，而且也不符合岳飞的思想性格及其一贯的表现。就以孙先生曾经提到过的绍兴四年的襄阳战役来说，岳飞奉命担任主攻，刘光世为后援。当襄阳等六郡平定以后，刘光世才率部到达，可是岳飞却奏请先赏光世军。他曾多次上表辞谢朝廷对自己的封赏嘉奖，反复表示："将士效力，飞何功之有！"③ 岳飞的养子岳云很年轻就开始参加战斗，十分英勇，屡建奇功，岳飞都隐而不报。张浚知道后，深有感慨地说："岳侯避宠荣，廉则廉矣，

① （元）脱脱等：《宋史》卷三六五，《岳飞传》，北京：中华书局，1977 年。以下引此书皆不再注明。
② （元）脱脱等：《宋史》卷三六五，《岳飞传》。
③ （元）脱脱等：《宋史》卷三六五，《岳飞传》。

未得为公也。”① 可见岳飞一贯对人谦让，严以律己，从不居功自傲。怎能设想这样一位胸怀宽阔的人会在自己的作品中，去吹嘘“我在青年时便已得到的无人可及的隆功高位”呢？孙先生的解释引起了矛盾，如何解决这一矛盾呢？他的办法就是否定这首词的作者是岳飞，认为这首《满江红》“若不是后人写来怀他咏他，便是别人拟他的身份写的”。其实，就算是别人写的，矛盾也并未解决呀！一句之中如何能将很自矜的上半截与很自谦的下半截统一起来呢？如果不把“三十功名尘与土”看作岳飞本身的典故，按照一般的理解，这句话的意思是：自身虽然年已三十，但功名事业还像尘土一样，微不足道。这是作者的谦逊之辞，与岳飞的性格、言行和一贯表现都是相吻合的。

关于“八千里路云和月”一句，孙先生认为“这里似乎也有个典故”，那就是岳飞“平群盗”，追曹成至广东的事。《满江红》词全篇都是围绕北伐抗金、还我河山这个主题来写的，为什么这句却扯到“黑夜行军远至广东”的事上去了呢？这是难以令人理解的。无论从词的主题或上下文意来看，这种解释都找不出可靠的根据。孙先生所以要这样解释，是把这句话与韩愈的诗联系在一起来考虑的。然而《满江红》里的“八千里路云和月”与《左迁至蓝关示侄孙湘》里的“夕贬潮阳路八千”，除了都有一个“路八千”而外，实在看不出有什么思想感情上的内在联系。依据通常的理解，这句说的还是北伐抗金的事。大意是说：北伐的道路很长，任重而道远，尚须披星戴月，风餐露宿，准备进行长期的艰苦斗争，方能赢得最后胜利。把两句连起来读，“三十功名尘与土”是回顾过去，戒骄戒躁；“八千里路云和月”是瞻望前程，下定决心。词意明白畅达，毫无必要把那些典故硬塞进去。这样解释，与下文“莫等闲，白了少年头，空悲切”，也是文意联贯、顺理成章的。

《满江红》词为什么在宋元时不为人知，而到明代才被广为传诵呢？这与当时的社会历史条件是有关系的。南宋自高宗赵构、奸相秦桧与金订立“绍兴和议”后，始终执行卖国投降政策。当权者文恬武嬉，含垢忍耻，沉溺声色，置中原大好河山于不顾，毫无光复国土之志。秦桧及其余孽对主战派和爱国者视若仇敌，动辄以语言文字罗织罪名，进行残酷打击和迫害。岳飞的冤案在孝宗时虽然平反昭雪，但并不彻底，其重要标志就是卖国贼秦桧没有被搞臭。韩侂胄北伐时曾于开禧二年（1206）下令追夺秦桧王爵，但不久由于北伐失败，韩侂胄被杀，主和派又在嘉定元年（1208）予以恢复。可见秦桧虽死，而阴魂不散。在这样的政治气氛下，岳飞的遗文虽经岳霖、岳珂父子多方搜集仍不完备。这首忠愤填膺、壮怀激烈的《满江红》词，在当时未能广

① （元）脱脱等：《宋史》卷三六五，《岳飞传》。

泛传诵不是也可以理解吗？迨至元代，民族矛盾极其尖锐，像“壮志饥餐胡虏肉，笑谈渴饮匈奴血”一类词句是犯大忌，不能公开传唱的。所以一直到了明代，这首词才盛传一时，成为人所共知的名作，这也不是没有原因的。

综上所述，我认为关于岳飞作《满江红》的真伪问题，虽有人提出一些可疑之点，但在没有提出确实可靠的证明其为伪作的根据以前，还不宜轻易地否定它是民族英雄岳飞的一篇传世杰作。

（《中州学刊》1982 年第 2 期）

论李清照南渡以后的诗词

今存李清照的诗词，多数不知写作年代，只能就作品进行大致的推断。李清照的诗，除《浯溪中兴颂诗和张文潜》二首及《感怀》一首外，其余多为南渡以后所写。词则分为三类：一类可以认定是南渡前的作品，一类可以认定是南渡后的作品，另一类难以认定为何时所作。这三类在《漱玉词》中，大约各占三分之一。

研究李清照的后期诗词，不要把二者割裂开来，对立起来，而应把它们看成是既有区别，又有联系，互相补充的统一体。没有“寻寻觅觅，冷冷清清，凄凄惨惨戚戚”的哀吟，不是李清照；没有“欲将血泪寄山河，去洒东山一抔土”的呼号，也不是李清照。在南渡后近三十年愁苦寂寞的日子里，李清照的确不时掩泪抽泣，但她也曾有过慷慨悲歌，因此如果只论其词，或只论其诗，都难以描绘出这位感情丰富的女作家的精神境界和性格特征。

李清照的诗词，在题材、内容、情调和风格方面都有明显的差异。如果把她的某些作品放在一起，很难使人相信出自同一作者之手。但是在进行一番深入的探索以后，又不难从差异中发现某些相同的因素。且以她的《夏日绝句》诗和《永遇乐》词为例，试作分析：

生当作人杰，
死亦为鬼雄。
至今思项羽，
不肯过江东。

落日熔金，暮云合璧，人在何处？染柳烟浓，吹梅笛怨，春意知几许？元宵佳节，融和天气，次第岂无风雨！来相召，香车宝马，谢他酒朋诗侣。

中州盛日，闺门多暇，记得偏重三五。铺翠冠儿，捻金雪柳，簇带争济楚。如今憔悴，风鬟霜鬓，怕见夜间出去。不如向，帘儿底下，听人笑语。

诗，写得忠愤激昂，情辞慷慨；词，则显得低回抑郁，愁苦凄凉。二者在情调和风格方面，确有很大差别。然而，它们都是发自李清照心灵深处的声音，是她思想感情的自然流露。在承认差别的同时，我们又发现两支基调、旋律、节奏、音阶不同的乐曲，原来都表达了作者反对妥协投降、怀念中原故国的思想感情。

从南渡初期形势看，这两篇作品很可能是在宋金双方签订“绍兴和议”前后写的。当时大河南北抗金斗争方兴未艾，前方捷报频传，凯歌高奏，宋军在岳飞、韩世忠等抗金名将的指挥下，愈战愈勇，声威大振，正准备渡过黄河，进军幽燕，直捣黄龙府，收复中原失地。另一方面，以赵构、秦桧为首的投降派却甘冒天下之大不韪，无耻地进行叛卖活动。于是，朝野间围绕着和战问题展开了激烈的辩论和尖锐的斗争。结果投降派阴谋得逞，民族英雄岳飞惨遭杀害，主战派张浚、赵鼎、王庶、曾开、胡铨等人相继被贬谪流放。屈辱的“绍兴和议”签订后，苟且偷安的局面形成，有志之士无不为之义愤填膺。

李清照的《夏日绝句》，通过咏史对现实进行了强烈的讽刺。她赞扬项羽，主要是肯定他宁死不屈的精神。以古鉴今，这难道不是对南宋统治者贪生怕死、厚颜无耻行为的批判吗？一个风烛残年的“嫠妇”，竟有如此宏阔的胸怀和气度，在中国几千年文明史上曾有几人？“生当作人杰，死亦为鬼雄”，这气势磅礴的豪言壮语，对一味忍辱求和的投降派是有力的鞭笞，就是那些噤若寒蝉、“有口不须谈世事”的文坛名流，读了也会感到扪心有愧。“生当作人杰，死亦为鬼雄”与爱国诗人陆游的“壮心未与年俱老，死去犹能作鬼雄”，异曲同工，先后辉映，都唱出了时代的强音。

“绍兴和议”以后，南宋当权者恃和苟安，残酷压榨剥削劳动人民，沉溺在花天酒地、纸醉金迷的腐朽生活中。西子湖畔又重演宣和年间挥霍民脂民膏的故技。一年四季，由春到冬，节日一个连着一个，酒宴歌舞永无休止之日。行在临安和当年的首都汴京一样，完全成了达官贵人的游乐场所。尤其从除夕到灯节，杭州城里更是火树银花，金碧交辉，华灯宝炬，斗艳争奇。“终夕天街鼓吹不绝，都民市女，罗绮如云，盖无夕不然也。”① 诚如《武林旧事》所说：“大率效宣和盛际，愈加精妙。”于享乐靡费之道，高宗赵构和他那惨死在五国城的道君皇父赵佶相比，真是有过之而无不及。

李清照的《永遇乐》，就是她流寓临安时，有感于此而写的。

那是一个春意渐浓、天气晴和的元宵节，都城之夜，鳌山矗立，彩灯高悬，鼓乐喧天，游人如云。此时，只有女词人独自坐在家里，默默思念不幸早逝的亲人。不知从何处传来一阵凄迷哀怨的笛声，使她更加感到悲凉。忽然门外响起了清脆的銮铃声，从闹市驶来一辆辆“宝马”驾的“香车”。原来是易安居士昔年的“酒朋诗侣”，亲临陋室邀她同去观灯。对昔日闺中好友的盛情，词人铭感在心。但如今境况不同，苦乐有别，已非同路之人。于是她以婉言相谢，独倚寒窗，等待夜尽天明。孤灯之下，

① （宋）周密：《武林旧事·元夕》，上海：上海古典文学出版社，1956年。

回首往事，想起当年在汴京的情景：那时天下太平，家道隆盛，恰值风华少年，青春如花似锦。每逢三五佳节，总要打扮得漂漂亮亮，整整齐齐，呼朋结侣，到宣德楼前、御路两旁、大相国寺一带去观灯，尽情欢度元宵之夜。如今时过境迁，历尽劫波，江海余生，两鬓如霜，形容憔悴，哪里还有兴致深更半夜出去游逛哩！倒不如藏在帘儿底下，去“听人笑语”。

这首词通过今昔对比，既写出了盛衰之感和苦乐之别，也抒发了作者忧时伤世、念念不忘故国的情怀。词虽婉曲，意蕴却很深。词人的不幸，也正是那个苦难时代的缩影。从词中还可看出，在李清照周围不是也有人把国仇家恨抛到九霄云外，正沉酣于湖山之乐吗？以小见大，这种人心涣散，士气萎靡，只图享乐的局面，正是南宋统治者含垢忍耻、执行投降政策所造成的恶果。词人目睹耳闻，悲不自胜，预感到重返青州故园、再见“中州盛日”的希望，已成泡影。此景此情，怎不令人黯然销魂！

李清照的《永遇乐》不只是写她个人的痛苦和不幸，她的思想感情的根子已深深地伸入了社会和历史的土壤里。说她仅是“倾吐一己的哀怨，倾吐自己对失去了的富贵生活的留念和感伤”①，是片面的。其实她的哀怨、留念和感伤，不过是现实生活的反映，表达了许许多多和她遭遇相似的人们的共同感情，因而具有一定的社会意义，不能简单地加以否定。

李清照一生饱经人间甘苦。早年她曾是一个天真活泼的少女，不但爱划船、荡秋千，尤其喜欢“打马”之类的“闺房雅戏”。从归来堂猜书斗茶的爽朗笑声中，可知她争强好胜，并不是一个谨言慎行、性格内向的女子。可是在她晚年，人们看到的却是一个面容憔悴，沉默寡言，心事重重，双颊常常挂着泪珠的老妇人。苦难深重的岁月，使李清照的形貌和性格都发生了惊人的变化。但是如果认为李清照这时对生活完全失去信心，消极悲观到了极点，这又是一种误解。尽管她遭到时代风雨的无情摧残，却并未向命运屈服。她苦苦地挣扎，大限未到决不放弃自己未竟的事业。南渡以来，她饱含血泪，写啊写，写了那么多作品，又亲自为她和赵明诚一起耗费不少心血的著作《金石录》作“后序”，年近古稀还带着她珍藏的米芾《灵峰行记帖》到临安天庆观东去请米芾的儿子米友仁作跋，她甚至还打算要收一名女弟子，以便将其所学传给后人。上述事实足以说明，李清照晚年的生活苦是很苦，寂寞但不空虚。渡江南下后的几千个日日夜夜，风风雨雨，举步艰难，真可谓“忧患得失，何其多也”。可她并没有让岁月虚度，她那些呕心沥血的作品就是有力的见证。一个封建时代的女作家在遭受无数磨难以后，仍在不停地挥动着手中的笔，还有什么理由责备她对生活完全失

---

① 复旦大学中文系古典文学组学生集体编著：《中国文学史》，北京：中华书局，1959 年。

去信心，悲观绝望到了极点呢？

让我们再来看看她的作品吧：

风住尘香花已尽，日晚倦梳头。物是人非事事休，欲语泪先流。　闻说双溪春尚好，也拟泛轻舟。只恐双溪舴艋舟，载不动，许多愁。

——《武陵春》

千古风流八咏楼，江山留与后人愁。
水通南国三千里，气压江城十四州。

——《题八咏楼》

这两篇作品写于同一时期，即绍兴四至五年（1134—1135）李清照避难金华时。绍兴四年（1134）秋，金人与伪齐刘豫政权合兵向南宋发动军事进攻，江浙一带人心惶惶，纷纷出逃。在《打马图经序》中，她记述了当时的经历：

今年冬十月朔，闻淮上警报。江浙之人，自东走西，自南走北，居山林者谋入城市，居城市者谋入山林，旁午络绎，莫卜所之。易安居士亦自临安溯流，涉严滩之险，抵金华，卜居陈氏第。

当她沿富春江溯流南行，夜过东汉严光隐居垂钓处时，曾在舟中吟成七绝一首：

巨舰只缘因利往，扁舟亦是为名来。
往来有愧先生德，特意通宵过钓台。

——《钓台》

在逃难生活中，作者看到还有不少人在为争名逐利而奔忙，心中感触颇深。于是便在船上，乘着月色，遥望东岸的钓鱼台，口占七言四句，表达了对严光轻视名利，弃官归隐，自甘淡泊的无限仰慕。

绍兴五年（1135）春，李清照在金华怀着悲苦哀愁的心情，写成了她的另一首名作《武陵春》。词以浅俗的语言和形象的比喻，概括了数年来遭遇的种种不幸，凄婉劲直，感人至深。关于这首词的思想和艺术特色，不少人已作了分析和论述，这里不想重复，只就“物是人非事事休”一句，略申浅见。许多文章都指出，这句包含的内容很广：“无穷的往事，无尽的痛苦”，“一切个人、时代、人民的深哀巨痛都概括在这几个字中”。这是说得不错的。但是也曾有人认为，这句是作者自咏其改嫁所遇非人的事。《草堂诗余别录》云：“易安名清照，尚书李格非之女，适宰相赵挺之子明诚，尝集《金石录》千卷，比诸六一所集，更倍之矣。所著有《漱玉集》，朱晦庵亦亟称之。后改适人，颇不得意。此词‘物是人非事事休’正咏其事。”此说是否符合事实，暂且不提。这里顺便谈谈所谓李清照的“改嫁”问题。

从李清照在世之时，直到今日，几百年来围绕着这个本来无足轻重的问题，却掀起了一阵又一阵的轩然大波。肯定和否定的两种说法，翻来覆去，争论不休。近年出版的有关著作，多从李清照曾改嫁张汝舟旋即离异之说。此说大有商榷的余地。

我以为李清照与张汝舟之间确曾有过一桩公案，这既有当时人的一些记载可资参考，更有李清照自己写的《投内翰綦公崇礼启》提供了许多重要的情节和线索。相比之下，胡仔、王灼、晁公武、洪适、赵彦卫、李心传辈所记，均系得之传闻，虽然众口一词，但亦不能排除其间之互相承袭转抄，因此只能作为参考，李清照的自述才是最可靠的依据。但因原《启》较长，不便全文引录，读者自可翻检，从中得出结论。这里仅就个人所见，并结合有关资料，将这桩公案的大致经过叙述如下：

在绍兴二三年（1132—1133）间，李清照不幸身患重病，在她弟弟李远家里治疗。这时她身边还藏有一部分劫余的古器书画，为了保存这批珍贵的文物，她不知受了多少磨难。早在建炎三年（1129）秋，赵明诚去世后不久，金兵大举南侵，李清照曾将行李和大量图书文物运往洪州，投靠赵明诚的妹婿徽猷阁待制、权兵部侍郎李擢。金兵打到洪州时，李擢等从卫隆祐太后的一批文武官员相继逃散。于是“所谓连舻渡江之书，又散为云烟矣”。[①] 一年多后，她在越州再次被盗，剩下的文物已经不多，但却都是价值连城的珍品。对于这批古器书画，多少人为之眼红。官兵匪盗都曾打过主意，企图攫为已有。

正当李清照重病在身之时，一个市侩小人（张汝舟）顿起贪心，乘人之危，用花言巧语蒙骗李远，把李清照接到他家。其时，李清照已病至膏肓，自然不可能识破此一奸计。及至到了张家，张某原形毕露，软硬兼施，逼迫她交出竹笼中收藏的文物。并到处散布说：昔日赵家之妇，今日已为张某之妻。企图把谋财骗婚说成是明媒正娶，以便混淆视听，弄假成真，达到其不可告人的目的。不久，李清照病情有所好转，神志稍清，“视听才分”，知已受骗上当，感到和这样的人“实难共处”，且自己如今已是“桑榆之晚景”，如何肯“配兹驵侩之下才”！于是下定决心，“惟求脱去”，宁死不从。张某心狠手毒，软的不成来硬的，“遂肆侵凌，日加殴击”，必欲置李清照于死地。亲弟既已受骗，他人又不明真相，在“外援难求”的情况下，她只得自写诉状，亲投官府，希望得到明断。朝廷闻知，将此案“付之廷尉”。审理过程中，李清照亲自出庭对质，以原告的身份“同凶丑以陈词”。虽然忍受了莫大的屈辱和痛苦，但在綦崇礼的援助下，终得胜诉。有司又以张汝舟犯有其他过失，遂将其除名编管柳州。

① （宋）李清照：《金石录后序》，赵明诚：《金石录》，北京：文物出版社，1982 年。

尽管这一案件完结了，但市朝中仍有“多口之谈”，还在传播流言蜚语。所以在《启》的末尾，李清照除表达了对綦崇礼的“鸿恩”感戴不尽外，又恳请他为自己“湔洗”，以制止街巷中的种种“无根之谤”。

综观此案，张某绝非真心实意想和这个年近五十、且又病弱不堪的“嫠妇”结成夫妻，完全是为了霸占李清照身边余下的那批稀世珍宝。李清照晚年所遭劫难，起因于这些古器书画者何止一桩两桩！所谓“颁金”之诬、盗贼“穴壁”，类皆如此。这次事件，李清照的弟弟李迒也是有责任的。如果不因他“信彼如簧之说，惑兹似锦之言”，见彼“持官文书来辄信”，那么他那“牛蚁不分，灰钉已具”的苦命阿姐，也不致被张某“强以同归”。这中间可能还有种种隐衷，李清照只以“弟既可欺”一笔带过，不愿让世人知道内情，大约也是出于手足之情，我们也无从深究了。这类案件，在那兵荒马乱的年月，随处可见，不足为奇。可悲的是，天外飞来的横祸偏偏又落在了不幸的女词人李清照的头上。

事情的经过大致如此，那么从中应当得出什么结论呢？是改嫁还是骗婚？显然这绝不能算是改嫁，而是地地道道的图财骗婚。在这桩公案中，李清照是无辜的受害者，张汝舟是贪狠的诈骗者。无论在当时或今天，从法制观点看问题，无论如何也不能把骗婚说成是改嫁。尽管李清照曾以重病之身“友凶横者十旬”，但她从未作过张家的人。如果李清照是出于自愿，改嫁当然无损于她的名节。那些指责她失节再嫁的人，是站在封建卫道者的立场说话，不值一驳。但如果硬要把李清照自始至终都坚决反对的骗婚说成是改嫁，难道符合事实吗？那样岂不是有意无意之间既冤枉了李清照，又开脱了张汝舟之流的无耻之徒！智者诚不为也。李清照毫无再嫁张某之意，并以重病之身和他进行了不屈的斗争，生前又呼吁一切善良的人替她“湔洗”，可见今日澄清事实，说明真相，把改嫁定为骗婚，也就不是多此一举了。

现在让我们再回到她的作品中来。《武陵春》写于绍兴五年（1135）春，一年多前发生了张汝舟骗婚案。事过不久，李清照即作《金石录后序》，表达了对赵明诚的无限深情。这也可看成是词人对那些“多口之谈”和“无根之谤”的回答。如今避乱金华，痛定思痛，抚今追昔，禁不住发出了“物是人非事事休”的悲叹：要是赵明诚还在，自己何至落到这种地步！真是山河依旧，人事全非啊！这里既有对亡夫的悼念，也有对恶人的诅咒。当然其意义又不止于此。

李清照受过那么多沉重的打击，仍能渡过难关、战胜疾病，一直活到七十来岁，这说明她意志是比较坚强的，生命力是很旺盛的。否则，如果她的精神垮了，那么她的生命之树也必将很快枯萎。与《武陵春》写于同一时期的《题八咏楼》，或许也能说明一些问题。暮春时节词人因悲愁太盛，未去双溪泛舟；今日心境较为平静，故来金华城西登楼。词人凭栏眺望，胸怀大为开阔。她满怀激情描绘无边的南国旷野、纵横交错的水道，歌颂了祖国壮丽的河山和悠久的历史古迹，同时也想到，当前战火纷飞，敌兵压境，流传过多少风流佳话的八咏楼会不会遭到破坏，大好河山会不会再被蹂躏呢？实在叫人发愁。这里愁的不是她自己，而是国家的前途。把同一时期写的这一词一诗联系起来看，应当说李清照在“倾吐一己的哀怨”的同时，也倾吐了对祖国山川、自然和历史的深厚感情。不过在抒写这些不同的思想感情时，她仍然遵循着“诗词分工”的主张，前者用词后者用诗，不愿打破这一界限。

通过两组作品的比较，我们看到李清照后期诗词在题材、内容、情调和风格方面，在承认其差异的前提下，也有某些相同或相通的因素，这对于研究李清照、认识李清照，也许不是毫无意义的。当然，比较不能解决所有的问题，许多作品在她自己的创作中很难找到相应的对象进行比较。下面就她诗词中的部分作品，再做一些探索。

李清照南渡后的诗歌直接反映时事、表述政见、抒发爱国思想的当以《上枢密韩公诗》古、律各一首最有代表性。这两首诗，《云麓漫钞》题如上引，而《宋诗纪事》则改作《上枢密韩公工部尚书胡公》，并将古诗一分为二，成了分上韩、胡二人之作。《李清照集校注》据原序及诗意认为：“此二首（此首及下律一首）实以韩肖胄为主，胡松年仅附及而已。兹从《云麓漫钞》订为一首。”此说甚是，不过还应明确指出，这首古诗虽在序言及正文中都提到胡公（松年），但也仅是附带提到而已。全篇都是为韩肖胄一人而写的。这不但可从序中“父祖皆出韩公门下，今家世沦替，子姓寒微，不敢望公之车尘”得到证明，而且诗中由五言转为七言即《宋诗纪事》另作一首的头两句“胡公清德人所难，谋同德协必志安”，也能说明问题。厉鹗大概以为这里提到了“胡公”，就是上胡松年的。其实不然，这仍是对韩说的话。因为此次使金，韩、胡二人为正副使节，故清照对韩说，胡公也是一位德行高尚、十分难得的正派人物，他和你同行，一定能同心协力，共谋大计，完成使命。可见将这两句以后另作一首，为“上工部尚书胡松年”是不妥的。如果一定要把五、七言分开作为两首，既与清照自序“作古、律诗各一章”不合，在内容上也难各自独立成篇。另外，清照对韩肖胄既很尊重推崇，似不会在诗歌中提及韩的名讳。所以这首诗的题目不必又改为《上枢密韩肖胄诗》，仍以《云麓漫钞》之《上枢密韩公诗》为宜。

韩、胡二人使金，据《建炎以来系年要录》，在绍兴三年（1133）。五月受命，六月入辞，十一月使还。表面上是去“通两宫”，问候被俘后囚禁在北国的徽钦二帝，也可能负有试探金人意图的使命。当时金国正是粘罕执政，一心要以武力征服江南，有时也放出“议和”的空气，不过是作为诱降的钓饵。而南宋当权者对形势认识不清，和战两端，各执一说，议论纷纷，犹豫不定，未能作出决断。赵构提出要“通两宫”后，朝中大臣都害怕有去无回，不敢应命前往。此时韩肖胄却置个人生死于度外，慨然受命请行。行前他在入辞陛见时曾对赵构说：“大臣各循己见，致和战未有定论。然和乃权时之宜，他日国家安强，军声大振，誓当雪此仇耻。今臣等行，或半年不返命，必复有谋，宜速进兵，不可因臣等在彼而缓之也。”① 说明他虽系受赵构派遣，但并不赞成“屈己求和”的政策，而是主张在条件成熟时以武力恢复中原。

诗的前段五言部分，记述了这次使金的缘起、受命的经过和入辞时君臣殿上的对答之辞。其中概括赵构说的一段话“土地非所惜，玉帛如尘泥。谁当可将命，币厚辞益卑”，真实地描绘出赵构投降派的嘴脸。这类厚颜无耻的话，不知他说过多少遍，史籍中颇有记载，无须征引，堪称实录。诗人还赞扬韩肖胄为“中朝第一人”，并把他比作使异族统治者敬畏的西汉宰相王商和唐朝名将郭子仪。期望他“直入黄龙城”后，维护宋朝的民族尊严，完成出使的任务。

诗的后段七言部分，写送别时诗人“沥血投书干记室”的情景。她提醒使节应记住“夷虏从来性虎狼，不虞预备庸何伤”，要时刻准备应付各种不测事件。同时还表达了诗人对故国和中原父老的深深怀念：“不乞隋珠与和璧，只乞乡关新消息。”感情是十分真挚的。最后她饱含激情地写道：“欲将血泪寄山河，去洒东山一抔土！”诗的结尾，也是诗的高潮，唱出了广大人民的心声。

这首近五百字的长篇古体诗，洋洋洒洒，气象阔大，既有叙事，也有抒情，洋溢着强烈的爱国主义思想感情。

李清照的《咏史》，也是一篇被誉为“绝响一代”② 的佳作：

两汉本继绍，
新室如赘疣。
所以嵇中散，
至死薄殷周。

这首五言绝句，以古喻今，言简意赅，议论的是历史，笔锋针对的却是现实。诗中把南宋继承北宋比作东汉继承西汉，认为这是天经地义的事。而女真侵略者先后扶植的伪齐和伪楚两个傀儡政权，则和王莽篡汉后建立的“新朝”一样，不过是长在人体上的肿瘤，必须将其连根除掉。对那些卖国求荣、为虎作伥的人，如张邦昌、刘豫一类民族败类，李清照深恶痛绝，表示了极大的义愤。诗的后两句，称赞嵇康以殷周比王莽，更是出人意表。所以朱熹曾说：“中散非汤武得国，引之以比王莽。如此等

① （元）脱脱等：《宋史》卷三七九，北京：中华书局，1977 年。
② （明）董复亨纂修：（万历）《章丘县志》卷九《人物·李格非传》，明万历二十四年刻本。

语，岂女子所能！”① 在封建时代，一个无权过问政治的女子敢于发表这样大胆的议论，的确是难能可贵。

李清照的诗虽然不多，但从本文论及的《夏日绝句》《题八咏楼》《上枢密韩公诗》和《咏史》等篇来看，与现实斗争的关系都比较密切。这些诗篇或借古讽今，或直陈时事，跳动着时代的脉搏，寄托了作者对国家民族的关切之情，在南宋初期诗坛应当占有一席地位。

李清照南渡后的词，除《永遇乐》《武陵春》《声声慢》等名篇外，其他如《蝶恋花》（永夜恹恹欢意少）、《转调满庭芳》（芳草池塘）、《清平乐》（年年雪里）、《南歌子》（天上星河转）、《孤雁儿》（藤床纸帐）、《瑞鹧鸪》（风韵雍容未甚都）等，都十分真切地写出了她晚年的凄凉身世和寂寞愁苦之情。这些作品或触景生情，或托物寄意，委婉而深沉地表达了她对故人、故乡和故国的无限怀念。这里且举一首《添字丑奴儿》为例：

窗前谁种芭蕉树，阴满中庭。阴满中庭，叶叶心心，舒展有余情。

伤心枕上三更雨，点滴霖霪。点滴霖霪，愁损北人，不惯起来听。

词人流落江南，因芭蕉而起兴，抒发了浓郁的乡土之恋。上片写即目所见。窗前的芭蕉树，浓阴盖地，傲然挺立，长得多么茁壮茂盛！在作者眼里，那舒卷自如的蕉叶和蕉心，仿佛都含着脉脉深情，为能生长在故乡的土地上而感到幸福和自豪。下片写听雨伤怀。词人本已因见芭蕉而引起乡愁，偏偏又在半夜三更、难以入睡的时候，听到滴滴答答，雨打芭蕉的声音，更加使人无比伤心。李清照这种背井离乡的凄楚之情，产生于国亡家破以后，因而不同于和平环境中的羁旅行役和离别相思，具有更为深广的现实意义。当金兵侵占中原后，被迫离开故土、逃至南方的“北人”，何止千千万万！李清照也是其中的一员，她的作品既是抒写个人的感受，同时也唱出了当时无数难民的心声。

在国家民族遭到侵犯，处于危急存亡的时候，作家抒发乡关之思、故土之恋和亡国之痛，也是热爱祖国的表现。这些作家常常是通过对往昔美好生活的回忆，来反衬如今的痛苦和忧伤，情调一般比较低沉，但他们对家乡和故国的深厚感情，无疑是属于爱国主义思想范畴之内的。而且一个时代的爱国主义文学随着历史的演变，也有一个发展、深化和提高的过程。人所共知，南宋爱国主义文学的高潮是在陆游、辛弃疾登上文坛以后的12世纪60年代至13世纪初。然而早在南宋初年，一些跟随宋室南渡的诗人和词人，如陈与义、吕本中、汪藻、朱敦儒、叶梦得、向子諲、张元幹等，由

① （宋）朱熹著，（宋）黎靖德编：《朱子语类》卷一四〇，明成化九年陈炜刻本。

于身经变乱，目睹山河破碎，已在他们的作品中流露出深沉的忧国情思，为南宋中期爱国主义文学的繁荣揭开了序幕。

李清照与上述作家处于同一历史时期，但她在词坛的影响却更为突出。况周颐在《蕙风词话》中曾说："易安笔情近浓至，意境较沉博，下开南宋风气。"这是很有见地的。在南宋前期词风变化过程中，李清照可以说是一位先驱者。她虽然跨越了北宋和南宋两个朝代，但其后期作品成就更高，更具有特色。

她所抒发的浓烈的乡土之恋和深沉的家国之痛，艺术感染力很强，引起了许多人的共鸣，的确开了南宋的风气。著名爱国词人辛弃疾曾仿效过她的"易安体"。宋末遗民词人刘辰翁也和过她的《永遇乐》，并在序中写道："余自乙亥上元诵李易安《永遇乐》，为之涕下。今三年矣，每闻此词，辄不自堪。遂依其声，又托之易安自喻。虽辞情不及，而悲苦过之。"① 可见她的作品对南宋词人的影响是很深远的。

总之，要正确评价李清照，必须全面认识李清照。要全面认识李清照，就应当深入研究她南渡以后的诗词。这些作品和她南渡以前的创作相比，题材、风格，思想的深度和广度都有了明显的变化和进展。当她离开归来堂，投身难民的洪流中后，就再也不是什么"闺阁词人"了。虽然，由于她的社会地位和生活经历的局限，没有也不可能写出像岳飞、张元幹、陆游、辛弃疾等人那样气壮山河、高亢悲壮的爱国主义战歌，但她的确也曾含着血泪倾诉了自己对祖国山河、故土家乡的无限深情。将她后期所写的诗词联系起来，加以综合考察，完全有理由把她列入南宋前期爱国作家的行列之中。

（《文学评论》1986年第5期）

① （宋）刘辰翁：《须溪词》卷二，1922年《强村丛书》刊本。

评价《迦陵词》的几个问题

自宋亡至清初，词坛在沉寂数百年后，陈维崧、朱彝尊、纳兰性德相继崛起，各显其才，自树一帜，为复兴词学作出了重要的贡献。三家之中，陈维崧（字其年，号迦陵，江苏宜兴人）的成就尤为突出，影响也较为深远。他的《迦陵词》（又名《湖海楼词》）无论从数量或质量上看，在当时都是无与伦比的。《迦陵词》博大精深，骨力遒劲，气魄宏大，意象雄奇，有较强的艺术感染力。陈维崧不愧为清初词坛的“巨擘”，在清代文学史上也是一位出类拔萃的“大手笔”。

一、广博与开拓

《迦陵词》在内容方面最突出的特点是题材广阔，博大精深。其弟陈宗石为《湖海楼词》写的序言中有一段涉及这方面的问题。他说：“方伯兄少时，值家门鼎盛，意气横溢，谢郎捉鼻，麈尾时挥，不无声华裙屐之好，故其词多作旖旎语。迨中更颠沛，饥驱四方，或驴背清霜，孤篷夜雨；或河梁送别，千里怀人；或酒旗歌板，须髯奋张；或月榭风廊，肝肠掩抑。一切诙谐狂啸，细泣幽吟，无不寓之于词。甚至里语巷谈，一经点化，居然典雅。真有意到笔随，春风物化之妙。”可以说各种生活经历和体验，各种复杂的思想感情，各种传统的和非传统的题材，在《迦陵词》中都得到了程度不同的反映。无论是抚时感事、怀古伤今、黍离之悲、兴亡之叹等大题目，或是民情风俗、离情别绪、饮食器物、时序节令、花草风月、夫妻之恋、手足之情等小题目，他都涉及到了。他的词可谓无事不搜，无意不入，气象万千，众妙纷呈。在迦陵笔下，诗庄词媚、诗词分工的界限被进一步打破了。这是他继承和发扬苏、辛传统的结果。

现在让我们打开迦陵词的艺术画卷，先浏览一下其中丰富多彩的种种意象和人物吧：这里有“红冰凝结”的西瓜（《洞仙歌》），有鲜美可口的“醉白虾”（《青玉案》），有“一盏小金笼”里的画眉鸟（《有有令》），有“烟中铠杖，影里弓刀，往来如织”的走马灯（《华胥引》），有“跌宕青天里”的纸鸢（《千秋岁》），有“咆哮百兽”的动物园（《贺新郎》），有“雏伶唱、消魂院本”的乡村剧场（《满路花》），有流落天涯的说唱艺人（《贺新郎·赠苏崑生》），有“精诗画，工篆刻”的青年艺术家（《贺新郎·赠何生铁》），有“工治目疾”的眼科医生（《沁园春》），有“踢毽”的闺人（《沁园春》），有玩“蹴鞠”的美女（《抛球乐》），有“落日捞虾水田里”的饥民（《南乡子·江南杂咏》），有“老券排家验铃尾”的悍吏（《南乡子·江南杂咏》），有因反对前朝阉党而遇难的义士（《贺新郎·五人之墓》），有在抗清斗争中为国捐躯的英烈（《扬州慢·送蘧庵之广陵》），有“红妆猿臂，飒爽真轩举”的巾帼英雄（《念奴娇·由亳州至归德，途经木兰故里，有祠在焉，感赋》），有高举精忠报国大旗的岳家军舞台形象（《夜合花·廿二夜原白堂中观剧即事》），有“地轴频翻，坤舆陡撼”的大地震（《念奴娇》），有“窅然长鸣”于夜空中的冤魂怨鬼之声（《沁园春》），还有犯我粤东边城的“番舶”（《沁园春》）以及“驾崩涛、九万里而来”的“大西洋人”（《满江红》）……真是包罗万象，奇奇怪怪，五光十色，异彩纷呈，令人目不暇接。其中的不少人物和意象在词中都是第一次出现。这充分说明在题材的“开疆辟远”方面，迦陵的确又向前大大地迈出了一步。他能适应变化了的现实生活，跟上时代的步伐，不断拓展，不断创新，这才使他的词显得如此广博深厚，令人叹为观止。

应当指出的是，陈维崧有十余首反映民生疾苦、为民请命之作值得特别重视。哀叹民瘼在我国古代诗文中原本是一个代代传承、连续不断的主题，然而在长短句中却很难发现。其主要原因与词的应歌性质和作家的保守思想有关。苏、辛的农村词作了初步尝试，但都是一闪即逝，既非创作宗旨，也无深度和广度可言。如东坡的“垂白杖藜抬醉眼，捋青捣麨软饥肠，问言豆叶几时黄”（《浣溪沙》）等，都停留在表面的浅层次上。宋代词人直接触及民瘼问题的仅见王质的《水调歌头》和李曾伯的《水调歌头》两首。前者写的是作者为民解困的抱负和愿望，后者写的是自然灾害，也未深入到社会矛盾和剥削压迫方面的现实生活中去。而陈维崧则不然，他以同情的态度反映了清兵入关后，黎民百姓所遭受的深重灾难。如：

天水沦涟，穿篙一只撅头船，万灶炊烟都不起。芒履，落日捞虾水田里。（之一）

户派门摊，官催后保督前团。毁屋得缗上州府。归去，独宿牛车滴秋雨。（之三）

鸡狗骚然，朝警北陌暮南阡。印响西风狸作记。如鬼，老券排家验铃尾。（之四）

——《南乡子·江南杂咏六首》

为君诉：今年东作，满目西畴，尽成北渚。雨翻盆、势欲浮村去。香稻波飘，都做沉湘角黍。咽泪频呼儿女，瓮头剩粒，为客殷勤煮。

——《金浮图·夜宿翁村，时方刈稻，苦雨不绝，词纪田家语》上片

今何日，民已困，况无年。家家秧马闲坐，墟井断炊烟。何处玉箫金管，犹唱雨丝风片，烟水泊游船。此曲纵娇好，听者似啼猿。

——《水调歌头·夏五大雨浃月，南亩半成泽国，而梁溪人尚有画舫游湖者，词以寄慨》下片

战舰排江口。正天边、真王拜印，蛟螭蟠钮。征发棹船郎十万，列郡风驰雨骤。叹闾左、骚然鸡狗。里正前团催后保，尽累累、锁系空仓后。捽头去，敢摇手！

——《贺新郎·纤夫词》下片

这些词篇用血泪斑斑的事实和一幅幅生动的画面，深刻地揭露和悲愤地控诉了清朝统治者对广大民众实行残酷的压榨和剥削；谴责了达官贵人不顾人民死活，纵情寻欢作乐的丑恶行径，笔锋犀利，爱憎分明，具有很强的现实意义。说明陈维崧这位出身仕宦之家的子弟，在经历了“国变”之后，随着社会地位和生活境遇的变化，思想感情也在一定程度上发生了转化，开始向处于水深火热之中的被压迫者和被剥削者靠近。正因为如此，他才能写出上述这些富于批判精神的作品来。在词的题材和内容方面，这是一次重大的突破，值得大书一笔。严迪昌先生在《清词史》中指出：“以词的形式抒写类似杜甫《三吏》《三别》的主题，是阳羡宗主陈维崧的创新发展，从而为词史谱就了新的一章。”这一论述是非常中肯的。

悲慨时事，抒发亡国之恨和故国之恋，是《迦陵词》中的一个重要主题。明王朝的覆亡和清政权的建立，对陈维崧来说无异晴天霹雳，震撼着他的心灵，使他陷入了无边的痛苦和悲愤之中。他在感情上不能接受，但又不得不面对国亡家破这一悲惨的现实，于是常常在词中通过抚今追昔、怀古咏史、托物寄意等种种方式来表述痛彻肺腑的铜驼之悲和兴亡之叹。最明显的是康熙十二年（1673）三月十九日所写的一首《夏初临》。此词采用上景下情的传统抒情结构模式，前阕点出“夏初临”的本意，后阕直抒对故国故君的深深悼念：

蓦然却想，三十年前，铜驼恨积，金谷人稀。划残竹粉，旧愁写向阑西。

惆怅移时，镇无聊、掐损蔷薇。许谁知，细柳新蒲，都付鹃啼。

三十年前，即明崇祯十七年（甲申，1644）。这年三月李自成领导的农民起义军攻入北京，崇祯帝于三月十九日自缢于煤山树上，明朝宣告灭亡。本篇辞情哀婉悲凉，是一曲饱含血泪的挽歌。

陈维崧还有一首题为“竹逸斋头阅冯再来所著《滇考》，赋此怀古”的《六州歌头》，是借观书感叹时事，抒写对流亡至滇缅一带的永历帝的关切和怀念，并幻想这位末代皇帝能重整河山，早日回銮：

离宫坏，金舆杳，没诸蛮。仿佛三郎去，淋铃也，何日回銮？只昆明劫火，映战血成斑，罗袖红殷。

然而，形势的发展和他的愿望相反。康熙元年（1662），永历君臣在缅甸被俘，随从二百余人同日遇难，永历帝被押至昆明，为吴三桂杀害。消息传来，陈维崧悲痛不已，先后写了《杏花天·咏滇茶》和《喜迁莺·咏滇茶》两首词，以表达其沉哀巨痛：

见多少、江南桃李，斜阳外翩翩自喜。异乡花卉伤心死，目断昆明万里。

——《杏花天·咏滇茶》下片

情切。想故国、万里日南，渺渺音尘绝。灰冷昆明，尘生洱海，此恨拟和谁说？空对异乡烟景，蓦记旧家根节。春去也，想蛮花犵鸟，泪都成血！

——《喜迁莺·咏滇茶》下片

“滇茶”，指产于云南的山茶花。此二词曲调虽然不同，却用同一个题目“咏滇茶”，意在以花拟人，托物寓意，以寄托自己“泪都成血”的无限哀思。

陈维崧的《沁园春·题徐渭文〈钟山梅花图〉，同云臣、南耕、京少赋》，是一篇通过题画来凭吊故国故都，抒写亡国之恨的佳作：

十万琼枝，矫若银虬，翩如玉鲸。正困不胜烟，香浮南内；娇偏怯雨，影落西清。夹岸亭台，接天歌板，十四楼中乐太平。谁争赏？有珠珰贵戚，玉佩公卿。　如今潮打孤城，只商女、船头月自明。叹一夜啼乌，落花有恨；五陵石马，流水无声。寻去疑无，看来似梦，一幅生绡泪写成。携此卷，伴天水闲话，江海余生。

徐渭文，即徐元琜，字文清，又字渭文，宜兴人。擅长绘画，明亡后绝意仕进，与陈维崧交谊颇深。云臣，即史惟圆，原名策，号蝶庵。南耕，曹亮武的号，字渭公。京少，蒋景祁字，一作荆少。后三人都是阳羡词派的重要成员。徐渭文所作《钟山梅花图》，是他游金陵，访钟山，吊明陵，赏梅花之后所绘，寓有悼念故国之意。陈维崧等人借题画以抒写亡国之恨。此阕“情辞兼胜，骨韵都高”（《白雨斋词话》），与宋末遗民词人王沂孙、张炎、仇远、唐珏等人《乐府补题》中的咏蝉、咏莼、咏蟹、咏白莲、咏龙涎香诸作，异曲同工，寄慨遥深，体现了亡国之音哀以思的特点。

陈维崧对明末苏州地区反对阉党暴行而牺牲的颜佩韦、杨念如、马杰、沈扬、周文元等五义士深表钦佩，特意写了一首《贺新郎·五人之墓再用前韵》加以颂扬：“慷慨吴儿偏嗜义，便提烹，谈笑何曾怕？抉吾目，胥门挂。”可谓大义凛然，爱憎之情溢于言表。

对于在抗清斗争中壮烈殉国的民族英雄史可法，陈维崧更是敬佩无比，一再赋词盛赞其崇高的气节和勇赴国难的献身精神：

十里珠帘，半城画艇，百年花月维扬。有君家丞相，梅岭旧祠堂。每年到、清明赛社，倾城士女，愁弄丝簧。只无情堤柳，舞腰还斗宫妆。

——《扬州慢·送蘧庵先生之广陵》

何须远望悲荆楚。暗想像、广陵旧事，泪多于雨。火照佛狸城下水，丞相孤军难渡。记时节、也邻重五。儿女谁知英雄恨，辟兵符、戏向钗头赌。葵影绿，小窗午。

——《贺新郎·蘧庵先生五日有鱼酒之饷，醉后填词》

《扬州慢》写扬州人民清明节在梅岭史可法祠堂、衣冠冢前，举行悼念先烈的活动；《贺新郎》写端午节缅怀英雄孤军奋战，城破遇害的高风亮节。这两首词题中所提到的蘧庵先生，为史可法之弟史可程的号。明亡后，他流寓宜兴，与陈维崧为知交。《迦陵词》中与蘧庵唱和之作，多至四十余首，可见他们之间友谊极深。作者敬佩烈士，对其胞弟也十分尊重。从这里也可以看到陈维崧择友的原则及其人品志节。

以上所述都是当时现实生活中的重大题材，也就是所谓的“大题目”，陈维崧不仅敢“拈”，敢写，而且满怀激情，无所顾忌，意到笔随，写得气势不凡，声情悲壮，行气如虹，淋漓酣畅。读之不禁使人扼腕挥泪，长歌当哭，有很强的艺术感染力。

陈维崧的写景咏物和怀古咏史之作，大都感情深沉，意境壮阔，在艺术上也很有特色。写景词如：

万里茫茫，穹庐畔、风狂雪恶。叹当日、汉家苏武，功高卫霍。迢递南天鸿雁信，凄凉北海羝羊约。纵饥来、朔雪亦堪吞，无衣著。　传书犬，衔环雀；忠孝事，难忘却。看诗夸同泽，史讥尝药。梦到龙楼飘瑞雪，六宫夜宴黄金钥。正醒时、芦笛起边愁，风萧索。

——《满江红·咏雪》

此词题为“咏雪”，实际上只有起处与结处数句是描写塞外雪景，而全篇的主要内容则是抒发对出使匈奴的汉使苏武的怀念，盛赞其被拘不屈、持节十九年牧羊于北海之滨的崇高的民族气节。咏物词如：

寒山几堵，风低削碎中原路。秋空一碧无今古。醉袒貂裘，略记寻呼处。　　男儿身手和谁赌？老来猛气还轩举。人间多少闲狐兔。月黑沙黄，此际偏思汝。

——《醉落魄·咏鹰》

此词题为“咏鹰”，也不是单纯的咏物之作，而是通过对“鹰”的思念，盼望英雄出世，啄尽横行无忌的“闲狐兔”，扫除人世间的一切害人虫。此阕慷慨激烈，声色俱厉，充分体现了作者嫉恶如仇的情怀。

陈维崧的怀古咏史之作，不唯数量最多，而且佳作纷呈，大都能贴近现实，寓有深刻的含意。如《满江红·汴京怀古十首》《念奴娇·由亳州至归德，途经木兰故里，有祠在焉，感赋》《水龙吟·江行望秣陵作》《永遇乐·京口渡江用辛稼轩韵》《沁园春·经邯郸丛台怀古》《沁园春·经朱仙镇》《望海潮·胥门城楼即伍相国祠春日同云臣展谒有作》《贺新郎·登上方寺铁塔》《六州歌头·邗沟怀古》，等等。这些作品多为鸿篇巨制，笔力峭拔，气势雄健，在表达对古代英雄义士崇敬之情的同时，也寄寓着对现实的深深感慨，使怀古与伤今融为了一体。

陈维崧在“拈大题目”的同时，也善于发现日常生活中的一些小题目，如民情风俗、节令时序、饮食器物、四时风光，友朋交谊和手足同胞之情等。这类作品虽然意义不大，但也时有佳作，可以增长人们的见闻和知识。如他描写观剧，听说书，看美人踢毽、玩蹴鞠的一些作品，在前人的词中均未见过，读来使人耳目一新。毛大瀛在《戏鸥居词话》中详论其年《沁园春·戏咏闺人踢毽者》时说：“踢毽之戏，古今来托之吟咏者绝少。迦陵词，有戏咏闺人踢毽者，读之绝佳。”可见，小题目、平常事，在陈维崧的笔下，“一经点化，居然典雅”，也能引人入胜。

陈维崧虽然也写过一些艳词，但除极个别的而外，绝大多数格调都不高，缺少韵致，艺术表现上也没有什么特点。在抒情类作品中，陈维崧表现同胞手足之情的几首作品倒是写得十分真切感人。如《减字木兰花·广陵旅邸送三弟纬云》《减字木兰花·送四弟子万》《虞美人·泊舟垂虹桥未及过晤舍妹，同纬云弟怅然，赋此》《送子万弟携五弟之睢阳》等。其中尤以《减字木兰花·送五弟阿龙》，最为哀婉动人：

阿龙最小，失母随兄偏了了。四岁离乡，今日重逢断我肠。　　阮家姑母，犹子情深思汝久。此去相依，莫以怀吾泪湿衣！

明亡之后，陈家败落，父母又相继去世，当时最小的弟弟阿龙才四岁，不得已随四兄子万入赘商丘，寄人篱下。现在虽然回来了，但已无家可归，只好去投靠“阮家姑母”。做长兄的无力抚养自己的幼弟，眼睁睁地看着这位从小就懂事听话的骨肉同胞求食四方，流落异乡，能不肝肠寸断！此词纯用白描，以平常语，说心上情，朴质淳厚，感人至深，铁石人读了也不能不为之泣下。这正是“时难年荒事业空，弟兄羁旅各西东。田园寥落干戈后，骨肉流离道路中”（白居易《自河南经乱，关内阻饥，兄弟离散，各在一处……》）。此阕虽短，也无文采雕饰，但在古今抒写同胞手足之情的诗词中却是不可多得的佳作。

总之，迦陵词题材之广博，内容之丰富，数量之巨大，在词史上可以说是“古今无两”，独占鳌头的。这一成就的取得，与他对长短句好之不厌、全力投入和勇于开拓、大胆创新的精神是分不开的。正因为如此，才使他成为了清初词坛的巨擘，成为了中国诗歌史上值得重视的一位大作家。

二、风格与意境

《迦陵词》由于题材广阔，内涵丰富，因而在风格与意境方面，也呈现出多彩多姿的特征。其实文学史上的不少大作家，往往都是如此，都不止一种风格。如苏轼既是豪放词风的开创者，同时也写过不少高旷清雄、婉约缠绵之作。又如辛弃疾，他写过许多声情悲壮、慷慨激昂的豪放词，但也写过一些清新隽永、秾丽绵密的婉约词。刘克庄评论辛词时曾说：“公所作，大声镗鞳，小声铿鍧，横绝六合，扫空万古；其秾丽绵密处，亦不在小晏秦郎之下。”（《后村诗话》）可见苏辛的词风也具有多样化的特点。但承认多样化，不等于可以不分主次。文学史上的大作家，都有一种主导的或基本的风格，否则就不可能成为一位大作家。如辛弃疾虽然能刚能柔，能豪能婉，但只有金戈铁马、豪放悲壮才是稼轩词的本色。

陈维崧的词风格也是多种多样的。正如高佑釲为《湖海楼词》作序时引顾咸三的话说：“其年先生纵横变化，无美不臻，铜琶铁板，残月晓风，兼长并擅，其新警处往往为古人所不经道。”然而，对迦陵词中的多种风格也不应等量齐观，不分主次。陈维崧虽然写过不少柔媚的侧艳之词，但佳作实在太少，不足以代表其风格特征。陈廷焯曾说“闲情之作，非其年所长”（《白雨斋词话》），这是不可否认的事实。如他的《虞美人・端午闺词四首》《蝶恋花・纪艳十首》《钗头凤・艳情》《醉春风・艳情》等，无论从内容或形式上看，都是极平庸之作，和他已经“弃去”的那些早年所写的艳词大概差不多。陈维崧的艳词中，值得一提的是《长相思・赠别杨枝》：

漱金卮，阁金卮。不是尊前抵死辞，今宵是别离。捻杨枝，问杨枝。花萼楼前踠地垂，休忘初种时。

杨枝为吴门歌妓，迦陵早年与她相识，并有过多次相会。此阕语短情长，含婉深永，饶有古意。故陈廷焯评曰：“愈朴直，愈婉曲，愈沉痛。艳词非其年所长，然此类亦见别致。”（《白雨斋词话》）但这毕竟是极个别的，迦陵的绝大部分艳词都没有什么特色。

至于陈维崧的超旷闲适之作，数量并不多，质量也不高。他虽然也想追寻东坡，无奈时代不同，生活境遇也不一样，他想要超旷闲适，现实也不容许他真正达到超旷闲适的境界，因此这类作品也不能代表迦陵的词风。

最足以体现迦陵词风特点的，是那些雄奇壮阔、深沉悲凉之作。一些评论者曾以“飞扬跋扈”“沉雄俊爽”“纵横跌宕”“横霸精悍”等词语来加以形容概括，都是说得不错的。这些审美规范，在婉约、豪放两大流派并存的词史上，均属于豪放词风美学特征范围之内，属于阳刚之美。因此许多人都认为，从主体风格来看，陈维崧是继苏辛之后，出现在词坛上的一位豪放派大词人。如陈廷焯《白雨斋词话》说：“陈其年词，纵横博大，海走山飞，其源亦出苏辛。”陈匪石《旧时月色斋词谭》也认为：“《湖海楼词》崛起清初，导源幼安，极纵横跌宕之妙，至无语不可入词，而自然浑脱。”不过还应看到，苏辛虽然都是豪放派的代表人物，但其词风也是同中有异的。对陈维崧来说，其词风更接近于稼轩，这也是不可否认的事实。现在我们来看看他的作品：

浊浪堆空，暨阳城下风涛怒。冰车铁柱，隐隐轰吴楚。　　独眺君山，且共春申语。愁如许。一杯酹汝，同看蛟龙舞。

——《点绛唇·阻风江口》

晴髻离离，太行山势如蝌蚪。稗花盈亩，一寸霜皮厚。　　赵魏燕韩，历历堪回首。悲风吼。临洺驿口，黄叶中原走。

——《点绛唇·夜宿临洺驿》

秋色冷并刀，一派酸风卷怒涛。并马三河年少客，粗豪。皂栎林中醉射雕。　　残酒忆荆高，燕赵悲歌事未消。忆昨车声寒易水，今朝。慷慨还过豫让桥。

——《南乡子·邢州道上作》

白蘋花尽凋寒玉，舴艋摇空渌。秋潮恰比簟纹平。趁此日斜风细、剪江行。　　最怜黄歇坟头土，多少今和古。年来生怕说兴亡。笑指楚天新雁、两三行。

——《虞美人·渡江》

这些短调或描绘山川之奇险，或叙写旅途之见闻，或感叹古今之兴亡，或抒发身世之悲慨，都具有短小精悍、用笔奇横、意象飞动、境界壮阔的特点，都体现出阳刚之美。难怪陈廷焯曾为之惊叹道："其年诸短调，波澜壮阔，气象万千，是何神勇!"此类作品在词史上确实不可多见，堪称《迦陵词》中的佳作和绝唱。此外如"北固喧豗怒涛吼……奇石成狮破空走"（《感皇恩》），"话到英雄失路，忽凉风索索"（《好事近》），"男儿身手和谁赌，老来猛气还轩举"（《醉落魄》），"秋气横排万马，尽在长城墙下"（《夜游宫》），等等，不但精于炼句，而且构思独特，往往出人意表，充塞着一股桀骜不驯之气，这是迦陵豪放词风突出表现的一个方面。

陈维崧的许多长调也具有雄奇壮阔，深沉悲凉的特色，与稼轩词风最为相近。他用得最多的长调是《贺新郎》《念奴娇》《满江红》《沁园春》《水调歌头》，共写了四百四十七首，占其全部词作的四分之一强。上述词调也是辛弃疾最喜欢用的，共写了一百一十九首，占其全部作品的五分之一弱。而婉约派词人柳永、张先、晏殊、晏几道、秦观、周邦彦六人加在一起只写了九首。从择调来看，迦陵的词风趋向不是也很明显吗？这些长调在迦陵词中有不少佳作，曾受到人们普遍的好评，如：

《贺新郎》之（把酒狂歌起）（蒲酒浓如乳）（已矣何须说）（战舰排江口）（古碣穿云罅）（满酌凉州醖）（立马和君说）（节届中元矣）……

《满江红》之（万里茫茫）（野水蒙蒙）（漭漭河声）（坏堞崩沙）（野渡盘涡）（席帽聊萧）（夜火春宵）……

《念奴娇》之（醉拍阑干）（天阴岁暮）（长江之上）（苔垣薜径）（金风凛凛）……

《沁园春》之（匹马短衣）（登尉缭台）（古镇朱仙）（十万琼枝），等等。

这些长调或抚时感事，或怀古伤今，或哀叹民生疾苦，或缅怀英烈义士，思想内容既有一定的广度和深度，艺术上也很有特色，气魄宏大，骨力遒劲，纵横恣肆，淋漓飞舞，不愧为稼轩的"后劲"。现举题为"用辛稼轩陈同甫唱和原韵，送王正子之襄阳，明春归广陵，并嘱示何生龙若（何名铁）"的《贺新郎》及题为"游京口竹林寺"的《念奴娇》各一首为例：

立马和君说。到襄阳，为余先问，隆中诸葛。往日英雄潮打尽，怪煞怒涛崩雪。今古恨、总多于发。再问大堤诸女伴，白铜鞮、可有闲风月？谁弹向，楚天瑟！　　才逢燕市还分别。怅生平、无多知己，几番离合。此去武昌鱼不少，莫惜颜筋柳骨。要频看，郑虔三绝。一幅新词凄凉犯，嘱来春、并示何生铁。霜夜吼，剑花裂！

——《贺新郎》

长江之上，看枝峰蔓壑，尽饶霸气。狮子寄奴生长处，一片雄山莽水。怪石崩云，乱冈淋雨，下有鼋鼍睡。层层都挟，飞而食肉之势。　　只有铁瓮城南，群山羸秀，画出吴天翠。绝似小乔初嫁与，顾曲周郎佳婿。竹院盘陀，松寮峭蒨，最爱林皋寺。徘徊难去，夕阳烟磬沉未？

——《念奴娇》

前阕为送别之作，用辛、陈鹅湖会后唱和原韵，即兴抒感，于小题目中出大意义，寄慨遥深，韵味和情调都与稼轩、同甫原唱神似。后阕乃登临怀古之作，雄奇壮浪，奔腾跳跃，有不可羁勒之势。陈延焯赞其“英思壮采，何其横霸如此”（《白雨斋词话》）！

事实充分说明，从作品的风格和意境看，陈维崧是辛派的传人，是清初词坛杰出的豪放派词人。

三、数量与质量

《迦陵词》计有416调（尚须核实），存词1629首，集外尚有数十首散佚之作。如此宏富的规模，在词史上还从未见过。无怪其弟宗石在序言中自豪地说：“伯兄之词富矣”，“自唐宋元明以来，从事倚声者，未有如吾兄之富且工也。”其“富”，确实无人可比；其“工”，则不能说无人可比了。一千六百多首迦陵词不可能篇篇都“工”，这是不言而喻的。“富”，说明迦陵创作勤奋，视长短句为其毕生事业。他将自己在现实生活中的所见、所闻、所感、所想，一切喜怒哀乐，“无不寓之于词”，这才使他成为了清初词坛的大家。然而，多与少也是相对的，数量与质量并非成正比。不能笼统地说多就好，少就不好。评论一个作家，从来都不是以作品的数量为定位的主要标准，更不是唯一的标准了。邹祗谟在《远志斋词衷》中曾提出词不以多为贵的看法。他说：“然贾文元生平止作一词，阮闳休、王元泽亦复止一二阕，琪花瑶草，正以不多为贵。”至于贾昌朝、王雱和阮阅的那几首词是不是“琪花瑶草”，可以有不同的看法，这里且不说它。不过，邹祗谟强调质量，不以多少论成败的观点还是可取的。

当然也不能绝对化，没有一定的数量，质量恐怕也不会有保证。宋代有的作家虽然只流传下来一两首词，并不能说明他们一生就只写了这一两首词，有些作品可能是散佚了。不管怎么说，还是应当把质量放在第一位。

这里不妨以宋人为例，看看数量与质量和作家在词史上的地位的关系。据统计，两宋词人作品在一百首与两百首之间的，有张先、晏殊、史浩、赵彦端等三十三人；在两百首与三百首之间的有柳永、晏几道、韩淲、李曾伯等十人；在三百首以上的有苏轼、赵长卿等六人，其中以辛弃疾为最多，达六百二十余首。在存词百首以上的四十九人中，包括了许多一流作家，但也有不少属于二、三流，甚至三流以下的词人。相反，有些著名的大家，如秦观、李清照、姜夔等人都不到百首，难道能因此否定他们在词史上的成就和地位吗？

陈维崧是一位多产的“大手笔”，自然有不少佳作，其中包括一部分绝唱，即陈廷焯所说的“精绝者”。但究竟有多少佳作、多少绝唱，这就很难作出精确的判断和统计；何况各人的标准和审美趣味不同，因此很难形成一致的看法。我以为迦陵词中的佳作有四五十首，“精绝者”在一二十首之间。这可能会被认为贬低了陈维崧，其实并非如此。陈廷焯曾说：“宋词精绝者约五百余首。”在一千多人，近两万首宋词中，“精绝者”也不过五百余首，而陈维崧能有一二十首“精绝者”，还能说少吗？当然，如果不同意陈廷焯的说法，把标准放宽些，那又另当别论了。

陈宗石的序言中说：迦陵晚年尤好诗余不废，“或一日得数十首，或一韵至十余阕。”这除了说明他才气横溢、诗思敏捷外，也披露出迦陵在创作中仔细构思、反复推敲、认真修改、精益求精方面所下的功夫不够。试想一日之内“得数十首”，也就是说一小时内至少要写一两首。这还是以一天工作 24 小时计，如果去掉休息、睡觉的时间，那么一小时平均不就要写好几首吗？如此神速的创作进度，绝不可能都是精品，这是任何人也做不到的。人们知道才气纵横的辛稼轩“有所作辄数十易稿，累月未竟，其刻意如此”（岳珂《桯史》），所以《稼轩长短句》中精品才最多，令人应接不暇。在这一点上，其年与稼轩相比就显示出差距来了。

现在让我们随便举几个例子来看看。《迦陵词》中有几首悼念古代一些著名女子的词，如游善权寺（传为祝英台旧宅）为悼念祝英台而写的《祝英台近》，在汴京访李师师故巷为悼念李师师而写的《师师令》，过齐河县长城铺谒杞梁妻祠为悼念孟姜女而写的《祝英台近》，游苏州虎丘真娘墓为悼念唐代吴中名妓真娘而写的《侧犯》等。这些作品的题材都不错，可以借题发挥，寄托作者的感慨。迦陵上述诸作吊古伤今，亦颇动人，但较粗率，不能算是绝妙好词，与宋人的同类词作相比，就会感到用力不够，有所不足了。请看下面这两首词：

碧阑干外，小坟一点衰桃䆗。凄咽。剩彩袂飞灰化蝴蝶。灵旗飘复偃，社火明还灭。芳骨约西子，吴天诉潭月。　　三生事，五更风，阵阵饧箫歇。耳边怯，怕枝头又到啼红鴂。昨夜听歌，石场如雪。夜台犹卸，玉簪偷节。

——陈维崧《侧犯·真娘墓和扶荔词韵》

往事星移物换，旧游雨冷云沉。真娘墓草几回青？问著寒潮不应。何处芙蓉别馆，依前杨柳离亭。东风吹泪入重扃，为唤香魂教醒。

——王同祖《西江月》

这两首词题材相同，情调相似，但后者韵味更浓，尤其是两片结拍令人玩味不尽；而前者则显得不够沉郁，缺少言外之意，可以使人回味的东西不多。王同祖在宋代是不入流的作家，偶作小词却写得如此含婉深永，这与时代风气和整个文化背景可能也有一定的关系。又如：

萧萧禅榻，百和旃檀薰透。花冠啼罢，乌龙睡熟，紫竹清幽。黄帔瘦，小袒裶罗袖。双叠湘裙红吐，花边一绺。最怜她趺坐桃笙，一派秋红绿皱。

灵山参破风幡后。奈十年前事，终向心头有。佳人不偶。记惜玉情怀，窃香时候。迦文消夙垢。正值钟声报午，苔阴移昼。问笼中白雪衣娘，一卷名经完否？

——陈维崧《女冠子·咏美人坐禅，和彭美门原韵》

帝城三五，灯光花市盈路。天街游处。此时方信，凤阙都民，奢华豪富。纱笼才过处，喝道转身，一壁小来且住。见许多、才子艳质，携手并肩低语。

东来西往谁家女？买玉梅争戴，缓步香风度。北观南顾，见画烛影里，神仙无数。引人魂似醉，不如趁早，步月归去。这一双情眼怎生，禁得许多胡觑！

——李邴《女冠子·上元》

这两首词不但题材相同，词牌相同，而且用的都是《女冠子》的本意，吟咏遁入空门的青年女子，因而有较大的可比性。李邴的《女冠子》描写一位女道士元宵之夜独自偷偷溜出山门，来到东京十里长街。只见一片灯山火树，令人眼花缭乱；又见许多才子佳人携手并肩，低声细语，正在谈情说爱，使她不禁神魂荡漾，六神无主，产生了思凡之念。然而她又害怕走火入魔，误入歧途，于是便极力克制自己，决心“不如趁早，步月归去”。可是在归途上又看见一双双挑逗的“情眼”正在“胡觑”着自己，指指点点，议论纷纷，使她陷入了惶惑的窘境。词中通过“帝城”元宵观灯，刻画女道士的矛盾心理，细腻曲折，惟妙惟肖，达到了出神入化的境界，令人叹为观止。陈维崧的《女冠子》写一位女尼坐禅念经，虽然也颇为生动，也刻画了主人公的心理活动，但不如李邴词那样细腻传神，在艺术表现上显然有一定差距。

应当承认前面所引的两首迦陵词均非绝唱，这样比较可能会被认为不够公平。不过，王同祖和李邴的那两首词，从来也没有被人认为是绝唱，甚至历代的各种选本也极少收录。由此可见，从总体水平上说，清词没有也不可能达到宋词的艺术高度。这是不以人们的意志为转移的客观事实。词的黄金时代是两宋，清人复兴词学功不可没；但黄金时代去而不返，清词能被称为白银时代也就值得庆幸了。对《迦陵词》的评价，也应考虑到时代的因素。有人曾说，宋以后无词，这与唐以后无诗的说法如出一辙，完全是不顾事实的虚无主义。清词之于宋词，犹如宋诗之于唐诗一样，彻底否定、完全抹煞是错误的；夸大其辞，评价过高也不对。如何把握分寸，恰如其分，关键在于实事求是。要做到这一点是相当困难的。如今宋诗已争得了自己应有的地位，清词也一定会被广大读者接受和承认，争得自己应有的地位。

四、问题与局限

陈维崧生活在三百多年以前，不可能超越自己所处的时代。他和我国古代许多杰出的作家一样，在思想和创作上都存在着这样或那样的问题，存在着历史的局限性。

明朝覆亡时，正值“家门鼎盛”的陈维崧是一位“意气横溢”，“不无声华裙屐之好”的贵家公子。时代的巨变和家道的中落，使他的社会地位和生活境遇发生了巨大的变化。当年锦衣玉食、风流倜傥的少年，不得不颠沛流离，饥驱四方。因此在相当长的一段时间里，他对凭借武力夺取“大明”江山的清朝统治者持批判与不合作的态度。康熙十八年（1679），年过半百的陈维崧被荐试“博学鸿词科”，以第一等第十名授职翰林院检讨，开始认同新朝。这是大势所趋、形势所迫的结果，不应受到指责。因为当时清朝对全国的统治已趋于稳定，大一统的局面开始形成，中华民族的融合进入了一个新的历史时期。如果再囿于民族偏见，不承认现实，反倒是不合时代潮流了。

问题是陈维崧出仕以后，思想上的矛盾并未得到解决，常常陷入深深的痛苦和抑郁之中。一次，时逢中元节，百官散朝后都纷纷谈笑归去，而他却独自“悄背着、红墙流涕”（《贺新郎·中元感怀仍用前韵》）；另一次，他与友人游白塔、旃檀诸寺，听行人说此地当年“翠辇常留”（《春风袅娜·正月十二日……》），又触动了他的故国故君之思。康熙十八年（1679），即他在京参加“博鸿”考试之前，“西域献黄狮子至，一时待诏集阙下者不下百人”，尽皆作诗歌颂此一“盛事”。他也即兴写了一首《雪狮儿》。可是在词中却指桑骂槐地斥责“蠢尔黄奴，讵识真龙有主”！对清朝统治者表示出大不敬的态度。当然这首词他不会给别人看的，否则不但登科无望，恐怕还会招来弥天大祸。可是当他顶戴花翎，入值史院以后，态度就发生了明显的变化。在《贺新郎·岳州大捷》一词中，他对清朝统治者镇压湖南人民反抗的暴行竭力予以赞扬，甚至表现得有些欢欣鼓舞。词的小序中说：“上以二月二日宣凯门外，是日正值大雪，恭纪。”这颇有点“应制”的味道，但“上”不一定下诏让他“恭纪”，看来他是出于自觉自愿的。词的下片写道：“临轩弥觉天颜喜。喜春城，九衢花满，千官珠缀。更向银刀都里望，小衬粉侯殊丽。想入蔡，军容如是。燕罢不须宣翠烛，水晶球，万盏天边坠。长似昼，晃归骑。”如果是歌颂康熙大帝抵御外侮的武功，那当然是应该的；然而这里歌颂的却是镇压人民的反抗，那就不应该了。由此可见，陈维崧生命的最后几年，由于地位的变化（虽然他并不是什么显宦要员），爱憎感情也随之发生了变化。临死前一年的除夕之夜，他还写过一首题为“辛酉除夕，恭遇两宫徽号覃恩，臣妻亦沾一命，感怀纪事，仍用前韵”的《贺新郎》。他在词中对亡妻荣获诰封，表示感激涕零，甚至认为如果他的夫人早日穿上御赐的“翟衣”，很可能会多活几年，“虽病也，定然起”。由此可见，他对清廷的态度发生了180度的大转弯。对此，不应该责备陈维崧，因为康熙在中国历史上是一个具有雄才大略的好皇帝，而崇祯却是一个昏庸专制的坏皇帝。拥护康熙比眷恋崇祯强多了。因而对陈维崧以及明末清初一些经历和他类似的人物，在彷徨一段时间后终于出仕清廷，不应该加以苛责。然而对他这一段痛苦而矛盾的心路历程，也不要视而不见。

与对待康熙的态度前后有明显变化不一样，陈维崧对摧毁明王朝统治的李自成农民起义军，始终持敌视的态度。这在他的词中也是有所反映的。最明显的是《念奴娇·开元寺纳凉，听客话闯贼破城旧事》一首。他将从道听途说中得来的传闻，化为具体、形象的画面，写进词中，看了使人触目惊心：“不见女墙纯铁色，恨血至今犹绿。落日黄河，老鸦白项，啄尽贤豪肉。”不可否认，李自成农民起义军肯定是杀了一些人，但所杀的不一定都是“贤豪”，恐怕多数都是横行乡里的“土豪”吧！所以当时百姓才会那么热烈地欢迎闯王领导的起义大军。当时一首民歌这样唱道：“吃他娘，穿他娘！开了大门迎闯王，闯王来了不纳粮！”陈维崧曾经深切地关怀和同情过被清朝统治者压迫剥削的广大民众，可是他却未能看见崇祯末年哀鸿遍野、官逼民反的残酷现实，当然也听不到“开了大门迎闯王”这一发自民众内心的呼声。因为那时候他正在粉墙朱门内“捉鼻”“挥麈”哩！陈维崧和我国古代许多作家一样，在这个问题上没能过关。杰出的爱国词人辛弃疾不是也镇压过赖文政领导的“茶商军”吗？

不是也曾在词中赞扬过残酷屠杀湖南少数民族起义群众的王佐（宣子）吗？在这个问题上，伟大的爱国诗人陆游可以说是过了关的。他不但在诗中宣称“彼盗皆吾民”，而且为了替受苦受难、流亡他乡的小民百姓说话，还在诗中直接指责过宋光宗赵惇。所以梁启超才怀着无比敬佩的心情称赞他是“亘古男儿一放翁”。

陈维崧由于受阶级和历史的局限，思想里的愚忠因素也是相当明显的。他歌颂过民族英雄史可法，歌颂过反对阉党的五义士以及历史上一些见义勇为、誓死如归的英雄侠士，这都是应当给予肯定的。然而由于愚忠思想作祟，他也颂扬过不值得颂扬的人。如一首褒扬姜如农的《水调歌头》说：

> 东海黄门老，疾革话悲酸。呼儿吾骨累汝，霜翦一灯寒。休返田横岛上，何用要离冢侧，莫恤道途艰。忆奉重华命，遣往敬亭山。　　三十载，怜弱水，几回干？铁衣生既未著，鬼亦戍其间。此地层崖沓嶂，正接蒋陵钟阜，紫翠涌千盘。若有人兮在，竦剑守重关。

此词序言说：“莱阳姜如农先生，前朝以建言予杖，遣戍宣州。会遘甲申之变，不克往戍所，僦居吴门者几三十年。癸丑夏，先生疾革，遗命家人曰：‘必葬我敬亭之麓。’其子勉仲、学在从之。闻者悲其志，重其节，私谥之曰贞毅先生。维崧填词以代迎神送神之曲焉。”序中简要地介绍了姜的生平事迹，参照《明史》卷二五八，可知姜名埰，字如农，山东莱阳人。崇祯四年（1631）进士，曾官礼部给事中。因向崇祯上章建言，不合其意，一怒之下被押送锦衣卫，并传密旨要将他在狱中处死。后经多方营救，幸免一死，但在午门外被捶杖一百，又送入狱中，前后被监禁十余年。直到崇祯十七年（1644），才宣判流配宣州（今安徽宣城）。由于这时李自成攻入北京，崇祯自缢身死，因而“不克往戍所”，后来流寓苏州。显然，这是一个典型的封建愚忠之臣。对他来说，应当报恩的不是崇祯皇帝而是闯王李自成。如果没有李自成攻破北京，他被遣戍宣州，恐怕早已一命呜呼了。但他却对那个专制暴君恋恋不忘，生前未能实现圣上“遣戍宣州”的遗命，死后也要儿孙们把他葬在宣州的敬亭山麓，继续去服苦刑，还要化为厉鬼“竦剑守重关”，去为“圣驾”的幽灵站岗放哨。这个人物对封建时代的忠臣孝子可能有教育意义，而对已经摆脱了封建枷锁的人民大众来说就毫无意义了。这首词在艺术上也无特色可言，不过是用长短句形式写的祭文或临终遗嘱，没有什么价值。

迦陵词在艺术上也不是没有缺点和不足的（这个问题前面已有所涉及，这里再做一些补充）。迦陵才高，学养深厚，诗思敏捷，而又多产。这是他的优势，但优势用得不当有时也可能变为劣势。现存迦陵词一千六百多首，仔细阅读，不难发现其中有不少恃才率意之作。谭献表示对陈词“厌其率”（《箧中词》），陈廷焯也认为迦陵

"究属粗才"（《白雨斋词话》）。"率"与"粗"的确是迦陵词中相当一部分作品普遍存在的缺点。迦陵作词，常常是一发而不可止，既很少深思熟虑，也缺乏认真的推敲修改。有时一下笔就是三首、五首、十首、八首。他的词集中组词、连章体最多，有的词调一写就是数十首，特别是一些长调如《沁园春》69首、《满江红》96首、《念奴娇》108首、《贺新郎》135首，在历代词人中都是创纪录的。长调由于结构复杂，变化无端，一般来说都需要进行认真的构思。张炎《词源》说："作慢词，看是甚题目，先择曲名，然后命意。命意既了，思量头如何起，尾如何结，方始选韵，而后述曲。"张炎把填词程式化、绝对化，未必完全符合创作实际，更不是人人都必须遵循的普遍规律。不过下笔之前的准备工作还是要做的。迦陵有些时候缺少的就是创作之前的准备，再加上初稿写成之后修改、润色不够，所以他的相当一部分作品（不是绝大多数、也不是微不足道的少数）读来使人有枯涩、粗率之感。

迦陵还喜欢用"叠韵"。他所说的"叠韵"实际上就是"和韵"，很多时候是他自己与自己唱和。如一组《念奴娇》，从八月初七到八月十六，每夜写一首，十叠前韵。《贺新郎》有两组叠韵词，一组八用前韵，一组十五用前韵。《蝶恋花》三题，叠韵多至二十四首。这样逞才任性怎能篇篇都有新意呢？应当承认，这些叠韵词中也有个别佳作，如《贺新郎·五人之墓再用前韵》，这是有感于一次重大事件而发的。但多数叠韵词，仅仅是应酬赠答、即席唱和，并无深意。迦陵和宋人之韵的作品也相当多。据统计，他用原韵写过和词的宋代词人就有（按《迦陵词》的先后次序排列）：秦观、柳永、辛弃疾、李清照、范仲淹、程垓、吕本中、周邦彦、吕渭老、蒋捷、史达祖、朱敦儒、陆游、姜夔、尹焕、吴文英等二十余人。其中有些作家如辛弃疾被迦陵和过都不止一次、不止一首。和韵，特别是和前人之韵，由于受到原作用韵的限制，要想另出新意是很困难的。东坡的《水调歌头》中秋词与贺铸的《青玉案》，在当代和后世曾被不少人和过，然而没有一首能与原作相比。文学创作贵在创新，步人后尘与效颦东施是绝难写出好作品来的。张炎《词源》曾说："词不宜强和人韵。若倡者之曲韵宽平，庶可赓歌。倘韵险又为人所先，则必牵强赓和，句意安能融贯，徒费苦思，未见有全章妥溜者。"邹祗谟《远志斋词衷》也说："首首强叶，纵极求肖，能如新丰鸡犬，尽得故处乎？"当然，也有极个别和韵之词能自出新意，与原作机锋相摩，甚至超出原作之上，如东坡《水龙吟·次韵章质夫杨花词》，但那毕竟是极个别的。迦陵的多数次韵、和韵、用前韵之作，都是"强和人韵"，论其全章则未必融贯妥溜。

陈廷焯对迦陵词的艺术成就曾给予极高的评价。如他在《词坛丛话》中说：

> 词中陈其年，犹诗中之老杜也。风流悲壮，雄跨一时。
>
> 其年才大如海，其于倚声，视美成、白石，直若路人。东坡、稼轩，不

过借径。独开门径，别具旗鼓，足以光掩前人，不顾后世。如神龙在天，变化盘屈。如鲸鱼掣海，杳冥恣肆。视彼“浅斟低唱”者，固无论矣。即视彼清虚骚雅、归于纯正者，亦觉其一枝一叶为之，未足语于风雅之大也。

这些评语几乎把陈其年推到了词史的巅峰位置上。可能他也感到说得太过了，所以在后来的另一部著作《白雨斋词话》中，就既说成就，也谈不足，一分为二了。他说：

迦陵词不患不能沉，患在不能郁。不郁则不深，不深则不厚。发扬蹈厉，而无余蕴，究属粗才。

其年词极壮浪，所少者沉郁。

陈朱之词，佳处一览了然，不能根柢于风骚，局面虽大，规模终隘也。

其年《柬丁飞涛》一篇……笔力未尝不横绝，惜其一发无余。

其年《哨遍》两篇，一气盘旋，排山倒海。论其气力，几欲突过稼轩。只是雄而不浑，直而不郁。故初读令人色变，再读令人齿冷矣。

这些评论归纳起来主要为两点，即一发无余和不够沉郁。仔细琢磨，他说的实际上是一个问题的两种说法，即迦陵词不够含蓄蕴藉，缺少言外之意、弦外之音，想说的话在语句中都已表露无遗。陈其年的多数作品确实如此，与稼轩词比较有明显区别。稼轩的感时之作，多用比兴象征手法，不言正意，而言外有无穷感慨，用意深，用笔曲，如“算只有殷勤，画檐蛛网，尽日惹飞絮”，“休去倚危栏，斜阳正在，烟柳断肠处”之类。词意凄迷哀怨，然姿态飞动，极沉郁顿挫之致，因而具有回肠荡气的艺术感染力。

陈廷焯还说：“迦陵词沉雄俊爽，论其气魄，古今无敌手。若能加以浑厚沉郁，便可突过苏辛，独步千古。”陈廷焯把问题简单化了，以为迦陵词如能加以“浑厚沉郁”，便可“突过苏辛”，这实在是皮相之谈。只从艺术表现和风格上看问题是解决不了问题的。有人说填词要有天资、有学力，有平日的生活积累，而更重要的则是“襟抱”，“唯此事不可强，并非学力所能到”（况周颐《蕙风词话》）。这一见解是很深刻的。稼轩之所以“独绝古今，不容后人学步”，不仅仅是他的天资、才气和学力。首先是他一生热爱祖国、热爱民族，决心献身于还我河山、收复中原、统一国土的豪情壮志和伟大的襟怀抱负；其次是他披坚执锐、驰骋疆场，与敌人浴血奋战的不平凡的生活经历。如果他不曾在山东组织领导抗金武装斗争，不曾单枪匹马追杀窃印凶僧义端，不曾率领五十人的小分队闯入五万人的金营，捉拿叛徒张安国；如果没有纵横千里、出生入死的实战经历，那么他就不可能写出下列一类作品：

落日塞尘起，胡骑猎清秋。汉家组练十万，列舰耸层楼。谁道投鞭飞渡，忆昔鸣髇血污，风雨佛狸愁。季子正年少，匹马黑貂裘。

——《水调歌头》

醉里挑灯看剑。梦回吹角连营。八百里分麾下炙，五十弦翻塞外声。沙场秋点兵。

——《破阵子》

壮岁旌旗拥万夫，锦襜突骑渡江初。燕兵夜娖银胡𩨀，汉箭朝飞金仆姑。

——《鹧鸪天》

这一幅幅闪动着刀光剑影的壮阔画面，绝非模仿虚构能够得来的。即使豪放词风开创者的东坡，由于没有这样的生活经历也是写不出来的。他只能发发少年狂，“左牵黄，右擎苍，锦帽貂裘，千骑卷平冈”，写写打猎场面罢了。这绝不是说辛弃疾的才气要比苏轼的才气大，只是由于生活经历不同而已。陈维崧自幼到老，都是一介书生，没有辛弃疾的生活经历，要求他突过稼轩，这是不切实际的。

（《词学研究论文集》，台北“中国文哲研究所”1996年版）

封建道德与宋江的悲剧

一

《水浒传》是我国古典小说中第一部描写农民起义的长篇巨著。它以北宋末年的社会现实作为历史背景，艺术而概括地反映了封建社会农民革命的产生、发展和失败的全部过程。它集中地表达了农民阶级反抗地主和贵族的黑暗统治、争取自身解放的革命要求。几百年以来，它一直鼓舞着我国的农民群众，成为他们进行阶级斗争的有力武器。

在小说《水浒传》中，生动地描绘了一系列英雄人物的光辉形象。他们的阶级出身、社会经历和生活道路虽然各不相同，但最后终于聚集在一起，共同反上梁山，打起“替天行道”的旗号，为民请命，对封建统治进行了多次沉重的打击。他们在长期的斗争过程中，选择并锻炼出了一位杰出的领袖——这就是名播海内，誉满江湖，为绿林英雄们所衷心钦佩和景仰的及时雨宋公明。

宋江是中国文学史上第一个完整而又具有深刻典型意义的农民革命领袖的艺术形象。在他身上集中地反映了农民的革命性和妥协性。他既是农民起义事业发展壮大的关键人物，也是农民革命最后必然失败的体现者。

宋江在《水浒传》中的重要地位，从故事的结构和情节的发展中，可以得到充分的证明。他是梁山泊农民革命队伍的中心人物，起义运动的开始、发展和结束都与他有着密切的关系。故事的主要情节也都是以他的活动为中心线索的。全传一百二十回，其中有五十六回的回目是以宋江为主角而编定的。他的活动贯穿全书，所占篇幅最多。其他英雄人物虽有专门传记，但当其性格完成之后，就往往成为配角，而退居次要的地位了。宋江则不然，他的性格从开始出场，直到整个故事结束，始终处在不断的发展和变化之中。

宋江在梁山泊农民起义队伍中的作用，也是不容否认的。他以义气为重，“平生只好结识江湖上好汉，但有人来投奔他的，若高若低，无有不纳”。当人们遇到困难的时候，他能够给予慷慨的援助，“每每排难解纷，只是周全人性命。如常散施棺材药饵，济人贫苦，赒人之急，扶人之困”。甚至甘愿“担着血海也似干系”，不顾自身的安危，为朋友们驱驰效命，赴汤蹈火，在所不惜。正因为这样，他才赢得了江湖义士和一部分下层人民的信任，将他比作能救万物的及时甘雨。这给他后来成为梁山泊的领袖，打下了良好的群众基础。

宋江的军事才能是十分突出的。智取无为军，表现了他精通游击战术；三打祝家庄、踏平曾头市、攻破高唐州反映了他善于指挥攻坚战的本领；两赢童贯，三败高俅，表明了他具有组织保卫战的雄才大略。这一系列战争的胜利，不仅为梁山泊的起义事业奠定了巩固的基础，而且也是宋江成为革命军事统帅的主要原因。

宋江的组织能力在梁山泊领导成员中也是最强的。在封建社会里，“虽然农民在可怕的压迫之下被煽动了，然而要怂恿他们暴动却不容易。因为散居各地，想使他们得到一个共同的了解极感困难。”（恩格斯《德国农民战争》）而宋江正是在这样的条件下，通过他的广泛活动，与分散在各地的农民英雄和小股武装发生了密切的联系，并且最后将他们引导到革命的中心根据地，形成了一支声势浩大的农民革命队伍。自从他上山之后，四方豪杰，同声相应，同气相求，起义事业才出现了空前兴盛的局面。同时他又提出“替天行道”的口号，成为梁山泊农民革命军的行动纲领。他颁布了种种纪律，立下了严明的军令，合理地安排了众头领的职务，真是随才器使，各得其所，充分发挥了他们的才能。

宋江胸怀宽大，有“养济万人之度量”，并善于用人之长，而遗其所短。他不仅器重人才，而且对每个人的性格、品德，也了解得十分清楚。初见李逵，他便发现了这位草莽英雄的最大特点：“我倒敬他真实不假。”同时，他还能顾全大局，解决了起义队伍中的种种矛盾。例如李逵因杀死小衙内，与朱仝结下了仇恨，当他们在山寨要以刀斧相见的时候，宋江晓之以大义，使这场纷争得以和解，正因为这样，所以出身于各个不同阶层的一百零八位好汉，能够“不分贵贱”，“无问亲疏”，团结在共同的旗帜下，为革命事业做出了自己的贡献。

宋江处理问题谨慎、细心。当杨雄、石秀二人前来投奔梁山，并说出了时迁在祝家店因偷鸡失陷一事之后，激怒了晁盖，喝叫：“孩儿们将这两个与我斩讫报来!”这一方面说明了晁盖执令严明，但另一方面也反映了他有些简单粗暴。因为杨雄、石秀并非偷鸡之人，而晁盖尚未弄清真相，明辨是非，便立即要将二人斩首号令，对于千里来投的英雄豪杰，采取这种态度，这对革命事业是极为不利的。因此当时吴用、戴宗等人都不以为然。而宋江处理这一事件的态度和方法却与晁盖不同。他说：“不然。哥哥不听这两位贤弟却才所说，那个鼓上蚤时迁，他原是此等人，以致惹起祝家那厮来，岂是这二位贤弟要玷辱山寨？我也每每听得有人说，祝家庄那厮，要和俺山寨敌对。即目山寨人马数多，钱粮缺少，非是我等要去寻他，那厮倒来吹毛求疵，因而正好乘势去拿那厮。”同时他又用好言抚谕杨、石二人：“贤弟休生异心，此是山寨号令，不得不如此。便是宋江，倘有过失，也须斩首，不敢容情。”这一情节，不仅说明了宋江善于透过表面现象看到事物的本质矛盾，而且还能经过一番调查研究，提出解决问题的妥善办法。这也是他为众人所心服，成为梁山泊的组织者与领导者的重要原因之一。

宋江在接受招安以前，对待敌我的态度也是十分鲜明的。他所率领的部队，所到之处，分毫不扰。对于在战争中受到损害的普通人民，常常给予必要的救济。例如打破了祝家庄，宋江召见钟离老人，并对他说：“我连日在此搅扰你们百姓，今日打破了祝家庄，与你村中除害，所有各家，赐粮米一石，以表人心。”又如攻下青州府，“宋江急急传令：休教残害百姓，且收仓库钱粮。……天明，计点在城百姓，被火烧之家，给散粮米救济。”而对于官僚豪绅，地主恶霸，则绝不放过：“途次中若是客商车辆人马，任从经过；若是上任官员，箱里搜出金银来时，全家不留……若有钱粮广积害民的大户，便引人去公然搬取上山，谁敢阻挡。但打听得有那欺压良善暴户小人，积攒得些家私，不论远近，令人便去尽数收拾上山。如此之为，大小何止千百余处。”这些措施，既打击了地主阶级，也赢得了广大人民对义军的同情和支持。因此起义队伍每次出征，都受到群众的热烈欢迎：“乡村百姓，扶老挈幼，烧香罗拜迎接。”这对于革命事业的发展也具有非常重要的意义。

所有这些，都充分说明了宋江作为一位杰出的农民革命领袖，具有许多符合人民利益的优秀品德和才能。他的功绩是不容否认的，他在梁山泊的特殊地位和领导作用也是旁人不能代替的。然而在他身上也存在着严重的缺点，他的思想与性格又是十分矛盾的。他既有积极进步的一面，也有消极落后的一面。在他的领导下，梁山泊的革命事业虽然一度取得了辉煌的胜利，但最后终于以极其悲惨的失败而告终。那么究竟是什么原因促使宋江在革命高潮的时候，千方百计寻求妥协投降的途径，把一场轰轰烈烈的革命斗争引向了毁灭的绝境呢？

我以为要回答这一问题，首先必须考虑到当时的社会历史条件，同时还应当全面地分析宋江本人的阶级出身、社会教养，以及由此而在他的思想中所形成种种复杂矛盾的因素。

二

封建社会的农民革命，“由于当时还没有新的生产力和新的生产关系，没有新的阶级力量，没有先进的政党，因而这种农民起义和农民战争得不到如同现在所有的无产阶级和共产党的正确领导，这样，就使当时的农民革命总是陷于失败，总是在革命中和革命后被地主和贵族利用了去，当作他们改朝换代的工具。这样，就在每一次大规模的农民革命停息下来以后，虽然社会多少有些进步，但是封建的经济关系和封建的政治制度，基本上依然继续下来。”① 这是社会发展的客观规律所决定的。另一方面，我们在探讨农民起义失败的过程时，还必须考虑到各个时期农民阶级本身的主观因素。由于主观条件不同，因而历次农民革命失败的途径与方式，又具有一定的差别性。有的是由于革命时机不成熟，群众发动得不够充分，敌我力量相差悬殊，因而被统治阶级的武装力量镇压下去了；有的则是由于领导者缺乏雄才大略，没有远大的目标，或者因为内部不团结，产生了分裂，而被统治集团所消灭；也有在胜利之后，领导集团蜕化变质，革命果实最后被地主阶级所篡夺。凡此种种，都说明了在新的阶级出现之前，农民群众不可能依靠自己的力量取得革命的胜利。正如列宁所指出的那样：“农民过去的整个生活，教会了他们去仇视地主老爷和官吏，然而没有教会他们而且也不可能教会他们在什么地方去寻求这一切问题的解答。”（列宁《列夫·托尔斯泰是俄国革命的镜子》）

梁山泊农民起义之所以失败，除了上述具有普遍意义的客观原因之外，在主观方面这支革命队伍也存在着许多严重的缺点。其中它的领袖宋江由于受封建道德“忠孝”观念的毒害和支配，在关键性的时刻执行了错误的妥协投降路线，这也是导致革命最后失败的重要因素之一。

宋江性格的发展，经历了三个阶段。在这三个阶段里，他的思想中都存在着尖锐、复杂的矛盾和斗争。而这些矛盾和斗争又集中表现为封建道德与革命事业之间的剧烈冲突。

参加革命以前，宋江是一个出身于地主阶级家庭的下级官吏。封建教育的影响，使他对自己的前途抱着一定的幻想，他相信凭借自己的才能，终有一天会干出一番轰轰烈烈的事业：“博得个封妻荫子，久后青史上留一个好名，也不枉了为人一世。”正

① 毛泽东：《中国革命与中国共产党》，《毛泽东选集》第二卷，北京：人民出版社，1969年，第619页。

是怀着这样的目的，他才走上仕途，担任了山东郓城县的押司。但另一方面他又具有正义感，不愿同流合污。因此黑暗的现实，又使他感到异常痛苦。他虽然“刀笔精通，吏道纯熟”，可是却长期处于皂隶行伍之间，“虽有忠心，不能得进步”。于是他开始结识江湖上好汉，并且对他们寄予了深切的关怀与同情。

私放晁盖，使他和革命发生了最初的联系。当时他虽然只是从朋友之间的义气出发，但毕竟坚定而勇敢地违背了统治阶级的意志，放走了“犯了弥天大罪”而为太师府下令通缉的“心腹兄弟”。可是当他听说晁盖等人反上梁山之后，内心又产生了矛盾：“晁盖等众人，不想做下这般大事……如此之罪，是灭九族的勾当。虽是被人逼迫，事非得已，于法度上却饶不得。”可见他这时正徘徊于江湖义气和封建法度之间。

杀死阎婆惜，使他与封建统治产生了直接矛盾，但他并没有反抗的意图和打算。他认为自己的官司，并非谋反的重大案件，因而这一矛盾还不是不可挽回的，于是他便选择了逃避的道路。在避难过程中，宋江结识了许多江湖义士。清风寨的教训，使他对黑暗、丑恶的现实有了新的认识。因此，当杀死刘高之后，宋江曾一度准备与花荣等人一同反上梁山。

可是正当这时，封建道德在宋江身上发生了作用，把他从革命的道路上拉了回来。宋江的父亲为了阻止他参加革命，怕他“被人撺掇，落草去了，做个不忠不孝的人”，因而托石勇带来了一封假信，催他回家“奔丧”。这时候在宋江面前摆着两条道路，或者以革命为重、带领众兄弟，投奔梁山；或者为了尽所谓的“人子之道”，归家“奔丧”。结果封建的愚孝思想支配了宋江的行动，他不顾众人的劝慰，决意抛开自己的阶级弟兄，独自回到了家里。归家之后，宋太公又对他进行了一番“忠君孝亲”的教育，要他等待朝廷的赦免，切不可跟随一班目无王法的“强人”走上反抗封建统治的道路。

宋太公的家教，使宋江打消了参加革命的念头。因此当官府派人来搜捕他时，宋江不但束手待缚，而且还说：“父亲休烦恼，官司见了，倒是有幸；明日孩儿躲在江湖上，撞了一班杀人放火的弟兄们，打在网里，如何能够见父亲面？便断配在他州外府，也须有程限，日后归来，也得早晚伏侍父亲终身。”刺配之前，宋太公还不放心，又一再叮嘱：“你如今此去，正从梁山泊过，徜或他们下山来劫夺你入伙，切不可依随他，教人骂做不忠不孝。此一节，牢记于心。”由此可见“忠孝”观念，像一副沉重的枷锁，牢牢地加在宋江身上，他要摆脱这一束缚是多么的困难啊！

流亡途中，宋江谨依父教，宁愿做一名守法的囚犯，而不肯铤而走险，反上梁山，成为“不忠不孝”的“罪人”。当晁盖、刘唐等人将他拦截上山之后，苦苦相劝，善言开导，希望他参加革命。可是宋江却以父教为重，一口拒绝：“兄这话休题。这等不是抬举宋江，明明的是苦我。家中上有老父在堂，宋江不曾孝敬得一日，如何敢违了他的教训，负累了他？前者一时乘兴，与众位来相投，天幸使令石勇在村店里撞见在下，指引回家。父亲说出这个缘故，情愿教小可明吃了官司，急断配出来，又频频嘱咐。临行之时，又千叮万嘱，教我休为快乐，苦害家中，免累老父怆惶惊恐。因此父亲明明训教宋江，小可不争随顺了，便是上逆天理，下违父教，做了不忠不孝的人，在世虽生何益？如不肯放宋江下山，情愿只就众位手里乞死。”这里深刻地揭示了封建道德观念在宋江思想深处产生了多么严重的消极影响。正是这种符合统治阶级利益的所谓“天理”“父教”，使他对革命抱着怀疑、观望的态度，缺乏足够的勇气和决心，因而不得不独自一人在艰难曲折的生活道路上，徘徊犹豫不定。

浔阳楼题反诗，是宋江性格发展的关键。寂寞苦闷、卑贱难堪的囚犯生活，使他对黑暗腐朽的社会现实有了进一步认识。他怀着悲愤、怅惘的心情，独自一人倚栏畅饮。抚今追昔、感慨万端：“我生在山东，长在郓城，学吏出身，结识了多少江湖好汉，虽留得一个虚名，目今三旬之上，名又不成，利又不就，倒被文了双颊，配来在这里；我家乡中老父亲和兄弟如何得相见?”不觉临风触目，感恨伤怀，心中爆发出了仇恨和反抗的火花，于是提笔写了一首《西江月》和四句七言诗：

自幼曾攻经史，长成亦有权谋。恰如猛虎卧荒丘，潜伏爪牙忍受。　不幸刺文双颊，那堪配在江州。他年若得报冤仇，血染浔阳江口。

心在山东身在吴，飘蓬江海谩嗟吁。
他时若遂凌云志，敢笑黄巢不丈夫。

这不仅是宋江潜藏已久的怀才不遇的愤怒心情的抒发，而且也是他由忍辱而走向反抗的起点。诗中充分表现了他对统治阶级的深切仇恨和大胆的复仇心理。至此，宋江已经发展成为一个叛逆者的形象。正因为这样，他与统治集团的矛盾趋于表面化和尖锐化了。于是他遭受了进一步的迫害，在江州牢狱的法庭上，被判处死刑。

梁山泊的英雄好汉仍把他从法场上救了出来。这时候，宋江已经再无别的选择，只得下定决心，跟随晁盖等人，反上梁山。当时他在路上曾对晁盖说：“今日同哥哥上山去，这回只得死心塌地，与哥哥同生同死。”无情的现实，终于使宋江思想中的革命因素，战胜了封建道德观念。他不得不和众弟兄一起，对统治阶级展开了积极的斗争。

然而即使上山之后，宋江仍未能割断与封建思想的联系。他参加革命不过三日，便起了思亲之念，要求独自下山，搬取老父上山。途中，在还道村遇见九天玄女娘娘，为他传授了三卷天书。这一情节虽然反映了封建社会的农民革命常常利用宗教形式，假托“天命”，作为动员和组织群众的手段。但另一方面，也反映了作者的局限，对宋江思想性格的发展产生了消极的作用。这位娘娘再三训诫宋江：“汝可替天行道，为主全忠仗义，为臣辅国安民，去邪归正。”这一段话成为宋江上梁山之后的行动准则，同时也是他后来接受招安的思想依据。

由此可见，宋江的革命道路不仅是最曲折、复杂的，而且他最后还是背着沉重的思想包袱，参加到革命队伍里来的。

从参加革命之日起，到梁山泊全伙受招安的时候为止，是宋江性格发展的第二个阶段。这一时期，宋江积极进步的一面，得到了充分的表现。他做了许多有利于人民的事情，对革命事业的发展壮大，做出了巨大的贡献。可是他思想中的消极因素并未得到彻底克服。封建道德的影响，使宋江对最高统治者抱着不切实际的幻想。他憎恨贪官污吏，同情被压迫人民，然而却从未怀疑过封建制度。他认为皇帝是好的，“只是被奸臣闭塞，暂时昏昧”。因而终有一天，会云开见日。

正是在这种思想的支配下，宋江在掌握了梁山泊的军政大权之后，便不断地流露了企图接受朝廷招安的思想。当呼延灼统兵进剿水寨时，宋江对降将彭玘说：“某等众兄弟也只待圣主宽恩，赦宥重罪，忘生报国，万死不辞。”徐宁被赚上山，宋江执杯向前陪告道：“现今宋江暂居水泊，专待朝廷招安，尽忠竭力报国。”呼延灼被擒，宋江又说：“小可宋江怎敢背负朝廷？盖为官吏污滥，威迫得紧，误犯大罪；因此权借水泊里随时避难，只待朝廷赦罪招安。”

其实宋江的招安思想早在未上梁山之前，就已经产生了。全传三十二回，写宋江在孔家庄上，送别武松的时候曾说：“兄弟，你只顾自己前程万里，早早的到了彼处。入伙之后，少戒酒性。如得朝廷招安，你便可撺掇鲁智深、杨志投降了。”由此可见，宋江的确是怀着二心参加革命的。上山之后，他不但未能克服这种效忠朝廷的封建道德观念，反而有了发展，并且成为他领导起义事业的指导思想。所以当晁盖一死，他坐了第一把椅子，作了山寨的最高统帅之后，使立即下令把聚义厅改为忠义堂，将封建道德的核心——忠君思想放在首要地位。这一改变，不仅标志着革命的目的和旗号的变化，而且也决定着起义事业发展的方向。从此，反抗以赵官家为代表的整个封建统治的农民革命运动，便成为“剪除君侧元凶恶首”的有限斗争了。

宋江的招安思想和投降活动是在革命事业发展到高潮的时候，趋于表面化的。打下东平府和东昌府之后，各路英堆，同归梁山，计点大小头领共有一百零八员。梁山泊的武装力量空前强大，统治阶级已经闻风丧胆，束手无策。在这样的客观形势下，革命事业发展的前途和方向，便成为最根本最尖锐的问题。可是作为起义运动领袖的宋江，却未能提出符合革命利益要求的新的目标，把反抗封建统治的斗争进行到底，反而加强了投降活动，这是从其一贯的忠君思想出发的。南宋人龚开在《三十六人赞》中，对宋江的评语是：“不假称王，而呼保义，岂若狂卓，专犯忌讳。”可见宋江由于受阶级立场的局限和封建道德的束缚，没有也不敢提出“取而代之”的口号。《水浒传》的作者，对此作了进一步发挥：“在晁盖恐托胆称王，归天及早；惟宋江肯呼群保义，把寨为头。休言啸聚山林，早愿瞻依廊庙。”这些都充分表明了宋江没有推翻赵宋王朝腐朽统治的勇气和决心。

为了推行错误的投降路线，宋江采取了一系列措施。在排座次之后的菊花会上，他作了一首《满江红》，直接对众弟兄提出了招安议题：“愿天王降诏，早招安，心方足。”一时引起了许多坚持革命路线的头领们的反对。“只见武松呼道：‘今日也要招安，明日也要招安，冷了弟兄们的心！’黑旋风便睁圆怪眼，大叫道：‘招安，招安，招甚鸟安！’只一脚，把桌子踢起，攧做粉碎。”这是梁山泊内部关于两条路线斗争的第一次正面冲突。可是宋江并未对自己的错误路线有所认识，反而利用他的权力和威信，坚持招安思想，并对反对派进行压制和说服。李逵是革命性最坚定，反对招安最积极的一位，宋江为了清除招安路线上的阻碍，甚至以杀头来对他进行威胁。而对武松，宋江则采取说服的方式：“兄弟，你也是个晓事的人，我主张招安，要改邪归正，为国家臣子，如何便冷了众人的心？”原来武松也有招安思想，在白虎山孔太公庄上的时候，他曾对宋江说：“天可怜见，异日不死，受了招安，那时却来寻访哥哥未迟。”可是由于生活的教训，使武松早已改变了这种错误的想法，成为一位坚定的革命战士，而宋江却不了解这一点，因此企图借机争取他，重新接受招安思想。元夜闹东京，是宋江主动争取招安的初步尝试。他企图通过李师师的内线活动，取得徽宗皇帝的谅解和赦免，达到归顺朝廷的目的。因此他瞒过了众兄弟，以观灯为名，行投降之实。亲自带领柴进、燕青等人潜入东京，将起义事业的前途寄托在一个“上厅行首”的身上。这一计划虽然未能实现，但却说明了宋江为了达到招安的目的，竟至做出了违反山寨“义气”，进行暗地活动的勾当。

宋江的忠君思想和投降心理，终于被统治集团的一些成员察觉出来了。因此他们在一连串的征讨失利之后，便起了利用之心。御史大夫崔靖出班奏曰：“臣闻梁山泊上立一面大旗，上书‘替天行道’四字，此是曜民之术。民心既服，不可加兵。即目辽兵犯境，各处军马遮掩不及，若要起兵征讨，深为不便，以臣愚意，此等山间亡命之徒，皆犯官刑，无路可避，遂乃啸聚山林，恣为不道。若降一封丹诏，光禄寺颁给御酒，差一员大臣，直到梁山泊，好言抚谕，招安来降，假此以敌辽兵，公私两便。”宋徽宗采纳了这一意见，差殿前太尉陈宗善为使，前来梁山泊进行招降活动。宋江得知这一消息，心中大喜，认为自己的目的即将实现了。当时他对众人说：“我们受了招安，得为国家臣子，不枉吃了许多时磨难，今日方成正果!”由此可见，宋江的革命动机是不纯的。他把革命当作一时的权宜之计，时刻怀着“去邪归正”的打算，准备争取做赵宋王朝的忠臣良将。

这次招安不成，接着统治集团又连续调动大兵，对梁山泊进行围剿。结果由于众弟兄的坚决反击，又取得了两赢童贯、三败高俅的辉煌胜利。可是宋江并未接受教训，仍然对招安存着幻想。正因为如此，所以在对敌斗争中他也表现出了动摇、妥协的情绪。童贯所率领的十万大军被击败之后，宋江不肯尽情追杀，火急传令收军。高俅战败，被水军头领张顺活捉上山，“宋江见了，慌忙下堂扶住，便取过罗缎新鲜衣服，与高太尉重新换了，扶上堂来，请在正面而坐。宋江纳头便拜，口称‘死罪’”。宋江对梁山泊的死敌，不但未能采取坚决的态度，反而卑躬屈膝地拜倒在刽子手的足下，企图得到他的同情，在皇帝面前说几句好话，实现招安的愿望。他对高俅说：“文面小吏，安敢叛逆圣朝，奈缘积累罪尤，逼得如此。二次虽奉天恩，中间委曲奸弊，难以缕陈。万望太尉慈悯，救拔深陷之人，得瞻天日，刻骨铭心，誓图死保。”这一段话，充分表现了宋江为了争取做一个忠臣，已经丧失了革命者的立场。

宋江的投降路线，在梁山泊内部不是没有遇到抵制和反抗的。其中最坚决的反对者要算黑旋风李逵，此外还有武松、鲁智深、刘唐、穆弘、史进、李俊、张横等人。李逵作为劳动人民的真正代表，他没有忠君思想，一再主张“杀去东京，夺了鸟位”!他从来不把封建制度的最高统治者放在眼里。全传七十五回写梁山泊众英雄听了肖让宣读陈宗善带来的诏书之后，除了宋江之外，其余的人对这封书中包藏的祸心以及傲慢的措辞和轻蔑的语气都感到十分愤怒。而李逵更是怒火万丈，只见他从梁上跳将下来，从肖让手里夺过诏书，扯得粉粹，揪住陈太尉，拽拳便打，并且高声大骂道：“你那皇帝，正不知我这里众好汉，来招安老爷们，倒要做大！你的皇帝姓宋，我的哥哥也姓宋，你做得皇帝，偏我哥哥做不得皇帝！你莫要来恼犯着黑爹爹，好歹把你那写诏的官员，尽都杀了。”李逵是主张反抗到底的，甚至在征辽和平定田虎、王庆之后，他还劝宋江重新反上梁山：“哥哥好没寻思，当初在梁山泊，不受一个的气，却今日也要招安，明日也要招安，讨得招安了，却惹烦恼。放着弟兄们都在这里，再上梁山去，却不快活!”由此可见，招安和反招安两条路线的斗争，一直在梁山泊农民革命队伍内部进行着。这一斗争反映了封建社会两种道德观即忠君和造反的矛盾。

然而以宋江为代表的忠于皇帝的封建道德观念及其所执行的妥协投降政策终于占了上风，这是为什么呢?

首先这是由于农民阶级本身的弱点决定的。在封建社会里，农民虽然受着残酷的压迫和剥削，是创造社会财富的基本阶级，但他们并不代表新的生产力和新的生产关系，他们缺乏先进思想的指导，政治上处于无权地位，又被剥夺了掌握文化的机会，因此他们提不出正确的革命纲领。同时他们的思想意识和道德观念是违反统治阶级利益的，因此也被认为是非法的，所以他们不可能将自己的道德思想提升到理论的高度，并使其系统化，而与统治阶级所提倡的封建思想体系相对抗。另一方面，统治阶级又经常以他们的思想意识和道德观念来腐蚀和毒害农民，这就使一部分农民常常不可避免地接受了封建思想的影响，使他们成为皇权主义的俘虏，因此他们虽然“反对地主，可是拥护好皇帝”（斯大林《与德国作家路德维希的谈话》）。梁山泊起义队伍中一些出身于下层人民的头领也具有忠君思想，就是明显的例证。全传第十九回，当何涛带领官兵包围石碣村，捉拿晁盖等人的时候，阮氏兄弟所唱的歌谣中就流露了这种思想：

打鱼一世蓼儿洼，
不种青苗不种麻。
酷吏赃官都杀尽，
忠心报答赵官家。

由此可见，宋江的忠君观念在梁山泊的领导成员中是有一定群众基础的。其次由于起义军的成分复杂，他们有不少人是出身于统治阶级的官吏、地主、贵族，或是一些投降将领。这些人参加革命往往不是出于主动，而是被迫的。他们长期所受封建教育的影响，不可能在短时期内消除，尤其是在掌握大权的主要领导人物中的表现得特别明显。他们在革命发展到一定阶段之后，便没有勇气将革命进行到底，因而千方百计寻找妥协的机会。宋江的投降路线得到了他们的有力支持，所以最后得以实现。

同时，坚持反抗到底的一些英雄人物如李逵等，虽然有造反的勇气和决心，但他提不出一条可以与妥协路线相对抗的更为革命而又切实可行的政治路线。李逵再三主张“杀去东京，夺了鸟位”，可是“夺了鸟位”之后怎么办呢？他没有考虑也不可能正确地回答这一问题。因此在几次关于招安和反招安的争论中，他们都未能有力地说服对方。

此外，当时由于民族矛盾的尖锐化，因此执行妥协投降路线的领袖常常将招安和保国安民联系在一起，这在一定程度上取得了一些具有爱国思想的头领的谅解，而为他们所接受。

由于宋江执迷不悟，坚持投降路线，招安终于成功了。梁山泊的革命旗帜也由“替天行道”而变成了“顺天”“护国”。一场轰轰烈烈的农民起义，终于被统治集团用“和平”的手段瓦解和消灭了。

招安之后，宋江的思想、行为完全受封建道德支配了。他忠心耿耿为赵宋王朝驱驰效命；委曲求全地调和统治集团与起义部队之间的种种矛盾。他满心以为投降以后，便会实现封官晋爵，名标青史的愿望。可是统治阶级对起义队伍依然采取敌视和轻蔑的态度。就在宋江入京“面圣”的第二天，枢密院官立即具本上奏：“新降之人，未效功劳，不可辄便加爵。”并建议将梁山泊人马分调开去，从而达到彻底瓦解和消灭这支阶级异己部队的目的。众头领得知这一消息，心中不悦，纷纷要求再回梁山泊去。这时候宋江不是和众弟兄站在一起，商议对策，却急急忙忙止住他们的不满情绪，而以忠言恳求来使，请他善言回奏。但统治阶级并未因此而发善心，反而要使一条毒计，将宋江等一百零八人赚入京城，尽数剿除，然后分散其军马，以绝后患。这一阴谋未能实现，却由宿太尉想出了另一条更为“便益”的妙计，就是利用宋江的队伍去“收伏辽贼”。

宋江得知这一消息，喜出望外，并且在皇帝面前剖诉了内心的衷曲：“臣乃鄙猥小吏，误犯刑典，流递江州。醉后狂言，临刑弃市，众力救之，无处逃避。遂乃潜身水泊，苟延微命。所犯罪恶，万死难逃。今蒙圣上宽恤收录，大敷旷荡之恩，得蒙赦免本罪。臣披肝沥胆，尚不能补报皇上之恩。今奉诏命，敢不竭力尽忠，死而后已!”为了换取皇上的信任，宋江竟然完全否定了自己的革命历史，把过去的一切反抗都说成是万死难逃的“罪恶”行为，甚至连“官吏污滥”“官逼民反”的现实，也不敢在皇帝面前提一提。从前“清君侧”的思想也抛到九霄云外，一心一意只想做一个标准的忠臣了。

忠君思想的恶性发展，必然使宋江破坏从前的义气。他虽然一贯以忠义自许，但在当时的条件下，忠义是不可能两全的。陈桥驿滴泪斩小卒，反映了忠义之间的矛盾。宋江听说一名军校杀死了克扣朝廷恩赏的厢官之后，大惊失色，慌忙赶到出事地追查原因。那军校回答说：“他千梁山泊反贼，万梁山泊反贼，骂俺们杀剐不尽，因此一时性起，杀了他，专待将军听罪。”这位军校的行为是完全正义的，他不仅保留着起义军的英雄本色，而且也是为了维护梁山泊的声誉。可是宋江却说：“他是朝廷命官，我兀自惧他，你如何便把来杀了！须是要连累我等众人!”“我自从上梁山泊以来，大小兄弟，不曾坏了一个。今日一身入官所管，寸步也由我不得。虽是你强气未灭，使不得旧时性格。”这哪里还有一点梁山义气，哪里还有一点水浒英雄的气概！为了解决这一矛盾，宋江竟然叫那军校缢死树下，却斩头来号令。而将厢官尸首，备棺椁盛贮，然后动文书呈中书省院，听凭朝廷发落。这一情节，揭示了宋江接受招安之后，严重地脱离了起义队伍的基本群众。这是一种不可原谅的错误行为。

征辽战争，客观上具有一定的进步意义；从主观上看，宋江的思想中也有反抗侵略、卫国保家的积极一面。但与此同时，宋江的忠君思想也有了新的发展。这时候他已成为一个绝对服从封建统治者的忠臣。所以当征辽战争一结束，便立即毫无原则地接受了剿灭三次与自己原来领导的梁山泊农民起义性质完全相同的农民革命运动的任务。封建道德使他忠实于统治阶级的泥足愈陷愈深。这时候宋江完全背弃了农民阶级的利益，而成为统治集团镇压人民的工具。宋江的悲剧已经无可挽回了。

平定方腊之后，梁山泊的英雄绝大多数都在战争中牺牲了。投靠统治阶级，忠于封建王朝的结果，付出了如此惨重的代价。可是统治集团是不是从此便回心转意，改变敌视起义队伍的态度，信任和重用宋江等人了呢？事实并非如此。宋江班师回朝，被封为楚州安抚使。就在这时，统治阶级早已布下天罗地网，他们首先设计害死卢俊义，接着又用御赐药酒毒死宋江。然而祸到临头，宋江还想保持自己的一世忠义之名："我自幼学儒，长而通吏，不幸失身于罪人，并不曾行半点异心之事。今日天子轻听谗佞，赐我药酒，得罪何辜！我死不争，只有李逵现在润州都统制，他若闻知朝廷行此奸弊，必然再去啃聚山林，把我等一世清名忠义之事坏了。"这里虽然表现了沉重的悲愤情绪，但却看不出宋江对封建统治者的深切痛恨。他唯一放心不下的，倒是害怕李逵重新举起义旗，这对统治阶级和他自己都是不利的。于是连夜使人往润州唤取李逵星夜赶到楚州，赚他喝下药酒，灭了祸根，然后才将内中底细告诉给他。李逵听说，大叫一声："哥哥，反了罢！"可是宋江却说："宁可朝廷负我，我忠心不负朝廷。"最后终于与李逵、吴用、花荣等人同归于尽，落得魂聚蓼儿洼，作了封建道德的牺牲者。

宋江的悲剧既有历史的根源，也有阶级的根源。他出身于剥削阶级的家庭，从小便受着严格的封建教育，同时又长期生活在封建统治的政权机构之中，因此他虽然憎恨丑恶黑暗的现实，但却与统治集团有着千丝万缕的联系，封建道德对他的毒害太深，因此尽管他参加革命之后，依然把尊朝廷，守父教作为自已的行动准则。他一生以"忠臣孝子"自居，对此从未加以怀疑，哪知正是这种违背革命利益的"忠孝"观念，引导他走向了葬送革命事业同时也毁灭了自己的错误道路。可是直到生命的最后一刻，他仍然未曾觉悟，一位叱咤风云的农民革命领袖，就这样做了封建道德的俘虏，这真是最大的历史悲剧。

三

《水浒传》是一部伟大的现实主义作品，它通过深刻的艺术概括，集中地反映了地主阶级与农民阶级的矛盾，全面地揭示了农民群众的斗争性与妥协性，充分地表现了“历史的必然要求与这个要求实际上不可能实现之间的悲剧的冲突”（恩格斯《给拉萨尔的信》）。它不仅是我国封建社会农民革命的史诗，而且也是反映“农民起义的弱点和缺点的一面镜子”。

施耐庵是一位同情农民革命的伟大作家，他以最大的热情歌颂了梁山泊的英雄业绩。但另一方面由于历史和阶级的局限，在他的世界观中也必然存在着一些消极的因素，他不可能看到农民起义事业的胜利前景，因而对革命抱着悲观的态度。作者在处理起义的结局和塑造宋江这一形象的过程中，深刻地反映了他的思想矛盾。毫无疑问，他对招安活动和宋江的“忠君”思想是作为正面描写来加以肯定的，但由于作者忠实于生活，所以在客观上又自觉或不自觉地否定和批判了宋江身上所体现的封建道德。小说的悲剧结局告诉读者：在革命斗争中，绝不能对统治阶级抱任何不切实际的幻想，否则就只有自取灭亡。这就是宋江这一悲剧形象的客观意义。

自从《水浒传》出现以来，历代文人对宋江的评价都存在着严重的分歧。这种现象是由宋江这一艺术形象所体现的思想倾向和道德观念的复杂性所决定的。明代思想家李卓吾大胆地肯定了《水浒传》的伟大意义，他对宋江推崇备至，认为宋江是“忠义”的化身。在《忠义水浒传》中他说：

> 然未有忠义如宋公明者也。……独宋公明者，身居水浒之中，心在朝廷之上，一意招安，专图报国，卒至于犯大难，成大功，服毒自缢，同死而不辞，则忠义之烈也。真足以服一百单八人者之心，故能结义梁山，为一百单八人之主。

清初小说评点家金圣叹则持完全相反的意见。他认为宋江是万恶不赦的“盗魁”，是一个不忠不孝、虚伪阴险的反面人物。基于这种理解，因此在他所评点的七十一回本《水浒传》中，对宋江作了极其恶毒的歪曲和污蔑。在金批本《水浒传》第十七回的《圣叹外书》中，他说：

> 宋江盗魁也。盗魁则浮于群盗一等。然而从来人之读《水浒》者，每每过许宋江忠义，如欲旦暮遇之，此岂其人性喜与贼为徒？殆亦读其文而不能通其义有之耳！

为了达到“把宋江深恶痛绝，使人见之，真有犬彘不食之恨”的目的，他竭力曲解作者的创作意图，并以所谓“深文曲笔”“皮里阳秋”的手法来做掩护，甚至不惜对原作横加删改。

从表面上看来，李卓吾与金圣叹对宋江的态度完全不同，其实他们的出发点却是一致的。李卓吾赞美宋江是从封建道德标准出发的。他认为宋江虽然造了反，但最后终于接受招安，归顺了朝廷，在他身上体现了忠君思想，因而应该予以表彰。金圣叹否定宋江也是从封建道德标准出发的，他认为凡是造了反的人，即使最后招安了，也绝不能原谅，而应该统统斩尽杀绝。李卓吾告诉读者，应该学习宋江不忘朝廷，一心招安的榜样；金圣叹告诉读者，不应该仿效宋江走上造反的道路。一个采取美化宋江消极面的手法，一个通过否定宋江积极面的伎俩，同样达到了为维护封建统治，宣扬封建道德的目的。

李卓吾与金圣叹的意见，对后世的《水浒》研究者，产生了深远的影响。例如有人认为《水浒传》中的宋江是“一个整天的哼着‘罪臣当诛兮天子圣明’的封建主义奴才”。他是一个“猥琐而又虚伪的人”，他是混入农民起义队伍中的阶级异己分子，是梁山泊“右倾分子的典型代表”，甚至把他和国民党反动派的行为联系在一起，说“他不只是葬送了农民革命，反而转身来又绞杀了农民革命”，因此提出了要“打倒宋江”的口号。显然，这些同志缺乏历史主义观点，没有考虑到宋江是封建社会里的一位农民革命领袖，而以今天无产阶级革命家的标准来要求他。他们甚至完全抹杀了宋江的功绩，只看到他身上的消极因素，而对其积极的革命的一面，则估计不足。这是不公平的，因而也是不正确的。

与此相反，有的人却认为：“宋江是封建社会中理想的农民起义领袖”，“宋江的思想在当时还是最进步的”。并说：“他第一个明确了‘农夫背上添心号，渔父舟中插认旗’的农民起义性质；第一个明确了‘休言啸聚山林，真可图王霸业’的梁山泊的农民起义根据地和乌托邦式初级的政权基地的性质。”他立下了不朽的功绩，因而“人民自然会万年歌颂的”。甚至还提出了“不要轻易责备著名人物吧，他们是历史老人的臣仆，他只是在一定范围内在一定时间里，或进步或反动的活动着”。

这些同志只看到宋江的积极一面，完全否认了他身上的消极因素，他们为了达到全盘肯定宋江的目的，甚至将宋江身上所体现的封建道德观念，也做了歪曲的解释。例如有人说：“忠义在宋江身上，有不同的含义；忠就是忠于祖国，忠于宋朝；义就是义于人民，义于朋友。宋江讲忠义正是民族意识的表现。”或者说：“他的忠是复杂的，夹杂着对农民阶级的忠和对封建阶级的忠。他的孝是闻名天下的——真挚的孝是农民的传统道德。”

说宋江的忠“就是忠于祖国”，这显然是不正确的。宋江的确表现了立功边疆的愿望，征辽战争也反映了他具有一定的爱国思想。但他时刻念念不忘的“忠君”观念，绝不能说就是民族意识的表现，其中主要的成分则是忠于封建统治，忠于皇帝本人。如果说他的“忠”是民族意识的表现，那么平田虎、王庆，征方腊，以至最后毒死李逵，又作何解释呢？

说宋江的“忠”是“忠于农民阶级”，这也是错误的。宋江还没有这样高的觉悟。

他对人民的确表现了一定的同情和关怀，他在领导梁山泊农民起义运动时期，所采取的一些措施也是有利于农民群众的。但绝不能说他的“忠”就是“忠于农民阶级”。忠于农民阶级必须自始至终、全心全意为农民阶级的利益而斗争。从客观上看，宋江没有做到这一点；就主观而论，宋江也没有这样的思想基础。

这些同志虽然也承认宋江有忠于封建王朝的一面，但他们认为那是次要的，而主要方面则是忠于祖国，忠于人民。这样宋江的忠君思想便有值得肯定的一面，甚至成为其中的主要因素了。因此他们说：“这种忠义是封建社会里最高的道德标准，为一般人所称道。”这显然是没有看到封建社会存在着两种不同的道德观，而把统治阶级所提倡的封建道德当作是各个阶级所共同遵循的道德规范。这不仅不符合实际，而且也否认了梁山泊农民起义队伍中两种不同道德思想和两条路线的斗争。

说宋江的思想在当时是最进步的，这也完全不符合事实。就梁山泊而论，如果说具有浓厚忠君思想的宋江是最进步的，那么主张反抗到底的李逵、武松、鲁智深、李俊等人将又置于何地呢？就当时的历史而论，如果说接受了招安并被统治阶级利用，镇压了其他农民起义的宋江是最进步的，那么坚持斗争，最后为农民革命事业献出了生命的方腊、田虎、王庆以至钟相、杨幺等人，岂不是不识时务、罪有应得吗？

至于所谓“不要轻易责备著名人物”的论调，实际上是一种反对以批判态度对待历史人物和文化遗产的错误观点。他们忘记了毛主席关于对待古代文化，必须“剔除其封建性的糟粕，吸收其民主性的精华”① 的教导。这是一种十分有害的理论。

由此看来，任何片面否定或肯定宋江的做法，都是不符合实际的，都是错误的。完全否定宋江的人，不承认这一典型形象所体现的反抗性和革命性，结果必然导致否定《水浒传》的伟大意义。因此他们说宋江之所以在小说中成为“封建统治阶级的忠实奴才”，成为“反面人物”，是出于作者的诬蔑，是小说编著者“强奸了这帮绿林豪侠的意志”。这显然是对《水浒传》及其作者的歪曲。

完全肯定宋江的人，不承认他受了封建道德的影响，看不到他身上具有严重的消极因素，甚至把消极的东西，说成是积极的东西。这不仅不能正确地解释梁山泊农民革命必然失败的原因和宋江这一形象的悲剧根源，而且对于广大读者来说，也是极为有害的。

总之，在研究宋江这一悲剧形象的时候，必须以历史主义态度和马列主义的阶级分析方法，进行全面的评价，才能得出正确的结论，才能充分地揭示这一典型性格所体现的思想实质。宋江的悲剧告诉我们，在反对封建统治的斗争中，必须彻底揭露封

---

① 毛泽东：《新民主主义论》，《毛泽东选集》第二卷，北京：人民出版社，1969 年，第 701 页。

建道德，否则革命就不可能取得胜利。这就是我们应该吸取的历史教训。

1963 年 11 月 26 日

（《吉林大学社会科学学报》1963 年第 4 期）

评价《水浒》的几个问题

建国三十多年来，学术界对我国古典文学名著《水浒》进行过多次讨论，取得了不少成果。但是由于种种原因，至今还有一些重要问题，尚未做出比较符合实际的结论。例如关于《水浒》的性质问题，过去有一种十分流行的看法，认为它是“反映封建社会农民起义的小说”“是一部农民革命的史诗”。近年有人提出怀疑，认为《水浒》不是描写农民起义的作品。我以为这些意见应当重视，有必要加以深入地研究和讨论。

评价一部作品，必须从它所反映的客观生活实际出发，而不应拘于已有的结论。《水浒》的实际是什么？就是这部小说产生的历史背景、作品所反映的社会矛盾的性质、主要人物的思想实质和典型意义，以及故事流传和演变的社会条件，等等。如果以实事求是、一切从实际出发的态度来探讨这些问题，那么对《水浒》就很可能得出一些新的认识。

本文拟就《水浒》评价中的几个问题，谈谈自己的看法。如有不妥当的地方，请读者予以批评指正。

历史上的宋江起义，不能说是农民起义

《水浒》是以北宋末年宋江等人发动的武装起义，作为题材来源的。宋江起义在历史上实有其事。因此研究《水浒》的人，总是要把它和这一历史事件联系在一起。虽然小说不同于历史，但联系还是必要的。问题在于如何看待历史上的宋江起义以及它和这部小说的关系。

说《水浒》是描写农民革命的同志，有一个共同的出发点，就是毫无疑问地肯定宋江起义是农民起义。然后据此得出结论：描写宋江起义的《水浒》是歌颂农民起义的史诗。

宋江起义是农民起义吗？说它是农民起义有什么根据呢？这本来是史学领域里的问题，应当由历史学家来回答。但因它与评价《水浒》有着十分重要的关系，所以不

揣浅陋，略述己见，权作引玉之砖。

人所共知，宋江起义发生在宋徽宗宣和年间，对当时的社会生活影响颇大。但记载这次起义的史料却不多，而且都比较简略，又互相矛盾，因此至今还有一些问题尚不能做出结论。为了便于探讨，现将其中几则常见的资料引录如下：

> 宣和元年十二月，诏招抚山东盗宋江……宣和三年二月庚辰，宋江犯淮阳军，又犯京东、河北路，入楚州界。知州张叔夜招抚之，江乃降。六月辛丑，辛兴宗、宋江破贼上苑洞。
>
> ——李埴《十朝纲要》

> 宋江寇京东，蒙上书陈制贼计曰："宋江以三十六人横行河朔、京东，官军数万无敢抗者，其材必过人。不若赦过招降，使讨方腊以自赎，或足以平东南之乱。"
>
> ——王赏、王偁《东都事略·侯蒙传》

> 宣和二年十二月，盗宋江犯淮阳及京西、河北，至是入海州界，知州张叔夜设方略讨捕招降之。
>
> ——李焘《续资治通鉴长编》

> 公讳可存，字嗣长，府州之折也。……宣和初元，王师伐夏，公有斩获绩，升阁门宣赞舍人。方腊之叛，用第四将从军，诸人籍才，互以推公，公遂兼率三将兵，奋然先登，士皆用命。腊贼就擒，迁武节大夫、班师过国门，奉御笔捕草寇宋江。不逾月，继获，迁武功大夫。
>
> ——范圭《宋故武功大夫河东第二将折公墓志铭》

> 宣和三年……淮南盗宋江等犯淮阳军，遣将讨捕，又犯京东、河北，入楚、海州界，命知州张叔夜招降之。
>
> ——《宋史·徽宗纪》

> 宋江起河朔，转略十郡，官军莫敢撄其锋。声言将至，叔夜使间者觇所向。贼径趋海濒，劫巨舟十余，载掳获。于是募死士得千人，设伏近城，而出轻兵距海，诱之战。先匿壮卒海旁，伺兵合，举火焚其舟。贼闻之，皆无斗志，伏兵乘之，擒其副贼，江乃降。

——《宋史·张叔夜传》

公讳师心，字与道，世为婺州金华人。登政和八年进士第，授迪功郎，海州沭阳县尉。时承平久，郡县无备。河北剧贼宋江者，肆行莫之御。既转略京东，径趋沭阳。公独引兵要击于境上，败之，贼遁去。

——汪应辰《文定集》卷二三

此外，在《三朝北盟会编》《建炎以来系年要录》《癸辛杂识》等书中，也有一些关于宋江起义的记载。仔细研读这些史料，涉及的都只是关于起义的时间、地域、规模和结局方面的问题，至今尚未看到一条材料谈到这次起义的原因和性质。在这种情况下，我们以为对宋江起义的性质应当存疑，不能断然认定它就是农民起义。

但是，几十年来在有关的文章和著作中，都毫无例外地说宋江起义是农民起义。为什么会出现这种现象呢？原因是复杂的，其中有一个认识问题，即封建社会的群众起义是否都是农民起义？反对封建统治的武装斗争是否都是农民战争？正确地回答这个问题，对研究封建社会的阶级矛盾和阶级斗争，对评价《水浒》都是有意义的，因而有必要加以讨论和澄清。

封建社会的主要矛盾，是农民阶级和地主阶级的矛盾。除了这一贯穿始终的主要矛盾外，在不同发展时期还存在着各种各样的非主要矛盾。如残余的奴隶主阶级和地主阶级的矛盾，手工业工人、城市工商业者和其他被压迫群众与封建统治阶级的矛盾，国内的民族矛盾，地主阶级的内部矛盾，处于萌芽状态的资本主义因素和封建生产关系的矛盾，等等。这些矛盾在一定条件下，也可能激化，发展成武装斗争。研究封建社会的历史，既要抓住主要矛盾，重视农民战争的作用，又不应否定次要矛盾，将主要矛盾绝对化。否则，就会把一切群众起义都说成是农民起义，把一切反对封建统治的斗争都说成是农民战争。

宋代三百多年，阶级矛盾和民族矛盾都很尖锐。农民和其他被压迫阶层反对封建统治的斗争彼伏此起，连绵不断。其中一些规模较大的起义运动，如北宋的王小波、李顺起义，方腊起义，南宋的钟相、杨幺起义，范汝为起义等，据现有史料完全可以断定是农民起义。但是在宋代也发生过多次士兵哗变、矿工暴动、市民造反、武装走私等形形色色的事件。至于各阶层人民联合起来，共同反对民族压迫的斗争，在南北宋之际也层出不穷，如火如荼。这些反抗活动虽然都是针对封建统治者或异族入侵者，而且都有农民群众参加，但就其性质而论，却不能说都是农民起义。

关于宋江起义，现有史料既不足以说明它的性质，那么是否还有其他资料可作参考呢？这里要提一提宋末元初的讲史话本《大宋宣和遗事》，它对研究《水浒》很有价值。所谓“讲史”，是宋元“说话”伎艺的一种。讲史话本与小说话本分工不同，它讲述的是历代盛衰兴亡之事，主要内容有一定的历史事实为依据，其中也加入一些民间传说和虚构故事，但基本上是根据史料敷演而成的。《大宋宣和遗事》叙述的是宋徽宗宣和年间奸臣弄权、朝政腐败和金兵入侵、北宋亡国的经过。其中有关梁山泊的故事有两三千字，主要讲了三件事：一、杨志、李进义、林冲等十二人受朱勔差遣押送花石纲，杨志在颍州卖刀杀人，被量刑发配，李进义、孙立等十一人因念当初结义之情，赶往黄河岸上，杀了防送军人，救出杨志，逃往太行山“落草为寇”；二、晁盖、吴加亮等八人劫了蔡京生日礼物“十万贯金珠珍宝、奇巧匹缎”，逃走在外，与杨志等会合，结为兄弟，一起反上太行山梁山泺；三、宋江私放晁盖，杀死阎婆惜，投奔梁山泺，做了三十六人的首领，后来归顺朝廷，因收方腊有功，被封为节度使。故事虽较简略，但已粗具《水浒》的轮廓。从中可以看出，宋江起义与花石纲和生辰纲有关。花石纲和生辰纲扰民最甚，因而遭到广大城乡劳动人民的普遍反对。《大宋宣和遗事》中的梁山泺故事，并没有着重描写当时农村的阶级斗争，反映的主要是“官逼民反”的现实，可见它也没有提供宋江起义是农民起义的根据。

既然不能肯定历史上的宋江起义是农民起义，那么从这一结论出发去推断《水浒》是反映农民起义的小说，也就失去了依据。探索《水浒》的性质，首先应当破除宋江起义是农民起义这种先入为主之见，只能从《水浒》所描写的实际生活中去寻求答案。

从水泊英雄造反的原因，看梁山起义军的性质

判断一次起义的性质，首先应当考察起义的原因，弄清楚起义者为什么要发动和参加起义。

《水浒》所描写的梁山起义，是由一些小股反抗活动和个别人物的抗暴斗争，会合成大规模起义运动的。因此研究《水浒》的性质，应当首先考察这些反抗活动和抗暴斗争是在什么样的社会背景下发生的。

“智取生辰纲”以前，小说主要叙述了史进、鲁达和林冲三人的故事。现在我们就先看看这三位起义头领是怎样走上造反道路的。

史进，地主保正史太公的儿子，从小不务农业，只爱刺枪使棒，不听家长管教，母亲被他气死，父亲只得随他性子。由于结交少华山上的“强人”，被人告发，不得已弃家出逃。他参加起义并非因为自己受到剥削和压迫，而是基于江湖义气，不愿出

卖朋友，才和官府发生对抗的。从史进上山前后的表现看，不能说他是农民阶级的英雄，只能说是一位颇有胆识的绿林豪杰。

鲁达，是《水浒》中描绘得颇为成功的英雄人物之一。他无私无畏，见义勇为，体现了劳动人民的许多优秀品德。但是，也不能说鲁达是农民英雄。因为：第一，他本人不是农民，对农民被剥削、被压迫的苦难生活又缺乏具体的了解和感受；第二，在他的抗暴活动中，也没有接触到农村和农民问题。鲁达所看到和憎恶的黑暗现象，都发生在城市中，因此他同情和保护的也都不是苦难深重的农民兄弟。指出这一事实，不是说金老父女或林冲等人不应当予以同情和救助，也毫无责备和贬低这位英雄人物的意思。

鲁达的抗暴行为是难能可贵的，他那“杀人须见血，救人须救彻”的精神值得赞扬。但是他反对的是城市中的恶霸和赃官，如郑屠、高俅之流，而不是农村中的地主，更不是封建土地所有制。这是由他的出身与生活环境决定的。如果鲁达生活在农村，那么他那一对铁拳打死的就不是一个肉铺老板镇关西，而将是一批像毛太公那样的恶霸地主。既然他不是生在农村，长在农村，战斗在农民群众之中，又何必要说他是农民英雄呢？如果说他是群众中的抗暴英雄，不是更符合他的身分和斗争实际吗？

林冲，是东京八十万禁军教头。他武艺超群，安分守己，又有一个美满的小家庭，生活本来过得不错。假如不是高俅苦苦相逼，他是不会反上梁山的。林冲与高俅的矛盾，原属统治阶级的内部矛盾，但因高俅依仗权势，必欲置林冲于死地，所以才激化成了对抗性矛盾。林冲是受害者，人们的同情在他一边。他的对立面高俅，是腐朽的封建势力的代表。林冲经过曲折的道路，终于和被压迫群众站在了一起。在走投无路的情况下，他愤怒地举起了手中的杀人刀，下定报仇雪恨的决心，投奔梁山泊，加入了造反者的行列。上山以后的林冲，精神面貌变化很大，他行动果敢，态度坚决，为起义事业的发展建立了不小功劳。但是在林冲身上并没有体现出农民群众特别是农民革命家的思想和气质。

智取生辰纲，是梁山起义的重要里程碑。这次事件既是经济斗争，也是反对封建剥削的政治斗争。梁世杰送给蔡京的十万贯金珠宝贝，是从当地人民身上榨取的血汗。北京一带广大城乡劳动人民都是受害者。这样的不义之财，人人有权予以夺回。参加黄泥冈行动的成员，有地主保正晁盖，乡村教师吴用，云游道士公孙胜，流浪汉刘唐，渔民阮小二、阮小五、阮小七和赌客白胜，成分是相当复杂的。可是在这支队伍里，竟没有一个是耕田种地的庄稼人。像这样一次在小说中具有重要意义的事件，作者却不让一个地地道道的农民参加，难道是偶然的吗？

提出这个问题，不是怀疑这支队伍和他们的正义行动。在封建社会，除了农民有强烈的革命要求外，其他劳动人民和被压迫、被剥削的群众也有革命的要求。甚至个别出身于剥削阶级的人，在一定条件下也有可能参加革命。何况这支队伍中的刘唐和白胜很可能是失去土地和其他生产手段的农民，而阮氏三雄虽然“不种青苗不种麻”，但也是农村中的劳动人民。所以我们肯定这支队伍的革命性，他们自发组织起来，在黄泥冈上放了一把火，给压迫者、剥削者当头一棒，是大快人心的革命行为。不过也要看到，智取生辰纲的组织者和参加者在采取行动时只有劫取赃物、众人均分、图个快活这一具体的目的，并没有明确的政治纲领，所以不能仅仅根据这一事件来判断梁山起义的性质。

小说从十八回开始，梁山起义军的领袖宋江出场。对于宋江的功罪，先不评论，这里只看看他为什么会背叛朝廷、反上梁山的。宋江出身于地主之家，他“自幼学儒”，“曾攻经史”，一生以“忠孝”和“义气”作为立身处世的准则。他虽有抱负和才能，但因奸臣专权，贤路被阻，只能在县衙内充当一名刀笔小吏。不得已结交绿林豪杰，在江湖上赢得了“及时雨”的美名。他所交往的多为市民中人物和一些不得志的下级官吏。宋江不了解农村，不熟悉农民，不反对地主剥削农民。看他“仗义”所疏之财，真是取之不尽，用之不竭。那么这大量的钱财从何而来呢？押司的俸禄微薄，他又不会敲诈勒索，故知其囊中的黄白之物，十之八九是通过他的地主家庭从农民身上榨取来的。而他却处之泰然，挥金如土，可见其不以地主剥削农民为非。人们看到，宋江接济过阎婆（并非无代价的赏赐），还许给卖汤药的王公一具棺材（因他时常喝此老的汤药不曾给钱），却不知道他曾赒济过任何一个农民。在离开郓城县以前，宋江没有接触过乡村中的穷苦百姓。他的前半生，是在地主家庭、封建官府、江湖义士和市民群众的生活环境里度过的。

宋江反上梁山，是由私放晁盖、怒杀阎婆惜和浔阳楼题反诗这一连串事件造成的，放晁盖是起因。从客观上看，放走晁盖等人对梁山起义事业的发展具有重要意义；就主观动机而论，宋江掩护晁盖是出于朋友之间的江湖义气。“义”是宋江和革命发生联系的纽带。宋江经历的道路虽然十分曲折，但有一点却很清楚：与农民问题没有直接关系。《水浒》通过宋江终于反上梁山，所要说明的是当时社会政治黑暗，忠直善良的人没有出路，不得不被迫造反。至于北宋末年农村中尖锐的阶级矛盾，并非小说所要表现的中心。

宋江加入造反者的行列，偶然性的因素起了决定作用。如果不是由于他一时疏忽，把招文袋忘在了阎婆惜床头的小栏杆上，那么宋江就不致杀人，当然也不会被刺配江州、反上梁山了。生活中是有偶然性的，但文艺作品中的偶然性必须表现一定的必然性。宋江所遇到的一些偶然事件，与他对现实的不满有关，只能说明像他这样的人很可能走上背叛朝廷的道路，却说明不了农民群众为什么要揭竿而起，发动革命。我国历史上的农民起义，都是和封建土地所有制联系在一起的。当广大农民处在无地可耕、租赋繁重、饥寒交迫的境况下，才被迫铤而走险，举起了革命的义旗。从宋江参加革命的原因看，《水浒》所要表现的主题，也不是农民的起义。

宋江出场后不久，小说用了十回篇幅来叙述武松的故事。金圣叹称赞武松为“天神”，把他列为一百零八人中“上上人物”的首位。这个典型的确刻画得很成功。但是从其身世、经历和行状来看，武松也不是农民阶级的英雄。景阳冈打虎以前，武松飘荡江湖，没有职业。他哥哥武大以卖炊饼为生，是一个从事饮食业的小贩。武家原住清河县城，武松因酒后伤人出逃。武大娶了潘金莲，被几个浮浪子弟薅恼，不得已迁至阳谷县紫石街，依旧挑卖炊饼。这简单的家世，说明武松不是来自农村，他一生从未拿过锄，扶过犁，种过地，压根儿不是一个农民。景阳冈打虎之后，武松闻名远近，受到知县赏识，被提拔为阳谷县都头。他满以为有了出头之日，谁知不久祸起萧墙，哥哥被嫂嫂和奸夫西门庆谋害。西门庆原是阳谷县城里的一个破落户财主，新近发迹致富。此人奸诈阴险，流氓成性，惯于放刁把滥，说事过钱，淫人妻女，无所不为，也是地方上的一个恶霸。武家兄弟与西门庆的矛盾是城市平民与土豪恶霸的矛盾，是当时社会阶级矛盾的一部分，但不属于农民阶级和地主阶级矛盾的范围以内。武松为兄复仇，手刃奸夫淫妇，惩罚邪恶势力，为被侮辱、被损害的平民百姓出了一口怨气，理应受到人们的称赞，但也不能说这是农民阶级反对地主阶级的斗争。

至于醉打蒋门神、大闹飞云浦、血溅鸳鸯楼，都表现了武松疾恶如仇、扶危济困、勇武刚强、敢作敢为的英雄性格。可是也要看到，施恩与蒋忠为争夺快活林酒店主权而进行的争斗，虽有是非曲直之分，毕竟不是农民阶级与地主阶级的矛盾。武松助施打蒋，是扶弱抗强，蒋门神、张团练、张都监狼狈为奸，作恶多端，该打该杀，死有余辜。如果当地农民得知此事，也会和孟州城里的百姓一样，拍手称快，对武松表示无比钦佩。人们尽可以用各种言词去赞美武松，就是不应说他是农民阶级的英雄。因为矛盾的性质，决定着人物的阶级属性。

上述几位重要人物造反的原因，都和当时农村中的阶级矛盾没有直接关系。那么其他的人又如何呢？让我们再来考察一下吧。

先看占山的：

少华山，有朱武、陈达、杨春三位头领，聚集着五七百个小喽罗，他们的身份和上山原因不明。上山后除了打家劫舍、掳掠财物钱粮、准备对抗官军外，没有提出什么行动口号或政治纲领。

桃花山，以李忠、周通二人为头。周通，身世不明，从他强夺民女为押寨夫人来看，大约只是一个“静山大王”式的人物。李忠，原为江湖上使枪棒卖药的教头，因路过桃花山下，赢了周通，被留在山上做了一寨之主。

清风山，为首的三位好汉是：燕顺，贩卖羊马的客商，因为消折了本钱，才流落在绿林丛内打劫；王英，赶车人出身，半路上见财起意，劫了客人，事发到官，越狱逃走，上了清风山；郑天寿，本来是个银匠，因好弄枪使棒，流落在江湖，被燕顺、王英留在山上坐了第三把交椅。

对影山上的吕方，是个贩卖药材的商人，因消折本钱，不能还乡，权且占山行劫。郭盛是贩卖水银的商人，因在黄河遇风翻船，回乡不得，流落在外，前来山下与吕方比并戟法，路遇宋江、晁盖等人，一同上了梁山。

黄门山，共有四位好汉：欧鹏，军户出身，因恶了本官，逃至绿林；蒋敬，原是落科举子，后来弃文就武，上山入了伙；马麟，本为小番子闲汉；陶宗旺，出身庄户田家，是个农民。

饮马川，为首的三位头领是：裴宣，六案孔目出身，被知府寻事刺配沙门岛，途中被搭救上山落草；邓飞，“原是襄阳闲扑汉，江湖飘荡不思归”；孟康，造船工匠，因花石纲之役，要造大船，嗔怪提调官催并责罚他，杀了本官，弃家出逃，在绿林中安身。

此外，如二龙山、白虎山、芒砀山和枯树山的杨志、曹正、张青、孙二娘、孔明、孔亮、樊瑞、项充、李衮和鲍旭等人，他们的出身及造反原因与上述诸山众人大同小异，有下级军官、地富子弟、屠户店家、行商工匠、绿林豪杰、剪径世家等，也不是农民。

不错，山上的小喽罗绝大多数是农民群众，但是他们除了摇旗呐喊、助助声威而外，在起义运动中的作用是不大的。任何一支军队，它的士兵多数都是下层人民。由于他们没有指挥权和决策权，所以不能根据士兵的成分去判断一支武装力量及其所进行的战争的性质。

再看水边的：

阮氏三雄，石碣湖中的贫苦渔民，上文已经提及，这里再补说几句。他们弟兄三个都有一身本事，只因没有遇到识货的，无人提携，不能快活一世，胸中久已埋藏造反的火种。但是《水浒》并没有具体揭示官府、渔霸对他们进行剥削压榨，却把他们参加劫取生辰纲说成是由于王伦等人占据梁山泊，不容打鱼，绝了他们的衣饭，才不得不去“撞筹”的。这显然未能反映出他们参加革命的根本原因。

宋江流配江州时，于浔阳江边结识了许多好汉，他们后来都跟随宋江上了梁山。这都是些什么人呢？

李立，在揭阳岭上开黑店，卖毒酒，时常谋害过往客人的钱财性命，被称为催命判官。李俊，扬子江中的撑船艄公。童威、童猛，贩卖私盐的商人。穆弘、穆春，地主子弟，揭阳镇上一霸。薛永，军官家庭出身，流落江湖，靠使枪棒卖药度日。张横，船家，常在浔阳江上谋财害命。戴宗，江州府看管犯人的两院押牢节级。李逵，佃农出身，因在家乡打死了人，逃至江州，当了一名小牢子。张顺，浔阳江上的卖鱼牙子。侯健，靠卖手艺为生的裁缝。这些人都讲江湖义气，他们对现实不满，但上山前的所作所为，并非都是值得称道的。其中除李逵外，也没有一个是农民。他们参加白龙庙聚义，是为了救援义士哥哥宋江。在他们造反上山的征途中，也看不到地主阶级和农民阶级矛盾的影子。

梁山起义军的头领中，有近四分之一的人，原为宋朝政府的各级军官。其中由于各种原因被逼上山的有林冲、花荣、孙立等十二人，在与起义军作战中被俘投降的有呼延灼、关胜、董平等十四人。他们的表现不一样，有的经过曲折的道路，吸取生活的教训，成为坚定的革命者，有的本来对朝廷忠心耿耿，只因战败被俘，不得已权且落草。他们都不是抱着为农民阶级打江山的目的，而参加起义队伍的。其中有的人还有过捕“盗”、剿“匪”的经历。他们赞成“替天行道”，但并不认为“替天行道”是为农民阶级谋利益。他们的目的是要“剪除君侧元凶恶首”，也就是说要铲除朝廷的贪官污吏。铲除贪官污吏是好的，但仅根据这一点，不能说明他们是农民起义的领袖。

水泊头领中几名贵族地主出身的成员，参加革命也多非出于自觉自愿，而是被宋江、吴用等人想方设法、生拉硬拽，请上山去的。梁山义军费尽周折，调动千军万马，三打大名府，火烧翠云楼，不过是为了赚取一个自称“生为大宋人，死为大宋鬼”“一心只要捉强人”的北京大财主卢俊义上山去坐第二把交椅。这在我国农民起义的历史上是闻所未闻的。李家庄上的大地主李应，参加起义军也是非常勉强的。至于柴进虽然早就私通梁山，但却迟迟不肯入伙。只是当高廉、殷天锡逼得他家破人亡、身陷囹圄，被梁山义军从枯井中救出后，不得已才上山去的。还有孔家庄的孔明、孔亮，虽是宋江的徒弟，但在杀人作案以前，却也没有投奔梁山的打算。后因与本乡一个财主争些闲气，把他一门良贱尽都杀了，为了逃避官府追捕，才上了白虎山，聚集起五七百人，打家劫舍。这些人造反的原因，主要是地主阶级的内部矛盾。如果没有心怀叵测的李固进行栽赃陷害，吴用的计策再妙，也难以把卢俊义赚上梁山，假若不是祝彪撕毁“盟约”，箭伤扑天雕，那么独龙冈上的李大官人也许不会归顺水泊，要是柴皇城未遭殷天锡勒逼欺压，呕气而死，恐怕横海郡的小旋风，也始终不会刮上宛子城；说到孔家兄弟，更是明明白白，他们上山落草，完全是为了私仇。梁山义军的领导者利用地主阶级的内部矛盾，争取更多的人参加起义队伍，是无可厚非的。但这些人从来不是农民利益的代表者和维护者，他们的造反与农民阶级反对地主阶级的统治没有什么关系。

水泊头领中，还有一些技术人员，如书法家萧让、雕刻匠金大坚、铁匠汤隆、医生安道全、兽医皇甫端等，他们都有专长，对起义军来说也是不可缺少的。但这些人多数都是在不明真相的情况下，被“邀请”上山的。虽然他们上山以后都做出了自己的贡献，可是如果有人问他们为什么要参加起义军，恐怕他们也是说不清、道不明白的。

在一百零八位头领中，只有李逵和陶宗旺是农民出身。如果加上渔民阮小二、阮小五、阮小七和猎户解珍、解宝等，来自农村的劳动人民也不到十分之一。我们不是唯成分论者，但也不能丝毫不看成分。我们不迷信数字，可是数字也不全是毫无意义的。在某些情况下，一个科学的统计数字倒是很能说明问题的。根据以上不完全的统计，不难看出，在梁山起义军的领导成员中，农民不是多数，而是极少数。他们所占比例既不如手工业工人、小商贩、自由职业者、无业游民和起义军官那样大，甚至比地主和地主子弟也少得多。这说明梁山起义军不是一个阶级的革命武装，而是由被压迫阶级和阶层的广大群众共同组织和领导的一支人民造反大军。

这支军队是在北宋末年各种社会矛盾总爆发的特定历史条件下产生和形成的。领导成员出身成分的广泛性，也带来了思想观点的复杂性。在梁山起义军的队伍里，既有市民思想、农民意识、地主阶级改良派的观点，甚至也有不少封建主义的东西。农民阶级反对地主阶级的残酷剥削和压迫，反对封建土地所有制的革命要求，在起义军的主要领导者和行动纲领中，并未得到特别的强调和充分的反映，因此没有根据说它是一支农民起义军。

《水浒》歌颂了人民群众反对封建暴政的武装斗争

《水浒》的思想内容十分复杂，它的主题也不是单一的。小说的前八十回以反映阶级矛盾和阶级斗争为主，后四十回则突出了民族矛盾和封建统治集团内部的所谓“忠”与“奸”的矛盾。这些矛盾的消长与转化，基本上是符合当时的历史实际的。

《水浒》的前八十回，即招安之前，反映的是封建社会城乡广大劳动人民和一切被压迫者联合起来，为反对封建暴政、为争取平等自由和生活权利而发动的一次大规模的人民起义。小说通过一系列英雄人物的斗争事迹和许多波澜壮阔、惊心动魄的场面，揭示了一个颠扑不破的真理：哪里有压迫和剥削，哪里就必然会有反抗和斗争。这是《水浒》的思想价值所在，也是判断这部小说的性质的主要依据。

我们不同意“农民起义说”，因为《水浒》着重描写的不是农民的起义，而是各阶层被压迫群众共同发起和领导的武装斗争。用“人民起义”来概括这场武装斗争的性质，要比“农民起义”更准确，更符合作品的客观实际。“人民”是一个历史的概念，它在不同的国家和各个国家不同的历史时期，有着不同的内容。在封建社会，农民和手工业工人是创造社会财富的基本阶级，是人民的主体。农民的历史作用必须充分肯定，但是不能把封建社会群众的武装斗争都说成是农民的起义和农民的战争。封建社会中期逐渐形成的、以手工业工人为代表的市民阶层，在创造社会的物质文明和精神文明方面也起过重要作用，不应当被忽视。我国从唐代开始，工商业发展较快，大城市不断涌现，商品经济日渐活跃，市民的数量与日俱增。宋元以后，这种发展趋势更为明显。市民阶层作为人民的一部分，逐步登上历史舞台，在经济生活与文化生活中发挥了相当大的作用。唐宋元三代，我国手工业工人创造的许多产品，在当时都属于世界先进水平，有不少遗物至今仍被视为珍品。在文学艺术领域里，唐代传奇、宋元话本、宋词和元杂剧等，都与市民阶层的生活有着密切的关系。可见在研究宋元以来文学史上的一些新的现象和问题时，市民因素是不能不考虑的。

《水浒》对市民生活的描写，是比较生动、具体和细致的。一些主要英雄人物的故事，都发生在城市中，都是在市民生活的背景下展开的。梁山一百零八人中，约有三分之一来自市民阶层，其中包括各种工匠六人、商贩六人、店家七人、自由职业者四人、无业游民九人、其他五人。这个数字不一定精确，但可以肯定市民在梁山领导成员中是比较多的。他们上山必然要把市民的思想观点和意识带到起义队伍中来。《水浒》宣扬“江湖义气”，主张不分贵贱，无问亲疏，肝胆相照；一些头领希望早日“发迹”，能够快活一世；他们追求论秤分金银，异样穿绸锦，成瓮喝酒，大块吃肉，平等相处，自由自在地生活。这种思想，既符合农民的愿望，也符合市民的要求，是封建社会广大城乡劳动人民的共同理想。

在一百零八人以外，《水浒》中其他性格比较鲜明的人物，无论正面的或是反面的，也有不少属于市民阶层。如武大、唐牛儿、乔郓哥、何九叔、阎婆惜、王婆、潘金莲、白秀英等。小说对这些人物虽然着笔不多，却颇为生动地刻画了他们的形象和性格，给人的印象很深刻。这说明《水浒》的作者对市民及其生活是比较熟悉的。

与此相对照，《水浒》的故事虽然也有不少发生在农村，但作品中描写普通农民生活的却不多。有的地方虽然也出现了农民群众，但多数都是像史家村里的那些没有思想、没有个性的“村蠢乡夫”。他们似乎只会跟着别人的指挥棒转，说一些“我等村农，只靠大郎做主，梆子响时，谁敢不来”一类的话，完全不能主宰自己的命运。《水浒》中写得比较像样的农民群众很少，祝家庄的钟离老人可以算作一个。其余那些所谓勤俭、宽厚的农村长者，如刘太公、宋太公、孔太公、穆太公一类人物，大都是一些“乐善好施”的地主。这说明《水浒》的作者对农村和农民的生活，不如对城市和市民的生活那样了解和熟悉。如果说《水浒》写市民要比写农民更深刻、更细致、更具体，那么谁能说不是事实呢？

不过，问题只应到此为止。如果再进一步说《水浒》反映的只是市民阶层的愿望和利益，纯粹是一部市民小说，那就未必妥当了。我们承认市民因素在《水浒》中是大量的、明显的、不可忽视的，但毕竟只是其中的一部分，而不是全部。小说中的许多人物、思想和现象，用“农民起义说”解释不清，用“市民说”同样也解释不清。由此可见，“市民说”也有一定的片面性。看来实事求是地评价《水浒》，不一定非要给它贴上什么标签不可，《水浒》的价值也绝不会因为没有这些标签而被贬低。

《水浒》是如何对待和描绘皇帝的

梁山起义者的出身成分、生活经历和思想观点既然如此复杂，那么他们为什么又会团结在一起，组成一支浩浩荡荡的人民造反大军呢？这是因为他们有一个共同的政治纲领——替天行道。在多数起义者看来，播乱朝政、败坏纲纪、颠倒是非，陷百姓于水深火热之中，使天下不得安宁的，主要是当权者中那些大大小小的贪官污吏。因此，他们替天行道的主要内容，就是除暴安良、劫富济贫、反对贪官污吏。他们造反，不只是为个人“报仇雪恨”，而且决心要把“酷吏赃官都杀尽”。可见，反对贪官是梁山起义军的一面鲜明的战斗旗帜。《水浒》歌颂人民群众反对贪官的革命斗争，在历史上具有进步意义，这是被人们所公认的。

和反对贪官的问题不一样，《水浒》对待皇帝的态度则颇有争论。或说《水浒》只反贪官，不反皇帝，只能作为反面教材；或说《水浒》既反贪官，也反皇帝，可以说是革命人民的教科书；或说《水浒》虽然只反贪官，不反皇帝，但那是历史的局限，并不影响其为一部现实主义的杰作。看来人们都把反不反对皇帝作为评价《水浒》的一个重要尺度。那么《水浒》究竟是如何对待和描绘皇帝的呢？我以为在这个问题上，也必须从《水浒》的实际出发，而不能根据片言只语或一些表面现象来下结论。

《水浒》对待皇帝的态度是有矛盾的。梁山起义军的一百零八位头领中，有反皇帝的，也有不反皇帝的，多数人则处于中间状态，没有公开表明自己的态度。反对皇帝的人，出身都比较低微，如雇农李逵、赌客石勇、商贩燕顺和朱贵等，都曾在大庭广众中说过蔑视赵官家的话。也有些人虽然没有说过这类话，但他们积极参加造反大军，把皇帝派去进行反革命围剿的官军打得落花流水，这行动本身其实也在一定程度上表明了他们的态度。忠义堂上，的确有些人是只反贪官、不反皇帝的，如宋江、卢俊义和一些投降军官，就他们的本意来说都是拥护大宋天子的。正因为如此，招安才终于得以实现。

说宋江不反皇帝，是就其一生总的政治态度和最后结局来看。但他也并非从始至终丝毫也没有违反封建统治者的意志的言行。放晁盖、题反诗、上梁山，不是一个“忠臣孝子”所能干得出来的；指挥起义军三打祝家庄、踏平曾头市、攻破高唐州，两赢童贯、三败高俅，也绝不是什么维护朝廷的行为。宋江的言论和行动也是有矛盾的，他虽然极力标榜“忠君孝亲”，可是他的一些行为却并不符合封建道德的规范。如果不是只看言论，同时也要看行动的话，那么说宋江任何时候都没反对过皇帝，也未必完全符合事实。实事求是地说，宋江本来没有反对皇帝的要求和思想准备，后来由于被逼得没有出路，不反就要被杀头，万般无奈才不得不跟随晁盖等人上了梁山，由一个待斩的死囚，成为起义军的领袖。在领导岗位上，他也曾为起义事业做出过重大贡献。可是当形势（指当时的阶级斗争和民族斗争的形势）和他个人的地位发生变化以后，他便回到了原来的立场，又不反皇帝了，而且千方百计争取招安，一心想做一个“保国安民”的忠臣良将，终于中了封建统治集团的奸计，使革命事业遭到了悲惨的失败。在这个意义上，也可以说宋江是不反皇帝的。

需要研究的是，宋江不反皇帝是否就等于《水浒》不反皇帝。我们认为宋江反不反皇帝与《水浒》反不反皇帝有很大的关系，因为主要人物代表了作品的思想倾向。但是，这二者又不完全是一回事。小说中不少赞颂道君皇帝的话，都是通过宋江之口说出来的，而作者又往往持肯定态度，于是给人一种印象：仿佛皇帝真是好的，只是被奸臣蒙蔽，不明真相，做了错事，才搞得民不聊生，天下大乱。如果仅从这个角度看问题。说《水浒》不反皇帝，并不是没有道理的。可是另一方面，《水浒》对李逵等人反对皇帝的言行，也是以赞许和肯定的态度来写的。如果仅从这个角度看问题，不也可以说《水浒》是反皇帝的吗？

判断《水浒》反不反皇帝，归根结底还要看作品究竟刻画了一个什么样的皇帝。是像《三国演义》中的刘备那样，实行仁政、爱民如子、处处以苍生为念的好皇帝呢？还是一个纵情声色、昏庸无道、祸国殃民的坏皇帝呢？很明显，《水浒》中的赵佶和《三国演义》中的刘备相反，不是一个好皇帝而是一个坏皇帝。小说中所描绘的

“玉清教主微妙道君皇帝”，登基前就是个典型的纨绔王子，正经的事儿不干，专门追欢寻乐，学会了一切“浮浪子弟门风帮闲之事”。即位后天下大事不闻不问，迫不及待地抬举一个流氓无赖高俅做了殿帅府太尉。此人只会吹弹歌舞、刺枪使棒、相扑踢球、惹事生非，“若论仁、义、礼、智、信、行、忠、良，却是不会”。高俅上任以后，贪赃枉法，挟隙报复，假公济私，作威作福，民不堪命，祸乱迭起，这就是所谓的“乱自上作”。蔡京、童贯、高俅、杨戬等一伙贼臣有恃无恐地败坏纲纪，陷害忠良，掊克攘夺，胡作非为，根子究竟在哪里？不正是这位“至圣至明”的天子吗？细读《水浒》，实在找不出宋徽宗干过什么有利于国家民族的好事。所谓“至圣至明”一类的赞语，如果不说是讽刺，也只能当作一堆名不副实的空话。《水浒》中的赵佶，和历史上那个荒淫腐败的亡国之君倒是很有几分相像哩！在为尊者讳的封建时代，小说基本如实地描绘了一位至高无上的统治者的本来面貌，这不能不说是现实主义的胜利，哪怕它只是一个小小的胜利也罢！

《水浒》对宋徽宗赵佶的态度是有矛盾的，可以说是既批判又同情，既赞颂又暴露。为什么会出现这种现象呢？这就不能不考虑当时具体的历史条件。列宁在《论民族自决权》一文中指出：“在分析任何一个社会问题时，马克思主义理论的绝对要求，就是要把问题提到一定的历史范围之内。”我们认为在分析《水浒》对待皇帝的态度时，也要把这个问题提到一定的历史范围之内。

《水浒》从酝酿到作品问世，前后经历了两三百年，即由南宋到元末明初。这是我国历史上阶级矛盾和民族矛盾都很尖锐的一个时期。民族矛盾在一个相当长的时期内成为国内的主要矛盾，对社会生活的各个领域都产生了影响。《水浒》就是在这样的历史背景下出现的。过去研究《水浒》，主要从阶级矛盾和阶级斗争的角度考虑问题，这是对的；但完全不考虑民族矛盾对这部小说的影响就不对了。

如果联系到宋元时期的民族矛盾来分析问题，那么《水浒》对宋徽宗采取既批判又同情的态度就不难理解了。这个皇帝干了那么多坏事，把国家推向了覆灭的绝境，给人民带来了无边的灾难，理应受到万民的唾骂和诅咒。可是由于他最后做了异族侵略者的俘虏，受尽凌辱，终于惨死异域，从而引起了人们的同情。当时的人把中原沦陷、二帝北狩看成是亘古未有的“奇耻大辱”。人们从民族感情出发，在一定程度上原谅了赵佶、赵桓父子当政时的种种罪行，而把亡国的责任记在蔡京、童贯、高俅、杨戬等奸臣的账上。靖康二年，当金兵再次围困汴京时，城中军民愤怒地放火烧毁了蔡京在汴河岸边的太师府。但对粘罕扣押赵佶、赵桓作为人质却表现了无比的悲痛。开封百姓得知二帝被拘留在城外的金营中后，常常成群结队自发地聚集在南薰门外和御路两旁，冒着风雪，忍着饥寒，泣不成声，引领北望，等待车驾归来。有时一天之内竟达到数十万人。这种情景，我们今天看来是难以理解的。两个没干好事的封建统治者做了南冠之囚，罪有应得，有什么值得同情的？可当时的人却不这样看，他们把皇帝看成是国家、民族的象征。在封建社会，人民群众很难摆脱皇权主义思想的束缚，何况又正值民族矛盾十分尖锐的时刻。

《水浒》虽然没有写到宋徽宗的结局，但在探讨作品如何描绘和刻画这个人物形象时，上述背景材料是不能不加以研究和考虑的。

招安、征辽和《水浒》的民族意识

《水浒》是否表现了一定的民族意识？我以为这也是《水浒》研究的课题之一。梁山英雄们愿意“为国出力”“立功边庭”“保境安民”的思想，不能说仅仅是为了效忠皇帝，在一定程度上也反映了宋元时期汉族人民抵御外来民族的侵扰、拯救国家民族危难的要求和愿望。对此，前人已经有所论述。如明代思想家李卓吾在《忠义水浒传叙》中就曾说：

> 《水浒传》者，发愤之所作也。盖宋时不竞，冠屦倒施，大贤处下，不肖处上。驯致夷狄处上，中原处下。一时君相，犹然处堂燕雀，纳币称臣，甘心屈膝于犬羊已矣。施、罗二公身在元，心在宋，虽生元日，实愤宋事。是故愤二帝之北狩，则称大破辽以泄其愤；愤南渡之苟安，则称灭方腊以泄其愤。敢问泄愤者谁乎？则前日啸聚水浒之强人也。

这段话中有些观点并不正确，但他在评论水浒英雄人物的行为时，考虑到了宋代的民族矛盾，这应当说是符合实际的。鲁迅在《中国小说史略》中也曾指出：

> 然破辽故事虑亦非始作于明，宋代外敌凭陵，国政弛废，转思草泽，盖亦人情。

鲁迅在这里谈的虽是征辽故事写作的时间问题，实际上也论及了民族矛盾对《水浒》创作的影响。这些意见都是值得参考的。

《水浒》后半部为什么要写招安和征辽？难道与宋元时期的民族矛盾丝毫没有关系吗？从阶级斗争角度看问题，招安就是投降、叛变，可是当民族矛盾上升为主要矛盾的时候，与统治阶级实行妥协，接受招安，以便抗击侵略、捍卫疆土、为国效力，这样的行为恐怕是不能完全、彻底否定的。在南北宋交替之际，也就是靖康、建炎和绍兴初年，河东河北地区人民在保家卫国的旗号下，纷纷聚堡结寨，组织起一支支“忠义军”，如著名的“八字军”和“红巾军”等，掀起了如火如荼的抗金斗争。这些“忠义军”有不少接受了南宋朝廷的招安、节制和改编。虽然后来他们被赵构、秦桧等投降派瓦解、出卖和消灭，但他们顾全大局、坚持抗金、勇于牺牲的精神和可歌可泣的动人事迹，却赢得了广大人民的敬仰和称赞。有人推测，《水浒》中某些人物的原型，可能是南宋初年河北、山东一带忠义民兵的首领。他们的事迹流传于民间，被说话人搜集起来，编入了宋江起义的故事之中。这一推测虽然还不能作为定论，但宋江等人的传说故事在南宋时经过书会才人的加工、改造和润饰则是可信的。在南宋人看来，招安如果与抵御外侮联系在一起，有利于反对民族压迫的事业，就是值得称道的“忠义”之举。《水浒》虽然写定于元末明初，可是在酝酿期间所表现出来的宋人的思想感情，尤其是南宋人的民族感情是不应当被忽视的。

招安之后，紧接着就是征辽。宋江征辽完全是虚构的。历史上北宋末年的对辽战争，是由童贯策划和指挥的，结果吃了败仗，虽然“收复”了几座空城，却暴露了宋军极端的虚弱腐败，从而引来金兵南侵，导致了北宋的灭亡。《水浒》为什么要把一次失败的战争改变成辉煌的胜利呢？正如李卓吾所说，是为了泄宋人之愤。宋代由于统治集团荒淫腐朽，文恬武嬉，民不堪命，国力空虚，对外一贯执行妥协投降政策，所以在民族矛盾中始终处于被动挨打的境地。到了南宋，国土分裂，中原大好河山沦于敌手，广大人民深受异族侵略之害，而当权者只图维持偏安局面，甘心含垢忍耻、屈膝称臣，毫无收复失地、重振中华的打算。人民群众和一切爱国志士对这种局面极为不满，他们怒火中烧，悲愤填膺，忧心如焚，多么希望能够看到宋朝的军队在战场上打一次胜仗啊！这种急切盼望反侵略战争胜利的心情，在南宋许多爱国诗人和词人的作品里都有所反映。例如陆游就曾在诗中多次通过梦境或幻想，以浪漫主义手法描写宋军出征，所向披靡，收复失地，取得北伐胜利的情景。如：

天宝胡兵陷两京，北庭安西无汉营。
五百年间置不问，圣主下诏初亲征。
熊罴百万从銮驾，故地不劳传檄下。
筑城绝塞进新图，排仗行宫宣大赦。
冈峦极目汉山川，文书初用淳熙年。
驾前六军错锦绣，秋风鼓角声满天。
苜蓿峰前尽亭障，平安火在交河上。
凉州女儿满高楼，梳头已学京都样。①

陆游的这类诗和《水浒》的征辽故事一样，表现的都是宋代人的理想和愿望。虽

① （宋）陆游：《剑南诗稿》卷一二〇，《四部备要》本。

然均非实事，但在备受民族压迫之害、饱尝投降政策之苦的南宋人读来，却能起到鼓舞人心、激励斗志的积极作用。

在征辽过程中，《水浒》把宋江描绘成一位坚定的民族战士。当他接到出征的诏命时，曾兴奋地表示：“某等众人，正欲如此，与国家出力，建功立业，以为忠臣。”可见宋江标榜“忠义”，主张招安，除了他的阶级局限而外，和当时的民族矛盾也有一定的关系。

当宋军攻下蓟州之后，辽国郎主派欧阳侍郎前来进行招降。欧阳对宋江的一席话，说得非常诚恳而又合乎情理：

> 俺大辽国，久闻将军大名，争奈山遥水远，无由拜见威颜。又闻将军在梁山大寨，替天行道，众弟兄同心协力。今日宋朝奸臣们闭塞贤路，有金帛投于门下者，便得高官重用；无贿赂投于门下者，总有大功于国，空被沉埋，不得升赏。如此奸党弄权，谗佞侥幸，嫉贤妒能，赏罚不明，以致天下大乱。江南、两浙、山东、河北，盗贼并起，草寇猖狂，良民受其涂炭，不得聊生。今将军统十万精兵，赤心归顺，止得先锋之职，又无升受品爵。众弟兄劬劳报国，俱各白身之士。遂命引兵直抵沙漠，受此劳苦，与国建功，朝廷又无恩赐。此皆奸臣之计。若沿途掳掠金珠宝贝，令人馈送浸润，与蔡京、童贯、高俅、杨戬四个贼臣，可保官爵，恩命立至。若还不肯如此行事，将军纵使赤心报国，建大功勋，回到朝廷，反坐罪犯。欧某今奉大辽国主，特遣小官赍敕命一道，封将军为辽邦镇国大将军，总领兵马大元帅。赠金一提，银一秤，彩缎一百八匹、名马一百八骑。便要抄录一百八位头领姓名赴国，照名钦授官爵。非来诱说将军，此是国主久闻将军盛德，特遣欧某前来，予请将军众将，同意协心，辅助本国。

这段说词，是作者借辽人之口揭露宋朝的弊政，宣和年间的情况确实如此，难怪吴用听了缄默无语，认为“端的是有理”，一时起了“弃宋从辽”之意。对此宋江不会没有感受，如果他只考虑个人的荣辱得失，置国家民族于不顾，就可能像吴用那样发生动摇，从而接受辽主的招降，当上辽国的大将军、大元帅。然而宋江不但拒绝辽主的招降，而且还严肃地批评吴用说：“军师差矣！若从辽国，此事切不可提。纵使宋朝负我，我忠心不负宋朝。久后纵无功赏，也得青史留名。若背正顺逆，天不容恕！吾辈当尽忠报国，死而后已！”这是他和吴用共事以来，在重大原则问题上第一次出现分歧。在宋江看来，忠于皇帝、忠于宋朝和忠于国家、忠于民族是一回事，这是他的历史局限，也是他的悲剧的根源。宋江主动争取宋朝的招安而坚决拒绝辽国的招降，说明了什么呢？说明在他的思想和行为中，民族意识是起了作用的。

宋江统率和指挥的征辽大军势如破竹，战无不胜，直逼燕京城下。辽邦君臣惊惶失措，被迫竖起降旗，不得不差人来宋江营中求告："年年进牛马，岁岁献珠珍，再不敢侵犯中国。"辽主在降表中还表示："倘蒙圣上怜悯蕞尔之微生，不废祖宗之遗业，赦其旧过，开以新图，退守戎狄之番邦，永作天朝之屏障，老老幼幼，真获再生，子子孙孙，久远感戴。进纳岁币，誓不敢违，臣等不胜战栗屏营之至！"这些情节，在今人看来毫无动人之处，不会引起读者的共鸣。一国之内，两个民族之间发生战争，无非是统治集团的你争我夺，管它谁胜谁负，谁是谁非，都已成为历史，还提它干什么？可是《水浒》是几百年以前的作品，不可能像我们今天这样，用唯物主义观点来解释历史现象、来反映社会生活。可以想象，当宋人听到征辽故事时，不但会眉飞色舞，拍手称快，而且一定还要纵酒狂欢，泪飞如雨！是啊，多少年来，他们看到的是异族侵略者在自己生长的土地上横行无忌地烧杀掳掠，读到的是不争气的皇帝签署的一道道称臣割地纳币的降表，听到的是出师不利、战败求和的消息。在那些风雨如磐的岁月里，汉族人民被歧视，受宰割，撑不起腰，抬不起头，甚至连发式、服装、历书、语言和日常生活习惯都必须按照异族统治者的命令而改变。试想，在这样的时刻，如果人们听到宋江征辽、大获全胜的故事，又怎能不为之鼓舞感奋呢？

从宋元人的观点来看，征辽绝不是可有可无的蜻蜓尾巴，而是水浒英雄故事不可分割的一部分。没有征辽，梁山起义在宋代就不会流传得那么久远。方腊起义与宋江起义几乎同时发生，前者的规模和影响要比后者大得多。可是方腊起义却未能在民间广泛流传，更没有被编成话本、戏曲，写成小说，变为家喻户晓的英雄传奇故事，这是什么原因呢？是他们的斗争不够英勇悲壮吗？是他们的事迹不够生动感人吗？我以为都不是，而是由于方腊起义的故事没有和当时人们最关心的民族矛盾联系在一起。虽然征辽一节在艺术上写得并不十分出色，但因其泄了被压迫民族之愤，当时的人喜欢读它，愿意听它，所以把它砍掉是没有道理的。

至于征田虎、王庆和方腊，则显然是出于作者的封建正统观念，是《水浒》的败笔。田、王二事，于史无征，或以为后人所加，姑置不论。方腊起义却是历史上一次规模很大、旗帜鲜明、影响深远的农民起义。据记载，方腊在起义誓师会上愤怒地控诉了以宋徽宗为首的北宋统治集团祸国殃民的罪行，说出了广大劳动人民的心里话："吾民经岁勤动，妻子冻馁，求一日饱食不可得""东南之民苦于剥削久矣！"起义爆发后得到了群众广泛的支持和热烈的响应，很快攻下六州五十二县，沉重地打击了北宋封建统治。《水浒》对方腊起义的历史作了完全歪曲的描写，这是应当批判的。作者让宋江去镇压方腊起义，主观上是要为他贴金，表现他对朝廷的无限忠心，歌颂他攘外安内的赫赫战功，实际上却适得其反，使这位造反起家的民族英雄蜕变成了封建统治阶级镇压人民的工具。

方腊起义被扑灭后，梁山英雄大多数也都在战争中牺牲了。心怀叵测的封建统治集团达到了一箭双雕的险恶目的，可是蔡京、高俅一伙并未就此罢休。他们又密谋设下毒计，先后将卢俊义、宋江等人害死。直至大祸临头之日，宋江仍然执迷不悟。当他发觉自己受骗中计，喝了御赐药酒，命在旦夕之间时，并无悔恨怨怒，唯一放心不下的，就是害怕李逵“再去啸聚山林，将我等一世清名忠义之事坏了”。于是派人连夜赶到润州把李逵叫到楚州，赚他也喝了药酒，然后才将底细告诉给他。李逵听了，大叫一声：“哥哥，反了罢！”而宋江却说：“宁可朝廷负我，我忠心不负朝廷。”终于与李逵、吴用、花荣等人同归于尽，只落得魂聚蓼儿洼，结束了这场悲剧。

宋江的悲剧有着深刻的社会根源和历史根源。在《水浒》这部小说中，宋江是作为出身草泽的“忠臣良将”被奸贼们害死的。这类事在封建社会屡见不鲜，在宋代更是层出不穷，时有所闻。人们从宋江的悲剧结局，自然会联想到千古奇冤的风波亭惨案。宋江与岳飞，一个是艺术形象，一个是历史人物，本来没有什么关系，但若将二者加以比较研究，就会发现他们有不少相似之处：他们都是来自民间的英雄人物，都在反侵略的战争中建立过功勋，都曾镇压过农民起义，最后都被奸贼害死，如此等等。这难道完全是历史的偶合吗？任何文艺作品都要反映一定的现实，任何艺术典型都不能脱离当时的社会生活。既然《水浒》中的宋江与历史上的岳飞有那么多相似之处，人们由此而产生一些联想和推测，也不能说是望风捕影。宋人怀念岳飞，但是这种思想感情在当时的历史条件下，不能直接表现出来。于是说话艺人根据岳飞的主要事迹和遭遇来改编传说中的水浒故事，借以发泄对南宋卖国集团的愤恨，寄托对民族英雄的哀思。这种可能性是存在的。①

总之，《水浒》是一部思想内容十分复杂深刻的作品，它的积极因素是主要的，同时也存在着大量的消极因素。从总的倾向和社会效果看，它鼓励人们去和黑暗势力进行斗争，是一部现实主义的巨著。对《水浒》的研究和评价，应当坚持实事求是，一切从实际出发的原则，否则就会作出片面的简单化的结论。

（《吉林大学社会科学学报》1983年第6期）

---

① 本文初稿写成后，读到香港中文大学教授孙述宇先生的《〈忠义水浒传〉序》，认为《水浒传》中的宋江是影射岳飞，颇受启发。

章 惇 论

《宋史》卷四七一至卷四七四为“奸臣传”，四卷共收奸臣二十一人。其中卷四七一列奸臣六人，即蔡确、邢恕、吕惠卿、章惇、曾布、安惇。这份奸臣名单，看了不能不使人产生疑问。

疑问之一：在蔡确之前的一百余年中，宋朝统治集团内难道就没有一个奸臣吗？疑问之二：两宋三百多年，一共只出了二十一个奸臣，而王安石的支持者和追随者竟然占了三分之一。《宋史》的编撰者究竟企图说明什么问题呢？疑问之三：蔡确、邢恕、吕惠卿、章惇、曾布、安惇果真都是奸臣吗？

本文拟就其中的一个关键人物章惇的评价问题，发表一些看法。不当之处，还望方家匡正。

一

当王安石创行新法伊始，反对变法的苏轼就曾上书神宗论其“不便”。他说：“祖宗以来，治财用者不过三司。今陛下不以财用付三司，无故又创置三司条例一司，使六七少年，日夜讲求于内，使者四十余辈，分行营干于外。夫制置三司条例司，求利之名也。六七少年与使者四十余辈，求利之器也。造端宏大，民实惊疑；创法新奇，吏皆惶惑。以万乘之主而言利，以天子之宰而治财，论说百端，喧传万口。”（《宋史》卷三三八）在苏轼看来：“万乘之主”绝不应“言利”，“天子之宰”绝不该“治财”；只应“务崇道德而厚风俗”，因此他“不愿陛下急于有功而贪富强”（同上）。这种轻视财利经济、将创造物质文明和建设精神文明对立起来的思想，在中国封建社会是根深蒂固的。同时也是苏轼反对王安石变法革新、促进生产力发展，以求富国强兵的思想基础。

值得注意的是，苏轼在这篇“上书”中，虽然没有点出那“六七少年”的名，但当时的人都知道他所指的是哪些人。《宋史》卷四七一列了六名“奸臣”，如果再加上卷四七二中的蔡卞，就是七名。他们就是苏轼说的那“六七少年”。《宋史》将这“六七少年”列为北宋开国一百多年来的首批奸臣，实在令人迷惑不解。不知道编撰者们在确定谁是“忠臣”谁是“奸臣”时，是用什么标准来衡量的？

现在我们先介绍一下这“六七少年”的一般情况，然后再专论章惇。

第一，这些人都生于11世纪30年代至40年代。当熙宁二年（1069）王安石出任参知政事，创置三司条例司，议行新法时，他们正好是二十多岁到三十多岁的青年。王安石起用他们，除了思想、观点和政见相同而外，还因为当时官僚集团中年纪较大的人多数都反对他变法革新。因此他只得到年轻人中去寻找支持者。

第二，这些人几乎个个才华横溢，博学能文，性格豪迈，朝气蓬勃，不畏权贵，敢作敢为，有一股初生牛犊不怕虎的劲头。由于他们年轻气盛，锋芒毕露，自以为是，听不得反面意见，不善于团结人，对反对派以眼还眼，以牙还牙，因而也伤害了不少本来不应该伤害、需要团结争取的人。

第三，这“六七少年”在神宗后期和哲宗绍圣、元符年间，曾先后出任宰相、执政等重要职务，做了许多工作，也干过不少错事和蠢事，遭到很多人的反对和咒骂。《宋史》给他们列了无数罪状，但却没说他们哪一个是卖国贼或贪官污吏。因为他们之中的多数人都在不同程度上继承了王安石的爱国精神和“为官清廉”的作风。例如章惇，《宋史》说他“穷凶稔恶”，可是也不能不承认他“不肯以官爵私所亲”。又如蔡卞，《宋史》将他和蔡京相提并论，把他骂得狗血淋头，但也不得不指出他在任地方官时，所到之处，“一无所取”（《宋史》卷四七二）。当他任越州知州，任满离职时，“夷人清其去，以蔷薇露洒衣送之”（同上）。

第四，这“六七少年”中，除吕惠卿的人品不好，权势欲不断膨胀，后来背叛和出卖了王安石而外，其余的人始终坚定不移地支持王安石的改革路线。当王安石逝世后，他们又毫不犹豫地挺身出来维护新法，与保守势力进行坚决的斗争。当时曾有“传法沙门”和“护法善神”之称。其中蔡确、章惇等人都是被保守派和投机分子诬陷贬谪至死的。

实事求是地说，这六七个人不是什么杰出的政治家，但也不能说是奸臣。他们有值得肯定的一面，也有应当否定的一面，对他们要一分为二。他们当政时用了大部分精力来打击、报复保守派，因此在政治上和经济上都没有什么重要的建树。然而也应承认北宋末年新旧两党没完没了的斗争，绝不应只归罪于一方，双方都有责任，应该对他们各打五十大板，将王安石的支持者和拥护者都定为奸臣，而将反对变法革新的人都说成是忠臣，这是不公允的。《宋史》的编撰者们不仅是想要把他们一棍子打死，而且“醉翁之意不在酒”，更重要的目的是企图彻底否定王安石，否定11世纪震动中国政坛的那场改革运动。但王安石的威望太高，他们害怕达不到目的反而弄巧成拙。

于是王安石的门生和主要助手，便成为替罪羊。这就是《宋史》编撰者们将蔡确、章惇、曾布等人列入“奸臣传”的初心，问题的要害在这里。

二

章惇（1035—1105），字子厚，建州浦城（今属福建省）人。仁宗嘉祐四年（1059）进士，初为商洛令。熙宁二年（1069），王安石任参知政事，喜其才，用为编修三司条例官，参与讨论、制订新法。熙宁五年（1072），为湖南、湖北察访使，经制“蛮”事，抚定峡州、夔州、辰州一带，设置沅州。熙宁七年（1074）召还，擢知制诰，直学士院，判军器监。偶遇三司条例司失火，章惇率役兵往来奔驰救火，奋不顾身。在御楼上视察火情的神宗见后立即派人查明指挥救火的人是谁，得知是章惇后，第二天便任命他为三司使。

元丰三年（1080）二月，拜参知政事。元丰五年（1082）四月，为门下侍郎。元丰八年（1085）三月，神宗逝世，哲宗即位，为知枢密院事。元祐元年（1086）因反对新任宰相司马光尽废新法，触忤太皇太后高氏（英宗的皇后，神宗的母亲），遭刘挚、苏辙等人弹劾，被高氏黜知汝州，流放在外七八年。

元祐八年（1093）三月，高太后逝世，哲宗亲政。十二月，哲宗宣布恢复章惇和吕惠卿等人的官职。绍圣元年（1094）四月，出任尚书左仆射兼门下侍郎。哲宗为了对他表示倚重和信任，决定暂不设尚书右仆射兼中书侍郎。从此，章惇以独相的身分辅佐哲宗达六七年。他先后恢复了被司马光废除的熙宁、元丰新法，重新举起了王安石变法革新、富国强兵的旗帜。元符二年（1099）八月，章惇向哲宗进呈《新修敕令式》，并在文德殿上逐条读给哲宗听。其中有些条令为元丰时期所无，而是参考并吸收了元祐时期所颁布的一部分切实可行的敕令。哲宗听后，曾经怀疑地问道：“丞相制订的敕令有些是元祐年间颁布的，难道元祐政令中也有可取的吗?”章惇回禀说：“取其善者。”（《宋史》卷一八）哲宗听了十分满意。由此可见，章惇对元祐时期的政令并非采取一概否定和排斥的态度。

元符三年（1100）正月，刚到二十五岁的哲宗突然病逝。钦圣太后向氏（神宗的皇后）垂帘听政，决策立端王（宋徽宗赵佶）。章惇认为端王为人“轻佻”，不可以当皇帝，从而又触忤了向氏，得罪了徽宗。不久就被罢知越州，寻贬武昌军节度副使，再贬雷州司户参军。崇宁四年（1105），北徙睦州时，卒于贬所。

以上就是章惇一生七十余年的仕宦简历。

章惇为人“真率”（魏泰《东轩笔录》），“性豪迈”（蔡絛《铁围山丛谈》），博学多才，言无所隐，敢作敢为；但比较自负，锋芒毕露，颇有傲气，看问题有时过于偏激，不善于团结反对过自己的人。他的优点和缺点都很明显，与他有过交往的人都不难发现。

章惇最大的优点是，“不肯以官爵私所亲”（《宋史》卷四七一）。在卖官鬻爵成风的北宋后期政界，这一点是很难得的。他有四个儿子，都相继中了进士，可是除了老三章援曾一度在秘书省任过负责校刊书籍、订正文字讹误的校书郎而外，其余三个儿子没有一人在京任职，都被他派到了地方州县上去工作。凭他的权势和地位，如果想要把自己的儿子调进京来，给个美差，那还不易如反掌吗？可是他就是不愿意这样做。章惇出任左丞相后，许多亲友求他推荐，想在京城谋份差事，都被他一一拒绝了。

章惇的另一个优点，就是敢于说话，不隐瞒自己的观点。不管是在皇帝面前或是太后面前，他怎么想就怎么说，坦率得很，从不考虑个人的利害得失。

元丰五年（1082），王珪任尚书左仆射，蔡确任尚书右仆射，章惇为门下侍郎。一日，神宗在盛怒之下，内批出令要斩一位漕官。次日早朝，宰相蔡确出班奏事，神宗问他：“昨日朕批示要斩某人，时至今日尔等是否已经执行？”蔡确回奏道：“臣等正准备向陛下报告此事。”神宗又追问道：“杀这个人难道还有什么疑问吗？”蔡确又回答说：“自太祖、太宗皇帝以来，我朝不曾杀过士人，臣等不愿看到这条禁令从陛下开始被破坏。”神宗沉吟了很久，才说：“那就免他一死，将他刺面发配到一个远恶军州去吧！”这时只见章惇忽然出班奏道：“陛下，这样还不如把他杀掉算了。”神宗听了大惑不解地问道：“这是何故？”章惇立即上前一步，不慌不忙地回奏道：“臣启陛下，古人言曰：‘士可杀不可辱。’依臣看来，杀头比黥面流放要好受得多。”神宗一听火冒三丈，立即站起身来，声色俱厉地怒吼道：“朕乃天子，可是却连一件快意的事情都做不成！”章惇连忙跪下，用平和沉稳的语气对神宗说：“陛下，像这种快意的事，臣以为还是做不成的好！”神宗听了，低头默然无语，怒气也渐渐地消下去了。然后起身对蔡确等人说：“好吧，这件事就由你们去酌情处理吧！”说完后便宣告退朝。那位漕官多亏章惇的几句话，拣了一条命。（以上见高文虎《蓼花洲闲录》）

章惇虽然在金殿上当着群臣的面顶撞了神宗，使他几乎下不了台，可是神宗却并未记恨章惇，反而对他更加信任，不久便亲自擢拔他为参知政事。

神宗逝世后，章惇旧习未改，还是以对待神宗“知无不言，言无不尽”的态度来对待先后垂帘听政的太皇太后高氏和皇太后向氏。他不分对象，不识“时务”，错将太后当君王，这就决定了他要碰得头破血流，以致身败名裂。

加在章惇头上的罪名千条万条，归纳起来主要的有五条：一、反对司马光尽废新法；二、“诬诋”宣仁太后高氏；三、专主“绍述”；四、迫害“元祐党人”；五、反对立端王。

现在我们就来分析一下这五条罪状，看看能不能成为将章惇定为奸臣的依据。

一、关于反对司马光尽废新法的问题

元丰八年（1085）三月，神宗逝世，高太后领着十岁的孙子哲宗垂帘听政。她做的第一件大事，就是起用年近七旬、始终反对新法的司马光为宰相。（1085）司马光一上任，立即宣布尽废新法，一切政事反王安石之道而行之。从元丰八年秋到元祐元年（1086）春，数月内先后罢去了保甲、方田、市易、保马、青苗等法。一时朝议纷纷，“同列病其太迫”，认为这样做会引起混乱，不利于社会安定。然而司马光却一意孤行，公然宣称：“若安石、惠卿所建，为天下害者，改之当如救焚拯溺。况太皇太后以母改子，非子改父。”（《宋史》卷三三六）他搬出高太后这位老佛爷来压制舆论，不许别人发表反对意见。元祐元年三月，司马光又决定以五日为期，在全国范围内罢去雇役法，重行差役法。于是在朝廷里顿时引起了一场激烈的争论。

首先站出来“护法”，反对司马光的，正是知枢密院事章惇。章惇对司马光百般攻击新法，甚至含沙射影地说神宗决策变法是“子改父”，表示极大的义愤。他上书“累数千言”，其中谈到雇役法应不应该改变时，还是比较心平气和的。他说：“若役法则熙宁之初遽改免役，后遂有弊。今复为差役，当议论尽善，然后行之，不宜遽改，以贻后悔。”（《宋史》卷四七一）可是司马光根本不听。于是两人就在殿上太后帘前，怒气冲冲地争辩起来。由于双方都动了肝火，所以出言不逊。而高太后却完全站在司马光一边，斥责章惇“其语甚悖”。这时章惇正在火头上，也回敬了她几句。这下可就闯了大祸，高太后立刻大发雷霆，马上宣布摘去章惇的乌纱帽，将他“斥知汝州”。

当时不少不赞成变法的人，也都认为罢雇役、行差役，弊大于利，对百姓危害更甚，因而主张要慎重，不宜仓促行事。如苏轼就曾对司马光说：“差役、免役，各有利害。免役之害，掊敛民财，十室九空，敛聚于上而下有钱荒之患；差役之害，民常在官，不得专力于农，而贪吏猾胥得缘为奸。此二害轻重，盖略等矣。”（《宋史》卷三三八）又说：“法相因则事易成，事有渐则民不惊……公欲骤罢免役而行差役，正如罢长征而复民兵，盖未易也。”（同上）然而司马光丝毫听不进去，而且对老朋友苏轼也表现得很不客气。苏轼又专门独自到政事堂去见他，并对他说：“当年你任谏官时，向韩魏公（琦）提意见，韩公很不高兴，你仍然据理力争。这件事是你亲口对我说的，难道你忘了吗？现在你当了宰相，就不容许我说话了，你不感到惭愧吗？”（《宋史》卷三三八）说得司马光哑然失笑，但他仍不打算改变自己的决定。

当时另一位元老重臣范纯仁对司马光欲“尽改熙宁、元丰法度”也不以为然。他语重心长地对司马光说：“去其太甚者可也。差役一事，尤当熟讲而缓行，不然，滋为民病。愿公虚心以延众论，不必谋自己出；谋自己出，则谄谀得乘间迎合矣。役议或难回，则可先行之一路，以观其究竟。”（《宋史》卷三一四）司马光还是不听，而且“持之益坚”。

“雇役法”，亦称“免役法”“募役法”，是王安石执政时为了减轻平民百姓的负担而颁布、推行的新法之一。此法规定，以酒税、坊场钱、当役乡户的免役钱以及坊廓等第户和原免役户的助役钱为经费，由官府募三等以上税户充役，并按照出役的轻重给酬。王安石制订和实行“雇役法”是真心实意为细民百姓着想的。此法实行后，中等以下的民户都在不同程度上减轻了负担，使他们能够安心从事生产劳动。当然，在贯彻过程中也出现了一部分执法人员乘机营私舞弊、坑害百姓的现象，这是任何时候都难免的。司马光不看主流，抓住执行过程中的一些弊端不放，从而加以彻底否定。这是毫无道理的。

司马光废除“雇役法”后，恢复熙宁以前实行的“差役法”，加重了民众的负担，百姓皆思雇役而厌差役。五年之后，苏辙在总结废“雇役”、行“差役”的教训时，曾实事求是地指出：“及元祐之初，务于复旧，一例复差。官收坊场之钱，民出衙前之费，四方惊顾，众议沸腾。寻知不可，旋又复雇。去年之秋，又复差法……雇法之行，最为其便。罢行雇法，上下二等，欣跃可知，唯是中等则反为害。且如畿县中等之家，例出役钱三贯，若经十年，为钱三十贯而已。今差役既行，诸县手力，最为轻役，农民在官，日使百钱，最为经费。然一岁之用，已为三十六贯，二年役满，为费七十余贯。罢役而归，宽乡得闲三年，狭乡不及一岁。以此较之，则差役五年之费，倍于雇役十年。赋役所出，多在中等。如此条目，不便非一，故天下皆思雇役而厌差役，今五年矣。”（《宋史》卷三三九）

苏辙和他的兄长苏轼虽然都不赞成变法，但他们实事求是，对待问题有一是一，有二是二，能够尊重客观事实。苏辙的这段分析，有理有据，很有说服力。

当司马光尽废新法的消息从东京传到江宁钟山时，王安石已是六十五六岁的老人，而且沉疴缠身。对于政局的逆转他已料到，有一定的思想准备。所以当他听说朝廷改变法度时，他相信历史自会有公论，因而胸怀坦然，并不介意。唯独当他听说司马光要改雇役、复差役时，不禁惊愕地失声叹道：“亦罢至此乎？”沉吟良久，然后又以坚定的口气自言自语地说道：“此法终不可罢！”说完后，这位平生很少流泪的铁汉子，也忍不住流下了一滴滴苦涩的老泪。他反复默默地念着唐人薛能的两句诗：“当时诸葛成何事，只合终身作卧龙！”一个多月后，这位坚强不屈但终于遭到了失败的改革家，含着满腔悲愤，在金陵郊外的半山堂中凄凉地与世长辞了。

章惇在王安石失势后，毅然站出来反对司马光尽废新法，特别是坚定地维护受到当时百姓拥护的雇役法，绝对构不成犯罪。如果因此而将他定为奸臣，那完全是颠倒是非。

二、关于“诬诋”宣仁太后高氏的问题

这是章惇、蔡确等人被定为奸臣的另一重要“罪行”。《宋史》卷四七一说：“哲宗亲政有复熙宁、元丰之意，首起惇为尚书左仆射兼门下侍郎……甚至诋宣仁后，谓‘元祐之初，老奸擅国’。”“老奸擅国”这句话确实有人说过，而且确是“阴斥宣仁”（《宋史》卷三四三）。不过它既不是蔡确说的，也不是章惇说的，而是中书舍人林希在绍圣元年（1094）追贬司马光、吕公著等人的制词中说的。当然章惇一定知道而且也是同意的，因此也可以说反映了他的观点，他自然是有责任的。

元祐之初，哲宗还是个十来岁的孩子，一切大权都掌握在高太后手里。当时的宰相王珪、蔡确实际上都靠边站了，“事由中旨，王珪等弗预知。”（《宋史》卷二二）神宗的陵土未干，她就急于要以“母改子”，废除新法，恢复旧制。等她把司马光、吕公著等人召进京来后，便将王珪、蔡确、章惇等大批神宗朝的元老大臣罢的罢、贬的贬，统统赶出了东京，对北宋政权进行了一次大改组、大换班。因此说她“擅国”，并非捏造，但骂她为“老奸”则太过分了。这个女人在古代后妃中除了政治上保守而外，在别的方面还是有一些优点的。所以林希在写过这两句后，也感到非常后悔，掷笔于地曰：“坏了名节矣!”（《宋史》卷三四三）他倒只是“坏了名节”，并未入《奸臣传》，却害得章惇、蔡确等人戴上了“奸臣”的大帽子，千年不得翻身。

元符元年（1098），章惇、蔡卞、邢恕等人一致请求哲宗下诏废宣仁太后为庶人。说她在神宗弥留之际，曾想“废孙立子”，即废除太子赵煦（哲宗），而立神宗的二弟吴王赵颢。这件事《宋史》断然加以否定，说是章惇、蔡卞、邢恕等人的捏造。不过细读《宋史》，还是可以发现一些蛛丝马迹，是不是捏造，值得怀疑。

英宗共有四个儿子，长子即神宗赵顼，次子为吴王赵颢，三子为润王赵颜，四子为益王赵頵。四人均为高氏所生。当神宗起用王安石为宰相进行变法时，高氏就不赞成，处处加以阻挠。而和她思想观念一致的吴王赵颢，却受到她的百般钟爱。熙宁六年（1073）七月至次年四月，八九个月持续大旱，灾情空前严重，民众生活处于极端困难的境地。于是反对派便乘机攻击王安石，将自然灾害所造成的严重后果全都归因于变法。当时任东京安上门监的郑侠将他看到的灾民逃荒、流离失所的惨象绘成一幅“流民图”，呈献给神宗，要求神宗立即罢免王安石。并说：“旱由安石所致，去安石，十日不雨，即斩臣宣德门外，以正欺君之罪。”（《宋史》卷三二一）一天，高太后和神宗一起去看望太皇太后曹氏（仁宗的皇后），有意让曹氏来教训神宗。曹氏对她的孙子神宗说：“祖宗法度，不宜轻改。吾闻民间甚苦青苗、助役，宜罢之。”神宗回答说：“此所以利民，非苦之也。”曹氏又说：“王安石诚有才学，然怨之者甚众，欲保全之，不若暂出之于外。”神宗又回答说：“群臣惟安石为国家当事。”这时站在旁边的吴王颢看了他母亲高氏一眼，便插话说：“太后之言，至言也，不可不思。”神宗一听，不禁大怒，两眼瞪着吴王说：“是我败坏天下耶？汝自为之！”使吴王十分尴尬，结果闹得大家不欢而散。（《续资治通鉴》卷七〇）

当神宗说出“汝自为之”这句话时，是偶然的，还是有所指？是不是一种潜意识于盛怒时不自觉地流露了出来呢？这个问题当时无人能够回答，后人更不可能说清楚，只有神宗自己知道，然而他又不愿明白地说出来，因此便成为一个不解之谜。

“废孙立子”在中国封建社会的历史上并非没有先例。远的不说，就以宋朝的开国之君赵匡胤而言，他就是遵从母亲杜太后的遗命将皇位让给了他的二弟赵光义（太宗），而没有让他的儿子当皇帝。如果高太后也有这种想法，其实也并非什么坏事，因为让一个十岁的幼儿去做万民之主，试想他怎么能处理军国大事呢？

当章惇、蔡卞、邢恕等人拟定追废宣仁太后为庶人的诏书，呈送给哲宗后，被钦圣太后（神宗的皇后）和哲宗的生母朱太妃知道了，她们两人连忙出来证实绝无此事，并说：“天日在上，此语曷从出？且帝必如此，亦何有于我！”（《纲鉴易知录》卷七四）哲宗听了两位皇娘的话，有所感悟，遂当着她们的面将诏书烧掉，此事也就作罢了。

章惇等人恨高太后，不为别的，只因为她反对变法，处处维护旧党，企图扼杀王安石的改革路线。至于说她是否有“废孙立子”之意，其实并非关键问题。赵颢是她的二儿子，赵煦是她的嫡长孙，都是她的亲骨肉。谁当皇帝都一样，都是赵家的天下，她同样是皇太后或太皇太后。

“废孙立子”只能说是查无实据的传闻。章惇他们不应该借此来攻击高太后，因为没有真凭实据。反过来说，对立面也不应该借此大作文章，对章惇、蔡卞等人大肆挞伐。而《宋史》的编撰者对这件事却看得很重。认为章惇、蔡卞、邢恕这些人竟敢“诬诋”太后，简直是想造反，那不是奸臣是什么？

退一步说，就算宣仁太后没有“废孙立子”之意，章惇他们也只是犯了诬陷之罪，可以罢官，可以坐牢，甚至还可能会被杀头，就是不该将他们定为奸臣。因为这个问题涉及的只是宋朝宫廷内部权力再分配的矛盾和斗争。章惇等人并没有出卖国家和民族的利益，不存在忠奸问题。何况维护皇太后和反对皇太后，都构不成什么大功或大罪。《宋史》将章惇等人定为奸臣，不过是为了维护封建皇权而已。

三、关于专主“绍述”的问题

《宋史》卷四七一说：“哲宗亲政，有复熙宁、元丰之意，首起惇为尚书左仆射兼门下侍郎，于是专以‘绍述’为国是，凡元祐所革一切复之。”

所谓“绍述”，就是继承的意思。它是特指哲宗继承神宗所实行的新法而言。首先提出“绍述”之说的人并非章惇，而是邓润甫和李清臣。邓、李二人都是王安石的支持者，神宗逝世后他们相继被高太后贬黜在外。元祐八年（1093）十月，哲宗亲政后立即将他们从贬所召回京师，任命邓润甫为兵部侍郎，李清臣为中书侍郎。这时章惇虽然已复职，但尚未回到东京。邓润甫见哲宗决心继承神宗的事业，便鼓励他要像武王发扬光大文王的德政那祥，将变法改革的事业坚持下去。《宋史》卷三四三说：“润甫首陈武王能广文王之声，成王能嗣文、武之道，以开‘绍述’。遂拜尚书左丞。”

绍圣元年（1094）三月，在廷试时，李清臣出的策试题目是：“今复词赋之选而士不知勤，罢常平之官而农不加富，可差可募之说杂而役法病，或东或北之论异而河患滋，赐土以柔远也而羌夷之患未弭，驰利以便民也而商贾之路不通。夫可则因，否则革。惟当之为贵，圣人亦何有必焉。”（《宋史》卷三二八）

很明显，策试发问中所提的问题都是针对元祐年间高太后垂帘听政时的政事。参加应试的士人领悟了上面的意图，便在策论中纷纷指谪元祐之政，“于是‘绍述’之论大兴”（同上）。

当时为门下侍郎的苏辙看到了李清臣的策题后，立即上书哲宗进行辩解和反驳。他说：“伏见御试策题，历诋近岁行事，有绍复熙宁、元丰之意。臣谓先帝……设施……盖有百世不可改者……元祐以来，上下奉行，未尝失坠也。至于其他，事有失当，何世无之！父作之于前，子救之于后，前后相济，此则圣人之孝也。汉武帝外事四夷，内兴宫室，财用匮竭，于是修盐铁、榷酤、均输之政，民不堪命，几至大乱。昭帝委任霍光，罢去烦苛，汉室乃定……愿陛下……慎勿轻事改易。若轻变九年已行之事，擢任累岁不用之人，人怀私愤，而以先帝为辞，大事去矣！”（《宋史》卷三三九）

哲宗看了这道奏章，见苏辙将元祐时期的所作所为都算在自己的账上，说什么“父作之于前，子救之于后，前后相济”，言外之意是说，你是皇上么，那些事都是以你的名义干的呀！都是儿子为了补救父亲的过失而采取的措施呀！哲宗愈看愈生气，但他又不好意思说：“那时候我还是个十来岁的孩子，怎么能对他们干的那些事负责呢？”于是便抓住苏辙以汉武帝晚年的失误来比神宗，对他进行愤怒的谴责：“安得以汉武比先帝？”（《宋史》卷三一四）结果苏辙落职，被贬知汝州。

崇宁元年四月，章惇回到京城，就任尚书左仆射兼门下侍郎。他秉承哲宗的旨意，大力支持、倡导“绍述”，公开打出恢复熙宁、元丰新法的旗号，决心将王安石的改革路线继续下去。

章惇首先罢除差役法，重新实行免役法。接着又相继罢十科举法，罢春秋科，复八路差官法，罢制举立宏词科，罢广惠仓，罢元祐所增聚议钱，复行免行钱，复保甲法，复市易法，复元丰榷茶法，等等。

至于这些措施究竟收到了多少成效，《宋史》未作任何记载，后人自然也难以做出符合实际的评估。就算收效甚微，那也只是成败、功过的问题。何况他在采取这些措施时，都是经过哲宗批准同意了的，不存在欺君罔上、违背圣旨的事。因此即使用封建伦理道德标准来衡量，也不应该给他戴上"奸臣"的帽子。可见以"专主绍述"、恢复新法来加罪章惇，也是不能成立的。

四、关于迫害"元祐党人"的问题

《宋史》卷四七一说："（惇）引蔡卞、林希、黄履、来之邵、张商英、周秩、翟思，上官均居要地，任言责，协谋朋奸，报复仇怨，大小之臣，无一得免。"

实事求是地说，在打击、迫害"元祐党人"的问题上，章惇的确是有严重错误和缺点的，应该进行批判和谴责。他的报复心强，对政敌一点也不宽恕，伤害了一些不该伤害的人。他的夫人临终前曾恳切地劝告他："幸勿报怨。"但他未能做到，仍然"即以其人之道，还治其人之身"。打击面太宽，积怨甚大。

不过也应承认，当时的新旧两党，不管是谁上台执政，对对方都是实行残酷斗争、无情打击的方针，谁也不肯饶恕谁，就像两伙杀红了眼的仇家一样，必欲将对方置于死地而后快。

人们都知道神宗熙宁年间曾发生过一桩"乌台诗案"，那是新党迫害旧党的一个典型例子。"乌台诗案"的受害者是大名鼎鼎的苏东坡，他险些因此丧了命。可是还有一桩诗案（无人为其命名，姑且称它为"安州诗案"吧！）知道的人就微乎其微了。而"安州诗案"就其性质之严重，手段之恶劣，与"乌台诗案"相比，都有过之而无不及。

神宗逝世后不久，高太后进用司马光、吕公著，开始贬黜新党，首当其冲的便是元丰年间的宰相蔡确。元祐元年（1086）闰二月，蔡确被旧党右司谏王觌、谏议大夫孙觉等弹劾，指为"奸邪"，被罢为观文殿大学士、知陈州。次年又坐事夺职徙安州（今湖北安陆）。在安州时，蔡确一日独游车盖亭，即兴写了十首七言绝句。这十首诗不过是描写他被贬谪后的闲散生活，咏赞山光水色，表达退隐的情怀。其中前三首写道：

公事无多客亦稀，朱衣小吏不须随。
溪潭直上虚亭里，卧展柴桑处士诗。

一川佳景疏帘外，四面凉风曲槛头。
绿野平流来远棹，青天白雨起灵湫。

纸屏石枕竹方床，手倦抛书午梦长。
睡起莞然成独笑，数声渔笛在沧浪。

其余的几首也都大同小异，并没有涉及当时的政事。可是却被知汉阳军吴处厚加以“笺注”上奏，高太后一看不禁勃然大怒，立即定为大案要案，派人调查审理。

吴处厚的“笺注”是这样写的：“五篇涉讥讽：‘何处机心惊白鸟，谁人怒剑逐青蝇？’以讥谗谮之人；‘叶底出巢黄口闹，波间逐队小鱼忙’讥新进用事之人；‘睡起莞然成独笑’，方今朝廷清明，不知确笑何事？‘矫矫名臣郝甑山，忠言直节上元间’，按：郝处俊，封甑山公，唐高宗欲逊位天后，处俊上疏谏，此事正在上元三年，今皇太后垂帘，遵用章宪明肃故事，确指武后以比太后。‘沈沈沧海会扬尘’，谓人寿几何，尤非佳语。”（蒋一葵《尧山堂外纪》）

这篇“笺注”穿凿附会，无中生有，罗织罪名，无以复加。引起高太后“盛怒”的，是其中关于郝甑山谏唐高宗，“确指武后以比太后”那一段。当她看到这里，竟抹着眼泪对执政们哭诉道：“当时（指神宗逝世时）谁曾有异议？官家（指哲宗）岂不记得？但问他太妃（指哲宗的生母朱太妃）。”（王巩《随手杂录》）于是决定“诏确具析，确自辨甚悉”（《宋史》卷四七一）。蔡确虽然申辩得明明白白，但欲加之罪，何患无辞！他还是受到了严惩。当时任尚书右仆射兼中书侍郎的范纯仁（范仲淹之子，此人比较宽厚，主张“调停”，缓和两派矛盾）认为这件事做得太过分了，便出班朝帘后奏道：“圣朝宜务宽厚，不可以语言文字之间暧昧不明之过，诛窜大臣。今举动宜与将来为法，此事甚不可开端也。”（《宋史》卷三一四）高太后对他的话根本不听，而是一意孤行，马上在帘后高声宣布道：“蔡确可英州别驾，新州安置。”这时站在旁边的吕大防听了，也认为处理太重，又向高太后谏道：“蔡确是先朝大臣，乞移一近里州郡。”吕大防刚说完，只听珠帘后一声怒喝：“山可移，此不可移也！”（以上见《随手杂录》）蔡确这位神宗朝的宰相终于被贬死于新州。

从“乌台诗案”和“安州诗案”这两个典型的案件看，北宋后期的党争多么尖锐激烈！统治集团把精力都消耗在“内战”上去了，国家能好吗？新、旧两党在打击、迫害政敌方面，实在难分伯仲，真应该各打他们五十大板。而《宋史》的编撰者在这个问题上明显偏向一方，将这一百大板全都打在了王安石的支持者和追随者的身上。他们显然是企图说明：主张改革的没有一个是好人，都是奸臣。这符合事实吗？

章惇在对待“元祐党人”的问题上的确做过不少错事、蠢事和坏事，他当然也应该被打五十大板，也许还不止五十大板。但是必须说明：徽宗崇宁、大观年间对“元祐党人”所进行的大规模的政治迫害，列名立碑，株连亲友，殃及家属子孙，使得人人自危，形成一种恐怖的气氛，那是后来掌权的假冒“新党”蔡京一伙干的。其时章惇早已被罢官流放，不久就见阎王爷去了。这笔账是算不到他头上的。

五、关于反对立端王的问题

章惇反对立端王即宋徽宗，完全是事实，而且态度非常坚决。《宋史》卷一九《徽宗纪一》作了比较具体而生动的描述：

> 元符三年（1100）正月己卯，哲宗崩，皇太后（向氏）垂帘，哭谓宰臣曰："家国不幸，大行皇帝无子，天下事须早定。"章惇厉声对曰："在礼律当立母弟简王。"皇太后曰："神宗诸子，申王长而有目疾，次则端王当立。"惇又曰："以年则申王长，以礼律则同母之弟简王当立。"皇太后曰："皆神宗子，莫难如此分别，于次端王当立。"知枢密院曾布曰："章惇未尝与臣等商议，如皇太后圣谕极当。"尚书左丞蔡卞、中书门下侍郎许将相继曰："合依圣旨。"皇太后又曰："先帝尝言，端王有福寿，且仁孝，不同诸王。"于是惇为之默然。乃召端王入，即皇帝位，皇太后权同处分军国事。

《宋史》卷四七一《章惇传》的记述相同，只是较简略。值得注意的是，在这两处，《宋史》的编撰者都将一个重要的事实有意无意地略去了，那就是章惇反对立端王的理由。但因这个问题太重要，所以才又不得不在《徽宗纪》最后的"赞语"中，用一句话作了交代："惇谓其轻佻不可以君天下。"可以设想，章惇在说这句话时，一定要举出许多具体事实来，否则不就又成了"诬诋"吗？如果没有事实根据，他怎么敢站出来反对皇太后的决策呢？其实当时的人谁不知道，端王在登基以前就是一个闻名天下的风流王子。宋代民间艺人曾经这样描写他："说这个官家，才俊过人，口赓诗韵，目数群羊；善写墨君竹，能挥薛稷书；通三教之书，晓九流之典；朝欢暮乐，依稀似剑阁孟蜀王；论爱色贪杯，仿佛如金陵陈后主。"（《宣和遗事》前集）这样一个人，如果不当皇帝，也许会成为一位艺术家。向太后硬是将他捧上了皇帝的宝座，不但坑了国家，苦了百姓，而且也害了他自己，最后落得死在五国城，抛尸于荒漠的悲惨下场。章惇说他"轻佻不可以君天下"，一点也不错。他把别人想说而又不敢说的话说了出来，这是需要有一点勇气的。可是他却因此犯了弥天大罪。章惇作为山陵使安葬完哲宗以后不久，就被徽宗借故罢官流放，数年后即贬死于遥远、荒僻的南方。当他在金殿上与向太后短兵相接时，作为一个"敏识加人数等"（《宋史》卷四七一）的人，他岂不知道自己这样做要付出什么代价吗？他当然知道，但为了国家的前途，为了尽到宰相的责任，他决心不惜自己的身家性命，说出了心里想说的话。当时他真有一种"我不说谁说""我不下地狱谁下地狱"的精神。《宋史》虽然说他是"小人"，但也不得不承认他反对立徽宗有先见之明，并说如果"宋不立徽宗……金虽强，何衅以伐宋哉？"（《宋史》卷二二）那样北宋就不致被金灭亡，中原大地就不会尸骨堆山，血流成河，历史上也许就根本没有什么"靖康之耻"。由此可见，反对立端王，不但不应该给章惇定罪，说他是"奸臣"——恰恰相反，应当承认他是一位具有远见卓识，无私无畏，忠于职守的宰相。

难道不是这样吗？

（《史学集刊》1997年第1期）

要用历史唯物主义的观点分析古代作家作品

最近几天，大家围绕着如何提高古典文学的研究水平问题发表了不少意见。我认为要提高水平，很重要的一点是必须坚持历史唯物主义的观点，这样才会对古代作家作品做出实事求是的评价；才能正确地总结我国古代作家创作的经验教训，为繁荣社会主义文艺提供应该借鉴的东西。

列宁在《论民族自决权》一文中曾指出："在分析任何一个社会问题时，马克思主义理论的绝对要求，就是要把问题提到一定的历史范围之内。"古代作家包括那些伟大和杰出的作家，都是生活在一定的历史条件下。他们不可能超越自己的时代和阶级的局限，去提出和解答现实生活中的问题。离开一定的历史范围，脱离具体的历史条件，用今天的观点和标准去衡量和责备古人，必然导致对文化遗产的粗暴否定。这种反历史主义的、反科学的做法，对古典文学的研究工作危害极大。

坚持历史唯物主义的观点，首先就要进行阶级分析。因为古代作家都是生活在阶级社会中，他们的思想和创作都在不同程度上打下了阶级的烙印。但是一切有成就的作家又总是通过一条条无形的线和人民保持着联系。因此不能把阶级分析绝对化、简单化，不应该把阶级分析和历史主义对立起来。"四人帮"打着阶级分析的幌子，大搞唯成分论，给许多杰出的古代作家扣上地主分子、封建官吏、投机分子、儒家顽固派的帽子。他们完全不顾历史事实，信口雌黄，巧诋苛绳，把一部丰富多彩的中国文学史抹成一团漆黑。"四人帮"极"左"思潮的流毒必须彻底肃清，只有这样，才能正确地运用阶级分析的方法，对作家作品做出科学的评价。

坚持历史唯物主义的观点，还必须把作家作品放在一定的历史条件下，根据当时当地的情况进行具体的分析。近年来学术界对古代文学中的爱国主义问题展开了讨论，我觉得这里就有一个如何根据具体历史条件，进行具体分析的问题。

有的同志认为，我国历史上的民族矛盾和民族战争都是国内问题，不存在爱国和不爱国的问题。他们否认我国古代的爱国主义传统，认为只有在明清或近代帝国主义入侵中国以后，我国人民才有爱国主义的思想感情，才产生了爱国主义文学。我认为这种观点脱离了我国具体的历史条件，不符合历史实际，同时也违背了马列主义关于爱国主义问题的论述。

列宁曾经指出："爱国主义就是千百年来巩固起来的对自己的祖国的一种最深厚的感情。"这种感情是随着民族、国家的形成和发展而产生和巩固起来的，它具有悠久的历史传统。对祖国的爱和对某种政权形式的国家的忠，既有联系又有区别，不完全是一回事。国家是一种上层建筑，是阶级压迫的工具。而祖国这一概念所包含的内容却要广泛丰富得多，虽然它是在国家形成以后才产生的，但和国家的概念又有所不同。它既包括一定历史时期的国家政权，也包括形成国家的物质基础，如土地、山河、人民以及文化传统等。国家政权不断地改变着它的性质和职能，而人民、土地、山河、文化传统却有着历史的继承性。所以列宁说的是对祖国的爱，而不是对国家的忠，二者是有区别的，不应当混为一谈。

毛泽东同志也说："爱国主义的具体内容，看在什么样的历史条件之下来决定。"爱国主义既然是一种历史现象，就必然有一个发展演变的过程。在不同的社会历史条件下，爱国主义的具体内容又不尽相同。我们不应当脱离具体的历史条件来谈论爱国主义的问题，不能用某一个时期的爱国主义内容去衡量和要求另一个时期的爱国主义内容。例如，当帝国主义入侵的时候，反对国外敌人的侵略，维护祖国的独立、主权和领土完整，这是爱国主义的表现；在民族矛盾尖锐的时期，反对民族压迫，反对分裂国土，争取国内各民族间的平等联合，维护国家的统一和进步，同样也是爱国主义的表现。所以，无论是国外问题或是国内问题，都存在着爱国不爱国的问题。关键是不能离开具体的历史范围，一切都要以时间、地点和条件为转移。至于歌唱祖国山河的雄伟壮丽，赞颂历史文化传统的悠久，表现人民群众勤劳勇敢的精神等，都是爱国主义的具体内容，在我国各个时期的文学作品中都有所反映。可见，将爱国主义限制在某个历史时期，就割断了爱国主义的传统，这是不妥当的。

爱国主义与民族问题的关系比较复杂。我国是一个由多数民族融合而成的拥有广大人口的伟大国家。我国各族人民具有强大的凝聚力，他们共同创造了光辉灿烂的古代文化。民族团结、平等联合、互助友爱、共同进步是我国各族人民的共同愿望。但是，我们这个多民族统一体的形成，团结友爱大家庭的建立并非是在没有矛盾和斗争的情况下实现的。事实恰恰相反，在中华民族各族人民互相融合和统一国家形成的过程中，始终存在着平等联合与互相压迫、团结友爱与分裂侵扰的矛盾和斗争。我国各族劳动人民拥护统一，赞成平等联合，反对分裂，不赞成互相压迫。可是在历史上，各民族的反动统治者却违背人民的愿望，总是企图通过实行民族压迫来达到其对广大人民实行阶级压迫的目的。他们挑起民族矛盾，发动战争，进行争夺，给我国各族人民造成了莫大的灾难，破坏和阻碍了我国社会经济和文化的发展。这是客观存在的历史事实。因此，对我国历史上的民族矛盾和民族战争必须从客观事实出发进行具体的分析。凡属为了掠夺目的，实行民族压迫，不利于国家统一的战争都是非正义的，都是反爱国主义的。反之，凡是反对掠夺，反对民族压迫，维护国家统一的战争，都是正义的，都是爱国主义的。例如宋代，当时在我国境内先后存在着宋、辽、夏、金和蒙古等几个互相对立的政权。它们之间不断进行着战争，这些战争的性质是不同的。对于反映这些战争的文学作品也应当进行具体的历史的分析。在判定其性质的时候，既要从民族团结的前提出发，也要尊重历史事实。这二者的目标是一致的，不要把它们对立起来。关键是要对历史现象进行马克思主义的阶级分析。

例如宋金战争，是女真奴隶主贵族集团发动的一次掠夺性的非正义战争。这次战争的罪魁祸首是少数贪得无厌的奴隶主贵族，而女真族的广大奴隶和士兵也是受害者。战争初期，在金兵中就产生了反战、厌战情绪。另一方面，南宋方面的赵构、秦桧集团，执行投降政策，与女真奴隶主贵族相勾结，把国家弄得支离破碎，他们都是民族的罪人、历史的罪人。揭露他们祸国殃民的罪行，歌唱收复中原、统一祖国的愿望，表达人民群众渴望和平安定生活的理想，怎能说不是爱国主义的表现呢？像陆游和辛弃疾的作品，如果否定其爱国主义性质，那么他们那些动人心弦、流传千古的诗词还有什么意义呢？

不要把歌颂民族团结和宣传民族英雄对立起来。历史上的民族英雄多数都是爱国者。他们对中华民族、对我们伟大祖国所建立的功绩是不能抹煞的。在我国历史上，汉族有许多民族英雄，如李广、岳飞、文天祥、戚继光等；其他少数民族也有许多民族英雄，如呼韩邪、松赞干布、完颜阿骨打等。对他们和歌颂他们的文学作品，都应当根据当时的历史条件而给予实事求是的评价。昭君出塞和岳飞抗金，虽然方式和道路不一样，但他们都在特定的历史条件下，为祖国和人民做了好事，都是值得我们学习的。

爱国主义问题是如此，文学史上的其他问题也是如此，都应当用历史唯物主义的观点进行分析。我们在评价古代作家作品的时候，必须把问题提到一定的历史范围之内。脱离一定的社会历史条件，以今求古，强古人之所难，这不是实事求是的态度。

（《社会科学战线》1980 年第 4 期）

不废江河万古流

——纪念《在延安文艺座谈会上的讲话》发表五十周年

毛泽东同志《在延安文艺座谈会上的讲话》（以下简称《讲话》）发表已将整整五十周年了。五十年来，中国发生了巨大的变化，世界也发生了巨大的变化。然而，《讲话》的精神却如日月经天，江河行地，依旧在神州大地上放射着不灭的光辉。

《讲话》曾经指引着我国一代又一代文学家、艺术家走上健康成长的道路，勉励他们用辩证唯物论和历史唯物论的观点去观察世界，观察社会，观察文学艺术，从丰富多彩的现实生活中吸取养料和甘泉，从而创作出一大批为人民群众所喜闻乐见的优秀作品，为渊源流长的中国文学史谱写了新的篇章。

今天，在改革开放的新形势下重温《讲话》，使我们倍感亲切，深受教益，增强了我们坚持党的基本路线，建设有中国特色社会主义，繁荣社会主义文学艺术的决心和信心。

半个世纪以前，毛泽东同志在革命圣地延安对文学艺术问题所作的精辟论述，是马克思主义文学理论思想史上一部划时代的经典著作。《讲话》的内容博大精深，它涉及文艺与政治、文艺与生活、文艺与整个革命事业的关系，文艺为什么人服务以及如何服务，普及与提高，文艺工作的方针、路线和政策，文艺工作者的立场、态度、学习、修养和工作对象，文学艺术遗产的批判继承，文艺界的统一战线，文艺批评的标准等一系列重大的原则问题。这些问题虽然是针对当时延安文艺界的现状而发的，但却处处闪耀着马列主义真理的光辉，表现了毛泽东同志深入实际、高瞻远瞩、洞察秋毫、旗帜鲜明、循循善诱、以理服人的睿智和一切为了“最广大的人民和群众”的无产阶级革命家的精神实质，不但具有深远的历史意义，而且对我国当前的思想战线和文艺战线仍然具有不容忽视的现实意义。

毛泽东同志在《讲话》中指出：“为什么人的问题，是一个根本的问题，原则的问题。”他认为必须首先解决这个问题，其他的许多问题才可能得到正确的解决。针对当时延安文艺界一部分同志在这个问题上的模糊认识，毛泽东同志明确地提出了

“我们的文艺应当为千千万万劳动人民服务”的方针。这一方针既是对列宁思想的继承和发展，也是毛泽东同志本人一贯重视劳动人民，一切以最广大人民的利益为出发点的具体表现。他根据抗日战争时期中国社会的阶级状况，指出人民大众就是占全人口百分之九十以上的工人、农民、士兵和城市小资产阶级。同时又进一步说明：我们的文艺第一是为工人的，第二是为农民的，第三是为武装起来了的工人农民即八路军、新四军和其他人民武装队伍的，第四是为城市小资产阶级劳动群众和知识分子的。总之，“我们的文艺，应该为着上面说的四种人”。在这四种人中，毛泽东同志特别强调要为工农兵服务，他说：“我们的文学艺术都是为人民大众的，首先是为工农兵的，为工农兵创作，为工农兵所利用的。”将工农兵作为文艺工作应当“首先”为之服务的对象，这在古今中外的文艺思想史上可以说是破天荒的第一次，充分体现了毛泽东同志的伟大品格和远见卓识。同时这段话也告诉人们：毛泽东同志重视工农兵，但并没有排除城市小资产阶级和知识分子，而是将他们包括在“人民群众”之中，放在工农兵之后，放在“其次”的地位。有主有次，有重点有一般，这是毛泽东同志对待一切事物、处理任何问题的一个基本观点和基本方法。毛泽东同志有区别地对待作为文艺工作服务对象的上述四种人，完全符合当时延安、解放区和中国的实际情况。因为当时工农兵是革命队伍中的主力军，而城市小资产阶级劳动群众和知识分子是革命队伍中的同盟军。他们的成分相当复杂，立场、观点和思想感情正处在转变的过程中，因此毛泽东同志把他们列为“人民群众”中的第四种人，希望他们加速转变的过程，尽快把立足点“移到工农兵这方面来，移到无产阶级这方面来”。他还以自己思想感情转变的过程和经验来勉励参加延安座谈会的同志。他说：“我是个学生出身的人，在学校养成了一种学生习惯，在一大群肩不能挑手不能提的学生面前做一点劳动的事，比如自己挑行李吧，也觉得不像样子。那时，我觉得世界上干净的人只有知识分子，工人农民总是比较脏的。知识分子的衣服，别人的我可以穿，以为是干净的；工人农民的衣服，我就不愿意穿，以为是脏的。革命了，同工人农民和革命军的战士在一起了，我逐渐熟悉他们，他们也逐渐熟悉了我。这时，只是在这时，我才根本地改变了资产阶级学校所教给我的那种资产阶级和小资产阶级的感情。”这亲切的话语，平易近人的作风，表达了毛泽东同志对出身于小资产阶级知识分子的革命文艺工作者的最大关怀和殷切希望。他们之中的许多人正是在《讲话》的鼓舞和引导下，走上了与工农兵相结合的正确道路，经过千锤百炼，终于成为无产阶级革命的文学家和艺术家。他们至今把《讲话》视为指路的明灯，对毛泽东同志怀着无比崇敬的深厚感情，这是完全可以理解的。《讲话》对推动和发展中国无产阶级革命文艺事业的历史功绩，是任何人也抹煞不了的。

社会在发展，时代在进步。今日中国的知识分子已非昔时的知识分子。他们早已成为工人阶级不可分割的组成部分。在社会主义初级阶段知识分子与工人、农民和解放军战士一样，都是国家的主人，都是建设有中国特色社会主义的主力军，而工人、农民、解放军战士也逐步实现了知识化。正是根据这样的社会条件，党中央提出了文艺“为人民群众服务，为社会主义服务”的方针。这一方针既符合当前的社会实际，也是坚持和发展毛泽东文艺思想的结果。“为人民群众服务”和“为人民大众”服务、为“四种人”服务、为“工农兵”服务在本质上是完全一致的。前者是后者符合逻辑的发展，后者是前者的理论根据。由于时代不同，阶级状况和形势任务更加符合当前的客观现实，这是十分自然的事情。有的人企图否定《讲话》，否定为工农兵服务的方针，他们缺乏起码的历史知识，不懂得辩证法，不懂得任何事物包括文艺方针、路线和政策，都要随着时代而变化。如果毛泽东同志九泉有知，他一定会赞成和支持文艺“为人民群众服务，为社会主义服务”这一正确方针。因为这一方针符合他的一贯思想主张，符合他把人民群众的利益看得高于一切的历史唯物主义观点。正是从这个意义上说，坚持和发展毛泽东文艺思想是中国社会主义文艺的生命线。背离毛泽东文艺思想就是背离人民大众，就是背离社会主义方向。一切对毛泽东文艺思想的歪曲诋毁和攻击都是徒劳的，正如唐人诗中所说“尔曹身与名俱灭，不废江河万古流”。

文艺为什么人服务的问题提出至今已经过去五十年了，但是这个问题能不能说已经彻底解决，没有现实意义了呢？不，绝对不能这样说。曾几何时，不是又有人在鼓吹作家“不屑于表现自我感情世界以外的丰功伟绩”“诗人就是要顽强地表现自己”吗？这些人以“自我”为中心，宣扬“一切为我”的资产阶级价值观，将自己封闭起来，甘愿置身于人民大众之外，对正在朝气蓬勃地建设有中国特色社会主义的亿万劳动群众和革命知识分子无动于衷，不屑一顾，一心一意要去“追求生活融解在心中的秘密”，并且公然大言不惭地宣称这就是他们梦寐以求的所谓“新的美学原则”。其实这个所谓的“新的美学原则”一点也不新鲜，不过是西方现代派“自我表现”主义的翻版而已。

毛泽东同志在《讲话》中早就批评过“自我表现”的主张，指出他们的作品“只为少数人所偏爱，而为多数人们不需要，甚至对多数人有害，硬要拿来上市，拿来向群众宣传”，这实在太无自知之明了，群众是绝对不会同意的。毛泽东同志还告诫说：有些总是要“顽强地表现他们自己，宣传他们自己的主张，要求人们按照小资产阶级知识分子的面貌来改造党，改造世界。在这种情形下，我们的工作，就是要向他们大喝一声，说：‘同志’们，你们那一套是不行的，无产阶级是不能迁就你们的，依了你们，实际上就是依了大地主大资产阶级，就是亡党亡国的危险。”这段话说的多么好，多么深刻，多么富有远见啊！它好像就是针对当前的现实而发的一样，最充分不过地体现出毛泽东思想的光辉和伟大。20世纪40年代延安文艺界的“各种糊涂观念”，在80年代的中国文坛又改头换面地冒了出来。这正是：野火烧不尽，杂草又丛生。历史就是如此，是在反复、曲折、不断的矛盾和斗争中前进的。回顾十多年来的文坛，使我们更加深刻地认识到，毛泽东同志《在延安文艺座谈会上的讲话》并没有过时，它对我们仍具有指导作用。

文艺创作虽然主要是作家艺术家的个体劳动，但要使你的作品在社会上产生积极的效果，就必须要有群众观点。毛泽东同志明确指出：“革命文艺，应当根据实际生活创造出各种各样的人物来，帮助群众推动历史的前进。”以自我为中心，只“表现自己”，将主体与客体对立起来，实行自我封闭，这样创作出来的作品，能“使人民群众惊醒起来，感奋起来，推动人民群众走向团结和斗争，实行改造自己的环境”吗？纵观古今，横览中外，文学史上一切伟大的、杰出的作家，有谁是仅仅依靠“顽强地表现自己”而取得光辉成就的？事实与此相反，无论是在中国或外国，一切伟大的、杰出的作家，他们都是在特定的历史条件下，自觉或不自觉地反映了当时当地人民群众的愿望，代表着广大人民群众的利益。正如马克思所说：他们“总是以一条条无形的线同人民联系着的”。俄国民主主义批评家别林斯基说得好：“任何一个诗人也不能由于他自身和靠描写自己而显得伟大，不论是描写他个人的痛苦，或者是描写他个人的幸福；任何伟大诗人之所以伟大，是因为他们的痛苦和幸福的根子深深地伸进了社会和历史的土壤里，因而他是社会、时代、人类的喉舌和代表。”希望那些主张“诗人就要顽强地表现自己”的人，还是不要画地为牢，作茧自缚，沿着《讲话》所指出的道路，到人民群众中去，“到唯一的最广大最丰富的源泉中去”吧！

毛泽东同志在《讲话》中，还论述了文艺和政治的关系问题。这是一个十分敏感而又颇多分歧的问题。分歧的根源首先在于文艺和政治关系十分复杂，其次也是由于人们对政治的含义理解不同，从而出现了种种互相矛盾的说法。毛泽东同志在谈论这个问题时，有一个明确的前提和界限，即他是把这个问题作为“党内关系问题，党的文艺工作和党的整个工作的关系问题”来讨论的。他继承了列宁《党的组织和党的出版物》中的基本观点，认为无产阶级的文学艺术是无产阶级整个革命事业的一部分，是整个革命机器中的“齿轮和螺丝钉”；党的文艺工作应当服从党在一定革命时期内所规定的革命任务。这充分体现了无产阶级文艺鲜明的阶级性和党性。毛泽东同志反对所谓的二元论或多元论，反对为艺术的艺术、超阶级的艺术、和政治并行或互相独立的艺术，要求党的文艺工作者自觉地服从党在一定时期的革命任务，成为整个革命机器中不可缺少的齿轮和螺丝钉。只有这样，才能使革命文艺成为团结人民、教育人民、打击敌人、消灭敌人的有力武器，帮助人民同心同德地和敌人斗争。

毛泽东同志强调文艺从属于政治、文艺服从于政治，其目的是为了使党的文艺工作者摆好文艺工作在党的整个革命工作中的位置，既不要把文艺的重要性过分强调到错误的程度，也不要对文艺的重要性估计不足。毛泽东同志丝毫没有轻视和忽视文艺工作的意思，他说："文艺是从属于政治的，但又反转来给予伟大的影响于政治。革命文艺是整个革命事业的一部分，是齿轮和螺丝钉，和别的更重要的部分比较起来，自然有轻重缓急第一第二之分，但它是对于整个机器不可缺少的齿轮和螺丝钉，对于整个革命事业不可缺少的一部分。"如果全面地、完整地理解，而不是断章取义，那么这段话毫无疑问是完全正确的。为了不致使人们产生误解，毛泽东同志又进一步指出："我们所说的文艺服从于政治，这政治是阶级的政治、群众的政治，不是所谓少数政治家的政治。政治，不论革命和反革命的，都是阶级对阶级的斗争，不是少数个人的行为。"至于后来有人将文艺服从政治曲解为文艺服从于"少数个人的行为"、服从于某项具体工作的方针政策，则是完全错误的。在极"左"思潮泛滥时期，林彪、"四人帮"企图将文艺作为它们反党篡权的工具，为极少数野心家、阴谋家的反革命政治服务，从根本上背离了《讲话》的精神，是应当受到彻底批判和否定的。

毛泽东同志关于文艺和政治的关系的论述，其基本精神在于阐明文艺不可能也不应当脱离政治。这是一条马克思列宁主义的真理，是任何人也推翻不了的。古今中外文学史上的无数事实告诉我们：主张文艺脱离政治的人，实际上并没有也绝不可能脱离政治，他们不过是在宣扬一种自欺欺人的谎话而已。

当前，我国人民在中国共产党的领导下，坚持"一个中心，两个基本点"的基本路线，正在加快改革开放的步伐，集中精力把经济建设搞上去，沿着建设有中国特色社会主义道路前进。让我们坚持和发展毛泽东文艺思想，贯彻"百花齐放，百家争鸣"的方针，解放思想，深入现实，到火热的生活中去，到改革开放的大潮中去，表现伟大的时代，表现伟大的人民，创作出更多更好的反映时代精神的作品来，为繁荣社会主义文艺做出应有的贡献。

（《吉林大学中文系建系四十周年学术论文集》，吉林大学出版社 1992 年版）

序跋书评

促进词学研究　弘扬中华文化

——《中华词学》发刊词

《中华词学》在东南大学领导和有关方面积极支持下，克服重重困难，终于和广大读者见面了。这是词学研究史上的一桩盛举，也是我国学术界的一件喜事，值得每一位热爱词学、热爱中华传统文化的炎黄子孙的热烈祝贺。

喜讯传来，本人作为忠实的读者和主编之一，感到无比兴奋，无比激动。此时此刻，我正伫立长白山头，俯视天池，遥望南天，不禁心潮澎湃，浮想联翩。我仿佛看到，从扬子江畔、石头城下，驶出了一只雅洁素淡的白帆船。它船舱虽小，却载着一筐筐不能用金钱论价的精神财富，载着一箱箱具有不朽艺术价值的文化瑰宝。它劈波斩浪，避开商海大潮，穿过浓烟迷雾，驶向五湖四海，驶向人们心灵深处的港湾。它像那长白山顶的雪莲，又像那天池中的圣水，洁白、透明、纯净，不含任何杂质，没有丝毫污染。它可以陶冶人们的情操，开阔人们的眼界，丰富人们的知识，增进人们的身心健康。它是当今最宝贵的精神食粮。相信它一定能在建设社会精神文明、宏扬民族文化的事业中作出自己的贡献。

词，作为唐宋以来兴起的一种配合音乐、可以歌唱的新体诗，是源远流长的中国古代文学园地里一株独具风韵、艳丽无比、举世无双的奇花。它的艺术魅力永不衰歇，人见人爱，能给每一位读者以赏心悦目、妙不可言的美感享受。它在中国诗歌史和世界诗坛上都占有重要的地位，是任何一种文体所不能取代的。它是中华儿女智慧的结晶，是人类文明发展史上一种最精美绝伦的艺术创造。它的语言、声韵、结构、意象、境界和格调，无不体现出中华文化的历史背景，体现出东方民族艺术的固有特色。它是我们永远引以为豪的一份极其珍贵的文化遗产。

词学研究有着悠久的传统。前代学者在这方面付出了辛勤的劳动，作出了宝贵的贡献。改革开放以来，词学研究和我国各项建设事业一样，也有了明显的进展，取得了不少可喜的成绩。研究的深度和广度，观念和方法的更新，十分引人注目。许多有价值的学术论著相继问世，一批优秀的中青年词学研究者的崛起，标志着这一学术领域出现了蓬勃发展的局面，进入了一个新的历史时期。

然而，困难和问题也不少。就客观而言，当前学术研究特别是社会科学的研究不够景气，学术著作出版难的问题至今未能妥善解决，队伍青黄不接，断层现象严重，一些有才华的中青年被迫改行下海学商，使我们这些执着于中华传统文化，甘心一辈子从事社会科学研究的人深感忧虑。正是在这种情况下，东南大学决定出版《中华词学》，为词学研究开辟一块园地，他们的远见卓识，令人钦敬。我相信，《中华词学》的编者、作者和读者一定会满怀信心，通力协作，无怨无悔，将它办好，将中华文化的艺术精品推向世界，让五大洲的人民也能分享这份宝贵的文化遗产。

就主观而言，我们的观念还须进一步更新，研究的方法和手段也应不断地现代化。一切有益的东西，不管是古人的或外国人的，都应通通拿来，一分为二，有选择地加以利用。固步自封和追求时髦都是不可取的。词学研究几百年来积累了许多经验和成果，不能轻易否定。但也毋庸讳言，其中某些传统观念、研究方法和审美模式已经不适应今天的时代潮流，这就要求我们进行科学的分析和鉴别，或加以改造，予以扬弃，总之是取其精华，去其糟粕。只有这样，我们的研究工作才能深入一步，才能跨上一个新的台阶。

当《中华词学》出版之际，我站在长白山头，遥望南天，不禁缅怀当代词学大师夏承焘先生、唐圭璋先生和一切对振兴词学作出过巨大贡献的前辈学者。他们毕生致力于宏扬中华传统文化，致力于词学研究，硕果累累，著作等身，为繁荣学术事业立下了不可磨灭的功绩。他们的精神，他们的风范，永远鼓舞和激励着我们。

我仿佛看到，从扬子江上、石头城下启航的那只白帆船，正乘风破浪，驶向五湖四海，飞向蓝天白云之中。祝它鹏程万里，祝它一路顺风！

1993年6月15日

于长白山下　雅林宾馆

《宋代文学作品选》代前言

——宋代文学概况

宋代文学是丰富多彩的。它以多种多样的艺术形式，反映了当时广阔的社会生活，描绘了这一时期历史发展的概貌。宋代三百多年间，出现了不少优秀的文学家和艺术家，其中有的人是著名的爱国者和民族英雄。他们的作品，思想和艺术成就都是很高的，在中国文学发展史上占有重要的地位。

马克思主义认为：文学艺术作为一种观念形态，都是一定的社会生活在人类头脑中反映的产物。宋代文学也不例外，它是宋代作家对当时社会生活的艺术反映。

960 年，后周军官赵匡胤发动陈桥兵变，夺取政权，建立了宋王朝。从此，结束了唐末五代以来长期动荡混乱的政治局面，全国除了西、北部分地区外，实现了统一，封建社会进入了又一个相对稳定的历史时期。

北宋初年，宋王朝曾采取了一系列措施，巩固封建政权。在经济方面，针对五代以来社会生产遭到严重破坏的情况，注意安置流民，奖励耕种，兴修水利，使农业生产在几十年间得到了恢复和发展。同时手工业和商业相应地发展起来。宋代的冶矿、造船、纺织、瓷器和印刷业都很发达，出现了一些规模较大的手工作坊和工场，产品的数量和质量，当时在世界上都处于领先地位。城市人口的增长和市民阶层的壮大，使都市的经济生活与文化生活十分活跃，逐渐形成了一批繁华的都市，如开封、杭州、成都、扬州等。宋代经济的发展为宋代文化的繁荣，提供了丰厚的物质基础。

宋初，封建统治者吸取唐末藩镇割据、王朝中央大权旁落的历史教训，强化地主阶级专政，把政权、军权和财权都收归中央。皇帝之下，分设中书治民、三司理财、枢密主兵、地方军政官员由朝廷直接任免和控制。军事方面，用文官为枢密使，削弱武将、节度使的兵权，把全国的主要武装“禁军”集中于京城附近。又实行“更戍法”，使“兵不知将，将不知兵”，大大削弱了军队的战斗力。财政方面，规定地方财赋除诸州经费开支外，概输中央。统治阶级任意扩大和加重剥削，滥加赏赐，挥霍无度，生活极端奢侈腐化。以上这些集权措施，在宋王朝建立之初，对巩固统一、安定社会起过一些作用。但却造成了尖锐的阶级对立，加深了社会危机，使北宋王朝很快就出现了“积弱积贫”、民怨沸腾、武备空虚的严重局面。

宋神宗时，王安石实行变法，企图通过理财整军，缓和阶级矛盾，达到富国强兵的目的。但由于大地主官僚集团的阻挠和反对，新法终于以失败告终。统治阶级内部争权夺利也愈演愈烈，社会政治更加腐朽黑暗。

宋代的阶级矛盾十分尖锐。官僚地主大肆兼并土地，对农民进行残酷的政治压迫和经济剥削。北宋中叶，全国耕地的六分之五以上掌握在庄园主手中。大批破产农民被迫沦为佃户或流亡他乡，处于水深火热之中。他们忍无可忍，曾多次举行武装起义，以反抗地主阶级的反动统治。北宋初年王小波、李顺在四川发动了大规模起义，以后又有王伦、王则等人领导的起义。北宋末年，方腊在江南发动起义，北方则有宋江等三十六人领导的起义。南宋初年，农民起义更加频繁。这些起义运动虽然都被镇压下去了，但却沉重地打击了宋朝的封建统治。宋代一些优秀的作家，同情人民的疾苦，对统治阶级残酷的压迫和剥削进行了深刻的揭露和谴责。他们的作品在不同程度上反映了阶级斗争的现实，具有一定的人民性。

宋代的民族矛盾也非常尖锐激烈。北宋时期，辽和西夏不断进行侵扰，统治集团始终采取忍辱求和政策，北宋王朝终于在靖康二年（1127）被金所灭。南宋小朝廷偏安江南，投降派当权，含垢忍耻，不图恢复中原，爱国志士惨遭迫害，政治极其黑暗腐败。祥兴二年（1279），蒙古大军进攻，终于灭亡南宋，使人民蒙受了巨大的灾难。两宋时期，是人民爱国主义精神空前高涨的一个时代。各族劳动人民和无数爱国志士为维护祖国的统一，反对民族压迫和投降政策，进行了英勇不屈的斗争，在历史上写下了可歌可泣的篇章。宋代作家以抒写爱国情思为中心主题的作品，极为丰富，有很强的战斗性和艺术感染力。爱国诗人陆游和爱国词人辛弃疾是最杰出的代表，他们同时出现在南宋文坛，宛如双峰并峙，互相辉映，为我国古典文学增添了光彩。

宋代文学的主要形式，是诗、词、散文和话本小说。它们既是宋代社会的产物，同时又具有承前启后的作用。

宋初的诗文，承袭晚唐五代余风，作品多堆砌词藻典故，追求形式华丽，而思想内容却很空虚。这时的文坛，被一些达官贵人所独占，他们以歌颂太平、粉饰现实为主，彼此酬唱咏和，风靡一时，形成了所谓的“西昆体”。当时也有少数作家如柳开、王禹偁等，不满于“西昆体”，而主张学习并继承杜甫、韩愈、柳宗元和白居易的传统。他们创作了一些内容较为充实、风格朴质清新的诗文，为宋初文坛带来了一股新鲜的气息。

宋仁宗时，伴随政治上的改良运动，文学领域也发生了新的变化。欧阳修、石介、梅尧臣、苏舜钦等出身中下层的作家，在主张改革政治的同时，掀起了一个声势很大的诗文革新运动。他们对“西昆体”的“淫词哇声”进行了猛烈的批判，在理论上和创作上都有很大的建树，为宋代诗文的发展开创了新的局面。接着经过王安石、苏轼等杰出作家的努力，进一步巩固了诗文革新运动的成果，创作了大量思想艺术成就较高的作品，使北宋文坛呈现出繁荣的景象。当时在欧阳修、苏轼、王安石周围，聚集起一批优秀的散文作家，他们的作品在先秦、两汉、唐代散文的基础上，又有新的发展和提高，内容和形式更加丰富多彩，艺术性也有显著增强，出现了一个散文创作的全盛时期，对后世的影响极其巨大。这一时期的诗歌，名家辈出，内容丰富，现实性较强，但也出现了“以议论为诗”的倾向，不少作品“言理”多而抒情少，缺乏形象性。这种倾向对宋诗的发展影响不小。到了北宋后期，政治更加腐败，新旧党争激烈，有些作家回避现实斗争，形式主义之风又有所抬头。以黄庭坚为代表的江西诗派，偏重讲究形式和雕琢，一时势力很大，但终究不是主流。随着社会阶级斗争和民族矛盾的激化，这一派人的作品里，也逐渐增加了反映现实生活的内容。

靖康之难，金人入侵，北宋灭亡，民族矛盾尖锐化，广大人民遭受了深重的苦难，许多作家也经历了家破人亡的遭遇。动乱的时代改变了作家的生活，震撼着他们的心灵，一些曾受江西诗派影响的诗人，如陈与义、吕本中、刘子翚等，也走出单纯追求技巧的艺术之宫，开始面向现实，写出了不少感时伤乱、抒发爱国情思的作品。在如火如荼的抗金战争中，南宋前期爱国主义文学得到了空前的发展。岳飞、宗泽、李纲等著名的抗金英雄，在戎马倥偬之际，写了一些悲歌感慨、壮怀激烈的诗词，起到了鼓舞人心、激励斗志的积极作用。南宋爱国主义文学的代表作家是陆游和辛弃疾。陆游以诗著称，辛弃疾以词名世。他们都力主恢复中原，统一祖国，反对妥协投降政策。他们生不逢时，才无所用，壮志未酬，怀着愤懑悲壮的心情，唱出了时代的最强音。陆游存诗近万首，其中有许多思想性和艺术性都很高的优秀作品。他热爱祖国，同情人民，一生积极参加现实斗争，辛勤从事文学创作，对后世的影响很大，是我国古代伟大的诗人之一。

与陆游同时的著名诗人还有杨万里、范成大、尤袤等。他们也都写过一些表达爱国思想、反映民生疾苦的作品，艺术上有自己的特色，但其思想内容的广度和深度都比不上陆游。南宋后期，士气不振，诗风衰微。这一时期所谓的“永嘉四灵”和“江湖派”诗人，多为下层失意文人，他们中的多数人不敢面向现实，专门寻章摘句，雕琢词藻，唱着低沉凄清的调子。但“江湖派”诗人中的刘克庄、戴复古，却能继承陆游的传统，写了不少抒发爱国思想的作品，成就较高。在蒙古军队入侵，南宋灭亡前后，爱国主义文学再次高涨。民族英雄文天祥的诗文，表现了中国人民英勇不屈的斗争精神。其他作家如汪元量、刘辰翁、郑思肖、谢翱、谢枋得、林景熙等，在国亡家破之际，抚时感事，触物兴悲，抒写故国之思、山河之恸。虽情调不免哀伤，但精神诚为可贵，在南宋末年诗坛上放射出光彩。

词是宋代文学的重要形式之一。这种可以合乐歌唱的新体诗，初起于隋唐之际。中唐以后流播渐广，引起了一些文人的注意。晚唐五代文人写词的风气盛行，出现了一些著名的词人。入宋之后，词坛繁花似锦，盛极一时。词的内容和形式不断丰富，艺术技巧日益完善，产生了许多著名的作家和作品，发展到了空前繁荣的境地。宋词的兴盛，与北宋初期社会秩序安定、都市生活繁华、市民阶层文化娱乐要求增长有直接的关系。当时在一些大都市里，歌楼酒馆，竞唱新声，勾栏瓦舍里演唱着各种文艺节目，所谓“新声巧笑于柳陌花衢，按管调弦于茶坊酒肆”，词就是其中很受欢迎的一种形式。与此同时，文人们也竞相传唱模仿，形成热潮。于是，这种在晚唐五代已相当流行的文学形式，到了宋代就枝繁叶茂，争芳吐艳，成为我国古典文学园地里的一株奇葩。

北宋前期的词，沿袭五代花间派的余风，题材狭窄，内容贫乏，多写闺情绮怨、离别相思，情调缠绵悱恻，风格柔弱婉约。但在晏殊和欧阳修的词中，也有一些形象鲜明、风格清新的作品。与晏、欧同时，对宋词发展有较大影响的另一位作家，是自称为“才子词人”的柳永。柳词的内容较为广泛，在题材方面有所突破。他广泛接触了当时的歌妓乐工，学习民间语言，创制了大量的慢词，使得这种文学形式更为成熟。在艺术上，柳永善于铺叙，以白描见长，语言通俗流畅，音调谐婉，丰富了词的表现手法。

苏轼是北宋时期最杰出的词人。他以大胆的革新精神，打破了所谓“诗庄词媚”的观念，扩大了词的题材和境界，创立了“豪放派”，给词的发展开拓了广阔的道路。他以写诗的手法来写词，凡是诗歌可以表现的内容，也可以用词来表现。在他的笔下，词不仅可以抒情写景，而且也可以言志抒怀。正如刘辰翁所说：“词至东坡，倾荡磊落，如诗，如文，如天地奇观。”（《辛稼轩词序》）但苏轼之后，周邦彦等人占据词坛统治地位，专门雕章琢句、讲求句式章法，在音韵格律方面下功夫，而内容却很空虚庸俗，对南宋格律派词人影响很大。

在南北交替之际，女词人李清照是一位具有独特成就的作家。她的早期作品抒发了一位上层女子对爱情生活的追求与向往，她的晚期作品描绘了自己凄凉悲苦的身世和遭遇，表达了对故国与家乡的怀念，流露了爱国思想。她善于运用白描手法，通过生动的形象表达抽象的思想感情，语言清新自然，艺术成就较高。

词至南宋，发展到了高峰。这时由于金人入侵，中原沦陷，许多作家开始以词来反映民族矛盾，抒发爱国思想，揭露投降政策。使词从北宋末年形式主义的束缚中得到解放，走向了社会生活的广阔原野。南宋前期词人张元幹、张孝祥等人，唱出了悲壮激越的歌声。

辛弃疾是南宋最杰出的爱国词人。他的一生“以气节自负，以功业自许”。青年时期曾在故乡山东参加农民起义军，积极投身抗金斗争。南归之后又多次建议北伐，恢复中原。但却不受重用，屡次遭到排斥贬黜。他不得已才拿起笔来，以歌词作为“陶写之具”，抒写胸中抑郁不平之气。辛弃疾的词，内容丰富、题材广泛，最有价值的是那些抚时感事、情辞慷慨、抒发爱国激情的作品。此外，他还描绘了农村的一些生活画面，讽刺社会上的庸俗风气，嬉笑怒骂，皆成妙笔。辛词的艺术成就也很高，他的作品富于形象性，表现手法也是多种多样的。他驾驭语言的能力很强，善于通过夸张、比喻和联想来刻画形象，表达主观感受。辛词的风格以豪放为主，但也有写得婉约秾丽、自然清新的作品。与辛弃疾同时的作家陈亮、刘过等人，也写过一些慷慨激昂的爱国作品，被称为辛派词人。南宋后期，继承辛派传统的词人有刘克庄、陈经国、文及翁、刘辰翁等，他们面对家破国亡的惨痛局面，写了许多反映现实生活的作品，为宋词增添了光辉。

南宋词坛的另一种倾向，则是以姜夔为代表的格律派。这些作家不能面向现实，只好陶醉在个人生活的狭小天地里。他们承袭周邦彦的词风，专门雕章琢句，讲究音律词法，形式上虽然各有特长，但作品的思想意义不大。宋末词人王沂孙、周密、张炎等人，沿袭形式主义的创作道路。他们的词语言晦涩，难于捉摸，其中也有一些作品寄托了国家之恨，但调子低沉哀伤，反映了当时一部分作家悲观消极的思想情绪。

随着城市生活的繁荣和市民阶层的壮大，在宋代出现了反映市民生活与思想感情的新的文艺形式——话本与戏曲。宋代戏曲包括杂剧和南戏，当时在民间演出十分活跃，为元代戏曲的兴盛提供了基础，但没有作品流传下来。宋代话本是我国最早的白话小说。它的产生标志着中国古代小说进入了一个新的发展时期，在文学史上有着重要的地位。所谓话本，就是民间“说话”艺人所用的底本。“说话”，也就是说书，这种文艺活动在唐代已经出现，到了宋代更为盛行，于是话本作为一种新兴的市民文学也就随着产生和发展起来了。话本根据不同的内容又分为：“小说”“讲史”“说经”“合生”四类。其中以小说和讲史两类价值较高。话本小说以现实主义的创作方法反映了当时市民的生活、思想和斗争，揭露了封建统治阶级对人民群众的压迫和剥削，表达了处于封建桎梏下的城市平民、手工业者、下层妇女的要求与愿望，对于我们认识封建社会矛盾的普遍性和斗争的复杂性有一定的价值。话本小说在艺术上很有特色，一般说来，它的情节曲折，故事性强，结构完整，语言通俗、朴素、简练，为群众所喜闻乐见。话本小说的现实主义精神和艺术成就，在明清小说的创作中得到了继承和发展，为我国古代小说民族风格和民族特点的形成奠定了良好的基础。

《宋词精华新解》后记

50年代末，我在吉林大学中文系讲授宋词专题课。当时为了适应教学的需要，曾编印了一本《宋词选讲》，作为教材发给同学。60年代初，我到杭州大学进修，从词学大师夏承焘教授学习宋词。夏先生不但给我以亲切的教诲和指导，同时还批阅了这本讲义，提出了许多宝贵的意见，并嘱我加以修改补充，争取公开出版。不久即开始了十年动乱，我也被迫中断了教学和科研工作。粉碎“四人帮”，特别是党的十一届三中全会以后，我们伟大的祖国进入了一个新的历史时期。社会主义建设事业突飞猛进，取得了举世瞩目的成就，教育战线也出现了蓬勃发展的大好形势。

1986年，吉林大学出版社约我将《宋词选讲》重新加以修订，我欣然接受了这一任务。经过近两年的努力，终于在龙年伊始修订完毕。本书选录宋代词人三十二家，作品108篇，绝大多数在思想和艺术上都富有特色。除原文外，还有作者小传、注释和解说等方面内容。修订以原稿为基础，以解说为重点，因改称为《宋词精华新解》。书后附录本人近年在国内学术刊物上发表的部分论文。这部书是我从事宋词教学和科研的一点结果，虽然耗费了不少精力，但由于本人水平有限，疏漏和错误在所难免，希望得到读者和专家的批评指正。

当本书问世之时，我的老师夏承焘教授、赵西陆教授和郭石山教授已相继谢世，他们生前都曾给我以热忱的关怀和教导，在此谨向他们表示深切的怀念。我将沿着他们的道路，在中国古典文学的教学和科研领域里，奋力拼搏，不断前进。

1988年2月于长春

《历代旅游诗文赏析》序

山川之美，古来共谈。我们伟大的祖国，历史悠久，山河壮丽，众多的名山巨川，珍贵的文化古迹，丰富瑰丽的神话传说，构成了华夏民族所特有的自然景观和人文景观，千百年来，历代文人倾慕之、歌咏之，留下了无数璀璨夺目的不朽之作，它们映照着祖国大好山河的壮丽风貌，表现着中华民族的艺术灵性，熔文学、美学、哲理于一炉，逐步形成我国独具风采的山水文学。

山水文学的兴起与发展是与自然美的被认识和把握紧密联系在一起的。恩格斯在欣赏自然美时，曾经感受到“幸福的战栗”，这种“幸福的战栗”，便是对自然有一种审美观照。人类并不是一开始就能体会到这种“幸福的战栗”的，对于蒙昧时期的始民来说，自然是冷寂的。在大自然的威力面前，他们感到困惑和恐惧。大自然在他们的心灵里唤起的不是审美的愉悦，而是一种无法抗拒的威慑。随着社会实践的不断提高，人类跨进了文明的门槛，文明的曙光像一道电光闪过人类的心灵，唤醒了他们一直沉睡着的美感情绪，自然美开始步入人类的心灵。几千年前，面对奔流不息的滔滔江水，孔子以其哲学家的睿智发出了“逝者如斯夫”的感叹，接着又提出“知者乐山，仁者乐水”。山水自然在孔子的心灵里产生了强烈的美感效应，孔子又赋予山水自然以人的灵性和深情，山水自然不再是一种静态的存在，它成了人类精神品德的一种物化形式。崇尚自然、追求自然的庄子则以一种纯艺术的审美态度表明了他的自然观，“天地与我并生，万物与我为一”，“山林与，皋壤与，使我欣欣然而乐焉”。这两位哲学家的自然观对后世产生了极其广泛深远的影响，尤其是庄子对山水自然的那种纯艺术的审美态度，直接引发了魏晋山水情绪的兴起，并成为中国山水艺术的主导思想。我们知道，在魏晋之前，中国尚没有典型意义的山水文学。尽管在《诗经》《楚辞》、汉赋、汉乐府中不乏表现山水自然的作品，但从严格意义上来说，那些描写只是片断的、简单的对自然物的反映，自然尚未成为独立的审美意象受到重视和表现。中国山水情绪的真正发达是在魏晋时期，《世说新语》载东晋画家顾恺之从会稽还，人问山川之美，顾云：“千岩竞秀，万壑争流，草木蒙笼其上，若云兴霞蔚。”又“王献之云：‘从山阴道上行，山川自相映发，使人应接不暇，若秋冬之季，尤难为怀。’”。这种深入山水、对自然景色的欣赏态度，正是中国山水文学创造的心理基础。山水文学的奠基者谢灵运更是酷爱自然，《宋书》本传称他每到一地便“肆意游遨”“寻山陟岭，必造幽峻，岩嶂千重，莫不备尽”，甚至于带领数百随从，翻山越岭“伐木开径”以“穿幽操胜”，“所至辄为诗咏”。他的崛起，开创了我国山水文学的先河。

唐代的山水文学在魏晋南北朝山水文学的基础上迅速向前发展。李白、杜甫的山水诗，王孟的田园诗，柳宗元、李贺、杜牧等人的山水诗文将山水文学推向了高峰，他们描写自然、渗透自然、融入自然，表现了人对自然的审美艺术的把握。宋代山水文学在我国山水文学中最富有诗情画意。苏轼、陆游、欧阳修等都以他们独具特色的名篇佳作为山水文学增添了光彩。元明以后，文人们因不满现实，多借山水表现潇洒闲逸的生活情绪，他们寄情山水，以求精神慰藉，产生了一批格调高远、意趣超逸的山水佳作。

山水自然孕育了中华民族的灵性，山水文学是中华文苑中绚丽多彩的艺术珍宝。今天，随着旅游业的日益发达，越来越多的人渴望在畅游祖国的名山巨川、饱览天下自然美景的同时能了解或欣赏到历代名家的山水佳作，一首前人即景的诗，一个美丽动人的传说会给山水自然带来更大的魅力，使旅游者的旅游生活更加富有诗情画意。登上泰山之巅的人们会情不自禁吟诵“会当凌绝顶，一览众山小”；在碧波轻漾的西湖上泛舟的人们又怎能忘记“欲把西湖比西子，淡妆浓抹总相宜”的诗句；流连秦淮河畔，李白、杜牧、刘禹锡、王安石的诗句又会纷至沓来，冲口而出。山水文学已融进了自然山水之中而成为自然山水的一部分，它将给那些对自然山水怀着亲切依恋和热烈向往的旅游者，带来艺术的熏陶和美的享受。

《历代旅游诗文赏析》满足了旅游爱好者和文学爱好者对自然美和艺术美的追求，那些徜徉于美丽迷人的自然山水之间的人们可以从此书中获得艺术的审美愉悦，而那些因工作繁忙、一时难以偷闲的人们也可借文学家的传神妙笔对祖国的大好河山作一番“精骛八极、心游万仞”式的神游。《历代旅游诗文赏析》以名山、名水、名城和名胜古迹为景点，先对各景点作较详细的介绍，然后搜集历代文人流传万口的诗、词、曲、文进行赏析，赏析文字清晰明了，适合于各种层次的读者。这本书必将得到广大旅游爱好者和文学爱好者的喜爱。

《分类新编两宋绝妙好词》前言

宋词是中国古典文学园地里一株艳丽多彩的奇葩，是源远流长的中国传统文化的重要组成部分。它以形象化的语言，从不同的侧面反映了宋代的历史面貌、风土人情以及宋人丰富多彩的物质生活和精神世界。它以完美的艺术形式，显示出巨大的魅力，几百年来一直吸引着广大的读者。人们将唐诗和宋词并称，说明它在中国诗歌史上具有极为重要的地位，是值得我们引以为自豪的一份珍贵的文化遗产。

长期以来流行着一种看法，认为宋词题材狭窄，反映的生活面不广，局限性很大。如果就某位具体作家而言，情况也许是如此；但如果我们把宋词作为一个整体来审视，就不会说它题材狭窄、反映的生活面不广了。

本书根据《全宋词》和有关资料，选录了宋代近四百位作家的一千二百多篇作品。分为：大好河山、名胜古迹、爱国情怀、壮志难酬、边塞风烟、承平岁月、乱世悲歌、节物风情、元宵之夜、七夕佳话、中秋浩歌、人生咏叹、乡村田园、渔歌菱唱、寻幽探胜、群芳竞艳、梅苑撷英、草木果蔬、鸟兽虫鱼、饮食器物、春夏秋冬、雨雪风月、对景感怀、疏狂闲适、贬谪流徙、怀古咏史、斥责嘲讽、俳谐戏谑、夫妻之间、兄弟姊妹、友情深长、忆昔怀旧、羁旅乡愁、离别相思、闺情绮怨、豆蔻年华、魂断青楼、琴棋书画、艺人剪影、梦幻世界、寿词选萃、杂花朵朵等四十二类。题材不可谓不广，内容不可谓不丰富，只是由于过去受“婉约”“豪放”两大派观念的束缚，许多绝妙好词均被排除在我们的审美视野之外，遗珠弃璧，识者兴叹。为了使读者全面了解宋词，继承和借鉴这份珍贵的文化遗产，弘扬民族文化，我们参阅了历代有关宋词的选本和词话，本着解放思想、实事求是的原则，对全宋词重新进行了审查和评断，并在此基础上编写了这部《分类新编两宋绝妙好词》。

分类没有固定的框框，完全从实际出发，主要根据作品的题材，同时也兼及主题。由于有的作品题材和主题都是复合体，既可列入甲类，也可列入乙类，如爱国情怀与壮志难酬常常是一篇作品的两个侧面，难以截然将其划分开来。对这类作品，我们按照自己的理解，突出其一个侧面，加以分类，难免有顾此失彼的遗憾。有些同类题材的作品，其中部分篇章所咏对象更为单纯、集中，而且佳作纷呈，于是便单列一类，如群芳竞艳之后，又有梅苑撷英，节物风情之后又有元宵之夜、七夕佳话、中秋浩歌，如此等等。这也是从实际出发，不拘一格而采取的一种变通办法，读者大概不会不同意吧！在两宋词人的作品中，还有一些绝妙好词，同类题材的作品极少，甚至是绝无仅有，弃之感到可惜，于是便有了最后一类杂花朵朵。在四十二类之中，选得最多的是群芳竞艳，共有七十首。这些五彩缤纷的百花赞歌，实在是一部形象而生动的《群芳谱》。选得最少的是寿词选萃，只有十首。祝寿之词虽然多为溢美的庸俗之作，但也有一些爱国志士借为友人祝寿之机，揭露时弊，谴责投降政策，抒发爱国激情，写得十分真切动人，具有一定的艺术感染力，因此也是不可完全摈弃的。此编第一类——大好河山，展示了祖国壮美山河的风貌，读之不但可以得到大自然鬼斧神工的美感享受，而且可以陶冶我们的爱国情操，激发读者为建设更加美好的锦绣中华而奋力拼搏。这正是我们编写此书的根本目的。

对所选之词，除了“注释”而外，还附有一段“说明”。“说明”或介绍写作背景，或揭示主题思想，或分析艺术特色，文字则有短有长，内容则有详有略，无一定之规，视需要而定。总之，是力图将我们阅读作品的一点体会提供给读者作参考。由于我们的水平有限，本书必定还存在着许多缺点和不足，希望能得到读者的批评和指正。

1990 年 12 月于长春

《全宋词佳句类典》序

词，从广义上说也就是诗，是一种配合音乐，可以歌唱的新体诗。这种文学形式，初起于隋，形成于唐，盛行于宋，在中国古代诗歌发展史上有着重要的地位。当初歌辞是不能脱离乐曲的，所以在唐五代和宋初，时人根据这一特点，就把它称为曲、杂曲、曲子或曲子词。后来的作家倚声填词，并非均为应歌而作，歌辞与音乐出现了脱离的倾向，从而形成了一种独立的新体诗，于是“词”也就逐渐成为了这种新体诗的专用名词。此外，它又被称为长短句、诗余、乐府、歌曲、琴趣、乐章、语业等。在古代诗歌园地里，词的形式最为丰富，而其名称也是最多的。

每首词都有一个表示乐曲的调名，即所谓的词牌。作词者或依调填词，或因词制调，总之曲调和歌辞是相辅相成的。一个词牌最早的歌辞调名与内容常常有一定的关系，但曲调一经用作词牌，形成固定的格式，后来的作者只是按谱填词，作品的内容绝大多数都与调名无关了。某些词牌除本名之外，还有若干别名，如《蝶恋花》，本名《鹊踏枝》，又名《一箩金》《黄金缕》《凤栖梧》《鱼水同欢》《明月生南浦》等。据统计，已考知的词调有八百多个，二千三百多体，实际比这个数目还要大。由此可见，唐宋时期词调、词体是异常丰富多彩的。

词调或词牌所表示的是乐曲的性质和特征，与词的内容并无必然的联系，不是词的题目，也不一定表示作品的主题。因此北宋以后，有的词人有时又在词牌后面另加一个标题或附上一段序言，点明题旨或说明创作意图和经过，以便于读者理解作品的思想意蕴和艺术特色。如苏轼的《念奴娇·赤壁怀古》，《念奴娇》是这首歌词乐曲的名称，“赤壁怀古”实际上是本篇的题目。词中的序言有短有长，长的多至数十百字，与原作互为表里，相映生辉，对正确理解作品的主题和意境也是十分重要的。如姜夔的《扬州慢》，序云：“淳熙丙申至日，予过维扬，夜雪初霁，荠麦弥望，入其城，则四顾萧条，寒水自碧，暮色渐起，戍角悲吟。予怀怆然，感慨今昔，因自度此曲。千岩老人以为有黍离之悲也。”这段情文并茂的文字，将作者创作《扬州慢》的时间、地点、环境、气氛和主体感受叙述得十分生动具体，几乎成为了本篇有机的组成部分。读者在阅读和欣赏这首哀时伤乱、寄慨遥深的名作时是不应忽略这段序言的。

除了每篇作品都有一个表示音乐性质的调名外，词和诗在形式上的另一区别是词需分片。大多数词调都是一首分为几段的，其中以分为两段的占绝大多数。也有不分段的，那都是词调中的小令，如《十六字令》《如梦令》等。还有极少数词调分为三段或四段的，如《兰陵王》《莺啼序》等。调的段，又叫“片”，“片”的称谓是由古代的“变”字衍化而来的。古乐每奏完一曲，叫做一变。到了唐代，“变”字简化为“徧”或“遍”，南宋以后“徧”或“遍”才开始省作“片”字。分为两段的词，一般称第一段为上片、上阕、前阕，第二段为下片、下阕、后阕。阕，原指乐终，即音乐演奏完毕。后来用以代称歌曲，谓一曲为一阕，宋人则习惯称一首词为一阕。就乐曲而论，段与段之间是短暂的停顿、休止，而非全曲的终了；就歌词来说，则要求两片之间要若断若续、承上启下，衔接贯通，不可割断文意。这就是所谓的过片，即一首词从上片过渡到下片。过片又简称为过，或作过变、过处、过遍，指下片开头之处。如果下片开头与上片开头的句式不同，则称为换头。两片之间如何承接、过渡，对一首词艺术上的成败得失至关重要。许多杰出词人在过片的地方常常苦心经营，辛勤构思，下了很大的功夫。不少词论家对此也多有探索和论述。如张炎《词源》云：“作慢词看是甚题目，先择曲名，然后命意；命意既了，思量头如何起，尾如何结，方始选韵，而后述曲。最是过片不要断了曲意，须要承上接下。如姜白石词云：‘曲曲屏山，夜凉独自甚情绪。’于过片则云：‘西窗又吹暗雨。’此则曲之意脉不断矣。”这里所谓的意脉，即作品的思想脉络，或曰意象流程。只有意脉不断，形象和意境才能统一，全篇才能成为一个完整和谐的有机体。过片有直承、并列、呼应、对照、暗转、化入等种种方式，要求不隔不滞，以自然妥帖为妙。前人在这方面积累了许多宝贵的创作经验，至今仍然值得我们学习和借鉴。

词的语言、结构和格律方面的特点，曾有人用三句话来加以概括，即“调有定句，句有定字，字有定声”。词的声律平仄要求比诗更严。唐代的近体诗要求分平仄，它的字声的组合方式基本上是两平两仄相间，对举使用，即使变化也是有规律的。而词除了要分平仄外，某些词调在关键地方还须分辨四声，即所谓三仄更须分上去，两平还要辨阴阳。还有人主张词应分五音、五声、六律和轻重清浊，在字声方面提出更加严格的要求，但实际上能够做到的人并不多。

一般说来，词韵比诗韵较宽，某些韵部可以互相通转，又可以四声通协，变化较诗韵多，因而也较灵活自由。诗无论是古体或近体，一般两句一韵。词则除了隔句押韵外，还出现了韵位或疏或密，或疏密相间等多种多样的押韵方式。密者一句一韵，疏密有多至五六句才押韵的。这种复杂多变的押韵方式，是因调而异的。韵位的不同则是由乐曲的唱腔而定的。南宋以前并没有一部为所有词人共同遵守的韵书，后来逐渐出现了一些词韵，但大都不甚完备。清代编撰的词韵较多，其中以戈载的《词林正韵》影响较大，许多填词和研究词韵的人都以此书为准，以至被称为“金科玉律”，“实为填词家所不可少”。

词，作为一种新体诗经过隋唐五代数百年的酝酿、完善和演进，发展到宋代进入空前繁荣的极盛时期。当时写作、阅读、演唱歌词的风气在社会上各阶层普遍流行。词的题材内容逐渐扩大深化，艺术形式日趋完善，表现技巧不断提高，涌现出许多优秀的作家和大量精美绝伦的作品。今人张璋、黄畬编《全唐五代词》，收作者一百七十余家，作品二千五百余首；唐圭璋所编《全宋词》，收作者一千三百余家，作品二万余首，由此可见唐宋词的繁荣盛况。毋庸讳言，词是我国古代文学园地里一株艳丽无比的奇花，是中国传统文化中的瑰宝，是值得我们引以为自豪的一份珍贵遗产。

《全宋词佳句类典》是一部新颖独特的中型工具书。它广搜博采，精选唐宋词佳句，按类编排，可收取精用宏、触类旁通之功。在分类上，它既借鉴了古代类书的分类方法，同时又有所创新和自己的独到之处。一编在手，读者可以从相关类目中，迅速找到五彩缤纷的唐宋词佳句，并以此为引导，进一步在《全唐五代词》和《全宋词》中查出词，进行深入的鉴赏、品评和研讨，从中吸取艺术养料，得到美感享受，以丰富我们的精神生活。本书既为专家学者提供了极大的方便，又为古典诗词爱好者提供了一部足资参考的工具书。它的出版，无疑对普及唐宋词，弘扬民族文化具有积极意义。

1992 年 1 月 29 日于吉林大学

《蕴藉绵长歌——婉约词精品赏析》

前　言

词，是一种配合音乐、可以歌唱的新体诗，是源远流长的中国古代文学园地里一株艳丽无比、独具风韵的奇葩。它的艺术魅力经久不衰，千余年来受到广大听众和读者的热烈欢迎，给人们以赏心悦目、妙不可言的美感享受。它在中国诗歌史上占有重要地位，是任何一种文体都不能取代的。它的语言、音韵、结构、意象、境界、格调和审美方式无不体现出中华民族文化所固有的特色。它是值得我们引以为自豪的一份极其珍贵的文学遗产。

词，作为一种新体诗，初起于隋，形成于唐，经过几百年的酝酿、完善和演进，发展到宋代进入了空前繁荣的极盛时期。当时写作、阅读、演唱歌词的风气在社会上广为流行。正如叶梦得《避暑录话》所载："凡有井水处即能歌柳词。"由于世风所尚，文人学士竞相效尤，对创作歌词产生了强烈的兴趣，投入了大量的劳动和精力，于是词的题材内容逐渐扩大深化，艺术形式日趋精美，表现技巧不断提高，涌现出许多优秀的作家和各种不同风格流派的作品，成为当时广大群众最喜闻乐见的一种文艺形式。人们将唐诗、宋词和元曲并称，说明它的确不愧是中国文学史上光辉的一页。

宋人虽然没有明确的、系统的关于词派的论述，但在感性上已有人认识到当时词坛存在着不同的创作风格倾向。如俞文豹《吹剑续录》载："东坡在玉堂，有幕士善讴，因问：'我词比柳词何如？'对曰：'柳郎中词，只好十七八女孩儿，执红牙拍板，唱'杨柳外晓风残月'；学士词，须关西大汉，执铁板，唱"大江东去"。'公为之绝倒。"据说这位善讴的幕士名叫袁绹，他从自己演唱歌词的实践中，体会到苏轼的词声情豪壮，必须由关西大汉来唱。而柳永的词情调缠绵，则只能由十七八岁的少女来唱。当然这是就两位作家最有代表性、最能体现其风格特征的作品，如《雨霖铃》《念奴娇》等而言。这段轶闻虽然很简短，也没有什么高深的理论，但却蕴涵着一个值得人们思考的问题：在北宋词坛已存在着以苏轼和柳永为代表的两种不同的词风。袁绹的见解给后人以深刻的启迪，因此吴灏在《历朝名媛诗词题辞》中说："自宋人说部（按：指俞文豹的《吹剑续录》）有铁板红牙之喻，词家乃分豪放婉约两派。"

明代张綖是最早以婉约、豪放来概括宋词两种不同风格的人。他在《诗余图谱》“按语”中说：“词体大略有二：一体婉约，一体豪放。婉约者欲其词调蕴藉，豪放者欲其气象恢宏。然亦存乎其人。如秦少游之作，多是婉约；苏子瞻之作，多是豪放。大约词体以婉约为正。故东坡称少游为‘今之词手’，后山评东坡‘如教坊雷大使之舞，虽极天下之工，要非本色’。”张綖所说的“词体”，主要是指作品的体式、风格、情调、意境等因素，即作家的艺术个性和特征而言。清初王士禛在张綖论词的基础上又进一步，将“词体”改为“词派”，视二者为同义语，于是论体分派便合而为一。他说：“张南湖论词派有二：一曰婉约，一曰豪放。仆谓婉约以易安为宗，豪放惟幼安称首，皆吾济南人，难乎为继矣。”（《花草蒙拾》）从此，词分婉约、豪放两大流派的说法逐渐流行，被许多学者所接受。不过，在词学界也有一些不同的看法。有将词分为三派的，如江顺诒《词学集成》卷五引蔡小石《拜月词序》说：“词胜于宋，自姜、张以格胜，苏、辛以气胜，秦、柳以情胜，而其派乃分。”有将词分为四派的，如周济《宋四家词选序》云：“清真，集大成者。稼轩敛雄心，抗高调，变温婉，成悲凉。碧山餍心切理，言近指远，声容调度，一一可循。梦窗奇思壮采，腾天潜渊，返南宋之清泚，为北宋之秾挚，是为四家，领袖一代；余子荦荦，以方附庸。”也有将词分为十四派的，如陈廷焯《白雨斋词话》曰：“唐宋名家流派不同，本源则一。论其派别，大约温飞卿为一体，皇甫子奇、南唐二主附之；韦端己为一体，牛松卿附之；冯正中为一体，唐五代诸词人以暨北宋晏、欧、小山等附之；张子野为一体；秦淮海为一体，柳词高者附之；苏东坡为一体；贺方回为一体，毛泽民、晁具茨高者附之；周美成为一体，竹屋、草窗附之；辛稼轩为一体，张、陆、刘、蒋、陈、杜合者附之；姜白石为一体；史梅溪为一体；吴梦窗为一体；王碧山为一体，黄公度、陈西麓附之；张玉田为一体。”今人詹安泰先生则将词分为八个不同的流派，即以柳永为代表的真率明朗派；以苏轼为代表的高旷清雄派；以秦观、李清照为代表的婉约清新派；以张先、贺铸为代表的奇艳俊秀派；以周邦彦为代表的曲丽精工派；以辛弃疾为代表的豪迈奔放派；以姜夔为代表的骚雅清劲派；以吴文英为代表的密丽险涩派。对词派的划分可谓百花齐放，众说纷纭，莫衷一是。这些不同的划分方法，各自都有一定的道理，但同时也存在着一些问题，因此在词学界至今尚未取得共识。

我们不同意将词派分得太细、太繁，因为那样反而不易看出两宋词坛的基本倾向。文学史上一切杰出的作家都有自己独特的风貌和格调，分为四派、八派或十四派，也未必能概括他们在创作上所表现出的艺术特征。正因为如此，我们还是赞成将宋词分为婉约和豪放两大流派。尽管这种分法也存在着若干问题，还受到一些学者的责难，但它流行既久，且又没有人提出比它更理想、更妥善的分法来加以取代，那么继续沿用这种分法仍不失为一种明智的选择。

我们赞成将宋词分为婉约和豪放两大流派，却不同意重婉约轻豪放，也不同意重豪放轻婉约。婉约、豪放各有千秋，不容轻易加以轩轾，而应当“一碗水端平”。词史上的正变之争，体派之论，常常夹杂着门户之见和评论者个人的爱好，因而往往是不科学、不符合客观实际的。婉约派人多，作品多，曾经在一定时期主宰过词坛，出现了许多情韵兼胜、精美绝伦的作品，他们在中国诗歌史上的贡献是不容抹煞的。将大批婉约派词人说成“逆流”是毫无道理的，是极“左”思潮在词学研究中的反映。另一方面，豪放派虽然人数和作品都比较少，但他们在“诗庄词媚”传统观念面前，敢于变革，勇于创新，竭力开拓词的题材和表现范围，使他们的作品更加贴近现实生活，在宋词发展史上的功劳是不可磨灭的。特别是以辛弃疾为代表的南宋爱国词人，顺应历史潮流，和时代同呼吸，与人民共命运，在词坛上树起了一面以抒发爱国情思为中心主题的旗帜，写下了一支支动人心魄的慷慨悲歌，是中华民族精神文明的宝贵财富。怎么能将他们视为词坛的支流或等而下之的“变体”呢?

重婉约而不应轻豪放，重豪放也不应轻婉约，它们相辅相成、互相辉映，才形成了宋代词坛多彩多姿、百花竞艳的局面。这就是我们对婉约、豪放两大流派在宋词发展中的地位的基本看法。

北宋前期的婉约词，承袭晚唐、五代“花间派”的余风，题材有明显的局限性，描写的主要是男女恋情、离愁别恨、四时景物、伤春悲秋以及羁旅行役等方面的内容。作者多为上层文人，有的还是当时著名的“钜公大僚”，如晏殊、欧阳修，还有宋祁、张先、柳永以及稍后的晏几道等。除柳永而外，他们的作品在形式上多为小令（如晏殊词小令占百分之九十七、欧阳修和张先均各占百分之八十五），风格婉约柔丽，情调缠绵悱恻，具有典型的阴柔之美。北宋后期的婉约派词人如秦观、贺铸、周邦彦和女词人李清照等，在继承前人传统的基础上又有所创新。沈雄《古今词话》引蔡伯世语云：“子瞻词胜乎情，耆卿情胜乎词；辞情相称者，唯少游一人而已。”陈廷焯《白雨斋词话》称：“秦少游自是作手，近开美成，导其先路；远祖温、韦，取其神、不袭其貌。”其词俊逸清新，凄惋动人，情韵兼胜，不愧是婉约派最有代表性的词人之一。周邦彦被推崇为词坛“巨擘”、北宋婉约派的集大成者。他精通音律，能自度曲，其词缜密典丽，富艳精工；下字运意，皆有法度；抚写物态，能曲尽其妙。他的词语言典雅，音律谐婉，意象浑厚，层次曲折，尤善铺叙勾勒，在艺术表现方面确有独到之处，因此推崇他的人称其“最为词家之正宗”。至于李清照，可以说是中国文学史上一位多才多艺、出类拔萃、极为罕见的杰出女作家。她的词以白描见长，很少用典，不追求辞藻华丽，善于通过生动、具体的形象，表达抽象的思想感情。尤其可贵的是，她能以寻常语度入音律，读来明白易晓，清新自然，因而被赞为“极是当行本色”。李清照南渡以后的作品，反映了当时社会的动乱和个人的不幸遭遇。她饱含血泪，不停地挥动手中的笔，写了许多倾吐自身哀怨、抒发思乡怀旧、痛悼国亡家破夫死的作品，具有强烈的艺术感染力。当李清照渡江南下，投身难民的洪流中后，就再也不应将她视为“闺阁词人”了。她的作品是读之令人泪下沾巾的乱世悲歌，既表达了作者历尽劫波的生活感受，同时也唱出了由于金兵入侵而背井离乡、流离失所的无数难民的心声。她给婉约词带来了转机，使婉约词从酒席歌筵、娱宾遣兴的狭窄天地里走向了较为广阔的现实人生。况周颐在《蕙风词话》中说：“易安笔情近浓至，意境较沉博，下开南宋风气。”所谓“下开南宋风气”，可以理解为既是指南宋前期整个词风的变化，也是指南渡以后婉约词风的变化。正因为这样，所以后人称赞她说：“不徒俯视巾帼，直欲压倒须眉。”（李调元《雨村词话》）李清照的确是一位开风气之先的杰出的女词人。

北宋的婉约词，从总体上说是承平岁月的产物。作家们在花光月影、灯红酒绿的氛围中，沉浸于“一曲新词酒一杯”“不如怜取眼前人”，尽情地追求现世的生活享受。虽然也有一些人不满于现状，抒发了叹老嗟卑、岁月蹉跎、仕途坎坷的哀愁，但基本上是从个人的得失出发，很少或几乎没有涉及到社会现实问题。自从金兵入侵、中原沦陷之后，晴空骤起惊雷，震天动地的鼙鼓声敲响了士大夫阶级酣歌艳舞、纸醉金迷生活的丧钟，惊破了“象牙塔”内文人学士的迷梦。这时无论是诗人或词人都饱尝了国破家亡的苦难。他们的心灵受到血海泪涛的激荡，思想感情发生了巨大的变化。婉约词的嬗变，正是在这样的历史背景下发生的。这里且举朱敦儒的一首《临江仙》为例：

直自凤凰城破后，擘钗破镜分飞。天涯海角信音稀。梦回辽海北，魂断玉关西。　月解重圆星解聚，如何不见人归？今春还听杜鹃啼。年年看塞雁，一十四番回。

本篇写的虽然也是男女离别相思的内容，但时代不同，背景不同，因此与承平时期同类题材的作品有明显的区别。词中的男女双方是由于“凤凰城破后”，而被迫“擘钗破镜分飞”的。这就深深地打上了时代的烙印。词的风格是婉约的，但却不是柔婉、艳婉，而是凄婉、哀婉，读之令人泣血摧心。它通过一对夫妻生离死别的悲剧，反映了靖康、建炎年间，战乱给广大民众带来了深重的灾难。以这首词与北宋承平时期同类题材的作品相比较，可以看出婉约词风从南渡以后发生了明显的变化。

南宋的婉约词是在社会动乱、战火绵延的历史背景下产生的，因而也不能不打上时代的烙印。南宋婉约派词人如姜夔、史达祖、吴文英、王沂孙、周密、张炎等，他们一方面继承北宋晏、欧、秦、周的传统，写了许多表现男女恋情主题的作品，另一方面也抒发了故宫离黍之叹和荆棘铜驼之悲，从而使婉约词的题材得到了扩展，不再局限于风情婉娈、剪翠刻红一类的“艳科”樊篱了。值得注意的是，南宋时期还有一些并非“作家”的普通女子或无名氏，他们从自己的亲身经历和遭遇出发，写下了一曲曲哀婉动人的乱世悲歌，从一个侧面反映了那个苦难深重的时代。如蒋兴祖女的《减字木兰花》、淮上女的《减字木兰花》、徐君宝妻的《满庭芳》以及金德淑、华清淑等宋旧宫人被俘后在元大都燕京为送别汪元量南归而写的十余首《望江南》，都是饱含血泪，读之令人凄然泪下的佳作。这些不见于经传的小人物，用她们动人心魄的乐章为宋代婉约词画下了一个圆满的句号。

婉约、豪放之分，主要是就作品的风格而言，而且基本上都是后人的看法。宋代词人并没有组织建立什么文学社团和派别，甚至也没有提出共同的创作纲领。因此它不同于宋代诗坛的西昆派、江西派和江湖派，也不同于明、清以来的各种文学流派。作家的风格往往具有多重性，并非单纯划一、凝固不变的。一些被认为是婉约派的代表词人也写过少数具有豪放风格的作品。如柳永的《双声子》、秦观的三首《望海潮》均为怀古之作，无论从题材或风格看，都不能说是婉约词。至于李清照的《渔家傲》就更为突出了。此词境界壮阔，意象飞动，浪漫主义气息很浓。现引录如下：

天接云涛连晓雾，星河欲转千帆舞。仿佛梦魂归帝所。闻天语，殷勤问我归何处？　我报路长嗟日暮，学诗谩有惊人句。九万里风鹏正举。风休住，蓬舟吹取三山去。

全篇由拂晓仰望星空而引起遐想，通过在仙境的见闻，描绘出一个奇幻瑰丽的神话世界，抒发了词人追求理想的豪情壮志。与东坡词《水调歌头》“我欲乘风归去，又恐琼楼玉宇，高处不胜寒”和稼轩词《千年调》“吾使丰隆前导，叫开阊阖，周游上下，径入寥天一”的意境极为相近。故梁启超评曰：“此绝似苏辛派，不类《漱玉集》中语。”（转引自《艺蘅馆词选》）前人说李清照“有丈夫气”，“乃闺阁中之苏、辛”，指的就是这类作品。像李清照这样典型的婉约派词人也有如《渔家傲》之类“无一毫钗粉气”的“别调”，说明她的词风也并非纯而又纯、仅此“婉约”一种而已。可惜李清照的词集早已散佚，否则我们还可能看到一些“绝似苏、辛派”的豪放之作。

世间万物都是复杂的，词风也不例外。婉约派词人可以写出具有豪放风格的作品，豪放派词人又何尝不能写出具有婉约风格的作品呢？这里就以豪放派最杰出的代表词人苏轼和辛弃疾为例，来探讨一下这个问题。苏轼是公认的北宋豪放词风的开创者。他的词题材广阔，意境雄奇清旷，气势豪迈奔放。后人称赞他“一洗绮罗香泽之态，摆脱绸缪宛转之度，使人登高望远，举首高歌，而逸怀浩气，超乎尘垢之外，于是《花间》为皂隶，而耆卿为舆台矣”（胡寅《酒边词序》）。还有人说：“东坡先生非心醉于音律者，偶尔作歌，指出向上一路，新天下耳目，弄笔者始知自振。”（王灼《碧鸡漫志》）他们充分肯定、高度评价苏轼对变革词风的胆识和功绩，这是符合实际的。然而另一方面也应看到，苏轼并没有、也无必要彻底洗掉“绮罗香泽之态，摆脱绸缪宛转之度”。他除创作了《念奴娇·赤壁怀古》《江城子·密州出猎》等少数著名的豪放词外，还写了大量的婉约词，如《西江月》（玉骨那愁瘴雾）、《定风波》（常羡人间琢玉郎）、《贺新郎》（乳燕飞华屋）、《蝶恋花》（花褪残红青杏小）、《诉衷情》（小莲初上琵琶弦），等等。有人统计苏轼的婉约词比豪放词多得多，这是符合实际的。不过据此而否定苏轼为豪放词人和豪放词风的开创者则未必正确了。研究一个作家的风格，不能仅从作品的数量看，主要应看他的新贡献，看他对后世的影响。苏轼的婉约词虽然也有不少脍炙人口，但最为人们欣赏的还是那首“洵为千古绝唱”（李佳《左庵词话》），被列为宋金十大曲之一的《念奴娇·赤壁怀古》。平心而论，苏轼词的风格也是多种多样的，而以豪放刚健、雄奇清旷为其基本特色。

至于辛弃疾，毫无疑问是南宋豪放词派的旗手。他以战士的胸怀和英雄的气概在广阔的社会生活原野里跃马横刀，驰骋奔逐，放声高歌，走笔挥毫，将其所见、所闻、所感、所思的一切都熔铸在长短句里。他的爱国词作感情浓烈，意蕴深沉，具有强烈的时代精神和艺术感染力。辛词的风格以豪放悲壮为其主要特征，但也具有多样化、多层次的特点。他能刚能柔，能豪能婉，可以说是词坛的一位多面手。除了豪放悲壮的爱国词作外，辛弃疾也写过一些清新自然的农村词、婉约浓丽的爱情词和幽默风趣的谐谑词。这说明辛词的确是不拘一体，不限一式，五光十色，多彩多姿的。刘克庄评论辛词时曾说：“公所作大声镗鞳，小声铿鍧；横绝六合，扫空万古；其秾丽绵密处，亦不在小晏秦郎之下。”（《后村诗话》）辛弃疾的婉约词如《祝英台近》（宝钗分），通过临岐分钗、怕上层楼、花卜归期以及梦语寄愁等情节，生动地刻画出一位寂寞惆怅的闺中怨妇的形象，缠绵悱恻，昵狎温柔，读来令人魂销意尽，与婉约派词人的闺怨词相比毫无逊色。辛弃疾的另一首婉约词《青玉案》（东风夜放花千树），描写元宵之夜一对意中人在长街巧遇的情景，表现了“自怜幽独，伤心人别有怀抱”（《艺蘅馆词选》引梁启超语），被誉为“秦（观）、周（邦彦）之佳境也”（彭孙遹《金粟词话》）。他的名作《摸鱼儿》（更能消几番风雨）更是摧刚为柔、刚柔相济、缠绵悱恻的千古绝唱。此词表面上是写美女伤春、蛾眉遭妒，透过表面看内涵，在意蕴深处则寄托了作者怀才不遇、壮志难酬的悲愤，对国事的关切和忧虑之情。全篇采用比兴象征和以古喻今的艺术表现手法，虽然没有一处直陈时事，但仔细体会句句都包含着丰富深刻的现实内容。一唱三叹，极沉郁顿挫之致。所以梁启超评论此词说："回肠荡气，至于此极；前无古人，后无来者。"（转引自《艺蘅馆词选》）

除辛弃疾外，被视为豪放派的爱国词人，如陆游、张孝祥、陈亮、刘过等，也写过一些属于婉约风格的作品。陆游的《钗头凤》自不待言，是典型的婉约词。他的《清商怨》（江头日暮痛饮）、《夜游宫》（独夜寒侵翠被）等篇，或托为思妇念远，或借失宠宫女的幽怨以抒其怀才不遇、有志难伸的愤懑，在艺术表现上都具有婉约词的特征。事实表明，以婉约和豪放来划分词派，主要是就作品的艺术风格而言。至于某位作家是属于婉约派或豪放派，只能根据其作品的主导风格来定。有的作家风格比较单纯，如北宋的晏几道，一生只写婉约词，而南宋的陈人杰、李曾伯、魏了翁等人却从未写过婉约词，这些人的词派归属问题就比较容易解决。但是两宋词坛的许多作家既写婉约词，也写豪放词，这就需要对他们的全部作品进行深入细致地研究，确定其创作的主导风格，才能解决他们的词派归属问题。总之，这个问题相当复杂，有待于我们进一步进行深入地研究。

在两万多首宋词中，除婉约、豪放之外，还有大量作品就其艺术风格而论，既不属于前者，也不属于后者，因此有人反对用婉约、豪放来概括宋词的风格和流派。这种意见并非完全没有道理。严格来说，婉约和豪放，的确不能概括全宋词多彩多姿的风格和流派。试想，一千多位作家、两万多首作品，用"婉约""豪放"四个字怎能将这众多词人和词作的艺术风格都包括进去呢？所以这种分法的确存在着一定的缺陷和不足。然而我们也不应因噎废食，所谓婉约、豪放，仅仅是就丰富多彩的全宋词的主要风格、流派而言。正如前引张綖所云："词体大略有二：一体婉约，一体豪放。"在这个问题上，张綖还是比较严谨的。因为他在论述词体时，特别加上了"大略"二字，并没有否定除婉约、豪放之外还有其他的词体词派，这就避免了绝对化。如果他说的是"词体仅仅有二"，那就差之毫厘，失之千里，不符合实际了。

还应当指出，在婉约与豪放两派之间，还有一种中间派，即兼有两派风格特色的作品。如范仲淹的《苏幕遮》（碧云天）、《渔家傲》（塞下秋来风景异）以及陆游的《秋波媚》（秋到边城角声哀）、辛弃疾的《贺新郎》（绿树听鹈鴂）等。这些作品柔中寓刚、刚中有柔，阳刚之气与阴柔之美得到了很好的结合，读之使人兴味盎然，爱不释手。

对于婉约、豪放两大词派，当代伟大的词人毛泽东同志有一段极为精辟的论述，现引录如下，供读者参考：

> 词有婉约、豪放两派，各有兴会，应当兼读。读婉约派久了，厌倦了，要改读豪放派。豪放派读久了，又厌倦了，应当改读婉约派。我的兴趣偏于

> 豪放，不废婉约。婉约派中有许多意境苍凉而又优美的词。范仲淹的上两首（指《苏幕遮》和《渔家傲》），介于婉约与豪放两派之间，可算中间派吧；但基本上仍属婉约，既苍凉又优美，使人不厌读。婉约派中的一味儿女情长，豪放派中的一味铜琶铁板，读久了，都令人厌倦的。人的心情是复杂的，有所偏但仍是复杂的。所谓复杂，就是对立统一。人的心情，经常有对立的成份，不是单一的，是可以分析的。词的婉约、豪放两派，在一个人读起来，有时喜欢前者，有时喜欢后者，就是一例……
>
> ——《毛泽东读文史古籍批语集》

毛泽东同志的意见非常深刻，我们完全赞成他的观点，喜欢宋词的人从中一定会得到不少教益。豪放派读久了，再读读婉约派；婉约派读久了，再读读豪放派，总之是不薄婉约重豪放，兼收并蓄吸精英。诚能如此，将使你感到宋词的艺术世界多么的广阔，多么的美妙，一定会使你目不暇接，拍案称绝！

本书选录了宋代六十一位作者的 145 篇作品，可以说都是婉约词中的佳作。原作后面所附的赏析文章，是我们阅读作品的粗浅体会，不当之处还望读者批评指正。

1994 年 9 月 22 日于长春

《全宋词精华》前言

在中国诗歌发展史上，唐诗与宋词是两座巍峨的丰碑。一千多年来，它们以其丰富的思想内容和精美的艺术形式吸引着无数读者，为人们提供了宝贵的精神食粮，成为光辉灿烂的中华传统文化的重要组成部分。

词，从广义上说也是诗，是一种配合音乐，可以歌唱的新体诗。这种文学形式初起于隋，形成于唐，经过数百年的酝酿、完善和演进，发展到宋代进入空前繁荣的极盛时期，成为当时最受欢迎、最具代表性的一种文体。宋代三百多年，上自帝王将相、文人学士，下至庶民百姓、渔樵僧道、倡优艺妓，都十分喜爱这种文艺形式。于是填词、唱词、阅读和欣赏歌词的风气在社会各阶层特别是都市里广为流行。词的题材内容逐渐扩大深化，艺术形式日趋完善，表现技巧不断提高，涌现出许多优秀的作家和大量优秀的作品，从而迎来了词的黄金时代，为中国文学史谱写了新的篇章。

由于当初歌词是不能脱离乐曲的，所以在唐五代和宋初，人们根据这一特点，就把它称为曲、杂曲或曲子词。后来作家倚声填词并非均为应歌而作，歌词与音乐出现了脱离的倾向，从而形成了一种独立的新体诗，于是“词”便逐渐成为了这种新体诗的专用名词。此外，它还被称为长短句、诗余、乐府、歌曲、琴趣、乐章、语业等。在中国古代诗歌园地里，词的形式最为丰富，而其名称也是最多的。

每首词都有一个表示乐曲的调名，即所谓的词牌。作者或依调填词，或因词制调，曲调和歌词是相辅相成的。一个词牌最早的名称，往往与作品的内容有一定关系，但曲调一经用作词牌形成固定的格式，后人只是按谱填词，作品的内容一般都与调名无关了。除了每篇作品都有一个词牌而外，词还需分片。所谓“片”，就是“段”的意思。它是由古代的“变”字衍化而来的。古乐每奏完一曲，叫做“一变”。到了唐代，“变”字简化为“徧”或“遍”。南宋以后，“徧”或“遍”才开始省作“片”字。大多数词调都分为两片，也有不分片的，那是词中的小令，如《十六字令》《如梦令》等；也有极少数词调分为三片甚至四片的，均为词中的长调，如《兰陵王》《莺啼序》等。

词的语言、结构和格律方面的特点，曾有人用“调有定句，句有定字，字有定声”三句话来加以概括。词的声律平仄，要求比诗更严。唐代的近体诗要求分平仄，其字声组合方式基本上是两平两仄相间，对举使用。而词除了要分平仄外，某些词调在关键地方还要求分辨四声，即所谓三仄更须分上去，两平还要辨阴阳。有人还主张词应分五音、五声、六律和轻重清浊，提出了更为严格的要求，但实际上能做到的人并不多。一般说来，词韵比诗韵较宽，某些韵部可以互相通转，可以四声通协，变化较诗韵多，因而也较灵活自由。诗不论古体或近体，一般两句一韵。词则不然，除了隔句押韵外，还出现了韵位或疏或密，或疏密相间等多种多样的押韵方式。密者一句一韵，疏者有多至四五句才押韵的。总之，词在形式上的这些严格要求，一方面给作者增加了创作上的难度，另一方面也给这种具有浓厚东方文化特色的语言艺术带来了无穷的魅力，达到了奇妙无比的艺术境界。

宋词以生动的形象、优美的语言和独特的抒情方式，从各种不同的层面和角度，反映了宋代三百多年间的历史面貌、风土人情以及宋人丰富多彩的物质文化生活和精神世界。三年多前，我们曾编撰过一部《分类新编两宋绝妙好词》，将所选之词分为大好河山、爱国情怀、边塞风烟、乱世悲歌、节物风情、饮食器物、羁旅乡愁、闺情绮怨、艺人剪影、梦幻世界等四十二类，虽然还不够完备，但从中已可看出宋词的题材并不狭窄，它所反映的社会生活也是相当广泛的。毋庸讳言，宋词毕竟是封建时代的产物，不可避免地存在着许多缺点和不足，存在着历史的局限性。而作者的社会地位、生活经历、人格品德、思想情操、艺术修养和审美观念又是千差万别的，因此它也和一切古代的文化遗产一样：精华与糟粕共存，珍品与劣品同在。我们的任务就是要运用正确的观点和科学的方法，分清精华与糟粕，辨别珍品与劣品，吸取其精华，剔除其糟粕，使这份宝贵的文学遗产得以发扬光大，让它在建设社会主义精神文明的过程中起到积极的作用。

唐圭璋先生编《全宋词》，数十年如一日，孜孜以求，广采博搜，汇辑了有宋一代词人一千三百余家，词作二万余首，可谓洋洋大观，集古今之大成，为研究宋词提供了极为宝贵的资料。

《全宋词精华》以《全宋词》为依据，同时也参考了历代词的总集、别集、选集、词话、词评和其他有关的资料，经过反复斟酌考量，选出词人五百余家、词作近两千首，可以说宋词的精华绝大部分都包括在其中了。陈廷焯《白雨斋词话》云：“两宋词，精绝者约略不过五百首。”他的审美标准和衡量尺度，当然不可能与我们今天的标准和尺度完全相同，因此不能受他的观点束缚。我们认为从近两万首宋词选出近两千首作品，精华约为十分之一，这大体上符合宋词的实际。应当说明的是，未入选的作品不一定都是糟粕，多数都是一些比较平庸或水平一般的作品。也有极少数作品属于精华，应当入选，由于种种原因而我们却未选，这只能有待将来修订此书时再补入了。

《全宋词精华》以作者为经，以时代先后为序，除个别词人外，基本上按照《全宋词》的先后次序排列。无名氏的作品，一律放在最后。同一作者之词，绝大多数均按《全宋词》的次序排列，个别作家的作品有编年者，则参考编年而定。本书除原文和作者小传外，还有“注释”“解说”和“集评”等方面的内容。“注释”力求简明准确，主要解释典故、史实和比较难懂的词语，一般不作句意的串讲。“解说”是编者对原作的基本理解，或介绍写作背景，或揭示主题思想，或探索艺术特色，不求面面俱到，仅述一得之见，文字力求简短。“集评”选录了宋、金、元、明、清历代词学家和当代词学大师夏承焘、唐圭璋以及部分著名学者对有关词作的精辟评语。这对广大读者阅读和欣赏宋词显然是十分有益的。

编者从事中国文学史和宋词的教学研究工作历四十年，曾出版过《宋词选讲》《宋词精华新解》《分类新编两宋绝妙好词》《辛弃疾及其作品》等著作，发表过《试论南宋前期词风的变化》《也谈岳飞的〈满江红〉》《论李清照南渡以后的诗词》《放翁词论》《略论辛弃疾的词》《稼轩词三首浅议》等有关宋词的论文。本书吸收了以前研究的成果，但由于水平有限，一定还存在着许多缺点和不足，诚恳地希望得到读者和专家的批评指正。

1995 年 3 月于吉林大学

《旷代才女李清照全传》自序

李清照（1084—1155?），号易安居士，山东济南人（一说原籍为山东章丘县明水镇）。出身书香之家，自幼聪敏，才华出众，喜欢读书学习，热爱文学艺术和中华传统文化。她在“女子无才便是德”的封建社会冲破重重阻力，脱颖而出，英姿焕发地登上文坛，用手中的五色彩笔，描写人生百态，创作了许多精美绝伦的作品，给中国文学史增光添彩，成为古代中国妇女争取平等和解放、实现自身价值的榜样。

李清照在文学艺术领域里具有多方面的才能，成就突出，是我国古代女性中发展最为全面的作家。她的词清丽自然，历代评论家赞不绝口。

杨慎《词品》云：“宋人中填词，李易安亦称冠绝，使在衣冠，当与秦七、黄九争雄，不独雄于闺阁也。”王士禛《花草蒙拾》云：“张南湖论词派有二：一曰婉约，一曰豪放。仆谓婉约以易安为宗，豪放惟幼安称首。”沈谦《填词杂说》云：“男中李后主，女中李易安，极是当行本色。”《四库全书提要·漱玉词提要》云：“清照以一妇人而词格乃抗轶周、柳，虽篇帙无多，固不能不宝而存之，为词家一大宗矣。”李调元《雨村词话》亦云：“易安在宋诸媛中，自卓然一家，不在秦七、黄九之下。词无一首不工，其炼处可夺梦窗之席，其丽处直参片玉之班，盖不徒俯视巾帼，直欲压倒须眉。”这些评论充分肯定了李清照在两宋词坛的独特成就和重要地位，绝非溢美之辞，她是当之无愧的。

李清照的诗歌和散文也很有特色，当时也曾受到人们广泛的好评。如王灼《碧鸡漫志》云：“自少年即有诗名，才力华赡，逼近前辈。……若本朝妇人，当推文采第一。”朱弁《风月堂诗话》云：“善属文，于诗尤工，晁补之多对人称之。”赵彦卫《云麓漫钞》亦云：“文章落笔，人争传之。”她还擅长书法，工于绘画，精通音律，娴于棋艺，对文物考古也有浓厚兴趣。可以说，李清照是中国历史上一位出类拔萃、博学多闻、知识丰富的女才子、女作家、女学者。

李清照的著作，据《宋史·艺文志》载，有《易安居士文集》七卷、《易安词》六卷。但至明清时，各种版本相继失传，作品大部分散佚。后经一些学者搜辑，亦仅得词四五十首、诗十余章、散文数篇以及若干残句。流传至今的作品只是一小部分，数量虽然不多，但都脍炙人口，具有很高的艺术价值，是中华民族十分珍贵的一份文化遗产。

本书融传记文学、作家评传、作品鉴赏和学术研究于一体，是一种探索和尝试。书中的主要人物、事件、背景和故事发生的时间、地点，都有可靠的史料根据，符合历史真实，与电影和电视剧中的李清照形象没有多少相同之处。但在个别次要人物和细节上，也加入了部分虚构的成分，基本上遵循了七分史实、三分虚构的原则。书中围绕着主人公的生活道路和成长过程，还介绍了宋代的许多民情风俗、都市风光、山川景物和历史知识。

本书是我们多年研究宋词和李清照的成果之一。把她奉献给广大读者，不足之处，请予以批评指正。

写罢这部《旷代才女李清照全传》又写了八首小诗，算做这篇序言的一个结语：

柳絮泉畔好风光，齐鲁文化更辉煌。
压倒须眉旷代女，泉城飞出金凤凰。

担上买春带露来，云鬓斜簪笑颜开。
郎道奴面胜花面，心有灵犀何须猜！

归来堂上笑语琅，猜书斗茶校勘忙。
乐在声色狗马上，夫妻甘心老是乡！

南下金陵事事非，朝朝暮暮盼同归。
国破家亡夫死后，孤雁失伴何处飞？

忧患得失何其多，只缘金石起风波。
改嫁岂是嫠妇愿，病至膏肓莫奈何！

拟泛轻舟双溪游，花尽尘香春事休。
舟如舴艋蓬窗小，怎能载动许多愁？

寻寻觅觅何所求？可怜岁月似水流。
血泪去洒东山土，此心日日在中州！

清词丽句传万家，当行本色人人夸。
声律谱入寻常语，千载词坛一枝花。

1995 年 11 月

《宋诗三百首译析》前言

宋诗，从纵向看，它是源远流长的中国诗歌发展史上的一个重要阶段；从横向看，它是丰富多彩的宋代文学的重要组成部分。宋代三百多年，诗坛十分活跃，产生了许多杰出和富有创新精神的诗人，出现了不少风格各异、审美情趣不同的诗歌流派，在诗歌理论和创作实践上都获得了丰收，为中国文学史谱写了新的篇章。

宋诗的题材和内容是相当广泛的。它从各种不同的层面和角度反映了宋代的社会生活、历史轨迹、风土人情、物质文明和精神文明的创造以及各阶层人物的人生价值观和心灵世界。同情民生疾苦、谴责剥削压迫、维护祖国统一、抒发爱国激情，是宋代许多诗人创作的动力和中心主题。他们的不少优秀作品继承和发扬了中国古代诗歌的光荣传统，是宋诗中的精华所在。

宋代诗人在辉煌的唐诗传统面前，既学习和吸取了前人丰富的创作经验，同时在艺术形式、表现手法和语言运用等方面，也作了一些新的探索，从而形成了与"唐音"不同的"宋调"。对唐宋诗的优劣差异，前人作了许多比较研究和评论。各家褒贬不一，分歧十分明显，争论历数百年也难以作出为众人信服的一致结论。有人说："宋人不知诗而强作诗，故终宋之世无诗。"这是完全不顾事实的偏见。当然，我们也不赞成将宋诗置于唐诗之上，认为宋诗的成就超过了唐诗，这也是一种不符合实际的偏见。从总体上看，宋诗的成就是不容抹煞的，但并未也不可能超越唐诗。宋人在难乎为继的唐诗面前，能另辟新径，走出一条自己的道路来，也就难能可贵了。有人认为"善学唐者莫过于宋"，这种看法是有道理的。缪钺先生在《论宋诗》一文中指出："唐诗以韵胜，故浑雅，而贵酝藉空灵；宋诗以意胜，故精能，而贵深折透辟。唐诗之美在情辞，故丰腴；宋诗之美在气骨，故瘦劲。唐诗如芍药海棠，秾华繁采；宋诗如寒梅秋菊，幽韵冷香。唐诗如啖荔枝，一颗入口，则甘芳盈颊；宋诗如食橄榄，初觉生涩，而回味隽永。"这段话说得既深刻，也很形象生动，揭示了唐诗与宋诗的不同特质，我们非常赞成他的观点。

宋诗经历了漫长而曲折的发展演变过程，其中既有高潮，也有低潮，道路是极不平坦的。宋初诗坛比较荒寂，作者多为由五代入宋的文人，如徐铉、王溥、李昉、陶谷等。他们承袭晚唐五代余风，作品的数量不多，质量也不高。当时的诗歌艺术和其他文化事业一样，都还处在准备时期。稍后，诗坛出现了王禹偁、柳开、郑文宝等人，他们主张学习和继承杜甫、白居易、韩愈和柳宗元的传统，创作了一些内容较为充实、风格质朴清新的诗文，为宋初文坛带来了一股新鲜的空气。

11 世纪初，即宋真宗景德年间，杨亿、刘筠、钱惟演等人在受命编撰《册府元龟》的同时，常常选题分韵，赋诗唱和。后来杨亿将他们当时所写的 250 首酬唱诗，编辑成书，取名《西昆酬唱集》，于是形成了所谓的西昆体。他们刻意模仿晚唐诗人李商隐，追求辞藻华丽，大量堆砌典故，内容却较空虚，离现实生活较远，缺乏真情实感，对当时诗坛产生了不良影响。欧阳修《六一诗话》说："盖自杨、刘唱和，《西昆集》行，后进学者争效之，风雅一变，谓之昆体。"不过，西昆派作家的政治观点和审美情趣也不完全相同，未可一概否定。其中杨、刘的少数诗篇，曲折地反映了当时统治集团的腐朽生活，对现实有一定的讽刺意义。

进入 11 世纪中叶，即仁宗、英宗、神宗时期，随着政治上的改革运动，文艺领域也发生了积极的变化。范仲淹、欧阳修、梅尧臣、苏舜钦、石介等人，在主张改良政治的同时，兴起了一个声势浩大的诗文革新运动。他们对西昆体的浮艳之风和"淫词哇声"，进行了猛烈的抨击，主张文学应当反映现实，"务为有补于世"，在理论上和创作上都有很大的建树，为宋代诗文开辟了广阔的道路。接着在王安石、苏轼、王令等作家的努力下，进一步巩固了诗文革新运动的成果。这一时期诗坛名家辈出，创作了大量思想性和艺术性很高的作品，使北宋诗歌呈现出一片繁荣丰收的景象。

北宋后期，以黄庭坚为代表的江西诗派，重视诗歌技巧，讲求诗法，对语言形式和表现手法作了一些新的探索。黄庭坚提倡所谓"活法"，主张"夺胎换骨""点铁成金"，要求字字有来历，对当时和后世的许多诗人产生了影响。他们的作品体现了宋诗的某些特点，但反映现实的深度和广度不够。

靖康之难，金兵入侵，中原沦陷，北宋灭亡，民族矛盾尖锐化，广大人民遭受了深重的灾难，不少诗人也经历了国亡家破的浩劫。动乱的社会现实改变了作家的生活和思想感情，一些曾受江西派影响的诗人，如陈与义、吕本中、刘子翚等，也走出单纯追求技巧的艺术之宫，开始直面人生，写出了不少感时伤乱、抒发爱国情思的作品。在如火如荼的抗金救国战争中，南宋前期爱国主义文学得到空前的发展。岳飞、宗泽、李纲、曲端等著名的抗金英雄，在戎马倥偬之际，写了一些悲歌慷慨、壮怀激烈的诗词，起到了鼓舞人心、激励斗志的作用。南宋前期爱国主义文学的代表作家是陆游和辛弃疾。陆游以诗著称，辛弃疾以词名世。他们都力主恢复中原，还我河山，统一祖国，反对卖国投降政策。陆游存诗九千三百多首，作品数量之多在古今诗坛实为罕见。其中有许多思想性和艺术性得到完美结合的好作品。他一生热爱祖国，同情人民，坚持反对民族压迫和投降政策的正义斗争，辛勤从事文学创作，是我国古代伟大的诗人之一。

与陆游同时的著名诗人还有杨万里、范成大、尤袤等，他们也都写过不少表达爱国思想、反映民生疾苦的优秀诗篇，艺术上也各有自己的特色，使诗坛再次出现了兴盛繁荣的气象。南宋后期，国势日危，士气不振，诗风渐趋衰微。这一时期出现的“永嘉四灵”和江湖派诗人，多为出身下层、仕途坎坷的知识分子，由于政治黑暗，怀才不遇，没有出路，又不能正视现实，于是便飘荡江湖，隐居山林，追求自我的人生价值，唱着低沉凄清的调子。不过江湖派中也有一些诗人，如戴复古、刘克庄等继承了陆游的传统，写了一些抒发爱国思想的好作品。在蒙古军队入侵、南宋灭亡前后，爱国主义文学再次高涨。民族英雄文天祥的诗文，表现了中国人民誓死不屈的崇高气节，具有强烈的艺术感染力。此外如汪元量、刘辰翁、郑思肖、谢翱、谢枋得、林景熙等遗民诗人，在国亡家破之际，抚时感事，慷慨生哀，抒写故国之思、山河之恸，情调虽不免哀伤，但精神诚为可贵。他们那些用血和泪凝结成的作品，在南宋末年的诗坛放射出独特的异彩。

宋诗的数量超过唐诗若干倍，但前人尚未能作出确切的统计。本书选录了宋人各体诗作 343 首，其中大部分是思想性和艺术性较高的名篇。约有三分之一的作品，就其本身的思想价值和艺术价值而言，未必低于那些公认的名篇，可是近年出版的各种宋诗选本却未见收录，遗珠弃璧，令人兴叹。我们将其选入，以飨读者。

本书以作者生年先后为序排列，生年不详者则参考有关资料而定。每位诗人都有一篇小传，简略地介绍其生平和创作。除诗作原文外，另附有“译文”“注释”和“赏析”。古诗今译难度很大，不可能做到尽善尽美，目的在于帮助读者更好地理解原诗的内容。“注释”力求简明准确，主要解释典故、史实和比较难懂的词语。“赏析”是编者对原作的基本理解，或介绍写作背景，或揭示主题思想，或分析艺术特色，不求面面俱到，仅述一得之见。文字力求简短，仅供读者参考。由于编者的水平有限，一定会存在着许多缺点和不足，希望得到读者的批评和指正。

读《辽金诗史》的几点感言

张晶的一部新著《辽金诗史》新近问世，学术界的一些朋友曾要我谈谈自己的看法，于是，对这本近四十万言的文学史力作我又反复浏览了两遍，有了一些更新的感受，记下来与学术界同仁交换一下看法。

一

仅从选题本身而言，就是很令人称许的。近年来，相继有许多文学史著作问世，多是分体的、断代的文学史，体现了文学史研究的卓越成就。但辽、金两代，此前并无一部像样的文学史。如今有了这样厚厚的一部著作（尽管限于诗歌史），的确是填补了一个重要的学术研究领域的“空白”，补上了文学史长链中一个很大的“缺环”。这在海内外中国古代文学研究领域里，的确是一个重要的建树。这个“填补空白”的意义自不待言，行家里手谁都明白，但它又是首要的一点。

细看下去就不止于此了。易言之，此书并非仅靠“一招鲜”而立于文学史著作之林。作者并非只是用“作家生平加作品分析”的旧模式来写这部文学史，而是贯注了独特的文学史观，体现了作者对于辽金诗史的研究深度，建构了一个完整的、独特的理论框架。

作者在没有进入这本书的写作之前，已在辽、金文学领域辛勤探索多年，据我所知，先后发表了数十篇有关辽金文学的研究文章，尤其是关于金诗研究，已经广为学术界关注。这些文章，有很多是对单个诗人创作成就的研究，也有一些属于辽金文化方面的研究，还有若干是关于辽金诗的宏观性研究。这些文章显然也是逐步深化、不断掘进的。但在作者开掘这个领域之始，便可以看出其并非只是在“小打小闹”，而是有着战略性的布局与宏远的规划。因为看到他发表在《文学遗产》《民族文学研究》《辽宁师大学报》等刊物上的有关金代诗人研究的文章，都很鲜明地体现了作者关于金诗的独到观点。如果说这些个案研究像一些珠子，那么，作者的基本观点如同一条线把它们穿了起来。

作者关于金诗的基本观点是什么？这可以在张晶的论文与其他论者的论文的参读中得到明确的结论。以往大多数研究金诗的学者的看法主要是认为，金诗是宋诗的分蘖或延续，受宋诗影响和笼罩甚深甚巨，缺少自己的特点。而张晶在多篇文章中一再阐发自己的观点，勾勒了金诗发展的独特轨迹。这个基本观点，在他发表在《文学评论》1993 年 3 期上的《论金诗的历史进程》中，表达得颇为系统而明确。学术界有人对近十年来的金诗研究作过评述（见《山西大学学报》1990 年 2 期），称张晶为“独特轨迹”说的代表，也算是顺理成章的了。

关于辽代诗歌，张晶没有仅就它的数量和诗歌成就进行分析。他发表的《不应忽视的辽代诗歌》一文（见《文史知识》1990 年 2 期），在更广阔的文学史意义上来判定辽诗的价值：认为它远远超越了一个历史时期的文学断限，它表征着北方文学成熟期的开端。

《辽金诗史》的完成，是以作者的多年研究为基础的。而这些在深入研究基础上提出的有关学术观点，成为《辽金诗史》的有力支撑，因此这部书有着成熟的理论“骨骼”。

二

仅仅是填补研究领域的空白，在当代的学术界也许未必能获得全面的价值认可。一部具有时代高度的文学史著作，应该体现出新的文学观念与方法论特征。

突破旧的文学史撰述的范式，是近年来有重要成就的文学史著作的共同特点。文学史方法论意识的强化、观念的更新，决不止于用一些新的名词术语来代替旧名词术语，或是牵强附会地套用借自西方的一些哲学、美学、心理学等方法框架，这些情况在前些年的研究中都出现过，带来了新的气息，但也表现出相当的不成熟。但近年学术界的成果是令人欣慰的，种种迹象表明，那种生搬硬套西方研究方法的情形，其主潮已经成为过去。一代中青年学者在学术上不仅有锐气，而且已经成熟。观念与方法的更新内在地表现在他们的著述之中，丰硕的成果非旧日的文学史可比，令人感到鼓舞。张晶的《辽金诗史》也可以说是近年文学史著述中在方法上颇见特色的一种。

根据研究对象的特点，作者更多地选择了文化社会学的方法来研究辽金诗史，从辽、金两代的文化环境来说明辽、金诗歌的特质，比起一般的社会学分析，似乎更能进一步在深广的文化底蕴上来透视两代诗歌发展的特殊风貌与历程。

辽以契丹为统治核心，金以女真为统治核心。契丹与女真在辽、金社会居主导地位这是毋需曲为解释的。契丹、女真原本都是北方游猎、游牧民族，他们的文化与汉文化有较大差异，南北文化亦有相当的反差。辽、金立国之后，契丹、女真统治者程度不同地接受汉文化，并使国家走上封建化道路，契丹文化、女真文化都与汉文化有程度不同的融合，但契丹、女真统治者有时又为了维护本民族的利益，对汉文化采取排斥态度。这样女真文化、契丹文化就与汉文化之间形成了很复杂的关系。总体来说，辽代社会、金代社会的文化结构与唐宋汉文化是有相当差异的，辽诗、金诗的特质可以在此中找到根源。

在《辽金诗史》成书之前，作者已经从文化社会学的角度对辽金社会进行了较为深入的考察。先后发表了《金代女真与汉文化》（《中州学刊》1989 年 3 期）、《试论金代女真文化与汉文化的融合与排拒》（《社会科学辑刊》1991 年 2 期）等一系列文章；又深入探讨了一些诗人创作的文化心理底蕴，如发表在《民族文学研究》上的《论辽代契丹女诗人的创作成就及其民族文化成因》及《鲜卑诗人元好问的诗歌成就及其北方民族文化基质》等文，都从民族文化的角度来透视诗人创作。在《辽金诗史》中，作者尤为重视诗史的文化视角考察，把诗史置于整个文化结构中来看它的走向。书中以专章论述契丹社会文化（见第二章《辽诗的沃壤：契丹社会文化》），从族源、民俗与北歌传统等方面探寻辽诗的文化渊源。在论述金诗发展时，也是处处顾及当时的文化背景，如第七章第二节专谈“借才异代”的文化背景，第八章也详细分析了大定、明昌时期的文化氛围，等等。这样，就使金诗的特质得以深刻的揭示，使读者在对辽金社会的文化全景中来认识辽金诗的独特风貌。

三

《辽金诗史》这部书的另一个特点，是将文学思想与诗坛创作结合起来进行研究分析。这就打破了以往文学史只谈创作，不谈文学思想的传统写法。当然，作为一部诗史，作者主要是描述辽金两代诗歌创作的发展历程，而不以文学思想史或文学批评史的勾勒为主要任务。但是，作者在评价、分析重要诗人创作的同时，总是相当深入地剖析该诗人的诗学思想、诗学观念，并把它和创作有机结合。在论述周昂、赵秉文、李纯甫、王若虚、元好问的时候，都充分研究、揭示了他们的诗学思想。这样，就使对一些重要作家的创作特点、艺术成就的分析，有了相当坚实的理论根基。

不仅是在论述个别诗人时将其诗学思想与创作结合在一起，而且在论述一个时期的诗坛大势时，更注重全面分析当时的文学思想主潮，这使有关章节的论述相当厚实而准确。如作者在论述金代南渡诗坛的创作盛况时，就把这时期的诗学观念之争作了深入系统的全面评价，使南渡诗坛的创作走向呈现得十分清晰。

作为一部筚路蓝缕的草创之作，当然不可能尽善而又尽美，必然会有种种不足。比如有的诗作分析尚嫌粗浅，流于一般，等等。但是，《辽金诗史》的出版问世，在文学史界来说是意义重大的，体现出中青年学者勇于开拓的精神，也达到了相当的学术高度。对于文学史研究，必将起着很大的推动作用。尤其是对辽金文学研究来说，更具有里程碑的意义。这样说，恐怕不算太过分吧。

（《文史知识》1995 年第 12 期）

一部全方位研究建安文学的力作

——读《建安文学概论》

建安文学时期是我国文学史上一个繁荣、创新的历史阶段，时至今日，建安文学仍是学术界研究的一个热点。王巍先生全面论述建安文学的力著《建安文学概论》已经由辽宁教育出版社出版。这是建安文学研究的可喜收获。综观全书，有如下几个特点。

一、对建安文学进行全方位的研究

作者全方位地观照建安文学，研究作家、作品，梳理文学现象与文学史发展脉络，总结建安文学的经验教训，揭示其发展规律。全方位、多层次地对建安文学的总体特征、作家、作品及其历史地位等诸方面做出了科学的评价。对于建安时期的诸位作家，作者是站在一个历史的和美学的高度上，根据其创作实际，做出了全面评价，恰如其分地肯定了他们在中国文学发展过程中的地位和作用。该书史、论结合，纵横交错的结构框架，更见其独到。横向展示建安文学的各个层面，纵向论证了建安文学的立体性、动态性，达到形式与内容有机的结合。

二、正确阐述了建安文学与时代的关系及建安文学的历史地位

作者以历史的审美的眼光去观照建安文学，感悟作家创作思想、审美理想与情趣，审美在创作过程中的作用，作品所表现出的作家创作个性，作家群体的风格特色，从而对建安文学的总体特征，繁荣的标志与原因，诸文体的发展轨迹与特点，建安文学理论的作用等做出了新的评价。与此同时把建安文学放在历史文化范围内来考索，正

确地阐明了建安文学与时代的关系，建安文学的历史地位与价值，为深入研究建安文学奠定了坚实的基础。由于作者以历史的审美的眼光观照建安文学，书中不乏精采的论述。如在纷纭复杂的文学现象中，概括建安文学的繁荣标志，深刻地揭示繁荣的诸种原因；在"风骨"之辩中，澄清前人失误，正确地指出建安文学的总体特征；在文体论中指出诗歌的主流地位，冲破了经学、神学的束缚，打破两汉文人诗歌的沉寂局面；对辞赋与散文的新生，小说的初步成熟，理论批评的自觉运用等，均作了理论的辩证与规律的揭示，字里行间蕴含着作者的鲜明的思想和创新观点，形象地说明了物质生产与艺术生产有其不平衡的一面的科学论断，指出了建安文学的审美的社会历史性，肯定了建安文学的审美价值与社会功能价值。这比之于谈及建安文学只有五言诗，论建安作家只有曹氏父子和王粲的文学史著作，更见其丰富性、全面性，更符合建安文学的实际，也表现出一定的理论深度。

三、突出建安文学的主旋律，兼论其多样化

该书作者站在历史的审美的高度，正确地把握住建安文学的主旋律，居高临下，高屋建瓴地观照建安文学，对旧材料做了新解释；或充实新材料，指出前人研究中的合理内核和失误，提出自己的新观点，令人耳目一新。

建安文学的"主旋律"，作者概括为建安文学的"总体特征"，亦即建安文学所表现的"梗概多气"的时代精神。它是建安文学的灵魂，既存在于建安作家们的心灵里，又表现在他们的创作中，不过运用题材不同，表现得或显或隐罢了。学术界长期以来认为"建安风骨"是建安文学的特征，以此为尺子，衡量建安文学，把丰富多采、繁荣创新的建安文学，弄成只有几名作家、几篇作品的冷冷清清、孤家寡人的局面。作者抛弃了这一因袭已久的传统定见，而独具慧眼地指出表现时代精神、文学主旋律的"梗概多气"，与前者迥然不同。那些被排斥的作家进入了文学殿堂，不仅三曹、七子获得了应有的位置，像七子之外的祢衡、繁钦、左延年、诸葛亮、蔡琰、甄后等也给以恰当的评价。对于文学题材来说，过去被斥为歌功颂德的游宴诗，被视为封建迷信糟粕的游仙诗，被评为思想情趣不高的爱情闺怨诗，得到了重新的评价。被冷落的辞赋、散文等也给以充分的论述。不独肯定"慷慨悲壮"的风格，对于那些沉郁、哀婉、绮丽、飘逸诸风格的作家与作品，也开掘出他们曲折隐约的表现时代文学的主旋律，做出与前人迥异的不同评价，表现了创新之见。总之该书作者由于抓住建安文学这一主旋律，透过艺术表现形式，开掘本质，审核其所反映的时代精神的方式

与技巧，指出它的美学意蕴与社会价值。还应特别指出的是，关于建安文学的绮丽之风，一向被认为是一大缺点，开了形式主义与唯美主义的不良之风。而作者认为建安时期文学的绮丽风格的出现，有其历史进步意义，是建安文学的重大进步与革新，文学发展的多样化的表现。这些见解无疑会引起学术界的注意，促使讨论和研究更加活跃。

四、博采众长，时出创见

一部优秀的著作，既应表现作者的创造性见解，也熔铸着古今许多学者研究的心血。《建安文学概论》就具有这一特色。它博采古今学者的研究结果，在此基础上，推陈出新，形成了自己独到的看法。比如，关于建安文学的繁荣原因，作者并未止于经济、政治起决定作用的简单论述，而是运用马列主义原理，分析建安时期整体社会环境，分析时又是从文学反映现实的视角入笔，代替了枯燥的理论叙述，更兼以历史的补充、作家思想际遇的说明，文学与现实的关系被形象地表现出来。如“文人们从不同角度，用不同的形式来反映社会生活”，“就是因为前一时期动乱的社会为他们提供了创作素材，后一时期相对安定的社会生活又给他们提供了创作条件。悲惨的现实记忆犹新，何况战乱刚过，很多地方还是满目疮痍，因此，才有许多有深切体验的作品问世。”这一分析是很有见地的。“社会环境对建安文学的繁荣发展起着积极作用”有了具体的说明，最后还要归结于生活在社会环境中的作家们的创作精神。又如对被斥为封建迷信的建安文学中的游仙诗，作者实事求是地分析了其产生的原因和在文学史上的地位，为游仙诗正名；同时，又分别对曹氏父子的游仙诗作了恰切的评价。再如，关于曹丕在文化史上的地位，作者不苟同于学术界的成见，而是全面正确地给以评价，充分肯定了他在文学史上的地位和作用。曹植诗歌有无现实主义精神，向有不同看法。作者透过对曹植诗作的大量分析，充分阐明了曹植游仙诗中的强烈现实主义精神，给予了应有的估价和肯定。书中像这类问题，有的纠正前人失误，有的引进新材料，作理论上的阐述，新观点随处可见。辞赋一章的系统论述，是发前人之未发，前人只有个别篇章的简单评论，而无完整系统的描述及作家整体的评价。此外对作家作品系年、阐释也多有新见。孔融的杂诗二首，因其被收入李陵集，古今学者或断其为李陵之作，或存疑。作者从该诗内容结合孔融的思想，断为孔融之作。古人编辑误收之事是有的。曹植《泰山梁甫行》，学者均认为是曹植后期作品，作者根据曹植生活际遇和诗作分析，断为是他青少年时期随曹操北征乌桓之作。曹植的《七哀诗》有学者认为寄托思君之意，作者认为是为思妇而作，别无寓意。对于乐府古诗《孔雀东南飞》的悲剧原因，作者通过对该诗的全面分析，得出了自己的看法：刘兰芝之死，不仅是个人行为，而是“由封建各派势力的威逼，才走上了以自杀来反抗的道路”，指出其典型意义与社会价值。总之这些建筑在丰富翔实材料基础上所得出的精辟见解，是很有说服力的。

《建安文学概论》是一部填补空白之作，它的问世无疑将给我们文学史的写作、断代文学评论，以更多的有益的启示。

（《社会科学辑刊》1993 年第 3 期）

怀思录

一个读书、教书、写书的人
——喻朝刚传

周　航

作为妻子和学生，我和朝刚携手走过了几十年的岁月。虽然没有白头到老，但他的音容笑貌、他六十五年人生足迹中的许多往事常浮现于我的脑海。他是一个读书人，视书籍如生命；他是一个教师，用他掌握的知识教书育人；他是一个学者，用手中的笔写下了数百万字的文章和著作。无论时代的风云如何变化，他都一如既往地读书、教书、写书，他的人生轨迹离不开教书育人这一神圣而又伟大的事业。在编辑《喻朝刚文集》的过程中，我用手中的拙笔，记下了他六十五年人生道路中的一些片断，留作永久的纪念。

一、巴山蜀水故土情

1965年年末，我向单位请了两周假，随朝刚回他的老家四川省秀山县（今属重庆市）探亲，也算结婚旅行。那是一个位于川东的小县，路途遥远，一多半的时间耗费在路上，只能抓紧时间赶路。我们乘坐火车硬座，一路风尘仆仆地到达长沙，便立即赶往岳麓山脚下的长途汽车站，买到了第二天一早去湘西的汽车票。随后在汽车站附近的小旅店住了一宿，第二天一早便排队上车。因为临近元旦，人多车少，我们只能坐加车。所谓加车，就是一辆带帆布篷的大卡车，里面没有座位，乘客只能席地而坐。我们坐在卡车的后面，虽然汽车开起来会吃些尘土，但可以看到车后面的风景，还算不错的位置。记得是在益阳下车吃的午饭，喝点水，继续赶路。这样的长途汽车，晓行夜宿，如此走了一天。第二天，汽车爬上了盘山公路，山势陡峭险峻起来，公路呈之字形，汽车在弯弯曲曲的公路上往上爬，自下而上有十三处弯道到达顶坡。车在崇山峻岭中盘旋俯仰，之后又在山上向回头线的弯道下行，十分惊险。我的老家在浙江宁波四明山区，小时候见过大山，但从未见过如此盘山绕行的公路，不禁让人想起李白的“蜀道之难难于上青天”的诗句来，这才到湖南还没入川呢，道就这么难走了，真是“人言道路古来难”啊。最难忘的是在湘西一个叫泸溪的地方，汽车从盘山公路下来，在离江边还有一段路的山上停了下来，司机招呼乘客下车，顺着陡坡的山路步行下山，他开着空卡车慢慢下山，由轮渡把车拉到对岸，乘客也乘轮渡到对岸，再步行一段上坡路，才又上车，继续前行。朝刚边走边告诉我，以前汽车直接开到江边上轮渡，但有一年春节，一辆客车从山上下来，不小心一下扎进了江里，造成车毁人亡的惨剧，从那以后，就改成了人车分别渡江，以保证车辆和人身安全。据说，我们走的这条路就是著名的湘川公路，这条公路的中段贯穿湘西全境。

下午 4 点多，我们乘坐的大卡车到了终点站——湘西茶洞。这里离朝刚的家只有百十里路，不远了。但那时还没有开通省际的联运，所以还得在这儿住一晚，第二天过河到四川地界买票上车。茶洞这一带，是川、黔、湘三省交界的地方，起伏的山峦，陡峭的山崖，新中国成立前密林之中曾经是土匪猖獗的地方。

吃过晚饭，天黑了，在小店的门口，有妇女在叫卖酸萝卜，朝刚马上买了几块，递了一块给我，便大口地吃了起来，边吃边说：“这就是家乡的味道，太好吃了！我妈和我大嫂就会做这种酸萝卜。”我咬了一口，酸酸的脆脆的挺好吃，但因我怕那辣味，把剩下的半块也给了他，他全吃下去了。后来才知道那就是泡菜。

第二天一早，我们赶到了河边码头，一条二十米左右宽的河横在眼前，一条木船停在岸边，我们跳上了木船，船上有十几个人。只见船夫在船头竖起一根竹竿，却不撑船，而是把一个铁环挂在连接两岸的铁拉索上，弯下腰拉索摆渡，乘客站在船上跟着船家慢悠悠地前行。我低头看了看河里，只见大小不一的石头片布满河床，河水清澈见底，鱼儿在河里自由地穿梭，再抬头看看两岸连绵的青山，山腰上缠绕着淡淡的薄雾，人傍着这青山绿水，仿佛置身于仙境之中，梦幻般地悠然自得。可惜，那时我们没有照相机，无法记录下这如诗般的画面。

突然“嘭”的一声，船撞到岸边的石头，靠岸了。经历这奇特的我从未见过的摆渡之后，我们跳到了岸上，终于踏上了巴蜀大地。

朝刚吁了一口气，高兴地说：“终于回来了，快到家啰！”

我问他：“你每次回家都走这条路吗？”

他告诉我，这是经湘西到川东唯一的陆路。我们刚刚走过的地方叫洪茶渡口，当地老百姓叫它拉拉渡。我们刚踏上的地方叫洪安码头，位置在川湘界河花垣河的东岸，西岸就是我们走过来的茶洞古镇。后来大家读到的著名作家沈从文先生写的《边城》就是以茶洞这个地方为原型写出的小说。1949 年 11 月中国人民解放军刘邓大军的第二野战部队也是从茶洞渡河进入洪安，解放秀山县的。当年第二野战军的司令部就设在县城南门外的凤鸣书院。

中学时代的喻朝刚

再买票上车，我们就坐上了有座位的长途汽车，从玻璃窗能够看到路两侧的田园和山水风光。车行约两个小时，便在一个村子的路边停了下来。我们下了车，朝刚指着路右侧往里边一点的一座木板瓦房说：“那就是我们家！”

四川省秀山县麻土村，想家的时候看一眼
喻朝刚画于 1955 年

我们踩着田埂往前走，听到几个孩子在房子前面喊：“满（叔）回来了！满回来了！”原来是侄儿们看见了叔叔，在门前喊了起来。

家是一座木板瓦盖的老房子，三间西厢房。木板的门，木板的窗，迈过木门槛，就踏上了泥土的地。放下手中的行李，朝刚直奔堂屋，朝坐在竹椅上的母亲奔去，他拉着母亲的手，把我介绍给婆母。婆母头上缠着厚厚的黑色头帕，身上穿着家做的偏大襟中式棉袄，脚上穿的是自家做的黑布棉鞋，典型的四川一带老婆婆的打扮。她慈祥地笑着，拉了拉我的手，让我到灶间里洗脸，去后面的屋子里休息。

在后屋我从网兜里拿出从长春带来的半新的被里和被面，准备缝被子晚上用。

行前朝刚告诉我，家里孩子多，有棉被套但没有被里被面，带回去好用。那时布票紧张，买一床被里要一丈四尺布票，实在拿不出新的，只好带半新不旧的来用。不一会儿，听见“满娘，满娘”的叫声传了过来，随之进来一个梳着两条辫子的女孩，原来是侄女秀华从地里干活回来了。她进来就说：“满娘，量量你的脚，我给你做双布鞋吧！”好纯朴实在的姑娘，她是大哥家的长女秀华。

这时从灶间传来喊大家吃饭的声音。大嫂头上也缠着黑色丝帕，正在灶上忙着炒青菜，大哥是一个老实厚道、话语很少的农民，他和大儿子宗甫正在摆一张旧木桌、找凳子。四川人喜欢吃辣椒，当地叫海椒，可我怕辣味，事先告诉大嫂，做菜时先单盛出一点给我，然后再放辣椒。吃饭时，一家人围在桌前，三个侄儿一人捧着满满一碗米饭，放上一勺大嫂刚刚干炒的碎辣椒，撒上盐，再夹起一些菜，用筷子一拌，三两下便风卷残云般一扫而光。这种炒干辣椒拌米饭的吃法我头一次见到，看得我惊讶异常。那时婆母七十二岁，身体还硬朗，放下饭碗，她又拿起一块从锅里铲下来的热锅巴，嚼了起来，看到婆母嚼锅巴嚼得那么香，我又是惊诧不已。原来婆母满口的牙完好无缺。

吃过饭，侄儿拉开厨房地上的一块木板，从地洞里拿出两根甘蔗，用刀子砍成几段，分给大家吃。朝刚咬开甘蔗皮，大口大口地嚼了起来，边吃边说：“真好吃！老家的甘蔗就是甜！”

第二天，妹妹喻朝荣和妹夫赵仕伟也从贵阳赶了回来。妹妹在贵阳第六中学教语文，妹夫是贵阳师范学院中文系的老师。之后，二姐喻朝仙和姐夫万祥也从秀山的涌图村赶了过来，竹背篓里还背着他们的儿子。

元旦那一天，大嫂泡好了米，用石磨磨成米浆，做四川人爱吃的米豆腐。米豆腐是秀山著名的风味小吃，孩子们看到家里做米豆腐，欢呼雀跃起来。被切成小方块的白白嫩嫩的米豆腐放到碗里，浇上佐料，拌上辣椒，大家吃得特别香。朝刚说：“小时候，只有过年的时候才能吃上一点米豆腐，每人只有一小碗。”家乡的美味，让他终生难忘，最难了却的乡情，尽在不言之中。

麻土这个村子，在秀山县南门外约二里地的凤凰山脚下。早年间，这里人多地少，村里人多靠染布手艺为生，家家屋里都有染布的大缸，用蓝靛染过的粗布拿到梅江河里漂洗干净，再挂到竹竿上晾干、叠折好，然后挑到官庄和平凯去卖。此外，靠种点谷子、蔬菜，维持生计。

喻家祖父那一代，略有两亩田，加上染布的手艺精湛，日子过得虽然不富裕，但也还算过得去。到了父辈，叔伯二人中朝刚的伯父强势、霸道，十分会算计；朝刚的父亲喻胜静，为人老实厚道，有些软弱胆小，凡事听凭朝刚的伯父安排，从不争辩。

分家时朝刚的伯父把他往返常德跑生意挣下的钱隐瞒了起来，把祖父祖母的养老田全划归到他的名下，而朝刚的父亲却只分到了三间厢房和房后的一块菜地，因此日子过得很是艰难。1933 年农历七月初二，喻朝刚出生在这个家里，他的上面有一个大他十几岁的大哥和两个姐姐，四年后又有了一个妹妹。

读过一年私塾认得几个字的父亲是个地道的农民，也是个染布的好手，可惜身子骨单薄，又患上了肺结核病，这个家就更是雪上加霜了。这种病在那个年代犹如现在得了癌症般可怕，在温饱都难以解决的穷乡僻壤，没钱治病，更谈不上什么营养，得了病真是一筹莫展。幸好三姨妈的丈夫是个乡村郎中，过来给病人把把脉，开点便宜的中草药煎成汤药，慢慢维持着。有一年闹春荒，家里揭不开锅了，父亲带着母亲去朝刚的伯父家借粮，哀求他救救孩子们，朝刚的伯父理都没理赶着一头牛就走了。母亲说起此事，常愤恨无比。后来还是祖母出面让嫁到平凯的女儿拿来一些红苕和苞谷粉，才渡过了难关。其实朝刚的伯父那时已经在路边盖起了带门面的房子，但在借粮这件事上却六亲不认，使朝刚的父亲伤透了心，只好让正在读小学的大儿子朝清和二女儿朝仙辍学回家，帮家里染布、种菜，租人家的地种粮食。那时租地按秋后打下粮食对半分为准。自从洋纱、洋布进入中国以后，麻土村的染布业就逐渐衰落了。过了几年，父亲为大儿子朝清说了媳妇，家里多了一个帮手，母亲才缓了口气。

后来，祖父去世了，祖母心疼小儿子胜静家日子过得艰难，就搬过来，并把自己的一块养老田带了过来。打这，父亲才有了一块种粮食的地。土改时，朝刚的伯父家成了地主，他家因为有这块地成了下中农，这是后话。

新中国成立前几年，四川到处抓壮丁，喻家因为有两个儿子，而被保长点名要二抽一，抓一个壮丁。那时大哥朝清已经成家生子，弟弟朝刚还在读书，两个儿子哪个也不能被抓走。为了躲壮丁，大哥一家在一天深夜悄悄离开麻土村，沿官道向官庄方向逃去，再拐进一条小路，翻山越岭走了三十多里路，逃到大嫂的娘家去住了好长一段时间。

兵荒马乱的年代，大山沟里的农家连红苕粥都吃不饱。据妹妹朝荣回忆，那时桌子上一大碗青菜或野菜，都是用碎辣椒和盐拌的，每人一碗红苕稀饭，锅里就所剩无几了。每次吃饭时，二哥朝刚总是最先放下筷子，说吃饱了就下了桌，可是小妹朝荣却嚷嚷着："我还没吃饱呀，我还要！"于是二哥拉着妹妹的手说，二哥给你找野果子去，就把妹妹带到门外去了。

父亲很喜欢聪明、懂事的小儿子。夏天，朝刚常去梅江河里游泳、踩水，用小网兜弄点小鱼虾回来打牙祭。父亲就走下石头台阶，看着儿子在河里欢蹦乱跳的样子，露出欣慰的笑容。朝刚曾写了首诗，回忆当时的情景：

凤山高兮梅江清，
故乡山水真多情。
记得儿时多乐事，
潜入江底玩迷藏。

父亲常和老伴、大儿子儿媳唠叨，喻家再苦再难，也莫耽误小儿子读书，这孩子说不定能有出息的一天，为咱们喻家的人伸伸腰啊！

朝刚考上初中之后，就搬到县城的学校住校去了。周末一回来，马上跑到父亲跟前问寒问暖的，说学校里的一些事情，让父亲高兴。父子俩在一起，常有说不完的话，小儿子一回来，父亲的病痛似乎就减轻了不少，脸上也有了笑容。朝刚曾对父亲说：

“爸，你好好养病，我好好读书，长大了出去挣钱，给你治好病，让家里过上好日子。”

父亲听了既高兴又感动，伢儿小小年纪竟说出了大人的话。

1947 年秋，父亲的病突然加重了，他吃不下东西，喘不上气来，但是他放心不下这个家呀，老伴、儿女还有两个幼小的孙女孙子。面对一贫如洗的家，怀着愧对妻儿的凄凉之心，才四十九岁的父亲撒手人寰，离开了他依恋的家人，离开了这个世界。

听到噩耗，朝刚从县城学校赶了回来，扑到父亲的床前泣不成声。父亲入殓后，他躺倒在父亲棺木下面的地下，撕心裂肺地号啕大哭，两天两夜不吃也不喝。看到这情景，在场的人都忍不住流下了泪水。

喻朝刚自画像，画于 1955 年初

父亲出殡后，家里一连几个星期六都见不到朝刚的踪影，母亲非常着急，让大哥到县城学校去找，也没找到。后来有人看见，周末时，这个十四岁的娃儿就往麻土的后面的凤凰山跑去，跪在父亲的坟前，倾诉思念之心，表达“子欲养而亲不在”的痛楚之情，孤坟之前话凄凉。村子里的人知道后，很是感动，说方圆几十里，从没有见过父亲去世如此伤心的孩子，称赞他是个大孝子。

二、寒门学子求学路

1945年秋，朝刚考入秀山县立初级中学（后改为秀山一中），他是喻家第一个上中学的孩子，全家人为他高兴。但是，随之而来的是交学杂费等难题，原来在村里读初小、去平凯读高小，中午都是回家吃饭，吃什么都可以对付。上了中学，学生要全部住校，有少许的伙食补贴，为了把这少许的钱节省下来给家里买红苕、杂粮，他中午不去学校食堂吃饭，而是由母亲拎一只竹篮子，里面不是一碗红苕粥就是一碗杂粮菜粥，送给小儿子当午餐。母亲回来常夸奖说，这个娃儿乖，给什么吃什么，从来不挑食。那个年代，喻家的主食就是地瓜，当地人称作红苕。所以，朝刚和他妹妹朝荣长大进城以后，都不喜欢吃地瓜，因为小时候红苕当主食，吃伤了。

每年缴学费前，母亲和大嫂就会到平凯镇一带商贸集中的地方兜售期油。秀山的山地适于油菜生长，盛产菜籽油。售期油就是售方向要买油菜籽油的卖油，买方先预付一半或者三分之一的钱款，待油打出来之后，卖方再把油送到买方家里，收清油款，这就叫作卖期油。婆媳俩靠卖期油收上来的钱给朝刚交上学费、补贴家用。

1953年涪陵中学
高中毕业前部分师生合影，后排左一为喻朝刚

喻家的孩子小时候都是打赤脚。父亲心疼孩子，就用稻草给孩子们打草鞋，冬天一双家做的布袜子，套上草鞋就过冬了。后来是大哥打草鞋给弟弟、妹妹穿。

1949年秋，朝刚考上了酉阳中学要去读高中。家里没有钱，还是大嫂靠卖期油和去亲戚家借钱才凑够学费的。从秀山到酉阳要走一百多里的山路，朝刚脚蹬草鞋，背着一个竹背篓，里面装着衣物、书和几个熟红苕，第一天走到龙潭镇，随便找个地方歇一晚上，第二天一早起来赶路，再步行一天才能到达酉阳，为了节省草鞋，有时就光脚走路。他很珍惜这来之不易的读书机会，在学校里认真读书，完成学业。

1949 年 11 月，秀山解放了，四川解放了。喻家分到了土地，有了自家种稻谷的田。朝刚享受到了国家给的甲等助学金，得以衣食无忧，真是喜从天降啊！学习环境得到了改善，他也更加勤奋了。课堂上，老师讲的，他认真做笔记；课堂外，他去图书馆借书，从书本上吸收更多的知识。每学期考试，他都名列前茅。1951 年，他加入了共产主义青年团，不久又被选为校团委书记、校学生会主席和县学联主席，承担起了社会工作。在抗美援朝时期，他和学校领导一起，组织动员青年学生踊跃参军，奔赴前线。本来他也报了名，要求参军。但学校考虑到后方需要有人做组织工作，把他留了下来，他成了一个优秀的学生干部。他还被县里选派出席西南区首届学生代表大会，走长江去重庆，这是他第一次出远门。在学代会上，他曾见到西南军区首长邓小平、刘伯承、贺龙等领导。还见到了解放前曾在秀山中学任教、教过他地理课的罗退之（即《红岩》作者之一罗广斌）老师，这才知道原来罗老师是受地区党委派到川东做地下工作的共产党员。在会上，罗老师报告了江竹筠等革命烈士在白公馆和渣滓洞与反动派殊死斗争的事迹。革命烈士坚贞不屈、视死如归的精神印入心田，使他受到了深刻的教育，决心向先烈学习，永远跟着共产党走。

后来酉阳中学在校的高中生人数减少，高中部就合并到长江边上的涪陵中学，朝刚是在涪陵中学完成高中学业的，学校还是让他兼做学生会的工作，因为工作需要，又留他在校多读了一年书。

1953 年夏，全国统一高等学校考试在即。他从课本和报刊上看到，新中国第一个五年计划的不少项目在东北，那个工业基地地处松辽平原，长白山下，那里物产丰富，那里需要大批的建设人才，于是填报了东北人民大学（后改称吉林大学）。那时考试是不分文理科的。统一招生的考试点设在万县，考生由学校老师带去。考前两天，朝刚身体不舒服，在船上着凉感冒了，但他咬紧牙，坚持去了考场，参加考试。

考试之后，朝刚回了趟秀山老家，那一年妹妹喻朝荣考上了秀山一中——他的母校，他曾受邀回校给全校师生做了一次形势报告，受到了师生的热烈欢迎。他妹妹是入学后听高年级同学说的，称赞她哥哥报告做得好，大道理讲得深入浅出，很有水平。回家期间，朝刚带着妹妹在菜园子里种菜，帮家里打柴，陪母亲说话，忙得不亦乐乎。临走前，他去后山父亲的墓前跪拜，说自己将考上大学远走他乡，但不论走到哪里，他都会好好照顾母亲，照顾这个家，让父亲大人放心。临走，他告诉妹妹，咱们读书不容易，一定要好好读书，好好孝顺母亲，好好照顾这个家。大哥的孩子都要上学读书，一个也不能落下。

到了9月中旬，他将返回学校等待发榜的消息。临行前，大哥为他打了新草鞋，母亲和大嫂为他做了布褂子，家里实在没有钱，还是大嫂跟亲戚借了一元钱（那时旧币一万元），就这样，他的竹背篓里背着一双草鞋，怀揣一元钱，拜别母亲和故土，告别故乡的亲人，翻山越岭，步行四天多，踏上了回校的路，也是他开始一段新旅程的路。

回到涪陵中学，已有不少同学回校等待发榜的消息。学生们每天晚上都会去县人民政府所在地听广播、看《新华日报》的消息。因为那时由《新华日报》刊登全国各高校的录取名单，并由高校招生办公室发送录取通知书。在等待消息的日子里，朝刚常和几个同学去江边钓鱼、散步，一起打打扑克、聊聊天，更多的时候是到县图书馆看书读报刊。有一天，他借到了苏联诗人马雅可夫斯基的一本诗集，对这位诗人阶梯式的诗作很感兴趣，在校时曾听一位同学朗诵过，觉得朗诵起来很有激情，就试着写写"阶梯诗"，自己读着把玩。

最先发布录取消息的是大专学校，原酉阳中学他认识的同学有六人考上了西南师范学校。9月30日这一天，终于等来了消息，他被东北人民大学中文系录取了！捧着一纸入学通知书，他心潮澎湃。喻家终于有一个大学生了，他赶忙写信告诉家里，让妹妹代他去父亲的墓前报告这个喜讯。他将远赴东北读书，而他的同学大部分报考的是西南、中南地区的大学或大专，只有他一个人远赴东北。临行前，一位年长一点的女同学，把自己的一床棉被套剪成两半，送一半给小弟，说东北天气冷，权作防寒用吧。几个同学凑了五分钱，买了三个熟鸡蛋，放到他的包里，让他路上吃。10月5日，他在长江岸边挥手和同学告别，登上了开往万县的船。

他曾写过一首诗，回忆行前的时刻：

昨日渝都喜报来，
百余学子笑颜开。
明朝各自乘船去，
铸就祖国栋梁材。

当他爬上万县码头高高的台阶时，看到了指示牌，顺着这牌子就找到了学生接待处。但那时由重庆过来的轮船数量少，就只能等。10月9日办完了免费乘船的手续，终于在10月12日乘上了和江轮，一路向东驶去。第二天船过三峡，再过宜昌就将离开四川地界，离开养育自己的巴蜀大地。站在甲板上回望故土，目送西去的鸿雁，他默默地在心中念道：愿母亲和家人平安！我此去一定要好好读书，他日学成归来，报效桑梓和家人，成为建设新中国的有用人才。告别巴蜀大地时，他曾写过一首诗：

船至三峡雾茫茫，
两岸夜幕别故乡。
神女窥窗送学子，
祝君平安下瞿塘。

三天后，朝刚到达武汉，在洞庭街找到了新生接待处，当晚就乘上了北去的列车。这是他第一次乘坐火车，跨过黄河大桥，车窗外的满眼风光看不够啊，祖国的大地真辽阔！同坐一个车厢的大学生虽然互不相识，但他们的激动心情是相同的。10 月 17 日火车驶入北京，祖国的心脏，在前门火车站停了下来。大山里走出来的寒门学子来到北京，他多想在这多看看多走走啊。招生办事处的人很理解学生们的心情，安排这些学生去了天安门广场，走进故宫博物院，学生们对这样的安排十分满意，这情景让他们终生难忘。从北京一路向北，又从沈阳转车后，只见车窗外飘起了鹅毛大雪，车内也有了寒意，他于是赶忙从行李包里找出所有的衣服，穿了起来，还是感到冷，最后把同学送的半床棉絮披到身上才暖和了起来。对这段经历，他曾这样形容：

车过榆关冷飕飕，
南方学子直缩头。
包中搜出旧衣物，
穿上犹觉骨寒透。

10 月 20 日，火车到达长春。一下火车，就见月台上有一面三角形白旗上醒目地写着“东北人大的这里来”，还有一幅横幅写着：“你们好！亲爱的伙伴。”看到眼前的这一切，朝刚的心一下子热乎了起来。接站的同学把一件件棉大衣披到衣衫单薄的新生身上，并带着他们上了一辆绿色大卡车，不一会儿便到了大学本部大楼。还没下车，就听到了一阵阵欢迎新同学的掌声，接着伸过来暖暖的友爱之手，把朝刚领到中文系报到处。当他把写有“东北人民大学”的校徽别到胸前的时候，他感到无比的幸福，呵，自己终于成为新中国的大学生了。

据 10 月 18 日到达长春的同班同学刘光平回忆，共青团长春市委曾派去一位工作人员专程到广州接新生，这位同志为新生买票、安排学生集中在两节车厢里，并告知去长春的大学生由他全程安排食宿、换乘火车，大家互相照顾不要走散；火车一路向北，在武汉、北京、沈阳转车时，安排学生在车站附近住宿就餐，照顾得无微不至。到达长春时，天下着鹅毛大雪，刘光平说他背着一卷凉席，穿着单薄的衣裤，一下车只感到浑身发抖，嘴唇都紫了。幸好接站同学把棉大衣披到他身上，并带他到车站旁的悦来客栈的一间屋子里休息，喝了热水，才缓过劲来。过了一会儿，陆续有下火车的新生来了，他们便乘敞篷大卡车到了东北人民大学的一幢楼前。

据当时的班长王维堂回忆，他于 1953 年 10 月 10 日从大连到达长春，因为是调干学生，以往在工作单位表现优秀，中文系领导让他当班长，参与新生接待工作。10 月中旬新同学陆续报到，看到有些南方来的同学穿着单薄，也没有棉衣，就向系里管生活的老师反映情况。经研究，这位老师交给王维堂一笔钱，让他带那几个新生去商店买御寒的棉衣，付款之后统一开一张发票拿到系里报销就可以了。王维堂就带同学到四分局那儿的商店买了棉衣、棉裤、棉帽子还有棉鞋，几个同学笑称，这回可是从头武装到脚了。

10 月 18 日到长春的刘光平没赶上这一拨，他是拿着班长给的钱，去商店买了一套蓝色棉衣裤，在买鞋时因不知道东北的冬天有多冷，就选了一双胶底棉鞋，没想到胶底鞋冬天反潮，不暖和，刚冷时穿还可以，到了三九天，天寒地冻，脚上长了冻疮，落下了每年冬天都长冻疮的毛病，好多年后才好了起来。

喻朝刚因为等船误了行期，是班里最后报到的学生。他也拿着钱去商店选购御寒的冬衣。可是因为瘦，棉衣穿到身上显得又肥又大，最后选了一套小号灰色棉衣裤，虽然还显得肥，也只能这一套了。他随身带了一床薄棉被，就没有申请新被褥，没想到那薄被在东北不能御寒，还是好心的调干同学给了他一床旧被子，让他压脚，才没有挨冻。大学给朝刚评了甲等助学金，每月 13.5 元，他非常高兴，珍惜这来之不易的读书机会，决心以优异的成绩报答党和人民对自己的关怀。

三、寒窗苦读书海行

1952 年东北人民大学中文系建系时，教务长兼中文系主任龚依群从全国各地聘请了一批名师，如北京大学毕业的留美博士杨振声教授，是学者也是著名作家，其作品《玉君》蜚声海内外；冯文炳（废名）也是北京大学毕业的教授、著名作家，其人和作品在现代文学研究中是不可或缺的，他还是第二任中文系的系主任；讲授古代汉语的霍玉厚教授，是老东北大学文学院的院长；还有原清华大学的文字学专家蒋善国教授，从北京大学中文系来的有刘禹昌、赵西陆教授；从湖南到东北行政学院转到东北人民大学中文系的郭石山教授，等等。可谓人才荟萃，济济一堂。

朝刚入学时，正赶上名师开蒙授业，中文系教学、科研走上正轨的好时机。冯文炳教授讲鲁迅，讲杜甫的诗歌；杨振声教授、宋荫谷教授、刘禹昌教授和郭石山教授讲授中国古代文学史；北京大学王力教授的高足弟子许绍早为他们讲授汉语史；系主任龚依群教授为他们讲授文艺学引论。在一大群知名教授、学者的指引下，朝刚眼界大开，走进了知识的殿堂。

20 世纪 50 年代初，东北人民大学图书馆藏书之多，是远近闻名的。据说这和学校聘请的一位教授有关。此人叫汪馥泉，被聘为中文系教授兼校图书馆馆长，因为他熟悉上海图书市场，派人把上海滩的书店、书摊的图书几乎一扫而光，全部收到东北人民大学图书馆里来，其中不乏一些珍贵的孤本图书，这场大收购为东北人民大学的图书馆打下了良好的基础。

喻朝刚学生时代在吉林大学图书馆阅览室读书

朝刚喜欢读书，过去在四川县城读书时，他养成了去图书馆阅读课外图书的习惯，但小县城的图书馆里的图书有限，只能找到什么书就读什么书。如今东北人民大学的图书馆让他走进了图书的海洋，在明亮的图书阅览室里，他如饥似渴地阅读了大量古今中外名著，开阔了视野，像海绵吸水般地从图书中吸取丰富的知识。渐渐地，在老

上大学后的一个冬天，借同学一顶时尚的帽子戴上留影

师的指引和熏陶下，他对中国古典文学产生了浓厚的兴趣。出于对古典诗词的热爱，他用纸条抄录了唐诗宋词的名篇名句，贴在宿舍的床头和墙壁上，以便随时阅读和默记。

朱熹曾云：“文章要有三熟：读时熟；看时熟；玩味时熟。”即熟能生巧，有了熟与巧，才能创造与出新。后来朝刚当老师向学生讲授古典文学时，不用看备课笔记，就能把一些名篇名句倒背如流，和他读书时常年的积累、熟读是分不开的。

大学四年，朝刚都是在学校里度过的。大学一年级时，他们二十几个男同学住在图书馆楼二楼的一间大房子里，上课在这个楼里，食堂也在附近，学习、生活很方便。他每月享有甲等助学金 13.5 元，吃饭买文具等足够了。那时候，学生食堂的饭菜很便宜，一般的青菜几分钱一份，带点儿肉的炒菜一毛多一份，一小碗红烧肉两毛钱一份，最贵的鱼虾三毛钱一份。但为了乡下的母亲和哥哥一家人，他尽量节省着用钱，每月伙食费也就花五六元钱，慢慢地攒下点钱，悄悄地寄回老家，补贴家用。当他们搬到新建成的学生七宿舍时，学生八宿舍正在施工，学校组织学生去八舍工地勤工俭学，学生既参加劳动锻炼，又能挣点零花钱，一举两得。暑假大多数同学都回家了，朝刚留在学校，边读书边参加勤工俭学。干的活是往八舍房顶背锯末子，给棚顶保暖。学生宿舍从外面看是三层楼房，实际地下室食堂窗户露出地面，等于四层楼。朝刚用他那瘦瘦的身体，扛着装满锯末子的麻袋，踏着跳板颤颤巍巍地往房顶上走去，还是有些吃力的。但他很高兴，觉得这也是锻炼身体的机会，而且一天还能挣到四五毛钱。同学们常说：“你太瘦了。”他却乐观地答道：“瘦是瘦，精神可好哩！”

有一段时间，他很喜欢诗歌，除了古诗，他还读当时很流行的苏联诗人马雅可夫斯基写的阶梯诗，并且模仿着试写。1954 年 4 月 12 日，是父亲去世七周年的日子，想起没有享受到新中国成立后新生活的父亲，他思潮翻滚，提笔写下了一首祭父的诗：

温柔的慈爱
受难的心灵
没有见过阳光的冤魂

1954 年留影

您——我的父亲
在黑暗的岁月里
奴隶的生活
到处是吃人的勾当
到处是欺榨勒杀
你，纯朴的心
低下头
闭上嘴
忍受
也不曾盼望过尽头
也不知道黑暗终竟会天明
然而黎明前
你倒下了
贫穷剥夺了你的生命

你爱我
你希望我能给你伸伸腰
但是
当我还是儿童的时候
你早永别我去
时间太快我永远忘不了你
将来我的理想开了花
为千万翻身了的奴隶
为您，我的爹爹
我要努力工作，写下黑暗与光明

这首诗摘录自他当年的笔记本，蓝色的墨迹里，表达的是他当时的心声。

朝刚身体瘦弱，脸色苍白，常患感冒，他羡慕体魄强壮的男同学。为了强身健体，他常去校园附近的公园散步，也常跟同学一起打打球，跑跑步，希望逐渐强壮，以便更好地完成学业。他努力学习，写了入党申请书，积极参加班级的各项活动。班级团支部选他为组织委员，中文系科协也让他担当一些工作，他都因身体状况欠佳而未能尽力，心中常感惭愧。

大学生（背景是现在已被拆除的孝子坟）

左起：喻朝刚　魏克信　王　我　杨国祥　刘光平　孟国善

大约在大学二年级下学期时，朝刚突然感到视力模糊，看不清老师在黑板上写的字，去白求恩医科大学二院眼科检查，他得了眼病。医生告诫他，在治疗的两三个月内，晚上绝对不能在灯下看书，白天也要尽量少用眼睛。不让喜欢读书的人用眼睛，这实在太残酷了。不久学校为学生做身体检查，他被查出低血糖、低血压，视力问题严重。究其原因，是劳累、长期营养不良所至。班里同学都挺关心，问他怎么会这样？他说老家那边发了大水，庄稼被淹了，家乡秀山是个贫困县，哥哥一个劳动力，要养活七八口人，负担重。曾来信让他辍学参加工作，帮助家里。可是他十分珍惜这得来不易的学习机会，舍不得中断学业。于是就省吃俭用，把省下来的钱寄回家里去了。得知这一情况，班里几个调干带工资上大学的同学就凑了一些钱，交给当时的班长王我，据王维堂大哥回忆，他拿出了五元钱。王我记得他从调干同学那里一共筹到了二十五元钱，在那个年代，这是一笔不小的数目，三十几元的工资就能养家糊口。王我又找有关方面，给朝刚联系到学校教工食堂用餐，怕他再把钱寄回家里，就分几次把钱给他。有两个多月的时间，朝刚上课不能记笔记，也不能看书，听课全凭记忆。经过一段时间休息调整，药物治疗和加强营养，他的视力才得以恢复。现在想起来，眼睛视力不好和肝脏有关，营养不良，造血不足就会导致视力不好，但那时却不大懂这些保健常识。

大学同窗

左起一排：王 我 杨国祥 二排：刘光平 魏克信 喻朝刚

后排：孟国善

视力恢复以后，他又拼命地读书，想把耽误的时间补回来。后来，他对刘禹昌教授讲授的古代文学史的宋代文学产生了浓厚的兴趣。读中学时，陆游的《示儿》诗令他难忘，他深深地被这位诗人的爱国情怀所感动。于是他借来《剑南诗稿》阅读，越读越爱读，读完了又借来《陆放翁全集》阅读，到大学三年级时，他已经把陆游几十万字的著作读完，并且做了大量的读书笔记，在浩瀚无际的书海中，吸取无尽的精华。元人翁森说过“读书之乐何处寻，数点梅花天地心”，朝刚在书海苦读之中觅到了读书之乐，获得了知识。后来，在刘禹昌教授指导下，他又借来《宋史》研读，为撰写毕业论文做准备。

1956 年 12 月，他们这个班发展了三名新党员：魏克信、喻朝刚、刘光平。从此，他更加严格地要求自己，无论在课业学习、毕业论文的写作上，还是担负的社会工作中，他都更加努力，更加投入，也更坚定了为人民服务的决心。1957 年夏，他以优异的成绩毕业，并留校工作，成为东北人民大学中文系的一名年轻助教。

1957 年毕业照

前排为校系领导和教师，后排右起第五人为喻朝刚

四、备课执教益求精

喻朝刚 20 世纪 60 年代初留影

朝刚留校当助教的第一件大事，就是写好备课教案。先写了一本唐代文学讲稿，接着写宋代文学讲稿，宋代文学作品的分析与鉴赏。同时参与古典文学教研室应吉林人民出版社约稿写的《中国文学史稿》的有关部分；也是在这一段时间里修改、完善毕业论文《陆游的爱国思想》一文，忙得不亦乐乎。

谁知，到了 1958 年“大跃进”时期，社会上、学校里掀起一股批“白专”道路的歪风，教师首先成了挨批的对象。作为业务尖子，一心钻研古典文学的喻朝刚自然难于幸免。在教师支部大会上，他被点了名，说他一心只想成名成家，走“白专”道路。据当时刚留校的吴开晋老师回忆，不管别人怎么批判，朝刚只是默默地听着，不反驳，也不发言；回去以后呢，还是依然故我。吴老师曾去他居住的宿舍看他，见朝刚单身宿舍的墙上仍贴满唐诗宋词的条子，不过字写得比以前大了，纸条变成了大纸，有的甚至写上了整首诗词。听了吴老师安慰他的话，他就说：“那些人愿意怎么说就让他们说去吧。当老师的就得读书、有学问，不读书、没学问怎么去教学生？那不是误人子弟嘛！”

由于朝刚认真读书备课，所以当他 1959 年秋走上大学讲台，在讲述南宋两位爱国词人陆游、辛弃疾的作品时，激情满怀，慷慨陈词，博得了学生的好评。他认为，当教师的必须在课下做足功夫，讲课时才能妙语连珠，才能起到传道、授业的作用，让学生对你讲的课感兴趣，愿意学下去。

1958 年秋冬，一批青年教师下放到郊区兴隆的农村劳动锻炼，朝刚就到了兴隆山，住进了东北农村带热炕的土坯草房里。那一年冬天雪下得多、下得大，天寒地冻，有几天气温竟达到零下三十四五摄氏度，用东北老乡的话说这天真是嘎嘎地冷啊！下放的教师跟着农民用大镐头去刨冻得帮帮硬的粪堆，一镐头下去，只能刨出一个白点，老农一镐下去就能刨出一大块。他们学着农民的样子，棉上衣腰里系一根草绳子，打上绑腿，把鞋和裤脚用带子一层一层裹起来，这样就不透风不进雪；头上戴上一顶棉帽子，手上套上大棉手闷子，跟着农民的大车往地里送粪，嘴里哈着大团大团的白气，不一会儿，眉毛、帽子上就都结上了白白的霜。好在村干部为这些下放的青年教师安排了一个村民当厨师，给他们做饭烧炕。下工回来，抖落掉帽子上的霜雪，洗洗手，脱鞋上炕，就能在小炕桌旁吃到热乎乎的农家饭：小米捞饭、窝窝头，用小米米汤做的酸菜熬土豆，或者白菜炖土豆，大葱蘸大酱，大家吃得那个香啊。那年元旦，大家动手包饺子，酸菜猪肉馅的，小饺子不大，但馅包得鼓鼓的，特别香，也许是好久没吃带油水的食物了吧，饺子煮了好几大锅，全吃光了。朝刚回忆，那是他吃得最多的一次，好像吃了有五十多个饺子。现在的人听起来，简直不可思议。

有天晚上，松辽平原上下起了“冒烟雪”，呼啸的西北风“嗷嗷”地怪叫着，大雪被狂风刮着，使劲拍打着农家院的纸窗户，发出呼嗒呼嗒的响声。这朔风呼啸、冰封雪裹的农村景象，是朝刚从未见过的。他被震撼了。这北国之夜让他领略到冰雪世界的奇妙与严酷。

第二天一早，风停了，雪住了，外面是白茫茫的一片。雪很厚，也很深，起来第一件事就是用力推开房门，用大木锹推开积雪，用铁铲开出一条路来，否则连门都出不去。抬眼望去，家家都在铲雪开路。这不禁让人想起“夜来城外三尺雪，晓驾炭车辗冰辙”的诗句来，只不过变成了“晓拿铁锹铲积雪”。

天气特别不好、不能出门时，大家就坐在热炕上读书、政治学习，有时就聊聊天，打打扑克。朝刚则往往坐在自己的被垛前，静静地读书，或者仔细推敲备课笔记的内容，以便回去以后开课，因为这是他第一次登上大学的讲台，必须有一个良好的开局。

1959 年初，刚由东北人民大学改名为吉林大学的《人文科学学报》第一期，以头题发表了朝刚的一万六千多字的论文《陆游的爱国思想》。在当时，刚毕业留校不久的青年教师能在学报上发表长篇论文是很不容易的。所以，当这个昔日的校友今日的青年教师走上大学讲台时，没有人敢轻视他。当他讲述宋代文学，激情满怀地讲解陆游、辛弃疾的爱国诗篇时，也感染了台下的学生，使他们深深为先贤的爱国精神、慷慨激越的诗词所感动。他，一个从巴蜀大地走出来的青年人，就是这样走上大学讲台的。

几十年里，他的备课笔记写了十几大本。在 16 开本的白纸边他留下了一条空白之地，每讲过一遍之后，他会用另一种颜色的笔在空白之处加进去一段内容，是新的体会和理解，或者是新发现的资料。这样，他的备课笔记本上就出现了蓝、黑、红三种颜色的笔迹。讲授古典文学的备课笔记如此，开陆游、辛弃疾专题的备课笔记还是这样。日积月累，他就拥有了讲课的雄厚资本，这些资本深入在他的脑海之中，有时不用看备课笔记，便能滔滔不绝地讲开去，那些经典的名篇名句，更是倒背如流，真可谓功夫不负用功之人呐！

1959 年第一次回家

一排左起：大嫂 小侄女 侄儿宗昌 侄女秀芳 母亲 宗义 宗甫

二排左起：大哥喻朝清 喻朝刚

这一年的暑假，朝刚第一次返回故乡。他乘坐火车一路向南，又转乘汽车一路向西，奔波数千公里，回到六年来魂牵梦绕的老家——秀山县麻土村，见到了母亲和亲人。他把自己拿到的稿费拿出来，带着哥嫂和六个孩子一起到秀山县城，给每个人买了一双球鞋，还给家人买了做衣服的布料。那时，小妹朝荣已于 1958 年考入贵阳师范学院中文系读书，走出了巴蜀大地。母亲那时六十多岁，身体硬朗，还能下地干活，帮大嫂操持家务。孩子们见叔叔回来，生平第一次穿上又软又轻又不怕雨湿的球鞋，吃到叔叔买回来的糖果、糕点，别提有多高兴了。朝刚每天陪母亲说话，帮家里干些杂活。他告诉大哥大嫂，喻家的孩子都要读书，只要能读书，叔叔供他们读中学、上大学。他是这么说，也是这么做的。从参加工作的第一个月起，每月发工资的第一件事，就是给母亲和家里寄钱，从未间断过。

这次回乡，“大跃进”狂热之后的困境已现端倪，粮食供应开始紧张了起来。他目睹了四川省干部征收过头粮，使农户缺少粮食的现实，感到“大跃进”好像出了问题。但是他不能对外讲，只能用实际行动帮助家人渡过难关。回到长春后，他尽量节省粮食，节省开支，把节省下来的钱和粮票寄回四川老家，帮助家人度过饥荒的岁月。

20世纪60年代探亲照

一排左起：侄儿喻宗昌　喻宗义　左四侄女喻秀芳

二排左起：二姐喻朝仙　母亲　姑姑　大嫂

后排左起：侄儿喻宗甫　妹妹喻朝荣　喻朝刚　大哥　侄女喻秀华

这一年的冬天，朝刚被学校派往越南任教，他是吉林大学第一个派往国外的教师。当时的中文系系主任陶然、系总支书记李昭恂和一些教师一起为他送行，并在图书馆楼合影留念。校长匡亚明亲自找朝刚谈话，嘱咐他不要辜负党和人民的期望，走出国门好好教学，圆满完成任务后再回来。可见校、系领导对这件事是多么的重视。

临出国之前，朝刚委托中文系资料室的黄丽玉和刘庆澄老师，每月帮他领取工资和粮票，扣除党费以外，钱和粮票全部寄回四川老家。所幸，家中除大嫂怀中抱着的小侄女没挺过来之外，全家八口人都度过了那个艰难的岁月。后来麻土村幸存下来的人都说，是朝刚这个大孝子救了喻家人的命。

在北京集中培训期间，朝刚拿到了国家发给的两百元钱出国制装费。长这么大，他头一次拿这么多钱为自己做衣服，一套藏蓝色呢子中山装，一套深咖啡色的西装，一套浅色帆尼丁西服和衬衫，一双皮鞋，一只牛皮纸的皮箱都是着装必备的。离开北京之前，他把从东北穿来的棉衣裤、棉帽棉鞋等衣物加上购买的食品，打了一个大包裹寄回四川老家。便乘火车南下到广西凭祥，又从那里到达越南的首府河内，到河内大学和河内外国语学院任教。他通过教学和越南学生熟悉了起来，在那儿度过了半年多愉快的教学生活。教课之余，他仍然埋头读他带去的古典文学作品，为回国后的教学和科研项目做准备。

在越南

在越南期间，朝刚多次见到胡志明主席，深为胡志明主席为越南民族解放事业献身的精神所感动，也为胡主席艰苦朴素的生活作风而心存敬意。这期间，他还在中国驻越南大使馆见到去越南进行国事访问的周恩来总理和陈毅副总理，并聆听他们的教诲。

1960 年夏天，朝刚结束了在越南的教学工作，回到吉林大学，重新投入教学和科学研究工作中去。

师生共研讨

左一立者为殷义祥，右一为喻朝刚

1961 年，匡亚明校长在吉林大学搞了一个培养青年教师的规划。中文系选出许绍早、刘中树、喻朝刚、栾昌大四个年轻教师作为重点培养对象。许绍早毕业于北京大学，是语言学家王力教授的弟子，专攻语言学；其余三人皆毕业于吉林大学中文系，刘中树教现代文学，喻朝刚教古典文学，栾昌大教文艺理论。这样中文系的几个重点专业均有后续的拔尖人才。全校文理科共选拔出七十二名青年教师列入重点培养名单。学校规划还规定，这些重点培养的青年教师，可以不参加每周三下午的政治学习和一些社会活动，以便让他们专心读书搞科学研究。这样一来，朝刚就彻底摘下了“白专”的帽子，可以放心大胆地从事他所热爱的古典文学研究和教学工作了。在匡亚明校长的倡导下，那些年吉林大学的学术氛围特别好，全校师生的学习热情空前高涨，涌现出一批优秀教师和优秀的科研成果。

1963 年上半年朝刚编写的教材《宋词选讲》内部印行，该书选宋代近三十位词人的七十多首作品。每首作品之后都有“注释”“解说”，每篇“解说”都可称鉴赏美文，在那个年代，这种写法是不多见的。1964 年，他去杭州大学进修，曾送给词学大师夏承焘先生一本《宋词选讲》，得到夏先生的称赞。夏先生批阅了这本讲义，提出许多宝贵意见，嘱咐朝刚修改补充，以便正式公开出版。

1986 年，应吉林大学出版社之约，在《宋词选讲》的基础上，用了近两年的时间，朝刚完成了《宋词精华新解》一书三十三万字的书稿。该书选录宋代词人三十二家，作品 108 篇，除原文外，还有作者小传、注释、解说等方面的内容，侧重深入浅出地讲解，成为普及中国传统文化精华的受欢迎的读物。

五、亦师亦友情谊浓

朝刚对老师非常尊重。他的毕业论文的指导老师是刘禹昌教授，教古典文学，侧重唐宋那一段。朝刚喜欢古典文学，读中学时，他只读过有限的古代文学作品，对陆游的《示儿》中的“家祭勿忘告乃翁”印象深刻，考上大学那一年暑假，他就是把自己考上大学一事，跪在父亲的墓前禀告“乃翁”的。进入大学以后，更是对唐诗宋词爱不释手。刘教授在指导朝刚立题时，得知他已读完《陆放翁全集》《剑南诗稿》并做了大量笔记时，惊喜万分，指导他再读《宋史》；朝刚对陆游生活的时代做深入的了解和分析，之后再把学习心得讲给老师听。师生之间反复切磋研究，最终朝刚拉出提纲，开始动笔，竟洋洋洒洒写下了一万六千多字的论文，题目为“陆游的爱国思想”。刘禹昌教授对这个瘦弱的学生十分喜爱，常在家中对妻子女儿赞叹不已，说这么勤奋好学、文思敏捷的学生不多见，难得。

1957 年夏，喻朝刚大学毕业留校工作，分配到中文系古典文学教研室任助教。留校后，他一面积极备课，参与中文系几位教授为吉林人民出版社约稿《中国文学史稿》的写作，一面修改《陆游的爱国思想》一文，这篇论文在 1959 年《吉林大学人文科学学报》，以头题发表。一个刚留校不久的青年助教的论文，上了头题，这在当时是不多见的。以至后来没多久，就有人称他是研究陆游的专家。刘禹昌老师也为此感到骄傲。

1959 年

前排左起：陶 然 喻朝刚 王庆菽 王万庄 杨照廷

后排左起：赵西陆 刘禹昌 李昭恂 郭石山 宋荫谷

刘禹昌教授是北京大学支援东北人民大学建中文系时从北京来到长春的。为到冰天雪地的东北来，妻子曾与他争吵过。因为他的妻子是他在西南联大任教时找的南方人，是一个中学女教师，她不习惯北方的生活，但为了丈夫热爱的事业还是跟来了。“文化大革命”中，刘教授的妻子因病去世，小女儿还在东北师范大学读书，工宣队和军宣队的人竟宣布让一个孤老头子去吉林省边远的长岭县农村插队落户。朝刚听到这消息，气愤难平，他多次到刘老师家去探望，也曾向工军宣传队反映刘老师的困难，但收效甚微。后来刘老师提出，自己年底就快六十岁了，可不可以办退休手续，然后去江西九江投奔大女儿，因为他的大女儿一个人带着两个儿子在九江，老父亲去了，父女俩和外孙可以互相照顾。就这样，刘老师告别在长春的小女儿，于 1970 年南下去了九江。

粉碎“四人帮”，特别是1977年恢复高考之后，大学急需老教授上课，吉林大学一纸调令从江西调回了刘禹昌的档案，并通知他返校任教。刘老师十分高兴地收拾行李、书籍准备返校，同时也为要告别大女儿和外孙而纠结。正在这时，武汉大学的党委副书记和中文系系主任到九江来造访，他们说曾在国家级的学术刊物上读过刘教授的文章，恳请刘教授到武汉大学中文系任教，有什么要求尽管说。刘禹昌老师表示说，我的档案已经调回吉林大学了。武汉大学的人说，没关系，这事我们来办，即使没档案我们也要你这个人。刘老师又说，我要去，得带上女儿和两个外孙，女儿是护士，能安排工作吗？没想到武汉大学的人一口答应了。就这样，刘禹昌老师去了武汉大学中文系，学校分配给他一套住房，安排他大女儿到校卫生所工作，两个外孙也落户到武汉。

朝刚和刘禹昌教授一直保持着书信往来。刘老师还曾在信中夹上自己写的几首古体诗，诉说自己的心境。这些珍贵的信朝刚都保存了下来。可惜后来我在北京搬家时，丢了一个纸箱子，一些手稿和信札没了，造成了无法弥补的损失，令人心疼不已。那些诗文也就无法展示出来。

这里选录的是刘禹昌教授1978年年初所写的《冬日忆郭石山兄》一诗：

吾友鸣诗苑，
轩昂鹤不群。
烟霞踪太白，
兰蕙继灵均。
塞北千山雪，
江南九派云。
何时见邂逅，
促膝久细论。

老一辈的教授们虽远隔千里，但他们的心是相通的，诗书往还互表思念之情。

1984年夏天，郭石山、赵西陆、王士博和朝刚共同培养的研究生毕业论文答辩时，聘请了外校的几位教授来长春，其中就有刘禹昌教授。在完成答辩任务之后，刘禹昌教授拜访了昔日好友郭石山、赵西陆等，共叙这么多年来的友谊，心情无比激动。

20世纪80年代末期，刘禹昌教授已经为武汉大学中文系带出了几批研究生，但他仍然十分想念曾经工作过的吉林大学和那里的老朋友，很想在有生之年故地重游。但想到自己已是八十高龄的老人，谁还能邀请他去呢？于是提笔给已经担任吉林大学中文系系主任的喻朝刚写了封信，说了自己的想法。没想到朝刚很快给他回了信。并在信中说，您这种老骥伏枥的精神值得晚辈学习，请他由小女儿陪同回吉林大学会会老朋友，给青年教师讲点什么。那时刘老师的小女儿已调到武汉工作。这年暑假刘禹昌教授终于回到吉林大学，当他看到吉林大学的变化，看到当年的学生已经挑起了重担，为培养人才而努力工作的情况时，非常高兴。那时郭石山、赵西陆教授均已去世，郭石山老师的儿子热情地让刘教授父女住到家里，朝刚和我则设家宴招待这父女俩，畅叙别后的情况。那时，中文系因与吉林日报社合作办通讯员函授写作班，有了一些额外收入，经济状况逐渐好转。经班子商量，给刘教授父女报销了往返的两百多元路费。王士博教授得知这一情况，感叹地对刘老师说："中文系对你够意思，没忘了你这位建系的元老啊！"谁知回武汉后不久，刘老师竟查出患了肾癌，后来做了大手术，于1995年仙逝于武汉。

赵西陆老师也是朝刚的一位恩师。他毕业于北京师范大学中文系，抗日战争期间在昆明西南联大任教，深得罗常培、闻一多、刘文典、杨振声诸师长的器重，除讲授必修课"大一国文"外，还钻研中国文学史、目录学、校勘学，博采众家之长，打下了深厚的国学基础。回京后执教于北京大学中文系。1952年院系调整，作为北京大学选拔的优秀教师支援新建的东北人民大学中文系而来到了长春。当时学校分配给赵老师一幢带院子的日式平房，室内地板、暖气、煤气、卫生间等设备齐全，条件非常好。

赵老师国学功底深厚，知识渊博，写一手漂亮的蝇头楷书，课也讲得好，深受学生的欢迎。但因身体欠佳，转而专事培训青年教师的工作，有时还在家里给青年教师搞些讲座。朝刚非常佩服赵老师的学问、人品，留校任教以后，经常登门请教，与赵老师很谈得来，每每求教中受益匪浅。赵老师也喜欢这个朴实的青年助教，认为此人学习刻苦、钻研，学术上颇有见地，在治学方面也愿意加以点拨。

20世纪50年代中期到60年代初，赵老师因肾癌在北京协和医院摘除了右肾，1958年和1961年又因膀胱癌去北京协和医院动了两次大手术。每次临行前，赵老师都让夫人高振坤去把单身的朝刚叫到家里，让他搬来住一段时间，把家托付给他。那时，赵老师家有一位从北京带来的保姆孙妈、两儿两女四个孩子。搬去的那一段时间，他常常在晚上给赵老师的两个小女孩讲故事，逗她们开心，再看看两个男孩作业完成得怎么样。他和孙妈、四个孩子都熟悉了起来。孩子们都很喜欢这个会讲故事的喻叔叔。以后逢年过节，赵老师家做了什么好吃的，也要让朝刚去尝一尝。朝刚还曾把我领到赵老师家，拜望赵老师和师母，并在他们家吃了一顿饭。三年经济困难时期，赵老师因为有省政协委员的身份，有时会得到一些特殊照顾，给点餐饮券，花钱可以吃到在外边买不到的东西，赵老师就请古典文学教研室的同事去五商店附近著名的国营食堂改善一下生活。

“文化大革命”中，校工军宣传队和革委会让大批教师下放劳动，中文系给赵老师一家下达了去通化地区柳河县插队落户的通知。朝刚听到这个消息，感到愤愤不平，去系里找工军宣传队的领导，说赵老师这样因癌症动过三次大手术的病人，需要定期去医院复查，到偏远的农村怎么治病、怎么生活啊？人家说：“你知道赵西陆父亲是什么人吗？”朝刚说：“知道，是解放前山东大学的校长，那人早就离婚另娶，和赵老师不来往了。”工宣队的人这才说出，赵西陆的父亲已经自杀，“自绝于人民”了。就这样，赵老师被抬着上了火车，去长白山区插队落户去了。

这里要多说几句。赵老师的父亲叫赵太牟，早年曾留学美国。1925 年回国后，曾担任北京艺术专门学校教授和戏剧系主任，并在北京大学等多处院校从事戏剧教育工作，是中国戏剧学校的创始人之一，对中国的戏剧事业发展做出过贡献。1932 年他出任当时设在青岛的国立山东大学校长，他曾聘请梁实秋、徐志摩、闻一多等一大批民国时的名人到校任教。后来赵太牟和赵西陆的母亲离婚，另娶俞珊女士为妻。当年江青名为李云鹤时，到青岛投奔的就是俞珊和赵太牟，并由赵太牟出面，为她在山东大学图书馆谋得一份工作，又是俞珊把李云鹤介绍到上海去当演员的。“文革”中，江青对过去熟悉她的人是不会放过的，赵太牟当然在劫难逃了。赵西陆老师受到生父的牵连，被下放农村劳动。后来从农村回到吉林大学以后，高振坤师母告诉我，赵太牟不是自杀，是被人绑上石头，沉湖而死的。

粉碎“四人帮”以后，赵老师一家回到吉林大学，住在数学楼附近的一个二层的筒子楼里，给了两间房子，一间楼上，一间楼下。那么多图书加上六口人，拥挤之状可想而知。大儿子结婚，只能另觅住处。朝刚经常去看望赵老师，谈起这些年的经历，赵老师的口气中充满沧桑之感，但对于治学，仍持之以恒，从未放弃。朝刚看到赵老师亲手眉批的《世说新语》，赞不绝口，建议拿出去正式出版，赵老师却说，不忙，他还要再细细琢磨，可惜还有几部校注《战国策》《诗品》《孙子兵法》的书稿，在“文革”中抛散殆尽，以为这辈子再也无法治学了呢。现在只剩下这部《世说新语》了。这部书后来由任继愈先生推荐，北京图书馆出版社于 2006 年出版了影印手校本，书名为《世说新语校释》。

1987 年 4 月，赵西陆老师因病驾鹤西去，又一位学识渊博的教授、长者离我们而去，令人悲痛万分！之后家里有什么事，高师母常找朝刚商量。不久，高师母一家搬进了位于永昌胡同八十多平方米的三室一厅的新居。高师母高兴之余，曾遗憾地对我们说：“可惜老头子没住上新房，在筒子楼里蜗居了那么多年。没等到好日子的来临啊！”

1997 年年初到 1998 年年底，喻朝刚突然两次患病住院，在家休养期间，高师母经常到家里来看他。每次来都带着她老人家亲手做的点心、小菜什么的，特别是她做的云南白腐乳，特别好吃，让病中的朝刚增加食欲。这种真诚的师生情谊令人难忘。

郭石山老师是湖南湘潭人，中文系创建时的元老之一。他主讲中国古代文学史，重点研究唐代文学，是朝刚敬重的长者和老师。他常向郭老师请教学问，郭老师也愿意与朝刚这位爱徒切磋治学之道。

“文革”中，造反派贴出大字报，说郭石山是大叛徒，为此郭老师和“走资派”“牛鬼蛇神”一起挨批斗。1966 年 8 月 5 日，造反派在吉林大学理化楼门前召开了声势浩大的斗鬼大会，以匡亚明校长为首的“走资派”、各系的“走资派”“资产阶级反动学术权威”“牛鬼蛇神”长长的一大串人，每人胸前挂一块大牌子，站在台阶上挨批斗。郭石山老师在这次批斗之后，被关了“牛棚”，住房也被造反派占用，逼得七口之家连续搬了三次家，房子越搬越小，条件一次比一次差，还被抄了两次家。这些郭老师都忍了，唯独“大叛徒”一事，他感到委屈。原来郭老师出身于湘潭茅塘冲因诗而闻名遐迩的郭氏文化世家。清代湘潭郭氏诗人曾经震惊京城，成为“名冠湖南的第一大女诗人家族”。年轻时的郭石山是湘潭公学师范班的高才生，因诗文出众，声名鹊起，加之思想进步，十五岁便加入了共青团。但是，枪打出头鸟，国民党当局第二年就把这个进步学生收押到湖南省感化院。是他的三叔公郭叔泉凑足银资，请当时的湖南大学著名教授刘宗向先生出面疏通，并且由他的家人代他写了自省启事、画押签字，才被放了出来。从此，家人严加管束，他便重回学校，完成学业。毕业以后，郭石山到《湘潭民报》任副刊编辑，其间仍与共产党地下工作者交谊至深。1938 年湘潭被笼罩在白色恐怖之中，郭石山与同学、挚友龚依群一起，准备奔赴延安而到了武汉的汉口八路军办事处，因为人多要分批走，在等待期间他思念年轻的妻子回了趟湘潭，被家人扣住，并为他谋得湘潭中学任教的职位，直至出任湘潭联中校长。

20 世纪 50 年代初，已任东北行政学院教务长的龚依群把郭石山招聘到学院当教师，他就到了沈阳。1952 年东北人民大学成立中文系，郭石山随校迁到长春，成为建系的元老之一。这段历史，他如实向组织上说明并有过结论，怎么事隔几十年又翻了出来，并扣上“叛徒”这个大帽子呢，他实在想不通。郭老师心里憋得难受，从吉林大学百家屯农场劳动改造回来后，找喻朝刚倾诉，朝刚就宽慰老师：那些造反派捕风捉影的事，早晚会弄清楚的，别老往心里去。

这之后不久，郭老师一家便被打发到延边朝鲜族自治州和龙县的深山老林里插队落户去了。郭老师离开吉林大学后，和喻朝刚一直有书信往来，互通音讯。郭老师还和刘禹昌、赵西陆等同事以写古诗的形式，互致问候，表达几位老教授之间相互牵挂之谊。

粉碎“四人帮”之后，郭老师一家回到吉林大学。朝刚出任古典文学教研室主任，郭老师非常支持朝刚的工作。1981 年中文系拟招收古典文学硕士研究生，朝刚请郭老师去南方招生，顺便回乡探亲，了却他的思乡之情。

郭老师是我家的常客，时常来和朝刚聊聊天，说一些事情。郭师母为人热情、直爽，他们膝下有五个儿子，人称五虎之家。记得我家女儿小的时候，郭师母曾送来一茶缸她亲自做的南方米酒酿，看到孩子喜欢喝这种酸酸甜甜的东西，特别高兴，说以后还做给你吃。可惜没多久郭师母因病去世，这对郭老师打击很大，那一段时间，他常找朝刚聊天，说说心里话。

1987 年春寒料峭的一个晚上，郭老师路过我家，拐了进来，进门就问：“朝刚在家吗?”我一看是郭老师，忙请他进来坐一会儿，说朝刚还没回来。他说：“那我就不坐了，我刚从校医院看病回来，我头疼得厉害，我得回家休息去了。医生要我下周去住院。”晚上朝刚回来，我告诉他郭老师刚才来过，说他头疼，朝刚说，我明天早上去看他，现在去太晚了。

第二天一早，吃过早饭朝刚就到郭老师家去了，刚走到那幢楼的门口，就遇到了同住一幢楼的老师，告诉说郭老师早上走了。

1987 年这一年，朝刚挥泪送走了郭石山、赵西陆两位恩师，中文系少了两位资深教授。

中文系的王庆菽老师是 20 世纪 50 年代初从英国回来的女性，她的先生张作梅是中国科学院学部委员、留英博士、长春光学机械精密仪器研究所的著名金属物理学家，1956 年毛主席访问苏联时带去的专家组成员。他们夫妻二人都是广东人。王老师在回国前自费在英国、法国博物馆拍照、抄录了大量流失海外的敦煌变文经卷。这些被掠夺到海外的资料极其珍贵，她带回来后与当时北京大学的教授曾毅功、向达、周一良及北京师范大学的启功先生，一起编著了厚厚的上下两册《敦煌变文集》，由人民文学出版社于 1957 年出版，1984 年又重版。王老师名列主编第二位，这套书成为研究敦煌历史文化的重要文献资料。王老师因为从国外回来，穿着打扮比较讲究，在中文系讲授古代话本小说的课堂上，学生总能闻到淡淡的香水味，以至后来被造反派批评为“资产阶级生活方式”的代表。

“文化大革命”中，她被扣上了英国特务的帽子，张作梅被批为资产阶级反动学术权威，两个人分别被造反派关押审查。王庆菽老师因为不肯承认自己是英国间谍，而遭到造反派用燃着的烟头烫手指的酷刑，受尽了折磨。有一天，王老师在文科楼的二楼打扫卫生，朝刚去文科楼中文系办事，一上楼梯遇到了她，叫了一声“王老师”，王庆菽听到这久违了的称呼，抬头一看，是喻朝刚在叫她，眼泪一下就盈满了眼眶，她赶紧示意朝刚快走，别让监督她的造反派看见，朝刚又轻轻说了句“王老师保重”，就上三楼去了。这件事我并不知晓，还是粉碎“四人帮”以后才知道的。王老师两口子从长白山区的柳河县插队落户回长春以后，张作梅被选为全国政协委员，每年都去北京开会。一个星期天，王老师夫妻二人到我家来时说出来的。她从袋子里拿出当时在长春少见的京八件糕点，我说王老师别那么客气，她说一点点心意，给孩子吃。她激动地对我说：“当年朝刚一句‘王老师’的称呼，我被感动得哭了一场，我不敢在走廊上哭，假装上厕所，插上门哭了好一会儿，哭出来心里好受一些了，我才擦干眼泪，洗了把脸，出来继续扫地。那时候我是被关牛棚的特务、牛鬼蛇神，没有人敢理我呀，可他竟叫我‘王老师’，那情景我一辈子都忘不了啊!”

打那以后，他们老两口身体好的时候，每年都会到我家坐坐，喝杯茶，聊聊天。后来，我逐渐了解到张作梅先生早年在广东、香港等地求学的艰苦，很是敬佩，就采访了他，在新蕾出版社“童年文库”的《科学家的童年》1984 年出版的第 6 辑中，写了篇反映张作梅先生童年的《艰难的求学之路》。

也是 80 年代，得知王老师迁入新居，我和朝刚前去拜访。那是单位分给张作梅先生的四室一厅的新房子。一进门就看见厅的一面墙边摆满了他们从农村带回来的木箱、纸箱等杂七杂八的东西，从地面一直叠摞到了天棚，占满一面墙，朝刚边看边对王老师说：“王老师，你能不能把没用的东西扔掉一些？这么好的房子，堆那么多杂物，多不相称啊!”可见他们之间说话多么随便。王老师嘴上说好，可是依然什么都舍不得扔掉。她说有不少《光明日报》的合订本，送给你们吧。我们虽然喜欢但没拿，当时住房面积不大，那么一大堆旧报纸往哪儿放呀。后来她还送了一套线装书《增补事类统编》给我们。

如今，这两位老人都已作古，愿他们的在天之灵安息!

六、世事变迁孰能料

1966 年史无前例的“文化大革命”首先在北京的大学校园里开始，很快席卷全国。校园里停课了，师生们都赶着去看大字报，听大辩论，热闹异常。8 月 5 日在吉林大学理化楼门前，红卫兵召开了声势浩大的“斗鬼大会”——以校长匡亚明为首，几十名“走资派”“反动学术权威”和“牛鬼蛇神”，胸前挂着大牌子，有的还戴着纸帽子被押到了台阶之上。批斗之后又把这些人押到数学楼关了“牛棚”。不久，学生之间又分成了造反派和保皇派，发生了造反派斗保皇派，甚至把保皇派同学的行李书籍扔出窗外、人赶出宿舍的事情。

朝刚对这些现象百思不解。有一天他对我说，看见几个以前很爱读书的学生，头戴柳条帽，手里拿着棍棒、木制扎枪，冲进楼里去抓人、去抄家，心里非常难过。1967 年以后，在理化楼、数学楼和印刷厂楼之间，架起了高音喇叭，两派从互相辩论的“文斗”发展到砖头瓦块相加、再到枪炮大战的“武斗”。文科楼则周围加上警戒，成了关人的“牛棚”，弄得人心惶惶，晚上根本无人上街。

那时“红革会”“二总部”和“红野”两派对垒，都拉老师参加己方组织。而有的教师不但不阻止学生们的过激行为，甚至还加入“造反派”去抄老教授们的家，参与两派间的斗争。

中文系有一位新中国成立前参加工作的党员教师，军宣队硬要给他扣上“历史反革命”的帽子。朝刚认为证据不足，就找军宣队的人辩论。后来事实证明，这顶帽子是扣得不对的。

朝刚对当时的一些做法极为不满，几次在教师辩论会上说，毛主席带领我们搞“文化大革命”，没说搞打砸抢、搞武斗，这种野蛮行为再不能继续下去了。他因这些不合时宜的言论，受到某些造反派的敌视，有人想弄些黑材料整他。果然有人贴出大字报，说他是匡亚明的红人、白专典型，赵西陆的“四大金刚”之一，等等。那是因为 1961 年匡亚明校长提出了一个师资队伍建设规划，重点培养青年教师。为了让各系选出的青年教师专心搞科研、提高教学质量，他们可以不参加学校每周三下午的政治学习，不参加一些社会活动。这一计划还曾登上当年的《光明日报》头版。“文革”一来，就成了匡亚明校长让青年教师走白专道路的一条罪状。赵西陆老师因身体不好，不能上课，只培养青年教师，在家搞些讲座什么的，朝刚常去请教，赵老师也喜欢这个勤奋好学的年轻教师。但这些事都是明摆着的，加上朝刚出身于贫苦家庭，平时忙于教学和科研，没什么辫子可抓，最后也就只好作罢了。

对于中文系造反派组织的一些活动，他拒绝参加。还与几位观点相同的青年教师如刘中树、吴开晋等，自发组成了一个“散兵组”，哪一派的活动都不参与。再后来，索性搞起了毛泽东诗词注释讲解，分给每人几首，分头撰写。这样一来，造反派就更不能干涉他们的活动了。他们也可以大模大样地进图书馆、资料室查找有关图书和古典文学书籍，看自己爱看的书。

“文化大革命”中，我和朝刚居住在吉林大学称为一宿舍、类似筒子楼里的一间十二平方米的房里，一张床、一张三屉桌、一把椅子、两个书架全是租学校的，书桌兼饭桌，除他去越南时买的一个牛皮纸箱外，全部衣物都装在纸盒箱里放在床底下。直到 1972 年托下乡插队回校的刘柏青老师代我们花三十元买回一对松木箱子才算有了自己的家具。我们住的房子厕所是公用的，厨房离房间较远，烧的是煤炉子，为了省去弄煤弄木柈子的麻烦，我们用柴油炉做点简单的饭菜，两年后有了煤气，才真正自己做饭吃。1967年4月，我们的女儿小言出生了。当我们抱着女儿回家时，正赶上停止供暖，屋子里还很冷。中文系王汝梅老师把他家的一个无烟煤炉子和一些煤球送了过来，让我们取暖用。刘中树老师扛来两根木头，让我们劈开做引火的木柈子。谁知刚用了两天煤炉，就出现了煤气中毒的事件，幸亏发现得早，邻居帮忙打开门窗，化解了险情，一家三口才平安无事。

1969年年底，我所在的工作单位东北文史研究所，作为“孔家店”被彻底砸烂，全体下放吉林省“五七干校”劳动，“干校”设在吉林省延边朝鲜族自治州龙井县的果树农场。临近春节之前，我们这批“臭老九”由军宣传指挥，乘火车离开了家，连春节都不让我们与家人团聚。那时女儿小言才两岁多一点，临行前托付给中文系杨昭廷老师的夫人马姨帮忙照管，周末由朝刚把她接回家。有一天早上，朝刚去厨房给女儿热牛奶，离开时开着门，为的是女儿醒来时能听到她的喊声。没想到门被一阵风刮得“砰”的一声关上了，暗锁也扣上了，女儿在床上被震醒，不见爸爸在身边，就大哭了起来。朝刚端着奶锅回来，却发现没带开门的钥匙，这下可急坏了。女儿在屋里哭，爸爸在外面急，幸亏邻居吴铁锐想办法，从他家拿来凳子，踩到上面，手拿一根拖布长棍，捅开门上的亮子（即折页窗），又从上面用木棍把暗锁捅开，才打开了门。女儿一下跑到门前，搂着爸爸的脖子，不让爸爸走开。从那以后，朝刚就用一根长鞋带把屋门钥匙挂到裤腰上，免得再出麻烦。有几次他去了厨房，女儿醒了，找爸爸，邻居家女儿吴长鸣就赶紧跑到走廊那一头去喊：“喻叔，你家小言醒了！”他就赶紧跑回屋来照顾孩子。这些事都是邻居后来告诉我的，朝刚从来没有抱怨过，我每每提起，他都一笑了之。

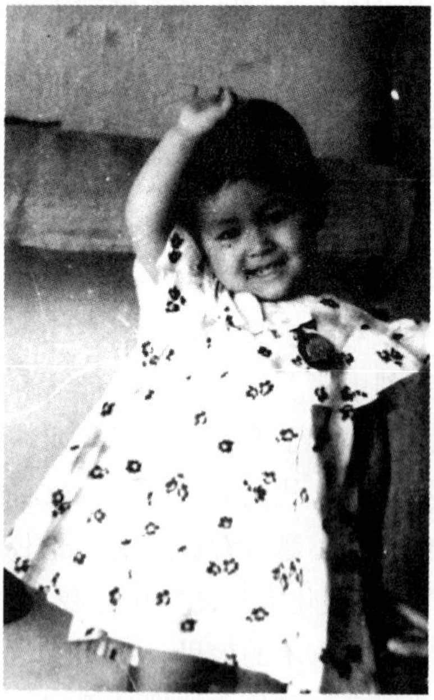

喻言两岁多照片

半年后，省“五七干校”由延边迁移到吉林市所属的左家。这里离家近了，抽空在周末或月末可以乘两个多小时火车，赶回家去看看。有一次，我回到家时，朝刚挺自豪地对我说：“我学会发面了！小言要吃糖三角，我做出了糖四角、糖五角，手艺还不错呢！”我听了心里一阵发酸，以前，我曾让他学学做面食，他说吃米饭面条省事，不用学。我不在身边，为了女儿，他就学会了。

那时，我们工资不多，每月发工资第一件事就是去邮局给四川老家寄钱；青黄不接时，二姐也来信要弟弟寄些钱给她，好买返销粮。余下的钱买书、牛奶、托儿费、生活费都得计划好，不然等不到月末就出负数了。去“五七干校”前后，我好容易攒了近百元钱，本想再攒点买台自行车，可是一年多下来，这点儿钱全贡献给铁路上了，自行车自然也没买成。

这期间，中文系教师要去扶余县开门办学几周，朝刚只好把女儿小言送到左家“五七干校”来。白天我把女儿送到“干校”的托儿所，晚上她跟我住在“干校”的大房间里。刚到左家时，哭了几次。托儿所的阿姨说，别的孩子哭时都喊妈，怎么这孩子一哭就喊爸爸呢。可见这一年多，父女俩相依为命，感情有多么深厚。

女儿三周岁以后，我们将她送进了吉林大学幼儿园，早晚全由朝刚接送，晚上由他带孩子。后来回想起这段生活，他曾写就两首小诗：

其一

那夜携女长街游，
夕阳通红暖融融。
言儿转身拦腿叫，
爸爸爸爸我要抱。

其二

胳膊夜夜当枕头，
一件绒衣成破裘。
半夜犹自往里拽，
不给爸爸以自由。

1970年末，我从“五七干校”调回省里工作，把女儿送进了全托的幼儿园，我们一家三口才重新团聚。

1973年5月，儿子出生了，七斤六两重，比他姐姐出生时整整重了两斤。朝刚很高兴，想给孩子起个好名字。给女儿起名时，他从《喻世明言》中取前后两字，取名“喻言”。儿子起什么名字好呢？以前，他的同学到家里来，听说了女儿的名字后，曾开玩笑说：“这个叫‘寓（喻）言’，下个就叫童话吧！”戏言不能当真，还得想个有意义的名字吧！想来想去，想到巴蜀大地的故乡，想起川北天险剑门关，当年陆游路经剑门关时，曾写一首七言绝句：

衣上征尘杂酒痕，
远游无处不销魂。
此身合是诗人未？
细雨骑驴入剑门。

——《剑门道中遇微雨》

这首诗被清人陈衍称为“剑南七绝”，称其“直摩唐贤之垒”。从这首诗他又想起陆游的《剑南诗稿》，引导他步入研究古典文学大门的著作，于是就给儿子取了“喻剑南”这个名字。以至后来报考朝刚研究生的学生互相嘱咐说，考喻老师的研究生，一定要多读陆游的作品，没见他给儿子取名“剑南”嘛！这当然是后话。

有了第二个孩子以后，经济状况就一下子紧张了起来。女儿在省直机关幼儿园全托，每月托费二十一元，周末接回家，周一早上送去。儿子寄放附近一家人家，每月十七元托管费加上五瓶牛奶（后来减到三瓶）。两个孩子占去了一个人的工资还多，另一个人的工资往老家寄钱，维持一家人的吃穿用，我们成了真正的“月光族”。大人孩子棉衣裤都是我用星期天等业余时间缝制的。那时我们已搬到日式的二层楼房里二层居住，两家合住在一套使用面积三十多平方米的房子里，虽然面积不大，但有管道煤气，两家一个厨房，共用一个厕所，有暖气有木地板，我们觉得条件改善了不少，已经很满足了。

1974年秋天，朝刚突然觉得浑身无力，没有食欲，走路轻飘飘的。到校医院一检查，转氨酶等项特别高，他患了急性黄疸性肝炎，必须马上住院隔离治疗。但校医院没有传染科病房，白求恩医科大学一院又没有床位，他怕把这病传染给孩子和我，急得直叹气。还是给我们带儿子那家人找熟人联系，才在白求恩医科大学一院传染科找到了床位。那时，医院管理得不好，传染科环境卫生很差，伙食也一般。我骑着自行车给他送点儿吃的，只能从窗口往里送东西，他嘱咐我不要送了，千万小心照顾好两个孩子。经过一段时间治疗，各项指标慢慢好转，他就回家疗养了。

那时，我已调到省出版部门工作，单位离家较近，我每天中午都骑车回来给他做可口的饭菜。我托人从长白山区买来成桶的蜂蜜、蛤什蚂，剥出蛤什蚂里面的油给他蒸着吃。逢年过节，单位分什么东西，有双职工只要一份的，我都付费要过来，拿回家改善生活。经过一年多的休养、调理，他的身体渐渐好了起来。医生曾经嘱咐，一定要注意休息，加强营养。

不久，系里工军宣传队的领导发话，教师要走到农村去开门办学，把课堂搬到农村的田间炕头上去。尽管大病初愈的喻朝刚的健康状况堪忧，还是被安排下乡去“开门办学”。朝刚和公木老师一起被分配到怀德县的农村。工宣队的人把他们和工农兵学员一起送到乡下，住到农民家里，安顿下来，就回了城，只隔三岔五地去看看。而老师和学生则与农民同吃同住同劳动，朝刚作为教师要往返两个村子为同学们上课。他是个要强的人，再苦再累也不吭声。两个月后，他脸色蜡黄地回到了家，浑身没有力气。我赶紧陪他去校医院检查，结果是肝病复发。后来一同下乡的学生告诉我，他们住老乡家，每天就是苞米楂子粥、窝窝头就大咸菜，喻老师吃不了多少，常常是喝碗楂子粥的米汤果腹。想从老乡家买点鸡蛋，又怕违反纪律，他也不说自己有病，就这么干挺着熬着。我听了这情况，心里非常难过，试想一个肝病初愈的病人，吃着没有营养的饭菜，还要给学生讲课，参加政治学习，参加劳动，怎么能不病呢？

他回家以后，工军宣传队及系里的头头们，也觉得他们这么做有些过分，就让资料室的黄丽玉老师到家里来看看，并送来了十五元钱的补助费，说这是经系革委会领导研究才拿出来的钱，属特殊照顾的。朝刚一口回绝了这笔钱，说他工作以来从未要过一分钱的补助，这一回不要，以后也不会要。我也对黄丽玉老师说，你就拿回去吧，他不会要的；你告诉他们，以后别再这么折腾人，拿病人不当人看待就行了。

从此以后，我觉得健康比什么都重要。在东北那时每人每月供应三两油、二两肉的情况下，想办法学会各种烹饪手艺，变着花样改善家里的饮食。去北京出趟差，背回猪肉板油、糖果，真是什么都买。有一次在长春的马路边看到南方过来卖圆鱼的，价格不菲，我一咬牙，花六元钱买回一只，炖了一锅汤，大人孩子吃得底儿朝天，孩子们说："世上还有这么好吃的东西呀！"朝刚看到孩子们高兴的样子，苦笑着说："咱们四川老家梅江河里就有这东西，我还抓着过呢，不过又放回河里去了。"

1975 年，朝刚去安徽开会，商谈十三院校联合编写教材之事。回来时带了一只金华火腿，是杭州大学陆坚老师送给他的。孩子们见到那么大的火腿，高兴地说这下有肉吃啰！那时，东北地区物资供应特别是油和肉凭票供应的时候，火腿是拿钱都买不到的东西。朋友之间的真诚情谊，是何等的难能可贵啊！

七、教书育人最所爱

1982 年夏天，我去省直机关参加一个会议，会前遇到了省委宣传部的熟人郭连仲同志。他告诉我说，中央六中全会提出干部要"革命化、年轻化、知识化、专业化"的要求后，他曾受组织委派，到吉林大学中文系找喻朝刚谈话，商谈调朝刚到省里有关部门工作之事。那时省宣传文化口需要有文化功底的大学教授参政（副厅局级），没想到你家那位一口回绝了，说他只想当老师搞学问，不想参政，无意仕途。别人削尖脑袋想进来的好事，喻老师却一口回绝，这是他头一回遇到的事。郭连仲问我知不知道这事？我说我一点儿都不知道，但他喜欢搞教育，搞科研，那倒是真的。

回家后，我问朝刚，怎么没跟我说起这档子事？他说，不想干的事说它干什么，和省里来的人五分钟结束谈话，已经过去了的事有什么可说的。

后来，吉林大学领导曾动员喻朝刚出任吉林大学图书馆馆长，也被他拒绝了。他认为，当教师教书育人，著书立说，是大学老师的根本，他不想为行政事务而放弃自己的专业。

直到 1987 年秋，中文系系主任刘中树教授调任吉林大学副校长，学校领导动员朝刚担任中文系系主任时，他一开始也是不想干的。后来校领导找他谈话说，你是共产党员就得出来干工作，这回干也得干，不干也得干。他这才服从组织的决定，当了中文系系主任。尽管有违己愿，但在使命面前，却一丝不苟。

喻朝刚在中文系办公室

上任伊始，朝刚首先抓的就是教师队伍建设和青年教师的成长问题。他从自己研究陆游、辛弃疾等加深对宋代文学的理解，从而提高讲授宋代文学的教学质量的切身体验出发，要求教师加强学术研究，再以科研促进教学。教师在扎实的科研成果的实践过程中来提高教学质量，中文系的教师发表和出版了一系列有影响的论著和图书。

另一方面就是延揽人才。中文系当时还没有博士点，历史系金景芳教授的博士黄也平是中文系引进的第一个博士。黄博士虽然学的是历史，但文学功底深厚，本人也愿意到中文系任教，就到了中文系。还引进了东北师范大学的博士生郭杰。郭杰原是东北师范大学中文系杨公骥教授的博士生，1989 年杨公骥教授突然去世，吉林大学中文系张松如（公木）成为郭杰的导师。公木是著名诗人、作家、学者和教育家，他 1962 年调入吉林大学，曾任吉林大学中文系系主任、吉林大学副校长，是朝刚尊敬的前辈，中文系想为他配个助手。公木先生很喜欢郭杰这个思维敏捷、业务根底扎实的学生。喻朝刚也想把这个学生留下，经过动员，郭杰同意留校。但他是一个有军籍的学员，去与留不能自己做主，需要向部队请示。朝刚就告诉他，你就跟部队首长讲，中文系决定请你给公木先生当助手。部队首长听说郭杰要给《中国人民解放军军歌》的作者、著名诗人公木当助手，就派了两名干部到系里来核实情况，之后就同意郭杰转业留到了吉林大学中文系工作。这样，公木老师有了助手，系里留下了一位博士。为了使郭杰能安心工作，喻朝刚请副系主任郝长海出面，与多方面联系，把郭杰的夫人从沈阳调入吉林大学工作，解决了他的后顾之忧。

公木老师有一个国家“七五”社科重点课题“中国诗歌史论”，因故中断，搁置了好多年。朝刚担任系主任期间，把这个项目抓了起来，于 1992 年夏天在吉林市松花湖召开了专门会议，邀请国内一些著名学者和吉林省内出版部门的负责人参会，并安排、布置一些年轻的学者参与写作。其中本系毕业已参加工作的硕士研究生韩经太、张晶、霍然特地赶来参加会议，并负责“中国诗歌史论”丛书《宋代诗歌》《辽金元诗歌》和《隋唐五代诗歌》各卷的写作。这其中具体的联络工作由公木先生的助手郭杰博士来抓，最终使这一套书得以在 90 年代圆满问世，并在学界产生了广泛影响。

朝刚曾对他的研究生王步高等人说过：“公木先生是个完人。俗话说，金无足赤，人无完人。如果世界上有完人的话，公木老师就是完人。”他要求研究生多与公木先生接触，帮助公木老师做点事。人才有进也有出，不是一成不变的。李军原是公木先生的研究生，1982 年硕士毕业后留校工作，曾担任中文系副主任，他能干、勤奋，工作很出色。80 年代末，长春市委组织部要培养年轻有文化的后备干部，选中了李军，并且派人来系里商谈调李军之事。朝刚虽然舍不得放李军走，但考虑到国家的需要，干部的发展前景，还是忍痛割爱，放李军去市委组织部报到。1989 年长春出版社成立，李军出任出版社社长，他在任期间，无论选题的策划还是图书的质量方面，都为出版社打下了良好的基础。以后，李军又被调到市委宣传部、组织部任副部长，2000 年出任吉林省教育厅厅长，成为我们党在文教战线上的一名优秀干部。后来又有一位年轻的副系主任叫崔永泉，长春电视台要调他去当副台长，朝刚觉得他是系里最年轻的干部，舍不得放，但考虑到年轻人的志向和前途，还是放他走了。崔永泉后来当了长春电视台台长，以后又当上了长春市广播电视新闻出版局的局长，在更广阔的天地里发展。

在吉林市松花湖学术会议上

左起：赵洪林　张　君　霍　然　喻朝刚　公　木

韩经太　张　晶　王　昊　肖天兵

在抓教学质量的同时，朝刚又把学风建设抓了起来。他经常在教研室主任和教师会议上，提醒大家在提高教学质量的同时一定要注重学风建设问题。针对当时社会上曾一度出现的“读书无用论”和学生中存在的厌学问题，要求教师本着对学生的未来负责的精神，在教学中敢于对学生严格管理、严格要求，还曾经对考试时打小抄的行为予以严肃的处理。经过师生的共同努力，中文系学生良好的学风很快得以恢复。

作为系主任，朝刚不可能事无巨细一把抓，他在工作中放开手脚，发挥班子成员的积极性，各司其职。他一般上午在家备课搞科研，下午去系里上班，有什么重要的事情共同研究处理，有很强的担当意识。在是非问题上，敢于表态敢于负责，放得开收得拢，尽职尽责。

每当他看到中文系毕业的学生在国内发表论著，写出小说、报告文学、诗歌等作品时，就特别高兴，看到一些从政的学生在工作岗位上表现突出，职位晋升时，很是欣慰。觉得学生们学以致用，为国家、社会做出了贡献，是吉林大学的荣耀。

1981 年，中文系古典文学唐宋文学专业第一次面向全国招收硕士研究生，郭石山、赵西陆、王士博和喻朝刚四人成为导师。那一年共招收了六名这个专业的研究生，其他还有外国文学、现代文学专业的。李从军是从安徽来的，肖瑞峰是扬州来的，韩经太是兰州来的，张晶和霍然则是本校七七级毕业考进来的。这六个学生大多是“文革”前老高中生考上大学又考上研究生的，也有工农兵学员中的佼佼者考来的，他们古典文学功底深厚，勤奋好学，是一批优秀的学生。喻朝刚给研究生开的是宋词专题课，重点讲陆游、辛弃疾和李清照的作品；王士博老师给学生讲宋诗、讲苏轼；郭石山老师讲唐诗；赵西陆教师因身体欠佳，则在家里给学生讲校勘学，等等。朝刚在对学生进行传道、授业、解惑的同时，特别强调学风、学德问题。他常和学生说，养成严谨的学风，可以激活和强化人的学术生命；反之学术生命就会过早地枯萎和终结。

导师与研究生

前排左起：喻朝刚　郭石山　公　木　王士博

后排左起：韩经太　李从军　王步高　张　晶　霍　然　肖瑞峰

除了授业，导师们还带学生参加学术活动，参加社会实践活动。1982 年在吉林市松花湖召开了十三院校编写的《中国古代文学作品选》《中国文学史》研讨会，这两部教材是粉碎“四人帮”后，由十三院校联合编写的大学教材，由江苏师范大学的资深教授金启华先生牵头编写。研究生们参加会议，见到当时国内各高校的著名教授和学者，受益匪浅。

1983年春，由喻朝刚、郭石山、王士博三个导师带六个研究生外出调研。他们先后带学生去了河南，参观六朝古都开封，追寻宋都的遗风遗韵，加深对宋代文学的理解；又经洛阳去西安，了解盛唐文化繁荣之地长安。正好那时杭州大学的陆坚老师在咸阳一所高校支教，朝刚又带大家去咸阳见陆坚，陆老师是词学大师夏承焘先生的高徒，大家见面话题自然不少。之后又到南京，朝刚带大家拜见了著名教授唐圭璋先生，聆听先生的教诲。他们又从南京到杭州，这个南宋朝廷的安居之地。这一路都是由研究生的班长王步高打头阵，先行一步购买车票、安排食宿的。学校拨给的三千元经费，也由学生分别带着。那个年代，买票安排食宿等是很麻烦的。买车票要起早去排大队，安排食宿要介绍信要找熟人找关系，好在王步高吃苦耐劳，不辞辛苦为大家服务。一路上学生们对老师们照顾得也很好，在十几天的调研过程中，师生之间无话不说，如师如友般更加熟悉起来。

1984年硕士论文答辩后

前排左起：王士博　郭石山　马兴荣　刘禹昌　公　木　喻朝刚

后排左起：肖瑞峰　韩经太　霍　然　张　晶　王步高

每当学生写出论文，导师都认真阅读，提出修改意见，有的还推荐给有关刊物刊登，同时让他们参与一些图书的编写。

1984年年初，李从军提前半年毕业，考入山东大学中文系攻读博士学位，学成之后被中宣部要去，走上了从政之路。其余五位学生也都于1984年夏毕业，走上工作岗位。韩经太到北京语言大学当老师，王步高去江苏古籍出版社当编辑，肖瑞峰去杭州大学当老师，霍然到杭州电子工业大学执教，张晶去大连辽宁师范大学当老师（后来又转到北京中国传媒大学当上了博士生导师）。当时吉林大学中文系也想留人，但那时吉林大学教师住房紧张，当地气候寒冷，物资供应情况也比不上南方和沿海地区，没有留住人，朝刚很遗憾。

1988年在吉林大学中文系北京校友会上讲话
左起：喻朝刚　公　木　陈静波

这批研究生走上工作岗位后，各方面都很优秀。李从军后来从中宣部到了新华社，出任新华社社长，直至退休。其他几人教学科研成果都很突出，都被评上了教授。肖瑞峰四十岁就被评为博士生导师，担任杭州大学中文系系主任，杭州大学与浙江大学合并后，他出任浙江工业大学副校长、党委副书记，并被评为国家级教学名师、浙江省特级专家等。韩经太、张晶都先后评上博士生导师，韩经太担任北京语言大学副校长、全国优秀教师。上述三位学生在教学、科研方面成就突出，每人发表学术论文均在百篇以上，甚至几百篇，专著十余部。《文学遗产》主编徐公持在一次学术会议上曾对喻朝刚说："你这三位弟子在我们刊物上发表的学术论文数量多、质量好，是学术界的'三剑客'。"从此，"三剑客"名声与著作更加引人注目。王步高到江苏工作后，曾师从词学大师唐圭璋先生读博士，后来又转去东南大学执教，主编《大学语文》，撰写论文近百篇，专著十几部，成为教学科研骨干。退休后被清华大学聘为特聘教授，继续在教学岗位上讲授唐诗宋词和诗词格律等专题课，受到好评。上述四位门生均为二级教授，他们都从事古代文学、宋词研究，在自己的工作岗位上为培养人才做出了贡献。还有朝刚后来培养的研究生王昊，留在吉林大学文学院执教，还是讲师时就在国家级刊物上发表论文，评上教授之后，更加勤奋努力，在中国古典文学领域，特别是宋金文学、词学方面研究深入，发表的著述受到学界好评。他所指导过的研究生还有苗春、程春萍、李洪刚、徐卫东、肖天兵、赵静、李杰、麻壮春、韩雪松、王洁萍等，他们都在各自的岗位上尽职尽力，成为单位的骨干力量。

在吉林大学中文系新年联欢会上

每当看到学生们的进步和成果，喻朝刚都特别高兴，觉得在教师这个岗位上教书育人值得骄傲。他在1992年吉林大学中文系成立四十周年的大会上曾深情地说：

“我们深知自己责任的重大，我们懂得为人师者必先正其身，我们牢记身教重于言传的古训，作为人民教师是无上光荣的，教书育人的人其乐永远无穷。我们心甘情愿当一辈子人民教师，当一辈子辛苦耕耘的老黄牛。我们虽无所求，唯一的愿望就是要为党、为人民、为社会主义祖国培养更多、更好、更加坚实可靠的栋梁之材。……让白山黑水之间的桃李，在神州大地上遍地开花结果。”

花甲之年，朝刚收到了许多学生从外地寄来的贺岁信函。当时在杭州大学工作的肖瑞峰在信中附上了一首诗：

滋兰树蕙数十春，
道德文章两无伦。
他日寸草凌云纵，
犹难报得春晖恩。

看到这首诗，他的脸上露出了欣慰的笑容。不是因为称颂，而是因为他的学生遍布祖国的大江南北，很多人已成为国家的栋梁之材。

八、至孝家风代代传

那是1976年10月间的一天，我下班到家，朝刚激动地向我讲述了刚刚发生的一件事。原来他去吉林大学幼儿园接儿子时，阿姨告诉他：“你这孩子真懂事，分到手的橘子舍不得吃，说‘爸爸有病，留给爸爸吃’。”当他拉着儿子的手，走出幼儿园大门时，三岁多的儿子从衣袋里掏出了一个橘子，递过来说：“爸爸，我留给你的，你吃吧！”那个年代，在东北橘子是个稀罕物，花钱也买不到。他告诉儿子，爸爸小时吃过好多橘子，还是你吃吧！听到这句话，儿子才剥开橘子皮，往嘴里送了一瓣，说：“真好吃！刚才看见小朋友吃，我可馋了。”接着递过来两瓣橘子，朝刚感动得不得了，吃了一瓣，余下的让儿子吃了下去。讲了一个橘子的故事之后，他感慨道：“这一点像我，我特别孝顺父母。小时候无论在山上采到野果，还是下河捞到鱼虾什么的，我最先想到的就是拿给爸妈吃。”这个故事让朝刚津津乐道了好多天。其实，这与平时家里的氛围有关。从孩子记事起，我就常说，爸爸有病，身体不好，好东西要先给爸爸吃。孩子记住了，有好的东西自然就会想着留给爸爸了。

1986年在秀山老宅门前
左起：喻剑南　喻朝刚　喻言

朝刚对孩子的教育也是潜移默化的。比如教女儿从小背诵古诗，讲典故让孩子养成爱读书的习惯。女儿从小就喜欢读书，还在上小学期间，就开始读中国的几大名著了。后来以名列前茅的成绩考入东北师大附中，并在那里完成了初中和高中的学业，之后又考入吉林大学经济管理学院。又如对淘气的小儿子，为了让孩子安静地吃饭，就让他边吃饭边听故事，当童话、现代故事讲完之后，就分段讲《三国演义》里的“草船借箭”“空城计”等既有趣又充满智慧的故事。以至儿子四五岁时，就会向到家里来的客人讲“空城计”的故事，一边讲一边还在小凳子上画个四方框代表城门，逗得客人开怀大笑。去幼儿园接孩子回家的路上，父子俩也时常玩十三猜的游戏，用排除法把一件事从外延猜到内涵，十分有趣。在我们家里，从来没有发生过父母吵架，或打骂孩子的事情，有什么事，都是商量着解决的。

1986年暑假，朝刚带着一双儿女回四川老家。一路上他给孩子们讲他小时候在家乡的故事，讲一双草鞋、一元钱离家上大学的情景。他告诉孩子，人不能忘了父母的养育之恩。他更忘不了在那个困难的年代，大哥大嫂支持他读书上大学的真情。他记得上初中三年级开学前，没钱交学费，眼看就要失学了，是大嫂去她娘家姑妈那里，借来六十斤桐油、三十丈土棉布，拿出去卖掉，为他凑够一年学费的事情。1959年当自己拿到第一笔稿费回家探亲时，他给家里每个人都买了礼物，又和大哥大嫂带五个侄儿侄女去县城买了球鞋。当一直穿草鞋、布鞋的孩子们穿上又软又防雨的球鞋，欢呼跳跃之时，他由衷地笑了。他曾许诺，喻家的孩子都要读书，做有知识有文化的人，由他做经济后盾。可惜因为“文化大革命”，侄儿侄女错过了上大学的机会，只读到高中。他告诉儿女，你们不要身在福中不知福。

1986 年夏，喻朝刚和母亲在老家

途中，朝刚一行在襄樊转火车，在张家界下了火车，到了山上，适逢下雨，旅馆里已经住满了人，只好租两顶帐篷过夜。女儿第一次一个人住一顶帐篷，开始有点儿害怕，朝刚就说，儿女早晚都会离开父母的，别怕，爸爸就在旁边的帐篷里，锻炼一下吧。第二天，他们游玩了金鞭溪，欣赏到了张家界的美景。路过湘西吉首市转车时，他让孩子们品尝到了地道的湘菜，孩子们都很开心。

回到秀山老家麻土，两个孩子终于见到了祖母。可是那时的祖母双眼已经看不见他们了，只能用双手把孙女、孙子从头到脚摸了一遍，听听他们说话的声音。这次回家，朝刚就是要孩子认识老家，见见亲人，了解这个家的过去和现在，不要忘记自己从哪里来，不要忘记巴蜀大地这个根脉。

说起根脉和家世来，还有一事可说。1983 年秀山县成立了秀山土家族苗族自治县。据《秀山县志》记载，武陵山区、酉水流域、川东一带，自古就居住着“濮、宗、苴、共、奴、獽、麦、蜒之蛮”等少数民族，土家族则源于古代的巴人。如今居住在这里的少数民族，已经无法确定他们的祖先究竟是什么民族，但他们世世代代在这里生活，早已融入巴人之中。侄儿曾给叔叔寄来秀山县人事局的公函，说用这个公函就可以到当地派出所改族属为土家族，朝刚觉得在四川当地改可以，但远在东北的他，改不改民族没有什么大的意义，加之教学科研忙，无暇顾及，就放下了。至今，喻家就我们这一支还是汉族。

早些年，朝刚和妹妹朝荣曾多次动员母亲进城，跟儿子或女儿一起过。但是老母亲舍不得离开故土，怕过不惯城市生活，更怕死后被火化，哪儿也不肯去。

她要求儿子寄钱给她打寿材，在她七十岁的时候打了一口棺材，每年刷一次漆，但想不到大儿媳于 1978 年病故，用了这口寿材。当年又打了一口棺木，大儿子 1980

年去世时又给用了。这才又打了第三口寿材。

大嫂去世的第二年，朝刚去贵州遵义参加一个会议，他带着刚要上小学的儿子先到贵阳妹妹家，把儿子放在那儿，赶到遵义去开会。会后带儿子和妹妹一起回了四川老家。这次回去一个重要的事就是商量如何安置母亲的老年生活。妹妹又要母亲跟她去贵阳，还买好了车票，可母亲仍然不肯走。那时大侄儿在成都工作，两个侄女在秀山的小学当老师，大哥跟务农的二儿子住，由儿媳照顾。他们觉得，老母年事已高，孙媳自己有两个孩子，照顾公公和太婆两个怕忙不过来。商量之后，决定把母亲送到二姐朝仙那里去。因为二姐和二姐夫身体还好，孩子也大了，能照顾母亲。送母亲那天，朝刚从邻居家借来一辆板车，铺上棉被当垫子，又铺上凉席，带上一把雨伞和母亲用的衣物，然后推起板车，和妹妹一起把母亲送到了十几里以外的涌图村。兄妹二人还商定，两人按时把钱寄到二姐家，单月由他寄，双月由妹妹寄，有特殊需要再另寄。

1986 年的这一次探家，还商定了母亲的身后之事。朝刚离家几千里远，一旦母亲有事，怕赶不回来。有什么事就请妹妹和妹夫从贵阳赶回老家，和二姐、二姐夫一起，全权料理。

1987 年冬天，九十四岁的母亲走完了人生之路。那时，朝刚刚接到出任中文系系主任的任命不久，还有课要上，实在走不开。他只能遥望西南方向，愿母亲一路走好。

朝刚每次回乡探亲，都不忘去平凯姑姑家拜望她老人家。当年他在平凯读高小时，常到姑姑家去。姑姑和姑父都是农民，家里不富裕，因为人口少，生活还勉强过得去。每次见到侄儿来，姑姑总会找些红苕、苞谷什么的煮给他吃，十分疼爱他。如今，姑姑成了孤寡老人、五保户。朝刚每次回去，都会买礼物去看望姑母，还要把姑母请到家里来，一起吃饭、聊天。姑母常夸赞这个孝顺的侄儿。

如今，老一辈的人都已故去，但是喻家的后人，一直延续着尊敬长辈的家风。村里人常说，喻家的大哥大嫂和朝刚、朝仙、朝荣他们给后代做出了榜样。

1997 年年初，朝刚突然心肌梗死住院。那时儿子剑南在吉林大学读研究生，再过半年就硕士毕业了。朝刚患病期间，儿子和我轮班护理，儿子主要值夜班。有段时间，医生给朝刚 24 小时打吊瓶，打得他手脚都肿了，儿子为了让老妈多休息一会儿，早上换班后只回家睡一两个小时就又回到了医院，催我回去休息，由他接着细心地护理爸爸。朝刚先在白求恩医科

病中　1998 年夏喻朝刚在惠民路家中

大学一院抢救、治疗半个多月，后来又转到吉林大学校医院住院，先后一月有余，每晚都是儿子剑南在那儿护理。中间有中文系多位年轻教师要去换班，都被剑南谢绝了，说他顶得住。只有两夜，由付景川老师去接替剑南，让他在长时间值夜班的情况下，稍修整了一下。一个多月下来，剑南体重一下子减去了十多斤，瘦了下来。他曾提出，不去北京，留在长春工作照顾父亲，我说这里有你妈妈在，你们年轻人该上哪儿就上哪儿，别想那么多。

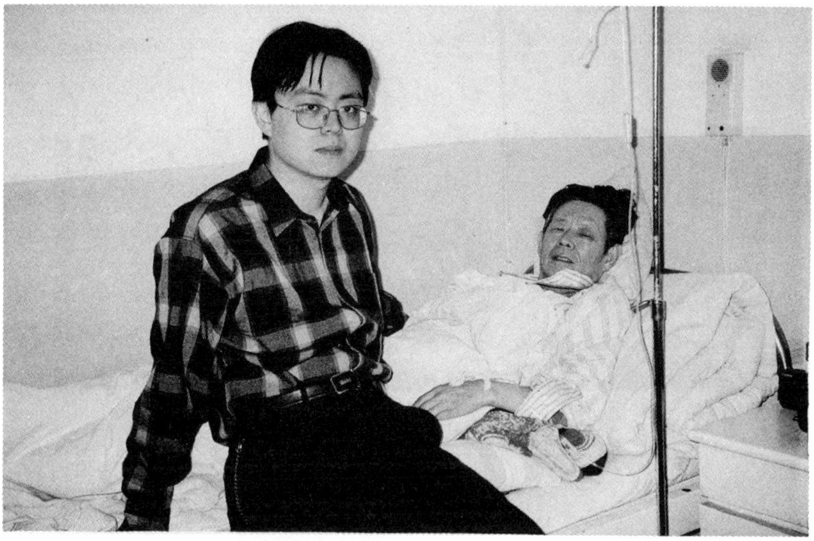

1998 年儿子喻剑南在父亲病榻前

女儿在日本得知父亲患病的消息，恨不得马上飞回来。但当时女婿徐阳在东京大学读博士学位，女儿也有工作脱不开身。打电话告诉说，他们暑假回来探望父亲。朝刚说，老爸已经好了，不必回来。并写了一首《忆江南》赠言儿：

莫念我，
老爸命特长。
奶奶冥中暗保佑，
一身正气震上苍，
鬼神敢肆狂？

病早愈，
父女好练功。
世间一切皆是空，
唯有亲情重！

表达了他对待疾病的乐观精神，也道出了人世间亲情的重要。

1997 年冬，父女俩

1997 年冬，女儿女婿从日本回来探亲

前排左起：喻朝刚　周　航　后排：女儿喻言　女婿徐阳

九、学术交流沐春风

“文革”后期，为了加强大学文科教材建设，一个由民间协作编写教材的组织自发组织起来，并于1975年在安徽黄山召开了会议，会议由安徽大学、安徽师范大学、安徽劳动大学承办。南京大学、南京师范大学、杭州大学、吉林大学、扬州师范学院、江西师范学院、南充师范学院等十三所院校中文系古代文学教研室同仁，历时四年，由南京师范大学中文系金启华教授担任主编的一百三十多万字的《中国文学史》《中国古代文学作品选》问世，这两部书第一次印刷印数就达两万册，填补了当时大学文科教材的空缺。朝刚是该协作组织的发起人之一，是历次活动的积极参与者。在协作活动过程中，朝刚结识了各大学中文系古代文学的教师朋友，如安徽大学的臧维熙教授、东南大学中文系的郑云波教授等人，后来由臧维熙教授发起组织的中国旅游文化协会也是在这些朋友中酝酿成立的，以后还编写了巨著《中国旅游文化大辞典》。这些同行之间的协作和友谊自20世纪80年代到90年代末一直延续了下来，成就了一段佳话。

关于黄山会议，他日后写了一首小诗：

黄山撰著忆昔游，
云海常伴思悠悠。
红帜楼中风雨夜，
几度挑灯论苏欧。

可以说，黄山会议是他们那一代人学术交流的起点。

1984年冬，中国韵文学会在长沙成立，朝刚应邀赴会，并在会议上被选为该学会的理事。在会上结识了许多学界的新朋友。杭州大学的陆坚老师，那是老熟人；《文学评论》古典文学组的陈祖美，因为和我是在1980年全国期刊编辑会议上认识的老朋友，所以与朝刚也就一见如故。还有臧维熙、周笃文、郑云波等一批老朋友，也都在会后一起参观岳麓书院，登岳阳楼观八百里洞庭，饱览了湘江风光。与会的出版界、刊物的编辑，在会上会下约稿，在这次会议上，四川文艺出版社的编辑约了《百家唐宋诗话》《百家唐宋词话》的书稿，朝刚、陆坚、陈祖美等均在受约之列。陈祖美也特地向与会的朋友约稿。

会议一结束，朝刚便与陆坚、周笃文、陈祖美等一行北上到北京，参加夏承焘先生从教六十五周年的庆祝活动。

夏先生的老伴在“文革”中去世，夏先生早年的学生、《文汇报》驻北京记者站的记者吴无闻女士把夏先生接到北京，结为夫妻，由吴女士全力照顾夏先生的生活。朝刚曾于1964年夏到杭州大学中文系师承词学大师夏寿焘先生进修一年，他十分珍惜在大师身边学习的机会。夏先生于9月为朝刚、陈铭、施议对三人开专题词课。据好友陆坚教授回忆：“夏先生得知朝刚是四川人，特别高兴。入蜀访古是夏先生几十年的夙愿，但一直没有机会，正巧这年暑假收到蜀地高校邀请讲学的函件，夏先生准备11月入川，约朝刚陪同，陆路去水陆回，一路上研讨的课题已经确定好：‘词问’。”

为了入川的课题，朝刚抓紧时间准备。每天上午去图书馆阅读夏先生的论著和有关资料，下午或晚上去夏先生家，在寝室——图书馆——夏先生家或办公室三点一线上忙碌。夏先生来办公室讲课或参加政治学习，朝刚常主动去接夏先生。夏先生晚饭前喜欢散步，朝刚常陪他散步。夏先生有时去省市有关部门搞讲座，朝刚常陪伴在侧并旁听。他不放过任何一次向夏先生学习的机会，以便聆听求教。正当他和夏先生做好入川的准备之时，社会主义教育运动开始了，杭州大学文科师生将去萧山、诸暨参加“四清”运动（即“清政治、清经济、清组织、清思想”的“四清”运动），朝刚也被要求随这里的师生下乡。这时，吉林大学来函要求朝刚回校参加“四清”运动。于是，朝刚只得告别夏先生，结束未竟的学业，返回吉林大学。

朝刚在杭州三个多月，竟然没有出去游览过。离开杭州前，陆坚老师邀他去游西湖，他说不游湖，要访古。于是二人先从栖霞岭下访岳王庙，在正殿岳飞坐像前深鞠一躬，表达对先贤的敬仰之情。接着又去三台山的于谦墓，对那里有关这位“清风两袖朝天去”而蒙冤被害的英雄人物的文物和资料都一一铭记于心。之后，朝刚提出要去看张苍水的墓园，他在那里沉思良久，并问有没有人整理张苍水集，听陆坚说有人在整理，就说：“张苍水很了不起，为了国家和民族大业，坚持奋战近二十年，历尽千辛万苦，始终不渝其志。遭叛徒出卖被俘后，坚贞不屈，大义凛然。”

1973年朝刚曾随吉林大学教改访问团到杭州，他到杭州后找到陆坚，打听夏先生情况。陆坚叹道，还在接受审查，打扫厕所，监督劳动呢。朝刚说他想去看看夏先生，陆坚说，造反派住进夏先生家，把他挤到了两间小屋子里，看得很紧，你的意思我代为转达吧。朝刚说，我到了杭州，无论怎么样，都要面见导师，看看他老人家。于是陆坚老师把朝刚送到了夏先生家附近。那时，除造反派不时喊夏先生参加批斗会和让夏先生去劳动外，平时没有人敢接近这位“反动学术权威”。夏先生在家里见到进门向他鞠躬问好的学生喻朝刚，万分惊喜，也为此而高兴。两人在屋里悄悄地聊了一会儿。分别时，夏先生默默无语地拉着朝刚的手久久不放，想着在这特殊时期敢来拜访自己的学生，内心感叹不已。

1984 年这次朝刚和陆坚等学生专门去北京团结湖夏先生家拜访时，夏先生的身体已经大不如前。但坐在轮椅上的先生，见到昔日的学生来访，还是高兴地伸出手来表示欢迎。在筹备庆典活动的几天里，夏师母吴无闻先生邀请陆坚、朝刚等每天晚上到家里陪夏先生吃晚饭。饭后，朝刚总是坐在夏先生身边，恭恭敬敬地叫几声“夏先生”，表达尊敬之情。

1984 年 12 月 5 日，夏承焘从事学术和教育工作六十五周年庆祝会在全国政协礼堂隆重举行。这个活动由中国韵文学会、杭州大学、中国社会科学院文学所、中华书局、浙江省作协、岳麓书社、湖南人民出版社、浙江古籍出版社等八家单位联合发起，参加会议的有党政军领导、学者、教授、新闻界、文艺界人士和夏先生的好友及学生共三百多人。胡乔木托人送来的贺词中称他为“词学宗师”。

朝刚和与会的刘乃昌、王延龄教授联合敬赠的贺联是：

山上月轮，千秋词赋开新境；
阁来天籁，九畹芝兰被厚恩。

1985 年在绍兴陆游故居地
左起：俞慈韵　肖瑞峰　喻朝刚

1984 年那个时期，商品供应情况已稍有好转，但还有不少东西需要凭票证供应。与会的陆坚、朝刚他们几个人，为了离夏先生家近一些，住在新源里附近一家宾馆里，但宾馆没有食堂，陈祖美女士当时家住左家庄。她每天早上熬锅稀饭，带些小菜、点心送给他们吃。还请几名朋友到她家里喝茶、聊天，忙乎了好几天。学界朋友之间真是无话不谈，友谊日益加深。

没想到这一次朝刚和夏先生会面竟成永诀。夏承焘先生于1986年5月于北京病逝，一代词学大师驾鹤西去，享年八十七岁。夏夫人吴无闻女士为夏先生编写的《夏承焘教授纪念集》于1988年出版。

1986年在绍兴沈园植树

左一喻朝刚　左四陈祖美　左六蔡义江

1985年11月迎来世界文化名人、伟大的爱国诗人陆游诞辰860周年纪念活动，由绍兴市陆游研究会和杭州大学中文系等九个单位联合在陆游的故乡绍兴市举办了纪念活动和研讨会。朝刚应邀赴会，在会上宣读了他的论文《论陆游的爱国诗篇》，参与研究讨论，还参加了会议在沈园组织的植树活动。此外，他的主要任务是参观考察古迹。他带着吉林文史出版社的浙江籍编辑俞慈韵，刚到杭州大学工作不久的学生肖瑞峰和陈祖美等朋友一道考察陆游曾在绍兴留下足迹的地方。距绍兴城南三十里处的平水乡云门山中，他在陆游故居遗址碑前留影；陆游少年读书之处的云门寺精舍，陆游诗中有二十多首写到了云门，这是他在诗中读过的，必须看的地方。陆游晚年定居三山，三山在绍兴城西九里的鉴湖北岸一带。会议期间，由朱东润先生题写的“陆游故居遗址”碑在三山陆池之畔落成。这些参观考察，令他了却了多年来实地了解陆游故居的愿望。多少年来，他研读放翁的诗词，撰写陆游的论文和评传，如今终于来到了这里，瞻仰先贤的故居和遗迹，更加深了他对笔下主人公的认识和了解，也更加深了对宋代文化的热爱。也是在这次会议上，他和学生肖瑞峰共同商量，写一部教学纪录片《陆游》的解说词，由吉林大学电化教研部负责拍摄。该片于 1986 年拍摄完毕，并在当年由吉林电视台首先播放。

从绍兴到杭州，他见到了好友陆坚。陆老师因当时担任杭州大学教务处处长，时值学校评职称，忙得无法脱身，就没有去绍兴参加会议。他在杭州热情地接待了朝刚和陈祖美等好友。

1989 年在丰都鬼城
左起：喻朝刚　陈祖美　陆　坚

1989 年深秋，中国山水旅游文化学会第三次大会在四川涪陵召开。朝刚应邀赴会，作为这个学会的副会长，他应该协助会长臧维熙教授；作为四川人在涪陵读过中学的人，他更希望重返故地。开会前，他带着陆坚、陈祖美等与会的朋友来到乌江与长江汇合处，让大家看两条江的颜色：乌江一侧，江水浑浊一些，虽经多年治理，有了好转，但也还是不一样；长江一边江水不能说清澈，但却是清清的、亮亮的。真是让人大开眼界。民谚曾说：“乌江水，万古流，何时竟洗长江明如秋。”晚上他和好友陆坚老师走到当年他读书的涪陵中学的校门口。来来回回徘徊在校门前，向陆老师讲述他在这儿度过的中学时代的往事；他们漫步在涪陵的江边，望着滚滚东去的长江水，回忆考上大学，乘船远行的往事，令他思潮翻滚，两人长谈至深夜方归。第二天晚上，他又带着陆坚，沿乌江逆行一个半小时，追述当年从秀山麻土步行四天多，翻山越岭来到涪陵的故事。那时的路崎岖不平，远不是如今的样子，可以乘船直达涪陵，但是寒门学子没有乘船的钱，即使有一点儿钱也舍不得花钱去买船票，只能靠一双脚板步行到目的地。那山那路那水，永远镌刻在他的记忆中。据陆坚教授回忆，朝刚曾经对他说过，只乘坐过一次上行船。那时乌江暗礁险滩多，常发生船翻人亡的惨剧。有民谣称“养儿不用教，武隆彭水走一遭”，即乌江船上千难万险的历练，是锻炼人的极好机会。那次有惊无险的乘船经历，让他铭记于心，以后就再也不坐那船了。就这样，四天的会议，有三个晚上是他和陆坚在一起边走边看边聊中度过的。涪陵的会议结束后，他们几个人乘轮船向东，大家有时在船舱里继续着会议的议题，畅谈山水旅游文学的发展与未来趋势，有时登上甲板，饱览两岸风光。这时，朝刚就会走向甲板的尾部，眺望即将离开的巴蜀大地，思念故去的父母，思念远方的家乡和亲人。

1989年在涪陵至南京的船上

左起：陆　坚　臧维熙　陈祖美　喻朝刚　郑云波

1992年4月，河南开封召开宋代文化研讨会并举办宋都文化节，开封师范学院的王基教授发来了邀请函，此前朝刚曾被开封市宋代文化研究会聘为顾问。1983年他曾带研究生来过开封，但那时时间紧，只匆匆忙忙看了一下。他很想再实地考察一下古都开封的风貌，但一直忙于工作和教学，未能成行，有这个机会，他当然要去。这一次我与他同行。

在开封的日子里，除大会发言和与会的教授学者们切磋、学术讨论外，他最感兴趣的，就是在这座汴梁古城里寻觅古代历史的旧踪，为深入研究宋代文化、宋词搜集资料。那一天，我和他爬上了高高的龙亭，站在高处眺望当年的帝京，龙亭两侧波光粼粼的杨家湖、潘家湖展现在眼前。遥想当年“帝京五夜宴游歇”（《滴滴金》）的盛景，文人、无名氏皆能填写宋词，人人皆能吟唱的景象，面对遗存下来的两万首宋词瑰宝，古老的中华民族，千年古城文化的积淀，怎不令人感慨万千！

1992 年在开封大相国寺前

从龙亭公园出来，就到了宋都文化街，即当年的御街。抬头看到樊楼，一座复古的建筑，就是当年那个风流天子、亡国之君宋徽宗与一代名妓李师师的幽会之地。

1992 年喻朝刚、周航在开封市龙亭

这个七朝古都开封，风景如画，真个是遍地宋韵古风：不仅有大相国寺里，鲁智深倒拔垂杨柳的吼声；还有那李清照、赵明诚夫妇携手逛庙会，搜集碑文字帖和古玩的身影；还有那铁面包公倒坐于南街之上，为民审案的声音；“包龙图打坐在开封府”的唱腔仿佛回荡在天际。

有一天晚上，会议安排我们去鼓楼夜市品尝小吃。一排排木桌木板凳展现在眼前，一碗碗冒着热气的风味小吃散发出诱人的香气，让人在品味小吃之时体味这里淳朴的民风民俗，联想起宋代词人柳永在元宵之夜描绘的“十里燃绛树，鳌山耸，喧天箫鼓”的繁华景象。当年，有百万之众的宋都，商贾云集，万国来朝，一部《东京梦华录》记载了千年古都盛世繁华的景致。这不就是深入体会宋词的最好印证吗？

1992 年在开封朱仙镇

左起：王利器夫妇　王　基　喻朝刚　周　航

那一日，我们来到了距开封二十公里的朱仙镇，当年的陈桥驿，如今已经成为一个供游人观看的景点。960 年，陈桥兵变，朝代瞬间更迭的情景，怎么会不令人遐思无限！

参观城北铁塔时，王基教授告诉大家，塔基被埋，这座古城因黄河水患而多次被埋于地下。千百年来，水涨城高，一座城摞着一座城，于是七朝古都，一层层埋于地下，形成了中国古城的地理奇观。

在参观开封名胜古迹的过程中，朝刚拿出一张开封古城图，那是他读《宋史》

《三朝北盟会编》和宋词时画的一张图，他依次把这次参观的景点画了上去，只是那时清明上河园还未曾修复，也只能观《清明上河图》长卷，来体会古都的真容。1995年，我们应长春出版社之约撰写《旷代才女李清照全传》时，便把开封府的许多风土人情、风景名胜写进了书中。朝刚还说："回去以后把手头的论文、作品赏析写完，写一部《宋徽宗全传》那是没有问题的，我写的《宋徽宗全传》绝对尊重历史而不是戏说的历史小说。"

在他的眼中，沿着古人足迹去"游学"，也是学习研究历史文化的极好机会。

1996年11月，全国李清照辛弃疾学术研讨会在济南召开，朝刚带着他的关门弟子、已留校工作的王昊与会。在会上，他见到了华东师范大学的马兴荣教授、中国社会科学院文学研究所的陈祖美研究员等老朋友，大家畅叙各自的工作，表达友情，气氛融洽。他在会上就李清照的学术问题做了大会发言，最后吟诵了他在《旷代才女李清照全传》序中所写、概括李清照一生的八首绝句：

柳絮泉畔好风光，齐鲁文化更辉煌。
压倒须眉旷代女，泉城飞出金凤凰。

担上买春带露来，云鬓斜簪笑颜开。
郎道奴面胜花面，心有灵犀何须猜！

归来堂上笑语琅，猜书斗茶校勘忙。
乐在声色狗马上，夫妻甘心老是乡！

南下金陵事事非，朝朝暮暮盼同归。
国破家亡夫死后，孤雁失伴何处飞？

忧患得失何其多，只缘金石起风波。
改嫁岂是嫠妇愿，病至膏肓莫奈何！

拟泛轻舟双溪游，花尽尘香春事休。
舟如舴艋篷窗小，怎能载动许多愁？

寻寻觅觅何所求？可怜岁月似水流。
血泪去洒东山土，此心日日在中州！

清词丽句传万家，当行本色人人夸。
声律谱入寻常语，千载词坛一枝花。

1996 年 10 月在济南参加会议

没想到，这竟是朝刚最后一次参加全国性的学术研讨会，会上的发言也成了他向学界朋友的告别演说。回长春不久，即 1997 年年初，他就因病住进了医院。

十、两岸姐弟喜重逢

1990 年夏天，我们在长春机场，接到了从台湾转道香港，又从广州飞到长春的大姐喻朝君，分隔海峡两岸四十多年的姐弟俩得以重逢。

有人奇怪，喻朝刚还有海外关系呀？以前怎么没听说过呢？其实，那是有原因的。

大姐朝君长朝刚九岁，他小时候是大姐背大的。大姐背着弟弟房前屋后满世界跑，弟弟饿了喂米糊糊、地瓜粥，弟弟渴了喂水、喂野果。弟弟长到五六岁跑到梅江河里玩水学游泳，姐姐拉着弟弟的手在河里玩水，在河边坐着、看着、保护着。大姐特别喜欢这个乖巧、懂事的小弟弟。

1990 年接到从台湾来长春的大姐

左起：外甥徐家玉　大姐喻朝君　周　航　喻朝刚

1990 年在四川秀山县祭奠

左起：妹喻朝荣　二姐喻朝仙　大姐喻朝君　喻朝刚

秀山这个地方地处武陵山脉的腹地，山峦重重，位置偏僻，交通极为不便。当年日本侵略者畏惧这里难走的路，没敢进来。秀山有个军用机场，中小型的军用飞机常在这里起降。抗战胜利前后，国民党空军的部分地勤人员借住到了麻土、平凯一带的居民家中。其中有个叫徐文斌的上等兵住在喻家的隔壁，他是个空军通信兵，人称徐上士。这个小伙子是湖北人，人很机灵，收发报技术过硬，嘴巴也甜，很会说话。驻扎在这里一年以后，这位徐上士看上了喻家的大女儿朝君。朝君姑娘皮肤白皙，白里透红，大大的双眼，苗条的身材，十分招人喜爱。更重要的是作为长女，手脚勤快，家里家外什么活计都能干，是父母的好帮手。这个兵哥先哄得喻妈妈喜欢，闲时常到家里聊天，献殷勤。后来又请三姨妈上门提亲。他答应会一辈子善待朝君姑娘和她的家人。

当时，喻家父亲有病，五个儿女，一家七口人生活很困难。母亲觉得女儿嫁个有俸禄的有通信技术的兵哥，总比嫁乡下人强，再说徐文斌这个小伙子为人不错，长得也顺眼，虽然舍不得女儿这个能干的帮手，还是和父亲商量着答应了这门亲事。实际上徐文斌已经得知空军部队将换防的消息，所以才急忙托人说媒求亲。他备了份薄礼，在家里办了桌订婚酒席，订下亲事之后便随部队开拔了。有人说这门亲事有点儿悬，怕兵哥回不来了，喻家人也认为这门亲恐怕成不了了。没想到，只过了两个月，徐文斌从湖北专程赶回麻土，把喻家的大女儿朝君带走了。临走时徐文斌许诺，过两年一定回来看望父母亲。最初几年，徐文斌常写信来，说他们在武汉，还有了一个儿子。而后又来信说，他们在南京。1948 年以后，就杳无音讯了。茫茫人海中，家人只能默默地牵挂着找不到踪影的亲人。

喻朝刚入党、参加工作时都曾如实说过此事。在战乱的年代，什么事情都可能发生，大姐是个家庭主妇，人没了音讯，怎么算？一个贫下中农的子弟，能为一个联系不上的姐姐而不被信任吗？当时中文系主管思想政治工作的副书记孙静说："这事儿就到此为止，不要再说了。"从此，朝刚就再也没有提起自己还有个大姐这件事。

1988 年秋，从老家四川转寄来一封信，这是大姐喻朝君的女儿徐家玲从美国亚特兰大寄往家乡的一封寻亲信。信中说她的母亲和两位哥哥现在居住在台北，询问家乡的外祖母、舅舅、姨妈等亲人的情况，希望能与家乡的亲人联系上。接到这封信，朝刚激动了好几天。这么多年了，家里人还以为大姐他们或许已经不在了，没想到海外飞鸿带来了喜讯，叫人怎么能不激动万分呢！他向我讲述了他记忆中的往事，讲小时候大姐多么疼爱他、关心他。他很快给家玲回了信，并且寄去了他 1986 年探家时和母亲的合影照片。不久家玲也寄来了她母亲到美国探亲时拍的照片，拿到四十多年未曾谋面的大姐的照片，朝刚的眼睛潮湿了，得知姐夫徐文斌因车祸去世的消息，他更是唏嘘不已。如果早一点联系上，大姐兴许还能见上老母亲一面呀。这么些年来，老母亲虽然嘴上不说，可她心里惦记着、牵挂着这个女儿，希望女儿还活在这个世上，回来见她一面。随着形势的变化，台北和大陆终于可以通上电话了，当大姐的声音从海峡对岸传过来的时候，我们全家人都感到无比的欣慰，终于听到亲人的声音了。朝刚很快把这一喜讯告诉了妹妹和家乡的亲人。

喻朝刚和妹妹喻朝荣陪大姐喻朝君在成都游览

1990 年夏天，二外甥徐家玉陪母亲到了长春。他因为还要回去上班，只能停留三天时间。于是，我们赶忙陪他们游览长春市容、参观伪满洲国傀儡皇帝溥仪的皇宫、参观长春电影制片厂。当外甥看到街上有农民赶的小毛驴时，特别新奇，赶忙拍下照片，他说这是他第一次亲眼见到毛驴。

大姐留下来，姐弟俩有说不完的话。大姐说，当年他们是乘船去台湾的，走得匆忙，来不及与家里联系，以为去两年就会回来。没想到这一别竟会相隔四十多年。她在台北，无时无刻不在想念母亲和兄弟姐妹，她的亲人全在大陆。她告诉我们，刚到台湾那些年，生活过得很苦。试想一下，那么多人挤到了台湾岛上，大家住在眷村临时搭建的木板房里，院子里一排水龙头是公用的，家里没有家具，全是因陋就简，慢慢凑起来的。姐夫徐文斌去世前也只混了个营职，没有地位更没有钱，他们先后有了三个儿子一个女儿，生活很是拮据。前些年姐夫因车祸去世，每月那么一点抚恤金不够家用，大姐一个人带着四个孩子，为了维持这个家最低的生活，她去医院给病人做过护工，摆过地摊，什么脏活累活都干过。她的大儿子为了给家里多挣点钱，下班后或休息日，帮助做助产士的妻子干活，累得得了肝病。大姐夫生前曾在淡水买了一套小房子，还没住进去人就走了。为了给大儿子治病，大姐把淡水的房子卖了，没想到大儿子竟扔下妻子女儿走了。大姐说，那时她真的是叫天天不应，叫地地不灵。她疲惫不堪，欲哭无泪啊。回想那些不堪回首的往事，大姐至今心存伤痛，那种思亲不见亲的滋味，只有自己心里明白。

好在儿女还都争气，二儿子在高雄做事，小儿子在台北菲利浦电器公司搞技术，女儿随留学美国学计算机的博士丈夫去了美国，他们有一个女儿。现在日子比以前好多了，儿女特别孝顺，每天一个长途电话打过来问候母亲。但住房还是旧式平房，条件很一般。有一天晚上小儿子家滢来电话说，台北下大雨，早晨走时窗户没关好，雨水灌进了屋子，家里的电器全让水淹没，不能用了。直到两年后台北新生南路一带城市改造，他们家才住上了新房。

放暑假时，朝刚陪着大姐，带着刚考完大学的儿子，飞往成都，又由在成都的侄儿喻宗甫陪同，回到了故乡秀山麻土村。可惜大姐回来晚了一步，没能见到活到九十四岁的老母亲，只能跪在慈母的碑前点上香烛、烧上冥币，寄托哀思。朝刚向大姐讲述了喻家这些年来走过的艰苦岁月，坚强的母亲、吃苦耐劳的大嫂撑起了这个家，听得大姐泪沾衣襟。妹妹朝荣说，要不是二哥在三年困难时期寄钱寄粮票回家，让全家人渡过了难关，就不会有今天了。村里人都说二哥是全家的救命恩人。如今，下一代也都长大成人，大侄儿喻宗甫，原在军工厂工作，80 年代曾当过四川省劳动模范，是全国五一劳动奖章获得者。他一直在搞科学研究，申请了专利项目。二侄儿在家务农，三侄儿搞电器修理，两个侄女都是县里的小学教师。看到家乡的变化，看到晚辈的成长，大姐很高兴。作为四川人，她以前只在川东的乡下待过，真正领略巴蜀大地还是第一次。他们在成都看杜甫草堂、看武侯祠；他们去乐山看大佛，看壮丽的三江汇合口；他们去峨眉山，登上金顶；他们去贵阳，在花溪畔，品川黔美食……走一路，看一路，这一行，让大姐大开眼界，感慨万千，她说如果她当年不远嫁，就不会有如此多的思乡之苦了。

1998 年夏天，喻朝刚因病住院，大姐由女儿家玲陪同，第二次从台北赶到长春。见到病榻上的弟弟，她说，她当过护工，会护理病人，要在医院护理弟弟。我们考虑她年事已高，坚持不让她到医院看护弟弟，只让她白天过去看看，她才勉强答应了。

如今，九十高龄的大姐住在美国亚特兰大女儿那里，只是视力和听力都不如从前了。她每年都要由女儿陪同飞回台湾一次，看看儿孙辈，叙叙亲情。

十一、爱惜人才严律己

大概是1991年秋天的一个下午，一位在校本科生来到中文系办公室，找到了系主任喻朝刚。他对朝刚说，他想退学回家，请系里答应他的请求。朝刚问他："为什么不想读书了？"学生回答说："心情不好，读不下去了。"朝刚又耐心地问他，心情为什么不好啊？学生支支吾吾起来……在朝刚的开导下，学生终于说出了实情：原来他以前精神受到过刺激，此事纠结于心，心情不好。考上了重点大学，换了环境，又一个人远离家乡，来到北方陌生的城市，本想开始新的生活，但以往的那些事却仍然挥之不去。因此很难与同学相处，还经常失眠，学习上总也打不起精神来，就不想再读下去了。

朝刚跟这个同学慢慢聊了起来，说你从小县城出来，考上重点大学多么不容易啊，你苦读了十几年，你的父母为你读书上学费了多少心血，国家为培养大学生付出了很多，听说你的文笔很不错的，怎么说放弃就放弃呢？再坚持两年就大学毕业了，还是往远处想想吧。师生俩从中午一直聊到傍晚，聊了整整一个下午。经过一番开导，这个学生终于想通了，坚持读到大学毕业，走上了工作岗位，当了记者，成为新闻战线的一员。

类似的事儿还有许多。

粉碎"四人帮"后，几个老同学回长春探亲，在我家聊天时说到了在北京广播学院（今中国传媒大学）教古代汉语的徐振邦同学，并说起他古书读得多，古文功底很扎实的事。朝刚插话说："当年录取他入吉林大学中文系时，费了不少劲，好悬!"这是怎么回事呢？原来那是1960年夏天发生的事。刚从越南回国的朝刚随系党总支书记李昭恂去录取新生时，接到省高招办公室转来的一封信，信是从辽源的一所重点中学寄来的。信上说该校有个叫徐振邦的学生，拜金主义思想严重，不宜录取。落款上还盖上了该校的公章。朝刚看到这封信以后，感到奇怪，于是征得李书记的同意，打开已经投递过来的档案看了起来。原来这是一个来自农村的考生，母亲已去世，为了供他读书，父亲到沈阳当了临时工，还有哥嫂在梅河口。这样一个出身贫苦的年轻人，家境比较困难，拜金？他能拿什么去拜金呢？该考生平时在学校学习成绩优秀，鉴定也不错，这次高考成绩也很好，他的第一志愿报的就是吉林大学中文系。这样的学生不录取太可惜了，农村学生考上重点大学不容易啊。如果吉林大学中文系不录取他，把档案甩出去，加上这封信，哪个学校还会要啊，说不定就甩到哪个大专或更不好的地方去了。朝刚向李书记汇报了自己的想法，经过反复商量，由李书记拍板，录取了这个叫徐振邦的同学。这件事在当时是不能对外讲的，所以大家包括徐振邦本人也不知道内情。

徐振邦入学后，学习很努力，表现不错，就是脾气有些犟，嘴巴不饶人。

直到我想把这件事写出来时，才了解到：考完大学的那一年，徐振邦和几个男同学到所在中学校办工厂劳动，干的是打铁的重活，说好每天报酬是一元五角七分钱。十天后，当他们去领钱时，却只拿到了十元钱，他们问工厂的人，人家告诉他们，这是校长定的，与工厂无关。这几个学生就吵吵嚷嚷地要找校长问个明白。年轻气盛的徐振邦领着几个同学找到了校长办公室，他对校长说："大夏天干打铁的活，汗珠子掉地摔八瓣，我们一天吃饭就得花五六毛钱，学校为什么还要扣我们的工钱？"校长说："给校办工厂干活，学校就得扣钱，这事儿是我定的，怎么着吧？"跟去的几个同学见此架势，悄悄地溜了。只剩徐振邦一个人拧着脖子嘟嘟囔囔地说："扣学生的血汗钱，还不让人说说啊！"这一下惹怒了校长。这时有人来找校长，校长气哼哼地说："等着，我明天找你谈话！"转身就走了。

晚上，一位教历史的老师到宿舍里找到徐振邦，说："你赶快回家吧，不然会有大麻烦。"于是他连夜跑到大哥家躲了起来。

可是，没想到校长还真生了气，就以学校的名义给省高招办写信，险些毁了一个青年学生的前程。这样的人真是世上少有，但在那个以阶级斗争为纲的年代，又能怎样呢？

徐振邦同学大学毕业后分配到了北京工作。粉碎"四人帮"以后，他被调入北京广播学院（今中国传媒大学）语文部教古代汉语，评上了教授，课余写了不少专著，受到读者好评。退休以后又用将近十年时间，写成了220万字的《联绵词词典》，由商务印书馆出版。平时，在北京工作的同学在写作或教学中遇到一些典故、难解之辞，也往往找徐振邦帮助找查，在没有电脑的时代，他成了同学们的活字典。他是一个很难得的古代汉语领域的专业人才，一个向学生传道、授业的教授。

20世纪80年代末，我的一个熟人找到我，说他表弟的儿子在吉林大学中文系读书，今年毕业，孩子学习很好，想去北京工作，能不能和你家先生说说。我说我从来不管他们单位的事，但还是把人名记下带回了家。朝刚说，你以后别揽这样的事，看看这个学生的情况再说吧。后来他告诉我，这个男生名列前茅，表现很好，就是不说也能推荐给好单位，已告诉管毕业分配的副系主任了。毕业生离校前，这个学生的父亲带着儿子找到我们家，带来了两瓶酒、两条烟，表达谢意。朝刚请他们坐，然后对学生家长说：

“你的儿子很优秀，推荐给北京用人单位是应该的，不必谢。如果你的儿子想去北京的话，就请你把东西拿走，不想去北京就把东西留下。”

几句话说得那位家长很不好意思，父子俩只好把东西原封不动地拿了回去。我打着手电筒送他们下楼，边走边说：“你们别介意，他这人一向这样，希望你们理解。”

后来我那个熟人对我说：“你家喻教授也太不给面子了，这点儿东西都不肯收。”

朝刚常说：“不收东西，咱们问心无愧，心里踏实。”“要留清白在人间”，于谦诗句是他牢记于心的。他是这么说也是这么做的，也因为太刚正太耿直而得罪了一些人。但他却始终如此。

在担任吉林大学中文系系主任的六年时间里，他多次给别人发过系主任基金的奖金，但自己分文未取。省里和学校多次搞论文、学术专著评奖活动，他让大家报，自己却一次都没报。他觉得应该让教师参加评奖，作为系主任，他的著作或论文报上去，肯定得奖率会高，那就会让普通教师得不到奖，所以他不报，也没得过奖。20 世纪 80 年代末 90 年代初，课题费特别是文科的课题费很紧张，也很金贵，他也从来没有申报过课题。他觉得自己的科研课题早就是明确的，写论文搞科研有书就够了，看自己花钱买的书，或去图书馆借书就可以了。所以他从未申请过课题费。今天的人听起来可能感到不可思议，不可理解，甚至会觉得这种做法简直有些愚。但是在那个年代，他觉得自己那么做心安理得。他去世以后，我收拾家里的书柜时，在最下面一格里，发现了一摞奖状和奖章，“先进工作者”“国务院有突出贡献的知识分子”“吉林科技精英奖章”，等等，可他从来没拿出来示人，连我都不知道。在他看来，那些都是身外之物，教书育人，著书立说，才是读书人的本职。

十二、睿智常存书卷间

朝刚热爱他所从事的古代文学的教学与研究工作。从教四十多年，不管外界气候和氛围的变化如何，都没有动摇过。研究中国古代文学，他选择以宋代爱国主义文学为起点和突破口。宋代三百多年的历史是我国各民族从对立、分裂，走向大一统、大融合的一个重要阶段；宋代又是一个经过沧桑巨变，出现了八方来朝、盛世繁荣局面的时代。在这一过程中，出现了反对民族压迫、反对分裂和投降主义，争取祖国统一的民族英雄和可歌可泣的爱国诗人，如岳飞、文天祥还有民间家喻户晓的杨家将，等等，他们视死如归、勇赴国难的精神，鼓舞、激励着一代又一代的中华儿女。

朝刚的目光被宋代两位爱国作家所吸引。他们就是“位卑未敢忘忧国”“死去犹能作鬼雄”，被后人誉为“亘古男儿一放翁”的爱国诗人陆游和“要挽银河仙浪，西北洗胡沙”，“气吞万里如虎”的爱国词人辛弃疾。认为他们是南宋文坛的双子星座，宛若双峰并峙，互相辉映，彪炳千秋，为我国古代文学增添了异彩奇辉。

从20世纪50年代后期开始，为了研究这两位作家，他通读了《陆放翁全集》和《稼轩长短句》。陆游存诗九千多首，辛弃疾存词六百多首，这些作品每读一遍都要用几个月甚至半年以上的时间。他将自己关在斗室之中，一卷卷、一篇篇、一首首、一句句地认真阅读。每有所得便记录下来，写下的读书笔记有厚厚的几大本，记下的卡片装满抽屉，在他自己购买的书上画满了红杠杠。在积累丰富资料的基础上，他着手撰写论文。从1959年起，他先后在国家学术刊物上发表了九篇关于陆游研究的论文，四篇关于辛弃疾研究的论文，还有关于李清照的论文。这些论文受到了学术界的重视，并被国内书刊转载或收录，产生了影响。

在此基础上，他又开始为这些作家撰写评传。1983年作为黑龙江人民出版社“中国古典作家丛书”之一的《陆游》出版了，该书分为“陆游的爱国诗篇”“陆游的艺术成就”“陆游的词”“陆游论诗歌创作”等七章。编者在“出版说明”中评价说：“《陆游》一书的作者运用广泛搜集的资料，结合自己多年来从事教学和科研的实践，对陆游的生平、创作道路作了中肯的评介；着重全面地介绍了他所写诗篇的爱国主义内容和他所创作的古体诗、律诗、绝句各体的卓越艺术成就；又专章评述了陆游所写词的‘激昂感慨，飘逸高妙’的特色；阐述了陆游在总结自己创作经验的同时所表现的对诗文创作和文学批评方面的深刻而独到的见解。”

1989年3月，他的另一部专著《辛弃疾及其作品》问世，该书作为时代文艺出版社“古典文学丛书”之一出版。这本书由“辛弃疾评传”和“稼轩词选注”两部分组成。《唐宋词百科大辞典》在收录该书的条目中，作了如下评价：“评传部分对辛弃疾的时代、生平、思想、性格、创作道路及其作品的风格和艺术成就，进行了较为全面中肯的论述，既吸取了前人研究的成果，也有作者自己的一些新见解。文笔生动、语言流畅、雅俗共赏。词选部分共选录100多首稼轩词，每篇作品均附有简明的注释和介绍创作背景、评论其思想艺术特色的‘说明’。该书对爱国词人辛弃疾在中国文学史上的地位、贡献和影响，给予了实事求是的评价。”

他对这两位作家研究的成果，都应用到了教学实践中，曾先后为本科生和研究生开出了“陆游研究”和“辛弃疾研究”两门专题课。人们说他是“放翁同调、稼轩知己”一点都不为过。

1995年，他又应长春出版社之邀，主编“中国历代才子传丛书”，并和我一起撰写了《旷代才女李清照全传》，该书于1996年问世，受到了广大读者的欢迎，不久就

1985 年朝刚在义和路家中写作

重版了两次。这本书融传记文学、作家评传、作品鉴赏和学术研究于一体，是一种新的探索与尝试，也是他多年研究宋词和李清照的成果之一。

20 世纪 80 年代国内兴起了一股出版古典诗词鉴赏图书的热潮，朝刚也是稿约不断，参加了多部鉴赏图书的写作。那时他虽然从事词学研究近四十年，阅读积累的资料已经不少，但还是感到知识的不足。许多词学方面的问题，还须联系到历史学、社会学、民俗学、语言学、宗教学、文艺学、哲学甚至动植物学方面的问题，只有掌握相关知识，才能准确地理解和把握作品的内容和艺术特征，否则就难以创新和突破，只能人云亦云。

为了编写出有别于他人的图书，除《全宋词》外，他还广泛地阅读了历代词的总集、别集、选本、词话、词评、诗话以及多种正史、野史、笔记、杂录等文史古籍，涉猎了一千三百多种图书。在博览群书的基础上，编写自己的图书。

喻朝刚部分著作（一）

喻朝刚部分著作（二）

例如在编写《分类新编两宋绝妙好词》时，他选了葛胜仲的咏“天穿节”的一首《蓦山溪》，这是一首从来没人选过的词，他也从来没接触过“天穿节”这个词，遍查资料也没觅到踪迹，删去吧，觉得这首词写得很有特色，舍不得。那时候没有电脑和网络，就一本一本地查阅古书，终于在明人杨慎编的《词品》中发现了它。原来“天穿节”是宋代以前的民俗节日，是为了纪念女娲补天设立于农历正月二十三的一个节日。《词品》说：“相传云：女娲氏以是日补天，俗以煎饼置于屋上，名曰补天穿。今其俗废久矣。”从“节物风情”一类选出的这一首词上，可以看出，他对知识、写作的要求是多么的严谨。

又如“群芳竞艳”一类是《分类新编两宋绝妙好词》中百花的赞歌，篇幅多，分量重。为了能把这些花的特质、形状、栽培历史、实用价值等准确地介绍给读者，就不能就词论词，而是要掌握更多文学作品以外的知识，于是我和他一起查阅《全芳备祖》《群芳谱》《广群芳谱》等以前从未接触过的书籍，获取了很多新的知识，写进了鉴赏的内容里。

1992年，85万字的《分类新编两宋绝妙好词》由吉林文史出版社出版。这本书所选词分为大好河山、名胜古迹、爱国情怀、壮志难酬、边塞风烟、承平岁月、乱世悲歌、节物风情等四十二类，展示出宋词广阔的思想内容和艺术天地，破除了认为宋

词题材狭窄、纯属“艳科”的传统观念，使读者对宋词有了新的认识和体验。这部书的选词标准、分类方法和编写体例，都是没有先例、独创一格的。因此出版后，曾重印了三次，受到了广大读者的欢迎。

《全宋词精华》全书 140 万字，是朝刚从事宋词研究的一部具有代表性的著作。这部著作是他于 1993 年秋卸任中文系主任（两届六年）之后动手撰写的。该书以作者为经，以时代先后为序排列，共收录宋代词人五百余家近两千首作品，宋词的大部分精华囊括其中。还选录了被前人打入冷宫的遗珠弃璧，使许多优秀作品在沉埋了百年后重新与读者见面。该书除“原文”和“作者小传”外，还有“注释”“解说”和“集评”三方面的内容。其中“集评”除选录了宋、金、元、明、清历代词学家的评语外，还选录了当代词学家夏承焘、唐圭璋和一部分著名学者对有关词作的精辟评析，这一点在词选集评中是没有先例的。这部书 1995 年由辽宁古籍出版社出版，修订后由北京大众文艺出版社于 2001 年出版，书名为“宋词观止”。

为了编著上述两部著作，朝刚又再次认真地阅读了《宋史》《三朝北盟会编》《宋人轶事汇编》《续资治通鉴》《建炎以来系年要录》等书，通过数百万甚至上千万字的阅读，开启了他宋词研究的新阶段。

此外，朝刚还曾就《水浒》《三国演义》《红楼梦》等古典名著进行过自称“业余”性质的研究，发表的学术论文，在学界也产生了影响；特别是关于《水浒》的研究论文，率先否定了“歌颂农民起义说”。

1991 年《中华词学》在南京东南大学创刊，他认为这是学术界和词学研究史上的一件喜事。他在发刊词中写道：

> 喜讯传来，本人作为忠实的读者和主编之一，感到无比兴奋。此时此刻，我正伫立在长白山头，俯视天池，遥望南天，不禁心潮澎湃，浮想联翩。我仿佛看到，从扬子江上、石头城下驶出一只素淡雅洁的白帆。它船舱虽小，却载着一筐筐不能用金钱论价的精神财富，载着一箱箱具有不朽艺术价值的文化瑰宝。它劈波斩浪，避开商海大潮，穿过浓烟迷雾，驶向五湖四海，驶向人们心灵深处的港湾。它像那白头山顶的雪莲，又像那天池中的圣水，洁白、透明、纯洁，不含任何杂质，没有丝毫污染。它可以陶冶人的情操，开

阔人们的眼界，丰富人们的知识，增进人们身心的健康，是最可宝贵的精神食粮。相信它一定能在建设社会主义的精神文明、弘扬民族文化的事业中做出自己应有的贡献。

在长白山上

从中可以看出，他对传统文化是多么的重视，愿意为它的传播、发扬光大贡献力量。

花甲之年，朝刚终于从中文系系主任岗位上退了下来。他高兴地说，这下有更多时间写作，可以实现著作等身的愿望了。从此，他每天上午笔耕不辍，并且乐此不疲。他最想写一部反映北宋覆亡历史全景的书，以亡国之君宋徽宗为中心展开，并已写了开篇几章。他还想写一部自传体的《教授之路》，记叙自己成长的历程。但病魔却突然夺走了他的健康。1997年年初，他因心肌梗死住进了白求恩医科大学第一医院，经抢救治疗康复后出院。他曾对人戏称，自己到鬼门关逛了一趟，又回来了。回家休养阶段，他还是一边读书一边散步，适当锻炼身体。谁知，1998年夏天，造血功能又出了问题，患上了白血病，两次住进医院。化疗把他折磨得死去活来，真是病来如山倒啊。患病住院期间，不少药物公费医疗是不能报销的，但为了治病救人，就不能想那么多了。眼看着辛辛苦苦挣来的那点稿费送进了医院，经济上日渐捉襟见肘，尽管我没说，但他还是感觉到了。他曾对我说：

“把剑南从北京调回长春来吧，好歹咱们在学校有套房子住。我要是走了，你怎么办？去北京咱们没钱买房子呀！”

儿子剑南那时硕士研究生毕业去北京工作刚一年，怎么能调回来呢？于是我对他说：

“你放心，安心治病，一切由我担着。别担心，车到山前必有路。”

1998 年 11 月 13 日晚上，他让我拿来纸和笔，口授让我记下了一首诗：

病中哪知岁月长，
竟日床上度时光。
往事窗外频招手，
梦醒山头见吴刚。

想不到，这首诗竟成了他的绝笔。11 月 17 日，朝刚他走了，离开了他热爱的事业，离开了他眷恋的亲人和这个世界……

2014 年 11 月 17 日 写于北京
2014 年 12 月 20 日 改于北京

做人为学的楷模：喻朝刚教授

刘中树

1973年，喻朝刚与刘中树在八达岭长城

喻朝刚教授是我的学兄、同事、莫逆之交的好友，是我崇敬的做人为学的榜样。

作为一位为实现共产主义伟大事业奋斗终生、永不变色的共产党员，朝刚兄信守马克思主义的人生信仰，追求真理、刚正不阿、光明磊落、真诚厚道、与人为善，赢得了同志们的敬仰、信赖。“文革”的十年动乱时期最易显示一个人的真相，朝刚兄坚守共产党员的本色，敢于站出来反对随意地批斗教师、干部，反对军宣队在中文系支持一派打击一派的错误做法，做两派师生的工作，推动大联合。当军宣队在“清队整党”中要把一位在中华人民共和国成立前参加革命工作的同志定为“混入党内的异己分子”时，他为主持正义，保护受诬陷的革命同志，与军宣队公开辩论，批评军宣队的不实之词。经过认真的审查，事实证明军宣队的成见是错误的，朝刚兄的看法是正确的。在当时，这种无私的正气是难能可贵的。中文系古代文学教研室一位资深的老教师患病，每次到北京治疗，朝刚兄都主动帮助其照看家庭，就是在“文革”期间批判“资产阶级反动权威”之时，这位老教师到北京看病，朝刚兄仍一如既往，帮助其照看家庭，深蕴着尊师友善的爱心。朝刚兄就是这样一位大写的人。

作为一位教书育人的教师，朝刚兄为世师范，是传道授业解惑的优秀教师。他1957年8月大学毕业留校任教，以其扎实深厚的学业基础、朴实踏实的思想作风、务实创新的科学思维，在教学与学术研究中都取得了优异的成绩，成为青年教师的典范，被选入匡亚明校长制定的吉林大学师资队伍建设规划的重点培养教师。作为教师，他恪尽职守，认真备课，学识渊博，启发式教学，课堂教学深受学生欢迎。他的教学不仅注重授业、解惑，还注意传道、教学生如何做人。他在《解放思想开拓创新》一文中对此有着真切的阐述，他说：“我之所以对陆游和辛弃疾产生了强烈的兴趣，主要是由于他们坚贞不渝、始终如一的爱国主义精神感动了我。我认为作为一位古典文学研究工作者有责任向广大群众特别是青年学生介绍他们的事迹和作品，使他们的精神得以发扬光大。我对这两位作家研究的成果，都应用到了教学实践之中，先后为本科生和研究生开出了‘陆游研究’和‘辛弃疾研究’两门专题课。我深感从事中国古代文学的教学和研究是大有可为的。弘扬传统文化、以爱国主义思想教育后代，是我们义不容辞的责任。”

深受学生欢迎的教师朝刚兄也赢得了中文系高才生周航的爱情，结婚生儿育女，“愉快地安家落户在北国春城——长春”。记得是“文革”的第二年开春时节，暖气已停供暖，他们孩子小，屋里冷，我弄了两根木头方子扛到他家，让他生火取暖，结果一氧化碳中毒，幸亏发现得早，好心险酿大祸。好老师，家教好，一儿一女也都成为出类拔萃的人才。

正是秉承着“弘扬传统文化、以爱国主义思想教育后代”的师德，作为学术造诣高深的中国古代文学研究的学者，朝刚兄的古代文学研究选择从宋代爱国主义文学入手，重点研究两位伟大的爱国主义作家陆游的诗和辛弃疾的词。他坚持马克思主义辩证唯物主义与历史唯物主义的理论指导，遵循历史的、逻辑的、美学的相一致的文学研究与批评的方法原则，知人论世，论从史出，深入文本分析，开展扎实的研究工作。为此，他反复地“一卷卷、一篇篇、一首首、一句句地认真阅读”了存诗九千多首的

《陆放翁全集》和存词六百多首的《稼轩长短句》；广泛地搜集、梳理、辨析有关两位作家的创作和研究的资料；认真阅读学习相关的历史学、社会学、民俗学、语言学、宗教学、文艺学、哲学、植物学、动物学等方面的知识，如他在《解放思想 开拓创新》中所说："从80年代后期开始，为了进一步深入进行宋词研究，我又再次从头至尾认真地阅读了《宋史》《三朝北盟会编》《宋人轶事汇编》《资治通鉴》《建炎以来系年要录》等。这些书每部都在数百万甚至千万字以上。"就是这样下苦功夫，在广博的基础上，解放思想，实事求是，"论从史出，史由证来；证史一致，史论结合"，得出创新的有独到见解的学术成果。《论陆游的爱国诗篇》《放翁词论》《陆游论诗歌创作》《略论辛弃疾的词》《稼轩词三首浅议》等，以其丰富的资料、深入的文本分析和艺术见解，受到学术界的好评。《陆游》和《辛弃疾及其作品》两部作家评传式专著，对陆游、辛弃疾的生平、思想及其创作的思想内容和艺术特点，作出了公正的、实事求是的新的评价和艺术分析。《宋词精华新解》《分类新编两宋绝妙好词》《全宋词精华》三部大部头的著作，以其承前启后、集大成的全面创新的研究气象，不仅开始了作者对宋词研究的新阶段，应该说也推动了整体宋词研究的纵深发展。

强调问题意识，实事求是，提出新见是朝刚兄学术研究的一大长处。他的《封建道德与宋江的悲剧》《评价〈水浒〉的几个问题》《〈水浒〉究竟是一部什么样的书》，针对《水浒》究竟是一部什么样的书，对已有的研究结论提出质疑，认为"历史上的宋江起义，不能说是农民起义"，"《水浒》歌颂了人民群众反对封建暴政的斗争"。对"《水浒》是如何对待和描写皇帝的"，"招安、征辽和《水浒》的民族意识"等问题的论析，也阐释了自己的观点，引起反响，得到认同。1992年朝刚兄敏锐地感受到在当代的文学研究与批评中有一种错解毛泽东《在延安文艺座谈会上的讲话》（简称《讲话》）的理论思想，否定《讲话》的经典意义，背离《讲话》指引的方向的倾向，他写了《不废江河万古流——纪念〈在延安文艺座谈会上的讲话〉发表五十周年》（《学术论文集——吉林大学中文系建系四十周年》）一文，全面阐述了《讲话》的思想内容、理论观点及其历史的现实的指导意义。他指出："半个世纪以前，毛泽东同志在革命圣地延安对文学艺术问题所作的精辟论述，是马克思主义文学理论思想史上一部划时代的经典著作。《讲话》的内容博大精深，它涉及文艺与政治、文艺与生活、文艺工作与整个革命事业的关系，文艺为什么人服务以及如何服务，普及与提高，文艺工作的方针、路线和政策，文艺工作者的立场、态度、学习、修养和工作对象，文学艺术遗产的批判继承，文艺界的统一战线，文艺批评的标准等一系列重大原则问题。这些问题虽然是针对当时延安文艺界的现状而发的，但却处处闪烁着马列主义真理的光辉，表现了毛泽东同志深入实际、高瞻远瞩、洞察秋毫、旗帜鲜明、循循善诱、以理服人的睿智和一切为了‘最广大的人民大众’的无产阶级革命家的宽广胸怀。《讲话》所阐述的许多理论原则和精神实质，不但具有深远的历史意义，而且对我国当前的思想战线和文艺战线仍然具有不可忽视的现实意义。”他真挚地写道：“《讲话》曾经指引着我国一代又一代文学家、艺术家走上健康成长的道路，勉励他们用辩证唯物论和历史唯物论的观点去观察世界，观察社会，观察文学艺术，从丰富多彩的现实生活中去汲取养料和甘泉，从而创作出一大批为人民群众所喜闻乐见的优秀作品，为源远流长的中国文学史谱写了新的篇章。今天，在改革开放的新形势下，重温《讲话》，使我们倍感亲切，深受教益，增强了我们坚持党的基本路线，建设有中国特色社会主义，繁荣社会主义文学艺术的决心和信心。”朝刚兄是一位马克思主义的文学研究学者。

1987 年，我到学校工作，朝刚兄接替我做中文系主任。他曾做过中文系教师党支部书记、古代文学教研室主任、学校中国文化研究所所长，有丰富的教学与科研的管理经验。他在 1987—1993 年任中文系主任期间，工作深入踏实，思路新、措施实，注重发挥老教师的传帮带作用，下力气培养中青年教师，加强了师资队伍建设；重视教学工作，特别是本科生的课堂教学，他常常是亲自听课，与授课教师研究课堂教学的具体问题，改进和提高教学质量；调动教师的科研积极性，推动学术研究工作的展开，在中文系建系四十周年之时，他亲自主编，由吉林大学出版社出版了中文系教师的《学术论文集》；通过学术带头人、学术梯队的建设和开展科研工作，推动学科建设。朝刚兄为提高吉林大学中文系的教学质量和科研水平，扩大吉林大学中文系的学术影响，把吉林大学中文系的整体工作推向一个新的阶段，做出了重要贡献。

喻朝刚教授以其高尚的品格、高深的学问师范于世，堪当我们做人为学的楷模。

怀念德艺双馨的学兄
——喻朝刚先生

吴开晋

朝刚学兄离开我们已十几年了，他的音容笑貌仍时时浮现在眼前。他是当代学界的诗词研究大家，著有十余种中国文学史、宋代文学、宋代诗人词人研究，特别是宋词编选注释、评析的文本，为海内外研究宋代文学，尤其是宋词的宝贵贡献。然而，他所取得的这些巨大的成就，并非一日所得，是经过长期的苦心研究、钻研而获得的。

学兄是1953年由四川考入当时在长春的东北人民大学（后改名吉林大学）中文系的，我比他晚二年入校。当时给我们授课的名师，有赵西陆先生、刘禹昌先生、郭石山先生、霍玉厚先生、宋荫谷先生、蒋善国先生等。其中赵、刘、郭就是讲授中国古代文学并专攻唐宋文学的。由于对古诗词的爱好，学兄对唐宋诗词学习特别用心，除了课前预习和课后复习外，还特别在床头贴了许多小字条，上面写满了唐宋诗词的名篇名句，考试更是名列前茅，因而深得老师们的称许。这一习惯，直到1957年他毕业留校后仍未改变。但是到了“大跃进”的疯狂年代，学校掀起批“白专”道路的歪风。老师们首当其冲，经常受到批判，作为业务尖子，痴迷古诗词的朝刚学兄，自然不能幸免，几次教师支部会上都受到批评，说他是走“白专”道路的典型。他只是默默忍受，不反驳、不发言，心中自有主张。后来我们有幸住到单身教工宿舍——吉林大学四宿舍，我去看望他时，他不改初衷，仍在墙上贴满诗词字条。当许多人忙于参加运动，投入大炼钢铁、勤工俭学、不断去劳动时，他在休息时间仍然坚持念诵他喜欢的古诗词。因而古诗词的精华，深深印入他的心灵深处，这正是他后来成为诗词研究大家的先决条件。

1959年到1960年，在人祸造成的三年自然灾难时期，他被选派去越南讲中国文学。他走时身体很瘦弱，同事们劝他到国外作为专家好好营养一下身体，可他想的却是带那些古典诗词书。当然，国外教学一年，除了给越南学生授课外，仍忘不了阅读中国古代诗词（自然是业余）。回国后，他为学生开设中国古代文学史、诗词研究等课程，由于独到的学术见解，也深受同学们欢迎。

1964年，他又赴杭州大学师承夏承焘先生进修宋词研究，这真是如虎添翼。一年回来，学业更是大进，可惜那时国内大学并不评定职称，要不然，他早就破格当上教授了。

不久，轰轰烈烈的十年“文化大革命”开始了，学生们分成两派，不但互相辩论、争吵，甚至搞起了武斗，学生宿舍堆满了沙袋、屏障物，学校全停课了。教师们也被两派学生分别拉去，造成了对立。有的教师不但不劝阻学生，还参加学生的派别斗争，甚至领着学生去查抄一些老教授的家，如蒋善国先生、郭石山先生、韩允符先生等都曾遭受抄家和批斗。朝刚先生对此极为不满，在几次教师辩论会上都痛斥这种野蛮行径，因而受到一些造反派的敌视，也想整他的黑材料，但因他出身贫苦，“根红苗壮”，社会关系又清白，他们未能得手。朝刚兄不但反对这些野蛮作为，而且对在系里掌权的人组织的活动都拒绝参加，并邀请我们几个有同一观点的青年教师，组成了一个“散兵组”，哪一派的活动也不参加，后来又搞起了毛泽东诗词的注释，这一点造反派们也无可奈何，为了对毛泽东诗词进行注释，他又得便去查阅一些古典文学典故。看来，这一时期他的诗词研究和学习，一刻也未停止。

左起：刘景路　曲有源　喻朝刚　吴开晋

后来，工宣队进校了，校园里恢复平静。20 世纪 70 年代初，为了招收工农兵大学生，学校要为招生做准备，校领导（工宣队负责人兼党委书记）要抽一些教师到南方一些名校访问取经。那时我刚从插队落户的农村回来，有幸和朝刚兄一同被抽调，除北京外，还去了武汉、长沙、广州、上海、南京等地。这位带队的领导，原是汽车厂的劳动模范，曾因下煤气井救人受伤而名扬国内。但他有个爱好：喜欢体育，每到一地必找球赛观看，对古迹名胜不感兴趣。于是朝刚兄和我们都委婉相劝，说明古迹名胜对学习古今文学和写作的重要，最后他才同意。因此，我们除了和对口的院系座谈，如何对新生进行专业教育外，也抽空参观了武汉的东湖、长沙的岳麓山、韶山毛泽东故居、广州的黄花岗烈士纪念馆，还有南京的雨花台等地，多多少少不虚此行，这和朝刚兄带头劝说领导分不开。

新生入校后，朝刚兄便讲授古典文学了，诗词研究还未开讲。但在文学史教学中，他也少不了加重诗词部分的分量，直到新时期到来，他才大展身手。

“四人帮”倒台后的1978年初，我调回家乡的山东大学任教。但和朝刚兄经常书信来往。此时，是他诗词研究的高峰期，一些著名的学术研究成果，都完成于20世纪八九十年代。90年代初，为了参加在济南举行的二安（辛弃疾字幼安，李清照号为易安居士）诗词研讨会，曾到济南一行。会后由时任《时代文学》主编的老学生李广鼐宴请，曾畅叙别情，想不到这竟是最后一别，后来收到了他和夫人周航女士编著的《分类新编两宋绝妙好词》以及《旷代才女李清照全传》，令人爱不释手。

1998年冬，突然传来噩耗，学兄朝刚先生竟因病医治无效，与世长辞，这一消息真如晴天霹雳，使我捶胸顿足，一时间，我失去了最有才华的学长和好友，于是发去了唁函，表示沉痛的哀悼。

后来又收到了学兄仙逝后由其夫人周航女士整理出版的他二人共同编著的《宋词观止》，此书有一百多万字，可说是又一部类似《全宋词》的巨著，我时时捧读，又似乎看见学兄对着卧室墙头的诗词字条念诵的身影。一代诗词大家，将永存于他的巨著中。

最后，为纪念朝刚学兄文集出版，赋诗一首以贺之：

少年出川赴春城，
灯下苦读书海行。
词苑耕耘结硕果，
杏坛授业百花萌。

蜀国蜀地出奇才，
秀山秀水育精英。
文集问世心血结，
留于后人韵无穷。

2014年10月19日于北京

一个真正的读书人

——忆朝刚

刘景路

本世纪开始第一年即2001年的5月，收到刚刚出版的朝刚与其夫人周航共同主编的《宋词观止》，三大册，144万字，还散发着淡淡的油墨的幽香。这时距我和朝刚最后一面已是五年，距他离世也已三年了。看着这装帧精美的三册书，为朝刚平生辛劳感到几分欣慰，同时也油然升起一缕哀伤。他离开我们时已年过花甲，按旧说也算享了天年，但按今天的平均寿禄说，尤其按朝刚的学问与才华说，也可谓英年早逝，令人叹惋。

打开《宋词观止》第一册，首先阅读的是朝刚写的《前言》。他在不长的文字中，将词这种诗歌样式的诞生、发展到繁荣鼎盛，包括词的格律、词的类型、词的语言、词的题材、词的抒情方式等，都做了言简意赅、准确鲜明的说明。读其文，想其人，仿佛耳畔又响起他那带着浓烈川味的清脆流利的普通话，娓娓道来，闻之忘倦。

我同朝刚四十多年的交往，经历了同学、师生、朋友三个阶段。1956年我考入东北人民大学（1958年改名吉林大学）中文系时，朝刚已是大四。他1957年毕业，我们同学时间仅一年。1958年秋开学我念三年级时，他任教仅一年多，就开始给我们上宋代文学史课了。

记得1959年吉林大学《人文科学学报》发表了朝刚的《陆游的爱国思想》的论文。刚毕业的青年教师在学报发表长篇文章，在当时是相当不易也是挺荣耀的事，同学们都知道，所以这位昨天的同学今天给我们当老师，没有人敢轻视。记得他在课堂上讲到陆游《书愤》一诗中“楼船夜雪瓜洲渡，铁马秋风大散关。塞上长城空自许，镜中衰鬓已先斑”几句时，被诗中高远的意境和宏大的气魄所感动，陡然提高了语调，引来满堂善意的笑声。朝刚对陆游和陆诗陆词可谓一往情深，用现在时髦的话说，是陆游的“铁杆粉丝”，他的爱子名“剑南”，即取自陆游诗词全集《剑南诗稿》。南宋时代另一位爱国诗人当然是辛弃疾。朝刚为我们讲辛词时，同样慷慨陈词，妙语连珠，激情满怀。在《八声甘州·故将军饮罢夜归来》一词中，辛稼轩用汉代抗击匈奴屡建奇功的名将李广不得封侯的落寞自况，抒发自己壮志难酬的感慨，最后的句子是：

“汉开边、功名万里，甚当时、健者也曾闲。纱窗外、斜风细雨，一阵轻寒。”朝刚讲到这里时，唏嘘慨叹，令听者不禁动容。原来我也是陆、辛诗词的爱好者，听过朝刚的课后，进一步加深了对陆、辛的崇拜。后来我们在一起，谈论陆诗辛词是常事，且总是眉飞色舞，成为一种精神享受。

朝刚同我一样来自农村，家境贫寒，所以我们共同语言也比较多。1960 年，他被派往越南河内大学讲学，越南给他一些津贴够他吃用，国内的工资全部寄给四川家里，使得家人度过了那个艰难岁月。待他回国归乡省亲，才知道许多乡亲已不在了。这话是在粉碎“四人帮”后他跟我说的。

1971 年吉林省文化局搞了一次建党 50 周年征文活动，借调十个左右从事文学工作的人审稿，朝刚和我即在其中。“文革”开始以来，多年不务正业，现在郑重其事地搞文学编辑工作，大家都挺兴奋。特别是与一些老同学老朋友聚在一起，不搞所谓斗批改，每天工作之余谈天说地，真是其乐融融。这段时间值得一提的事情是，我们共同发现一个写诗的人才。来稿中有一位农村兽医，诗句清新可喜，不落陈套，于是朝刚与我以及诗人吴开晋共同建议文化局把他借调来看看，此后这位青年即在省里工作，创作渐多，不久就成为全国颇具影响的诗人。他就是曲有源。这位青年诗人对我们以师礼待之，朝刚对他亦爱护有加，但批评起来毫不客气。一次我们三人在一起，朝刚见有源留着长发并蓄了黑须，颇露不满，语气果断：“剃掉!”果然第二天再见面，诗人的面部已经光光的了。其实我对他蓄发留须也看不惯，但没吭声；朝刚则有话就说，耿介之态可掬，这就是朝刚。

我于 1979 年初调到北京工作，和朝刚时有书信往还，每有机会见面必饮酒长聊。1981 年我写的电影剧本《谭嗣同》基本成型，他读过之后提出一些十分中肯的意见，极大地鼓励了我。1983 年夏，我正参与大型电视连续剧《红楼梦》的编剧工作，朝刚来京，同来的还有我们的系主任公木（张松如）先生和郭石山老师，住社科院招待所。我去崇文门看望这三位师长，除寒暄外，谈话的主要内容是曲有源。有源成名后，在南方某高校演讲，对官场的不正之风（当时这样称呼今天说的腐败），多有凌厉的抨击，有人认为是“恶攻”，他被抓进监狱。对这种依言定罪的事例，朝刚大概见多了，没有直接评论，只是苦笑摇头。公木老师则以他一向“有一得一”的性格，大声嚷嚷：“这是冤案，他们早晚得放人！当年延安整风抓的人不是都放了吗？我知道的现在某某、某某部长就是例证!”公木师在国内文化界德高望重，广受尊敬，从他上面的议论就可知道其原因了。大约第二年，有源莫名其妙地被放出来，回原单位继续当诗歌编辑，公木师的话果然被验证。

1996 年旧历除夕我回乡探亲，在白求恩医科大学第一医院见到住院的朝刚。他虽然略显苍白清瘦，但精神依然健旺，谈论约一时许，我即告辞回乡下老家了。韩愈有句诗说，“祝融峰下一回首，便是此生长别离”，这是他从流放地长途跋涉回长安，在衡山告别一位老僧时说的。以今天的交通之便，病房一晤，竟成长别离之始，这是我无论如何也未想到的。

朝刚一生，读书、教书、写书，是个“三书分子”，我以为这就够了。书读得多，书教得好，书写得精，知识分子的价值就全出来了。朝刚女儿喻言留日归来，在北京工作；爱子喻剑南硕士毕业，是文化部一名好干部；伉俪周航从北方妇儿出版社总编位置退休后，在京整理朝刚旧作，也常常旅游。周航亦是我的知交，经常往还，所以总觉得朝刚仍然离我不远。

2014 年 11 月 17 日于中央党校

蜀水白山念君情

——追怀喻朝刚学长

陆　坚

又到难忘的11月17日。这是朝刚的忌日。每年的这一天，我总要把我们第一次见面时他送我的《宋词选讲》拿出来看看。书卷多情似故人。虽然书已发黄，字有模糊，但悠悠往事，仍历历在目。

那是五十年前，我在中国科学院浙江分院语言文学研究室（后改名杭州大学语言文学研究室）师从夏承焘教授研习唐宋文学。有一天，夏先生对我说，喻朝刚同志快要来了。嘱我向学校总务部门打招呼，请他们为朝刚来校后的住宿等问题及早做安排。据夏先生日记所载，1964年7月9日，"致函吉林大学喻朝刚，欢迎其来杭州大学进修"。9月16日，夏先生日记又载，"晚，陈铭、施议对和喻朝刚三人来访，即为开专家词课，讲《水龙吟》等三首词"。

9月17日下午，研究室政治学习。朝刚也参加了。我原以为北方来的同志一定是身材魁梧的彪形大汉，可一见面，却大出所料。朝刚中等身材，体形偏瘦，面色白净，衣着整齐，文质彬彬，一派儒雅之风。讲话略带东北腔。没几天，大家就戏称他"东北南人"。

夏先生知道朝刚是四川人，特别高兴。入蜀访古是夏先生几十年的夙愿，但一直没有机会。正巧那年暑期收到蜀地高校邀请讲学的函件。夏先生准备11月入川，约朝刚陪同，陆路去水路回，一路上研讨的课题也已确定好：《词问》。于是，朝刚即抓紧时间积极准备，差不多每天上午去图书馆，下午或晚上去夏先生家。夏先生外出一个月去四川讲学之事，研究室也向学校有关领导做了汇报。可就在这期间，学校接到浙江省委的通知，要于11月组织干部和文科师生去萧山、诸暨两县农村参加社会主义教育运动（即"清政治、清经济、清组织、清思想"的"四清"运动）。学校通知夏先生，外出讲学事相应推迟。因而，朝刚决定和我们研究室的同志一起去诸暨县浬浦公社参加"四清"运动。不料，出发前一周，朝刚收到吉林大学通知，要他回长春参加"四清"运动。

这匆匆一别，我和朝刚很长时间没能见面。但都相互关心着、惦记着，默默地祝愿对方谨慎地经受住阶级斗争的暴风雨和“史无前例”的“文化大革命”的考验。在科学的春天回归大地之后，我们又很快兴奋地重逢了，并且都在风雨后的阳光下“恢复了青春”，几乎每年都要见面，每次见面都要长夜畅叙，袒露心曲。在这样相遇相处相知相亲的几十年中，我觉得朝刚虽然平时言语不多，也不善喜形于色，但他感情丰富而深笃，特别是其爱国之情、思乡之情、尊师之情、重友之情、一直使我铭记难忘，钦佩无似。

一

没有认识朝刚之前，我已久仰其名。拜读过他多篇论文，尤其是他对中国古代文学中爱国思想的论述，颇为学界所关注。新中国成立初期，我国古代文学研究强调以马克思的历史唯物主义作指导，把文学定义为形象反映社会生活的语言艺术，是一种社会意识形态。对待文学遗产的态度是区分精华和糟粕，要批评继承，以批评为主。到六七十年代，强调以阶级斗争为纲，进而将古代文学研究作为进行思想意识形态斗争的工具而“古为今用”，使文学研究沦为政治的奴隶而失去学术品格，这方面的教训极为深刻。尽管如此，这一时期的古代文学研究还是很有成绩的，比如宋代文学研究，一些爱国主义思想突出的作家得到了深入的探讨，豪放词受到了推崇，这在当时特殊的社会环境下，是难能可贵的。其中陆游研究成为宋代文学研究中的热点之一。朝刚 1959 年发表的《陆游的爱国思想》和《陆游的生平思想及其创作》等论文在当时较有影响。朝刚认为，陆游爱国思想的根源在于人民群众之中，同时他又接受了传统的历史教育，对古代的爱国志士和民族英雄有着深刻的认识和了解：从屈原到李陵、苏武，从诸葛亮到刘琨、祖逖，从杜甫到张巡、裴度，从寇准到宗泽、岳飞，都被他尊为民族的精英和骄傲。他从这里吸取了无穷的力量，正因为如此，所以他的思想感情才具有广泛的代表性，他的作品才能够反映出南宋的社会本质，从而成为光辉的时代镜子。朝刚还认为，陆游诗歌中的爱国主义在历史上也增加了新的内容，具有自己的鲜明特点，既继承了屈原和杜甫的传统，又在一定程度上超出了他们的成就。具体表现是，首先，在对国家观念的理解上，陆游要比他们进步。陆游也有“忠君”思想，但另一方面，祖国的土地、人民、历史文化传统在陆游的爱国诗歌内容中占据了主要的地位；第二，在于陆游爱国诗歌具有鲜明的战斗性；第三，陆游的爱国思想经历了一个历史发展过程，在这个过程中，诗人的思想和形象是完整一贯的；第四，陆游爱国思想的特点还在于它具有热情的乐观主义精神和积极的浪漫主义色彩。总之，陆游的爱国主义思想及其作品，集中地表现了南宋的时代精神和社会生活的本质特点。因此，他是我国历史上伟大的爱国诗人。他的作品是我国爱国主义文学发展的高峰。他不仅在封建社会鼓舞了我国人民反抗落后的奴隶主贵族集团的侵犯斗争，而且就是在今天仍然有着重大的教育意义。朝刚的这些观点，在当时是前卫的，为人所重视的。

朝刚不仅较早地对爱国作家的思想和作品作过独有见地的评论，而且对爱国先贤的遗存，也深怀敬仰之情。他离别杭州回长春参加“四清”前夕，我邀他游西湖。他说不游湖，要访古。我遵从他的意愿，先到栖霞岭下访岳王庙。在岳王庙正殿檐间“心昭天日”的巨匾下，朝刚驻足久久。进入正殿，在岳飞坐像前朝刚深深鞠了一躬，对坐像上端岳飞手书横匾“还我河山”四字及正殿两壁明人洪珠所书“尽忠报国”四字看了又看。在岳墓陵园内，他从墓前走到墓后，又从墓后走到墓前，口中反复轻声念着“正邪自古同冰炭，毁誉于今判伪真”，“青山有幸埋忠骨，白铁无辜铸佞臣”。

凭吊岳飞之后，我们步行去三台山于谦祠。一路上朝刚盛赞于谦忧民爱国的高尚情怀，说他任地方官时敢于平反冤狱，昭雪囚犯，惩办贪官污吏，关心吏治民瘼，使强梁敛迹，深得民心。于谦个性耿直，不喜逢迎，每次进京都是空囊，从不贿赂孝敬权贵，他的诗句“清风两袖朝天去，免得闾阎话短长”，为当时人民所传诵。他入京为官，以国家利益为重，在强敌要挟之时，提出“社稷为重君为轻”的口号，并亲自督战，正面迎敌，溃败瓦剌军的猖狂侵扰，保全了京城。他忧国忘身，虽立大功，却从不言功。他生性朴素俭约，住的地方仅蔽风雨而已。明景帝特赐他一所房子，他辞谢说：“国家多难，臣子何敢自安。”他蒙冤被害后，家中并无余赀，其正室封锁甚严，打开一看，全是景帝所赐蟒衣、剑器之类。明宪宗时，于谦儿子上疏申诉父亲冤枉，宪宗恢复了于谦的官位，派人祭奠。祭文中说：“当国家之多难，保社稷之无虞，惟公道之独恃，为权奸所并嫉，在先帝已知其枉，而朕心实怜其忠。”据说这几句话当时传诵天下。

到了于谦祠，朝刚首先向于谦像深深鞠了一躬。接着很认真地看祠内所陈列的文物和资料，还不时做笔记。然后出边门谒于谦墓。先巡行墓体一圈，又沿几十米长的墓道默默走了两个来回。走出墓区，动情地放声吟诵于谦的《石灰吟》：“千锤万凿出深山，烈火焚烧若等闲。粉身碎骨全不怕，要留清白在人间!”

凭吊于谦之后，朝刚提出再去看张苍水墓。于是，我们又步行去南屏山麓。在张苍水墓体前，朝刚也是深深鞠躬致敬。然后在墓旁坐下，久久不语，若有所思。我们起身走出墓道后，朝刚问我有没有去过宁波、舟山、象山？我告诉他都去过。他说下次来浙江也很想去那海边看看。他又问："那里还流传张苍水的故事吗?""年龄大一些的人中还有流传。"他还问："浙江有没有人整理张苍水集?""听说舟山有人在整理。"他听了很高兴，很有感慨地说："张苍水也很了不起，为了国家和民族大业，坚持奋战近二十年，历尽千辛万苦，始终不渝其志。遭叛徒出卖被俘后，坚贞不屈，大义凛然。"我说："民间传诵，张苍水被捕押离宁波时，有数千人成群拥来为他送行。有一天夜间，船头有一士兵唱苏武牧羊歌，张披衣而起，说：'我志向已定，你不用担心'。押船过钱塘江时，又有一位和尚把一首诗扔到船上，诗中有两句说：'此行莫作黄冠想，静听文山正气歌。'张看了含笑而许。"朝刚接着动情地吟诵张苍水的《入武林》诗："国亡家破欲何之?西子湖头有我师。日月双悬于氏墓，乾坤半壁岳家祠。惭将赤手分三席，拟为丹心借一枝。他日素车东浙路，怒涛岂必属鸱夷!"我们一边说一边走，一会儿就到了苏堤南端。我邀朝刚坐船游湖，朝刚说坐在湖边看看也一样。他一会儿近看水光潋滟的湖面，一会儿远眺松风碧嶂的群山，又情不自禁地吟诵了张苍水和袁枚的诗作："梦里相逢西子湖，谁知梦醒却模糊。高坟武穆连忠肃，添得新祠一座无?""江山也要伟人扶，神化丹青即画图。赖有岳于双少保，人间才觉重西湖。"

在我国历史上，虽然转换过许多朝代，发生过无数历史事件，出现过各式各样的历史人物，但有一种具有规律性的现象为人所难忘，那就是岳飞、陆游等人物，几乎没有例外地都受到人们的景仰。这种现象说明，我们中华民族有一种古往今来共同、共通的心理，即对爱国英雄无上崇敬。随着历史的发展，在不同历史条件下爱国思想的内涵也不断发展变化，但其最基本的内涵则是千百年来巩固起来的，对自己祖国的一种最深厚的感情。在我们这个由多民族组成的中华民族大家庭中，崇高的爱国感情一直是一种强大的凝聚力和正能量。朝刚对我国古代文学中爱国主义思想的阐发，对陆游爱国诗歌的论析，对岳飞、于谦、张苍水等人物的钦敬，不仅是对优秀文化传统的彰扬，也是他对祖国深厚感情的自然表露。

二

1989 年 10 月中旬，我和朝刚应邀参加了在涪陵召开的中国山水旅游文学研究会第三届年会。会前，朝刚写信约我提早一天到涪陵，说那里是他时常思念的地方。

我一到涪陵，朝刚就拉我去看乌江。乌江在涪陵与长江交汇。整治后的乌江水清澈可鉴，与长江水色截然不同。二水在交汇处，一清一浊，不相混合，可谓奇观。有诗句说“一江翡翠一江泥”，“乌水流春碧玉色”，“何时净洗长江明如秋”？我们沿着乌江西岸，向上游信步而行。看着身旁碧浪拍崖，清流直下，平时不多讲话的朝刚，喜不自胜，兴奋异常，东指指西画画，动情地告诉我，向上游一直走去，大山深处就是他魂牵梦萦的家乡。

四十年前，他出山读书，脚穿草鞋，肩背背篓，翻山越岭，涉水过溪，有时天气好，为了节省草鞋，就赤脚而行。那一路所见，还常常浮现于眼前。朝刚放低声音，叙说往日见闻。茅屋矮小狭窄，光线昏暗，柴烟熏人。偶遇小镇，馆子里拴着一块盐巴，吃时放在汤里滚一下，那叫“洗澡盐”，因吃盐很困难。有时还看见十几岁的姑娘没有裤子穿。屋里没有床，更没有被褥，睡觉是缩在一大堆包谷壳里，头露在外面，所以乌江流域十分形象地把睡觉说成“冲壳子”。看着不时有轮船逆水轻疾而上，且听到船上传出的欢声笑语。朝刚停下脚步，脸上又露喜色，很高兴地指着各种行船告诉我，那是游船，那是货船，那是购物船，那是私家船。我问他：“有没有坐过乌江船?”他又低沉下声音说：“坐过一次。”那时的乌江江水混浊，暗礁险滩，惊骇万状，声似疾雷，奇响百里，因而经常发生船翻人亡的惨剧。有民谣说：“养儿不用教，武隆彭水走一遭。”意思是，那种千难万险、出生入死的经历，是一个人成长的最好锻炼、最实际的教育。由于环境极其恶劣，所以当年乌江行船忌讳很多，如上行船遇下行风不走，下雨不走，太阳大不走，有人说不吉利的话不走。有一年假期，时间比较宽松，朝刚从涪陵坐船回家。那船叫“歪屁股船”，船身高大，约二十米长，五米宽，船头高高翘起，船尾歪斜，艄台高搭在船身中央。整条船看起来畸形而笨重，但很适应乌江的航行。每条船有船工十多人，每次开船是七条船结伴而行。因为乌江滩多水急，船过滩时，十几个船工是根本不可能拉动那高大笨重的歪屁股船的，因而集七条船的一百多名船工之力拉一条船，把七条船一船一船拉过滩。这样一帮船过一个滩常常要三四天时间。朝刚那一次坐船回家，一百来里水路花了十多天时间，使家中人急坏了，母亲担心得哭了好几次。以后就再没坐过乌江船。（最近听朝刚亲属说，当年从涪陵坐乌江船上行一百来里，只是到龚滩。从龚滩上岸后还要步行两天多，才能到朝刚家。如不经水路，从朝刚家到涪陵要步行四天多。）

“每当想起乌江流域人民过去的贫困岁月和现在的幸福生活，真觉得是天壤之别，心情实在难以平静!”朝刚站在乌江大桥上无限感慨地对我说。他从桥西走到桥东，再从桥东走到桥西。朝刚说，经过三十年的治理，乌江不仅“水碧胜潇湘”，而且天险变通途。壮观的乌江大桥如苍龙飞落半天中，它横跨乌江两岸，是当时我国跨径最大的双箱对称同步转体拱桥，为沟通川东南四面八方的交通，繁荣城乡经济，起着重大的作用，是山乡巨变的标志之一。

从乌江大桥走下，朝刚带我去看他曾经就读过的涪陵第一中学。这是一所创建于1911年的老校、名校，曾是中共川东地下党组织的活动中心。因天色渐晚，朝刚先领我沿学校周边走了一圈，接着在校门前看了又看。他告诉我，当年学校管理很有条理，作息制度抓得很严。他为了能多学一点，常常在熄灯之后躲到厕所里，在微弱的灯光下，再看些书。有一天下午我们学术会议结束较早，朝刚又带我去涪陵第一中学前面江岸的巨石上坐坐。他说这一带是他当年几乎天天都来的地方。面对滔滔江水，他轻声自语："逝者如斯夫！"然后笑着说，"那时候每天一大早，就在这里迎朝阳，饮晨露，吸清气，沐浴江风，放声朗读。有时还摇头摆脑，手舞足蹈。如果时间能倒流，还想再做一次学生。"说完，我们二人不约而同地仰天大笑一阵。涪陵会议闭幕后，我和朝刚都坐江轮顺流东下，二人住同一房间。他白天不时要走到船尾去，向驶离的方向回望又回望，有时半天不说一句话。我站在他旁边，也一言不发，不敢惊扰一位游子的遐想和沉思。

三

朝刚对夏先生的尊崇之情也使我感佩难忘。朝刚一到杭州大学就把时间抓得很紧很紧，每天寝室——夏先生家（或办公室）——图书馆，就好像在这条三点一线上奔跑。经常很迟才到食堂吃饭。他争取一切可利用的机会亲近夏先生，向夏先生求教请益。夏先生讲课有时在家中，有时在办公室。夏先生如到办公室讲课或政治学习，朝刚常常主动去接他。夏先生喜欢晚饭前散步，朝刚常常陪他散步。夏先生有时去省级单位或杭州市有关部门作讲座，朝刚常常陪同并旁听。那段时间朝刚去图书馆主要就是阅读夏先生的论著及相关资料。朝刚回长春的火车票买好后，有一天在夏先生办公室话别很长时间。但到临走那一天，我们研究室很多同志都到他寝室去送行，他说还要再到道古桥宿舍夏先生家去一次，向老师和师母辞行。

夏先生对朝刚也很器重。朝刚离杭的第二天，夏先生在办公室问我："朝刚什么时候能再来?""朝刚说，'四清'一结束，他就来杭。"夏先生笑着说："朝刚一来，我们就去四川。"新中国成立以后，夏先生曾多次提出：要让宋词走向人民大众。也多次说过：学问做得再大，如果写的文章人家不要看，或看不懂，又有什么用！在鉴赏文学盛行以前，20世纪60年代初，夏先生就曾在《浙江日报》、上海《文汇报》、香港《大公报》上相继发表了不少有关唐宋词的鉴赏文章，拉近了普通百姓与高雅文学之间的距离，赢得了社会的广泛关注和欢迎。因此，夏先生对朝刚的由吉林大学内部印行的《宋词选讲》也乐为肯定。有一天，夏先生在办公室修改《西溪词话》校样时，问我："朝刚有没有送你《宋词选讲》？""送了。"又问："看过没有？""看过一部分。""怎么样？""我觉得很好。"夏先生点点头说："应该正式出版。"《宋词选讲》选宋代近三十位词人，七十多首作品。每首作品之后，都有"注释"和"解说"。每篇"解说"，皆是可独立成篇的鉴赏美文。这在成书的1963年还不多见，实为难得。

1965年2月，夏先生与其他几位老教授也到诸暨浬浦短期参加"四清"工作，主要是接受阶级斗争教育。有一天在批判"四不清"干部大会上我遇见夏先生，散会后我送他回住所。他突然问我："与朝刚有没有联系？""没有。"他又问："朝刚明年秋天大概能来杭州吧？"我说："运动不知道要搞到什么时候。"他又自言自语地说："如果朝刚明年秋天来，我们去四川最好。"没有想到未曾等到第二年秋天，一场史无前例的"文化大革命"猛然而至，一夜之间，夏先生首当其冲成了被"打倒在地"的"牛鬼蛇神"。他盼望带朝刚去四川的讲学之路，也就成了"蜀道难"。

1973年初，有一天朝刚突然来到杭州，我喜出望外，邀他吃饭、长谈。他说："这次是参加由工宣队带队的教改学习访问团而来南方的，时间很紧促，来不及吃饭了。要去看看夏先生。"我告诉他："夏先生虽已从'牛棚'出来，但还没有'解放'，行动不自由，每天都在监管下'劳动改造'，打扫厕所等。"朝刚听出我的意思是不希望他去看夏先生。他坚意说："八九年没见夏先生了，这次还是要去看一下！如白天不方便，就晚上去！"我因为是夏先生的"孝子贤孙"，为了划清界限，那天晚上我把朝刚送到夏先生家后门附近就退回了。事后朝刚告诉我：那天分别时，夏先生拉住朝刚的手久久不放，也不说一句话，只是看着朝刚。朝刚连连对夏先生说："下次再来！下次再来！"没有想到，朝刚下次看到夏先生时，夏先生已成大病缠身的垂榆老者！

1984年11月下旬，我和朝刚等参加中国韵文学会成立大会及相关活动之后，同车从长沙去北京看望夏先生，并参加"夏承焘教授从事学术与教育工作六十五周年庆祝会"。一路上，朝刚要我详谈夏先生在"文革"中受迫害情况。我告诉他："文化大革命"一开始，研究室办公室门口就出现了"庙小阴风大，池浅王八多"的大字报。6月10日左右，省委派遣工作组进驻杭州大学，发动全校师生开展所谓"林夏战役"，对林淡秋（"走资本主义当权派"）、夏承焘（"资产阶级反动学术权威"）进行大批判。一时间大字报如暴风骤雨席卷全校，后又迅速涌向社会，接着以"破四旧""横扫牛鬼蛇神""批资产阶级反动路线"为名，对夏先生进行几次抄家，然后打入"牛棚"，在校内外游斗。因为夏先生不轻易认罪，常常用温州话与红卫兵造反派争辩几句，使他们感到"这老家伙不老实"，有一次造反派脾气大发，要夏先生跪在毛主席像前长时间请罪。夏先生不肯，并且说："下跪是封资修的一套形式，红宝书中没有叫人下跪的'最高指示'。"造反派听了更为恼火。一个造反派大喊："伟大领袖毛主席教导我们说：'把他打翻在地，再踩上一只脚，叫他永世不得翻身！'"另一个造反派就真的在夏先生不及防备的时候，把他踢倒在地，还在他后背踩上一只脚。几个造反派连声怒吼："叫你永世不得翻身！叫你永世不得翻身！"这一怒一踢，夏先生倒在地上很长时间没有动静。造反派还大叫："嘿，你还装死！还装死！"等造反派个个昂着头、气冲冲走出了"牛棚"，另外几个"牛鬼蛇神"慢慢地把夏先生扶着坐在地上，过了好一会儿又把他扶着站起来。据说，那一天夏先生没能吃下饭。朝刚听着我的诉说，脸色极其凝重，不断深深叹气。他又急切地问："夏先生到什么时候才获自由的？"我说："一直到1978年11月底，夏先生才获'解放'，杭州大学党委正式发布《关于对夏承焘先生平反的决定》，接着《浙江日报》也头版头条发文，'推倒原来强加在夏承焘教授头上的一切诬陷不实之词，恢复名誉'。"朝刚听到这里，又长长吐了一口气说："这艰难的十二年，夏先生能挺过来，也真不容易啊！"

我们一到北京就直奔团结湖夏先生家。夏先生坐在轮椅上，见我们到达，伸手相迎，喜笑不停。在筹备庆祝会的那几天，夏师母吴无闻先生邀我们每天晚上都到团结湖寓所与夏先生一起吃饭。晚饭后，朝刚都要在夏先生身边坐一会儿，拉着夏先生，夏先生向他笑笑，他总是恭恭敬敬地连连叫："夏先生！夏先生！"

夏先生"从事学术和教育工作六十五周年庆祝会"于1984年12月5日上午在北京全国政协礼堂举行。参加会议的有党政军领导同志、学者、教授、新闻界、文艺界人士和夏先生的好友和学生共三百余人。有的还是专程从浙江、湖南、吉林、湖北、广东、山东、黑龙江等地赶来参加会议的。胡乔木同志在托人所送的贺词中称夏先生为"文坛先进，词学宗师"，叶圣陶先生赋诗四首作贺。首都文化界有关负责人贺敬之、夏鼐和邓广铭、任继愈、余冠英、蔡若虹、姚雪垠等专家学者参加了庆祝会。中央电视台在次日的《新闻联播》节目中对庆祝会作了报道。新华社发了消息。朝刚与夏先生另二位弟子山东大学刘乃昌教授、黑龙江师范大学王延龄教授联名敬献的贺联是："山上月轮，千秋词赋开新境；阁来天籁，九畹芝兰被厚恩。"

大概是1985年初冬去绍兴开会前夕，朝刚路过杭州，特意下车去看看夏先生寓所。第二天大早，他到了我家。他说前一晚住西溪路上一家旅馆。我问他为什么不住杭大招待所。他说："那旅馆就在夏先生家附近，昨晚今晨都到夏先生家房前屋后看过了。"那天我送朝刚上火车，他要我陪他再走一走西溪路，再看一看夏先生家。我想，夏先生天国有知，定当欣然而笑。

四

熟悉朝刚的人都知道他是一位珍重情谊、乐为相助的好同志、好朋友。为了适应教育事业发展的需要，加强文科教材建设，安徽大学、安徽师范大学、安徽劳动大学、江西师范学院、江苏师范学院、吉林大学、扬州师范学院、杭州大学、南充师范学院、南京大学、南京师范学院、浙江师范学院、徐州师范学院等十三所院校中文系古代文学教研组于1975年开始自发组织协作编写《中国古代文学作品选》和《中国文学史》教材。这在当时实是难能之举，因而在高教界和学术界曾产生过一定影响。每次协作会议，大家都解放思想，畅所欲言，取长补短，求同存异。每次开会既是学术研讨，观点碰撞，又是相互学习，增进友谊。每次会议都是新老朋友倾心相聚的欢快节日。每次相聚，大家都热情地称呼朝刚为“老喻”。其实参加协作会议的成员中，比朝刚年长的老先生有十多位。在当时历史条件下，能坚持四年之久，纯自发的民间协作，且如愿完成了共约130万字的两套教材，第一次印数就是两万册以上，这即使在今天看来也实非易事！而“老喻”就是这民间协作的重要发起人、热心参与者、积极推进者之一。协作编写教材的愿望实现以后，十三院校之间的“战斗友谊”一直延续着。每次相见，都像是老友重逢，感到特别亲切。老朋友一见到朝刚依然热情称呼：“老喻！老喻！”

“四人帮”粉碎以后，学术春风吹暖大地。1985年11月浙江绍兴举行伟大爱国诗人陆游诞辰860周年纪念活动，应邀而至的北京、上海、吉林、陕西、安徽、江苏、浙江等七省市老中青专家学者七十多人，怀着追仰前贤、歌颂盛世的心情，欢聚一堂，隆重纪念。这是新中国成立以来具有全国规模的首次陆游学术研讨会。但是提交大会的三四十篇学术论文如何处理，据说一时成了问题。朝刚毅然挺身担当，由他出面交吉林文史出版社出版了二十五万字的《陆游论集》，使陆游研究者受到了鼓舞。后来有熟人对我说：“老喻够朋友！老喻够朋友！”

我和朝刚的私谊，几十年情同手足。虽然南北远隔几千里，但总好像有心心相印的“缘分”。朝刚一直对我生活上关照，学业上关心。“文化大革命”开始后，我和朝刚不得不中断联系。大概是“大串联”期间，突然有一位青年同志敲我家门，一见面她就说：“我是从长春来的。喻朝刚老师特地叫我来看看陆老师。”从她的自我介绍中得知，这位小陈同志是杭州人，在长春工作，每年都要回家探亲。她办事很细心。那天到我家之前，她已在杭大校园看过很多大字报，对杭大那时的情况有了相当的了解，所以我们谈话也就比较轻松。从此，小陈就成了我和朝刚之间的“联络人”。小陈每次回杭州，朝刚都要叫她给我带很多东北特产。在那实行粮票时代，东北大米对杭州人来说，似乎比人参还要宝贵。我们收到朝刚带来的东北大米，平时舍不得吃，但小孩过一段时间就要建议妈妈烧东北米饭。有一位在我家吃过东北米饭的亲戚直到现在还常笑着说：“那时的东北米就是比现在的好吃，比现在的东北香米还要香！”

“四人帮”被粉碎以后，我和朝刚见面的机会多了。因为有小陈同志的联络，我们对彼此在“文革”中的情况基本都了解了，所以每次见面，不谈两人“文革”中的事，只谈学术学业问题。朝刚对我说得最多的是：“要把失去的时间追回来！要把失去的时间抢回来！”每次见面，他除了谈自己近期和远期的科研计划外，还常常就一些双方都感兴趣的学术问题进行探讨，启发我，引领我。1983 年我到西藏民族学院支教，不知是巧合还是有意，有一天朝刚和郭石山先生等带着几个研究生也来到咸阳。他问我：“在这里分析南宋诗词，学生爱听吧？”我说：“没有看到学生不要听的。我还作过一次欣赏南宋爱国词的讲座。这里还有一位老师在编写《古代爱国诗歌选》。”他听了很高兴。我们都认为，历史上的爱国思想与民族关系并不矛盾。古代文学中的爱国作家、爱国思想，是不能否定的，是历史的客观存在，是可贵的精神遗产。

1990 年我们去海南参加学术会议。会议之余，朝刚和我纵谈苏东坡的品格和心态。苏东坡在一场罗织诬陷的“文字狱”“乌台诗案”之后，几经迁谪流放，颠沛困厄，但他始终能随缘自适，潇洒自如，谈笑于生死之际，即使到晚年也毫无老人的疲惫之气！朝刚认为苏东坡这种于逆境中自振，通达放旷，乐观向上，对自我价值的认识和信心，在历史上具有典型性和吸引力，对后世有深远影响。比如夏先生在“十年浩劫”中历经磨难，没有消极自沉，在那特殊的境遇中，他似乎“也无风雨也无晴”，还完成了独特形式的学术著作《瞿髯论词绝句》。朝刚不仅在学术观点上给我很多启发，他和夫人周航女士还热情为我们的书稿推荐出版。朝刚每有新作，总是第一时间寄给我们。他总是客气地叫我们“指正”，但我们都深切地体会到这是最友善的激励和鞭策。

朝刚曾多次邀我去长春，并相约游长白山，看天池。但我一直为杂务所羁，未能成行，深为感愧。1998 年 7 月，吉林大学承办教育部普通高校中文学科教学指导委员会会议，我应邀参加。一到长春我就去惠民路看望重病中的朝刚。一见面，他不谈自己的病，却笑着问我：“会上安排不安排去长白山？”我说：“还不知道。”他又说：“如会上不安排，我给你安排。”那天除问我近期的科研情况，还问了南方许多老朋友的近况。会议结束前一天，我又去看朝刚。他知道我已去过长白山，并且看到了天池。他高兴地笑着说：“有些大人物三次上长白山，却一次也没有看到天池。下次来，我再陪你去看天池！”那天他情绪特好，说了很多话。还问到夏先生文集的编辑整理问题。不知不觉中，我们畅谈将近两小时。为了不影响他休息，我不得不起身告辞。临别时，他拉着我手说：“等身体再好一些，明年春暖花开时，我们一起去千岛湖看看夏先生（夏先生陵墓在浙江千岛湖羡山岛）！”我紧紧握着他的手说：“一定！一定！”他送我到楼梯口，又在楼上目送我很远很远，他好像一直还高高地站在楼上，不断地向我挥手。没有想到这一挥手，竟成永别！没有想到四个月后，朝刚竟远去天国看望夏先生了！

光阴荏苒，岁月匆匆。朝刚离开我们倏然已过十六年。十六年来，朝刚的音容笑貌，时时闪现。山高水长，故人难忘。兹录当年送别之辞，再申不尽追怀之情。

噩耗传来，惊心未定。
三十余年，朝刚于我，
时携时勉，如师如兄。
一别永诀，悲恸不已。
上天无眼，泣难言诉！

少出深山里，成长红旗下，
一生朝前，坚苦不息；
大名词学界，佳作报国情，
千古刚毅，卓著永存！

2014年12月10日

怀念喻朝刚老同学

王维堂

一

巴山蜀水地苍茫，喻氏先人非炎黄？
面容清雍心朝蜀，气质儒雅柔且刚。
精诚教育报效党，跟毛主席党中央。
所长主任担重任，创建一流名气扬。
教授专家擅著述，教学学术挑大梁。
德高业精堪师表，博闻强识治学详。
“圣洁高尚”无私境，“传道授业”居擅场。[①]
“易直子谅”育英才，教书育人培栋梁。[②]
桃李精英遍天下，献身教育放光芒。
笃志宋词树一帜，词家词作评短长。
师法文宗宋词家，宋词研究辉而煌。
一代学者中老殁，学界文坛遭重创。

二

当年北上奔深造，鹅毛大雪接进校。
行李简单衣无棉，立向系秘去报告。
指示摸清报名单，领款带买棉衣帽。
单衣换上厚棉装，相形相戏店员笑。
穿戴雍容回班级，同学感动赞誉校：

东北人民最热情，贫困学子有依靠。[③]
专业思想始稳固，为国而学尚回报。
那年故里遭水灾，愁眉锁眼独徘徊。
资助五元救急款，同学相助本应该。
寥寥个月伙食费，耿耿心事记于怀。
念念不忘几十载，处处亲近予关怀。
校庆大会操场开，见我远迎接看台。
会餐步行去酒店，边走边聊一路陪。
路过导师西陆舍，遥指楼窗相约来。[④]

三

亲人分离在两岸，携妻带女到台办。
为女留日办助学，别后许久说入院。
探病婉谢防感染，生前未能再相见。
台办别情依依然，竟是最后一次面。
寿命似乎定由天，生寄死归有期限？
人去书在著等身，与著同辉光灿烂。
馈赠西凤双封藏，香醪蕴藉忆累万。
拙缀七言古体诗，寄托怀思聊祭奠。
呜呼学长喻朝刚，魂归巴蜀秀山灿。

注：

①圣洁高尚、传道授业，引自喻朝刚《建系四十周年感言》。

②易直子谅，语出《礼记·乐记》：“致乐以治心，则易直子谅之心油然生矣。”

③东北人民，是时校名为东北人民大学。

④导师西陆，赵西陆教授是我毕业论文导师。恩师病重住院期间，我几次携妻探病，经朝刚系主任宣扬，一度传为佳话。

2014年10月29日初稿，2015年1月12日修改

难忘我的学友喻朝刚

关　娴

听说要给学友喻朝刚出文集，我非常高兴。因为朝刚是我国难得的宋代文学的研究专家。他的辞世是中国古典文学研究界的损失。出这样一部书，是我们大家的期望，也可以给我国宋代文学研究提供宝贵的资料。

六十一年前的1953年，我们同是二十几岁的青年，一道迈进东北人民大学（现吉林大学）中国语言文学系学习，成为学友。

当年的朝刚从南方四川来，操着家乡口音，来到冰雪长春，地域的不适没有吓倒他，很快展露出才华。他与同班同是四川籍的杨国祥、湖南籍的王我结成了小字辈好友，他们是我班才华出众的学子，记得每次讨论会，他们都表现出才华横溢的文思。我作为东北鞍山人，又是调干学员（因为我十六岁参加革命，参加抗美援朝，做支援前线战场的后勤工作），学习基础差，相比之下，我非常羡慕这些小弟弟，羡慕他们特有的才华，也羡慕他们认真刻苦学习的精神，更喜欢他们面对困难乐观、朴素的生活态度。

1957年，我的丈夫（十一岁就参加革命的“小八路”）被打成“右派”，从此我随丈夫到双阳县工作、劳动二十年。直到党的三中全会后，夫君政治上得以平反，我们才又回到长春市新闻艺术界。我又回到长春日报社《影视图书报》做记者、编辑，我们都已是人到中年。这时的朝刚正担任吉林大学中国语言文学系的系主任，已经是位事业有成的大学教授。我忘不了他和爱人周航非常热情地欢迎我们的归来。我的大女儿温冬梅嫁给了同是吉林大学中文系毕业的学生刘坚，刘坚也曾是朝刚的爱徒，当时被分配到长春大学中文系任教。我在一次同学会中想让刘坚继续做朝刚的弟子，回到吉林大学做朝刚的助手，朝刚非常爽快地答应帮忙，并说：吉林大学中国语言文学系非常需要这样的人才！但是遇到长春大学不放人的问题，恰恰这时，吉林大学文学系的党总支书记调到长春大学，在朝刚的帮助协调下，我的女婿刘坚终于回到吉林大学中文系任助教。

我这辈子难忘朝刚帮了我的忙，让我愿望得以实现，没有埋没女婿的才华。我的女婿刘坚在朝刚的培养带领下，得以施展才华，现在成为吉林大学新闻系系主任、教授、博士生导师，成为全国新闻学十大最受欢迎的教授之一。

当年的朝刚已经出版很多研究专著，我更期待着能不断看到朝刚的新作，但不幸的是朝刚意外离我们而去。我在悲伤之余常念念不忘朝刚，感叹人生真是无常，朝刚走得太早了，不但使我们失去一位好朋友，也使我国古典文学研究界失去一位难得的文学研究专家。

让我们永远怀念他吧！

2014 年 11 月

念同窗朝刚学友

魏克信

崇德向善巴蜀心，
钟情笃义关东魂。
绛帐重茵育学子，
呕心沥血著鸿文。

2014 年 10 月 5 日

老友安息

孟国善

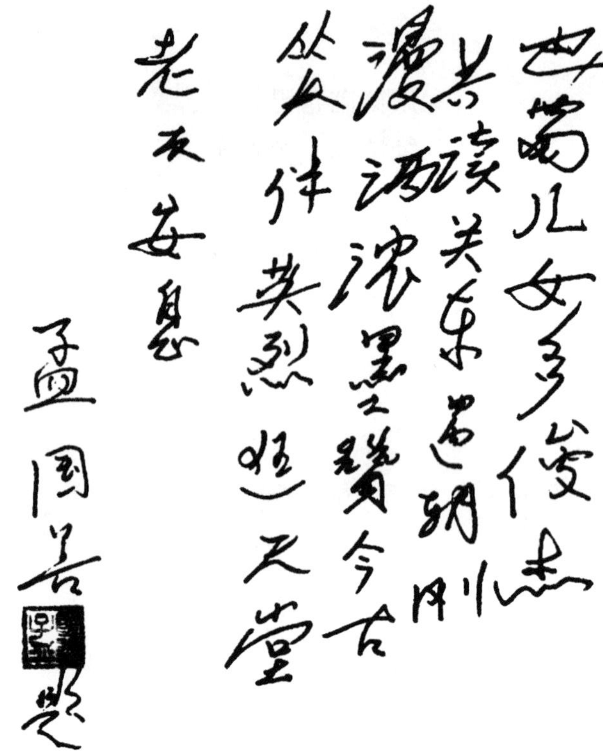

同窗孟国善在视力不好的情况下，摸索着写的硬笔诗。

巴蜀儿女多俊杰，共读关东遇朝刚。
漫洒浓墨赞今古，笑伴英烈逛天堂。

——老友安息

2014 年 10 月

追 忆

王 我

朝刚同学出生于川东秀山县一个贫苦农民家里，从小就身体不好，营养不良。在东北人民大学（今吉林大学）读书期间，因眼疾几个月不能读书、记笔记。为帮助其改善营养，搞好身体健康，我当班长的出面，找班里一部分“调干”同学募捐，共捐得二十五元钱。当时甲等助学金每月十三元五角，二十五元是一笔不小的数目了。随后，我又替朝刚联系到校教职工食堂入伙，那里的伙食比学生食堂好。从此，朝刚同学的身体状况有了明显的改善，一直到大学毕业。

2014 年 12 月

忆朝刚师

李从军

忆往如烟梦喻公
朝夕受业沐春风
刚柔互济析文史
师道长虹贯宇空

甲午秋作七绝从军敬书

终生的导师
——深切怀念喻朝刚教授

王步高

“文化大革命”前多年的忍饥挨饿，“文化大革命”中两度被打成“反革命”与十个多月近乎牢狱的折磨，因地雷试验被炸、死而复生的经历，年轻时多年坐“冷板凳”，看惯来自领导和同事的歧视与冷眼……这一切使我对物质生活要求标准特别低，对思想自由特别看重，对组织和同志的温暖和信任特别感激，对每一个可以干成点事业的机遇也格外珍惜。每年岁末我和爱人总要在一起念叨：哪些人过去帮助过我们，特别是我们处境艰难的时候？我们还欠哪些人情？有两位老师，是我们经常念叨，没齿难忘的，这就是我读硕士、博士生时的导师喻朝刚和唐圭璋教授。他们的人品、学识都堪为我的终生导师。

我是在人生最落泊潦倒的时候报考吉林大学研究生的。此前，我因帮我家乡扬中县的老工业局长修改给镇江地委的一封申诉信而被打成“反革命”，被关押、游斗，前后 309 天。尽管组织宣布我的问题可以“不定性质，不做结论，不作处理，不入档案”，但当北京召开十一届三中全会时，我还在农场监督劳动。家乡的帮派势力令我对前途完全绝望，要体面地改变处境，当时报考研究生是唯一的选择。准备报考的三年中，全家节衣缩食，我每月工资仅五十一元，我却买了一千多元的参考书。我每天凌晨两点起身，一天只睡四小时。最终有幸在 129 名报考者中出线（共五人）。录取政审时他们又加干预，我比其他同学迟一个多月才拿到录取通知。入学的第二年，他们又把一大捆黑材料寄到吉林大学。喻老师受系总支委托找我谈话，我详细地把事情原原本本告诉他，又写了万言说明材料，喻老师深深同情我，靠他的支持，我在吉林大学的几年才有惊无险，可以每天与图书馆古籍部的老师一起上下班，以平和的心态博览群书。

喻老师当时还是中年教师，他对比他年长的老师都谦恭地执弟子礼。他当时是教研室主任，后来做系主任，他对赵西陆老师、郭石山老师都非常敬重。当时虽已开始改革开放，“左倾”思潮还有很大市场，而他对曾经当过右派的公木（张松如）老师十分尊敬，他多次对我说：“俗话说：金无足赤，人无完人。但是如果世界上有完人的话，公木老师是完人。”他要求我们多与公木老师接触，帮公木老师做点事，公木老师召开的会要积极参加。喻老师对长者尊重，对同事帮助补台，以身作则。

当时喻老师家境并不富裕，只有一台十四英寸黑白电视机，住房条件较差，对学生却特别大方，经常邀我们到他家吃饭。我是班长，我的论文又是由喻老师指导，找喻老师联系工作的机会更多，在他家蹭饭也最多。我爱人来长春看我，喻老师也设家宴招待。1983 年在松花湖召开十三院校文学史研讨会，会议结束那天，我去吉林城里给大家买回长春的火车票，天黑了，我还没回来，有十几里山间公路，他不放心。晚上会餐，他让客人先喝酒，却带两位同学顺山间公路去接我。

学业上他对我帮助也很大。我的硕士论文题目是他建议的。说实话，在他要我研究史达祖及其《梅溪词》之前，我对史达祖几乎一无所知。华东师范大学马兴荣教授后来曾问我为什么选择这个题目，他说，他自己也曾想搞这个题目。我对此研究了半年左右，写出一万六千字的《论史达祖和他的〈梅溪词〉》，发表在吉林大学《古代文学研究丛刊》上，再深入就感力不从心。喻老师又建议我从校注《梅溪词》入手，并且提供经费，让我到北京图书馆、天津图书馆查资料，这在当时是很破格的。在吉林大学两年多，我完成了硕士论文，以清代王鹏运四印斋所刻词本为底本，完成了《〈梅溪词〉校注》的初稿。赵西陆老师也抱病为我审看了全稿。此书后来由天津人民出版社出版，全书三十四万字，颇受行内专家好评，获夏承焘词学研究二等奖。后来我出版过李清照、辛弃疾、李贺、李商隐的全集，出版过司空图的评传，基本沿袭了研究史达祖及《梅溪词》的做法。

毕业离校后我到江苏古籍出版社任编辑，不久即担任唐圭璋先生主编的《唐宋词鉴赏辞典》的责任编辑，当时唐老已年近九十，许多该主编做的事情常常要由我来完成，在组稿中，向一些夏承焘的门生，如吴熊和、蔡义江、陆坚、吴战垒约稿等都利用喻老师的关系。1986 年冬，我和喻老师一起出席全国第二届词学研讨会，他又介绍我认识了张璋、唐玲玲等，使我很快在全国词学界立足，工作也顺利得多。《唐宋词鉴赏辞典》1987 年问世当年印刷五十五万册，很快突破百万，成为当年全国十大优秀畅销书。此后我为南京大学出版社主编《金元明清词鉴赏辞典》《爱国诗词鉴赏辞典》也都得到喻老师的帮助和支持。特别是《金元明清词鉴赏辞典》，最初我是打算给江苏古籍出版社出版的，后来社领导决定不出版，而且在大会上宣布。然而，当我决定将此书交南京大学出版社出版时，他们又决定与我竞争，由唐圭璋老师的另一个博士生具体负责，组织全社之力与我较量。当时南京大学出版社已同意接受我爱人去该社工作，我没有退路。喻老师得知这一情况，坚决支持我，并派吉林大学中文系王士博、徐翰逢老师来南京帮助审稿。唐圭璋先生、程千帆先生均为我题写书名，金启华教授及唐门弟子曹济平、常国武、潘君昭、钟陵、顾复生教授等均参加审稿。南京师范大学程杰等几位青年教师甚至为我下印刷厂校对。叶嘉莹等学者帮我撰稿。我们比他们迟两个月开始，却早半年出书。全书达 180 万字，作者阵容更强大。喻老师在这次正义之争中大力支持了我。让我在权势面前没有低头。

1991 年，在喻老师的朋友郑云波副教授的引荐下，我调东南大学工作，很快筹建成立了东南大学中华词学研究所，创办了《中华词学》，请吴熊和、喻朝刚、曹济平三先生和我一起当主编，赵朴初先生为我们题写刊名，叶嘉莹等著名学者为顾问，杨海明等中青年学者为编委。喻老师不但支持，而且写了发刊词。后来因为经费人力，只出了三期就停办了，但还是在海内外产生了一定影响。

喻老师去世后，每当我要开始一个较大的工程，还时常想起，要喻老师还在多好！那样的话我胆子也会更壮了，弯路也会少走了。

在吉林大学只两年多，却留下很多珍贵的记忆，奠定了我一生治学做人的基础。喻老师生前对我说："我向别人谈起，你们几个都是我的学生，别人都感到吃惊。"喻老师以我们为骄傲，我的几位师弟也确实出类拔萃，我也以他们而骄傲；同样，我们也以喻老师为骄傲，他言传身教，教我们治学，更教我们做人。后来我担任教授、研究生导师、院系领导，也处处以唐圭璋、喻朝刚二位导师为楷模，善待自己的学生，善待自己的部下。到清华工作六年来，每年端午、元旦我都邀请家不在北京的二十多位学生到我家过节，这时我常常想起在吉林大学，在喻老师家聚餐的情景。

吉林大学有近乎完人的公木先生和喻老师、赵老师、郭老师这老一辈的学者，他们的精神与学术生命会在我们这些吉林大学学子身上代代延续。吉林大学中文学科一定会兴旺发达。

2014 年 12 月 20 日于清华大学

先师与母校的追思

韩经太

追念先师的思绪，丝丝缕缕，总是和留在脑海心田中的母校印象叠合在一起。这种感觉，从报考吉林大学研究生之后就生成了，一面是试图从先师发表在《文学遗产》杂志上的论文风格中感悟其人物风貌，一面则是凝视着一份杂志封底上吉大理化楼的雄姿而想象着可能成为自己母校的那个陌生校园的北国风情。心想事成，待到从北京转车一路奔波到长春，从此开始近三年的唐宋文学研究生学习，亲聆四位导师的教诲，先前缥缈的种种想象，遂一一落实为眼前当下的切身感受，关于“导师”的概念式愿景，逐渐转化为有血有肉的生命体悟。

于是，先师那文弱而儒雅的形貌神情，便日渐一日地在我的脑海心田里立体地站起来，像一尊永远活着的雕塑，从公木先生主持下吉大中文系的老师群中向我走来，从郭石山、赵西陆、王士博和先师组成的导师组中向我走来。先师在我脑海心田中浮现的形象，总是处在那种特定的北国春城的环境与氛围里，每次回忆起来，似乎是又一次春夏时踩着路边大杨树的树荫，秋天时踩着大杨树厚厚的落叶，从朝阳路转向同志街，然后走进街边早年间日式建筑的二层小楼的二楼，敲门进去。每次，都见先师正背对着屋门伏案著述，见我进得门来，便起身转过来，指着门边的沙发，用四川口音轻轻道：“坐，坐！”一脸的春风和气。多年之后，每念及此，总有禁不住的泪水。

先师喻姓讳朝刚，四川省秀山县（今属重庆市）人，汉族，1933 年 8 月 7 日生，卒于 1998 年 11 月 17 日。先师走得太早，太年轻，不然，以他的聪慧和执着，学术成就真正不可限量。即便如此，先师已经为学界留下了专著十三部，担任主编或编委、领衔撰稿人的合著二十四部，论文数十篇，累计约五百万字的“等身著作”。相信有兴趣浏览古典文学界专题学术综述的学界同好，定会认识到先师在诗词品评领域的杰出贡献。宋词是中国优秀传统文化的重要载体，是古典文学的重要组成部分，作为当代词学大师夏承焘先生的嗣传，先师从 1988 年到 1995 年间，先后出版了《宋词精华新解》（1988 年吉林大学出版社，三十三万余字）、《分类新编两宋绝妙好词》（1992 年吉林文史出版社，八十五万余字）、《全宋词精华》（1995 年辽宁古籍出版社，140 万字）。其中，《分类新编两宋绝妙好词》一书出版以来已累计印刷三次。或许有人以为，编选与注释的学术价值不及专著和论文，殊不知，真正能做到精选妙解的新创选本，非沉潜其中而身心俱化者不能造就。先师喻朝刚教授曾人词学大师夏承焘门下深造，在吉林大学接受赵西陆教授的长期指导。相较而言，赵西陆教授擅长于传统词学之校勘注释与鉴赏，而喻朝刚教授则以思想分析和理论提升见长，尤其是在南宋诗词大家陆游、辛弃疾之爱国主义文学精神的阐释方面，先师投注了大量心血，并收获了相应的学术声誉；夏承焘先生治学方法的影响和赵西陆教授长期的指点，使喻朝刚教授兼备理论分析与审美鉴赏的双重特长，他之所以能在并不太长的时间内完成《宋词精华新解》《分类新编两宋绝妙好词》等著作的编撰，显然与传统校勘笺注之学的功夫积累直接相关。这一点，也是我这个做学生的在日后的反复阅读中逐渐体悟出来的。而在体悟到这一层之后，先师在弟子心目中的形象，便有了新型学者与传统学者彼此契合的丰富内容。

如今说来，无论是在校读书期间，还是毕业分别之后，和同届同门的其他几位同学比起来，我与先师的个人交流相对较少。生性疏懒，不善交际，或多唐突，如今都成苦涩而甜蜜的回忆。三舍楼上，地质宫前，同学游戏，多少青涩而诙谐的故事。最难忘，不知几多次品尝师母周航老师的“家宴”招待，那种丰盛感和幸福感，真是难用文字来表达！20 世纪 80 年代初的中国，物质供应还是很匮乏的，所以我们这些年轻人的胃口都很好，而先师与师母对我等的关怀，也由此而物质性地凸显出来。当然，精神上的关怀，更值得珍惜。如今自己也已充当研究生导师多年，于是更能理解做老师的那种“终身为父”式的牵挂。记得是 20 世纪 90 年代初，为集体讨论“中国诗歌史论”丛书课题，同窗们齐聚吉林松花湖，自有一番书生意气的即兴发扬，会后返程先抵长春，于是又到先师家中，问询执教以来境况，言谈中提及我发表的论文被台湾学者所引述，先师眉宇间漾起欣慰的神情。这就是师生之间那种与学术融为一体的深情联系！此情此景，每当想起，便有寸草春晖的无限感喟！

先师喻朝刚教授给自己的教学和学术活动赋予了强烈的文化责任感和历史使命感，这是他们那一代优秀知识分子所共有的高贵品质。当今学界颇具前沿特色的“宋型文化”阐释，大多就两宋时代之哲学科技的成熟与文学艺术的繁荣展开论议，殊不知，宋代是中国历史上民族矛盾格外突出的历史时期，也是经历血与火的洗礼的民族大融合时期，唯其如此，宋代文学不仅是我国传统爱国主义文学高涨阶段的代表，而且是包含着多元民族英雄主义元素的爱国主义文学的代表。先师喻朝刚教授以代表宋代爱国主义文学的“双子星”——陆游和辛弃疾作为其研究的出发点和始航站，从 1959 年起开始陆续在国内重要学术专业刊物如《文学遗产》发表关于陆游和辛弃疾的研究论文，其中《论陆游的爱国诗篇》《放翁词论》《读陆游词》《陆游：杰出的爱国诗人》《略论辛弃疾的词》等文一经发表即受到了学术界的重视，产生了广泛影响，被多种书刊转载和收录。1983年作为黑龙江人民出版社“中国古典作家丛书”之一的专著《陆游》出版，该书“出版说明”说：“《陆游》一书的作者运用广泛搜集的资料，结合自己多年来从事教学和科研的实践，对陆游的生平、创作道路作了中肯的评介；着重全面地介绍了他所写诗篇的爱国主义内容和他所创作的古体诗、律诗、绝句各体的卓越艺术成就；又专章评述了陆游所写词的“激昂感慨，飘逸高妙”的特色；阐述了陆游在总结自己创作经验的同时所表现的对诗文创作和文学批评方面的深刻而独到的见解。”1989年时代文艺出版社出版其专著《辛弃疾及其作品》。《唐宋词百科大辞典》本书条目说：“对辛弃疾的时代、生平、思想、性格、创作道路及其作品的风格和艺术成就，进行了较为全面中肯的论述，既吸取了前人研究的成果，也有作者自己的一些新见解。……该书对爱国词人辛弃疾在中国文学史上的地位、贡献和影响，给予了实事求是的评价。”相信先师这些经过深思熟虑的学术见解，会滋养新世纪“宋型文化”研究的创新实践，会为当代学人立足传统优秀文化以培育中华民族爱国主义的“中国精神”建构提供应有的思想资源。

先师和先师执教多年的母校，始终是我的精神骄傲。在古典文学的“学林外传”中，有着流传多年的“吉大三剑客”一说，指的是本人与张晶、肖瑞峰两位同窗。我想，先师有知，听到学林众人传诵此号，眉宇间定会漾起一片欣慰的笑意。

2014年12月3日于北京语言大学

叶落时节忆恩师

张 晶

京华已是黄叶飘零的初冬时节了，这些日子雾霾现身的时候不多，天空以湛蓝色为基调，这对生活在北京的人们来说，真是难得的福音！中国传媒大学为了六十周年的校庆，在图书馆门前修了一个很小的人工湖，虽然很小，可还是给这个在北京市都屈指可数的图书馆又增添了几分灵动，几分清秀。恰好我的师母周航到我的办公室小坐，忆及我的导师喻朝刚教授，我的思绪不能不回到三十几年前的吉林大学的岁月，不能不在脑海中时时闪现着恩师的音容笑貌。三十几年的光阴，我已从一个“青青子衿”转瞬间到了“鬓也星星也”的华巅。而当我回忆起朝刚先生给我们讲授宋词的情景，如同就在昨天一样。

1978 年的初春，也是我人生的“初春”，是恢复高考后第一届大学生的“初春”。恢复高考制度是当时党中央的英明决策，使无数读书无门的青年学子实现了积郁在胸中多年的大学梦。踏着早春的积雪，我到吉林大学报到，成了中文系 77 级的一名学生。在吉大七舍和柳条路研究生宿舍，我住了六年半的时间。坚守了一生的学术理想，就是在这里确立的。在吉林大学中文系，我受到了很多名师的指教，朝刚老师是对我影响颇大的一位。

吉林大学中文系的那个年代，是名师云集的年代。尤其是古代文学学科，更是如此。公木、郭石山、赵西陆等前辈学者，都直接给我们授课。我从少年时即喜欢古典诗词，因此，对古代文学课就尤为用功。宋代文学课，宋词部分就是朝刚老师给我们讲授。朝刚老师那时还风华正茂，年轻时亲炙于词学大师夏承焘先生门下，给我们上课时已是蜚声学术界的词学专家。先生给我们上课时对 77 级影响颇深，又和同学们感情联系很多。他的宋词课，是最受 77 级同学欢迎的。朝刚老师上课时神采飞扬，黑板上漂亮的板书，把同学们看得目瞪口呆。对于所讲授的作家作品，朝刚老师可说是如数家珍，从词人的生平遭际，到词的艺术特征，都娓娓道来，而又有着自己的独到见解。先生把我们引入到宋词那博大精深的艺术世界，使我们流连忘返。尤其是那些具有爱国情怀的著名词人，如李清照、张孝祥、辛弃疾、陆游等，更是先生倾心研究的对象。大学二年级的时候，系里要求 77 级的学生写学年论文，我因深受朝刚先生的影响，就选了陆游的诗词作为研究课题，还以梁启超的一句诗作为题目：“亘古男儿一放翁”。那时还不知道该如何写学术论文，竟洋洋洒洒写了三万多字。当时我选的导师就是朝刚先生。学年论文写得很幼稚，三万多字也无缘发表，但还是得到了朝刚先生的热心指导，亲切鼓励，使我坚定了从事学术研究的志向。

面临本科毕业，究竟何去何从？着实使我犯了难。77 级的毕业分配不成问题，都是一些好的单位。国家对恢复高考后的第一批大学生相当重视，这些学生又大多数是有过工作阅历、思想意识较为成熟的，因此广受欢迎。中文系的学生适应能力又很强，即便不到北京，分到一个好的单位也是没问题的。考研究生对我来说也有相当大的吸引力，因为我一直以读书为自己的强项，自认为只要我坚持读下去，一定会成为一个像样的学者。为了是不是考研，我纠结了好几个月。朝刚老师那时是古典文学教研室主任，我把自己的烦恼和朝刚老师说了，朝刚老师坚决支持我考研究生，并且建议我就考本系的研究生。我因从少年时便热爱中国古典诗词，报考研究生自然是报考中国古代文学专业。当时的导师组是公木（张松如）、赵西陆、郭石山、喻朝刚、王士博等五位教授，方向就是唐宋文学。这正是我最为心仪的。于是毫不犹豫地报考了本校的古代文学专业的研究生。经过激烈的竞争，我在一百三十名考生中胜出，如愿以偿地考上中文系古代文学专业唐宋文学方向的研究生，成了朝刚先生的亲传弟子，也开始了在学术研究领域的学步。

朝刚先生学术之严谨、人品之方正，深受同事们的认可，更受我们这些弟子们的敬仰和爱戴。先生对古代文学尤其是宋代文学有精深的造诣，有独到的见解，更有独立不倚的思想观念，对于那些以国家民族为己任、以爱国情怀充溢词翰的作家情有独钟。先生讲述宋代文学，总是把作家作品放在当时纷纭复杂的历史情境中加以辨析，又对词艺乃至音律分析入微。在学术方法上，先生对我们言传身教，使我从一个普通的中文系学生，开始走上学术研究之路。记得一开始我写文章总是急于求成，两天就写出一篇文章，然后匆匆忙忙给先生看，这显然不是学者所为。朝刚先生认真地把我的文章看了两个星期的时间，然后把修改过的原稿交还给我。我看到上面先生用红笔改了很多处，尤其是在文章的内在逻辑上提出了很多问题。这一下子就使我如同冷水浇背，才知道写文章应该是这样严肃认真的事情啊。后来读了明代胡应麟的《诗薮》后很感兴趣，就在文章中引了许多处胡氏的话。在上小课的时候，朝刚先生和我开了个玩笑，说：“你好像是胡应麟的研究生啊。”我听了以后很不好意思，也明白了老师的深意，读古人之书不应盲从古人，不能以一家之是非为是非！

朝刚先生从学术上引导我，使我从不成熟走向成熟，学会独立思考，学会学术研究，学会写学术论文，对我一生的学术兴趣都有重大的影响。我以北宋时期诗人苏舜钦诗歌创作为选题的硕士论文，便是从爱国主义角度来写的，这也是朝刚先生指导的结果。后来我刚刚离开吉林大学到辽宁师范大学去任教，就收到《文学遗产》主编徐公持先生给我的信，让我修改后马上发表。这封信因为寄到了吉林大学，后来才由吉林大学转到大连来，我看了信后无比兴奋，一个硕士才毕业、初出茅庐的青年学子收到古代文学的权威刊物的用稿信，其心情之激动可想而知。我很快按徐先生的修改意见，把硕士论文的一部分修改好，寄给了徐公持先生，在《文学遗产》1985 年第 2 期发表出来。这对一个刚刚走上大学讲台的年轻人来说，真是莫大的鼓舞，这里面有朝刚先生的一份心血啊!

朝刚先生离开我已经十六年多了。先生当时患了白血病，我去看先生时已是后期。先生比以前瘦多了，脸色也相当不好。在沙发上我和先生照了最后一张照片。先生对我后来的学术发展非常欣慰，叮嘱我还要不断努力，要超越前一代学者。先生还说等他身体好了，要和我竞赛。听了之后我为之深深震撼！是先生把我引上了学术之路，是先生教我做一个有理想、有道德的正直学者。先生的话言犹在耳，先生的神态还时常在眼前闪现。斯人已逝，风范长存!

如今我也已经是年近六十的人了，怀想我的导师朝刚先生，回顾这些年来走过的路，正是先生走过的路的延长。我还要踏踏实实地走下去，不负先生的厚望，这是弟子应该做到的。

2014 年 11 月 26 日于中国传媒大学

山高水长忆恩师

肖瑞峰

当电波传来朝刚师遽归道山的消息时，我怎么也不相信那是事实。尽管他已染恙年余，沉绵病榻，但有道是“吉人天相”，我总以为，凭他坚强的意志和乐观自信的生活态度，再辅以先进的治疗技术，一定会力克病魔，康复如初。谁知上苍竟不佑斯文，全其才而夭其寿，完其德而夺其福，岂不令人扼腕长叹、低回无已？

我于1981年蒙郭石山、赵西陆、王士博、喻朝刚四位恩师不弃，录为门下。在同门师兄弟中，我是年龄最小同时也是最为冥顽不灵的一个。而联袂执教的四位导师中，朝刚师则最为年富力强。唯其如此，朝刚师于我教诲尤勤。从一次次耳提面命中，混沌乍开的我，不仅吸吮到知识的琼浆玉液，而且逐步明确了学海泛舟的途径与方法。尽管时历二纪，某些细节或已模糊，但临风怀想，其循循善诱、诲人不倦的师者风范却宛然在目，并继续开我茅塞、启我愚顽、促我奋发向上。记得写作《论〈淮海词〉》一文时，从搜集资料，到提炼观点，再到形成理论框架，每一步骤，朝刚师都悉心点拨，使我得以走出重重疑云迷雾。文章发表前，朝刚师又亲与校核原文、改正讹误、修润语句，使其面目焕然一新，最终得蒙编辑垂青。

作为深谙教学三昧的良师，在传道、授业、解惑的同时，朝刚师特别注重对我们学风、学德的培养。他经常启发我们，养成严谨的学风，可以激活与强化一个人的学术生命；反之，其学术生命则将过早地枯萎或终结。他还一再教导我们，要严格依循学术道德，遵守学术规范，否则，不仅将玷污与戕害学术，还将自毁前程。其实，在这方面，朝刚师身教更重于言传。他从不率易为文，也不遽下论断；每有撰著，必经深思熟虑、千锤百炼，直至无懈可击后才予发表；而每作论断，亦必持之有故，言之成理，绝不作貌似创新的蹈空之说。这样，其论著便都不失为材料翔实而又见解独到的一家之言。在撰写《〈稼轩词〉三首浅议》一文时，因所论均属发人之所未发，故而虽已思考成熟，且字字有据，略无阙失，却仍然不敢自是，专门召集我等门人一起研讨，逐字逐句斟酌取舍后再作修改，这才同意付梓。从这一过程中，我们不仅感受到朝刚师虚怀若谷、不耻下问的精神，而且实实在在地体会到其治学态度的严谨与认真。诸如此类的“身教”，在我们以后的学术生涯中，一直起着示范和示警作用，使我虽然“不肖”，在学术上却尚知自重自爱，未敢率尔命笔，妄断是非，有辱师门。

朝刚师一生执着于学术，无论处于何种境地，都不肯放弃对学术真理的追求，可以说，在学术的田野里开拓、耕耘与收获，是他人生最大的，甚至也是唯一的快乐。其实，朝刚师本来具有良好的政治素质和卓越的管理才能，是公认的最为合适的从政人选。事实上，他也曾多次有过这样的机遇。但他却舍“大道”而就“小道”，痴迷于“壮夫不为”的“雕虫”之技，历久无悔，老而弥笃。80年代后期，吉林大学中文系领导班子换届，上下一致推举朝刚师出山主持系政。众望所归，固辞不得，朝刚师只好走马上任。尽管有违己愿，但他在履行使命时，却一丝不苟，表现出高度的责任感和难能可贵的敬业精神。他坚持一手抓“人”（学科队伍），一手抓“钱”（经济开发），从而既开创了学科建设的新局面，又在一定程度上改善了教师的福利待遇，解除了他们的后顾之忧。这必然得到全系师生的衷心拥戴。于是，三年届满，朝刚师便欲罢不能，只得连任。持续六年之久的高强度、满负荷的行政工作，虽然耗去了朝刚师大量的时间与精力，却并没使他偏离学术研究的轨道，或暂时疏离原先日夕相伴的青灯黄卷。他千方百计地挤出时间来从事笔耕，而这样的可资利用的时间往往只有杂务处理完毕的深夜。因此，我们现在常常钦敬而又不免辛酸地想到，在那六年里，夜阑人静之际，才是体质羸弱的朝刚师伏案窗前、奋笔疾书之时。他的《宋词精华新解》《分类新编两宋绝妙好词》等深获好评的学术著作均于那六年间撰写完成，不难想象，朝刚师该为之付出怎样的努力！90年代中期，年过花甲的朝刚师终于从繁重的政务、教学事务中解脱出来，得以“闲居”。但他实际上并没有真正“闲居”过一日，依然潜心学术，笔耕不辍，除经常有独出机杼的论文见诸刊物外，还主编了洋洋百万余言的《全宋词精华》，将毕生研治宋词的心得汇聚其中，构筑起新的更高的学术平台。更令人感佩的是，在病魔缠身后，他照样经常思考一些学术问题，并为之殚精竭虑。而在治疗的间隙里，他则以最大的毅力，挥笔把自己思考的结晶转化为充满学术活力的文字，尽管此时他早已形销骨损。一新学界耳目的《李清照全传》就是他在病榻上勉力写成的。本来，朝刚师还准备从事纪实文学的写作，因为他从孩提时代就对纪实文学情有独钟，只是后来沉潜于宋词研究，不敢旁骛，才未曾到纪实文学领域去一展身手，现在退休在家，稍有余暇，早年的梦想便又回到脑海中来。他已拟定《东京大地震》等选题，并进行了资料方面的积累。令人憾恨的是，未及动笔，他便跨鹤仙去！可以说，他真正把自己的一生贡献给了学术，贡献给了教书育人的伟大事业。如果说“鞠躬尽瘁，死而后已”一类的称颂之词用在朝刚师这样的“布衣”身上也许不甚合适的话，那么，“积劳成疾”“赍志以殁”等司空见惯的成语，我们正是从朝刚师身上体会到了它们的确切含义。

朝刚师为人刚正不阿，慎许可，轻荣利。但“望之俨然，即之也温”。在我辈弟子心目中，他既是严师，也是慈父——在学术上对我们严格要求，在生活上则对我们极尽关怀。师兄弟中颇多“南蛮”，负笈朔方之初，于冰天雪地的气候条件难免稍有不适，加上彼时彼地大米定量供应，每月仅配给两斤，主食为面粉及高粱、玉米，我等惯食大米的“南蛮”在蹙眉吞咽时不免偶作怨嗟之声。朝刚师本亦“南蛮”也，只不过入北二十余年，已逐渐适应彼地风土。他对我们这种不应有的怨嗟表示了最大限度的理解，除通过“理想”“前途”教育，激励我们不畏艰苦、磨砺成才外，还在其力所能及的范围内，为我们提供生活方便。每次登门请教学术问题，他与周航师母总是端出我们平时无缘问津的水果与糕点，让我们大快朵颐。逢年过节，他都将我们六个“饕餮之徒”延至家中，“杀鸡设酒作食”，倾其所有，疗我饥肠，慰我乡思，使我们感到无限温馨。而那其乐融融的宴饮情形，便成为我们记忆中一道永远亮丽的风景线。其实，在那个物质极度匮乏的年代里，朝刚师及师母要抚养远在四川老家的老母和师妹喻言、师弟剑南，经济上并不宽裕，但他却始终表现出与其经济实力不相适应的慷慨。如今，品尝美味佳肴，在我们已成等闲之事，但我们心目中的人间至上美味，莫过于师母亲手烹制的家常饭菜。

朝刚师乐于助人，却从不愿给别人增添一丝麻烦。1985 年秋季，我已在杭州大学中文系任教年余。绍兴市拟举办首届陆游诗词学术讨论会，朝刚师作为闻名遐迩的陆游研究专家，是会议的当然邀请对象，而杭州则是莅绍的必经之地，于是，我再三请朝刚师电告抵杭车次与时间，以便迎候。在预期到达的那天清晨，我已因鱼雁杳然而望眼欲穿。忽然传来一阵轻微的敲门声，开门一看，朝刚师仿佛从天而降。但满脸笑容，不掩其旅途风尘之色。原来，为了免除我的迎候之劳，他故意不告行期，悄然而来。当时，我僻居校园一隅，寻访者颇觉不便。朝刚师人地生疏，不难想见，他需要经历怎样的周折才能到达我的斗室！为了减少我的麻烦，他宁可给自己增加更大的麻烦，这就是朝刚师的一贯风格！而我们正是从这样的细微之处，一次又一次感触到朝刚师的人格魅力。

朝刚师酷爱范仲淹为严子陵祠堂的题词，曾多次动情地吟诵：“云山苍苍，江水泱泱，先生之风，山高水长。”诚然，他既不是范仲淹那样的功彪史册的显宦，也不是严子陵那样的名垂千秋的高士，但清风朗月下，我们却常常情不自禁地对着他的在天之灵，呼出自己的炽热心声：“先生之风，山高水长！”

（原载《中华词学》第三辑，东南大学出版社 2002 年 5 月第一版）

长忆师恩不了情

王　昊

恩师喻朝刚先生逝世快满二周年了。春城长春这座绿色的城市又迎来了初秋。是的，不容我置疑，1998 年的初冬里我在这里目送走最后一抹晚霞，仁者长逝，哲人萎矣。凝望春城初秋的星空，往事点点滴滴浮上心头。

1996 年 10 月我陪同先生由长春赴济南参加李清照辛弃疾学术研讨会，这是先生生前最后一次参加全国性的学术会议。会上先生曾半开玩笑地指着我对与会的马兴荣、陈祖美诸先生说："这是我的关门弟子。"先生晚年带的研究生中毕业后从事古典文学教学与研究的，我是最后一位，先生正是从这个意义上说的。从 1991 年正式成为先生的学生到先生仙逝，我在先生身边学习、工作了近七年。七年师泽、长达七年的春夏秋冬里，我从先生求学问道，更得以从先生的投足言笑间窥见他的精神人格世界，得以接仰风流。

一、故纸新编常埋首，一朝知遇结善缘

我 1987 年考入吉林大学中文系，就读于汉语言文学专业。其时正逢 80 年代思想解放大潮的"尾波"，而大学中文课程中如"文学概论""现代文学""外国文学史"等也大都面临"教科书体系"的转型和嬗变。我上大学前就读过《鲁迅全集》中的大部分（包括《中国小说史略》），读过刘再复的《性格组合论》等"新潮"文艺学论著。入学后对于爱读书思考的我来说，课业很轻松。那时吉林大学图书馆允许本科生入库借书，一次最多可借十五本，借期两个月，可续借两次。《照隅室古典文学论集》《玉轮轩曲学论集》《郑振铎古典文学论集》等我都借阅和做有读书笔记，但其时个人读书方面其实对古典文学并无特别偏爱。我拜识恩师、被恩师"发现"，说来是种偶然也必然的"善缘"。

恩师自 1987 年开始担任系主任，正值五十刚过年富力强的壮盛之年，从周一到周五大约每天下午都到系里办公或巡视。而我这条啃书"蠹虫"，尽管成绩一直不错、

排名靠前，在班上兼做学委，竟一直根本不知道本系的系主任是谁，也从未见过！彼时推广“校园民主”，在已有的系学生会之外，成立监督学生会的学代会，我被推为代表。大约在 1989 年 5 月上旬的某一天晚上，在校图书馆安排学生会、学代会的代表与学校领导“对话”。说来是巧，一长排桌两边落座，对面的“对话人”就是时为系主任的恩师！只是我尚不认识也，所谓“无知无畏”吧，我当即面对面提了三个问题：第一个，总书记亚行讲话与此前有关说法不同，您如何看中央高层的这种“不同声音”？第二个，1986 年中央就已经提出要建设“精神文明”，三年过去了为什么社会上“向钱看”却成了风气？第三个，新中国成立以来，知识分子一直是工农这“皮”上的“毛”，所谓“皮之不存毛将焉附”，目前这个问题您怎么看？对我的三个尖锐提问，彼时恩师皆笑而不语。我自感“很不解渴”、甚至悻悻然，“对话活动”没结束，就提前走了。但有此“一面之缘”还不算巧，接下来更有巧缘使我直接受业于恩师：彼时同级的新闻班闹罢课，罢了“中国古代文学选讲”某老师的课；恩师当时已经不给本科生上课了，我们中文专业、中文班（彼时一个专业就一个班）的宋代文学本来由王士博老师开讲了个头，为了稳定学生情绪和教学秩序，恩师决定亲自为我们中文班和新闻班合上古代文学课。两班合上课，但文科楼中文系没有够大的教室，向法律系借了间教室才算落实了场地。而我因是中文班的学委，就每次课前到文科楼收发室提前借来教室的钥匙开门，课后再锁好归还此钥匙。第一次合上课，见到恩师时我的惊讶程度，可想而知！

后来通过当时的班主任老师，了解到恩师多次对系里的人说“发现了个好苗子”。大概我在恩师眼里，是能有所独立思考的、不是从众的人云亦云者吧。本科毕业论文提交后的某天下午，我正在水房里洗衣服，同寝室的同学过来告诉我说，喻老师来寝室找你了！原来恩师已经特地拨冗审读批阅了我的论文，特地返回来嘱咐我修改。我的论文题目是《论李清照诗词的女性特质》，此前我已经得到恩师的赠书《宋词精华新解》，也拜读到恩师载于《文学评论》上的《论李清照南渡后的诗词》。那天我穿着拖鞋，从宿舍一路送恩师回文科楼前的住所。那时本科毕业论文只有优秀论文才答辩，我的论文被评为优秀，并在很小的范围内做了正式答辩。

二、金针度人示门径，直道不阿身教虔

1991 年我以全班“综合测评”第一的成绩，被推荐读研——免“初试”，但参加了入学前的共同的“笔试复试”。参加笔试是临时通知我的，大概恩师想考查一下我

被“保研”后这一段时间里的读书情况、看看我有没有松懈吧！而就在每个人拉开单桌的笔试现场，有两名外地初试已过的考生，因为笔试过程中说话，当场被取消了资格。

中文系古代文学硕士的培养，一直实行联合导师制，鼓励跨专业方向选课；而我又有个人“特殊情况”：想提前毕业，两学年里需选够学分。当时在所有硕士点的专业方向上，古代文学是最强的。招生人数少，我们这一级古代文学、现当代文学、古代汉语、新闻学、外国文学所有专业加起来一共才招十一名学生。两年读研时间，我受到了系统的专业训练：公木先生讲授“先秦诗歌”“老庄研究”；“音韵学”由许绍早老师讲授；韩峥嵘老师讲“古代汉语”；王汝梅老师讲“中国文学批评史”；“宋诗研究”由王士博老师讲授。

每次恩师在讲授专业课“宋词通论”前，都嘱我提前在小黑板上抄好作品。恩师也为将来毕业要留校任教的我开了“小灶”，说“共同课上的内容，你吃不饱”。甫一入学，恩师为我开列必读书目：翦伯赞的《历史哲学教程》，邓广铭等的《两宋政治经济问题》《辛稼轩年谱》。记得有一天，恩师忽然问我：“你注意到《光明日报》书讯栏上的《两宋文学史》出版预告了么？你要想着邮购来学习。”

专业训练从注释白文做起。当时唐老的《全宋词简编》刚好出版不久，恩师不但嘱咐、安排具体需要注释的作家作品篇目，还指示要用心体会唐老《简编》选篇的取舍；嘱咐要注意那些近代选本不曾关注的小词人的佳作。“四角号码”检索，是恩师手把手教会我的；恩师说，用《词源》注释一般性的词语、诗文典故还够用，更专业的就得用到《佩文韵府》。《佩文韵府》是按平水韵编排的，你要用好《佩文韵府》，就得熟悉平水韵。其他工具书用法，如陈垣的《二十史朔闰表》，也都是在看到恩师正摊开的工作案面，不经意间传授给我的。恩师治词重视古人、前贤的审美经验，嘱我要好好阅读《词话丛编》，那时还没有相应的索引，恩师提示可以按照主题相关者夹条，以便联想涵泳和日后查证。恩师强调文史结合的方法，嘱咐说最好在毕业前至少能把《宋史》中有关“传”的部分看完。其时恩师和师母正编撰《分类新编两宋绝妙好词》，赏析和写作论文方面的训练，就是以对某一类词作的论析作为作业来完成的。

恩师还注重传授文章写法。恩师以刊发在《文学评论》上的已作《论李清照南渡后的诗词》为例，说明写文章一定得有“问题意识”。恩师说，为什么引了《武陵春》后，没有按惯常直接论析作品，而是插入对“再嫁”一事的辨析呢？因为这个问题重要，所谓“再嫁”其实是“骗婚”！——学界李清照“再嫁”的性质乃是被“骗婚”，就是由恩师首先提出和论定的。恩师还说，一般不要跟人写“商榷文章”。之所以写了《也谈岳飞的〈满江红〉》，是因为这个问题实在重要，但编《宋词精华新解》附收论文时，没有收《也谈》一文，因为观点没有认同老师夏先生的看法。恩师回忆起夏先生晚年，不免感慨："我去看他，已经不认得人了！"

恩师强调运用文史结合的方法，不但强调"史源"、对第一手材料的解读利用，还注意辨析史料所不见的、背后的社会心理。如"宋江起义"的性质的判定，宋代史料没有一条说其是"农民起义"；《水浒》后四十回更不是可有可无的"蜻蜓尾巴"。结论的得出，就是从故事形成的时代社会心理的角度分析立论的，实际上这就超越了单纯文献学视域的局限，绕过文献流变链条上的"缺环"，发覆到事实真相。

1992年，在恩师的主持筹备下，在松花湖召开"中国诗歌史暨《中国诗歌史论》写作研讨会"。参与此会对我而言，实乃一次绝佳的集中锻炼。会前我与郭杰博士前往吉林市打前站、踩点。会上也负责与会学者的接送和会场记录。那时办会条件有限，所谓接送，就是到车站接到人，再一同坐公共汽车到宾馆或从宾馆送到公共汽车站；恩师的好友黑龙江大学的陶尔夫先生，因有事要提前返回哈尔滨，恩师特意派我送陶先生先到公共汽车站，再一同坐车送到吉林市内的火车站，看陶先生上了火车再返回松花湖会议住处。还有一个细节至今难忘：会上的水果，是我们事先买好、带过去的一大筐香瓜。开幕式的当晚，我和另一位老师把洗好的香瓜分送到各位专家代表的房间去，先送到恩师的房间，恩师问：给陈伯海、陶文鹏先生送了没？我回答：还没有，正准备送过去。恩师马上说：把这些先给两位先生他们拿过去！

此次会议使我有机缘亲聆一流专家学者包括韩经太、张晶学长等的精彩宏论，会议综述会后也由我写定，刊发在《文学遗产》当年的第6期。

1996年10月，李清照、辛弃疾的故乡济南召开全国李清照辛弃疾学术研讨会，我陪恩师南下与会。那时火车还没有提速，昼夜兼程的颠簸中，恩师花了大块儿白天时间仔细审阅初出茅庐、第一次参加全国学术会议的我为这次会议提交的论文《稼轩词人物用典与词人自我形象和心态流程》：肯定基本观点，也指出明显不足，更多亲切鼓励，嘱我会上不要有畏惧心理，要多听多学……恩师火车上的闲谈中寓有更多开示。我向恩师汇报说，近来正读《宋史》。恩师说，《宋史》编撰者都是朱熹的徒孙，史观上是反对王安石变法的；故而很多人物"论赞"都戴有"有色眼镜"，《奸臣传》一编尤不可信。其时，恩师为写《宋徽宗全传》，特别关注北宋的党争问题。

会议召开地点安排在济南市郊的舜耕山庄，那是一排依山而建的花园式建筑。接与会代表的汽车刚刚停稳，就有一大片的荷塘映带左右，闪入眼帘，而夏秋之交已经有荷花开始结子为莲花了。恩师透过汽车玻璃窗，指着那大片大片的莲花说："真是'亭亭净植'啊！"会议规模不小，有不少恩师的学界老友都来参会，恩师意兴盎然，晚饭过后恩师就被请去开小会了。会议规模大，参会人多，难免也有杂音。有“潮派学者”在饭桌上发表“潮派言论”，恩师起身就到别的桌位去了。事后恩师说，免得倒胃口！去过一趟美国，就觉得自己有多了不起了，真是“蚂蚁缘槐夸大国”！

此次会议期间，我还陪同恩师探望了在济南的老友吴开晋先生。我那时少不更事，从吴先生家里出来，走在楼道上，我见吴先生头上中间谢顶、四周白发翘起，就脱口说：“吴先生真是仙风道骨！”恩师赶紧接过话茬说：“我这个学生说话随便！”又说，“我和吴老师是一个战壕里几十年的战友了！”

恩师直道不阿的风范，在我另一件亲历的事情中，有更直接的体现，更令我终生难忘。那就是“石某某事件”。说是“亲历”，其实是“旁观”加上后来恩师的描述。石是高我一届的新闻班的班长。当时学校规定，本科生国家四级英语考试未通过者，不能毕业；但为照顾应届毕业生，临毕业前给一次学校组织的补考机会（因为当时全国英语四级考试不是每年都举行）。这位当年高考入学成绩全年级第一的学长，一时犯起了浑，竟和本班的其他同学“请来”外校的人替考！事发东窗后，别的人都承认了，唯独他是“死硬派”、拒不承认。学校为此重新组织考试，又请来校保卫处的鉴定笔迹，才迫使其低头承认。其时正逢国家教委来人到学校检查工作，而所“请”的外校替考人员又都是财贸学院、中医学院等省属院校的，所以当时的伍卓群校长“震怒”之下，决定“赦免”其他人、唯独开除此一“害群之马”！系里接到学校通知后，恩师分别找其班主任、任课老师和同学谈话，并调阅档案，了解情况。当恩师了解到他当年高考入学成绩全年级第一、工作能力也比较强，又是无父，母亲改嫁的家庭状况后，决定施予这位犯了错误的学长以援手，给予他一次人生最重要的机会——恩师对代表学校处理此事的学校领导说，这个学生应当为自己的错误承担后果，学校的处分决定我们会坚决执行；但考虑到该生的其他实际情况，我们中文系会给他在长春的新闻口找一份工作。恩师的处理办法，不但使代表学校处理此事的人心悦诚服，更赞叹恩师直道不阿的担当精神和人道关怀。恩师后来说起此事时说：“如果让他回大连农村老家，就一辈子翻不过来了！”

三、遽归道山成永诀，长留人间有遗编

1993 年后，恩师从系主任的岗位上退下并退休。岁末辞旧迎新之际，肖瑞峰学长寄来贺岁诗：“滋兰树蕙数十春，道德文章两无伦。他日寸草凌云纵，犹难报得春晖恩。”代表了师门所有弟子的共同心声。

我接触到的不少学生甚至老师，都表示过很“怕”恩师，每当此时，我都会反问一句：“真的吗?”我可从来没觉得有什么“可怕”的呀！恩师的平易随处可见。恩师爱看迪士尼制作的动画片《米老鼠和唐老鸭》，他会盘坐在沙发上，看得前仰后合开怀大笑不止。工作后的我也更经常出入那四壁皆书的书房兼客厅中，得恩师亲炙面命，随侍左右。有时探望恩师恰好赶上师母到外地出差不在家，恩师也会亲自下厨：拿师母出门前蒸好的馒头，切成片、粘上鸡蛋液，炸成又香又软的馒头片；萝卜擦成细丝，加上醋和白糖，拌成酸甜口味，就是道既开胃又营养保健的素菜；再外加一盘荤菜炒鸡蛋……恩师吃什么都香，去济南的火车上，我们自带食品，不到餐车上用餐。我把泡好的方便面拿给恩师，恩师大口大口吃得很香……

恩师的人间关怀、淑世之情始终未变。恩师退休后仍热心关注着中文系的发展，特别是学术方面的建设。面对90年代初期的滚滚商潮，恩师曾不止一次颇为感慨地提到80年代学校中浓厚的学术钻研之风；已过花甲之年的恩师提及社会现实中的种种腐败、不正之风时，仍然那么慷慨激昂。这些时候，恩师也自然会说到那些得意弟子：李从军、王步高、韩经太、张晶、肖瑞峰……而这时恩师的神情又是那么的专注、欣然。恩师教诲：搞学问就要耐得住清贫、寂寞，坐得住冷板凳；做学问须求真求实，不能拿学问当干禄之具。恩师也曾动情地谈到历次运动对正常学术活动的冲击，对他们这一代人的负面影响，平易中饱含着殷殷之情。从学既晚、悟力又慢的我，在留校任教、初步积累着人生社会阅历的过程中，从恩师身上深切地感受着道德文章的统一，而我也始终笃定做一辈子学问的决心，不曾动摇。

恩师晚年在学术上有几个未完成的心愿。一是出一本带有总结性的《词学论文集》（最后一篇词学论文为《评价迦陵词的几个问题》，发表于《词学研讨会论文集》，台湾林玫仪主编，1996年出版），一是写一本材料翔实、立论客观准确的《宋徽宗全传》。前者在出版不景气的情况下，需要机缘凑泊；而后者，恩师在完成《全宋词精华》之后就着手重检《宋史》《三朝北盟会编》等史料了。恩师的工作作息颇有规律：上午读书、写作，中午小睡，下午会客、散步、阅报，晚饭后散步、临帖复得翰墨之趣。恩师概括此书的写作宗旨，是在反思历史传统中总结经验教训，以史为鉴；恩师说“靖康之难”乃是封建专制下的政治腐败导致的民族灾难。恩师晚年读史颇有新得，作为“宋史新论”之一的《章惇论》（刊载于《史学集刊》1997年第1期）即为代表作。这是恩师生前最后正式发表的一篇文章。恩师一反成说，指出“反对立端王（即后来的宋徽宗）不但不应以此给章惇定罪，说他是奸臣，恰恰相反，应当承认他是一位有远见卓识，无私无畏，忠于职守的宰相”，恩师淑世情怀隐然其中。再有一桩未达成的心愿，就是编撰一部与《分类新编两宋绝妙好词》相配套的《新编分类宋诗》。

正当《宋徽宗全传》和“宋史新论”系列写作顺利进行之际，不意恩师突罹病魔，猝发的心梗使恩师被迫中断了研究和写作。恩师出院休养后即有意引我加入写作计划，孰料更大的病魔却又接踵而来——在随后的体检中查出了白血病！恩师走向终站的那段日子，已经留校、初登讲台的我得以有机会陪伴恩师。恩师得知病症后十分达观，坦然宽解亲友。第二次化疗时，恩师身体已相当虚弱，仍每日从容读报不辍，对于身后之事不著一字，所念所感仍是“大题目”，淑世之情未曾释怀。有时看到动情处亦偶尔与我点评……此情此景，几欲令我饮泪吞声！彼时我正刚刚买到自己一向喜欢的周国平先生的新著《妞妞——一个父亲的札记》，“父亲”失却“幼女”的那撕心裂肺般的痛楚，已使我不忍卒读了；而又偏偏如此近距离地目击了直面死神的生命尊严——恩师在生死面前的镇定自若、凛然浩气，是恩师人格精神的最后升华，永远定格在我的记忆中！送走恩师的翌日晚我做了一个梦，梦中恩师端坐在如莲花般的祥云上，向我微微颔首而去……而此后，只要可能我都会向不同年级、不同年纪的学生推荐这本体现了生命的庄严和尊严的《妞妞——一个父亲的札记》。

恩师身后留下500多万字的著述，尚不包括《宋徽宗全传》未完稿以及《三朝北盟会编》上的多种批注。恩师治学重文史结合、史论结合，强调知人论世。于词学重细读文本，精于鉴赏，其鉴赏文字往往三言两语即钩玄提要，示人脉法门径；既重视古人、前人的审美感知和经验，也重视审美模式的更新。学术上恩师强调守正而创新，身体力行地启发、教导学生养成踏实谨严的学风。我曾在为《吉林省地方志》“人物编”撰写的《先师喻朝刚教授传略》中说：“先师喻朝刚教授是一位新中国所培养、与共和国一同成长的学者，也是一位传承有宗、开拓有得经得起古典文学研究的学术史考量的学者。”

谨集以历年怀念恩师小诗收束本文——

长夜难眠耿耿天，青灯寥落伴遗编。
师门旧事空回首，一炷心香泪泫然。

恩师仙逝十周年忌日，掩卷有作，时在珠海

一

生别恩师整十年，中间消息两茫然。
音容宛在常恻恻，教诲依然自拳拳。

睿智当共山岳在，英灵长存卷书间。
绸缪岂限人间事，泣下怀思到酒边。

二

空山寒露重，漂泊旅魂惊。
寸心怀思夜，黄鹄有哀鸣。
驽马自奋蹄，锋棱瘦骨横。
怵惕秉烛读，犹恐辱师名。

三

起看冬阴珠水滨，孤灯寥落欲清晨。
离思不董荒寒稿，羁月无欺自在身。
瓠落青蝇歌慷慨，悠扬素䰂告邅迍。
家山景物应无恙，许报归心入梦频？

恩师仙逝忌日，掩卷有作

雨雪霏霏去路茫①，梦魂千里瓣心香。
听堂侍坐言在耳，瘦骨锋棱自昂藏。
金钥心传俗眼枯，龙虫一障并雕无。
温凉鲐背何须感，却许香魂绕卷图。
秀山有水出泱泱，万里情思万里长。
词业传灯千古事，吟霞为我瓣心香。

（原载《中华词学》第3辑，东南大学出版社2002年版）
2015年1月改写于长春吉林大学

① 京城连日大雨雪

忆二哥

喻朝荣

我们家住在四川省秀山县（今属重庆市）山区的一个小村庄里。由于家境贫寒，兄妹五人都没有条件读书，家人常受人欺压。大哥和大嫂为了能改变现状，总是想方设法借债送二哥上学，虽然他们尽了最大的努力，但仍然困难重重，二哥随时面临失学的威胁。在这关键时刻，我们小村和全国一样，迎来了新中国的成立，我们家从此也翻身做了主人，沐浴在新中国的阳光雨露之下，二哥的读书才有了保障。正因为二哥小小年纪就经历了各种苦难，所以二哥从小就懂事、善良，他对家人、同事、朋友都关心、爱护和体贴。

新中国成立前我们家由于父亲去世早，母亲又是一字不识的家庭妇女，养家的重担原本是由大哥大嫂承担的。可是由于那时到处在抓壮丁，我家有大哥二哥两个男丁，就被人盯上了。为了不被抓壮丁，大哥大嫂只好带着儿女躲到大嫂的娘家去居住，不能回家。这样，二哥就成了家里唯一的男丁，他一面读书，一面带着母亲、二姐和我种地、养猪，勉强维持艰难的生计。直到新中国成立，大哥大嫂回家了，我家分了土地和胜利果实，二哥才安心离家去读书。

在我的印象中，二哥从小就是一个爱憎分明的人。他同情弱者，帮助受欺负的人。记得有一次我们村的一个老人被人欺负，他正好路过看见，立刻过去问明情况，把老人被抢的东西夺回，并训了那欺人者，让他以后好好做人。在村子里，由于我们家势单力薄，再加贫穷，常有人仗势欺人。如村里一邻居，只要出去打牌输了钱就寻事打闹，把东西往我们家里乱砸，因二哥不在，我们只好关上房门，躲在家里吓得发抖；如果二哥在他就不敢了。所以我们全家都把二哥看成家里的保护神。

作为儿子，二哥对父母孝顺有加。小时候，父亲特别疼爱二哥，因为在我们兄妹几人中，他最聪明、最懂事。家里困难，常常吃不饱饭，每到吃饭时他总是最先放下碗，我总闹着没吃饱。在秀中读书时，他把助学金全部拿回家贴补家用，而由母亲给他送饭。送的全是红苕、苞谷之类的杂粮，而二哥从不言语，不管吃饱与否，从不埋怨，每次回来母亲都说：“他真乖。”记得小时候，由于家里穷，无钱买鞋，我们常赤脚走路，父亲看了心疼，就用稻草编草鞋给我们穿，二哥特感动。并和我约定，等我们长大了一定要报答父母的恩情，孝顺父母。可是天不从人愿，在我们还未成人，无力报答父母时，父亲就因无钱医病离我们而去了。父亲去世时，全家人都十分悲痛，二哥更是几天不吃不喝，他在父亲的棺木下面躺着号啕大哭。当时感动了很多人，在场的人全都跟着流眼泪。当时二哥在秀中读书，周末都要回家，可父亲去世后很长时间，周末都不见他回家的身影，后来才知道他原来是去父亲坟前向父亲诉说思念之情去了。村里人知道后，都感叹说："方圆几十里，从未见过亲人去世后这么伤心的孩子！"都异口同声称赞，"真是大孝子！"

喻朝刚和妹妹喻朝荣陪大姐喻朝君在成都游览

父亲去世后，二哥就把爱全部倾注在母亲身上。在吉林大学读书时，还未毕业就省下伙食费寄回家里，好孝顺母亲、照顾家里。工作后，每月按时寄钱回家。三年自然灾害时，他正好在越南讲学，国内的工资粮票全部寄回家，让家人顺利渡过了难关。现在大家坐在一起谈起往事时，都会说二哥是我们全家的救命恩人。

由于母亲不愿去大城市长春同二哥居住，也不肯同我去贵阳，大嫂去世后，二哥不放心母亲在家，专门和二姐、我商量，决定把母亲送到二姐家由二姐照顾母亲。当时，我记得是二哥亲自用板车把母亲拉到离老家十多里远的二姐家的，安排好后，他才放心回长春，以后每月按时给母亲寄生活费。

俗话说长兄当父、长嫂当母，在我们家里就有像父母一样的哥嫂，那就是大哥大嫂、二哥二嫂。二哥之所以能读书全靠大哥大嫂的支持，没有学费到处去借，自己不吃不喝也要让二哥去上学。新中国成立后，二哥读书全靠国家发的助学金，但没有大哥大嫂的全力支持，二哥也是很难完成学业的。二哥是一个滴水之恩涌泉相报的人，从工作的第一个月开始，就挑起了家庭的重担，每月按时寄钱回家从没间断过。二哥之所以能这样全力照顾家庭，也是因为有一个贤惠善良的二嫂在后面支持。我们老家的乡邻常对我们说："你命真好，有两个好哥哥、两个好嫂子，你母亲有两个孝顺的儿子，两个贤惠善良的儿媳。"是的，我们家能顺利渡过各种难关，现在孩子们个个健康成长，都有了美好前程和幸福的家庭，全因为有两个好哥哥、好嫂子，我衷心感谢他们！

2014 年 10 月

《唐宋词百科大辞典》“喻朝刚”条

王兆鹏 撰

喻朝刚（1933—），四川秀山人。1957年东北人民大学中文系毕业后留校任教。1964年在杭州大学从词学大师夏承焘教授进修宋词。现为吉林大学中文系教授、系主任兼中国文化研究所所长。主要词学论著有《宋词精华新解》《辛弃疾及其作品》《中国古代诗歌辞典》（主编）等。另有《试论南宋前期词风的变化》《论李清照南渡以后的诗词》《放翁词论》等多篇论文。

1990年9月

简历和生前学术兼职

喻朝刚（1933—1998），四川秀山县（今属重庆市）人，中共党员。1957年毕业于东北人民大学（今吉林大学）中文系并留校任教。1959年曾受教育部委派到越南河内大学、河内外国学院执教。1964年赴杭州大学中文系进修一年，跟随词学大师夏承焘先生学习。1985年被评为教授。国务院有突出贡献的知识分子。在校先后为本科生讲授“中国文学史”“古典文学作品选”“宋词选讲”等课程。为研究生开设“宋词通论”“陆游研究”“辛弃疾研究”等专题课。曾任吉林大学中文系系主任（1987—1993），兼中国文化研究所所长。学术兼职有：中国古代文学学会理事、中国山水旅游文学学会副会长、中国韵文学会理事、中国词学研究会理事、中国《水浒》学会理事、吉林省文学学会副会长、开封市宋代文化研究中心顾问、《中华词学》主编、《水浒争鸣》特约编委、青岛大学和山东大学威海分校兼职教授等。

主要著作有《陆游》《辛弃疾及其作品》《宋词精华新解》《分类新编两宋绝妙好词》《全宋词精华》《旷代才女李清照全传》《宋词观止》《名家讲解宋词三百首》等。主编有《中国古代诗歌辞典》《中国古代文学作品选》《全唐诗广选新注集评》等。发表学术论文三十余篇，为《唐宋词鉴赏辞典》等各种鉴赏辞典撰写唐宋金词鉴赏文章约百篇。

著述目录

著作：

1.《陆游》，“中国古典作家丛书”之一，黑龙江人民出版社，1983年3月出版

2.《辛弃疾及其作品》，“古典文学丛书”之一，时代文艺出版社，1989年3月出版

3.《宋词精华新解》，吉林大学出版社，1988年8月出版

4.《分类新编两宋绝妙好词》，吉林文史出版社，1992年2月出版；生活·读书·新知三联书店2015年新版

5.《全宋词精华》（共五册），辽宁古籍出版社，1995年8月出版

6.《旷代才女李清照全传》，“中国历代才子传丛书”之一，长春出版社1996年10月出版

7.《蕴藉绵长歌——婉约词精品赏析》，“中国文学流派赏析丛书”之一，吉林文史出版社，1997年1月出版

8.《宋诗三百首译析》，吉林文史出版社，1997年1月出版；2005年1月修订重版

9.《宋词观止》，大众文艺出版社，2001年3月出版

10.《名家讲解宋词三百首》，长春出版社，2001年1月出版

11.《宋词三百首》，“传统文化普及读本”之一，长春出版社，2011年1月出版

论文：

1.《陆游的爱国思想》，《吉林大学人文科学学报》，1959年第1期

2.《陆游的生平思想及其创作》，《文学评论集》第一集，吉林人民出版社，1959年

3.《封建道德与宋江的悲剧》，《吉林大学社会科学学报》，1963年第4期

4.《〈红楼梦〉：形象的封建社会阶级斗争史》，《长春日报》，1973年11月（待查）

5.《评价〈三国演义〉的几个问题》，《理论学习》，1977年12月号

6.《陆游论诗歌创作》，《吉林大学社会科学学报》，1979年第4期

7.《略论辛弃疾的词》，《吉林大学社会科学论丛》，1979年版

8.《陆游：杰出的爱国诗人》，《中国古典文学研究论丛》，吉林人民出版社，1980年

9.《试论南宋前期词风的变化》，《吉林大学社会科学学报》，1980年第4期

10.《要用历史唯物主义的观点分析古代作家作品》，《社会科学战线》，1980年第

4期

11.《辛词〈菩萨蛮·书江西造口壁〉浅析》,《春风》,1980年第5期

12.《谈柳永的〈望海潮〉》,《春风》,1981年第4期

13.《晏殊和他的〈山柳亭〉》,《春风》,1981年第11期

14.《论陆游的爱国诗篇》,《文学遗产》,1981年第2期

15.《也谈岳飞的〈满江红〉》,《中州学刊》,1982年第2期

16.《稼轩词三首浅议》,《社会科学战线》,1982年第3期

17.《略谈先秦寓言》,《吉林民间文艺》,1982年第3、4期

18.《〈诗经〉中的民歌》,《吉林民间文艺》,1982年第7、8期

19.《评价〈水浒〉的几个问题》,《吉林大学社会科学学报》,1983年第6期

20.《〈水浒〉究竟是一部什么样的书》,《水浒争鸣》,1983年第3集

21.《论李清照南渡以后的诗词》,《文学评论》,1986年第5期

22.《放翁词论》,《社会科学战线》,1987年第3期

23.《读陆游词》,《古典文学知识》,1990年第5期

24.《不废江河万古流——纪念〈在延安文艺座谈会上的讲话〉发表50周年》,《吉林大学中文系建系40周年学术论文集》,吉林大学出版社,1992年

25.《陆游在南郑》,《诗雄与雄诗》,中央文献出版社,1995年;复载于《陆游与汉中研究》,陕西人民出版社,2012年

26.《评价迦陵词的几个问题》,《词学研讨会论文集》,台北"中央研究院中国文哲所",1996年

27.《解放思想 开拓创新》,《我的学术思想》,吉林大学出版社,1996年

28.《章惇论》,《史学集刊》,1997年第1期

序跋书评:

1.《〈宋代文学作品选〉代前言——宋代文学概况》,吉林人民出版社,1981年

2.《〈宋词精华新解〉后记》,吉林大学出版社,1988年

3.《〈分类新编两宋绝妙好词〉前言》,吉林文史出版社,1992年

4.《〈全宋词佳句类典〉序》,南海出版公司,1994年

5.《促进词学研究,弘扬中华文化——〈中华词学〉发刊词》,《中华词学》第1辑,东南大学出版社,1994年

6.《〈蕴藉绵长歌——婉约词精品赏析〉前言》,吉林文史出版社,1994年

7.《〈全宋词精华〉前言》,辽宁古籍出版社,1995年

8.《〈旷代才女李清照全传〉自序》，长春出版社，1995 年

9.《〈宋诗三百首译析〉前言》，吉林文史出版社，1997 年

10.《读〈辽金诗史〉的几点感言》，《文史知识》，1995 年第 12 期

11.《一部全方位研究建安文学的力作——读〈建安文学概论〉》，《社会科学辑刊》，1993 年第 3 期

主编或副主编：

1. 主编《中国古代诗歌辞典》，四川人民出版社，1989 年
2. 主编《中国古代文学讲座》，吉林大学出版社，1987 年
3. 主编《宋代文学作品选》，吉林人民出版社，1981 年
4. 主编《中国历代才子传丛书》，长春出版社，1996 年续出
5. 副主编《中国文学史》，江西教育出版社，1989 年
6. 副主编《中国诗歌史论丛书》，吉林教育出版社，1995 年
7. 副主编《全唐诗广选新注集评》，辽宁人民出版社，1995 年
8. 副主编《中国旅游文化大辞典》，上海古籍出版社，2000 年

作为领衔撰稿人或撰稿人为以下图书和辞典撰稿：

1.《中国文学史稿》唐宋卷，吉林人民出版社，1959—1962 年
2.《唐宋词鉴赏辞典》，江苏古籍出版社，1986 年
3.《李清照词鉴赏》，齐鲁书社，1986 年
4.《辛弃疾词鉴赏》，齐鲁书社，1986 年
5.《百家唐宋诗新话》，四川文艺出版社，1989 年
6.《百家唐宋词新话》，四川文艺出版社，1989 年
7.《古文鉴赏大辞典》，浙江教育出版社，1989 年
8.《金元明清词鉴赏辞典》，南京大学出版社，1989 年
9.《诗词曲赋名作鉴赏大辞典》，北岳文艺出版社，1989 年
10.《唐宋诗词评析辞典》，浙江人民出版社，1990 年
11.《陆游诗词鉴赏集》，巴蜀书社，1990 年
12.《中国游记鉴赏辞典》，青岛出版社，1991 年
13.《爱国诗词鉴赏辞典》，南京大学出版社，1992 年
14.《李清照作品鉴赏集》，巴蜀书社，1992 年

另主撰编导有电视教学片《陆游》（上下），吉林大学电教室制作发行

后　记

周　航

《喻朝刚文集》能够出版，首先要感谢养育他的故乡——巴蜀大地，感谢四川省推出的鸿篇巨著《巴蜀全书》丛书，感谢承担此项丛书任务的四川大学古籍整理研究所所长舒大刚教授在《巴蜀全书》中开辟出《蜀学丛刊》这块园地，将《喻朝刚文集》收录其中，让巴蜀儿女的学术论著有了归宿。

在编辑这部文集的过程中，朝刚的不少学长、同窗、好友为之撰文，提供资料。吉林大学原校长刘中树教授，曾任山东大学中文系副系主任、著名诗人吴开晋教授，中央党校文史部原主任刘景路教授为《文集》撰写了回忆文章。朝刚的好友浙江大学文学院陆坚教授，拨冗赐作，回忆他们在词学大师夏承焘先生门下共同学习、师生情长的许多往事，读来令人感慨至深。朝刚的同班同学、八十五岁高龄的王维堂大哥，在因病住院期间，提笔回忆往事；朝刚的同窗、时代文艺出版社原总编辑、编审魏克信，《长春日报》原资深记者关娴大姐、时代文艺出版社原资深编审王我同学都写了诗歌或回忆文章；特别是朝刚的同学孟国善先生，这位昔日吉林电视台文艺部主任，如今视力不好，几近失明，摸索着写下了硬笔书法诗句，怀念好友之情令人感动。吉林大学中文系原副主任、文学院原院长郝长海教授，吉林大学国际关系学院原院长李凤吾教授为喻朝刚传记的编写提供了可贵的资料，特此鸣谢！

朝刚当年的研究生李从军、王步高、韩经太、肖瑞峰、张晶、王昊，也都在百忙中撰写诗文，表达对恩师的缅怀之情。特别是在吉林大学中文系任教的王昊教授，在繁忙的教学、科研之余，帮助我从朝刚五百多万字的著述选文入集，承担了录入、编校等许多繁杂的事务性工作，否则我这个古稀之人是难以完成这一艰巨任务的。还有朝刚恩师刘禹昌教授之女刘清扬、赵西陆教授的女儿赵实、郭石山教授的儿子郭力宜、郭力家等后辈子嗣为撰写《喻朝刚传》提供了朝刚与其父辈交往的翔实资料；远在深圳的同窗刘光平先生也通过电话和微信提供了宝贵的资料，在这里一并致以诚挚的谢意。

此外重庆市秀山县史志办的同志寄来了《秀山县县志》，使我对巴山蜀水秀山县的历史和沿革有了更深一层的了解，亦在此致谢。四川大学古籍整理研究所的舒大刚教授、尹波教授和科研助理刘慧敏等为文集审阅、校订、出版付出了大量的精力，在此致以诚挚的谢意！

在《喻朝刚文集》编成即将付梓之时，虽然明知“红叶不传天上信”，但我还是要以此书的出版，来告慰朝刚的在天之灵：你的著述将长留于人世间。

因为搬家喻朝刚有几篇论文找不到了，只能成为憾事，特此说明。

2015 年 1 月 10 日于北京

整理说明

喻朝刚先生长期致力于宋代文学的教学和研究，本书所收著作与文章，是他50年代到90年代末从事宋代文学研究四十余年的学术总结。

《文集》选收喻先生《分类新编两宋绝妙好词》及《辛弃疾作品》多首，收录陆游、辛弃疾、李清照评传3篇，采用版本为：《分类新编两宋绝妙好词》（选收），吉林文史出版社1992年版；《辛弃疾作品》与《辛弃疾评传》选自《辛弃疾及其作品》，时代文艺出版社1989年版；《陆游》，黑龙江人民出版社1983年版；《旷代才女李清照全传》，长春出版社1996年版。《全集》收录学术论文19篇，序跋书评12篇，每篇文章文末注明写作、发表的时间，尾卷有周航女士撰写的喻朝刚先生传记和学界挚友、同学、亲朋和学生的追怀诗文17篇，书末附《简历和生前学术兼职》与《著述目录》。

因喻先生从事学术研究长达四十余年，《文集》所选篇目时间跨度长，在整理过程中，为尊重作者学术观点，尽量保持著述原貌，只对原来出版中的错别字、异体字、标点和格式、注释、引文及一些当时流行的政治词语酌情进行了规范处理。

编者

2016年8月

“蜀学丛刊”编辑说明

《巴蜀全书》计划对先秦至清末民初的巴蜀文献进行系统整理和研究。2010 年项目立项时，中共四川省委常委会批准的方案是三个系列：一是编纂《巴蜀文献联合目录》，二是整理《巴蜀文献精品集萃》，三是再造《巴蜀文献珍本善本》。项目启动时对三个系列都各拟了整理书目，征求《巴蜀全书》专家组意见，其修订稿也经《巴蜀全书》评审组审议、《巴蜀全书》领导小组批准，然后逐步实施。目前这三个系列都在顺利推进，各自取得部分阶段性成果。

我们在这个方案的执行中，发现巴蜀文献需要整理和研究的实在太多，其状况远比当初的设想复杂，许多是以上三个系列无法概括的。有的因时代超出“先秦至清末民初”的界定而无法纳入，有的因版本不够“珍本善本”的标准而无法“再造”，有的因内容达不到“精品”的程度而难入“集萃”，有的则因内容庞杂而无法归类，有的则是项目启动时没有列入整理目录而出现的最新资料，更多的则是从事巴蜀文化专题研究的资料集成，如此等等，更仆难尽。前贤写成，不忍割舍，今人研究，又十分急需。为了尽可能多地抢救巴蜀文献，也尽早地给学界提供尽可能多的研究资料，我们特在原定三个系列外别立“蜀学丛刊”系列，在目前政府支持经费之外另谋出版，作为原拟计划的补充。

该系列或系原始资料，或经校勘整理，或系专家手稿，或系研究成果，或系鸿篇巨制，或系单篇辑录，只要能反映巴蜀文化和蜀学成就，形式不必整齐，内容也不必划一。至于整理出版方式，或按原件影印，或予校勘研究，方式和时间都不必刻定，出版计划也不必预设，有力则及时出版，无力则且待他日。灵活机动，可进可退。

祈手握书稿、愿意刊布之学人，或饶于家资、心存善念之人士，施以援手，共襄此举！庶可望文献不坠，蜀学重兴！

《巴蜀全书》编纂组

2016 年 8 月